Heinz Pürer (Hrsg.)

PRAKTISCHER JOURNALISMUS

3., überarbeitete und erweiterte Auflage

Salzburg 1990

Heinz Pürer (Hrsg.):

PRAKTISCHER JOURNALISMUS

IN ZEITUNG RADIO UND FERNSEHEN

Mit einer Berufs- und Medienkunde für Journalisten in Österreich

3., überarbeitete und erweiterte Auflage

Salzburg: Kuratorium für Journalistenausbildung 1990

Umschlaggestaltung: Atelier Schönemann, Salzburg

CIP-Kurztitelaufnahme:
Heinz Pürer (Hrsg.): Praktischer Journalismus in Zeitung, Radio und Fernsehen. 3., überarbeitete und erweiterte Auflage. – Salzburg: Kuratorium für Journalistenausbildung 1990.
ISBN 3-900502-00-5

Herstellung: Salzburger Druckerei, Bergstraße 12, 5020 Salzburg.

Inhalt

Teil 1: Praktischer Journalismus

Teil 2: Berufs- und Medienkunde

Vorwort zur 3. Auflage

Wie sehr ein eigenes Praktikerhandbuch für Journalisten und andere Medienschaffende in Österreich offensichtlich fehlte, war daran zu erkennen, daß die erste, im März 1984 veröffentlichte Auflage dieses Buches – 2200 Exemplare – innerhalb weniger Monate vergriffen war. Bereits im Frühjahr 1985 folgte die zweite, aktualisierte Auflage. Sie wurde einschließlich eines 1987 angefertigten, unveränderten Nachdrucks in 3700 Exemplaren hergestellt und war im Herbst 1989 ausverkauft. Mein beruflicher Wechsel an die Universität München im Herbst 1986 und daraus resultierende vielfältige neue Verpflichtungen machten es mir vorerst nicht möglich, eine weitere, längst fällige Neufassung des Buches herzustellen. Sie liegt nun, im Herbst 1990, als dritte, völlig neu bearbeitete und erweiterte Auflage vor.

Von vergleichbaren anderen deutschsprachigen und vorwiegend aus der Bundesrepublik Deutschland stammenden Publikationen unterscheidet sich das vorliegende Buch nach wie vor in zweifacher Hinsicht: Sein handwerklich-praktischer Teil bezieht sich auf praktischen Journalismus in *allen* klassischen Medien, also in Zeitung, Zeitschrift, Radio und Fernsehen. Außerdem enthält das Buch eine primär auf österreichische Gegebenheiten und Erfordernisse im Journalismus Bedacht nehmende Berufs- und Medienkunde. Bisher publizierte Praktikerliteratur hat sich jeweils nur auf ein Medium bezogen und ließ berufs- und medienkundliche Aspekte weitgehend ausgespart.

Bei der Gliederung des Teiles über „Praktischen Journalismus" habe ich mich von dem Gedanken leiten lassen, die wichtigsten Grundlagen der journalistischen Tätigkeiten, Darstellungsformen und Gestaltungstechniken in Zeitung, Radio und Fernsehen unterzubringen; Ausführungen über Sprache im Journalismus sowie über Arbeits- und Redaktionsorganisation in Presse und Rundfunk ergänzen diesen Teil. Neu gegenüber den beiden früheren Auflagen sind im praktisch-handwerklichen Teil die Abschnitte „Moderation im Radio" und „Moderation im Fernsehen", das Kapitel „Journalismus in (Nachrichten-)Magazinen und Zeitschriften" sowie der Beitrag über „Archive, Dokumentationen, Datenbanken". Die Ausführungen über das „Interview" wurden um den Abschnitt „Gesprächssituationen" ergänzt. Das Kapitel über „Zeitungsgestaltung" nimmt in besonderer Weise Rücksicht auf neue Entwicklungen in diesem Sektor, insbesondere auf modernes Kommunikations-Design sowie auf Erfordernisse des optischen Journalismus in Printmedien. Die große Zahl von Beiträgen verschiedener Autoren für den journalismus-praktischen Teil machte eine redaktionelle Bearbeitung und typographisch-formale Vereinheitlichung ganzer Beiträge oder einzelner Beitragsteile notwendig. So ist der medienpraktische Abschnitt in sich konsequent durchstrukturiert; er erscheint als ein geschlossenes Ganzes. Das angewendete didaktische Konzept folgt jedoch dem Bemühen, die Vielfalt der in den einzelnen Beiträgen zum Ausdruck kommenden Auffassungen, Tips und Anregungen zu bewahren. So kommt es vor, daß sich mancher Gedanke an anderer Stelle wiederfindet. Vor allem in den Beiträgen über Radio- und Fernsehjournalismus scheinen wiederholt wichtige Bestimmungen des Rundfunkgesetzes und der Programmrichtlinien über die Arbeit im ORF auf. Diese Wiederholungen ergeben sich alleine schon aus der Notwendigkeit, daß viele Beiträge des vorliegenden Buches einzeln für Schulungszwecke im ORF (aber auch sonst in der Journalistenausbildung) verwendet werden.

Der medien- und berufskundliche Teil vermittelt wichtiges Grundlagenwissen über Berufsfelder und Ausbildungswege im Journalismus, über das österreichische Mediensystem (Presse und Rundfunk), über Publikums- und Wirkungsforschung sowie über das Medien-, Rundfunk-, Urheber- und Arbeitsrecht. Dieser Teil des Buches bedurfte einer besonders gründlichen Überarbeitung. Er enthält (mit Stand von August 1990) alle Veränderungen, die sich im Berufs- und Arbeitsrecht für Journalisten ergeben haben und die insbesondere im Mediensystem Österreichs – vor allem im Bereich der Tagespresse – zu verzeichnen waren. Neu sind das Kapitel über „Berufsauffassungen im Journalismus" sowie der am Ende des Buches aufscheinende „Serviceteil für Journalisten". Die genaue Kenntnis der Berufs- und Medienkunde ist für Journalisten in Zeitung, Radio und Fernsehen, aber auch in verwandten und ähnlichen Berufsfeldern nicht nur zweckmäßig, sondern stellt für die journalistische Berufsausübung sowie für die Wahrung beruflicher Rechte und Pflichten eine wichtige und unentbehrliche Grundvoraussetzung dar. Literaturhinweise am Ende eines jeden Kapitels – sowohl im „Praktischen Journalismus" als auch in der „Berufs- und Medienkunde" – sollen der Vertiefung einzelner Aspekte im Selbststudium dienen. Auf Grund seiner Aktualität und Ausführlichkeit ersetzt die Medien- und Berufskunde, also Teil 2 des Buches, vorläufig auch weitgehend die bisher vom Salzburger Universitätsinstitut für Publizistik und Kommunikationswissenschaft regelmäßig herausgebrachten „Medienberichte", deren letzter 1986 erschien.

Das vorliegende Buch richtet sich an angehende Journalisten und Medienschaffende in Zeitungen und Zeitschriften, in Radio und Fernsehen, in Pressestellen und Medienreferaten, in der Öffentlichkeitsarbeit sowie in der Werbung. Es wendet sich auch an Studierende der Publizistikwissenschaft und ähnlicher Studiengänge, an Medienpädagogen in Schule und Erwachsenenbildung, an Medienmanager in Presse und Rundfunk sowie an alle anderen an Journalismus und Massenkommunikation Interessierten. In besonderer Weise ist das Buch allen Lehrenden und

Lernenden in der redaktionellen, berufsbegleitenden, berufsvorbereitenden und universitären Journalistenausbildung zugedacht.

Worte des Dankes dürfen an dieser Stelle nicht fehlen. Sie gelten in erster Linie allen Autoren. Frau Dr. Eleonore Schenk hat mir nicht nur die mühsame Arbeit der Fahnenkorrektur abgenommen – von ihr stammt auch das neu in das Buch aufgenommene Sachwörterverzeichnis. Herr Thomas Grether, Absolvent des Münchener Diplomstudienganges Journalistik, war mir bei der Überarbeitung einiger Beiträge des praktisch-handwerklichen Teiles sowie bei der Aktualisierung der Literaturverzeichnisse behilflich. Die Koordination der satz- und drucktechnischen Abwicklung besorgte Herr Robert Richlan von der Salzburger Druckerei.

Nicht zuletzt danke ich dem Vorstand sowie der Geschäftsführung des Kuratoriums für Journalistenausbildung für die ideelle und materielle Unterstützung bei der Arbeit an diesem Buch. Es erscheint im Herbst 1990 – vorerst ohne den medien- und berufskundlichen Teil – als Lizenzausgabe für Deutschland und für die Schweiz auch im Verlag Ölschläger, München.

München/Salzburg, im September 1990 *Heinz Pürer*

Teil 1:

Praktischer Journalismus

1. Journalismus in Zeitung, Radio und Fernsehen

Zeitungs-Journalismus

Über Journalismus, über die Art und Weise, wie man diesen Beruf ausübt, gibt es verschiedene Auffassungen: Manche sehen sich schlicht als Vermittler von Gegenwartsgeschehen und als Hersteller von Öffentlichkeit zur gesellschaftlichen Meinungs- und Willensbildung. Andere wieder verstehen sich eher als Kritiker und Kontrollore politischer Vorgänge, wirtschaftlicher Probleme, kultureller Ereignisse und sozialen Handelns. Dritte meinen, ihren Beruf als „Anwalt" stellvertretend und als Fürsprecher für ihr Publikum ausüben zu müssen, um solchen Interessen, Anliegen und Problemen in der Öffentlichkeit Gehör zu verschaffen, deren sich sonst niemand annimmt. Wieder andere verschreiben sich dem „investigativen" Journalismus, indem sie versuchen, in verdeckter Recherche Mißstände in Politik, Wirtschaft und Gesellschaft aufzuzeigen, die sich politischer oder sozialer Kontrolle weitestgehend entziehen. Wie immer sich ein Journalist selbst versteht, er sollte sich stets seiner Verantwortung bewußt sein, wenn er aus der Fülle der täglich einlangenden Nachrichten oder der selbsteingeholten Informationen Ereignisse auswählt, über die er in der Zeitung berichtet und die er durch die Veröffentlichung zu Themen der Öffentlichkeit macht.

Journalist zu sein, heißt somit in jedem Falle Vermittler von Information, Vermittler von öffentlichem Gespräch zu sein. Nicht Menschheitsbeglücker, nicht Oberlehrer, nicht Präzeptor der Nation.

Von Karl Kraus stammt der Satz: „Der Friseur erzählt Neuigkeiten, wenn er bloß frisieren soll. Der Journalist ist geistreich, wenn er bloß berichten soll. Das sind zwei, die höher hinauswollen."

Journalisten ist daher zu raten, auf dem Teppich zu bleiben und nicht die Bodenhaftung zu verlieren. Das bedeutet, Journalisten sind nicht primär dazu da, „Meinung zu machen". Sie sollen vielmehr möglichst tatsachengetreu über Fakten und Entwicklungen berichten, und wenn sie ihre Meinung vorbringen, dann sollten sie diese niemandem aufdrängen. Nur auf diese Weise wird der permanenten öffentlichen Diskussion, die Demokratie ausmacht, die Substanz von Fachwissen, die Kraft von Argumenten und auch das Salz des Widerspruchs hinzugefügt werden können.

Journalisten, die in Zeitungen arbeiten, haben bei diesen Bemühungen den Vorteil, daß sie sich auf die Beständigkeit des gedruckten Wortes verlassen können.

Die elektronischen Medien haben die erste, unmittelbare Aktualität für sich gewonnen. Die Flüchtigkeit elektronischer Übermittlung hinterläßt jedoch beim Publikum in der Regel nur einen ersten, spontanen Eindruck. Das gedruckte Wort, das jeder nachlesen kann, in Muße und mit Aufmerksamkeit, gibt erst die volle Gewißheit der Information.

Einen weiteren Vorteil hat der Zeitungsjournalist gegenüber seinen Kollegen in öffentlich-rechtlich verfaßten Rundfunkanstalten: Er muß sich nicht stets der dort alles übergeordneten Objektivitätsverpflichtung des Monopol-Rundfunks unterordnen, vielmehr kann er in seiner Zeitung pointierter berichten, er kann seine persönlichen Bewertungen unbefangener äußern und damit seiner journalistischen Arbeit mehr Farbe, mehr subjektives Engagement geben. Das bedeutet aber nicht, daß Tatsachen in Zeitungen etwa leichter wiegen, oder daß mit ihnen der Zeitungsjournalist gar leichtfertiger umgehen darf.

Zeitungen unterliegen allerdings der Gesetzmäßigkeit der Konkurrenz mit anderen Blättern ihres Verbreitungsgebietes. Jede Zeitung ist gezwungen, immer wieder von neuem die Vertrauensfrage an ihre Leser zu stellen, die die freie Wahl haben, sich zwischen den verschiedensten Angeboten auf dem Zeitungsmarkt zu entscheiden. Dieser permanente Konkurrenzdruck trägt dazu bei, daß Zeitungen vieles tun, um noch schneller und noch besser zu informieren, und dieser ständige Wettbewerb verhindert Bequemlichkeit im Zeitungs-Journalismus.

Journalisten in Zeitungen haben die besondere Aufgabe, daß sie die Verbindung zu ihren Lesern immer weiter verbessern. Dazu gehört, daß sie die Sorgen und Nöte ihrer Leser der Öffentlichkeit zu übersetzen haben und auf diese Weise ein immer engeres Vertrauensverhältnis zwischen Zeitung und Leser schaffen – die sogenannte Leser-Blatt-Bindung also zu vertiefen. Das gute Recht jeder Zeitung ist es auch, daß sie ihren Lesern zu gefallen wünscht. Dafür kaufen ja die Leser „ihre" Zeitung.

Mit dem österreichischen Kulturphilosophen Friedrich Heer kann man sagen: Der Normalleser kauft „seine Zeitung", weil er die Versorgung mit Nachrichten und Kommentaren, die ihm „liegen", wünscht; gleichzeitig will der Normalleser von „seiner" Zeitung, daß sie ihm Tatsachen, Berichte und Informationen fernhält, die ihm „nicht liegen".

Dieser Wunsch bringt Journalisten nicht selten in ein Dilemma. Denn zur Informationsaufgabe des Journalisten gehören nicht nur populäre, gefällige und „angenehme" Nachrichten und Meinungen, sondern auch unpopuläre, „unangenehme" Informationen, die nicht gerne zur Kenntnis genommen werden. Wie ein Journalist in diesem Dilemma handelt, gibt Aufschluß über seine grundsätzliche Auffassung vom journalistischen Beruf.

Auskunft darüber gibt auch die Sprache, die der Journalist für seine Arbeit verwendet. Sie läßt erkennen, ob die journalistische Tätigkeit von jener Sensibilität getragen ist, die Heinrich Böll fordert: „Wer mit Worten umgeht, wie es jeder tut, der eine Zeitungsnachricht verfaßt oder eine Gedichtzeile zu Papier bringt, sollte wissen, daß er Welten in Bewegung setzt, gespaltene Wesen losläßt: Was den einen trösten mag, kann den anderen zu Tode verletzen." *Fritz Csoklich*

Radio-Journalismus

Jene grundsätzlichen Überlegungen über Journalismus, die am Beginn des vorigen Abschnittes angestellt wurden, gelten auch für das Radio. Auch im Radio-Journalismus sind unterschiedliche Berufsauffassungen möglich; ihre Spannweite wird aber in Österreich für den im ORF tätigen Journalisten durch das Rundfunkgesetz begrenzt. Dieses Gesetz schreibt dem Radio- (und übrigens auch dem Fernseh-)Journalisten im ORF Objektivität vor: „Der Österreichische Rundfunk hat . . . zu sorgen für die umfassende Information der Allgemeinheit . . . durch objektive Auswahl und Vermittlung von Nachrichten und Reportagen . . ." (Rundfunkgesetz 1974, § 2).

Die Programmrichtlinien des ORF präzisieren, was mit Objektivität gemeint ist: „Objektivität bedeutet Sachlichkeit unter Vermeidung von Einseitigkeit, von Parteinahme und Verzerrung der Dimensionen" (§ 1.3.2 der Programmrichtlinien). Objektivität heißt weiters, sich unablässig darum zu bemühen, die günstigere Behandlung eines Standpunktes zu vermeiden. Alle erreichbaren zuverlässigen Informationsquellen sind zu berücksichtigen, es muß lückenlos recherchiert werden. Das Besondere darf nicht verallgemeinert werden. Bei Behauptungen über eine Person ist vom Betroffenen eine Stellungnahme einzuholen. Das alles schließt aber keineswegs eine Berichterstattung aus, die zum kritischen Denken und zur freien Urteilsbildung anregt.

Wenn man jetzt noch berücksichtigt, daß das Rundfunkgesetz gewissermaßen als archimedischen Punkt „die Grundsätze der österreichischen Verfassungsordnung" (§ 2/1/2 des Rundfunkgesetzes) vorgibt, ist das für die praktische Arbeit ein gut brauchbarer Kompaß. Theoretisch mag er vielleicht nicht befriedigen; theoretisch gibt es keine Objektivität. Die Praxis zeigt aber, daß man unter diesen Bestimmungen gute journalistische Arbeit leisten kann: Man muß sich nur darum bemühen, der Objektivität nach bestem Wissen und Gewissen möglichst nahe zu kommen.

Nun zum Radio selbst: Der Hörfunk ist das älteste elektronische Massenmedium. Durch das Aufkommen des Fernsehens hat es lediglich seine Funktion verändert. Das Radio und die Informationssendungen im Radio sollen nicht versuchen, das

Fernsehen direkt zu konkurrenzieren, sondern in jene Bereiche vorzustoßen, in denen sich das Fernsehen schwerer tut. Das sind vor allem zwei Bereiche:

- Die schnelle Information: Radio kann heute technisch so einfach gemacht werden, daß auch bei unvorhergesehenen Ereignissen – und da liegt die besondere Stärke des Radios gegenüber dem schwerfälligeren Fernsehen – Informationen sofort recherchiert, verarbeitet und gesendet werden können. Das ist vor allem auch durch den Vollausbau des Telefonnetzes, also eines Kommunikationsmediums, das wie das Radio nur mit dem gesprochenen Wort arbeitet, möglich geworden. Ob das Telefongespräch nur als Werkzeug zum Recherchieren oder als Sendungselement eingesetzt wird, ist dabei zweitrangig.
- Die gründliche und intellektuell anspruchsvolle Information: Bei allen Informationen, bei denen der Schwerpunkt beim Wort und nicht beim Bild liegt, hat das Fernsehen Umsetzungsschwierigkeiten. Und das gilt für viele Informationen aus Politik, Wirtschaft, Wissenschaft und so weiter; vor allem, wenn der Information kein Ereignis vorausgeht oder kein Interview möglich ist. Oder wenn das Fernsehen nicht (sofort) an Bildmaterial herankommt. Ganz allgemein läßt sich die Komplexität der Wirklichkeit im Radio leichter darstellen als im Fernsehen: Bildinformationen neigen trotz Farbe zur Schwarzweißmalerei.

Diese Stärken des Radios können aber nur wirksam ausgespielt werden, wenn die Radiomacher auf die besondere Hörsituation ihres Publikums Rücksicht nehmen: Radio wird vorwiegend während des Tages gehört, und zwar am meisten morgens und mittags. Radio wird außerdem vorwiegend als Nebenbeschäftigung gehört; das Radio ist kein Freizeitmedium mehr, auf das sich der Hörer voll konzentriert. Das Radio ist vielmehr ein Begleiter durch den Tag geworden. Es wird *hin*-gehört, aber weniger intensiv *zu*-gehört, und das alles außerdem noch von einer ständig wechselnden Zuhörerschaft.

Für den Radio-Journalisten heißt das: Informationen müssen so gebracht werden, daß sie trotz dieses Rezeptionsverhaltens auch ankommen. Sie müssen in den stündlichen Nachrichtensendungen wegen der wechselnden Hörerschaft wiederholt werden (in Amerika gibt es schon spezialisierte Informationssender, die 24 Stunden ununterbrochen Informationen bringen). Das Vorwissen der Hörer darf nicht überschätzt und ihre Intelligenz nicht unterschätzt werden. Alle Informationen sind schließlich sprachlich so zu bringen, daß sie auch bei flüchtigem Hinhören noch aufgenommen werden können. Dabei ist zu berücksichtigen, daß sich die gesprochene Sprache von der geschriebenen in Wortwahl, Satzbau und Informationsdichte unterscheidet. Im Radio ist eine Sprache zu gebrauchen, die *alle* Hörer verstehen können. Das ist kein Plädoyer für oberflächliches und sinnentleertes Plauderradio, sondern für eine gute und schöne Sprache, die sich am Aufnahmevermögen des Hörers orientiert.

Für den Radio-Journalisten ist die Frage nach den Inhalten der Informationssendungen noch wichtiger als jene nach der Form: Was interessiert die Hörer? Was ist für sie bedeutsam? Aus Hörerumfragen weiß man, daß Informationsinhalte überhaupt das Wichtigste sind: Um gute Informationssendungen zu machen, genügt es nicht, formale Regeln einzuhalten oder Sendungsstrukturen zu verändern; guten Hörfunk gibt es nur, wenn die Radiomacher mit Begeisterung und Leidenschaft bei ihrer Arbeit sind.

Rudolf Nagiller

Fernseh-Journalismus

Fernsehen ist weder verfilmter Hörfunk noch verfilmte Zeitung. Fernseh-Information muß ihr Hauptgewicht auf die Vermittlung von Bild-Informationen legen. Da sich viele Informationsinhalte nicht oder nur schwer optisch darstellen lassen, muß die Auswahl der Informationen anders sein als bei Hörfunk und Zeitung. Für den Fernseh-Redakteur geht es also nicht darum, Hörfunkbeiträge und Zeitungsartikel zu illustrieren, sondern fernsehgerechte Beiträge sollen zusätzliche Information bringen, wie sie ein anderes Medium nicht bieten kann.

Im allgemeinen gilt, daß das Fernsehen optimale Wirkung bei der Berichterstattung über Ereignisse erzielt – sofern bei dem Ereignis eine Kamera dabei war. Fernsehen ist schon weitaus schwächer als Zeitung und Hörfunk, wenn es gilt, Gedanken und Entwicklungen zu vermitteln. Diese lassen sich oft leichter beschreiben oder erzählen als optisch darstellen. Die Stunde des Fernsehens ist gekommen, wenn Entwicklungen in ein Ereignis münden, zum Beispiel in eine Demonstration, ein Attentat, einen Krieg. Die Versuchung, eine Nachrichtensendung im Fernsehen auf Ereignisberichterstattung zu beschränken, ist daher groß. Amerikanische TV-Anstalten riskieren große Summen, um das zu erreichen.

Alle Medien berichten konfliktbetont. Das Fernsehen tut es am stärksten. Krieg ist leider fernsehgerechter als Frieden. Beim Krieg fahren Panzer, sieht man Rauchpilze, weinende Mütter vermitteln menschliches Leid. Bei Friedensverhandlungen sieht man nur Personen ins Auto einsteigen – oder an einem Tisch sitzen. Die Berichterstattung darüber muß begrenzt sein. Gewalt ist leider fernsehgerechter als Gewaltlosigkeit. Das kann empirisch belegt werden. Das Thema „Naher Osten" hat in den TV-Nachrichten aller Welt einen größeren Anteil an der Berichterstattung als in den Printmedien. Jeder kleinere Zwischenfall im Nahen Osten gibt kriegerische Bilder her. Die wahrscheinlich wichtigere Nachricht von Fortschritten bei den Abrüstungsverhandlungen in Genf kann da nicht mithalten: Als Bild-Information wird nur die unattraktive Runde der Verhandler angeboten. Abrüstungsverhandlungen gehören zum abstrakten, im Fernsehen schwer darstellbaren Thema „Frieden". Der Griff ins Archiv ist auch nur eine Notlösung: Die mögliche Reduzierung von Raketen kann wieder eindrucksvoller mit kriegerischen Aufnahmen dargestellt werden – nämlich mit fliegenden, explodierenden Raketen – als mit zweifellos zweckdienlichen, aber eben nicht besonders wirkungsvollen Graphiken.

Der Fernseh-Redakteur kann sich auch anderen Zwängen kaum entziehen. Fernsehen ist ein personalisierendes Medium. Politische Parteien mit charismatischen Führern sind fernsehgerechter als Bewegungen ohne solche Führungspersönlichkeiten. De Gaulle war leichter zu vermitteln als der Gaullismus, Mao leichter als das Gedankengebäude des chinesischen Kommunismus. Das Programm einer Partei kann man ganz gut schreiben, vielleicht auch noch ganz gut im Hörfunk darlegen. Im Fernsehen hängt die Chance der Vermittlung stark davon ab, wie ein Repräsentant einer Partei dieses Programm vermitteln kann.

Aus dem bisher Gesagten muß folgender Schluß gezogen werden: Plakative, einfache Information ist fernsehgerechter als Information, die kompliziert, strukturiert und vieldimensioniert ist. Das gilt vor allem für Fernseh-Nachrichtensendungen, die aktuell sein müssen und für deren journalistische Aufarbeitung in der Regel nur wenig Zeit bleibt. Trotzdem: Fernseh-Redakteure dürfen sich den medienspezifischen Erfordernissen nicht gänzlich ausliefern. Auf der einen Seite steht die Verlockung zu personalisierender, ereignishafter Berichterstattung. Auf der anderen Seite steht die journalistische Verpflichtung, über relevante Themen auch dann zu berichten, wenn kein fernsehgerechtes Bildmaterial vorliegt. Der Griff ins Archiv, die graphische Aufbereitung eines schwierigen Themas können aushelfen. Als letztes bleibt immer noch die verbale Darstellung durch einen Redakteur im Bild. Dabei ist aber Zurückhaltung geboten. Aus der Wirkungsforschung weiß man, daß die im Studio nur verbal wiedergegebene Information die geringsten Aufmerksamkeits- und Erinnerungswerte hat – es sei denn, das Gesagte hat großen Nachrichtenwert. Eine TV-Anstalt, die im Wettlauf mit Zeitungen und Hörfunk Nachrichten nur verbalisiert weitergibt, produziert an der Erwartungshaltung des Zuschauers vorbei und wird sich schnell den Vorwurf des „Kopferl-Radios" einhandeln.

Daß Fernseh-Information so schwierig zu vermitteln ist, liegt paradoxerweise an jenem Sinnesorgan, ohne das es Fernsehen gar nicht geben könnte: dem Auge. Visuelle Wahrnehmung hat häufige Reizerneuerung des Auges zur Voraussetzung. Das Bedürfnis nach ständiger Reizerneuerung ist so groß, daß der Mensch sich selbst bei ruhiger Umgebung durch ständigen Blickwechsel zu neuen Reizen verhilft. Dieses Phänomen des Augenkitzels kann jeder an sich selbst beobachten. Selbst beim ruhigen Betrachten einer Wiese oder einer großen Wasserfläche wird der Blick nicht länger als einige Sekunden auf einem Punkt verweilen.

Fernseh-Information muß auf dieses Reizbedürfnis des Menschen Rücksicht nehmen. Durch Kamera- und Schnittechnik wird das Wahrnehmungsverhalten simuliert: Der Augenkitzel ist da. Das bedeutet in der Praxis, daß statische Bildeinstellungen nicht zu lange stehen bleiben dürfen. Auch Redeausschnitte mit Originalton (O-Töne) dürfen in Fernsehberichten nicht zu lange sein. Sind sie es trotzdem, dann werden dem Zuschauer von einem gewissen Moment an die Gedanken fortlaufen – die Aufmerksamkeitsschwelle ist erreicht. Der Zuseher kann dann nur durch Reizerneuerung zurückgewonnen werden, also durch ein neues Bild, einen neuen O-Ton.

Fernseh-Information also als eine Folge kurzgeschnittener Bilder? Das wäre in dieser apodiktischen Form auch wieder falsch. Es soll hier nur auf ein wesentliches Phänomen des Schauens hingewiesen werden, dem sich Fernseh-Journalisten nicht entziehen können. Sie sollen den Augenkitzel ja auch nicht übertreiben. Wird die Serie kurzgeschnittener Bilder zum Selbstzweck, der über das für die Information notwendige Maß hinausgeht, wird die Konzentrationsfähigkeit des Zuschauers vermindert. Die gesprochene Information kommt nicht an. Der Augenkitzel vermindert dann den Informationswert des Beitrages.

Und damit sind wir beim zweiten Sinnesorgan, das Informationsvermittlung im Fernsehen so schwierig macht: dem Ohr. Der Zuseher konsumiert Bild **und** Ton. Die Zersplitterung der Aufmerksamkeit zwischen Bild und Ton lähmt die Informationsaufnahme. Das Bild lenkt vom gesprochenen Wort ab. Eine besonders sorgfältige Textierung ist notwendig. Zu vermeiden ist insbesondere die Text-Bild-Schere, also das Auseinanderklaffen zwischen Bildinhalt und Text. Hinzu kommen noch einige Grundregeln, wie: Hauptsätze bevorzugen, Pausen machen usw.

Man muß gar nicht in theoretische Höhen ausweichen, um nachzuweisen, daß Fernseharbeit anders ist als Arbeit bei Radio und Zeitung. Schon bei der journalistischen Tagesarbeit wird der TV-Redakteur an die Eigengesetzlichkeit des Mediums erinnert. Recherchieren heißt beim Fernsehen nicht nur Fakten erforschen, die man schreiben oder verbal darstellen kann, sondern gleichzeitig ist zu prüfen, ob und wie die Informationen in Bilder umgesetzt werden können.

Ein Fernsehbeitrag ist das Ergebnis eines oft schwierigen Entscheidungsprozesses über viele Stationen mit vielen beteiligten Menschen: Fernsehen ist Teamarbeit. Vom Fernseh-Redakteur werden daher auch organisatorische Fähigkeiten und Verständnis für gruppendynamische Vorgänge verlangt. Wer die Kollegen von der Technik nicht motivieren oder nicht richtig über die angestrebte Aussage des Berichts informieren kann, wird keine gute Arbeit zustandebringen.

Dem Fernsehen wird oft die Eigenschaft zugeschrieben, die Wirklichkeit darzustellen. Jeder TV-Journalist sollte aber wissen, daß er nur einen **Ausschnitt** der Wirklichkeit liefert. Überhaupt ist jedem Fernsehschaffenden Bescheidenheit anzuraten. Er arbeitet zwar in einem sehr breitenwirksamen Medium, verglichen mit den Darstellungsmöglichkeiten sind aber die Printmedien und der Hörfunk die intellektuelleren Medien. Diese können, wie schon gesagt, abstrakte Gedanken wesentlich besser darstellen als das Fernsehen. Deshalb ist es auch falsch, wenn Fernsehen den Anspruch erhebt, über alles berichten zu wollen. Fernsehen kann immer nur punktuelle Informationen liefern. Es sollte sich nur als Ergänzung der Printmedien und des Radios verstehen – als optische Ergänzung.

Für den im Österreichischen Rundfunk tätigen Fernseh-Journalisten gelten jene Bestimmungen des Rundfunkgesetzes von 1974 und der Programmrichtlinien, wie sie im Beitrag über Radio-Journalismus dargelegt wurden. Auch der Fernseh-Journalist im ORF ist zu Unabhängigkeit, Objektivität und Ausgewogenheit verpflichtet. So sehr diese gesetzlich festgelegten Auflagen der öffentlich-rechtlichen Rundfunkanstalten theoretisch immer wieder in Frage gestellt werden, so sehr zeigt die Praxis, daß man unter diesen Bestimmungen hochqualifizierten Fernseh-Journalismus verwirklichen kann. Man muß nur bereit sein, die eigene Meinung immer wieder zurückzustellen und stets versuchen, dem unerreichbaren Ideal der Objektivität möglichst nahe zu kommen. *Ulrich Brunner*

Literatur:

FABRIS, Hans Heinz: Journalismus und bürgernahe Medienarbeit. Formen und Bedingungen der Teilnahme an gesellschaftlicher Kommunikation. Salzburg: Verlag Wolfgang Neugebauer, 1979.
FISCHER, Heinz-Dietrich (Hrsg.): Spektrum der Kommunikationsberufe. Zwölf Konkretisierungen zu publizistischen Tätigkeitsfeldern in der Bundesrepublik Deutschland. Köln: Deutscher Ärzte Verlag, 1979.
GLOTZ, Peter, und LANGENBUCHER, Wolfgang R.: Der mißachtete Leser. Zur Kritik der deutschen Presse. Köln – Berlin: Verlag Kiepenheuer & Witsch, 1969.
GOTTSCHLICH, Maximilian: Journalismus und Orientierungsverlust. Grundprobleme öffentlich-kommunikativen Handelns. Wien – Köln – Graz: Verlag Hermann Böhlaus Nachfolger, 1980.
JIPP, Karl Ernst, MATZEK, Robert (Hrsg.): Goldene Worte über Journalisten. Stuttgart: Idee Verlag, 1985.
KUNCZIK, Michael: Journalismus als Beruf. Köln – Wien: Böhlau 1988.
LANGENBUCHER, Wolfgang R. (Hrsg.): Journalismus & Journalismus. Plädoyers für Recherche und Zivilcourage. München: Verlag Ölschläger, 1980.
MANHART, Lothar: Hörfunk- und Fernsehberufe. Mit Ausbildungswegen. München 1986.
NOELLE-NEUMANN, Elisabeth, SCHULZ, Winfried, und WILKE, Jürgen (Hrsg.): Fischer Lexikon Publizistik/Massenkommunikation. Frankfurt: Fischer 1989.
ÖSTERREICHISCHES JAHRBUCH FÜR KOMMUNIKATIONSWISSENSCHAFT 1982. Thema: Informations- und Kommunikationsberufe in Österreich. Hrsg. von den Instituten für Publizistik und Kommunikationswissenschaft an den Universitäten Wien und Salzburg. Redaktion: Hans Heinz Fabris und Benno Signitzer. Salzburg: Verlag Wolfgang Neugebauer, 1982.
WEMBER, Bernward: Wie informiert das Fernsehen? Ein Indizienbeweis. 3. Aufl. München: List 1983.
WIDMER, Franz C. (Hrsg.): Beruf: Journalist. 12 Autoren zur Rolle des Journalisten. Zürich: Ringier, o. J.

2. Journalistische Tätigkeiten in Zeitung, Radio und Fernsehen: Recherche, Auswahl, Präsentation

So verschieden die Arbeitsfelder von Journalisten auch sein mögen, so ähnlich sind einander die journalistischen Tätigkeiten in Zeitung, Radio und Fernsehen: Hier wie dort müssen täglich Informationen eigenständig aufgespürt oder zugelieferte Informationen auf ihre Richtigkeit hin überprüft werden – ist aus der Vielfalt des eingelangten Materials das Wichtigste auszuwählen und aufzubereiten; und müssen die ausgewählten und aufbereiteten Informationen den technischen Möglichkeiten der Medien entsprechend in geeigneter Weise veröffentlicht bzw. präsentiert werden. Recherchieren, auswählen und aufbereiten (bearbeiten) sowie präsentieren bzw. publizieren gehören zu den wichtigsten journalistischen Tätigkeiten in Zeitung, Radio und Fernsehen. Die im Österreichischen Rundfunk tätigen Journalisten haben bei der Erfüllung dieser Tätigkeiten die aus dem ORF-Gesetz resultierenden Bestimmungen über Unabhängigkeit, Objektivität und Ausgewogenheit zu berücksichtigen.

Journalistische Tätigkeiten in der Zeitung

Recherche

Die Recherche ist das Um und Auf jeder journalistischen Tätigkeit. Unter Recherche versteht man die Beschaffung und (Ab-)Sicherung von Basisinformation über ein zur Veröffentlichung in der Zeitung (oder in einem anderen Medium) vorgesehenes Thema. Michael Haller bezeichnet in seinem Buch „Recherchieren – Ein Handbuch für Journalisten" – die Recherche im engeren Sinne als „ein Verfahren zur Beschaffung und Beurteilung von Aussagen, die ohne dieses Verfahren nicht preisgegeben, also nicht publik würden. Im weiteren Sinne ist es ein Verfahren zur adäquaten Abbildung realer Wirklichkeit mit dem Mittel der Sprache." Das Wort „rechercher" kommt aus dem Französischen und bedeutet nachforschen, nachsuchen, untersuchen. In der Regel versucht der Journalist beim Recherchieren, einer Sache von allgemeinem Interesse nachzugehen, Fakten aufzuspüren und Zusammenhänge aufzuzeigen. Gründliches Recherchieren ist die beste Voraussetzung, um zu solider, wahrheitsgetreuer Information zu gelangen. Vom Ausbildungsweg her ideal ist fürs Recherchieren daher ein Start in der Lokal- oder Sportredaktion, da in diesen Ressorts die aktuellen Rechercheerfordernisse sehr intensiv sind.

Eine *aktive* Recherche zielt immer darauf ab, eine (oder mehrere) Person(en) oder ein Dokument zu finden, mit deren bzw. dessen Hilfe eine zu lösende journalistische Frage- oder Themenstellung geklärt werden kann. Dazu gehören routinemäßige Telefonkontakte ebenso wie das gezielte Befragen von betroffenen Personen, Hintergrundinformanten, Behördenvertretern (Polizei, Gendarmerie, Feuerwehr etc.). Der Anstoß dazu kann entweder durch die Beobachtung des Journalisten selbst erfolgen oder aber durch bereits berichtete Themen aufgegriffen und aktualisiert werden. Häufig bestimmen Ereignisse wie wichtige politische Entscheidungen oder – im Lokalbereich – Unfälle, Katastrophen, Skandale etc. den Anlaß einer Recherche. Zum Recherchieren gehört auch, Agenturmeldungen regelmäßig mitzuverfolgen, Radionachrichtensendungen abzuhören sowie die Konkurrenzmedien zu lesen.

Unter erfahrenen Journalisten spricht man gelegentlich auch von *passiver* Recherche. Darunter versteht man Anrufe von Informanten in der Redaktion sowie das zur Verfügungstellen von Materialien, die oft anonym an eine Redaktion geschickt werden.

Die Stufen der Recherche: Check

Der erste Schritt der Recherche entsteht im Kopf: Die Relevanz eines Themas muß eingeschätzt werden, um den Umfang der Recherche abzugrenzen. Michael Hallers Frage bringt es auf den Punkt: „Wie wichtig und interessant ist das Ereignis/das Thema?" Ob es sich um eine aktive oder passive Form der Recherche im Erststadium handelt, der weitere Weg ist einheitlich vorgezeichnet: Am Beginn muß immer eine Plausibilitätsprüfung stehen. Das kann bei einem Anruf, der in der Redaktion entgegengenommen wird, der sofortige Rückruf sein, um die Korrektheit der angegebenen Nummer und des Informanten zu überprüfen; das kann bei einem anderen Thema aber auch der Weg ins Archiv sein, wo Basismaterial eingesehen wird. Reporter Hans Ulrich Kempski nennt das in Werner Meyers „Zeitungspraktikum" ... „die Hausaufgaben machen". Dieser erste Schritt ermöglicht es, echte Informationen von gezielten Fehlinformationen oder Falschmeldungen zu unterscheiden. Wichtig dabei ist „nicht planlos darauf loszurennen", so das „Abc des Journalismus": In einem Plan muß festgelegt werden, mit wem zu sprechen es sich lohnt und wer nur Zeit kostet. Kollegen können dabei wertvolle Tips geben.

Gegencheck

Als nächste Stufe der Recherche ist der „Gegencheck" anzuwenden. Hier muß ermittelt werden, ob der erste Eindruck zutreffend ist. Man kann diesen zweiten Schritt als „Überprüfen der eingegangenen Informationen durch Quellenkontrolle und Faktenkontrolle" bezeichnen, so Michael Haller. Ein taugliches Mittel dabei ist es, die Gegenseite zu überprüfen, den Betroffenen zu befragen, Meinungen nahestehender Personen einzuholen, die über ein Ergebnis Bescheid wissen müßten. Jedoch ist es wichtig, erst mit Leuten zu reden, die einen Überblick geben können, bevor man Spezialisten befragt, die Details kennen, betont das „Abc des Journalismus". Michael Haller hat hierfür einen Grundsatz: Immer von „außen nach innen" recherchieren. Außen stehen hierbei die Unbeteiligten, innen sind alle irgendwie Betroffenen. Im Rahmen dieser zweiten Recherchestufe ist es oft notwendig, vorhandenes Archivmaterial einzusehen. Hier empfiehlt sich ein eigenes Handarchiv – am besten in Form einer Hänge-Registratur. Oft besteht in der Redaktion auch die Möglichkeit, das redaktionseigene Archiv zu benutzen – sei es ein klassisches Mappenarchiv oder das elektronische, mittels der „Online"-Recherche (vgl. auch Kapitel 8, Seite 386 ff.). Am Ende des Gegenchecks sollen alle „sechs journalistischen W's" im Kopf des Schreibers geklärt sein (wer, wann, wo, was, wie, warum).

Recheck

Als dritte Stufe folgt dann der „Recheck": Haller nennt diesen Schritt „Erweitern der Sachverhaltsinformationen zur Erhöhung der Informationsdichte und zur Beschaffung des Umfeldes (Zusammenhang)". Dies bedeutet, daß der Journalist wieder zum Erstinformanten oder Erstbetroffenen einer Story zurückkehrt, fundiert mit den zwischenzeitlich erarbeiteten zusätzlichen Informationen. Diese dritte Stufe ermöglicht die solide Beurteilung eines Sachverhaltes. Wichtig kann jetzt auch sein, den Ort des Geschehens in Augenschein zu nehmen, um eigene Eindrücke zu gewinnen.

In allen Teilschritten der Recherche sind Fakten und Informationen zu protokollieren. In der Praxis bedeutet dies: Wichtige Unterlagen kopieren, Aktenvermerke besorgen, Fotos beistellen etc. In zahlreichen Fällen wird es auch sinnvoll sein, die zuständigen offiziellen Stellen (Polizeistellen, Behörden etc.) mit dem Sachverhalt zu konfrontieren. Auch daraus ergeben sich in der Praxis immer wieder neue Erfahrungswerte. Die Menge des Recherchierten sollte immer weit über das verwertbare Material hinausreichen. Es ist aber eine unabdingbare Notwendigkeit, eine hinreichende Faktensammlung zu erstellen, um eine korrekte Darstellung veröffentlichen zu können. Folgenden Grundsatz sollte man beim Recherchieren immer haben: Woran man zweifelt oder was man beim besten Willen nicht versteht, weglassen! Dazu eine angelsächsische Journalistenweisheit: "When it doubt, leave it out!" (Weitere Recherchetips siehe im Kapitel „Nachricht in der Zeitung", Seite 50.)

Wichtig: Informantennetz

Jeder Journalist, der Recherchen anstellt, wird im Laufe der Zeit ein Informantennetz aufbauen. Die Auswahl dieser Informanten ist mit ein Qualitätskriterium für die Seriosität der Arbeit. Ein gutes Informantennetz stellt eine Art „Fehler-Filter" dar: Bei vielen Gesprächspartnern kann sich der Journalist darauf verlassen, daß die mitgeteilten Informationen einen hohen Verläßlichkeits- und Richtigkeitsgrad haben. Ein solches Informantennetz birgt für den Journalisten mitunter auch eine Gefahr in sich: Langfristig neigt man dazu, sich einseitig zu informieren und folglich auch einseitig zu berichten, sei es, weil das Informantennetz zu eng ist oder man zu scheuklappenbehaftet agiert. Man muß sein Informantennetz daher ständig erweitern und erneuern.

Persönliche Kontakte sind für jede Recherche von großer Bedeutung. Trotz Computerzeitalter ist es in vielen Fällen unvermeidlich und notwendig, zur Erarbeitung von Details persönlich an den Ort des Geschehens bzw. zu den betreffenden Personen zu gehen. Dieser persönliche Kontakt ist durch nichts zu ersetzen. Erst die persönlichen Eindrücke runden ein Bild über einen Sachverhalt entsprechend ab. Politiker im Informantennetz zu haben, ist oft wichtig! Jedoch sollte man mit diesen Informationen vorsichtig umgehen. Das „Abc des Journalismus" weist dabei auf ein besonderes Problem hin: Wer vertrauliche Informationen aus einem Hintergrundgespräch dennoch zitiert, läuft Gefahr, künftig nicht mehr informiert zu werden. Die Veröffentlichung vertraulicher Informationen mag zwar gegenüber der Konkurrenz Vorteile bringen, ist aber für den einzelnen Journalisten oft sehr problematisch, weil er dann von Informationen abgeschnitten werden kann. Lediglich in sehr dringenden Fällen kann man eine Vertraulichkeit – gut überlegt – einmal brechen.

Wünscht ein Informant, nicht preisgegeben zu werden, so hat der Journalist sich unbedingt daran zu halten. Nur absolute Diskretion schafft und sichert jenes Vertrauensklima, in welchem einem Journalisten auch vertrauliche oder heikle Informationen bekanntgegeben werden. Vor Gericht kann ein Journalist Auskünfte über seinen Informanten verweigern, um diese Recherchequelle zu schützen. Dieses sogenannte Zeugnisverweigerungsrecht leitet sich aus dem Grundrecht der Pressefreiheit ab. Das Medienrecht schützt diesen Bereich überdies durch seine Bestimmungen über den Schutz des Redaktionsgeheimnisses.

Telefonrecherche

Viele Informationen kann man telefonisch einholen oder überprüfen. Das trifft für Auskünfte aus Ämtern und Behörden ebenso zu wie für persönliche Nachforschungen bei einem Informanten. Vor allem im Lokaljournalismus kann der Journalist auf regelmäßige telefonische Rundfragen nicht verzichten, wenn es darum geht, die Richtigkeit von Polizei- oder Unfallberichten – aber auch anderer Informationen – zu überprüfen. Um keinen Fehlinformationen aufzusitzen, ist es oft notwendig, Informanten zurückzurufen oder sich selbst zurückrufen zu lassen. Das Mitschneiden von Telefongesprächen ist ausgesprochen problematisch, wenn der Informant das nicht weiß. Das gleiche gilt für das Mithören von Telefongesprächen durch Dritte.

Das Gespräch

In vielen Fällen, vor allem bei der Klärung komplizierter Sachverhalte, ist ein persönliches Gespräch der Telefonrecherche vorzuziehen. Bei der Telefonrecherche wie beim Gespräch zu Zwecken der Recherche ist es Aufgabe des Journalisten, für eine möglichst gute Gesprächsatmosphäre zu sorgen. Man kommt dann eher an die gewünschte Information. In einem besonders positiven Gesprächsklima gelingt es eher, den Gesprächspartner aus der Reserve zu locken. Der Fragetechnik kommt beim Recherchieren ein hoher Stellenwert zu. Man beginnt am besten mit einer Eingangsfrage, auf die der Befragte breit und zusammenhängend antworten kann und setzt mit konkreten Detailfragen fort.
Eine andere Möglichkeit, zu wirklichen Neuigkeiten zu gelangen, besteht darin, durch sachkundige und provokante Fragen den Gesprächspartner so zu erschüttern, daß er mit wichtigen Informationen herausrückt. In diesem Falle muß der recherchierende Journalist selbst nicht nur gut vorbereitet sein, sondern auch hohe Sachkompetenzen zu erkennen geben.
Bei jeder Recherche muß der „harte Kern" der gesuchten oder zu überprüfenden Information angesteuert werden. Nur diese Konsequenz ermöglicht es herauszufinden, ob an einer bestimmten Information etwas dran ist oder nicht. Wie man sich übrigens in solchen Gesprächssituationen verhalten soll, geht aus dem Abschnitt über „Gesprächssituationen" (Seite 129 ff.) hervor.
Das „ABC des Journalismus" gibt Verhaltenstips bei Gesprächen:

- keine Vorgespräche führen, damit der Gesprächspartner sich nicht auf unbequeme Fragen einstellen kann
- das Gesprächsziel festlegen und so dem Gesprächspartner die Gelegenheit zur Selbstdarstellung nehmen

- keinen reinen Meinungsaustausch führen, sondern Fakten erfragen
- gutes Gespräch herstellen:
  - nicht an den Pranger stellen
  - keine Statusunterschiede ausspielen
  - unvoreingenommen, ohne Vorurteile ans Gespräch herangehen
  - sich informiert zeigen, aber nicht Angelesenes „abladen"
  - bei Störungen lieber das Gespräch unterbrechen
- mit angenehmen Fragen beginnen und dann die „journalistischen W's" (siehe „Gegencheck") abfragen
- der Journalist führt das Gespräch; niemals den Ablauf aufzwingen lassen
- kurz und bündig fragen – auf langatmige Fragen folgen langatmige Antworten; lange Antworten versuchen abzukürzen
- hartnäckig nachfragen, wenn der Gesprächspartner etwas verschleiern will.

Archiv-, Dokumentenrecherche

Archive, Dokumentationen und Bibliotheken sind für viele Recherchen zweckdienliche Anlaufstellen. Eine erste Hilfe kann oft schon der Blick ins eigene Zeitungsarchiv sein. Journalisten sollten die in ihrer Umgebung vorhandenen, in der Regel allgemein zugänglichen Bibliotheken, Archive oder Dokumentationsstellen nicht nur kennen, sondern sie auch zu handhaben wissen. Für Journalisten stellen nicht nur Wort-, sondern vor allem auch Bildarchive wahre Fundgruben dar. Wichtig ist die Beachtung von Copyright-Hinweisen auf den archivierten Fotos. Nach der in Österreich geltenden Rechtsprechung müssen die Fotografen bei einer Veröffentlichung namentlich genannt werden. Unterbleibt dies, kann das zu weitreichenden und teuren Klagen führen. Bei Fotos, die von Firmen zur Verfügung gestellt wurden, ist der Hinweis bzw. die Überprüfung wesentlich, ob ein Abdruck honorarfrei möglich ist bzw. ob Veröffentlichungsrechte einzelner Fotografen dabei zu beachten sind. In jeder Redaktionsbibliothek sollten die wichtigsten einschlägigen Lexika, Nachschlagwerke und Fachbücher zu Zwecken der Recherche vorhanden sein. Dazu kommen heute in den meisten Redaktionen die Möglichkeiten der elektronischen Recherche (siehe Kapitel 8, Seite 390 ff.). Außerdem stehen den meisten Journalisten in den Tageszeitungen die Möglichkeiten der Recherche über die Datenbank der Austria Presse Agentur (APA) zur Verfügung.

In vielen Fällen muß sich der recherchierende Journalist auf diese vier Säulen der Recherche – Telefon-, Gesprächs-, „Online"-, Archivrecherche – stützen, um zu den erwünschten Informationen zu gelangen. Hans-Joachim Schlüter hat in seinem ,,Abc für Volontärs-Ausbilder" eine Checkliste für die Recherche erarbeitet. Hier die wichtigsten Punkte:

- Wie zuverlässig ist die Quelle der ersten Information?
- Was muß recherchiert werden?
- Mögliche Informanten
  a) Betroffene(r)
  b) Gegenseite
  c) allenfalls neutrale Stelle
- Was kann telefonisch recherchiert werden?
  Was muß in Augenschein genommen werden?
- Welche Quellen stehen sonst noch zur Verfügung?
  Archiv
  Kollegen mit Fachwissen
  Zeitungsband
  Pressestellen und Informationsdienste
- Wurden alle Fakten nochmals geprüft?
  Namen
  Zahlen
  Zitate
  Quellen
- Welche Darstellungsform bietet sich an?
- Wer liest die Arbeit kritisch gegen?
- Ist der Bericht juristisch einwandfrei?
- (Ist die Kontinuität der Berichterstattung über den Tag hinaus gesichert?)

Auswahl und Bearbeitung

Zu einer weiteren wichtigen Aufgabe des Zeitungs-Journalisten gehört es, aus der Fülle der täglich einlangenden Informationen und dem oft überbordenden Angebot von Stories jene Beiträge auszuwählen, die publiziert werden sollen. Walther von La Roche sagt: ,,Auswählen zu müssen, ist das Schicksal jedes Journalisten, wo er auch arbeitet, was er auch tut. Wer recherchiert, muß auswählen, wer formuliert, muß auswählen, wer redigiert, muß auswählen." Bei dieser Selektion muß der Journalist werten und Wichtiges von weniger Wichtigem trennen. Der Journalist sollte sich der Verantwortung der Auswahl stets bewußt sein; an ihm liegt es, ob ein Thema in die Öffentlichkeit gelangt oder nicht. Selektion erfolgt immer nach subjektiven Gesichtspunkten, und die Objektivität der Recherche endet spätestens bei der Subjektivität der Auswahl der zu veröffentlichenden Beiträge.

Vorrangregeln für die Auswahl

Kriterien, nach denen Nachrichten ausgewählt werden, bezeichnet Siegfried Weischenberg in seinem Buch „Nachrichtenschreiben" als journalistische Nachrichtenfaktoren. Zwei wesentliche Nachrichtenfaktoren bestimmen so die Auswahl, die die Journalisten treffen:

– der Nachrichtenfaktor „Bedeutung"

– der Nachrichtenfaktor „Publikumsinteresse".

Diese Nachrichtenfaktoren lassen sich weiter differenzieren, wie aus Abbildung 1, Seite 48, hervorgeht. Es gibt zwar keine Patentrezepte für die Auswahl von Beiträgen, wohl aber kann man sich von einigen Gesichtspunkten leiten lassen, die einem bei der Auswahl behilflich sein können. Es sind dies:

- **Die Betroffenheit der Leser**
  Ein Beitrag sollte zur Veröffentlichung ausgewählt werden, wenn die Leser oder Teile der Leserschaft betroffen sind. Dies gilt etwa für eine Steuererhöhung, die für alle Österreicher eingeführt wird. Ein Beitrag darüber ist gewichtiger als eine Meldung über eine kleine Unregelmäßigkeit in einem Finanzamt.

- **Die Besonderheit der Meldung**
  Das außergewöhnliche rangiert meist vor dem gewöhnlichen Ereignis. Ein Beitrag über ein neues Auto, das auf einer Strecke von 100 Kilometern nur zwei Liter Benzin benötigt, wird eher Chance auf Veröffentlichung haben als ein Bericht über ein Auto, das genausoviel Benzin verbraucht wie alle anderen und auch sonst keine Besonderheit aufweist.

- **Die Exklusivität der Meldung**
  Exklusivmeldungen haben in der Regel Vorrang vor Agenturmeldungen oder allgemein zugänglichen Informationen.

- **Die Bedeutung der zu zitierenden Person**
  Der gleiche Satz, vom Bundeskanzler gesprochen und von einem Gemeinderat gesagt, kann in dem einen Fall berichtenswert sein, in dem anderen vermutlich nicht.

- **Die Meldungsmischung** (pro Seite bzw. pro Ressort)
  Um ein möglichst großes Leserinteresse abzudecken, versuchen die Redaktionen nicht kopflastig und ausschließlich nur über eine Thematik zu berichten,

sondern auf dem zur Verfügung stehenden Raum mehrere Meldungen über verschiedene Themen unterzubringen.

Weitere Faktoren, die für die Auswahl von Beiträgen in der Zeitung von Bedeutung sind, gehen aus dem Schaubild über die „journalistischen Nachrichtenfaktoren" auf Seite 48 hervor.

Die zur Veröffentlichung ausgewählten Beiträge müssen in der Regel noch redigiert bzw. bearbeitet werden. Dabei spielt natürlich eine Rolle, in welcher dem Medium entsprechenden Form ein Beitrag veröffentlicht werden soll. In jedem Falle muß der Redakteur jeden Beitrag auf Inhalt und Form überprüfen. Dabei fällt auch meist schon eine Vorentscheidung darüber, in welcher Form ein Beitrag veröffentlicht werden soll.

Präsentation

Die Entscheidung darüber, in welcher Form ein Beitrag in der Zeitung veröffentlicht wird, fällt in der Regel der Ressortchef oder der Chefredakteur; oft ist dieser Entscheidung schon eine Vorauswahl absehbarer bedeutender Themen in der Redaktions- oder Ressortkonferenz vorausgegangen. Nicht alle Beiträge haben die gleiche Wertigkeit; hier muß erneut eine Auswahl und Bewertung erfolgen. Für die Form der Präsentation eines Beitrages spielen folgende Überlegungen eine Rolle:

- Brandheiße, aktuelle Informationen eignen sich als groß aufgemachte *Nachricht* – auch bzw. gerade auch dann, wenn Stunden zuvor die Information schon in Hörfunk oder Fernsehen gemeldet wurde. Zeitungsleser wollen die Details einer Nachricht oft noch einmal nachlesen, auch wenn sie über die elektronischen Medien von diesem Ereignis schon informiert sind. Wichtig bei jeder Nachricht, vor allem bei der groß aufgemachten, ist die Quellenprobe; sie garantiert in der Regel für die Seriosität der Information.
- Im *Bericht* werden neben der Nachricht auch Stellungnahmen des oder der Betroffenen sowie erläuterndes Hintergrundmaterial veröffentlicht. Typisch für einen Bericht sind die „gebauten Stories", also ein umfassenderes Informationsangebot mit Meinung und Gegenmeinung sowie Verständnishilfen für den Leser (Erläuterung des Zusammenhanges, Herausarbeiten der Wichtigkeiten etc.). *Meldungen* nennen in wenigen Zeilen die wichtigsten „Facts" einer Nachricht. Im Fischer-Lexikon Publizistik/Massenkommunikation werden diese einspaltigen Texte auch Kurznachrichten genannt. Meldungen stehen oft auf der ersten Seite einer Tageszeitung. (Vgl. dazu auch das Kapitel über „Bericht in der Zeitung", Seite 74 ff.)

- Für einen *Kommentar* wird man sich entscheiden, wenn es möglich, sinnvoll oder notwendig ist, ein Ereignis persönlich zu bewerten. Durch die Bewertung sollen Denken und Fühlen des Lesers gezielt angesprochen und Möglichkeit zur Identifikation geboten werden. Viele Leser verwenden Kommentare auch als Argumentationshilfe bei eigenen Diskussionen.

  Dazu ein Hinweis: Die Vermengung von Bericht und Kommentar ist vor allem im Magazinjournalismus üblich geworden, widerspricht aber einer gewissen Fairneß gegenüber dem Leser, der die Möglichkeit haben sollte, zu erkennen, ob es sich um eine persönlich gefärbte Darstellung eines Journalisten oder um den Versuch einer möglichst umfassenden und ausgewogenen Berichterstattung handelt. Diese Abgrenzung stellt kein qualitatives Werturteil dar, sondern ist eher als eine Regel des Fair play zu verstehen. (Vgl. dazu auch Kapitel „Magazinjournalismus", Seite 236 ff., und Kapitel „Trennung von Nachricht und Kommentar", Seite 79.)

- *Plazierung* und *Aufmachung* spielen bei der Präsentation eines Beitrages eine wichtige Rolle. Es ist mitunter (auch angesichts der zunehmenden Verdichtung der Sprache) nicht so entscheidend, ob es sich um einen kürzeren oder längeren Beitrag (als Nachricht, Bericht oder Kommentar) handelt; bedeutender noch als das Kriterium der Länge eines Beitrages sind Plazierung und Aufmachung. Hier gelten alte Grundregeln: Rechts oben (auf der Seite) ist besser als links unten; weiter vorne im Blatt ist besser als auf den hinteren Seiten; illustriert ist besser als ohne Foto.

- Einem kurzen, aber wichtigen Beitrag kann man durch optische *Heraushebung* hohen Stellenwert einräumen. (Solche optischen Hervorhebungen können Linien, Raster, Kästen [Umrahmungen], Kursivdruck, Fettungen und anderes sein.) Das ist deshalb wichtig, weil innerhalb einer Zeitung auch Meldungen untereinander konkurrieren. Die Chance, daß ein Beitrag vom Leser (mit seinem begrenzten Zeitbudget fürs Zeitunglesen) wahrgenommen wird und bei ihm vielleicht sogar eine Reaktion bewirkt, hängt sehr davon ab, wie gut Titel, Untertitel, Bildauswahl, Bildtext etc. ausfallen. Für die Präsentation eines Beitrages sind neben den hier erwähnten Aspekten schließlich noch von Bedeutung: Das Format einer Zeitung und der Druck (Farbdruck); die Seitenaufteilung, Spaltenbreite und der Umbruch bzw. das Layout; die Art der Schriften und ihre Variationen sowie die Mittel der Illustration, zu denen neben dem Foto auch Graphiken, Karikaturen, (Land)Karten, Diagramme, Reproduktionen und Faksimiles gehören. Den vielfältigen Gestaltungsmöglichkeiten und Präsentationsformen ist jedoch ein eigener Abschnitt (Kapitel VII über „Zeitungsgestaltung", „Kommunikationsdesign" und „Optischer Journalismus", Seite 292–346) gewidmet.

Georg Wailand/Heinz Pürer

Journalistische Tätigkeiten im Radio

Vielleicht noch mehr als bei der Zeitung ist beim Radio die Recherche das Um und Auf der täglichen Arbeit. Die Hörer, die dem Radio unverändert hohe Glaubwürdigkeit attestieren, haben sich längst daran gewöhnt, vom mit Abstand schnellsten Medium nicht nur über die aktuellen Ereignisse an sich informiert zu werden, sondern auch gleich über die Hintergründe und Zusammenhänge.

Für den Radio-Journalisten bedeutet dies oft eine Recherche „auf Verdacht", unter enormem Zeitdruck, mehrmals am Tag. Denn das im Radio gesprochene Wort muß mindestens im Kopf sitzen, bevor es – häufiger, als man glauben würde, „live" – gesendet wird.

Und das im Radio Gesprochene muß für *alle* Bildungsschichten verständlich sein: es muß für den intellektuellen Zuhörer mit seiner Fähigkeit, sich im Kopf zum Gehörten ein eigenes Bild zu machen, ebenso adäquat sein wie für den, der gerade ein wenig hinhört.

Besonders die Recherche knapp vor einer Journalsendung zwingt den Radio-Journalisten nicht nur, sich in kürzester Zeit darüber klarzuwerden, ob etwas eine Story ist und wo allenfalls ihr Schwerpunkt liegt; der Journalist muß sich während des Recherchierens auch erste Gedanken über die Darstellungsform machen. Läßt sich der Sachverhalt erzählend darstellen? Bleiben nicht trotz allem Fragen offen, so daß sich ein Interview aufdrängt? ist der Hörer nicht mit einer Kombination **beider Darstellungsformen** besser bedient? Und reicht die Zeit bis zur Sendung für die Umsetzung des Geplanten, ist zum Beispiel rasch ein Gesprächspartner verfügbar?

Wie bei der Zeitung steht für diese Entscheidungen in der Regel der Ressortleiter (Chefredakteur) zur Verfügung. Manchmal kann der Radio-Redakteur an einer Außenstelle allerdings auch völlig auf sich allein gestellt sein bei der Entscheidung *ob* und *wie.*

Anders als der Zeitungsjournalist verfügt der im ORF tätige Radio-Redakteur für seine tägliche Arbeit (also auch für die Recherche) über ein in der Praxis äußerst brauchbares, nur in der Theorie immer wieder zur Diskussion gestelltes Instrumentarium: die *Objektivitäts- und Pluralitätsrichtlinien des Rundfunkgesetzes.* § 2 des Rundfunkgesetzes 1974 bestimmt:

(1) Der Österreichische Rundfunk hat . . . vor allem zu sorgen für

1. die umfassende Information der Allgemeinheit über alle wichtigen politischen, wirtschaftlichen, kulturellen und sportlichen Fragen durch

a) objektive Auswahl und Vermittlung von Nachrichten und Reportagen, einschließlich der Berichterstattung über die Tätigkeit der gesetzgebenden Organe und der Übertragung ihrer Verhandlungen;

b) Wiedergabe und Vermittlung von für die Allgemeinheit wesentlichen Kommentaren und kritischen Stellungnahmen unter angemessener Berücksichtigung der Vielfalt der im öffentlichen Leben vertretenen Meinungen.

Nachbemerkung: Nach dem Erkenntnis des Verfassungsgerichtshofes vom 3. Juli 1989 ist wohl mancher Objektivitätsdiskussion der Boden entzogen. In einem Interview mit Bundespräsident Kurt Waldheim im „Inlandsreport" hatte die Rundfunkkommission einen Verstoß gegen das Objektivitätsgebot durch die Art und Weise der Fragen zweier Journalisten gesehen. Eine irrige Rechtsauffassung, wie das Höchstgericht feststellte: der ORF-Journalist darf eigene und fremde Meinungen in Fragen einbringen, der Interviewpartner hat ja die Möglichkeit, darauf unmittelbar zu reagieren.

Organisationsstrukturen

Für die stündlichen Nachrichtensendungen und die fünf Journale – (Morgenjournal, Mittagsjournal, Journal um 5, Abendjournal (mit der Beilage Journalpanorama) und Nachtjournal – hat sich die ressortmäßige Gruppierung der knapp über 40 Redakteure der Hauptabteilung Information und Zeitgeschehen als recht zweckmäßig erwiesen.

Die Ressortleiter Innenpolitik, Wirtschaft, Außenpolitik listen in den Redaktionskonferenzen um 9 Uhr und um 14 Uhr die in ihrem Bereich erkennbaren Themen auf; die Kultur als Zulieferer nennt ihre Absichten; der Nachrichtenredakteur (= Chef vom Dienst) gibt mit einem kurzen Abriß der Aktualitäten die Gewähr, daß nichts übersehen wird; und nach allfälligen Anregungen des Journalmoderators (des Auslagenarrangeurs des Informationsgeschäftes) legt der Chefredakteur eine grobe Skizze der Sendungsinhalte bzw. der Reihung der einzelnen Beiträge fest.

Angemerkt soll an dieser Stelle werden, daß dieser Artikel aus der Sicht der zentralen Hörfunkinformation verfaßt ist. Die meisten Betrachtungen gelten natürlich sinngemäß auch für die ORF-Landesstudios, in denen aber die Redakteure meist für beide Medien, für Hörfunk und Fernsehen, arbeiten; für ihren lokalen Bereich ebenso wie als Zulieferer für die Zentralredaktionen. Die Konstruktion – hie Zentralredaktion, dort Landesstudios – bietet im übrigen auch beträchtliche Ansätze einer Innenkonkurrenz, ein Aspekt, der in Zeiten der Diskussion über das wünschenswerte Ausmaß an Vielfalt auf dem Informationsmarkt berücksichtigt werden sollte.

Die Nachrichten

Die stündlichen Nachrichten sind das Rückgrat der Radioinformation. Jede oft auch nur kleine Veränderung der Weltlage, jede Modifikation einer innenpolitischen Aussage, jede Wirtschaftsnotiz, „die" Kulturnachricht, „die" Sportmeldung, sie alle haben ihren Interessentenkreis. Nur: wer heute vielleicht einmal am Tag dazukommt, Nachrichten zu konsumieren, hört morgen kontinuierlich, weil er zum Beispiel einige Zeit im Auto unterwegs ist.

Das bedeutet für den verantwortlichen Nachrichtenredakteur:

- allen Erfordernissen gerecht werden zu müssen,
- je nach Gewichtigkeit der Themen Meldungen auszutauschen, allenfalls auch die Spitzenmeldung,
- bei komplexen Sachverhalten auch stündlich andere Aspekte hervorzuheben, selbstverständlich stets Neuentwicklungen zu berücksichtigen, ohne Scheinaktualitäten aufzusitzen.

Ein Beispiel: Es ist bei einer mehrstündigen Parlamentsdebatte zu einem Thema fast immer belanglos und nur verwirrend, die jeweils letzten Redner zu zitieren. Alles Wesentliche findet sich meist in der Argumentation der Hauptredner. Diese theoretisch so einleuchtenden Ziele sind in der Praxis oft gar nicht so leicht zur Zufriedenheit aller zu verwirklichen. Immer wieder gibt es Hörerbeschwerden, man bekomme nun schon stundenlang dieselben Nachrichten vorgesetzt.

Vieles in der täglichen Arbeit, vor allem des Nachrichtenredakteurs, hat sich in den letzten Jahren geändert. Die Berge von Papier, von Fernschreiberrollen ablaufend, gehören der Vergangenheit an. Heute präsentiert der Redaktionsbildschirm auf Knopfdruck die Produkte der Agenturen, Parteipressedienste etc. „Eilt"-Meldungen sind mit einem Piepston gekoppelt, ausgedruckt wird nur noch auf Kommando des Redakteurs, der Papieranfall ist verglichen mit früher wesentlich geringer geworden.

Nichts ändern dürfte sich in absehbarer Zukunft am grundsätzlichen System der Nachrichtenarbeit. Der verantwortliche Redakteur gibt Themen für die jeweils nächste Nachrichtensendung zur Bearbeitung oder behält sich selbst Themen zur Bearbeitung vor; die Meldungen werden sendereif diktiert, nach Wichtigkeit gereiht und von einem Sprecher (eher distanziert) verlesen. (Das Alternativmodell wäre der Redakteur, der „seine" Nachrichten in leichtem Plauderton an den Hörer bringt.)

Wenig ändern dürfte sich in Zukunft auch am Prinzip „reiner" Radionachrichten. Einblendungen von Korrespondentenberichten aus dem Ausland oder Reportagen über dramatische (auch politische) Ereignisse im Inland sind schon durch die zur Verfügung stehende Zeit (im Durchschnitt fünf Minuten für eine gesamte Nachrichtensendung) auf Ausnahmesituationen beschränkt.

Nichts geändert hat sich daran, daß der Objektivitätsgrad der stündlichen Nachrichten vom Hörer von vornherein als besonders hoch eingestuft wird. Was als Radionachricht gesendet wird, *ist* so geschehen, *ist* so gesagt worden – ein rasch zu verspielender Kredit, häufen sich erst einmal Falschmeldungen.

Um das zu vermeiden, muß der Nachrichtenredakteur die Meldungen mehrerer Agenturen genau vergleichen; er muß sich allenfalls mit Hilfe des außenpolitischen Ressorts oder durch Rücksprache mit Korrespondenten ein möglichst klares Bild verschaffen; bei unübersichtlicher Meldungslage muß er in der gesendeten Nachricht Quellen nennen und in Zweifelsfällen auf die Weitergabe einer ungesicherten Information verzichten.

Für Inlandsmeldungen politischer Natur existiert dieses Problem kaum. In den wenigen Zweifelsfällen genügt fast immer ein Rückruf im Ressort Innenpolitik oder Wirtschaft, um Unklarheiten zu beseitigen. Und bei Unglücksfällen (Verkehr, Lawinen usw.) versteht sich die Telefonrecherche des Nachrichtenredakteurs bei Polizei oder Gendarmerie von selbst.

Die Ressorts Außenpolitik, Innenpolitik und Wirtschaft

Anders als der Nachrichtenredakteur ist der Redakteur der genannten Ressorts selbst der Sprecher oder Präsentator seiner Arbeit. „Verfaßt und gesprochen von . . ." – eine solche Floskel erübrigt sich in den Journalsendungen. Kontinuierliche Aus- und Weiterbildung der Redakteure in Sprach- und Sprechkultur wird aber damit unabdingbar.

Zwischen den Ressorts lassen sich die Grenzen in der Praxis keineswegs automatisch ziehen. Österreichs EG-Bestrebungen z. B. haben unbestritten außenpolitische Komponenten, handfeste wirtschaftliche Für und Wider, sind Gegenstand innenpolitischer Auseinandersetzungen. Das hat zur Folge, daß etwa der innenpolitische Redakteur genauso gut über neutralitätspolitische Bedenken Bescheid wissen muß wie sein außenpolitischer Kollege. Und ebenso wie der Wirtschaftsredakteur muß er überschlagsweise im Kopf haben, wie groß die ökonomischen Vor- und Nachteile eines österreichischen EG-Beitritts aus der Sicht der einen oder der anderen Interessengruppierung sind. Ein weiteres Beispiel: Wer vermag schon mit absoluter Sicherheit festzustellen, ob in einer bestimmten Phase der Diskussion in der verstaatlichten Industrie die politische Festlegung den wirtschaftlichen Kurs oder – umgekehrt – wirtschaftliche Überlegungen die folgenden politischen Äußerungen bedingen? Ob der Innenpolitiker oder der Wirtschaftsredakteur „zuständig" ist?

Wer berichtet, um ein drittes Beispiel zu nennen, über österreichische Entwicklungshilfe in der Dritten Welt? Wohl in vielen Fällen jener Redakteur, der sich in einem Spezialgebiet besondere Kenntnisse angeeignet hat (wenn er sich nicht gerade um ein anderes Thema kümmern muß). Dieser Exkurs soll lediglich illustrieren, daß der Zwang zur Flexibilität im schnellsten Medium, dem Radio, wahrscheinlich größer ist als beim Fernsehen oder bei Zeitungen.

Auch im Bereich der **Außenpolitik** haben sich die Radiohörer längst an erstklassige Verständlichkeit eines Berichtes (auch wenn er vom anderen Ende der Welt kommen sollte) gewöhnt, an das Fehlen störender Nebengeräusche. Gibt es Berichte dieser Qualität vom dorthin geschickten Redakteur, vom ORF-Korrespondenten oder von einem anderen Mitarbeiter nicht, bleibt meist nur ein Weg: den nur schlecht verständlichen Bericht abhören, Agenturmaterial mitverarbeiten, im Funkhaus selbst eine Zusammenfassung machen.

Ein zusätzliches Problem kann sich in diesem Zusammenhang ergeben: Mitarbeiter anderer Rundfunkanstalten, etwa der BRD, unterliegen an sich nicht den strengen Auflagen des ORF-Gesetzes (z. B. Objektivitätsgebot), so daß Kommentare von Mitarbeitern dieser Anstalten meist von vornherein für eine Journalsendung nicht in Betracht kommen, weil eben das ORF-Gesetz unter Kommentar eine subjektive Sicht versteht (vgl. auch das Kapitel über „Analyse in Radio und Fernsehen", Seite 193 ff.). Fußnote: Den mühsamsten Umgang mit dem Objektivitätsgebot haben innerhalb des ORF vermutlich die Kulturredakteure. Die Rezension etwa einer Burgtheaterpremiere ohne (nach ORF-Richtlinien unzulässige) subjektive Färbung kommt einer Suppe ohne Salz bedenklich nahe. Eine *Vielzahl* subjektiver Färbungen kommt aber andererseits wieder dem Objektivitätsbegriff recht nahe: So hilft man sich mit Inlands- bzw. Auslandspresseschauen durch die Aneinanderreihung von Kommentaren in allen denkbaren politischen Schattierungen.

Für die **Wirtschaftsredaktion** und noch mehr für das **innenpolitische Ressort** gibt es täglich sozusagen die Qual der Wahl. Selbst kleinste Gruppierungen wollen mit Pressekonferenzen, mit mehr oder weniger originellen Veranstaltungen, mit einer Demonstration auf sich aufmerksam machen. Sie wollen im Radio, wenn möglich, im Mittagsjournal, vorkommen und damit eine verbesserte Chance haben, am nächsten Tag auch noch in der Zeitung zu stehen. Da gilt es, schon bei der ersten Sichtung strenge Maßstäbe anzulegen, wohin überhaupt ein Redakteur geschickt wird, um eine Story zu machen. Und auch aus dem Munde eines Bundeskanzlers, Parteiobmannes, Parlamentsredners, Unternehmers oder Gewerkschafters (die Liste läßt sich beliebig verlängern) kommen oft nicht nur neue, originelle oder wichtige Worte. Da gilt es, ein zweites Mal zu selektieren.

Moderation und Regie

Auch wenn die Redaktionskonferenz, geleitet vom Chefredakteur, in groben Zügen Inhalte und Ablauf eines Nachrichtenjournals festgelegt hat: **die Feinabstimmung unmittelbar vor und während der Sendung ist Sache des Moderators und des Regisseurs** (in der Regel ein Redakteur aus der Moderatorenregie). Auch im Informationsgeschäft ist es gar nicht so leicht, ein Produkt, das andere erzeugt haben, gut zu verkaufen, nämlich: ohne weitschweifige Ausführungen, aber mit Worten, die neugierig machen; die den folgenden Beitrag in einen größeren Zusammenhang stellen, ihn aber nicht gleich überflüssig machen; also einfach zwischen dem Fachredakteur und dem Hörer vermitteln. Feinabstimmung, das heißt aber auch – ähnlich den Gesetzen der Theaterdramaturgie – Elemente des Spannungsauf- und des -abbaus mischen, also etwa auf einen „gebauten Beitrag" eine Reportage, sodann einen ausschließlich vom Redakteur gesprochenen Beitrag und darauf etwa ein Interview folgen zu lassen. Feinabstimmung heißt aber auch, in kürzester Zeit zu entscheiden, ob alle Beiträge zu ein und demselben Themenkomplex hintereinander gesendet werden; oder, weil ein Beitrag noch nicht fertig ist, ob der gesamte Komplex innerhalb der Journalsendung ans Ende rückt oder der Komplex auch zweigeteilt präsentiert wird. (Zum Thema „Moderation im Hörfunk" siehe auch Seite 34.)

Erich Eichinger

Journalistische Tätigkeiten im Fernsehen

„Alle Menschen sind Philosophen", sagt Karl Popper, und das ist nicht nur als Aperçu gemeint: Jeder Mensch tritt im Hinblick auf jedes seiner Probleme mit Theorien an die Welt heran. Und jeder hat, was das Verhältnis dieser Theorien zur wirklichen Welt betrifft, seine eigene vorgefaßte Meinung, in die – ob bewußt oder unbewußt – vieles einfließt, das man im engeren Sinn des Wortes als Philosophie bezeichnet.

Alle Journalisten sind Menschen, also sind alle Journalisten Philosophen; sie sind es aber nicht nur aus diesem simplen Grund, sondern sie sind es in qualifizierter Weise. Ernsthafte Journalistik läßt sich von Wissenschaft nicht trennen; und der Versuch einer ernsthaften Theorie journalistischer *Auswahlkriterien* und *Verarbeitungsmethoden* kann de facto von Wissenschaftstheorie und Wissenschafts-Methodologie nicht abgegrenzt werden.

Was ist „new"? Was ist „fit"?

Man braucht die anscheinend einfache Frage, was der Journalist recherchieren solle und wie er dabei zu verfahren habe, nur ernsthaft genug zu stellen, um zu erkennen, daß die auf der Zunge liegenden Antworten fragwürdig sind. Auch die schöne klassische „Times"-Maxime "All the news, that's fit to print" erweist sich als abhängig von den zwei Schlüsselwörtern „new" und „fit". Was ist „neu"? Und was ist „geeignet, gedruckt zu werden"? – Das, was die Journalisten immer schon als neu und interessant betrachtet haben? Das, was die Agenturen bringen? Das, was der Chefredakteur oder der Herausgeber verlangen? Das, was sich verkaufen läßt? Das, was die politischen Parteien und Verbände als wichtig bezeichnen? Oder gar das, was die „Experten" meinen, nämlich die Wissenschafter, die letztlich den Wissenschaftstheoretiker, den Philosophen fragen müssen, wonach sie sich zu richten haben?

Informationen filtern, verdichten, nutzbar machen: Redundanz, Relevanz

Die einfachste Methode, sich um die Auseinandersetzung mit diesen Problemen herumzudrücken, ist absolut unzulässig: nämlich die Behauptung, man gebe als Journalist ja nur das an sein Publikum weiter, was eben wirklich passiert – somit sei man ein korrekt arbeitender Transmissionsriemen und alle Verantwortung liege beim Leser, Hörer oder Seher, dem die Realität korrekt vermittelt worden sei. Wäre dies so, bräuchte man keine Journalisten. In Wahrheit ist nämlich weder der einzelne noch irgendeine gesellschaftliche Gruppierung imstande, die Welt so in sich aufzunehmen, „wie sie eben ist". Die Aufgabe der Medien in unserer Welt der Sprache, des Buchdrucks, der Lautsprecher und Bildschirme entspricht der Aufgabe, die in der vorsprachlichen Welt die jeweiligen genetisch festgelegten kognitiven Systeme der Organismen zu erfüllen hatten (und nicht etwa die einzelnen Sinnesorgane, Augäpfel, Ohren, Nasenlöcher, wie man meinen könnte).

Informationstheoretisch läßt sich das heute schon recht einfach sagen. Was kognitive Systeme im allgemeinen, und somit die *Medien* im besonderen, tun, ist die Filterung, Verdichtung und Nutzbarmachung der Gesamtinformation, die uns unsere Umwelt anbietet. Der Prozeß ist durch drei große „R" bezeichnet: Redundanz, Relevanz, Richtung. Der Informationsprozeß verringert *Redundanz,* also die Wiederholung des Unwesentlichen, schaltet das „Rauschen" aus; er vergrößert die *Relevanz,* holt also aus dem Gesamtangebot jene bedeutenden Eindrücke heraus, die für das Leben, das Überleben, das Besser-Leben wichtig sind; und er verfolgt dabei eine markante *Richtung:* Mit möglichst wenigen Zeichen soll möglichst viel

Redundantes ausgeschaltet und möglichst viel Relevantes herausgearbeitet werden. Der mit einer Reportage über Frankreich beauftragte englische Reporter in der klassischen Anekdote würde seine Aufgabe nicht erfüllen, schickte er seiner Zeitung die Telefonbücher aller französischen Städte. Wenn er aber sofort nach der Begegnung mit dem ersten Franzosen zum Telegraphen eilt und seiner Zeitung die Meldung durchgibt: „Alle Franzosen haben rote Haare", dann hat er seine Aufgabe andererseits überzogen. **Die möglichst reiche Information in größtmöglicher, der Aufgabenstellung gemäßer Vereinfachung ist das Arbeitsziel.**

Recherche, Objektivität, Pluralität

Geht man an ein Thema heran, so wird man sich aber vorerst mit den Hintergründen vertraut machen müssen. Wir sprechen von der **Recherche.** Viele Einzelheiten des Themas sind herauszufinden, durch Abrufen eigenen Wissens, durch Befragen von Zeugen, durch Befragen von Experten, durch Überprüfung des Ereignisses selbst. Diese Recherchen werden uns auch den Wert eines Themas vom journalistischen Standpunkt her entweder bestätigen oder bestreiten.

Schon bald wird der recherchierende Journalist aber auf einander widersprechende Einzelheiten kommen. Sie können seine Theorie vom Hergang und vom Hintergrund eines Ereignisses entweder bestätigen oder in Frage stellen. Hier hat der im öffentlich-rechtlichen Rundfunk tätige Journalist **nach dem Begriff der Objektivität vorzugehen, also der wahrheitsgetreuen Information und deren Weitergabe zu entsprechen.** Wahrheitsgetreu – das ist ein Ideal, dem man sich in der journalistischen Arbeit nur annähern kann, denn die volle eindeutige Wahrheit kann der Journalist nicht liefern. Versucht man aber, sich der Wahrheit so weit wie möglich anzunähern, so bleiben Agitation, Polemik und Propaganda schon von selbst als Ballast links und rechts vom Weg liegen.

Objektivität und Pluralität können sich ergänzen, aber nie decken. **Ist Objektivität der Versuch, der Wahrheit, wie oben gesagt, möglichst nahezukommen, so ist Pluralität die korrekte Wiedergabe aller zu einem bestimmten Thema relevanten Standpunkte.** Mit anderen Worten, Pluralität entspricht der Meinungsvielfalt. Der Journalist freilich, der sich der Aufarbeitung eines Themas widmet, wird nun unter dem Zwang stehen, sich im Sinne der Objektivität und der Pluralität alle wichtigen Meinungen zu seinem Thema zu beschaffen und zu bewerten. Nun hilft den Journalisten der hierarchische Aspekt natürlich sehr wohl. Man kann sich beim Vorgesetzten erkundigen, der Vorgesetzte kann bei der Bewertung helfen, aber entscheiden anstelle des Themenbearbeiters kann er nicht. Das heißt, von der Verantwortung für die Aufarbeitung eines Themas kann den Journalisten niemand entbinden, auch nicht dem Zuschauer, Zuhörer oder Leser gegenüber.

Einheit von Bild und Text

Nun hat der Fernsehjournalist bei der Abfassung seines Bildtextes eine Reihe von Vorgaben. Er stellt die von ihm recherchierten Fakten nicht dar, wir es ihm beliebt, nein, er schreibt den Text zum Bild. Zu einem von ihm selbst als Illustration seines Textes bei einem Kameramann bestellten Bild oder zu einem vorgegebenen Bild, das ihm im Rahmen des Nachrichtenaustausches zur Verfügung gestellt wurde. Im Falle der Betextung „eigen gedrehten" Laufbildmaterials hat es der Journalist zweifellos leichter. Das bewegte Bild ist eine Dimension seines Beitrages, die er bereits bei der Recherche seines Beitrages erarbeitet. Er stellt sich also, nachdem er sich alle wichtigen inhaltlichen Fakten beschafft hat, vor, welche Bilder der Aussage seines Beitrages am ehesten entsprechen. Er bespricht diese Bilder mit dem Kameramann, der dann in Kenntnis der zu illustrierenden Fakten die dazu notwendigen Filmaufnahmen herstellt. Dies ist im Regelfall die **bestmögliche Voraussetzung für eine gelungene Einheit von Bild und Text,** aber nicht jeder Fernsehredakteur ist in der Lage, Material selbst drehen zu lassen. Das vorgegebene Bild, das bereits in einer bestimmten Abfolge und Schnittfolge von Bildern besteht, muß mit dem erarbeiteten Tatsachen betextet werden, das heißt, diese Tatsachen müssen dem Bild, wenn sie angesprochen sind, auch wirklich entsprechen. **Ein primär bedeutsames Bild bewirkt ein Betextungsproblem: man wird es nicht mit Fakten „zureden", weil man sich sonst der sprechenden Wirkung des Bildes beraubt.** Man wird dem Zuschauer in den weniger dramatischen Sequenzen davor ankündigen, was ihn erwartet, so vorbereitet wird er die Wirkung des Bildes und dessen Aussage weitaus besser verarbeiten können.

Authentizität einfangen

Das sprechende Gesicht wird immer wieder im Mittelpunkt der Fernsehberichterstattung stehen. Der Zeuge, der etwas erklärt, was er gesehen hat, ist immer noch wesentlich authentischer als der vom Journalisten daruntergelegte Text. Nun kann der Zeuge aber auch in einer fremden Sprache reden, und da hört, wie wir aus Erfahrung wissen, der Zuschauer immer wieder sehr gern den fremdsprachlichen Originalton, nicht zuletzt, um am Verständnis des Inhalts feststellen zu können, wie sehr er der Fremdsprache selbst kundig ist. Hier freilich stellt sich dem Journalisten schon wieder das Problem, wie denn der nicht Fremdsprachen kundige Zuschauer zu „versorgen" ist. Hier gilt, was oben gesagt wurde: in sehr zusammengerafften Formulierungen ist der Zuschauer darauf aufmerksam zu machen, daß ihn in den nächsten Sekunden ein fremdsprachiger Schlüsselsatz eines bestimmten Inhalts erwartet. Das gilt aus dramaturgischen Gründen auch für Sprachen, die nur einem sehr kleinen Teil der Seher und Hörer verständlich sind. Einen bedeutsamen Satz des chinesischen Parteichefs will man auch genau hören, wenn man nicht chinesisch kann, vorausgesetzt, daß dieser Satz wichtig, kurz und ebenfalls im voraus übersetzt ist. Im Falle der Verwendung extra angefertigten oder vorgegebenen, zum Inhalt passenden Bildmaterials ist die gemeinsame Funktion von Text und Bild mit bestmöglicher Wirkung, also leicht, herzustellen.

Unzulängliche Bilder – hinlängliche Texte

Im Alltag freilich stößt der Fernsehjournalist aber immer wieder auf Fakten, die nur unter Verwendung unzureichenden Materials zu illustrieren sind, weil entsprechende Bilder entweder nicht vorhanden oder nicht herzustellen sind. Der Fernsehjournalist muß sich also im Filmarchiv auf die Suche nach bewegtem Bildmaterial machen, welches einigermaßen in der Lage ist, das vorgegebene Thema auch zu illustrieren. Solche Bilder müssen zur Aussage passen und dürfen den Zuschauer nicht ablenken. Zu vermeiden ist auch eine allzu dichte Schneidefolge. Hier wird es notwendig sein, den vorhandenen Text, seine Inhalte und seine Formulierungen an die vorhandenen, wenngleich als unzulänglich erkannten Bilder anzupassen. Es ist keine Schande, dies im Text mit Formulierungen wie „unser Archivfilm aus dem Jahr 19 . . zeigt . . ." oder „schon im Jahr 19 . . hatte man versucht, sich des Problems anzunehmen . . .". Dadurch wird dem Zuschauer erklärt, daß er hier Archivmaterial zur Illustration aktueller Inhalte vorgesetzt bekommt, weil es kein anderes Bildmaterial gibt. Hier wird sich der Text eindeutig nach dem Bildmaterial zu richten haben, es gelten also jene Grundsätze des Ansprechens der Bilder, wie sie auch bei der Verwendung vorgegebenen Materials im allgemeinen zu gelten haben. **Der Zugriff auf grafische Elemente kann darüber hinaus dort als Erklärung für einen komplizierten Text gelten, wo vorgegebenes oder Archivmaterial nicht mehr ausreicht, wenn es überhaupt vorhanden ist.**

Bildschnitte richtig dosieren!

Im Text war bisher immer wieder von der Notwendigkeit des Schnittes am Rande die Rede. Der Schnitt eines Beitrages, also die Anpassung der Bildfolge an den Text, kann die Wirkung eines Beitrages spürbar erhöhen oder sie verflachen lassen. **Eine allzu rasche Bildfolge läßt das optische Aufnahmevermögen des Zuschauers allzu rasch ermüden,** er kann dem durch Bilder unterstützten Text nicht mehr folgen, seine Aufmerksamkeit schweift ab. Aber auch bei einem zu sparsam geschnittenen Beitrag kann dies der Fall sein. Wiederholungen in bestimmten Aussagen oder in Bildmotiven erzeugen im Zuschauer das Gefühl, bereits Bekanntes nochmals vorgesetzt zu bekommen, er wird also ebenfalls abschweifen, die Wirkung des Beitrages geht verloren, das gesamte Team hat die Arbeit umsonst gemacht.

Fernsehjournalismus ist Teamarbeit

Dabei steckt hinter einem Beitrag von drei bis vier Minuten in einer aktuellen Nachrichtensendung oft die Arbeit eines ganzen Tages. Wenngleich sich die Technik beim Zustandekommen eines aktuellen Fernsehbeitrages in der genannten Länge innerhalb weniger Jahre durch die elektronischen Aufnahmetechniken spürbar reduziert und die Bearbeitungszeit ebenso spürbar verkürzt hat, ist es doch nach wie vor **notwendig, daß Redakteur, Kameramann und Tonmeister bei der Aufnahme eines Berichtes eine Kleingruppe bilden, von der jeder seinen wichtigen Anteil am Gesamtprodukt hat.** Es ist notwendig, daß der *Redakteur* schon mit einer ganz bestimmten Vorstellung über den fertigen Beitrag zum Drehort kommt. Er vermittelt seine Recherchen dem *Kameramann,* der dadurch das richtige Gefühl für die bildliche Aussage des Beitrages bekommt. Der *Tonmeister* wiederum wird durch Atmosphäre-Ton und richtig ausgesteuerte Aussagen im Originalton für die akustische Dimension des Beitrages sorgen. Am elektronischen Schneidegerät sorgt der *Cutter* oder die *Cutterin* für die richtige Bildfolge, für das Einsetzen der richtigen ,,Atmosphäre", also der Geräusche, und der Originaltöne im Sinne des Beitrags-Konzepts des Redakteurs. Sein Text muß im Regelfall bereits vorliegen, da er für den Cutter oder die Cutterin die Basis des ,,Dazuschneidens" der richtigen Bilder ist. Nur in Einzelfällen, wo das Bild eine ganz besonders herausragende und nahezu allein Inhalt vermittelnde Wirkung hat, wird der Cutter oder die Cutterin die eindrucksvollsten Sequenzen zuerst schneiden, worauf dann der Redakteur anhand einer Liste der Einstellungen (Shotlist) einen möglichst sparsamen Text schreibt, der die Wirkung des Bildes unterstützt. Der Redakteur ist also nicht nur Text-Autor, sondern auch Regisseur seines Beitrages, er stellt die Interviewfragen, er spricht den Text, er schreibt dem Moderator die wichtigsten Stichworte zur Einleitung des Berichtes auf.

Studiomoderation

Nicht zu vergessen ist ja, daß die Studiomoderation, also der vom Moderator gesprochene Einleitungstext, und der Beitrag selbst eine Einheit sind, mit sich ergänzenden Informationen. Es ist ebenso falsch, sämtliche Informationen bereits in die

Moderation zu verlegen, da sie ja dann im Beitrag nochmals wiederholt und den Zuschauer langweilen würden. Es ist aber ebenso falsch, den Beitrag mit einigen belanglosen Formulierungen einzuleiten und alles Wesentliche dann aus dem Beitragsinhalt zu vermitteln. Der Moderator, also der Redakteur, der im Studio die verbindenden Worte zwischen den einzelnen Beiträgen spricht, hat bereits eine ganz bestimmte wichtige und inhaltsbezogene Funktion. Er ist aber nicht nur der bloße Inhaltsvermittler, er ist auch derjenige, der Erklärungen und inhaltliche Analysen liefert, er übernimmt einen Teil der journalistischen Leistung des Gesamtprogramms. Dies unterscheidet ihn vom Sprecher alten Typs, der nichts anderes getan hatte, als ihm zur Verfügung gestellte Texte zu verlesen. Der journalistische Moderator erarbeitet seine Texte selbst, er vermittelt jene Neugier, mit der sich auch der Zuschauer identifizieren kann, er stellt etwaigen Studiogästen jene Fragen, die auch der Zuschauer stellen würde, er prägt die Sendung, ohne sich selbst wichtiger zu nehmen als die vermittelten Inhalte. Er stellt also größere Zusammenhänge her, rundet Argumentationen ab und stellt sie in Beziehung zueinander. Das Stück Wirklichkeit, das der Fernsehjournalist erarbeitet, ist letztlich ein Produkt der Gemeinsamkeiten einer großen Redaktion. *Horst Friedrich Mayer*

Der Beitrag enthält Elemente aus jenem Beitrag über „Journalistische Tätigkeiten im Fernsehen", den Franz Kreuzer für die 1. und 2. Auflage des Buches verfaßt hat.

Literatur:

Zeitung

BRENDEL, Detlef, und GROBE, Bernd E.: Journalistisches Grundwissen. Darstellung der Formen und Mittel journalistischer Arbeit und Einführung in die Anwendung empirischer Daten in den Massenmedien. München: Verlag Dokumentation, 1976.

HALLER, Michael: Recherchieren. Ein Handbuch für Journalisten. 3. Auflage. München: Verlag Ölschläger, 1989.

LANGENBUCHER, Wolfgang R. (Hrsg.): Journalismus & Journalismus. Plädoyers für Recherche und Zivilcourage. München: Verlag Ölschläger, 1980.

LA ROCHE, Walther von: Einführung in den praktischen Journalismus. Mit genauer Beschreibung aller Ausbildungswege. Deutschland, Österreich, Schweiz. 11. bearb. Auflage. München: List Verlag, 1988.

PROJEKTTEAM LOKALJOURNALISTEN (Hrsg.): ABC für Volontärs-Ausbilder. 6. Auflage. München: Verlag Ölschläger, 1990.

SAXER, Ulrich: Recherche als journalistischer Auftrag und Prüfstein. In: Fernsehen und Bildung. Internationale Zeitschrift für Medienpsychologie und Medienpraxis. 10: 1976, Heft 1/2, S. 224–247.

Radio

ARNOLD, Bernd-Peter: Hörfunk-Information. Hinter den Kulissen des schnellsten Nachrichtenmediums. Opladen: Leske Verlag und Budrich GmbH, 1981.

LA ROCHE, Walther von, und BUCHHOLZ, Axel (Hrsg.): Radio-Journalismus. Ein Handbuch für Ausbildung und Praxis im Hörfunk. 3. Auflage. München: List Verlag, 1987.

Fernsehen

BROSIUS, Hans-Bernd: Die Bebilderung von Fernsehnachrichten: Unter welchen Bedingungen ist sie von Vorteil? In: Rundfunk und Fernsehen, 37: 1989, Heft 4, S. 458–472.

EMMERICH, Andreas: Nachrichtenfaktoren: Die Bausteine der Sensationen. Eine empirische Studie zur Theorie der Nachrichtenauswahl in den Rundfunk- und Zeitungsredaktionen. Saarbrücken 1984.

RUGE, Peter: Praxis des Fernsehjournalismus. Ein Handbuch für Zuschauer, Kritiker und Publizisten. Freiburg – München: Verlag Karl Alber, 1975.
SCHULT, Gerhard, und BUCHHOLZ, Axel (Hrsg.): Fernseh-Journalismus. Ein Handbuch für Ausbildung und Praxis. München: List Verlag, 1982.

Allgemeine Literatur

HALLER, Michael: Recherchieren. Ein Handbuch für Journalisten. Überarbeitete 3. Auflage. München: Ölschläger 1989.
NOELLE-NEUMANN, Elisabeth; SCHULZ, Winfried; WILKE, Jürgen (Hrsg.): Fischer Lexikon Publizistik/ Massenkommunikation. Frankfurt: Fischer 1989.
WEISCHENBERG, Siegfried: Nachrichtenschreiben. Journalistische Praxis zum Studium und Selbststudium. Opladen: Westdeutscher Verlag, 1988.

3. Moderation

Moderation im Radio

Moderierte Sendungen

Vermittlung von Inhalten in verständlicher Form, leicht rezipierbar oder, um ein jetzt oft verwendetes Wort zu gebrauchen, ,,kulinarisch" – das ist die Grundstrategie des Radios der achtziger Jahre und wird es wohl auch in den kommenden Jahren bleiben. Es ist dies die Reaktion des historisch ältesten elektronischen Massenmediums auf das weit gewordene Feld der elektronischen Unterhaltung, das nicht nur mit TV und Video den Konsumenten lockt, sondern auch mit Audiokassette und CD. Für viele Menschen ist Radio ein Begleiter, oft über Stunden hinweg. Das trifft in besonderem Maß für die Autofahrer zu. Begleitung soll jedoch nicht Berieselung heißen. Für die Programmgestaltung des Radios heißt das, Musikteppiche zu gestalten, um sie wirksam von einem Programm abzusetzen, das der Konsument mittels Kassette oder CD jederzeit selbst gestalten könnte. **Moderierte Sendungen sind also prinzipiell gestaltete Sendungen.**
Ein wichtiger Gesichtspunkt ist dabei die persönliche Ansprache. Moderator/en/innen unterscheiden sich von den Sprecher/n/innen des Radios alten Stils dadurch, daß sie ,,Persönlichkeit" in die Sendung einbringen. Das kann bis zur Identifikation einer Sendung mit einer bestimmten Person oder bestimmten Personen gehen. Bei Unterhaltungssendungen ist das sogar wünschenswert, da Sendungsidentifikation auch Senderidentifikation bedeutet. In der sich ausweitenden Radiolandschaft ist das kein unwichtiger Aspekt. Anders liegen die Dinge bei Informationssendungen im engeren Sinne – alle Sendungen mit politischen Inhalten –, in denen die Persönlichleit des Moderators nicht vom Informationsgehalt ablenken soll. Andererseits soll auch in der Form der Präsentation der Unterschied zu den klassischen Nachrichten (von Sprecher/n/innen gelesen) akustisch zum Ausdruck kommen. Manchmal eine schwierige Gratwanderung. **Moderation ist – im Gegensatz zu Ansage und reinem Sprechen – redaktionelle Arbeit.**
Die Zahl der moderierten Sendungen hat in letzter Zeit stark zugenommen. Auch der Themenkreis hat sich enorm erweitert. Moderiert wird nicht nur in Sendungen, die ,,klassische" Information verbreiten – News oder Sport z. B. –, sondern auch im weiten Bereich der Unterhaltung (wo es das schon seit Jahrzehnten gibt, nur daß man es nicht ,,Moderation", sondern ,,Conférence" nannte) bis hin zu E-Musiksendungen. Auch Opernkonzerte werden heute nicht mehr ,,angesagt", sondern mo-

deriert, wodurch sich die Grundinformation (Werk, Komponist, Interpreten) erweitern läßt. Die Abgrenzung zu anderen gestalteten Sendungen, die ebenfalls O-Ton oder Musik enthalten, ist letztlich der Unterschied zwischen Aufzeichnung und Live-Sendung. Da aber auch moderierte Sendungen aufgezeichnet werden können, ist auch diese Unterscheidung eher künstlich. Trotzdem können wir als Regel gelten lassen: **moderierte Sendungen haben Live-Charakter.**

Mit zwei Typen von moderierten Sendungen wollen wir uns eingehender beschäftigen: den Informationssendungen mit Musik, die unter dem Begriff „Magazine" zusammengefaßt sind, und Sendungen ohne Musik, für die es keinen einheitlichen Oberbegriff gibt. Im ORF sind das z. B. die „Journale", in der BRD hat man das Wort „Umschausendungen" dafür geprägt.

Magazine

Ein Magazin ist nach der Definition des Duden einerseits ein Vorratshaus und andererseits eine bebilderte unterhaltende Zeitschrift. Das Magazin als eigenständige Radio-Form ist eine Sendung mit U-Musik und kurzen Wortbeiträgen.

Magazine mit Beiträgen

In der einfachsten Form dieser Sendung werden einzelne, voraufgezeichnete Beiträge durch Musik getrennt, wobei jeder Beitrag anmoderiert und gegebenenfalls auch abmoderiert wird. Einzige Grundregel: der Beitrag wird nicht aus der Musik heraus abgefahren, sondern prinzipiell durch Moderation vorbereitet. Ob und wie in der Moderation auf die Musik Bezug genommen wird, hängt ganz vom Charakter der Sendung ab. In Unterhaltungssendungen spielt Musik sicherlich eine Rolle, in Informationssendungen ist sie nur Beiwerk.

Formalen Einfluß auf den Charakter der Sendung haben die Beiträge. Möglich sind alle Formen der Radio-Berichterstattung, vom einfachen Wortbeitrag, z. B. einem Korrespondentenbericht, über den gebauten Beitrag mit O-Ton bis zu Interview und Reportage. Die Mischung dieser Formen in einer Sendung kann neben der Musik sehr viel zur Auflockerung beitragen. Magazine mit Live-Moderation sind natürlich das ideale Transportmittel für Live-Beiträge. Und weil es dafür praktisch nur eine Form gibt, das Gespräch, ist damit auch Rollenwechsel für den Moderator verbunden. Aus „einführenden Worten" (so nannte man in der Dampfradiozeit die Einleitung zu einem komplizierten Vortrag) wird die Partizipation. Aus dem Moderator wird eine Art Co-Autor. Moderator/en/innen stellen Fragen – an Korrespondent/en/innen oder an Reporter/innen am Schauplatz eines Geschehens. Und noch intensiver agiert der Moderator in der Rolle des Interviewers, wenn er nicht nur Journalistenkollegen abfragt, sondern am Telefon oder im Studio mit Experten, mit Politikern oder mit Zeugen eines Ereignisses spricht. **Die Form des Magazins hat die alten Kategorien des Radio-Journalismus wie Reporter oder Interviewer aufgeweicht und den lange verpönten „Generalisten" wieder in den Vordergrund gerückt.**

Magazine mit Publikumsbeteiligung

Nichts verdeutlicht besser die Entwicklung des Radios als der Vergleich von Musik-Wunschsendungen einst und jetzt. Beim alten „Wunschkonzert", einer ganz frühen Form der Unterhaltungssendung, wurde der Musikwunsch der Sendeanstalt submissest in schriftlicher Form zugeleitet, von einem Redakteur in gewählte Worte übertragen und von Sprecher/n/innen wohlgesetzt vorgetragen. Heute werden die Hörer/innen telefonisch auf den Sender aufgeschaltet und in kurze Gespräche mit dem Moderator verwickelt. Aber die direkte Beteiligung des Publikums an der Programmgestaltung ist bei Wunschkonzerten nicht stehengeblieben. Immer beliebter werden Telefonsendungen. Die Hörer führen Gespräche mit dem Moderator oder mit einem Studio-Gast, wobei der Moderator Hilfestellung gibt und auf den Ablauf der Sendung achtet. Die Themen dieser Sendungen reichen von Politik, Wirtschaft oder Kultur bis zu Lebenshilfe im weitesten Sinn – etwa die populären Sex-Ratgebersendungen. **Sendungen mit Publikumsbeteiligung erfordern Moderatoren, die mehr als in anderen Magazinsendungen der ursprünglichen Definition des Moderators als „Vermittler" entsprechen.**

Doppelmoderation

Eine Sonderform stellen Sendungen dar, durch die zwei Moderatoren führen. Für die beiden Moderatoren bringt das Probleme der Abstimmung mit sich, vor allem wenn es sich um frei gesprochene Sendungen handelt, deren Texte nicht vorher festgelegt sind. Für die Hörer kann es reizvoll sein, begonnen von der akustischen Abwechslung (z. B. zwischen Frauen- und Männerstimme) bis zur Möglichkeit, den oder die Gesprächspartner an einer Art Pingpong zu beteiligen. Doppelmoderationen fordern den Ausführenden allerdings ein hohes Maß an Disziplin und Routine ab.

Moderator/en/innen

„Moderieren ist eine hochkomplexe Tätigkeit", sagt Michael Troesser in seinem Buch „Moderieren im Hörfunk". Trotzdem sind Moderator/en/innen keine Übermenschen. Auch sogenannte „Starmoderatoren" arbeiten in einem Team, dessen

Bestandteil sie sind, auch wenn sie in der Außenwirkung noch so abgehoben erscheinen. Je komplexer die Sendung, desto wichtiger ist die redaktionelle Arbeit hinter den Kulissen.

Moderator – Redakteur

Prinzipiell ist es wünschenswert, wenn jeder Moderator gleichzeitig auch Redakteur wäre. Ausnahmen sind vor allem in Unterhaltungssendungen möglich, die dann nicht nur von den Themen getragen werden, sondern auch von der Persönlichkeit des Gast-Moderators. Für das Verständnis der jeweiligen Problematik von Redaktion und Moderation ist es jedoch äußerst nützlich, wenn kontinuierlich die Rollen getauscht werden.

Sendungsplanung – Sendungsvorbereitung

Es gehört zu den Selbstverständlichkeiten, daß der Moderator schon beim Planungsstadium einer Sendung dabei ist. Moderator/en/innen, die aus dem Kreis der Redaktion kommen, sind so in die allerersten Ideenfindungen eingebunden. Sie können, so wie jeder Teilnehmer der Redaktionskonferenz, ihre Meinung zur Sendung und deren Inhalten einbringen. Das erleichtert dem Moderator die Aufgabe, sich mit der Sendung besser zu identifizieren. Auch Gestaltungsfragen können so schon früh aufgeworfen und gelöst werden – etwa in einer Sendung, die gestaltete Beiträge und Live-Gespräche als dramaturgische Formen enthält, die Entscheidung, welches Thema in welcher Form behandelt werden soll.
Die Vorbereitungen des Moderators beginnen freilich nicht erst mit der Planungskonferenz der jeweiligen Sendung. Vor allem bei politischen Magazinen und Journalen müssen die Moderator/en/innen den Überblick schon vorher haben. Nur so können sie richtig reagieren, wenn eine neue Entwicklung in Form eines Live-Gesprächs dargestellt und erklärt werden muß. Moderator/en/innen haben vor ihren Sendungen Nachrichten gehört oder in der Redaktion gelesen, sie haben die wichtigsten Zeitungen und Magazine gelesen und einen Blick auf die Agenturmeldungen geworfen. So vorbereitet, betreten sie das Konferenzzimmer. Denn zwischen Konferenzende und Sendungsbeginn kann die Zeit knapp werden. Und diese knappe Zeit ist für den Moderator angefüllt mit den konkreten Sendungsvorbereitungen: Abhören schon vorliegender Beiträge vom Band, gezielte Recherche für Moderatortexte im Archiv, in Nachschlagewerken oder im Agenturmaterial, Schreiben der Moderationstexte, Besprechungen mit Redakteuren über deren Beiträge und generell Behalten des Überblicks über die Sendung.

Abstimmung Moderation – Beitrag

Eine der wichtigsten Aufgaben des Moderators in einer Sendung mit gestalteten Beiträgen ist die Vermittlung dieser Beiträge. Die Hörer müssen jene Vorinformation bekommen, die zum Verständnis des Beitrags notwendig ist. Der Inhalt des Beitrags darf aber keineswegs durch die Moderation vorweggenommen werden. Zu den Todsünden der Moderation gehört die sogenannte „Doublette": die nicht nur inhaltliche, sondern auch von der Formulierung her wiederholte Einleitung des Beitrags in der Moderation. Ebenso falsch wäre es allerdings, die Anfangssätze eines Beitrags abzuschreiben und den Beitrag später beginnen zu lassen. Gute Beiträge sind nämlich so gestaltet, daß sie mit einem starken Lead die Aufmerksamkeit des Hörers zu wecken versuchen. Durch Amputation des Beginns verlieren sie also ihre dramaturgische Form.

Vielfältig sind die Arten der Information, die in der Moderation vor einem Beitrag vermittelt wird: *Vor*information, *Zusatz*information, Einstimmung, dramaturgische Aufbereitung, gegebenenfalls *Nach*information. Die Länge der Moderation muß in einem vernünftigen Verhältnis zur Länge des Beitrags stehen. Auch bei Kurzbeiträgen von einer Minute Länge darf die Moderation nicht umfangreicher sein als der Beitrag selbst. Als Faustregel gilt: 10 bis 15 Prozent am Wortanteil einer Sendung soll Moderation sein. Weniger macht nichts, mehr ist schlecht. Als besondere Form der Abstimmung von Moderation und Beitrag kann man das Vorgespräch des Moderators mit einem Studiogast oder einem Gesprächspartner am Telefon oder in einem anderen Studio sehen. Hier geht es darum, die wichtigsten Fragen vorzuklären, aber keineswegs eine Gesprächsstrategie festzulegen. Anderseits müssen die Themen eingeengt werden, um im Zeitrahmen bleiben zu können. Auch für das Moderatorgespräch soll die Regel gelten: Der Interviewte ist für den Hörer wichtiger als der Interviewer, daher sollen die Fragen nicht zum Koreferat ausarten und auf jeden Fall kürzer sein als die Antworten.

Moderator/en/innen prägen in gewisser Weise eine Sendung. Sie machen Zusammenhänge deutlich, wenn zu einem bestimmten Thema in einer Sendung mehrere Beiträge gespielt werden. Oft wird eine etwas längere „Generalmoderation" an die Spitze eines solchen thematischen Blocks gestellt, wobei dann die Überleitungen zwischen den einzelnen Beiträgen kurz gehalten werden können. Moderationen setzen aber auch Zäsuren. Hier muß man sich allerdings vor Allerweltsfloskeln à la „und jetzt ein ganz anderes Thema" oder dergleichen hüten. Deutliche Pausen sind ebenso möglich wie Zeitansagen – die speziell in den Frühsendungen zum unerläßlichen Kundendienst einer Live-Sendung im Radio gehören sollen.

Sprache

Für Moderatoren gilt stärker noch als für alle anderen Radio-Programmgestalter: für das Hören schreiben! Jeder einzelne Wortbeitrag im Radio soll sprachlich so gestaltet sein, daß er dem Hörer keine formalen Verständlichkeitsprobleme bietet. Papierener Stil, Schachtelsätze, Verlautbarungs-Deutsch und was es an Sünden auf diesem Gebiet noch alles gibt – nirgendwo im Radio sollten sie auftauchen! Moderator/en/innen müssen sich aber doppelt und dreifach davor hüten, denn ihre Beiträge sind ja die einzigen in einer Sendung, die unbedingt live ausgestrahlt werden. Auch bei den Pointen ist Vorsicht geboten. Beim gedrechselten Wortspiel ist schon so mancher Moderator ausgerutscht. Schlagfertigkeit läßt sich nur bis zu einem bestimmten Punkt erlernen – darüber hinaus muß man begabt sein, und wer es nicht ist, sollte sich in Zurückhaltung üben. Eine ungekünstelte Sprechweise, die den Eindruck eines wohlvorbereiteten, nichtsdestoweniger aber durchaus spontan klingenden Menschen am Mikrofon vermittelt, trägt auch lange Sendungen mühelos.

Eigenschaften

Moderator/en/innen müssen neben allen Fähigkeiten, die das Medium Radio von den Gestaltern verlangt, noch eine weitere besitzen: sie müssen live-sicher sein. Das Reagieren auf unvorhergesehene Situationen, ohne dabei den Kopf zu verlieren, ist eine unerläßliche Eigenschaft. Darüber hinaus müssen sie aber etwas vermitteln, was sich der wissenschaftlichen Analyse weitgehend entzieht: in ihrer Wirkung nach außen müssen sie Kompetenz und Präsenz demonstrieren. Aus diesem Grund ist der journalistisch fähigste Redakteur keineswegs immer der beste Moderator. Und wahrscheinlich ist es dieses „artistische" Element, das erfolgreiche Moderator/en/innen von allen anderen redaktionellen Mitarbeitern abhebt. Stärker noch im Fernsehen, wo vor allem die optische Dimension zählt, die ja noch unwägbarer ist als die akustische. *Roland Machatschke*

Moderation im Fernsehen

Vieles, was im Kapitel über Moderation im Radio (Seite 34 ff.) gesagt wurde, gilt auch für die Moderation im Fernsehen. Eine erste Annäherung an das Thema soll dennoch über Versuche einer Begriffsbestimmung erfolgen. „Ein Begriff, der zu viele Bedeutungen aufnimmt, wird unbrauchbar." Mit diesem ernüchternden Befund wird im „Medienlexikon" von Lothar Döhn und Klaus Klöckner beim Stichwort „Moderator" das wissenschaftliche Handtuch geworfen. Tatsächlich gibt es im Fernsehjournalismus wahrscheinlich kaum einen weiteren Begriff, der so oft strapaziert, so vielfältig verwendet und gleichzeitig so wenig definiert ist wie „Moderator" und „Moderation".

Moderation – was ist das?

Der Rückgriff auf die sprachlichen Wurzeln des aus dem Lateinischen stammenden Wortes bringt nur eine erste Näherung an den Begriffsinhalt: ,,Mäßiger", ,,Leiter", ,,Lenker". Versuche einer Genealogie des Moderator-Begriffs verwirren zunächst und bringen dann doch etwas zusätzliche Information. In dem von Walther von La Roche und Axel Buchholz herausgegebenen Handbuch über ,,Radiojournalismus" heißt es: ,,Nach allem, was man darüber weiß, ist der Begriff Anfang der fünfziger Jahre in den USA entstanden. Damals führten die großen Rundfunkanstalten Morgensendungen ein, und zu dieser Tageszeit schien den Verantwortlichen die bisher übliche Bezeichnung wie ,Commentator' oder ,Announcer' nicht mehr passend. Man suchte etwas Friedfertiges, morgendlich belebend, aber doch ausgleichend, einen, der *moderat* seine Zuhörer anspricht. So fand man den Moderator. Heute denkt kaum ein Moderator noch, daß er in erster Linie ausgleichen solle. Der Name hat sich verselbständigt . . . Der Moderator ist zum *Vermittler von Informationen* geworden, und er tut das auf vielfache Weise."
Der Sprachgebrauch der Fernsehpraxis kann hier weiterhelfen. Neben dem Redakteur, der Beiträge gestaltet, gibt es hier *vier* Begriffe und Funktionen, die man so beschreiben kann:
Der Sprecher liest fremde Texte, meist aus dem Off Er muß seine Persönlichkeit so weit wie möglich zurücknehmen und oft eine schauspielerische Leistung vollbringen – etwa beim Lesen von Übersetzungen seine Stimme im Tonfall, Charakter und Tempo dem Original anpassen.
Der Ansager verbindet Programme oder Programmteile, auf deren Gestaltung er keinen Einfluß hat. Er hat sich meist bis auf kleinere persönliche Formulierungselemente streng an den vorgegebenen Text zu halten.
Der Präsentator, in der Journalismus-Literatur auch als ,,Ko-Moderator" bezeichnet, führt in Teile der Sendung ein, die er meist selbst gestaltet hat und in der Präsentation mit eigenen Worten zusätzlich erläutern kann.
Der Moderator führt mit von ihm selbst verantworteten Texten durch Programme, an deren Inhalt und Gestaltung er im Rahmen der jeweiligen hierarchischen Gegebenheiten im Redaktionsteam zumindest maßgeb ich beteiligt ist. Er führt Interviews und Gespräche und nimmt durch Sachanalysen eine Einordnung von Themen und Fakten vor. Er bringt auf diese Weise sehr weitgehend sein persönliches Wissen, seine journalistische Erfahrung und Kompetenz ein und wird derart selbst oft zu einem wesentlichen Markenzeichen einer Sendung.
So klar der Unterschied der einzelnen Funktionen hier scheint, so sehr ist zu verstehen, daß sich die Wissenschaft über Begriffsverwischungen und unklare Abgrenzungen in der Praxis der Fernsehanstalten beklagt. Daß diese Klage zu Recht besteht, hat sachliche und psychologische Gründe.

Auf der *Sachebene* zeigt sich, daß die Einteilung in angesagte und moderierte Informationssendungen oft unmöglich ist. Nachrichtensendungen im engeren Sinn geben dem Mann/der Frau im Studio kaum Möglichkeiten zur inhaltlichen Einflußnahme. Je mehr sich die Sendung aber in Richtung Vertiefung der Informationsinhalte entwickelt und je größer die journalistische Qualifikation des Redakteurs im Studio ist, desto eher wird man von Moderation sprechen können. Umgekehrt bedeutet ein Trend zu Oberflächlichkeit und Kürzestüberleitungen eine Entwicklung in Richtung Ansage, die aber durchaus von hohem formalen Professionalismus geprägt sein kann.

Auf der *psychologischen Ebene* ist entscheidend, daß Moderatoren in der Öffentlichkeit bekannter sind als andere Funktionsträger der Rundfunkanstalten. Die Berichterstattung der Programmzeitschriften über die sichtbaren Kommunikatoren des Fernsehens sind gleichzeitig Folge und Ursache eines gewissen Starkults. In der Bundesrepublik Deutschland ergab ein Vergleich unter den Fernseh-Anstalten, daß die Bandbreite dessen, was unter der prestigeträchtigen Bezeichnung „Moderator" firmiert, ziemlich groß ist. Eine gewisse Inflationierung des Begriffs, so Heinz-Dietrich Fischer in dem von ihm herausgegebenen Buch über „Fernsehmoderatoren in der Bundesrepublik", sei unverkennbar.

Der Vollständigkeit halber sei erwähnt, daß der Moderationsbegriff der Soziologie mit dem Moderationsbegriff der Publizistik zwar oberflächliche Ähnlichkeiten aufweist, aber doch wesentlich verschieden ist. Die soziologische Moderationsmethode für die Arbeit mit Gruppen sieht in ihrem Moderator lediglich einen Katalysator, Prozeßberater, Regler von Gruppenprozessen, der inhaltlich nicht eingreift (Johannes Fischer: Moderation. Glashütten 1987: Verlag Pragma). Genau diese Vermittlung von Inhalten ist aber ein wesentlicher Bestandteil der Arbeit eines Fernsehmoderators. Wer zu Podiumsgesprächen nicht als Diskussionsleiter, sondern als Moderator eingeladen wird, sollte sich also zur Vermeidung von Mißverständnissen vorher erkundigen, was genau von ihm erwartet wird.

Moderation als journalistische Leistung

Der Moderator prägt den Stil von Magazinen und anderen Sendereihen; er ist, wie wir gesehen haben, ein wesentlicher Vermittler von Informationen geworden. Noch mehr: Der Moderator ist, wie Harald Burger in seinem Buch über „Sprache in den Massenmedien" meint, zur „verbindenden Instanz zwischen Sender, Sendung, Elementen der Sendung, Sendungsumfeld und Publikum" geworden. In der Regel sind es daher Spitzenjournalisten, die diese Funktion ausüben. Sie unterscheiden sich von anderen Journalisten durch das kommunikative Instrumentarium, das sie einsetzen. Der Zeitungsjournalist bedient sich des geschriebenen Wortes; der Hörfunkjournalist neben sprachlichen Inhalten auch noch der Ausdrucksmöglichkeiten der Stimme: Tonlage, Dynamik, Sprachfärbung usw. Beim Fernsehjournalismus kommen noch die Ausdrucksmöglichkeiten der Bildgestaltung dazu. Und der **Moderator setzt die gesamte Palette verbaler und non-verbaler Kommunikationsfaktoren ein,** also zusätzlich zum bisher Erwähnten auch noch unter anderem Mimik, Gestik und Körpersprache.

Unter Einsatz dieses Kommunikations-Werkzeuges erfüllt er drei journalistische Funktionen, wie man bei Harald Burger („Sprache in den Massenmedien") und Wolfgang Schröder/Friedhelm Ost („Fernsehmoderatoren in der Bundesrepublik Deutschland") nachlesen kann:

1. Die *strukturelle* Funktion. Die Moderation stellt einen roten Faden dar, der die Vielfalt der oft heterogenen Programmelemente für den Zuseher überschaubar und nachvollziehbar macht.
2. Die *interpretative* Funktion. Der Moderator gibt vor und nach den Beiträgen zusätzliche Informationen, die zum vollen Verständnis beitragen sollen. Er gibt dem Zuseher insofern Orientierungshilfe, als er es ihm ermöglicht, Einzelereignisse in das Gesamtbild einzuordnen. Dabei darf er nicht so weit gehen, dem Zuschauer eine bestimmte Wertung der Ereignisse aufzuzwingen.
3. Die *pragmatische* Funktion. So wird in der Literatur die über den Text hinausgehende Wirkung von Moderatoren aufgrund ihrer individuellen Persönlichkeit genannt. Sie prägt den Stil eines Magazins, sorgt für Zuschauerloyalität für einzelne Sendungen und hilft den Zusehern, einen persönlichen Bezug zu Themen herzustellen.

Kein Wunder, daß Manfred Schult und Axel Buchholz in ihrem Buch über „Fernsehjournalismus" zum Schluß kommen: „Der ‚ideale' Moderator ist ein Übermensch, der zudem noch die Eigenschaft besitzen muß, daß man es ihm nicht anmerkt, sondern ihn als vertrauten, klugen Freund empfindet. Das bedeutet: Den idealen Moderator gibt es allenfalls annäherungsweise." **Mangelnde Demut vor der Aufgabe, vor der Information, vor dem Zuschauer, gepaart mit übersteigerter Freude am Starkult und Selbstgefälligkeit verhindern in der Tat manchmal, daß ein guter Moderator zu einem großen Moderator wird.**

Moderation und Objektivität

Da der Moderator in seine Tätigkeit seine gesamte Persönlichkeit einbringen soll, wird in Theorie und (vor allem deutscher) Praxis das Spannungsverhältnis zwischen persönlicher Überzeugung und Objektivität deutlich. Unter Bezug auf die bundesdeutschen Verhältnisse heißt es etwa, bei der Moderation in Nachrichten-Magazinen sei eine „gewisse Subjektivität bei der Präsentation der Beiträge" gegeben; bei politischen Magazinen werde das Engagement des Moderators erkennbar, er könne zur „Symbolfigur politischer Meinungslager" werden und laufe Gefahr, „zum Kronzeugen oder zum Märtyrer politischer Auffassungen" zu werden (so bei Schult/Buchholz im „Fernsehjournalismus"). Eine der wenigen Definitionen der Tätigkeit eines Moderators attestiert ihm sogar, daß bei seiner interpretativen Funktion „nicht unbedingt Objektivität intendiert wird" (Fischer, „Fernsehmoderatoren", S. 15). Dreizehn deutsche Fernsehmoderatoren, die zu ihrem Selbstverständnis befragt wurden, gaben in dem von Heinz-Dietrich Fischer herausgegebenen Buch „Fernsehmoderatoren in der Bundesrepublik Deutschland" recht interessante Antworten zum Thema Objektivität. Die Meinungen reichen von: „Objektivität gibt es nicht" (Werner Höfer); über „Ausgewogenheit in jeder Sendung gibt es nicht" (Claus Hinrich Casdorff); „Objektivität heißt für mich: Erkennbarmachen der Subjektivität" (Hansjürgen Rosenbauer); „Ob wir objektiv sind, weiß ich nicht . . . Wir stellen uns der Kritik und müssen Prügel in Kauf nehmen, Prügel, die ausgelöst werden durch anderes Objektivitäts- und Ausgewogenheitsverständnis" (Friedrich Nowottny); bis hin zum Appell, behutsam mit der Meinungsäußerung umzugehen (Günther von Lojewski) und dem von Gerhard Löwenthal verwendeten Jaspers-Zitat: „Der Journalist berichtet nach Kräften richtig und vollständig, aber er soll das Berichtete deuten und beurteilen." **Vor der Einordnung, der Interpretation, hat also das unablässige Bemühen um Richtigkeit und Vollständigkeit zu stehen.**

Dieses letztzitierte Postulat kommt der österreichischen Realität noch am nächsten. Das *Rundfunkgesetz 1974* erklärt nämlich im § 2 eindeutig *das Prinzip der Objektivität zur Grundlage jeder journalistischen Tätigkeit.* Die *Programmrichtlinien* sagen deutlich, wie diese Objektivität zu verstehen ist: „Objektivität bedeutet Sachlichkeit unter Vermeidung von Einseitigkeit, von Parteinahme und von Verzerrung der Dimensionen." (§ 1.3.2.) „Das Gebot der Objektivität . . . bedeutet den Auftrag zu unablässiger Bemühung, die günstigere Behandlung eines Standpunktes oder die Bevorzugung einer Version . . . zu vermeiden. Das Objektivitätsgebot schließt jedoch Programmelemente nicht aus, die zu kritischem Denken und zur freien Urteilsbildung anregen." (§ 1.3.3.) „Objektivität erfordert die Berücksichtigung aller erreichbaren zuverlässigen Informationsquellen, wahrheitsgemäße Quellenangabe und Beurteilung jeder Information nach Richtigkeit und Nachrichtenwert unter Bedachtnahme auf die relevanten gesellschaftlichen, politischen, geistigen und künstlerischen Strömungen." (§ 1.3.4.) An diese Bestimmungen sind alle journalistischen Mitarbeiter des ORF gebunden, Angestellte ebenso wie freie Mitarbeiter.

Objektivität wird im ORF-Gesetz also eher als *dynamischer Prozeß* definiert denn als verbissenes Suchen nach Wahrheit und Fakten. Der Objektivitätsbegriff, der von deutschen Moderatoren zum Teil sehr entschieden abgelehnt wurde, ist dagegen *statisch*. Die Behauptung, es gebe ein objektiv einzig richtiges Endprodukt als Ergebnis wissenschaftlicher Analyse oder persönlicher Erkenntnis, stünde tatsächlich in Widerspruch zur demokratischen Meinungsvielfalt.

Kritisches Hinterfragen, Sachanalysen auf der Grundlage gründlicher Recherchen, das Einholen kritischer fremder Stellungnahmen – all das ist mit der Definition der Objektivität im österreichischen Rundfunkrecht vereinbar. Der rechtliche Rahmen ist also kein Hindernis für gute, ansprechende und packende Moderationen. Im Gegenteil: die Programmrichtlinien, deren wichtigste Formulierungen zwei Jahrzehnte alt sind und bei keiner der seitherigen Reformen Anstoß erregt haben, liefern darüber hervorragende Anhaltspunkte.

Moderation in der Praxis

Eine Sendung mag Millionen Zuschauer haben, der Moderator wendet sich aber immer nur an einen einzigen von ihnen. Er hält ihm keinen Vortrag, er spricht nicht *zu* ihm, er muß versuchen, *mit ihm* zu sprechen. Wie ist das aber möglich, da der Zuschauer ja nicht zurückreden kann? Wie kann überhaupt eine Kommunikation erfolgen, wo doch eine der Grundregeln der Kommunikationslehre lautet: „Ich weiß erst, was ich gesagt habe, wenn ich die Antwort des anderen höre"? **Das heißt, daß Information das ist, was beim Empfänger ankommt, und nicht das, was eine noch so bemühte Person von sich gibt.** Hier liegt zweifellos die größte Herausforderung für einen Moderator.

Moderation ist weitgehend ein geistiger Prozeß. **Die fehlenden realen Rückmeldungen des Zuhörers müssen im Geist, in der Phantasie des Moderators stattfinden.** Er muß sich ständig die Fragen stellen: Was interessiert den Zuhörer? Wie kann ich seine Aufmerksamkeit für ein Thema gewinnen, mit dem er sich noch nicht beschäftigt hat, das ich aber für wichtig halte? Was bewegt ihn? Was macht ihn betroffen? Welche Frage würde er jetzt dem Interview-Partner stellen?

Diese Probleme stellen sich dem Moderator zusätzlich zum Grundproblem jedes Journalisten: Wie kann ich einen komplizierten Sachverhalt verständlich machen? Die Antwort darauf lautet wie im übrigen Fernsehjournalismus:

- Sprache statt Schreibe;
- einfache Satzkonstruktion statt langer Schachtelsätze;
- bildhaft und in Vergleichen reden;
- nicht abstrakt bleiben, sondern konkret werden; Fremdwörter vermeiden.

Selbstverständlich wird kein Moderator in der Lage sein, es jedem einzelnen Zuschauer recht zu tun. Was dem einen als sympathisches Auftreten erscheint, wird dem anderen schon unangenehm „onkelhaft" erscheinen. Oft ist es nur eine Frage

der Intensität, ob eine bestimmte Eigenschaft des Moderators positiv oder negativ aufgenommen wird. Der Grat zwischen den beiden ist dabei oft recht schmal.
Eine Zusammenstellung der wichtigsten positiv und negativ empfundenen Eigenheiten eines Moderators:

positiv	*negativ*
Selbstbewußtsein haben	eitel sein
Zuschauer persönlich ansprechen	anbiedern
Humor haben und zeigen	kalauern
entspannt sein	lässig sein
ruhig sein	langweilig wirken
locker plaudern	geschwätzig sein
persönliches „Markenzeichen"	Phrasen dreschen

Jeder Moderator muß sich ständig selbst überprüfen, ob er durch Routine, Unachtsamkeit oder Neigung die Trennlinie zwischen der linken und der rechten Spalte überschreitet. Dabei hilft es auch, mit möglichst vielen Menschen zu reden. Was interessiert sie? Was gefällt ihnen, und was stört sie an Bildschirmmenschen?
Lob und Tadel sind nicht nur Grund zu Freude und Ärger, sie sind auch – entsprechend bewertet und gewichtet – ein Feedback, das zur persönlichen Weiterentwicklung nötig ist.

Günter Schmidt

Literatur:

FISCHER, Heinz-Dietrich (Hrsg.): Fernsehmoderatoren in der Bundesrepublik Deutschland. Top-Medienprofis zwischen Programmauftrag und Politik. München: TR-Verlagsunion, 1983.
LA ROCHE, Walther von; BUCHHOLZ, Axel (Hrsg.): Radiojournalismus. Ein Handbuch für Ausbildung und Praxis im Hörfunk. 4. Aufl. München: List, 1988.
SCHULT, Gerhard; BUCHHOLZ, Axel (Hrsg.): Fernsehjournalismus. Ein Handbuch für Ausbildung und Praxis. 2. Aufl. München: List, 1984.
TROESSER, Michael: Moderieren im Hörfunk. Handlungsanalytische Untersuchung zur Moderation von Hörfunksendungen des WDR mit Publikumsbeteiligung. Tübingen: Niemeyer, 1986.

4. Journalistische Darstellungsformen in Zeitung, Radio und Fernsehen

Nachricht in der Zeitung

An einer bescheidenen Auswahl von Begriffserklärungen kann man erkennen, daß es doch verschiedene Auffassungen darüber gibt, was man unter „Nachricht" versteht: Im Fischer-Lexikon „Publizistik/Massenkommunikation" heißt es, eine Nachricht „ist eine Mitteilung über ein aktuelles Ereignis, für die ein öffentliches Interesse besteht . . . eine nach bestimmten Regeln gestaltete Darstellungsform".
Walther von La Roche schreibt in seiner „Einführung in den praktischen Journalismus", eine Nachricht sei die objektive Mitteilung eines allgemein interessierenden aktuellen Sachverhaltes in einem bestimmten formalen Aufbau.
Noch plastischer formuliert Hans Benirschke, Chefredakteur der Deutschen Presse-Agentur (dpa): „Eine Nachricht ist, meine ich, eine Neuigkeit, die für eine größere Zahl von Menschen relevant oder interessant ist; die vielleicht in ihr Leben eingreift oder einfach nur attraktiv ist, Anteilnahme erregt." Das Fischer-Lexikon „Publizistik/Massenkommunikation" unterscheidet übrigens zwischen „harten" und „weichen" Nachrichten. Harte Nachrichten „werden knapp und prägnant formuliert". Sie informieren unpersönlich und sachlich über die journalistischen W's (vgl. Kapitel „Recherche", Seite 11 ff.). Das Wichtigste steht immer am Anfang (dem Lead oder Kopf) der harten Nachricht. Detaillierte Zusatzinformationen finden sich im Nachrichtenkörper (auch Body). „Weiche Nachrichten" hingegen sind nicht ganz so sachlich formuliert und in einem „persönlicheren, farbigeren oder affektiveren Ton gehalten". Sie präsentieren gegen Schluß oft einen Gag oder einen besonderen Knalleffekt. Weiche Nachrichten sind „human touch"-Geschichten, wie sie auf den bunten Seiten vieler Tageszeitungen publiziert werden.
Trotz der Unterschiedlichkeit dieser Zitate gibt es einige wichtige Gemeinsamkeiten, die zu beachten sind:

- Nachrichten sind **Neuigkeiten,** d. h. sie befassen sich mit **aktuellen** Tatsachen oder Ereignissen.
- Nachrichten sind **interessant,** vielleicht sogar **relevant,** d. h. sie betreffen eine größere Zahl von Menschen.
- Nachrichten haben meist **regelwidrig,** d. h. **außergewöhnlich** auftretende Tatsachen oder Ereignisse zum Inhalt.
- Nachrichten haben schließlich einen bestimmten **formalen Aufbau.**

Diese Versuche einer Definition geben erste Anhaltspunkte dafür, welche Nachrichten sich zur Veröffentlichung eignen. Die „New York Times" etwa gibt schon mit ihrem Motto auf ihrer Titelseite in recht launiger Form an, nach welchen Kriterien diese Zeitung die Nachrichten auswählt, die sie veröffentlicht: "All the news that's fit to print." (Jede Nachricht, die sich zum Drucken eignet.) Dieses Motto hilft jedoch dem Journalisten kaum, der vor der schwierigen Aufgabe steht, aus einer fast unüberschaubaren Menge zahlloser Meldungen jene 15 oder 20 Nachrichten auszuwählen, die am nächsten Tag in seiner Zeitung erscheinen sollen. Die Selektion, die Auswahl von Nachrichten, ist einen eigenen Abschnitt wert.

Die Auswahl der Nachrichten

Allgemeinverbindliche Richtlinien für die Auswahl von Nachrichten gibt es nicht. Auch sind die Auswahlkriterien je nach dem Typ einer Zeitung (Lokalzeitung, überregionale Zeitung, Abonnementblatt, Straßenverkaufszeitung, Sportzeitung, politische Zeitung) sehr verschieden. Trotzdem kennen wir einige Faustregeln, die die Auswahl von Nachrichten erleichtern:

- Je außergewöhnlicher die Tatsache, je ungewöhnlicher das Ereignis ist, worüber eine Nachricht informiert, desto mehr wird sie viele Menschen interessieren.
- Je nachhaltiger die Konsequenzen sind, die eine Nachricht für eine große Anzahl von Menschen hat (Meldungen über Entlassungen in einer Wirtschaftskrise, Steuererhöhungen, Lohnstopp oder Lohnsteigerungen, Tarifänderungen bei öffentlichen Verkehrsmitteln, Sperre wichtiger Straßenverbindungen etc.), desto größer wird das Interesse in der Öffentlichkeit sein.
- Je näher sich die Ereignisse abspielen, über die eine Nachricht berichtet, desto nachhaltiger werden sich die Leser dafür interessieren. Je weiter der Schauplatz eines Ereignisses entfernt liegt, desto außergewöhnlicher werden die Informationen sein müssen, wenn sie das Interesse der Leser beanspruchen sollen.
- Je bekannter die Personen oder Institutionen sind, über die eine Nachricht nähere Details mitteilt, als desto interessanter wird die Nachricht empfunden werden.
- Je mehr die Gefühle der Leser durch den Inhalt einer Nachricht oder durch deren Formulierung angesprochen werden (Freude, Ärger, Mitleid, Zorn, Schadenfreude etc.), desto eher wird diese Nachricht Interesse auslösen.
- Je konkreter, anschaulicher und verständlicher die Darstellung einer Nachricht ist, desto nachhaltiger wird sie von vielen Lesern aufgenommen werden.

Schaubild 1:

Journalistische Nachrichtenfaktoren

(In Anlehnung an: Weischenberg, Siegfried: Nachrichtenschreiber. Journalistische Praxis zum Selbststudium. – Opladen: Westdeutscher Verlag 1989.)

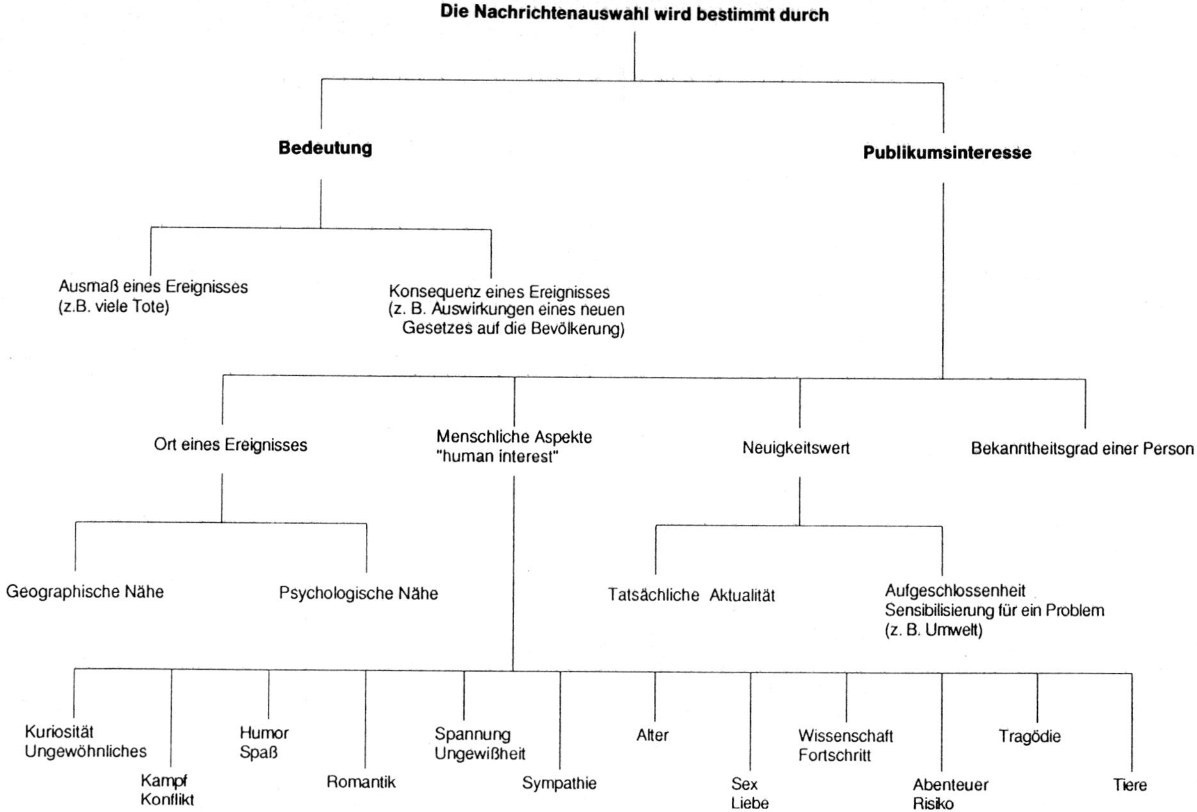

Alle diese Kriterien zusammen werden wohl kaum je auf eine einzelne Nachricht zutreffen. Der Journalist oder Nachrichtenredakteur, der aus zahllosen Meldungen jene Nachrichten herausfiltern soll, die am nächsten Tag veröffentlicht werden, muß jedoch genau darauf achten, daß wenigstens einige dieser angeführten Kriterien auf die von ihm selektierten Nachrichten zutreffen. Das auf Seite 48 abgedruckte Schaubild vermittelt einen Überblick über journalistische Nachrichtenfaktoren.
Jeder Journalist, der Nachrichten auszuwählen hat, muß wissen, daß er bestimmte Meldungen aus einer fast unendlich großen Zahl von Nachrichten herauszugreifen hat. Wie immer seine Wahl ausfällt, er hat damit gegen andere Nachrichten entschieden, die an Stelle der aussortierten Meldungen erschienen wären. Das bedeutet: Angesichts der Überfülle von Nachrichten, die zur Verfügung stehen, nimmt jede Meldung, die veröffentlicht wird, einer anderen Nachricht den Platz weg. **Eine Nachricht zu veröffentlichen, ist ein politischer Akt. Eine Nachricht nicht zu veröffentlichen, ist ebenfalls ein politischer Akt.**

Die Recherche

Das Thema Recherche wurde im Zuge der Anführungen über journalistische Tätigkeiten in der Zeitung bereits ausführlich erörtert. Dennoch seien an diese Stelle einige wichtige Aspekte für den Nachrichtenjournalisten aufgegriffen. Nur der Nachrichtenredakteur, der über den Fernschreiber einer Nachrichtenagentur Nachrichten erhält, kann sich darauf beschränken, aus dem überreichen Angebot der Meldungen einige Nachrichten auszuwählen. In jedem anderen Bereich der Zeitung muß es das erste Bestreben jedes Journalisten sein, *selbst* Nachrichten aufzuspüren.
Voraussetzung dafür ist, daß der Journalist immer „dran" ist, eigene Themen „aufzureißen", wie das im Jargon der Journalisten heißt. Ebenso wichtig ist es aber auch, den Inhalt des Gehörten, des Gerüchts oder der Mitteilung immer auf seine Richtigkeit zu überprüfen. Es zählt zu den wichtigsten und unverzichtbaren Aufgaben des Journalismus, daß der Inhalt der Nachrichten und Berichte, die eine Zeitung veröffentlicht, überprüft ist. Auf jeden Fall und unter allen Umständen ist dabei jeweils auch die andere Seite zu hören. Den Vorgang, wie man sich diese Informationen beschafft, wie man den eigenen Wissensstand über eine bestimmte Tatsache, über ein bestimmtes Ereignis vervollständigt und überprüft, nennt man „recherchieren". Dieser Vorgang ist die Voraussetzung jeder redlichen Information, er kann durch nichts ersetzt werden. In der Regel wird dabei nach dem Puzzle-System vorgegangen: Die einzelnen Mitteilungen, die der Journalist beim Recherchieren zusammenträgt, setzt er nach und nach zu einem Mosaik zusammen, das den Inhalt einer Tatsache oder eines Ereignisses möglichst vollständig erkennen läßt.

Für gute Recherchen gibt es einige Faustregeln:

- Für jeden Journalisten ist es außerordentlich wichtig, sich wenigstens ein Grundwissen über das Thema anzueignen, das er behandeln soll (Lexika benützen, im Archiv nachsehen, einschlägige Bücher und Zeitschriften nachlesen, ein kleines persönliches Archiv anlegen, Amtskalender, Grundbuch etc. heranziehen usw.).
- Erfolgreiche Recherchen sind nur möglich, wenn der recherchierende Journalist viele wichtige und informierte Menschen kennt, denen er selbst kein Unbekannter ist. Es ist nicht übertrieben, wenn Journalisten empfohlen wird, sich darum zu bemühen, jeden Tag neue Leute kennenzulernen.
- Oberster Grundsatz jeder Recherche ist: Immer auch die „andere Seite" hören! Schon bei jeder Teilinformation hat diese Überprüfung durch Rückfrage bei der jeweils anderen Seite stattzufinden. Jede Auskunft, die man verwenden will, sollte man von einem zweiten Informanten bestätigt erhalten.
- Gute Umgangsformen, also Höflichkeit (sich deutlich mit Namen vorstellen!), Freundlichkeit und Geduld sind beim Recherchieren selbstverständliche Voraussetzungen.
- Vor allem Anfänger sollten sich vor jeder Recherche – gleichgültig, ob sie telefonisch oder durch persönliche Vorsprache erfolgt – die wichtigsten Fragen auf einem „Merkzettel" notieren, um nichts zu vergessen.
- Für jede Recherche ist es nützlich, möglichst viele Auskunftspersonen zu ermitteln. Das ist gerade bei heiklen Themen schwierig. Daher sind Nachforschungen, wer über das zu recherchierende Thema noch weiteres wissen könnte, besonders nachdrücklich zu betreiben.
- Jeder Informant muß wissen, daß er niemals und niemandem gegenüber preisgegeben wird. Nur strikte Diskretion, die unter allen Umständen eingehalten werden muß, sichert das Vertrauensklima, in dem einem Journalisten auch heikle Informationen gegeben werden.
- In manchen Fällen wird der Journalist nur dann eine Information erhalten, wenn er verspricht, die Quelle der Information nicht zu nennen. Ein solches Versprechen sollte im eigenen Interesse nur in Ausnahmefällen gegeben werden. Wenn es aber wirklich unumgänglich ist, dann muß dieses Versprechen auf jeden Fall gehalten werden.
- Ämter und Behörden weisen gern auf ihre Verschwiegenheitspflicht hin. In solchen Fällen ist es günstig, wenn der Journalist auf die Auskunftspflicht der Ämter hinweist. Gibt der zuständige Beamte dennoch keine Auskunft, ist sofort der zuständige politische Referent (Minister, Landesrat, Bürgermeister, Stadtrat) anzurufen: Er kann sich hinter der Verschwiegenheitspflicht in der Regel nicht verschanzen.
- Jeder Journalist sollte den Mut haben, eine Geschichte fallen zu lassen, wenn sich im Lauf des Recherchierens herausstellt, daß sie zu wenig fundiert ist.

Der Aufbau einer Nachricht

Sind die Nachrichten ausgewählt, recherchiert und überprüft, so müssen sie geschrieben und formuliert werden. Denn das Wichtigste – so eine Regel über den Aufbau von Nachrichten – gehört an den Anfang in den Nachrichtenkörper – den Body. Es wäre grundfalsch, alle möglichen Details an die Spitze einer Meldung zu stellen und dann erst die wirklich wichtigen Inhalte einer Nachricht folgen zu lassen. Nein, dem Leser soll schon mit der Lektüre der ersten Zeilen oder des ersten Absatzes eine Zusammenfassung des Wichtigsten geboten werden. Erst im weiteren Verlauf kann die Nachricht Auskunft über Details geben. Man kann daher den idealen Aufbau einer Nachricht mit einem auf den Kopf gestellten Dreieck symbolisieren; das Fischer-Lexikon „Publizistik/Massenkommunikation" bezeichnet das als „Climax-Fist-Form", „Top-Heavy-Form" oder „Inverted-Pyramid-Form".

Das Wichtigste zuerst

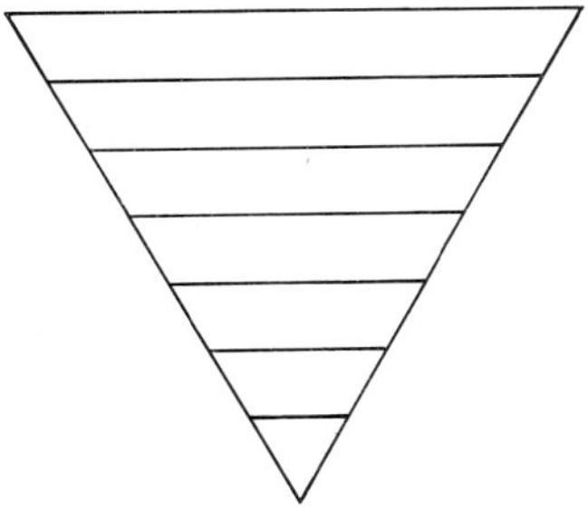

Das weniger Bedeutende hinten

Dieses Dreieck bedeutet: **Im ersten, obersten Segment sind alle wichtigen Inhalte der Nachricht zusammengefaßt. In den weiteren Segmenten folgen die Details, die der für das Thema interessierte Leser gewiß durchstudieren wird,** während sie der am Thema nicht so sehr interessierte Leser einfach auslassen kann. Dieser Nachrichtenaufbau hat folgende Vorteile:

- verhältnismäßig leichte Erkennbarkeit der Stilform
- Möglichkeit, schneller zu formulieren
- Möglichkeit der Kürzung von hinten (wo das Unwichtigere steht), ohne daß die wichtigsten Informationen verlorengehen.
- für den Leser ist das Wesentliche auf einen Blick zu erkennen.

Die Zusammenfassung an der Spitze der Nachricht nennen die Amerikaner „Lead" (Vorspann, Einstieg). Dieser „Lead"-Stil ist das Gegenteil des chronologischen, unjournalistischen Stils, den beispielsweise Schriftführer oder Protokolle pflegen: Da wird schön der Reihe nach geschildert, was geschehen ist, und wenn das Wichtigste erst am Schluß passiert ist, dann wird es auch erst am Ende des Protokolls verzeichnet.

Der Lead-Stil mit dem graphischen Symbol des auf den Kopf gestellten Dreiecks hingegen bricht ganz bewußt mit dieser Vorgangsweise. Der Leser, der in der Regel wenig Zeit hat, muß jeweils in den ersten Zeilen jeder Nachricht informiert werden, worum es geht.

Das Lead zu Beginn einer Nachricht kann verschieden gestaltet sein. So kann es sich sachlich auf das „Wer" und „Was" beschränken, wie diese Beispiele zeigen:

Zwei der drei Chefredakteure des Magazins „Stern" sind nach der Entlarvung der Hitler-Tagebücher als Fälschung zurückgetreten.

Das Lead kann aber auch mit einem Zitat beginnen:

„Gib mir sofort den Revolver!" rief der Polizeipräsident dem verdutzten Terroristen zu.

Auch das „Wann" einer Nachricht kann ein dramatisches Lead hergeben:

Gestern, Punkt 15.47 Uhr, bebte die Erde in Skoplje . . .

Eine gewisse Abwechslung bietet der sogenannte „Aha"-Einstieg, der vor allem in Illustrierten und Boulevardzeitungen in überproportionaler Weise beliebt ist, der aber mittlerweile auch schon in politischen Tageszeitungen verwendet wird. Dieser „Aha"-Einstieg hat die Funktion, neugierig zu machen, Aufmerksamkeit zu erregen, und besteht oft nur aus einem einzigen Halbsatz:

Das hat uns gerade noch gefehlt: Ausgerechnet knapp vor Ostern verfügte gestern abend die Polizei schwerwiegende Verkehrseinschränkungen auf der Autobahn.

In der Zeitschrift „Der Österreichische Journalist" (4/1989) haben Thomas Satinsky und Hans-Joachim Schlüter Anforderungen an den Lead formuliert.

- Der Vorspann soll – wie ein Aperitif vor dem Essen – dem Leser Appetit machen, den ganzen Artikel zu lesen.
- Er muß deshalb – mindestens bei der Nachricht – ausführlicher, als die Überschrift das kann, den Inhalt des Artikels in Kurzform wiedergeben. Statt aufzuzählen, lieber einige wenige Aspekte herausgreifen.
- Dieses Ziel ist erreicht, wenn möglichst viel W's knapp und bündig beantwortet werden.
- Den Vorspann von Ballast freihalten. Langatmige Titel von Personen und Institutionen sind zu vermeiden. Ebenso (z. B. bei Unfällen) allzu detaillierte Ortsbeschreibungen.

Ob der Lead auch wirklich richtig formuliert ist, läßt sich durch einen Check überprüfen:

- Regt der Vorspann zum Lesen des weiteren Textes an? Er muß ja Appetithappen für den folgenden Text sein.

- Möglichst kurze Sätze.
- Einen wichtigen Aspekt in den Vorspann verlagern!
- Möglichst nüchternen und hohen Informationswert in den Vorspann packen.
- Führt der Vorspann direkt zum folgenden Text? Wirkt der Vorspann nicht zu aufgesetzt?
- Ist er nicht mit langatmigen Titeln, Ortsnamen usw. überlastet?

So vielfältig also die Möglichkeiten des Einstieges sind – eine Grundregel muß das Lead jedenfalls einhalten: Es hat auf die sechs „W"-Fragen zu antworten:

Wer?
Was?
Wo?
Wann?
Wie?
Warum?

Jeder, der mit Nachrichten zu tun hat, nicht nur der Anfänger, tut gut daran, zu überprüfen, ob in dem von ihm eben geschriebenen Text diese W-Fragen tatsächlich beantwortet sind. Selbst in angesehenen Zeitungen gibt es immer wieder Nachrichten, in denen vergessen wurde, Ort oder Zeit eines Ereignisses anzugeben, oder es fehlt die Erklärung dafür, wie oder warum es zu einem bestimmten Ereignis gekommen ist.

Die sechs „W" sind für den Journalisten auch noch einmal so etwas wie eine Checkliste. Jeder Pilot muß eine Checkliste überprüfen und abhaken, bevor er abfliegt. Jeder Journalist sollte anhand der Checkliste der sechs „W" seine Manuskripte noch einmal durchgehen, bevor sie gedruckt werden. Trotzdem kommt es – gerade beim Schreiben des Leads – zu Fehlern:

- Der lockere, bunte und angeblich gagige Vorspann wird dem informativen vorgezogen (besonders dümmlich bei Todesfällen).
- Nebensächliches im Vorspann. Häufiger Fehler beim Redigieren von Agenturmeldungen. Oft steht da das Interessante erst im zweiten Drittel des Textes.
- Beim Leser wird zuviel Vorwissen vorausgesetzt. Also im Vorspann kurz antippen, worum es in der Sache geht.
- Vorspann harmoniert nicht mit der/den Überschrift(en). Dann sitzt die Überschrift nicht auf dem Text.
- Es wird versucht, zu viele Gesichtspunkte der Geschichte in den Vorspann zu packen. Das wirkt verwirrend.
- Vorspann besteht aus nur einem Satz über mehrere Zeilen. Auflösen!

Für den richtigen Aufbau von Nachrichten ist aber noch etwas anderes besonders bedeutungsvoll: Sie sollen kurz und prägnant sein, ohne Bandwurmsätze. Gerade auch für Nachrichten gelten die Regeln der Verständlichkeit, wie sie im Kapitel über „Grundsätze der Mediensprache", Seite 242, festgehalten sind. Hier sollen lediglich Erfahrungswerte der Verständlichkeit für die Satzlänge vorweggenommen werden. Werner Meyer zitiert in dem Handbuch „Journalismus von heute" in diesem Zusammenhang folgende Erfahrungswerte für die Satzlängen:

Leicht verständlich:	Sätze bis zu 18 Wörtern
Verständlich:	Sätze mit 19 bis 25 Wörtern
Schwer verständlich:	Sätze mit 25 bis 30 Wörtern
Sehr schwer verständlich:	Sätze mit mehr als 30 Wörtern.

In nahezu jeder Zeitung kann man Tag für Tag feststellen, daß die Empfehlung zur Kürze grob ignoriert wird. Satzungetüme mit 40 und mehr Wörtern finden sich immer wieder. Diese Überforderung der Leser kommt in erster Linie daher, daß Verfasser von Nachrichten möglichst viel in ihren Text hineinpacken wollen. Die Konsequenz: Viele Leser überfliegen den größten Teil der Zeitung, werden aber zu selten angeleitet und angelockt, weiterzulesen und sich mit dem Gebotenen näher zu befassen.

Sprachliche Probleme

Nachrichten müssen sprachlich so abgefaßt werden, daß ihr Inhalt vom Adressaten nicht mißverstanden werden kann. Durch Umfragen weiß man, daß viele Leser einen erheblichen Teil der Zeitungsnachrichten nicht oder nicht vollständig verstehen. Die Forderung nach Verständlichkeit der Nachrichten ist daher vordringlich. Da der Sprache im praktischen Journalismus eine besondere Bedeutung zukommt, ist diesem Thema ab Seite 242 ein eigenes Kapitel gewidmet. In der Folge einige Anhaltspunkte:

- Einfache, kurze, prägnante Sätze ohne komplizierten Satzbau und ohne Schachtelsätze. Jede Langatmigkeit vermeiden, alles Überflüssige weglassen, alles Entbehrliche wegstreichen. (Ein Journalist dazu: „Ein Wort, das nichts aussagt, ist nur optische Weitergabe eines sinnlosen Geräusches.")
- Begriffe verwenden, die eindeutig sind. Ist anzunehmen, daß ein Begriff unklar ist, muß er erläutert werden. Abkürzungen, die zum Großteil unverständlich sind, möglichst vermeiden.
- Zwischen direkter und indirekter Rede immer wieder abwechseln. Direkte Zitate beleben den Text.
- Substantive nach Möglichkeit vermeiden: Zeitworte beflügeln den Gang der Handlung. Passivkonstruktionen („wurde geraubt", „ist überfallen worden", „eine Feier wurde abgehalten") in aktive Form übersetzen (raubte, überfiel, feierte usw.). Damit erreicht man eine flüssigere Sprache.
- Vorsicht vor zusammengesetzten Wörtern wie „Blitzverfahren" oder „Mannschaftstraum", Vorsicht vor allzu häufigen Partizipien und sinnentleerten Adjektiven wie in der Floskel vom „tragischen Unfall".

- Den Wortschatz der Sensation vermeiden (Häufung von Superlativen, Rufzeichen im Text und in den Titelzeilen), klischeehafte Worte der künstlichen Erregung und der Sentimentalität, die nur dazu bestimmt sind, die „Leser mitfiebern zu lassen".
- Fremdwörter zurückhaltend verwenden, in der Regel nur, wenn sie allgemein verständlich sind.
- Vorsicht vor umständlichen Amtssprachen und vor den Folgen der Agentursprachen, die eine Fülle von Anglizismen verwenden.
- Um eine möglichst persönlich geformte Sprache bemüht sein, die leere Schablonen vermeidet.
- Quellen angeben, sofern dies zum besseren Verständnis notwendig erscheint.

Karl Kraus hat dem Journalismus vorgeworfen, daß er die Fakten an das Gängelband der Meinungen knüpfe und die Sprache nur als Signal zum modischen Nachvollzug benütze. Diese Kritik ist auch heute ernst zu nehmen.

Die Fakten müssen stimmen

„Nichts ist verblüffender als die einfache Wahrheit" ist einer der bekanntesten Aussprüche des berühmten „rasenden Reporters" Egon Erwin Kisch. Karl Jaspers schrieb: „Was immer eine Information enthält – sie ist auf die Kategorie der Wahrheit hin angelegt." Auch im Ehrenkodex der österreichischen Presse, der in der Praxis leider kaum jemandem bekannt ist, heißt es in Punkt 1: „Achtung der Wahrheit sowie des Rechtes der Öffentlichkeit auf Wahrheit. Diese Verpflichtung wird auch durch die Hast der Tagesarbeit nicht aufgehoben." (Vgl. auch Kapitel 9, „Grundsätze für die publizistische Arbeit", Seite 397 f.)

Auf die Nachricht übersetzt, heißt das konkret: Die Namen (und ihre Schreibweise), die in der Nachricht enthalten sind, müssen ebenso stimmen wie das Alter oder die Teilnehmerzahl. Und wenn ein Redner mit einem wörtlichen Zitat unter Anführungszeichen wiedergegeben ist, dann muß dieser Redner das auch wirklich gesagt haben, was zitiert wird. Walther von La Roche schreibt in seinem Buch „Einführung in den praktischen Journalismus", es sei falsch, durch eigene Mutmaßungen die Ungewißheit zu überspielen und damit vielleicht etwas Unrichtiges herauszubringen: „Gewissenhaftigkeit und Sorgfalt bei der Beschaffung und Weitergabe von Fakten zahlen sich für das Ansehen in der Öffentlichkeit und für die eigene Zufriedenheit mehr aus als unzuverlässige Schnelligkeit. ‚Be first but be right', sagt man in England. Durch Ungenauigkeit verschuldete Zeitungsenten sind peinlich. Der alte Spruch kann da nicht trösten, daß, wer eine ‚Ente' bringt, gleich zweimal etwas exklusiv habe. ‚Gestern waren wir als einzige Zeitung in der Lage, zu berichten, daß ein Unbekannter der Stadt zwei Millionen gestiftet hat; heute sind wir als einziges Blatt in der Lage, zu berichten, daß nichts gestiftet wurde.'"

Der Journalist darf nur sagen, schreiben und weitergeben, was er als wahr überprüft hat und was er nach seinem besten Wissen und Gewissen für wahr hält.

Gleichzeitig muß jeder, der mit Zeitungen zu tun hat, einkalkulieren, daß Nachrichten auch im besten Fall immer nur eine verkürzte Wiedergabe von Tatsachen und Ereignissen sein können: Eine 100-Zeilen-Meldung über eine sechsstündige Parlamentssitzung kann ebensowenig die ,,ganze Wahrheit'' erfassen wie eine 60-Zeilen-Nachricht über ein ganztägiges Symposion zum schwierigen Thema der Spitalsreform oder eine 20-Zeilen-Meldung über eine einstündige Ansprache des Bürgermeisters. Selbst wenn die Journalisten, die diese Nachricht verfassen, erstklassige Könner sind, können sie schon aufgrund des begrenzten Raumes, der ihnen zur Verfügung steht, nur einige der wichtigsten Aspekte nennen. Viele andere Aspekte, vielleicht auch interessante atmosphärische Bemerkungen, müssen sie einfach weglassen und übergehen, um sich auf das Wichtigste zu konzentrieren. Journalistische Berichterstattung heißt daher immer wieder auswählen, Schwerpunkte setzen, das Wichtigste erkennen. Insoferne ist eine gewisse Verkürzung von Sachverhalten mit jeder journalistischen Berichterstattung untrennbar verbunden. Als Journalist muß man dazusehen, daß die Begrenztheit von Raum und Zeit nicht nur das Vordergründige sehen läßt oder zur Verkürzung der Wahrheit führt.

Im Handbuch ,,Journalismus von heute'' faßt Werner Meyer die wichtigsten Grundgesetze der Nachricht so eindrucksvoll zusammen, daß sie jeder Journalist auswendig wissen sollte:

- **Finden, nicht erfinden.**
- **Verdichten, nicht erdichten.**
- **Beschreiben, nicht vorschreiben.**
- **Sagen, was ist – nicht, wie man's haben möchte.**
- **Berichten, nicht richten.**

Fritz Csoklich

Nachricht im Radio

Radionachrichten sind das unmittelbarste und aktuellste Informationsmittel. Im Tagesdurchschnitt hört jeder zweite Österreicher mindestens einmal am Tag Nachrichtensendungen. Die Radionachrichten liegen damit in der Nutzung noch vor der ,,Zeit im Bild'', aber auch vor den auflagenstärksten Tageszeitungen.

Nachrichten sind das Fundament journalistischer Berichterstattung: Auch im Journalismus geht es beim Fundament weniger um künstlerische Überlegungen, sondern eher um Tragkraft und handwerkliche Grundsätze. Das Schreiben von Nachrichten ist ein wenig spektakulärer Bereich, andererseits ist die Grundanforderung der Nachrichten, komplizierte Vorgänge einfach auszudrücken, auch Voraussetzung für hervorragende Leistungen in arrivierten Bereichen der Publizistik.

Vermeintlicher Mangel an journalistischer Selbstverwirklichung führt in Nachrichtenredaktionen nicht selten zu Routine oder gar Frustration. Meist stellt sich allerdings heraus, daß dafür soziale oder gruppendynamische Faktoren maßgebend sind, weniger journalistische. Dennoch bleiben zwei Grundprobleme: Der Nachrichtenredakteur muß das Kunststück schaffen, sich auf alles zu spezialisieren. Er erntet auch nicht Anerkennung für „seine“ Story. Vielmehr sind seine Pläne mit einem Schlag gegenstandslos, wenn ein neuer Redakteur mit neuen Vorstellungen den Dienst übernimmt.

Kriterien der Nachricht

Aus der British Broadcasting Corporation (BBC) stammt folgende Nachrichtendefinition, die in zahlreichen Ländern der Welt für viele Journalisten Gültigkeit besitzt:

„Nachrichten sind neue sowie wahrheitsgemäß und sorgfältig wiedergegebene Informationen, die (a) aktuelle Ereignisse aller Art überall in der Welt zum Gegenstand haben und . . . (b) in eine Nachrichtensendung aufgenommen werden, weil sie interessant, von allgemeiner Bedeutung, oder aber in den Augen der . . . Journalisten für die Zuhörer von persönlichem Belang sind.“

Mit dieser Definition sind auch die Kriterien für die Auswahl der Nachrichten festgelegt: Die Nachricht muß **aktuell, wichtig** und **interessant** sein. Was wichtig und interessant ist, haben Journalisten zu entscheiden. In der Bewertung hat sich in jüngerer Zeit eine Verschiebung ergeben: Das formal Wichtige tritt hinter das Interessante zurück; oberstes Prinzip für die Auswahl ist die Betroffenheit des Hörers. Eine endgültige, „alleinseligmachende“ Lösung kann es aber nicht geben. Wieder von der BBC:

„Nachrichtenwert ist kein unveränderbarer Begriff, und die Grundsätze der Bewertung von Nachrichten durch Redakteure sind nicht festgelegt. Es handelt sich vielmehr um sich verändernde Grundwerte im Rahmen einer Nachrichtentradition, Werte, gegenüber denen dogmatische Erklärungen und Festlegungen unangemessen, ja nachgerade töricht sind. Und Nachrichtenredakteure sind ebensowenig berechtigt, dogmatische Festlegungen in diesem Bereich zu treffen, wie jeder andere.“

Objektivität und Ausgewogenheit

Es ist klar, daß es wirkliche Objektivität nicht geben kann, Objektivität als Maxime und als Ziel aber sehr wohl. Für den ORF sind Rundfunkgesetz und Programmrichtlinien verbindlich:

„Objektivität bedeutet Sachlichkeit unter Vermeidung von Einseitigkeit, von Parteinahme und von Verzerrung der Dimensionen. Das Gebot der Objektivität bedeutet den Auftrag zu unablässiger Bemühung, die günstigere Behandlung eines Standpunktes oder die Bevorzugung einer Version von Ereignissen im Bereich kontroversieller Themen zu vermeiden."

Aber: **„Das Objektivitätsgebot schließt Programmelemente nicht aus, die zu kritischem Denken und zur freien Urteilsbildung anregen."**

Gerüchte und eigene Spekulationen sind ausgeschlossen, das Besondere darf nicht als Allgemeines dargestellt werden. Schließlich wird Ausgewogenheit der Auswahl verlangt. Allerdings ist es **„untersagt, ohne Begründung im Nachrichtenwert einen Ausgleich beziehungsweise einseitigen Vorteil in der Berichterstattung über Parteien und Gruppen herbeizuführen. Es kann nicht Aufgabe des ORF sein, von sich aus einen Informationsproporz herzustellen; die gesellschaftlichen Kräfte finden in den Informationssendungen des ORF in dem Maße Berücksichtigung, in dem sie berichtenswerte Aktivitäten entwickeln, Ereignishaftes bewirken und relevante Informationen liefern."**

Diese Texte sind für die journalistische Arbeit im ORF, namentlich bei den Nachrichten, entscheidende Grundlage. Nur bei genauer Kenntnis ist es möglich, ohne Unsicherheit bis an die Grenzen zu gehen. Daher: **Nicht Kenntnis der Grenzen schränkt den Spielraum des Redakteurs ein, sondern Unkenntnis.**

Sprache der Nachrichten

Die Nachrichten arbeiten „auf Treu und Glauben", Glaubwürdigkeit ist ihr wichtigstes Kapitel. Voraussetzung dafür ist eine Sprache, die keine Zweifel aufkommen läßt, die nicht ins Unverbindliche verschwimmt. **Nachrichten haben eine klare, deutliche Sprache zu sprechen, die sich ihrer selbst sicher ist.** Ludwig Reiners warnt in seiner „Stilfibel" vor „flauem Stil", der nichts beim Namen nennt und jeden Ausdruck wieder abschwächt.

Das Schreiben von Nachrichten bedingt, daß sich der Redakteur intensiv mit der Meldung auseinandersetzt, den Agenturtext im Sinn des Wortes be-arbeitet. Andererseits verliert sich damit das Stigma der Routinearbeit.

Mangelhaftes Auseinandersetzen mit dem Text kann zu zwei einander entgegengesetzten Ergebnissen führen:

- **In der Meldung steht nicht, was in ihr stehen sollte:** Der Redakteur meint, der Hörer könne nachvollziehen, was er sich „zwischen den Zeilen“ gedacht hat. Für den Hörer zählt aber nur das, was tatsächlich im Text steht.
- **In der Meldung steht, was nicht in ihr stehen sollte:** Der Redakteur übernimmt kritiklos Zweck-Sprechblasen, Notlügen und Verlegenheits-Wortschöpfungen von Politikern, Propaganda und Public Relations.

Oberstes Prinzip: Verständlichkeit

Obwohl in den Nachrichtenredaktionen der Verständlichkeit der Texte besonderes Augenmerk geschenkt wird, bestätigen relevante Untersuchungen, daß Nachrichten nur schwer verständlich sind. Benedikt Lutz und Ruth Wodak weisen in ihrer Studie über „Information für Informierte“ nach, daß „ein beträchtlicher Teil der Hörer bei den Nachrichten des Hörfunks so gut wie leer“ ausgeht. Eine Nachricht, die vom Hörer nicht aufgenommen werden kann, ist wertlos, wie wichtig und interessant der Inhalt auch immer sei. Sie entspricht einem Sendeausfall, für den sich üblicherweise ein Sprecher zu entschuldigen hat. Alles, was vom Hörer nicht sofort erfaßt wird, ist für ihn unwiederbringlich verloren. Selbst wenn er wollte, der Hörer kann nicht zurücklesen. Vielmehr kommt es zu einer Potenzierung der Probleme, wie dies in einem Interview in der Studie von Lutz/Wodak treffend geschildert wird:

„I versteh jetzt irgendwas net. Wann i was net versteh, fang i zum Denken an – was kann des heißen? Wann i jetzt zum Denken anfang – versteh i 's Nächste wieder net. Jetzt krieg i scho amal an Teil net mit.“

Überraschungen vermeiden

Der *Zeitungsleser* hat einen ganzen Artikel im Blickfeld. Er wird durch Überschrift, Plazierung des Artikels und durch Bilder vorinformiert, kann a priori entscheiden, ob er den Artikel lesen will oder nicht. Dem *Radiohörer* fehlen diese Möglichkeiten. Etwa kann er nach dem Stichwort „Österreich“ (das ihn wenigstens geographisch an die Meldung heranführen soll) eine Meldung über ein politisches Ereignis erwarten, aber auch eine Nachricht aus dem chronikalen Bereich. Berücksichtigt man, daß der Hörer nur in seltenen Fällen konzentriert zuhört, daß Radiohören also nur Nebenbeschäftigung ist, muß man zur Kenntnis nehmen, daß jede zusätzliche Überraschung den Zuhörer überfordert.

Aufbau der Meldung

Die Meldung ist so organisch aufzubauen, daß der Hörer einen klaren Eindruck hat und keine Fragen offenbleiben, auf die er keine Antwort erhält. Sucht der Hörer selbst Fragen zu klären, ist seine Aufmerksamkeit für den weiteren Text verloren. Wie bei der Zeitung gilt der Grundsatz: **Nicht chronologische Erzählung, sondern das Wichtigste zuerst,** dargestellt durch das auf die Spitze gestellte Dreieck. Nach dem „Pyramiden-Prinzip" steht die wichtigste Tatsache oder der Höhepunkt eines Geschehens am Anfang. Dann folgen wichtige unterstützende Fakten, dann interessante Details und schließlich weniger bedeutende Einzelheiten.

Der Leadsatz

Neben der „Länderzeile", die der geographischen Ein- bzw. Zuordnung am Beginn einer Nachricht gewidmet ist, dient der Leadsatz der besseren inhaltlichen Orientierung. Der Hörer wird durch ihn auf das Thema eingestimmt.

- Der Leadsatz enthält den **Kern,** die Aussage der Meldung, und nur diese.
- Er verlangt höchste **Verständlichkeit.** Daher ist er ein ganzer Satz mit Subjekt und Prädikat, keine Nominalsatz-Schlagzeile. Er hat maximal drei Zeilen.
- Ebenfalls aus Gründen der Verständlichkeit steht er besser im **Aktiv** als im Passiv.
- Er hat möglichst **„gerade" Wortstellung:** Subjekt – Prädikat – Objekt. Sprachlich oft elegantere Inversionen (Objekt vor Subjekt) können zur Verwirrung des Hörers führen und sind daher zu vermeiden.
- Als Zeitformen kommen **Präsens** und **Perfekt** in Frage. Mit der Verwendung des Imperfekts, das keinen Bezug zur Gegenwart zum Ausdruck bringt, entzieht der Redakteur dem Leadsatz und damit der gesamten Meldung die Aktualität.
- Leadsätze in Form der **indirekten Rede** *(„. . . sagte, er werde . . .")* haben **drei Kriterien gegen sich:** das Imperfekt, den Konjunktiv und den Nebensatz.
- **Schwierig** sind Leadsätze bei komplizierten Sachverhalten, bei Zusammenfassung mehrerer Aussagen oder bei Entwicklungen, die sich über längere Zeit hinziehen. Versionen wie *haben Stellung genommen, steht im Mittelpunkt, ist Hauptthema, der Konflikt hat sich verschärft,* sind nicht optimal, lassen sich aber nicht immer vermeiden.
- Schließlich darf der Leadsatz **nicht aus einer Behauptung** bestehen, die von einem Satz gefolgt ist, der mit *Dies sagte . . .* beginnt: *Der Minister ist ein Lügner. Dies sagte heute . . .* Aus der zeitlichen Abfolge des Hörens fällt die Behauptung voll in die Verantwortlichkeit des Redakteurs.

- Bei **Einerseits-Andererseits-Meldungen** hat der Leadsatz aus Gründen der Objektivität beide Aspekte zu umfassen.

Keine offenen Fragen

Auch für Radio-Nachrichten gilt der Grundsatz, daß die fünf „W-Fragen" in jeder Meldung beantwortet werden müssen: **wer, was, wo, wann und wie.** Können einzelne Fragen (noch) nicht beantwortet werden, so ist im Text darauf hinzuweisen, daß etwa Namen (wer), der genaue Ort (wo) oder die näheren Umstände (wie) nicht bekannt sind. Zusätzlich zu diesen „klassischen W" sollten auch trotz der gebotenen Kürze der Radio-Nachrichten nach Möglichkeit weitere „W-Fragen" beantwortet werden: **warum, wozu, mit welchen Folgen.** Oft wird der Hörer erst dadurch aufmerksam gemacht, daß er von einer Meldung selbst direkt betroffen ist.

Nachrichtenpraxis

Kurze Sätze: Die Speicherkapazität des Kurzzeitgedächtnisses beträgt 5–7 Einheiten, die nach wenigen Sekunden zerfallen, wenn sie nicht geordnet ins Langzeitgedächtnis übergeführt werden. Wolf Schneider schreibt im Zusammenhang mit einer ORF-Nachrichtenbeobachtung, nach dem 14. Wort sei „bei gehörten Texten Sense". Erich Straßner weist in seinen Nachrichtenstudien auf die „Gegenwartsdauer" hin, die für Erwachsene die Spanne von sechs Sekunden ausmacht. Rechnet man mit einer Sprechgeschwindigkeit von 15 Zeilen in der Minute, beträgt die Gegenwartsdauer 1,5 Zeilen. Nimmt man einen Haupt- und einen Nebensatz als Grundlage, fällt somit alles, was länger ist als 3 Zeilen, nicht mehr in den Bereich der Information, sondern in den der Wortmontage.

Pro und kontra Nebensatz: Trotz der gebotenen Kürze hat der Nebensatz in den Nachrichten Bedeutung. Im Hauptsatz werden Tatsachen dargestellt, im Nebensatz werden sie erläutert, relativiert, begründet. Vor allem sind durch den Nebensatz Substantivierung und Partizipialkonstruktionen zu vermeiden. Sie gehen auf den untauglichen Versuch zurück, möglichst viel Inhalt in möglichst wenige Zeilen zu stopfen, machen den Satz aber schwer verständlich. Andererseits steigt mit jedem Nebensatz die Gefahr, daß der Hörer nicht mehr in der Lage ist, sprachliche Bezüge richtig zuzuordnen.

Keine Schachtelsätze:

Die oben erwähnten Schwierigkeiten treten vor allem bei Schachtelsätzen auf, für die die deutsche Sprache besonders anfällig ist. Wichtigste **Rezepte gegen den Schachtelsatz** sind

- Anhängen des Nebensatzes an den (geschlossenen) Hauptsatz,
- das Prädikat möglichst weit nach vorne,
- den Satz entrümpeln und das Gestrichene in einem eigenen Satz nachtragen,
- wenn alles nicht hilft: eine andere Konstruktion.

Wenig Zahlen: Mit der Gießkanne verteilte Zahlen und Maßeinheiten können vom Hörer nicht eingeordnet werden. Mehrere Zahlen hintereinander benötigen den Zusammenhang (Beziehung zueinander, Steigerung, Rückgang). Unnötige Präzision ist zu vermeiden: Die dritte Stelle hinter dem Komma ist überflüssig, 3246 Tote bei einer Überschwemmungskatastrophe in Bangla Desh spiegeln Präzision nur vor, sind aber in der Hörfunknachricht fehl am Platz.

Wenig Fremdwörter: Erfahrungsgemäß überschätzen Journalisten die Fähigkeit der Hörer, Fremdwörter zu verstehen. Nach einer Untersuchung an einer Hauptschule in Deutschland waren von 2259 Erklärungen gängiger Fremdwörter durch die Schüler nur 94 richtig. Das Wort „Subvention" konnte nur einer von 251 Schülern erklären, mit dem Wort „Diskontsatz" konnte kein einziger etwas anfangen. Fremdwörter lassen sich in Nachrichten nicht immer vermeiden, sie können auch nicht immer erklärt werden. Es ist aber möglich, sie zu umschreiben.

Statt: *Die Inflationsrate beträgt 3,2 Prozent* besser: *Die Preise sind um 3,2 Prozent gestiegen.*

„Ungenauigkeiten" müssen zugunsten der Verständlichkeit in Kauf genommen werden. Schließlich sind Nachrichten für das allgemeine Publikum und nicht nur für einen kleinen Kreis von Insidern oder Experten bestimmt.

Synonym: Es ist schwierig, sich vom Mittelschulgrundsatz zu lösen, wonach ein Begriff nicht zweimal hintereinander verwendet werden soll. Im Radio gilt aber der Satz von Walther von La Roche: „Nicht Abwechslung, Wiederholung schafft Verständlichkeit." Dem Einwand, der Verzicht auf lexikalische Varianz führe zu Primitivstil, ist mit dem Postulat zu begegnen, daß Journalisten fähig sein müssen, dennoch Monotonie zu vermeiden. Jedenfalls abzusehen ist von Kunstbegriffen, die erst aus der vermeintlichen Notwendigkeit der Varianz von Sprachtüftlern erfunden worden sind, etwa der *Amtskollege,* der *Ressortkollege* oder der *Ressortchef.* Zu vermeiden sind auch Synonyme, die sich unter dem Deckmantel wohlmeinender Volksbildung einschleichen, etwa *der Inselstaat* oder *das Scheichtum.* Wer im ersten Satz den Ort der Handlung überhört hat, fängt im zweiten Satz mit der Formulierung *in der Hauptstadt* nichts an. Verwirrend wirkt in Meldungen über Wahlen das Variieren der Begriffe *Mandate, Sitze* und *Abgeordnete.*

Keine direkte Rede: Anführungszeichen können über das Mikrofon nicht vermittelt werden. Die an Hochschulen übliche Methode „Zitat – Zitat Ende" ist dem Großteil der Hörer nicht geläufig. Auch der Einsatz zweier Sprecher bringt keine Lösung. Die Stimme des Sprechers wird nicht mit der meist bekannten Stimme des Zitierten identifiziert, zusätzlich tritt das Problem der Verteilung von Frauen- und Männerstimmen auf. Es bleibt nur die indirekte Rede, wobei auf „heikle“ Passagen etwa durch die Formulierung *„sagte wörtlich“* aufmerksam gemacht werden kann. Die indirekte Rede ist nicht unproblematisch, weil die Verwendung des Konjunktivs das Verstehen erschwert. Auch Redakteure kommen mit dem Konjunktiv nicht immer zurecht.

Lebendige Sprache: Zu vermeiden sind

Sprachleichen: *„Politische Beobachter“, „informierte Kreise“,*

abgedroschene Modewörter: *„auf politischer Ebene“, „zum Tragen kommen“, „im Rahmen“,*

Blähwörter: *„die konjunkturelle Situation“, „scharfe Kritik üben“,*

manipulative Wörter: *„Minuswachstum“, Säuberungsaktion“,* oder

Allerweltswörter: *„die Maßnahme“,* Synonym für alles zwischen Hinrichtung und Brillenputzen.

In seinen Buch „Deutsch für Profis“ bringt Wolf Schneider zu jedem der hier genannten Bereiche eine ausführliche Sammlung von Beispielen.

Quellen

Quellen sollten genannt werden:

- Zur eigenen Absicherung, wenn am Wahrheitsgehalt einer Meldung Zweifel bestehen: *„Papst Johannes Paul der Erste ist nach einer Meldung der Nachrichtenagentur AFP heute früh tot aufgefunden worden.“* Noch mehr Distanz erhält man, wenn man nicht über das Ereignis, sondern über die Agenturmeldung berichtet: *„Die Nachrichtenagentur AFP meldet, Papst Johannes Paul der Erste sei heute früh tot aufgefunden worden.“*
- Zur Verdeutlichung einer bestimmten Tendenz oder eventuell vorhandener Interessen: *„Die Verhandlungen stehen nach Angaben der Gewerkschaft vor dem Scheitern.“*
- Zur Verdeutlichung der Aktualität bei nicht tagesbezogenen Ereignissen: *„Die Zahl der Unfälle ist im vergangenen Jahr zurückgegangen. Wie das Statistische Zentralamt heute meldet . . .“*
- Wenn die Erwähnung der Quelle eigenen Nachrichtenwert hat: *„Der amerikanische Präsident Bush schreibt in der sowjetischen Parteizeitung Prawda.“*
- Wenn es die berufliche Fairness gebietet: *„. . . in einem Interview in der Zeitung . . .“*
- Zur Verstärkung der Glaubwürdigkeit: *„Der Bundeskanzler sagte im Mittagsjournal“* (die Äußerung war allgemein zu hören).

Nicht genannt werden Quellen:

- Wenn sie dauernd verwendet werden und der Inhalt der Meldung unbestritten ist (APA).
- Wenn nicht zu erwarten ist, daß eine bestimmte Quelle einen bestimmten Vorgang oder eine bestimmte Äußerung absichtlich falsch darstellen könnte: *„Der SPÖ-Vorsitzende erklärt in der Sozialistischen Korrespondenz“, „Gorbatschow schreibt in der Prawda.“*

Wirkung von Meldungen

Der Redakteur hat grundsätzlich objektiv und ohne Ansehen der Person zu berichten. Er sollte aber auch an die Wirkung von Meldungen im Radio denken: Unzureichend recherchierte Nachrichten aus dem medizinischen Bereich können zu enttäuschten Hoffnungen bei Schwerkranken führen und das Vertrauen zwischen Patient und Arzt untergraben, der das „im Radio verlautbarte neue Mittel“ nicht kennt oder nicht verschreibt. Eigenrecherche ist bei diesen Meldungen Pflicht.
Zu berücksichtigen hat der Redakteur auch mögliche Panik (Meldungen über vergiftete Lebensmittel), aber auch im eigenen Interesse mögliche Schadensansprüche, sollte die Meldung zu wenig recherchiert sein. Schließlich ist auf Beispielfolgen zu achten. Daher Vorsicht mit Details bei Verbrechen.
Ankündigung von Demonstrationen kommt Werbung gleich und führt zu Präzedenzfällen.
Nicht Abstand genommen werden kann, außer in Krisenzeiten, von Vorausmeldungen über Preiserhöhungen oder Preissenkungen, selbst wenn das Käuferverhalten dann nicht den Vorstellungen des Handels entspricht.

Nachrichten und Wirklichkeit

Schon 1979 haben die Leiter der ARD-Nachrichtenredaktionen darauf aufmerksam gemacht, daß Nachrichten zuviel bruchstückhafte Information enthalten, häufig politischen Veranstaltungskalendern gleichen und die soziale Wirklichkeit nicht entsprechend berücksichtigen. Daran hat sich bis heute wenig geändert. Die Wirklichkeit in Radionachrichten wiederzugeben, ist nicht möglich. Der Redakteur sollte sich dessen bewußt sein, um Fehleinschätzungen und Enttäuschungen zu vermeiden.
Das erste Problem liegt schon in der Auswahl der Meldungen, in der Abhängigkeit von Agenturen, überforderten Korrespondenten, von Presseabteilungen der Parteien, Verbände und Interessenvertretungen, von Marketingabteilungen der Unternehmen.

Andere Schwierigkeiten liegen im System der Nachrichten: Die punktuelle Berichterstattung erlaubt kaum die Darstellung längerer Entwicklungen und Zusammenhänge, Ereignisse werden „abgespielt" und verschwinden aus den Nachrichten. Informationen benötigen hohen Neuigkeitswert, latent wichtige Fakten einen „Aufhänger", um in die Nachrichten aufgenommen zu werden. Mit der Entfernung des Geschehens in geographischer, kultureller und gesellschaftlicher Hinsicht nimmt das Interesse ab, Themenschwerpunkte sind meist Ereignisse aus Politik und Wirtschaft, die „gute Nachricht" ist selten eine Meldung.

Auch formale Grenzen beeinträchtigen die Wiedergabe der Wirklichkeit: Die Zehn-Zeilen-Meldung über eine Parlamentsdebatte erweckt manipulativ den Eindruck, Spitzenabgeordnete aus jeder Partei würden in einem Gespräch über ein bestimmtes Thema aufeinander eingehen.

Entscheidend sind endlich noch die subjektive Behandlung durch den Redakteur, sein Interessen, seine Vorbildung sowie Beeinflussung innerhalb, aber auch außerhalb der Redaktion, und nicht zuletzt die subjektive Aufnahme durch den Hörer. Lutz/Wodak kommen zu dem Schluß: *„Gehörte Fakten dienen in erster Linie der Einordnung in ein bestimmtes Weltbild und nicht der tatsächlichen Informierung und Meinungsbildung."*

Anhang: Grammatik

Zeitformen

Mit dem **Perfekt** wird ein Vorgang beschrieben, der vergangen ist, aber mit der Gegenwart in Beziehung steht, dessen Auswirkungen noch spürbar sind:

„Es hat geregnet"
„Sein Vater ist gestorben"
„Heute ist Euch der Heiland geboren"

Mit dem **Imperfekt** wird ein Vorgang beschrieben, der vergangen ist und mit der Gegenwart nichts mehr zu tun oder wegen Geringfügigkeit keine Auswirkung mehr hat:

„Gestern regnete es"
„Vater starb 1927"
„Ich wurde 1942 geboren"
(aus einem Lebenslauf).

Das **Perfekt** ist neben dem **Präsens** die Zeitform des Leadsatzes.

Das **Imperfekt** wird hauptsächlich dann verwendet, wenn Ereignisse aus der Vergangenheit aneinandergereiht werden. Das Detail hat geringere Bedeutung: *„Der Mann warf die Pistole weg, hob die Hände und ergab sich der Polizei."*

Das **Plusquamperfekt** ist eine relative Zeitform. Es kann nicht für sich allein stehen und wird verwendet, wenn von zwei Geschehnissen die Rede ist, von denen das eine weiter zurückliegt als das andere. Das der Gegenwart näher liegende Ge-

schehen wird mit dem Imperfekt, das weiter zurückliegende mit dem Plusquamperfekt bezeichnet: *„Der Kanzler kam erst, nachdem der Präsident gegangen war."*
Das **Perfekt** unterscheidet keine zeitliche Abfolge. Wird von zwei unterschiedlich weit entfernten Vorgängen einer im Perfekt dargestellt, muß auch der andere im Perfekt stehen:
„Rettungsmannschaften haben die Suche nach den Bergsteigern eingestellt, die am Großglockner von einer Lawine verschüttet worden sind."
Am besten geeignet für Nachrichten ist als aktuellste Zeitform das Präsens. Nicht nur Ereignisse in der Gegenwart werden mit dem Präsens ausgedrückt, sondern auch zukünftiges Geschehen: *„Der Bundeskanzler reist morgen nach Moskau."* Schließlich können auch Fakten aus der Vergangenheit in die Gegenwart „herübergezogen" werden. Geeignet dafür sind Äußerungen und Sachverhalte, die in Zeitungen, Büchern und sonstigen schriftlichen Aufzeichnungen festgehalten sind: *„Die Zeitung schreibt", „in der Erklärung heißt es."*

Konjunktiv

Während der Indikativ die Aussage als den Tatsachen entsprechend darstellt, **drückt der Konjunktiv einen verringerten Sicherheitsgrad aus.**
Der **1. Konjunktiv** wird vom Präsens abgeleitet: *sei, habe, komme,*
der **2. Konjunktiv** wird vom Imperfekt abgeleitet: *wäre, hätte, käme.*
Unterscheidet sich der 1. Konjunktiv nicht vom Indikativ, ist der 2. Konjunktiv anzuwenden.
Der durch den 1. Konjunktiv ausgedrückte Grad der Sicherheit ist höher als der des 2. Konjunktivs. Der 2. Konjunktiv kann auch Nichtwirklichkeit ausdrücken.
Aussage: *„Die Arbeitsplätze sind gesichert."*
„Er sagte, die Arbeitsplätze seien gesichert."
„Er sagte, die Arbeitsplätze wären gesichert, wenn . . ."
„Er sagte, die Arbeitsplätze wären gesichert"
(sie waren es aber nicht).
Der Konjunktiv steht auch **bei daß-Sätzen:**
„Er sagte, daß die Arbeitsplätze gesichert seien."
Der Konjunktiv steht auch **bei Satzperioden:**
„Er sagte, die Arbeitsplätze seien gesichert, wenn die Konjunktur anhalte."
Innerhalb der **indirekten Rede** müssen die **Konjunktive übereinstimmen:**
„Er sagte, falls er gewählt werde, sei er bereit."
„Er sagte, falls er gewählt würde, wäre er bereit."
Als Mittel, aus dem Konjunktiv der indirekten Rede auszusteigen oder ihn zu umgehen, empfehlen sich folgende Konstruktionen:
„Wie der Minister sagte . . ."
„Nach Angaben des Ministers . . ."
Diese Konstruktionen verbieten den Konjunktiv im gesamten Satz und verlangen den Indikativ.

Rainer Warnecke

Nachricht im Fernsehen

Fernseh-Nachrichtensendungen gehören zwar zu den wichtigsten und beliebtesten Informationsquellen der Bevölkerung, in der Reihe der journalistischen Darstellungsformen nimmt die einfache, von einem Sprecher oder Redakteur verlesene Wortnachricht oder Wortmeldung keine besondere Bedeutung ein. Von dieser Wortnachricht ist in diesem Abschnitt die Rede. Als audiovisuelles Medium lebt das Fernsehen insbesondere von Bild und Film, und diese Dimension muß der Redakteur einer Fernseh-Nachrichtensendung in der Praxis der Nachrichtenauswahl unbedingt berücksichtigen. Gibt es von einem Ereignis kein Bild, und hat man auch keine Möglichkeit mehr, eine Graphik oder ein Schaubild anzufertigen, so wird die Nachricht nur verlesen. Es ist dies die schlechteste Darstellungsform im Medium Fernsehen. Häufen sich solche verlesene Meldungen in einer Nachrichtensendung des Fernsehens, dann wird die Redewendung „verfilmter Hörfunk" zu Recht gebraucht. Trotz ihrer formalen Schwäche kann eine Fernseh-Nachrichtensendung auf die Wortmeldung allerdings nicht verzichten. Sie ist oft die einzige Möglichkeit, eine Nachricht aus Aktualitätsgründen und in letzter Minute an den Zuschauer zu bringen.

Für die Wortnachricht oder Wortmeldung im Fernsehen gilt prinzipiell, was bereits über die Nachricht in Zeitung und Radio gesagt wurde: Sie berichtet in der Regel über politisch, wirtschaftlich oder gesellschaftlich Aktuelles und Bedeutendes und über solche Ereignisse, die sich vom Alltäglichen unterscheiden. Sie muß Antwort geben auf die journalistischen „W" (Wer, Was, Wo, Wie, Wann, Warum und mit welchen Folgen). Für Fernseh-Journalisten im ORF gelten außerdem dieselben Bestimmungen über Objektivität, Ausgewogenheit und Unabhängigkeit, wie sie im Abschnitt über die Nachricht im Radio bereits ausführlich dargelegt wurden.

Wortnachricht, verlesen

Die vom Sprecher oder Redakteur verlesene Nachricht wird nur dann gewählt, wenn es keine andere Möglichkeit der Darstellung gibt: wenn z. B. eine Nachricht ganz knapp vor oder während einer Nachrichtensendung eintrifft und aus Zeitnot nicht mehr illustrierbar ist. Ist die Nachricht rechtzeitig da, wird sie nur unter außergewöhnlichen Umständen ohne Foto, ohne Illustration in Sendung gehen dürfen; dann zum Beispiel, wenn sich eine Institution zu Wort meldet, die weder durch ein geeignetes Symbol noch durch ein Foto ihres Bürositzes oder anders optisch dargestellt werden kann. Es gibt dann noch die Möglichkeit, die Hauptaussage der Nachricht in Schlagworten als Schrift neben dem Sprecher einzublenden – immerhin eine, wenngleich auch nur bescheidene Form der Illustration einer Fernseh-Nachricht.

Wortmeldung, illustriert mit Foto, Karten, Graphik

Wird die Aussage einer für die Öffentlichkeit interessanten Person aus Politik, Wirtschaft oder Kultur zitiert, dann wird in der Regel neben oder zum Teil auch hinter dem Sprecher das *Foto* jener Person eingeblendet, die man zitiert. Das Einblenden hinter dem Sprecher geschieht mit Hilfe des sogenannten Blue-screen-Verfahrens. Das Foto sollte aktuell sein, gibt es kein aktuelles Bild, so ist ein Foto aus dem Archiv immer noch besser als gar keines. Für Meldungen, in denen die Ortsangabe relevant ist, empfiehlt es sich, eine *Karte* einzublenden (etwa mit dem Ort des Unfalls). Vor allem für Ereignisse in schwer zugänglichen Gebieten ist die Landkarte zunächst oft die einzige Illustrationsmöglichkeit (Erdbeben im Iran, Schießerei am Ussuri usw.).

Bei einer Wortnachricht mit komplizierten Sachverhalten ist eine *Graphik* eine wichtige Aufmerksamkeitshilfe für den Zuseher. Wichtig: Alles, was auf der Graphik schriftlich festgehalten ist, sollte auch verbal ausgesprochen werden. **Es ist eine große Erleichterung für den Zuseher, wenn das Optische akustisch unterstützt wird.** Das gesprochene Wort sollte der Leserichtung der Graphik (von links nach rechts) folgen. Bewegte Graphik bietet die Möglichkeit, Entwicklungen (etwa im Wirtschaftsbereich) anschaulich darzustellen. Die neu aufkommende elektronische Graphik wird hier bessere Möglichkeiten der Illustration der Wortnachricht im Fernsehen schaffen.

Die Nachricht im umfassenderen Sinne kann innerhalb einer Fernseh-Nachrichtensendung besser in anderen Darstellungsformen wie Bericht (mit Nachrichtenfilm), Reportage, Interview, Statement und Analyse an den Zuschauer gebracht werden. Von diesen Darstellungsformen ist in den folgenden Kapiteln noch ausführlich die Rede.

Ulrich Brunner

Die „TELETEXT"-Nachricht

Im Jänner 1980 hat der ORF als erste Rundfunkanstalt Europas mit der regelmäßigen Ausstrahlung von TELETEXT-Informationen begonnen. TELETEXT (in manchen Ländern auch Videotext) wird in der sogenannten Austastlücke des Fernseh-

sendesignals transportiert – jedes Fernsehprogramm besteht aus Einzelbildern (25 Bilder pro Sekunde); zwischen diesen Einzelbildern gibt es kurze Sendeintervalle, die „Austastlücken". Diese werden zur Ausstrahlung der TELETEXT-Informationen genutzt. Bei schlecht eingestellten Fernsehgeräten kann man die (nicht genutzte) Austastlücke als schwarzen Balken zwischen den Bildern sehen.
In Österreich gibt es derzeit 500.000 Farbfernsehgeräte, mit denen man TELETEXT-Programme empfangen kann (Stand: April 1990). TELETEXT wird derzeit täglich von 8.30 Uhr bis Sendeschluß auf beiden ORF-Fernsehkanälen ausgestrahlt. Sein Informationsangebot umfaßt gegenwärtig 600 Seiten und ist in 13 Register eingeteilt: „Wegweiser", „Wetter", „Reise und Verkehr", „Gesundheit und Umwelt", „Lesen statt Hören", „Kinder und Jugend", „Wirtschaft", „Nachrichten", „TV-Programme", „Kultur und Freizeit", „Technik und Wissenschaft", „Dies und das" sowie „Sport-Übersicht". Obwohl TELETEXT ein stummes und noch dazu ziemlich anonymes Medium ist, besteht zwischen den Nutzern der TELETEXT-Informationen und der TELETEXT-Redaktion im ORF sehr rege Kommunikation. Kaum eine andere Abteilung des ORF hat so umfangreichen Briefverkehr mit ihren Sehern wie TELETEXT.

Wie kommt der TELETEXT auf den Bildschirm?

TELETEXT ist – wie alle anderen Redaktionen des ORF in Radio und Fernsehen (Ausnahme: die Landesstudios) – an das APA-Mediatext-System angeschlossen. Über dieses Computer-Terminal-System kommen alle Meldungen der Austria Presse Agentur und der wichtigsten internationalen Nachrichtenagenturen in deutscher, englischer und französischer Sprache auf den Bildschirm. Besonders vorrangige Nachrichten („Eilmeldungen") werden durch ein akustisches Signal angezeigt und automatisch von einem an das Terminal angeschlossenen Printer ausgedruckt. Andere Informationen erreichen die Redaktion via Telex, Telefax, Telefon oder brieflich. Überdies besteht eine laufende Kooperation mit den ORF-Landesstudios.
Im einzelnen sieht die Nachrichten-Produktion so aus: Der „Chef vom Dienst" (Damen und Herren sind in gleicher Weise in dieser Funktion beschäftigt) und der Sportmitarbeiter wählen auf zwei Bildschirmen aus dem mehrere 1000 Meldungen pro Tag umfassenden Mediatext-Angebot die wichtigsten Nachrichten aus Politik, Wirtschaft, Kultur und Wissenschaft, Chronik und eben Sport aus. Diese werden dann ausgedruckt und auf Keyboards auf die entsprechende TELETEXT-Kurzform umgearbeitet.
Im Laufe des Tages werden die Hauptthemen je nach Nachrichtenlage aktualisiert, kleinere Themen werden durch neue Meldungen ersetzt.

Struktur der Redaktion

Die TELETEXT-Redaktion ist täglich von 7 Uhr früh bis Sendeschluß besetzt. Die Arbeit ist auf fünf Gruppen aufgeteilt:

- Zwei Gruppen sind (im Schichtbetrieb) für die TELETEXT-Nachrichten zuständig;
- eine Gruppe besorgt die Sport-Berichterstattung;
- eine weitere Gruppe arbeitet an der Aktualisierung des großen TELETEXT-Serviceblocks (aufgeteilt auf zehn Teile, „Register" genannt, von den Nachtdienst-Apotheken über Aktienkurse bis zum Horoskop);
- die fünfte Gruppe stellt die Untertitel für die TV-Nachrichten, Magazine, Dokumentation und Spielfilme her – dies als Service für Gehörgeschädigte. Darüber hinaus haben Mitarbeiter der TELETEXT-Redaktion, je nach persönlicher Neigung, die Bearbeitung von Spezialthemen übernommen, so etwa die Denksport-Aufgaben, Bridge oder Schach und die Kinder- und Jugendseiten, um nur einige Beispiele anzuführen.

TELETEXT in der Praxis

Der TELETEXT-Redakteur muß technische Details und handwerkliche Fähigkeiten erlernen, bevor er mit seiner Tätigkeit am Eingabegerät (Keyboard) beginnen kann.

- Die TELETEXT-Bildschirm-Seite verfügt nur über 25 Zeilen mit maximal 40 Anschlägen. Mit graphischer Nebengestaltung und entsprechenden Abständen können davon aber durchschnittlich nur etwa 50 Prozent genutzt werden, um die erforderliche Lesbarkeit zu erhalten.
- Bedingt durch so wenig Platz auf einer Seite, ist der Journalist am TELETEXT-Gerät besonders zu Kürze und Prägnanz verpflichtet. Auf einer TELETEXT-Seite muß das Wichtigste untergebracht werden – der Journalist ist also gezwungen, die wichtigsten „W" herauszufinden, dicht und kompakt zu formulieren und dabei doch einfach und verständlich zu bleiben.
- Gute Maschinschreibkenntnisse sowie die genaue Beherrschung der Orthographie sind unabdingbare Voraussetzung für die Arbeit am Keyboard, das neben den alphanumerischen Tasten noch eine Vielzahl anderer Bedienungseinrichtungen enthält.
- Der TELETEXT-Redakteur ist Journalist, Graphiker, Kameramann, Entwickler und Sendetechniker zugleich. Er muß sämtliche Kommandos, mit denen er seine Texte optisch gestalten kann, genau kennen und rasch umsetzen können. Jeder Mitarbeiter ist für die von ihm eingegebene und auf Sendung beförderte

Seite voll verantwortlich. Der alte journalistische Grundsatz ,,Großes groß und Kleines klein" ist für den TELETEXT-Journalisten in ,,Großes klein und Kleines gar nicht" umzuwandeln.

TELETEXT – das heißt Bildschirmarbeit

Der Dienst in der TELETEXT-Redaktion ist anstrengend und dauert je Schicht acht Stunden. Einen großen Teil dieser Zeit arbeitet der TELETEXT-Journalist am Bildschirmgerät. Das führt oft zu Augenermüdung; durch optimale Lichtgestaltung für Schriftvorlagen und stufenlose Kontrast- und Helligkeitsregelung am Arbeitsbildschirm konnte die Arbeit am Bildschirm jedoch erleichtert werden. Die Keyboards der TELETEXT-Redaktion tragen aber auch anderen ergonomischen Gesichtspunkten Rechnung. Die Erfahrung zeigt, daß sich vor allem junge Mitarbeiter für TELETEXT-Arbeit eignen, denn sie weisen jene physische Belastbarkeit auf, die eine wichtige Voraussetzung für TELETEXT-Arbeit ist. Die Arbeit in der TELETEXT-Redaktion wird dadurch automatisch zu einer speziellen Ausbildungsform für junge Journalisten, die von erfahrenen Kollegen – den ,,Chefs vom Dienst" – bei dieser Arbeit geleitet und geschult werden. Die TELETEXT-Redaktion ist sicherlich keine Lebensaufgabe, aber ganz bestimmt ein guter und richtiger Weg, den Nachrichten-Journalismus in den elektronischen Medien von Grund auf kennenzulernen.

Intensive TELETEXT-Nutzung

TELETEXT erfreut sich, wie eine im Auftrag des ORF durchgeführte Umfrage ergab, einer regen Nutzung. Knapp ein Drittel (31 Prozent) der Personen, die privat oder am Arbeitsplatz die Möglichkeit zum Empfang von TELETEXT haben, machen (fast) täglich vom TELETEXT-Angebot Gebrauch. Die am häufigsten abgerufenen Themen sind das ,,Wetter", gefolgt von ,,Sport", ,,Nachrichten" und ,,TV-Programm". Für Gehörlose stellt TELETEXT eine besonders wichtige Dienstleistung des ORF dar; sie können durch die Untertitelung problemlos zahlreichen Programmen des ORF-Fernsehens folgen.

TELETEXT – das ist aktuellste Information

Die über 600 Seiten des TELETEXT-Informationsangebots werden regelmäßig erneuert. Bei ,,Nachrichten" und ,,Sport" wird permanent aktualisiert – mitunter gibt

es da (zusammengenommen) 300 Meldungen pro Tag, seien es Neufassungen schon bestehender Meldungen oder das Ersetzen durch andere Themen. Selbstverständlich werden auch die internationalen Börseninformationen sowie die Verkehrsnachrichten topaktuell gehalten.
In den nächsten Jahren wird das optische Erscheinungsbild von TELETEXT stufenweise weiterverbessert. Schräglinien, Kreise oder Kurven werden es z. B. möglich machen, graphische Darstellungen von Wirtschafts- und Konjunkturentwicklungen oder etwa Wetterkarten zu zeigen. Dazu kommen bessere Farbabstufungen und individuell gestaltete Schriftzeichen.
Etwa ab Jahresmitte 1990 wird es des weiteren einen eigenen TELETEXT in „3sat" geben, dem gemeinsamen Satelliten-TV-Programm von ORF, ZDF (einschließlich DDR-Fernsehen) und SRG. Da „3sat" als Satellitenfernsehprogramm eine große Reichweite hat (z. B. in die Sowjetunion sowie nach Israel), gewinnt diese Satelliten-Text-Information international an Bedeutung. *Anton Mayer/Peter Nidetzky*

Literatur:

Zeitung

ABC DES JOURNALISMUS. Hrsgg. vom Projektteam Lokaljournalisten: Total überarbeitete, 6. Auflage. München: Ölschläger, 1990.

BRENDEL, Detlef, und GROBE, Bernd E.: Journalistisches Grundwissen. Darstellung der Formen und Mittel journalistischer Arbeit und Einführung in die Anwendung empirischer Daten in den Massenmedien. München: Verlag Dokumentation, 1976.

HALLER, Michael: Recherchieren. Ein Handbuch für Journalisten. Überarbeitete 3. Auflage. München: Ölschläger, 1989.

LA ROCHE, Walther von: Einführung in den praktischen Journalismus. Mit genauer Beschreibung aller Ausbildungswege. Deutschland, Österreich, Schweiz. 12., bearb. Auflage. München: List Verlag, 1990.

MEYER, Werner: Zeitungspraktikum: Auszug aus der Loseblattsammlung „Journalismus von heute". Percha am Starnberger See: Verlag R. S. Schulz, 1990.

NOELLE-NEUMANN, Elisabeth; SCHULZ, Winfried; WILKE, Jürgen: Fischer Lexikon Publizistik/Massenkommunikation. Frankfurt: Fischer, 1989.

ROLOFF, Eckart Klaus: Journalistische Textgattungen. München: R. Oldenbourg Verlag, 1982.

SATINSKY, Thomas; SCHLÜTER, Hans-Joachim: Der Lead. In: Der österreichische Journalist, Heft 4/1989.

STRASSNER, Erich (Hrsg.): Nachrichten. Entwicklungen – Analysen – Erfahrungen. München: Wilhelm Fink Verlag, 1975.

Radio

ARNOLD, Bernd-Peter: Hörfunk-Information. Hinter den Kulissen des schnellsten Nachrichtenmediums. Opladen: Leske Verlag und Budrich GmbH, 1981.

LA ROCHE, Walther von, und BUCHHOLZ, Axel (Hrsg.): Radio-Journalismus. Ein Handbuch für Ausbildung und Praxis im Hörfunk. München: List Verlag, 1987.

LUTZ, Benedikt; WODAK, Ruth: Information für Informierte. Linguistische Studien zur Verständlichkeit von Hörfunknachrichten. Verlag der Österreichischen Akademie der Wissenschaften, Wien 1987.

REINERS, Ludwig: Stilfibel. dtv 154. Deutscher Taschenbuch Verlag München, 20. Auflage, 1984.

SCHNEIDER, Wolf: Ein Nachrichtentag im ORF. Österreichischer Rundfunk, Wien, o. J.

SCHNEIDER, Wolf: Deutsch für Profis. Handbuch der Journalistensprache – wie sie ist und wie sie sein könnte. Hamburg: STERN-Bücher im Verlag Gruner + Jahr, 5. Auflage, 1983.

STRASSNER, Erich (Hrsg.): Nachrichten. Entwicklungen – Analysen – Erfahrungen. München: Wilhelm Fink Verlag, 1975.

WEISCHENBERG, Siegfried: Nachrichtenschreiben. Journalistische Praxis zum Studium und Selbststudium. Opladen: Westdeutscher Verlag, 1988.

Fernsehen

ALBRECHT, Horst: Sprachbarrieren vor dem Bildschirm. München 1978.
HUTH, Lutz, und SPIELKER, Klaus: TV-Nachrichten im Wettbewerb. Der kontrollierte Einsatz von Unterhaltung als Marketingstrategie. In: Rundfunk und Fernsehen 1988, S 445 ff.
RENCKSTORF, Karsten, und ROHLAND, Lutz: Nachrichtensendungen im Fernsehen (2). Absichten, Interessen und Muster der Medienzuwendung – Konturen des „aktiven" Publikums. Berlin: Verlag Volker Spiess, 1980.
RUGE, Peter: Praxis des Fernsehjournalismus. Ein Handbuch für Zuschauer, Kritiker und Publizisten. Freiburg – München: Verlag Karl Alber, 1975.
SCHELZ, Helga: Fernsehen – genau betrachtet. Sequenzanalysen von Auslandsberichten. Opladen: Westdeutscher Verlag, 1981.
SCHULT, Gerhard, und BUCHHOLZ, Axel (Hrsg.): Fernseh-Journalismus. Ein Handbuch für Ausbildung und Praxis. München: List Verlag, 1984.
STRASSNER, Erich: Fernsehnachrichten. Eine Produktions-, Produkt- und Rezeptionsanalyse. Tübingen: Max Niemeyer Verlag, 1982.
WEMBER, Bernward: Wie informiert das Fernsehen? Ein Indizienbeweis. 3., erw. Auflage. München: List Verlag, 1983.

TELETEXT

BUCHHOLZ, Axel: Revolution auf dem Bildschirm. Die neuen Medien Videotext und Bildschirmtext. München 1979.
RATZKE, Dietrich: Handbuch der Neuen Medien. Stuttgart 1983.
RATZKE, Dietrich: Die Bildschirmzeitung. Fernlesen statt Fernsehen. Berlin 1977.
SEDLACZEK, Robert: Die elektronischen Textmedien TELETEXT und Bildschirmtext. Phil. Diss. Univ. Wien 1981.
STÖGER, Christian: TELETEXT. Die Entstehung eines neuen Mediums. Die ersten fünf Jahre. Phil. Diss. Univ. Wien 1985.
TELETEXT hat viele Seiten. Neues im ORF-TELETEXT. Wien: ORF 1990 (Presse Spezial).

Bericht in der Zeitung

Wenn es sich nicht nur um eine einzelne kurze Nachricht über eine Tatsache, eine Begebenheit handelt, sondern um ein ganzes Bündel von Nachrichten im Zusammenhang mit einem komplexen Vorgang oder Thema, dann werden alle diese Fakten und Informationen zu einem Bericht verarbeitet. Der Bericht ist der anspruchsvollere, wesentlich „größere Bruder" der Nachricht. Man kann den Bericht auch als ausführlichere, gründlichere Variante der Nachricht bezeichnen. Hingegen ist die Meldung die „kleine Schwester" der Nachricht. In etwa 10 bis 25 Zeilen übermittelt sie die wichtigsten Facts – oft nur die journalistischen W's. Die Meldung wird auch Einspalter genannt.

Berichte erscheinen über Parlamentssitzungen, über den Verlauf von Staatsbesuchen, über Streiks, Demonstrationen und Paraden, aber auch über den Verlauf von Tagungen aller Art, über Feste oder Vereinsabende. Die Großereignisse des vergangenen Tages – also die Aufmachergeschichten – sind oft Berichte von eigenen Mitarbeitern oder Korrespondenten der Zeitungen, „vor Ort" geschrieben.

Der Bericht steht zwischen der Nachricht und der Reportage. Während die Nachricht die knappe, präzise und sachliche Darstellung einer Neuigkeit ist, leben Feature und auch Reportage von der möglichst subjektiven Sicht des Schreibers, von der Schilderung des Atmosphärischen, von der farbigen Darstellung und vom Glanz des persönlichen Stils. Bei der Reportage kommt allerdings als wichtigstes Kriterium die Handlung hinzu. Unerläßlich ist es bei der Reportage, daß der Reporter selbst am Ort des Geschehens eigene Eindrücke sammelt (vgl. auch das Kapitel über „Reportage in der Zeitung", Seite 138 ff.). Beim Bericht kommt es inhaltlich darauf an, ohne Meinungsfärbung zu schildern, was geschehen ist: Darüber soll der Leser in erster Linie informiert werden.

Bei der Nachricht bleibt die Person des Journalisten in der Regel völlig im Hintergrund, ebenso die persönliche Meinung des Verfassers. Beim Feature stehen die Auffassung und der Stil des Schreibers durchaus im Vordergrund. Der Bericht hingegen vermeidet die phantasievolle Subjektivität, er bemüht sich, wie die Nachricht, um eine sachliche Darstellung, nimmt aber doch manch Atmosphärisches in sich auf und verleugnet die persönliche Handschrift seines Autors auch nicht ganz. Dennoch: Das Geschehen selbst muß im Bericht das unbestreitbar Wichtigste bleiben, und die Qualität eines Berichtes kann man daran erkennen, ob der Leser über den Ablauf eines Ereignisses wirklich fair und umfassend informiert wird.

Der Bericht gliedert sich ganz ähnlich wie die Nachricht: An der Spitze bietet das Lead, der Einstieg oder Vorspann, eine knappe Zusammenfassung des Wichtigsten. Zum Unterschied von der Nachricht wird der Einstieg zu einem Bericht nicht nur ein, zwei Sätze umfassen, sondern gleich den ganzen ersten Absatz, der die sechs ,,W" enthalten soll (siehe das vorangegangene Kapitel über Nachricht in der Zeitung). Die Gliederung des Berichtes entspricht der Nachricht nach dem Prinzip des auf den Kopf gestellten Dreiecks: Von Absatz zu Absatz nennt der Verfasser des Berichtes immer weitere und detailliertere Einzelheiten des dargestellten Vorkommnisses, das dem Leser möglichst exakt geschildert werden soll. Siegfried Weischenberg unterscheidet in seinem Buch ,,Nachrichtenschreiben" Tatsachenberichte, Handlungsberichte und Zitatenberichte.

- *Tatsachenberichte* fassen zusammen, ordnen und gewichten Fakten. Zentrale Tatsachen werden an den Anfang gestellt, es folgen weniger wichtige Informationen.
- Der *Handlungsbericht* schildert einen Ablauf vom Ereignis zu einem konkreten Höhepunkt. Dieser Höhepunkt steht am Anfang, die jeweils weniger wichtigen Einzelinformationen folgen dazu.
- Der *Zitatenbericht* komprimiert Rede- und Diskussionsbeiträge ebenso wie Interviews und Manuskripte. Kernaussagen werden herausgehoben und an den Anfang gestellt. Einzelne Zitat-Passagen verbindet der Zitatenbericht durch Erläuterungen.

In der Regel ist es einfacher, eine knappe 25-Zeilen-Meldung zu schreiben als einen fünfseitigen Bericht, der den Leser bis zur letzten Zeile fesseln soll. Daher ist zu empfehlen, daß der Schreiber eines Berichtes vor der Abfassung des Textes darangeht, in kurzen Stichworten für seine Zwecke eine grobe Disposition zu erstellen: Nur auf diese Weise wird es ihm gelingen, die wichtigsten Inhalte in dem Bericht zu berücksichtigen.

Der Aufbau eines Berichtes

Personen nennen: Gerade bei einem längeren Bericht ist es wichtig und reizvoll, möglichst viele der handelnden Personen zu nennen und, wenn möglich, auch zu zitieren. Eine bloße Sachbeschreibung bleibt in den meisten Fällen allzu abstrakt. Die Namen von Personen, die mit ihrer persönlichen Auffassung vorgestellt werden, tragen wesentlich zur Auflockerung des Textes bei, und die Abwechslung von direkter und indirekter Rede vermag die Lesbarkeit des Beitrages wesentlich zu erhöhen.

Anschaulich berichten: In jedem Fall empfiehlt es sich, die dargestellten Vorgänge und Personen anschaulich zu schildern und in ihrem Ablauf präzise zu beschreiben. Nachrichtenmagazine haben die Methode entwickelt, mit ganz genauen Zeitangaben oder mit der Beschreibung anderer, an sich unwichtiger Details (,,Um Punkt 10.34 Uhr kam der Bundeskanzler in den Sitzungssaal . . .", ,,Der Vorsitzende der Industriellenvereinigung nippte an einem Glas Tomatensaft, bevor er auf die Anschuldigungen antwortete . . .") den Eindruck ganz außerordentlicher Informiertheit zu erwecken. So wenig man derartige Mätzchen im tagesaktuellen Journalismus als journalistische Regel annehmen sollte, ist doch zu beachten, daß wichtige Details einen Bericht bereichern. Es wäre ein grober Fehler, in einem Bericht in Allgemeinheiten steckenzubleiben.

Auf Zusammenhänge hinweisen: Viele Einzelnachrichten in den Zeitungen und auch in den elektronischen Medien werden nicht verstanden, weil die Zusammenhänge nicht mitgeliefert werden. Eine Meldung, wonach im Tschad die Regierung gestürzt worden ist und Herr X. Ministerpräsident wurde, sagt keinem Leser etwas, wenn man nicht dazuschreibt, welche politische Richtung die bisherige Regierung hatte, welche Gründe zu ihrem Sturz führten und welche politischen Ziele der neue Ministerpräsident hat. Gerade in einem längeren Bericht ist es möglich, auf Zusammenhänge hinzuweisen, die das Verständnis für Entwicklungen fördern können. Derartige Hinweise sollte man nicht als Kommentar mit subjektiver Meinung mißverstehen, sondern als zusätzlichen Informationsfaktor nützen.

An die Vorgeschichte erinnern: Man darf nicht davon ausgehen, daß sich viele Leser an die jeweilige Vorgeschichte von Ereignissen oder Tatsachen spontan erinnern. Daher ist es von Vorteil, wenn aktuelle Berichte mit Hilfe von Archivmaterial durch Hinweise auf historische Entwicklungslinien ergänzt und angereichert werden. Leser haben kein Archiv! Durch die Recherche lassen sich oft interessante Querverbindungen und Vorgeschichten aufdecken. (Siehe Kapitel „Recherche", Seite 11 ff.)

Den Hintergrund aufhellen: Zum Verständnis von Fakten gehört, daß man erfährt, welche Kräfte hinter bestimmten Bewegungen, politischen Gruppen oder auch Bürgerinitiativen stehen, von welcher Seite diese oder jene Fraktion finanziert wird, warum der Politiker Y wirklich zurücktreten möchte usw. Manche Ereignisse können vom Leser erst durch die Kenntnis von Hintergründen richtig eingeordnet und verstanden werden.

Die Unebenheiten nicht wegpolieren: Gerade bei Berichten über Parteitage, Tagungen, Kundgebungen, Vorträge oder Reden aller Art sollten die wirklichen Geschehnisse nicht so „geschönt" und glattpoliert werden, daß man sie in ihrer realen Abfolge verfälscht. Vor allem strittige Kernsätze, deftige oder witzige Bemerkungen, peinliche Versprecher, plastische Vergleiche sollten – vielleicht sogar wörtlich – berücksichtigt werden. Bei Rednern kann man vermerken, wie sie auf unangenehme Zwischenrufe reagieren, wie schlagfertig sie sind, wie sie mit ihrem Text zu Rande kommen, wenn plötzlich das Manuskript nicht verwendet werden kann (Lichtausfall u. dgl.) etc. Manchmal erhält die Presse bei derlei Gelegenheiten offizielle oder offiziöse schriftliche Textfassungen, in denen einzelne Stellen (unterstrichen oder gesperrt) besonders hervorgehoben sind. Der kritische Jour-

Beispiel für Meldung bzw. Nachricht ohne Vorspann („Der Standard", 20. Dezember 1989, Seite 13)

Austrian Airlines melden neuen Passagierrekord

Im ersten Jahr der Langstrecke 14,5 Prozent mehr Fluggäste und 366 Mio. S Gewinn

Wien – Österreichs größte Fluglinie, die Austrian Airlines, konnte heuer eine Reihe von Rekordergebnissen erzielen. Der Umsatz der mehrheitlich im Bundesbesitz befindlichen Gesellschaft überschritt nach Aufnahme des Langstrekkenverkehrs erstmals acht Mrd. S, wobei erstmals auch mehr als zwei Millionen Passagiere befördert werden konnten. Der Gewinn der AUA wird laut einer ersten Hochrechnung für 1989 mit 366 Mio. S angesetzt. „Die Ausschüttung einer entsprechenden Dividende ist damit gewährleistet", heißt es in einer Unternehmensmitteilung. Zuletzt zahlte die AUA ihren Aktionären 6,5 Prozent.

Insgesamt erwartet man heuer im Linienverkehr ein Passagieraufkommen von über 2,6 Millionen, das sind 14,5 Prozent mehr als im Vorjahr. Dabei entfallen 12,9 Prozent des Zuwachses auf die neuen Langsteckenflüge, während im restlichen Geschäft ein Zuwachs von 1,6 Prozent erzielt werden konnte. Die Auslastung lag damit durchschnittlich bei 55,2 Prozent. Auf der Langstrecke saßen in den Flugzeugen, die 172 Sitzplätze haben, im Schnitt 100 zahlende Passagiere.

Sehr gut entwickelt hat sich auch das Chartergeschäft. Insgesamt wurden rund 550.000 Passagiere, das sind 11,4 Prozent mehr als 1988, befördert. Im – noch kleinen – Frachtbereich wurde mit 25.400 Tonnen fast ein Drittel mehr befördert als im Vorjahr.

Für das kommende Jahr, das erste volle Betriebsjahr im Langstreckenverkehr, rechnet die AUA mit weiteren Zuwächsen. Der Langstreckenverkehr soll um rund 50 Prozent wachsen und insgesamt wird ein Passagierplus um fünf Prozent erwartet. Die Auslastung auf den Airbussen soll zudem durchschnittlich zwei Drittel erreichen. Damit werde auch die gesamte Langstrecke in den schwarzen Zahlen operieren, sagte ein AUA-Sprecher dem STANDARD.

Mit Investitionen von 1,24 Mrd. S will die AUA 1990 die Flotte von 24 Flugzeugen weiter modernisieren. Drei ältere DC-9 Flieger werden durch neue MD-87 ersetzt, und die Pilotenschüler dürfen sich schon auf ihre neue Piper-Cheyenne freuen. 1991 kommt dann der dritte Airbus sowie eine moderne MD-83. Für 1992 ist eine zusätzliche Fokker 50 und für 1993 eine weitere MD-83 mit 107 Plätzen bestellt.

Soweit man bei den Flugzeug-Bestellungen in die Zukunft blickt, so unklar sind die Aussichten bei der Neubestellung des AUA-Vorstands. Das Thema blieb auch diesmal aus den Beratungen des Aufsichtsrates ausgeklammert. (bra)

33jähriger im Auto von Baum erschlagen

LINZ (SN, APA). Holzarbeiten in einem Waldstück in Bad Zell (Bez. Freistadt) forderten Samstag ein Todesopfer. Der 33jährige Installateur Gerhard Riepl aus Bad Zell wurde in seinem Auto von einer Föhre erschlagen, die auf die Straße gestürzt war. Zu dem Unglück kam es, als ein Landwirt und sein Sohn auf einem Hang unterhalb des Güterweges eine mächtige Föhre, die sie durch ein Seil gesichert hatten, fällten. Der Baum rutschte vom Stumpf, schlug mit dem Stamm auf der Böschung des Güterweges auf und stürzte auf das Dach des Pkw von Gerhard Riepl, der eben an dieser Stelle vorbeifuhr. Der zweifache Familienvater war auf der Stelle tot, seine vierjährige Tochter Birgit, die im Fond des Wagens saß, überstand das Unglück unverletzt.

Beispiel für Kurzmeldung bzw. Kurznachricht („Salzburger Nachrichten", 29. Jänner 1990, Seite 13)

Beispiel für Bericht mit Vorspann („Die Presse", 23. Juli 1990, Seite 1)

DDR-Regierungskrise greift auf Bonn über
Streit um Beitrittstermin in Ostberlin prolongiert

Die Krise der DDR-Koalition wegen der Frage des Beitrittszeitpunkts greift nun auch auf Bonn über. Dort streiten die Parteien darüber, wer die Situation in Ostberlin zu verantworten habe. Zugleich wird die Kritik an DDR-Premier Lothar de Maizière (CDU) immer heftiger. Während dieser auf einem DDR-Beitritt erst nach den gesamtdeutschen Wahlen am 2. Dezember beharrt, bestehen die DDR-Sozialdemokraten und -Liberalen auf einem Termin vor den Wahlen. Über den Weiterbestand der Ostberliner Koalition herrschte völlige Unklarheit. Die Volkskammer beschloß indes die Wiedereinführung der fünf Länder auf dem Gebiet der DDR. Am 14. Oktober werden Landtagswahlen stattfinden.

Von unserem Korrespondenten Ewald König

BERLIN/BONN. Die Bonner Parteien werfen einander Taktik im beginnenden Wahlkampf vor. Die westdeutsche Kritik an DDR-Ministerpräsident Lothar de Maizière (CDU) wird immer schärfer. Dieser beharrt weiterhin auf seinem Plan, erst nach der gesamtdeutschen Wahl den DDR-Beitritt zur Bundesrepublik zu vollziehen.

Obwohl de Maizière eine Reihe von Gründen für seine Haltung vorgebracht hat, wird er zunehmend zur Zielscheibe der Kritik Bonner Politiker. SPD-Vorsitzender Hans-Jochen Vogel sagte, de Maizières Verhalten sei rational nicht mehr nachzuvollziehen. FDP-Chef Otto Graf Lambsdorff zufolge werde es „langsam ernst".

Vogel warf dem DDR-Regierungschef vor, er nehme in Kauf, daß die erste gesamtdeutsche Wahl angefochten werden müsse. Der Bonner SPD-Chef nennt es erschreckend, daß de Maizière nur mit Hilfe der SED-Nachfolgerin PDS eine Mehrheit für seine Position zustandebringe. Vogel unterstützte die DDR-Sozialdemokraten und forderte sie auf, eine Kooperation, die auf den Bruch der Koalition hinauslaufe, nicht ohne Konsequenzen hinzunehmen.

Der SPD-Chef warf aber auch die Frage auf, welche Rolle eigentlich Bundeskanzler Helmut Kohl und CSU-Chef Theo Waigel sowie die CDU-Zentrale in Bonn spielten; Kohl solle sich dazu äußern.

Für Verwirrung sorgten in Ostberlin die Liberalen, die zunächst an einem Kompromiß mit Ministerpräsident de Maizière mitgewirkt hatten, wenig später aber erneut ihren Austritt aus der Koalition androhten.

Über die Zukunft der DDR-Koalition herrschte offenbar völlige Unklarheit. Regierungssprecher Mathias Gehler verwahrte sich am Rande der Volkskammertagung am gestrigen Sonntag „gegen Spekulationen von Nachrichtenagenturen", die den Chef der Liberalen, Ortleb, mit den Worten zitiert hatten, er werde seiner Fraktion einen Austritt aus der Regierungskoalition empfehlen. Man solle besser abwarten „und die Tatsachen registrieren", sagte Gehler.

Die westdeutsche Nachrichtenagentur DPA und die französische Agentur AFP hatten übereinstimmend berichtet, daß Ortleb nach seiner Zustimmung zu einem Kompromiß über das Beitrittsdatum eine Abstimmung in seiner Partei über den Verbleib in der Koalition angekündigt hatte.

Der Kompromiß sah vor, daß der Ausschuß für deutsche Einheit aus DDR-Volkskammer und BRD-Bundestag gemeinsam einen Wahlmodus erarbeiten sollen. Wie von informierter Seite verlautete, werde der Kompromiß jedoch nach wie vor von Teilen der ostdeutschen SPD-Fraktion kritisiert. Der Streit wäre dann nur vertagt, nicht gelöst.

Die Krise in Ostberlin schwelte schon seit Freitag. Das liberale Bündnis hatte in der Volkskammer mit Unterstützung der SPD den Beitritt der DDR zur BRD mit Wirkung vom 1. Dezember gefordert, also einen Tag vor der gesamtdeutschen Wahl. Außerdem wurde ein einheitliches Wahlgebiet mit einer einheitlichen Fünf-Prozent-Klausel verlangt. Dieser Antrag wurde mit den Stimmen von CDU, DSU, „Bündnis 90" und PDS abgelehnt. In der gestrigen Sondersitzung, der letzten vor der Sommerpause, sollte eine Entscheidung fallen.

De Maizière beharrte auf getrennten Wahlen in der DDR und der BRD am 2. Dezember und einem Beitritt erst nach Schließung der Wahllokale. Ansonsten würden die Verhandlungen zum „Einigungsvertrag", also dem zweiten Staatsvertrag, zur Farce. Einen Rücktritt aus diesem Grund schloß er jedoch aus.

Die Fraktionen der SPD und der Liberalen haben dagegen am Sonntagnachmittag in einer gemeinsamen Sitzung beschlossen, bei ihrem ursprünglichen Antrag zu bleiben, der den Beitritt noch vor der Abhaltung gesamtdeutscher Wahlen enthält.

Die Volkskammer hat in ihrer Sondersitzung endgültig den 14. Oktober als Termin für die Landtagswahlen festgesetzt. Ab diesem Tag besteht die DDR nach 38jähriger Pause wieder aus fünf Ländern. Offen ist die Frage der Landeshauptstädte.

Fortsetzung auf Seite 2

nalist sollte sich davon nicht beeinflussen lassen, denn manchmal sind gerade diese Hervorhebungen nichts anderes als hundertfach abgeleierte Gemeinplätze. Sie muß man streng prüfen. Andererseits ist es oft recht interessant, an welchen Stellen der Vortragende von seinem Manuskript abweicht, und manchmal mag es auch für die Leser bemerkenswert sein, wenn ihnen der Bericht einer Zeitung solche Extempores mitteilt. Kompliziert formulierte, schwer verständliche, aber inhaltlich wichtige Passagen sollten in einem gründlichen Bericht „übersetzt" und gemeinverständlich wiedergegeben werden.

„Human interest": Menschliche Bezugspunkte dürfen in keinem Bericht fehlen. Je nach Zeitungstyp wird freilich die Intensität solcher „menschlich interessierter Berichterstattung" variieren. Die Boulevard-Zeitungen bereiten ihren Lesern fast jeden Bericht mit „human interest"-Elementen auf. Die Gefahr, im Bericht über das „Wie" eines Ereignisses steckenzubleiben, sich allein im Anekdotischen zu verstricken und gar nicht mehr auszusagen, „was" eigentlich passiert ist, muß allerdings als ernst eingeschätzt werden. Doch auch für eine seriöse politische

Tageszeitung kann es nur von Vorteil sein, wenn nicht nur darüber berichtet wird, was in den Debatten im Zusammenhang mit der Beschlußfassung eines Gesetzes geredet wurde, sondern wenn ebenso ausführlich die jeden Bürger berührenden Auswirkungen eines solchen Gesetzes ausführlich geschildert werden.

Jedes Routine-Schema vermeiden: Der größte Feind journalistischer Tätigkeit ist die Routine. Daher ist es notwendig, sich selbst vor jedem Schema beim Schreiben von Berichten in acht zu nehmen. Es ist anzuraten, immer wieder neue Anfänge und Schluß-Varianten zu suchen und zu finden, Höhepunkte sollen immer wieder in anderer Weise und an anderen Stellen „verpackt" werden, überraschende stilistische Wendungen sind ein gutes Mittel, die Aufmerksamkeit von Lesern zu fesseln. Der „Duden für synonyme Wörter, Band 8 – die sinn- und sachverwandten Wörter", ist ein unentbehrliches Hilfsmittel für jeden Journalisten, der sich um die Pflege und den Ausbau eines nicht so alltäglichen Wortschatzes bemüht, um nicht sinnentleerte Klischees zu verwenden.

Trennung von Nachricht und Kommentar?

Diese Frage ist fast eine journalistische Glaubensfrage. In allen großen politischen Tageszeitungen gilt nach wie vor der Grundsatz, daß die persönliche Meinung des Berichterstatters in der Nachricht nichts zu suchen habe. In den meisten Straßenverkaufszeitungen hat sich die gegenteilige Praxis breitgemacht: Nachricht und Kommentar sind selbst in der kleinsten Lokalmeldung vermischt. Die journalistische Darstellungsform „Nachrichten-Magazingeschichte" (siehe Seite 233) mixt Nachrichten und Meinungen ganz bewußt. Diese Gepflogenheit ist dann besonders bedenklich, wenn der Leser gar nicht mehr erkennen kann, welcher Teil der Nachricht sich auf das Ereignis bezieht, das Gegenstand der Berichterstattung ist, und wo die persönliche Meinung des Reporters einsetzt.

Das Prinzip der Trennung von Nachricht und Kommentar ist daher dann richtig, wenn es sich in der Tat um eine kurze, knappe Nachricht handelt. Aber schon bei einem längeren Bericht läßt es sich begreiflicherweise gar nicht vermeiden, daß persönliche Wertungen des Schreibers in den Text einfließen. Korrespondentenberichte in so seriösen Zeitungen wie der „Frankfurter Allgemeinen Zeitung" oder der „Neuen Zürcher Zeitung" zeigen täglich, daß sie zum Teil sehr pointierte persönliche Auffassungen der Verfasser enthalten. Gewiß soll in einem Bericht auf jeden Fall die sachliche Darstellung dominieren. Der persönliche Standpunkt braucht aber nicht verleugnet zu werden. Klaus Schönbach hat in seiner Untersuchung über die „Trennung von Nachricht und Meinung" festgestellt, daß in manchen Zeitungen politische oder ideologische Verzerrungen der News durch die Vermischung von Nachricht und Meinung erfolgt. Besonders bei kontroversen Themen läßt sich oft nachweisen, daß Berichte an die politischen Positionen des Kommentars angeglichen sind und nicht – wie es richtig und redlich wäre – umgekehrt. In seinem berühmt gewordenen Essay „Werden wir richtig informiert?" fragte Karl Jaspers, ob der Journalist etwa neutral sein und nur berichten solle. Jaspers beantwortete diese Frage so: „Es gibt keinen Standpunkt über allen Dingen, keinen ‚göttlichen Standpunkt' außerhalb. Der Journalist berichtet nach Kräften richtig und vollständig. Aber er soll das Berichtete deuten und beurteilen. Verläßlich ist er nur, wenn er beides in Klarheit tut: das Berichten auch der ihm unerwünschten Tatsachen – das Urteilen aus einem Grundwillen, der sich bezeugt in der glaubwürdigen Kontinuität. Diese Spannung zwischen der Objektivität des Wißbaren und der Objektivität eines gegründeten Wollens ist unaufhebbar und gehört zur Wahrheit selber. Je kräftiger diese Spannung, desto klarer sowohl der Bericht wie das Urteil. Erst zusammen bringen sie die eigentliche Information."

Fritz Csoklich

Bericht und „gebauter Beitrag" im Radio

„Die Darstellungsform ‚Bericht' ist mit ‚großer Bruder der Nachricht' treffend beschrieben" – so die Definition im Handbuch über „Radio-Journalismus" von La Roche/Buchholz. Grundsätzlich ist das richtig, in der Praxis zeigt sich jedoch, daß man mit dieser Definition nicht immer auskommt. In der Reihe Nachricht – Bericht – Kommentar steht der Bericht logisch in der Mitte. Die Nachricht liefert Grundinformationen über Fakten und Ereignisse. Der Bericht erweitert diese Information – etwa durch besondere Hintergründe oder Bezüge zu anderen Fakten. Und der Kommentar schließlich liefert die kritische Analyse der Fakten. So klar sind die Grenzen aber nur in der Theorie.

Abgrenzung zu anderen Darstellungsformen

Zur Nachricht hin läßt sich der Bericht relativ einfach formal abgrenzen. Die Nachricht tritt gewöhnlich im Verbund auf, bedient sich einer weitgehend unpersönlichen Sprache und wird im Regelfall von einem Nachrichtensprecher gelesen. Der Bericht hingegen wird den Stempel der Persönlichkeit seines Autors tragen, nicht zuletzt deshalb, weil er normalerweise vom Autor selbst präsentiert wird. Wenn wir nun aber dem Bericht sozusagen Persönlichkeitsstatus zuerkennen, wie unterscheiden wir ihn dann von der stark persönlichkeitsbezogenen Darstellungsform des Kommentars?

In den bundesdeutschen Rundfunkanstalten hat man zur Lösung dieses Dilemmas den „kommentierenden Bericht" geschaffen und definiert ihn als Mischform aus Bericht und Kommentar. Der Österreichische Rundfunk versucht in seinen Programmrichtlinien, durch Wortwahl mehr Präzision zu erreichen. Die Vorgabe durch das Rundfunkgesetz 1974 ist nicht einfach. Dort ist die Rede von „eigenen Kommentaren und Sachanalysen unter Wahrung des Grundsatzes der Objektivität" [§ 2, (1) c)]. Die Klippe wird umschifft, indem die Programmrichtlinien des ORF den „Meinungskommentar" der „Sachanalyse" gegenüberstellen und eine zusätzliche Sicherung einschalten: „Mit dem Wirken eines Meinungskommentators ist es unvereinbar, auch an der Gestaltung von Programmelementen mitzuarbeiten, die dem Objektivitätsgebot entsprechen müssen." (ORF-Programmrichtlinien 1.3.13.)

Der Bericht als „großer Bruder der Nachricht" ist also gar nicht so einfach, wie er auf den ersten Blick erscheinen mag. In der Praxis stellt der Rundfunk-Journalist zwar erfahrungsgemäß keine besonderen Überlegungen an, in welche Kategorie sein Bericht nun einzureihen ist, aber er muß sich bemühen, saubere Arbeit zu leisten und alle Informationen korrekt und im Bemühen um größtmögliche Objektivität und Ausgewogenheit sowie radiogerecht an die Hörer weiterzugeben.

Bericht ist nicht gleich Bericht

„Hier ist der Österreichische Rundfunk. Die Nachrichten. Naher Osten. In den heutigen frühen Morgenstunden führten israelische Streitkräfte zu Lande, zu Wasser und aus der Luft Operationen gegen palästinensische Stellungen in Beirut durch . . ." So ähnlich könnte eine Nachrichtensendung im Sommer 1982 begonnen haben.

„Pausenlos fliegen seit heute früh Staffeln der israelischen Luftwaffe über Beirut und bombardieren die Flüchtlingslager der Palästinenser im Westteil der Stadt. Gleichzeitig eröffneten israelische Schiffsgeschütze das Feuer und begannen israelische Panzer aus dem okkupierten Südteil des Libanons auf die Hauptstadt zuzurollen . . ." So könnte ein Korrespondentenbericht aus Beirut an diesem Tage begonnen haben.

„Mit der Operation ‚Friede für Galiläa', einer gemeinsamen Aktion aller Waffengattungen, will Israel die Bedrohung seiner Nordgrenze durch palästinensische Terroristen, die vom Libanon aus agieren, in Zukunft ausschalten . . ." So könnte ein Korrespondentenbericht aus Jerusalem begonnen haben.

Dasselbe Faktum – derselbe Sender, und doch drei einigermaßen unterschiedliche Berichte. Grob vereinfacht: ein „neutraler" Bericht in Form einer Nachrichtenmeldung und zwei Berichte, die offenbar aufgrund verschiedener Standpunkte sehr unterschiedlich klingen. In unserem halbfiktiven Beispiel hat der Nachrichtenredakteur jede persönliche Einstellung zum Geschehen unterdrückt und eine Meldung geschrieben, die den Hörern die Tatsache einer israelischen Invasion im Libanon möglichst wertfrei vermittelte. Aber halt! Was heißt hier „Invasion"? Empfindliche israelfreundliche Ohren könnten an diesem Wort erheblichen Anstoß nehmen, weil es in gewisser Weise negativ belastet ist. Empfindlichen israelfeindlichen Ohren wiederum könnte das Wort „Invasion" viel zu positiv klingen – sie würden „Einfall" oder „Aggression" bevorzugen. Es soll hier keineswegs eine semantische Diskussion geführt werden, aber der angehende Journalist darf nicht überrascht sein, wenn der unschuldige Gebrauch (ohne Hintergedanken) von Wörtern oder Begriffen Reaktionen seiner Hörer, Kollegen oder Vorgesetzten auslöst. Besonders sensibel reagiert man seitens der politischen Parteien in der innenpolitischen Berichterstattung zu Wahlkampfzeiten. Wer hätte vor der Atom-Volksabstimmung im Jahre 1978 geglaubt, daß ein „Atomkraftwerk" etwas anderes ist als ein „Kernkraftwerk"?

Der Autor präsentiert den Bericht selbst

Trotz aller Hürden, Fallstricke und Fußangeln werden Berichte verfaßt, gesprochen und gesendet. Ein Redakteur geht gemeinsam mit einem Tontechniker zu einer Pressekonferenz und spielt live einen Bericht mit Einblendungen in eine aktuelle Sendung ein. Ein anderer Redakteur verfaßt mit Hilfe von Hintergrundmaterial einen Bericht über politische Spannungen in einem afrikanischen Land. Er nimmt diesen Beitrag im Studio auf Band auf. Ein Korrespondent meldet sich von seinem Dienstort und berichtet über einen besonderen Fall von Korruption, der in dem betreffenden Land die Öffentlichkeit erregt. Drei Berichte, die von Form und Entstehung her unterschiedlich sein können, trotzdem aber unter den weiten Oberbegriff des „Berichtes" fallen. Gemeinsam haben sie eines: Der jeweilige Autor (Autorin) präsentiert den Text selbst.

Tips:

- Versuchen, umfassend, verständlich und lebendig zu informieren.
- Sich darum bemühen, die Beitragszeit von etwa drei bis vier Minuten nicht zu überschreiten, auch wenn man das Gefühl hat, infolge der Fülle von vorhandenem Material mit der Zeit nicht auszukommen.

- Vor Beginn der eigentlichen Schreibarbeit das vorhandene Material ordnen und entscheiden, welche Fakten der Bericht enthalten muß und welche Details man weglassen kann.
- Eine klare Gliederung des Berichtes überlegen; dabei berücksichtigen, daß der Bericht fürs Hören geschrieben ist und vom Hörer (im Gegensatz zu einem Zeitungsartikel) nicht nachgelesen werden kann, wenn etwas daran schwer verständlich war. Bei der Gliederung auf die innere Ordnung des Berichtes achten.

Nur selten steht in einem Radio-Nachrichtenjournal ein Bericht für sich. Die meisten Berichte fließen in eine Sendung ein, durch die ein Moderator führt. Diesem Kollegen sollte man rechtzeitig einen Moderationstext durchgeben, mit dem er im Studio den Beitrag ansagen kann; das ist nicht immer einfach, vor allem soll der Moderator-Text den Bericht nicht vorwegnehmen und doch mehr als nur Allgemeinplätze enthalten.

Der Bericht mit O-Ton

Der Bericht mit Originalton-Einblendung ist eine besonders radiospezifische Form. Der O-Ton ersetzt dabei entweder das wörtliche Zitat oder das illustrative Bild (der Zeitung). **Der O-Ton macht einen Bericht lebendig; schon allein durch den Wechsel der Stimmen lockert er den Beitrag auf.**

Beim Bericht mit O-Ton sind einige Regeln zu beachten:

- Wichtig ist es, für ein ausgewogenes Verhältnis zwischen Manuskript-Text und O-Ton zu sorgen. Faustregel: Der O-Ton soll nicht mehr als die Hälfte des Beitrages ausmachen. Ein oder zwei Statements, nur durch einen Satz des Reporters verbunden, das ist kein guter Bericht.
- Der O-Ton muß vom Journalisten immer identifiziert werden. Kommt etwa ein Redner im Verlaufe eines Berichtes mit mehreren Ausschnitten zu Wort, so ist dem Hörer vor dem ersten O-Ton-Ausschnitt zu sagen, wer da spricht; da der Hörfunk ein flüchtiges Medium ist, kann es nicht schaden, einen Namen noch ein zweites Mal zu nennen. Ein gewisser Einfallsreichtum im Formalen ist dabei recht dienlich. „Dazu sagte der Bundeskanzler" ist zwar vollkommen korrekt, aber langweilig. Noch schlechter klingt es, wenn dann bei der zweiten oder dritten Einblendung nur noch der Name mit erhobener Stimme hingeworfen wird.
- Ein Bericht, der mit O-Ton beginnt, kann in stärkerem Maß Aufmerksamkeit wecken als ein Beitrag konventioneller Art, und in gleicher Weise kann ein „starker" O-Ton am Ende einen besseren Schlußakzent setzen als ein noch so bemühter Auffangsatz des Autors. Der Ein- oder Ausstieg mit O-Ton in einem

Bericht ist jedoch immer gut zu überlegen. Markante Stimmen bekannter Persönlichkeiten eignen sich meistens gut.

- Berichte mit O-Ton-Einblendung können vorgeplant sein oder erst aus Situationen spontan entstehen. Wenn ein Rundfunkredakteur einen wichtigen Termin wahrnimmt, sollte er daher immer Tonaufzeichnungsgerät und Mikrofon mit dabei haben. Von Vorteil ist es, wenn ihn ein Tontechniker begleitet.
- Bei bedeutenden Großveranstaltungen werden in Form eines sogenannten „Ausbaues" mehrere Mikrofone über ein Mischpult zusammengeschlossen. Die Veranstaltung wird zum Teil oder ganz mitgeschnitten, der Redakteur macht sich Aufzeichnungen und verständigt bei wichtigen Passagen den Tontechniker durch Handzeichen, eine „Anhebung" am Tonband zu machen. Der Tontechniker hebt das Band in der auflaufenden Spule mechanisch (mit dem Finger oder Kugelschreiber) an, so daß man später beim schnellen Rücklauf die wichtigen Stellen rasch und sicher auffinden kann.

Der O-Ton-Bericht ist die häufigste Form der Berichterstattung über Ereignisse, bei denen das gesprochene Wort im Mittelpunkt steht: Pressekonferenzen, Vorträge, Parlamentssitzungen usw. Er ermöglicht die Wiedergabe der spezifischen Atmosphäre einer Veranstaltung in der kurzen Zeit, die für einen Beitrag normalerweise zur Verfügung steht.

Bericht und Reportage

Der O-Ton-Bericht nähert sich gelegentlich der Berichterstattungsform der Reportage, nämlich dann, wenn er zusätzlich zur Information durch den Berichterstatter eine Stimmung wiedergibt, die ebenfalls Information vermittelt. Als Beispiel sei eine Wahlveranstaltung mit Zwischenrufen erwähnt. Die Abgrenzung zur Reportage besorgt die formale Gestaltung des Berichtes – die Atmosphäre zieht sich *nicht* durch den gesamten Bericht durch, sondern ist nur in den Einblendungen hörbar. Die zusammenfassenden Zwischentexte unterscheiden sich deutlich vom Text einer Reportage.

Kurzbericht

Nachrichtenmagazine, die in knapper Form (zwischen 10 und 20 Minuten) informieren, bereichern zunehmend das Angebot der aktuellen Berichterstattung. In diesen Sendungen müssen alle Elemente – sowohl Moderation als auch Beiträge – kurz und präzise, oft auf die Essenz reduziert, gestaltet werden, Beiträge, die in der Regel die Länge von 1 Minute 30 Sekunden nicht überschreiten, sind auch sprachlich anders angelegt als die normal langen Beiträge. Hauptsätze dominieren, komplizierte Satzgefüge (im Radio ohnehin unerwünscht) würden der Dynamik der Sendung entgegenarbeiten. Selbstverständlich können auch Kurzbeiträge O-Töne enthalten, die dann freilich durch Auswahl oder Schnitt dem Charakter des Beitrags angepaßt werden müssen. Von der Nachrichtenmeldung unterscheidet sich der Kurzbericht nicht nur durch die Möglichkeit des O-Tons, sondern vor allem durch die persönliche Gestaltung und Präsentation.

Der O-Ton-Bericht anstelle des (mißglückten) Interviews

Berichte mit O-Ton-Einblendungen sind mitunter als solche nicht geplant, sondern ergeben sich erst an Ort und Stelle, gelegentlich sogar erst nach der Rückkehr ins Funkhaus: Wenn sich beim Abhören eines Bandes herausstellt, daß ein Interview in der aufgenommenen Form nicht sendbar ist, das Thema aber unbedingt behandelt werden muß. Hier kann der O-Ton-Bericht ein mißlungenes Interview retten. Mißlungen kann ein Interview aus verschiedenen Gründen sein. Entweder hat der Journalist das Interview schlecht geführt oder der Interviewte hat mit seinen Antworten die Erwartungen nicht erfüllt. Solche Situationen sind nicht zwingend ein Unglück. Beim Durchhören einer solchen Aufzeichnung notiert man sich am besten jene Passagen, die man für besonders wichtig erachtet, und schneidet sie zu Statements zusammen. Die Fragen und jenen Teil der Antworten, die nicht im O-Ton gesendet werden, kleidet man in die Form des Zwischentextes. Das ist zwar oft erheblich mehr Arbeit als die sendefertige Aufbereitung eines Interviews. Dennoch sollte man sich nach jedem Interview, von dem man selbst nicht ganz überzeugt ist, fragen, ob man es als Interview sendet oder nicht doch für einen Bericht „umschneidet" bzw. umschreibt. Vielleicht hilft dabei auch der Gedanke an die Kollegen von den Printmedien, die ein Interview nicht selten als Mittel der Recherche einsetzen, als Vorstufe für einen Eigenbericht. Eines muß bei einer solchen Umarbeitung eines Interviews zu einem O-Ton-Bericht (auch „gebauter Bericht" genannt) peinlich genau beachtet werden: **Die Aussagen dürfen nicht verfälscht werden.**

Manipulierende Zwischentexte verstoßen nicht nur gegen alle Regeln für die Arbeit des Journalisten, sondern auch gegen das journalistische Ethos. Ebenso unzulässig ist die Verfälschung von Aussagen durch sinnentstellenden Schnitt. Durch Verkürzung von Interview-Antworten zu Aussagen und durch die Verknappung der Restaussagen zu Zwischentexten ist die Gefahr der Sinnverdrehung sehr groß. Im extremen, konstruierten Fall sieht das so aus: „Ich bin für den Bau von Atomkraftwerken" (Schnitt; es fällt dabei die wichtige Aussage weg: „Aber nur dann, wenn die Fragen der Sicherheit gelöst sind").

Statements für O-Ton-Berichte

Oft werden Aussagen im O-Ton ganz bewußt in Form von Statements eingeholt. Der Journalist teilt in solchen Fällen dem Befragten mit, worum es bei dem Beitrag geht, und bittet ihn, zu einem bestimmten Thema ein Statement abzugeben. Der Vorteil dieser Methode ist: Die wesentlichen Aussagen im O-Ton, die der Bericht enthalten soll, werden in knapper Form und ausformuliert auf Band gesprochen. Die Schneidearbeit im Studio oder im Übertragungswagen (Ü-Wagen) verringert sich. Der Nachteil: Bei jedem Interview hegt der Journalist die Hoffnung, aus seinem Interview-Partner mehr herauszuholen, als geplant war; ganz zu schweigen von jenem journalistischen Traum, aus dem Routine-Interview die große Exklusiv-Story zu erhalten. Die journalistische Fairneß gebietet jedenfalls, dem Gesprächspartner mitzuteilen, daß seine Interview-Antworten zu Statements zusammengeschnitten werden, wenn man von vornherein die Absicht dazu hat.

O-Ton-Berichte ohne Originalaussagen

O-Ton-Berichte können auch Beiträge sein, in denen keine Aussagen im Original vorkommen, sondern bei denen der O-Ton aus Geräuschen oder Musik besteht. Umzüge, Demonstrationen, Schüsse, Glocken, Schreie – alles kann Material für eine Einblendung in einen gebauten Bericht sein. Völlig unzulässig ist es jedoch, für einen solchen Bericht ins Geräuscharchiv zu gehen und sich dort zu bedienen. Eine Ausnahme gibt es nur, wenn der Griff ins Archiv eindeutig als solcher gekennzeichnet ist: Ein Bericht über Raketentests oder Atom-Abrüstungsverhandlungen etwa kann durchaus durch das Geräusch eines Countdowns oder durch die Aufnahme einer explodierenden Atombombe dramatisiert werden. Aber die Hörer dürfen nicht im unklaren gelassen werden, daß sie eine Archivaufnahme zu hören bekommen haben („so klingt es, wenn . . .“, „so war es, als . . .“).
Der mit O-Ton angereicherte Bericht ist zweifellos nach der Reportage die rundfunkgerechteste Form der Darstellung von Informationen und Fakten. Ein gut gebauter Bericht geht dem Hörer besser ins Ohr als ein geschriebener und im Studio verlesener Beitrag und bereitet dem Radio-Journalisten selbst meist mehr Freude bei der Produktion als andere Darstellungsformen.

Notwendige Selbstkritik

Der Zeitdruck, ein ständiger Faktor im Leben jedes Journalisten, sollte den Radio-Journalisten nicht daran hindern, sich in stilleren Stunden einmal selbst folgende Fragen zu stellen und sie so ehrlich wie möglich zu beantworten.

- War mein Bericht gut gesprochen?
- War er so verfaßt, daß er beim Hören verständlich war?
- Hat er alle wichtigen Fragen beantwortet?
- Sind Beziehungen deutlich, Hintergründe sichtbar geworden?
- War er vielleicht zu lang?
- Hätte man einen Schwerpunkt herausgreifen sollen, anstatt zu versuchen, alle Themen hineinzupacken?
- Wurden alle technischen Möglichkeiten des Hörfunks ausgeschöpft?

Bericht und gebauter Beitrag sind mitunter komplizierte Gebilde, auch wenn sie im Regieraum oft nicht mehr als drei Minuten Tonband auf einem Spulenkern ausmachen.

Roland Machatschke

Bericht im Fernsehen

Nachrichten und Berichte

Die Fernseh-Nachrichtensendungen, wie wir sie heute kennen, kommen ursprünglich aus den USA. Es gibt zwar Unterschiede in der Präsentationsform, Studiodekoration oder Graphik, eines aber ist allen Sendungen gemeinsam: Die Aufeinanderfolge von Nachrichten und Berichten, deren Länge zwischen zwanzig Sekunden und drei bis vier Minuten liegt. Das gilt auch für die Fernseh-Nachrichtensendungen im deutschen Sprachraum.

In der Praxis unterscheiden wir zwischen einem Meldungsfilm und einem „gebauten" oder gestalteten Beitrag, der Story genannt wird. Der Unterschied liegt in der Länge des Berichtes: Ein Meldungsfilm ist höchstens eine Minute lang, ein gebauter Bericht durchschnittlich zwei bis drei Minuten, manchmal auch länger. Die Prinzipien der Gestaltung sind im wesentlichen für beide Arten die gleichen.

Die Rolle der Technik

Wir können in der Praxis davon ausgehen, daß heute fast alle Berichte für die Nachrichtensendungen des ORF mit elektronischen Kameras und Magnetaufzeichnungsgeräten (MAZ) produziert werden; der Film wird nur noch für seltene Ausnahmefälle verwendet.

Es gehört zu den journalistischen Grundregeln, daß jeder Bericht gründlich zu recherchieren ist, bevor er produziert wird. Das ist bei der Arbeit für das Fernsehen auch aus Gründen des rationellen Einsatzes der technischen Teams notwendig: es besteht aus dem Kameramann und dem MAZ-Techniker, der die MAZ bedient und den Ton aufnimmt. Ton und Bild werden synchron auf dem Videoband der MAZ gespeichert. Neuerdings gibt es auch im professionellen Bereich Videokameras, in denen die Aufzeichnungskassetten integriert sind, so daß der Kameramann vom MAZ-Techniker unabhängig wird. Probleme ergeben sich dabei allerdings mit der Tonaufnahme, da sie bei diesen Geräten im Einmannbetrieb nur über das auf der Kamera montierte Mikrofon erfolgen kann. Sollte es notwendig sein, eine bessere Tonqualität zu produzieren, ist also der Einsatz eines zweiten Mannes doch wieder notwendig.

Je besser eine Story vorbereitet ist, desto schneller können die Dreharbeiten abgewickelt werden, wobei allerdings zu unterscheiden ist, ob das von der Kamera aufzunehmende Geschehen vom Redakteur beeinflußbar ist (ob der Redakteur also die Handlung gleichsam „inszenieren" kann), oder ob das Geschehen unabhängig vom Redakteur abläuft, „sich ereignet".

„Inszenierte" Berichte

Beispiele für Berichte, die „inszeniert" werden können, sind etwa: Ein Ort wird 1000 Jahre alt; in dem Fernsehbericht soll dieser Ort vorgestellt werden. Es bleibt dem Redakteur überlassen, in welcher Reihenfolge er die verschiedenen Schauplätze aufnimmt und wo und in welcher Reihenfolge er die Personen auftreten läßt, die in diesem Bericht eine Aussage machen.

Ein anderes Beispiel: Die Erwerbsgärtner klagen über zu hohe Energiekosten und zu großen Importdruck. Auch bei diesem Bericht kann der Redakteur Art und Reihenfolge der Bildaufnahmen nach seinem Konzept bestimmen.

Ereignisberichte

Anders verhält es sich, wenn der Reporter über den Festzug in jenem Ort, der 1000 Jahre alt geworden ist, berichten soll. Hier läuft ein Geschehen ab, das nicht beeinflußbar ist und vor allem auch nicht wiederholt werden kann. Das gilt ebenso, wenn die Erwerbsgärtner nicht bloß über ihre Probleme klagen, sondern vor dem Sitz der Landesregierung demonstrieren und der Reporter über den Verlauf dieser Demonstration zu berichten hat.

Das Drehbuch

Für jene Berichte, bei denen der Reporter selbst Regie führen kann, soll er aufgrund seiner Recherchen eine Art Drehbuch erarbeiten. Optimal wäre es, wenn er auch Zeit hätte, die Drehorte bereits vor dem Beginn der Dreharbeiten zu besuchen und auszuwählen. Dieses Drehbuch – es genügt, wenn sein Umfang zwei oder drei Seiten beträgt – hat die Reihenfolge der aufzunehmenden Szenen festzulegen und den Text, den der Reporter dazusprechen will, zu enthalten.

Beispiel: Ein Ort wird 1000 Jahre alt

Bilder	**Text**
Totale des Ortes vom nahegelegenen Berg aus	*Der Ort X hat heute 2500 Einwohner. Er liegt inmitten der Erholungslandschaft des Voralpenlandes.*
Rathaus auf dem Hauptplatz	*Zentrum des Ortes ist der alte Marktplatz mit dem Rathaus, das von dem berühmten Architekten Fischer von Erlach erbaut wurde.*
Pestsäule vor dem Rathaus	*Die Pestsäule auf dem Hauptplatz erinnert an die großen Schicksalsschläge, die im Laufe der Jahrhunderte von den Bürgern dieses Ortes zu tragen waren . . .*

Aufnahme und Bildauswahl

Die Festlegung der Bilderfolge in so einem Drehbuch hat im Hinblick auf den Schnitt zu erfolgen und bedeutet nicht, daß die Aufnahmen auch in dieser Reihenfolge durchzuführen sind. Das ist nur in den seltensten Fällen möglich, weil natürlich beispielsweise nach der Aufnahme des Ortes von dem nahegelegenen Berg aus auch noch andere Aufnahmen aus dieser Kameraposition zu machen sind, die dann im fertigen Bericht nicht unmittelbar aufeinanderfolgen. Bei der Bildauswahl ist es sehr nützlich, wenn Reporter und Kameramann sich möglichst genau miteinander absprechen, weil ein guter Kameramann die Aussagekraft und die Aussagemöglichkeiten eines Bildes meist besser beurteilen kann als ein Redakteur oder Reporter. Den besten Erfolg wird jenes Team erzielen, bei dem der Redakteur auch das Gefühl für die Bildsprache und der Kameramann auch das Verständnis für den journalistischen Inhalt hat.

Text und Bild müssen einander ergänzen

Bei der Formulierung des Reportertextes ist unbedingt darauf zu achten, daß Bild und Text einander ergänzen. Der Text soll das Bild erläutern. Hat nämlich der Text eine andere Aussage als das dazu gezeigte Bild (Bild-Text-Schere), kann der Zuseher den Textinhalt meist gar nicht aufnehmen. Erfahrungsgemäß ist der Eindruck, den das Bild vermittelt, intensiver als der des gesprochenen Wortes.

Dazu ein Beispiel:

Thema: Fremdenverkehrsschule Bad Gleichenberg

Bilder	**Text**
Totale des Kurortes Bad Gleichenberg.	*Das Außergewöhnliche an der höheren Lehranstalt für Fremdenverkehrsberufe ist:*
Großaufnahmen von Gesichtern hübscher Schülerinnen.	*sie bietet eine praktische Ausbildung in allen fremdenverkehrskundlichen Fächern, vom Kochen über den Computer bis zum persönlichen Gespräch am Reisebüroschalter und zusätzlich Unterricht in allgemeinbildenden Gegenständen.*
Totale Klassenraum innen, langsame Zufahrt durch das Klassenfenster nach außen auf Großeinstellung blühender Magnolienbaum vor dem Klassenzimmer.	*Wer diese fünfjährige höhere Schule absolviert, schließt sie nach fünf Jahren mit einer Reifeprüfung ab. Das Reifeprüfungszeugnis berechtigt einerseits zum Hochschulstudium und ersetzt andererseits nach einer zweijährigen Tätigkeit im Gastgewerbe die Konzessionsprüfung.*
Wasserfontäne des kleinen Springbrunnens, im Hintergrund Schulgebäude von außen.	*Aufgenommen werden Schülerinnen und Schüler, die die vier Klassen einer Hauptschule oder einer höheren Schule erfolgreich abgeschlossen haben.*

Die erste Bildeinstellung (Totale Gleichenberg) wäre grundsätzlich noch denkbar. Bei den folgenden Bildern – vier bis fünf Großeinstellungen von Köpfen hübscher Mädchen – wird der Zuschauer zweifellos viel zu sehr vom Text abgelenkt. Das gleiche gilt für die Zufahrt auf den Magnolienbaum und die Einstellung, die im Hintergrund das Schulgebäude, im Vordergrund jedoch die Fontäne des Springbrunnens zeigt.

Bei diesem Beispiel soll dem Zuschauer Sachinformation über die Art des Unterrichts und die Länge des Studiums gegeben werden. Einen solchen Text mit schönen „Gesichtslandschaften", blühenden Bäumen und einem sprudelnden Springbrunnen zu bebildern, hat zur Folge, daß sich der Zuschauer ganz auf die schönen Bilder konzentriert und dem Inhalt des Textes keine Aufmerksamkeit schenkt.

Um von der Bildgestaltung her das Interesse des Zuschauers auf die vermittelte Wortinformation zu lenken, wäre folgende Bildauswahl denkbar:

Bilder	**Text**
Schulgebäude außen	*Das Außergewöhnliche an der höheren Lehranstalt für Fremdenverkehrsberufe ist:*
Halbtotale, Burschen und Mädchen in der Küche	*sie bietet eine praktische Ausbildung in allen fremdenverkehrskundlichen Fächern, vom Kochen*
Großaufnahme Computerbildschirm	*über den Computer bis zum persönlichen Gespräch,*
Halbtotale Reisebüroschalter und Totale Klassenzimmer	*am Reisebüroschalter und zusätzlich Unterricht in allgemeinbildenden Gegenständen.*
Halbtotale Schülergruppen	*Wer diese fünfjährige höhere Schule absolviert, schließt sie nach fünf Jahren mit einer Reifeprüfung ab.*
Zeugnisformulare, die auf einem Tisch ausgebreitet liegen, Großaufnahme Zeugniskopf, Großaufnahme Text des Zeugnisses	*Das Reifeprüfungszeugnis berechtigt einerseits zum Hochschulstudium und ersetzt andererseits nach einer zweijährigen Tätigkeit im Gastgewerbe die Konzessionsprüfung.*
Großaufnahme Köpfe von Schülerinnen und Schülern	*Aufgenommen werden Schülerinnen und Schüler, die die vier Klassen einer Hauptschule oder einer höheren Schule erfolgreich abgeschlossen haben.*

Die Bildsprache dominiert

In einem Fernsehbericht soll naturgemäß die Bildsprache dominieren. Berichte sollen also keineswegs von der ersten bis zur letzten Sekunde mit Text „zugeredet" werden. Wenn das Bild allein genügend Aussagekraft hat, kann an dieser

Stelle des Berichtes durchaus auf den Text überhaupt verzichtet werden. Wenn beispielsweise in einem Bericht über eine Wohnhausanlage ein Kinderspielplatz mit spielenden Kindern, eine Parkanlage und ein Schwimmbad mit Sauna gezeigt werden, so genügt es völlig, im vorangehenden Textteil zu sagen: „In dieser Anlage gibt es auch alle Freizeiteinrichtungen für Kinder und Erwachsene." Dann folgen fünfzehn bis zwanzig Sekunden die Bilder vom Spielplatz, dem Park und dem Schwimmbad, ohne daß dazu gesprochen wird. Es ist dann auch nicht notwendig, zu sagen: „Der Spielplatz ist für fünfzig Kinder ausgelegt, in dem Park sind zwei Kilometer Wanderwege und in dem Schwimmbad können fünfzehn Personen schwimmen." Die Aufnahmefähigkeit des Fernsehzuschauers ist erfahrungsgemäß begrenzt. Er wird in Erinnerung behalten, daß es in dieser Wohnhausanlage auch schöne Freizeiteinrichtungen gibt, aber er wird sich kaum merken, wie viele Menschen in diesem Schwimmbad oder in der Sauna Platz haben. Ein Fernsehbericht soll daher nicht mit Wortinformation überladen werden, sondern in der knappen Sendezeit die unbedingt notwendige Information möglichst eindrucksvoll, vor allem durch die Aussagekraft des Bildes, vermitteln. Man kann hier durchaus dem „Mut zur Lücke im Detail" zugunsten der Gesamtinformation das Wort reden.

Der Effektton

Eine wichtige Rolle spielt der sogenannte Effektton, der die Bildsprache akustisch vervollständigt. Als Effektton wird die akustische Atmosphäre eines Bildes bezeichnet, die von Straßenlärm über Vogelgezwitscher, Meeresrauschen und Applaus bis zum Tuckern eines Schiffsmotors oder dem Startlärm eines Düsenjägers reichen kann. Diese Effekttöne können entweder am Originalschauplatz aufgenommen (O-Ton) oder auch aus dem Archiv genommen werden.
Der Effektton kann manchmal sogar die verbale Information ersetzen oder entsprechend unterstreichen. In einem Bericht über die Lärmbelästigung von Bewohnern einer Siedlung im Nahbereich eines Flughafens kann das Bild startender Flugzeuge mit der entsprechenden Tonuntermalung viel mehr aussagen als ein wortreicher Reportertext.

Der Originalton (O-Ton)

Ein Bericht kann auch noch Aussagen von Menschen enthalten, die mit dem dargestellten Thema etwas zu tun haben. Diese Aussagen werden bei den Aufnahmen als Interview eingeholt. Aus den Interviews wird dann ein Ausschnitt ausgewählt, der bei einem Bericht von drei Minuten Gesamtlänge nicht länger als dreißig bis fünfundvierzig Sekunden sein sollte. Wichtig ist es, jene Ausschnitte aus dem Interview auszuwählen, die eine wichtige Aussage enthalten und mit dem Bild nicht oder nur sehr schwer darzustellen sind.

Die Sachinformation hat im Reportertext enthalten zu sein, während im Interviewausschnitt, der zum Unterschied vom Effektton als Originalton (OT) bezeichnet wird, die persönliche Meinung des Interview-Partners zum Ausdruck kommen soll.

Beispiel:

Reportertext: *Der Schauspieler Karlheinz Böhm hat in Äthiopien ein Entwicklungshilfe-Projekt besonderer Art verwirklicht. Mit Spendengeldern in der Höhe von fast vier Millionen D-Mark konnten Flüchtlinge des äthiopisch-somalischen Grenzkrieges aus einem Lager in den Bergen in neue Dörfer in dem fruchtbaren Erer-Tal in Ostäthiopien übersiedeln. Insgesamt schuf er so für 1500 Menschen neue Unterkünfte. Die Familien bilden eine Art Genossenschaft und bearbeiten gemeinsam 2000 Hektar Ackerland, auf dem Mais und Hirse angebaut werden.*

Original-Ton (OT) Karlheinz Böhm: *„Wir haben mit unserem Projekt vor allem deshalb Erfolg, weil wir den Menschen hier nicht unsere Kultur aufzwingen wollen, sondern uns ihren Überlieferungen angepaßt haben. Für mich ist dieses Land eine neue Heimat geworden. Ob ich meinen Beruf als Schauspieler weiter ausüben werde, weiß ich nicht. Aber ich bin sicher, daß ich für diese Menschen hier arbeiten werde, so lange sie mich brauchen!"*

Falsch wäre es, würde Herr Böhm in diesem Bericht erzählen, daß auf der Farm in Äthiopien 1500 Menschen leben, Mais und Hirse angebaut werden und die Anbaufläche 2000 Hektar groß ist. Das gehört in den Reportertext.

Vorsicht mit zu vielen Statements

Man sollte auch nicht versuchen, um jeden Preis in einem Bericht ein Statement, also einen Interviewausschnitt, unterzubringen. Interview-Partner sind manchmal sehr nervös, wenn sie vor einer Kamera sprechen sollen, und können sich dann nur schwer wirklich gut und komprimiert ausdrücken. Wenn die Aussage des Gesprächspartners also wirklich nur Sachinformation enthält, die im Reportertext knapper und besser ausgedrückt werden kann, soll der Reporter ruhig auf den Interviewausschnitt verzichten. Für die Gesamtqualität eines Berichtes kann das oft sehr nützlich sein.

Musik als akustische Untermalung

Bei Berichten, die keinen Effektton haben, kann auch Musik als akustische Untermalung verwendet werden. Instrumentalmusik ist gesungenen Nummern vorzuziehen, es sei denn, der Text paßt pointiert zum Inhalt des Berichtes. Zur Auswahl der Instrumentalmusik kann man keine generellen Ratschläge geben. Das bleibt dem persönlichen Musikgeschmack des Gestalters überlassen. Um dafür das entsprechende Gefühl zu bekommen, kann es sehr nützlich sein, bei Kinofilmen bewußt auf die Filmmusik zu achten. Man wird dann sehr deutlich merken, wie sehr die Musik einer Filmszene beim Zuseher bestimmte Empfindungen auslösen kann. Beim Schnitt eines Berichtes, für den Musik als Untermalung verwendet wurde, ist darauf zu achten, daß der Schnittrhythmus dem Rhythmus der Musik angepaßt wird.

Der Bildschnitt

Die vorangegangenen Punkte haben auch schon sehr wesentliche Elemente des Bildschnittes, also der Schlußphase bei der Gestaltung eines Fernsehberichtes, beinhaltet. Es ist überhaupt äußerst wichtig, daß schon bei den Vorbereitungsarbeiten für einen Fernsehbericht und erst recht bei den Dreharbeiten an den Schnitt zu denken ist. Die kürzeste Schnittzeit hat jener Bericht, der bereits „auf Schnitt" gedreht wurde. Bei den Dreharbeiten ist darauf zu achten, daß die einzelnen Einstellungen aneinandergeschnitten werden können. Bei den Aufnahmen unterscheidet man Totale, Halbtotale, Großaufnahme. Die **Totale** ist eine Einstellung, die möglichst viel zeigt, zum Beispiel eine Landschaft mit Bergen im Hintergrund. Die **Halbtotale** wäre in diesem Fall die Aufnahme nur eines einzelnen Berges in dieser Landschaft. Und die **Großaufnahme** würde das Gipfelkreuz zeigen.
Die Totale zeigt den Menschen von Kopf bis Fuß, die Halbtotale wäre in diesem Fall ein Brustbild, und die Großaufnahme würde nur das Gesicht zeigen. Diese Beschreibungen können variiert werden, da die Unterscheidung von dem jeweils aufzunehmenden Objekt abhängt.

Tips für die Schnittfolge

- Auf Abwechslung von Totale, Halbtotale und Großaufnahme achten. Nicht etwa Großaufnahme auf Großaufnahme oder Totale auf Totale folgen lassen.
- Kameraschwenks nicht in derselben Richtung unmittelbar aneinanderreihen, ebensowenig Zufahrten von der Totale auf die Großaufnahme oder das Aufziehen von der Großaufnahme zur Totalen.
- Kamerabewegungen (Schwenk, Zufahrt, Aufziehen) nach Möglichkeit nicht durch Schnitt unterbrechen. Erst schneiden, wenn das Bild wieder eine Ruheposition erreicht hat.

Das sind nur einige grobe Grundregeln, die vor allem von Anfängern beachtet werden sollten. Näher auf die Probleme des Bildschnittes einzugehen ist in diesem Rahmen nicht möglich. Es empfiehlt sich, dem Rat und den Vorschlägen eines erfahrenen Cutters zu folgen.
Zum Abschluß sei darauf hingewiesen, daß diese Darstellung der verschiedenen Phasen und Arbeitsprozesse eines Fernsehberichtes nur als erste Einführung anzusehen ist. Sie kann dazu dienen, die ersten Schritte bei der Arbeit für das Medium Fernsehen zu erleichtern, und es empfiehlt sich, sich auch während der praktischen Arbeit immer wieder mit der Theorie der Fernseharbeit durch Teilnahme an Aus- und Fortbildungs-Seminaren und durch das Studium der Fachliteratur zu beschäftigen.

Günther Ziesel

Literatur:

Zeitung

LA ROCHE, Walther von: Einführung in den praktischen Journalismus. Mit genauer Beschreibung aller Ausbildungswege. Deutschland, Österreich, Schweiz. 12., bearb. Auflage. München: List Verlag, 1990.

MEYER, Werner: Zeitungspraktikum. Auszug aus der Loseblattsammlung „Journalismus von heute". Percha am Starnberger See 1990.

PROJEKTTEAM LOKALJOURNALISTEN (Hrsg.): ABC des Journalismus. 6., überarb. Auflage. München: Ölschläger 1990.

ROLOFF, Eckart Klaus: Journalistische Textgattungen. München: R. Oldenbourg Verlag, 1982.

SCHÖNBERG, Klaus: Trennung von Nachricht und Meinung. Freiburg – München: Verlag Karl Alber, 1977.

Radio

ARNOLD, Bernd-Peter: Hörfunk-Information. Hinter den Kulissen des schnellsten Nachrichtenmediums. Opladen: Leske Verlag und Budrich GmbH, 1981.

LA ROCHE, Walther von, und BUCHHOLZ, Axel (Hrsg.): Radio-Journalismus. Ein Handbuch für Ausbildung und Praxis im Hörfunk. 3. Auflage. München: List Verlag, 1987.

Fernsehen

MUCKENHAUPT, Manfred: Text und Bild. Grundfragen der Beschreibung von Text-Bild-Kommunikationen aus sprachwissenschaftlicher Sicht. Tübingen: Narr, 1986.

RUGE, Peter: Praxis des Fernsehjournalismus. Ein Handbuch für Zuschauer, Kritiker und Publizisten. Freiburg – München: Verlag Karl Alber, 1975.

SCHULT, Gerhard, und BUCHHOLZ, Axel (Hrsg.): Fernseh-Journalismus. Ein Handbuch für Ausbildung und Praxis. München: List Verlag, 1984.

STRASSNER, Erich: Fernsehnachrichten. Eine Produktions-, Produkt- und Rezeptionsanalyse. Tübingen: Max Niemeyer Verlag, 1982.

WEMBER, Bernward: Wie informiert das Fernsehen? Ein Indizienbeweis. 3., erw. Auflage. München: List Verlag, 1983.

Interview in der Zeitung

Das Interview in der Zeitung ist eine journalistische Stilform, die in allen Ressorts zu Hause ist und dort Schwerpunkte bilden kann. Aber es muß nicht immer das Interview mit einem hochrangigen Politiker sein, in dem dieser seinen Rücktritt bekanntgibt. Das Kurzinterview mit einem Feuerwehrmann, der ein Kind aus einem brennenden Haus gerettet hat, kann im Lokalteil einen ebensohohen Aufmerksamkeitsgrad erreichen. Das Interview ist also nicht etwas Exklusives für drei, vier journalistische Höhepunkte im Jahr, sondern eine Technik für den Alltag, die der Journalist beherrschen muß wie das Schreiben einer Meldung.
Zu den schönsten Erfolgen für ein Interview und für eine Zeitung zählt, wenn durch ein Interview selbst erst eine vom Journalisten „entdeckte" Persönlichkeit Öffentlichkeitsrang erreicht.

Formen des Interviews

Es gibt verschiedene Formen des Interviews. Im allgemeinen unterscheidet man zwischen den folgenden:

Kurzinterview

Es ist meist aktuell, beschränkt sich auf einen engen Themenkreis und sollte nicht über den Umfang von 50 bis 60 Zeitungszeilen hinausgehen. Die Fragen müssen kurz und prägnant sein (wie im übrigen bei jedem Interview), die einzelnen Antworten sollen auf etwa 15 Zeitungszeilen begrenzt werden. Mehr als drei Fragen gehen bereits über die Kapazität des Kurzinterviews hinaus.

Das klassische Interview (Frage – Antwort)

Die klassische Form des Interviews wird nur durch den vorhandenen Platz in der Zeitung und durch das Interesse der Leser begrenzt. Entsprechende Aufmachung mit Zwischentiteln und Bildern kann Aufmerksamkeit wecken und zusätzlich Interesse nach sich ziehen. Prestigeinterviews zur eigenen Freude des Journalisten und Langeweile des Lesers zählen hingegen nicht zur klassischen Langform des Interviews.

Das Interview als Mischform

Diese sehr beliebte Form des Interviews, die über ein Interview im eigentlichen Sinne weit hinausgeht, verbindet eine Situationsschilderung mit wörtlich wiedergegebenen Aussagen, Beschreibungen der interviewten Person, Kommentaren und Fragen und wird oft zu einer eigenen, manchmal fast literarischen Leistung des Journalisten. Tatsächlich sind schon viele Bestseller nach dieser Methode entstanden. Um Beispiele aus der nicht tagesaktuellen Publizistik zu nennen: Norman Mailers „Nixon in Miami und Kennedy in Chicago" oder Oriana Fallacis „Wir, Engel und Bestien".

Eingeholte Interviews lassen sich auch mit anderen journalistischen Darstellungsformen verarbeiten: so als einfache Meldung oder auch als „Kommentar".

Meldung über ein Interview

Lange oder kurze Interviews erscheinen mitunter nur in Form einer Meldung, in der man sich auf ein geführtes Interview bezieht. Einige wörtliche Zitate (immer in Anführungszeichen) sollten aber auch dabei zwingend erhalten bleiben, weil sie den Text auflockern und glaubhafter wirken als der kühle Konjunktiv der indirekten Rede. So signalisiert man dem Leser, daß man ein direktes Gespräch mit dem Informanten hatte.

Die Meldung kann auch dazu dienen, das Interview in der Zeitung mehrfach zu nützen. So ist es eine gängige Praxis, unmittelbar nach einem Interview zunächst eine Meldung über eine wesentliche und aktuelle Aussage zu veröffentlichen und dabei gleichzeitig darauf hinzuweisen, daß das geführte Interview in den folgenden Tagen (Datum angeben) vollinhaltlich und mit weiteren bedeutenden Aussagen veröffentlicht wird.

Das Interview für den Kommentar

Häufig müssen Journalisten für verschiedene Kommentare Fachleute oder Informanten mit Hintergrundwissen befragen, um sich sachkundig zu machen. Da bietet es sich an, einen Kommentar zu beleben und aufzuwerten, indem man in ihn wörtliche Zitate einfügt. Natürlich muß der Befragte in einem solchen Fall darüber informiert werden, daß man ihn zitieren möchte. Will er anonym bleiben, ist die Floskel „gut unterrichtete Kreise meinen" zwar nicht gerade der Inbegriff transparenten Journalismus', aber sie ist immer noch besser, als die fremde Aussage einfach unter eigenem Namen erscheinen zu lassen.

Eine Interviewfrage nur in der Absicht zu stellen, um die Antwort in einem Kommentar zu zerpflücken, kommt vor und ist grundsätzlich auch zulässig. Wer antwortet, muß damit rechnen, daß seine Antwort zur Diskussion steht. Ob bei häufiger Anwendung dieser Methode ein Journalist in Zukunft freilich noch viele Antworten bekommen wird, muß er sich selbst fragen.

Warum und wozu macht man Interviews?

Interviews beleben die Zeitung. Aber davon abgesehen gibt es eine Reihe von Gründen, Leute zu befragen, vor allem, um Informationen weiterzugeben:

- Zur Erklärung einer Sache (Budget, Rücktritt, Notengebung in der Schule etc.)
- Zur Vorstellung einer Person (Politiker, Wirtschaftsfachmann, Künstler etc.)
- Zu einem aktuellen oder unvorhersehbaren Vorfall (Brand, Feiertagsverkehr etc.)
- Als Ergänzung einer Meldung (Was sagt der Kanzler zum Rücktritt eines Ministers oder der Chefdirigent zum Streik des Orchesters?)

Das Interview kann aber auch Plattform für Personen oder Ideen sein. Vom Zyniker Werner Schneyder stammt folgende Szene über zwei Politiker. Der eine gratuliert dem anderen zum gestern abgedruckten Interview: ,,Und übrigens, Herr Kollege, wo lassen Sie eigentlich fragen?" Darüber lohnt sich nachzudenken; es sollte aber Journalisten bei Parteizeitungen oder Fachzeitschriften nicht davon abhalten, das Interview dafür einzusetzen, Politiker und deren Ideen bekanntzumachen oder im Fachbereich einer Sache zum Durchbruch zu verhelfen. In einer Gemeindezeitung wirkt das Interview mit dem Bürgermeister auf den Leser sicher intensiver und vielleicht auch beeindruckender als ein langatmiger Artikel aus der Feder des Gemeindeoberhauptes (versehen mit einem schmeichelnden Foto aus früheren Jahren).
Das Interview kann auch der Berichtigung dienen. Es kommt vor, daß eine Zeitung falsch oder nicht ganz richtig berichtet. Um zu einer entsprechenden Klarstellung zu gelangen und einem Betroffenen Genugtuung zu verschaffen, ist ein Interview gut geeignet. Hier nähert sich der Journalist zwar schon dem von Schneyder persiflierten Bereich des: ,,Wo lassen Sie fragen?"; aber wenn der Journalist sorgsam mit dem Instrument des Interviews zur Berichtigung umgeht, kann er Schaden gutmachen, ohne beim Leser Prestige zu verlieren und ihn mit Entgegnungen zu langweilen.

Wie bekommt man ein Interview?

Wer bei einer prominenten Zeitung arbeitet oder als Journalist schon einen Namen hat, wird es nicht schwer haben, auch bekannte Persönlichkeiten für ein Interview zu gewinnen. Ansonsten helfen nur Hartnäckigkeit und Ausnützen von Beziehungen, um guten Wind bei jener Person zu machen, die man interviewen will, dazu jedoch (noch) nicht bereit ist, und ab und zu auch ein Trick: Der häufigste ist, zu behaupten, dieser oder jener Konkurrent des Interview-Partners habe schon einen Interviewtermin zugesagt. Erstaunlicherweise wirkt das häufig.

Pressesekretäre von Politikern oder Pressechefs von Firmen und Institutionen sind manchmal wirksame Helfer, um einen Interviewtermin zu vereinbaren. Zwar wird von diesen Leuten oft nach der Bedeutung einer Zeitung vorgegangen und auch der Werbewert berechnet, aber wenn man hartnäckig genug bleibt, kommt man auch als Neuling ans Ziel. Pressechefs, kluge Politiker, Wirtschaftsmanager oder Künstler wissen, daß nicht nur sie, sondern auch die Superstars der Journalistik – soferne es solche gibt – einmal angefangen haben.
Die Bereitschaft, ein Interview zu geben, kann wachsen, wenn man bei der Anfrage schon einen Themenschwerpunkt angibt. Das wird oft sogar verlangt. Man muß also schon bei der Anfrage um den Interviewtermin sein Interview-Ziel kennen.
Es kommt vor, daß Journalisten, wenn ein Interview verweigert wird, mit Repressalien drohen („Dann schauen Sie sich halt die Meldungen über Ihre Partei – oder Ihre Firma – in den nächsten Wochen an!"). Diese verwerfliche Methode wirkt in der Praxis meistens sogar und führt selten zu Sanktionen. Erlaubt ist es dagegen, die Leser über eine mangelnde Informationsbereitschaft von Persönlichkeiten des öffentlichen Lebens zu unterrichten. Wenn man das dem Betroffenen ankündigt, handelt es sich nicht um eine Drohung („Dann muß ich eben schreiben, daß Sie uns dazu nichts sagen wollen!"). Sehr oft wirkt es auch, man bekommt dann doch noch sein Interview.
Abgesehen vom Interview mit mehr oder weniger bekannten Persönlichkeiten kann es in der journalistischen Tagesarbeit schwer sein, Augenzeugen etwa eines Unfalles oder eines Brandes zu einem Kurzinterview zu bewegen. Hier kommt es darauf an, die Scheu mancher Menschen vor der Publizität zu überwinden. Mit ruppigen und forschen Fragen gelangt man allerdings nicht weit, Verbindlichkeit empfiehlt sich mehr. Ein solches Interview mit einem Augenzeugen gewinnt zusätzlich, wenn man Name, Beruf und Wohnort des Interviewten anführen kann. Es wird dadurch auch glaubhafter.

Wie macht man ein Interview?

Die Vorbereitung ist sehr wichtig. Der Journalist muß über die *Person* und über die *Sache* gleichermaßen Bescheid wissen. Dazu gibt es Zeitungsarchive, Nachschlagewerke in der Redaktion oder in Bibliotheken und natürlich Informanten, die man zur Person des Interviewten befragen kann, bevor man überhaupt zum Interview geht. Bei reinen Persönlichkeitsinterviews sollte der Interviewer die Lebensdaten und Schwerpunkte der Karriere des Interviewten genau kennen, wenn er Neues, Spannendes herauslocken will.
Der *Themenkreis* des Interviews muß aus Platz- und Zeitgründen von vornherein eingegrenzt werden.

Auch die *Dauer eines Interviews* ist festzulegen. Sie wird in der Praxis zwar meist überschritten, aber nichts ist peinlicher, als wenn man eine Fülle von Fragen vorbereitet hat und zu Beginn des Interviews erfährt, daß dafür nur zwanzig Minuten Zeit zur Verfügung stehen. Es hängt sehr von der verfügbaren Zeit ab, was aus einem Interview werden kann. So hat zum Beispiel Peter Handke die Zusage zu einem politischen Interview davon abhängig gemacht, daß der Interviewer mindestens drei Stunden Zeit habe. Gewisse Themen lassen sich nicht in Kürze abhandeln, darauf kann auch der Interviewer bestehen – oder er verzichtet lieber auf das Interview.

Ein *Fragenzettel* (in deutlich lesbarer Schrift) ist sehr zweckdienlich. Er enthält die Fragen stichwortartig und nach ihrer Wichtigkeit gereiht. Nichts ist peinlicher, als wenn man während des Interviews seine eigene Schrift nicht lesen kann oder wenn man erst nach dem Interview bemerkt, daß man eine wichtige Frage vergessen hat. Die Fragen auf diesem Zettel müssen nicht unbedingt ausformuliert sein. Das wirkt zu hölzern und ist für den Journalisten gegenüber dem Befragten eher ein Nachteil; der Interview-Partner nimmt dann zu Recht an, der Journalist sei nicht in der Lage, die Fragen spontan und vielleicht druckreif zu formulieren. Der Fragenzettel dient eher der Systematik und nicht so sehr der Formulierung der Fragen.

Rechtzeitig das Interviewgerät prüfen! Das kann die Reservepatrone für die Füllfeder, den gespitzten Bleistift für den Stenoblock und einen Ersatzkugelschreiber ebenso betreffen wie etwa die Reservebatterie für das Interviewgerät oder das Ersatztonband.

Auch Kleidung spielt eine Rolle. Man sollte sie auch in aufgeschlossenen Zeiten wie den unseren nicht vernachlässigen. Was zählt, ist die Angemessenheit der Kleidung. Man wird nicht im Nadelstreif auf der Skipiste interviewen oder in Moon-Boots in der Präsidentschaftskanzlei erscheinen. Die Frage der Kleidung spielt beim Interview insofern eine stärkere Rolle als sonst im Journalismus, weil die Antworten, die man erhält, doch weitgehend von dem Vertrauen abhängen, das der Befragte zum Interviewer gewinnt. Da spielen Emotionen mit.

Der Ablauf des Interviews

Selbst wenn schon bei der Vereinbarung des Interviewtermines auch das Thema kurz besprochen wurde, sollte zur Einleitung des Interviews noch einmal gesagt werden, warum und worüber man reden will. Daß man sich dabei auch für den Interviewtermin bedankt, sollte eine Selbstverständlichkeit sein.

Es gibt Interviewte (aber auch Interviewer), die gleich zu plaudern beginnen und so lange Unwesentliches bereden, bis die vereinbarte Zeit vorbei ist und nur noch

wenige Minuten für das Interview selbst bleiben. Dahinter kann sogar Absicht des Interviewten stecken, der den Journalisten mit Tratsch so lange hinhält, bis der Journalist in Zeitnot gerät und vielleicht aus diesem Grund die eine oder andere Frage nicht mehr stellt. Es liegt durchaus in der Hand des Interviewers, nach einer kurzen Einstimmung gleich mit den Fragen zu beginnen und den Tratsch auf allenfalls noch verfügbare Zeit nachher zu verschieben.
Der sorgfältig vorbereitete Fragenzettel wird Dinge enthalten, die für den erfolgreichen Verlauf des Interviews von Bedeutung sind:

- Sogenannte ,,Aufwärmefragen" zur Person oder zur Sache.
- Den Katalog der Sachfragen nur zu Themen, für die der Interviewte zuständig ist.
- Eventuell Gagfragen, die das Interview auflockern. Hier kommt es auf den guten Geschmack an.
- Zeitreserven für Zwischenfragen, die sich aus den Antworten ergeben. Sie zeigen dann im gedruckten Interview, wie schlagfertig der Journalist war oder wie forsch er nachzufassen wagte.
- Eine Schlußfrage zum Thema.
- Sehr oft kann man bei einem Interview zu einem beachtenswerten Thema kommen, wenn man am Schluß den Interviewten fragt, ob er eine bestimmte Sache, die man vielleicht übersehen habe, angeschnitten wissen wolle. Die Gefahr des Verlautbarungs-Journalismus ist dabei allerdings auch nicht zu übersehen.

Zur Fragetechnik beim Zeitungsinterview

- Die Fragen nicht hölzern vom Zettel lesen, sondern selbst aus der Situation heraus nach einem Stichwort entwickeln.
- Jede erledigte Frage abhaken, damit man den Überblick nicht verliert und eine Frage nicht sinngemäß wiederholt.
- Präzise Fragen stellen. In eine Frage nicht mehrere Themen packen, so daß der Befragte sich nicht aussuchen kann, was er beantwortet und was nicht.
- Keine Scheu haben vor Zwischenfragen und Nachfragen zu Wörtern und Sachverhalten, die man nicht versteht.
- Bei zu langen Antworten sollte man mit Zwischenfragen unterbrechen. Dieser Ratschlag hat allerdings eine Kehrseite. Viele Menschen brauchen eine lange Anlaufzeit, ehe sie etwas Wichtiges sagen. Unterbricht man immer wieder den Redefluß, kommt es möglicherweise zur wichtigen Aussage nicht. Wenn beide Interview-Partner genügend Zeit haben, läßt man den Befragten reden und stellt die Frage, wenn eine zu lange Antwort herausgekommen ist, noch einmal. Meist erhält man dann bei der Wiederholung eine präzisere Antwort.
- Sich nicht vom Thema abbringen lassen.

Beispiel für „Interview in der Zeitung"

DAS SN-INTERVIEW

JOSEF RIEGLER

„Mir ist die politische Linie des Dr. Haider zu opportunistisch"

SN: *Sie haben sich gegen eine Koalition mit Haider ausgesprochen. Warum die deutliche Absage zu diesem Zeitpunkt?*

RIEGLER: Das heißt nicht, daß keine Koalition zwischen der ÖVP und der FPÖ denkbar ist. Ganz konkret angesprochen auf die Frage einer Koalitionsbildung mit Haider, habe ich meine Position. Ich begründe sie damit, daß mir die politische Linie des Dr. Haider einfach eine zu opportunistische ist. Mir geht auch eine klare, unmißverständliche Aussage zur Identität Österreichs gerade in dieser heiklen Phase der europäischen Entwicklung — Stichwort Deutsche Vereinigung — ab.

SN: *Ihre Ablehnung gegenüber Haider scheint so groß zu sein, daß Sie sagen, mit Haider und mit mir auf keinen Fall.*

RIEGLER: Ja. Das ist meine derzeitige Position in dieser Frage.

SN: *Das ist eine sehr eindeutige Festlegung, auch wenn Sie sagen, das schließe eine Koaltion FPÖ-ÖVP noch nicht aus. Es ist doch unmöglich, daß die FPÖ ohne ihren Obmann Haider in den vordersten Reihen in den Wahlkampf geht.*

RIEGLER: Entschuldigen Sie, das ist doch das Hauptproblem mit Haider. Man weiß nie, welche seiner Erklärungen gerade Gültigkeit hat. Ich glaube, er hat öfter erklärt, daß er auf keinen Fall daran denkt, Spitzenkandidat zu werden. Es hat auch andere Andeutungen gegeben. Das ist ja mein Haupteinwand gegen die Vorstellung, eine Regierungsarbeit mit jemandem führen zu müssen, dessen Position von heute auf morgen so schwer einschätzbar ist.

SN: *Also Sie würden nicht als Minister in einer Regierung zur Verfügung stehen, wo Haider vertreten ist?*

RIEGLER: Koalition heißt ja, wer sind die beiden Spitzenrepräsentanten, die miteinander arbeiten wollen und miteinander arbeiten müssen. Das ist nicht die Frage, wer Mitglied einer Bundesregierung ist.

SN: *Wenn Haider Spitzenkandidat wird und Sie die ÖVP in die Wahlen führen, dann ist es sehr unwahrscheinlich, daß Sie gemeinsam eine Regierung bilden.*

RIEGLER: Ja.

SN: *Sie haben Sonntag deutliche Worte in Richtung ihrer eigenen Partei gefunden. Sie sprachen von einer Koalition der Bremser und Beharrer.*

RIEGLER: Ich habe gemeint, daß es quer durch die Parteien dieses beharrende Element gibt. Ich sehe hier ein gravierendes politisches Problem. Entweder sind die Parteien reformfähig — oder sie sind es nicht und beharren. Dann wird es zu einem Vertauensverlust kommen und letztlich zu einer Gefährdung der demokratischen Einrichtungen.

SN: *Sie wollen also eine Reform der ÖVP in Angriff nehmen. Was werden die ersten Schritte sein?*

RIEGLER: Der erste Schritt steht jetzt bei der Kandidatenauswahl bevor. Wir werden trachten müssen, eine breite Mitbestimmung sicherzustellen.

Nach der Nationalratswahl werden wir die organisatorische Struktur insgesamt neu diskutieren müssen. Ich sehe das so, daß die Bünde im klassischen Sinn ein wichtiger Bestandteil der Volkspartei sind, weil das der Vielfalt der Wählerstruktur entspricht. Ich glaube aber, daß es die Teilorganisationen künftig mehr in Form von Serviceleistungen für die Bevölkerungen geben wird. Die Politik der ÖVP kann nicht das Resulat verschiedender Bündeinteressen sein.

SN: *Sie sind jetzt bald ein Jahr ÖVP-Chef. Wußten Sie, welche schwierige Aufgabe auf Sie zukommt?*

RIEGLER: Ich weiß, welch dankbare Aufgabe das ist. Ich habe in all den Diskussionen auch immer klar gesagt: Man kennt mich, man kennt meine Stärken und Schwächen. Ich selber kenne sie auch. Daher irritiert mich schon, daß nun von manchen etwas verlangt und erwartet wird, was gewisse Wunderqualitäten betrifft. Ich habe Stärken in der Entwicklung poltischer Ziele und Inhalte. Ich habe Stärken in der Integration und im Verfolgen politischer Ziele. Aber die schillernde Verpackung ist sicher nicht meine ausgeprägte Stärke.

SN: *Sie haben mehrmals betont, Sie würden mit dem derzeitigen ÖVP-Team in die Wahlen gehen. Stimmt diese Aussage noch für den Verteidigungsminister?*

RIEGLER: Ja — sie stimmt.

Interview: Katharina Krawagna-Pfeifer

Aus: „Salzburger Nachrichten" vom 7. März 1990, Seite 2.

- Keine Scheu vor schlechter Aussprache haben. Die liest man nicht in der Zeitung. Dennoch sollte man daran arbeiten, seine eigene Aussprache zu verbessern, auch wenn man bei einer Zeitung arbeitet und nicht bei Hörfunk und Fernsehen.
- Keine kommentierenden Fragen stellen. Wenn sie unumgänglich sind, weil die Antwort zu einseitig ausfällt, dann zumindest keinen Leitartikel in die Frage hineinverarbeiten.
- Den Interviewten im erforderlichen Falle an frühere Aussagen zum Thema erinnern, gegebenenfalls fragen, warum er seine Meinung geändert habe.
- Keine Scheu vor Fragen zum privaten Bereich des Interviewten haben, soweit sie zur Person oder Sache gehören.
- Aggressiven Ton vermeiden, also keine Feindstimmung schaffen, wenn man verwertbare Antworten haben will. Statt zu fragen: „Also, dann haben Sie im Parlament gelogen?“, kann man sich auch erkundigen: „Sie müssen doch einen Grund gehabt haben, warum Sie das im Parlament so darstellten?“

Das Arbeitsgerät beim Interview

Heutzutage beherrscht das *Tonband* die Interview-Szene. Die meisten Menschen sind schon so daran gewöhnt, daß sie die Mikrofonscheu abgelegt haben. Für den Journalisten gibt es keine bessere Rückversicherung als die Tonbandaufzeichnung, wenn es darum geht, ob er im Interview richtig zitiert hat oder nicht. Freilich gibt es auch Nachteile: Das Tonband macht mehr Arbeit als der Notizblock, weil man beim Abhören oder nach dem Abschreiben nochmals alles filtern muß, was man beim Mitschreiben vielleicht schon getan hätte. Es gibt leider immer wieder Interview-Partner, die bei eingeschaltetem Tonband nur noch Reden oder Ansprachen halten und nicht mehr auf Fragen Antwort geben. Mitunter ist die Mikrofonscheu doch noch vorhanden. Manche Leute sagen gewisse Dinge nicht, sobald ein Tonband eingeschaltet ist. Sein Einsatz muß also von Fall zu Fall gut überlegt werden. Vom Standpunkt des Journalisten aus verschafft das Tonband allerdings die größte Sicherheit.

Notizblock und Bleistift ohne Stenografiekenntnisse sind riskant, weil durch das Auslassen von Wörtern oder ganzen Passagen viel an der Farbe des Interviews verlorengeht. Es kommt auch vor, daß man später seine eigene Schrift nicht lesen kann und dann dem Interviewten ein Wort unterschiebt, das er nicht gesagt hat.

Das *Telefon* ist bei kürzeren Interviews das am häufigsten verwendete Mittel und besonders verläßlich, wenn zusätzlich ein Tonband mitläuft. Soferne bei einem Telefon-Interview ein Tonband mitläuft, muß das dem Interviewten bei Beginn des Gespräches gesagt werden. In verschiedenen Staaten der Welt gibt es sogar die

Vorschrift, daß das Telefon einen bestimmten Warnton in Intervallen abgeben muß, wenn ein Tonband bei einem Interview mitläuft.
Interviews können natürlich auch *brieflich, d. h. schriftlich* abgewickelt werden. Wenn man Zeit hat und wenn es sich um Fachfragen handelt, ist diese Methode an sich verläßlich. Allerdings hat man bei dieser Methode keine Gewähr, ob es sich um authentische Antworten des Befragten handelt oder ob andere Personen dabei „mitgeholfen" haben. Außerdem hat der Journalist beim schriftlichen Interview nicht die Möglichkeit, Zwischenfragen zu stellen.
Grundsätzlich gilt jedoch:
Ein *Notizblock* darf beim Interview nicht fehlen. Man braucht ihn auch, um persönliche Eindrücke festzuhalten. Das Interview lebt auch von Beschreibungen darüber, wie der Befragte die Stirne runzelte, wie er den Mund spitzte, lächelte, vielleicht auch böse wurde. Das alles ist auf dem Tonband nicht zu sehen.
Ob ein *Fotograf* beim Interview stört, ist eine Frage beiderseitiger Routine. Für die Auflockerung eines Interviews in der Zeitung sind Bilder immer sehr gut geeignet. Man kann sie übrigens nach alter Methode auch wieder zeichnen lassen. In englischsprachigen Zeitungen geschieht das häufiger als in deutschsprachigen.

Wie gefragt werden sollte

Für das Interview gilt die alte französische Regel: „Es gibt keine indiskreten Fragen, es gibt nur indiskrete Antworten." Wenn man solche erhält, hat man meist gut gefragt. Im allgemeinen spricht man in der Praxis von folgenden Fragenkomplexen:

- Sachfragen: Zum Thema, zu einem bestimmten Datum, Ereignis etc.
- Persönliche Fragen: Über Vergangenheit, Lebensgewohnheiten, Gesundheit . . .
- Gagfragen: Die meistgebrauchte lautet wohl: „Wie soll ich Sie anreden?", und wurde die letzten Jahrzehnte am häufigsten an Otto Habsburg gestellt. Titelsucht kommt da zum Tragen. Oder man weiß um das Hobby eines Menschen und fragt, ob er diese Ruhe vom Fischen hätte. Unter diese Sparte fiele auch die Frage an einen Heurigensänger, warum er nicht zu den Salzburger Festspielen eingeladen werde. Die Anwendung von Gagfragen ist Geschmacksache, aber wirkungsvoll.
- Beispielsfrage: „Können Sie mir dazu ein Beispiel nennen?"
- Hilfsfrage: Wenn sich der Interviewte in einen Sandsturm geredet hat, kann man ihm durch Wiederholung und Präzisierung der Frage weiterhelfen.
- Ja-Nein-Frage: Viele Anleitungen für Journalisten raten davon ab, im Interview Fragen zu stellen, die mit Ja oder Nein beantwortet werden können. Nicht im-

mer stimmt das, denn nichts Schöneres kann einem Journalisten passieren, als daß ein hoher Politiker auf die Frage: „Treten Sie zurück?“, antwortet: „Ja!“ Und das hat man dann allein in der Zeitung.

- Fangfrage: Darauf fallen immer weniger Personen herein. Dennoch glückt es ab und zu, etwa mit dem Hinweis: „Ihr Freund ist doch rascher befördert worden als Sie, obwohl er jünger ist?“, plötzlich Antworten zu bekommen, die der Interviewte sonst nie gegeben hätte. Man staunt, wie viele Personen erst nach einer Fangfrage das sagen, was sie wirklich meinen. Deshalb sollte man Fangfragen immer wieder versuchen, auch wenn sie nicht immer wirken.

Aufbereitung des Interviews in der Zeitung

Beim Redigieren eines Interviews, dessen Tonbandabschrift viele Manuskriptseiten umfaßt, von denen aber nur wenige abgedruckt werden können, kommt es darauf an, das Wesentliche herauszuschälen. Es darf nicht so gekürzt werden, daß das Gegenteil des Gesagten herauskommt. Bewährt hat sich beim Bearbeiten von Interviews die Methode, zwischen dem Spiel von Fragen und Antworten Absätze einzubauen, in denen kurz der Inhalt von fünf oder sechs Fragen und Antworten zusammengefaßt wird. Diese Zusammenfassung muß für den Leser als solche erkennbar sein, denn sie macht das Interview subjektiver.

Der Vorspann jedes Interviews (auch des Kurzinterviews) muß enthalten, wann, wo und warum es gemacht wurde. Auch wer es geführt hat, ist zu publizieren. Man schreibt seinen Namen in den Vorspann oder in den Schluß des Interviews, um zu dokumentieren, daß man zu dem steht, was man wiedergegeben hat.

Bei einem längeren Interview sollte der Vorspann auch schon die wichtigste Aussage, die üblicherweise im Titel steht, zitierend enthalten. Zumindest einen Satz davon. Die Umstände, unter denen das Interview zustande kam, können durchaus auch erwähnt werden.

Wichtig ist es ferner, Fragen und Antworten graphisch zu trennen, wobei üblicherweise die kürzere Passage (in der Regel die Frage) beispielsweise kursiv gesetzt wird, die Antwort in der Grundschrift der Zeitung.

Fragen zum Thema „Interview“

Bei Aus- und Fortbildungskursen für Journalisten wurde das Thema „Interview“ wiederholt abgehandelt. Dabei kamen von jungen Kollegen immer wieder folgende Fragen zur Sprache:

- *Soll man mit Tonband oder Notizblock zum Interview gehen?* Dies muß von Fall zu Fall entschieden werden. Besteht beim Partner Mikrofonscheu, ist der Notizblock erfolgversprechender. Viele Wirtschaftsmanager sprechen grundsätzlich nicht auf Tonband, aber auch in dieser Branche wird man von Jahr zu Jahr mitteilsamer.

- *Soll man den Partner die fertige Form des Interviews vor der Drucklegung lesen lassen?* Das ist eine Frage der Vereinbarung. In heiklen Fällen und fachspezifischen Bereichen ist es ratsam. Ein vom Bundespräsidenten handschriftlich korrigiertes Interviewmanuskript kann übrigens für den Journalisten ein wertvolles, persönliches Zeitdokument sein. Grundsätzlich vergibt sich der Journalist nichts, wenn er eine solche Vereinbarung trifft. Sie darf jedoch nicht zur Zensur werden. Überhaupt sollte die Rückversicherung eher die Ausnahme machen, weil sonst ein Feilschen um Aussagen entsteht, das die Lebendigkeit und Unmittelbarkeit des Interviews beeinträchtigt.
- *Darf man eine zu lange Antwort durch eine nachträglich hineingeschriebene Frage teilen und so für den Leser attraktiver machen?* Wenn die Frage nicht kommentierend oder verfälschend ist, ja. Höchste Sorgfalt ist allerdings angebracht.
- *Soll der Journalist in die Frage seine Meinung hineinpacken?* In der Regel nein, ein Interview ist keine Diskussion.
- *Soll fehlerhafte Grammatik bei den Antworten ausgebessert werden? Wie steht es mit Dialektausdrücken?* Um die Unmittelbarkeit eines wörtlich wiedergegebenen Interviews zu erhalten, wird man leicht schlampige Satzstellungen belassen, es ist aber nicht fair gegenüber dem Befragten, grammatikalische Fehler (etwa Fallfehler) stehenzulassen, die beim Reden leichter passieren als beim Schreiben. Dialektausdrücke beleben die Antwort und werden oftmals absichtlich gebraucht. Man läßt sie stehen.
- *Darf der Ablauf des Interviews verändert werden?* Etwa so, daß die Schlußaussage beim abgedruckten Interview am Anfang steht? Wenn es das Wichtigere ist, ja.
- *Darf man den Interviewten unterbrechen?* Ja, wenn er zu lange antwortet, oder wenn er sich verspricht oder eine objektiv falsche Aussage macht.
- *Sind aggressive Fragen erlaubt?* Ja, man muß nur abschätzen können, inwieweit man damit zu sinnvollen Antworten kommt.
- *Sind hypothetische Fragen erlaubt? („Was würden Sie tun, wenn . . .?")* Ja, ohne sie gäbe es die meisten Interviews nicht.
- *Wie verhält man sich, wenn der Interviewte erklärt: „Aber das dürfen Sie nicht schreiben"?* Hier muß eine klare Entscheidung des Journalisten getroffen werden. Entweder er sagt sofort: „Dann erzählen Sie mir das nicht, denn ich bin hier, um zu schreiben." Oder man sichert Vertraulichkeit für eine Aussage zu, dann darf sie aber auch nicht verwendet werden. Wer diese Regeln bricht, tut weder sich noch seiner Zeitung etwas Gutes.

- *Was tut man, wenn man beim Ausarbeiten des Interviews auf Lücken trifft?* Am Ende des Interviews den Partner ersuchen, ihn möglicherweise nochmals anrufen zu dürfen, wenn noch Fragen auftreten.
- *Kommt es vor, daß bei Interviews auf Fragen mit Unwahrheiten geantwortet wird?* Ja, gelegentlich; es kommt dann darauf an, durch weitere Fragen auf die Wahrheit zu stoßen. Das ist überhaupt der Sinn aller Interviews.

Gerhard Neureiter

Interview in Radio und Fernsehen

Das Interview ist eine journalistische Darstellungsform, auf die man in Hörfunk und Fernsehen noch weniger verzichten kann als in Zeitung und Zeitschrift. Mit Interviews holt der Journalist in der Regel authentische Stellungnahmen ein, die er authentisch – wenngleich oft bearbeitet (geschnitten) – im Originalton (Radio) oder in Ton und Bild (Fernsehen) an das Publikum vermittelt. Für Hörfunk- und Fernseh-Journalisten ist es besonders wichtig, darüber nachzudenken, was das Interview *nicht* ist und wie man es von verwandten Darstellungsformen und journalistischen Tätigkeiten abgrenzen muß.

Abgrenzung von der Recherche

Während das Interview eine journalistische Darstellungsform ist, gehört die Recherche zum journalistischen Werkzeug. Die Recherche ist eine Voraussetzung der journalistischen Ausdrucksmittel, also auch des Interviews. Ein gutes Interview ist nur möglich, wenn vorher recherchiert wurde, das Interview kann dann darauf aufbauen. Wie fast alle Regeln, hat auch diese Ausnahmen: Wenn keine Zeit zum Recherchieren ist, oder wenn es die Interviewsituation verlangt. In diesen Fällen können Interviews geführt werden, die gleichzeitig Recherchen sind. Beispiele: Die Türen gehen auf – das Verhandlungsergebnis wird bekanntgegeben (keine Zeit zum Recherchieren); Augenzeugeninterviews (Interviewsituation).

In der Praxis wird der Unterschied zwischen Interview als journalistische Darstellungsform und Recherche als journalistische Tätigkeit zu wenig beachtet. Immer wieder gibt es Interviews, die keine journalistischen Ausdrucksmittel sind, sondern unbegründete Recherchen mit Mikrofon (und Kamera).

Abgrenzung zum Statement

Das Statement ist wie das Interview eine journalistische Darstellungsform. Beide unterscheiden sich voneinander nach dem Ausmaß, wie der Journalist sich selbst einbringt. Statements sind in der Regel kürzer als Interviews. Im Statement bringt sich der Journalist nicht ein, weil es im Statement an sich keine Fragen gibt. Aufnahmetechnisch kann das Statement aber dennoch ein Interview(-Teil) sein: im Fernsehstatement mit Blick zum imaginären Interviewer oder, seltener (weil sehr repräsentativ und leicht mit einer Ansprache zu verwechseln), direkt in die Kamera. Das Statement kann aber auch von vornherein als Statement angelegt werden – am besten mit einer erleichternden „Anreißerfrage", die nicht für die Sendung bestimmt ist.

Im Unterschied zum Statement bringt sich der Journalist beim Interview selbst ein. Er fragt (oder argumentiert) stellvertretend für den Hörer oder Seher; er ist der Anwalt der Hörer und Seher – ihnen gilt seine Loyalität! Der Interviewer hat seine persönlichen und politischen Selbstdarstellungs-Bedürfnisse im Interview zurückzunehmen. Das sollte die Richtschnur jeder Interviewtechnik sein.

Abgrenzung von der Diskussion

In einer Diskussion bringt der Journalist als Diskussionsteilnehmer seine ganze Persönlichkeit ein. Es geht nicht um das bloße Fragen oder das Argumentieren als Stellvertreter, sondern um die persönliche Meinung. Das ist kein Interview mehr, auch dann nicht, wenn es nur zwei Diskussionsteilnehmer gibt.

Diese Abgrenzungen sind idealtypisch. Natürlich gibt es in der Wirklichkeit fließende Übergänge; ganz abgesehen davon, daß der Journalist, wenn er schöpferisch sein will, die vorgegebenen Darstellungsformen weiterentwickeln muß. Dennoch sind diese Reflexionen wichtig, um die eigene Arbeit besser zu verstehen.

Sollen Interviews auch unterhalten?

Viele Interviews in Hörfunk und Fernsehen bieten nicht nur Information, sondern auch Unterhaltung. Das ist nichts Schlechtes. Information soll nicht langweilig sein – im Gegenteil: Nur wenn sie kurzweilig ist, kommt sie beim Hörer oder Seher auch an. Das hat Rückwirkungen auf die Auswahl von Interview-Partnern: Langweiler sind weniger gefragt. Freilich muß auch der Interviewer durch seine Fragen dazu beitragen, daß das Interview die Hörer und Seher nicht anödet: Das erreicht man durch originelle Fragen, durch den Aufbau einer gewissen Spannung zwischen Interviewer und Interviewtem usw.

Die Rolle des Interviewers

Der Zweck des Interviews ist die Vermittlung von Informationen. Der Interviewer ist der Vermittler, der Anwalt des Publikums bzw. eines (berechtigten) Anliegens; letztlich ein Diener. Auch ein Diener hat eine Persönlichkeit; die soll man spüren. Er ist aber nicht die Hauptperson. Das ist der Interview-Partner. Daher hat der Interviewer nicht das große Wort zu führen bzw. mit seinem Wissen zu brillieren und den Interviewten zum Statisten zu degradieren. Er hat vielmehr dafür zu sorgen, daß der Interview-Partner im Mittelpunkt steht. Das heißt aber im Normalfall auch nicht, daß der Interviewer ein bloßer Stichwortgeber sein darf; ganz besonders nicht bei politischen Interviews. In diese Richtung kann das Interview nur dann rücken, wenn der Zweck letztlich ein „elaboriertes" (langes) Statement ist; z. B. wenn es darum geht, einen interessanten Menschen zum Reden zu bringen.

Arten von Radio- und Fernseh-Interviews

Es gibt keine befriedigende Einteilung der Interviews; wahrscheinlich, weil auch die Interview-Wirklichkeit zu vielfältig und übergangslos ist und weil die Interviewkultur nichts Festgeschriebenes ist, sondern sich weiterentwickelt. Dennoch brauchen wir, um über etwas nachdenken zu können, Gliederungen. Aus der Fachliteratur kennen wir Interviews zur Sache und Interviews zur Person. Auch der Abschnitt über das Interview in der Zeitung folgt dieser Differenzierung (vgl. Seite 96).

In der Praxis des Österreichischen Rundfunks gibt es eine Unterscheidung, die hilfreich ist, weil sie die redaktionsinterne Verständigung erleichtert:

Deskriptive Interviews: Der Interviewer fragt; diese Form kann nahe beim Recherchieren liegen.

Kontroversielle Interviews: Der Interviewer fragt und argumentiert dagegen. Dabei geht es nicht darum, den Interviewten hineinzulegen oder sogar fertigzumachen, sondern mit Hilfe der dialektischen Methode näher an die Wahrheit zu kommen. Problem: Der Interview-Partner nimmt die Gegenargumente persönlich und sieht den Interviewer als seinen Feind. Das kann am ehesten verhindert werden, wenn die Fragen sachlich bleiben; kritisch zwar und kontrovers, aber nicht persönlich.

Keine Bequemlichkeits-Interviews!

Grundsätzlich ist zu beobachten, daß eher zuviel als zuwenig interviewt wird; es ist bequemer, ein mittelmäßiges Interview anstelle einer komplexeren Darstellungsform zu liefern, etwa einen guten Radio-Bericht zu formulieren oder eine gut illustrierte Fernseh-Story zu produzieren. Solche Bequemlichkeitsinterviews sind schlecht; und – um eine Ausrede vorwegzunehmen – auch Zeitnot kann Bequemlichkeit sein, wenn sie selbst verschuldet ist.

Leider addiert sich manchmal die Bequemlichkeit des Interviewers mit der des Interviewten: Keiner der beiden läßt sich etwas einfallen. Sie tauschen Worthülsen aus – vorgefertigte Standardfragen und vorgefertigte Standardantworten; für beides gibt es ein großes Arsenal. So werden Interviews aber zu leeren Ritualen. Schade um die Sendezeit! Die Radiohörer erleben diese Interviews eher als (nur manchmal angenehme) Radiopause. Die Fernseher erleben sie als Hörpause; sie schauen nur noch und betrachten die handelnden Personen, ohne ihren Ausführungen zu folgen.

Wann macht man ein Radio- oder Fernseh-Interview?

Folgende Gründe sprechen für die Entscheidung zu interviewen:

- Wenn es darum geht, eine Meinung über etwas zu erfahren. Eine Meinung ist etwas sehr Persönliches, und es ist daher legitim, daß sie von dem, der sie vertritt, persönlich geäußert wird.
- Wenn es darum geht, eine Interpretation über etwas zu erfahren. Beispiel: Warum wird die geplante Mülldeponie doch nicht gebaut? Warum werden 30 Arbeiter entlassen? Die Interpretation liegt zwischen der Meinung und dem bloßen Faktum.
- Wenn eine Person zur Verfügung steht, die den Hörer oder Seher interessiert. Der Hörer oder Seher hört die Darstellung eines Problems vielleicht lieber vom bekannten Arzt selbst als vom Redakteur. Prominente oder sonstwie interessante Personen liefern in einem Interview nicht nur die Informationen, um die es im Interview gehen mag, sondern auch ihre Persönlichkeit.
- Wenn das Thema einen Interview-Partner persönlich betrifft; z. B. Lebenslauf oder Karriereabsichten.
- Wenn eine Information durch ein Interview authentisch wird; z. B. Augenzeugen-Interviews, oder wenn der Innenminister am Wahlabend in einem Interview das Wahlergebnis offiziell bekanntgibt.
- Wenn gezeigt werden soll, wie sich jemand mit einer Sache auseinandersetzt, ob er kompetent ist oder nicht. Beispiel: Bürgermeister zu Abwasserproblem und Lösungsmöglichkeiten in seiner Gemeinde.

- Wenn ein Interview-Partner etwas besser schildern kann als der Reporter. Man muß eingestehen, daß ein Interviewter mitunter besser erzählen bzw. schildern kann als der Redakteur. In solchen Fällen ist ein Interview oft zweckmäßiger als ein Eigenbericht des Redakteurs.
- Wenn es Darstellungsprobleme im Fernsehen gibt. Das Fernsehen ist zur Darstellung abstrakter Zusammenhänge schlecht geeignet. Hier kann das Interview gut als Hilfsmittel eingesetzt werden, weil man, um abwechselnd zu bleiben, nicht nur (aber auch!) mit Reporterschilderungen arbeiten kann. Außerdem können dadurch Genre-Bilder (Agrarsubventionen mit Schweinehälften) vermieden werden. Es geht hier um das kleinere Übel. Im Radio gibt es dieses Problem nicht. Das Radio ist für abstrakte Informationen besser geeignet, jedoch schwächer bei ereignishaften und konkreten Themen. Dieser mediale Unterschied wird von bimedial arbeitenden Redakteuren leider nicht genug beachtet: Wenn schon im Fernsehen zuviel interviewt wird, dann im Radio erst recht!

Problem Interview-Verweigerung

Gerade bei sehr interessanten Vorhaben ist es nicht immer leicht, ein Interview zu bekommen. Hilfreich ist: Nicht locker lassen; ein Nein heute kann morgen vielleicht revidiert werden. Viele Verweigerungen sind von Augenblicksstimmungen diktiert. Viele Interview-Partner schwanken, ob sie das Interview geben sollen oder nicht. Korrekte und menschlich angenehme Hartnäckigkeit kann aber imponieren und so zum Ziel (ver)führen. Jeder hat das Recht, ein Interview nicht zu geben. Die Verweigerung kann aber auch problematisch sein, vor allem bei gewählten Repräsentanten, die ja verpflichtet sind, die Öffentlichkeit in einem gewissen Ausmaß zu informieren. Bei solchen Verweigerungen – und nur bei solchen – ist es zulässig, manchmal sogar angebracht, die Verweigerung dem Publikum bekanntzugeben; allerdings kommentarlos und ohne diffamierende Wortwahl.
Durch eine Interview-Verweigerung darf dem Hörer oder Seher notwendige und wichtige Information nicht vorenthalten werden, die Verweigerung wäre sonst ein probates Mittel, Informationssendungen zu zensurieren.

Vorbereitung auf das Interview

Was schnell und konzentriert gemacht werden muß, braucht viel Vorbereitung, wenn es auch gut sein soll. Radio- und Fernseh-Journalisten sind in einer ganz anderen Lage als der Zeitungsreporter: Was sie in den oft nur wenigen Minuten einer Interview-Aufnahme nicht schaffen, ist kaum wiederbringlich. Daher ist die

Vorbereitung auf ein Interview neben dem persönlichen Können, der Routine (und einem bißchen Glück) die Hauptvoraussetzung für ein gutes Radio- oder Fernsehinterview.
Sich vorbereiten heißt, möglichst viel Wissen über die Sache und den Interview-Partner (sein gewöhnliches Interview-Verhalten, seine spontanen Reaktionen usw.) einzuholen. Dann muß man diese Informationen gut durchdenken und Ideen sammeln. Schließlich macht man sich ein Konzept und legt sich eine Interview-Strategie zurecht.

Die Interview-Strategie

Um ein gutes Interview zustande zu bringen, muß der Interviewer wissen, worauf er hinauswill, was die Aussage des Interviews sein soll, welches sein Interview-Ziel ist. Auch ein Forscher braucht ein Forschungsziel, Hypothesen, bevor er zu forschen beginnt, sonst verliert er sich im Kosmos der Möglichkeiten. Das gilt auch für den Interviewer: Daher muß er das Interview vorher „verfassen". Vom vorhandenen Sachwissen und dem zu erwartenden Interview-Verhalten des Interview-Partners ausgehend, muß der Interviewer ein „ideales Interview" skizzieren: ein Interview, das informiert, interessiert und das nicht langweilt.
Diese Interview-Strategie kann natürlich nur aufgrund von Hintergrundwissen über Person und Sache (daher die Recherche vor dem Interview) entworfen werden. Sie soll ja der Wirklichkeit nicht Gewalt antun, sondern einen besonderen Aspekt der Wirklichkeit herausstellen. Solche Strategien gehen nicht immer auf. Man muß sich Reservestrategien bereithalten.
Da Strategien nur Pläne sind, müssen auch Interview-Pläne, wenn sie auf die Wirklichkeit stoßen, ständig revidiert werden. Der Interviewer muß vorbereitete Fragen fallen lassen, neue Fragen stellen; er muß den Ablauf ändern. **Ein guter Interview-Plan, beweglich eingesetzt, ist schon das halbe Interview – ein Plan, an den sich der Interviewer hingegen starr hält, kann kontraproduktiv werden. Pläne zu machen, ist gut – sich total zu verplanen, ist schlecht.**
Für die Planung des inneren Aufbaus eines Interviews wird in der Literatur oft das sogenannte *Trichtermodell* angeboten: Mit allgemeinen Fragen beginnen und dann immer spezieller werden. Oder umgekehrt (umgekehrter Trichter). Wie auch immer: Eine innere Ordnung muß im Interview erkennbar sein.
Da der Interviewer seine Pläne bereithalten, gleichzeitig aber voll auf den Interview-Partner eingehen und flexibel bleiben muß, ist es günstig, sogenannte Schlüsselfragen vorzubereiten. *Schlüsselfragen* sind Fragen, auf die das Interview aufbaut wie eine Brücke auf ihre Pfeiler. Sie sollten vorformuliert werden, weil es oft auf den Satzbau, einzelne Satzteile oder sogar einzelne Worte ankommt. Es ist

keine Schande, sondern eine Tugend, das Konzept zumindest in Stichworten aufzuschreiben und beim Interview vor sich zu haben. Schließlich muß sich der Interviewer ja auf vieles gleichzeitig konzentrieren: Frage, Antwort, weitere Fragemöglichkeiten, Zeit, Schneidemöglichkeiten usw. Achtung: Fragen nicht ablesen!
Schlecht sind Interviews, in denen ein großflächiges „Problem-Hopping" betrieben wird. Der Interviewer fragt plan- und ziellos alles ab, was ihm in den Sinn kommt. Weil er keinen Plan hat, recherchiert er, probiert er es eben. Kein roter Faden wird sichtbar, keine Dramaturgie. Nur ein großflächiges, diffuses Herumfragen.

Soll ein Vorgespräch geführt werden?

Vor einem Interview vereinbart man mit dem Interview-Partner Ort, Zeit und Thema des Interviews. Soll der Interviewer vor dem Interview mit dem Interview-Partner ausführlich reden, also eine Art Vorgespräch führen? Diese Frage kann nur situationsbezogen entschieden werden. Im allgemeinen ist bei vereinbarten, längeren Hörfunk- oder Fernseh-Interviews ein Vorgespräch als Einstieg ins Interview angebracht. Es soll vor allem ein kommunikatives Klima herstellen; der Interviewer soll also nicht mit der Tür ins Haus fallen, sondern eher mit Nebensächlichkeiten beginnen (Small-Talk). Der Interview-Partner soll vorsichtig in Stimmung gebracht werden. Regel: So wenig Vorgespräche wie möglich; soviel Vorgespräch wie nötig.
In diesem Vorgespräch kann der Interviewer auch noch die eine oder andere allgemeine Frage des Vorgehens und der Aufnahmetechnik klären. Er kann auch die Reaktion auf eine Frage-Idee vorsichtig voraustesten, um seine Strategie endgültig festlegen oder noch verändern zu können. **Das Interview darf aber nicht vorausgeprobt werden, weil ihm sonst jede Spontaneität fehlt.** Außerdem würde es die Position des Interviewers schwächen, wenn er seine Karten auf den Tisch legte. Schließlich sollte das Vorgespräch auch nicht zu lange sein, weil sonst das eigentliche Interview zum Anhängsel wird.
Der Übergang vom Vorgespräch zum Interview muß einerseits klar sein, damit sich der Interviewer nicht Manipulationen vorwerfen lassen muß. Andererseits soll der Übergang möglichst nahtlos sein. Also nicht: Entspanntes Klima im Vorgespräch, dann geben sich beide einen Ruck, verkrampfen sich und machen das Interview.
Bei Telefon-Interviews ist es für den Befragten besonders wichtig zu wissen, wann das Vorgespräch zu Ende ist und die Interview-Aufzeichnung beginnt, da sonst für den Interview-Partner der Übergang nicht erkennbar ist. Andernfalls könnte sich der Interviewer dem berechtigten oder unberechtigten Vorwurf aussetzen, den

Interview-Partner hereingelegt und eine „heimliche Tonbandaufnahme" gemacht zu haben. Heimliche Tonbandaufnahmen sind den Programmrichtlinien des Österreichischen Rundfunks zufolge unzulässig. In Fällen, die schon im voraus als heikel erkennbar sind, kann es zweckmäßig sein, den Übergangshinweis mitaufzunehmen und aufzubewahren.

Über das Fragen

In einem guten Interview steht der Interviewte im Mittelpunkt – gelenkt wird das Interview aber vom Interviewer. Das gilt nicht nur für die Vorbereitung, sondern auch für die Führung des Interviews. Dafür ist oft eine gewisse Beharrlichkeit notwendig, da ein Interview-Partner nicht immer dorthin will, wo das Interview-Ziel ist. Fragewiederholungen können daher notwendig sein. Man unterstreicht damit sein nachhaltiges Interesse als Interviewer an einer Frage und macht es dem Befragten schwerer, auszuweichen. Es kann sein, daß Fragen präzisiert werden müssen, um es dem Interviewten schwerer zu machen, nicht zu antworten. Es kann notwendig werden, daß der Interviewer klarstellt, daß eine Frage nicht beantwortet wurde. Und es kann schließlich die Frage erforderlich sein, warum eine Frage nicht beantwortet worden ist. Beharrlichkeit ist also wichtig, wenn man erfolgreich interviewen will.

Frage-Arten

Im allgemeinen unterscheidet man bei Interviews zwischen offenen und geschlossenen Fragen.

Offene Fragen: Das sind Fragen, bei denen der Interviewte viele Antwortmöglichkeiten offen hat. Beispiel: Was halten Sie von . . .? Warum sind Sie für . . .? Normalerweise sind offene Fragen typische „W-Fragen": Wie? Was? Weshalb? Warum? Wozu? Ein Spezialfall: Was verstehen Sie unter . . .? (Definitionsfragen: Achtung, diese können auch lähmend sein).

Geschlossene Fragen: Die Antwortmöglichkeiten bei geschlossenen Fragen sind von vornherein stark eingeengt, oft nur auf „ja" oder „nein" (=Entscheidungsfragen), „dafür" oder „dagegen" (=Alternativfragen); für A, B oder C (=Skalafragen). Etwas weiter, aber immer noch eingeengt: „Wieviel . . .?" „Sind Sie gestern . . .?" (=Wissensfragen).

Die Einteilung ist für die Praxis wertvoll, weil ein gutes Interview eine Mischung dieser beiden Fragetypen braucht. Interviews, in denen nur offen gefragt wird, sind vage und ohne Biß. Interviews mit ausschließlich geschlossenen Fragen wirken hingegen eindimensional. Zu viele geschlossene Fragen können sich auf den Befragten negativ auswirken: Er kommt sich verhört vor und öffnet sich daher nicht. Außerdem kann es sein, daß die Überbetonung geschlossener Fragen den Interviewer selbst auf falsche Fährten führt. Auch die geplante Länge des Interviews hat Einfluß auf die Fragen; ob mehr mit offenen oder geschlossenen Fragen gearbeitet werden soll. Kurze Interviews: eher geschlossene Fragen, weil sich das Interview besser lenken läßt. Längere Interviews: Mischung.

Unbedingt verhindern: Mehrfachfragen (zwei oder drei Fragen in einer). Ungeübte Frager stellen oft Mehrfachfragen (siehe Pressekonferenzen), weil sie möglichst viel auf einmal loswerden wollen. Wie soll so aber ein Dialog zustandekommen? Man kann nicht gleichzeitig über zwei verschiedene Themen reden.

Interpretierende Nachfrage: Das ist ein Spezialfall; eine Frage, die eigentlich keine Frage ist, sondern eine Klarstellung, eine Zwischendurch-Zusammenfassung, eine Wegmarke usw. Fragecharakter hat die interpretierende Nachfrage nur, weil sie dem Interview-Partner die Möglichkeit gibt, die Interpretation zu bestätigen bzw. zu korrigieren. Daher wird die Interpretation in Frageform formuliert. Beispiele: Verstehe ich also richtig, daß . . .!? Das heißt also . . .!? Um Sie zusammenzufassen . . .!?

Keine „Fluchtwege“ offen lassen!

Grundsätzlich sollen Fragen einfach sein und verständlich, nicht zu lang und so, daß sie möglichst keine Fluchtwege bieten. Wenn die Fragen Fluchtwege offen lassen, kann der Interviewte kaum auf eine Aussage festgelegt werden. Fluchtwege können durch exakte Wortwahl vermieden werden. Außerdem muß sich der Interviewer in die Antwortmöglichkeiten des Interviewten hineindenken: Es ist zum Beispiel ein Unterschied, ob er fragt: „Werden Sie N. N. zum Minister machen?“ (Antwort: „Das steht noch nicht fest!“), oder: „Ist N. N. einer ihrer Kandidaten . . .?“ In diesem Fall ist es schwerer, auszuweichen. Bei einer vagen Antwort kann dann weitergefragt werden, um die Antwort weiter abzusichern.

Es gibt allerdings auch Fälle, in denen es besser ist, bei einer andeutenden Antwort nicht mehr weiter nachzufragen, weil der Interviewte sonst zurückziehen könnte. Durch das Nachfragen könnte ihm klar werden, daß er etwas Bestimmtes doch nicht hätte sagen wollen oder sollen. Das Nachfragen gibt dem Interviewten dann Gelegenheit, die Antwort zu verwässern und praktisch zurückzuziehen.

Auf Routinefragen bekommt man Routineantworten!

Wenn sich der Interviewer nichts einfallen läßt, unterstützt er die (bewußte?) Einfallslosigkeit des Interviewten. Es gibt Routinefragen, die so oft gestellt werden, daß bereits der geübte Hörer oder Seher die Antwort im voraus weiß.
Manche Routineantworten, die nichts bringen, weil sie in Wahrheit ausweichen, können vermieden werden, indem ihr Inhalt in der Frage vorweggenommen wird; zum Beispiel: „Warum haben Sie N. N. zum Minister für . . . gemacht, wobei wir seine fachlichen Qualifikationen als bekannt voraussetzen können?" Allerdings muß eine Feststellung, die in eine Frage eingebaut wird, stimmen, soll der Interview-Partner nicht Gelegenheit zum Ausweichen durch eine Korrektur der eingebauten Feststellung bekommen.

Auf die Antworten eingehen!

Wichtig ist auch, daß der Interviewer mit seinen Fragen auf die Antworten eingeht. Der Interviewer darf einen vorbereiteten Fragenkatalog nicht ohne Rücksicht auf die Antwort abspulen – das ist mit Interview-Vorbereitung nicht gemeint! Es müssen sich vielmehr Fragen aus den Antworten ergeben. Nur so kann ein organisches und gutes Interview zustande kommen.

Fragen können „Antworten" sein

Manche Fragen sind in Wirklichkeit Informationen, also vorweggenommene Antworten, die der Interviewte vielleicht nicht direkt geben würde, die er aber vielleicht, wenn sie vom Interviewer formuliert werden, ganz oder teilweise bestätigt oder zumindest nicht dementiert. („Stimmt es, daß Ihr Verhältnis zu . . . seit einiger Zeit getrübt ist?") Selbst ein Dementi auf so eine Frage muß nicht so sein, daß die in der Frage stehende Information dadurch wirklich widerlegt ist. Allerdings muß die Information in der Frage einigermaßen stimmen – einigermaßen deshalb, weil es natürlich einen Graubereich zwischen Wahrheit und Unwahrheit gibt. An besondere Fairneß ist daher auch hier zu erinnern.

Darf man Suggestivfragen stellen?

Grundsätzlich ja! Sie dürfen nur nicht grobe Unterstellungen enthalten. Und der Interviewte darf nicht das Gefühl bekommen, der Interviewer wolle ihn mit Gewalt irgendwohin drängen, wohin er nicht will. Eine Suggestivfrage kann, im Gegenteil, dem Interviewten helfen; mit ihr kann der Eindruck vermittelt werden, daß es dem Interviewten erleichtert werden soll, die Antwort zu geben, die er eigentlich geben wollte.

Muß ein Interviewer taktvoll fragen?

Grundsätzlich ja. Takt heißt aber nicht, daß Fragen, die gestellt werden *müssen* und die der Interviewte aufgrund seiner (öffentlichen) Position erwarten muß, nicht gestellt werden. Die Grenze, wo Takt aufhört und Zudringlichkeit beginnt, ist nicht bei jedem Interviewten gleich. Sie hängt nicht nur von der Frage selbst ab, sondern auch von der Position des Interview-Partners. Bei einem Politiker etwa, der grundsätzlich verpflichtet ist, die Wähler zu informieren, wird drängendes Fragen viel länger innerhalb der Taktgrenze liegen als bei einer Privatperson. Überhaupt hat der Interviewer gegenüber Leuten, die es nicht gewohnt sind, interviewt zu werden, eine erhöhte Verantwortung. (In solchen Fällen kann es sogar vorkommen, daß der Interviewer den Interviewten vor sich selbst, z. B. vor Affektantworten, schützen muß. Der Interview-Partner bekommt gleichsam „mildernde Umstände".)

In den Programmrichtlinien des Österreichischen Rundfunks gibt es eine Bestimmung, deren Kenntnis für Interviews wichtig ist: „Bei der Programmgestaltung ist vor allem darauf zu achten, daß in jedem Fall die Würde des Menschen gewahrt bleibt, daß die Privatsphäre des einzelnen nicht verletzt und daß überhaupt dem Gebot fairer Vorgangsweise entsprochen wird." (§ 1.2.6) Das ist eine gute Richtschnur, wobei sich allerdings Definitionsprobleme auftun können. Wenn das Privatleben oder die Gesundheit eines Politikers von öffentlicher Relevanz wird, ist die „Privatsphäre" sicher enger zu definieren als sonst üblich.

Gegenstrategien des Interview-Partners

Wenn ein Interview-Partner das Interview zwar gibt, aber eigentlich nicht viel sagen will, kann er unangenehme Gegenstrategien anwenden (für ein gutes Interview braucht es immer *zwei*!) Beispiele: Fragen ignorieren, Gegen-Gegenstrategie: Fragen wiederholen – Fragen nicht gelten lassen („So kann man die Frage nicht stellen"); Gegen-Gegenstrategie: Fragen präzise stellen, vielleicht präziser wiederholen – allgemein daherreden; Gegen-Gegenstrategie: auf einer klaren Antwort bestehen – beschönigen; Gegen-Gegenstrategie: gut informiert sein und den Sachverhalt präzise beschreiben – Halbwahrheiten sagen; Gegen-Gegenstrategie: die Halbwahrheiten als solche bezeichnen (Halbwahrheiten können halbe Lügen sein) – immer das gleiche antworten (ein Stehsatz, der auf jede Frage dieselbe Botschaft des Interview-Partners bringen soll); Gegen-Gegenstrategie: zuerst einmal ausreden lassen und beim dritten Mal dann darauf hinweisen, daß er es schon zweimal gesagt hat – mit Worten spielen; Gegen-Gegenstrategie: wenn es reizvoll ist, zuerst mitmachen („Ping-Pong") und dann doch auf der Antwort bestehen.

„Professionelle" Interview-Partner werden von ihren Beratern auch mit Gegenstrategien auf ein Interview vorbereitet. Dabei kann folgendes helfen: gut informiert sein, sich nicht von den Beratern aushorchen lassen, sondern diese aushorchen, unorthodox fragen (damit rechnen die Berater nicht).

Die Zensur durch den Interview-Partner

Manche Interview-Partner wollen Interviewer dazu veranlassen, bestimmte Fragen nicht zu stellen. Von Ausnahmen abgesehen, sollte der Interviewer darauf nicht eingehen und statt dessen einen beiderseitigen Zensurverzicht vorschlagen: Keine Zensur der Fragen – keine Zensur von Antworten, was einschließt, daß eine Antwort im Interview problemlos und offen verweigert werden kann; das schließt ein weiteres Nachfragen – zum Beispiel nach dem Warum – nicht aus. Es ist ohnedies oft so, daß eine Verweigerung interessanter ist als eine ausweichende Antwort.

Sollte ein Journalist dennoch ausnahmsweise und begründet auf eine Fragezensur durch den Interviewten eingehen (weil er z. B. sonst ein wichtiges Interview nicht bekommen würde), kann es notwendig sein, das dem Hörer oder Seher mitzuteilen: aus Fairneß gegenüber dem Hörer oder Seher, oder auch, weil der Hörer oder Seher die zensurierten Fragen sonst vermissen könnte. Der Journalist würde dann, wenn er die Frageeinschränkung dem Hörer oder Seher nicht bekanntgegeben hat, zu Unrecht als schlechter Interviewer zu erkennen sein.

Analog ist auch zu beurteilen, ob Fragen vor einem Interview auf Verlangen vorgelegt werden sollen: Grundsätzlich nein. Bei internationalen Größen, die ein Interview nicht anders geben, kann das dennoch notwendig sein. Auch hier ist es angebracht, das Publikum darüber zu unterrichten. Alle diese Probleme sind überhaupt weder willfährig noch dogmatisch zu lösen, sondern nach der Regel des kleineren Übels. Keinesfalls sollte sich ein Interviewer dazu hergeben, vorher abgefaßte und ihm vorgelegte Fragen und Antworten (gemeinsam mit dem Interviewten) zu verlesen.

Über gesagte und nicht gesagte Antworten

Vieles in den Antworten kann durch gutes Fragen beeinflußt werden, aber nicht alles! Abgebrühte Interview-Partner, die gern mit „Bahnhof“ antworten, können auch durch die beste Interview-Führung oft nicht davon abgebracht werden. Manchmal kann dieses „Bahnhof“-Sagen aber zum Interview-Thema selbst gemacht werden, indem der Interviewer darauf hinweist und danach fragt. Er erfüllt damit sicher einen Wunsch vieler Hörer und Seher.
Was tut man, wenn ein Interview-Partner ständig zu lange antwortet? Man kann es ihm sagen – auch offen im Interview. Das Übel wird aber erfahrungsgemäß dadurch kaum gemindert. Langredner sind Langredner. Es gibt dagegen kein wirklich erprobtes Mittel.
Auch die Unart mancher Befragter, nicht für das Publikum, sondern für eine Inside-Szene zu sprechen, kann nur schwer unterbunden werden. Zu sehr macht sich dabei der Interessensgegensatz zwischen Interviewer und Interviewtem bemerkbar. Ein Gegensatz, der jedenfalls dann aufkommen kann, wenn sich der Interviewer als Stellvertreter der Hörer und Seher versteht.

Nonverbale Kommunikation

Ein Bereich, der im allgemeinen unterschätzt wird und darüber hinaus von beiden Seiten nur wenig beeinflußbar ist, ist die sogenannte nonverbale Kommunikation, also Gestik, Mimik, Stimme, Melos, Körpersprache etc. Die nonverbalen Elemente eines Interviews, das „Wie“, liefern zusätzliche Informationen, die – wie die Medienwirkungsforschung zeigt – oft gerade bei Politikern für die Wirkung einer Aussage sehr bedeutend sein können, mitunter sogar bedeutender als die Antwort(en) selbst.
Wie bedeutend die nonverbale Komponente sein kann, zeigt sich beim Vergleich eines Zeitungs-Interviews mit einem Fernseh-Interview. Das Zeitungs-Interview lebt praktisch nur davon, *was* jemand sagt. Dementsprechend steril können Zeitungs-Interviews sein (und dementsprechend sparsam werden sie von den Zeitungen eingesetzt). Viele Fernseh-Interviews leben hingegen überwiegend vom *Wie:* von der Mimik, der Gestik, der Stimme und der Art zu sprechen bis zu den Signalen, die sich einer generellen Beschreibung und Beurteilung überhaupt entziehen. Das Radio-Interview liegt irgendwo in der Mitte: Der nonverbale Anteil ist stärker als bei Zeitungs-Interviews, aber schwächer als beim Fernsehen, da der visuelle Rezeptionskanal wegfällt.
Die Bedeutung der nonverbalen Kommunikation in Interviews wird nicht nur von vielen Interviewten unterschätzt, sondern auch von vielen Interviewern. Das ist

sicher darauf zurückzuführen, daß man sie kaum steuern kann: Das Nonverbale ist nun einmal nicht der Ansatzpunkt des Interviews, so wichtig es auch sein mag. Nonverbale Kommunikation ist kaum beeinflußbar; und sie ist schwer entzifferbar, weil die Übersetzung der nonverbalen Information stark von der Einstellung des einzelnen Hörers oder Sehers gegenüber dem Interviewten abhängt.

Manchmal ergibt sich aber doch die Möglichkeit, in einem Interview zumindest an der Oberfläche auf Nonverbales einzugehen. Zum Beispiel mit der Zwischenfrage: „Warum zögern Sie so bei dieser Antwort?" In Amerika gehen Interviewer auch weiter und fragen bei harten Interviews schon einmal: „Warum schwitzen Sie so, wenn ich dieses Thema anschneide?", oder so ähnlich. Viel tiefer kommt man aber wohl kaum, wenn die üblichen Grenzen nicht überschritten werden sollen.

Auch der Interviewer selbst sollte aufpassen, daß er nicht ungewollt nonverbale Signale aussendet, zum Beispiel durch Kopfnicken, das – wenn der Interviewer im Bild ist – als Zustimmung mißdeutet werden kann oder umgekehrt: durch sichtbare bzw. hörbare nonverbale Ablehnung des Interview-Partners. Ein Interview soll in der Sache hart sein, nicht aber in der (persönlichen) Form. Die verbalen und „nonverbalen" Gegenargumente sollen nicht von einer persönlichen Ablehnung diktiert sein, sondern von der Einsicht, daß man nur durch Dialektik der Wahrheit näherkommen kann.

Darf ein Interview wiederholt werden?

Wenn Fragen oder Antworten oder beides nicht gefallen, wiederholen manche Redakteure ein Interview. Streng genommen ist das unzulässig. Eine Interview-Wiederholung gerät in die Nähe der Schwindelei. Außerdem geht dabei jede Spontaneität verloren. Dennoch wird es aber (seltene) Fälle geben, in denen die Wiederholung eines Interviews das kleinere Übel ist (sofern sich nicht ohnehin herausstellt, daß die Wiederholung wegen zusätzlicher Verkrampfung aller Beteiligten schlechter wird als die Erstfassung). Als Kniff ist eine nicht deklarierte Teilwiederholung möglich: Der Interviewer stellt im Interview einfach einige Fragen, mit deren Beantwortung er unzufrieden war, noch einmal; er kann damit auch die Bitte verbinden, kompakter zu antworten (das alles aber, ohne das Interview zu unterbrechen).

Manchmal kommt es auch vor, daß ein Interview-Partner ersucht, die Aufnahme hören zu können. Das hat unter Umständen den Nachteil, daß es dann zu Schneidediskussionen kommen kann, wodurch der Handlungsspielraum des Redakteurs eingeschränkt wird. Wenn möglich, sollte das also vermieden werden: nicht mit einem provokanten Nein, sondern mit Geschick und Diplomatie.

Interview-Psychologie

Für Interviews gilt der Grundsatz: Ein gutes Gesprächsklima schaffen, aber ohne Kumpanei! Der Interviewer ist nicht Kumpan des Interviewten, sondern der Hörer und Seher.

Die Schaffung eines guten Gesprächsklimas beginnt im Vorgespräch und wird im Interview fortgesetzt. Dabei ist folgendes zu beachten:

Der Ton macht die Musik

Fragen können hart im Inhalt sein, müssen aber verbindlich in der Form bleiben. Es ist gut, hart und manchmal vielleicht sogar brutal in der Sache zu sein. Beleidigend oder anmaßend zu sein, ist schlecht.

Am besten ist es, wenn sich die Härte einer Frage von selbst begründet: Durch ihren Inhalt und ihre Motivation kann erkennbar werden, daß die Härte nicht Selbstzweck oder Aggression ist, sondern der legitimen Informationsfindung dient, z. B. berechtigtes Interesse der Öffentlichkeit. Manchmal ist es für das Gesprächsklima auch von Vorteil, eine harte Frage zu begründen.

Kontraproduktiv und unzulässig sind Aggressionen oder Verspottungen, ebenso Arroganz. Zulässig ist hingegen Ironie; sie kann sogar produktiv sein (sympathische Herausforderung), soll aber nicht in eine Manie ausarten.

Nicht mit der Tür ins Haus fallen

Forsche, geschlossene Fragen sofort am Anfang eines Interviews können den Interviewten verprellen und unwillig machen. Es ist entspannend, wenn der mitteilsame Interview-Partner erst einmal loswerden kann, was er loswerden möchte; das kann er nur bei offenen Fragen. Wenn er nichts loswerden möchte, hätte er das Interview vielleicht nicht zugesagt. Nicht die Stimmung aufkommen lassen, die amerikanische Polizisten verbreiten, wenn sie am Beginn eines Verhörs erklären: „Alles, was jetzt gesagt wird, kann gegen Sie verwendet werden."

Natürlich sind von dieser Regel Ausnahmen möglich. Manchmal kann ein Interview sogar bewußt so aufgebaut werden wie ein Verhör. Der Interviewer muß dann aber entsprechendes Material haben, und der Interviewte muß letztlich mitspielen; bei einem Politiker, der an Interviews gewöhnt ist, wird das leichter gehen, weil er nicht so schnell verstört wird.

Nichts aufzwingen

Wenn der Interviewte spürt, daß der Interviewer zwar das Gespräch lenkt, ihm aber nichts aufzwingen will, kann er Vertrauen zur Korrektheit des Interviewers fassen. Das verbessert das Gesprächsklima.

Gut vorbereitet sein

Ein gut vorbereitetes Interview kann klimaverbessernd wirken. Ein offensichtlich unvorbereiteter Interviewer wird vom Interview-Partner möglicherweise als Zumutung empfunden werden: das kann die Gesprächsbereitschaft mindern. Wenn der Interviewer vorbereitet ist, wird er eher ernst genommen und weniger leicht abgespeist.

Nicht mit der Technik nervös machen

Die in Hörfunk- und Fernseh-Interviews notwendige Technik darf nicht zelebriert werden, sondern soll unauffällig wirken; sie kann sonst einschüchtern. Natürlich ist das bei Radio-Interviews leichter als beim Fernsehen. Die technische Weiterentwicklung des Fernsehens hat aber auch hier Verbesserungen durch kleinere, handlichere und weniger aufwendige Technik gebracht. Auch die Wahl des Interview-Schauplatzes kann psychologisch bedeutsam sein: Im vertrauten Milieu spricht es sich für den Interviewten oft leichter als in einem sterilen Hörfunk- oder Fernsehstudio.

Aufnahmetechnik

Von der Aufnahmetechnik muß vor allem verlangt werden, daß das Interview einwandfrei hörbar und verständlich ist. Das zu sichern, ist zwar Aufgabe der Technik, aber auch der Redakteur muß das Seine dazutun, vor allem bei Gebrauch und Handhabung des Mikrofons.

Mikrofon ruhig halten

Schwenken kann problematisch sein, es erzeugt oft Nebengeräusche. Außerdem fördert es einen schematischen Frage-und-Antwort-Rhythmus. Wichtig ist, daß das

Mikrofon im richtigen Abstand gehalten wird. Dabei kann es notwendig sein, unterschiedliche Lautstärken von Interviewer und Interviewtem zu berücksichtigen.

Hintergrundgeräusche mitberücksichtigen

Wenn die Hintergrundgeräusche laut sind, müssen die Interview-Partner näher zusammenrücken. Das Mikrofon muß dann näher bei den Lippen von Interviewtem und Interviewer sein.

Hintergrund beim Fernseh-Interview

Beim Fernsehen hat der Hintergrund auch noch eine visuelle Dimension: Wo soll das Interview aufgenommen werden? Wenn diese Frage nicht nach organisatorischen Gesichtspunkten entschieden werden muß (Hintergrund vorgegeben, wenig Zeit zur Auswahl), wird – abgesehen von Studio-Interviews – am besten im Milieu des Interview-Partners interviewt. Das ist nicht nur von der Interview-Psychologie sehr vorteilhaft, sondern es ist auch für die Zuseher glaubwürdiger. Auf keinen Fall sollte aber der Hintergrund vom Interview ablenken. Normalerweise ist also ein ruhiger Hintergrund ohne eigenen visuellen Informationswert zu wählen.
Ein häufig vorfindbarer Fernseh-Interview-Hintergrund vom Typus Generaldirektor in der Fabrikhalle ist nach diesen Gesichtspunkten fragwürdig. Es besteht dabei nämlich die Gefahr, daß für den Zuseher der Produktionsprozeß im Hintergrund interessanter und informativer ist als das eigentliche Interview. Abgesehen davon sind manche Interviews mit Generaldirektoren vor Fabrikmaschinen deplaziert, weil auch die Zuseher wissen, daß der Generaldirektor die Fabrikhalle nur für das Interview betreten hat. Das kann anbiedernd wirken.

Aufstellung beim Fernseh-Interview

Beim Fernseh-Interview gibt es schließlich auch noch das Problem, wie sich Interviewer und Interviewter vor der Kamera aufstellen sollen. Dafür gibt es nur die Grundregel, daß der Interviewte die Hauptperson ist; vor allem der oder die Interviewte soll daher zu sehen sein. Im allgemeinen wird das Interview daher so aufgenommen werden, daß der Interviewte leicht zur Seite gewendet, aber von vorne zu sehen ist. Vom Interviewer wird am besten das Profil leicht gedreht von hinten gezeigt.
Bei der Aufnahme wird zwischen Totalaufnahmen und Großaufnahmen gewechselt. Totalaufnahme heißt in diesem Fall, der Interviewer und der Interviewte sind

beide zu sehen (der Interviewer manchmal nur angeschnitten); sie wird vor allem für die Fragen eingesetzt: Der fragende Redakteur und der zuhörende Interview-Partner sind dann zu sehen. Großaufnahme heißt in diesem Fall, es ist nur einer der beiden zu sehen: meistens nur der Interviewte im Brust- oder Kopfbild. Die Großaufnahme wird vor allem bei den Antworten eingesetzt. Sie ist aber auch bei Fragen möglich. Dann wird zwischen Fragen und Antworten mit der Kamera nicht gezoomt, sondern geschwenkt.
Grundsätzlich gilt auch hier, daß schöpferische Einfälle erwünscht sind. Die Interview-Bilder, die von einem Sender geboten werden, sollten nicht zu eintönig sein.

Der Schnitt des Interviews: Redaktionelles

Ein Interview, das nicht live gesendet wird, muß im allgemeinen bearbeitet, das heißt vor allem geschnitten werden. Dabei hat der Bearbeiter eine besondere Verantwortung, da das Interview durch den Schnitt genaugenommen verändert wird, ohne daß der Interviewte (von ganz wenigen Ausnahmen abgesehen) mitreden kann.

Grundsätze beim Schnitt

Es gilt der Grundsatz: **Schneiden ja – beschneiden nein! Durch den Schnitt darf das Interview gekürzt, die Aussagen dürfen aber nicht verfälscht werden!** Sicher wird kein Redakteur auf die Idee kommen, aus „ja" „nein" zu machen oder umgekehrt. Sicher wird kein Redakteur aus einer Antwort, an die eine Bedingung geknüpft ist, die Bedingung herausoperieren. Das wären nicht nur unzulässige Manipulationen, das wären Fälschungen.

Großer Graubereich

Es gibt aber einen Graubereich, in dem das Problem theoretisch schwer zu fassen ist. Dürfen zum Beispiel Aussagen, die der Interviewte mit seiner Antwort bewußt verbindet, obwohl sie im Grunde mit der Frage nichts zu tun haben, herausgeschnitten werden? Darf man, wenn der Interviewte erst nach der dritten oder vierten Nachstoßfrage entsprechend antwortet, die Nachstoßfragen herausschneiden und so die Fragenserie abkürzen? Es gibt keine allgemeingültigen Antworten. Alles hängt vom konkreten Fall ab. Diese Entscheidungen verlangen Fingerspitzengefühl und Schneidemoral. Und ohne ein gewisses Grundvertrauen zwischen Interviewtem und Interviewer ist dieses Problem für beide nicht befriedigend zu lösen. Dieses Grundvertrauen ist in Österreich im allgemeinen vorhanden. Das erleichtert den Radio- und Fernseh-Redakteuren die Arbeit; es verpflichtet sie aber gleichzeitig, diese Vertrauenskultur nicht fahrlässig zu behandeln.

Was darf geschnitten werden?

Relativ unproblematisch ist es, wenn ganze Frage- und Antwortblöcke herausgeschnitten werden, weil das herausgeschnittene Thema ja nicht vorgekommen wäre, wenn es der Interviewer nicht angesprochen hätte. Problematischer und verantwortungsbeladener ist die Kürzung innerhalb eines Themas. Dabei muß darauf geachtet werden, daß sich die Akzente nicht verschieben. **Besonders schwierig ist der Schnitt innerhalb einer Antwort. Er ist nur zulässig, wenn dadurch die Information, die der Interviewte offensichtlich geben wollte, nicht verändert wird.**

Dazu ein hilfreicher Hinweis: Eine arbeitstechnische Vorkehrung, durch die dem Schnitt und einem Vorwurf der Schneidewillkür von vornherein Grenzen gesetzt werden, ist die Wahrung eines akzeptablen Aufnahme-Sende-Verhältnisses. Das aufgenommene Hörfunk- oder Fernseh-Interview sollte im allgemeinen nicht um ein Vielfaches länger sein als die Sendefassung. Wenn drei oder fünf Minuten Sendezeit zur Verfügung stehen, kann nicht eine halbe oder gar eine Stunde aufgenommen werden. Dagegen könnte sich der Interviewte zu Recht wehren. Aber immer wieder: Auch in diesem Fall sind begründete Ausnahmen möglich.

Gegenschneiden

Ein Sonderproblem ist das sogenannte gegengeschnittene Interview, also wenn zwei oder mehrere Interviews gemischt werden. Diese Form sollte nur angewendet werden, wenn allen Interviewten dieselben Fragen gestellt wurden (Umfrage).

Grundsätzlich unzulässig ist es jedoch, jemand zu interviewen, dann jemand anderen darauf antworten zu lassen und das dann zu einem gegengeschnittenen Interview zusammenzubauen, ohne daß sich der erste Interviewte noch einmal wehren kann. Das Endprodukt wäre dann eine Art Diskussion, bei der immer derselbe das zweite und letzte Wort hat. Das wäre gegen den Grundsatz der Waffengleichheit und daher unfair.

Rechtliches zum Schnitt

Die Programmrichtlinien des ORF schreiben dem Redakteur in § 1.2.7 vor, dem Interviewten mitzuteilen, daß „Schnitte und andere Änderungen, insbesondere Kürzungen im Interesse der Sendung vorgenommen werden können und daß keinesfalls eine Garantie für die Sendung der Aufnahme gegeben werden kann". Diese Mitteilung darf der Redakteur nur unterlassen, wenn der Interviewte „Erfahrung im Umgang mit Hörfunk und Fernsehen" hat. In § 1.2.8 der Programmrichtlinien heißt es weiter: „Durch die Bearbeitung . . . darf die Aussage selbst nicht verfälscht werden."

Juristisch nicht eindeutig zu beantworten ist die Frage, ob Schneideanweisungen eines Interview-Partners berücksichtigt werden müssen. Medienjuristen antworten eher mit „Nein". Es könnte aber Ausnahmen geben, zum Beispiel wenn besondere Vertragsbeziehungen vorliegen. Eine solche Vertragsbeziehung wäre etwa eine inhaltliche Bedingung, unter der das Interview gegeben wurde.

Ebenso ungeklärt ist die Frage, ob ein Interview-Partner ein Interview zurückziehen kann. Medienjuristen beantworten auch diese Frage eher mit „Nein". Würde ein zurückgezogenes Interview dennoch gebracht, dürfte der Objektivitätsgrundsatz verlangen, daß den Hörern oder Sehern der Wunsch des Interviewten, die Aufnahme zurückzuziehen, mitgeteilt wird (der Wunsch kann als relevante Information angesehen werden, ohne die der Grundsatz der objektiven Auswahl verletzt wäre). Auch hier würden abweichende Vereinbarungen natürlich abweichende Folgewirkungen haben.

Es versteht sich von selbst, daß diese Fragen aber nicht nur rechtlich zu beurteilen sind, sondern auch nach den Regeln der Logik und der Fairneß, die ja für die gesamte „Interview-Beziehung" gelten. So ist der Wunsch, ein Interview zurückzuziehen, selbstverständlich dann zu erfüllen, wenn sich die Voraussetzungen, unter denen die Interview-Aufzeichnung gemacht wurde, geändert haben (z. B. Politiker ist inzwischen zurückgetreten).

Der Schnitt des Interviews:
Technisches für Fernseh-Interviews

Der Schnitt muß nicht nur redaktionell, sondern auch technisch sauber sein. Das ist beim Radio-Interview leichter als beim Fernseh-Interview, weil der Tonschnitt unhörbar, der Bildschnitt aber kaum unsichtbar sein kann. Dem Fernseh-Redakteur bieten sich zur Lösung dieses Problems mehrere Möglichkeiten an.

Schneiden ohne Rücksicht auf das Bild

Diese in der Fachsprache „Contergan-Schnitt" genannte Vorgangsweise sollte man nur anwenden, wenn es gar nicht anders geht – nicht aber aus Bequemlichkeit! Aus dieser Methode eine Tugend zu machen, also bewußt so zu schneiden, um sich demonstrativ zu den Schnitten zu bekennen, mag einen Redakteur befriedigen, kaum aber die Zuseher.

Wechsel von Totalaufnahme auf Großaufnahme oder umgekehrt

Dieser Schnitt wird nicht als störend empfunden, weil für den Zuseher der Eindruck entsteht, es wird mit zwei Kameras aufgenommen. Bei der Ein-Kamera-Technik ist diese Methode aber nur begrenzt anwendbar, weil es vom Aufnahmezufall abhängt, ob sie praktiziert werden kann. Ein Hilfsmittel kann die offene, kurze Regieanweisung sein („neue Einstellung"); sie kann aber das Interview-Klima stören, weil der Schnitt dann für geübte Interview-Partner schon während der Aufnahme deklariert wird.
Nützlich ist auch eine Regieanweisung an den Kameramann, bei Beginn jeder Frage sofort auf Totale zu gehen. Während dieser Kamerafahrt kann der Interviewer eine Floskel (z. B. „Damit . . . zur nächsten Frage") sagen, die dann herausgeschnitten wird, so daß ein sauberer Übergang von Groß auf Totale entsteht. Manchmal ist es auch möglich, sich durch ein „falsches Doppel" von einer anderen (weggeworfenen) Frage zu helfen und dieses Doppel als Zwischenschnitt zu verwenden.

Zwischenschnitte

Dem Interview wird für ein paar Sekunden über dem Schnitt eine andere Aufnahme eingefügt. Wenn kein direkter Zusammenhang des Zwischenschnitt-Bildes zum Interview-Inhalt gegeben ist, ist diese Methode daher nur mit Vorsicht anzuwenden. Leicht kann es bei einem direkten Zusammenhang gehen; zum Beispiel: Ein Augenzeugen-Interview wird mit den Unfallbildern unterschnitten.
Darüber hinaus muß die Bildaussage des Zwischenschnittes in ihrer Wertigkeit mit der Wortaussage des Interviews übereinstimmen, weil sonst der Manipulationsvorwurf auftauchen kann. Wenn zum Beispiel ein Vater meint, man könne Kinder ruhig hin und wieder an den Ohren ziehen, können dieser Aussage nicht Zwischenschnitte mit mißhandelten Kindern unterschnitten werden – das wäre ein krasser Fall; es gibt aber auch weniger krasse und dennoch problematische Fälle.

Gegenschüsse

Der zuhörende Redakteur wird eingeschnitten. Das sollte nur maßvoll eingesetzt werden. Die Methode hat den Nachteil, daß die Gegenschüsse am Aufnahmeort nachgedreht (warum nicht auch vorgedreht?) werden müssen. Wenn die Gegenschüsse perfekt sein sollen, müßte außerdem der redende Interviewte mit angeschnitten werden – eine Nachdrehprozedur, die für Medienfremde wie Mogelei wirken kann. Ein Gegenschuß ist nur plausibel, wenn der Interviewer vorher zumindest einmal als Frager zu sehen war. Also: „stummer" Gegenschuß in ein Statement ist unmöglich. Das wirkt wie eine Bildstörung.

Ein besonderes Problem: Bei Gegenschüssen sind „Achsensprünge" zu vermeiden. Wenn man sich die Blickrichtung vom Redakteur zum Interview-Partner und umgekehrt als Linie (Achse) denkt, muß die Kamera beim Gegenschuß auf derselben Seite der Achse sein wie bei der Interview-Aufnahme. Diese gedachte Achse darf nicht „übersprungen" werden. Dadurch wird die Kontinuität der Blickrichtung gewahrt. Es wird verhindert, daß die Blickrichtungen durcheinanderkommen, daß also der Interviewer (Interviewte) auf dem Fernsehbild einmal nach links und einmal nach rechts blickt. Das würde nämlich das räumliche Vorstellungsvermögen der Zuseher so verwirren, daß sie sich nicht mehr auskennen. Einfach zu merken: Der Interviewer muß im Interview von hinten und im Gegenschuß von vorne immer in dieselbe Richtung blicken, also entweder immer nach links oder immer nach rechts; ebenso der Interview-Partner.

Nachgestellte Zwischenfragen

Hier treten die gleichen Probleme auf wie beim einfachen Gegenschuß und zusätzlich noch das Problem, daß sich der Redakteur sofort am Aufnahmeort darüber klar werden muß, wo er beim Schnitt welche nachgestellte Zwischenfrage brauchen wird. Dabei ist es wichtig, daß die Fragen möglichst wortgetreu nachgestellt werden, weil sonst der Zusammenschnitt problematisch werden kann.

Aufnahme mit zwei Kameras

Diese Methode wäre natürlich die beste. Sie ist aber die aufwendigste und daher nur in Ausnahmefällen, zum Beispiel bei Großinterviews, möglich. Wichtig ist dabei, daß vor der Aufnahme eine klare Rollenverteilung bei den Kameraleuten festgelegt wird.

Rudolf Nagiller

Gesprächs-Situationen*

Interview, das ist ja nun wirklich nicht nur das, was in der Regel darunter verstanden wird, nämlich jene klassische journalistische Stilform, die in den meisten Zeitungen kaum noch vorkommt.
Interview ist vielmehr alltägliches Handwerkszeug. Journalisten machen Tag für Tag Interviews, ohne daß sich das Ergebnis als Frage-und-Antwort-Spiel in der Zeitung niederschlägt. Interview machen, das ist in erster Linie recherchieren. Und deshalb sollte das Interview auch in allen Redaktionen als wichtige Handfertigkeit vermittelt und immer wieder geübt werden.
Deshalb wurde für das Kapitel „Gesprächs-Situationen" zusammengetragen, was Journalisten in solchen Gesprächen alles falsch machen. Aber nicht nur das. Erfahrene Reporter und Redakteure haben dem Autor verraten, wie sie aus solchen verfahrenen Situationen wieder herauskommen oder – noch besser – gar nicht erst hineinkommen.

* Dieser Beitrag stammt aus dem „ABC des Journalismus" (München, Ölschläger 1990) und wurde von Autor Hans-Joachim Schlüter für dieses Buch neu bearbeitet.

Vorgespräch

Journalist

Der Journalist kann kein Interesse an einem Vorgespräch haben. Wegen der Zeiteinteilung sollte er höchstens mit Stichwörtern die Aspekte des Interviews andeuten. Wenn er bemerkt, daß der Interview-Partner daraus bestimmte Schlüsse gezogen hat und ausweichen will, muß er seine Fragestrategie ändern.

Interview-Partner

Der Interview-Partner ist in der Regel sehr daran interessiert, Näheres über den Interview-Ablauf zu erfahren. Erfahrene Gesprächspartner stellen sich darauf ein; Überraschungsmomente fallen weg, und das Interview wird dadurch zwangsläufig steifer. Außerdem besteht die Gefahr, daß der Interview-Partner den Gesprächsverlauf geschickt verzögert, um unangenehmen Fragen möglichst lange ausweichen zu können. Bei detaillierter vorheriger telefonischer Absprache versucht der Partner nicht selten durch Hinzuziehen weiterer Fachleute usw., sich besser abzusichern.

Informationsziel

Journalist

Die Aufgabe des Interviews ist es, möglichst viele Informationen zu bekommen und an den Leser weiterzugeben. Dennoch muß das Ziel von vornherein begrenzt werden, damit nicht zu viele Aspekte nur angetippt werden. Da es Aufgabe des Interviews ist, Meinungen und Fachwissen zu vermitteln, sollte ein Interview nicht zum Meinungsaustausch mißraten. Der Leser soll sich anhand von Fakten seine eigene Meinung bilden können. Der Journalist darf im übrigen nicht zulassen, daß der Partner immer wieder Unterschiede zwischen einer „amtlichen" und einer „persönlichen" Meinung macht.

Interview-Partner

Der Gesprächspartner hat oft gegenläufige Interessen. Er will die Chance nutzen und loswerden, was er auf dem Herzen hat. Das Interview wird so zur Selbstdarstellung. Gleichzeitig will der Partner aber möglichst wenig Informationen geben; wenn der Journalist nach Fakten fragt, wird er oft mit der Floskel antworten: „Meine persönliche Meinung ist . . ." Wenn der Informationsstand zwischen Interviewer und seinem Partner ungefähr gleich ist, wächst übrigens die Gefahr, daß das Interview zu einem Meinungsaustausch wird.

Gesprächsklima

Journalist

Die emotionale Beziehung zwischen dem Journalisten und dem Interview-Partner spielt eine wichtige Rolle, deshalb muß ein gutes Gesprächsklima hergestellt werden. Wenn Auseinandersetzungen vorausgegangen sind, ist das besonders schwierig, aber gerade dann muß der Partner eine faire Chance bekommen.

Interview-Partner

Der Interview-Partner nützt unter Umständen Heimvorteile aus, indem er beispielsweise eine Sitzordnung zu ungunsten des Journalisten wählt, Störfaktoren nicht abstellt oder unerwartet weitere Gesprächspartner hinzuzieht.

- Der Gesprächspartner darf auch im harten Interview nicht an den Pranger gestellt werden.
- Statusunterschiede müssen zwar beachtet werden, aber der Journalist darf sie auf keinen Fall (vor allem nicht nach unten) ausspielen. Das heißt, niemand aus einer überlegenen Position heraus zu Antworten veranlassen.
- Negative Emotionen und der Eindruck vorgefaßter Meinungen müssen vermieden werden.
- Der Journalist muß sich informiert zeigen, sollte aber nicht Angelesenes einfach abladen.
- Wenn ihm die Sitzordnung – aus welchen Gründen auch immer – nicht behagt, sollte er couragiert auf einen anderen Platz bestehen.
- Falls sich der Gesprächspartner während des Interviews z. B. von seiner Sekretärin eine Unterschriftenmappe vorlegen läßt (Störfaktor) und nebenbei zu lesen beginnt („Das stört Sie doch nicht?"), dann sollte der Journalist deutlich sagen, daß ihn das sehr wohl stört und daß er gerne warte, bis das Interview fortgesetzt werden kann.

Auf vorgefaßte Meinungen wird er mit Einsilbigkeit oder der direkten Frage „Warum fragen Sie, wenn Sie alles besser wissen?" reagieren.

Wenn der Gesprächspartner beim Journalisten Unsicherheit aus Mangel an Wissen feststellt, dann wird er dies weidlich ausnützen. Dagegen ist kein Kraut gewachsen, es sei denn, der Journalist bereitet sich beim nächsten Mal besser vor.

Der Interview-Partner hat aber auch seine kleinen menschlichen Schwächen, die der Journalist für sich nutzen kann. Wenn er empfänglich ist für Zustimmung, sollte man davon Gebrauch machen, das erhöht den Redefluß. Auch Titel gehören dazu, man muß sie ja nicht alle abdrucken! Wenn er Bildersammler ist oder gar gemeinsame private Interessen mit dem Journalisten hat, dann könnte auch dies in der sogenannten „Quasselphase" genutzt werden, um ein gutes Gesprächsklima herzustellen.

	Journalist	Interview-Partner
Einstieg	Der Journalist kann gelegentlich mit Fragen beginnen, die dem Partner angenehm sind. Diese „Quasselphase" kann in den meisten Fällen hinterher gestrichen werden, ohne das Interview zu verfälschen. In der Regel jedoch mit Hilfe der journalistischen „W's" kurz und präzise fragen und höchstens einen Satz anhängen, der dem Partner eine leichtere Interpretation der Frage erlaubt. Für die Einstiegsphase Fragen schriftlich (!) vorbereiten, aber nicht an ihnen hängen – das macht unbeweglich.	Der Partner neigt besonders am Anfang zu „grundsätzlichen Erklärungen" und „Richtigstellungen" nach dem Motto „Was Sie da neulich in Ihrer Zeitung geschrieben haben . . ." Der Journalist muß sehr darauf achten, daß ihm der Partner in dieser Phase nicht einen bestimmten Interview-Ablauf aufzwingt.
Unterstellungen	Viele Journalisten neigen dazu, in ihre Fragen Unterstellungen einzubauen. Zum Beispiel: „Sie haben eine erfolglose Spielzeit hinter sich, welche Pläne haben Sie für 1983/84?"	Nur der ungeübte Partner wird froh sein, wenn der Journalist nicht länger an dem für ihn unangenehmen Thema („erfolglose Spielzeit") bleibt. Er wird auf die angehängte Frage antworten. Der Jesuit Rupert Lay jedoch empfiehlt in seinem Buch „Dialektik für Manager" (rororo), der Interview-Partner soll in solchen Fällen „aufpassen, sich wehren, richtigstellen!"
Frageketten	Kurz und bündig fragen; nie mehrere Fragen aneinanderkoppeln. Wer langatmig fragt, bekommt auch langatmige Antworten.	Frageketten ermöglichen es dem Partner, zunächst den ihm angenehmen Aspekt herauszugreifen und unangenehme Teile der Frage zu umgehen.

Langatmig

Journalist

Je größer der Statusunterschied, umso schwieriger ist es, einen Gesprächspartner zu unterbrechen. Möglichkeiten sind:

- „Darauf kommen wir später zurück."
- Zeitmangel vortäuschen.
- Den Leser vorschieben, indem man behauptet, das interessiere ihn wohl nicht sonderlich.
- Durch Gesten andeuten, daß man unterbrechen möchte.

Rhetoriker empfehlen, das Ende eines Satzes zu erahnen und mitzusprechen, um so wieder die Gesprächsführung an sich zu reißen. Das erfordert jedoch Übung und viel Erfahrung.

Interview-Partner

Langatmigkeit kann viele Gründe haben:

- Der Gesprächspartner ist es von Natur aus.
- Er will Zeit gewinnen.
- Er will dem Thema bzw. bestimmten Aspekten ausweichen.

Der erfahrene Interview-Partner folgt nämlich generell der Regel: Solange er redet, kann er nicht gefragt werden.

Anknüpfende Antworten

Journalist

Der Journalist muß im Gespräch sehr darauf achten, daß der Partner nicht die Richtung des Interviews bestimmt. Er muß strikt Linie halten und aufpassen, ob die von ihm gestellten Fragen wirklich beantwortet wurden oder ob er nicht durch Ablenkmanöver getäuscht worden ist. Aus diesem Grunde stets Notizen machen, auch wenn ein Tonband mitläuft!

Interview-Partner

Der schon zitierte Rupert Lay empfiehlt denen, die Interviews geben müssen: „Durch Form und Inhalt der Antwort die nächste Frage evozieren, da viele Interviewer an den letzten Satz anknüpfen."
Er rät also dazu, Aspekte an das Ende einer Antwort zu verlagern und besonders zu betonen, damit der Journalist dieses Thema aufgreift.

Geheimhaltung

Journalist

Häufig werden Journalisten mit dem Hinweis auf die Pflicht zur Geheimhaltung abgewiesen.
Oft ist schwer zu erkennen, ob es sich nur um eine Schutzbehauptung handelt oder ob eine Geheimhaltung tatsächlich notwendig ist. Das muß hartnäckig ergründet werden. Durch Zusatzfragen kann der Journalist auch erkennen lassen, daß zu dem Thema ohnehin schon einiges in der Öffentlichkeit bekannt ist.
Der Gesprächspartner tritt dann oft die Flucht nach vorne an, er will „zurechtrücken".

Interview-Partner

Gesprächspartner des Journalisten berufen sich nicht nur in militärischen Fragen gern auf:

- die Geheimhaltungspflicht,
- die Intimsphäre
- und auf noch nicht abgeschlossene Untersuchungen und Verfahren.

Nur selten wird eine schlüssige, fundierte Begründung dafür mitgeliefert.
Übrigens wird häufig versucht, den Journalisten zum Mitwisser zu machen, ihn aber zum Schweigen zu verpflichten.

Aspekte verschweigen

Journalist

Wer als Journalist schlecht vorbereitet in ein Gespräch geht, wird oft nicht bemerken, daß sein Gegenüber ganze Aspekte einfach verschweigt. Solche Lücken können nur durch hartnäckiges Nachfragen geschlossen werden.

Interview-Partner

Rupert Lay empfiehlt den Gesprächspartnern von Journalisten natürlich genau das Gegenteil:
Nicht ins freiwillige Reden verfallen, sondern kurz und bündig antworten. Ausplaudern vermeiden. Wörtlich rät er:
„Die Antwort muß wahr sein. Aspekte, die nicht erfragt sind, weglassen."

Ausweichende Antworten

Journalist

,,Jein"-Antworten sowie ein kurz angebundenes ,,Nein" oder ,,Ja" erfordern, daß der Journalist nachfaßt.

- ,,Was heißt das . . .?"
- ,,Können Sie das unseren Lesern erläutern . . .?"
- ,,Das verstehen wir nicht ganz."

Den Partner hartnäckig auf das Gesprächsthema zurückführen.

Interview-Partner

Sätze wie: ,,Ich möchte zunächst einmal . . ." oder ,,Jein-Antworten" deuten immer darauf hin, daß der Gesprächspartner einer unangenehmen Frage ausweichen will. Besonders gefährlich für den Journalisten wird es dann, wenn der Interviewte zu diesem Zweck in die Welt der Parabel ausweicht, Journalisten stürzen sich nämlich allzugern auf bildhafte Darstellungen!

Fachwissen/ Fachchinesisch

Journalist

Selbst wenn der Journalist eine entsprechende Vorbildung hat, darf er im Gespräch mit einem Fachmann nicht in dessen Sprache verfallen.

- Zu Beginn des Interviews um Klarheit und Einfachheit bitten.
- Fremdwörter und unklare Begriffe durch Nachfragen verständlich machen.
- Verständlichkeit durch Beispiele fordern.

Interview-Partner

Der zum Interview gebetene Fachmann hat es stets mit seinesgleichen zu tun, er setzt auch beim Journalisten Informiertheit voraus. Er muß im Gegensatz zum Journalisten den Leser nicht im Auge haben.
Häufig wollen solche Leute auch ihr Wissen als ,,Herrschaftswissen" für sich behalten und verschleiern deshalb bewußt.

Rollentausch

Journalist

Der Journalist muß, um Rückfragen seines Partners zu verhindern, mehrdeutige Fragen durch Prägnanz vermeiden. Einen Rollentausch muß er auf jeden Fall verhindern: „Wir fragen!"

Interview-Partner

Nur selten wird eine Gegenfrage oder Rückfrage gestellt, weil der Gesprächspartner eine Frage nicht verstanden hat. Meistens werden Gegenfragen gestellt, um Zeit zu gewinnen, um überlegen zu können. Die Strategie, Gegenfragen zu stellen, wird auch als Mittel empfohlen, um das Konzept eines Interviews an sich zu reißen.

Schlußfrage

Journalist

Der Journalist hat den Vorteil, das Ende eines Interviews bestimmen zu können. Er hat in dieser Phase folgende Möglichkeiten:

- Zusammenfassen
- Interpretieren
- Festnageln

Unterbleiben sollte die dümmliche Floskel: „Nun kommen wir zur letzten Frage." Es könnte ja sein, daß die letzte Antwort des Interview-Partners doch noch eine weitere Frage notwendig macht.

Interview-Partner

Der Partner wird am Ende des Interviews besonders ausgewogen formulieren. Er kann mit Recht erwarten, daß ihm der Journalist jetzt Zeit zum Nachdenken läßt. Er wird den Journalisten unterbrechen, wenn er ihn falsch interpretiert hat. Er wird sich nichts unterschieben lassen, sondern die Endphase des Interviews für Richtigstellungen und Interpretationen von seiner Seite nutzen.

Hans-Joachim Schlüter

Literatur (zu Interview):

Zeitung

BRENDEL, Detlef, und GROBE, Bernd E.: Journalistisches Grundwissen. Darstellung der Formen und Mittel journalistischer Arbeit und Einführung in die Anwendung empirischer Daten in den Massenmedien. München: Verlag Dokumentation, 1976.

KOSZYK, Kurt, und PRUYS, Karl Hugo (Hrsg.): Handbuch der Massenkommunikation. München: Deutscher Taschenbuch Verlag, 1981.

LA ROCHE, Walther von: Einführung in den praktischen Journalismus. 11., überarb. Aufl. München: List Verlag, 1989.

MEYER, Werner: Zeitungspraktikum. Auszug aus der Loseblattsammlung „Journalismus von heute". Percha am Starnberger See: R. S. Schulz, 1990.

NOELLE-NEUMANN, Elisabeth; SCHULZ, Winfried; WILKE, Jürgen (Hrsg.): Fischer Lexikon Publizistik/Massenkommunikation, Frankfurt, Fischer 1989.

PROJEKTTEAM LOKALJOURNALISTEN (Hrsg.): ABC des Journalismus. 6. Aufl. München: Verlag Ölschläger, 1990.

PROJEKTTEAM LOKALJOURNALISTEN (Hrsg.): abc für Volontärs-Ausbilder. München: Verlag Ölschläger, 1982.

PROJEKTTEAM LOKALJOURNALISTEN (Hrsg.): Lehrbeispiele mit Randbemerkungen. Eine Ergänzung zum Abc für Volontärsausbilder. München, Ölschläger 1985.

ROLOFF, Eckart Klaus: Journalistische Textgattungen. München: R. Oldenbourg Verlag, 1982.

Radio

ARNOLD, Bernd-Peter: Hörfunk-Information. Hinter den Kulissen des schnellsten Nachrichtenmediums. Opladen: Leske Verlag und Budrich GmbH, 1981.

FRENZEL, Ivo: Medien-Gespräche. Die Rolle von Diskussionen, Interviews und Talk-Shows in Funk und Fernsehen. In: Bertelsmann Briefe. 1976, Heft 88, S. 7–10.

LA ROCHE, Walther von, und BUCHHOLZ, Axel (Hrsg.): Radio-Journalismus. Ein Handbuch für Ausbildung und Praxis im Hörfunk. 3. Auflage. München: List Verlag, 1987.

Fernsehen

HOFMANN, Rolf-Rüdiger: Politische Fernsehinterviews. Eine empirische Analyse sprachlichen Handelns. Tübingen: Max Niemeyer Verlag, 1982.

KOEBNER, Thomas: „Verhör" und „Bekenntnis" – und andere Spielarten des Fernsehinterviews. In: Fernsehsendungen und ihre Formen. Hrsg. von Helmut Kreuzer und Karl Prümm. Stuttgart: Reclam Verlag, 1979.

RUGE, Peter: Praxis des Fernsehjournalismus. Ein Handbuch für Zuschauer, Kritiker und Publizisten. Freiburg – München: Verlag Karl Alber, 1975.

SCHULT, Gerhard, und BUCHHOLZ, Axel (Hrsg.): Fernseh-Journalismus. Ein Handbuch für Ausbildung und Praxis. München: List Verlag, 1984.

STRASSNER, Erich: Fernsehnachrichten. Eine Produktions-, Produkt- und Rezeptionsanalyse. Tübingen: Max Niemeyer Verlag, 1982.

WEMBER, Bernward: Wie informiert das Fernsehen? Ein Indizienbeweis, 3., erw. Auflage. München: List Verlag, 1983.

Reportage in der Zeitung

Mit kaum einer anderen journalistischen Stilform wird so viel Schindluder getrieben wie mit der Reportage. Und dies, obwohl der Journalismus im deutschsprachigen Raum Reportagen-Schreiber wie Egon Erwin Kisch und Hans Habe hervorgebracht hat. Schuld daran ist, daß kaum noch eine Redaktion die strenge Trennung der verschiedenen Stilformen pflegt, geschweige denn dem Nachwuchs die feinen Unterschiede lehrt. Im journalistischen Einheitsbrei ist dadurch viel Virtuosität verlorengegangen.

- Als Reportage wird heutzutage fälschlicherweise fast alles bezeichnet, was schreiberisch über den bloßen Nachrichtenstil hinausgeht: farbige Berichte also und Features, die mit der klassischen Reportage nichts gemeinsam haben.
- Auch wird die Reportage falsch eingesetzt. Viele Redaktionen verplempern sie für 08/15-Themen und als Füller während der sogenannten Saure-Gurken-Zeit.

Die Reportage jedoch ist die **besondere journalistische Leistung,** ein exklusives Transportmittel für Informationen. Sie macht trockene Zahlen lebendig, Hintergründe durchsichtig und abstrakte Problematik menschlich. Reportage, das ist, als habe der Leser dem Journalisten während der Recherche über die Schulter geschaut!

Eine Definition

„Die Reportage ist ein tatsachenbetonter oder tatsachenorientierter, aber persönlich gefärbter Erlebnisbericht, besonders über Handlungen" (Fischer-Lexikon der Publizistik).

Drei Elemente also hat die Reportage:

- Sie gehört neben der Nachricht, dem Interview und der Dokumentation zu den „tatsachenbetonten oder tatsachenorientierten" Stilformen. Die Reportage ist **im Kern eine Nachricht.** Deshalb muß der Journalist für eine Reportage genauso gründlich recherchieren wie für die Nachricht.
- Mit der Forderung nach **„persönlichen Erlebnissen"** wird der Unterschied zur Nachricht deutlich – dort haben persönliche Eindrücke bekanntlich nichts verloren. Deshalb kann eine Reportage niemals vom grünen Tisch aus geschrieben werden. Der Journalist muß in das Geschehen eintauchen.

- **Handlungen** sind das typischste Merkmal der Reportage. Der Journalist selbst kann dabei der Handelnde sein. Deshalb darf er in seiner Reportage Handlungen nicht abstrahieren, nicht in Beschreibungen auflösen, sondern er muß sie für den Leser als lebendiges Element erhalten.

Nur wenn der Dreiklang dieser Elemente stimmt, erfüllt die Reportage ihre Aufgabe, aktuelle Themen einem großen Leserkreis näherzubringen.

Merksätze:

- Die Reportage kann die Nachricht nicht ersetzen, nur ergänzen.
- Sie ist ein Transportmittel für nachrichtliche Inhalte.
- Sie ist die journalistische Möglichkeit, Themen ans Publikum zu bringen, die der Leser in trockener Nachrichtenform und ab einer bestimmten Länge nicht akzeptieren würde.
- Sie soll dem Leser das Gefühl vermitteln, er sei „dabeigewesen".
- Die Reportage ist Information und Unterhaltung zugleich.

(Siehe auch Anhang zur Reportage I, Seite 147.)

Ein Beispiel

1932, als die Weltwirtschaftskrise Europa erschütterte, schrieb der österreichische Publizist Hans Habe für die „Wiener Sonn- und Montagszeitung" die Reportage „Die Hölle von Steyr". Seine heute, nach 50 Jahren, immer noch unter die Haut gehende Schilderung der hungernden Stadt Steyr wurde damals in 80 in- und ausländischen Zeitungen nachgedruckt. Sie löste eine Welle der Hilfsbereitschaft aus.

Das Bekenntnis

Habe beginnt seine Reportage mit einem selbstkritischen Bekenntnis: „Hunger und Elend, Arbeitslosigkeit und Not: täglich gebrauchte Worte und Begriffe, täglich empfundene Schmerzen – die gemarterte Welt hat gelernt, stumpf an den Erscheinungen der Zeit vorbeizugehen. Ein Akt der Selbstwehr und des Erhaltungstriebes: Man kann nicht all das Elend, das sich ringsum der Menschen bemächtigt hat, auf sich einstürzen lassen, ohne selbst zugrunde zu gehen. Nur manchmal noch bricht sich ein Ereignis, grauenhaft und unbegreiflich, durch die Gasse der Stumpfheit und Resignation Bahn."

Die Basisinformation

Die Grundinformation für seine Reportage fand Habe im Nachrichtenteil der Zeitungen. Eine nüchterne Bestandsaufnahme nur, die, so gedruckt, kaum einen Menschen rührte:

„Das Alarmsignal kommt aus der zweitgrößten Stadt Oberösterreichs. Der Bürgermeister der Stadt Steyr hat in der jüngsten Sitzung des Gemeinderats mitgeteilt, daß von den zweiundzwanzigtausend Einwohnern der Stadt etwa elftausend vollkommen erwerbslos, daß neunzig Prozent aller Kinder unterernährt sind, daß sich das Gespenst der Tuberkulose der Stadt bemächtigt hat und daß ein großer Teil der Bevölkerung darauf angewiesen ist, vom Betteln zu leben."

Nachrichten, lebendig gemacht

Für Habe war diese aus journalistischer Distanz geschriebene Tatsachenmeldung die Initialzündung. Er fuhr nach Steyr und zeigte die Schicksale, die hinter den toten Zahlen steckten. So zum Beispiel:

„Denn in Steyr steht man nicht auf vor dem Nachmittag. Man schläft so lange man kann, um den Hunger nicht zu spüren. Und im Winter, weil es im Bett doch erträglicher ist. Erst gegen Mittag, wenn an ein paar hundert Menschen Suppe verteilt wird, beleben sich die Straßen."

„In einer Baracke ereignete sich am Silvesterabend eine Tragödie. Gegen Mitternacht hat sich eine Frau das Leben zu nehmen versucht. Eine Tschechoslowakin. Sie war in den Steyr-Werken beschäftigt und wurde vor zwei Jahren ‚abgebaut'. Eine Unterstützung bezieht sie nicht. Sie nahm Salzsäure. Man rettete sie dem Leben. Welchem Leben? Und doch spricht man von dieser Frau, die ihre beiden Kinder alleine lassen wollte, mit leisem Vorwurf. Jedenfalls mit Mißbilligung. Man glaubt, das Unerträgliche ertragen zu müssen."

„Ein alter Arbeiter, er heißt Franz Wagner, ißt gierig, was ihm vom Betriebsrat gereicht wurde. Aber nur die Hälfte. Zu Hause warten seine Frau und drei Kinder. Er preßt die Menage-Schale an sich. Bahnt sich einen Weg. Hunderte strecken die Hände nach ihm aus. Die Bettler nach dem Bettler."

„An manchen Tagen sind die Schulzimmer überfüllt, sie dienen als Wärmestuben, an einen Unterricht ist nicht zu denken. Die eigentlichen Schulzimmer stehen leer. Die Entschuldigungen lauten: ‚Mein Sohn konnte gestern nicht zur Schule kommen, weil er keine Schuhe hat und es geschneit hat.'" Ein 08/15-Reporter dagegen hätte einfach geschrieben: Viele Kinder würden von ihren Eltern entschuldigt.

An diesem Beispiel wird deutlich, was Reportage ist: **Der Journalist muß sich zu den Betroffenen in den Rollstuhl setzen!**

Der Wechsel

Die Reportage ist in der Regel länger als die Nachricht (Bericht). Also ist es auch schwieriger, den Leser bis zur letzten Zeile zu fesseln. Wer nicht von Haus aus mitreißend schreibt und ein Feld „der elektrischen Spannung" erzeugen kann, muß deshalb das Thema mit immer wieder *wechselnden Mitteln* angehen. Vor allem Anfängern sei dringend empfohlen, die eine Reportage belebenden „Wechsel" bewußt zu verwenden. Was dadurch am Anfang noch konstruiert erscheinen mag, verliert sich mit zunehmender Erfahrung wie von selbst in einem gekonnten Reportagestil.

Sehr vereinfacht, aber bildhaft ausgedrückt, gleicht die Reportage mit ihrem Wechsel einem langen Eisenbahnzug: Ganz vorn zugkräftig und unter Volldampf die Lokomotive, dann im Wechsel Personen- und Güterwagen. In den Personenwagen geht es lebendig zu, in den Güterwagen sind die Informationen verpackt. Also: An die nachrichtliche Information schreiberisch ankoppeln, was sie belebt – oder umgekehrt.

Es gibt mindestens fünf Möglichkeiten zu wechseln:

- Wechsel der Perspektive (von außen/als Betroffener)
- Wechsel von Naheinstellung und Gesamtsicht (Einzelfall/Allgemeines)
- Wechsel der Aktualität (aktuell/latent aktuell)
- Wechsel der Tempi (Präsens/Perfekt)
- Wechsel der formalen Mittel (Erlebnisbericht/Stimmungsbild/Zitate/Dokumentation)

Beispiele:

Wechsel der Perspektive

Eine Reportage über eine Ballonsport-Gruppe steht auf dem Programm. Zunächst von *außen* schildern, wie es auf dem Startgelände zugeht. Hier lassen sich erste Informationen über den Ballonsport unterbringen: Kosten, Zeitaufwand, Ausbildung usw.

Dann kommt der erste Wechsel: Der Reporter ist mit einem Ballon aufgestiegen und schildert nun aus der Sicht des *Beteiligten* (Betroffenen) seine Erlebnisse.

Im Wechsel mit diesen Erlebnissen kann er dann nach Gutdünken immer wieder geschickt eingestreute Informationen aus der Sicht des (außenstehenden) journalistischen Fragers und Beobachters einbauen.

Wechsel Naheinstellung/Gesamtsicht

Am Ende des Vietnam-Krieges ging ein Bild um die Welt, das der Aufhänger für eine Reportage hätte sein können: Ein abgekämpfter amerikanischer Soldat trägt beim Rückzug nach Saigon ein kleines nacktes Vietnamesen-Kind auf dem Arm – heraus aus dem Elend, in die Sicherheit?

Die Reportage zum Bild: Der Reporter begleitet Soldat und Kind (roter Faden) ein Stück des Weges. An diesem Einzelschicksal (Naheinstellung) hängt er das Elend der Kinder Vietnams auf (Gesamtsicht), die in der Schlußphase dieses furchtbaren Krieges besonders zu leiden haben: Ein Kind gerettet – vielleicht –, aber Tausende, Abertausende anderer kleiner Vietnamesen verbrannt, verhungert, verschollen.

Wenn das spannend gemacht ist, dann will der Leser weiterverfolgen, wie es dem Kind auf dem Arm des GIs schließlich ergeht; wie nebenbei bekommt er den politischen Hintergrund vermittelt.

Aktuell/latent aktuell

Latent aktuell ist das Problem der Lebensmittel-Überwachung. Immer wieder wird gegen die Gesetzesbestimmungen verstoßen. Als wieder einmal ein aktueller Fall (Glykol-Skandal, Tschernobyl, Eier-Skandal usw.) vorliegt, nimmt ihn die Redaktion als Aufhänger für die Schilderung der latent aktuellen Situation. Etwa, indem der aktuelle Fall im Wechsel mit Schilderungen aus der Arbeit der Lebensmittel-Überwachung zum roten Faden der Reportage gemacht wird.

Wechsel der Tempi

Mit dem Wechsel der Tempi innerhalb ein und derselben Reportage kann der Journalist das Tempo beschleunigen oder verlangsamen. Präsens steigert das Tempo, macht die Reportage mitreißender, lebendiger. In der Vergangenheitsform Geschriebenes wirkt dagegen eher behäbig. Ein sinnvoller Wechsel der Tempi erzeugt Spannung. Geeignet ist diese Mischung zum Beispiel, wenn gerade Erlebtes mit einem Rückblick in die Vergangenheit kombiniert werden soll.

Wechsel der formalen Mittel

Ein beliebter, häufig in der Reportage angewandter Wechsel ist der Einsatz unterschiedlicher formaler Mittel. Mit einem Stimmungsbild wird zunächst Atmosphäre geschaffen, dann kommen als belebendes Element Erlebnisse hinzu, wiederum aufgelockert mit Zitaten und angereichert durch Dokumentationen. Die Reihenfolge ist selbstverständlich von Reportage zu Reportage unterschiedlich.

Die Recherche

Gefährlich ist die weitverbreitete Meinung, bei der Reportage müsse es der Journalist mit den Fakten nicht so genau nehmen. Die Reportage jedoch (im Kern eine Nachricht!) bedarf, wie die anderen journalistischen Stilformen auch, der gründlichen Recherche und Arbeitsvorbereitung. Wer sich unpräpariert an die Schreibmaschine setzt, wird sehr bald den roten Faden verlieren, den angestrebten Wechsel nicht durchhalten können und auf schlecht recherchierte Fakten stoßen. Wer sich so verrannt hat, kann sich nur noch in eine oberflächliche und nichtssagende Schreibe flüchten. Um dies zu vermeiden, sind drei Schritte notwendig:
– Sammeln
– Sichten/Ordnen
– Prüfen/Durchdenken
(Siehe auch Anhang zur Reportage II, Seite 147.)

Sammeln

- Schon vor dem Reportagetermin kann manches telefonisch oder im Archiv recherchiert werden. Das hat für den Journalisten den Vorteil, daß er vor Ort die Dinge besser beurteilen und gezielter erfragen kann.
- Am Ort des Geschehens auch Nebensächliches notieren, es könnte der „rote Faden" der Reportage werden. Handlungen, Bilder, Zitate, spontane Einfälle und Vergleiche sofort festhalten.
- Ein Diktiergerät (Kassettenrecorder) erleichtert manchmal die Arbeit des Reporters und erspart ihm bei Regen und Schnee steife Finger.
- Namen, Alter, Titel und Funktionen von allen Personen notieren, die in der Reportage eine Rolle spielen. Unvollständige Angaben erwecken beim Leser den Eindruck, der Reporter habe die Figur erfunden.
- Formulierungen wie „ungefähr", „etwa" und „schätzungsweise" haben auch in der Reportage nichts verloren. Die genauen Daten erfragen!
- Gute Formulierungen, die einem spontan einfallen, genauso festhalten wie Ideen für die Überschrift der Reportage.
- Randnotizen machen, wenn von der Redaktion aus noch Informationen eingeholt oder abgesichert werden müssen.

Sichten

Was der Journalist von einem Reportage-Termin in die Redaktion mitbringt, ist in der Regel durcheinander wie Kraut und Rüben. Während er das Material sichtet und ordnet, kommt gleichzeitig Linie in die Reportage, entstehen die Ideen für den „roten Faden" und für den Wechsel.

- Geübte Reportage-Schreiber übertragen ihre Notizen vom Block auf mehrere übersichtliche DIN-A4-Blätter. Es entstehen einzelne Blöcke mit zusammengehörenden Informationen, den Zitaten dazu und mit den eigenen Beobachtungen und Erlebnissen.
- Was kann wegfallen, weil es inzwischen unbedeutend ist; was muß wegfallen, weil es die Reportage überfrachten würde?
- Was ist unklar, wo fehlen noch Informationen? Wie können sie noch beschafft werden?

Übrigens hat diese Methode den Vorteil, daß wie von selber eine Linie in die Reportage kommt und daß man sie hernach (fast) aus dem Gedächtnis schreiben kann. Dadurch wird sie lockerer.

Durchdenken

- Welche Informationen sollen (müssen) in der Reportage transportiert werden?
- Welche Erlebnisse und Handlungen sind geeignet, die Informationen lebendig zu belegen?
- Was könnte der „rote Faden" sein? Läßt er sich auch wirklich bis zum Schluß durchziehen?
- Welches „Klima" soll in der Reportage vorherrschen? Die Sprache muß dem Thema angepaßt sein! Über ein Zigeunerlager kann nicht im gleichen Ton berichtet werden wie über einen Kongreß von Behinderten.

  Übrigens: Gute Reportage-Schreiber lassen das „Klima" in ihrer Reportage schon in der Hauptzeile erahnen, während sie dem Leser in der Über- oder Unterzeile sachliche Informationen geben.

Die Schreibe

Der Einstieg entscheidet darüber, ob der Leser bei der Stange bleibt. Die ersten fünf bis zehn Zeilen müssen ihn „anmachen", zum Weiterlesen zwingen. Sie müssen informativ und spannend sein. Der erste Absatz muß erkennen lassen, worum es geht, es darf nicht nur fabuliert werden. Die Reportage ist kein Krimi, in dem die Lösung erst am Schluß kommt! Im ersten Absatz muß außerdem das für die ganze Reportage typische „Klima" erzeugt und der „rote Faden" aufgenommen werden. Jawohl, die Reportage fordert den ganzen Journalisten!

Starthilfen sind:

- Eine Beobachtung, ein Detail, das die Aufmerksamkeit des Lesers bindet.
- Eine Szene, die Spannung bringt.
- Ein Gag, der den Leser belustigt und weiterlesen läßt.
- Ein Kontrast, der neugierig macht.
- Eine Provokation, die verärgert oder Zustimmung findet.

Zur Erinnerung: **Die Reportage soll Informationen liefern, die beim Leser haftenbleiben und gleichzeitig Menschliches in den Vordergrund holen. Das kann nur schreiberisch erreicht werden.**

- Handlungen als *Handlungen* wiedergeben und nicht in abstrakte Bilder auflösen.

Beispiel:
Wer da formuliert, „der Arbeitstag des Fließbandarbeiters X ist monoton", schreibt am Leser vorbei. Lieber schreiben, daß er ein und denselben Hebel den lieben langen Tag lang rauf und runter macht, zweitausendsiebenhundertdreiundneunzigmal.

- Wenn Schwieriges erklärt werden muß, plastisch werden soll, dann *Gleichnisse* und Vergleiche aus dem Alltag benutzen, mit denen der Leser etwas anfangen kann.

Beispiel:
Mit Maßeinheiten zum Beispiel kann der Leser dann nichts anfangen, wenn sie seine Vorstellungskraft übersteigen. Deshalb beeindruckende Dimensionen mit ortsbekannten Begriffen und Bildern belegen („so weit wie vom Bahnhof bis zum Regierungsplatz").
Immer wieder Konzessionen an den Bildmenschen machen, aber nicht abgedroschene, falsche oder überzogene Bilder verwenden! Das gleiche gilt für volkstümliche Sprüche. Sie müssen passen und stimmen! Ein Handbuch für Spruchweisheiten zu Hilfe nehmen (z. B. den berühmten „Büchner").

- Nicht leere Worthülsen verwenden, sondern dem Leser mit *plastischer Schilderung* das Aufregende, Schreckliche, Beeindruckende nahebringen. Er soll dem Reporter über die Schulter schauen und sich selbst ein Urteil bilden können.

Beispiel:
In einer Reportage über eine Katastrophe nicht schreiben: „Mich packte das Grauen", denn den einen packt es früher, den anderen später. Nichtssagend also! Besser schildern, was so grauenvoll ist.
Aber nicht nach Boulevard-Manier die Leichenteile und Blutlachen zählen, sondern in die Gesichter der überarbeiteten Helfer und der Überlebenden schauen. Sie sprechen Bände.

Beispiel:
Nicht formulieren: ,,Das war das Größte, was wir je erlebten.'' Schildern, was da so toll war, bildhaft herausarbeiten also. Der Leser wird es schon richtig einordnen können

Weitere Tips:

- Die Reportage nicht chronologisch aufziehen. Den interessantesten Aspekt (oder auch einmal ein Detail) nach vorne ziehen. In den chronologischen Ablauf findet man leicht wieder zurück.
- Nicht zu viele Informationen in die Reportage packen, sonst mißrät sie zur bloßen Aufzählung von Fakten und wird langweilig (die Reportage kann die Nachricht nicht ersetzen!).
- Der Reporter darf sich nicht in den Vordergrund drängen, wenn er selbst keine besondere Rolle darin spielt, schon gar nicht mit dümmlichen Fomulierungen wie: ,,Ich sagte . . .'', ,,ich ging . . .'', ,,ich fragte . . .''

(Siehe auch Anhang zur Reportage III, Seite 148.)

Die Inside-Reportage

Die Inside-Reportage ist die ausgeprägteste und schönste Form des Erlebnisberichtes, sie erfordert die hohe Kunst, das eigene ,,Ich'' unaufdringlich in die Reportage mit einzubringen. Wer noch nicht viel Erfahrung im Reportageschreiben hat, sollte die Finger von ihr lassen.
Die Inside-Reportage geht weit über das bloße journalistische Betrachten und Befragen hinaus. Der Journalist wird selbst Handelnder, Hauptakteur der Reportage, er steht im Mittelpunkt und Rampenlicht.
Die Gefahr der Inside-Reportage: Dem Leser wird suggeriert, der Schreiber kenne sich sehr gut aus auf dem Gebiet, über das er berichtet. Deshalb muß von der Schreibe her zu erkennen sein, daß diese journalistische Form sehr subjektiv ist, weil sie die Dinge aus einer Art Froschperspektive schildert.
Die Inside-Reportage kostet viel Zeit und Aufwand, oft vier, fünf Tage Vorbereitung und Arbeit, manchmal ist sogar eine Kurzausbildung erforderlich, wenn man etwa als Zimmermädchen im Hotel oder als Straßenbahnfahrer arbeiten will.
Wer als Redakteur einer Tageszeitung für eine Inside-Reportage in die Arbeitswelt eintauchen will, kann dies nicht tun, wie der Deutsche Günter Wallraff bei seinen Industrie-Reportagen. Er käme (wie Wallraff) nur einmal in eine Fabrik hinein, was nicht im Sinne der Zeitung sein kann, die ihren Lesern eine kontinuierliche Berichterstattung aus der Arbeitswelt bieten muß. Problematisch ist auch, ob man sich als

Journalist am Ort des Geschehens zu erkennen geben soll oder lieber inkognito bleibt. Im ersten Fall besteht die Gefahr, daß die Umgebung dem Journalisten ständig etwas vormacht, im anderen Fall die Gefahr, daß er ein Strafverfahren wegen Hausfriedensbruchs an den Hals bekommt.
Dennoch bleibt ein weites Feld für die Inside-Reportage, wenn man an Themen wie Statisten im Theater, Straßenbahnfahrer, Faschingsumzüge, Polizeiausbildung, Arbeit der Bergwacht usw. denkt. *Hans-Joachim Schlüter*

Anhang zur Zeitungs-Reportage:

Reportage/Anhang I
Merksätze

Definition:
Die Reportage ist ein tatsachenbetonter oder -orientierter, aber persönlich gefärbter Erlebnisbericht, besonders über Handlungen (Fischer-Lexikon der Publizistik).

- Die Reportage ist nicht nur ein besonders „farbig" geschriebener Bericht. Sie erfordert den ganzen Journalisten und bietet ihm die Möglichkeit, den ihm eigenen Stil zu entfalten.
- Weil die Reportage im Kern eine Nachricht ist, müssen die Fakten stimmen. Die Phantasie darf mit dem Schreiber nicht durchgehen.
- Die Reportage ist länger als die Nachricht. Deshalb ist es schwieriger, den Leser bei der Stange zu halten.
- Wichtig sind deshalb schon Überschrift und Einstieg, die den Leser fesseln müssen. Er soll Lust bekommen, weiterzulesen.
- Die Reportage lebt vom persönlichen Erlebnis, von Handlungen und dem Wechsel. Nicht dem Wechsel des Themas! Wechsel wird erreicht durch Betrachtung aus unterschiedlicher Perspektive, durch ein Spiel mit formalen Mitteln usw.
- Bei der Reportage soll der Leser das Gefühl bekommen, er sei dabeigewesen. Also: Beim Schreiben an den Bildmenschen denken, Gleichnisse, Vergleichbares aus dem Alltag heranziehen. Nicht abstrahieren!
- In einer Reportage kann nicht alles abgedeckt werden. Aber: Das anfangs aufgenommene Thema wie einen roten Faden bis zum Schluß halten!

Reportage/Anhang II
Checkliste

I.
1. Thema
2. Ziel
3. Welche Informationen sollen vermittelt werden?
4. Wo werden die „Erlebnisse" und „Handlungen" gesammelt?
5. Was muß wo (vorher) recherchiert werden?
   a)
   b)
   c)

II.
1. Stil/Art der Reportage
2. Der rote Faden könnte sein
3. Wechsel-Möglichkeit
4. Länge

5. Ergänzungen der Reportage
   a) Bilder
   b) Vorspann
   c) Tabellen
   d) Info-Service-Kasten
   e) Graphiken

Reportage/Anhang III
Typische Fehler

1. Chronologisch aufgezogen
   Vor allem Anfänger können sich nur schwer vom chronologischen Ablauf einer Geschichte lösen. Dadurch gerät die Reportage zur reinen Aufzählerei von Ereignissen.
   - Der Schreiber muß sich künftig ein Aufmerksamkeit heischendes Detail suchen (und sei es vom Schluß des Reportage-Erlebnisses!) und daran die Geschichte aufhängen.
   - Später, falls nötig, dennoch wieder zum chronologisch richtigen Ablauf zurückfinden.
2. Handlungen abstrahiert
   Tödlich für die Reportage ist dieser Fehler: Handlungen werden nicht als Handlungen erhalten, sondern in nichtssagende, abstrakte Formulierungen aufgelöst. Der Leser jedoch braucht „Bilder", um das Gefühl zu bekommen, er habe dem Reporter über die Schulter geschaut.
   - Dagegen gibt es ein einfaches Rezept: Nur noch (be)schreiben, was man sieht, und nicht gedanklich aufarbeiten!
   - Wo eine Handlung, eine Beobachtung schwer darzustellen ist, zum Gleichnis (aus dem Alltag des Lesers) Zuflucht nehmen.
3. „Ich" im Vordergrund
   In viele Reportagen von Anfängern fließt unmotiviert das „Ich" ein. Der Journalist wird zur Hauptperson, obwohl er selbst gar nicht Handelnder war, sondern nur sagte, fragte, meinte . . .
   - Das „Ich" grundsätzlich meiden, solange man nicht große Erfahrung im Schreiben von Reportagen hat.
5. Fakten stimmen nicht
   Die schlimmste aller Sünden! Nicht nur bei Anfängern kann man beobachten, daß der Schreibe zuliebe über Fakten leichtfertig hinweggegangen wird, obwohl die Reportage „im Kern eine Nachricht ist".
   - Es muß – wie bei der Nachricht auch – eine Checkliste zur Prüfung von Fakten herangezogen werden.

Beispiel für „Reportage in der Zeitung"

Bergtour in Oberösterreich

Wandern und in Schachteln schlafen

„Wanderbares Österreich" – jeder weiß mittlerweile, daß das kein Druckfehler, sondern ein ausnahmsweise einmal zutreffender Werbespruch ist. Wandern in immer neuen Variationen, nicht auf den Boulevards der Stöckelschuh-Brigaden, aber auch nicht in Klettersteigen, wo man ständig einen fremden Hintern vor sich hat. Pyhrn-Eisenwurzen, dieses noch ziemlich unbekannte Stückchen Allgäu in Oberösterreich, bietet die Alternativen. Wir zum Beispiel wanderten in einem einsamen Gebirgsmassiv und schliefen in einer Biwakschachtel.

Von der Hütte unseres österreichischen Freundes aus hatten wir die Herausforderung schon seit Jahren vor Augen: das Sengsengebirge. Mit ungefähr 20 Kilometern Länge und so an die drei Kilometer Tiefe gibt sich das Felsmassiv – aus der Ebene betrachtet – zwar recht gewaltig, aber es ist doch eher nur ein Klacks in der voralpinen Landschaft. Einheimische Könner überqueren dieses knapp 2000 Meter hohe Gebirge sogar im Winter der Länge nach innerhalb von 14 Stunden auf Skiern. Wir jedoch, Bergwanderer mittleren Grades, bekommen eher Angst vor der eigenen Courage, als wir in der spärlichen Literatur über dieses Gebiet lesen: ,,Neben Ausdauer sind Schwindelfreiheit und Trittsicherheit erforderlich, da ein Teilstück über einen sehr exponierten Grat führt. *Übernachtung in der Biwakschachtel ist unerläßlich." Biwak, und dann auch noch in einer Schachtel, das kann ja heiter werden!*

Die neuen Bergstiefel ächzen, als seien sie nicht bezahlt. Vielleicht ist der Eurocheque noch nicht eingelöst, denke ich. Und dann noch: Mensch, hättest du doch die Hirschtalgsalbe mit! Verrückt, was einem so alles durch den Kopf geht, wenn man fünf Stunden lang tausendundachtzehn Meter mit immerhin zehn Kilo auf dem Buckel aufwärts schnauft. Was heißt da schnaufen! Der Hamminger Franz (68), als ortskundiger Pfadfinder immer ein paar Schritte vor mir, kann nebenbei noch so mühelos Geschichten erzählen, als halte er unten in Kirchdorf einen Vortrag beim Alpenverein. Er ist kein Gipfelstürmer, dieser Hamminger. ,,Nicht mehr", sagt er, ,,mit 30 interessiert nur der Gipfel, später, was auf dem Weg dahin wächst und so." Die Farbenpracht von Enzianen und Eisenhüten meint er wohl, die vielen trichterförmigen Einbrüche im Fels (Dolinen), die krächzenden Kolkraben und die gerade brünstigen Hirsche, von denen er weiß, daß sie nachts tausend Meter weit und mehr ins Tal hinuntersteigen, um den Bauern Äpfel zu stehlen. Man fand sie in den Mägen erlegter Tiere. Ja, über seine Berge weiß der Hamminger Franz mehr als die schlauen Bücher, und deshalb will er auch nicht, daß zu dieser ,,urweltartigen Schönheit" eines Tages eine Autobahn heraufbrummt. Aber leider wird er wohl eher noch mit seinen 68 Jahren den Himalaja bezwingen als dieses Bauwerk verhindern.

Saubachalm (930 m): Verlassen, romantisch verfallen wie so mancher Hof in dieser Höhe, weil es nicht mehr lohnt, sich hier oben abzurackern. *Aber frisches Quellwasser sprudelt noch. Das letzte weit und breit. Erst morgen werden wir wieder auf eine Quelle stoßen. Also füllen wir unsere Zwei-Liter-Flaschen bis zum Schraubverschluß.* ,,Aber sparsam sein", werden wir ermahnt. Tatsächlich ist von nun an Wasser das Thema Nummer eins. *Sogar im Biwak ist später die Frage: Wieviel Wasser braucht der Mensch? ,,Zwei Liter pro Person für eine zweitägige Tour sind eh zu wenig", findet ein angehender Arzt aus Steyr, der abends mit Freundin und (fast) leerer Flasche zu uns stößt. Und dann fachsimpeln der Alte und der Junge doch tatsächlich ernsthaft über die Frage, ob es nicht vielleicht doch möglich wäre, notfalls an einem Rinnsal einen halben Liter Wasser aufzufangen.*

Der Hamminger Franz läuft gleichmäßig wie ein zuverlässiges Uhrwerk. Aus dem Takt kommt er nur, wenn er wieder einmal nach dem schmalen Jagdsteig sucht. Der ist hier und anderswo innerhalb der letzten Jahre häufig so zugewachsen, daß man schon Adleraugen braucht, um Reste davon auszumachen. ,,Die Herren Jäger fahren halt jetzt alle mit dem Wagen herauf'', sagt der Hamminger etwas geringschätzig. Oder noch schlimmer: Sie legen auf den ersten fünfzig Metern falsche Fährten, um Wanderer von den Jagdsteigen fernzuhalten. Das gibt dann in der Tat Probleme für Ortsunkundige. Kein noch so fleißiger Alpenverein kann da mit Pinsel und Farbe helfen, keine Wanderkarte so genau sein. Ein kundiger Führer wie der Hamminger Franz muß her. Achtung, es geht weiter! Er hat ein ,,Steinmandl'' entdeckt, wie es von fürsorglichen Bergwanderern zur Wegmarkierung aufgestellt wird – übereinandergeschichtete Steine, die reden können. Da machen wir an anderen unübersichtlichen Stellen gleich mit; wenn auch Hammingers Friedl und meine Frau einen drauflegen, bringen wir immerhin ein Männchen aus vier Steinen zusammen.

Jetzt läuft der Hamminger Franz wieder wie ein Uhrwerk, und ich kann meinen Gedanken nachhängen: *Ob es eine alte Schachtel ist, das Biwak? So eine Art Zigarrenkiste, bei der einer den Deckel zumacht? Möglicherweise ist es aber auch eine Höhle, hatte man im Tal vermutet, oder wie auf einem anderen Berg in dieser Gegend eine ausrangierte Liftgondel, in der zwei Bergwanderer sitzend (!) übernachten können?*

Nichts von alledem. Noch ein, zwei ,,Beißer'', wie der Hamminger Franz in die Knochen gehenden Partien nennt, und des Rätsels Lösung steht plötzlich in 1583 Metern Höhe vor uns in den Latschen: Ein Etwas aus Aluminium mit knallrotem Dach, eine angenehme Überraschung in Garagengröße mit hölzernen Betten, wärmenden Decken und Päckchensuppe nebst Kocher. Erst vor ein paar Tagen hat ein Alpenvereinler ins Hüttenbuch geschrieben: ,,Decken ausgebeutelt'', und darunter bezeugt ein Ehepaar aus Linz, daß man so viel Fürsorge durch den Österreichischen Alpenverein durchaus zu schätzen weiß: ,,Ruhe gesucht und gefunden.''

Insgesamt jedoch sind es, wie man aus dem Hüttenbuch herausliest, im Jahr noch nicht einmal 200 Individualisten (darunter vielleicht zehn Deutsche), die solche Einsamkeit für 7,50 Mark (Nichtmitglieder) suchen. Aber so hat man es ja wohl gewollt, als man 1976 mit viel Mühsal den Höhenweg durch die Latschen schlug und die Hütte in die Wand setzte. Folgt man Franz Hammingers Philosophie, dann sind die Biwaks sowieso bald die letzten Fluchtburgen für individuelle Bergwanderer, weil viele von den einst so beschaulichen Hütten unter dem Ansturm von Krethi und Plethi längst zu profitorientierten Gasthäusern geworden sind. Kommen die Massen womöglich auch noch hier herauf? Ein Anschlag an der Hüttenwand läßt Schlimmes befürchten: „Wenn es möglich war, volle Flaschen und Dosen heraufzubringen, dann wird es dir doch wohl möglich sein . . ." Andererseits: Wir sehen auf der zweitägigen Wanderung nur eine einzige achtlos weggeworfene Plastikflasche.

Der liebe Gott hat uns das Licht ausgeknipst. Die Gemsen, die gerade noch im Büchsenlicht aus ihrem Versteck in den Latschen heraustraten, sind nun nicht mehr auszumachen. Und das Kerzenstummellicht in der Hütte lädt auch nicht gerade zum langen Palaver ein. *Also darf bald geschnarcht und geträumt werden, von Biwakschachteln und Wasser oder von beidem oder von Wasser, das es morgen bei der Überquerung des Hochsengs (1838 m) womöglich aus Schachteln gibt . . .*

Quelle: Aus einer bundesdeutschen Sonntagszeitung

Die kursiv gesetzten Textstellen sollen auf den „roten Faden" hinweisen, der sich durch die Reportage zieht. Ein solcher roter Faden sollte unbedingt in jeder Reportage erkennbar sein.

Reportage im Radio

„Reporter, Reportage – das sind Lehnwörter aus dem Französischen. Wörtlich übersetzt heißt ‚reporter' zurückbringen, zurücktragen. Damit ist die entscheidende Voraussetzung für diese Tätigkeit schon gekennzeichnet: Der Reporter muß am Ort des Geschehens gewesen sein, um etwas in die Redaktion zurückbringen zu können. Ein Berichterstatter, ein Korrespondent, ein Kommentator braucht das nicht." Mit diesem Zitat von Hans-Joachim Netzer aus dem Buch „Radio-Journalismus" (hrsg. von Walther von La Roche und Axel Buchholz) ist die bedeutendste Grundvoraussetzung für die Reportage im Radio (und natürlich auch in Zeitung und Fernsehen) treffend genannt. In der journalistischen Praxis erweist sich die Radio-Reportage als eine der schwierigsten Künste, die dem Radio-Journalisten abverlangt wird. Er muß nämlich – und damit kommen wir gleich zu einer zweiten wesentlichen Voraussetzung für die Radio-Reportage – das Erlebte und Gesehene spontan in eine möglichst plastische Sprache umsetzen können, er muß dem Hörer akustisch Bilder und Szenen übermitteln. Darin besteht die besondere Kunst der Radio-Reportage, die beim Hörfunk-Journalisten einen reichen Wortschatz sowie große Wort- und Sprachgewandtheit voraussetzt. Besonders schwer hat es dabei der Sportreporter: Er muß – etwa bei einer Reportage über ein Skirennen – sich laufend wiederholende Vorgänge anschaulich beschreiben und soll dafür jedesmal von neuem gelungene Formulierungen und packende Schilderungen liefern, ohne sich dabei ständig zu wiederholen.

Wann macht man eine Reportage?

Über Ereignisse (und die meisten sind solche), bei denen kein Reporter dabei ist, kann man auch keine Reportagen machen. Der Hörfunk-Journalist kann daher nur in wenigen Fällen mit dem Stilmittel der Reportage arbeiten. Hans-Joachim Netzer nennt vier Fälle:

- Wenn ein Ereignis vorhersehbar ist (Staatsbesuch, Schauspielpremieren, kirchliche Feierlichkeiten, Begräbnisse etc.).
- Wenn der Ort des Ereignisses noch erreicht werden kann, solange es andauert (also wenn ein Reporter bei einer Brand- oder Unfallkatastrophe so rasch zur Stelle ist wie Feuerwehr und Rettung).
- In dem eher seltenen Fall, daß ein Reporter zufällig am Ort eines Geschehens ist und auch Tonbandgerät und Mikrofon bei sich hat.
- Wenn ein aufsehenerregendes Ereignis bereits vorüber ist, aber seine Folgen so schwerwiegend sind, daß man Betroffene, Zeugen, Helfer etc. noch befragen und dem Hörer ein umfassendes Bild vermitteln kann.

Journalisten, die im Österreichischen Rundfunk arbeiten, dürfen nicht übersehen, daß sie auch bei Reportagen die Verfassungsbestimmungen des Rundfunkgesetzes einhalten müssen: das sind insbesondere die Objektivität und Unparteilichkeit, die Berücksichtigung der Meinungsvielfalt und die Ausgewogenheit. Ebenso müssen die allgemeinen Programmrichtlinien berücksichtigt werden. Vor allem in der freien Rede (also ohne vorbereitetes Manuskript) ist es nicht leicht, keine Werbungen und Meinungen zu äußern. Das verlangt in Reportage-Situationen vom Journalisten große Selbstdisziplin – zugleich soll die Sprache einfallsreich und farbig sein.

Ein Ereignis schildern – Beispiel Großbrand

Die Reportage ist immer eine Beschreibung. Der Reporter schildert eine Situation, die sich vor seinen Augen abspielt, oder beschreibt eine Szenerie, der er sich gegenübersieht. Selten jedoch besteht eine Reportage nur aus der Schilderung eines Ereignisses. Andere Stilmittel des Radio-Journalismus werden in der Reportage auch eingesetzt. Nehmen wir etwa das Beispiel eines Großbrandes, über den in einer aktuellen Sendung in Form einer Reportage berichtet werden soll. Der Reporter ist aufgebrochen, als er vom Ereignis erfahren hat, und kommt gerade noch rechtzeitig zu den Aufräumungs- und Sicherungsarbeiten der Feuerwehr. Nehmen wir weiter an, daß die Reportage live in die Sendung eingespielt werden muß.

- Zuerst führt der Reporter den Hörer an den Schauplatz des Geschehens, indem er schildert, was er sieht.
- In einem Statement eines anwesenden Kommunalpolitikers erfährt der Hörer, daß der Brand gelöscht sei und die Feuerwehr gute Arbeit geleistet habe.
- Der Reporter berichtet einige Fakten, die er recherchieren konnte: Welches Gebäude abgebrannt ist, wem es gehört; wenn es ein historisches Gebäude ist, sagt er ein paar Sätze zu seiner Geschichte.
- Der Reporter interviewt Augenzeugen und läßt sich von ihnen Einzelheiten des Brandes schildern.
- Der Reporter holt gegebenenfalls den Einsatzleiter der Löschmannschaft vor sein Mikrofon und befragt ihn über Details der Löscharbeiten, die Gefährdung der angrenzenden Gebäude etc.
- Der Reporter befragt gegebenenfalls den Besitzer, ob er die Höhe des Schadens schon abschätzen kann.
- Der Reporter schließt mit einer kurzen Zusammenfassung, allenfalls noch mit einigen persönlichen Beobachtungen, und gibt dann zurück an das Studio.

Elemente der Radio-Reportage

Aus dem Ablauf dieser fiktiven Reportage lassen sich ihre einzelnen Elemente herleiten:

- Die **Beschreibung.** Sie ist der wichtigste Bestandteil einer Reportage. Sie lebt von der persönlichen Schilderung. Was der Journalist dazu unbedingt braucht, ist die Begabung, das Gesehene spontan in eine bildreiche Sprache umzusetzen.
- Das **Statement.** Es ist eine knappe Aussage (z. B. eines Betroffenen) im Originalton, ohne Zwischenfrage.
- Der **Bericht.** Im Bericht faßt der Reporter Fakten und ähnliches zusammen, die er weiß oder die er recherchiert hat.
- Das **Interview.** Bei größeren Reportagen ist das Interview nach der Beschreibung der wichtigste Bestandteil. Interviews in Reportagen leben von ihrer Unmittelbarkeit und nicht selten auch von Stimmungen, die darin zum Ausdruck kommen.
- Neben der Sprache sind alle anderen **Originaltöne,** also Musik, Geräusche und künstliche O-Töne, weitere wichtige Elemente, die eine Reportage „hautnah" werden lassen.
- **Weitere Elemente** einer Reportage können ferner eine historische Rückblende (Chronologie), das Porträt einer Person und ein Gespräch sein.

In der Reportage sind also die wichtigsten Darstellungsformen der Radio-Berichterstattung enthalten. Am wichtigsten bleibt die Schilderung. Ohne Schilderung gibt es keine Reportage. Auf jedes andere mögliche Element kann man erforderlichenfalls verzichten, nicht aber auf die Schilderung. In kaum einer anderen Darstellungsform kann ein Journalist persönlich so viel Farbe einfließen lassen und persönlichen Stil entwickeln wie in der Reportage.

Entwicklung der Radio-Reportage

In keinem anderen Bereich der Berichterstattung hat die Konkurrenz des Fernsehens das Radio so weit zurückgedrängt wie in der Reportage. Nahezu alle wichtigen und interessanten Ereignisse werden vom Fernsehen direkt übertragen. Die Phantasie des Medienkonsumenten muß nicht mehr durch packende Schilderungen angeregt werden, wenn dieser die Ereignisse selbst sehen kann. Trotzdem ist die Radio-Reportage keine sterbende Kunst. Sie kann nur – ausgenommen vielleicht die Sport-Reportage – nicht mehr darin bestehen, daß ein Reporter nur schildert. Sie muß raffinierter werden, also die formalen Möglichkeiten des Radios nutzen. Reportagen können durchaus im Studio gestaltet werden, und zwar aus allen zuvor genannten Elementen. Ziel ist es, den Hörer so unmittelbar wie möglich an einem Ereignis teilhaben zu lassen, zwar nicht in Echtzeit, dafür aber mit allen Vorteilen der gestalterischen Fähigkeiten. Das Element der Schilderung grenzt diese Form der Reportage vom gebauten Beitrag und auch vom Feature ab.

Was man bei Radio-Reportagen beachten soll

„Ich stehe hier mit meinem Mikrofon . . ." Wenn er eine Reportage macht, steht der Reporter immer irgendwo mit seinem Mikrofon; die Aussage zu Beginn seiner Reportage ist also sachlich richtig, aber nicht sehr originell. Man sollte sich einen anderen Weg überlegen, um dem Hörer mitzuteilen, daß jetzt eine Live-Reportage folgt. Das kann zum Beispiel die Angabe der Uhrzeit sein, wenn sie als Information relevant ist („11 Uhr 14, in diesen Sekunden ist die Maschine des Präsidenten ausgerollt . . .").

Der Live-Einstieg

Jeder Live-Einstieg muß genau überlegt sein. Am Beginn seiner Tätigkeit als Rundfunk-Journalist hat jeder Reporter Angst vor dem Augenblick, an dem er ganz allein auf sich gestellt, mit einem Mikrofon in der Hand, live auf Sendung ist. Da gibt es die Angst, steckenzubleiben oder sich zu versprechen, die Angst, etwas Dummes zu sagen, weil einem das Richtige nicht gleich einfällt und andere Ängste mehr.

Eine gute Hilfe für den Einstieg bei Reportagen ist es, sich in Stichworten, vielleicht auch in Sätzen aufzuschreiben, wie man beginnt. Ganze Sätze müssen im Stil der freien Rede formuliert sein, damit kein Bruch entsteht, wenn man in die freie Rede übergeht. Nach einiger Reportage-Praxis wird man sich selbst dabei überraschen, daß man sich zwar einen Beginn der Reportage aufgeschrieben, von ihm aber gar keinen Gebrauch gemacht, sondern einen mindestens ebensoguten Einstieg in völlig freier Rede gesprochen hat.

Geräusche als Live-Einstieg

Um dem Hörer das Gefühl zu geben, unmittelbar am Geschehen dabei zu sein, kann die Reportage auch mit einem spezifischen Geräusch beginnen: der Atmosphäre eines vollbesetzten Saales etwa oder dem Geräusch eines ausrollenden Düsenflugzeuges. Man läßt das Geräusch einige Sekunden wirken, bevor man zu sprechen beginnt, und trachtet, dem Hörer diese Atmosphäre des Schauplatzes sehr bald zu erklären. Nicht alle Geräusche, vor allem nicht solche, die aus einem Lautsprecher dringen, sind sofort und eindeutig für den Hörer identifizierbar. Man muß sich in solchen Fällen mit dem Tontechniker absprechen, der für die notwendige Tonregelung und Filterung sorgt. Oft ist für Geräusche eine andere Tontechnik erforderlich als für die Stimme des Reporters. Nicht selten verständigen sich beide einfach durch Handzeichen.

Stimmungen und Sprachduktus

Der Radio-Reporter darf sich von der tatsächlichen oder vermeintlichen Bedeutung eines Ereignisses, von persönlichen Eindrücken und Stimmungen nicht überwältigen lassen. Sparsam im sprachlichen Ausdruck sein, keine bombastischen Phrasen verwenden, keine Jahrhundertereignisse bejubeln. Vorsicht vor Superlativen. Bei Reportagen ist besonders auf den Sprachduktus zu achten. Auch die Reportage verlangt eine sachliche, klare Sprache. Esoterische Rhetorik und byzantinische Floskeln wirken eher peinlich. Die meisten Hörer wollen sich ihre eigenen Gedanken über ein Ereignis machen, und sie erwarten vom Reporter nur, daß er ihnen das Ereignis plastisch schildert und den Hintergrund dazu gut erhellt. Das genügt und erfordert vom Reporter ohnedies schon viel Wissen und Können.

Vorbereitung, Reservethemen

Auf Reportagen über vorhersehbare Ereignisse muß man sich unbedingt gut vorbereiten. Zuvor recherchierte Informationen und eigene Ideen und Gedanken müssen geordnet werden und sollten auf einem Merkzettel notiert sein. Oft genügen Stichwörter, zu denen man dann frei spricht. Es ist für den Reporter wie für den Zuhörer gleichermaßen unangenehm, wenn in einer Reportage nach einigen Minuten munteren Geplauders nur noch „alberne Sprüche" durch den Äther geschickt werden. Gute Reporter halten sich immer Themen in Reserve, und zwar solche, die geeignet sind, den Hintergrund des Ereignisses aufzuhellen.

Flughafen-Reportagen

Zu den peinlichsten Flughafen-Reportagen gehören jene Berichte, in denen einer staunenden Öffentlichkeit minuziös geschildert wird, wie eine Gangway an die Maschine herangebracht wird, wie sich eine Flugzeugtür langsam öffnet und wie ein Mensch eine Treppe hinuntersteigt zum roten Teppich. Besser zehn Zettel mit Hintergrundinformation zuviel als einer zuwenig – das sollte die Maxime des vorbereiteten Reporters sein.

Auch die gründlichste Vorbereitung kann manchmal nicht vor Überraschungen schützen; die Erfahrung eines Reporters wächst aber von Einsatz zu Einsatz. Scheinbar Triviales kann oft den Unterschied zwischen lockerer Reportage-Arbeit und Krampfgefühlen ausmachen.

Tips

- Bei Reportagen im Freien mit Wetterumschwüngen rechnen. Immer danach trachten, so zu stehen, daß man eine handliche Schreibunterlage (Clip-Board) zur Verfügung hat, auf der Notizzettel so befestigt werden können, daß sie der Wind nicht davonträgt.
- Wenn mit starker Polizeiabschirmung zu rechnen ist (Terroranschläge, Geiselnahmen, auch Staatsbesuche etc.): ein Opernglas oder einen Feldstecher mitnehmen.
- Um Präzision im Zeitablauf, vor allem auch in der Zusammenarbeit mit dem Studio zu erreichen: kurz vor dem Einstieg in die Reportage die Zeit vergleichen.
- Bei Arbeiten mit Funk rechtzeitig die Technik überprüfen. Rechtzeitig seinen Standort beziehen und den Tontechniker bitten, alle erforderlichen Proben mit dem Funkhaus durchzuführen.

- Wenn man allein „auf Reportage" ist, alle Verbindungskabel mit allen Steckern und Klemmen mitnehmen, die man möglicherweise brauchen könnte, und dazu einen Schraubenzieher und ein scharfes Taschenmesser. Sich vorher im Funkhaus von erfahrenen Kollegen zeigen lassen, wie man Telefonmikrofone aufschraubt, um ein Tonbandgerät anschließen zu können.

Trotz aller Vorsicht und Voraussicht kann der Reporter bei einem Einsatz auf Probleme stoßen, von deren Existenz er vorher keine Ahnung hatte. In solchen Fällen hilft Improvisation, ruhig bleiben, weitermachen – oder schlimmstenfalls ans Studio zurückgeben und versuchen, die Panne zu beheben und mit der Regie einen neuen Einstieg zu planen.

Es kommt mitunter vor, daß eine Reportage keineswegs vorgeplant ist, sondern sich spontan entwickelt. Zwei Beispiele aus Sendungen von „Mittagsjournalen" des ORF:

21. August 1969, 1. Jahrestag der Invasion der Warschauer-Pakt-Truppen in der ČSSR. Zufällig wird das angemeldete Telefonat mit einem Reporter in einem Hotel am Wenzelsplatz nicht, wie geplant, schon vor Sendungsbeginn geschaltet, sondern mitten in der Sendung. Der Reporter schildert in seinem Live-Gespräch mit dem Moderator, was sich in Prag an diesem Vormittag abspielt. Der Moderator regt an, der Reporter möge doch ausprobieren, ob seine Telefonschnur lang genug sei, so daß er zum Fenster gehen und berichten könne, was sich unten auf dem Wenzelsplatz abspielt. Der Reporter tut das, und es folgt eine packende Live-Reportage in einem dramatischen Augenblick.

Bürgerkrieg im Libanon. In Beirut ist als einziger deutschsprechender Korrespondent Walter Krause zurückgeblieben. Die Telefonverbindung zu ihm ist völlig erratisch. In einem Mittagsjournal ist er live auf Sendung. Plötzlich ist durch das Prasseln und Rauschen der schlechten Leitung ein heulender Ton zu hören. Der Reporter bittet um ein paar Sekunden Geduld, man hört nur dumpfe Geräusche – und dann wieder die Stimme des Reporters, der in aller Ruhe sagt, er habe kurz unter dem Tisch Deckung suchen müssen, denn gerade sei wieder eine Rakete bedenklich knapp am Haus vorbeigezogen . . .

Bei jeder Reportage soll der Journalist an die Menschen denken, für die er arbeitet. Das sind nicht die Kollegen und nicht die Vorgesetzten, sondern die Hörer. Der Reporter hat sich auf seine Aufgabe vorbereiten können – den Hörer trifft das Thema der Reportage vielleicht unvorbereitet. Deshalb die Forderungen an die Reporter: klar gliedern, richtig aufbauen, Denkpausen einlegen, Atmosphäre wirken lassen, Zeit geben, akustische Schilderungen zu geistigen Bildern werden lassen – der Phantasie eine Chance geben.

Es wird oft die Frage gestellt, ob im Zeitalter des Fernsehens die Radio-Reportage überhaupt noch eine Daseinsberechtigung habe. Ja, sie hat, wie Hans-Joachim Netzer in dem bereits erwähnten Buch über „Radio-Journalismus" treffend begründet: „Die Hörfunk-Reportage ist eine Kunstform aus eigenem Recht – oder sie kann es zumindest sein. Den Menschen sozusagen auf einem fliegenden Teppich an einen anderen Ort zu versetzen und ihn dort am Geschehen teilhaben zu lassen, das ist für einen Hörfunk-Journalisten eine der faszinierendsten Aufgaben."

Roland Machatschke

Reportage im Fernsehen

Kein anderes Medium bringt Ereignisse so nahe an sein Publikum heran wie das Fernsehen. Die direkte Vermittlung von Bild und Originalton läßt beim Zuseher nicht selten das Gefühl entstehen, am Ort des Geschehens persönlich anwesend zu sein. Direktübertragungen, egal ob von Hochzeiten, Krönungen und Begräbnissen bekannter Staatsoberhäupter und Monarchen, Mondlandungen und Papstreisen, vom Neujahrskonzert der Wiener Philharmoniker oder vom Opernball, von Olympischen Spielen und Weltmeisterschaften, sind und waren daher stets Programmhöhepunkte.
Auch vermittelt die ständig perfektionierte Kameratechnik und eine Bildregie, die laufend neue Ideen sucht – wobei dem ORF, vor allem bei Sportübertragungen, eine Vorbildfunktion zukommt –, dem Zuseher Eindrücke, die er selbst am Veranstaltungsort kaum gewinnen kann. Daher ziehen immer mehr Menschen eine Fernsehübertragung dem Besuch von Veranstaltungen aus den Bereichen Sport, Kultur, Politik, Religion oder Unterhaltung vor.
Es gibt drei grundsätzliche Arten von Fernsehreportagen:

- die Live-Reportage (Direktübertragungen)
- die zeitversetzte Reportage (Übertragung)
- die gestaltete Reportage (Reporterbericht)

Die Direktübertragung (Live-Reportage)

Unabhängig vom Inhalt und von der Thematik der Reportage sollen zuerst einmal jene Gemeinsamkeiten aufgezeigt werden, die für alle Reportagen gelten.

Die Vorbereitung

Egal ob Direktübertragung, Übertragung oder Reporterbericht, **die Qualität der Reportage steht und fällt mit der Vorbereitung. Mehr noch als im Hörfunk kommt dabei dem engen Zusammenwirken mit der Technik eine besondere Rolle zu.**

Erst die enge Zusammenarbeit zwischen dem Fernseh-Vorbereitungsteam und dem Veranstalter ermöglicht es, einen genauen Plan aufzustellen. Danach wird die Fernsehübertragung organisiert.

Beispiel Skirennen

Nehmen wir als Beispiel ein Skirennen. Die Planung beginnt mit einer „Begehung" des Fernseh-Vorbereitungsteams zusammen mit dem Veranstalter. „Begehung" heißt soviel wie Lokalaugenschein. Schon im Sommer wird die Strecke eines Skirennens vom zuständigen Redakteur oder Regisseur abgegangen. Im allgemeinen stellt der Veranstalter für diese Begehung auch noch den zuständigen Rennleiter zur Verfügung, der dem Fernsehteam auch schon im Sommer genau sagen kann, wie die Linie verläuft, die die Rennfahrer ziehen werden. Anhand dieser Linie, die das Fernsehteam von der Bergstation bis zur Talstation verfolgt, wird nun versucht, die Kameras so aufzustellen, daß sie den Fahrer möglichst lange im Bild behalten können und daß eine Kamera auf die andere nahtlos übergehen kann. Sollten sich bei der Aufstellung der Kameras oder bei der Auswahl der Kamerastandplätze Schwierigkeiten ergeben, sei es, daß z. B. eine Baumgruppe das Bild stört, ein Hügel den Schwenkbereich der Kamera beeinträchtigt oder – und auch das muß man schon rechtzeitig berücksichtigen – daß die im Winter viel tiefer stehende Sonne einen Schatten erzeugt, der von den Kameraoptiken nicht entsprechend durchdrungen werden kann, so muß schon im voraus mit dem Veranstalter festgelegt werden, welche Bäume man erforderlichenfalls fällt; welchen Hügel man unter Umständen abträgt; welche Türme man für die Kameras errichten muß, um einen Winkel zu erzielen, der für den Zuseher den optimalen Eindruck des Renngeschehens vermittelt.

Nicht so stark eingreifen kann man natürlich in den Ablauf anderer Live-Ereignisse, wie etwa einem Staatsbegräbnis, einer Papstreise oder des Opernballs. Die zunehmende elektronische „Vernetzung" aller Weltregionen schafft neue Möglichkeiten von Direktübertragungen, die sehr kurzfristig angeboten werden und viel Improvisationstalent erfordern, da kaum Vorbereitungszeit bleibt.

Der Kommentar

Der Kommentator (Reporter) muß sich nun inhaltlich genau auf die kommende Übertragung vorbereiten. Das geschieht einige Tage im voraus, eher knapp, damit nicht durch eventuelle Änderungen die Aktualität verlorengeht. **Zu dieser Vorbereitung gehört es, sich über Zusammenhänge und Hintergründe zu informieren, über spezielle Eigenheiten verschiedener Persönlichkeiten, die im Laufe der Reportage eine Rolle spielen werden.** Für den Kommentator oder Live-Reporter ist diese Vorbereitung die wichtigste Arbeit überhaupt. Denn eines ist klar: Live auf

Sendung vor dem Mikrofon fällt einem nichts Neues mehr ein. Alles, was in der Reportage gesagt werden sollte oder gesagt werden muß oder an Informationen für den Zuseher notwendig ist, muß schon im voraus erarbeitet werden. Allfällige plötzliche Ereignisse, die nicht vorhersehbar waren, muß der Kommentator bzw. Reporter ohnehin ad hoc bewältigen. Hier zeigt sich auch die Fähigkeit des einzelnen, **mit unvorhergesehenen Situationen fertig zu werden.** Voraussetzung ist allerdings auch hier, die wesentlichsten Situationen vorhergesehen zu haben. Die Rolle des Reporters (Kommentators) im Fernsehen unterscheidet sich wesentlich von der seiner Kollegen im Hörfunk. Der Radioreporter muß den Ablauf eines Ereignisses schildern, das er quasi stellvertretend für den Hörer sieht. Im Fernsehen besorgen die Kameras diese Arbeit für den Reporter.

Es wäre ein Grundfehler des Fernsehreporters, den Zusehern zu erklären, was sie selbst auf dem Bildschirm sehen. **Er soll vielmehr dem Zuseher Dinge vermitteln, die die Fernsehkamera nicht erfassen kann, die der Zuseher nicht mitbekommt oder nicht wissen kann.** Die Background-Information also, die notwendig ist für den Zuseher, um das Bild überhaupt richtig estimieren zu können. Es ist vielleicht eine Binsenweisheit, aber wichtig: **Jeder Reporter sollte sich vor Beginn der Reportage auch genau über Namen und ihre richtige Aussprache informieren.** Ein falsch ausgesprochenes Wort, das in der Öffentlichkeit richtig bekannt ist, vom Reporter aber falsch verwendet wird, kann die gesamte Arbeit und Mühe des Reporters zunichte machen, denn er gilt dann als schlecht unterrichtet oder gar als unseriös.

Wie sehr der Reporter seine eigene Stimmung und Erregung bewußt in seinen Kommentar einfließen lassen soll, ist umstritten. Manche schätzen den eher nüchternen, emotionslosen Stil deutscher Kollegen, frei von chauvinistischen Tönen. Andere Zuschauer fordern den begeistert mitgehenden Reporter vom Typ des legendären österreichischen Sportreporters Edi Finger.

Die Übertragung (Zeitversetzte Reportage)

Die elektronische, zeitversetzte Übertragung unterscheidet sich in der Vorbereitung und in der Machart kaum von der Live-Reportage. Wesentlich ist allerdings die Tatsache, daß man nach Beendigung des Ereignisses und somit nach Beendigung der Aufzeichnung noch Zeit hat, um diese Reportage zu bearbeiten. Man kann dabei allfällige Fehler oder Leerläufe, die während der Übertragung oder Aufzeichnung entstanden sind, herausschneiden; man kann verschiedene Passagen umsetzen; auch ist es möglich, einen Zusammenschnitt und eine Komprimierung jener Dinge zu gestalten, die für das Ereignis essentiell sind. Man kann also gestalten und „reparieren". **In dieser Reduzierung auf die wichtigsten Szenen und Höhepunkte liegt aber auch die Gefahr der Verfälschung.** Ein lahmes Fußballspiel

kann plötzlich flott erscheinen, eine eher niveaulose Parlamentsdebatte als intellektuell hochstehend.
Für den sprechenden Kommentator oder Reporter bedeutet dies in den meisten Fällen, daß er den Kommentar erst im nachhinein auf das bereits gestaltete Band aufspricht. Dadurch kann er Fehlerquellen vermeiden und hat einen großen Informationsvorsprung, weil er ja das Ereignis schon bis zum Ende miterlebt hat und jetzt aus dieser Sicht seinen Kommentar sprechen kann. Manche Reporter machen gerade bei der zeitversetzten Reportage immer wieder denselben Fehler: Aufgrund ihres Wissens um den gesamten Zeitablauf, den sie ja schon miterlebt haben, sprechen sie einen Kommentar, aus dem zu erkennen ist, daß der Reporter schon mehr weiß als sein Publikum: Er macht Andeutungen und erzeugt Stimmungen, aus denen hervorgeht: Er weiß schon, wie's ausgegangen ist. Das wird vom Publikum als negativ empfunden. **Die Kunst des Reporters einer zeitversetzten Reportage besteht also darin, so zu kommentieren, als hätte er es direkt während der Aufzeichnung getan.** Daher ist beim Kommentieren das Präsens zu verwenden und alles zu vermeiden, was den Eindruck erwecken könnte, daß der Reporter seiner Zeit schon um eine halbe Stunde oder mehr voraus ist.
Im Buch „Fernsehjournalismus" von Gerhard Schult und Axel Buchholz beschreibt Werner Zimmer sehr anschaulich, worauf ein Reporter besonders zu achten hat:

- Nicht zu viel reden, sondern das Bild wirken lassen.
- Nicht gerade dann Zusatzinformationen geben, wenn das Geschehen spannend ist. Dafür ist vor dem Anpfiff oder bei Spielunterbrechungen Gelegenheit.
- Nicht ständig am Bild vorbeireden, d. h. Zusatzinformationen am Bild „aufhängen" und schnell zum Ereignis zurückkehren.
- Nicht so tun, als seien alle Zuschauer Sportexperten, die über alle Regeln jeder Sportart jederzeit Bescheid wissen.
- Nicht meinen, daß man mit Feststellungen wie „Der Ball ist halt rund" besonders originell wirkt.

Alles bisher Gesagte trifft in noch viel höherem Maße für politische oder gesellschaftliche Ereignisse zu, die es zu übertragen gilt.

Der Reporterbericht

Durch die rasante technische Entwicklung der letzten Jahre wurde im Bereich der aktuellen Dienste des Fernsehens das Produktionsmittel Film völlig von der Kleinelektronik abgelöst. Während beim Film für die getrennte Aufnahme von Bild und Ton ein zeit- und personalaufwendiger Bearbeitungsprozeß notwendig war, kann die elektronische Magnetbandaufzeichnung umittelbar nach der Aufnahme relativ rasch und vor allem recht einfach bearbeitet werden.

Ein weiterer Vorteil der Kleinelektronik gegenüber dem Film liegt darin, daß man bereits am Drehort prüfen kann, ob die gewünschten Einstellungen auch geglückt sind (oder ob man sie notfalls nachdrehen muß). Die gewonnene Zeit kommt dem Reporter zugute. Er kann länger am Ort des Geschehens bleiben und noch Ereignisse wahrnehmen bzw. Entwicklungen beobachten, die relativ knapp vor dem Sendebeginn liegen.

Von der Aufnahme zur Sendung

Durch mobile Produktionseinheiten mit Ü-Wagen oder Kleinreportagewagen kann der Reporterbericht bzw. die „gestaltete Reportage" unmittelbar am Drehort geschnitten, betextet und sendefertig gemacht werden.

Mit Hilfe dieser Aufnahmetechniken wird es möglich, die Zeitdistanz zwischen Ereignis und Berichterstattung weiter zu reduzieren. Gleichzeitig vermindern sich jedoch die Zeiten für die redaktionelle Bearbeitung eines Beitrages. Die Verantwortung des Autors für seinen der redaktionellen Aufsicht weitgehend entzogenen Bericht wird dadurch größer.

Der Reporterbericht unterscheidet sich im äußeren Erscheinungsbild vom klassischen Bericht dadurch, daß der Reporter auch sichtbar auftritt, um dem Zuseher zu dokumentieren, daß er tatsächlich Augenzeuge der geschilderten Ereignisse ist und war. Im Branchenjargon heißt dieser Auftritt des Reporters „Aufsager".

Um die Aktualität noch weiter zu steigern, wurde die Form der Beinahe-live-Reportage entwickelt, d. h. der Reporter spricht bereits während der Bildaufnahme den Text; wenige Minuten danach kann die Reportage bereits ausgestrahlt werden. **Dieses Verfahren setzt eine besonders genaue Vorbereitung und Absprache zwischen dem Journalisten und seinem Team (Kamera und Ton) voraus und erfordert ein hohes Maß an Routine.** In den Vereinigten Staaten wird aus Kosten- und Aktualitätsgründen verstärkt folgendes System praktiziert: zu einem Live-Aufsager werden Aufnahmen aus dem Studio oder aus dem Reportagewagen zugespielt, um den Reporterbericht optisch anzureichern.

Moderne Übertragungsmöglichkeiten

Gleichzeitig mit dem Umstieg vom Film auf elektronische Berichterstattung wurden auch die Einrichtungen für die Übermittlung von Bildberichten qualitativ und quantitativ verbessert. Dies geschah im engen Kontakt mit der Post, da diese für den „Transport" der Bildsignale zwischen dem Aufnahmeort (z. B. Fußballplatz, Eislaufhalle, Konzertsaal, Veranstaltungshalle usw.) und dem Sendestudio verantwortlich ist.

Bei kurzfristigen Einsätzen mit kurzer Übertragungsdauer setzen Fernsehanstalten im verstärkten Maß Hubschrauber ein, die als fliegende Relaisstationen verwendet werden. Weiters bauen viele Anstalten (auch der ORF) ein Netz fest installierter Kabelanschlußstellen (Einspeispunkte) auf, die sofort aktiviert werden können (z. B. Parlament, Bundeskanzleramt, Flughafen Schwechat).

In europäischen Nachrichtensendungen sind Live-Reportagen noch eher selten. Die fixen Sendezeiten decken sich kaum mit wichtigen Ereignissen, von denen man direkt berichten könnte. Anders etwa in den Vereinigten Staaten, wo durch den Zeitunterschied zwischen den einzelnen Landesteilen Entscheidungen politischer, wirtschaftlicher und anderer Art sehr wohl zum Zeitpunkt der Abendnachrichten fallen können.

Das moderne elektronische Produktionsverfahren – wie wir es eben beschrieben haben – mit seinen beiden Hauptfaktoren *Zeitgewinn* und *günstige Produktionskosten* wird aber dazu führen, daß Live-Reportagen in den TV-Nachrichtensendungen bereits in naher Zukunft in steigendem Maß eingesetzt werden.

Thaddäus Podgorski/Gerhard Vogl

Literatur:

Zeitung

AUER, Alfred: Die Reportage – ihre politische und soziale Funktion. Ein Beitrag zur Theorie und Praxis einer journalistischen und literarischen Gattung. Salzburg: phil. Diss., 1982.

BRENDEL, Detlef, und GROBE, Bernd E.: Journalistisches Grundwissen. Darstellung der Formen und Mittel journalistischer Arbeit und Einführung in die Anwendung empirischer Daten in den Massenmedien. München: Verlag Dokumentation, 1976.

DITHMAR, Reinhard: Die Technik des Reporters, in: Sprache im technischen Zeitalter. Heft 62, 1977.

HABE, Hans: Leben für den Journalismus. Bd. 1: Reportagen und Gespräche. München: Knaur Verlag, 1976.

HALLER, Michael: Die Reportage. Ein Handbuch für Journalisten. München: Ölschläger, 1987.

KISCH, Egon Erwin: Hetzjagd durch die Zeit. Reportagen. Frankfurt/M.: Fischer Verlag, 1974.

KNOGLINGER, Walter: Die Technik der Reportage. Dargestellt an Hand der Linzer „Tages-Post" und des Nachfolgeblattes „Oberösterreichische Nachrichten". Linz: Verlag der Oberösterreichischen Nachrichten, 1962.

KUNCZIK, Michael: Journalismus als Beruf. Köln – Wien: Böhlau Verlag, 1988.

LA ROCHE, Walther von: Einführung in den praktischen Journalismus. 11. überarb. Auflage. München: List, 1989.

MEYER, Werner: Zeitungspraktikum. Auszug aus der Loseblattsammlung „Journalismus von heute". Percha am Starnberger See, 1990.

NOELLE-NEUMANN, Elisabeth; SCHULZ, Winfried; WILKE, Jürgen (Hrsg.): Fischer Lexikon Publizistik/Massenkommunikation. Frankfurt: Fischer, 1989.

PROJEKTTEAM LOKALJOURNALISTEN (Hrsg.): ABC des Journalismus. 6. überarb. Auflage. München, 1990.

ROLOFF, Eckart Klaus: Journalistische Textgattungen. München: R. Oldenbourg Verlag, 1982.

SIEGEL, Christian: Die Reportage. Stuttgart: Metzler Verlag, 1978.

Reportage im Fernsehen

Radio

ARNOLD, Bernd-Peter: Hörfunk-Information. Hinter den Kulissen des schnellsten Nachrichtenmediums. Opladen: Leske Verlag und Budrich GmbH., 1981.
BRAUN, Alfred: Achtung, Achtung, hier ist Berlin. Haude & Spenersche Verlagsbuchhandlung, 1968.
BOCK, Hellmuth: Gestalt und Technik im Hörfunk, in: Information, Sprache, Technik. Wien: ORF, 1974.
LA ROCHE, Walther von, und BUCHHOLZ, Axel (Hsrg): Radio-Journalismus. Ein Handbuch für Ausbildung und Praxis im Hörfunk: List Verlag, 1987.

Fernsehen

MUCKENHAUPT, Manfred: Text und Bild: Grundfragen der Beschreibung von Text-Bild-Kommunikationen aus sprachwissenschaftlicher Sicht. Tübingen: Narr, 1986.
RUGE, Peter: Praxis des Fernsehjournalismus. Ein Handbuch für Zuschauer, Kritiker und Publizisten. Freiburg – München: Verlag Karl Alber, 1975.
SCHULT, Gerhard, und BUCHHOLZ, Axel (Hrsg.): Fernseh-Journalismus. Ein Handbuch für Ausbildung und Praxis. München: List Verlag, 1984.
STRASSNER, Erich: Fernsehnachrichten. Eine Produktions-, Produkt- und Rezeptionsanalyse. Tübingen: Max Niemeyer Verlag, 1982.
WEMBER, Bernward: Wie informiert das Fernsehen? Ein Indizienbeweis. 3., erw. Auflage. München: List Verlag, 1983.

Feature in der Zeitung

Dezember 1982, Wahlkampf in Hamburg. Die Stimmung ist gedämpft. Kein Wahlkampffieber in der deutschen Hansestadt. Es gibt nur wenige Probleme, die parteipolitischen Zündstoff abgeben. Erst sechs Monate zuvor war die Bürgerschaft gewählt worden. Doch die Juni-Wahl hatte zu einem politischen Patt zwischen SPD und CDU geführt.

Eine schwierige journalistische Aufgabe für Hans Ulrich Kempski, den Chefreporter der „Süddeutschen Zeitung". Wie war diesem spröden Stoff beizukommen? Kempski beginnt seinen Artikel so: „Klaus von Dohnanyi schläft zu wenig. Sein Gesicht ist grau, die Augen haben dunkle Schatten. Seitdem Dohnanyi . . . in Hamburg amtiert, hat er versucht, aus Tag und Nacht noch mehr als 24 Stunden herauszuholen." Ein spannender Einstieg, der zum Weiterlesen reizt. Kempski personalisiert seinen Bericht und haucht damit einem scheinbar langweiligen Ereignis journalistisch Leben ein.

Kempski schreibt ein Feature.

Das Beispiel „Wahl in Hamburg" zeigt das wichtigste Merkmal eines Features: das Durchleuchten, Sichtbarmachen eines abstrakten Themas. Das Thema wird in Handlungen und Bilder aufgelöst, um es lebhaft und damit für den Leser attraktiv zu machen.

Ein Feature macht einen spröden Stoff schmackhaft.

Journalistischer Mehrkampf mit Problemen

Kommen nicht auch andere journalistische Stilarten wie das Interview, die Glosse, die Reportage dem Bedürfnis des Lesers nach einer leicht aufbereiteten Geschichte entgegen? Da sind wir schon bei dem Problem, das das Wort „Feature" im deutschsprachigen Journalismus immer wieder hervorruft. Das Feature ist schwer faßbar und kaum präzise zu definieren. Wohl, weil es von jeder Stilart etwas an sich hat. Es ist ein journalistischer Mehrkampf, in dem die Disziplinen immer anders gewichtet sein können. Um Wirkung zu erzielen, bedient es sich aller Mittel, die dem Medium zur Verfügung stehen. Einmal ist der Kern des Features eine harte Nachricht, dann eine praktische Information, eine Botschaft des Schreibers an den Leser. Die Themenpalette ist breitgefächert: Ägypten eröffnet eine Botschaft in der Stadt, immer mehr Leute tragen eine Perücke, ein Kindergarten wird geschlossen, Kreisky besucht Reagan, der Modespruch „Null Bock auf gar nichts" – kaum ein Thema entzieht sich der Feature-Form.

Kein Wunder, daß das Wort „Feature" mit den Jahren zu einem Allerweltsausdruck herabsank. Bei kaum einem Wort gehen die Auslegungen über die Bedeutung so weit auseinander. Oft wird der Ausdruck in Redaktionen nur verwendet, um auszudrücken, daß ein Text farbig und lebendig geschrieben ist, ein Geschehen ausmalt.

Welcher Journalist kennt nicht die Aufforderung, eine Agenturmeldung zu „verfietschern"? Jeder weiß, was damit gemeint ist, doch die wenigsten können es definieren. Ein Sachverhalt soll halt möglichst verständlich und anschaulich dargestellt werden, und das auch noch lebendig.

Das Wort „Feature" kommt aus dem Anglo-Amerikanischen und hat sich im deutschen Sprachraum nach Ende des Zweiten Weltkrieges erst langsam, dann schneller eingebürgert.

Feature = Gesichtszug. Charakteristischer oder wichtiger Teil oder Zug, Grundzug – Aussehen, Merkmal, (das) Charakteristische, etwas charakteristisch darstellen (Großer Langenscheidt).

Was vor dem Krieg als Stimmungsbericht, als „große Reportage" bezeichnet wurde, heißt danach Feature. Im Rundfunk, im Fernsehen schloß man schnell Freundschaft mit dem neugeborenen Kind, in der Presse wußte man nicht so recht, wohin damit. Lange Zeit war es in den Printmedien der Waisenknabe unter den Künsten. Hans-Georg Berthold beschrieb die Außenseiter alle einmal so: Das Feature gehörte in den Keller, „wo es die Sachthemen wie Kohlen schleppte und deshalb immer etwas zu sehr nach Anstrengung und Schweiß roch". Doch heute ist das Kellerkind salonfähig geworden, weil es in einer von Informationen überladenen Welt dazu beiträgt, Zusammenhänge besser und schneller zu erfassen.

Eine genaue Definition des Features fällt dennoch schwer. Vor allem, weil „Feature" ein Sammelbegriff ist und weil die eindeutige Abgrenzung zur Reportage Probleme schafft. Auch die soll flott geschrieben sein, unterhalten, den Leser fesseln.

Reportage oder Feature? An Beispielen von Radio- und Fernseh-Features kommen wir dem Unterschied vielleicht leichter auf die Spur.

Das Feature reizt die Sinne des Lesers

Ein Journalist lernt Fallschirmspringen. Er schreibt eine Reportage. Er schildert seine Übungsstunden in der Turnhalle, die Schwierigkeiten bei der theoretischen Ausbildung. Das Zusammenlegen des Schirms klappt nicht nach Wunsch. Als er dann seinen ersten Sprung macht, berichtet er dem Leser vom Handlungsablauf. Vom Fall, von der harten Landung.

Die Geschichte lebt von der Schilderung des tatsächlichen Geschehens. Ein Handlungsfaden durchzieht die Geschichte.

Anders interpretiert das TV-Feature die Thematik. Eine Gruppe von Fallschirmspringern gleitet durch die Luft, untermalt von einem Musikstück, das das Gefühl des Dahingleitens intensiv vermittelt. Kein erklärendes Wort ist nötig. Die Faszination des Fallschirmspringens wird einsichtig. Der Mensch fliegt wie ein Vogel. Die Sinne des Zuschauers sind angesprochen. Der Funke des besonderen Erlebnisses springt über. Atmosphäre einfangen und damit das Wesen der Problematik, den Hintergrund mit einem Schlag hell erleuchten – ein typisches Merkmal des Features. Eine Handlung wird, wie sie die Reportage fordert, nicht unbedingt gebraucht.

Das Feature kann einen Eindruck von einer Sache geben. Einen Zustand beschreiben. Die Reportage hält sich an den tatsächlichen Vorgang, an den Augenschein, das Feature analysiert zusätzlich das Dahinter.

Alle journalistischen Möglichkeiten (Beispiel Musik – Fallschirmsprung) werden herangezogen, um die Aussage des Journalisten plastisch darzustellen. „Die Sinne des Lesers", so fordert Horst Beloch von der Münchner Journalistenschule, „müssen gereizt werden. Er soll mitdenken, mitempfinden." Die Einbildungskraft des Hörers sprechen die Radio-Features von Peter Leonhard Braun (Sender Freies Berlin) an. Mit Hilfe der Stereofonie produzierte er Anfang der siebziger Jahre Hörbilder, die zu dokumentarischen Kunstwerken avancierten. Mit der damals neuen Technik hatte er ein Instrument gefunden, das eine starke eigene Aussagekraft besaß, die ergänzende Texte beinahe überflüssig machte.

Um dem Erfolg des Catch-Sports auf die Schliche zu kommen, läßt er einen Kampfabend akustisch ablaufen. Schmerzerfüllte Schreie, Wimmern, zu Boden stürzende Körper, Äußerungen eines enthemmten Publikums – das Mikrofon fängt die Atmosphäre haargenau ein. Die Originalaufnahmen bedürfen nur einer geringen Aufklärungsarbeit durch einen Erzähler. Sie drücken das Ergebnis von Brauns psychologischer Analyse in Eigenregie aus:

Daß sich die Zuschauermasse nämlich nicht einmal für Ringkampf interessiert. „Sie will, daß in ihrer Klaviatur der Triebe eine bestimmte Taste bedient wird. Sie will, ohne es zu wissen, den Druck auf ihren roten Knopf: den Aggressions-Trieb."

Dem Zeitungs-Journalisten steht kein so großes Instrumentarium zur Verfügung wie dem Radio- oder TV-Mann. Wie erzeugt er einen dramatischen Eindruck? Der Leser empfindet beispielsweise mit, wenn das Feature über Wirbelstürme szenisch eingeleitet wird. Die Zeitschrift „Geo" beginnt einen Artikel über dieses Thema mit der Beschreibung einer Party. „Im Appartement-Hotel ‚Richelieu' bei Pass Christian, nur 100 Meter vom Strand entfernt, rüsteten sich 25 Gäste zu einer ‚Hurrican-Party'. Der Gedanke, in dem dreistöckigen Bau gefährdet zu sein, kam ihnen überhaupt nicht. Sie wollten das grandiose Naturschauspiel von einem Logenplatz aus miterleben; sie hängten Girlanden auf und stellten die Speisen für eine lange Nacht bereit. Doch als die Party beginnen sollte, stand das Hotel nicht mehr, und alle Teilnehmer bis auf zwei waren tot."

Ein dramatischer Akzent gleich zu Beginn. Die Aufmerksamkeit ist angestachelt. Eine Reportage würde jetzt hart am Geschehen bleiben. Den hereinbrechenden Wirbelsturm beschreiben, das Schicksal der überraschten Menschen, die Hilfsmaßnahmen des Katastrophenschutzes. Nicht so das Feature. Der Einzelfall dient nur zur Illustration der Gesamtproblematik.

Der Reporter sieht das Einzelschicksal, ohne Allgemeingültiges zu behaupten, der Feature-Schreiber zeigt an einem Beispiel das Allgemeingültige.

Die Einzelheit steht für eine allgemeine Aussage. Der Geo-Journalist hat lange recherchiert für seine Story. Er hat Zahlen, Daten, Fakten gesammelt. Interviews geführt. Das Ergebnis seiner Bemühungen war die Einsicht, daß es bis heute keine wirksamen Waffen gegen Wirbelstürme gibt und daß es gar nicht wünschenswert ist, die Laune der Natur zu bekämpfen. Weil Wirbelstürme Niederschläge verursachen, seien sie in ökonomischer Hinsicht Wohltäter der Menschheit. Die Problematik rund um dieses erarbeitete Wissen zeichnete er mit Hilfe von Handlungen, Zitaten, atmosphärischen Schnappschüssen, durch Personalisierung des Geschehens, durch Details und durch einen charakteristischen Sprachstil. Er verwendete alle ihm zu Gebote stehenden Möglichkeiten, um dem Leser seine Analyse durchschaubar zu machen. Alle Mittel, die er anwendet, sollen seine Meinung belegen, die Absicht unterstreichen, die seiner Story zugrunde liegt. Die gedankliche Durchdringung des Themas geht beim Feature eine glückliche Ehe mit Form und Stil ein.

In der Reportage breitet sich persönliches Temperament unreflektiert aus, beim Feature reflektiert es vom Brennglas der Recherchen, des Wissens, der Sensibilität des Autors.

In der Reportage läßt sich der Journalist vom Strom der Ereignisse mittragen, im Feature schwimmt er auf ein bestimmtes Ziel zu. Der Feature-Schreiber recherchiert, kommt zu einer Erkenntnis und bastelt danach seine Story zusammen.

Ein Feature wird konstruiert. Der Journalist hat den Taktstock in der Hand. Er dirigiert seine Komposition.

Das setzt voraus, daß er seine Hausaufgaben gemacht hat, auf dem zu bearbeitenden Gebiet firm ist, und daß er sein Wissen faszinierend in Bilder und Handlungen auflösen kann. Ein dauernder Wechsel zwischen Schilderung und Schlußfolgerung charakterisiert seine Arbeit.

„Er muß mehr leisten als ein Reporter. Er schildert zwar, ergänzt aber die Beschreibung durch sein Wissen" (La Roche, Einführung in den praktischen Journalismus).

Drastische Oberfläche und sprachkräftige Tiefe schlagen einen steten Rhythmus. Als in der Bundesrepublik die Zahl der Arbeitslosen erstmals die Zwei-Millionen-Marke überschritt, begann der „Spiegel" einen Artikel über dieses Problem mit der Schilderung eines Mannes, der seine Arbeit verloren hat.

„Fast 14 Jahre lang war Leopold Väthjunker aus dem Dörfchen Partenstein bei Lohr am Main seinem Arbeitgeber ein zuverlässiger Vorarbeiter. Im nahen Städtchen gab es allzeit viel zu tun." (Das Unheil wird bereits im ersten Satz angekündigt.) „Doch auf einmal ist das alles ganz anders. Die weltweite Wirtschaftskrise hat auch das Nest im Spessart erreicht. Die örtliche Volksbank kündigte die Kreditlinien, das Sägewerk wurde dichtgemacht. Seit drei Monaten ist Väthjunker ungelöhnt, seit einer Woche ist er arbeitslos. ‚Ein harter Schlag', klagt der Familienvater, ‚auch für meine drei Buben.'"

Mit solch einer Beschreibung könnte auch eine Reportage beginnen. Doch im Feature folgt nach der Anschauung die Abstraktion. Der „Spiegel" erläutert den Hintergrund. Väthjunker sei eine von den 118.162 Personen, die im November 1982 den Pegel der Arbeitslosigkeit über die Zwei-Millionen-Grenze gehoben haben. Noch nie seien im Nachkriegsdeutschland zu Beginn des Winters soviele Menschen als Arbeitsuchende registriert worden. Der „Spiegel"-Bericht strotzt in der Folge von Interview-Elementen, statistischem Material und Kommentaren des Schreibers. (Das Schicksal Väthjunkers ist für den „Spiegel" nur Mittel zum Zweck, um den schwierigen Stoff leichter verdaulich zu machen. Es soll die allgemeine Situation veranschaulichen.) Eine Reportage würde hart am Schicksal des Sägearbeiters dranbleiben.

Kennzeichen des Features ist ein ständiger Wechsel zwischen Schilderung und Schlußfolgerung. Der Hintergrund wird sichtbar gemacht.

Die verstärkte Bewertung des Geschehens – das ist einer der Schlüssel zu einer klaren Definition des Features. Aus den Zeilen ist die Meinung herauszuhören. Sie wird nicht offen hinausposaunt. Indirekt soll das geschehen. Tatsachen, atmosphärische Schilderungen sollen Meinung erzeugen können. Bilder sollen für sich sprechen, den Leser dazu bewegen, zu sagen: Aha, so war das! Am Beispiel der Catch-Story wurde diese Feature-Eigenheit bereits erklärt. Noch ein Beispiel:

„Bereits nach einer Stunde hat der Bürgermeister seinen obersten Hemdknopf geöffnet und die Krawatte gelockert." Dieser Satz läßt auf einen heißen Diskussionsverlauf bei der geschilderten Parteiversammlung schließen. Der Autor bringt seine Meinung nicht vordergründig zum Ausdruck, sondern er benützt einen atmosphärischen „Spritzer", um die Härte der politischen Auseinandersetzung darzustellen.

Umschreiben, was zu sagen ist, mit Hilfe von Tatsachen versuchen, von der Atmosphäre her Meinung zu erzeugen.

Wichtig in diesem Zusammenhang: Soviele Details wie möglich notieren! Eine Kleinigkeit wie der geöffnete Hemdknopf kann dazu benutzt werden, den Blick auf das Wesentliche der Story zu öffnen. Ein Detail hat jedoch nur dann einen Sinn, wenn es informiert und nicht vom Wesentlichen ablenkt.
Falls wenig Handlung und Details im Recherche-Netz hängengeblieben sind, bleibt der gezielte Einsatz von sprachlicher Qualität zur indirekten Meinungsäußerung. Auch hier ein Unterschied zur Reportage. Poetische, literarische Formmittel haben im Feature ihren festen Platz. Sie geben der Dokumentation einen eigenen, unverwechselbaren Charakter und weisen das Schreibtalent des Autors aus. Vergleiche, bildhafte Sprache, die Begriffliches begreifbar machen sollen, runden das Feature zur exklusiven journalistischen Ausdrucksform ab. Wohlgemerkt: Eigenwillige Sprache rundet ab. Sie ist nicht der Hauptdarsteller, verhilft diesem vielmehr zu einem glanzvollen Auftritt.
Wähle den besonderen Ausdruck anstelle des allgemein gebräuchlichen.
Sigrid Löffler läßt in einem Feature über Wien, erschienen in der „Zeit", den Theatermacher Erwin Piplits nörgeln:
„Wien halte ich für die Welthauptstadt der Nebochanten, Gaskassiere, Schaffner, Krankenkassenkontrolleure und der selbsternannten Erlaubnis-Erteiler aller Art, deren Grundeigenschaft der pfiffige Schwachsinn von Berufsintriganten ist. Wien ist ein Appendix der westlichen Welt, dessen Ablagerungen schon deshalb nicht eitern können, weil dieser längst im Spiritus liegt."
Kraftvoller ist die schon krankhafte Eigenschaft der Wiener, ihre Stadt selbst zu schmähen, kaum noch auszudrücken. Es macht Spaß, diese Sätze zu lesen. Sie verdeutlichen eine typisch wienerische Unart, ohne die Unart offen beim Namen zu nennen. Die eigenwillige Sprache reißt uns hoch und befördert uns mit kraftvollem Schub mitten hinein in die Abgründe der „weanarischen" Gefühlszerrissenheit. Die Worte passen zu Wien wie der Stephansdom, Gaskassier, Erlaubniserteiler:
Wörter drücken eine ganz spezielle Stimmung aus.
„Das Feature", sagt Rudolf Walter Leonhardt von der „Zeit", „kann auch einen Zustand beschreiben, Empfindung durch Bilder anschaulich machen."

Definitionsversuch in fünf Punkten

Die Wesensmerkmale des Features sind jetzt klarer erkennbar. Fünf Elemente haben sich herauskristallisiert:

- Das Feature ist ein über die rein sachliche Information hinausgehender, breit angelegter Hintergrundbericht. Er verwendet alle journalistischen Stilmittel, um einen Stoff möglichst bildhaft und damit lesernah aufzubereiten. Das Feature ist ein journalistischer Mehrkampf und deshalb die facettenreichste, aufwendigste Ausdrucksform.

- Der Kern des Features kann jeglichen Inhalts sein und bedarf nicht ausdrücklich eines aktuellen Anlasses. Er reicht vom sanften Spott über ein gesellschaftliches Ereignis bis zur Enthüllung eines politischen Skandals. Handlung ist im Unterschied zur Reportage nicht erforderlich. Ein Feature kann auch einen Zustand, eine Empfindung beschreiben.
- Im Gegensatz zum Reporter bewertet der Feature-Schreiber ein Ereignis in hohem Maß. Er schildert mit lockerer Feder, ergänzt das Geschehen aber durch sein Wissen. Er reflektiert. So ist der stete Wechsel zwischen Schilderung und Schlußfolgerung, zwischen Anschauung und Abstraktion kennzeichnend für das Feature. Das Feature ist eine Kunstform, die konstruiert. Der Autor führt Regie.
- Während Reportagen oft nur Einzelschicksale erfassen, ohne damit Allgemeingültigkeit zu behaupten, beschreiben Features Allgemeingültiges, aufgezeigt an einem Beispiel. Im Einzelschicksal verdichten sich Zeitprobleme. Die Personalisierung eines Berichts, die Detailtreue, die feuilletonistische Sprache, kurz, die ganze Farbigkeit der Darstellung dient nur dazu, die Erkenntnis des Schreibers leicht verdaulich darzubieten. Das Feature ist ein mediales Transportunternehmen für Sachstoffe. Diese sollen in Bilder und Handlungen aufgelöst werden. Eine aufklärende Erzählung entsteht.
- Die Meinung des Autors wird indirekt ausgedrückt, nicht vordergründig. Bilder, Tatsachen sollen sie erzeugen. Der Journalist bewertet durch Schilderung der Atmosphäre. Der sinnlich angesprochene Leser begreift, was ausgedrückt werden soll.

Der Bückling des Herrn Bürgermeisters

An diesem Dezembertag ist Hans Ulrich Kempski früh aufgestanden. Er will Klaus von Dohnanyi, Hamburgs Ersten Bürgermeister, dabei beobachten, wie dieser vor Fabriken und Werften SPD-Handzettel verteilt. Die Aktion trägt den Namen „Morgenröte". Kempski ist auf der Suche nach Einzelheiten, die er in sein Feature über den Wahlkampf in der Hansestadt einfließen lassen kann.

Kempski beschreibt, wie Dohnanyi um fünf Uhr morgens in seinem zweireihigen Mantel aus dunkelblauem Kaschmir mürrisch dreinblickenden Arbeitern Propagandamaterial in die Hand drückt. Der elegante Kaschmir-Mantel macht vor dem „blauen Anton" den Bückling. Ein interessanter Aspekt. Der totale Einsatz des Politikers beim Stimmenfang. Kempski lüftet den Vorhang und gibt den Blick hinter die Kulissen frei.

Viele Details notieren. Schließlich jene verwenden, die helfen, das Charakteristische einer Situation herauszuarbeiten.

Doch bevor zur Jagd auf informierende Einzelheiten geblasen, nach Neuigkeiten geforscht wird, heißt es für den Journalisten zu Hause in der Redaktion, die Hausaufgaben zu machen. Dem Sehen und Sammeln in Hamburg war die Suche nach den unentbehrlichen Grundinformationen vorangegangen. Kempski hatte sich in München intensiv auf seine Hamburg-Reise vorbereitet.

Ein Basiswissen ist die Voraussetzung für die richtige Bewertung des Ereignisses vor Ort. Zuerst suchen, dann sehen und sammeln.

Kempski kommt als Kenner der Materie in den Norden. Er weiß Bescheid über die Verhältnisse, das politische Patt im Rathaus, über die Bedeutung der Grünen als Zünglein an der Waage des Machtspiels. Mögliche Interview-Partner hat er notiert. Jetzt an Ort und Stelle gilt es, die verschiedenartigsten Strömungen im Untergrund aufzuspüren. Die Suche nach der Geschichte beginnt. Eine Aufgabe, die bisweilen auch dem hartgesottensten Journalisten den Angstschweiß auf die Stirn treibt. Kempski: „Manchmal führt die Suche in ein Nichts. Die Geschichte zeigt sich nicht.“ Das Kerngeschehen herauszuschälen, kann zur Kärrnerarbeit ausarten.

Nach Tagen harter Recherchen hat Kempski den Kern seiner Hamburger Story freigelegt. Er sieht den Urnengang als Test für die drei Monate später folgende Bundestagswahl, erkennt das Wiedererstarken der SPD, den harten Einsatz der Spitzenkandidaten, die als Matadore in der Wahlkampfarena bis an die Grenzen der körperlichen Belastbarkeit auf Stimmenfang gehen. Er sieht aber auch die Gleichgültigkeit, mit der die kühlen Hanseaten dem politischen Spektakel entgegensehen. So Kempskis Analyse in Kurzform.

Doch wie diese nicht gerade griffigen analytischen Gedanken dem immer nach Besonderem Ausschau haltenden Leser leicht verdaulich servieren? Es bedarf aller Rezepte der Küche journalistischen Formenreichtums, das fade Gericht mit der nötigen Würze zu versehen. Es heißt, der Story einen vollmundigen Geschmack zu geben. Interview- und Reportage-Elemente, kraftvolle sprachliche Konzentriertheit, das ergreifende „Thema im Thema“, die Naheinstellung der Schilderung auf Personen und Details, das Ansprechen der Sinne des Lesers durch Beschreibung der Stimmung – das alles sind die Zutaten, die geeignet erscheinen, die Erkenntnis des Schreibers dem Leser als formidable Speise vorzusetzen. Feature – das heißt übersetzt „Aufmachung“. Auffällige Ausdrucksform. Erkennbar der Stempel individuellen journalistischen Talents.

Die journalistischen Zutaten sollen eine an sich differenzierte Hintergrundanalyse, die die Basis des Artikels ist, schmackhaft machen.

Kempski macht es denn auch im stimmungslosen Hamburg sogleich spannend. Er porträtiert die beiden Spitzenkandidaten, erstellt von beiden ein Psychogramm . . . und projiziert damit die gesamte Story auf einen Punkt. Mit der Personalisierung findet er die Geschichte in der Geschichte. Die Wahl als Kampf Mann gegen Mann.

Klaus von Dohnanyi gegen Walther Leisler Kiep, den Vertreter der CDU. Die Story verkürzt sich auf diesen Kampf und wird dadurch greifbarer.

„Er redet und redet so lange, bis alle erschöpft sind", beschreibt Kempski die Fähigkeit Klaus von Dohnanyis, verschiedene Meinungen schließlich doch noch unter einen Hut zu bekommen. „Aber so sehr ihm an Übereinstimmung liegt, sowenig ist er versucht, als konzilianter Kumpel aufzutreten. Dohnanyi hat keine Scheu, eine notfalls auch streitwillige Autorität auszuüben; ein rastlos arbeitender Bürgermeister, der sich geradezu besessen in Details verbeißt. Obwohl ihn eine Aura von Distanz gebietender Kühle umgibt, hat er es neuerdings nicht mehr schwer, sich den emotionalen Bedürfnissen des Publikums zu öffnen." Da ist alles drin: eine besondere Sprache, die Personalisierung, der psychologische Hintergrund.

Kieps Beschreibung zeigt andere Schwerpunkte: „Als Stimmenfänger unermüdlich unterwegs, scheint er vor allem auf die Hamburger Damenwelt recht unwiderstehlich zu wirken. Er sieht in der Tat blendend aus: groß, graue Strähnen am dichten Haarschopf, sehr schlank, Zuversicht im zerfurchten, gebräunten Gesicht, elegant und locker." Eine detaillierte Schilderung, der Leser kann Kiep förmlich lebendig vor sich sehen.

Manche Handlungsweise der Hauptdarsteller wird verständlicher. Warum dies geschieht und nichts anderes – das versucht Kempski herauszufinden. Er äugt hinter die äußere Fassade, will die Zusammenhänge erkennen. Er ist auf der Suche nach der „Aktualität der Hintergründe", wie er es nennt. Das ist keine Tagesaktualität, das ist das Wissen darüber, wie und warum sich das Gewebe des Geschehens fortentwickelt. Das Wissen und das Reflexionsvermögen des Autors werden zum Maßstab der Güte eines Features. Er hat die Fäden in der Hand und läßt die Marionetten nach seinem journalistischen Ratschluß tanzen.

Das Stück soll dramaturgisch streng gegliedert sein, Wechsel zwischen Spannung und Entspannung, dramatische Eindrücke aufweisen. Das Feature ist eine dramatisierte Erzählung, gegliedert in mehrere Akte. Es muß allerdings das Bedürfnis des Publikums nach mehr Information befriedigen. So ist die Erzählung keine reine Kunstform. Ihr Ziel ist aufzuklären und sachliche Zusammenhänge deutlich zu machen. Information und Kommentar zusammengefaßt in einem schillernden medialen Paket. „Das Feature", sagt Kempski, „ist die totale Story. Der Leser muß glauben, jetzt weiß er alles, was es über dieses Thema zu wissen gibt. Die psychologischen Hintergründe ebenso wie die härtesten News."

Aufregend erzählen und gleichzeitig aufklären – das ist die Aufgabe des Feature-Schreibers.

Im Gegensatz zur Reportage geht er geradewegs auf sein Ziel zu. Er konstruiert die Story auf dieses Ziel hin. Geschickt spielt er sein Musikstück auf dem Klavier des Lesergeschmacks. Einmal forte, dann piano. Einmal Schilderung, dann Schlußfolgerung. So bleibt das Ohr immer aufnahmebereit.

Schilderung: Kempski beschreibt das äußere Bild der Stadt: ,,Hamburg ist überschwemmt mit Bildplakaten von Kiep und Dohnanyi. Während Kiep die Bürger ,vor rot-grünem Schaden bewahren' will, fordert Dohnanyi ,Klarheit für Hamburg'.''

Schlußfolgerung: ,,Die aufwendige Plakatflut soll bewußt machen, worum es geht: Ein Zustand soll beendet werden, der ,Hamburger Verhältnisse' heißt und der geeignet ist, weithin Schreckvorstellungen zu verbreiten. Der Begriff ,Hamburger Verhältnisse' ist zu einem Synonym für ,Unregierbarkeit' geworden.''

Kempski schildert nun die Aktivitäten der Grünen, dann folgt seine Meinung, daß alle Anstrengungen der Parteien nicht allzuviel bewegt.

,,Die wieselnde Geschäftigkeit der Matadore wirkt, auch wenn sie von Tag zu Tag hektischer wird, synthetisch. Sie trägt nicht zur Beschleunigung des geistigen Pulsschlages von Menschen bei, die weniger an die Geschicke Hamburgs zu denken scheinen als an die Ungewißheit der eigenen Zukunft.''

Der stete Wechsel zwischen Schilderung und Schlußfolgerung ist ein wichtiges Merkmal des Features.

Die Stimmung anschaulich zu machen, verlangt Sensibilität, Phantasie, sprachliches Talent. Egal, ob der Autor versucht, den Empfindungen Ausdruck zu geben, die er beim Betrachten eines Gemäldes hat, oder ob er die Dramatik eines Fußballspieles hautnah und prickelnd darstellt, so wie der bekannte deutsche Sportjournalist Ulfert Schröder.

,,78.000 im Olympia-Stadion spürten Ameisen in der Herzgegend. An den teuren Pelzen der Damen aus Münchens Schickeria sträubten sich die Haare. Schritt für Schritt, wie einst König Ludwig in den Starnberger See, bewegten sich die ,Bayern' in ihren Untergang.''

Das Spiel im Fußballstadion zeigt dramatische Züge. Da wird das Gefühl des Lesers förmlich angesprungen, die Erregung überträgt sich aus dem Stadion ins Wohnzimmer. Ein anderer Reporter hätte vielleicht über dieses Spiel geschrieben, daß es ,,spannend gewesen ist''.

Schröder gebraucht das Wort ,,spannend'' nicht. Sein atmosphärisches Blitzlicht macht die Spannung überdeutlich.

Schröder drückt sich indirekt aus. Typisch für das Feature. Der Journalist benutzt Vergleiche (,,wie einst König Ludwig''), bildliche Ausdrucksweise (,,Ameisen in der Herzgegend''). Aus seinen Sätzen sprüht die Gefühlseindringlichkeit der Poesie. Journalismus mit literarischen Ambitionen. Ob der Journalismus sich allerdings so weit vorwagen soll, darüber bestehen unterschiedliche Ansichten.

Journalist oder Literat?

Am Beispiel von Ulfert Schröders feuilletonistischer Sprache lassen sich die gegensätzlichen Ansichten über das Wesen des Features aufzeigen. Während für den einen das Feature ein streng durchkomponiertes Gebilde ist, dessen Gerüst eine nach genauer Recherche erarbeitete Analyse bildet, bedeutet Feature für die anderen ein subjektives, stilistisch eigenwilliges, von der Persönlichkeit des Verfassers dominiertes, schillerndes literarisches Werk.

Also eine literarische Produktion, geeignet Kunstgenuß hervorzurufen. Journalist oder Literat? – das ist hier die Frage. Hans Ulrich Kempski, der Mann, der das politische Feature in Deutschland hoffähig gemacht hat, läßt keinen Zweifel an seiner Ansicht: „Das Feature ist von der feuilletonistischen Reportage zu trennen.“ Nicht der literarischen Qualität seiner Arbeit schreibt er den Hauptwert zu, sondern der darin enthaltenen journalistischen Aussage. Die Sprache ist für ihn Mittel zum Zweck, nicht Selbstzweck. Nicht die Kunst um der Kunst willen liegt ihm am Herzen. Ihre Begründung liegt nicht in der Tatsache ihrer Existenz. Der Journalist gebraucht sie als Vehikel für seine Erkenntnisse. „Die literarische Reportage“, so erkennt Kempski, „ist viel subjektiver als das Feature.“ In ihr seien der dichterischen Freiheit keine Grenzen gesetzt.

Subjektiv – das ist doch auch das Feature? Sicher – seine Subjektivität ist jedoch das Ergebnis einer objektiven Recherche. Wenn Kempski in seiner Wahldokumentation davon schreibt, daß die Grünen in der Hansestadt „im Verlauf eines halben Jahres durch Protest mehr in Bewegung gebracht haben als der linke Flügel der Hamburger SPD in Jahrzehnten“, so ist diese Aussage vordergründig natürlich subjektiv. Gleichzeitig ist sie aber das Produkt eines genauen Studiums der politischen Lage.

Kempski: „So gesehen sollte das Feature in seiner Subjektivität so objektiv wie nur möglich sein. Subjektiv, aber wahrhaftig.“

Oft stimmt das spätere Ergebnis eines Features gar nicht mit seiner zu Beginn seiner Recherche gehegten Ansicht über den Sachverhalt überein. „Als ich über Polens Regierungschef Jaruzelski schrieb, hatte ich zuvor meine Meinung über ihn revidieren müssen.“

Die Gespräche, die tagelangen Recherchen in Polen hatten sein ursprüngliches Bild vom General verändert.

Also: Dichterische Freiheit ja, aber nur im Rahmen der Schilderung sachlicher Zusammenhänge. Der Hintergrund des Features muß Schritt für Schritt in harter Arbeit durchforstet sein. „Ich sehe mich mehr als Agenturberichterstatter an der Front denn als gefeierter Literat und Feuilletonist“, sagt Kempski. Er liefert aufklärende Aufsätze, keine Momentaufnahmen aus der Tiefe seines Seelenlebens.

Schmückende Sprache allein macht kein Feature. Dieser Ansicht ist auch Wolf Schneider, Leiter der Hamburger Journalistenschule. Er schreibt in seinem Buch „Deutsch für Profis“: „Wer Sprechblumen zum Blühen bringen will, der sollte nicht so sehr Journalist, er sollte Dichter sein.“ Erst eine glückliche Verschmelzung von Sachinformation, Kommentar und sprachlicher Konzentriertheit gibt dem Feature seinen herausragenden medialen Rang. Es ist ein bunter Vogel im heute zumeist hektisch hingekritzelten Meinungsjournalismus. Kempski: „Der Aufwand, ein Feature zu produzieren, ist heute den meisten Zeitungen zu groß.“

Die kosmetische Verfeinerung

Bei der kosmetischen Verfeinerung eines Textes trägt mancher Journalist das Rouge gar zu stark auf: einer der Hauptfehler, die beim Schreiben auftreten. Wolf Schneider warnt: „Wem die Bilder durcheinanderkommen, der macht sich lächerlich.“ Schneider gibt auch gleich das Beispiel für einen solchen Ausrutscher: „Da habe ich mit scharfer Zunge auf den Putz gehauen.“

Vorsicht beim Gebrauch von Bildern. Sie müssen stimmen und mit ihrem Inhalt in die Geschichte passen.

Die persönliche Handschrift des Autors sollte die Geschichte durchgehend prägen. Sprachlich nicht außer Atem zu geraten, erfordert jedoch einen reichen Wortschatz und die Konzentrationsfähigkeit, diesen auch verwenden zu können. Nur so gelingt es, den Leser bei der Stange zu halten.

Dazu sind auch geschickte Überleitungen zwischen den einzelnen Absätzen und Themenkomplexen eine Voraussetzung. Bemühen wir noch einmal Hans Ulrich Kempski. Befragt zu seinem Einsatz im Wahlkampf, zitiert er Klaus von Dohnanyi: „Mir hat noch nie etwas so viel Spaß gemacht.“

Der folgende Absatz beginnt so: „Vergleichbare Erfolgserlebnisse sind seinem Wahlkampfgegner Walther Leisler Kiep bisher versagt geblieben.“ Schon hat Kempski den Scheinwerfer von einer Person auf die andere gerichtet. Ein Satz gibt der Geschichte die gewünschte Richtungsänderung.

Womit wir bei den Fehlern im dramaturgischen Aufbau sind. Es ist sicherlich unklug, sich sofort an den Schreibtisch zu setzen und auf das Geratewohl draufloszuschreiben. Zeit lassen, nachdenken, heißt die Devise. Was ist wichtig für meine Story? Was will ich ausdrücken? Wo ist das Thema im Thema? Personalisiere ich die Geschichte? Lege ich meinen Schwerpunkt mehr auf Reportage-Elemente oder mehr auf atmosphärische Schilderungen? In welchem Teil der Geschichte verarbeite ich diesen und jenen Aspekt? Und vor allem – wie beginne ich die Story?

All diese Fragen müssen beantwortet sein, bevor der erste Satz geschrieben wird.

Die Konstruktion des Features muß sitzen. Wer keine Regiearbeit leistet, wird es schwer haben, den roten Faden zu halten.

Ob ein Feature Anklang findet, kann bereits nach den ersten Worten entschieden sein. Deshalb: Mitten hinein in das Geschehen! Das fesselt die Aufmerksamkeit des Lesers. Ein Fehlstart kann den Leser dazu bewegen, den Artikel nach den ersten Sätzen wieder wegzulegen. Der Einstieg sollte bereits die Richtung signalisieren.

Erinnern wir uns: ,,Klaus von Dohnanyi schläft zu wenig. Sein Gesicht ist grau, die Augen haben dunkle Schatten.'' Kempskis erste Worte in seinem Hamburg-Feature. Sie erzeugen Spannung, teilen mit, daß hier kein zähflüssiger Wahlkampfbericht zu erwarten ist.

Naheinstellung auf eine Person: Jetzt muß die Story im Personality-Stil weitergehen. Beginnt der Artikel ironisch, muß die Ironie auch in der Folge durchgezogen werden. Schauen wir noch einmal bei Wolf Schneider nach. Er zitiert den ironischen Einstieg eines Gerichtsartikels: ,,Der 52jährige Prof. Dr. rer. pol. Dr. rer. techn. Dr. h. c. Henri Cusé-Cerf ist vom Landgericht München zu zwei Jahren vier Monaten Gefängnis verurteilt worden, weil er eigentlich Heinrich Kuse heißt und Maschinenschlosser aus Berlin-Pankow ist.''

Die Richtung ist eindeutig. Mit einem amüsierten Lächeln kann sich der Leser in seinen Sessel zurücklehnen und sich auf die weiteren Schilderungen von Herrn Kuses Köpenickiaden freuen. *Ingomar Schwelz*

Feature im Radio

Das Wortungeheuer

Feature, was ist das? Diese Frage stellt der Radio-Hörer sich und den Machern häufig. Das anglo-amerikanische Kautschukwort, dieser Bastard lateinischer und altfranzösischer Herkunft, wird als Fremdkörper empfunden. Feature, was heißt das?

,,Factura, facere'' heißt im Lateinischen ,,Merkmal, charakteristischer Zug, das Machen''. Das altfranzösische ,,faiture'' bedeutet ,,Mode''. Beides deutet auf Form und Aktualität hin. ,,To feature'' meint im Englischen ,,effektvolles, wirksames Aufmachen'', ,,featureless'' schließlich etwas ,,ohne charakteristische Merkmale, eintönig, fad''. Für all das gibt es kein entsprechendes deutsches Wort.

Das mißverstandene Fach?

Feature, was ist das? Diese Frage stellt nicht nur der Laie. ,,Feature ist das mißverstandene Fach'', schreibt Peter Leonhard Braun, Leiter der Feature-Abteilung beim Sender Freies Berlin, ,,es ist die Form, von der man am wenigsten weiß. Besonders sind Unkenntnis und Mißverstehen dort verbreitet, wo man es erwartet: unter Fachleuten. Denn das ist der Fluch: die Vielverwendbarkeit. Begabung und Verdammung zugleich. Schimpfname: Mädchen für alles. Brauchbar für jede wortproduzierende Abteilung und deswegen meist ohne Zugehörigkeit. Der Zigeuner des Radios, der Ewige Jude, das Rumpelstilzchen.''

Die Nestwärme

In den letzten Jahren besserte sich vieles. Man versteht inzwischen, daß dieses Feature ,,Nestwärme'' braucht; die entsteht in der Hörfunkarbeit bei der Kombination von kreativem Potential, regelmäßiger Sendezeit und Budget.
Es kommt auch zu verstärkter internationaler Zusammenarbeit und jährlichen Feature-Konferenzen. In vielen Ländern und Stationen wurden Feature-Abteilungen oder -Redaktionen installiert; unter anderem mit dem Erfolg, daß bei allen Radio-Wettbewerben die traditionelle Dokumentation in den Hintergrund gedrängt wird.

Ein Rückblick

Erstmals taucht der Begriff ,,feature'' 1939 bei der BBC auf. Für Laurence Gilliam, den Leiter der Feature-Abteilung, handelt es sich um eine Zweckform, besonders nützlich für die sogenannten ,,war-documentaries''; Feature als effektvollste, ausdrucksstärkste Kriegsberichterstattung. Im Normalfall überträgt man dem Feature die Aufgabe, ,,High-spot''-Programme für die Feiertage zu produzieren. Irgendwann nach dem Krieg ist Gilliams Tod auch dann der der Abteilung.
Die Geschichte des Features ist eine Geschichte der Feature-Macher. Das zeigt sich in den Nachkriegsjahren in Hamburg beim britisch verwalteten Militärsender. Peter von Zahn wird Leiter der Abteilung ,,talks and features'', Ernst Schnabel und Axel Eggebrecht sind seine Mitarbeiter. Das Trio beeinflußt gemeinsam mit dem 1952 dazustoßenden Alfred Andersch die deutsche Entwicklung nachhaltig.
Über ,,Hörfolgen (Features)'' schreibt Peter von Zahn: ,,Der Verfasser muß sein Thema kennen und lieben, ehe er beschloß oder beauftragt wurde, ein Feature darüber zu schreiben . . .'' Den Feature-Autor nennt er einen Menschen mit ,,komplexer Begabung''. Was man in Hamburg bis zur Vollkommenheit entwickelt, ist die

Form des ,,Manuskript-Features" unter Ausnützung aller bekannten medialen Möglichkeiten, die zweite große Wortform neben dem Hörspiel.
,,Eine Hörfolge ist kein Kleindrama", schreibt Eggebrecht, sondern dramatisch erzählte Epik. Also äußerste Beschränkung der Dialoge. Das Präsens – in der reinen Epik von zweifelhaftem Wert – ist häufig die gegebene Zeitform für die Grammatik des Feature-Schreibers.
Aber schrittweise führt die Entkleidung des Manuskript-Features auf sein formales Skelett zu einem der meisttradierten Vorurteile: Feature, so analysiert man am Phänomen vorbei, ist ein Manuskript, das von mehreren Sprechern gelesen wird.

Der Abstieg

Die steile Karriere des Features findet ein vorläufiges Ende – aus zwei völlig konträren Gründen: Erstens wollten die neu installierten Fachredaktionen ständige thematische Einbrüche und Übergriffe des Features in ihren Bereich nicht dulden. Endlich ist alles aufgeteilt und parzelliert, was will da ein freiheitsbesessener, laut bellender Bastard wie das Feature! Und zweitens besteht eine ,,paradoxe Nachfrage", wie Braun es beschreibt: ,,Alle wollten Feature, alle brauchten Feature, aber alle wollten nicht dessen Anspruch, sondern nur dessen Nützlichkeit – die direkte und zuverlässige Wirksamkeit zu kleinen Kosten. Das Feature verkam zur Machart." Anders formuliert: zur Allerweltsform. Das Dilemma zwischen Inhalt und Form wird unübersehbar ... Diese sind nämlich, viel mehr als sonst, voneinander abhängig.
Zwar ist beim Feature jeder Sachinhalt und jede Radioform zulässig, das Entscheidende aber ist die völlige Gleichberechtigung und Gleichwertigkeit von Form und Inhalt.
Das hochentwickelte Nur-Manuskript-Feature kann im Hörfunk diesem Anspruch in den sechziger Jahren nicht mehr genügen.

Neuer Aufstieg

Zunächst stellt man inhaltlich neue Tendenzen fest. Sie kommen vom Hörer. Dazu schreibt Heinz Günter Deiters, Leiter der Feature-Abteilung beim NDR: ,,Wir stellten fest, daß sich ein steigendes Informationsbedürfnis abzuzeichnen begann. Die Hörer wollten Analysen, soziologische Informationen, Dokumente, Kommentare."
Neue formale, hörfunkspezifische Tendenzen hingegen kommen von den Machern und der Technik. Es ist wohl nicht übertrieben, wenn man die Geschichte des

neueren Features mit der Entwicklung der Stereofonie in Zusammenhang bringt. Zwar schreibt schon Andersch von der „Verwendung des Geräusches als Fortsetzung des Gespräches mit anderen Mitteln", doch erst die Perfektion der Aufnahmetechnik verleiht dieser Aussage praktische Bedeutung. Erst als tragbare Tonbandgeräte Studioqualität liefern und die Stereofonie Raumerlebnis vermittelt, also Bewegung und Gleichzeitigkeit von mehreren Tonquellen (und nicht Lautsprecher-Pingpong), erst jetzt entdeckt man eine neue Möglichkeit: die *akustische Konzeption* eines Themas, mediale, hörfunkgerechte Verarbeitung von Information.

Zuerst ist der Ton, dann das geschriebene Wort: Schreiben aus dem Originalton – diese neue Entwicklung geht vom Sender Freies Berlin aus und erreicht 1967 ihren ersten Höhepunkt mit einem Feature über „Hühner" von Peter Leonhard Braun.

Die Aufnahmetechnik hat eine neue Dimension: vom Piepen der Küken in den Eiern und dem Aufbrechen der Schale bis zum Öffnen des Brutschrankes (Geburt von 40.000 Küken), schließlich die Schlachtkette . . . das alles nicht nur erzählt und berichtet, sondern direkt hörbar, erlebbar, sinnlich mit dem Ohr wahrnehmbar gemacht. In einem Jahr Arbeitsaufwand . . .

Der Originalton

Die Verwendung des O-Tones bringt dem Feature eine neue, wichtige Facette, bedeutet er doch nicht nur Geräusch und Atmosphäre, sondern eine direkte Darstellung des Menschen. Der Hörer kann, sozusagen aus erster Hand, seinesgleichen miterleben – in der Sprache, die er versteht. Die Forderung aus den Anfangszeiten des Features, in verschiedenen Stilen zu schreiben, wird durch die Möglichkeit ersetzt, verschiedene Sprachstile zu montieren. Schauspieler müssen nicht mehr länger Wirklichkeit nachspielen, sondern authentisches Material steht dem Autor fast grenzenlos zur Verfügung. Er muß nur Zeit haben – und einen Toningenieur. Oder, noch besser, eigene technische Intelligenz; dann verwendet nämlich der Feature-Autor das Tonbandgerät so selbstverständlich wie die Altvorderen die Schreibmaschine. Oder beides.

Der nächste Schritt

An dieser Freiheit ändert sich lange nichts. Sie wird perfektioniert und internationalisiert. Koproduktionen sind für teure Projekte notwendig und werden häufiger (bisher kannte man das auf dem Wortsektor im Radio ja nur beim Hörspiel). Man beginnt auch weltweit über neue Methoden der Fremdsprachenbearbeitung nach-

zudenken. Mit dem Erfolg, daß ein reger internationaler Programm-Austausch einsetzt. Und schließlich experimentiert man schon seit Jahren mit biauraler Technik und kopfbezogener Stereofonie: mit „Kunstkopftechnik". Ihre Probleme sind noch nicht gelöst. Sollte das jemals der Fall sein, werden erschwerte Schnitt- und Montagemöglichkeiten auf Themen und Gestaltung von Radio-Features Auswirkungen haben.
Aber, und da schließt sich der Kreis – Feature, was ist das?

Annäherungen an das Hörfunk-Feature

„Die Aufgabe des Features ist es, den Hörer davon zu überzeugen, daß es die Wahrheit ist, was es ausdrückt." (L. Gilliam)

„Man muß immer ein wenig über den Rand hinausschreiben, wenn man versuchen will, die ganze Wahrheit mitzuteilen." (E. Schnabel)

„Erkenntnisse vermitteln sich aus Dialektik, nicht aus Verkündung. Information – zumal im Radio – hat sich der zur Verfügung stehenden formalen Mittel zu bedienen." (J. Brüning)

„Kaum eine Funkarbeit braucht soviel Vertrautheit mit dem Gegenstand, soviel Lust zur Sache, wie diese." (A. Eggebrecht)

„Feature ist das ‚making', die Übertragung, das In-Form-Bringen des Inhalts, das Machen einer Spezialität, es ist in der Praxis eine Montage-Kunst par excellence." (A. Andersch)

„Feature – ein Versuch, mit allen zu Gebote stehenden epischen, szenischen oder Reportagemitteln, poetisch und journalistisch, illustrativ und demonstrativ einen Komplex aus Wirklichkeit aufzubauen." (H. Schwitzke)

„Das Feature sollte möglichst allgemein interessierende Sachverhalte möglichst interessant vermitteln: möglichst lebendig, möglichst anschaulich, an möglichst breite Schichten." (K. Lindemann)

„Feature ist das unerhörte Leben selbst, nicht schwerhörig, hörig müßt ihr sein!" (P. L. Braun)

Definition

Feature ist ein Sammelbegriff für akustische Ausdrucksformen zur Übermittlung und Vertiefung von Information; ein Vehikel zur Vermittlung von radiophon aufgelösten und gestalteten Sachstoffen.

Die Aufgabe

„Das Feature bringt eine analysierende Betrachtung blitzlichthaft aufgegriffener Wirklichkeitsausschnitte. Diese vielschichtige und komplexe Wirklichkeit als solche zu erkennen, zu fixieren und klärend zu ihrem Verständnis beizutragen, einen Standort ihr gegenüber zu ermöglichen: das ist die Aufgabe des Features.“ (T. Auer-Krafka)
Die Grundhaltung des Features ist eine unterhaltend-didaktische. Emotionale Ergriffenheit kann zur geistigen Aktivierung, eine passive Haltung zur kritischen Stellungnahme führen: Kaugummi fürs Hirn. Sinnlich erfahrbare Information durch Authentizität und Objektivität im Sinne von Lauterkeit, d. h. exakte Recherche ebenso wie die Fähigkeit zu unterhalten. Doppel- und Mehrfachfunktionen verlangen nach Doppel- und Mehrfachbegabungen: Wie sieht er also aus, der Autor des Radio-Features?

Das Radiogenie

Zunächst einmal beherrscht der Feature-Autor das journalistische Einmaleins. Das sowieso. Dann ist er literarisch unterwegs. Nicht nur irgendwie, sondern er weiß um die Sprache, die den Erfordernissen des Mediums entspricht.
Er ist schon lange versierter Mitarbeiter verschiedener Abteilungen, den Radio-Alltag kennt er im Schlaf. Früher war er Redakteur, Lektor, Reporter mit Stereo-Gerät, Musikaufnahmeleiter, später Hörspielregisseur und jetzt, wohlwollend nimmt man es zur Kenntnis, hat er sich ganz dem Feature gewidmet . . . Ach ja, er hat natürlich auch (nicht fertig) studiert und mit sechs Jahren die Geige zu spielen begonnen. Das wäre jetzt beinahe vergessen worden . . . Auch, daß er in der Regel freier Mitarbeiter ist. Und auch, daß es diesen Autor als seltenes Exemplar wirklich gibt . . .

Die andere Möglichkeit

Da ist der eiskalte Resteverwerter („Könnte man da nicht noch ein Feature draus machen?“); der abgetakelte Medienmulti („Da würde so ein Feature glatt auch noch abfallen!“); der Student auf Jobsuche („Haben Sie nicht irgend etwas?“); der fertige Publizist („Was heißt hier Tonbandgerät?“); der interessierte Hörer („Im übrigen möchte ich auch einmal . . .“); und dann, immer wieder passiert das, dann kommt plötzlich einer (er kann durchaus einer der oben erwähnten Spezies sein) mit fiebrigen Augen sozusagen und mit vor Erregung zitternder Stimme. Und er phantasiert von einem Thema, das ihn schon ewig beschäftigt; oder von akustischen Dingen, die nicht aus seinem Kopf wollen; oder von einem Beruf, von dem er ausgefüllt sein will bis oben hin . . .

Auch das kann ein Mann des Features sein. Auch dann, wenn er keine Ahnung hat von Aufnahmetechnik und Dramaturgie. Aber da spürt man Enthusiasmus, der dem einen oder anderen im Dutzend der Profis schon fehlt. Engagement, das man nicht verkommen lassen kann. Denn es wird in jedem Falle über die bloße Information und Weitergabe von Fakten wegführen zur Sinnlichkeit. Und darum geht es. Aufnahmetechnik kann man lernen, Schnitt, Regie, ja sogar Dramaturgie und Schreiben. Nicht immer kommt etwas heraus dabei: Aber bei Feuer, Fleiß und Grundverständnis lohnt sich in der Regel ein Versuch.

Beispiel: Manipulation

Das ist häufig die Gretchenfrage: Ist es Realität, die vermittelt wird? Ist das die Wirklichkeit? Und wenn wir manipulieren, machen wir den Vorgang transparent? Unser „Dilettant" (positiv gemeint als bloß Nichtfachmann) weiß sehr bald, daß Interview und Geräusche – eben O-Ton-Material – in der Hand des Autors keine andere Wertigkeit haben als eben Material zu sein; genauso wie andere Dokumente, die gesichtet, gekürzt und an einen bestimmten Platz gesetzt eine bestimmte Wirkung erreichen – daß also der Autor nach wie vor über Qualität und Fairneß, über korrekte Wiedergabe und Einordnung wirklicher Zustände oder über Verzerrung der Dimension entscheidet. Oder entscheidet etwa nicht der einzelne Autor? Manchmal ja. Mögen einsame Überlegungen „einsamer Wölfe" zuweilen überzeugen, vielleicht sogar notwendig sein, die Regel aber sind sie nicht.

Das Hohelied des Teams

In der Regel basiert Teamarbeit auf der realistischen Einschätzung persönlicher Qualitäten, auf Anerkennung der gegenseitigen Professionalität, vor allem aber auf der Erkenntnis, daß man der Materialfülle und allzu subjektiver Einschätzung relativ hilflos ausgeliefert wäre. Die fruchtbarsten Diskussionen finden im Entstehungsprozeß, nicht am fertigen Produkt statt. Aber auch Einschulung und Beratung eines neues Autors bedeuten Teamarbeit, wenn auch unter anderen Vorzeichen. Schließlich gibt es noch die Teamarbeit mit Fachleuten, die für die Aufbereitung eines Themas unerläßlich scheinen, aber selbst weder Medienerfahrung besitzen noch über sie verfügen wollen.

Ganz praktisch

Das beginnt schon bei der

Wahl der technischen Mittel. Manchmal wird ein dynamisches Mikrofon nicht reichen; will der Autor etwa den Wechsel der Jahreszeiten im Wald hörbar machen, muß er mit Kondensator-Mikrofonen arbeiten. Überhaupt ist beste Technik nötig, sonst rauschen die Bänder mehr als die Blätter, knacken und krachen die Kabel mehr als Zweige und Äste.

Ein weitverbreitetes Mißverständnis betrifft die

Aufnahmegeräte. Hervorragende, so meint man, gehören in die Hände von Profis, für Anfänger reichen auch Kassettenrecorder. Das ist grundfalsch. Der Profi wird mit jedem Gerät halbwegs Brauchbares zustande bringen, für den Ungeübten aber ist das Beste gerade noch gut genug. Die technischen Werte der Kassettengeräte sind heute schon mehr als zufriedenstellend, aber um diese Werte in die Praxis umsetzen zu können, bedarf es eines besonders aufmerksamen Umgangs mit ihnen. Das soll man nicht unterschätzen, denn die „rein technischen" Probleme sind, medial gedacht, mit den inhaltlichen eng verbunden. Hier nämlich fallen bereits

die ersten Entscheidungen:

- Plant unser Autor ein Feature über Fallschirmspringen, wird er den freien Fall hörbar machen wollen. Dafür wird er nachdenken und mit Technikern Gespräche führen müssen . . .
- Bei der Darstellung eines Bundesheermanövers wird er sich vielleicht für mehrere Aufnahmeteams entscheiden . . .
- Bei einer Zirkusgeschichte kann er sich auf zwei Ebenen bewegen wollen, eine vor, eine hinter dem Vorhang. Er wird unter Umständen elf Mikrofone und ein Mischpult aufstellen lassen . . .
- Oder er wird da und dort finden, daß alles Wesentliche beim und durch den Schnitt erfolgen soll . . .
- Möglicherweise rafft er sich sogar zu dem Entschluß auf, daß für ein bestimmtes Thema gar kein O-Ton passend ist, und setzt sich an die gute alte Schreibmaschine. Aber zumeist wird der Autor

Gespräche führen

Absichtlich nicht „interviewen", sondern Fragen be-sprechen, dem Partner zuhören, ihn das Mikrofon vergessen lassen, sich unterordnen. Vielleicht bohrt und provoziert er auch, aber „verbale Kammermusik" ist gefragt, nicht der Paukenschlag. Obwohl emotionale Aufarbeitung und Versinnbildlichung von Information die Aufgabe des Features sind, muß die Privatsphäre der Betroffenen gewahrt bleiben. Fachlich oder charakterlich überforderte Autoren erliegen oft dieser Gefahr und produzieren akustischen Voyeurismus oder Sozialpornographie.

Schlußendlich:

Es gibt kein wirklichkeitsbezogenes Thema, das nicht als Feature gestaltet werden kann, wenn es vom richtigen Autor gemacht wird. Umgekehrt heißt das aber, daß das beste Thema noch lange kein Garant für ein gutes Feature ist. Schließlich: Selbstironie ist ein Salz, das beim Feature nicht auf die Nieren geht. Und: Theoretische Beiträge sind Papier, das Hörfunk-Feature aber ist Radio.

Anhang

Um die bereits schon mehrere Jahre alten Anmerkungen zum Radio-Feature aktuell zu ergänzen, sei noch folgender kurzer

„Leytfaden zur Conservierung akustischer Ereygnisse, beruhend auf dem Prinzipium der Umwandlung von Schalldruck in elektrische Energie"

angefügt.

Nichts Neues unter der Sonne – wird so mancher nach Lesen der folgenden Zeilen denken und recht haben. Seit der Erfindung des Kohlemikrofons hat sich wirklich nicht so viel geändert.

Der Schalldruck, auf dem die ganze Mikrowirkung beruht, nimmt nach wie vor mit dem Quadrat der Entfernung ab, die optimale Mikroentfernung ist nach wie vor eine gute Handspanne – also ca. 15 cm. Und zwar vom Mund des Sprechenden und nicht von seiner Wohnungstür. Die Verdoppelung dieser Spanne bedeutet physikalisch nur mehr ein Viertel des vorherigen Drucks und akustisch soviel wie eine Ausblendung. Ein alter Hut mit durchgeschwitztem Schweißband.

Was sich aber in letzter Zeit geändert hat, ist ein neues Angebot auf dem Sektor der Aufzeichnungsgeräte durch die Entwicklung tragbarer digitaler Kassettengeräte. DAT – digital audio tape – ist von der Größe her vergleichbar mit Kassettengeräten, von der technischen Seite erreicht es im Normaleinsatz Studioqualität. Der Zugriff auf das Abgespeicherte ist durch die auf der Kassette aufkopierte Zeit und allenfalls auch durch elektronische Markierung erheblich komfortabler als bei Kassettengeräten. Der Hinweis im Prospekt, daß bei hoher Feuchtigkeit Betriebsstörungen auftreten könnten, zeigt Grenzen. Denn unter Störungen ist bei Digital-Technologie Komplettausfall zu verstehen.

Was aber wesentlich erscheint: sowohl speziell für DAT- als auch für normale Kassettengeräte, auf die man in den meisten Funkhäusern aus Gründen der Handlichkeit, aber auch des Preises umgestiegen ist, gibt es neue hochentwickelte Mikrofone, die Kassettenrecorder erst professionell wirklich tauglich erscheinen lassen.

Freilich sind damit nur bessere technische Voraussetzungen geschaffen worden. Es wird aber niemand dadurch gehindert, die lieben guten alten Fehler weiterzupflegen: das Mikrofon in falscher Entfernung, oder es in die falsche Richtung zu halten; die Möglichkeiten, Handgeräusche zu erzeugen, ist durch die gesteigerte Empfindlichkeit der Mikrofone sogar noch erhöht; und unverbesserliche Optimisten glauben auch heute noch daran, daß der Windschutz seinem Namen gerecht wird.

Wer übrigens während der Aufnahme ständig an den Knöpfen seines Recorders dreht, ist entweder nervös, unerfahren oder ein Angeber: sicherlich aber kein Profi, denn der stellt seine Lautstärke ein und erledigt nötige kleinere Korrekturen mit der Entfernung vom Mikro zum Mund; ganz unauffällig, aber akustisch logisch. Während der Anfänger die Aussteuerungsanzeige im Auge hat, bevorzugt der Profi das Auge der Interviewten; zeigt Interesse; deutet Befremden an. Das Technische hat er auch im Griff, schließlich benötigt er auch nicht die Gebrauchsanweisung, wenn er auf der Autobahn in den fünften Gang schaltet. Er bleibt auch immer schön auf der ,,rechten Spur", wobei stereofon Linksfahren genauso erlaubt ist. Zum Unterschied vom Anfänger hat er seine Erfahrungen mit Pegel- und Kanalsprüngen bereits hinter sich und die Lektion gelernt; technisch, dramaturgisch und inhaltlich.

Richard Goll/Alfred Treiber

Feature im Fernsehen

Das Wort Feature bedeutet in seinem ursprünglichen Sinn etwas, das als besondere Attraktion angeboten wird. Die ,,feature story" ist im amerikanischen Sprachgebrauch ein Zeitungsartikel, der eine besondere persönliche Note hat, aber auch die prominenteste Story eines Magazins wird ,,feature story" oder einfach ,,feature" genannt. Im Medium Hörfunk wurde der Begriff ,,feature" zum ersten Mal 1939 für bestimmte Sendungen der BBC verwendet. In einer Dissertation über ,,Die Entwicklungsgeschichte des westdeutschen Rundfunk-Features von den Anfängen bis zur Gegenwart" (1974) beschrieb die Autorin Ilse Krafka die Entstehung des Begriffes ,,feature" bei der BBC:

,,Kulturfilmartige Sendungen heißen bei der BBC ,features'. Dieses Wort hat eine interessante Geschichte. Die dramaturgische Abteilung der BBC zeigte sich in Dingen der Rundfunktechnik von Anfang an fortschrittlich und experimentierfreudig. So war es ganz natürlich, daß man ihr die Aufgabe übertrug, für Gelegenheiten wie Weihnachten und Silvester besondere Programme vorzubereiten, die in Presse- und Rundfunkankündigungen besonders herausgestellt (ge-featured) werden konnten. Dieses ‚featured programme' verlor im täglichen Sprachgebrauch schnell sein Endungs-d, und der Name wurde in Ermangelung eines anderen bald auf die Gesamtheit aller Sendungen ausgedehnt, die einen experimentellen Charakter trugen. Das Wort ‚programme' erübrigte sich, da man im Rundfunk immer mit Programm zu tun hat, und aus dem Adjektiv wurde ein Substantiv."

Beim ORF ist der Begriff Feature zwar im Hörfunk verankert, im Fernsehen aber wenig gebräuchlich. In der Praxis hat allerdings ein Großteil der Beiträge in den verschiedenen Magazinsendungen des ORF Feature-Charakter, ebenso wie eine Reihe von Produktionen für das „Österreich-Bild am Sonntag".

Definitionsversuche

Das Feature ist ein Hintergrundbericht, keine tagesaktuelle Story. Das Feature ist subjektiver als eine Dokumentation. Das dürfte auch eine der Ursachen dafür sein, daß das Wort Feature im österreichischen Fernsehen so selten verwendet wird, da das Objektivitätsgebot, das dem ORF durch das Rundfunkgesetz auferlegt ist, wesentlich strenger ist als vergleichsweise Bestimmungen für die Fernsehanstalten in der Bundesrepublik Deutschland. Hier noch einige Definitionsversuche des Begriffes Feature:

„Die Form der journalistischen Abhandlung der wirklichen Welt im Fernsehen" (Harun Farocki: Bilder aus dem Fernsehen. Filmkritik 17, 1973). „In der Reportage breitet sich persönliches Temperament aus, beim Feature reflektiert es vom Brennglas der Recherchen, des Wissens, der Sensibilität des Autors . . . Kennzeichen des Features ist ein ständiger Wechsel zwischen Schilderung und Schlußfolgerung." (Materialien für Lokaljournalisten, Verlag Ölschläger, München 1983.)

Aus all dem ergibt sich, daß ein Fernseh-Feature nicht von jemandem gemacht werden kann, der Anfänger im Medium ist. **Das Feature erfordert im allgemeinen auch eine größere Sendeform, die etwa bei 8 bis 10 Minuten beginnt und nach oben hin bei 30 bis 45 Minuten ihre Grenze hat.**

Alle handwerklichen Grundsätze, die zum Thema „Bericht im Fernsehen" (Seite 87 ff.) beschrieben wurden, gelten auch für das Feature. Allerdings sind sie hier nur selbstverständliche Voraussetzung für das Gelingen dieses Sendungstypus, so wie man von einem Pianisten erwartet, daß er zumindest Noten lesen kann.

Drehbuch

Das Feature braucht keinen aktuellen Anlaß; es gibt keine thematische Abgrenzung. Ein weiteres wesentliches Merkmal des Features ist, daß es an *einem* Beispiel Allgemeingültiges aufzeigt. Die Vorarbeiten für ein Feature müssen wesentlich umfassender sein als für einen Bericht. Die Ergebnisse der Vorarbeiten und Recherchen sind dann in ein Drehbuch umzusetzen, in welchem Bildsprache, Text, Musik und Effektton (Geräusche) aufeinander abzustimmen sind. Das Drehbuch wird formal so geschrieben, daß jede Seite des Drehbuches der Länge nach in zwei gleich große Felder geteilt wird, im linken Feld wird die Aufeinanderfolge der Bilder niedergeschrieben, im rechten Feld die jeweils zu den Bildern gehörenden Texte, Geräusche, Originaltöne und die Musik.

Rhythmischer Wechsel: Spannung – Entspannung

Die Gesetze der Fernsehdramaturgie sind bei einem Feature sehr genau zu beachten. Das gilt vor allem für den Spannungsbogen oder, besser gesagt, für die Aneinanderreihung der Spannungsbögen. Der Spannungsbogen wird oft mit dem Atem eines Menschen verglichen. Vom Nullpunkt aus steigt die Spannung langsam bogenförmig an – der Mensch atmet ein – sie erreicht den Höhepunkt – der Mensch hält den Atem an – sinkt wieder langsam ab – der Mensch atmet aus. Dieser rhythmische Wechsel von Spannung und Entspannung wurde als Grundregel der klassischen Theater-Dramaturgie bereits von Aristoteles aufgezeichnet. Ein Feature, das beispielsweise 30 Minuten dauert, wird also einen gesamten Spannungsbogen haben, der von der Einleitung bis zum Schluß reicht, wobei dieser Spannungsbogen wiederum durch die rhythmische Abfolge der einzelnen Passagen ebenfalls nach den Grundsätzen von Spannung und Entspannung – einatmen und ausatmen – zu erreichen sein wird. Diese kleinen Spannungsbögen werden bei dem als Beispiel genannten 30-Minuten-Feature dann jeweils etwa 3 bis 5 Minuten dauern. Das heißt, **daß das Feature im Unterschied zu anderen Produktionsformen in der Regel einen „langen Bildatem" haben wird.** Nach Passagen besonderer Konzentration soll der Zuschauer die Möglichkeit haben, das Gesehene zu reflektieren, sich zu entspannen. Je länger die Sendezeit ist, desto wichtiger ist die Beachtung dieses Spannungsbogens, wobei selbstverständlich im Idealfall auch ein Beitrag in der Länge von 2 oder 3 Minuten nach den dramaturgischen Grundgesetzen aufgebaut werden kann und soll. In diesem Zusammenhang sei ein Skriptum von Erich Dworak zum Seminar für Fernsehdramaturgie der ORF-Berufs-, Aus- und Fortbildung erwähnt, in welchem die theoretischen und praktischen Regeln der Fernsehdramaturgie umfassend dargestellt werden.

Wesentlich: Die Bildsprache

Das Feature darf keinesfalls dazu verleiten, dem gesprochenen Wort Vorrang vor dem Bild zu geben. Die Sprache des Feature-Autors kann und soll feuilletonistischer sein, sie wird sich selbstverständlich von der Sprache des Tagesjournalismus unterscheiden, allein schon dadurch, daß die Texte subjektiver, wertender sind. Aber wesentlich ist die Bildsprache. Ein Feature kann unter Umständen überhaupt ohne Text auskommen, was natürlich nicht der Regelfall ist. Dann kommt dem Effektton, den Geräuschen, der Musik, der gesamten akustischen Atmosphäre eine besondere Bedeutung zu. Ein „bebilderter" Reportertext ist zwar auch für einen tagesaktuellen Kurzbeitrag nicht die erwünschte fernsehgerechte Aufarbeitung eines Themas, bei einem Feature wäre eine solche Arbeitsweise allerdings als Todsünde zu bezeichnen. **Der Feature-Autor muß zuerst die optische Ausdrucksform für seine Gedanken und dann die verbale Ergänzung und Erläuterung suchen.**
Ein Feature kann sämtliche Darstellungsformen beinhalten: Interviews, Statements, Moderationen, Redeausschnitte, Graphiken, Archivbilder etc. Alle jene Bestandteile eines Features, die nicht oder nur teilweise vorhergeplant werden können, stellen einen gewissen Unsicherheitsfaktor bei der Erstellung des Drehbuches dar.

Beispiel: „Landpfarrer"

Nehmen wir als Beispiel ein Feature zum Thema „Landpfarrer". Wir gehen von der Konzeption aus, daß dieses Feature 30 Minuten dauern soll, am Einzelbeispiel soll Allgemeingültiges aufgezeigt werden. Als Einzelbeispiel wird ein Landpfarrer ausgewählt, von dem auf Grund der Vor-Recherchen anzunehmen ist, daß er sich für eine solche Form der Darstellung besonders eignet. Es wird daher notwendig sein, mit diesem Landpfarrer zunächst ein ausführliches Gespräch zu führen, in dem die grundsätzlichen Fragen, die in dem Feature angeschnitten werden sollen, zu klären sind. Dann ist zu recherchieren, welche optischen Darstellungsmöglichkeiten gegeben sind. Es ist also der Tages- und Jahresablauf der Arbeit dieses Landpfarrers auszukundschaften. Es werden sich einige Fixpunkte ergeben, die als allgemeingültig angesehen werden können, etwa: Arbeit mit einer Jugendgruppe, Gespräche mit dem Pfarrgemeinderat, Probenarbeit mit dem Kirchenchor, eine Trauung, das Zelebrieren einer Messe, die Predigt, ein Krankenbesuch, Redaktion eines Pfarrblattes etc.
Gerade bei einem Thema dieser Art wird es notwendig sein, bestimmte Bereiche der Seelsorge einfach verbal auszudrücken, am besten in Form von Ausschnitten

aus einem mit der Kamera aufgenommenen Interview. Bei der Verwendung solcher Interviews empfiehlt es sich daher, in der ersten Phase der Arbeiten eine Art Roh-Drehbuch zu erstellen, bei dem die Interview-Ausschnitte zu bestimmten Fragenkomplexen provisorisch festgelegt werden. Da aber ein Interview nie exakt vorhergeplant werden kann, soll vor dem Beginn der übrigen Dreharbeiten das Interview aufgenommen werden. In diesem Fall wird es sich eher um ein Gespräch handeln, das mindestens 20 bis 30 Minuten dauern wird. Bei solchen Gesprächen ist auch darauf zu achten, daß trotz Kamera und Scheinwerfer eine möglichst angenehme Gesprächsatmosphäre entstehen soll. Das Interview soll also in der gewohnten Umgebung der handelnden Person aufgenommen werden, der Interviewpartner soll nicht durch umständliche Hinweise auf richtiges, technik-gemäßes Verhalten verunsichert werden. Am besten sind dafür Ansteck-Mikrofone zu verwenden, und vor dem Beginn der Aufnahmen sollte zum „Aufwärmen" bereits die Gesprächsatmosphäre herbeigeführt werden.
Nach diesem Gesprächs-Interview soll der Gestalter des Features dann exakt jene Teile des Interviews festlegen, die er für die Sendung verwenden will. Daraufhin ist dann nach Ablauf und Inhalt dieser Ausschnitte das endgültige Drehbuch zu erstellen.
Die Schilderung dieses Beispiels wird absichtlich nicht weiter im Detail ausgeführt, weil das Feature die Handschrift des Autors zu tragen hat und daher kein generelles Rezept gegeben werden kann. Das gilt nämlich sogar für die Anwendung der Grundsätze der Fernsehdramaturgie. Jede Regel kann ihre Ausnahme haben, wenn diese Ausnahme vom Autor bewußt verwendet wird. Falsch sind daher nur unbewußte Verstöße aufgrund mangelnder Beherrschung des Handwerks.

Bild-Metapher

Beim Feature wird auch sehr oft eine Bild-Metapher verwendet werden können. Da das Feature ja über die beschreibende Darstellung einer Reportage hinausgeht, kommt man bei der optischen Umsetzung sehr oft in Bereiche, die mit realen Bildern nicht darzustellen sind. Der Autor muß dann versuchen, Bilder zu finden, die Symbolcharakter haben, die über ihre reale Bedeutung hinausgehend auch noch eine andere Aussagekraft besitzen. Die Verwendung dieser Art von Bildsprache ist besonders diffizil, weil sie sehr viel Feingefühl und Erfahrung voraussetzt.
Es muß durch die Abstimmung von Bild-Metapher, Textzusammenhang und Musik oder Effektton gelingen, die reale Aussage des gezeigten Bildes so weit zurückzudrängen, daß die Symbolkraft unmißverständlich zum Ausdruck kommt.
Besonders eindrucksvolle Wolkenstimmungen, Landschaftsaufnahmen in einer weiten Ebene oder in einer engen Schlucht können beispielsweise Bild-Metaphern

sein, mit denen Gefühle wie Glück oder Einsamkeit und Trauer ausgedrückt werden können. Der Phantasie des Autors sind in diesem Bereich eben nur dort die Grenzen gesetzt, wo die reale Ausdruckskraft des Bildes den Symbolgehalt übersteigt. Es wäre also beispielsweise sicherlich falsch, für die Darstellung der Probleme einer bestimmten Wirtschaftssparte als Bild-Metapher Aufnahmen von einem Hürdenlauf zu zeigen, in dem in Großaufnahme die verbissenen Gesichter der um den Sieg kämpfenden Läufer, womöglich noch mit starkem Effektton, zu sehen sind.

Das Feature als Semi-Dokumentation

Das Feature kann über die Darstellung der Wirklichkeit und die Verwendung von Bildmetaphern hinaus aber auch noch in den Bereich der Semi-Dokumentation vorstoßen. Es können also im Feature auch von Schauspielern dargestellte Handlungen vorkommen. Diese Form der Darstellung muß allerdings vor ihrer Verwendung besonders sorgfältig geprüft werden, weil hiefür der Gestalter des Features auch noch die Schauspiel-Regie beherrschen müßte, es sei denn, er kann sich zusätzlich einen Regisseur engagieren. Bei der Vermischung von Dokumentations-Aufnahmen und gestellten Szenen ist zu beachten, daß auch dem Zuschauer klar ist, wann es sich um die Darstellung von Wirklichkeit und wann es sich um gestellte Szenen handelt.

Die Aufgabe, ein Fernseh-Feature zu gestalten, ist sicherlich für jeden Autor oder Redakteur sehr verlockend. In einem Handbuch für die Gestaltung von Fernsehsendungen wird man für diese Produktionsform allerdings nur Denkanstöße und handwerkliche Grundregeln aufzeigen können. Das wurde hier versucht. Vielleicht sollten die Gestalter von Features aber auch an die ursprüngliche Bedeutung dieses Wortes denken, als das „featured programme" ein Programm experimentellen Charakters war. Dem journalistischen und künstlerischen Experiment sind nämlich im Feature die Grenzen nur dort gesetzt, wo die eigene Kreativität und das handwerkliche Können diese Grenze ziehen.

Günther Ziesel

Literatur:

Zeitung

BRENDEL, Detlef, und GROBE, Bernd E.: Journalistisches Grundwissen. Darstellung der Formen und Mittel journalistischer Arbeit und Einführung in die Anwendung empirischer Daten in den Massenmedien. München: Verlag Dokumentation, 1982.

LA ROCHE, Walther von: Einführung in den praktischen Journalismus. 12., überarb. Auflage. München: List Verlag, 1990.

MEYER, Werner: Zeitungspraktikum. Auszug aus der Loseblattsammlung „Journalismus von heute". Percha am Starnberger See: Verlag R. S. Schulz, 1990.
NOELLE-NEUMANN, Elisabeth; SCHULZ, Winfried, WILKE, Jürgen (Hrsg.): Fischer Lexikon Publizistik/ Massenkommunikation. Frankfurt: Fischer, 1989.
PROJEKTTEAM LOKALJOURNALISTEN (Hrsg.): ABC des Journalismus. 6., überarb. Auflage. München: Ölschläger, 1990.
ROLOFF, Eckart Klaus: Journalistische Textgattungen. München: R. Oldenbourg Verlag, 1982.

Radio

ANDERSCH, Alfred: Versuch über das Feature. In: Rundfunk und Fernsehen. Hamburg, 1953, Heft 1.
ARNOLD, Bernd-Peter: Hörfunk-Information. Hinter den Kulissen des schnellsten Nachrichtenmediums. Opladen: Leske Verlag und Budrich GmbH, 1981.
AUER-KRAFKA, Tamara: Die Entwicklungsgeschichte des westdeutschen Rundfunk-Features von den Anfängen bis zur Gegenwart. Wien: Wilhelm Braumüller Verlag, 1980.
AUER-KRAFKA, Tamara: Hörfunk-Feature – 20 Jahre neuerer Entwicklungsgeschichte. In: medium, 1981, Heft 6, S. 13–16.
DEITERS, Heinz Günter: Das Feature. Gedanken zu einer hörfunkeigenen Ausdrucksform. Vortrag, gesendet am 19. 4. 1979 vom SDT.
GILLIAM, Laurence: Feature. London: BBC, 1950.
HÜLSEBUS-WAGNER, Christa: Feature und Radio-Essay. Hörfunkformen von Autoren der Gruppe 77 und ihres Umkreises. Aachen: Cobra-Verlag, 1983.
KAUPP, Peter: Presse – Hörfunk – Fernsehen. Funktion, Wirkung. Ein medienkundliches Handbuch. 2. Auflage. Frankfurt: dipa, 1980.
LA ROCHE, Walther von, und BUCHHOLZ, Axel (Hrsg.): Radio-Journalismus. Ein Handbuch für Ausbildung und Praxis im Hörfunk. München: List Verlag, 1987.
SOHA, Lucie: Das erste Feature in Stereo. In: Funk-Korrespondenz des SFB, Nr. 14, vom 6. April 1967.
WILLIAMSON, Hugh Ross: Reflections on Radio Features. In: BBC Quarterly Vol. VI, Nr. 2, London, 1951.

Fernsehen

BURGMANN, Christhart: Alles kann zum Thema werden. Über einige Bedingungen des Features. In: Fernsehsendungen und ihre Formen. Hrsg. von Helmut Kreuzer und Karl Prümm. Stuttgart: Reclam Verlag, 1979. S. 290–305.
NIELSEN, Uwe, und KOCH, Jürgen: Aspekte Berufsreports – Arbeitsfeld Funk und Fernsehen. Frankfurt/ Main, 1973.
ROHLINGER, Rudolf: Die überschätzte Kamera. Fernsehen – nah besehen. Osnabrück: Verlag A. Fromm, 1973.
SCHULT, Gerhard, und BUCHHOLZ, Axel (Hrsg.): Fernseh-Journalismus. Ein Handbuch für Ausbildung und Praxis. München: List Verlag, 1984.

Analyse in Radio und Fernsehen

Einleitung

Kommunikation wird zwar im Regelfall durch einen Sender initiiert, sie entsteht aber beim Empfänger. So wie der Empfänger nämlich eine Information versteht, so geht diese Information in sein Bewußtsein ein. Im Alltagsleben ist das eine Trivialität: Sprechen zwei Menschen miteinander, so merkt der Sprechende meist sehr rasch aus der Reaktion des Zuhörenden, ob er in seinem Sinne verstanden worden ist oder nicht. In der Massenkommunikation wird diese alltägliche Trivialität zu einem wichtigen Handlungsprinzip vor allem für den Journalisten im elektronischen Medium: Er bekommt vom Empfänger seiner Nachricht keine Rückantwort, die ihn darüber aufklären könnte, ob er im beabsichtigten Sinn verstanden wurde oder nicht; mehr noch, der Journalist weiß nicht einmal, ob seine Information auf einen aufmerksamen Zuhörer trifft, und wenn, auf einen aufmerksamen, ob auf einen hinreichend vorinformierten – und wenn beides der Fall sein sollte, ob auf einen hinreichend interessierten Zuhörer.

Diese Ausgangslage hat zentrale Folgen für die tägliche Arbeit eines Journalisten. Die einfachste Konsequenz ist, so wenig wie möglich und eigentlich nur das Allerselbstverständlichste und Allerbekannteste vorauszusetzen. Das verringert die Gefahr, daß ein nicht hinreichend vorinformierter Rezipient eine Nachricht nicht verstehen kann. (Übrigens: Jeder Hochmut vom Typ „Wer das nicht weiß, der braucht meine Nachricht ohnedies nicht zu verstehen" ist für einen Journalisten höchst unpassend.) Alle anderen genannten Probleme sind für einen Journalisten entweder unlösbar – die Aufmerksamkeit einer von kleinen Kindern abgelenkten Mutter läßt sich nicht erzwingen –, oder sie können nur durch jene systematische Arbeit gelöst werden, die zum Wesen des Journalismus gehört:

- Zu neuen Themen zusätzliche Hintergrundinformation anbieten;
- Themen im richtigen Zusammenhang und in der richtigen Größe darstellen – also auch jene Wirklichkeit sichtbar machen, aus der eine Nachricht kommt (z. B.: Welche Bedeutung hat etwas, das uns vielleicht bedeutungslos erscheint, für die Innenpolitik der USA?);
- zu komplizierten Themen zusätzliches Wissen anbieten (Typ: Wie funktioniert . . .);
- und schließlich: Der Journalist hat darauf zu achten, daß das zum Tag Gesagte nicht ungeprüft und zusammenhanglos weitergegeben wird (er hat also zum Beispiel nach einiger Zeit zu prüfen, was ein Politiker, der die Abschaffung bestimmter Zustände versprochen hat, dafür tatsächlich getan hat – oder ob er

mit seinen seinerzeitigen Äußerungen nur politische Vorteile aus einer Augenblickstimmung ziehen wollte).

Aufgabe des Journalisten ist es folglich, die Wirklichkeit, wie sie täglich zu sein scheint, zu prüfen, zu hinterfragen, zu relativieren und zu redimensionieren, um die Wirklichkeit der Medien dem realen Geschehen möglichst anzunähern. Diesem Ziel kann man sich in Wahrheit nur asymptotisch nähern. Eine gut geeignete Methode dazu ist im Meinungskommentar und in der Analyse zu sehen.

Meinungskommentar

Der Meinungskommentar dient der persönlichen Orientierung eines Hörers oder Lesers durch die Konfrontation der Meinung des Kommentators mit der eigenen Meinung. Man kann zustimmen, man kann ablehnen, man kann trotz gegenteiliger eigener Meinung die Argumente des Meinungskommentators interessant und überlegenswert finden. Der Meinungskommentar wägt – außer im Agitationsjournalismus, von dem hier nicht die Rede ist – Argumente ab, um als Konsequenz daraus die eigene Meinung zu begründen. Durch diese Konsequenz, eine eigene Meinung zu begründen und darzustellen, unterscheidet er sich substantiell von der Analyse.

Auch im ORF sind Meinungskommentare möglich. Ihre Wiedergabe bedingt allerdings, daß nicht immer nur eine Meinung zu Wort kommt, sondern die gesetzlich geforderte Meinungsvielfalt auch hier zum Tragen kommt. **Die Wiedergabe von Meinungskommentaren hat laut ORF-Gesetz „unter angemessener Berücksichtigung der Vielfalt der im öffentlichen Leben vertretenen Meinungen sowie unter Wahrung des Grundsatzes der Objektivität zu erfolgen“** (§ 2 Abs. 1 lit. b und c RFG). Jenseits der Gesetzessprache heißt das: Der ORF muß – wenn er es überhaupt tut – zu relevanten Themen in überschaubaren Zeiträumen Meinungskommentatoren zu Wort kommen lassen, die unterschiedliche Standpunkte vertreten. Und er muß Gesprächsrunden, in denen Meinungen zu aktuellen Ereignissen (etwa einem Wahlergebnis) geäußert werden, so zusammensetzen, daß unterschiedliche Standpunkte zum Ausdruck kommen können.

ORF-Journalisten selbst ist der Meinungskommentar nicht gestattet. **„Mitarbeiter des ORF, die Programmelemente gestalten, die den Erfordernissen der Objektivität entsprechen, dürfen keinen Meinungskommentar abgeben“,** heißt die entsprechende Stelle in den Programmrichtlinien des ORF. Zweifellos zu Recht: Wie sollte ein ORF-Journalist für die Öffentlichkeit glaubwürdig ein kritisches Interview mit dem Regierungschef machen, wenn er am Tag zuvor eine Maßnahme der Regierung in einem Meinungskommentar bejubelt hätte? Wie könnte er unter solchen Umständen dem Oppositionschef als vorurteilsfreier Interviewer gegenübertreten?

Anders ist es bei der Analyse. Sie steht dem ORF-Journalisten offen und muß ihm offenstehen, soll er nicht auf einen Teil seines Informationsauftrages verzichten müssen. Denn **in der Analyse wird nicht die Meinung des Analytikers transportiert, nicht darüber gesprochen, was er über einen Sachverhalt denkt, sondern darüber, was hinter einem Sachverhalt steckt.**

Analyse

Die nachfolgenden Ausführungen treffen in gleicher Weise für Analysen im Hörfunk wie im Fernsehen zu. Da Analysen im Fernsehen optisch in der Regel durch einen Redakteur im Bild dargeboten werden, unterscheiden sie sich nicht nur inhaltlich, sondern auch formal nicht grundsätzlich von Analysen im Radio. Es gelten die gleichen Gestaltungsregeln – abgesehen vom wichtigen Umstand, daß mangels Zeit Fernsehanalysen noch dichter, gedrängter und auf das Wesentlichste konzentriert sein müssen.

Und noch eine Vorbemerkung: Analysieren erfolgt in Radio und Fernsehen nicht nur in der deklarierten Form durch einen Redakteur, der im Studio oder am Ort eines Geschehens Hintergründe und Zusammenhänge erläutert. Auch eine durch sachliches Hintergrundwissen abgesicherte Interviewfrage, die auf das zielt, was ein Politiker nicht sagen möchte, kann hohen analytischen Gehalt haben – kann hervorbringen, was dahintersteckt.

Wann macht man eine Analyse?

Diese Frage korrekt und selbstkritisch zu stellen und zu beantworten, ist gerade im Fernsehen wichtig. Der irrationalen Verlockung, am Bildschirm zu erscheinen, sind starke rationale Begründungen hinzuzufügen. Wo sie nicht stark genug sind, ist die Analyse zu unterlassen. Sonst wächst der Bekanntheitsgrad zu Lasten der journalistischen Kompetenz. Sie ist das wichtigste Gut, das ein Analytiker hat: seine Kompetenz und – aus ihr hergeleitet – seine Glaubwürdigkeit.

Die einfachste rationale Antwort auf die Frage, wann man eine Analyse macht, lautet: Wenn der Bericht über ein Ereignis nicht ausreicht, um es für den Zuhörer in seinen Ursachen, Zusammenhängen, Dimensionen und Wirkungen hinreichend verständlich zu machen.

Das wird plastisch sehr klar, wenn man sich Ereignisse vorstellt, die keiner Analyse zugänglich sind: Etwa der Augenzeugenbericht über eine Katastrophe, der Bericht von der Geburt eines Pandabären im Zoo, der von einem Autorennen. An solchen Ereignissen ist rasch klar, was geschehen ist, wo der Kern – und damit die Botschaft – der Information liegt.

Wenn hingegen die Spitzen der beiden Supermächte ein Abkommen unterzeichnen, kann die Botschaft der Information nicht bei dem vordergründigen Geschehen liegen, daß zwei in Flanell gekleidete Herren teure Füllhalter eigenhändig übers Papier führen und viele Leute dabei zusehen. Hier hat, bis es dazu kam, ein komplexer Prozeß des Interessenausgleichs stattgefunden, ein Prozeß der Prüfung gegenseitiger Stärke, der Auslotung dessen, was dem jeweils anderen noch zumutbar ist. Wichtige Dinge also, die in der Szene des Berichts über die Unterzeichnung gar nicht enthalten sein können. In solchen Fällen ist zu erklären, wie es dazu kam, sind Konsequenzen zu erläutern – hier liegt das Aufgabengebiet des Analytikers. Das gilt – mutatis mutandis und entsprechend verkleinert – auch für Ereignisse der Innenpolitik.

Was ist für eine Analyse notwendig?

Ohne Anspruch auf Vollständigkeit zu erheben, seien hier wichtige Voraussetzungen aufgelistet, die für das Zustandekommen und Gelingen einer politischen Analyse notwendig sind.

1. Eine Analyse erfordert zuallererst eine genaue Kenntnis der Vorgänge, die ihr zugrunde liegen. Ungenaue Information, unpräzises Übernehmen nicht genau geprüfter Nachrichten kann die Analyse auf falsche Grundlagen stellen. Falsche oder vom analysierenden Journalisten falsch verstandene Informationen führen zu falschen Analysen – ein journalistisch existenzbedrohender Fehler.
2. Der Analysierende muß auch eine genaue Kenntnis über Vorgänge haben oder sich verschaffen, die hinter dem stehen, was vordergründig passiert und die Information des Tages bildet.
   Weitreichende politische Entscheidungen (etwa vorverlegte Wahlen oder ein Politiker-Rücktritt) sind praktisch nie die Folge spontaner Einzelentschlüsse; solche Entscheidungen werden zwischen den jeweiligen politischen Führungskräften diskutiert und folgen einem politischen Kalkül. Je genauer ein Journalist über diese Hintergründe informiert ist, desto besser kann er sein Publikum in der Analyse über die Zusammenhänge im Hintergrund informieren.
3. Wer analysiert, muß die politischen Kräfte, die ein Geschehen zu steuern versuchen, überblicken und vor allem in ihrer Stärke abschätzen können. Das gilt für Flügelkämpfe oder Strömungen innerhalb einer Partei, aber auch für die Kommunikation zwischen Parteien oder Interessengruppen, die ja stets vielfältig und auf mehreren Ebenen stattfindet.
4. Wer analysiert, muß gute Kontakte haben zu Personen, die über die beschriebenen Hintergründe und Kommunikationsabläufe zuverlässig Auskunft geben können. Am besten sind Kontakte zu Personen, die an den Entscheidungsge-

sprächen selbst teilgenommen haben und bereit sind, darüber Hintergrundinformationen zu geben. Gute Kontakte dieser Art muß man sorgfältig pflegen, das Vertrauen, auf dem sie beruhen, darf nicht erschüttert werden. Ein Journalist, der eine Quelle dieser Art preisgibt, bekommt zu Recht nie wieder Informationen.

Was braucht man noch?

5. Kritikfähigkeit, um beurteilen zu können, welche Interessen hinter Informationen stehen, die man bekommt.
6. Politische Urteilsfähigkeit, um zu Schlüssen zu gelangen, die plausibel sind und die der politischen Realität entsprechen.
7. Journalistische Erfahrung, die es leichter macht, Informationen zu beurteilen und Schlüsse zu ziehen.
8. Distanz zu den Ereignissen – wer politisch analysiert, darf auch angesichts spannender Entwicklungen nicht aufgeregt wirken.
9. Distanz zu sich selbst – um auch kühl analysieren zu können, was man persönlich durchaus emotionell sehen kann.
10. Nicht zuletzt muß man die Sprache beherrschen – präzise im Ausdruck und souverän (aber nicht überheblich) in der Präsentation sein.

Wie schreibt man eine Analyse?

Die Arbeit für eine Analyse und die mit ihr verbundenen Denkvorgänge beginnen fast nie an der Schreibmaschine oder am Computer (und auch nicht am zerkauten Bleistift). Es müssen zunächst nämlich die Voraussetzungen fürs Denken und Schreiben geschaffen werden. So steht am Beginn einer Analyse häufig die Recherche, die Arbeit mit dem Telefon. Man sammelt Informationen und Zusatzinformationen, Standpunkte und Gegenstandpunkte, Meinungen und Gegenmeinungen – kurz: man holt relevante Fakten ein und sammelt auch Anregungen fürs eigene Denken.

Dann beginnt die Kopfarbeit: Die Fakten werden geordnet, Überlegungen systematisch zusammengestellt, erste gute Sätze zu Papier gebracht, und vor allem **wird das Ziel der Analyse festgelegt: Welche Botschaft will ich meinem Publikum übermitteln?** Jetzt erst geht es an die Schreibmaschine oder den PC.

Im folgenden einige praktische Tips für das Verfassen einer Analyse:

- Obenan muß das Analyseziel stehen. Man muß wissen, was man erklären will. Worüber man sich selbst nicht klar ist, das kann man auch nicht klarmachen!
- Die Darstellung der Tagesereignisse ist nicht Aufgabe der Analyse. Der Bericht mit den Informationen vom Tag geht der Analyse voran. Sobald die Analyse

über den Sender geht, sind dem Hörer/Seher die Fakten vom Tag bekannt. Daß sie nicht mehr dargestellt werden müssen, spart auch wertvolle Zeit.

- Da Texte im Radio und Fernsehen – zum Unterschied von Texten in einer Zeitung – nur einmal aufgenommen und nicht nachgelesen werden können, **bedarf die Analyse einer klaren und einfachen Sprache und einer nachvollziehbaren Ordnung der Gedanken.** Muß der Hörer oder Seher diese Ordnung erst selbst erarbeiten, kann er sich nicht mehr auf den Inhalt konzentrieren – die Botschaft kommt nicht an.

  Wie kann man gedankliche Ordnung für das Publikum sichtbar machen? Indem man etwa ausdrücklich Fragen stellt, die mit der Analyse beantwortet werden sollen und die dann auch beantwortet werden müssen. Indem man das Ordnungssystem, dem die Analyse folgt, ausdrücklich ausspricht: *„Es geht erstens um ..., es geht zweitens um ..."* Oder: *„Zuerst ging es ..., danach ging es ..." u. a. m.* **Solche Ordnungshilfen, wie sie auch im alltäglichen Sprechen vorkommen, erleichtern dem Hörer oder Seher, den Gedankenbau des Analytikers mitzuvollziehen.** Es sind wichtige formale Hilfen, damit der Inhalt „ankommt".

- Schließlich muß das Ziel der Analyse ausdrücklich ausgesprochen werden, um den Zuseher oder Zuhörer nicht zweifelnd oder – schlimmer noch – ratlos zurückzulassen. Im Fragetypus: Was ist passiert? Das ist passiert! Warum? Deshalb! Mit welchen Folgen? Diesen Folgen! **Eine Analyse muß nicht nur die richtigen Fragen aufwerfen, sie muß die Antworten auf sie klar und deutlich aussprechen.**

Das alles klingt einfach, ist in der Praxis aber schwierig: Die Analyse aus einem Guß, vom ersten bis zum letzten Satz korrekturfrei niedergeschrieben, diese Analyse gibt es nicht. Jedem guten Text sind zahlreiche Fehlversuche vorausgegangen, Abbrüche und neues Beginnen. Und steht der erste durchkomponierte Text, sollte man nicht erleichtert aufatmen, sondern ihn kritischer Lektüre unterziehen. Erst wenn der Text den kritischen Fragen standhält:

- Ist die Sprache einfach und verständlich?
- Folgt die Analyse einer nachvollziehbaren Logik?
- Ist sie frei von nicht notwendigen Nebengedanken, die es schwerer machen, die zentrale Aussage zu verstehen?
- Fehlt andererseits nirgendwo ein logisches Glied?,

erst wenn die Analyse diesen Fragen standhält, ist der Text wirklich auch fertig. Wann immer möglich, sollte man dann noch einen Kollegen bitten, die Arbeit anzuhören. Er befindet sich dabei nämlich in der Rolle, in der wenig später Hörer und Seher sein werden: Er muß mit dem Text nach einmaligem Anhören klarkommen – sein faires Urteil ist deshalb besonders wichtig.

Beispiele

Im folgenden werden Beispiele für Analysen ausgewählt, an denen sich die dargelegten Gestaltungsgrundsätze nachvollziehen lassen. Es sind dies Beispiele, denen Ereignisse zugrunde liegen, an die man sich auch nach längerer Zeit noch zurückerinnern wird, die daher hier auch keine platzverbrauchende Beschreibung des damaligen politischen Umfelds erfordern. Beide Beispiele stammen vom Verfasser dieses Kapitels über Analyse.
Im ersten Beispiel geht es um die Zurücklegung des Abgeordnetenmandats durch den früheren Bundeskanzler und SPÖ-Vorsitzenden Fred Sinowatz im Zuge der Debatte um dessen Immunität. Diese Analyse wurde in der „Zeit im Bild" am 15. September 1988 ausgestrahlt.

Beispiel 1:

„Fred Sinowatz hat nach dem Rücktritt als Kanzler und dann als Parteichef heute den letzten Schritt gesetzt auf seinem Weg vom Spitzenpolitiker zum Privatmann. Vermutlich verbittert, sicher nicht nur aus politischem Kalkül.
Aber in der Politik folgt nichts bloßen Gefühlen. Der Entschluß von Sinowatz folgt auch politischer Logik: Ohnedies entschlossen, sich dem Gericht zu stellen, hat Sinowatz mit dem Verzicht auf sein Mandat nämlich eine Abstimmung über seine Auslieferung verhindert. Und das ist wichtig für die SPÖ. Denn sie mußte zuletzt befürchten, bei dieser Abstimmung zu unterliegen. Mit seinem letzten Verzicht hat Sinowatz der SPÖ eine mögliche Abstimmungsniederlage erspart und der Koalition eine Belastungsprobe. Und der ÖVP hat er ein Druckmittel aus der Hand genommen.
Doch diesem letzten Verzicht haftet mehr an als politische Logik und politisches Kalkül. Vielleicht sogar eine gewisse Tragik. Sinowatz ist das Opfer der politischen Folgen seines Prozesses gegen Alfred Worm geworden. Das heißt aber: Opfer seiner eigenen Tat. Denn den Prozeß gegen Worm hat Sinowatz selbst angestrengt, seine Aussagen – ob wahr oder falsch – hat er aus freien Stücken gemacht, auf die Berufung hat er bewußt verzichtet.
Viele seiner Freunde haben den Prozeß gegen Worm für einen Fehler gehalten. War es einer, so hat Sinowatz mit dem völligen Rückzug aus der Politik konsequent gehandelt. Doch anders als sein erster Rücktritt vor zwei Jahren ist dieser Rücktritt kein Befreiungsschlag mehr, sondern ein Schlußstrich."

Da diese Analyse nur von *einer* Person und *einem* Ereignis handelt, war es möglich, auf eine streng formale Gliederung (etwa durch Ordnungszahlen) in diesem speziellen Fall zu verzichten. Die einfache Gliederung ist allerdings im ersten Absatz angegeben: Es geht um Persönliches (die wahrscheinliche Verbitterung von Sinowatz) und um Politisches (um den Sinn und die Konsequenzen der Mandatsrücklegung). Diese beiden Gedanken spielt die Analyse expressis verbis auch an. Der letzte Absatz spricht das Analyseziel aus: Sinowatz hat den Schlußstrich gezogen, der unter den gegebenen politischen Umständen unvermeidlich geworden war.

An diesem Text in der Länge von eineinhalb Minuten hat sein Verfasser zirka zweieinhalb Stunden gearbeitet. Eine Analyse, in deren Zentrum ein einzelner Mensch und sein Schicksal stehen, bedarf einer besonderen Sensibilität. Um den Text zu straffen und besser zu ordnen, wurde diese Analyse zweimal umgeschrieben. Dieser Blick in die Analyse-Werkstatt soll auch belegen, daß der Autor an diesem ersten Analyse-Beispiel so zu arbeiten versuchte, wie es hier von ihm empfohlen wurde.

Für das zweite Analysebeispiel gilt im Prinzip ähnliches. Es handelt von einer Person – diesmal Josef Riegler – und einer Sache – Rieglers Abfertigungsaffäre Ende 1989. Daher folgt auch diese Analyse dem Ordnungsmuster, zunächst über die politischen Konsequenzen für Riegler selbst und dann über die allgemeinen politischen Folgen zu reden. Die beiden Sätze: „Soviel zur politischen Situation Rieglers. Zwei Konsequenzen lassen sich bereits erkennen" – diese beiden Sätze machen die Analysestruktur erkennbar.

Die Analyse über Riegler steht aber nicht aus Wiederholungs- oder gar Proporzgründen hier, sondern weil sich aus ihr Zusätzliches lernen läßt: Sie nimmt den Fall Riegler zum Anlaß, ein weiteres Problem zu erläutern – die Grundsatzfrage des Privilegienabbaus. Dieses Beispiel führt also vor, daß es auch unter den Bedingungen der rundfunkrechtlichen Objektivität möglich ist, zu prinzipiellen Fragen der Politik analytisch-bewertend (aber nicht parteilich-wertend) Stellung zu nehmen.

Beispiel 2:

„Politisch ist die Situation für Josef Riegler unangenehm. Auch wenn der Parlamentspräsident erklärt hat, der Fehler mit der Abfertigung liege nicht bei Riegler, sondern in der Parlamentsdirektion: der ÖVP-Obmann ist in einem Punkt in die öffentliche Diskussion geraten, der bisher sein größtes Plus war: seine politische Sauberkeit und Glaubwürdigkeit. Riegler hat in der politischen Optik gelitten – und diese Optik hat die ÖVP zu einer zentralen politischen Kategorie gemacht. Und es gerne gesehen, wenn sie dafür Zustimmung erhielt – wie in den Fällen Gratz und Blecha.

Soviel zur politischen Situation Rieglers. Zwei Konsequenzen daraus lassen sich bereits erkennen: Ein möglichst später Termin für die Nationalratswahlen ist noch wahrscheinlicher geworden. Eine kleine Koalition ÖVP/FPÖ dafür unwahrscheinlicher. Haider jedenfalls ist gestern zu Riegler auf Distanz gegangen. Schließlich aber steckt hinter Rieglers aktuellen Problemen noch eine Grundsatzfrage. Nämlich – ob der Privilegienabbau der letzten Jahre in die richtige Richtung gelaufen ist. Er hat zu – vergleichsweise – niedrigen Politikergehältern geführt und gute Jobs in der Wirtschaft attraktiver gemacht. Er hat aber ein Geflecht von Anrechnungs-, Abfertigungs- und Pensionsbestimmungen fast oder ganz unberührt gelassen. Bestimmungen, die vielfach ein Mix des Besten aus allen Sozialsystemen sind: von den Beamten zum Beispiel das bessere Pensionssystem, von den Angestellten die günstige Abfertigungsregelung. So entstehen jenseits der Gehälter hohe Ansprüche, über die aber nur geredet wird, wenn – wie jetzt – Ungereimtheiten auftauchen. Und geredet wird dann zumeist nur über die Schadensbegrenzung, nicht aber über die Ursachen.“

Die folgenden beiden Analysen unterscheiden sich von den bisherigen Beispielen grundlegend. Es sind Analysen an Wahlabenden, sollen also kurz nach dem Vorliegen von Wahlergebnissen dem Zuseher erste Hinweise auf mögliche Konsequenzen geben und ihm eine persönliche Bewertung erleichtern. Das ist ihr Analyseziel.

Solche Analysen sind einerseits einfacher als die vorher vorgestellten, denn sie strukturieren sich gleichsam von selbst: Die Wahlergebnisse liegen vor, die kandidierenden Parteien sind ein selbstverständliches Ordnungsmuster, politische Einschätzungen kann man schon am Wahlnachmittag – wenn dort erste Ergebnisse eintreffen – in den Parteizentralen von Politikern hören und dadurch Ideen sammeln.

Solche Analysen sind andererseits aber auch schwieriger als die vorher vorgestellten: Denn sie müssen unter extremem Zeitdruck – meist binnen einer halben Stunde – verfaßt werden. Denn zumeist erst kurz vor der „Zeit im Bild“ um 19.30 Uhr liegt, meist so gegen 19.00 Uhr, das endgültige Wahlergebnis als Arbeitsbasis der Analyse vor. Hier hilft nur Erfahrung und ein gewisses Maß an Routine, um den Zeitdruck zu bewältigen. Und noch eines hilft: Die Vorbereitung von Vergleichszahlen und eine (am besten auf Handzetteln festgehaltene) Ordnung zentraler analytischer Gedanken, sobald sich bestimmte Ergebnisse abzuzeichnen beginnen. Und ist mit einem knappen Wahlergebnis zu rechnen, können, ja sollen solche „Überlegungen auf Vorrat“ auch alternative Gedanken zu möglichen unterschiedlichen Ergebnissen enthalten. Das spart später knappe Zeit.

Das folgende, ebenfalls vom Autor dieses Beitrages stammende Beispiel wurde in der „Zeit im Bild“ am 16. Oktober 1988 gesendet, dem Tag der niederösterreichischen Landtagswahl:

Beispiel 3:

„Das Wichtigste am Wahlausgang in Niederösterreich ist das Abschneiden der FPÖ.

Sie ist nicht bloß in den Landtag gekommen – sie hat auf Anhieb Klubstärke erreicht und einen Sitz in der Landesregierung nur um ein Mandat verfehlt.

Das ist ein Bombenerfolg für Jörg Haider. Er wird ihn nützen – bei den vier Landtagswahlen des kommenden Jahres.

Die wichtigste dieser vier Landtagswahlen ist die in Kärnten. Denn sie könnte weitreichende bundespolitische Bedeutung haben.

Ist Haider in Kärnten erfolgreich, könnte er versuchen, dort Landeshauptmann zu werden. Das ginge freilich nur mit der ÖVP. Ist die ÖVP dazu bereit, wackelt die große Koalition in der Bundesregierung.

Zur ÖVP. Sie hat stimmenmäßig ihr schlechtestes Ergebnis seit 1945 erzielt. Daran ändert auch nichts, daß sie die absolute Mehrheit der Mandate behalten hat.

Auch das kann Konsequenzen für die Bundespolitik haben.

Die Niederösterreicher sind Alois Mocks stärkste Stütze. Daß diese Stütze nun schwächer ist, könnten vor allem die Mock-Gegner in der steirischen ÖVP als Chance ansehen für eine neue Führungsdiskussion.

Bleibt die SPÖ. Sie hat weniger verloren als die ÖVP, aber sie ist deutlich unter die 40-Prozent-Grenze gerutscht, erstmals seit 30 Jahren. Und die größten Verluste hatte die SPÖ dort, wo ihre Stammwähler wohnen: in den Industriegemeinden. Bundespolitisch ist für die SPÖ eine Frage wichtig: Stärkt der Erfolg Haiders jene in der ÖVP, die eine kleine Koalition mit den Freiheitlichen lieber hätten als die große mit den Sozialisten. Antwort auf diese Frage gibt es heute noch keine."

Nur noch zwei Detailanmerkungen zu dieser Analyse: Sie folgt – was journalistisch richtig ist – nicht der Mandatsstärke der Parteien, sondern dem wichtigsten Ereignis, dem Erfolg der FPÖ. Deshalb steht die FPÖ auch an der Spitze. Und ein Zweites: Diese Analyse zeigt jetzt – Anfang 1990 –, daß manches davon eingetreten ist (Jörg Haider ist Kärntner Landeshauptmann), anderes wieder nicht: Die große Koalition ist nicht zerbrochen. **Ein Analytiker analysiert eben politische Möglichkeiten, ein Prophet, der immer recht hat, ist er nicht.**

Beispiel vier steht hier als Spezialform einer Wahlanalyse: hier werden drei Wahlergebnisse gleichzeitig analysiert. Diese Analyse stammt aus der „Zeit im Bild" vom 12. März 1989, dem „Supersonntag" mit Landtagswahlen in Kärnten, Salzburg und Tirol.

Beispiel 4:

„Eindeutig ist, was am heutigen Wahltag passiert ist. Warum es passiert ist, darauf kann man Antworten nur versuchen.

Eindeutig sind die Ergebnisse:

Die ÖVP ist die große Verliererin des heutigen Tages.

In Tirol erlitt sie eine Erdrutsch-Niederlage von unerwarteten Ausmaßen.

Für die SPÖ ist der Verlust der absoluten Mehrheit in Kärnten gleichfalls eine schwere Niederlage, auch wenn Peter Ambrozy Landeshauptmann bleibt.

Die Grünen haben heute ihre Niederlagen-Serie gestoppt und sind in zwei Landtage eingezogen.

Die großen Gewinner der heutigen Wahlen aber sind die Freiheitlichen. Die Rechnung, der Dreifachwahlkampf werde Jörg Haider bremsen, ist nicht aufgegangen.

Was sind nun die Gründe für diese Ergebnisse?

Zunächst sicher landesspezifische: In Tirol und in Salzburg ist die ÖVP von Best-Positionen ausgegangen, die von vornherein nicht zu halten waren.

In Tirol mußte die ÖVP überdies erstmals statt mit dem populären Eduard Wallnöfer mit einem neuen Spitzenkandidaten antreten. Das gleiche gilt für die SPÖ in Kärnten, wo Landeshauptmann Wagner nach dem Attentat sein Amt zurücklegte.

Doch diese landesspezifischen Erklärungen reichen nicht aus. Die drei Landtagswahlen waren offenbar auch Protestwahlen. Die Protestwähler, die sich auch von den steuerrechtlichen Vorwürfen gegen Haider und seine Partei nicht beeindrukken ließen. Und Wähler, die ihren Protest gegen die Großparteien nicht differenzierten: Denn von Affären war zuletzt die SPÖ weit mehr geschüttelt als die ÖVP, die weit schwerer verloren hat. Vielleicht steckt in den Ergebnissen deshalb auch ein spezifischer Protest gegen die ÖVP. Gegen eine Politik der bürgerlichen Mitte, aber auch ein Protest gegen Alois Mock, der Redlichkeit repräsentiert, aber nicht kraftvolle Führung.

Das führt zu den Fragen nach den Konsequenzen der heutigen Wahlen.

Für die große Koalition zeichnen sie sich deutlich ab: Die Koalitionsparteien dürften enger zusammenrücken und wenig Lust haben, bald in Nationalratswahlen zu gehen.

Weniger klar sind die Konsequenzen für die ÖVP. Auch wenn Alois Mock für die Verluste in diesem Ausmaß nicht allein verantwortlich gemacht werden wird, für die Führungsdiskussion gibt es neue Nahrung – und ein Gegenkandidat zu Mock auf dem Parteitag im Juni ist wahrscheinlicher geworden."

Zu diesem Beispiel ist im Detail noch anzumerken: Wie im Fall der Analyse vom niederösterreichischen Wahlergebnis steht auch hier das bemerkenswerteste Ergebnis an der Spitze – und das war bei allem Erfolg der FPÖ, und trotz der Niederlage der SPÖ in Kärnten sicher der Erdrutsch der Tiroler ÖVP von der Zweidrittelmehrheit unter die absolute Stimmenmehrheit. Geordnet wurde dann nach den Parteien (und nicht nach den Ländern), weil es journalistisch ertragreicher schien, das Abschneiden der Parteien insgesamt zu bewerten und dabei landes- von bundespolitischen Gründen zu trennen. Denn diese Ordnung hat zu Überlegungen geführt, die sich (im nachhinein gesehen) als zutreffend erwiesen haben. Und damit wurde das Hauptziel der Analyse erreicht, nämlich den Zuseher über wahrscheinliche zukünftige Entwicklungen so früh wie möglich zu orientieren.

Nachbemerkung

Wer nicht auf Anhieb exzellente Analysen schreibt, muß deswegen noch lange nicht seinen Berufswunsch an den Nagel hängen, Journalist zu werden. Analysen sind schwierig. Man braucht Kenntnisse, Routine und Erfahrung, um sie zu bewältigen. Und ein gutes Stück Selbstvertrauen, das erst in der beruflichen Praxis wachsen muß. Analysen zu schreiben, erfordert schon deshalb eine längere berufliche Praxis. Aber Analysen sind in dieser Praxis, dem Journalistenalltag, immer wieder große Herausforderungen. Und Höhepunkte zugleich. *Hans Besenböck*

Literatur:

LA ROCHE, Walther von; BUCHHOLZ, Axel (Hrsg.): Radiojournalismus. Ein Handbuch für Ausbildung und Praxis im Hörfunk. 4. Aufl. München: List, 1988.

NOELLE-NEUMANN, Elisabeth; SCHULZ, Winfried; WILKE, Jürgen (Hrsg.): Fischer Lexikon Publizistik/Massenkommunikation. Frankfurt: Fischer, 1989.

SCHULT, Gerhard; BUCHHOLZ, AXEL (Hrsg.): Fernseh-Journalismus. Ein Handbuch für Ausbildung und Praxis. 2. Aufl. München: List, 1984.

Meinung (Glosse, Kommentar, Leitartikel) in der Zeitung

In der Flut von Informationen, der wir heute ausgesetzt sind, kommt dem Kommentar in der Zeitung eine immer größere Bedeutung zu. Zum einen für die Zeitung selbst: Da sie mit Rundfunk und Fernsehen in der Geschwindigkeit der Nachrichtenübermittlung nicht mithalten kann, muß die Zeitung über die bloße Nachricht hinaus ihrem Leser Hintergrund und Meinung bieten. Der Kommentar wird in der ständig wachsenden Fülle von Informationen für den Leser als Orientierungshilfe immer wichtiger.

Funktion des Kommentars

Im Gegensatz zur Nachricht nimmt der Kommentar eine Wertung vor, er ist also nicht bloß Information, sondern vertritt eine Meinung. Aufgabe des Kommentars ist es, ein Ereignis, ein Geschehen zu werten, einzuordnen: Ist das, was passiert ist, gut oder schlecht, richtig oder falsch, warum ist es passiert, wie konnte es dazu kommen, was kann daraus entstehen, was hat es für Folgen? Der Kommentar bereitet ein Ereignis für den Leser auf, provoziert ihn zum Nachdenken, zur eigenen Meinungsbildung, gibt ihm für Diskussionen Argumente in die Hand. Der Kommentar macht aber auch den Leser mit dem Standpunkt des Journalisten, der Zeitung, bekannt.

Formen des Kommentars

Manchmal tritt der Kommentar hinter der Maske der Nachricht auf, als Nachricht also, die wertend geschrieben ist. Es macht eben einen wesentlichen Unterschied, ob man schreibt: „Terroristen der PLO ermordeten zwei Israelis", oder: „Angehörige der Befreiungsorganisation PLO töteten zwei Israelis." In beiden Fällen wird zwar die Nachricht vom Tode zweier Israelis vermittelt, was die Täter anbelangt, wird aber durch die Ausdrücke „Terroristen, ermorden" oder „Befreiungsorganisation, töten" bewußt oder unbewußt eine recht unterschiedliche Wertung vorgenommen. Diese Wertung ändert jedoch nichts daran, daß es sich hier um eine Nachricht, nicht um einen Kommentar handelt.
Der Leitartikel ist – besser: war – *die* klassische Form des Kommentars. Auf der ersten Seite der Zeitung plaziert, betont kämpferisch, nahm er zu einem wichtigen

Ereignis parteiisch-eindeutig und ausführlich Stellung. Der klassische Leitartikel war nicht bloß Stellungnahme eines einzelnen Journalisten – hinter dem Leitartikel stand das geballte Gewicht der Zeitung.

Diese klassische Form des Leitartikels gehört heute – mit verschwindenden Ausnahmen – der Vergangenheit an. Veränderte Informationsgewohnheiten haben wesentlich dazu beigetragen, den Leitartikel mit seiner für den Durchschnittsleser nicht mehr zu bewältigenden Länge ins Museum journalistischer Darstellungsformen zu verbannen.

An die Stelle des Leitartikels auf der ersten Seite der Zeitungen tritt so der *Kurzkommentar,* der in sehr komprimierter Form zu einem aktuellen Tagesthema Stellung bezieht. Die wohl schwierigste Form des Kommentars ist die *Glosse.* Sie verhält sich zum Leitartikel wie die Karikatur zum Gemälde. Kurz im Umfang, lebt sie vom geistigen und sprachlichen Witz, arbeitet sie mit den Stilmitteln des Spottes, der Ironie, erlebt sie ihren abschließenden Höhepunkt weniger in der logischen Schlußfolgerung als vielmehr in der Pointe (Spitze).

Nicht immer treten Kommentare in ihrer „reinen" Form auf, Mischformen von Kommentaren im engeren Sinn und Glosse gibt es sehr häufig. Ihrer Art nach lassen sich Kommentare im wesentlichen in zwei Gruppen einteilen: den polemischen Kommentar und den analysierenden Kommentar.

Der *polemische Kommentar* wendet sich weniger an den Verstand, er appelliert vielmehr an Gefühle. Er legt mehr Wert auf Urteil, weniger auf Erklärung und Erläuterung, er fragt nicht nach dem Warum, sondern sagt ja oder nein, gut oder schlecht. Der polemische Kommentar wägt nicht ab, differenziert nicht. Es ist ein „einäugiger" Kommentar. Die Kolumne ist ihm sehr ähnlich; sie ist bewußt polemisch angelegt, ja aggressiv und deshalb die subjektivste Form aller meinungsäußernden Stilformen. Das Ich des Schreibers fließt häufig ein. Kolumnenschreiber müssen in der Themenwahl und in der Schreibe völlig frei sein. Die Redaktionen grenzen sich deshalb häufig von solchen Meinungsäußerungen ab.

Der *analysierende Kommentar* hingegen argumentiert, wägt Argumente ab, erklärt, zieht logische Schlußfolgerungen und baut darauf seine Meinung auf.

Wie schreibt man einen Kommentar?

Das Wichtigste beim Schreiben eines Kommentars ist die Vorbereitung. Dabei spielt die Themenwahl eine bedeutende Rolle. Grundsätzlich läßt sich zu jedem Thema ein Kommentar schreiben – zum Bau einer Kanalisationsanlage in einer Gemeinde ebenso wie zum Ergebnis eines Fußballspieles, zum Gastspiel einer Pop-Gruppe ebenso wie zu innenpolitischen Ereignissen oder zum Krieg im Nahen Osten. Innerhalb der einzelnen Ressorts einer Zeitung ist dabei täglich abzuwägen: Welches Thema ist heute von größter Bedeutung? Welches Thema spricht auch den Leser an? Aus welchem Thema läßt sich ein Bezug ableiten, der auch den Leser interessieren kann? **Der Kommentar wird für den Leser geschrieben, er dient nicht dazu, die intellektuelle Eitelkeit des Autors zu pflegen – sei es gegenüber dem Leser oder den Kollegen!**

Bevor man sich für ein Thema entscheidet, empfiehlt es sich, darüber nachzudenken: Habe ich zu diesem Thema überhaupt etwas zu sagen? Ist mir das Thema vertraut, habe ich genügend Informationen? Die Tatsache, daß ein Journalist sich über etwas ärgert oder freut, reicht noch nicht zum Schreiben eines Kommentars. Das Wichtigste vor dem Schreiben des Kommentars ist also das Überprüfen des eigenen Informationsstandes, falls erforderlich, das Sammeln zusätzlich notwendiger Informationen. **Der Kommentator muß sich sachkundig machen.**

Hat man sich für ein Thema entschieden und möglichst viele Informationen gesammelt, dann muß man sich fragen: Was will ich dem Leser sagen? Wer einen Kommentar schreiben will, muß sich seine Meinung zum Thema bereits gebildet haben, bevor er sich an die Schreibmaschine setzt. Das bedeutet konkret, daß für den Schreiber vorab der letzte Absatz des Kommentars, die Schlußfolgerung, gedanklich stehen muß.

Stehen Thema und Schlußfolgerung fest, dann heißt es, jene Argumente auszuwählen, die – nicht nur für den Autor, sondern vor allem für den Leser – logisch zur Schlußfolgerung führen. Dabei ist es wichtig, sich auf einige wenige, aber entscheidende Argumente zu konzentrieren, mit deren Hilfe sich der Leser auch wirklich überzeugen läßt.

Dieses Auswählen der Argumente, die man verwenden will, ist auch deshalb so entscheidend, weil für einen Kommentar ja nur ein bestimmter Platz zur Verfügung steht. Wer seine Argumente erst während des Schreibens entwickelt, wird bald feststellen, daß er sich von seinen eigenen, noch ungeordneten Überlegungen auf Nebengleise, zweitrangige Argumente abdrängen läßt, daß er sich in Nebensächlichem verliert und damit den zur Verfügung stehenden Platz bereits gefüllt hat, noch bevor er zur Schlußfolgerung gelangt ist. In einem solchen Fall ist der Kommentar neu zu schreiben – ein erheblicher Zeitverlust.

Bevor die erste Zeile eines Kommentars geschrieben wird, soll der Kommentar gedanklich bereits fertig sein.

Die Gliederung des Kommentars

Jeder Kommentar ist in drei Teile gegliedert: Einstieg, Argumentationsbereich, Schlußfolgerung.

Der Einstieg: Es genügt nicht, den Kommentar mit irgendeinem ersten Satz zu beginnen. Oft hängt es vom Einstieg ab, ob der Leser einen Kommentar annimmt.

Ein langer, verschlungener, verquollener erster Satz ohne Substanz, und schon steigt der Leser aus. Auch die früher weit verbreitete Art des Einstiegs eines Kommentars mit einem Zitat – womöglich gar mit einem lateinischen – sollte heute vermieden werden; es sei denn, ein Zitat soll den Leser provozieren. So ließe sich etwa ein Kommentar über die immer weiter um sich greifende atomare Aufrüstung durchaus mit einem Ausspruch des pakistanischen Ministerpräsidenten Bhutto eröffnen: „Wir werden die Bombe haben, selbst wenn wir Gras fressen müßten." Grundsätzlich sollten Zitate als Einstieg aber die Ausnahme bleiben.

Der Einstieg – er sollte in der Regel die Länge eines Absatzes nicht überschreiten – darf auf keinen Fall den Leser ratlos entlassen, worum es im Kommentar überhaupt geht. Selbst wenn das Thema, zu dem der Kommentar geschrieben wird, bereits als Meldung in der Zeitung aufscheint – und sei es direkt neben dem Kommentar –, sollte eingangs (in den ersten Sätzen des Kommentars) der Sachverhalt, auf den er sich bezieht, wiedergegeben werden. In knapper, kurzer, auf das Wesentliche gerichteter Art und Weise. Gleichzeitig muß aber der Einstieg dem Leser auch Appetit auf den Kommentar machen – er muß also eine Wertung, eine Meinung enthalten oder doch wenigstens antippen.

Der argumentative Bereich: In der Durchführung werden die Argumente dargelegt, die zur Schlußfolgerung hinführen sollen. Dabei ist es besonders wichtig, daß diese Argumente nicht nur dem Autor, sondern vor allem auch dem Leser verständlich sind. Da der Autor seinen Kommentar gedanklich vorbereitet haben sollte, besteht oft die Gefahr, daß er ein – nur ihm vertrautes – Glied in seiner Argumentationskette überspringt. Daraus entstehen dann Gedankensprünge, denen der Leser nicht zu folgen vermag – er hat ja den Kommentar nicht vorbereitet und vorgedacht! Also: **Klar, schlüssig und konsequent argumentieren.**

Gegenargumente dürfen in der Argumentation nicht einfach unterschlagen werden, vor allem dann nicht, wenn sie auf der Hand liegen und vielleicht auch vom Leser vermißt werden. Der Kommentar verliert sonst für den Leser an Glaubwürdigkeit. Der Lokaljournalist etwa, der für die Ansiedlung eines Industriebetriebes in einem Ort eintritt, sollte das mögliche Gegenargument Umweltverschmutzung nicht einfach in seinem Kommentar unter den Tisch fallen lassen. Er muß versuchen, es zu widerlegen. Tut er das nicht, läuft er Gefahr, daß der Leser den Kommentar als einseitig ablehnt – bewußt oder unbewußt.

Die Schlußfolgerung: Jeder Kommentar muß eine klare und eindeutige Schlußfolgerung ziehen. Es ist nicht eben sinnvoll, zuerst des langen und breiten Argumente für und wider darzulegen und dann den Leser ratlos zurückzulassen. Oder ihn etwa mit der – leider noch immer häufigen – Schlußfloskel zu vertrösten: „Das wird die Zukunft zeigen." Eine klare und eindeutige Schlußfolgerung ist durchaus nicht eine Bevormundung des Lesers – die Schlußfolgerung soll sowohl den Standpunkt des Autors klar darlegen als auch den Leser zum eigenen Nachdenken, zur eigenen Schlußfolgerung provozieren.

Satzbau und Sprache

Beim Kommentar, der Meinung vermitteln, Zusammenhänge darlegen und den Leser vielleicht gedanklich überzeugen will, ist Sorgfalt beim Satzbau und im Umgang mit der Sprache besonders wichtig. Lange Sätze müssen vermieden werden – zu leicht verheddert sich der Leser in Gedanken- und Satzketten. Eine klare Aussage äußert sich in einem klaren Satzbau und in einer klaren Sprache. Gerade beim Kommentar ist die Gefahr groß, durch den häufigen Gebrauch von Fremdwörtern zu beeindrucken oder durch Verwendung von fachchinesischen Ausdrükken eigene Gelehrsamkeit zur Schau zu stellen. **Der Kommentar dient nicht der intellektuellen Selbstbefriedigung des Autors, er soll dem Leser dienen.**

Argumente werden durch übertriebenes Pathos oder besonders blumige Eigenschaftsworte nicht treffender oder besser. Wer seine Kritik am Finanzminister etwa so formulieren wollte: „Dieser elende Blutsauger, dessen finstere Häscher die Sparstrümpfe von Witwen und Waisen mit gierigen Fingern plündern und damit uns alle an den Bettelstab bringen" – wer so schreibt, gibt nicht den Finanzminister, sondern sich selbst der Lächerlichkeit preis. Sprachliche Übertreibungen sind ebenso schädlich wie falsch gewählte Bilder, etwa: „Der Finanzminister türmte einen neuen Schuldenberg auf und grub sich damit eine Grube, in die er hoffentlich bald selbst fallen wird." Derart verrutschte Bilder – das Beispiel ist frei erfunden – gibt es leider immer wieder. Bei bildhaften Ausdrücken sollte deshalb besondere Vorsicht walten.

Jede Formulierung, jede Aussage, jede Schlußfolgerung eines Kommentars muß die Proportionen zwischen dem gewählten Thema und der Meinungsäußerung des Autors wahren. Die Wertigkeiten müssen stimmen. Der Lokaljournalist etwa, der sich darüber ereifert, daß Hunde auf den Gehsteig machen, für diesen Mißstand den Bürgermeister zur Rechenschaft ziehen will und zum Schluß donnert: „Sie haben unsere Stadt auf dem Gewissen. Treten Sie zurück, Herr Bürgermeister!" – dieser Lokaljournalist hat sicherlich nicht die Proportionen gewahrt, er hat weit übers Ziel hinausgeschossen. Thema und Aussage stehen in keinem Verhältnis. Nicht weniger lächerlich wäre es, wollte etwa ein außenpolitischer Kommentator einer Zeitung nach einer Kritik der amerikanischen Politik die Forderung erheben: „Treten Sie zurück, Präsident Bush!" Denn der amerikanische Präsident hat diese vielleicht österreichische Zeitung sicherlich nie zu Gesicht bekommen, weiß nicht einmal von ihrer Existenz. Bloßen Theaterdonner sollte man sich schenken.

Zur Verhältnismäßigkeit gehört auch die angemessene Kritik an einer Person in Relation zu ihrer gesellschaftlichen Stellung. Der Lokaljournalist, der darüber tobt, daß in einem kleinen Ort ein Hilfsarbeiter ein paar Äpfel gestohlen hat, kann eine menschliche Existenz vernichten. Der Außenpolitiker, der den sowjetischen Regierungschef oder den amerikanischen Präsidenten in einem Kommentar „zerlegt", kann dies ohne Risiko für Regierungschef und Präsident tun. **Wer einen Kommen-**

Die Flüchtlinge und die Beheimateten

Von Pia Maria Plechl

In einem Flüchtlingslager in Hongkong, in dem „Boat people" aus Vietnam hausen, ist die Cholera ausgebrochen; das Flüchtlingshochkommissariat der Vereinten Nationen steckt in einer schweren Finanzkrise; Europa ist derzeit mit einer der größten Bevölkerungsbewegungen seit dem Zweiten Weltkrieg konfrontiert: drei Nachrichten, jede für sich nur eine Kurzformel. Hinter jeder steht, direkt oder indirekt, menschliches Leid.

Rund dreizehneinhalb Millionen Menschen auf der Welt leben als Flüchtlinge, besagt die bisher letztè UN-Statistik von 1988. Heuer sind es eher mehr als weniger.

Für die Österreicher hat der Zug der DDR-Bürger das Thema „Flüchtlinge" wieder konkret erfaßbar gemacht. Diese Deutschen passieren unser Land nur; jenseits der Westgrenze erwartet sie ein neues Vaterland, das sie automatisch als seine Staatsangehörigen aufnimmt. Sie haben, verglichen mit dem unbeschreiblichen Elend von Hunderttausenden, die in Asien, Afrika und Lateinamerika ihre Heimat verlassen mußten, ein relativ glückliches Los. Aber auch sie haben viel zurückgelassen, materiell und seelisch. Auch für sie war der Abschied kein Aufbruch zu einer Vergnügungsfahrt.

Gewiß, man kann die Millionen und Abermillionen, die auf dieser Welt umherirren, weil sie ihr Zuhause verloren haben, aufgeben mußten, nicht über einen Kamm scheren. Die einen „dürfen" flüchten;, die anderen werden vertrieben, nicht selten gewaltsam. Die einen können vor unmittelbarer Bedrohung – sei es durch Terror oder Hunger oder beides – nur das nackte Leben retten; die anderen vermögen unter Mitnahme von etwas Hab und Gut ins Exil zu gehen. Die einen riskieren, auf dem Fluchtweg erschossen oder erschlagen zu werden, einem Schiffbruch oder Piraten zum Opfer zu fallen; der anderen harrt in unzulänglichen Lagern der Hunger. Ungezählten ist die Erfahrung der Hoffnungslosigkeit auch nach gelungener Flucht gemeinsam.

In diesen Tagen, da die Welt des Kriegsbeginns in Europa vor fünfzig Jahren gedenkt, erinnern sich auch hierzulande Zeitzeugen und Betroffene der großen, von Leid und Schrecken geprägten Völkerscharen, die in Zusammenhang mit dem mörderischen Geschehen den alten Kontinent durchzogen haben: auf der Flucht vor dem Feind oder verjagt, immer verängstigt, meist verfolgt, manchmal auch irregeführt. Der Traum, mit dem Ende des Krieges würde auch das Flüchtlingsleid enden, hat sich nicht erfüllt; die Begriffe „Heimatvertriebene" und „Displaced Persons" sind nicht mehr aus dem Vokabular verschwunden.

Jetzt ziehen neuerlich Flüchtlinge durch Europa, nicht nur DDR-Bürger durch Österreich. Das UN-Hochkommissariat beziffert sie mit einer Million und wirft wieder einmal die Frage nach den Konventionsbestimmungen auf, die schwierig und komplex ist – das zu leugnen, und sei es in der pursten humanitären Absicht, wäre unsinnig. Die Einsicht, daß es jedenfalls falsch ist, die Flüchtlings- und Asylpolitik in erster Linie als Angelegenheit der Sicherheitsinstanzen zu betrachten, greift langsam Platz. Aber sie kann nur die Ausgangsbasis einer Lösung sein, nicht eine solche selbst.

Flüchtlinge, auf welche Plätze der Welt immer ein bitteres Schicksal sie verschlagen hat, brauchen ad-hoc-Hilfe. Ihr Ausmaß kann unterschiedlich sein, gebraucht wird sie immer. Das ist unbestritten, aber zur Realisierung stehen bei weitem nicht genug Mittel und Möglichkeiten zur Verfügung.

Die menschliche Solidarität ist da noch sehr wachstumsbedürftig. Sie ist es nicht minder, wenn es darum geht, Herberge auch im weiteren Sinn zu bieten. Müßte sie nicht vor allem von Menschen, denen die heimatliche Geborgenheit geschenkt ist und erhalten blieb, mehr geübt werden?

Denn für Heimat, so abgewertet das Wort heute sein mag, so sehr Kritik an gar manchem im eigenen Land geboten und gerechtfertigt ist, dankbar zu sein, hat nichts zu tun mit „Blut und Boden", ist weder altmodisch noch ein Widerspruch zu Weltoffenheit. Und es hat mehr mit Verpflichtung und Demut als mit Stolz zu tun – wie jede Dankbarkeit.

Beispiel für einen Kommentar („Die Presse" vom 2./3. September 1989, Seite 1)

tar schreibt, sollte stets auch an die möglichen Wirkungen seines Kommentars denken.

Praktisches Beispiel für einen Kommentar

Nun soll das Schreiben eines Kommentars noch anhand eines Beispiels dargestellt werden:
Im Juli 1989 trat in Warschau das neugewählte polnische Parlament zusammen, in dem erstmals auch die Opposition vertreten war. Dieses Parlament wählte General Jaruzelski zum Staatspräsidenten. Jaruzelski erreichte allerdings nur eine Mehrheit von einer Stimme – und diese Mehrheit kam nur durch Stimmenthaltungen aus den Reihen der Opposition zustande. Ausgangslage für den Kommentar also: Jener Mann, der 1981 durch Einsatz des Militärs die Gewerkschaftsbewegung „Solidarität" zerschlagen wollte, wird nun von Abgeordneten ebendieser „Solidarität" zum Staatspräsidenten gemacht. Aufgabe des Kommentars ist es daher, diesen offenkundigen Widerspruch für den Leser verständlich zu machen.

Titel: ***Der Garant***

Der Einstieg:

„Wer hätte je gedacht, daß Polens Kriegsrechts-General der Garant eines politischen Reformprozesses werden würde? Doch nun ist dieses ‚Wunder' geschehen, Jaruzelski wurde zum Präsidenten von den Abgeordneten eines Parlaments gewählt, in dem auch die Opposition mitentscheidet."
Dieser Einstieg enthält sowohl die Basisinformation – Jaruzelski wurde mit Hilfe von Oppositionsstimmen zum Präsidenten gewählt – als auch bereits die Grundaussage und die Wertung des Kommentars: Aus dem Kriegsrechts-General ist ein Garant der Reformen geworden. Diese Aussage wird jedoch in die Form einer Frage gekleidet, die das Erstaunen über eine solche Entwicklung wiedergibt und so auch den Leser neugierig machen soll.

Der argumentative Teil (Durchführung) 1:

„Populär war und ist der General in Polen nicht. Aber Jaruzelski ist innerhalb der Kommunistischen Partei Polens wohl der einzige, der in der Lage ist, den widerspenstigen konservativen Flügel auf eine Fortsetzung des Reformkurses zu verpflichten. Denn die Widerstände gegen die Abkehr vom Machtmonopol der KP sind massiv. Nicht nur in der Partei selbst, sondern auch bei den bisherigen Garanten ihres Machtmonopols: Armee und Sicherheitsapparat. Ein ziviler Politiker wäre wohl kaum in der Lage, den widerwilligen Gehorsam der Soldaten und Polizisten zu erzwingen.

In einer wirtschaftlich katastrophalen Lage ist Jaruzelski so etwas wie die innenpolitische Korsettstange Polens geworden. Auch gegenüber dem Ausland garantiert er Stabilität. Und diese Stabilität wollen sowohl die verunsicherten östlichen Nachbarn als auch die umworbenen westlichen Geldgeber Polens erhalten sehen."

Die Durchführung beginnt mit dem auf der Hand liegenden Gegenargument: der Kriegsrechts-General muß doch unpopulär sein. Diesem Argument wird nun mit dem Hinweis auf die internen Machtverhältnisse begegnet: Der General mag unpopulär sein, aber auf ihn hört der Sicherheitsapparat, den die Reformer zu fürchten haben. Außerdem wird der General vom Ausland als Garant für Stabilität angesehen. Diese Argumentationslinie soll dem Leser verständlich machen, warum die Opposition die Wahl Jaruzelskis ermöglichte.

Der argumentative Teil (Durchführung) 2:

„Jaruzelskis Autorität schafft auch die Grundlage für die Bildung einer Regierung, an deren Spitze durchaus ein Vertreter der ‚Solidarität' stehen könnte."

Der erste Teil der Durchführung ist statisch: Er begründet, warum die Opposition die Wahl Jaruzelskis ermöglichte. Der zweite Teil soll nun die naheliegende Frage beantworten: Ja, aber was hat denn die Opposition überhaupt davon, daß sie Jaruzelski wählt, worin bestehen denn die angesprochenen politischen Reformen? Als dynamisches Element folgt also das Argument: Jetzt könnte eine Regierung in Polen kommen, die von der bisherigen Opposition geführt wird.

Die Schlußfolgerung:

„Im Gegensatz zum Chinesen Deng, der sein Reformkind eigenhändig erwürgte, hat der polnische Kriegsrechts-General gute Chancen, in die Geschichte als Wegbereiter eines demokratischen Polen einzugehen."

Die Frage des Einstiegs wird in der Schlußfolgerung umgewandelt in eine Feststellung, womit sich der Kommentar nahtlos schließt. Dazu dient auch die Wiederholung des Begriffes „Kriegsrechts-General". Um die Argumentation noch zu verstärken, wird zuletzt die negative Entwicklung in China in Gegensatz gestellt zur positiven Entwicklung in Polen. Der Vergleich Deng – Jaruzelski soll die Verdienste des Polen hervorheben.

Praktisches Beispiel für eine Glosse

Die Glosse ist grundsätzlich nicht an eine bestimmte, feste Form gebunden. Sie kann im Aufbau dem Kommentar im engeren Sinne folgen, sie kann aber auch

gedanklich und sprachlich so weit verdichtet werden, daß sie sich auf einige wenige Sätze, ja sogar nur auf einen Satz reduziert.
Ausgangslage der Glosse: In einer Stadt wird ein neues Parksystem eingeführt, es herrscht Aufregung unter den Autofahrern.
Diese gewaltige Aufregung nimmt der Autor aufs Korn – und setzt sie ironisch in Relation zu den wirklichen großen Problemen unserer Zeit. Dabei tarnt er sich als ernsthafter Bewunderer der Aufgeregten, wodurch der Spott und Hohn noch akzentuiert wird. Formal wird hier in Frageform eröffnet, die Pointe besteht darin, das Aufbegehren gegen die Strafzettel zum Beginn einer erfolgreichen Weltverbesserung zu überhöhen. Frage der Eröffnung, des Einstiegs, und Pointe der Schlußfolgerung bilden einen geschlossenen Kreis.
Die Ironie ist in dieser Glosse so ausgeprägt, daß die Gefahr eines Mißverstehens nicht gegeben ist.

Titel: ***Rettung der Erde durch Strafzettel***

„Was beunruhigt und erregt die Menschheit am meisten? Das Ozonloch, umkippende Meere oder die bevorstehende Klimakatastrophe? Die Verseuchung des Grundwassers, Kriegsgreuel oder Geiselmorde?
Alles das beunruhigt die Menschheit ein bißchen. Damit wirklich die Hölle los ist, muß schon etwas ganz anderes passieren. Und zwar: Der Mensch bekommt keinen Parkplatz mehr. Noch ärger: Der Mensch bekommt wegen Falschparkens einen Strafzettel über hundert Schilling.
Seit das Parken in Linz beschwerlicher und noch dazu – oft mangelhaft – automatisiert ist, macht sich in dieser Stadt eine Welle von Zivilcourage breit, wie es sie noch nie gegeben hat. Bravste Bürger, die nie auf den Gedanken gekommen wären, daß es das Wort ‚Obrigkeitsstaat' überhaupt geben könnte, schreiten zur offenen Rebellion.
Jeden Tag äußern Strafzettelempfänger und jene, die von einem defekten Parkautomaten betrogen wurden, keine geringeren Wünsche als diese: Dem Polizisten da gehört eine aufgelegt, und die Politesse dort gehört endlich richtig fertiggemacht. Ganz zu schweigen von dem, was mit den Politikern alles gemacht gehört. Keinem geht es um den Hunderter – ich bitt' Sie! –, allen geht es nur ums Prinzip, um die Gerechtigkeit. Und um die tiefe Sorge, daß durch solche Fehlentscheidungen kommende Generationen – soweit sie Parkplätze suchen – zu Schaden kommen könnten.
Das ist eine große Hoffnung für die Welt. Wenn dereinst in den Geschichtsbüchern stehen wird, daß kluge, couragierte Menschen knapp verhindert haben, daß die Welt in Terror und Selbstzerstörung versinkt, wird man lesen: Angefangen hat diese Bewegung mit der Umstellung des Parksystems in Linz.“ Gerhard Maurer

Beispiel für eine Glosse („Der Standard" vom 22. August 1989)

DER STANDARD

ÖSTERREICHS UNABHÄNGIGE TAGESZEITUNG FÜR WIRTSCHAFT, POLITIK UND KULTUR

Wolkiges aus Babylon

Günter Traxler

An den Wassern von Babylon saßen fünf österreichische Abgeordnete und lauschten dem Geplätscher der Reden ihrer Gastgeber. Es muß betäubende Wirkung gehabt haben, hielt es doch ihr Erinnerungsvermögen vier Jahre lang in babylonischer Gefangenschaft. Und nur einer unter ihnen, von dessen Geist sich dieser Tage die Amnesie hob, während die anderen weiterhin hartnäckig alzheimern! Oder ist es nur babylonische Sprachverwirrung, die nun an den Wassern der Donau für Aufregung sorgt?

Damals im Mai 1985 seien die Abgeordneten damit konfrontiert worden, die Noricum liefere Kanonen auch an den Kriegsgegner Iran, fällt es dem FPÖ-Mandatar Probst nun wie Schuppen von den Augen. Schon im ersten politischen Gespräch sei von diesbezüglichen AUA-Transporten die Rede gewesen. Er habe sogar seinen Reisegefährten von der SPÖ, Konecny, darauf angesprochen. Dieser erinnert sich heute nur noch an Sightseeing, Ettmayer an Kulturelles und SP-Bauer Pfeiffer an agronomische Höhepunkte in der Heimat der Dattel.

Nun muß man verstehen, daß die Fünf damals nicht auf eine missio canonica in den Irak geschickt wurden, vielmehr zu einem „Höflichkeitsbesuch", der einer brutalen Militärdiktatur zeigen sollte, daß „sie nicht isoliert ist" (Ettmayer). Aber daß österreichische Abgeordnete in ein Land reisen, das einen der schlimmsten Kriege der letzten Jahre führt, und dort nicht mehr erfahren wollen, als das Neueste über die hängenden Gärten der Semiramis – das würde Fragen nach dem Reisebüro aufwerfen, das sie vermittelt hat – in den Nationalrat.

Sterndeuten und Wahrsagen war bei alten Chaldäern hoch im Kurs. Bei den Österreichern ist, was Noricum betrifft, heute Licht ins Dunkel angesagt. Vor allem Probst sollte erläutern, ob das wundersame Wiedererstarken seiner Geisteskräfte tiefere Gründe hat als den Wunsch, sich seiner Fraktion auch für die nächste Legislaturperiode als Abgeordneter zu empfehlen.

Beispiel für einen Kurzkommentar („Kurier" vom 6. September 1989, S. 1)

Die Peitsche

Vor den Parlamentswahlen in Südafrika werden Demonstrationen, Streiks und Unruhen der schwarzen Bevölkerungsmehrheit gemeldet. Der Kampf der Schwarzen, die von den Wahlen ausgeschlossen sind, wird von Tag zu Tag heftiger.

Immer mehr Sicherheitskräfte werden eingesetzt, die mit den klassischen Mitteln gegen die Demonstranten vorgehen, mit Tränengas, Wasserwerfern und Knüppeln aller Art.

Die südafrikanische Polizei verwendet jedoch zusätzlich noch eine Waffe, die sonst nirgendwo in der Welt gebraucht wird: die Peitsche.

In der Zeit der Sklaverei war die Peitsche das Herrschaftszeichen des Weißen, der damit zuschlagen konnte nach Laune. Und er schlug zu. Sie heute wieder gegen die Schwarzen zu zücken, wie in der dunklen Phase der Leibeigenschaft, ist eine perverse Idee, die wohl nur einem Zweck gelten kann: Die Gegner zu demütigen.

— **M. M.**

Literatur:

Zeitung (Glosse, Kommentar, Leitartikel)

BRENDEL, Detlef, und GROBE, Bernd E.: Journalistisches Grundwissen. Darstellung der Formen und Mittel journalistischer Arbeit und Einführung in die Anwendung empirischer Daten in den Massenmedien. München: Verlag Dokumentation, 1976.

BRÖDER, Friedrich J.: Presse und Politik. Demokratie und Gesellschaft im Spiegel politischer Kommentare der „Frankfurter Allgemeinen Zeitung", der „Welt" und der „Süddeutschen Zeitung". Erlangen: Palm & Enke Verlag, 1976.

DREISER, Wolfgang (Hrsg.): Glosse. Freiburg/Brsg: Herder Verlag, 1977.

KLEIN, Klaus-Peter: Argumentationsstrukturen politischer Kommentare. Analysen und Unterrichtsvorschläge. In: Kübler, Hans-Dieter (Hrsg.): Massenmedien im Deutschunterricht. Frankfurt/M.: Verlag Haag und Herchen, 1981.

KOSZYK, Kurt, und PRUYS, Karl Hugo (Hrsg.): Handbuch der Massenkommunikation. München: Deutscher Taschenbuch Verlag, 1981.

LA ROCHE, Walther von: Einführung in den praktischen Journalismus. Mit genauer Beschreibung aller Ausbildungswege. Deutschland, Österreich, Schweiz. 12., bearb. Auflage. München: List Verlag, 1990.
MEYER, Werner: Zeitungspraktikum. Auszug aus der Loseblattsammlung „Journalismus von heute". Percha am Starnberger See: R. S. Schulz, 1990.
PFEIL, Monika: Zur sprachlichen Struktur des politischen Leitartikels in deutschen Tageszeitungen. Göppingen: Verlag Kümmerle, 1977.
PROJEKTTEAM LOKALJOURNALISTEN (Hrsg.): ABC des Journalismus. 6., überarb. Aufl. München: Verlag Ölschläger, 1990.
ROLOFF, Eckart Klaus: Journalistische Textgattungen. München: R. Oldenbourg Verlag, 1982.
SCHABER, Will, und FABIAN, Walter: Leitartikel bewegen die Welt. Stuttgart: Verlag Cotta, 1964.
SCHÖNBACH, Klaus: Trennung von Nachricht und Meinung. Freiburg – München: Verlag Karl Alber, 1977.
SÜSKIND, W. E.: Glosse und Kommentar. In: Praktischer Journalismus. Hrsg. von der Deutschen Journalistenschule München. München, 1963. S. 126–131.
TERN, Jürgen: Der kritische Zeitungsleser. Hrsg. von Henning Röhl. München: Verlag C. H. Beck, 1973.
VOLMERT, Johannes: Politischer Kommentar und Ideologie. Stuttgart. Verlag Metzler, 1979.

Radio

ARNOLD, Bernd-Peter: Hörfunk-Information. Hinter den Kulissen des schnellsten Nachrichtenmediums. Opladen: Leske Verlag und Budrich GmbH, 1981.
LA ROCHE, Walther von, und BUCHHOLZ, Axel (Hrsg.): Radio-Journalismus. Ein Handbuch für Ausbildung und Praxis im Hörfunk. 3. Aufl. München: List Verlag, 1987.
STRASSNER, Erich (Hrsg.): Nachrichten. Entwicklungen – Analysen – Erfahrungen. München: Wilhelm Fink Verlag, 1975.

Fernsehen

KREUZER, Helmut, und PRÜMM, Karl (Hrsg.): Fernsehsendungen und ihre Formen. Stuttgart: Reclam Verlag, 1979.
RINGWALD, E.: Die politischen Kommentare in der Spätausgabe der ARD-Nachrichtensendung „Tagesschau". Wiss. Arbeit. Tübingen, 1977.
SCHULT, Gerhard, und BUCHHOLZ, Axel (Hrsg.): Fernseh-Journalismus. Ein Handbuch für Ausbildung und Praxis. München: List Verlag, 1984.
STRASSNER, Erich: Fernsehnachrichten. Eine Produktions-, Produkt- und Rezeptionsanalyse. Tübingen: Max Niemeyer Verlag, 1982.
STRASSNER, Erich: Kommentar überflüssig. Die Schlachtung einer heiligen Kuh: Vermischung von Nachricht und Meinung in den „Tagesthemen". In: medium, 1978, Heft 7, S. 10–15.

Kritik und Rezension in der Zeitung

Die Begriffe Kritik und Rezension werden synonym für Berichte und Kommentare in der Kulturberichterstattung gebraucht, sofern sie sich auf die *Bewertung* künstlerischen Schaffens und Gestaltens beziehen. Klassische Formen der Kritik bzw. Rezension sind die Literatur-, Kunst-, Theater-, Musik- und Filmkritik. Im Zeitalter der elektronischen Medien gehören dazu selbstverständlich auch Rezensionen von in Hörfunk und Fernsehen gesendeten künstlerischen und kulturellen Produktionen. Die Kritik oder Rezension ist eine journalistische Gattung, die, aus dem Feuilleton (Kulturteil) der Zeitung kommend, auch in Radio und Fernsehen Eingang gefunden hat. Der Leser soll einen Eindruck vom Kulturbetrieb bekommen. Wertende Kritik des Rezensenten wird oft als Tip für den Leser eingesetzt, eine bestimmte Veranstaltung zu besuchen oder aber ihr besser fernzubleiben. Buchrezensionen dienen als Kaufanreiz zum Aufstocken des eigenen Bücherregals oder aber raten von diesem Buch ab.

Objektive Information, subjektive Wertung

Kritik und Rezension bewegen sich inhaltlich zwischen Tatsachenbericht und fachlicher, jedoch persönlich-subjektiv gefärbter Betrachtung und Interpretation. In der Regel steht am Beginn der Rezension die Darstellung von Fakten, also die Wiedergabe des Inhaltes eines Theaterstückes, einer Oper, eines Buches oder eines Films; die Nennung des Autors und der Darsteller; die Beschreibung der Ausstattung, Regie eines Bühnenstückes usw. Mit diesen eher sachorientierten Informationen soll der Zeitungsleser (aber auch Radiohörer oder Fernseh-Zuseher) die Grundlagen für das Verständnis der nachfolgenden kritischen Betrachtung erhalten. Anschließend an die eher objektive Schilderung der Fakten folgt die Einordnung, Prüfung und Wertung des Betrachteten. Dabei versucht der Rezensent oder Kritiker, charakteristische Merkmale eines Kunstwerkes bzw. einer künstlerischen Leistung zu fixieren und sie nach Merkmalen des Ausdrucks, des Stils, der Echtheit, der Ethik und Ästhetik zu bewerten. Da vieles künstlerische Schaffen eminent gesellschaftliche Bezüge aufweist, kommt der Kritiker oder Rezensent oft nicht umhin, auch (gesellschafts-)politische Wertungen miteinfließen zu lassen. Etwas akademisch attestiert Heinz-Dietrich Fischer in seinem Buch „Kritik der Massenmedien" allen journalistischen Kritikern ein Theoriedefizit. Den Praktikern fehle oft der *Maßstab,* welche Kriterien angelegt werden, um kritisch zu urteilen. Patentrezepte jedoch gibt es nicht.

Engagement ja, ich-bezogene Manie nein

Kritiken oder Rezensionen haben also die Beschreibung und Bewertung von Sinn und Gehalt eines Kunstwerkes, Tendenzen eines Künstlers sowie Formen der Interpretation von künstlerischen Werken durch Schauspieler und andere Akteure (Regie, Bühnenbild, Ausstattung etc.) zum Gegenstand. Dabei kann man nicht übersehen, daß jede Kritik beeinflußt ist vom Kunstwerk selbst, von Persönlichkeit, Sachkompetenz und Selbstverständnis des Kritikers sowie seiner Einstellung gegenüber dem Kunstwerk, Künstler oder Interpreten. Kritik enthält daher Elemente exakter Beschreibung und vager Andeutungen ebenso wie sachliche Analysen und persönliche Impressionen und Interpretationen. **Kritik ist immer subjektiv, muß aber von erkennbarer fachlicher Kompetenz getragen sein. Sie soll engagiert sein, darf sich jedoch nie in jene Manie steigern, die mehr dem eigenen Ich des Kritikers dient als dem Kunstwerk und dem Publikum. Solche Kritik disqualifiziert sich selbst und macht sich lächerlich.**

Die Aufgaben von Kritik und Rezension

Detlef Brendel nennt drei Aufgaben, die der Kunst- und Kulturkritik durch Zeitung, Radio und Fernsehen zufallen und deren sich der Kritiker und Rezensent bewußt sein sollte:

- Sie soll künstlerischem Schaffen zu Publizität verhelfen und versuchen, ,,wegbereitend für neue künstlerische Entwicklungen zu wirken''.
- Sie soll dem Künstler Berater und Förderer, ,,auf jeden Fall Vermittler zum Publikum'' sein.
- Schließlich soll sie dem Publikum dienen, indem sie Kunstwerke und künstlerisches Schaffen und Gestalten in Inhalt und Form vorstellt, einordnet und beurteilt.

Indem der Kritiker und Rezensent also die Möglichkeit hat, künstlerisches Schaffen zu beurteilen, trägt er hohe gesellschaftliche, ja kulturpolitische Verantwortung und übt er auch eine pädagogische Funktion aus. Durch Auswahl und Bewertung verschafft er künstlerischen und kulturellen Leistungen in positivem oder negativem Sinne Gehör in der Öffentlichkeit. Auswahl und Wertung sind daher auch Ausdruck (kultur-)politischer Gesinnung.

Empfehlungen

John English hat in seinem Werk ,,Criticizing the Critics'' den Versuch unternommen, durch Fragen Kritiker zu bewerten:

- Bietet der Kritiker Beschreibung, Interpretation und Bewertung in ausreichendem Maß, um den Leser zufriedenzustellen?
- Erscheint die Besprechung des Kritikers lebhaft und beobachtend?
- Bezieht sich der Kritiker auf seine persönliche Erfahrung und auf seinen Vorrat an Informationen und stellt er einen Bezug her zwischen früheren und gegenwärtigen Beispielen?
- Drückt der Kritiker seinen Standpunkt mit Überzeugung, leidenschaftlich und auch mit Verständlichkeit aus?
- Ist der Schreibstil kommunikativ?
- Gebraucht der Kritiker häufig Bezugspunkte, die außerhalb seines Fachbereichs liegen?
- Reflektiert das Vokabular des Kritikers seine Maßstäbe, nach denen er die Kunst bewertet?
- Gibt der Kritiker seinen Standpunkt oder seine ideologische Bindung offen und ehrlich zu?
- Haben Kritiker irgendwelche bekannten oder verdeckten Interessenkonflikte, die das Schreiben über einen bestimmten Gegenstand beeinträchtigen?
- Wem soll der Kritiker dienen – sich selbst oder seinen Lesern?
- Scheint der Kritiker seine Arbeit und sich selbst ernst zu nehmen?

Peter Glotz und Wolfgang Langenbucher zeigen in ihrem bereits 1969 veröffentlichten Buch „Der mißachtete Leser" Mängel der Kulturkritik auf: Die einseitige Orientierung in der Auswahl der Themen, die Aussparung des (gesellschafts-)politischen Moments, die Einfalt in der Wahl der journalistischen Darstellungsform(en) und die Unverständlichkeit der Sprache. Man kann aus diesen zu Recht beklagten Mängeln folgende Empfehlungen ableiten:

- Nicht nur Themen und Ereignisse zum Gegenstand von Kritiken und Rezensionen machen, die auf eine schmale Schicht von Experten unter den Lesern zugeschnitten sind. Auch die anderen Leser – die größere Gruppe – durch eine breite Streuung der Themen teilhaben lassen.
- Nicht nur künstlerisch-ästhetische „Fachgespräche" in den Kritiken führen, auch gesellschaftliche und politische Argumente und Elemente miteinfließen lassen, um Kunst von Gesellschaft und Politik nicht zu isolieren.
- Auf Abwechslung in der Wahl der Darstellungsformen achten. Für Kritiken und Rezensionen eignen sich auch gut Reportagen, Interviews, Glossen und Features.
- Auch optische Reize bieten und Bilder, Karikaturen u. a. als Auflockerungsmittel verwenden.
- Sich einer klaren und verständlichen Sprache bedienen. Fachausdrücke und Fremdwörter erklären und auf zu lange Wortverbindungen und Satzkonstruktionen verzichten. Auf besondere Genauigkeit bei Namen, Werkangaben und anderen Details achten.

Im Lokalteil vieler Zeitungen ist Kulturkritik immer noch ein Stiefkind. Kultur ist viel mehr als der Inhalt des Feuilletons. Das „ABC des Journalismus" gibt Tips zur Kulturkritik im Ressort „Lokales" und rät, den eigenen Kulturbegriff zu erweitern:

- Auch das Vereinsleben ist Kultur, viele Bürger sind bekanntlich Mitglieder eines Vereins.
- Die Jugendkultur nicht vergessen! Was macht der Leser-Nachwuchs in seiner Freizeit?

Arten der Kritik

Buchkritik

Die Anfänge der Kritik in Zeitungen liegen um die Mitte des 18. Jahrhunderts. Buchrezensionen gehörten zu den ersten Kritiken in Zeitungen, vor allem in Zeitschriften. Die Anfänge der kritischen Auseinandersetzung mit Literatur in Zeitschriften begann sogar noch wesentlich früher, nämlich zur Zeit des Humanismus. Eine Buch- oder andere Form der Literaturkritik hat meistens die Neuerscheinung eines Buches zum Gegenstand. Die Buchkritik hält Besonderheiten von Inhalt und Form eines neuerschienenen Buches fest. Der Rezensent läßt dabei auch seine Position anklingen, wägt Für und Wider ab. Zur Aufgabe des Buchrezensenten gehört es vor allem auch, ein Urteil darüber abzugeben, was ein Werk der Gegenwart und der Gesellschaft mitzuteilen hat. Die Buchkritik muß sich übrigens nicht immer mit dem gesamten Titel befassen, sie kann durchaus auch Teile einer Publikation (z. B. eines Sammelbandes mit Werken verschiedener Autoren) genauer betrachten und bewerten.

Theaterkritik

Die Anfänge der Theaterkritik in Zeitungen reichen ebenfalls zurück in die Mitte des 18. Jahrhunderts. In der Theaterkritik erfolgt die persönliche Auseinandersetzung des Rezensenten mit der Gesamtheit eines Bühnenstückes, also mit Form und Aussage des Werkes selbst, seinen historischen oder gegenwärtigen Bezügen, aber auch mit Regie, künstlerischer Darstellung, Inszenierung, Bühnenbild und Ausstattung. Bei modernem, zeitgenössischem Theater ist ähnlich wie bei der Buchkritik besonders die Bedeutung eines Werkes für Gesellschaft und Kultur zu analysieren. Das schon erwähnte Buch von H.-D. Fischer „Kritik in Massenmedien" erweitert den Begriff „Theaterkritik". Heute ist diese Kritikform nicht nur Aufführungskritik. „Sie berücksichtigt Theaterskandale . . . ebenso wie Auseinandersetzungen in Theaterleitungen." Eine „Krisenpublizistik" berichtet über Kündigungen am Theater, Finanzmiseren, Machtkämpfe und Besucherzahlen.

Beispiel für Theaterkritik (,,Salzburger Nachrichten" vom 31. Jänner 1990, S. 7)

Die roten Fleischerhandschuhe liegen bereit für die Arbeit der Inquisitionsknechte

„Kinder des Teufels" von Felix Mitterer als österreichische Erstaufführung in Wien

Zur Linken ein Schreibtisch auf einem kleinen Podest, darauf zwei Kerzen, ein Kreuz. Dahinter ein typisch österreichischer Hofrat, allerdings im weißen Leinenanzug. An der Wand Unmengen abgelegter Aktenordner, die durch breite Bänder am Herunterfallen gehindert werden. Darunter plaziert der Schriftführer, eine graue Maus mit viel Fleiß und auch Larmoyanz: so viel zu arbeiten, und noch immer kein Ende!

Anspielungen auf die Gegenwart sind beabsichtigt, nur wird man nicht recht klug daraus. Felix Mitterers Stück „Die Kinder des Teufels" spielen im Land Salzburg anno 1675 und handeln von einem jener furchtbaren Inquisitionsprozesse, die die Justiz gemeinsam mit der Kirche zur angeblichen höheren Ehre von Ordnung und Gott inszeniert hat. Gefahndet wird nach einem Mann namens Jackel, der ein erwiesener Hexenmeister und Zauberer sein soll und deshalb für vogelfrei erklärt wurde. Habhaft wurde man seiner nicht, und so bediente man sich an der Reservearmee der Sündenböcke: den heimatlosen Bettelkindern, die angeblich vom Bösewicht zu „Kindern des Teufels" gemacht worden waren.

Geständnisse gefällig? Die Folterer stehen bereit, im Volkstheater sind sie mit Fleischerkappl und Fleischerschürze ausgerüstet. Um die Drastik zu illustrieren, die man sich im 17. Jahrhundert angelegen hat sein lassen, wird hemdsärmelig Blut verschmiert, und draußen vor der Tür lagern im grellen Licht die roten Plastikhandschuhe, mit denen es sich sauber ans Werk gehen läßt. Die Beeinträchtigungen der Malträtierten lassen sich sehen: Bewußtlose und halb Verkrüppelte werden hereingetragen und -geschleppt, und sie sind zu umfassenden, wenn es sein muß, auch obszönen Geständnissen bereit. Im so akkuraten und legeren Hofrat wohnt ein Wüterich und Pornojäger.

„Die Kinder des Teufels" sind ein spektakuläres Stück, und die Inszenierung und Ausstattung Claus Homschaks wollte den Horror noch unterstreichen. Die armseligen „Delinquenten" sind in einen monströsen Gitterkäfig gesperrt, dessen zwei Türen geräuschvoll geöffnet und geschlossen werden. Die Gefangenen, die bisweilen ein bißchen toben, kommen brav bei den kleinen Löchern heraus und werden vom Henker gleich unsanft angefaßt.

Sie zittern und stottern, einer versucht, durch allerlei Denunziationen den Kopf zu retten, eine andere, mit angedeuteter Punk-Frisur, geht in Konfrontation und legt bei den Phantasien des Richters noch ein Schäuferl nach. Das hohe Gericht muß vor lauter Entsetzen darob einen Schnaps trinken.

„Die Geständnisse der Angeklagten sind authentisch und im Hauptstaatsarchiv München und im Salzburger Landesarchiv einsehbar", steht im Programm (ein Buch mit Dokumenten, erschien im Innsbrucker Haymon-Verlag). Autor und Regisseur versuchen zwar, das Papierene der Vorlage mit bekannten Theatermitteln wegzubekommen, nur gelingt es nicht. Das seltsame Erlebnis an diesem Abend: Drastische Mittel sind oft nur ermüdend. Der serielle, fast uniforme Charakter der Verhöre war nicht zu überspielen, die einzelnen Opfer konnten sich in ihrer Individualität bei so viel Oberflächlichkeit nicht profilieren.

In der Realität (und im Stück) waren es Kinder, die vor das Gericht geschleppt wurden, auf der Bühne läßt sich dergleichen nicht machen, so kommen junge Leute zum Einsatz. Auch an dieser Inszenierung wird sichtbar (besonders Klaus Haberl, Cornelia Lippert, Ronald Seboth), daß das Volkstheater hervorragende Talente-Arbeit macht. Als Kommissar gibt sich Georg Trenkwitz routiniert, sein Schreiber ist Gerhard Steffen.

Freundlicher, aber auffallend kurzer Applaus für die Akteure, auch für den Autor, der zur Erstaufführung ins Wiener Volkstheater gekommen war.

Alfred Pfoser

Musikkritik

Die Musikkritik unterrichtet die Öffentlichkeit über Ereignisse des Musiklebens. Dazu gehören Kritiken über das vielfältige Repertoire der alten und neuen ,,klassischen Musik" mit ihren Opern, Konzerten, Oratorien, Kammermusiken und Liedern ebenso wie moderne Ausdrucksformen musikalischen Schaffens wie Jazz oder anspruchsvolle Popmusik. Die Musikkritik beurteilt ein Werk insgesamt mit seinen Elementen der Tonkunst (wie Rhythmus, Melodie, Harmonie, Instrumentation), der Darstellung und der Interpretation. In der Rezension klassischer – alter wie neuer – Musik ist vor allem die Analyse und Beurteilung der Ausführung und Interpretation durch Orchester, Dirigenten und Solisten wichtig. Nicht selten fließen in die Musik- und Theaterkritik auch Berichte über Reaktionen des Publikums ein.

Kunstkritik

Die Kunstkritik ist eine an die Öffentlichkeit gerichtete Aussage über Wesen und Form eines Kunstwerkes. Der Kritiker versucht dabei, charakteristische Merkmale eines Kunstwerkes herauszuarbeiten und eine Wertung nach künstlerischen, ästhetischen sowie aktuellen gesellschaftlichen Bezugspunkten vorzunehmen. Gerade die Kunstkritik – ob es sich um Malerei, Plastik oder andere Darstellungsformen handelt – sollte der Frage nachgehen, was ein Künstler mit seinem Werk der Gesellschaft sagen möchte und welcher Techniken er sich dafür bedient. Es ist also in besonderer Weise Aufgabe der Kunstkritiker, Beziehungen zwischen dem Künstler, dem Kunstwerk und dem Publikum herzustellen. Die grundsätzliche Berechtigung und Notwendigkeit der Kunstkritik besteht darin, festgefahrene Meinungen zu erschüttern und überhaupt Meinungen in Bewegung zu halten, wie in der Aufsatzsammlung „Kritik in Massenmedien“ nachzulesen ist.

Filmkritik

Die Filmkritik rückte zu Beginn des 20. Jahrhunderts in den Kulturteil der Tagespresse. Anfangs erfolgte dabei die Betrachtung von Form und Inhalt des Films nach traditionellen Kriterien der Theaterkritik, in der Folge – und vor allem in jüngerer Zeit – legt die Filmkritik ihr Schwergewicht naturgemäß jedoch auf die gesellschaftskritische Analyse. Bei der Filmkritik ist es wichtig, ob und wie es Drehbuch (Autor), Regie (Regisseur), Kamera und Schnitt (Cutter) gelungen ist, ein Werk zu produzieren, das den Eigengesetzlichkeiten der Filmkunst gerecht wird – oder nicht. In keiner Filmkritik sollte der Hinweis darauf fehlen, welche Ausdrucks- und Gestaltungsmittel wie angewendet wurden und ob es gelingt, die intendierten Aussagen den Möglichkeiten des Mediums Film entsprechend umzusetzen. Neben der Prüfung des ästhetischen Gehalts ist das Filmwerk dabei vor allem auch nach künstlerischen, technischen, weltanschaulichen, soziologischen und psychologischen Gesichtspunkten zu analysieren.

Hörfunk- und Fernsehkritik

Hörfunk und Fernsehen sind durch ihre „Allgegenwärtigkeit“ und Vielfältigkeit ihrer Programme längst nicht nur Kulturträger und Kulturvermittler, sondern selbst Kulturproduzenten und -schöpfer geworden – und somit auch Gegenstand von Radio- und Fernsehkritik in der Tagespresse. Rundfunkkritik findet man in den Zeitungen in zweifacher Hinsicht: Zunächst als allgemeine Programmkritik sowie, und von dieser ist hier die Rede, als Kritik besonderer künstlerischer Ausdrucks- und Gestaltungsformen spezieller Darbietungen des Hörfunks und Fernsehens (Hörspiele, Fernsehspiele, Radio- und Fernseh-Konzerte, Fernseh-Shows etc.). Viele Zeitungen widmen der Fernseh- und Hörfunkkritik in zunehmendem Maße

Aufmerksamkeit. Für die Rundfunkkritik ist die genaue Kenntnis der technischen Möglichkeiten und Eigengesetzlichkeiten vor allem des Fernsehens zwingend erforderlich. Daß dies aber in der Praxis kaum die Regel ist, zeigt eine in der Bundesrepublik Deutschland durchgeführte Studie des Hans-Bredow-Instituts der Universität Hamburg. Nur jeder vierte befragte Fernsehkritiker hatte praktische Vorstellungen von den Produktionsbedingungen des elektronischen Mediums. Drei Viertel aller Kritiker hatten noch nicht einmal als Hospitant in einer Fernsehanstalt gearbeitet. Die Rundfunkkritik in der Tagespresse stellt eine wichtige Komplementärfunktion von Zeitung und Rundfunk dar. Sie bietet dem Publikum zudem die Möglichkeit der Zustimmung oder Ablehnung und ermöglicht dem Publikum, das die rezensierte Hörfunk- oder Fernsehdarbietung gehört oder gesehen hat, mehr als andere Arten der Kritik Identifikation und Kommunikation. Die Rezension von im Fernsehen dargebotenen Stücken – in der Regel von Fernsehspielen – muß sich, wie Winfried Schulz in seinem Aufsatz über Fernsehkritik und Fernsehkritiker schreibt, auf drei Aspekte konzentrieren, nämlich auf ,,die literarische Vorlage (Sujet, Stoff, Handlung, Drehbuch), auf die Inszenierung und auf die Darstellung.'' Der Rundfunkkritiker Karl-Otto Saur und Mitherausgeber des Buches ,,Fernsehkritik – Kritiker und Kritisierte'' schreibt darin über die Voraussetzungen seiner Arbeit: ,,Wir machen den Versuch, die Fernsehzuschauer, die ja auch unsere Leser sind, mit diesem Medium vertraut zu machen, ihnen durchaus auch Spaß am Medium zu lassen, aber eben auch den Versuch, all die Gefahren, all die Schwierigkeiten, all die Manipulationen, die vom Fernsehen ausgehen, zunächst teilweise mit transparenter zu machen.'' Besonders schwierig ist für Saur, daß jeder Fernsehzuschauer sich auch als Fernsehexperte begreift. Deswegen sei es schwer, professionelle Kriterien zur Kritik von Sendungen zu finden. *Heinz Pürer*

Kritik und Rezension im Radio

Unter Kritik oder Rezension – die Begriffe werden synonym gebraucht – versteht man eine Wertung künstlerischer Leistungen. Kritiken bzw. Rezensionen sind journalistische Gattungen, die, aus der Kulturberichterstattung der Zeitung kommend, sehr bald auch im Radio Einzug gefunden haben. Der Österreichische Rundfunk ist gemäß Rundfunkgesetz zur ,,Vermittlung und Förderung von Kunst und Wissenschaft'' (§ 2, Abs. 2, lit. 3) verpflichtet, und zur Berichterstattung über künstlerisches Schaffen und Gestalten in Literatur, Musik, darstellender Kunst etc. gehört zweifellos auch die Kunst- und Kulturkritik; sie setzt sich – das sagt schon das Wort

„Kritik" – eben kritisch und somit wertend mit Kunst und Kultur aus Gegenwart und Vergangenheit auseinander.
Für die Kritik im Radio gilt vieles, was im vorhergehenden Abschnitt über Kritik in der Zeitung gesagt wurde. Jede Kritik – so auch die Kritik im Radio – bewegt sich inhaltlich zwischen Tatsachenbericht und fachlicher, jedoch persönlich-subjektiv gefärbter Betrachtung und Interpretation; sie enthält also – und das liegt im Wesen dieser Darstellungsformen – zahlreiche Elemente persönlicher und subjektiver Wertung.

Subjektivität und Rundfunkgesetz

Dieser Subjektivität der Kritik stehen im Radio (und übrigens auch im Fernsehen) die Bestimmungen des Rundfunkgesetzes und der Programmrichtlinien über Objektivität und Ausgewogenheit entgegen. Theater-, Musik-, Literatur- und andere Kunstkritik sind daher im Hörfunk nur in eingeschränktem Maße möglich. Zwar sehen die Programmrichtlinien des ORF die „Wiedergabe und Vermittlung von für die Allgemeinheit wesentlichen Kommentaren, Standpunkten und kritischen Stellungnahmen unter angemessener Berücksichtigung der Vielfalt der im öffentlichen Leben vertretenen Meinungen" (Programmrichtlinien 1, lit. b) vor, allerdings dürfen festangestellte, programmgestaltende Mitarbeiter keine Meinungskommentare – und dazu gehören Kritiken zweifellos – abgeben. Dennoch sind Kritik und Rezension im Hörfunk möglich, nämlich:

- als **Premierenberichte** (in Form der Sachanalyse), die dem Objektivitätsgebot unterworfen sind, sowie
- als **(Meinungs-)Kommentare,** wobei sachkundige Gastkommentatoren herangezogen werden, die zwar nicht dem Objektivitätsgebot unterworfen, jedoch dazu verpflichtet sind, ihre Meinungen bzw. Wertungen stichhaltig zu begründen und in fachlich qualifizierter Weise darzulegen. Durch die Auswahl dieser Mitarbeiter ist der Meinungsvielfalt Rechnung zu tragen.

In der Praxis sieht das so aus:

Premierenberichte

In den Informationssendungen des ORF, vor allem im Morgenjournal (Programm Ö1) sowie in den lokalen Nachrichtensendungen der ORF-Landesstudios (Landesrundschau bzw. -journal, Ö2, früher Ö-Regional) gibt es regelmäßig Berichte über Theaterpremieren, Festspielaufführungen, Konzerte etc. Diese Berichte müssen sich jedoch auf Beschreibungen (des Bühnenbildes, des musikalischen oder szenischen Ablaufs, der Mitwirkenden, der Publikumsreaktionen etc.) beschränken. Die zuweilen nötige kritische Äußerung kann durch Interviews mit Zeitungskritikern oder mit Besuchern einer Darbietung hereingenommen werden.

In einer eigenen Hörfunksendung („Österreich 1 danach", täglich 0.05 h, Wiederholung „5 vor 9", täglich 8.55 bis 9.00 h, Kurzfassung in „Ö3 après" um 1.03 h) gibt es Premierenberichte unmittelbar nach den Aufführungen, aber auch Berichte von Konzerten, Lesungen und Ausstellungsvernissagen. Diese Berichte enthalten kurze Beschreibungen des Redakteurs, Szenen- und Musikausschnitte, Stellungnahmen der mitwirkenden Künstler und vor allem Publikumsreaktionen, die an Ort und Stelle in Interviews eingeholt werden.

Kulturkritische Sendungen mit Gastkommentaren

In den regelmäßig stattfindenden kulturkritischen Sendungen des Radios mit Beiträgen über Schauspiel-, Opern- und Konzertpremieren (vorwiegend aus dem deutschsprachigen Raum, aber auch aus anderen Ländern) werden für Zwecke der Kritik Interviews eingeholt und Diskussionen geführt. Die eigentlichen Kritiken werden von bekannten österreichischen Zeitungskritikern sowie prominenten Theater- und Musikkorrespondenten des Auslandes verfaßt und gesprochen. Durch wechselnden Einsatz wird der Meinungsvielfalt Rechnung getragen.

Rezensionen

In ganz ähnlicher Weise erfolgen Rezensionen von Büchern. In Interviews, Diskussionen, Autoren- und Verlegergesprächen sowie Leseproben wird das aktuelle Angebot am Büchermarkt verarbeitet. Dabei hat österreichische und deutschsprachige Literatur Vorrang vor Rezensionen von Literatur aus anderen Ländern.

Volkmar Parschalk

Kritik und Rezension im Fernsehen

Rezension bedeutet „Beurteilung". Eine solche muß objektiven Kriterien standhalten können, ist trotzdem jedoch Äußerung einer subjektiven Meinung.

Subjektive Meinung, in den Printmedien erwünscht, ist in öffentlich-rechtlich verfaßten Rundfunkanstalten dem Fernseh-Journalisten untersagt, sofern er diese

Meinung in seinem Medium öffentlich äußern und an sein Publikum herantragen will. Das geltende Rundfunkgesetz, für den ORF als Monopolbetrieb maßgeschneidert, verlangt vom Fernseh-Journalisten Objektivität und Ausgewogenheit der Berichterstattung.
Hier scheint ein durchaus subjektiver Einschub fällig und nötig: Die Forderung des Rundfunkgesetzes nach Objektivität und Ausgewogenheit der Berichterstattung hat nichts zu tun mit einem „Maulkorberlaß“ für kritische Journalisten, sondern nimmt Rücksicht auf Sehgewohnheiten der großen Mehrheit des Fernseh-Publikums in Österreich. Der Österreicher hat sich in den letzten Jahrzehnten angewöhnt, in Printmedien geäußerte Meinungen dem jeweiligen Verfasser oder der jeweiligen Blattlinie zuzuordnen. Die Vielzahl jener Zeitungen und Zeitschriften, die in Österreich erscheinen, ermöglicht Meinungsvielfalt. Gegenüber dem Zeitungs-Journalisten hat der Fernseh-Journalist mehr Einfluß, also Macht. Er arbeitet in einem Monopolbetrieb, kann und soll das Wort (sein Wort) visuell verstärken und genießt hohe Glaubwürdigkeit beim Publikum. Der Konsument neigt außerdem dazu, anzunehmen, was man im Fernsehen sehen kann, müsse die Wirklichkeit sein. Solange die Formulierung „Im Fernsehen wurde gesagt . . .“ ausreichende Quellenangabe für so manche Konversation ist, müssen jene, die in diesem Medium arbeiten, sich ihrer Verantwortung ständig bewußt sein.

Kritik gibt es nicht, aber . . .

Kritik im Fernsehen gibt es nicht. Es gibt nur Kritik, die durch Mittel des Fernsehens hervorgerufen, sogar forciert wird. Und zwar beim Zuseher. Fernsehen kann Kritik auslösen. In den Sparten Politik, Wirtschaft usw. genügt dafür vielfach das Mittel der Darstellung, etwa von Mißständen, die ganz offenkundig solche sind. In der Sparte Kultur – und diese ist hier gemeint – gibt es drei unterschiedliche Möglichkeiten, Kritik wenn schon nicht zu üben, so doch auszulösen: das Gespräch, den Kommentar, die Reportage oder Dokumentation.

Gespräch

Im Gespräch – sei es ein Interview, sei es eine Diskussion – wird die Art der Fragestellung, der Dialogführung dafür maßgebend sein, ob es sich bloß um ein *unverbindliches* oder um ein *kritisches* Gespräch handelt.
Die Fragen sollten knapp, einfach sowie verständlich formuliert sein und dem Partner die Antwort überlassen, nicht diese bereits suggerieren. Harte Formulierung darf dann sogar provokant wirken, wenn die Frage auf Fakten, nicht auf Vermutun-

gen aufbaut. In der Reaktion auf Antworten, also in den spontanen Zusatzfragen, liegt meist der Keim für kritische Ansätze. Da der Gesprächspartner auf solche Fragen reagieren kann, ist maximale Objektivität gegeben.
Bei der Diskussion ist dafür zu sorgen, daß kontroversielle Standpunkte adäquat besetzt, also die Vertreter solcher Standpunkte einander annähernd gleichwertig sind.

Kommentar

Der Kommentar darf kein bloßer Meinungskommentar sein. Dieser, in den Printmedien traditionsreiches Glanzstück journalistischer Arbeit, ist im Fernsehen ausdrücklich untersagt.
Der Fernseh-Kommentar, meist ohne Bebilderung, stellt Sachverhalte dar und setzt sie zueinander in Beziehung. Er hält zunächst fest, was *ist,* und nicht, was sich der Kommentator dazu denkt. Die Aufzählung von Sachverhalten führt in der Regel zur Schlußfolgerung – und auch hier sollte die zwingende *sachliche* Schlußfolgerung Vorrang haben vor der subjektiven Ansicht, obwohl letztere nicht auszuschließen ist und auch nicht ausgeschlossen bleiben soll. Je korrekter, unanfechtbarer, logischer diese Schlußfolgerung ausfällt, desto unantastbarer bleibt jener, der sie zieht.
Interessanter Sonderfall: Seit Frühjahr 1986 spreche ich einen spontanen Kommentar „Nach der Premiere" in der nächtlichen Nachrichtensendung „aktuell", und zwar nach überregional wichtigen Theaterpremieren. Dieser Kommentar, zwangsläufig emotional und subjektiv, ist als bereichernde Farbe des Fernseh-Programms akzeptiert, obwohl er dem Rundfunkgesetz nicht konform sein kann.

Reportage und Dokumentation

Auch Reportage und Dokumentation bringen Sachverhalte, jedoch vertreten durch jene, die sie verursachen oder mit ihnen konfrontiert sind. Der gestaltete visuelle Eindruck tritt zum gesprochenen Wort, ergänzt dieses, kann zuweilen auch dominieren. Von einer „kritischen" Reportage oder Dokumentation reden wir, wenn Fakten und Aussagen nicht bloß wertfrei aneinandergereiht sind, sondern eine dramaturgisch gestaltete Gegenüberstellung ergeben.
Solche Gestaltung bedient sich der Möglichkeiten des Filmschnitts, der Raffung (Kürzung), der Illustration, auch der Verstärkung von Aussagen durch Inserts, Kontrast- und Bestätigungseffekte. Mehr als bei Gespräch und Kommentar bieten Reportage und Dokumentation dem Gestalter die Möglichkeit, vorhandenes Material so auszuwählen, daß sein (kritischer) Standpunkt zur Geltung kommt.

Auswahl und Montage des vorhandenen Materials sind bei jeder Fernseh-Reportage der entscheidende Ansatzpunkt für journalistische Arbeit: Hier entscheidet sich nicht nur die Form des Beitrages, sondern auch seine Aussage. Zweifellos bedeuten Auswahl und Montage auch so etwas wie „Manipulation". Ein Wort, dessen negativer Aspekt seine Verwendung eher verbietet. Ursprünglich verstand man unter Manipulation jedoch einfach „Handhabung". Und diese Handhabung von (filmischem) Material gehört zum Tagewerk jedes Fernseh-Journalisten. Unbehagen entsteht erst dort, wo Manipulation zur bewußten Steuerung, zur Beeinflussung des Konsumenten wird.

Karl Löbl

Literatur:

Zeitung

BRENDEL, Detlef, und GROBE, Bernd E.: Journalistisches Grundwissen. Darstellung der Formen und Mittel journalistischer Arbeit und Einführung in die Anwendung empirischer Daten in den Massenmedien. München: Verlag Dokumentation, 1976.

DREWS, Jörg (Hrsg.): Literaturkritik – Medienkritik. Heidelberg: Verlag Quelle & Meyer, 1977.

GLOTZ, Peter: Buchkritik in deutschen Zeitungen. Hamburg: Verlag für Buchmarktforschung, 1968.

GLOTZ, Peter, und LANGENBUCHER, Wolfgang R.: Der mißachtete Leser. Zur Kritik der deutschen Presse. Köln – Berlin: Kiepenheuer & Witsch, 1969.

HAACKE, Wilmont: Die Kritik in Zeitung und Zeitschrift. In: Dovifat, Emil (Hrsg.): Handbuch der Publizistik. Berlin, 1968/69, Band 3, S. 237–251.

HAMM, Peter (Hrsg.): Kritik – von wem/für wen/wie. Eine Selbstdarstellung deutscher Kritiker. 3. Auflage. München: Hanser Verlag, 1970.

HENRICHS, Benjamin: Beruf: Kritiker. Rezensionen, Polemiken, Liebeserklärungen. München: Hanser Verlag, 1978.

LA ROCHE, Walther von: Einführung in den praktischen Journalismus. 11., überarb. Auflage. München: List Verlag, 1989.

NOELLE-NEUMANN, Elisabeth; SCHULZ, Winfried; WILKE, Jürgen (Hrsg.): Fischer Lexikon Publizistik/Massenkommunikation. Frankfurt: Fischer, 1989.

POLGAR, Alfred: Handbuch des Kritikers. Wien – Hamburg: Zsolnay Verlag, 1980.

ROLOFF, Eckart Klaus: Journalistische Textgattungen. München: R. Oldenbourg Verlag, 1982.

WELLEK, René: Grundbegriffe der Literaturkritik. Stuttgart – Berlin – Köln – Mainz, 1965.

Radio

LA ROCHE, Walther von, und BUCHHOLZ, Axel (Hrsg.): Radio-Journalismus. Ein Handbuch für Ausbildung und Praxis im Hörfunk. 3. Aufl. München: List Verlag, 1987.

Fernsehen

DREWS, Jörg (Hrsg.): Literaturkritik – Medienkritik. Heidelberg: Verlag Quelle & Meyer, 1977.

FISCHER, Heinz-Dietrich: Kritik in Massenmedien. Objektive Kriterien oder subjektive Wertung. Köln, 1983.

SAUR, Otto, STEINMETZ, Rüdiger (Hrsg.): Fernsehkritik. Kritiker und Kritisierte. Beiträge aus der Hochschule für Fernsehen und Film München. Band 10. München: Ölschläger, 1988.

SCHULT, Gerhard, und BUCHHOLZ, Axel (Hrsg.): Fernseh-Journalismus. Ein Handbuch für Ausbildung und Praxis. München: List Verlag, 1984.

SCHULZ, Winfried: Fernsehkritik und Fernsehkritiker. In: Rundfunk und Fernsehen. Hamburg, 1968, Heft 3.

WALDMANN, Norbert: Der Fernsehkritiker: Arbeitsweise und Urteilsbildung. Ergebnisse einer Befragung bei Tageszeitungen. In: ZDF-Schriftenreihe/Medienforschung, Heft 30. Mainz: ZDF, 1983.

Weitere Darstellungsformen

Neben den hier ausführlich erörterten journalistischen Darstellungsformen, die wir täglich in Zeitung, Radio und Fernsehen vorfinden, gibt es eine Reihe weiterer Textgattungen und Sendeformen, die man als Journalist kennen und im Lauf seiner Praxis auch beherrschen sollte: Korrespondentenbericht, Dokumentation, Diskussion, Porträt, Feuilleton und Essay.

Um diese Formen in der Praxis auch anwenden zu können, bedarf es reicher journalistischer Erfahrung. Einige von ihnen, vor allem das Feuilleton und der Essay (aber auch das Porträt), sind eher literarische als journalistische Gattungen, die ihren Verfassern besonderen Ideenreichtum und schriftstellerische Fertigkeiten abverlangen.

Korrespondentenbericht

Korrespondentenberichte in Zeitung, Radio und Fernsehen geben zusätzliche Informationen über berichtenswerte Ereignisse oder Sachverhalte vor Ort des Geschehens. Der Korrespondent schreibt meist exklusiv für sein Blatt. Dadurch hebt sich seine Zeitung von anderen ab. Der Korrespondentenbericht beschafft Hintergrund. Aufgrund ihrer Kenntnisse über Personen oder Sachverhalte analysieren und interpretieren Korrespondenten in ihren Berichten aktuelles Geschehen. Nicht selten fließen in Korrespondentenberichte persönliche Auffassungen ihrer Autoren mit ein; Korrespondentenberichte sind in den Zeitungen in der Regel daher auch namentlich gezeichnet. Artikel von Korrespondenten können in allen möglichen journalistischen Darstellungsformen abgefaßt sein.

Auslandskorrespondenten müssen neben einer ausgezeichneten Sachkenntnis ein ernstes Interesse für die fremde Wirklichkeit entwickeln. Die Kenntnis von Fremdsprachen, vor allem der Sprache, die im Berichtsland selbst gesprochen wird, ist sehr wichtig. Die Beherrschung der englischen Sprache ist für die meisten Auslandskorrespondenten unabdingbare Voraussetzung.

In vielen Zeitungen, vor allem in den klassischen Abonnement-Zeitungen, gibt es eigene Seiten für Korrespondentenberichterstattung. Jedoch schreibt der Korrespondent auf dieser Seite meist sehr subjektive Reportagen und keine nachrichtlichen Berichte.

Im Hörfunk und Fernsehen reicht die Palette der Beiträge von Auslandskorrespondenten von einfachen Berichten über Reportagen und Interviews bis hin zu Live-Gesprächen und Kommentaren. Auslandskorrespondenten sind auf geographische Regionen (Naher Osten, Afrika, Südamerika, Ostblock) spezialisierte freie oder festangestellte Mitarbeiter. Sie müssen ihre Beiträge sprachlich und bildlich

so gestalten, daß sie „zu Hause" verstanden werden können. In öffentlich-rechtlichen Rundfunkstationen tätige Korrespondenten haben in ihren Beiträgen ihre eigene Meinung zurückzuhalten.
In den meisten Ländern der westlichen Welt können Auslandskorrespondenten ohne inhaltliche Auflagen und technische Beschränkungen arbeiten. In nichtdemokratischen Ländern müssen Radio- und Fernsehproduktionen für Korrespondentenberichte nicht selten beantragt werden. Mitunter ist auch die gesamte – also auch persönlich-private – Bewegungsfreiheit von Auslandskorrespondenten eingeschränkt. Diese Umstände bleiben für die journalistische Arbeit nicht ohne negative qualitative und quantitative Auswirkungen.

Dokumentation

Unter Dokumentation versteht man die Wiedergaben wörtlicher Rede, schriftlicher Texte, von Statements, Interviews, ja auch Diskussionen zu oder im Zusammenhang mit einem dokumentierten Sachverhalt. Klaus Schönbach bezeichnet die Dokumentation als eine journalistische Stilform, die keiner oder nur geringer Bearbeitung unterliegt und dem Zuseher ein Thema direkt vermittelt: „Dokumentation – als reine Wiedergabe wörtlicher Rede oder schriftlicher Texte definiert, ist die journalistische Stilform des Fernsehens." Daher sind im Fernsehen optisch vermittelbare Dokumente besonders wichtig. Aber auch Tageszeitungen veröffentlichen gelegentlich besonders wichtige Reden oder Dokumente wörtlich und übertiteln diese Artikel mit einer Dachzeile „Im Wortlaut". Für „Zeit"-Reporter Rudolf Walter Leonhardt bedarf auch die Zeitungs-Dokumentation der subjektiven Phantasie. Denn nur diese Phantasie bestimme, welche Daten für den Leser ausgewählt werden müßten.
Es gibt verschiedene Dokumentationen: Langzeitdokumentation, historische Dokumentationen, zeitgeschichtliche Dokumentationen. Schult und Buchholz räumen in ihrem Buch über „Fernseh-Journalismus" der Fernseh-Dokumentation eine gewisse Nähe zum Feature und zum Magazin ein. In jedem Fall will eine Dokumentation „an Hand von Dokumenten, also von Zeugnissen, beschreiben, was ist oder was war. Ausgangspunkt ist die Beobachtung, das darzustellende Objekt. Schlußfolgerungen, die oft nicht einmal angesprochen werden, ergeben sich aufgrund des vermittelten Materials." (Schult/Buchholz)

Diskussion

Die Diskussion ist eine im Hörfunk und Fernsehen beheimatete journalistische Darstellungsform. Das für eine Diskussion gewählte Thema muß kontrovers sein, d. h. es müssen unterschiedliche Meinungen zu einer bestimmten Thematik herausgearbeitet werden. Es kommt dabei nicht darauf an, sachliche Einigung unter den Diskussionspartnern zu erzielen, vielmehr sollen Hörer oder Seher die Möglichkeit erhalten, sich in den zum Ausdruck gebrachten Meinungen wiederzufinden oder sich eine eigene Meinung zu bilden. Für ein gutes Gelingen von Hörfunk- und Fernsehdiskussionen sind die Zusammensetzung der Diskussionsrunde und die Eloquenz der Diskussionsteilnehmer sehr wichtig.

Aus Radio und Fernsehen kennen wir Studio-Diskussionen (mit begrenzter Dauer oder „open end"). Diskussionen von Fachleuten mit Journalisten, von Journalisten untereinander, mit Politikern, Diskussionen mit Publikum als öffentliche Veranstaltung sowie Studio-Diskussionen mit Beteiligung der Hörer via Telefon.

Der Diskussionsleiter – in der Regel ein Journalist – ist nicht Diskussionsteilnehmer oder Meinungsträger; er muß die Diskussion steuern und lenken, wichtige Aspekte ansprechen, auf die Beantwortung von Fragen achten und nachhaken, wo ausgewichen wird. Er darf die Diskussion nicht in Fachsimpelei ausarten lassen, sondern muß für Verständlichkeit sorgen. Aufgabe des Diskussionsleiters ist es ferner, Zwischenresümees zu ziehen und – bei begrenzter Zeit – Sorge dafür zu tragen, daß nicht nur die verfügbare (Sende-)Zeit eingehalten wird, sondern daß im Rahmen der verfügbaren Zeit auch alle bedeutenden Themenkreise innerhalb des Generalthemas einer Diskussion angesprochen werden.

Eine Hörfunk- oder Fernsehdiskussion beginnt immer mit der Vorstellung des Themas und der Diskussionsteilnehmer, ihrer Funktion und warum sie zur Diskussion eingeladen wurden. In Hörfunkdiskussionen sind zur besseren Orientierung des Publikums die Diskussionsteilnehmer öfter mit Namen anzusprechen, in Fernsehdiskussionen erlebt der Zuseher die Diskutierenden „ganzheitlicher" (Schult/Buchholz: Fernseh-Journalismus): ihre Mimik, ihre Gestik, die Art und Weise, wie die Teilnehmer reagieren. Bild und Insert lassen den Zuseher sofort erkennen, wer spricht. Diskussionsleiter in Hörfunk und Fernsehen müssen sich auf das Thema der Diskussion gut vorbereiten. Nur so ist gewährleistet, daß sie das Gespräch immer in der Hand haben und souverän bleiben. Gute Diskussionsleiter lassen sich in noch so hitzigen Debatten selbst nicht in einen tobenden Streit hineinziehen. Diskussionen müssen nicht, sollten aber am Ende vom Diskussionsleiter in ihren wichtigsten Aussagen kurz und prägnant zusammengefaßt werden.

Porträt

Das journalistische Porträt berichtet über eine Person und vor allem über jene Teile einer Biographie, die beispielhaft sind – im positiven wie im negativen Sinne. Der porträtierende Journalist hat die Aufgabe, eine Vielzahl von Fakten aus dem Leben der zu porträtierenden Person zusammenzutragen. Porträts zu verfassen

bedeutet also, sehr gründlich zu recherchieren (siehe dazu auch den Abschnitt über „Recherche", Seite 11). Im Hörfunk und Fernsehen müssen Journalisten dazu auch im O-Ton-Archiv oder im Bild- und Filmarchiv recherchieren, um Ton- und Bildaufnahmen der betreffenden Person zu bekommen. Gerade bei Porträts im Ressort „Lokales" einer Tageszeitung bietet sich an, mit der zu porträtierenden Person zu reden und sie in ihrem persönlichen Umfeld zu besuchen, um eigene Eindrücke zu gewinnen.
Der Journalist muß darauf achten, daß das Porträt nicht zur Karikatur wird. „Ein wirkliches Porträt", schreibt Dieter Faulseit, „kann man nicht schnell herunterschreiben. Es verlangt gründliche Vorarbeit und viel Bedachtsamkeit bei der Ausformung . . . Ein Porträt kann nicht die Lebenstotalität eines Individuums in allen Einzelheiten darstellen. Es muß sich auf den Wesenskern des Menschen beschränken. [. . .] Das Porträt eint in sich sowohl literarische als auch journalistische Darstellungsweisen, die bildhaft-gegenständlich gestaltenden Formen der Literatur wie die urteilenden und verallgemeinernden Formen des Journalismus."
Für Hörfunk- und Fernsehporträts werden oft Interviews mit der zu porträtierenden Person gemacht. Dabei fällt, wie Gaus sagt, dem Journalisten die Rolle eines Katalysators zu, „der dem Partner das Reagieren nicht anheimstellt, sondern ihn in den wesentlichen Punkten zwingt". Das Porträt vereint also Elemente verschiedener journalistischer Darstellungsformen.
Nachrufe werden nicht selten in der Form eines Porträts gestaltet. Sie markieren Daten, Lebenslauf, Lebenssituationen, Skizzen und Deutungen des Werdegangs und wägen Leistungen oder auch Mißerfolge ab.

Feuilleton

Der Begriff „Feuilleton" wird im Journalismus in mehrfacher Hinsicht verwendet: Man bezeichnet damit (immer noch) eine redaktionelle Sparte, das heutige Kulturressort; weiters eine literarisch-journalistische Gattung (auch „kleine Form" genannt) sowie eine journalistische Stilhaltung. In diesem Sinne – als journalistische Darstellungsform – ist vom Feuilleton hier die Rede.
Jemand, der sich der journalistischen Stilhaltung des Feuilletons bedient, berichtet in der Regel eher kurz über Nebensächlichkeiten und Zufälligkeiten, die in ihrem Wesen aber treffend erkannt und gesehen werden. Viele Praktiker gebrauchen den Begriff des Feuilletons (unzulässigerweise) abfällig für oberflächliche, gedankenlose Artikel. Das „Zeitungspraktikum" von Werner Meyer zitiert einen Journalisten: „Ein Feuilleton ist eine Plauderei, ein mehr oder weniger witziges, mehr oder weniger leichtes Geplänkel mit einem Stoff, einem Thema, einem Problem. Ein Feuilleton ist ein Nichts, das oft höher bezahlt wird, als ein Etwas." Emil

Dovifat und Jürgen Wilke in der „Zeitungslehre" schreiben, „symbolischen, gleichnishaften Charakter gewinnen, zum mindesten aber zu Höherem führen, Bleibendes, Allgemeines anklingen lassen". In einem Feuilleton werden in der Regel also (kleine) Einzelheiten und Zufälligkeiten des Tages in sehr subjektiver, also persönlicher und menschlicher Betrachtung dargestellt, dabei klingt Wesentliches an und wird Allgemeingültiges geistig wirksam.

Ausgangspunkt eines Feuilletons ist eher die stille und mitunter auch humoristische Betrachtung, nicht journalistisches Pathos oder glühende Begeisterung. „Die feuilletonistische Haltung", heißt es bei Dovifat/Wilke weiter, „geht vom *Äußeren* in das Innere, vom Einzelnen zum Allgemeinen, während die *Dichtung* nicht selten den umgekehrten Weg nimmt. Der Feuilletonist hat die Gabe, die Dinge und die Zustände belebt zu sehen und sie mit wenigen Strichen festzuhalten. In der so geschauten Äußerlichkeit werden die tieferen Schichten erkennbar. Nicht nur der Feuilletonist, der in der Zeitung schreibt, auch der Feuilletonist der Rede (im Radio; Anm. d. Hrsg.) und des Bildes (im Fernsehen; Anm. d. Hrsg.) muß diese Freude haben an den Dingen . . ."

Feuilletonistische Beiträge finden sich in Zeitung, Radio und Fernsehen zweifellos vornehmlich im Kulturjournalismus, können durchaus aber auch Ereignisse – kleine Dinge – der Politik, des Sports, des Gerichts zum Gegenstand haben. Feuilletonistischer Stil kann die Sachdarstellung beleben, kann aber auch durch Übertreibung von der Sache ablenken, so das Fischer Lexikon Publizistik/Massenkommunikation. Mit Feuilletonismus wird daher auch ein verschwommener, bildhafter Stil bezeichnet, der durch sprachliche Brillanz vom Sachlichen ablenkt.

Essay

Die Abgrenzung des Essays vom Feuilleton fällt schwer. Auch der Essay ist eher eine literarische als eine journalistische Gattung. Ludwig Rohner und Helmut Heissenbüttel bezeichnen den Essay als „ein kürzeres, geschlossenes, verhältnismäßig locker komponiertes Stück betrachtsamer Prosa, das in ästhetisch anspruchsvoller Form einen einzigen inkommensurablen (= nicht meßbaren, nicht vergleichbaren; Anm. d. Hrsg.) Gegenstand meist kritisch deutend umspielt". Der Autor des Essays verfährt dabei gerne assoziativ und anschauungsbildend, er unterhält seinen fiktiven Partner, den Leser oder Hörer, im geistigen Gespräch und versucht, dessen Bildung, Denken und Phantasie erlebnishaft einzusetzen. Das „Zeitungspraktikum" von Werner Meyer bezeichnet den Essay als einen längeren Aufsatz, der versucht „eines Problems, einer Gestalt, eines Werkes oder einer Zeit Herr zu werden". Der Essay mache alle wesentlichen Seiten eines Themas dem Leser bekannt. Dieser Stilform liege alles Gelehrt-Pedantische fern. Der Essay

,,bietet in literarisch anspruchsvoller, geschliffener Form die Quintessenz des Wissens über einen Gegenstand".

Der Radio-Essay, in der Regel zwischen zehn und 30 Minuten lang, muß selbstverständlich darauf Bedacht nehmen, daß er hörend aufgenommen wird. Konzentrierte, prallgefüllte Aussagen, in Zeitungsessays durchaus vorhanden, müssen im Radio aufgelockert und durchsichtiger gemacht werden, wie Bruno Berger in seinem Buch ,,Der Essay – Form und Geschichte" ausführt: ,, . . . ein dicht konstruierter, bezügereicher Satzbau verliert seine Wirkung, denn er kann die gesamte Aussage unverständlich machen. Der Funkessayist muß sich also um einen neuen Stil der zu sprechenden Aussage bemühen, der die Werte in der einprägsamen Diktion sucht, die kurz formuliert . . . und immer mit dem schnell verhallenden Wort rechnet." Bei umfangreicheren Funkessays, so Berger weiter, kann man den Text dem inneren Gehalt nach (z. B. These – Antithese – Synthese) oder nach Thema, Gegenthema, positiven und negativen Einwänden aufgliedern und auf verschiedene Sprecher verteilen.

Die Nachrichten-Magazingeschichte

Die Nachrichten-Magazingeschichte oder kurz Magazingeschichte ist, wie Michael Haller treffend feststellt, ein journalistischer Zwitter: Auf der einen Seite faktiziert sie nachrichtlich, auf der anderen interpretiert sie und verleiht damit dem Geschehen eine Tendenz. Diese Tendenz wird dann allgemeingültig formuliert.

Die Nachrichten-Magazingeschichte ist eine abgewandelte Form der angelsächsischen ,,Newsstory", die in den USA bei den Magazin-Giganten ,,Time" und ,,Newsweek" entwickelt wurde. Diese journalistische Darstellungsform wird inzwischen auch im deutschsprachigen Raum in nahezu allen (politischen) Magazinen gepflegt, so vor allem bei ,,Spiegel", ,,Manager-Magazin", ,,Wirtschaftswoche" (BRD), ,,profil" und ,,Wochenpresse" (Österreich) sowie ,,bilanz" (Schweiz). Wenn das Feature zu starke Bilder malt und zu sehr veranschaulicht und sich die Reportage zu sehr mit einer einzigen, realen Begebenheit beschäftigt, dann ist die Nachrichten-Geschichte gefragt.

Die Nachrichten-Magazingeschichte gibt dem Leser den Eindruck, das Magazin sei allwissend. Dies wird erreicht, indem die Nachrichten-Geschichte mit Details gespickt wird. Diese Detailgläubigkeit gibt der Magazingeschichte den Anstrich einer sehr objektiven Darstellungsform, was sie aber in Wirklichkeit gar nicht ist. Die Deutungen und Interpretationen, die diese Form verlangt, benötigen klare Aussagen. Das kann im Extremfall dazu führen, daß die Magazingeschichte durch starke Faktenselektion in den Randbereich dessen gerät, was man noch als seriösen Journalismus bezeichen kann.

Problematisch wird die Nachrichten-Magazingeschichte vor allem dann, wenn der Verfasser seinen Nachrichtenstoff interpretiert und sehr selektiv vorgeht: „Was für seine Deutung spricht, dient als Beleg; was dagegen spricht, wird eher weggelassen" (Haller).

Die leitenden Redakteure der Nachrichtenmagazine haben schon Ende der sechziger Jahre erkannt, daß Artikel vom Leser eher akzeptiert werden, wenn sie offen subjektiv wie die Reportage Nachrichteninhalte vermitteln. Oder wenn eine rein nachrichtliche Form gewählt wird. Eine „schein-objektive" Darstellungsform wie die Nachrichten-Geschichte wird vom Leser schnell durchschaut. Das Magazin wird unglaubwürdig. (Siehe dazu auch den Beitrag über „Magazinjournalismus" Seite 236 ff.)

Der Report

In einigen großen Tageszeitungen findet sich die journalistische Darstellungsform Report, es gibt ihn erst seit wenigen Jahren. Der „Spiegel" zum Beispiel publizierte schon 1967 erste Report-Vorläufer. Reports sind die größten Geschichten in den Zeitungen und Zeitschriften. Unter 300 Zeilen läßt sich kein seriöser Report erstellen, meint Michael Haller. Und damit der Leser bei der Länge des Reports nicht einschläft, bedient sich der Report der Stilelemente der Reportage. Der Anfang eines Reports wird immer am Einzelfall aufgezogen werden, geht dann ins Allgemeine und Analysierende und belegt Behauptungen mit Beispielen. Aufklärung eines sehr komplexen Wirkungszusammenhangs ist deswegen die Intention des Reports. Der Report versucht also, möglichst ausführlich als totale Geschichte alle Möglichkeiten einer Problemlösung auf dem aktuellen Stand darzustellen, zu diskutieren und zu analysieren. Die Darstellungsform greift ein komplexes Problemthema auf, berichtet über Fakten und Hintergründe und analysiert. *Heinz Pürer*

Literatur:

Korrespondentenbericht

LA ROCHE, Walther von, und BUCHHOLZ, Axel (Hrsg.): Radio-Journalismus. Ein Handbuch für Ausbildung und Praxis im Hörfunk. München: List Verlag, 1980.

SCHULT, Gerhard, und BUCHHOLZ, Axel (Hrsg.): Fernseh-Journalismus. Ein Handbuch für Ausbildung und Praxis. München: List Verlag, 1982.

Dokumentation

ROLOFF, Eckart Klaus: Journalistische Textgattungen. München: R. Oldenbourg Verlag, 1982.

SCHÖNBACH, Klaus: Trennung von Nachricht und Meinung. Freiburg – München: Verlag Karl Alber, 1977.

SCHULT, Gerhard, und BUCHHOLZ, Axel (Hrsg.): Fernseh-Journalismus. Ein Handbuch für Ausbildung und Praxis. München: List Verlag, 1982.

Diskussion

LA ROCHE, Walther von, und BUCHHOLZ, Axel (Hrsg.): Radio-Journalismus. Ein Handbuch für Ausbildung und Praxis im Hörfunk. München: List Verlag, 1980.

SCHULT, Gerhard, und BUCHHOLZ, Axel (Hrsg.): Fernseh-Journalismus. Ein Handbuch für Ausbildung und Praxis. München: List Verlag, 1982.

Porträt

FAULSEIT, Dieter: Das Porträt. In: Steinhaußen, Ursula, Faulseit, Dieter, und Bank, Jürgen (Hrsg.): Handbuch für schreibende Arbeiter. Berlin (Ost): Tribune 1969, S. 355–365.

GAUS, Günther: Zur Person – Porträts in Frage und Antwort. München: Feder Verlag, 1964.

ROLOFF, Eckart Klaus: Journalistische Textgattungen. München: R. Oldenbourg Verlag, 1982.

Feuilleton

DOVIFAT, Emil: Zeitungslehre. II. Redaktion, die Sparten, Verlag und Vertrieb, Wirtschaft und Technik, Sicherung der öffentlichen Aufgaben. 6., neubearb. Auflage von Jürgen Wilke. Berlin – New York: de Gruyter, 1976.

HAACKE, Wilmont: Das Feuilleton des 20. Jahrhunderts. In: Publizistik. 21: 1976, S. 285–300.

ROLOFF, Eckart Klaus: Journalistische Textgattungen. München: R. Oldenbourg Verlag, 1982.

Essay

BERGER, Bruno: Der Essay. Form und Geschichte. Bern – München, 1964.

HÜLSEBUS-WAGNER, Christa: Feature und Radioessay. Hörfunkformen von Autoren der Gruppe 77 und ihres Umkreises. Aachen: Cobra-Verlag, 1983.

ROHNER, Ludwig: Der deutsche Essay. Neuwied – Berlin: Luchterhand Verlag, 1966.

ROLOFF, Eckart Klaus: Journalistische Textgattungen. München: R. Oldenbourg Verlag, 1982.

Nachrichtenmagazingeschichte

HALLER, Michael: Die Reportage. Ein Handbuch für Journalisten. München: Ölschläger, 1987.

KREUZER, Helmut; SCHUMACHER, Heidemarie (Hrsg.): Magazine audiovisuell. Berlin 1988.

Fernsehdiskussion

HOLLY, Werner; KÜHN, Peter; PÜSCHEL, Ulrich (Hrsg.): Redeshows. Fernsehdiskussionen in der Diskussion. Tübingen: Niemeyer, 1989.

5. Journalistische Arbeit in Nachrichtenmagazinen

Die journalistische Tätigkeit in Nachrichtenmagazinen unterscheidet sich nicht im Grundsatz, wohl aber im Detail von der Arbeit der Journalisten in Zeitungen, Hörfunk und Fernsehen: Hier wie dort besteht sie im Sammeln, Sichten und Verarbeiten von Informationen. Hier wie dort gibt es für den Journalisten die Verpflichtung, diese Informationen nach bestem Wissen und Gewissen auf ihren Wahrheitsgehalt zu überprüfen und schließlich zu entscheiden, welche sich zur Veröffentlichung eignen. Der in einem Magazin Tätige ist also ebenso wie seine Kollegen ein Schleusenwärter am Strom der Informationen.

Ein Hauptproblem: Die Aktualität

Dennoch wird der Magazinjournalist andere „Werkzeuge" und Methoden anwenden als Redakteure von Tageszeitungen, Hörfunk oder Fernsehen, um die Nachteile des eigenen Mediums auszugleichen und um dessen Vorteile zu nützen.
So wäre es zum Beispiel völlig sinnlos, wollte ein Nachrichtenmagazin mit den anderen Medien auf dem Gebiet der Aktualität konkurrieren: Radio und Fernsehen können über ein Ereignis schon Minuten später berichten, die Tageszeitung immerhin am nächsten Morgen, das Nachrichtenmagazin im ungünstigsten Fall aber erst eine Woche später (sofern es überhaupt wöchentlich erscheint). Der Journalist in einem Magazin hat aber viele Mittel zur Auswahl, um diesen gewaltigen Nachteil – und das ist der Verzicht auf Primär-Aktualität zweifelsohne – auszugleichen:

- Er ist zwar nicht der Vorreiter beim Bericht über ein Ereignis, aber *der erste, der seine Hintergründe* erklärt.
- Die „dramatische" Darstellungsform, derer sich Tageszeitungen und elektronische Medien wegen der zu kurzen Zeitspanne zwischen einem Ereignis und seiner medialen Wiedergabe bedienen können, steht dem Magazinjournalisten zwar nur selten zur Verfügung. Dafür kann er auf *literarische Präsentationsmöglichkeiten* zurückgreifen, die den Kollegen in den aktuellen Medien meist verwehrt sind, weil sie viel zu zeit- und platzaufwendig sind.
- In Tageszeitungen und in den „Aktuelles"-Redaktionen von Radio und Fernsehen bleibt den Journalisten wegen des Zwangs, die jeweils letzten Details und Stellungnahmen zu einem Thema einzuholen, der Blick auf die Gesamtheit des Problems oft verwehrt. Der Redakteur eines Nachrichtenmagazins hat dagegen die Möglichkeit, sich „zurückzulehnen", die Geschehnisse ohne tagesaktuelle

Atemlosigkeit Revue passieren zu lassen und so *eine neue, originelle Sicht der Dinge zu gewinnen.*

Schon daraus wird klar, daß der Magazinjournalismus neben entsprechenden schreiberischen Fähigkeiten auch noch andere Eignungen erfordert.

Etwa, um beim Beispiel Aktualität zu bleiben, das Gefühl für das *Tempo* von Ereignis-Abläufen. Selbst eine Wochenzeitschrift erscheint oft erst drei Tage, nachdem der allerletzte Artikel geschrieben wurde. Gelesen wird sie meist noch eine halbe Woche später. Dennoch soll der Text zumindest noch „sekundäre Aktualität" vermitteln. Der Journalist muß also vorausdenken: kann meine Darstellung von der Wirklichkeit der nächsten Tage überholt werden? Können die Fakten durch eventuell auftauchendes neues Material entkräftet werden? Sind auch aktuellere Medien den von mir recherchierten Details auf der Spur und sind diese – wenn meine Zeitschrift erscheint – vielleicht schon seit Tagen bekannt?

Die Versuchung ist entsprechend groß, sich auf möglichst allgemeine, vage „einerseits-/andererseits"-Darstellungen zu beschränken, bei denen „nichts passieren" kann. Dieser Versuchung nicht zu erliegen, ist eine Kunst, die der Magazinjournalist beherrschen sollte.

Das Sammeln der Informationen

Dem Mitarbeiter in einem Nachrichtenmagazin stehen natürlich auch alle jene Informationsquellen offen, auf die ein Tageszeitungsredakteur zurückgreift: Pressekonferenzen und Aussendungen von Pressediensten, Telefonate und die Lektüre offiziellen Informationsmaterials, Archivunterlagen etc. – das alles und anderes mehr gehört auch zum Instrumentarium der Informationsbeschaffung eines Magazinjournalisten.

Freilich haben einige dieser Informationskanäle für den Magazinjournalisten weit weniger Wert als für einen Mitarbeiter einer Tageszeitung: So ist beispielsweise das Pressefoyer nach der Ministerratssitzung am Dienstag ein Fixtermin im Kalender aller Journalisten der aktuellen Ressorts in Tagespresse, Hörfunk und Fernsehen. Mitarbeiter von Wochenmagazinen, deren Blatt erst am darauffolgenden Montag erscheint, haben davon wenig: Die Aussagen des Bundeskanzlers sind noch am selben Tag im Mittagsjournal des Hörfunks und in den Fernsehnachrichten abends zu verfolgen; die Tagblätter berichten wenige Stunden später in ihren (Vor-)Abendausgaben darüber.

Ähnlich ist es mit den Aussendungen der Presseagenturen und mit den Pressekonferenzen: Alles dort Gesagte ist längst bekannt, wenn das Magazin auf den Markt kommt. Ein Telefonat mit einem Politiker, in dem dieser halbwegs Neues von sich gibt, kann eine respektable Hauptgeschichte auf der Innenpolitik-Seite einer Tageszeitung sein. Für ein Nachrichtenmagazin ist es bestenfalls der Anlaß für weitere Recherchen oder ein Informationssteinchen im Gesamtmosaik der zu erarbeitenden Story.

Für den Journalisten eines Magazins werden also naturgemäß andere Recherchemethoden mehr Gewicht haben, die den Redaktionen tagesaktueller Medien aus verschiedenen Gründen verwehrt sind. Er wird vor allem den Bonus der längeren Zeit für die Informationsbeschaffung nützen und an die Stelle des kurzen Telefonats das ausführliche Hintergrundgespräch führen. Er wird es nicht bei einem Gesprächspartner belassen, sondern möglichst viele Meinungen einholen – egal, ob er sie dann wiedergibt, oder nur das so angeeignete Wissen in seinen Beitrag einfließen läßt. Unabdingbar ist daneben auch eine gewissenhafte Archivarbeit, oder – auch das ist ein Privileg des über mehr Recherchezeit verfügenden Magazinjournalisten – die Lektüre entsprechender Fachliteratur.

Das **Prinzip seriöser Recherche** gilt für alle Medientypen gleichermaßen. Der Dreischritt Check – Gegencheck – Recheck hat allerdings für Redakteure von Magazinen noch mehr Gewicht als für solche in Tageszeitungen, weil sie sich bei allfälligen Schlampereien nicht wie ihre Kollegen von der Tagespresse auf den gewaltigen Zeitdruck ausreden können.

Aus all dem läßt sich erkennen, daß die **Pflege eines Netzes von Informanten und kompetenten Gesprächspartnern** für Mitarbeiter von Wochen- oder Monatszeitschriften **von noch größerer Bedeutung** ist als für die Journalisten anderer Medien. Diese Aufgabe ist schwierig: Magazinjournalisten können einem Gesprächspartner ja nicht garantieren, daß er dann auch mit Name und Zitat tatsächlich im Blatt aufscheint. Umgekehrt, und das ist fast noch wichtiger, gilt das gleiche: Wer sich nicht an das ungeschriebene Gesetz hält, ein Hintergrundgespräch, bei dem der Partner anonym bleiben und nicht zitiert werden will, auch als solches zu behandeln, wird auf die Dauer seine Kontakte verlieren.

Das Sichten der Informationen

Der Redakteur eines Nachrichtenmagazins verfügt nach Abschluß seiner Recherchen im Normalfall über eine Fülle von Informationen. Das Sichten und gedankliche Ordnen dieses Materials ist einer der wichtigsten, zugleich aber auch schwierigsten Arbeitsschritte.

- Der Redakteur kann in der Regel ja nur einen verschwindenden Bruchteil – meist nur ein Zehntel – der gesammelten Fakten und Zitate in seinen Artikel einarbeiten.

- Dieser Auswahlprozeß wird mißlingen, wenn sich der Journalist nicht schon während der Recherche ein gedankliches Bild vom ungefähren Ablauf seines Artikels macht, das er aber nach jeder neu hinzukommenden Information adaptiert.
- Die endgültige Festlegung der inneren Dramaturgie, der Hauptaussage und der Ordnung der großen thematischen Blöcke des Beitrags geschieht während der Sichtung des Rechercheergebnisses.

Der Journalist muß sich dabei der Aufgabe eines Magazins bewußt sein: **Serviert der Tageszeitungs-Redakteur seinem Leser die Happen der Tagesneuigkeiten, hat der Zeitschriftenjournalist ein abgerundetes Menü anzubieten, in dem die schon bekannten Tagesaktualitäten nur Zutaten sein können.** Er muß also die Einzelfakten in einen Gesamtzusammenhang stellen, der oft sowohl vertikale als auch horizontale Koordinaten erkennen läßt: Sofern sich das Thema dafür eignet, werden historische Bezüge, aber auch Querverweise auf ähnliche Fälle anderswo herzustellen sein.

Von unschätzbarem Wert ist dabei das Sichten von Archivmaterial. In chronologischer Reihenfolge geordnete Ausschnitte aus der Tagespresse der letzten Jahre bieten oft völlig neue Einblicke, die seinerzeit, als die entsprechenden Informationen vielleicht nur bruchstückhaft und in großem zeitlichem Abstand vermittelt wurden, nicht möglich waren. Wer beispielsweise ein Porträt eines Politikers schreibt, wird aus dem Vergleich von Aussagen des zu Beschreibenden oft mehr erfahren als im direkten Gespräch.

Der technische Prozeß des Ordnens der eingeholten Informationen hängt von der jeweiligen Arbeitssystematik des Journalisten ab. Während sich der eine eine aufwendige Zettelkartei anlegt, wird es der andere beim verschiedenfarbigen Markieren der für wichtig erachteten Textstellen der Mitschriften belassen. Manche prägen sich das gesammelte Material so genau ein, daß sie ohne weitere Systematisierung die jeweils bedeutsame Stelle während des Schreibvorgangs problemlos wiederfinden. Die Methode hängt also von individuellen Vorlieben, aber auch von der Fülle des Materials und von der Länge des zu verfassenden Textes ab. Verbindliche Regeln gibt es dafür nicht.

Das Verarbeiten des geordneten Materials

Der eigentliche Schreibvorgang steht am Ende des Arbeitsprozesses und wird im Vergleich zur bisherigen Tätigkeit den geringsten Zeitaufwand erfordern: Gerade von Magazinjournalisten muß erwartet werden, daß sie mit dem Schreiben kein Problem haben. Ihre Anstrengungen sollen sich auf die Recherche, die gedankliche Analyse und das richtige Einordnen der ermittelten Fakten konzentrieren – schreiberische Fähigkeiten werden vorausgesetzt.

Der Magazinjournalist hat gegenüber seinem Kollegen von der Tagespresse übrigens einen gewaltigen Startvorteil: Er darf auf einen interessierten Leser hoffen, der bereit ist, sich eingehender mit einem Thema zu beschäftigen. Das darf ihn aber nicht dazu verleiten, das Leserinteresse als gesichert anzunehmen. Auch in Nachrichtenmagazinen gilt: Der Leser muß erst für die Lektüre eines Artikels gewonnen werden.

Dafür gibt es verschiedene „Tricks": Wohl steht nicht die Möglichkeit einer „aufreißerischen" Titelgebung zur Verfügung (die Titel in Magazinen haben meist eher wortspielerischen Charakter); dafür kann durch qualitätsvolle Bebilderung, vor allem aber durch den *Vorspann,* die Aufmerksamkeit des oft nur durchblätternden Lesers gefesselt werden.

Das Verfassen dieses Vorspanns ist oft schwieriger als das Schreiben des gesamten Textes: In wenigen Zeilen sollen die wesentlichen Inhalte charakterisiert und zumindest ein neuer Aspekt dargestellt werden, gleichzeitig muß der Schreiber aber andeuten, daß der Artikel noch einige Überraschungen in sich birgt. Aber selbst jetzt ist der Leser noch nicht endgültig gewonnen. Um zu verhindern, daß er es bei der Lektüre des Vorspanns beläßt, ist gerade der *Einstieg* in einen Artikel möglichst farbig, oft sogar anekdotenhaft abzufassen, bevor der Schreiber von diesem speziellen Aspekt zu den allgemeinen Grundzügen des Themas kommt.

Es wäre ein Irrtum zu glauben, nun wäre der Sieg im Kampf um das Interesse bereits gewonnen. Gerade bei langen Texten, wie sie ein Nachrichtenmagazin anbietet, besteht ständig die Gefahr, daß der Leser „aussteigt". Der Autor wird also immer wieder „bunte", jedenfalls leicht nachvollziehbare Aspekte in seinen Text einflechten müssen. Ein Beispiel: Wird über das relativ spröde Thema Pensionsversicherung geschrieben, wird der Journalist nicht um eine Darstellung der komplizierten Fakten herumkommen. Die Aufmerksamkeit des Lesers wird er aber nur dann wachgehalten, wenn er diese theoretische Erörterung – natürlich immer an der passenden Stelle – durch konkrete Fälle veranschaulicht.

Auch diese „Dramaturgie" muß sich der Autor schon im Prozeß des Sichtens und Ordnens überlegen: Es ist sinnlos, alle konkreten Beispiele in einem zusammenhängenden Block zu verschwenden, während der Rest des Textes trocken und theoretisch vor sich hinkümmert.

Alle anderen Prinzipien guten Schreibens gelten im Magazinjournalismus natürlich ebenso, wenn nicht noch mehr: Die abgedroschene Phrase ist zu meiden, der komplizierte Schachtelsatz macht den Leser müde und unkonzentriert, die eintönige Sprachmelodie schläfert ihn ein. Wach gehalten wird er durch den bunten Wechsel kurzer und längerer Sätze, durch das amüsante, aber nicht aufgesetzt wirkende Wortspiel, durch den treffenden Vergleich, die überraschende Pointe.

Der Typus des Magazinjournalisten

Es läßt sich unschwer erkennen, daß der ideale Magazinjournalist eine Reihe besonderer Fähigkeiten mitbringen muß.

- Er muß die für die gesamte Branche unabdingbare **Kontaktfreudigkeit mit jener Vertrauenswürdigkeit** verbinden, die ihn ein entsprechendes Informantennetz aufrechterhalten läßt.
- Er sollte über solide Bildung und Erfahrung verfügen, um die erhobenen Fakten in einen Gesamtzusammenhang stellen zu können, **sich zugleich aber vor intellektueller Überheblichkeit bewahren:** Geschrieben wird für den Leser und nicht für die Handvoll Experten auf dem jeweiligen Gebiet.
- Der eher in Nachrichtenmagazinen beheimatete „Aufdeckerjournalismus" erfordert zusätzliche Eignungen: Zum einen muß der Redakteur über genügend Sitzfleisch und Fachwissen verfügen, um aus unzähligen Akten und Dokumenten die richtigen Schlüsse zu ziehen. Zum anderen – und das ist wohl noch wichtiger – erfordert diese Arbeit große charakterliche Festigkeit: Der Journalist muß sich der Tatsache bewußt sein, daß er mit einem einzigen Artikel Existenzen zerstören und persönliche Katastrophen herbeiführen kann. **Leichtfertigkeit und Oberflächlichkeit sind in dieser Sparte Todsünden.**
- Das Nachrichtenmagazin ist im Vergleich zur Tageszeitung also das „erwachsenere" Medium. Ist Tageszeitungsjournalismus oft sogar physische Schwerarbeit, kommt es im Magazinjournalismus mehr auf **Erfahrung, Bildung, Abgeklärtheit, Distanz und schreiberische Reife** an. Es ist kein Zufall, daß nur ganz wenige Journalisten ihre Karriere in einem Magazin beginnen.

Jene, die sich dafür entscheiden und die erforderliche Eignung mitbringen, werden an dieser nachdenklicheren Arbeit aber mindestens ebensoviel Freude haben wie die „rasenden Reporter" an ihrem Tagblatt. *Herbert Lackner/Peter Rabl*

Literatur:

HALLER, Michael: Recherchieren. Ein Handbuch für Journalisten. Überarbeitete, 3. Auflage. München: Ölschläger, 1989.

HALLER, Michael: Die Reportage. Ein Handbuch für Journalisten. Überarbeitete, 2. Auflage. München: Ölschläger, 1990.

6. Sprache im Journalismus

Grundsätze der Mediensprache

Viele über Zeitung, Radio und Fernsehen vermittelten Botschaften erreichen zwar die Öffentlichkeit, kommen beim Leser, Hörer oder Seher jedoch nicht oder nur teilweise an – werden nicht verstanden und erzielen daher auch keine Wirkung. Schuld daran sind oft sprachliche Mängel. In der Zeitung ist es der komplizierte Satzbau, im Hörfunk sind es die zu langen Sätze, im Fernsehen ist es das Auseinanderklaffen von Bild- und Textinformation, die der Verständlichkeit entgegenwirken. Oft werden Fachausdrücke nicht erklärt, und den Aussagen fehlt jede äußere Gliederung und innere Logik. Weder wird den Gesetzmäßigkeiten des Lesens (Zeitung), Hörens (Radio) und Sehens (Fernsehen) Rechnung getragen noch den Kriterien der Verständlichkeit. Mitunter mangelt es auch beträchtlich an Kenntnissen der Grammatik und der Wortbedeutungslehre (Semantik). Der Zeit- und Termindruck, unter dem Journalisten täglich, ja stündlich arbeiten, mag durchaus ein Grund für sprachliche Mängel im Journalismus sein, er sollte es aber nicht; er entbindet nicht davon, sich immer wieder um größtmögliche Verständlichkeit zu bemühen. Um sie zu erreichen und zu bewirken, müssen jene Gesetzmäßigkeiten, die für Zeitunglesen, Radiohören und Fernsehen von Bedeutung sind, ebenso berücksichtigt werden wie die wichtigsten Regeln der deutschen Sprache. Wolf Schneider, Leiter der Hamburger Gruner + Jahr Journalistenschule, hält in „Deutsch für Kenner – Die neue Stilkunde" drei „Generalregeln" bereit, um zu zeigen, was der Leser wirklich will:

- Fasse Dich kurz! Schwafle nicht, blähe nicht auf und walze nichts breit. Verzichte auf jeden Versuch, Deinen Wortschatz in der Mundhöhle zum Salat anzurichten.
- Fasse die Sache, triff das Ziel! Umkreise nicht den heißen Brei – beiß zu. Schreibe anschaulich, lebendig, konkret. Sag es mit Saft und Kraft.
- Liebe Deinen Leser wie Dich selbst! Wer sich kurz faßt und wer direkt auf die Sache zielt, der hat seinen Lesern und Zuhörern zwei wesentliche Dinge schon erwiesen; nur sollte er darüber hinaus den klaren Willen haben, an sein Sprachprodukt *ihre* Maßstäbe anzulegen und nicht seine.

(Zeitung-)Lesen, (Radio-)Hören, (Fern-)Sehen

Zeitung, Radio und Fernsehen unterscheiden sich, was die Aufnahme der von ihnen vermittelten Botschaften beim Lesen, Hören und Sehen betrifft, durch eigene, teils technisch bedingte Gesetzmäßigkeiten.

Die **Zeitung** ist ein „statisches" Medium. Der Leser kann jederzeit nachlesen, zurückblättern etc., wenn er etwas nicht verstanden hat oder dem besseren Verständnis erschließen will. Der Text richtet sich an das Auge. Bei allen gedruckten Medien kann der Leser das Tempo der Informationsaufnahme selbst bestimmen. Man kann die Zeitung zu selbstgewählter Zeit und am selbstgewählten Ort lesen. Der **Hörfunk** ist das flüchtigste Medium, sein Text richtet sich an das Ohr. Was überhört oder nicht gleich verstanden wird, ist unwiederbringlich. Der Hörer hat nicht wie der Zeitungsleser die Möglichkeit, zurückzublättern oder nachzulesen. Hier sind die Hörfunk-Journalisten gefordert. Ihre Texte sollten so formuliert werden, daß die wichtigsten Fakten gelegentlich wiederholt werden. Diese Wiederholungen nennt man Redundanz. Die Flüchtigkeit des Radios wird dadurch verstärkt, daß viele Hörer Radio „nebenher" hören, der Grad der Aufmerksamkeit also verringert ist.

Beim **Fernsehen** erfolgt die Informationsaufnahme durch den Zuseher „zweikanalig", es beansprucht zwei Sinne: Auge (Bild) und Ohr (Text). Die durch Bild und Text vermittelten Botschaften müssen sich inhaltlich decken, dürfen also nicht voneinander ablenken, wenn sie der Zuseher gut verstehen und behalten soll. Durch die zusätzliche Vermittlung des Bildes ist das Fernsehen zwar ein sehr glaubwürdiges Medium, es ist aber auch ein flüchtiges: Wie beim Radiohören kann der Zuseher nicht nachlesen oder zurückblättern. Bei Radio und Fernsehen können Hörer und Seher das Tempo der Informationsaufnahme nicht selbst bestimmen; das Publikum ist außerdem an die Sendezeiten von Hörfunk und Fernsehen gebunden.

Walther von La Roche hat in dem von ihm und Axel Buchholz herausgegebenen Buch über „Radio-Journalismus" die Unterschiede zwischen Lesen und Hören im Detail aufgelistet. Diese Liste war die Grundlage für die hier (s. nächste Seite) um den Bereich des (Fern-)Sehens erweiterte Zusammenstellung der Unterschiede zwischen (Zeitung-)Lesen, (Radio-)Hören und (Fern-)Sehen. Diese Unterschiede sollten Journalisten kennen; ihre Kenntnis ist eine hilfreiche Voraussetzung für die Arbeit im Journalismus generell, aber vor allem auch für die Sprache.

Verständlichkeit

Oberstes Gebot der Sprache in den Massenmedien ist die Forderung nach Verständlichkeit. Sie gilt für den Zeitungsjournalisten ebenso wie für die Kollegen in Radio und Fernsehen. Für Wolf Schneider muß verständliches Deutsch weder gut noch interessant sein, wie er im lesenswerten Taschenbuch „Deutsch für Profis" schreibt. Ein solchermaßen „verständliches" Deutsch hätte aber sicherlich den Charakter der Gebrauchsanweisung eines elektrischen Dosenöffners. Es fehlt also der ständige Reiz, den ein Text braucht, um den Leser zu interessieren. Deswegen muß die Verständlichkeit des Textes gleichberechtigt mit seiner Attraktivität sein, wie Werner Früh es 1980 formulierte. Es gibt, wie die Psychologen Inghard Langer,

Friedemann Schulz von Thun und Reinhard Tausch in dem Buch „Sich verständlich ausdrücken" ausführen, vier wichtige Merkmale für Verständlichkeit: Einfachheit, Gliederung – Ordnung, Kürze – Prägnanz und anregende Zusätze (Stimulanz).

(Zeitung-)Lesen	**(Radio-)Hören**	**(Fern-)Sehen**
1. Der Text richtet sich ans Auge. Der Text wird visuell aufgenommen.	1. Der Text richtet sich ans Ohr. Der Text wird auditiv aufgenommen.	1. Text und Bild richten sich an Ohr und Auge. Die Information wird „zweikanalig" – audiovisuell – aufgenommen.
2. Lesen ist in der Regel Hauptbeschäftigung (hohe Konzentration).	2. Radiohören ist in der Regel Nebenbeschäftigung (geringere Konzentration).	2. Fernsehen ist in der Regel eher Hauptbeschäftigung, die Konzentration hängt vom Ausmaß der Zuwendung ab.
3. Der Leser hat (nur) ein Schriftbild vor sich.	3. Der Hörer begegnet im Radio Menschen mit ihrer Stimme.	3. Der Seher hat Bild und Ton. Er begegnet Menschen mit ihrem Bild und ihrer Stimme. Mimik, Gestik und Erscheinung des Sprechers (Moderators) werden eher gefühlsmäßig aufgenommen und können die vermittelten Informationen verstärken, abschwächen oder von ihnen ablenken.
4. Der Leser kann sich die Zeit aussuchen, zu der er lesen möchte.	4. Der Hörer ist abhängig von der Sendezeit.	4. Auch der Seher ist abhängig von der Sendezeit.
5. Der Leser kann im Text springen (und ihm uninteressant Erscheinendes überblättern).	5. Der Hörer muß warten, bis wieder etwas kommt, was ihn interessiert.	5. Auch der Seher muß warten, bis wieder etwas kommt, was ihn interessiert.
6. Der Text wird vor allem durch Schrift und Aufmachung akzentuiert.	6. Der Text wird durch Betonung und andere akustische Hilfsmittel akzentuiert.	6. Der Text wird durch Bilder und Töne akzentuiert. Oft ergänzt der Text das Bild. Bild- und Textinformation müssen übereinstimmen, um optimale Verständlichkeit zu gewährleisten.
7. Beim Lesen helfen Satzzeichen, Anführungszeichen etc.	7. Auch diese optischen Hilfen müssen durch akustische ersetzt werden.	7. Text und Bild werden durch optische Hilfen zusätzlich ergänzt (Inserts, Schrifttafeln, Graphiken etc.).
8. Der Leser hat ständig Überblick über den Text und dessen Gliederung.	8. Der Hörer erfährt im besten Fall die Gliederung; er hat keinen ständigen Überblick über den Text.	8. Auch der Seher erfährt im besten Fall die Gliederung; er hat aber keinen ständigen Überblick über den Text.
9. Der Leser kann selbst die Lesegeschwindigkeit bestimmen.	9. Der Hörer muß mit der Sprechgeschwindigkeit des Sprechers hören.	9. Auch der Seher kann das Tempo der Informationsaufnahme nicht selbst bestimmen. Er muß der Geschwindigkeit folgen, mit der Text und Bild vermittelt werden.
10. Der Leser kann nicht Verstandenes noch einmal lesen.	10. Der Hörer kann jedes Wort nur einmal hören.	10. Der Seher kann Text und Bild nur einmal hören und sehen.

Einfachheit erreicht man durch kurze, einfache Sätze, durch die Verwendung geläufiger Wörter und Begriffe, die Erklärung von Fachwörtern sowie durch konkrete und anschauliche Formulierungen (Gegenteil: Kompliziertheit). Der Journalist sollte sich bemühen, kein Amtsdeutsch zu übernehmen, möglichst viel Hauptwörter in Tätigkeitswörter umzuformen und Abkürzungen zu vermeiden. Beispiel für Amtsdeutsch: „Beim verbotswidrigen Überfahren einer Lichtzeichenanlage verursachte der Führer eines Pkw einen Unfall mit einem Lkw."

Journalistisches Deutsch: „Ein Autofahrer überfuhr eine rote Ampel und stieß mit einem Lastwagen zusammen."

Gliederung – Ordnung setzt folgerichtigen und übersichtlichen Aufbau und Ablauf von Information voraus. Die Unterscheidung von Wesentlichem und Unwesentlichem ist dabei wichtig. Durch Text und Bilder muß sich ein „roter Faden" ziehen, alles kommt schön der Reihe nach (Gegenteil: Zusammenhanglosigkeit).

Kürze – Prägnanz erfordert die Beschränkung auf das Wesentliche und gedrängte, aber nicht zu dichte Information: knappe Texte, bei denen jedes Wort gut überlegt ist (Gegenteil: Weitschweifigkeit).

Anregende Zusätze können durch interessante und abwechslungsreiche Informationselemente, durch persönliche Ansprache des Lesers, Hörers oder Sehers gegeben werden. In der reinen Nachrichtenübermittlung sind sie freilich sparsam und vorsichtig anzuwenden.

Für die Verständlichkeit von Texten spielt, wie Ludwig Reiners in seiner „Stilfibel" deutlich macht, die **Länge** der Sätze, also die Anzahl der Wörter, eine wichtige Rolle:

		je 100 Wörter		
	Wörter pro Satz	aktive Verben	Menschen	abstrakte Substantive
sehr leicht verständlich	bis 13	15 und mehr	12 und mehr	bis 4
leicht verständlich	14–18	13–14	10–11	5– 8
verständlich	19–25	9–12	6– 9	9–15
schwer verständlich	25–30	7– 8	3– 5	15–20
sehr schwer verständlich	31 und mehr	6 und weniger	2 und weniger	21 und mehr

Für gute Verständlichkeit, so Reiners, eignen sich vor allem aktive Verben sowie im Text vorkommende Personen. Abstrakte Substantive beeinträchtigen Verständlichkeit hingegen. Sein Schema will Reiners allerdings nur als Zollstab verstanden wissen, gleichsam als ungefähren Anhaltspunkt.

Optimale Verständlichkeit ist übrigens nicht immer in Übereinstimmung zu bringen mit gutem Deutsch. In ,,Deutsch für Profis" spricht Wolf Schneider die ,,Feindschaften" an:

Optimale Verständlichkeit	**Gutes Deutsch**
Geläufige Wörter	Unverbrauchte Wörter
Kleiner Wortschatz, wenige verschiedene Wörter	Großer Wortschatz, viele verschiedene Wörter
Gängige Redensarten	Keine Redensarten
Nie Ironie	Ironie am rechten Platz
Vertraute Bilder (Metaphern)	Neue Bilder

Ferner rät Wolf Schneider, auf jedes entbehrliche Adjektiv zu verzichten und möglichst viele Verben zu benutzen. Eine sehr wichtige und häufig mißachtete Regel lautet: Substantive mit ,,-ung" ausmerzen und dafür Verben setzen. Lange Worte (,,Silbenschleppzüge") sollte man vermeiden. Optimal verständliches und attraktives Deutsch läßt sich am besten durch einen lebhaften Wechsel von mäßig kurzen und mäßig langen Sätzen erreichen.

Vorsicht bei ironischen Sätzen, schreibt Schneider: ,,Die Zahl der Leser oder Hörer, die Ironie mögen oder auch nur erkennen, ist immer kleiner, als Journalisten möchten."

Es ist nun die mitunter schwierige Aufgabe des Journalisten, dennoch optimale Verständlichkeit und gutes Deutsch auf einen gemeinsamen Nenner zu bringen. Gutes Deutsch erfordert zweifellos die genaue Kenntnis der deutschen Sprache und ihrer Regeln, aber auch viel Sprachgefühl. Gut schreiben lernt man am ehesten, indem man viel liest.

Um zu optimaler Verständlichkeit zu gelangen, dafür gibt es Ratschläge. Walther von La Roche führt in seiner ,,Einführung in den praktischen Journalismus" beispielhaft aus, wie man verständlich schreibt. Seine Anregungen sind so konkret, daß man sich ihrer im Zeitungs-, Radio- und Fernsehjournalismus besinnen sollte. Hier sind kurz und prägnant zusammengefaßt seine Empfehlungen:

- nur bringen, was man selbst verstanden hat
- anschaulich und genau berichten
- Namen nennen
- Begriffe und Abkürzungen erklären
- vorsichtig sein mit Bildern (Metaphern) und Sprachklischees
- mit Fremdwörtern geizen
- den Blähstil verbannen
- kurze Sätze bilden

- die Vorgeschichte erzählen
- Zusammenhänge aufzeigen
- mitunter wiederholen
- nach dem treffenden Wort suchen
- das richtige Wort verwenden
- das Aktiv bevorzugen
- Gleichklang und Zusammenstoß verhindern
- auf Satzzeichen achten

Verstehen

Zwischen Verständlichkeit und Verstehen gibt es einen Zusammanhang: Unverständlich verfaßte Texte sind oft auch schwer zu verstehen. Dennoch ist auf einen wichtigen Unterschied hinzuweisen. *Verstehen* ist ein dynamischer Prozeß auf seiten des Rezipienten, des Lesers, Hörers oder Zusehers. *Verständlichkeit* hingegen ist eine statische und im Prinzip auch meßbare Eigenschaft eines Textes.
Werner Früh hat in seinem Buch „Lesen, Verstehen, Urteilen" für Texte in der **Zeitung,** aber auch für Texte in anderen Medien Faktoren ausfindig gemacht, die Verstehen begünstigen und auf die Journalisten achten sollten, wenn sie ihre Texte verfassen. Verstehen wird begünstigt durch

- graphische Strukturierung: also durch die Verwendung verschiedener Schrifttypen, Balken, Kästen, Farbe, Raster, Unterstreichungen etc. – das ganze typographische Arsenal also, das heute im Printjournalismus zur Verfügung steht. Dabei kommt es freilich auf die richtige Dosierung an. Im Prinzip gilt: Wohldosiert eingesetzte optische Hilfen erleichtern Verstehen, Behalten und Erinnern.
- Wortfrequenz: Von Vorteil für Verstehen, Erinnern und Behalten ist – vor allem in den Funkmedien – die Wiederholung gleicher Wörter in gemäßigtem Maße. Lexikalische Varianz – die Verwendung von synonymen Wörtern, um Gleichklang und Zusammenstoß zu verhindern – soll nur dort erfolgen, wo sie nicht zu Mißverständnissen führt.
- Verhältnis von Verben zu Substantiva: ein zu hoher wie zu geringer Verbanteil geht ebenso mit schlechtem Textverständnis und Verstehen einher wie die Häufung von Hauptwörtern und Nominalisierungen.
- Satzlänge, Satzverschachtelung: Je länger und verschachtelter die Sätze sind, umso schlechter Verständlichkeit und Verstehen, Behalten und Erinnern.
- Satzmonotonie: bei mäßig erhöhter Satzmonotonie – also abwechselnd mäßig kurzen und mäßig langen Sätzen – steigen Verständlichkeit und Verstehen.
- Die Geläufigkeit des Vokabulars: Je geläufiger das Vokabular, je weniger Fremdwörter und Fachsprache, umso besser Verständlichkeit und Verstehen.

In diesem Zusammenhang ist aber, wie Werner Früh weiter sagt, auch darauf hinzuweisen, daß Texte die „Banalitätsschwelle" nicht überschreiten dürfen. Wenn Texte zu schlicht sind, finden ihn die Leser reiz- und lustlos – und hören sie auf, zu lesen. Verständlichkeit und Verstehen sind immer auch ein Resultat der Leser-Text-Interaktion.

Für das Verstehen im **Hörfunk** sind neben Merkmalen des Textes auch noch die hörergeleiteten Verstehensbedingungen wie Alter, Schichtzugehörigkeit, Interesse, Betroffenheit etc. des Zuhörers von Bedeutung. Allerdings sind diese hörergeleiteten Verstehensbedingungen vom Journalisten nicht beeinflußbar. Hörfunkjournalisten sollten jedoch bedenken, daß Verstehen von Hörfunknachrichten im „integrativen Modell" vor sich geht. Ruth Wodak und Benedikt Lutz weisen in ihrem Buch „Information für Informierte" auf das integrative Verstehen hin. Verstehen von Hörfunkinformation erfolgt:

- konstruktivisch: d. h. die Hörer konstruieren in ihrem Gedächtnis eine Vergegenwärtigung des Gehörten, sie machen sich ein Bild, denken nach oder voraus;
- zyklisch: d. h. sie interagieren zwischen Text und Kontext mit auf- und absteigenden kognitiven Verarbeitungsprozessen;
- interpretativ: d. h. der Hörer interpretiert für sich das Gehörte, er konstruiert Sinn;
- schemageleitet: d. h. Verstehen erfolgt nicht auf einer tabula rasa des menschlichen Geistes, sondern ist abhängig von schematischem Vorwissen inhaltlicher, formaler und emotiver Natur; die formalen Schemata werden durch die Medien selbst geprägt (z. B. Schlagzeilen zu Beginn, Wetter am Ende);
- strategisch: d. h. Verstehen erfolgt nicht nach starren Regeln, sondern beim Hörer setzt eine strategisch organisierte Sinnsuche ein, eine Aktivierung aller bewußten Informationen zur Herstellung von Vollständigkeit.

Für dieses Verstehen im integrativen Modell benötigt der Hörer Zeit. Daher soll im ohnedies sehr flüchtigen Medium Radio nicht zu schnell und innerhalb bestimmter Zeiteinheiten auch nicht zu viel gesprochen werden. Die gesprochene Sprache enthält im Durchschnitt sechs bis neun Wörter pro Satz, die durchschnittliche Satzlänge der Hörfunknachrichten im ORF betrug 1986 17,78 Wörter, wie Lutz/Wodak feststellten. Das mittlere Sprechtempo in Hörfunknachrichten sollte 250 Silben pro Minute nicht überschreiten.

Auf besondere Probleme der Verständlichkeit und des Verstehens beim **Fernsehen** haben u. a. Erich Stassner, Bernward Wember und Manfred Muckenhaupt hingewiesen. Wember hat in seinem Buch „Wie informiert das Fernsehen?" mit Nachdruck auf die Bild-Text-Schere der Fernsehinformation aufmerksam gemacht. Die Fernsehbilder der Informationssendungen frönen außerdem zu sehr dem „Augenkitzel", dem sogenannten „orientierenden Reflex" durch zu rasche Kamera-Bewegungen, durch zu starke Intensivierung der Bildinhalte (Perspektivwechsel, Tricks), durch übermäßige Induktionseffekte (Bildverschmelzung) sowie extreme Bildausschnitte (groß – klein). Ein Großteil der Kameraeinstellungen, so Wember, sei nur 1,5 bis 3 Sekunden lang. Durch diesen ständigen „Augenkitzel" verkomme Sehen zum Glotzen. Nicht selten stimmten zudem Bild- und Textinformation nicht überein – lenke das Bild vom Text ab, sei der Text oft nur Geräuschkulisse zu nichtssagenden Bildern. Diese Geräuschkulisse, der „Ohrenkitzel", führe zu einer Verseuchung der Hörwelt. Bilder und Texte würden einander im Fernsehen oft behindern, erschlagen, sich gegenseitig paralysieren. Die Verseuchung von Sehwelt („Augenkitzel") und Hörwelt („Ohrenkitzel") habe eine „Verseuchung der Denkwelt" zur Folge. Wember lehnt solche „Verpackungstricks" der Fernsehinformation ab. Er verlangt insgesamt ruhigere Bilder und zu den Bildern passende Texte. Auch sei es sinnvoll, Bilder gelegentlich für sich sprechen zu lassen oder Texte statt mit Bildern mit Inserts, Graphiken, Schaubildern etc. zu unterlegen, um bessere Verständlichkeit und in der Folge besseres Verstehen zu erzielen. Wembers Postulat für TV-Hintergrundberichte: Wenn im Text tatsächlich Hintergründe und Zusammenhänge benannt werden, dann müßte dazu ein sehr ruhiges, allgemeines Bild gezeigt werden, das dem Zuschauer die Chance läßt, seine Aufmerksamkeit wirklich (auch) dem Text zuzuwenden.

Für Verständlichkeit und Verstehen in Hörfunk und Fernsehen sollten seitens der Journalisten auch sogenannte „paraverbale" Aspekte des Sprechens berücksichtigt werden, also das Tempo, die Dynamik, die Melodik sowie die Artikulation. Mit *Tempo* sind Sprechgeschwindigkeit und Sprechpausen gemeint; mit *Dynamik* die Betonung und die Satzmelodie. Mit *Melodik* die Klangfarbe und die Klangfülle, und mit *Artikulation* die Deutlichkeit, die Lautstärke sowie der Lautwechsel. Beim Fernsehen kommen noch nonverbale Faktoren der Sprecher – Mimik, Gestik und Körperbewegung – dazu (vgl. auch die Abschnitte über „Sprache in Bild und Ton", Seite 268 ff., sowie „Sprechen im Radio und Fernsehen", Seite 278 ff.).

Stil – so bitte nicht

Diese Regeln und die genaue Kenntnis der deutschen Sprache und ihrer Grammatik sind zugleich wichtige Voraussetzungen für die Entfaltung guten Stils. Nicht immer verwendet man im Journalismus dieselben stilistischen Elemente. Der Stil richtet sich – nicht nur im Journalismus – danach, welches Zielpublikum man ansprechen will und aus welchem Anlaß man schreibt. Gefühlsbetonte Prosa etwa verlangt nach einem anderen Stil als Rede und Ansprache; die trockene Papiersprache der Amtsstuben klingt ganz anders als die gepflegte Erzählung; die (meist unverständliche) Sprachebene der Wissenschaft unterscheidet sich wesentlich vom Alltagsdeutsch des Umgangs. Stil ist zum gegebenen Anlaß richtig einzusetzen.

Die Sprache in den Medien ist oft negativ geprägt von gewissen stilistischen Elementen. Vier (Un-)Arten kann man beobachten: zu lange Wortzusammensetzungen, die zu häufige Verwendung von Eigenschaftswörtern, den falschen Einsatz von Bildern bzw. Metaphern und den Wortschatz der Sensationen.

Wortzusammensetzungen (Komposita): Sie sind ein Merkmal für raffenden Stil, der das Lesetempo beschleunigt. Ihr Mißbrauch besteht darin, daß oft drei bis vier Hauptwörter zu einem Begriff zusammengefügt („Atomteststopvertrag", „90.000-Mann-Mammutstadion") und adjektivische Formen verknüpft werden („goldmedaillenverdächtig", „mordlustiger Hai"). Dazu gehören auch die zu oft verwendeten Suffixe „-ei", „-ung", „-heit", „-keit". Wortzusammensetzungen führen mitunter auch zu Mehrfachbedeutungen.

Eigenschaftswörter (Adjektiva), richtig gewählt, verleihen der Sprache durchaus Farbe. Oft aber verkriechen sich Journalisten in Worthülsen, um sich der präzisen Schilderung eines wenig sensationellen Ereignisses zu entziehen. Die sachbetonte Schilderung verzichtet auf rein effekthaschende Adjektiva („das langsame, qualvolle Sterben", „das teuflische Verbrecherpaar"). Solche Stilelemente findet man häufig im Boulevard- und Magazinjournalismus vor.

Die **Metapher** (bildlicher Vergleich), richtig eingesetzt, bereichert trockene Sprachwendungen, läßt Sprache plastisch werden. Der Journalist muß sein Handwerk gut beherrschen, wenn er sich an den Gebrauch von Metaphern wagt. Plumpe Metaphern und nicht zutreffende Bilder können einen Beitrag zerstören, ihn grotesk oder lächerlich erscheinen lassen („Wie durch eine Riesenfaust herumgewirbelt, lagen die Waggons umher". „Auf der Loipe ist er eine lahme Henne, im Cockpit seines Rennwagens ein Wiesel"). Wenn die Bilder der Metapher durcheinanderkommen, richten sie besonders viel Schaden an. Wie Wolf Schneiders witzige Beispiele deutlich machen: „Da hat er mit scharfer Zunge auf den Putz gehauen" oder „Der Finger Gottes hat schon manchem mit rauher Hand ein Bein gestellt."

Der **Wortschatz der Sensationen** dient der künstlichen Erregung. Der Journalist arbeitet dabei mit den Gefühlen seines Publikums. Das ist zulässig; oft aber werden diese Gefühle mißbraucht. Der verantwortungslose Umgang mit Emotionen führt dazu, daß Gefühle abflachen. Reizworte wie „schrecklich", „furchtbar", „grauenhaft", „entsetzlich", „wahnsinnig", „rasend" etc. verlieren durch zu massive Anwendung ihre Bedeutung. Emotionen wie Spannung, Leidenschaft, Fanatismus, Empörung, Zorn, dramatische Erregung, Angst, Furcht, Grauen und Liebe werden (nicht nur, aber vor allem) in der Regenbogenpresse und im Boulevard-Journalismus häufig mißbraucht („Die brutale Faust des Schicksals greift unbarmherzig nach unschuldigen Kindern").

Mediensprache – Hochsprache – Sprachverstöße

Nicht immer folgt die Sprache in Zeitung, Radio und Fernsehen den festgeschriebenen Regeln der Hochsprache. Für Menschen aus niedrigeren Bildungsschichten stellt die Hochsprache mitunter Verständnisbarrieren dar. Aus Gründen der Verständlichkeit weicht die Mediensprache manchmal – und nur, wenn es vertretbar ist – von der Hochsprache ab. Sie folgt eher dem Duktus der Umgangssprache, nähert sich ihm an. Dennoch gelten im Journalismus prinzipiell die traditionellen Normen der Rechtschreibung, der Grammatik (Satzbau, Zeitenfolge, Beugung, Gebrauch von Indikativ und Konjunktiv, indirekte Rede) sowie Silbentrennung. Zu vielen dieser Fragen gibt das Buch von Karl Hirschbold „Besseres Deutsch von A bis Z" verläßlich Auskunft. Für Sicherheit in Rechtschreibung, korrekte Schreibweise von Fremdwörtern und richtige Silbentrennung (trotz Satzrechner in der Zeitungsherstellung) ist der „Duden" ein unentbehrlicher Begleiter. Mit der Journalistensprache, wie sie ist und wie sie sein könnte, hat sich Wolf Schneider in dem bereits erwähnten Buch „Deutsch für Profis" sowie in dem Folgebuch „Deutsch für Kenner" ausführlich beschäftigt.

Heinz Pürer

Kleine Sprachschule mit Beispielen*

Sprachgefühl läßt sich nur schwer lernen. Lernen läßt sich aber korrektes, schlichtes Deutsch. Auge und Ohr können geschult werden, Verstöße gegen Grammatik, sprachliche Allgemeinplätze, Manierismen, Unarten und umständliche Wort- und Satzgefüge zu erkennen. Das Verständnis dafür kann geweckt werden, daß modische Begriffe und Wendungen aus Werbe-, Amts- und anderen Fachsprachen oft unverständlich sind und zur Verflachung und Entstellung der Sprache führen. Wer dies alles mit Hilfe von Beispielen gelernt hat, wird vielleicht keine sprachlichen Kunstwerke gestalten, aber er wird seine eigene Sprache besser auf Klarheit und Verständlichkeit prüfen und Manuskripte anderer sicherer redigieren können.

Die in Zeitungen, Radio- und Fernseh-Nachrichtensendungen vorfindbaren Verstöße gegen die Sprache sind vielfältig. Es ist nicht möglich, sie alle hier im einzelnen darzustellen und exemplarisch zu belegen. Die nachfolgende „kleine Sprachschule" versucht, die häufigsten Verfehlungen zu zeigen.

* Dieser erstmals in der ersten Ausgabe des „ABC des Journalismus" (München: Ölschläger, 1980) veröffentlichte Beitrag wurde von Autorin Verena Hruska-Deutelmoser für die vorliegende Publikation in Teilen gekürzt und umgearbeitet.

Indirekte Rede: Sie erfordert den Konjunktiv Präsens

Nicht: Der Zeuge bekundete, der Angeklagte hätte ihm das Geld bereits am Tag vor der Tat gegeben.

Sondern: Der Zeuge bekundete, der Angeklagte habe . . .

Nicht: Er betonte, die Schwierigkeit läge auf einem anderen Gebiet.

Sondern: . . . die Schwierigkeit liege . . .

Nicht: Sie hob hervor, Deutsch wäre nicht ihr Hauptfach.

Sondern: . . . Deutsch sei nicht . . .

Nicht: Der Ausschuß stellte fest, die Senatorin säße zu Unrecht in dem Gremium.

Sondern: . . . die Senatorin sitze . . .

Nicht: Er kündigte an, er würde das Vorhaben unterstützen.

Sondern: . . . er werde das Vorhaben unterstützen.

Davon zu unterscheiden ist der echte Konditional: Er meinte, er könnte es allein schaffen, wenn man ihm genug Zeit gebe.

Nicht: . . . er könne es . . .

Der zweite Teil dieses Beispiels zeigt, wie wichtig die Beherrschung der Formen ist: Nur der Berichterstatter weiß, ob der Redner gesagt hat: „. . . wenn man mir genug Zeit gibt.“ (daraus wird „. . . wenn man ihm genug Zeit gebe.“) oder „. . . wenn man mir genug Zeit gäbe.“ (daraus würde „. . . wenn man ihm genug Zeit gäbe.“). Gerade solche Nuancen können aber wichtig sein.

Die grammatikalisch richtige Form der indirekten Rede wird aber auch häufig an der falschen Stelle angewandt:

Nicht: Wie der Geschäftsführer mitteilte, seien 40 Millionen Schilling verbaut worden.

Sondern: Wie der Geschäftsführer mitteilte, sind 40 Millionen Schilling . . .

Nicht: Nach Ansicht der Gesellschafter könne man der Zukunft optimistisch ins Auge sehen.

Sondern: Nach Ansicht der Gesellschafter kann man . . .

Nicht: Beobachter erwarten, daß die Entscheidung schon nächste Woche fallen werde.

Sondern: . . . daß die Entscheidung schon nächste Woche fallen wird.

Nicht: Laut Ausländerbeirat nehme das feindselige Verhalten zu.

Sondern: . . . nimmt das feindselige Verhalten zu.

Die Methode, den Zitierten durch eine Einschiebung zu präsentieren, kann – allzu häufig gebraucht – leicht klischeehaft wirken. Beispiel:

Für die Lebensqualität – so der Magistrat – seien die Bäume wichtig. Aus statistischen Gründen – so das Argument – sei es nicht möglich.

Schwierigkeiten mit der richtigen Form treten auch in Bedingungssätzen auf:

Nicht: Wenn man den Amtsweg verkürzen würde, würden die Wartezeiten nicht so lang sein.

Sondern: Wenn man den Amtsweg verkürzte, wären die Wartezeiten . . .

Bei der Zeitenfolge werden „da" und „nachdem" zu den häufigsten Klippen:

Nicht: Da der Abgeordnete zu spät kam, konnte er in die Debatte nicht mehr eingreifen.

Sondern: Da der Abgeordnete zu spät gekommen war, konnte . . .

Nicht: Nachdem er seinen Abschied nahm, fing das Leben für ihn erst richtig an.

Sondern: Nachdem er seinen Abschied genommen hatte, fing . . .

Immer öfter werden Partizipien intransitiver Verben zu Attributen umfunktioniert. Auch wenn sich diese Form im Behördendeutsch weitgehend durchgesetzt hat, sollten sich Journalisten dagegen wehren.

Also nicht: Die am Samstag stattgefundene Veranstaltung . . .
Die bereits begonnene Sitzung . . .
Das von 74 bis 79 gelaufene Projekt . . .
Die vom Stadtrat bescherten Waisenkinder . . .

Auch ins Passiv werden diese Partizipien falscherweise gesetzt:

Der Kassierer wurde gekündigt.

Anstatt: Dem Kassierer wurde gekündigt.

Der tagelange Regen wurde von einer Flutwelle gefolgt.

Anstatt: Dem Regen folgte eine Flutwelle.

Immer häufiger werden Adverbien auch als Adjektive eingesetzt. Der Kampf dagegen ist schon fast verloren, zumal korrekte Umschreibungen oft wesentlich länger werden. Dazu gehören die mit „-weise" zusammengesetzten Adverbien:

Sie fordern einen schrittweisen Ausstieg aus der Nuklearenergie.

Besser: Sie fordern, schrittweise aus der Nuklearenergie auszusteigen.

Der Minister will sich für einen stufenweisen Abbau der Handelshemmnisse einsetzen.

Besser: Der Minister will sich dafür einsetzen, daß die Handelshemmnisse stufenweise abgebaut werden.

Ebenso häßlich sind: Die Suche nach eventuellem Beweismaterial . . .
Die kürzliche Sitzung . . .
Die teilweise Genehmigung . . .
Das beinahe Scheitern . . .
Das lauthalse Wehklagen . . .
Der langjährige Freund . . .
Solcherart Probleme . . .

Und der Zeitgeist macht sich bei Neuschöpfungen breit, wie:
postlich
beamtlich
gewaltbereite Demonstranten

oder, wenn jemand
preisgekrönt
gratwandelt

Eindeutig ist auch die Lage bei „vermutlich" und „mutmaßlich":

„Vermutlich" ist Adverb.
Also: *Er trägt vermutlich eine Waffe.*
Das vermutlich beschädigte Auto . . .

„Mutmaßlich" ist Adjektiv.
Also: *Der mutmaßliche Täter . . .*
Das mutmaßliche Motiv für sein Handeln . . .

Das Suffix „-mäßig" wird sehr viel mißbraucht. Angebracht ist es in Verbindung mit Worten, die tatsächlich Maßstäbe setzen, wie Recht, Regel, Anteil. Dann entstehen *rechtmäßig, regelmäßig, anteilsmäßig,* in diesem Sinne auch *gleichmäßig, übermäßig* und *unmäßig.* Außerdem haben sich Fachausdrücke durchgesetzt wie *geschäftsmäßig* und *gewerbsmäßig.* Neubildungen wie „schulmäßig, erziehungsmäßig, schwerpunktmäßig" sollte man vermeiden.
Die Formulierung „Das Wochenende war wettermäßig für die Wiener nicht sehr erfreulich" hat doch keine Chance gegen den Satz: *„Mit dem Wetter hatten die Wiener am Wochenende nicht viel Freude."*

Maßangaben sind zu beugen. Die ungebeugte Form ist heute oft zu finden: Mit einer Geschwindigkeit von 60 Stundenkilometer . . .

Besser ist: *Mit einer Geschwindigkeit von 60 Stundenkilometern . . .*
Im Umkreis von 100 Metern . . .

Für die Beugung im Beisatz (Apposition) gilt: Sie steht in der Regel im gleichen Fall wie das Substantiv oder Pronomen, auf das sie sich bezieht:

Also: *Dem Leiter des Instituts, einem erfahrenen Wissenschafter, wurde das Projekt anvertraut.*

Ihm als ältestem Mitglied des Stadtrates gebührt die Ehre.

Er beschrieb seine Frau als eine trunk- und streitsüchtige Person.

Es war die typische Haltung dieses Mannes, eines schüchternen Untergebenen.

Ausnahmen: A. Die Apposition mit ,,als" nach einem Genitiv; sie steht in der Regel im Nominativ.
Beispiel: *Die Wiederaufnahme der Oper als das erfolgreichste Stück der letzten Spielzeit.*

B. Die Apposition ohne ,,als" und ohne Artikel; sie steht im Nominativ.
Beispiel: *Er begrüßte den Leiter der Delegation, Max Meier, Präsident der Handelskammer.*

Zweifel gibt es auch bei Geschlecht und Zahl von Substantiven. ,,Der" oder ,,das" sind erlaubt bei Liter, Meter, Radar, Erbteil, Zölibat, Hehl, Joghurt, Primat (im Sinne von Vorrang).

Aber es heißt: das Virus, solange man mit Wissenschaftlern spricht, der Säckel (also auch der Staatssäckel).

Unterschiede bestehen zwischen

,,der Moment" (Zeitpunkt) und *,,das Moment"* (Umstand, Merkmal),
,,der Gehalt" (Inhalt, Wert) und *,,das Gehalt"* (Bezug, Lohn),
,,der Verdienst" (Erwerb, Lohn) und *,,das Verdienst"* (Anerkennung).
,,die Kleinode" (Kostbarkeiten) und *,,die Kleinodien"* (Schmuckstücke).

Aus Fremdsprachen übernommene Wörter oder Bezeichnungen behalten ihren Artikel: *die Place de la Concorde, die Gare du Nord, der Corso Vittorio Emmanuele, der Ponte Rialto.*

Viele Zeitungen wählen allerdings den Artikel der deutschen Übersetzung (also: *der Place de la Concorde, der Gare du Nord*); die Redaktionen sollten sich zumindest um eine einheitliche Gebrauchsweise bemühen.

Doch es gibt auch schon Eindeutschungen: *Die Tour de France, der oder die tour d'horizon, das tête-à-tête, das dolce far niente.* Im Zeitalter der Gleichberechtigung setzen sich weibliche Formen für einst rein männliche Titel und Berufsbezeichnungen durch: Die Premierministerin, die Ministerin, die Richterin, die Präsidentin, die Regierungschefin.

Zur Pluralbildung: Bei Mengen- und Sammelbegriffen hat man oft die Wahl, wobei die Singularform vorherrscht, wenn sie mit Zahlwörtern stehen.

Er hat 30 Schilling in der Tasche.

Aber: *Er zählte seine Schillinge.*

„Angaben in Prozent" ist schöner als „Angaben in Prozenten".

Das neudeutsche „Prozentpunkte" sollte man, wenn man es schon gebraucht, richtig einsetzen, nämlich da, wo die Differenz zwischen zwei Prozentzahlen angegeben wird, also:

Nicht: *Der Gewinn stieg gegenüber dem Vorjahr um 2 Prozentpunkte.*
Sondern: . . . *um 2 Prozent.*

Aber: *Die SPÖ verbesserte ihren Anteil um 2 Prozentpunkte.*

Das Verb im Singular oder Plural ist erlaubt, wenn das Subjekt eine Zusammensetzung aus Singular- und Pluralsubstantiven ist:
Eine Menge Leute glaubt (glauben) an Ufos.
Eine Reihe der Mitglieder war (waren) gegen den Auftrag.
Weniger als die Hälfte der Taten konnte (konnten) aufgeklärt werden.
Zwanzig Prozent des Bedarfs kann (können) gedeckt werden.
Weder er noch sein Stellvertreter war (waren) zuständig.

Konzession an den Sprachfluß:
Nicht das Kind, sondern die Eltern hatten versagt.
Oder: *Nicht das Kind hatte versagt, sondern die Eltern.*

Viel Bequemlichkeit herrscht im Umgang mit Präpositionen. „Über" ist eine Allerweltspräposition geworden, die oft eingesetzt wird, wo gar keine Präposition hingehört:

Der Kanzler ist optimistisch über die Konferenzaussichten.
Er ist voller Pessimismus über die Zukunft.
Sie sind zuversichtlich über die Hilfsbereitschaft.

Aufzulösen wären diese Sätze durch die Formel *„äußerte sich optimistisch (pessimistisch, zuversichtlich) über . . ."* oder mit dem nicht sehr schönen „hinsichtlich" plus Genitiv.

Ähnlich schlampig: *Das Problem liegt beim Stil.*
Richtig: . . . *im Stil.*
Man muß ihn bei der Kritik ausnehmen.
Richtig: . . . *von der Kritik ausnehmen.*

Stimmt die Präposition, stimmt noch lange nicht immer der Fall. *Außerhalb, innerhalb, laut, mangels, mittels, statt, trotz, während, wegen* stehen grundsätzlich mit dem Genitiv.
Wenn der Genitiv aber nicht erkennbar ist, auch wenn ein Artikel fehlt, wird auf den Dativ ausgewichen:

Innerhalb der Räume	Aber: *innerhalb sechs Wochen*
Laut der Erklärung des Magistrats	Aber: *laut Prospekt, laut ärztlichem Gutachten*
Wegen des starken Geruchs	Aber: *wegen starker Geruchsentwicklung*
Trotz der Bemühungen	Aber: *trotz allem, trotzdem*
Statt des erwarteten Geldes	Aber: *statt Bäumen wurden Büsche gepflanzt.*

Die Präposition „ab" in Zeitangaben ist zwar verpönt, aber korrekt: *„ab erstem Juli"* ist besser als „ab ersten Juli", noch besser ist *„vom ersten Juli an"*. Ganz falsch aber bleibt: Ab 1. Mai beginnt die neue Badesaison. Denn sie beginnt nur einmal: am 1. Mai.

Einige Verben findet man immer wieder mit falschem Fall:

Es mutet ihn sonderbar an. (nicht: ihm)
Es kostet die Gemeinde ihren guten Ruf. (nicht: der Gemeinde)
Sie lehrte ihn das Häkeln. (nicht: ihm)
Erlaubt ist: *Das kommt ihn teuer zu stehen.*
Oder: *Das kommt ihm teuer zu stehen.*
Es heißt auch nicht:
Sie schieben sich die Schuld in die Schuhe.
Sondern: *Sie schieben einander . . .*

Politiker drängen immer häufiger auf etwas, was aber gute Journalisten nicht daran hindern sollte, sie auf etwas dringen zu lassen. Es heißt nämlich: *„auf etwas dringen"* (stark gebeugt: er drang darauf, er hat darauf gedrungen) und *„jemanden drängen"* (schwach gebeugt: er drängte, er hat gedrängt).
Journalistisch „in", aber dennoch schlimm sind falsche Partizipialkonstruktionen (die sich nämlich nicht auf das Subjekt des Hauptsatzes beziehen) wie:
Die Ehe ist noch gar nicht aufgelöst, versprach er sich bereits einer anderen.
Noch gar nicht genehmigt, begann der Unternehmer mit dem Bau der Stützen.
Gerade erst gelandet, wartete schon die Staatskarosse auf dem Vorfeld.

Mit Konjunktiven wird viel geschludert:
„Wo" bezieht sich nur auf Ortsangaben, also
Nicht: *Seit 1684, wo der Markt zum erstenmal urkundlich erwähnt wurde . . .*

Nicht: *Die Fälle, wo die Grammatik falsch angewendet wird . . .*
„Um zu" sollte wirklich einen Zweck einleiten,
also nicht: *Die Aufgabe war viel zu schwer, um von allen gelöst zu werden.*
sondern: *. . . als daß sie von allen hätte gelöst werden können.*

Von zusammengesetzten Adjektiven darf nur ein Teil gesteigert werden:
Nicht: das höchstgelegenste Hotel
sondern: das höchstgelegene Hotel

Um schwache Aussagen zu verstärken, werden oft falsche Steigerungen gebraucht:

die einzigste Lösung
in keinster Weise
das strengste Stillschweigen
das optimalste Angebot

Zur **Interpunktion** nur der am häufigsten festzustellende Fehler: Zwei Hauptsätze, die mit „und" aneinandergefügt sind, müssen durch ein Komma getrennt werden:
Also: *Er beantragte die Baugenehmigung, und seine Bagger begannen auch schon mit den Erdarbeiten.*

Verena Hruska-Deutelmoser

Schreiben fürs Lesen

Wenn „die öffentliche Hand auf die Preisbremse tritt", mag dies unterhaltsam wirken: Zeitungslektüre soll schließlich mitunter ja auch amüsieren. Der Redakteur wird, sofern er beim Redigieren aufmerksam ist, das falsche Bild trotzdem verschwinden lassen. Der Journalist, der solches schrieb, hat nämlich eine Todsünde seines Berufs begangen. Er hat das Grundgebot, leicht Lesbares zu schreiben, ins Lächerliche verzerrt.

Fürs Lesen schreiben: Das heißt in erster Linie, so zu schreiben, daß Zeitunglesen leicht – sagen wir besser: leichter – gemacht wird. Die Schwellenangst soll vermindert, der „Lese-Einstieg" erleichtert werden. Zeitungslektüre soll und darf den Leser nicht überfordern. Eine Zeitung, die sich unausgesetzt klüger gibt als ihre Käufer, wird nicht lange auf dem Markt bleiben. Oder, um ein Wort Abraham Lincolns abzuwandeln: Man kann einige Leser die ganze Zeit oder alle Leser einige Zeit, aber man kann – und darf – nie alle Leser die ganze Zeit hindurch vor den Kopf stoßen.

Einfach schreiben, heißt keineswegs niveaulos schreiben. Wir verwenden als journalistisches Handwerkszeug noch immer die deutsche Hochsprache (Mundartzeitungen gibt es nicht, Mundartbeiträge sind gelegentlich originell, aber eher die Ausnahme und nicht die Regel), d. h. Rechtschreibung und Grammatik sind unumstößliche Regeln für den Journalisten.

Journalisten haben auch die Aufgabe, komplizierte Sachverhalte vereinfacht darzustellen – sie aber nicht zu entstellen. „Mediengerecht", könnte man sagen. Zu vereinfachen bedeutet, die Darstellung allgemeinverständlich zu halten. Allgemeinverständlich heißt, Verständnis und Aufnahmefähigkeit des Lesers nicht über Gebühr zu strapazieren und dennoch keine wesentliche Information verlorengehen zu lassen.

Kurze, aber nicht zu kurze Sätze

Eine Primitivregel sagt, daß kurze Sätze einfacher und demnach leichter lesbar sind als lange. Das stimmt nicht immer – und keinesfalls stimmt, daß ein Satz umso leichter verständlich wird, je kürzer er ist. Es gibt Journalisten, die stolz darauf sind, Minisätze zu bilden. Beispiel: „Der Mörder wurde als grauhaarig geschildert. Und bärtig. Und hinkend." Das sind keine Sätze, sondern Satzkrüppel. Man hat ihnen die Aussage amputiert. Werden die Sätze zu kurz, ermüdet der Leser. So kommt man vom Regen überlanger Satzperioden in die Traufe eines journalistischen Stotterns.

Einfach, nicht einfältig

Aber auch die Regel „Schreibe, wie du sprichst" gilt nicht immer für das Deutsch des Journalisten. Es soll reines, gutes, einfaches Deutsch sein. Man soll nicht dreimal nachdenken müssen: Was hat er eigentlich gemeint?

Das Wesen des Journalismus ist Information, ist Mitteilung. Fürs Lesen schreiben heißt: sich einer anonymen Masse von Lesern unterschiedlichen Bildungsgrades mitzuteilen.

Autoren der Juristenzeitung oder der Wiener Medizinischen Wochenschrift dürfen anders schreiben als professionelle Zeitungsleute. Daß es trotzdem Wissenschaftsjournalisten gibt, die in der Lage sind, einfach, klar und dabei auch noch sachlich richtig zu formulieren, gehört zu den Segnungen dieses Berufs.

Keine zu langen Absätze

Die Lesbarkeit eines Artikels erleichtern – und darin besteht ja wohl das Wesentliche – heißt, in überschaubaren Sätzen zu schreiben. Überschaubar: das führt in weiterer Folge zur Forderung, auf allzu lange Absätze zu verzichten. Ist ein Artikel grau in grau, ermüdet das Auge und mit ihm der Verstand. Der Freiraum zwischen Absätzen erlaubt ein geistiges Atemholen, dem Schreiber ebenso wie dem Leser.

Fürs Lesen schreiben: Das heißt auch, das Wesentliche vor dem Unwesentlichen – besser: dem weniger Wesentlichen – hervorzuheben.

Wesentliches hervorheben – auch graphisch

Graphisch geschieht dies mit Hilfe satztechnischer Mittel: Fettdruck, Umrahmung, Einzug – also schmalere Satzbreite –, oder durch Beifügung von heraushebenden Markierungszeichen, etwa Punkten, Kästchen und ähnlichem. Je ruhiger freilich das Zeitungsbild ist, desto weniger werden solche graphischen Mittel verwendet, desto wichtiger ist folglich das journalistische Stilmittel. Hier kommt in erster Linie, allerdings nur bei nachrichtlichen Artikeln, das sogenannte Lead in Frage, der erste Absatz, der das Wesentliche des Inhalts aussagen soll.

Die Bedeutung des Vorspanns (Lead)

Das Lead haben die Anglo-Amerikaner erfunden, es hatte neben der lesetheoretischen Bedeutung – eben eine Kurzform des Artikelinhalts zu bieten, um allenfalls auf das Weiterlesen verzichten zu können – auch eine zeitungspraktische. Vor allem die amerikanischen Zeitungen erschienen – und erscheinen – in einer Vielzahl täglicher Ausgaben. Mutationen sind häufig, die Kürzung von Artikeln ist oft notwendig. Ein Umschreiben erweist sich aus Zeitgründen als zu aufwendig. Die Berichte müssen von hinten gekürzt werden – aber das Wesentliche muß bleiben.

Dies führte zum ehernen Gebot, den Meldungen stets das Lead – den ersten Absatz, der zum ausführlicheren Inhalt hinleitet – voranzustellen, unter Berücksichtigung der bekannten „W", die einst jungen Journalisten mit Hilfe der fiktiven Aussage eines Wiener Vorstadtpolizisten nahegebracht wurden: „Der Bua – (wer) – hat die Muatter – (wen) – mit an Hackl – (wie) – gestern – (wann) – derschlagen – (was)."

Das Lead hat sich aus guten Gründen längst auch in der deutschsprachigen Journalistik eingebürgert; es wird dazu verwendet, den Lese-Einstieg zu erleichtern, es soll das Interesse des Lesers wecken und ist somit eine direkte Ergänzung des Titels; und es soll zudem eine kurze Inhaltsangabe sein. (Siehe Kapital „Nachricht", Seite 46 ff.)

Der Vorspann ist ein Dienst am Leser

Er verdeutlicht am besten, was für jeden Zeitungsbeitrag gelten sollte – und was uns beim Schreiben stets über die Schulter blicken muß, bildlich gesprochen: daß wir stets an den Leser zu denken haben. Wir schreiben nicht für uns, wir schreiben, um uns mitzuteilen.

Keine schwammigen Formulierungen

Wir können uns schriftlich umso besser, klarer und einfacher mitteilen, je besser wir über eine Sache, die wir zu be-schreiben haben, Bescheid wissen. Undeutliche, vage, schwammige Formulierungen sind meist ein Beweis dafür, daß ein Autor zu wenig weiß und daher zuviel schreibt. Solches gilt für den Einspalter im Lokalteil genauso wie für die politische Analyse oder die Kulturkritik. Merke: Der Journalist schreibt nicht für seine Kollegen, die Experten im Konkurrenzblatt, denen er mit seinen sprachlichen Neuschöpfungen oder krausen Gedankengängen imponieren will. Der Journalist schreibt für Menschen, die vielleicht zum ersten Mal von dem, was man ihnen mitteilt, hören.

Gute Überschriften

Journalisten sollten sich beim Schreiben bereits einen Titel überlegen. Beiträge, für die sich der Titel geradezu aufdrängt, sind meist gute Beiträge. Sie sind dynamisch geschrieben, haben einen roten Faden und griffige Formulierungen. Je abstrakter ein Beitrag angelegt ist, desto schwieriger ist es, ihn mit einem wirkungsvollen Titel zu versehen.

Verzicht auf unnützen Wortballast

Unnützer Wortballast ist dann am leichtesten zu vermeiden, wenn man überlegt, ob man den Satz so, wie man ihn schreiben möchte, auch sprechen würde. In der Umgangssprache gibt es keine Blähwörter. Man sagt nicht: „Der Hut hat satte 500 Schilling gekostet.“ Man sagt auch nicht: „Für diesen Hut habe ich 500 Schilling auf den Tisch geblättert.“ In einer Zeitung stand kürzlich: „Für einen Straßenbahnfahrschein muß man jetzt schon 15 Schilling auf den Tisch blättern.“ Das, bitte, soll der Autor erst einmal vormachen – erstens, wie er Münzen blättert, und zweitens, auf welchen Tisch. Blähwörter: das sind unnütze Adjektiva. Verzichtet man auf sie, wird der Satz kürzer. Blähformulierungen sind unnütze Umschreibungen, journalistische Blähungen gewissermaßen. Ohne sie ist der Satzbau einfacher und besser verständlich.

Keinen sprachlichen Purismus

Fremdwörter sind dort zu vermeiden, wo sie durch deutsche Begriffe eindeutig ersetzt werden können. Sprachlicher Purismus, verbale Deutschtümelei sind aber ebenso ein journalistischer Unfug. Die Sprache lebt und entwickelt sich immer weiter, übernimmt Wörter und Begriffe aus anderen Sprachen und verliert deshalb trotzdem nicht ihre Originalität. Das Wort „Trend“ zum Beispiel wird kaum noch als Fremdwort gelten können – es gibt kein entsprechendes deutsches.

Fachsprache vermeiden

Fürs Lesen schreiben – das bedeutet aber auch, jeder Art von Fachsprache auszuweichen. Es gibt Zeitungen, in denen manche Ressorts ein Gettodasein führen: die Wirtschaft, der Sport, häufig auch die Kultur. Das Gettodasein resultiert aus der irrigen Annahme, nur besonders Interessierte würden sich in diese Zeitungsseiten vertiefen. Die Mitarbeiter solcher Ressorts bedienen sich allerdings oft einer Art „Geheimsprache“, die viele Leser von vornherein ausschließt.

Allgemeinverständlichkeit

Die Allgemeinverständlichkeit ist oberstes Gebot für die gesamte Zeitung – von der ersten bis zur letzten Seite. Verständlichkeit mit mangelnder Seriosität und Einfachheit der Sprache mit Verfremdung von Tatsachen gleichzusetzen, ist falsch. Es ist nur schwieriger, komplizierte wirtschaftliche Zusammenhänge etwa in einfacher Sprache darzustellen. Man muß als Journalist selbst genau darüber Bescheid wissen. **Es ist falsch, beim Leser fundierte Vorkenntnisse vorauszusetzen.**

Fremdwörter, Begriffe etc. erklären

Bisweilen kommt der Journalist nicht umhin, fremdsprachige Begriffe, Redewendungen, Sprichwörter etc. zu verwenden. Diese müssen unbedingt erläutert, wenn schon nicht übersetzt werden. Nichts ärgert den Leser mehr, als wenn er sich dumm oder unintelligent vorkommen muß. Es wurmt ihn weniger der saftige Druckfehler als ein Ausdruck, den er nicht versteht. Das gilt im übertragenen Sinne auch für journalistische Fortsetzungsgeschichten. Zieht sich die Berichterstattung über eine politische Konferenz, über einen Mordfall, einen Sensationsprozeß u. ä. durch mehrere Zeitungsausgaben, so mag es für den Journalisten ermüdend sein, das Wesentliche immer wieder kurz zu wiederholen. Er muß es trotzdem tun. Der Leser, der möglicherweise nicht alle Zeitungsausgaben verfolgt hat, ist sonst überfordert. Es darf also beispielsweise nicht heißen: „In dem Mordprozeß gegen Franz Meier kamen gestern die ersten Zeugen zu Wort." Vielmehr muß es heißen: „Im Prozeß gegen Franz Meier kamen gestern die ersten Zeugen zu Wort. Meier ist, wie berichtet, angeklagt, während eines Erbschaftsstreites seine Mutter und seinen Bruder erschossen zu haben." Das genügt, dann weiß der Leser, worum es geht. Dazu ein Detail am Rande: Es empfiehlt sich nur selten, daß Wort „bekanntlich" zu verwenden. „Bekanntlich" will sagen, daß die Aussage allgemein bekannt ist. Weiß der Leser nichts davon, kommt er sich dumm vor. Statt „bekanntlich" schreibt man besser: „wie berichtet".

Achtung vor Modewörtern

Journalisten sollten sich vor Modewörtern hüten. Sie kommen aus dem Magazin-Journalismus und sind sprachlich ebenso häßlich, wie sie oft sinngemäß falsch eingesetzt werden. Sie sollten durch bessere und treffendere Wörter ersetzt werden. „Hilfestellung leisten" gehört zu diesen Modewörtern. Es wird neuerdings häufig gesprochen und geschrieben – und jedesmal meint man damit einfach „helfen". „Vor Ort" ist ein anderes dieser neuen Wörter. Es kommt aus der Bergmannssprache und heißt „am Flötz", „im Schacht". „Vor Ort recherchieren" ist eine dumme Umschreibung von „an Ort und Stelle recherchieren".
Eine besonders gräßliche neudeutsche Wendung ist „in etwa". Wohl ist es richtig, wenn es heißt: „In etwa zehn Minuten werden wir ankommen." Aber die Wendung „in etwa" anstelle von „ungefähr" anzuwenden, wie es häufig geschieht, ist sprachlicher Unfug.

Vorsicht mit Metaphern

Ebensolcher und mitunter noch größerer Unfug ist es schließlich, auf der Jagd nach treffenden Metaphern, Bildern, Gleichnissen, das Sprachgefühl samt der sprachlichen Logik mit einem Blattschuß zu erlegen. Metaphern sind bildlich gemeinte Umschreibungen. Wenn die erwähnte ,,öffentliche Hand auf die Preisbremse tritt'', ist das purer Unsinn. Mit ,,Strickwaren auf der Überholspur'' bezeichnet man somit nicht eine Konjunkturbelebung der Textilindustrie, sondern die Folgen eines Lkw-Unfalles auf der Autobahn. Falsche sprachliche Bilder sind meist ein Born ungetrübter Heiterkeit – aber nicht sehr lange. Dann beginnt der Ärger.

Fürs Lesen schreiben, heißt aber, der Kommunikation dienen. Ärger gehört nicht zu ihren Instrumenten. *Thomas Chorherr*

Fürs Hören schreiben

Um fürs Hören zu schreiben, also fürs Radio Nachrichten oder andere Texte zu verfassen, genügt es keineswegs, Grammatik und Syntax der deutschen Sprache gut zu kennen. Man muß auch die Fertigkeit beherrschen, die deutsche Sprache fürs Hören aufzubereiten. Wären wir englischer Zunge, könnte dieser Beitrag entfallen; im Englischen gibt es nämlich keinen Unterschied zwischen Schreiben fürs Lesen und Schreiben fürs Hören.

,,Schreibe" und ,,Spreche"

Angehende Radio-Journalisten und Redakteure, die von der Zeitung zum Radio wechseln, müssen erst einmal eine neue Sprache lernen: Deutsch fürs Hören. Erfahrene Radio-Journalisten sagen: ,,die Spreche''. Das Gegenteil von ,,Spreche'' ist ,,Schreibe''. ,,Schreibe'', das ist oft papierenes Deutsch, verschachtelter Satzbau, die vertrackte Sprache der Agenturen mit ihren ,,Fertigteilen'', die alles Blut und alle Kraft der Sprache hinausbefördern. ,,Schreibe'' ist auch die auf juridische Sicherheit bedachte Sprache der Politiker, die in erschreckendem Ausmaß bereits Eingang in die Moderationen und Analysen der Radio-Journalisten gefunden hat.
Es gibt also zwei deutsche Sprachen, besser: zwei verschiedene Arten, die deutsche Sprache zu gebrauchen: Eine, die man während des Schreibvorganges in bedeutend aussehende, oft komplizierte Formen gießt (auch die ,,Fertigteilbauweise'' hat schon traurige Tradition), und eine, die die jeweils einfachsten Formen benützt und aus kurzen Sätzen besteht. Dieses ,,Hör-Deutsch'' (,,Spreche'') hat allerdings einen Nachteil: Es sieht lange nicht so gut aus wie die schöne ,,Schreibe''. Walther von La Roche sagt in seinem Buch ,,Radio-Journalismus'' deutlich, daß ein in ,,Hör-Deutsch'' abgefaßtes Manuskript dem Verfasser häufig mitleidigen

Kollegenspott einträgt; denn Kollegen hören ja üblicherweise nur eigene Sendungen. Die Werke anderer werden nach den Manuskripten beurteilt, die man nach gehabter Lektüre lächelnd weiterreicht.

Den Hörer nicht überfordern

Daß der Hörer den Kaskaden der komplizierten Sprachkonstruktionen nur Bruchstücke der Information entnehmen kann, wird oft nicht bedacht. Doch der Hörer ist der Adressat. Wichtigtuerisches Wortgeklingel mit Verzweigungen, Einschüben, schnell aufeinanderfolgenden Genitivkonstruktionen, Hauptwörter-Stakkati und Fremdwörtern verbarrikadiert die Information. Der Sprecher im Radio liest einen 7-Zeilen-Satz in 15–20 Sekunden. Sehr wenig Zeit also für den Hörer, die darin enthaltenen Informationen komplett und sofort aufzunehmen, zumal er keine Chance hat, komplizierte Satzteile notfalls nochmals zu überprüfen. Unmittelbar darauf kommt die nächste, ebenfalls nur einmalig angebotene Information, und so fort. Alle diesbezüglichen Untersuchungen sagen dasselbe aus: Wenn komplizierte Sprache den Hörer überfordert, *hört er weg.* Das kann nicht Sinn der Radioarbeit sein.

Einwände, die man nicht gelten lassen kann

In der journalistischen Tagesarbeit im Radio begegnet man immer wieder einer Reihe von Einwänden und Argumenten, die mangelhafte „Spreche" zu entkräften oder zu entschuldigen versuchen. Man kann ihnen ausreichend Antworten entgegensetzen. Zu den häufigsten gehören:

- *Einwand: Die Sprache vereinfachen, heißt auch die Inhalte simplifizieren. Das ist gefährlich und unjournalistisch.*

Antwort: Etwas verständlicher machen heißt nun einmal, es zu vereinfachen. Dazu gehört:
- Überprüfen des Inhaltes, der Information.
- Überprüfen des Vehikels, auf dem diese Information losgeschickt wird. Das Vehikel heißt Sprache und ist das Medium.
- Gewährleistung der Fahrtüchtigkeit dieses Vehikels. Wenn es holpert und ständig seinen Kurs ändert, verliert es seine Last, die Information, und sie kommt als unverständliche Wörter-Hülse beim Hörer an.

Es wird in der stets komplexer werdenden Welt immer wichtiger, die Sprache der Information einfacher zu gestalten. Fürs Radio gilt das in viel größerem Umfang als für die Printmedien. Der Vorgang des Vereinfachens der Sprache muß allerdings erst erlernt werden, um zu vermeiden, daß Inhalte dadurch tatsächlich simplifiziert, also verfälscht werden. Nicht immer ist das verständlichere Gestalten eines Nachrichtentextes auch gleichzeitig ein Verkürzen dieses Textes. Es kann auch notwendig sein, den Text länger zu machen, z. B. dann, wenn für eine rasche und problemlose Aufnahme der Information durch den Hörer Wiederholungen von Fakten, Namen oder Bezeichnungen angezeigt sind. In solchen – oft vorkommenden – Fällen wird der Text länger. Niemals aber die Sätze eines Textes.

- *Einwand: Die Hektik des journalistischen Geschäfts läßt keine zeitraubende Umschreibetätigkeit zu.*

Antwort: Es ist schon richtig, daß dem Radio-Journalisten nur wenig Zeit bleibt, Agenturtexte, Parteiaussendungen oder andere oft in schauerlichem Flechtdeutsch verfaßte Texte umzuschreiben. Aber es ist auch eine Frage der Prioritäten: Der verantwortliche Redakteur muß breite Verständlichkeit der Nachrichten als oberste Maxime beachten. Setzt er das notwendige Einrichten des Textes an die erste Stelle in seinem Arbeitsablauf, wird er auch die erforderliche Zeit dafür finden. Um diese Tätigkeit in immer kürzerer Zeit erledigen zu können, ist Übung notwendig. Und Sicherheit im Umgang mit der Sprache. Beides läßt sich erlernen, und ein gewisses Talent gehört auch dazu.

- *Einwand: Viele Fremdwörter haben sich ohnehin längst eingebürgert und lassen sich überdies oft nur unzureichend übersetzen oder umschreiben.*

Antwort: Es ist richtig, daß bereits eine große Anzahl von Fremdwörtern ohne Probleme von breiten Empfängerschichten verstanden werden. Nur: Nicht immer sind es die, die der Radio-Journalist dafür hält. Durch den ständigen beruflichen Umgang mit speziellen Fremdwörtern ist er sich der Verständlichkeitsproblematik bei diesen Ausdrücken nicht mehr bewußt und gebraucht diese Wörter bedenkenlos auch in den Produkten seiner Arbeit, in den Nachrichten, Moderationen, Kommentaren, Beiträgen und Analysen. Ein paar Beispiele für solche „Stolpersteine der Betriebsblindheit":

Feedback
Motivation
Effizienz, effizient
Freak
Basisaktivität
Alternativenergie
Die amerikanische Administration

Angesichts dieser Beispiele – die Liste könnte noch fortgesetzt werden – wird dem Radiomacher bewußt: Er ist in ständiger Gefahr, die große Breite seiner Kundschaft aus dem Auge zu verlieren. Wenigstens die stündlichen Nachrichten und die

Informationszusammenfassungen in den Radio-Journalen müßten alle Bildungsgrade und alle Grade geistiger Verarbeitungsmöglichkeit berücksichtigen. Nachrichten sind keine Minderheitenprogramme. Bei diesem Punkt noch ein Wort zu den sogenannten „Modeausdrücken", die den Redakteur aus allen Informationskanälen Tag für Tag überschwemmen. Sie reichen von „ansprechen" (nicht ein hübsches Mädchen, sondern etwa Probleme) über „einmal mehr" (sinnstörender Anglizismus von „once more") und „erläutern" bis „zwischenzeitlich" und „zutiefst". Erklären Sie diesen Sprachblähungen den Krieg! Kämpfen Sie täglich und unerbittlich dagegen! Das schärft das Sprachempfinden und ist eine vorzügliche Übung fürs schnelle Umschreiben schlechter Texte.

Es gibt – um wieder von den Fremdwörtern zu reden – tatsächlich auch einige wenige fremdsprachliche Ausdrücke, die nur unzureichend durch ein Wort aus der deutschen Sprache ersetzt werden können. Selbstverständlich darf der Journalist Ungenauigkeiten in der Vermittlung nicht in Kauf nehmen. In einem solchen Fall – allerdings nur in einem solchen – geht Genauigkeit vor breiter Verständlichkeit. Trotzdem sollte durch zusätzlich eingebaute Textstützen eine Brücke zur Erkennbarkeit (Wiedererkennbarkeit) gebaut werden.

Dann gibt es da noch die wild ins Kraut schießenden Abkürzungen (WDR, AKH, ÖAMTC, WHO, YMCA etc.), die allesamt geschaffen wurden, um die Kommunikation innerhalb der Verwaltung zu verkürzen und zu erleichtern. Für den Leser ist es nicht weiter schlimm, solche Abkürzungen zu verkraften, wenn sie wenigstens einmal irgendwo im Text erklärt sind. Für den Hörer muß man öfter erklären. Redundanz ist auch hier angezeigt.

- *Einwand: Radio hat auch Bildungsfunktion. Die Annäherung an den Duktus der Umgangssprache ist deshalb, wo immer es geht, zu vermeiden.*

Antwort: Natürlich hat das Radio eine Bildungsfunktion. Gerade das Beispiel, welches das Radio gibt, ist sehr entscheidend für das Verhältnis der Bürger zum Kultur- und Geistesgut Sprache.

Es wäre ein verhängnisvolles Mißverständnis, würde man eine verständliche Hör-Sprache nur durch ein Einschmelzen der Vielgestaltigkeit und Buntheit der Sprache auf ein einförmiges „Block-Deutsch" ermöglichen können. Das wäre der falsche Weg; und ein verhängnisvoller dazu.

Die deutsche Sprache als Bildungsgut, das es zu pflegen und weiterzuvermitteln gilt, ist auch in ihrer Form als „Hör-Deutsch" farbig und lebendig zu gestalten. Der Radio-Redakteur sollte dabei allerdings weder übertriebenen literarischen Ehrgeiz an den Tag legen noch dem Jargon-Deutsch huldigen (Sport!). Ein Deutsch der guten, kurzen und einfachen Sätze, die auch Artikel und weit nach vorn gestellte Verben beinhalten, widersprechen dem Bildungsauftrag sicher nicht; im Gegenteil.

● *Einwand: Ein aufmerksamer und konzentrierter Hörer kann auch eine schwierige, aber dadurch genauere Sprache verstehen.*

Antwort: Der Einwand, daß der konzentrierte und aufmerksame Hörer auch komplizierte Satzkonstruktionen aufnimmt und versteht, ist schon richtig. Aber er betrifft eine sehr kleine Minderheit unserer Zuhörer. Nur ganz wenige haben die Geduld, das Interesse und die Konzentrationsbereitschaft, länger als ein paar Minuten einer Informationssendung zu folgen, die eine schwierige Nachrichtensprache spricht. Allzu groß sind die Ablenkungen der Umwelt. Die Aufmerksamkeit der Radiohörer schwankt zwischen sogenanntem Primär- und Sekundärhören. Ein in „Spreche" abgefaßter Nachrichtentext hat wesentlich größere Chancen, die Aufmerksamkeit zu fesseln, zumal das „Erfolgserlebnis" der sofortigen und mühelosen Verständlichkeit den Hörer zusätzlich motiviert, weiter zuzuhören.

● *Einwand: Es liegt nur am Sprecher, wenn komplizierte Satzgefüge nicht verstanden werden.*

Antwort: Natürlich ist der Sprecher in hohem Maße verantwortlich für die Lust des Hörers, aufmerksam und gespannt zuzuhören. Ist er ein guter Sprecher, kann es ihm vielleicht sogar gelingen, Sprachknoten zu entwirren und auch im flüchtigen Hör-Medium verständlich zu machen: Durch gliedernde Pausen, zusammenhängende Sprechbögen über Beistriche hinweg und ähnliche handwerkliche Glanzleistungen. Aber ist es der Sinn journalistischer Arbeit, Sprecher und Hörer stets derart zu fordern und – in den allermeisten Fällen – zu überfordern? Denn auch Nachrichtensprecher stehen üblicherweise unter Zeitdruck. Und sie sind dankbar, wenn sie nicht für jeden Fünfminuten-Nachrichtendienst eigentlich einen Regisseur brauchen.

Ernst Grissemann

Sprache in Bild und Ton

Die Sprache in der Fernseh-Information unterscheidet sich von der in den Printmedien gebräuchlichen Sprache in zwei wesentlichen Bereichen: Sie muß der Tatsache gerecht werden, daß in diesem Medium zumeist zwei Informationen gleichzeitig an den Zuseher herangetragen werden – nämlich Bild und Ton. Wenn sich diese beiden Botschaften inhaltlich nicht decken, kann der Zuseher nach einiger Zeit nur noch eine – und zwar die für ihn auffälligere Botschaft – aufnehmen; im Fernsehen ist das in den meisten Fällen das Bild. Die Sprache bleibt dann auf der Strecke. Um das zu vermeiden, muß beim Texten von Fernsehbeiträgen eine **weitestgehende Wort-Bild-Kongruenz** angestrebt, muß ein Auseinanderklaffen von Text und Bild (Text-Bild-Schere) vermieden werden.

Sprache im Fernsehen muß immer um **sofortige Verständlichkeit** bemüht sein. Der Zuseher muß die Information beim ersten Mal nicht nur aufnehmen, sondern auch verstehen können, er hat im Normalfall keine Möglichkeit, nachzufragen oder – wie in der Zeitung – einen Absatz noch einmal zu lesen. Ist ein Satz im Fernsehen unverständlich, ist nicht nur dieser, sondern oft auch der Zusammenhang und damit der nachfolgende Text für den Zuseher verloren. Deshalb darf in der Fernseh-Information keine Schreib-Sprache, sondern muß eine Sprech-Sprache verwendet werden. Dabei sind – nicht immer zur Freude der Germanisten – sowohl Sätze mit vereinfachtem Satzaufbau als auch sogenannte Krüppelsätze (z. B. ohne Verb) nicht ganz unüblich. Hinzu kommt ferner der überwiegende Gebrauch von Hauptsätzen. Damit steht die Fernseh-Sprech-Sprache dem Duktus der Umgangssprache insgesamt näher als die Sprache der Print-Medien.

Das Problem der Wort–Bild-Kongruenz

Ein bißchen Theorie

Der Fernsehpraktiker erhält von Medienwissenschaftern folgende – großteils empirisch bestätigte – Erkenntnisse: Die gleichzeitige, ,,zweikanalige" Aufnahme von Bild und Text durch den Zuseher findet nur dann statt, wenn entweder das Tempo sehr langsam oder die Informationsdichte sehr gering ist. Über einen kritischen Punkt hinaus funktioniert das menschliche Gehirn nur noch als Ein-Kanal-System.
Daraus wird gefolgert: Man sollte dem Zuseher die Möglichkeit geben, die beiden Kanäle alternierend zu benutzen, also zunächst ohne Ablenkung durch ein bewegtes Bild textlich auf einen Filmbeitrag vorbereiten (d. h. vorerst die reine Text-Sprache zu verwenden) und diesen dann ohne ,,störenden" Text stumm laufen lassen (d. h. dann ausschließlich die Bildsprache zu gebrauchen).
Oder aber, und das ist die zweite theoretische Folgerung, man sollte Bilder, von denen zu starker Reiz ausgeht und die daher die Aufnahme eines ,,wichtigen" Textes behindern, ausschalten und z. B. durch graphische Auflösungen ersetzen. Auf diese – letztere – Art könnte nach den Prinzipien der Lerntheorie eine Reiz-Summierung erfolgen, also der ,,Lernerfolg" dadurch größer werden, daß sich die Informationen beider Kanäle *direkt* aufeinander beziehen und damit summieren.

Die Praxis

In der Praxis muß der Fernseh-Journalist immer wieder zwischen diesen Extremvorstellungen hin- und herpendeln und versuchen, Text und Bild möglichst kongruent zu gestalten. Wo das schwer oder gar nicht möglich ist, können jedoch die Extrem-Vorgaben der Theoretiker durchaus eine Tugend sein.

Beispiel für ein extrem ,,starkes Bild'': Eine Filmaufnahme eines Hochseilartisten, der bei einem Balanceakt zwischen zwei Wolkenkratzern abstürzt, sollte für den Zuseher so eingeleitet werden, ,,. . . und hier die letzten Sekunden vor dem Unglück''. Dann spielt man die Filmaufnahme des Unglücks stumm ab.

Beispiel für extrem schwer verständlichen Text: Er sollte nicht einmal durch das Gesicht des Sprechers (und seine womöglich schief sitzende und damit ablenkende Krawatte) ,,gestört'' werden. Vielmehr ist der Text durch eine gute Graphik zu unterstützen und verständlich zu machen.

Bilder sprechen lassen

Der Fernseh-Journalist muß sich immer wieder dazu zwingen, der Aussagekraft der Bilder zu vertrauen und seine Sprache darauf abzustimmen. Wenn bei einer entsprechenden Filmeinstellung ein Teil der Information dem Bild überlassen wird und nur ein Teil oder eine erklärende Ergänzung im Text liegt, wirkt das ,,runder'' als eine exakte verbale Wiedergabe des dargestellten Sachverhaltes.

Beispiel Bild: Zufahrt der Kamera von einer größeren Menschenmenge vor einem Gebäude auf ein vergittertes Tor. Das Gitter geht langsam in die Höhe, die ersten Leute kriechen schon unter dem noch hochgehenden Gitter durch und laufen in das Gebäude. Nach einer Einleitung durch den Studiosprecher über steigende Arbeitslosenzahlen wirkt der folgende Text hölzern und künstlich: ,,Mehr als 200 Arbeitslose warteten heute früh, wie schon in den vergangenen Tagen, vor dem Arbeitsamt X ungeduldig auf das Öffnen der Tore, um einen der 20 angebotenen Arbeitsplätze zu ergattern.''

Alle wichtigen ,,W'' (wer, was, wann, wo, wie, warum) sind in diesem Text zwar erarbeitet, ein Teil davon wird jedoch in der Bildsprache besser ,,erklärt'': die große Zahl Wartender, das langsame Öffnen des Gittertores, vor allem aber – mit dem Hineinkriechen – die Ungeduld und das Problem, daß es hier offenbar nur ein knappes Angebot gibt und daher nur die ersten ,,etwas ergattern''.

Als Textinformation müßte bei diesem Beispiel eigentlich reichen, und zwar nach einigen Sekunden stummen Bildes: ,,Arbeitsamt X, heute früh, ein Bild, wie schon in den vergangenen Tagen. Von den mehr als 200 Arbeitslosen werden nur 20 einen Arbeitsplatz ergattern . . .''

(Anm.: Die oben beschriebene Bildfolge ist übrigens ein Paradefall für eine besonders geglückte Bildsprache. Dafür ist meist intensives Zusammenarbeiten zwischen dem Journalisten und dem Kameramann Voraussetzung.)

„Fade“ Bilder als Lückenbüßer

Obwohl unerwünscht, kommt es in der Praxis immer wieder vor, daß ein Journalist etwa bei Überleitungspassagen zwischen zwei Redeausschnitten aus einer Pressekonferenz einen Text zu sprechen hat, der nicht zu den vorhandenen Bildern paßt. Wenn man dieser Verlegenheit nicht durch Graphiken entfliehen kann, sollte man in diesem Fall die Bildsprache minimieren: d. h. zum sachlichen Text, der auf möglichst wenige inhaltliche Schwerpunkte reduziert ist, „fade Bilder“ hinzuschneiden, um keine große und ablenkende Text-Bild-Schere entstehen zu lassen. Essende oder rauchende Journalisten etwa oder über das Papier kritzelnde Kugelschreiber eignen sich nicht: sie konterkarieren den Text und lenken zu sehr ab. Zwei bis drei ruhige Totalaufnahmen, mit Schnitten jeweils zum Satzende sind da schon besser: sie unterstützen die Aufnahmefähigkeit des Zusehers auf den Sprachkanal zwar nicht, behindern sie aber auch nicht.

Graphik bestimmt den Text

Entschließt man sich zur Graphik, so hat sich ihr die Sprache noch mehr als bei normalen Bildern unterzuordnen. Graphiken oder Schriftinserts, die nicht mit dem Text übereinstimmen, tragen beim Zuseher zur Verwirrung bei und schaden mehr, als sie nützen.

In der Praxis gibt es meist folgende Vorgangsweise: Zunächst wird ein Rohtext entworfen, um einen Überblick darüber zu haben, was dem Zuseher inhaltlich vermittelt werden soll. Dann wird versucht, diesen Inhalt graphisch aufzulösen und darzustellen, wobei die besten Graphiken die sind, die der Zuseher auch ohne erläuternden Text zu verstehen imstande ist. Erst aufgrund dieser Graphiken wird in exakter Übereinstimmung der Endtext erstellt. Daß hier die Sprache in ihrer Variationsfähigkeit oftmals deutlich eingeengt wird, ist, was die Verständlichkeit für den Zuseher betrifft, eher eine Tugend.

Beispiel: Inserts mit dem Vergleich von Wahlergebnissen. Hier kommen die Vergleichswerte via Insert in einer immer wiederkehrenden, bestimmten Reihenfolge, etwa Anzahl der Stimmen: jetzt und früher; Prozentanteil: jetzt und früher; Mandate jetzt, Veränderungen plus oder minus. Der Zuseher liest von links nach rechts mit. Gibt es im Text Änderungen in der Reihenfolge, so bringt das den Zuseher aus dem Rhythmus; eine in solchen Berichten notgedrungen auftretende gewisse Monotonie in der Sprache ist dabei durchaus positiv.

Keine Bildbeschreibung

Die Sprache muß im Fernsehen das Bild ergänzen. Sie dient nicht nur der Erläuterung dessen, was zu sehen ist, sie muß auch Zusammenhänge aufzeigen. Sie ist nicht dazu da, um das Bild zu beschreiben, das der Zuseher ohnedies sieht. Sie kann aber sehr wohl wichtige Details, die zu sehen sind, herausheben. Der Text muß mit dem Bild synchron laufen. Das bedeutet, daß der Bildrhythmus wesentlichen Einfluß auf die Satzlänge hat. Wesentliche Änderungen im Bild (vor allem Ortswechsel, aber auch neue Gedankengänge) dürfen nicht „übertextet" werden. Satzpausen sollen dem Zuseher die Möglichkeit geben, die bisher erfolgte Information zu verarbeiten. Bei neuen Einstellungen soll der Text erst nach zwei bis drei Sekunden einsetzen, um dem Zuseher Zeit zu geben, sich noch vor dem Textbeginn optisch neu zu orientieren.
Vor allem Fernseh-Nachrichtensendungen zwingen den Fernseh-Journalisten oft, sich zu bescheiden. Meist hat er viel mehr Text, als er zu den Bildern unterbringen kann. Noch mehr straffen, noch mehr Details entfernen, ohne deshalb zu verfälschen, ist da die Vorgangsweise. Da das Bild dem Zuseher ja nur kurze Ausschnitte aus der Realität vermittelt, muß beim Texten mit besonderer Genauigkeit vorgegangen werden.

Moderation ist Teil des Beitrages

In einigen Informationssendungen hat man als Zuseher manchmal den Eindruck, von den Redakteuren für dumm gehalten zu werden. Das ist in vielen Fällen die Schuld des Redakteurs, der eine Film-Story derart umfassend gestaltet, daß dem Moderator/Sprecher praktisch keine Information mehr für die Einleitung der Geschichte übrigbleibt.
Man erfährt dann z. B. vom Moderator, daß heute um 8.10 Uhr in der X-Straße ein Banküberfall von zwei maskierten Männern verübt wurde. Und der Film-Text beginnt etwa so: „Heute vormittag um 8.10 Uhr wurde von zwei maskierten Männern in der X-Straße ein Banküberfall verübt . . ."
Der Zuseher bekommt innerhalb von 30 Sekunden diese beiden Texte hintereinander serviert und muß annehmen, daß man ihn für dumm hält. Oder, daß der Redakteur und der Moderator keine Ahnung vom Text des jeweils anderen hatten.
Wichtig ist hier, daß der Story-Produzent schon beim Texten auf jenen Text eingeht, den der Moderator zwangsläufig – er muß ja die Story „verkaufen" – verwenden wird. Der Story-Redakteur muß voraussetzen, daß die Basis-Information bereits beim Zuseher ist und den Film etwa so beginnen: „Die X-Straße war knapp zehn Minuten nach dem Öffnen der Bank noch nicht sehr belebt. Die beiden Män-

ner konnten daher ihre Masken schon außerhalb der Bank überziehen, ohne aufzufallen . . ." (Zum Thema „Moderation" siehe auch die Beiträge über „Moderation im Hörfunk", Seite 34, sowie „Moderation im Fernsehen", Seite 39.)

„Was sehe ich hier eigentlich?"

Natürlich ist es eine journalistische Tugend, den Zuseher mit eindrucksvollen oder ungewöhnlichen Bildern am Beginn der Story zu „fesseln" und seine Aufmerksamkeit zu wecken. Wenn das aber dazu führt, daß der Zuseher seine ganze Aufmerksamkeit der Frage widmen muß: „Was sehe ich hier eigentlich?", wird das zur Untugend (das gilt bei längeren Stories auch für mißglückte Übergänge innerhalb des Films von einer Thematik zu einer anderen).

Ein wenn auch nicht besonders tragisches, so doch ärgerliches Beispiel: Der Moderator leitet die Story mit den Worten ein:

„Dazu hat Kollege X den Herrn Gesundheitsminister zu einer Stellungnahme vor die Kamera gebeten." – Und die erste Filmeinstellung (selbstverständlich mehrere Sekunden lang ohne Text und nur mit Musik) zeigt die Großaufnahme einer grasenden Kuh . . . (das Statement des Ministers zur Maul- und Klauenseuche kommt erst 40 Sekunden später!) In diesem Fall ist das in erster Linie ein böser Fehler des Moderators!

Ein weiteres Beispiel, das durch eine geringe Textergänzung des Moderators „zuseherfreundlich" wurde:

Moderatoreinleitung: *„. . . die Ausweitung des Flugverkehrs hat zu erhöhtem Bedarf an Flugbegleitern geführt. Früher ein typischer Frauenberuf, steht er jetzt auch Männern offen – Stewards werden dringend gesucht."* Filmbeginn (ca. 10 Sekunden nur mit Off-Ton):

Ein dunkles Bild, zwei blinkende Lichter, laute Schreie. Dann wird langsam und undeutlich erkennbar, daß offensichtlich Menschen über Notrutschen ein Flugzeug verlassen. Erst später wird im Text klargestellt, daß dies eine Übung ist und zum Ausbildungsprogramm der Flugbegleiter gehört.

Der Filmbeginn war zweifellos ausgezeichnet gewählt, hat aber dennoch den Zuseher verwirrt, weil seine Erwartungshaltung vom Moderator auf die gesuchten Flugbegleiter hingeführt wurde und nicht auf eine „Unglücksszene", die sich erst später als Übung herausstellte.

Die folgende Moderationsänderung hat sicherlich dazu geführt, daß der Zuseher besser in die Story „einsteigen" konnte: *„. . . früher ein typischer Frauenberuf, steht er jetzt auch Männern offen. Stewards werden dringend gesucht, wobei sich die Ausbildung nicht nur auf das Servieren der Getränke beschränkt, sondern auch auf das richtige Verhalten in Notsituationen."*

„Satzlehre"

a) Hauptsätze

Mit dem Gebrauch von Hauptsätzen kann man der Forderung nach Wort–Bild-Kongruenz am ehesten nachkommen. Allerdings erreicht man damit, den Bildlängen entsprechend, meist eine „Stakkato-Wirkung". Das kann einerseits erwünscht sein, um den Zuseher in Unruhe zu versetzen und Spannung zu erzeugen – ihn „dabeisein zu lassen" bei einem spannenden Ereignis. Das kann aber andererseits, vor allem bei Texten ohne besonderen Live- bzw. Ereignischarakter, beim Zuseher zu dem Gefühl führen, man wolle ihm irgendwelche Informationen „mit Gewalt" aufdrängen, die ihn möglicherweise nicht so sehr interessieren. Der Zuseher wird dann, statt betroffen zu sein, in seiner Aufmerksamkeit nachlassen und mit Gleichgültigkeit reagieren.

b) Nebensätze

Der Nebensatz hat in der Fernsehsprache eine wichtige Funktion als Informationsübermittler. In ihm können nämlich jene Informationen weitergegeben werden, die nicht im Bild vorhanden und daher auch nicht – im Sinne der Wort–Bild-Kongruenz – in Hauptsätzen ansprechbar sind. Prinzip: **Der Hauptsatz spricht das Bild an, der Nebensatz liefert eine ergänzende Information dazu.**
Beispiel: Bilder zeigen Rotkreuz-Helfer in einer zerstörten Stadt, bei der Ausgabe von Decken und Zelten; man sieht Leute mit Plastikflaschen. Text: „Im Katastrophengebiet sind die ersten Hilfstrupps eingetroffen (Schnitt). Sie verteilen an die Überlebenden Decken und Zelte, die (jetzt die Information, die nicht im Bild ist) in einer Blitzaktion von den vier Nachbarstaaten zur Verfügung gestellt worden sind (Schnitt). Trinkwasser wird an die Bevölkerung flaschenweise ausgegeben, weil (nicht im Bild) das Grundwasser verseucht ist."

Sprache und Tonfall

Im Normalfall wirken Texte, die ein Sprecher verliest, offizieller, amtlicher. Ein Redakteur, der seinen eigenen Text spricht, kann sich in seiner Sprache mehr der Umgangssprache annähern. Er muß jedoch in seiner Sprachdynamik und in der Wahl der Worte auf sein konkretes Thema Rücksicht nehmen.
Beispiel: Eine ruhige, gedämpfte Sprache, die etwa bei einem Bericht über eine Trauerfeier absolut angebracht ist, würde bei einem Bericht über einen Kongreß (womöglich mit den üblichen Bildern von Kongreßteilnehmern bzw. vom Kongreßsaal unterlegt) zu unerträglicher Monotonie führen. Da in diesem Beispiel auch ein

Stakkato unangebracht wäre, wird wohl eine ruhige, sachliche Sprache erforderlich sein, mit inhaltlicher Konzentration auf zwei, maximal drei Schwerpunkte.

Bei besonders eindrucksvollen oder dramatischen Bildern sollte die Sprache so weit wie möglich zurücktreten. Der Versuch, zu solchen Bildern auch noch wohltönende Worte und gedrechselte Sätze zu texten, erübrigt sich. Dramatische Bilder sprechen für sich – man soll ihre „Sprache" also nicht mit zusätzlicher Information „zutexten".

Genaue Wortwahl

Im Printmedium sind ausschmückende Beiworte ein wichtiges Mittel, um Farbe in einen Bericht zu bringen; in der Fernseh-Sprache sind sie jedoch mit viel Zurückhaltung zu verwenden. Wenn man dem Zuseher eine bestimmte Szene im Bild zeigt, können etwa Adjektive, die nicht mit gebotener Sorgfalt verwendet werden, den Aussagewert dieses Bildes verstärken oder abschwächen – also manipulieren.

Beispiel: Im Bild wird eine Demonstration gezeigt. Diese Bildinformation wird beim Zuseher ganz unterschiedlich ankommen, wenn im Text dazu von Studenten, Demonstranten, Bürgern, Aufrührern, Extremisten, Randalierern etc. die Rede ist.

Oder, wenn statt: „Es kam zu keinen Zwischenfällen" getextet wird: „Zwischenfälle waren bisher noch nicht zu verzeichnen" (was unterstellen könnte, daß sie noch zu erwarten sind).

Oder: Im Bild werden zwei nach einem Sprengstoffanschlag tot auf der Straße liegende Passanten gezeigt. Text: „Die Organisation X hat für diesen Anschlag die Verantwortung übernommen" – statt: „sich dazu bekannt". Es ist eben ein Unterschied, ob jemand die Verantwortung für etwas übernimmt, oder sich zu etwas bekennt. Verantwortung übernehmen heißt, auch für die Folgen des Anschlags aufkommen: z. B. finanzielle und ideelle Betreuung der Witwen und Waisen. Daher ist „Verantwortung übernehmen" in diesem Beispiel überhaupt falsch.

Verständlichkeit

Anzahl der Wörter pro Satz

Die Fernsehsprache sollte sich der Umgangssprache möglichst annähern, also einfache, klare Worte verwenden, über deren Sinn der Zuseher nicht lange rätseln muß. Untersuchungen in der Bundesrepublik Deutschland zeigen, daß die durchschnittliche Wortzahl in Zeitungssätzen bei 17 Wörtern pro Satz liegt, bei der Fernsehsprache bei 14 Wörtern und in der Umgangssprache bei 11 Wörtern pro Satz. **Je kürzer die Sätze und je klarer die Sprache, umso größer ist die Verständlichkeit.**

Eigenheiten der Fernsehsprache

Die Fernsehsprache neigt vor allem des Bildes wegen zur Überbetonung von Namen. Am Beginn des Satzes müssen die Dinge, Personen oder Orte angesprochen werden, die im Bild zu sehen sind, daher stehen am Satzbeginn oft Namen. Also meist nicht: ,,. . . die Ereignisse der letzten Tage werden zu ernsthaften Konsequenzen führen, sagte heute Herr X . . .", sondern: ,,Herr X erklärte heute, daß . . ." oder ,,In Los Angeles haben heute schwere Überschwemmungen . . ."

Dazu kommt, daß man in der Fernsehsprache nicht mit Zitaten beginnen kann, weil der Zuseher ja keine Anführungszeichen, die er in der Zeitung sieht, erkennen kann, und damit für ihn unklar ist, wer nun welche Aussage macht. **Zitate müssen für den Fernsehzuseher als solche erkennbar gemacht werden.**

Interessant erscheint auch eine Untersuchung über die Zeitenfolge in den ersten Sätzen von Fernsehtexten: Es zeigt sich, daß mehr als die Hälfte der Texte im Perfekt beginnt und erst im zweiten oder dritten Satz das Präsens angewendet wird. Man kann das so erklären: Das Perfekt eignet sich dazu, einen Überblick zu geben oder die Entstehung eines Sachverhaltes darzulegen. Mit dem Präsens kann man hingegen Spannung erzeugen.

Ein Viertel aller ersten Sätze, so besagt eine weitere Untersuchung, ist übrigens ,,verkrüppelt", hat also überhaupt kein Verb; man hat es hier mit der typischen Form des ,,Lead-Satzes" zu tun. Beispiel: Statt: ,,In X ist es heute wieder zu Terroranschlägen gekommen" wird häufig mit ,,Wieder Terroranschläge in X . . ." begonnen. Vor allem aus den Schlagzeilen am Beginn von Fernseh-Nachrichtensendungen kennen wir solche Sätze.

,,Fachchinesisch"

Der Fernseh-Journalist muß relativ oft gegen die Versuchung ankämpfen, die (Fach-)Sprache der Politiker, Wirtschaftsfachleute, Kulturgranden etc., kurz, die Sprache seiner Interview-Partner, zu übernehmen. Die ,,Anpassung der Steuer" bedeutet in der Regel eine Steuererhöhung, die ,,Freisetzung der Arbeitskräfte" sind Kündigungen, die ,,öffentliche Hand" ist der Staat, das Land oder die Gemeinde, um nur einige Beispiele zu nennen. In allen diesen Fällen geht es darum, solche von Politikern mitunter bewußt gebrauchte Umschreibungen so zu benennen, wie sie in der Umgangssprache eben verwendet und auch verstanden werden.

Erklärt müssen selbstverständlich Fachausdrücke werden, die für die Mehrzahl der Zuseher unverständlich sind. Wenn bei einer Untersuchung in Wien ein Großteil der befragten Maturanten (!) mit dem Wort „Inflationsrate" nichts anzufangen wußte, sollte das dem Fernseh-Journalisten immer wieder zu denken geben . . .
Gleiches gilt selbstverständlich auch für Abkürzungen, die in jedem Fall bei ihrer ersten Verwendung innerhalb eines Beitrages erklärt werden müssen. Erst wenn einmal alle Zuseher blitzschnell mit einer Abkürzung etwas anzufangen wissen, wird sich die „Übersetzung" erübrigen.

Zahlen und Daten

Rechenaufgaben haben in der Fernsehsprache nichts verloren. Zahlen, Prozente, Grad etc. sind zu minimieren und so weit wie möglich mit Graphiken wortkongruent zu illustrieren. Vor allem muß man bei Vergleichen den Basiswert vermitteln, dann kann man mit Vergleichszahlen operieren.
Beispiel: Statt: „In den USA wird dafür ein Betrag von 110 Millionen Dollar ausgegeben, in Österreich dagegen sind es 40 Millionen Schilling" muß es heißen: „In den USA wird dafür ein Betrag von umgerechnet zwei Milliarden Schilling ausgegeben, rund 50mal soviel wie in Österreich."
Sowohl bei Mengen- als auch bei Zeitangaben sollte auf Genauigkeit geachtet werden. Dabei sollte man so unpräzise Wörter wie „zahlreiche", „Tausende" nach Möglichkeit vermeiden. Auch bei Zeitangaben sollte man um Genauigkeit bemüht sein. Dem Zuseher ist klar, daß die Kamera oft nicht unmittelbar bei einem Ereignis dabeisein konnte, sondern erst später. Daher sollte man Formulierungen verwenden wie: „. . . so sah es eine Stunde nach dem Unglück (heute mittag, vor drei Stunden) hier aus . . .", oder „jetzt, zwei Tage danach, hat uns der erste Filmbericht erreicht . . ."

Keine Leitartikel im Fernsehen

Die Kommentarsprache in der Zeitung, mit mehreren eingeschobenen Nebensätzen, mit geschliffenen und besonders geistreichen Formulierungen hat als Textergänzung zum Bild in der Fernseh-Information nichts verloren.
Auch der gesprochene Leitartikel, nur mit dem Kommentator im Bild, eignet sich nicht für das Medium Fernsehen. Denn nur ein geringer Teil der Zuseher sitzt derart konzentriert vor dem Schirm, daß er hochgestochene Sätze zu einem möglicherweise sehr komplizierten Thema sofort aufnehmen und verarbeiten kann.

Die Fernsehsprache ist natürlich auch vom jeweiligen Sendungstyp abhängig. Die hier angestellten Überlegungen gelten vor allem für Informationssendungen im Fernsehen; in Feature- oder Unterhaltungssendungen sind durchaus Abweichungen möglich. Grundsätzlich wird aber auch dort auf die Prinzipien der Wort–Bild-Kongruenz und auf sofortige Verständlichkeit zu achten sein. *Wolfgang Pav*

Sprechen in Radio und Fernsehen

Der journalistisch tätige Mitarbeiter in Radio und Fernsehen, dessen Arbeiten nur mittelbar den Zuseher und Hörer erreichen, der für andere Sprecher und Moderatoren, für Reporter und Interviewer, für Diskussionsleiter und Kommentatoren arbeitet oder zu-arbeitet, ist hier zunächst nicht gemeint. Der Rundfunk-Journalist (Rundfunk ist die gemeinsame Bezeichnung für Radio und Fernsehen), für den bei Aufflammen des Kamera- oder Mikrofonlichtes die Arbeit getan, die Leistung erbracht ist und der auch keine Ambitionen verspürt, später einmal „eine Stufe höher", vor dem Mikrofon oder vor der Kameralinse als Sprechender zu arbeiten, kann jetzt getrost weiterblättern. Doch halt! Einen Satz noch, der auch ihn angeht: Der Rundfunk-Journalist, der den Schritt vom Schreib- und Schneidetisch zum Mikrofon lediglich als die Überwindung einer Stufe seines Berufes ansieht, irrt.

Das Sprechen in Radio und Fernsehen ist eine eigene und zusätzliche Fertigkeit, eine Profession für sich. Man kann diesen Beruf natürlich erlernen. Und es ist dabei absolut nicht hinderlich, wenn man Journalist ist. Aber auch nicht unbedingt schon ein Vorteil.

Jetzt die Unterschiede zwischen Radio und Fernsehen ausführlich zu erörtern, hieße, sich zu weit vom Thema zu entfernen. Das haben Medienphilosophen in unzähligen Veröffentlichungen bereits getan. Die unterschiedlichen Berufsanforderungen, denen Radio- und Fernsehsprecher unterworfen sind, sollen hier auch nicht gegeneinander gestellt werden. Man liefe dabei Gefahr, wichtige, für Sprecher in beiden Medien gleichermaßen geltende Gebote zu unterschätzen und die Unterschiedlichkeiten zu stark zu gewichten. Zuerst sei also das Radio und dann das Fernsehen besprochen. Diese Reihenfolge hält sich sowohl an die geschichtliche Entwicklung als auch an das Prinzip: Das Schwere zuerst!

Das Sprechen im Radio

Man hat Radio schon seit Beginn der Fernsehrevolution als das „intelligente" Medium bezeichnet. Es gibt „Radiomacher", die das irrtümlich auf sich beziehen, obwohl damit natürlich die Möglichkeiten und Wirkungen des akustischen Mediums Radio gemeint sind. Radio macht nämlich keine Bilder, es regt dazu an, sich ein Bild zu machen. Es aktiviert den Menschen, Denkvorgänge in Gang zu setzen. Radio birgt in hohem Maß die Möglichkeit in sich, Phantasie in Schwung zu bringen. Da gleicht es dem Buch. Denken und Fühlen des Menschen werden durch Radiosendungen und durch die Gewohnheiten schaffenden Radio-Programmabfolgen (Tagesschemata) viel intensiver beeinflußt, als wir das manchmal glauben. Die Intensität und Qualität dieses Einflusses auf Intellekt und Seele des Hörers werden entscheidend von Sprechern, Kommentatoren, Interviewern, Reportern, Moderatoren – von den Radiostimmen – geprägt.

Der Schock als idealer Anfang

Jeder, der zum ersten Mal seine Stimme, die in einem Radiostudio aufgenommen wurde, hört, hat Schwierigkeiten, sich selbst zu erkennen und zu akzeptieren. Während seine Zuhörer, die den Mikrofon-Debütanten längst kennen, auf dieses Erlebnis ganz selbstverständlich und ohne Erstaunen reagieren, wundert sich der Betroffene zuhöchst über das, was da als seine eigene Stimme, als sein eigener Sprechduktus, als seine eigene Sprechfarbe über den Lautsprecher kommt. In vielen Fällen ist es sogar wie ein Schock. Dieser Schock ist ein idealer Anfang! Er vermittelt ein Schlüsselerlebnis und gleichzeitig die Einsicht, daß das Sprechen im Radio erlernt werden muß, so wie man Autofahren lernen muß. Natürlich gibt es schlechte Autofahrer; aber die guten sind sicherer im Verkehr, beliebter bei den anderen Verkehrsteilnehmern, kompetenter, wo's auf schnelle Reaktion ankommt. Und sie können sich und andere besser vor Schaden bewahren.

Die Entwicklung eines Berufes

Der Beruf des Radiosprechers ist etwas jünger als das Radio selbst. Als in den zwanziger Jahren erstmals die drahtlose Tonübertragung von Wort und Musik glückte, und in der Folge überall in der Welt staatliche und private Rundfunkanstalten gegründet wurden, war die neue Technik der Star. Am plumpen Reis-Mikrofon saßen und sprachen Künstler und Musiker, Journalisten und Direktoren, Kabarettisten und Reporter. Jeder, der von seinem Fach etwas verstand, bot die Inhalte meist auch selbst – sprecherisch – an. Daß diese Präsentatoren damals meist keine spezielle Sprech- und Stimmausbildung hatten, war nicht weiter schlimm. Röhrenden, outrierenden Bühnenschauspielern und näselnden Reportern kamen

die technische Attraktivität des neues Mediums und die unvergleichlich schlechte Tonqualität entgegen. Hauptsache war, es rührte sich etwas in den Kopfhörern.
Doch mit der rasch fortschreitenden technischen Entwicklung des Radios änderten sich auch die Ansprüche an den Standard der sprecherischen Qualität.
Ab etwa Mitte der dreißiger Jahre begann sich im Radio der Sprecher als eigene Instanz zu etablieren. Die Industrie forcierte die Entwicklung der Radio-Apparate hinsichtlich einer raschen Steigerung der Tonqualität, und Hand in Hand damit wurden von den Rundfunkanstalten die Programme und ihr Erscheinungsbild verbessert:

- Es wurde immer mehr Wert auf die Eigenart des akustischen Mediums gelegt.
- Die emotionale Wirksamkeit des Radios auch durch die Wortsendungen wurde immer deutlicher.
- Der Radiosprecher wurde als „Visitenkarte" einer Anstalt definiert und hatte sich also entsprechend zu „gestalten".
- Die durch die Programmausstrahlung auf Mittel-, Lang- und Kurzwelle erzielte große Reichweite und die Vielfalt der empfangbaren Programme zwang mehr und mehr zu Profilierung. Jede Anstalt wollte auch eine „Programmheimat" für den Hörer schaffen.

Der professionelle Sprecher

Diese Entwicklung formte den Beruf des professionellen Radiosprechers. Einmal eingerichtet, eroberte sich dieser Beruf auch seinen festen Platz und sein Selbstverständnis. Die Anstalten hatten nach und nach ihre Stellenpläne um die Positionen der Sprecher (Nachrichten- und Programmsprecher) bereichert. Und die Sprecher selbst eroberten sich ihren Platz in der Wertskala. Beinahe alle Wort-Programminhalte von den Nachrichten bis zu den wissenschaftlichen Vorträgen, von den Hausfrauen-Magazinen bis zu den Einführungen zu Konzerten und von den „Traummännleins" bis zu den (geschriebenen) Erlebnisberichten aus fernen Ländern.
Der professionelle Sprecher hatte das Radio-Mikrofon erobert. Der Beruf hatte enorme Strahlkraft bekommen. Die Programmgestalter und -schreiber begannen sich besonders gute und beliebte Sprecher als Interpreten ihrer Manuskripte zu wünschen, weil sie erkannt hatten, daß die sprecherische Umsetzung ihrer Arbeiten die Wirkung auf den Zuhörer entscheidend beeinflussen konnte. Viele Radio-Mitarbeiter erkannten, daß ihnen eine sprecherische Ausbildung neue und viel größere Möglichkeiten eröffnen konnte. Man war sich auch darüber klar geworden, daß die Ausbildung des Bühnensprechers (Schauspielers) nur teilweise für das Radio geeignet war: Während das Medium Bühne eine weitreichende, stimm-

belastende Sprechweise erfordert, ist Radio als intimes Medium anzusehen, sprecherisch also entsprechend anders zu behandeln.

Die Vorteile des Hörfunks gegenüber dem Fernsehen

Um die Mitte der sechziger Jahre erfuhr der Beruf des Radiosprechers einen neuen Stellenwert: Das Fernsehen hatte sich inzwischen einen festen Platz in den Mediengewohnheiten der Bevölkerung erobert. Der Siegeszug des Fernsehens war gerade in vollem Gang. Die Attraktivität des Radios schien von Tag zu Tag abzunehmen und – kein Wunder – die Frustration ging gewaltig um unter den Radiomachern. Auch unter den Radiosprechern, die zusehen mußten, wie die nun sogar farbig werdenden Bilder und optischen Eindrücke des zwar verwandten, aber konkurrierenden Mediums Fernsehen die damals stark im Radio verankerte Berufsethik des Sprechers immer obsoleter machten. Das etwas würdig gewordene Radio mußte sich – nolens volens – um ein neues Selbstverständnis umsehen. Es begann, den Wettkampf mit dem Fernsehen aufzunehmen. Das Waffenarsenal dabei war die Summe der Vorteile, die Radio gegenüber dem Fernsehen hatte:

- Kleiner dimensionierte Technik
- Möglichkeit der Personaleinschränkung ohne Verlust von Programmen
- Schnellere, aktuellere Berichterstattung
- Einbindung des Hörers in die Programme (Kontakt, Kommunikation, Aktivierung, offener Kanal)
- Vergrößerung der Programmflächen für Musik als typisches Angebot für sogenannte Sekundärnutzer
- Viel bessere technische Voraussetzungen zur Installierung von lokaler Bedienung (Nahradio)
- Angebot von drei bis vier verschiedenen Programmtypen, die als Wahlmöglichkeiten parallel ausgestrahlt werden.

Wie wir inzwischen wissen, hatte der Kampf Erfolg. Das Radio versank nicht, wie viele unkten, in Bedeutungslosigkeit, sondern konnte seinen Platz behaupten und ausbauen. Rückblickend kann man sagen, daß die „Radio-Revolution" der sechziger und siebziger Jahre dem ältesten elektronischen Medium ohne Zweifel ein ganz neues Profil und vor allem eine feste Basis für die Weiterentwicklung in das 21. Jahrhundert gegeben hat.

Entprofessionalisierung des Sprechens?

Einen Wert allerdings hatte man in der Hektik und Begeisterung, später dann in den umfangreichen Diskussionen um Standorte und neue Ideologien fast über

Bord gehen lassen: das richtige und professionelle Umsetzen von formulierten Inhalten ins Akustische – das erstklassige Sprechen!

Sind die Radioprogramme durch neue Formen des Angebots und durch wesentliche Erweiterung des Spektrums der Hörerbetreuung interessanter, zeitgemäßer, spezifischer und attraktiver geworden, so ist das Gesamtbild der sprecherischen Bewältigung verwaschener geworden. Das durchaus sinnvolle Öffnen für alle Stimmen und die dadurch stark erhöhte Authentizität des Programms brachten natürlich die Gefahr einer beträchtlichen Minderung sprecherischer Qualität mit sich. Und es ist keine Überraschung, daß sich die Hörer – nach der Gewöhnung an das „neue Radio" der sechziger und siebziger Jahre – jetzt massiv gegen die Entprofessionalisierung des Sprechens im Radio zur Wehr zu setzen beginnen.

Es wäre nicht weiter schlimm, wenn nur ein paar realitätsferne Vereine zur Wahrung der deutschen Sprache ihre Zeigefinger erhöben. Sie tun das, seit es Medien gibt. Das Sprechen im Radio muß aber spätestens dann zu einem Schwerpunkt von gezielten Maßnahmen werden, wenn eine Verärgerung breiter Hörerschichten bemerkbar wird, wenn ein wichtiger, spezifischer Reiz des akustischen Mediums sich zu verflüchtigen droht: die Attraktivität der Radiosprache in Klang und sprecherischer Bewältigung. Während im Fernsehen die Frisur und die Krawatte, das Blau der Augen und der Gesichtsschnitt, der optische Sex-Appeal und Sicherheit der Bewegungen vieles wettmachen können, was stimmlich und sprechtechnisch mangelhaft ist, sind Stimme und sprecherisches Vermögen das einzige Angebot des Sprechers für die Radiohörer. Einer, der im Radio spricht, muß sich dessen stets bewußt sein. Ist er das nicht oder hält er es gar für unwichtig, dann produziert er sich und seine Arbeit am Hörer vorbei. Ob das nun aus Unwissenheit oder Überheblichkeit geschieht ist einerlei: Ein solcher Mitarbeiter darf nicht an das Mikrofon.

Das Erlernen des Berufs: Zielsetzungen

Die spracherzieherische Wirkung des Radios

Der Rundfunk hat durch seine Breitenwirkung eine mächtige spracherzieherische Wirkung auf die Zuhörer. Die Verpflichtung, sprachlich vorbildlich zu sein, wächst ihm als Massenmedium zu. Die Sprache in Radio und Fernsehen hat lautlich und stilistisch einwandfrei zu sein. Sprache ist Spiegel der Kultur, und der im Rundfunk Sprechende hat bestrebt zu sein, sein Bestes zu geben. Darin liegt für jeden Sprecher, Moderator, Präsentator eine bedeutsame und verantwortungsvolle Aufgabe, der wir uns nicht entziehen können.

Der Sprecher wird zur Stimme

Allerdings ist das Verhalten des Rundfunksprechers zur Sprache ein anderes als das des Schauspielers. Der im Rundfunk Sprechende spricht den einzelnen Hörer unmittelbar und nahe im privaten Raum an. Er hat nicht auf Fernwirkung zu achten. Andererseits überbrückt der Rundfunksprecher vor allem in den nationalen, bundesweit verbreiteten Programmen alles Regionale und hat aus diesem Grund besonders darauf zu achten, lokal begrenzten „Jargon" zu vermeiden. Er tritt auch als Person nicht in Erscheinung, sondern wird zur Stimme. Dadurch ist das Verstehen seines gesprochenen Wortes einzig und allein von der guten Beherrschung der Sprechtechnik und von der klaren Verständlichkeit seiner Sprache abhängig.

Freiheit in den Formstufen des Sprechens

Die Radioprogramme sind durch die große Mannigfaltigkeit ihrer Darbietungen und durch die Vielfalt ihrer Sprecher bestimmt. Die Breite der Möglichkeiten des Radios reicht von Kunstwerken bis zur sachgebundenen Ansage und von der nüchternen Nachricht bis zur augenblicksgeborenen Reportage. Entsprechend den vielen Formstufen seiner Darbietung wird sich der Rundfunk also eine ihm gemäße Freiheit in den Formstufen des Sprechens wahren müssen. Höchste Anforderungen an Sprachbewältigung und Sprechtechnik erfordern künstlerische, etwa literarische Darbietungen oder Programminhalte aus dem Bereich Wissenschaft und Bildung.

Um allen diesen Anforderungen zu entsprechen, muß der Rundfunk von seinen berufsmäßigen Sprechern, Moderatoren und Präsentatoren eine gute sprecherische Ausbildung verlangen, zu der die sichere hochsprachliche Lautformung gehört.

Von diesem Ausgangspunkt der sicher beherrschten Hochsprache wird der betreffende Sprecher auch ermessen können, wie weit im Einzelfall eine Anpassung an die Alltagssprache vor dem Mikrofon gehen soll und darf. Er darf sich niemals dazu verleiten lassen, aus der Not eine Tugend zu machen und sprachliche Nachlässigkeit oder sprachliches Unvermögen mit dem Etikett „natürliche Sprechweise" zu erklären. Eine wirklich natürliche Sprechweise erreicht man nur dann, wenn man die Hochsprache ganz beherrscht.

Der Befund der Stimme

Jede Stimme hat eine unverwechselbare Beschaffenheit. Sie gehört wesentlich zur Gesamtpersönlichkeit eines Menschen. Die Stimme transportiert im Radio *alle*

Inhalte. Keine weiteren Informationsvehikel unterstützen diesen Transport. Die Stimme ist aber auch mitentscheidend für die emotionale Konditionierung des Zuhörers beim Empfang der Information. Die „Wortanteile" der Radioprogramme und deren Qualität sind also von den Stimmen und von der Beherrschung und Modulationsfähigkeit der Stimmen durch die Sprecher stark geprägt.

Vor Beginn eines sprechtechnischen Unterrichts und des Trainings ist die stimmliche Eignung festzustellen:

- der Befund der Stimmechanismen (Arzt!)
- Stimmlage und -sitz
- Modulationsfähigkeit im geschlechtsspezifischen Frequenzumfang
- Lautstärke

Selbstverständlich ist es ein Vorteil für eine Rundfunkanstalt, über möglichst viele *geeignete* Stimmfarben (Stimmpersönlichkeiten) zu verfügen. Es gibt nicht *die* Radiostimme, aber es gibt für das Radio ungeeignete Stimmen. Durch intensives Stimmtraining ist es durchaus möglich, die Stimme in den Griff zu bekommen. Auch dann, wenn man zunächst noch nicht „klingt".

Die Artikulation

Jeder, der Sprechen als Beruf gelernt hat, weiß, daß man das richtige Artikulieren der Sprache wie ein umfangreiches Sporttraining gezielt und unter ständiger Kontrolle in den Griff zu bekommen hat. Dieser Teil der sprechtechnischen Ausbildung ist bestimmt der unangenehmste. Hier aufzugeben oder auch nur „drüberzuhudeln" hieße, Dilettant zu bleiben. Der Beruf des Sprechers manifestiert sich vor allem im Beherrschen einer Fertigkeit: des Sprechens. Es ist durchaus vergleichbar mit dem Beruf eines Profi-Sportlers. Das Erlernen und die Handhabung einer einwandfreien Artikulation der deutschen Sprache ist Kernstück und Schwerpunkt der Ausbildung im Beruf des Sprechers. Der Lernende sollte sich dabei von vornherein darüber im klaren sein, daß dies nicht in wenigen Wochen zur Perfektion gebracht werden kann. Der Ablauf des Artikulationstrainings geht in zwei Phasen vor sich:

Die Lern-Phase

Der Lernende erlebt seine eigene Muttersprache als etwas völlig Neues, ja Fremdes. Beim Gebrauch tun sich plötzlich Abgründe auf und er kommt schnell dahinter, daß er diese Sprache zunächst Buchstaben für Buchstaben sprecherisch zu bewältigen lernen muß. Er muß sogar ein eigenes Alphabet lernen: die internationale Lautschrift:

Phonetische Schreibung

I. Vokale

[ɑ] kurz: *Mann, Schatten* [man, 'ʃatən]
[ɑ:] lang: *Tat, Saat, kahl* [tɑ:t, zɑ:t, kɑ:l]
[ʌ] kurzer dunkler a-Laut: (e.) *Lunch* [lʌntʃ]
[ɐ] kurzer dunkler *a*-Laut, etwas heller als [ʌ]: in gemäßigter Hochlautung *der* [de:ɐ] u. a.
[æ] kurzer, sehr offener ä-Laut: (e.) *Campbell* ['kæmbl]
[ɛ] offen und kurz: *Recht, hält, lästig* [rɛçt, hɛlt, 'lɛstɪç]
[ɛ:] offen und lang: *Käse, Fähre, Barriere* ['kɛ:zə, 'fɛ:rə, bɑri'ɛ:rə]
[e] geschlossen und kurz: *Benefiz, lebendig* [bene'fi:ts, le'bɛndɪç]
[e:] geschlossen und lang: *legen, Ehre* ['le:gən, 'e:rə]
[ə] schwach, ungespannt und kurz: *Gabe, Chance, genau* ['gɑ:bə, 'ʃɑ̃s(ə), gə'nɑo] (Schwa)
[ɪ] offen und kurz: *Fisch, ich, Gift* [fɪʃ, ɪç, gɪft]
[i] geschlossen und kurz: *vielleicht, Rivale* [fi'lɑeçt, ri'vɑ:lə]
[i:] geschlossen und lang: *mir, Liebe, ihn* [mi:r, 'li:bə, i:n]
[ĭ] nichtsilbisch: Rebellion, Dahlie [rebɛ'lĭo:n, 'dɑ:lĭə]
[ɨ] hoher, ungerundeter Mittelzungenvokal: (ru.) *Stolypin* [stɑ-'lɨpin]
[ɔ] offen und kurz: *doch, Horn* [dɔx, hɔrn]
[ɔ:] offen und lang: (e.) *all, Shaw* [ɔ:l, ʃɔ:]
[o] geschlossen und kurz: *sogleich, Lokomotive* [zo'glɑeç, lokomo-'ti:və]
[o:] geschlossen und lang: *vor, Moos, Mohr* [fo:r, mo:s, mo:r]
[œ] offen und kurz: *Mörder, Götter, gönnt* ['mœrdər, 'gœtər, gœnt]
[œ:] offen und lang: (f.) *œuvre* [œ:vʀ(ə)]
[ø:] geschlossen und lang: *schön, Söhne* [ʃø:n, 'zø:nə]
[ʊ] offen und kurz: *Hund, durch* [hʊnt, dʊrç]
[u] geschlossen und kurz: *zum, Akkumulator, uvular* [tsum, ɑkumu'lɑ:tɔr, uvu'lɑ:r]
[u:] geschlossen und lang: *gut, Huhn, suchen* [gu:t, hu:n, 'zu:xən]
[ŭ] nichtsilbisch: Baudouin [bo'dŭɛ̃:], Guido ['gŭi:do:]
[ʉ] geschlossen und kurz, zwischen [y] und [u]: (schw.) Uppsala ['ʉpsɑ:lɑ]
[ʏ] offen und kurz: *Mütter* ['mʏtər]
[y] geschlossen und kurz: *polyphon, parfümieren* [poly'fo:n, parfy'mi:rən]

[yː] geschlossen und lang: *für, kühn, Mühle* [fyːr, kyːn, ˈmyːlə]
[ɑ̃] nasaliert: *Chambre, Jean, Entree* [ʃɑ̃bʀ, ʒɑ̃, ɑ̃ˈtʀeː]
[ɛ̃] nasaliert: *Maintenon, Teint* [mɛ̃t(ə)ˈnɔ̃, tɛ̃]
[ɔ̃] nasaliert: *Garçon, Châlons* [gɑʀˈsɔ̃, ʃɑˈlɔ̃]
[œ̃] nasaliert: *Verdun, Parfum* [vɛʀˈdœ̃, pɑʀˈfœ̃]
[ae] [a] mit geschlossenem kurzem [e]: *Eis, Hain* [ɑes, hɑen]
[ao] [a] mit geschlossenem kurzem [o]: *Haus, Mauer* [hɑos, ˈmɑoər]
[ɔø] offenes {ɔ] mit kurzem offenem [ø]: *Leute, Häuser* [ˈlɔøtə, ˈhɔøzər]
[w] beidlippiger *w*-Laut: (f.) Boileau [bwaˈloː]

II. Konsonanten

[r] stimmhafter Zungenspitzen-Vibrant: *Rede, Ehre, aber* [ˈreːdə, ˈeːrə, ˈɑːbər]
[ʀ] stimmhafter uvularer Vibrant: *Rede, Ehre, aber* [ˈʀeːdə, ˈeːʀə, ˈɑːbəʀ]
[ʁ] stimmloser uvularer Reibelaut: *Treppe, hart, wahr* ²[ˈtʁɛpə, hɑʁt, vɑːʁ]
[l] stimmhafter alveolarer Fließlaut: *Leib, alle, Himmel* [lɑep, ˈɑlə, ˈhɪməl]
[ɫ] velarisierter l-Laut: (ru.) *Stolypin* [stɑˈɫipin]
[ʎ] mouillierter l-Laut, Verschmelzung von [l] + [j]: *Bataille* [bɑˈtɑːʎə]
[m] bilabialer Nasenlaut: *Mahl, heimlich, Atem* [mɑːl, ˈhɑemlɪç, ˈɑːtəm]
[n] alveolarer Nasenlaut: *Note, Kanne, finden* [ˈnoːtə, ˈkɑnə, ˈfɪndən]
[ɲ] mouillierter n-Laut, Verschmelzung von [n] + [j]: *España, Bologna* [esˈpɑɲɑ, boˈlɔɲɑ]
[ŋ] velarer Nasenlaut: *jung, rings, Dank* [jʊŋ, rɪŋs, dɑŋk]
[h] Hauchlaut: *Hauch, Ahorn* [hɑox, ˈɑːhɔrn]
[f] stimmloser labiodentaler Reibelaut: *Feind, Vesper, auf* [fɑent, ˈfɛspər, ɑof]
[v] stimmhafter labiodentaler Reibelaut: *Welt, Villa, zwei, quer* [vɛlt, ˈvɪlɑ, tsvɑe, kveːr]
[s] stimmloser alveolarer Reibelaut (Fortis): *Essen, Ast, Roß, Sire, Zahn, hetzen, Lachs, Xerxes* [ˈɛsən, ɑst, rɔs, siːr, tsɑːn, ˈhɛtsən, lɑks, ˈksɛrksɛs]

[z] stimmhafter alveolarer Reibelaut: *singen, Hase, langsam* [1]['zɪŋən, 'hɑːzə, 'lɑŋzɑːm]

[z̥] stimmloser alveolarer Reibelaut (Lenis): *singen, Hase, langsam* [2]['z̥ɪŋən, 'hɑːz̥ə, 'lɑŋz̥ɑːm]

[ʑ] stimmhafter, stark palataler s-Laut: (po.) Rogoźno [rɔ'gɔʑnɔ]

[ʃ] stimmloser palato-alveolarer Reibelaut mit Lippenstülpung: *schön, Asche, Spiegel, Stand* [ʃøːn, 'ɑʃə, 'ʃpiːgəl, ʃtɑnt]

[ʒ] stimmhafter palato-alveolarer Reibelaut mit Lippenstülpung: *Genie, Loge* [ʒe'niː, 'loːʒə]

[ç] stimmloser palataler Reibelaut (ich-Laut): *Ich, Eiche, Chemie* [ɪç, 'ɑeçə, çe'miː]

[ɕ] stimmloser, stark palataler s-Laut: (po.) *Sienkiewicz* [ɕen-'kjevɪtʃ]

[j] stimmhafter palataler Reibelaut: *ja, Rayon* [jɑː, rɛ'jɔ̃]

[x] stimmloser velarer Reibelaut (ach-Laut): *Buche, auch* ['buːxə, ɑox]

[ß] stimmhafter bilabialer Reibelaut: (sp.) Alava ['ɑlɑßɑ]

[θ] stimmloser inter- oder postdentaler Reibelaut: (sp.) Albacete [ɑlßɑ'θete]

[ð] stimmhafter inter- oder postdentaler Reibelaut: (sp.) Almadén [ɑlmɑ'ðen]

[w] stimmhafter bilabialer Reibelaut: (e.) Wales [weilz]

[ɣ] stimmhafter velarer Reibelaut: Ağa Khan ['ɑɣɑ xɑn]

[b d g] stimmhafte weiche Verschlußlaute: *beide, Diebe, gegen* ['bɑedə, 'diːbə, 'geːgən]

[b̥ d̥ g̊] stimmlose weiche Verschlußlaute: *beide, Handlung, Sackgasse* [2]['b̥ɑedə, 'hɑnd̥lʊŋ, 'zɑk͡g̊ɑsə]

[p t k] stimmlose harte Verschlußlaute, gewöhnlich behaucht *Pate, Kette, Tücke, ab, weg, spitz, stumpf* ['pɑːtə, 'kɛtə, 'tʏkə, ɑp, vɛk, ʃpɪts, ʃtʊmpf]

[l̩ n̩] silbische *l*-, *n*-Laute in gemäßigter Hochlautung: Handel, Bauten [2]['hɑndl̩, 'bɑotn̩]

III. Zusätzliche Zeichen

˘ über dem Vokal, wie bei [ĭ, ŭ], bezeichnet einen nichtsilbischen Vokal: *Ration*, [rɑ'tsĭoːn].

| vor einem Vokal zeigt an, daß dieser eine eigene Silbe beginnt. Er darf mit vorangehendem Vokal nicht zu einem Diphthong vereinigt, sondern soll mit Neueinsatz gesprochen

werden: *beenden* [bə|ˈɛndən]. In nichtdeutschen Wörtern aber darf der Vokal nach | keinesfalls mit Sprengeinsatz gesprochen werden: *Hiatus* [hi|ˈɑːtʊs].

- zwischen Vokalen zeigt an, daß die Vokale nicht zum Diphthong verschmolzen, jedoch auch nicht mit Neueinsatz gesprochen werden: *Aïda* [ɑ-ˈiːdɑ].

‿ unter zwei gleichartigen Konsonanten zeigt an, daß diese einen Konsonanten von längerer Dauer bilden (in der reinen Hochlautung zweigipfelig): *annähern* [ˈɑn‿nɛːərn], oder in Kompositionsfugen bei Homorganen nur der zweite Laut geöffnet wird: *Raubbau* [ˈrɑop‿bɑo], oder ein vor Reibelaut stehender Verschlußlaut in gemäßigter Hochlautung nicht behaucht wird: *Raubfisch* ²[ˈʁɑop‿fɪʃ].

ˈ vor einer Silbe bezeichnet den Wortton: *erhalten* [ɛrˈhɑltən].

ˌ vor einer Silbe bezeichnet einen Nebenton: ˈEinverˌständnis.

Die Bezeichnung Silbe ist phonetisch, nicht grammatisch zu verstehen.

Quelle: BOOR, Helmut D., MOSER, Hugo, WINKLER, Christian (Hrsg.): „Siebs" Deutsche Aussprache. 19., umgearb. Auflage. – Berlin: de Gruyter, 1969.

Die Trainings-Phase

Diese Phase wird nie beendet sein. Der Profi darf keinen Tag ohne Artikulationstraining vergehen lassen. Die Gesetze der Lautgebung müssen tief im Unterbewußtsein verankert werden. Nach den Übungen mit dem Lehrer, der ständig kontrolliert und eingreift, der Atemtechnik vermittelt und korrigiert, ist das tägliche Selbsttraining unerläßlich. Am besten wird der Sprecher dabei mit Kassettenrecorder arbeiten. Artikulation, Lautstärke, Stimmbeschaffenheit und Sprechtempo wird er so am besten kontrollieren können. Eine ganz erstklassige Konditions- und Konzentrationsübung ist zum Beispiel das manuskriptlose Nachsprechen von Nachrichten, die man über Kopfhörer empfängt und auf Kassettenrecorder aufnimmt. Diese Übung ist allerdings erst für Fortgeschrittene geeignet.

Das sprecherische Gliedern

Manuskripte, die der Radio- oder TV-Sprecher vorgelegt bekommt, sind zumeist „Schreibe". Es ist eine Eigenart der deutschen Sprache, in geschriebener Form anders zu sein als in gesprochener. Unsere Ohren haben sich daran gewöhnt,

Papier zu ,,verdauen''; aber es gibt Grenzen der Verständlichkeit, wenn die Schreibe zu sehr verschachtelt oder verspreizt ist.
Es ist eine alte, verzweifelte Forderung der Medienforscher, jene Texte, die zum Vorlesen bestimmt sind, mehr als ,,Spreche'' denn als ,,Schreibe'' zu verfassen. Aber da tut sich noch nicht viel. Walther von La Roche hat in einem seiner Aufsätze zur Sprache im Hörfunk den wahrscheinlich zutreffenden Grund dafür geortet: Journalisten *hören* ja meist die Sendungen ihrer Kollegen nicht, sondern *lesen* deren Manuskripte. Und ein in ,,Spreche'' abgefaßtes Manuskript ist nicht gerade eine Augenweide. Viele redundante Passagen, einfacher Stil, Vermeidung von verschachtelten Nebensätzen und Einschüben sowie die leicht lesbare Bemühung um Verständlichkeit signalisieren dem kritischen Kollegen, der Verfasser sei ein Simpel. Das läßt sich keiner gern nachsagen und schreibt also ,,Schreibe''.
Daß Inhalt und Aussage trotzdem den Hörer erreichen, von ihm verstanden werden, ist eine Hauptaufgabe des Sprechers.
Wichtig bei der Bewältigung dieser Aufgabe sind:

- Artikulation
- Bau der Sinnbögen durch richtig gesetzte Zäsuren im Text
- Das Herausheben der wichtigen Teile durch Betonung
- Einhaltung der Satzabschluß-Pausen (sehr wichtig, um dem Hörer Gelegenheit zu geben, die Information denkerisch einzuordnen, zu ,,programmieren''!)
- Wahl der richtigen Sprechgeschwindigkeit. Hier wird viel gesündigt. Faustregel für den Sprecher: Wenn er das unangenehme Gefühl hat, er sei zu langsam, stimmt das Sprechtempo meist!

Das Sprechen im Fernsehen

Hier kann man sich zunächst darauf beschränken zu sagen, daß alles, was für den Radio-Sprecher hinsichtlich des Erlernens seines Berufes gilt, auch für den Fernseh-Sprecher gilt. (Dieser Satz ist übrigens glänzend als Sprechübung für sinnfällige Sprachgliederungen geeignet!)
Nur: Die Bedeutung der Stimmqualität, der Artikulation und der Gliederung ist beim Fernsehen nicht mehr dermaßen entscheidend für die Verständlichkeit wie beim Radio.
Den Fernseh-Sprecher sieht man. Mundbewegungen, Gesichtsausdruck und Gebärde sind zusätzliche Verdeutlichungsmittel.
Das heißt natürlich nicht, daß Stimmbildung, Atemtechnik, Sprechtechnik und alles andere für den Fernseh-Sprecher unwichtig wären. Intellekt und auch ein ansprechendes Äußeres schlagen beim Fernseh-Sprecher, der noch mit sprecherischen Unzulänglichkeiten kämpft, besser zu Buch. Auch Originalität bringt ihn besser

über die Hürden als den Radiosprecher, der nur stimmlich im Medium präsent ist.

Trotzdem: Es ist im Fernsehen ebenso wie im Radio anzustreben, das Sprechen vor der Kamera immer wieder als Profession zu werten, die man lernen muß.

Ernst Grissemann

Literatur: Sprache im Journalismus

ARNOLD, Bernd-Peter: Sie hören Nachrichten. Schlüssel zur Information. Frankfurt/M.: Hessischer Rundfunk, o. J.

BALLSTAEDT, Steffen-Peter: Probleme audiovisueller Informationsvermittlung. Tübingen, 1976.

BERGSDORF, Wolfgang: Angriff auf die Sprachbarrieren. Neue Kommunikationschancen durch „Neue Medien"? In: Publizistik 1984, S. 503 ff.

BENTELE, Günther (Hrsg.): Semiotik und Massenmedien. München: Ölschläger, 1981.

BURGER, Harald: Sprache der Massenmedien. Berlin: de Gruyter, 1984.

DEUTSCHE AKADEMIE FÜR SPRACHE UND DICHTUNG (Hrsg.): Der öffentliche Sprachgebrauch. Band 1: Die Sprachnorm-Diskussion in Presse, Hörfunk und Fernsehen. Bearb. von Brigitta Mogge. Stuttgart: Klett-Cotta, 1980.

DUDEN. Band 1: Rechtschreibung, Mannheim – Wien – Zürich: Bibliographisches Institut.

Weitere Bände: Stilwörterbuch (Band 2), Grammatik (Band 4), Fremdwörterbuch (Band 5), Die sinn- und sachverwandten Wörter und Wendungen (Band 8), Zweifelsfälle der deutschen Sprache (Band 9), Bedeutungswörterbuch (Band 10).

FRIEDRICH, Hans: Politische Medienkunde. Band 3. Tutzing: Akademie für Politische Bildung, 1977.

FRÜH, Werner: Lesen, Verstehen, Urteilen. Freiburg: Alber, 1980.

GREIFFENHAGEN, Martin (Hrsg.): Kampf um Wörter? Politische Begriffe im Meinungsstreit. München – Wien: Hanser Verlag, 1980.

HÄUSERMANN, Jürgen; KÄPPELI, Heiner: Rhetorik für Radio und Fernsehen. Aarau, 1986.

HIRSCHBOLD, Karl: Besseres Deutsch von A bis Z. Ein Nachschlagwerk für Österreicher. Wien: Österreichischer Bundesverlag, 1976.

LA ROCHE, Walther von: Einführung in den praktischen Journalismus. 11., überarb. Auflage. München: List Verlag, 1989.

LA ROCHE, Walther von, und BUCHHOLZ, Axel (Hrsg.): Radio-Journalismus. Ein Handbuch für Ausbildung und Praxis im Hörfunk. München: List Verlag, 1984.

LANGER, Inhard, SCHULZ von THUN, Friedemann, und TAUSCH, Reinhard: Verständlichkeit in Schule, Verwaltung, Politik und Wissenschaft. München, 1974.

LÜGER, Heinz-Helmut: Pressesprache. Tübingen: Max Niemeyer Verlag, 1983.

LUTZ, Benedikt; WODAK, Ruth: Information für Informierte. Linguistische Studien zu Verständlichkeit und Verstehen von Hörfunknachrichten. Wien, 1987.

MEYER, Werner: Zeitungspraktikum. Percha am Starnberger See: Verlag R. S. Schulz, 1990.

MUCKENHAUPT, Manfred: Text und Bild. Grundfragen der Beschreibung von Text-Bild-Kommunikationen aus sprachwissenschaftlicher Sicht. Tübingen: Narr, 1986.

PROJEKTTEAM LOKALJOURNALISTEN (Hrsg.): ABC des Journalismus, 6. Aufl. München: Verlag Ölschläger, 1990.

PROJEKTTEAM LOKALJOURNALISTEN (Hrsg.): Lehrbeispiele mit Randbemerkungen. Eine Ergänzung zum ABC für Volontärausbilder. München, 1985.

REINERS, Ludwig: Stilfibel. München: Deutscher Taschenbuch Verlag, 1971.

RUCKTÄSCHEL, Annamaria (Hrsg.): Sprache und Gesellschaft. München, 1972.

RUGE, Peter: Praxis des Fernseh-Journalismus. Ein Handbuch für Zuschauer, Kritiker und Publizisten. Freiburg – München: Verlag Karl Alber, 1975.

SCHLEMMER, Johannes: Über die Verständlichkeit des gesprochenen Worts im Hörfunk. In: Rundfunk und Fernsehen. Heft 2. 1968.

SCHLEYER, Franz: Journalesisch. In: Der Sprachdienst. Heft 3. 1975.
SCHNEIDER, Wolf: Wörter machen Leute. Magie und Macht der Sprache. 2. Auflage. München – Zürich: Piper Verlag, 1978.
SCHNEIDER, Wolf: Deutsch für Profis. Wege zu gutem Stil. Hamburg, 1986.
SCHNEIDER, Wolf: Deutsch für Kenner. Die neue Stilkunde. Hamburg, 1987.
SCHNEIDER, Wolf: Unsere tägliche Desinformation. Wie die Massenmedien uns in die Irre führen. Hamburg: Gruner und Jahr, 1988 („stern"-Buch).
SCHULT, Gerhard, und BUCHHOLZ, Axel (Hrsg.): Fernseh-Journalismus. Ein Handbuch für Ausbildung und Praxis. München: List Verlag, 1984.
STRASSNER, Erich (Hrsg.): Nachrichten. Entwicklungen – Analysen – Erfahrungen. München: Wilhelm Fink Verlag, 1975.
STRASSNER, Erich: Fernsehnachrichten. Eine Produktions-, Produkt- und Rezeptionsanalyse. Tübingen: Max Niemeyer Verlag, 1982.
TEIGELER, Peter: Verständlich sprechen, schreiben, informieren. Bad Honnef: Bock + Herchen Verlag, 1982.
TEXTOR, A. M.: Sag es treffender. Reinbek: Rowohlt Verlag, 1978.
THOMAS, Carmen: Hallo Ü-Wagen – Rundfunk zum Mitmachen. Erlebnisse und Erfahrungen. München: List Verlag 1984.
WEMBER, Bernward: Wie informiert das Fernsehen? Ein Indizienbeweis. 3., erw. Auflage. München: List Verlag, 1983.

7. Journalistische Gestaltungstechniken

Zeitungsgestaltung

Die nachfolgenden Ausführungen über Zeitungsgestaltung befassen sich mit den Möglichkeiten der elektronischen Gestaltung via Bildschirm, mit Fragen modernen Kommunikations-Designs sowie mit optischem Journalismus in Zeitungen und Zeitschriften.

Elektronik in der Redaktion

Die technischen Voraussetzungen zur Produktion und damit zur Gestaltung von Zeitungen und Zeitschriften haben sich seit den Zeiten, da Gutenberg den Buchdruck erfand, grundsätzlich geändert – teils in kontinuierlicher Entwicklung, teils in revolutionären technischen Schüben. Vor gut hundert Jahren erst gelang es in Amerika, den Satz von Texten in Blei so einfach zu machen, daß die Herstellung von Zeitungen den damals modernen Ansprüchen einer Industriegesellschaft an die Lieferanten von Information für den täglichen Leser genügen konnte. Bis dahin mußte der Text Wort für Wort, Zeile für Zeile aus einzelnen Lettern zusammengesetzt werden. Der von Ottmar Mergenthaler 1886 entwickelte Zeilenguß erst machte es möglich, diesen Arbeitsprozeß zu rationalisieren und zu verkürzen. Und das Ergebnis dieser Technik, die Zeilensetzmaschine, beherrschte lange Zeit als Markenzeichen die Satztechnik: „A Line Of Types" wurde zum Firmennamen „Linotype".

Abgesehen von Verbesserungen dieser Produktionsweise durch lochbandgesteuerte Zeilensetzautomaten („Teletype-Setting", TTS), änderte sich lange nichts am Grundsätzlichen, bis in den 70er Jahren unseres Jahrhunderts sich wiederum Revolutionäres tat: Der Fotosatz benötigte im Gegensatz zum Blei für jeden Schriftschnitt nur noch einen einzigen Datenträger, Veränderungen der Schriftgrößen wurden mittels optischer Systeme erreicht. Mittlerweile haben der Laserstrahl und die Weiterentwicklung des Computers diese Technik noch einmal gründlich verändert, schneller und präziser gemacht.

In einer Übergangsphase setzten die Verlagshäuser noch sogenannte „Produktionssysteme" ein, heute haben sich weitgehend auch in Österreich „Redaktionssysteme" durchgesetzt. Der Unterschied: Von der Umstellung auf Produktionssysteme waren in erster Linie die Produktionsabteilungen der Zeitungen betroffen, die ehemaligen Setzereien also. Dort standen seither Computer, mit denen die Setzer

– jetzt heißen sie Texterfasser – arbeiten. Beim **Produktionssystem** schreiben Journalisten ihre Texte wie in der Bleizeit auf Papier, liefern dieses Manuskript in der Texterfassung ab, wo sie in den Satzcomputer eingegeben und dort weiterverarbeitet werden. Beim **Redaktionssystem** schreiben die Redakteure direkt an Computer-Terminals in den Computer, bearbeiten sie und erstellen – allein oder in Zusammenarbeit mit einem „Produktionschef" oder einem Layouter – Text- und Seitenumbruch. Damit hat sich die Zeitungsherstellung von der Seite der Redaktion und der Produktion auf vier Arbeitsschritte reduziert: Schreiben, Redigieren, Umbrechen und Ganzseitengestaltung.

Auch diese grundlegenden Veränderungen haben einige Prinzipien der „Bleizeit" unberührt gelassen, an die der Journalist sich halten muß. Ob in Blei oder über Computer produziert, die Zeitung wird für Leser gemacht und muß sich zwar nicht inhaltlich, aber doch in ihrem Erscheinungsbild an dessen Bedürfnissen orientieren. Das heißt, die Zeitungsgestaltung stützt sich nach wie vor auf die „ewigen Werte":

- Übersichtlichkeit,
- Lesbarkeit und
- Lebendigkeit.

Je mehr sich die Verantwortung für die Blattgestaltung, für das Aussehen der Zeitung von technischem Personal auf die Journalisten verlagert, desto mehr muß auch der Redakteur diese Werte in seiner täglichen Arbeit mitbeachten. Gleichgültig ob er nun für die Fertigstellung „seiner" Seite auch in technischer Hinsicht verantwortlich ist oder dabei mit einem „Produktionsredakteur" zusammenarbeitet.

Je nach Zeitungstyp werden dabei die drei „ewigen Werte" unterschiedlich gewichtet werden. Dies hängt mit dem Zeitungstyp und mit der Leserschicht zusammen, die eine Zeitung ansprechen will. Blätter – um einmal Beispiele aus dem Ausland zu zitieren – wie die „Frankfurter Allgemeine Zeitung" oder die „Neue Zürcher Zeitung" haben mit Lebendigkeit nicht viel im Sinn. Ihnen geht es um die Vermittlung von Information und nicht um Unterhaltung. Boulevardblätter dagegen sind weit stärker am Layout, am optischen Eindruck orientiert. Sie setzen daher verstärkt Bilder, große Überschriften und kurze Texte ein.

Diese Unterschiede orientieren sich an der „Psychologie" der Leserschaft und an den kommerziellen Zielen des Produktes. **Um redaktionell-inhaltliche Kriterien und kommerzielle Ziele einer Zeitung aufeinander abzustimmen und gleichermaßen verwirklichen zu können, brauchen Verlagshäuser und Redaktionen klare Festlegungen als Richtlinien für die Blattgestaltung:**

Die Zeitung braucht ein „Gesicht", das der Leser immer wieder erkennen kann, auch dann, wenn dieses Gesicht einmal Grimassen schneidet. **Da eines der wichtigsten Ziele einer Zeitung die Bindung des Lesers an das Blatt ist, muß der Leser**

„seine“ Zeitung überall und jederzeit erkennen können. Dieses Gesicht beschränkt sich nicht nur auf die „Auslage“, die erste Seite des Blattes, sondern muß durch die ganze Zeitung hindurch erkennbar sein. Das geht soweit, daß bestimmten Ressorts bestimmte Plätze im Seitenablauf zugeordnet sein sollten, will man nicht den Leser verwirren und vom Lesen abschrecken.

Die Technik der Redaktionssysteme läßt es einem Verlag offen, ob er für die Redaktion Layouter und Produktionsredakteure braucht oder nicht – je nach dem Typus des Blatts. Eher „konservativ“ und ruhig umbrochene Zeitungen mit diszipliniertem Erscheinungsbild können – ein entsprechendes Redaktionssystem vorausgesetzt – auf solches Personal verzichten. Layout-orientierte Zeitungen mit einer Fülle von Gestaltungselementen, die das Blatt lebendig machen sollen, werden ohne technisches oder grafisches Personal nicht auskommen, weil die produktionstechnischen Anforderungen die Journalisten ansonsten eher in ihrer Arbeit behindern oder sie gar überfordern würden.

Das Foto

Der Wert guter Bilder in einer Zeitung kann gar nicht hoch genug eingeschätzt werden. Sie vermitteln Information, lockern das Erscheinungsbild einer Seite entscheidend auf und gewähren dem Leser eine Atempause: Lesen längerer Texte ist nämlich Arbeit, das Betrachten von Bildern dagegen bietet Zeit zur Erholung, ohne daß diese Zeit für die Aufnahme von Information verloren wäre.

Wer hätte noch nicht die reichlich abgedroschene Phrase gehört, ein Bild sage „mehr als tausend Worte“. Das trifft natürlich immer noch zu, und nur wenige Zeitungen können es sich aufgrund einer besonderen sozialen Struktur ihrer Leserschaft leisten, ganz oder teilweise auf diesen Informationsträger zu verzichten, der zugleich wesentliches Gestaltungselement eines Blattes ist. Der Satz, der zu dieser Phrase eigentlich dazugehört, lautet: „Nicht einmal tausend Worte können so viel lügen wie ein einziges Bild.“ Die Verdrehung der Wahrheit durch ein Bild muß nicht unbedingt auf einer bewußten Fälschung gründen – Beispiele dafür gibt es zuhauf, wenn z. B. nach der Zerschlagung des Prager Frühlings in der CSSR ehemals Prominente als „Unpersonen“ aus Bilddokumenten herausretuschiert wurden –, schon ein geschickter Bildschnitt kann beim Betrachter einen Eindruck erwecken, der der Wirklichkeit nicht mehr gerecht wird. Das Teuflische daran: Der Mensch neigt dazu, das zu glauben, was er sieht, er denkt nicht daran, daß ihm ein Bild nur einen Teil der Wirklichkeit aus einer bestimmten Perspektive bietet. Dies erhöht die Verantwortung des Journalisten bei der Auswahl und Bearbeitung des Bildes.

Bilder bewirken beim Leser oft mehr als noch so gut geschriebene Texte, sie können den Betrachter mitten ins Herz treffen, ihn aufwühlen, seine Anteilnahme erwecken. **Schlechte Bildauswahl, schlechter Bildschnitt und lieblos gemachte Bildtexte zählen nach wie vor zu den journalistischen Unarten.** Bilder bewegen oft weit mehr Menschen als noch so gut geschriebene Meldungen und Kommentare. Dies darf man bei der Auswahl und Bearbeitung von Bildern nie vergessen.

Der Fotograf sollte bei Reportagen nicht alleingelassen werden. Es kann nicht schaden, wenn der Journalist dem Fotografen sagt, was er von ihm erwartet, welches Bild aus welcher Perspektive er haben möchte. Ein guter Fotograf profitiert aus dieser Zusammenarbeit mit dem Journalisten und lernt vielleicht auch, selbst ,,journalistisch" zu denken.

Zur Illustration von Beiträgen ist dem großen aussagekräftigen Bild der Vorzug zu geben vor mehreren kleinen Bildern.

Wiewohl ein Bild selbst schon eine Aussage hat, bedarf es eines erläuternden Textes dazu. Dieser Bildtext wird in der Regel unter dem Bild plaziert werden, in seltenen Fällen als besonderes Gestaltungselement auch daneben. Es gibt auch die Möglichkeit, das Bild als eigene Story zu behandeln und eine Überschrift darüber, den erläuternden Text aber darunter zu setzen. In den meisten Fällen wird sich dieser Bildtext auch typografisch von der Grundschrift unterscheiden, etwa durch Fett- oder Kursivstellung.

Wie Bilder in einer Zeitung eingesetzt werden, hängt weitgehend vom Typus des Blattes ab: Boulevardzeitungen, die vornehmlich im Straßenverkauf an den Mann gebracht werden, arbeiten mit größeren Bildern und messen ihnen einen höheren Stellenwert zu als Abonnementzeitungen. Mit dem Thema ,,Foto/Illustration" beschäftigt sich ausführlicher der Abschnitt ,,Optischer Journalismus" (siehe Seite 334 ff.).

Die neue Zeitungstechnik

Foto- und Lichtsatz haben die Zeitungsproduktion stark beeinflußt, die Gestaltungsmöglichkeiten verändert, Verantwortlichkeiten neu festgelegt und die Personalbedürfnisse in Verlagshäusern umgestürzt. In Europa hat der Foto- und Lichtsatz den Bleisatz mittlerweile völlig oder fast völlig abgelöst. Kein Zeitungsverlag kann es sich heute noch leisten, statt der neuen Technologie noch die umständliche Produktionsweise in Blei beizubehalten. Allerdings ist der Einsatz dieser neuen Technik sehr unterschiedlich weit gediehen. Es gibt nach wie vor zwei verschiedene Systeme: Produktionssysteme und integrierte Redaktionssysteme.

Produktionssysteme:

Die Arbeitsweise aus der Bleizeit hat sich bei Produktionssystemen für die Redaktionen nicht grundlegend verändert. Man schreibt, wie oben erwähnt, weiterhin mit Schreibmaschine auf Papier. Die Manuskripte gehen an eine Produktionsabteilung, wo sie in den Satzcomputer eingegeben und weiterverarbeitet werden.

Manuskripte müssen auf vorgedrucktem Manuskriptpapier geschrieben werden, auf das die Redakteure Satzbreite, Schriftart, Schriftgröße und andere wichtige technische Daten eintragen. Es gibt Auszähllisten für die verschiedenen Schriftarten und Schriftgrößen, damit der Redakteur sieht, ob ein Titel paßt oder nicht. Solche Manuskripte sind möglichst sauber zu tippen, handschriftliche Ergänzungen erschweren dem Texterfasser die Arbeit.

Redaktionssysteme:

Redaktionssysteme sind seit etlichen Jahren in den verschiedensten Ausbaustufen und in sehr unterschiedlichem Bedienungskomfort im Einsatz. Die Entscheidung eines Verlagshauses für ein bestimmtes Produkt ist deshalb besonders schwierig, weil die Redaktion hier ein Werkzeug in die Hand bekommen muß, mit dem sie rasch und zuverlässig arbeiten soll.

Viele Redaktionssysteme sind so strukturiert, daß sie vom Hersteller als Standard-Paket angeboten werden, das dann nach den Wünschen und Bedürfnissen des Kunden, also der Zeitung, noch modifiziert wird – allerdings nur in einem gewissen Rahmen. Diese Systeme haben den Vorteil, daß sie sozusagen als fertiges Produkt an die Zeitung kommen, der Nachteil ist aber auch nicht zu übersehen: Jeder Wunsch nach einer Software-Änderung bedeutet auch eine Hardware-Änderung. Die Zeitung ist bei jeder Kleinigkeit auf den Hersteller angewiesen.

Andere Redaktionssysteme sind mehr auf den Einsatz und die Mitarbeit des Kunden hin orientiert. Das heißt, das Verlagshaus, das ein solches Redaktionssystem erwirbt, muß zumindest einen Teil der Satzprogramme selber schreiben. Das erfordert zwar einen zusätzlichen Aufwand an Personal und Intelligenz, erleichtert aber im folgenden das Leben der Redaktion erheblich: Für jede Software-Änderung ist die hauseigene EDV zuständig und nicht jemand außer Haus. Damit wird ein Redaktionssystem so gut wie die Leute, die es bedienen, warten und programmieren.

Die Redaktionssysteme haben weitgehend ihre Kinderkrankheiten abgelegt, wenn auch bei den verschiedenen Anbietern immer noch große Unterschiede an Bedienungskomfort festzustellen sind. Große Unterschiede gibt es auch hinsichtlich der Qualität des Zentralrechners. Dies berührt zwar in erster Linie den EDV-Leiter, ist aber auch für den Journalisten von erheblicher Bedeutung. Je höher die Ausfallsicherheit eines Zentralrechners, desto weniger Sorgen haben die Journalisten um ihre bereits eingegebenen Texte. Man hört auch immer wieder von Journalisten, daß der „Absturz" des Redaktionssystems zum täglichen Brot gehöre und daß die „Wiederbelebung" des Computers auch einmal größere Zeitspannen brauche.

Viele Redaktionssysteme bieten auch die Möglichkeit, die Außenredaktionen direkt mit echten Terminals an den Zentralrechner anzubinden oder in den Außenstellen Personal-Computer (PC) aufzustellen, die über ein Modem oder einen Akustikkoppler Texte ins Redaktionssystem eingeben können. Der Vorteil der echten Terminals ist klar: Die Journalisten in den Außenstellen arbeiten so, als säßen sie in der Zentrale, haben also alle Arbeitsmöglichkeiten zur Verfügung, die das Redaktionssystem bietet. Der Nachteil: Postleitungen brauchen für die Übertragung der Daten in beide Richtungen einige Zeit, weshalb alles, was in der Redaktion auf dem Computer „sofort" geschieht, in der Außenstelle etliche Sekunden dauert. Und das kann einem schon sehr lange erscheinen.

Direkteinspeisung von Agenturen

Redaktionssysteme bieten ferner die Möglichkeit, Agenturmeldungen direkt in den Rechner einzuspeisen und automatisch nach Ressorts zu gliedern. Der Journalist hat also rasch die Übersicht über das aktuelle Geschehen und kann diese Agenturmeldungen auch als Grundlage für seine Arbeit verwenden. Allerdings kann eine Zeitungsredaktion deshalb noch lange nicht auf das Papier von Fernschreibern verzichten. Die Idee so manches Geschäftsführers oder Verlagsleiters mag gewesen sein, daß in einer Zeit, da Agenturmaterial direkt in den Redaktionscomputer läuft, niemand mehr dieselben Agenturmeldungen auf Papier braucht. Die Praxis hat allerdings gezeigt, daß z. B. das Lesen und Verarbeiten von mehrteiligen Agenturmeldungen allein auf dem Bildschirm erheblich arbeitsaufwendiger ist, als das Material auf Papier zu „bearbeiten" und dann am Terminal die eigene Story zu schreiben.

Redaktionssysteme in der Praxis

Der Redakteur gibt seine Texte also über ein Bildschirmterminal direkt in den Satzrechner ein und erledigt die Arbeit des Texterfassers gleich mit. Von hier an sind zwei Modelle gängig:

Erstens: Der Redakteur gibt den Text ein und hält sich dabei an ein ungefähres Layout. Layouter und/oder Umbruchredakteure umbrechen diese Texte und passen sie genau ein. Dabei wird häufig Kürzen oder Verlängern der Texte erforderlich sein, was ständigen Kontakt zwischen Schreiber und Umbruchredakteur notwendig macht. Die Artikel werden dann einzeln belichtet und auf Montagebögen zu ganzen Seiten zusammenmontiert.

Zweitens: Der Redakteur gibt den Text ein und stattet seinen Artikel selbst mit den notwendigen Satzbefehlen aus – im Idealfall auf Knopfdruck. Idealfall deshalb, weil es nach wie vor die wichtigste Aufgabe von Journalisten ist, Meldungen, Analysen und Kommentare zu schreiben und nicht lange Befehlsketten einzugeben.

Ausschluß und Silbentrennung werden ebenfalls vom Redakteur per Knopfdruck erledigt. Der Computer teilt dann mit, ob die Überschrift paßt, wo z. B. die Spalten eines Mehrspalters enden, und ob in allen Spalten des Artikels gleich viele Zeilen stehen. Es gibt auch Systeme, bei denen der Redakteur in eine Maske, die zum Artikel gehört, seine Satzangaben einträgt, was ihn jedoch jeglicher Gestaltungsmöglichkeit entkleidet, weil sich hinter diesen Masken in der Regel fixe Befehlsketten verbergen. Nun könnten wiederum die exakt ins Layout passenden Artikel einzeln belichtet und zu Seiten montiert werden.

Weitaus zeitökonomischer ist es jedoch, wenn ein Redaktionssystem in der Lage ist, die Artikel elektronisch zu einer ganzen Seite zusammenzuführen, wenn möglich auch gleich mit den Bildern dazu. Dies ist in aufwendigen und teuren interaktiven Umbruchsystemen möglich, die nicht nur erheblichen technischen Aufwand erfordern, sondern auch noch etliche Kinderkrankheiten überwinden müssen – dennoch sind sie in etlichen Verlagshäusern bereits im Einsatz.

Ganzseitenumbruch – ein Beispiel

Es gibt aber auch Redaktionssysteme, die mit weniger technischem Aufwand den gleichen Zweck erfüllen. Ein Beispiel aus der Praxis bei den „Salzburger Nachrichten“:

Ein Ressortleiter zeichnet nach einer kurzen ressortinternen Besprechung ein Layout und teilt den einzelnen Redakteuren den Platz bzw. die Länge ihrer Artikel zu. Die Stories werden von den Journalisten auf Bildschirmgeräten geschrieben, gestaltet und ausgeschlossen. Wenn alles das fertig ist, wird die Seite auf dem Bildschirm zusammengestellt, indem in einem neuen Artikel (die Computerleute nennen das „Job“) die Namen der einzelnen Artikel und ihre Position auf der Seite eingetragen werden. Das sieht dann so aus (siehe auch das beigelegte Layout):

◆pu,inkopf
◆pu, LICH,,3,1
◆pu,NORI,,3,26
◆pu,KARI,,1,33
◆pu,RAND,,1,36
◆pu,KURI,,2,36
◆pu,HUBI,,3,58
◆pu,GEME,,2,61
◆pu,GESU,,1,87
◆pu,BUSS,,3,96
◆schnitt

S 2

Salzburger Nachrichten

0 mm | 56 mm | 112mm | 168mm | 224mm

Karikatur

KARI 1/33

RAND 1/36

KURI 2/36

GEME 2/61

GESU 1/87

38

LICH 3/1

24

NORI 3/26

31

HUBI 3/58

37

BUSS 3/96

29

Zur Erläuterung:

◆pu ist in diesem Fall ein Befehl an den Computer, sich einen Artikel mit dem folgenden Namen aufzurufen. Im Fall des Artikels „inkopf“ – das ist die Pagina – ist eine Positionsangabe nicht nötig, weil dieser dem Rechner als „Kopfartikel“ bekannt ist, von dessen Grundlinie aus alle weiteren Positionen zu berechnen sind. Bei allen anderen Artikeln steht die Position in der folgenden Reihenfolge dabei: Spalte, Zeile. Der Artikel LICH steht also in der dritten Spalte und beginnt auf der ersten Zeile, ist also der Aufmacher. Der Artikel BUSS steht in der dritten Spalte und beginnt auf der 96. Zeile usw. Schließt man nun diese Seite aus, so ruft der Satzcomputer die einzelnen Artikel auf, zieht eine Kopie davon und stellt diese Kopie an die angegebene Position. Dieser Vorgang dauert in der Regel, je nach Auslastung des Rechners, zwischen 14 und 40 Sekunden. Danach kontrolliert der Redakteur seine Seite noch einmal auf einem Soft-Typesetter – macht also eine Pseudobelichtung auf dem Bildschirm – und schickt die Seite danach direkt von seinem Arbeitsplatz aus zur Belichtungseinheit.
Solch eine Vorgangsweise wird eher bei ruhiger Seitengestaltung mit Blockumbruch einzusetzen sein als bei Zeitungen, deren Seiten sehr lebendig und mit Artikelverschränkungen gestaltet sind. Die Produktion von ganzen Seiten legt dem Redakteur zusätzliche Verantwortung auf: Er trägt die Verantwortung für den Inhalt seiner Artikel, für den Umbruch der einzelnen Artikel und für Umbruch und Gestaltung der ganzen Seite.
Je mehr typografische Gestaltungselemente in einer Zeitung angewendet werden, desto eher wird es von Vorteil sein, sich um ein Redaktionssystem umzuschauen, das dem Layouter bei der Seitengestaltung in Zusammenarbeit mit dem Redakteur Zugriff auf Texte gibt. Freilich: Welcher wirklich engagierte Journalist läßt sich schon die Verantwortung dafür abnehmen, wie seine Texte aufbereitet werden?

Die Zukunft

Die technische Entwicklung ist noch keineswegs an ihrem Ende angelangt, auch ist dieses Ende nicht in Sicht. Die Redaktionssysteme werden zunehmend komplexer und leistungsstärker. Zum Beispiel können in nicht allzu ferner Zukunft die Bilder elektronisch in die Ganzseiten-Produktion integriert werden; ebenso wird es möglich sein, den Umweg über die Belichtung einer Seite auf Papier durch die Computer-to-Plate-Technik abzukürzen. Ohne Anspruch auf Vollständigkeit erheben zu wollen, ist mindestens mit den folgenden vier Entwicklungen zu rechnen, die in absehbarer Zeit zu den Selbstverständlichkeiten des redaktionellen Alltags gehören werden (sofern sie dies teilweise nicht jetzt schon vereinzelt in manchen Redaktionen sind): der Zugriff auf elektronische Datenbanken; die Video-Bild-Verarbeitung; der leistungsfähige PC anstelle von Großrechenanlagen sowie Desk-Top-Publishing.

Zweifellos stellen elektronische Datenbanken und Archive die Recherchequellen der Zukunft dar. Weltweit werden bereits mehr als 3000 Datenbanken angeboten, zu denen man im Prinzip von jedem Telefon aus mittels tragbarem Miniterminal und Modem bzw. Akustikkoppler gegen Entgelt Zugriff hat. Es gibt darunter Fachinformations-Volltext-Datenbanken, Literatur- bzw. Referenz-Datenbanken, Fakten-Datenbanken (sogenannte „elektronische Lexika") sowie synthetische oder „Abstract"-Datenbanken.

Größte Umwälzungen bahnen sich im Bereich der Bildverarbeitung an. Die unangefochtene Stellung des Originalbildes (ob Dia oder Fotonegativ) gerät durch elektronische Bildverarbeitung ins Wanken. Mehrere Firmen, ihnen voran Canon, bieten elektronische Kameras, sogenannte „Still Video Systeme", an. Dabei existiert das Bildmotiv nicht mehr in einer physischen Erscheinungsform als Film, sondern auf einer kleinen Diskette nur noch als elektronische Aufzeichnung. Mit Hilfe eines sogenannten Video Printers kann das gewünschte Bild (in der Größe 9 × 13 cm) innerhalb von 90 Sekunden in Farbe oder Schwarzweiß ausgedruckt werden. Mit dieser Form der Bildverarbeitung wird zwar ein erheblicher Zeitgewinn verbunden sein, angesichts der fast beliebigen Veränderungsmöglichkeiten und Manipulationen dieser Aufzeichnungen mittels eines elektronischen Bildbetrachters („Still Video Rekorder") kommt der Frage der Authentizität von Bilddokumenten (oder auch nach dem Urheberrecht) eine enorme Bedeutung zu – abgesehen davon, daß der Beruf des Bildjournalisten inhaltsleerer wird.

Eine weitere Revolution werden die Redaktionen durch die Einführung von leistungsstarken Personal-Computern (PC) anstelle der bisherigen Großrechner erfahren. Diese kleinen Geräte, die künftigen Arbeitsmittel der Journalisten schlechthin, sind mit einer hochintelligenten Software ausgestattet und vermögen alle Arbeits- und Kommunikationsvorgänge zu übernehmen, die jetzt schon von herkömmlichen Systemen ausgeführt wurden. Detail am Rande: Es gibt für solche PC mittlerweile Orthographiesysteme, die dem Schreiber signalisieren, daß er ein Wort falsch eingetippt hat. Der Vormarsch der Personal-Computer in den Zeitungsredaktionen legt den Schluß nahe, daß Außenredaktionen in Zukunft eher autark arbeiten und ihre Texte über Telefon oder Datennetze an die Zentralredaktion übertragen.

Nicht zuletzt ist als weitere technische Innovation das Desk-Top-Publishing (auch Electronic Publishing oder Computer Aided Publishing) hier anzuführen. Dieses technisch vorläufig noch nicht zufriedenstellende „Publizieren vom Schreibtisch aus" vereint die Integration verschiedener klassischer Computer-Anwendungen zum ganzseitigen Bildschirmumbruch, wobei im Vordergrund die gewohnte Textverarbeitung steht. Die zur Zeit auf dem Markt befindlichen Geräte eignen sich allerdings mehr für die Zeitschriftenproduktion als für das Zeitungswesen.

Viktor Hermann

Kommunikations-Design heute

Wir leben mitten in der Informationsgesellschaft. Zu keiner Zeit haben wir mehr über alles mögliche zu wissen angeboten bekommen als heute. Der Mensch ist einem gewaltigen Informationsüberangebot ausgesetzt. Parallel dazu vervielfachen sich die Informationswege und Netzwerke. Informationen sind überall und jederzeit verfügbar, Zeit und Raum sind in der Kommunikation längst überwunden. Und diese Entwicklung verläuft mit zunehmender Geschwindigkeit.

Die Folge davon ist eine qualitative und quantitative Überforderung der menschlichen Wahrnehmungskapazität. Das Informationsverhalten hat sich dadurch grundlegend verändert. Die Informationsnutzung wird ständig fragmentarischer („Konfetti-Generation") – und das in einer Zeit, in der laufend mehr Informationen produziert werden. Von wenigen Ausnahmen abgesehen, sind die Zeiten wohl vorbei, da eine neue Information die ungeteilte Aufmerksamkeit des Publikums beanspruchen konnte. Man muß sich heute und morgen vielmehr damit abfinden können, innerhalb der ständig wachsenden Informationsflut und Medienvielfalt um die begrenzt verfügbare Zeit des allseitig umworbenen Mediennutzers zu ringen.

Viele gedruckte Medien tragen dem sich laufend verändernden Informationsverhalten zuwenig Rechnung; sie werden immer noch nach alten publizistischen Strickmustern produziert. Und dies, obwohl die moderne Technik es ohne weiteres erlauben würde, die Botschaften inhaltlich und vor allem auch optisch besser zugänglich zu machen und sie so gezielter auf die Bedürfnisse des Publikums auszurichten. Denn der Mediennutzer ist letztlich kein irrationales Wesen; er läßt sich beim Informationskonsum ausschließlich von Nutzen-Aufwand-Überlegungen leiten. Ziel eines modernen Kommunikations-Designs muß es deshalb sein,

- die Aufmerksamkeit des Publikums zu gewinnen,
- eine selektive und
- eine schnelle Informationsnutzung zu ermöglichen.

Ohne Verzicht auf Informationsgehalt müssen Botschaften knapper, dichter, kürzer werden sowie klar und einfach sein, damit auch beim wenig involvierten Empfänger auch bei flüchtiger Informationsaufnahme Sinn entstehen kann.

Die Gleichung „Information = Text" geht längst nicht mehr auf. In der multimedialen Informationsvielfalt dominiert mehr und mehr die formale wie die bildhafte Kommunikation. Veranschaulichung und Visualisierung heißt deshalb die Devise.

Das Verständnis komplexer Sachverhalte wird durch Grafiken, Karten, Zeichnungen und Bilder entscheidend verbessert. Anschaulich umgesetzte Inhalte erhöhen nicht nur die Aufmerksamkeit und steigern die Aussagekraft, sie regen auch an, sie wirken.

Diese lesergerechte, nach dem Zielpublikum ausgerichtete Umsetzung von Informationen ist Teil des Bereiches „optischer Journalismus“ oder „Kommunikations-Design“. Die Aufmachung eines Printmediums ist ebenso wichtig wie sein Inhalt. Das äußere, unverwechselbare Erscheinungsbild, der optische Aufbau und die Abfolge der Seiten machen das Konzept eines Periodikums aus. Design und Nachrichteninhalt gehören zusammen, sie müssen als Einheit dargeboten werden.

WAS wird WEM WIE angeboten?

Welcher Inhalt für welches Publikum in welcher Form? Bevor man eine Zeitschrift oder Zeitung gestalten kann, muß man die angepeilte Leserschaft möglichst genau kennen. Kommunikation kommt in den meisten Fällen nur dann zustande, wenn der Empfänger seinen Einstellungen, seinen Bedürfnissen und seinen Wünschen entsprechend angesprochen wird. Je mehr man über die Leser weiß, desto wirksamer kann man die relevante Botschaft einer Information redaktionell aufbereiten und optisch umsetzen. Das Wissen aus Leserumfragen und Leseranalysen gehört auch in die Redaktion und zum Gestalter, der mit einem klaren Leserbild eine marktgerechte Gestaltung aufbauen kann. Zeitungs- und Zeitschriftengestaltung dürfen nie Selbstzweck sein, sondern haben sich auf die Bedürfnisstruktur der Leserschaft auszurichten.

Arbeitsbereich eines Printmedien-Gestalters

Der Gestalter (Layouter, Designer) eines Printmediums befaßt sich mit der typografischen Komposition, gliedert das redaktionelle Material – Text und Illustration – in den vorgegebenen Flächenraum. **Er schöpft die Möglichkeiten voll aus, die in der visuellen Formgebung liegen, und betont die Aussage des redaktionellen Inhaltes durch eine dem Thema angepaßte Gestaltung.** Gemeinsam mit Journalisten und Bildreportern bestimmt er Umfang, Bildauswahl, Aufmacher und Abfolge eines Beitrages. Wer ein Layout macht, braucht einen Überblick über alles Material, das zur Verfügung steht. Fehlende Illustrationen müssen beschafft werden, redaktionelle Texte gelesen und wenn nötig Ergänzungen, Kürzungen oder Textportionierungen beantragt werden. (Textportionierung heißt Unterteilung von längeren Texten in Sachbereiche.)

Geplante Gestaltung

Die Techniken des Design von Zeitschriften und Zeitungen haben sich in letzter Zeit grundlegend geändert. Gestalten heißt nicht mehr, mit bereits redigiertem

Material, Text wie Bild, Seiten aufzubauen, sondern sie nimmt bereits Einfluß bei der Vorbereitung von Beiträgen. **Ohne Planung gibt es keine optimale Gestaltung.** Eine Zeitungsseite kann nicht mehr wie zur Bleizeit von links oben nach rechts unten aufgefüllt werden; Zeitschriften-Redakteure können sich nicht mehr erlauben, Texte zu schreiben und Illustrationen zu besorgen, ohne daß bereits eine verbindliche Skizze vorliegt. Bedingt durch die elektronischen Systeme mit Ganzseitenumbruch, wird auch von der technischen Seite ein herstellungsfreundlicher Umbruch gewünscht. Je nach Periodikum wird diese Vorausplanung von ganzen Seiten und einzelnen Beiträgen unterschiedlich stark zur Anwendung gelangen, Überlegungen nach dem „wie" sind immer anzustellen. Daß bei außergewöhnlichen aktuellen Ereignissen diese Planung durchbrochen werden muß, ist logisch. Sie läßt sich in einem Ordnungsaufbau schneller realisieren.
Vorausdenken auch im Bereich Gestaltung bringt kaum Mehraufwand, dafür besser gestaltete Seiten.

Prinzipien der Gestaltung

Ein Printmedium muß nach folgenden drei Grundwerten konzipiert und gestaltet werden: Lesbarkeit, Übersichtlichkeit und Lebendigkeit.

Lesbarkeit

Die Schriften haben dem komfortablen Lesen zu dienen. Die Wahl der Schriften, besonders der Textschriften, ist für eine Zeitung oder Zeitschrift von zentraler Wichtigkeit. In diesem Bereich haben modische Einflüsse keinen Platz. Bei der Schriftwahl sind der Druckträger (Papier) sowie die Druckart und die Druckmaschine zu berücksichtigen. Ein wirklichkeitsnaher Andruck bringt Klarheit.
Nicht nur Texte, auch Bilder, Diagramme und Grafiken müssen „lesbar" sein. Zu klein erscheinende Bilder ohne Bildausschnitt verlieren Aussagekraft und Wirkung. Grafiken und Diagramme, mit Informationen überladen, verunmöglichen ihren beabsichtigten Zweck, nämlich das rasche Erfassen von Zahlen und Zusammenhängen durch den Leser.

Übersichtlichkeit

Bei weitem nicht alle angebotenen Informationen in einem Printmedium werden auch gelesen. Die Leser suchen sich „ihren Stoff", ihre Interessengebiete. Dieses selektive Aufnehmen von Informationen muß durch das Design mit einem übersichtlichen Ordnungsprinzip unterstützt werden. Klar gegliederte Umbruchformen sind gefragt. Die Regel, was sich gut ausschneiden läßt, ist auch gut umbrochen, gilt noch immer. Die Struktur eines Produktes und die Basisgestaltung müssen stetig bleiben, damit die Leser mit ihren Lesegewohnheiten nicht irritiert werden. Die Frage des Geschmacks und der künstlerischen Gestaltung ist durch diese Forderung keineswegs ausgeschaltet. Es bleibt immer noch genügend Gestaltungsspielraum offen. Bei Zeitungen als Alltagsbegleitern ist dieser grafische Raster, diese Gleichmäßigkeit ausgeprägter als bei Zeitschriften, die sich etwas mehr grafische Freiheiten erlauben können. Die Leser sind für diese Ordnung in Printmedien dankbar. Übersichtlichkeit hilft dem Leser bei der Suche nach „seinen" Informationen.

Lebendigkeit

Ein lebendiges Produkt entsteht durch Kontrast, durch das Zusammenspiel unterschiedlicher Elemente auf einer Seite sowie in der Seitenabfolge. Die Verwendung von möglichst vielen typografischen und illustrativen Elementen bringt nicht zwingend auch Lebendigkeit. Gute Gestalter kommen mit wenig Schriftarten und Schriftgrößen sowie mit wenig verschiedenen Bildformaten aus. Nur das „Gewichten" von Beiträgen und das Ausnützen sämtlicher Kontrastmöglichkeiten – z. B. groß/klein, hell/dunkel, bewegt/unbewegt, viel/wenig, vertikal/horizontal – bringen Lebendigkeit und damit auch eine bessere Leserführung. Lebendigkeit heißt Spannung, Spannung heißt Kontrast. Kontrast erreicht man mit Gestaltung.

Typografie

Schriftentwicklung

Das uns selbstverständliche und geläufige Alphabet haben die Griechen von den Phöniziern übernommen und weiterentwickelt. Mit der Ausbreitung des Römischen Weltreiches lernten die Römer auch die griechischen Buchstaben kennen. Sie formten die Buchstaben nach ihrem Geschmack um. Diese in Stein gemeißelte Großbuchstaben-Schrift bildete den Ausgangspunkt für alle abendländischen Schriften (1. Jh.). Diese Schrift entwickelte sich nach dem Zerfall des Römischen Reiches und der Verbreitung des Christentums weiter. Es entstand die mit Feder geschriebene Unziale (4.–8. Jh.). Die weiter entwickelte Halbunziale bildete den Übergang zur Kleinbuchstabenschrift.

Durch die Völkerwanderung in Europa entstanden viele sogenannte Nationalschriften. Karl der Große beauftragte Bischof Alkuin, Abt der Klosterschule St. Martin in Tours, eine klare, schnell schreibbare Schrift zu schaffen (9. Jh.). Die karolingische Minuskel, die erste reine Kleinbuchstabenschrift, entstand. Die Einheit des Schreibens war wieder eingeführt, die Nationalschriften verschwanden.

Nach dem 12. Jh. beeinflußte der gotische Stil den Kulturraum nördlich der Alpen. Die Schrift wurde enger geschrieben, und die Rundungen wurden allmählich gebrochen. Es entstanden die strenge gotische Textura, später Schwabacher und Frakturschrift. Diese Schriften wurden in den vierziger Jahren unseres Jahrhunderts durch Antiqua-Schriften abgelöst (sie leben nur noch vereinzelt in einigen Zeitungsköpfen weiter).
Die italienischen Humanisten lehnten alles Gotische ab und blieben bei der karolingischen Minuskel. Daraus entwickelte sich im 15. Jh. die humanistische Minuskel. Diese Schrift bildet die Grundlage für die erste lateinische Druckschrift, die Renaissance-Antiqua, die Grundform der heutigen Schriften.
Es folgte die Barock-Antiqua im 18. Jh., die klassizistische Antiqua im 18. und 19. Jh. (mit Bodoni, Falstaff, Wallbaum etc.). Im 19. Jh. entstanden auch die serifenbetonten Schriften (die Serifen sind gleich stark oder sogar stärker als die Grundstriche der Schrift; mit Rockwell, Clarendon, Beton etc.). Ebenfalls entstanden Ende des 19. Jh.s die serifenlose Linear-Antiqua, die Groteskschriften (mit Helvetica, Univers, Gill, Futura etc.).

Das typografische Maß

Trotz Satzcomputern, die nach dem metrischen Maß arbeiten, werden die Schriftgrößen immer noch nach dem „Punktsystem" angegeben. Ein Punkt mißt 0,38 mm, 12 Punkt (also ein Cicero) 45 mm. Alle anderen Maßangaben (wie z. B. die Spaltenbreite) werden meistens in Zentimetern (cm) und Millimetern (mm) angegeben. (Vgl. die „Auszähltabelle für Schrift", Seite 307.)

Schriftmischungen

Für Überschriften und Hervorhebungen werden meist fettere Schriften oder größere Schriftgrade gewählt. Um den Seiten zudem eine lebendigere und reichere Wirkung zu geben, können bei richtiger Wahl auch verschiedene Schriftschnitte zusammen verwendet werden. Diese Art der Schriftmischung bildet heute ein interessantes Gestaltungsmittel in der Typografie. Es ist aber oft nicht leicht, aus dem vorhandenen reichen Schriftenbestand die sich zur Mischung eignenden Schriften zu finden. **Der Reiz und die gute Wirkung einer jeden Schriftmischung beruhen erstens auf sparsamer Anwendung und zweitens auf einem völlig klaren Gegensatz.** In der Größe wie im Duktus (fett/mager) müssen eindeutige Kontraste gesetzt werden. Mischungen in der Stilrichtung ähnlicher Schriften ohne Größenkontrast, z. B. die Mischung einer Times mit einer Excelsior oder einer Futura mit einer Gill, sollte man eher unterlassen.
Die Schriften sollten in einem Periodikum von Ausgabe zu Ausgabe konstant bleiben, ständiger Wechsel würde höchstens die Leser verwirren. Für spezielle Beiträge sind sicher Ausnahmen möglich, sie fallen aber nur dann auf, wenn sie wirklich Ausnahmen bleiben.

Beispiel 4: Auszähltabelle für Schrift

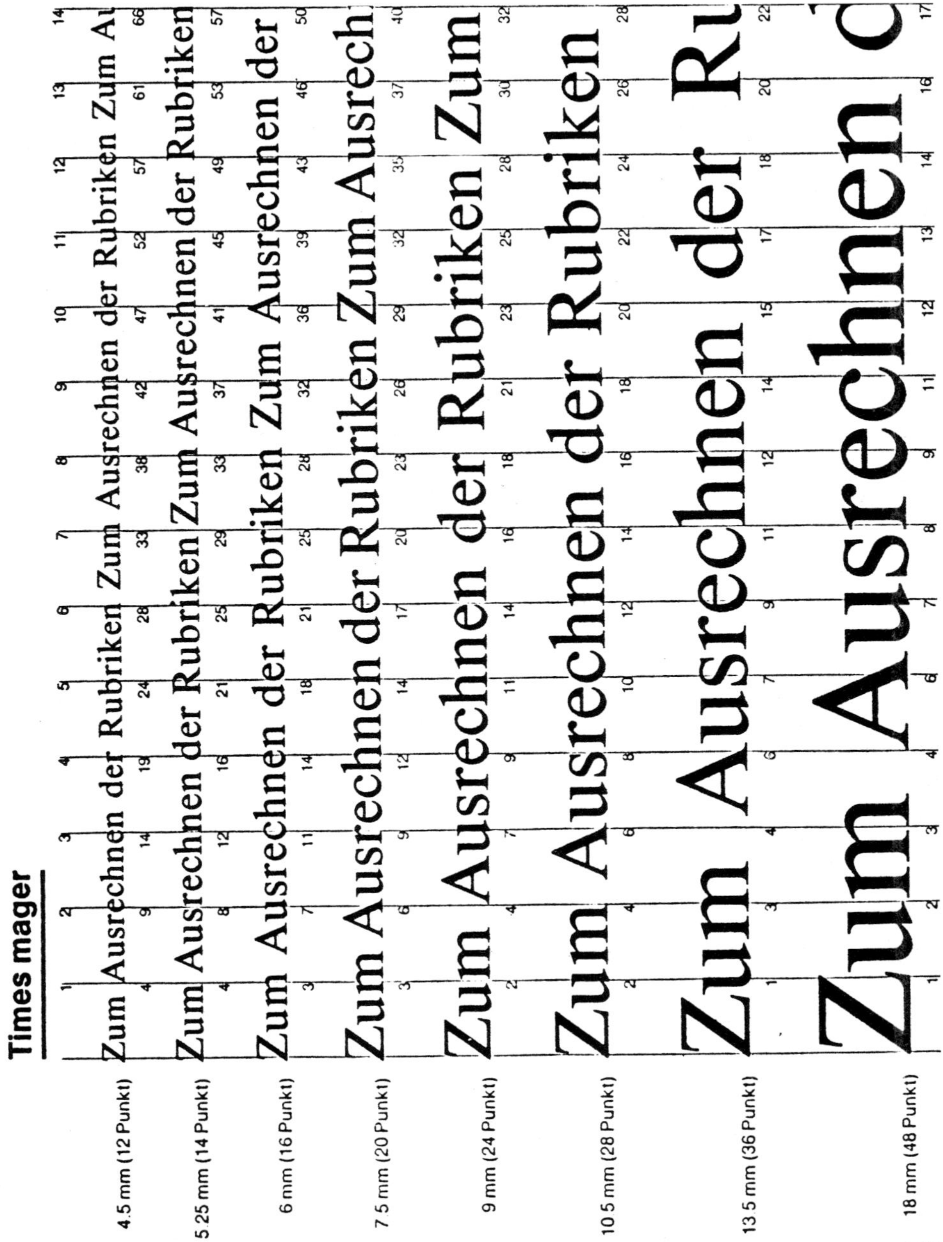

Verlust einer Kunst?

Die Technik macht es möglich, das Bild der Druckerzeugnisse gewaltsam zu ändern. Rationalisierungen und der Mangel an Fachleuten drohen der „Schwarzen Kunst" den kulturellen Rang wegzunehmen, den diese seit dem Spätmittelalter bis jetzt einnahm. Wir laufen Gefahr, daß die Ausgewogenheit typografischer Formen und die inhaltsbezogene Typografie, die dem Lesen zu dienen hat, dem Leistungs- und Kostendruck geopfert werden. Die Schriften werden heute oft beliebig vergrößert oder reduziert, die Lauf- und Schriftweiten werden verengt oder verbreitet, als ginge uns die Arbeit von fast einem halben Jahrhundert nichts an.

Zum Glück ist seit geraumer Zeit eine Gegenbewegung zu erkennen. Die von den Technikern diktierte Kunst in den siebziger Jahren ist vorbei, das Comeback der feinsinnigen Typografen bereitet sich vor. Das Qualitätsbewußtsein tritt wieder in den Vordergrund, Begriffe wie die Lesbarkeit von Schriften, leserfreundliche Gestaltung und die saubere Satzherstellung gewinnen wieder an Bedeutung. Die Elektronik kann uns sogar helfen, das kostbare Erbe von Wort und Schrift in seiner Vollkommenheit zu erhalten. Selbst „Desktop"-Programme bieten heute (fast) alle Möglichkeiten, sauberen Satz und einwandfreie Typografie zu produzieren, sofern die Menschen hinter den Geräten die nötigen Fachkenntnisse dazu besitzen.

Aufgabe der Lesetypografie

Unter Lesen versteht man die fortlaufende Aufnahme eines Textes, von Buchstaben, Silben, Wörtern und Sätzen. Die Typografie hat in erster Linie dem komfortablen Lesen zu dienen. Die historisch gewachsene Form der Lesetypografie wird auch in Zukunft keine grundlegende Wandlung erfahren, sowenig unsere Augen ihre Funktion verändern werden.

Man liest einen Text normalerweise, ohne daß dabei die einzelnen Buchstaben wahrgenommen werden. Drei bis zehn Buchstaben erfaßt man auf einen Blick, eine Silbe oder ein Wort als Ganzes. **Markante Konturen des Wortbildes, Ober- und Unterlängen und der Rhythmus von eckigen und runden Buchstaben erleichtern die visuelle Aufnahme.** Daraus ergibt sich, daß es für die gute Lesbarkeit allein nicht genügt, wenn sich die einzelnen Buchstaben möglichst klar voneinander unterscheiden. Sie müssen sich auch miteinander leicht zu Wortgruppen verbinden können.

Das Erfassen der Schriftzeichen durch das Auge verbraucht Energie. Eine ideale Schrift kann ohne größere Ermüdungserscheinungen erfaßt werden. **Es gehört deshalb zu den Aufgaben eines Gestalters, Schriftschnitte zu wählen, die (lese-)rhythmisch gut erfaßt werden können. Dabei spielen neben dem Charakter einer Schrift auch die Größe, die Zeilenbreite, der Zeilenabstand und schließlich der Druckträger, das Papier, eine entscheidende Rolle.**

Schriften mit oder ohne Serifen?

Grundsätzlich unterscheiden wir heute zwischen Schriften mit Serifen (Serifen = Füßchen der Buchstaben) und serifenlosen Schriften. Allgemein werden heute die Schriften mit Serifen als „Antiqua“ bezeichnet, solche ohne Serifen als „Grotesk“ (obwohl eigentlich die Grotesk auch aus der Antiquafamilie stammt).

Antiqua-Schriften

Wenn es um die Übermittlung langer Texte geht, bietet sich die Antiqua als klar leserliche, im Unterschied zur Grotesk wenig ermüdende Schrift an. Untersuchungen über die Lesbarkeit von Schriften haben gezeigt, daß bei einer Antiqua die Leseleistung in der Minute etwa sieben bis zehn Wörter größer ist als bei einer vergleichbaren Schrift ohne Serifen. Ferner ziehen die meisten Leser die Antiqua einer Grotesk als Textschrift vor. Die Schriftwahl hat offensichtlich entscheidenden Einfluß auf die Lesbarkeit. Gewohnte Schriften sind ungewohnten vorzuziehen, auch wenn ungewohnte Schriften einen größeren Aufmerksamkeitswert haben mögen. Die Grundschrift des redaktionellen Teils einer Zeitung oder einer Zeitschrift in Grotesk gesetzt wäre fast undenkbar.

Grotesk-Schriften

Die Grotesk eignet sich eher für kleinere Textportionen und für die Überschriftengestaltung. Sonderteile einer Zeitschrift, z. B. für Übersichten oder Programme oder für den Rubrikenteil, können durchaus aus einer Grotesk gesetzt werden. Dieser Schriftwechsel, der zur Betonung spezieller Teile eingesetzt wird, kann durchaus im Einklang mit einer Antiqua als Grundschrift stehen.
Die Grotesk gilt als neutral und fortschrittlich, sie gilt als Symbol des Fortschritts und der Industrialisierung. Deshalb verwenden vermutlich auch viele Fach- und Spezialzeitschriften ausschließlich Groteskschriften. Diese richten sich zwar an ein kleines, leseeifriges Publikum; trotzdem sollte man bei der Wahl der Textschriften die lesbarere der vermeintlich moderneren Schrift für den Lauftext vorziehen. Es gibt noch genügend Möglichkeiten, z. B. bei den Überschriften, die Grotesk wirksam einzusetzen.

Der Zeilenabstand, Durchschuß

Der richtige Durchschuß ist für die gute Lesbarkeit ebenso wichtig wie der Schriftschnitt und die Schriftgröße. Manchmal steigert bereits die Erhöhung des Zeilenabstandes um einen halben Punkt die Lesbarkeit beträchtlich. Die genaue Maßangabe für den richtigen Zeilenabstand kann man in der neuen Zeitungstechnik nicht mehr in Punkten oder Millimetern angeben, da die gespeicherten Schriften je nach Satzsystem unterschiedliche Basisabstände aufweisen. Nur Schriftmuster mit unterschiedlichem Durchschuß – fein abgestuft, z. B. in ½-Punkt-Schritten – können im Vergleich Aufschluß über den idealen Durchschuß geben.

Dabei muß das Zeilenband, das durch die nebeneinander stehenden Buchstaben auf einer Zeile von links nach rechts entsteht, klar ersichtlich sein. Diese Wirkung der Zeile als eine Einheit ist für die gute Lesbarkeit unentbehrlich. Bei kompressen, zu eng aufeinander folgenden Zeilen entsteht ein „Buchstabenhaufen", das Auge wird nicht mehr geführt. Bei zuviel Durchschuß wirken die Spalten zu locker, und es kostet nebenbei viel Raum. Übergroße Zeilenabstände kann man aber bewußt als Gestaltungsmittel bei kleineren Textportionen einsetzen.

Größe der Grundschrift

Das Entscheidende für eine gute Lesbarkeit ist die Schriftgröße. Zu kleine Schriften verringern die Lesbarkeit, zu große Schriften die Lesegeschwindigkeit.
Je nach System und Schriftschnitt, je nach Druck und Papier ist die Lesbarkeit zwischen 9 und 11 Punkt am besten. (Der Text des vorliegenden Buches ist in einer Schriftgröße von 9 auf 11 Punkt gesetzt.) Diese ideale Schriftgröße können aber die wenigsten Printmedien aus Platzgründen verwenden. **Die Schriftgröße sollte aber nicht unter 8,5 Punkt bei Zeitungen und 9,5 Punkt bei Magazinen gehen.** Der Trend geht allgemein in Richtung noch größerer Grundschriften. Viele Printmedien haben bei Gestaltungsänderungen auch die Grundschriftgröße angehoben, was bei den Lesern durchwegs gut ankommt.
Schriftgrößen über 12 Punkt sind dann allerdings für den Lauftext weniger zu empfehlen. Bei zu großen Schriftgraden kann der Leser die Buchstaben nicht mehr rhythmisch als Gruppe erfassen, da sie zu weit auseinanderliegen. In diesem Zusammenhang einige Tips:

- Für kleinere Textportionen, wie z. B. Vorspann, Zwischentitel, Quotes, sind hingegen größere Schriftgrade ideal. Solche Hervorhebungen fallen auf, die Gestaltung wird lebendiger, und der Leser wird besser geführt. Spaltenbreite
- Zu breite wie zu schmale Spaltenbreiten erschweren die Lesbarkeit. Zu lange Zeilen bedingen ein Suchen des neuen Zeilenanfangs, besonders bei längeren Abschnitten. Zu kurze Zeilen behindern einen gleichmäßigen Lesefluß. Schmale Spalten lassen sich im Blocksatz schlecht ausschließen, „Löcher" zwischen den Wörtern sind die Folge.
- Die ideale Spaltenbreite – Lesetests haben es bestätigt – liegt bei 39 Anschlägen pro Zeile, also 1½ × das Alphabet. Bereits Gutenberg hat den Text seiner Bibel auf diese Breite gesetzt.
- Die Spaltenbreite entscheidet auch über Ruhe oder Lebendigkeit auf einer Seite. Je nach Publikation können bei idealen Bedingungen, d. h. bei idealer Größe und idealem Zeilenabstand, auch breitere oder kürzere Spalten gewählt werden. Über 50 oder unter 30 Anschläge pro Zeile sind im Zeitungs- und Zeitschriftenumbruch schwer aufzunehmen. Das sind bei einer Grundschrift von 10 Punkt etwa 15 bis 10 Cicero (7 bis 3,5 cm) breite Spalten. (Die Leerschläge zwischen

den Worten werden immer mitgezählt.) Dies gilt auch für Vorspänne und lange Bildüberschriften. Bei allzu schmalem Satz, z. B. bei seitlich plazierten Bildunterschriften, drängt sich Flattersatz auf.

Zeitungen haben je nach ihrem Format zwischen acht (eher Boulevard) und fünf Spalten. Bei Zeitschriften im A4-Format sind 3- und 4spaltige Einteilungen üblich, wobei Produkte mit einem hohen Textanteil die Seiten eher dreispaltig einteilen.

Zeilenanordnung (Zeilenausschuß)

Wir unterscheiden Blocksatz und Flattersatz. Beim *Blocksatz* sind alle Zeilen auf eine gleiche Breite ausgetrieben, die Wortabstände sind unterschiedlich. Für das Lesen ist das die günstigste Anordnung, die Leser haben sich an diese Form gewöhnt.

Beim *Flattersatz* sind alle Wortabstände gleich groß, der restliche Raum auf einer Zeile wird leer gelassen. Die Zeilen werden im Normalfall linksbündig gestellt und flattern nach rechts aus. Diese Satzart beeinträchtigt die Lesbarkeit nur unwesentlich, ist aber für längere Texte eher unüblich. Hingegen sind Zeilen, die rechtsbündig gestellt werden und nach links flattern, ein dauerndes Lesehindernis. Dies widerspricht dem Lesen von links nach rechts. Diese Anordnung darf nur bei ganz kurzen Textportionen eingesetzt werden. Dies gilt auch für auf die Mitte zentrierten Satz (mittelachs).

Textabschnitte (Alineas)

Die Interpunktionen ordnen den Satzzusammenhang. Textabschnitte, meist mehrere Sätze mit einem zusammenhängenden Gedankeninhalt, tragen zur Gliederung der Textmenge bei. Sie lockern Textspalten in Portionen auf und gönnen dem Auge beim Lesen eine ganz kleine Pause. Längere Spalten werden durch den Weißraum der Ausgangszeile des vorangehenden Abschnittes und durch einen Einzug in der neuen Zeile wohltuend unterbrochen.

Ein neuer Abschnitt sollte etwa zwischen 15 und 25 Druckzeilen eingebaut werden. Zuwenig oder gar keine Abschnitte machen einen Text optisch schwerfällig, zu viele Alineas stören den Lesefluß.

Die auflockernde Wirkung eines Alineas wird durch einen Einzug verstärkt. Dieser beträgt mindestens ein Geviert (Quadrat des Schriftkegels). Besonders bei breiteren Spalten kann dieser Einzug größer sein.

Ausgangszeilen von Abschnitten dürfen nicht auf die folgende Spalte zu stehen kommen und sollten auch nicht auf der untersten Zeile einer Spalte beginnen.

Wichtige Abschnitte können anstelle des Einzuges mit einem übergroßen quadratischen oder runden Punkt hervorgehoben werden. Diese Art der Betonung wirkt aber nur, wenn sie selten angewendet wird.

Beispiele für Flattersatz:

Flattersatz rechtsbündig

Hermann Hainzl – vielgereister Montanstudent – hat seine Liebe zur Malerei durch die Natur entdeckt. Seit zwei Jahren ist er freischaffender Künstler, er ist Gründungsmitglied der „Steirischen Initiative Kunst-Handwerk" und hat auch schon einige Preise bei Wettbewerben gewonnen. Seine Hinterglasbilder sind nicht als herkömmlich zu bezeichnen; sie wirken kalt, klar und nüchtern auf den Betrachter. Seine Wälder und Landschaften sind dekorative Empfindungen der Umwelt. Die Skulpturen und Objekte – unbearbeitete Treibholzfindlinge aus Naxos –, mit wenigen Attributen versehen und umgestaltet, ergeben deutlich erkennbare Gestalten wie Don Quichotte. Seine „Spuren im Lehm" sind naturbelassener, gebrannter und dem Wetter ausgesetzter Ton. Sie verlangen vom Betrachter Vorstellungsvermögen und Einfühlungsvermögen in die eigenartige Gedankenwelt des Künstlers. Sofie Konrad ist zuckerkrank und beschäftigt sich seit Gestalten wie Don Quichotte. Seine „Spuren im Lehm" sind

Flattersatz linksbündig

Hermann Hainzl – vielgereister Montanstudent – hat seine Liebe zur Malerei durch die Natur entdeckt. Seit zwei Jahren ist er freischaffender Künstler, er ist Gründungsmitglied der „Steirischen Initiative Kunst-Handwerk" und hat auch schon einige Preise bei Wettbewerben gewonnen. Seine Hinterglasbilder sind nicht als herkömmlich zu bezeichnen; sie wirken kalt, klar und nüchtern auf den Betrachter. Seine Wälder und Landschaften sind dekorative Empfindungen der Umwelt. Die Skulpturen und Objekte – unbearbeitete Treibholzfindlinge aus Naxos –, mit wenigen Attributen versehen und umgestaltet, ergeben deutlich erkennbare Gestalten wie Don Quichotte. Seine „Spuren im Lehm" sind naturbelassener, gebrannter und dem Wetter ausgesetzter Ton. Sie verlangen vom Betrachter Vorstellungsvermögen und Einfühlungsvermögen in die eigenartige Gedankenwelt des Künstlers. Sofie Konrad ist zuckerkrank und beschäftigt sich seit erlangen vom Betrachter Vorstellungsvermögen und

Flattersatz zentriert (auf Mitte gestellt)

Hermann Hainzl – vielgereister Montanstudent – hat seine Liebe zur Malerei durch die Natur entdeckt. Seit zwei Jahren ist er freischaffender Künstler, er ist Gründungsmitglied der „Steirischen Initiative Kunst-Handwerk" und hat auch schon einige Preise bei Wettbewerben gewonnen. Seine Hinterglasbilder sind nicht als herkömmlich zu bezeichnen; sie wirken kalt, klar und nüchtern auf den Betrachter. Seine Wälder und Landschaften sind dekorative Empfindungen der Umwelt. Die Skulpturen und Objekte – unbearbeitete Treibholzfindlinge aus Naxos –, mit wenigen Attributen versehen und umgestaltet, ergeben deutlich erkennbare Gestalten wie Don Quichotte. Seine „Spuren im Lehm" sind naturbelassener, gebrannter und dem Wetter ausgesetzter Ton. Sie verlangen vom Betrachter Vorstellungsvermögen und Einfühlungsvermögen in die eigenartige Gedankenwelt des Künstlers. Sofie Konrad ist zuckerkrank und beschäftigt sich seit Gestalten wie Don Quichotte. Seine „Spuren im Lehm" sind

Auszeichnungsschriften

Kursive, **halbfette** und **fette** Schriftschnitte dienen der Auszeichnung, die durch Unterstreichung oder durch VERSALSATZ noch verstärkt werden kann. **Alle diese Möglichkeiten der besonderen Hervorhebung von Wörtern, Sätzen und ganzen Texten mittels der Schrift sollte man aber äußerst sparsam einsetzen.** Erstens beeinträchtigen alle Auszeichnungsschriften die Lesbarkeit, und zweitens wird das Satzbild unruhig. Einzelne Wörter oder Sätze in einem Text können höchstens in einer kursiven Schrift hervorgehoben werden, halbfette oder fette Schriftschnitte sind dazu nicht geeignet.
Einen ganzen Artikel aus einer Auszeichnungsschrift zu setzen hat nur dann seine Berechtigung, wenn spezielle Texte wie z. B. der Kommentar oder das Editorial damit ausgezeichnet werden. Solche Texte können als Ausnahme kursiv gesetzt werden. Aber auch in einem solchen Fall wäre es die elegantere Lösung, auf jegliche Auszeichnungsschrift zu verzichten, dafür diesen Text aus einer leicht größeren Schrift zu setzen.
Auszeichnungsschriften sind fast ausschließlich nur für kleinere Textportionen geeignet, für Bildunterschriften, Unterzeilen, Zitate, Zwischenzeilen und auch für kleinere Einschiebetexte in Kästchen.

Linien und Spaltenlinien

Linien in verschiedenen Stärken haben neben einer *ästhetischen* auch eine *ordnende Funktion.* Als Kopfabschlußlinien, als Umrandungen von Kästchen und Illustrationen, als Trennlinien zwischen Beiträgen, für Tabellen oder als Schmucklinien. Linien, die nur als Dekoration eingesetzt werden, Zusammenhängendes aber trennen, vermeiden. Nicht zu viele verschiedene Linienstärken einsetzen, drei sollten für ein Printmedium genügen.
Über den Einsatz von Spaltenlinien streiten sich selbst die Fachleute. Ihre Verwendung richtet sich weitgehend nach dem grafischen Grundaufbau des Periodikums; sie betonen die vertikale Spaltenwirkung. Bei stark aufgelockerten Satzflächen – durch viele Ausgangszeilen wie in Programmen oder Auflistungen – können Spaltenlinien die verlorene Übersicht und Ruhe wieder herstellen.

Initiale

Initiale sind Großbuchstaben, die den Anfang eines Textes markieren. Sie werden eher in Zeitschriften eingesetzt, wo der Textbeginn nicht unmittelbar nach der Überschrift beginnt. Ferner können Initiale auch als Auflockerung in Kolumnen oder Kommentaren eingesetzt werden. Sie dürfen aber nicht willkürlich Zusammenhängendes trennen und sollten trotzdem den Text optisch ausgewogen portionieren. **Der Einsatz von zu vielen Initialen auf einer Seite hebt die gewollte Wirkung wieder auf.** Im Prinzip sollten nicht mehr als drei Initiale in einem Beitrag oder auf einer Seite stehen. Ein Initial ist wenigstens so hoch wie zwei Druckzeilen, es kann aber auch beliebig größer gewählt werden. Vielfach ist es aus der gleichen Schrift wie die Headline.

Vorspann

Der Vorspann – auch Lead oder Chapeau genannt – ist der kurzgefaßte Inhalt einer Meldung. Die psychologische Bedeutung dieser Kurzfassung wird für das Wecken des Leseinteresses immer wichtiger. Mit wenigen kurzen Sätzen wird der Leser in den folgenden Beitrag hineingezogen. Um diese Aufgabe erfüllen zu können, soll er nicht über 250 Anschläge lang sein.
Der Vorspann sollte sich klar von der Grundschrift abheben. Es können Auszeichnungsschriften verwendet werden, und zusätzlich sollte die Schrift merklich größer sein. Wichtig ist auch die kontrastvolle Abstufung zu anderen Textelementen, z. B. zum Untertitel. In Zeitungen wird der Vorspann meist 1- oder 2spaltig in die Textfläche eingebaut und ist durch die ganze Zeitung einheitlich gestaltet. In Zeitschriften – je nach Art des Produktes – ist die Gestaltung des Vorspannes weniger normiert. Er kann bei der Überschrift oder aber auch beim Textbeginn stehen, und die Art und Weise der Anordnung ist nicht zwingend.

Zwischentitel

Neben den Alineas sind Zwischentitel eine weitere, optisch markantere Möglichkeit, Textspalten aufzulockern. **Die Grauwirkung von Textspalten wird durch Zwischentitel unterbrochen, zusammenhängende Inhalte eines Textes werden in Portionen präsentiert.** Etwa nach zwei bis drei Alineas kann man einen Zwischentitel plazieren, kurze Texte unter 60 Zeilen brauchen keine Zwischentitel. Gepflegte Produkte streben eine ausgewogene Verteilung der Zwischentitel auf einer Seite an. In Zeitschriften werden deshalb die Zwischentitel erst nach erfolgtem Umbruch eingesetzt. Der Termindruck bei Zeitungen läßt dieses Vorgehen weniger zu, doch sollte man auch hier auf eine ausgewogene Verteilung achten. Zwischentitel sollten nicht auf gleicher Höhe nebeneinander oder am Fuß einer Spalte stehen.
Je nach Produkt können die Zwischentitel mehr oder weniger markant in Erscheinung treten. Meist nimmt man eine Auszeichnungsschrift, ein bis zwei Schriftgrade größer. Mehrzeilige Zwischentitel – man kann bis zu drei Zeilen gehen – sind aus einem kleineren Schriftgrad als nur einzeilige Zwischentitel. Auch Kombinationen mit Linien sind möglich. Im Prinzip sind Größe, Schrift und die Anzahl der Zeilen pro Zwischentitel im ganzen Produkt gleich.

Bildunterschrift

Ein Bild sagt mehr als tausend Worte, wenn aber ein Begleittext fehlt, wird das Bild plötzlich stumm. Beim Überfliegen der Seiten wird der Leser vom aussagekräftig-

sten Bild angezogen, und er will dann dazu gleich weitere Informationen. Daher braucht jedes Bild eine Bildunterschrift, und zwar dort – wie es der Name sagt – unter dem Bild oder in der unmittelbaren Nähe, z. B. seitlich angeschlagen. Wenn der Leser ein Bild betrachtet hat, rutscht sein Blick für die Textinformation automatisch weiter nach unten. Daher sind Sammellegenden mit Nummern, Richtungspfeilen, oberhalb des Bildes oder irgendwo auf der Seite plazierte Legenden ein dauerndes Ärgernis.
Zur besseren Unterscheidung von der Grundschrift werden Bildunterschriften meist halbfett, fett oder kursiv gesetzt. Längere Legenden, die über die ganze Bildbreite bei großflächigen Bildern gehen, müssen unterteilt werden.

Überschrift

Presse-Produkte werden anders gelesen als Bücher. Die meisten Leser überfliegen erst einmal die Überschriften. Welcher Artikel dann zuerst oder überhaupt gelesen wird, hängt zum großen Teil vom Wortlaut und zum andern von der typografischen Aufmachung und Gewichtung ab. **Eine Überschrift muß in Größe und Aufmachung dem Wert der Nachricht entsprechen.** Welche Schriftschnitte und wie große Titelschriften gewählt werden, hängt von der Art der Publikation ab. Größere, fette Groteskschriften werden eher im Boulevardjournalismus verwendet, kleinere Antiquaschriften eher in etablierten, seriöseren Produkten. Extrem schmale oder superfette Schriften eignen sich nicht für den Dauergebrauch, dasselbe gilt für ausgefallene Phantasieschriften. Ebenso sind Versalzeilen (alles Großbuchstaben) in der deutschen Sprache mit den langen Worten ungeeignet.
Aber in allen Produkten muß darauf geachtet werden, daß die verschiedenen Überschriftgrößen in einem klaren Spannungsverhältnis zueinander stehen. Kleine und viele Abstufungen bringen Unruhe ins Produkt. Zeitungen sollten mit vier Schriftgrößen auskommen, mit einer Abstufung von 12 Punkt.

Einheitliche Überschriften

Je straffer man die Titelschriften wählt, desto klarer kommt die Einheit des Produktes hervor. Es ist bestimmt falsch, Aussage oder Stimmung eines Themas mit einer angeblich passenden Schrift betonen zu wollen. **Die verlockende Auswahl von verschiedenen Schrifttypen sollten den Gestalter nicht dazu verleiten, aus seinem Produkt ein Schriftmusterbuch zu machen.** Eine Titelschrift darf allerdings gelegentlich beitragsbezogen sein, wenn sie als Einstimmung auf einen speziellen Beitrag, eine Serie gedacht ist. Solche Ausnahmen aber fallen nur auf, wenn der Rest des Produktes eine einheitliche Typografie aufweist. Zeitungen sind stärker an die einheitliche Schriftwahl gebunden als Zeitschriften, die abgeschlossene Teile – z. B. für Rubriken, für Sonderbeilagen – und das Spezielle mit einer anderen Titelschrift hervorheben können.

Vor- und Unterzeile

Vor- oder Unterzeilen ergänzen die Überschrift. Dabei gilt es zu beachten, daß Unterzeilen weniger überlesen werden als Vorzeilen, weil wir ja von oben nach unten lesen und man bei der Überschrift, als stärkstem Magnet, einsteigt. Vorzeilen müssen deshalb kurz formuliert werden, so daß sie beim Lesen der Überschrift mitaufgenommen werden. Solche Vorzeilen, auch Stichmarke genannt, haben die Aufgabe, den Leser schnell mit ein bis zwei Worten in das Thema einzuführen. Diese Stichmarke hat besonders in Zeitungen die Aufgabe, dem Leser die Übersicht auf einer Seite zu erleichtern.

Negativtext in Bildern

Größere Mengen von weißer Schrift auf schwarzem Grund oder in einem dunklen Bildhintergrund sind äußerst schwer zu lesen. Spätestens nach etwa 20 Zeilen beginnt die Textfläche vor den Augen zu flimmern. Vor allem bei schlechter Druckqualität werden die Buchstaben zugeschmiert, das Lesen wird zur Qual. Wird dennoch negativ gelegter Satz gewählt, so muß der Schriftgrad unbedingt größer gewählt werden.

Text kann nur dann *in* ein Bild gestellt werden, wenn die Typografie den Bildinhalt nicht stört und genügend Platz vorhanden ist. Über den größeren Teil der Grauwert-Skala (ab 40% und mehr) ist Negativtext besser zu lesen als schwarze Zeilen auf Grau. Für den Schrifthintergrund kommen nur absolut ruhige Flächen ohne jegliche Struktur in Frage, unruhige Hintergründe machen jegliche Schrift unlesbar, ob negativ weiß oder schwarz.

Tonflächen

Text mit einer grauen oder farbigen Fläche ist ein beliebtes Mittel, um textintensive Schriften aufzulockern und um gewisse Texte, z. B. Kästchen, Kommentare etc., aus dem übrigen Satz hervorzuheben. Texte, die mit einem hellen Farbton oder mit Grauton unterlegt sind, werden vom Leser als „wichtiger" angesehen. Dieses „Hervorheben" darf aber nur sparsam eingesetzt werden und ist nur für kleinere Textportionen geeignet.

Die Unterlegung mit Grau oder mit einer Farbe darf aber nicht zu intensiv sein, denn sonst leidet die Lesbarkeit darunter. Nur Pastelltöne verwenden (Grau ca. 15%) und wenn möglich die Schriftgröße auf einem Ton etwas anheben. Gute, ansprechende Effekte erzielt man auch mit weißen Aussparungen in einer Tonfläche. Eine Tabelle mit alternierenden grauen und weißen Kolonnen (hoch) oder unterlegten Zeilen (quer) wird übersichtlicher.

Farbige Titelzeilen

Eine weitere Farbe – Buntfarbe – wirkt immer weniger kräftig als Schwarz, egal welche Farbe eingesetzt wird. Denn Schwarz ist ja die Summe aller Farben. Das heißt in der Praxis, daß eine in einer Buntfarbe gedruckte Überschrift schwächer wirkt als eine gleichgroße in Schwarz. Das in einer Buntfarbe Gedruckte tritt zurück, die geringere Wirkung muß beim Entwurf berücksichtigt werden. Überschriften sollten eigentlich nicht farbig gedruckt werden, dagegen können Linien, Balken, Signets, Rastertöne oder Unterstreichungen eher aus der Buntfarbe gedruckt werden. Überschriften aus einer Buntfarbe erscheinen zu lassen hat nur einen Sinn, wenn man damit etwas Spezielles signalisieren möchte.

Schriftbildveränderungen im Lichtsatz

Früher, in der ,,Bleizeit'', kamen alle Schriften fertig geschnitten aus der Schriftgießerei. Heute müssen die Schriften in den Satzsystemen typografisch den Anforderungen der guten Lesbarkeit angepaßt werden. Vor allem die Laufweiten (Buchstabenabstände) müssen je nach Schriftgröße verändert werden.

Mit den modernen Systemen kann man aber auch Schriften kursiv legen oder sie stufenlos enger oder breiter machen, also die Schriftweiten verändern. Diese Möglichkeit der neuen Technologie darf aber nicht bedenkenlos ausgenützt werden. Textschriften sollten auf keinen Fall schmäler oder breiter gemacht werden. Auch für das Einbringen von Übersatz darf dieser Trick nie angewendet werden.

Hingegen können Titelschriften, ab 16 Punkt, durchaus schmäler gemacht werden. Aus einem normalen Schriftschnitt wird eine schmale Schrift gemacht. Erfahrungsgemäß darf diese Verengung nur bis ca. 16% gehen, ohne daß die Schrift darunter leidet. Auch hier gilt die Regel, daß ein einmal gewählter Wert durch das ganze Produkt eingehalten werden soll.

Schriftweiten sowie Laufweiten müssen vor einer definitiven Schriftwahl mit einem in kleinsten Abstufungen gesetzten Mustersatz getestet werden, anschließend ist ein Andruck auf dem richtigen Papier notwendig.

Text-Schlußmarkierung

Bei längeren Texten, die über mehrere Seiten führen – das trifft vor allem für Zeitschriften zu –, kann ein markanter Schlußpunkt in der letzten Zeile dem Leser das Ende eines Textes bzw. Beitrages signalisieren. Dieser Punkt ist übergroß, quadratisch oder rund, er kann in Form eines verkleinerten Signets dargestellt werden. In Zeitungen, die meist mehrere klar voneinander getrennte Artikel auf einer Seite haben, ist dieser übergroße Schlußpunkt nicht nötig.

□ ■ ○ ● ★ ◇

Grundlagen der Gestaltung

Der Zeitgeschmack ist kurzlebig. Blättert man in Zeitschriften oder Zeitungen, die ein paar Jahre alt sind, scheint das Gedruckte, das vor kurzem noch als originell gestaltet wirkte, nicht mehr zeitgemäß zu sein. Die Trends ändern sich in einem immer schnelleren Rhythmus, die Basis dieser Gestaltung bleibt aber immer dieselbe. Die folgenden Überlegungen werden für eine gute Gestaltung Gültigkeit haben, unabhängig davon, was die Zukunft an neuen Trends bringen mag und welche Aufmachung für eine Zeitung oder Zeitschrift gewählt wird.
Diejenigen, die mit Gestaltung zu tun haben, wissen, daß gute grafische Arbeit immer auf einer gewissen Gesetzmäßigkeit aufgebaut ist. Die Kenntnis dieser Regeln kann das natürliche künstlerische Gefühl verstärken, aber kaum ersetzen. Der wenig sichere Gestalter wird durch diese Vorgaben von groben Verstößen abgehalten. Auch diejenigen, die das Gefühl der Formgebung von Natur aus haben, sind diesen Gesetzen zumindest nicht abgeneigt, weil sie darin keine Hemmnis ihrer eigenen Kreativität erblicken. Denn die ästhetischen Gesetze bleiben bestehen, sie zu kennen soll und ist keine Behinderung, sondern ein Anhaltspunkt für erfolgreiches Schaffen.

Wahrnehmung durch Gegensätzlichkeit

Wie wollen wir Großes wahrnehmen können, wenn es nichts Kleines gibt, wie etwas Dickes, wenn es nichts Dünnes gibt, wie etwas Leichtes, wenn es nichts Schweres gibt? Das Zusammenführen zweier Werte nach den Gesetzen der Gegensätzlichkeit verstärkt und verändert die Wirkung beider Werte. Es ist aber wichtig zu wissen, daß übergroße Unterschiede keinen ausgewogenen Kontrast mehr ergeben. Es gilt das richtige Maß herauszufinden – die harmonische Spannung.
Das Nebeneinander fast gleicher Werte wirkt langweilig. Die Aufgabe des Gestalters ist es, die Elemente Raum, Bedrucktes und Unbedrucktes, Schrift und Illustrationen in ein ausgewogenes, aber spannungsvolles Verhältnis zueinander zu bringen. Dabei wirken klare Unterschiede auf allen Ebenen besser als viele unbedeutende Unterscheidungen.
Das Herausarbeiten und Gegenüberstellen von Gegensätzen ist eines der wichtigsten Gestaltungsmittel allgemein. Die Lehre von der Gestaltung befaßt sich mit den Wegen, die zur Form führen. Gestalten heißt auch, das Durcheinander mit einer Gewichtung der Elemente zu ordnen.

Komplexe Gestaltung

Der Zeitungs- oder Zeitschriftengestalter denkt und gestaltet in größeren Zusammenhängen. **Das Presseerzeugnis soll einen Stil haben, der sich periodisch bestätigt und doch Veränderungen erlaubt. Die Bindung an das Ganze muß also genü-**

gend Spielraum für Varianten mit individueller Aussage lassen. Doch Varianten kommen erst zum Tragen, wenn das Produkt in der Basis eine Einheit aufweist. Die grafischen Konstanten sind neben den typografischen Elementen auch ein immer wiederkehrendes Prinzip der Aufmachung.

Wir wissen, daß das Leseangebot wesentlich größer ist als die wirklich konsumierten Informationen. Das ist für jeden Gestalter eine Herausforderung, durch eine saubere Kommunikationstypografie die Augen des Lesers einzufangen. Es müssen Formen gefunden werden, die es dem Leser leichtmachen, sich zu orientieren und das für ihn Wichtige rasch zu finden. Das Hervorheben des Wesentlichen, das Auszeichnen und Ordnen wird in der heutigen hektischen Lebensweise von zentraler Wichtigkeit.

Zeitungs- und Zeitschriftengestaltung wird niemals um ihrer selbst willen gemacht, sondern immer und grundsätzlich mit dem Inhalt, der mit der Gestaltung transportiert werden soll. Beim Aufbau eines Themas, bei der Beschaffung von Illustrationen muß man sich zuerst Klarheit über die zu transportierende Information verschaffen.

Betonung durch Raum

Ein einzelner Baum auf einer Wiese hat eine stärkere Aussagekraft als ein ganzer Wald. Vereinzelung im Raum ist Hervorhebung. Noch wird vielerorts gestalteter Weißraum als unnütze Fläche angesehen. Viele Journalisten können nicht begreifen, daß sie unter Umständen Text streichen sollten, nur um etwas Weißraum zu erhalten. **Dabei ist die Wirkung des unbedruckten Raumes für den Gesamteindruck eines Printmediums von zentraler Bedeutung.** Selbst Zeitungen brauchen etwas Luft auf der Seite, Abstände und Zwischenräume dürfen nicht zu knapp sein. Auch bei der Überschriftgestaltung tut etwas Weißraum gut, die Titelzeilen müssen nicht immer auf die ganze Breite laufen.

Auch die verschiedenen Weißräume, mögen sie noch so unbescheiden sein, müssen in einem Spannungsverhältnis zueinander stehen. Je größer der umgebende Weißraum von typografischen Elementen ist, desto stärker wirken diese Teile, diese Gruppen. Oft ist es besser, eine Überschrift durch Weißraum hervorzuheben als durch einen größeren Schriftgrad.

Tips für die Gestaltung

- Immer das Ganze im Auge behalten, sich nicht im Detail verlieren. Das Material zielgerecht umformen und vereinfachen, das Wesentliche herausheben.
- Kreativ, originell sein, für das gleiche Produkt immer wieder neue Lösungen finden, ohne die Grundstruktur zu verlassen.
- Text und Illustrationen lesen, sich über eine Geschichte informieren lassen, um dann sinngemäß gestalten zu können.

- Mehrere Entwürfe skizzieren, sich nicht mit der erstbesten Lösung zufriedengeben. Selbstkritisch sein, wenn nötig, immer wieder von vorne anfangen. Entwürfe nicht nur dauernd abändern, sondern neu skizzieren, so daß man den Weg zur endgültigen Lösung zurückverfolgen kann. Wenn möglich, im 1:1-Format gestalten, die verkleinerte Skizzenform ist nur am Anfang sinnvoll. Schemabögen mit dem aufgedruckten Satzspiegel verwenden.
- Flächen präzis begrenzen, großzügig denken und sich nicht in Details verlieren. In dieser Phase mehr Zeit auf die Gesamtgestaltung legen, Weißräume kontrollieren. Größere Illustrationen auf das zu erscheinende Format vergrößern lassen, für Illustrationen nicht nur weiße Flächen aussparen. Headlines vorher absetzen lassen, wenn nötig, mit Blindmaterial Maquetten zusammenkleben.
- Den Trends der Zeit aufgeschlossen sein, andere Produkte begutachten und gute Lösungen sammeln. Sich orientieren, was „in" ist, und mit Berufskollegen diskutieren; gemeinsam ist man immer stärker als alleine.

Kreative Arbeitsweisen

Um zu guten Gestaltungsideen zu kommen, z. B. auch für Symbolfotos, kann man auf drei legitime und eine unlegitime Methode zurückgreifen.
Das erste ist die *intuitive Methode.* Man schöpft aus sich selbst, aus seinem eigenen Wissen, man ist ein „Kreativer".
Die zweite Methode beruht auf *stimulativen Mitteln.* Man blättert in anderen Printmedien, man läßt sich durch andere Arbeiten anregen. Diese Vorlagen enthalten eine Vielzahl von Lösungsmustern und Ideen. Durch diese Anregung kommt man zu eigenen, neuen Lösungen. Nicht im Sinne des Plagiates, also des identischen Kopierens aller wesentlichen Merkmale eines Vorbildes, sondern im Sinne von Anregungs-Beispielen.
Die dritte Methode ist die der gemeinsamen *Ideenproduktion.* Sie beruht darauf, daß mehrere kreative Personen sich gemeinsam einer Aufgabe annehmen. In einer Redaktion können z. B. ein Journalist, ein Fotograf und ein Gestalter gemeinsam die Idee für ein starkes Symbolbild ausarbeiten. Diese Art der Ideensuche – Brainstorming – ist sehr effizient, denn gemeinsam findet man schneller gute, neue Lösungen als im Alleingang.
Die illegale Methode ist das Plagiat (Kleptomanie). Das identische Übernehmen einer Idee hat nichts mit kreativer Arbeit zu tun. Diese Methode ist nicht nur unfair, sondern bringt in den wenigsten Fällen brauchbare Lösungen.

Führung des Lesers

Wie wichtig eine Nachricht ist, kann durch ihre Anordnung zum Ausdruck kommen. Die Neigung der Leser, auf bestimmte Seitenteile zuerst zu schauen, muß beim Gestalten berücksichtigt werden. Untersuchungen haben gezeigt, daß der blick-

häufigste Punkt oben liegt, meistens links. Wir lesen und schreiben ja auch von oben links nach unten rechts; wenn wir eine neue Seite aufschlagen, geht der Blick automatisch an den „Anfang". Dies geschieht aber nur, wenn sich dem Auge kein Hindernis entgegenstellt. Durch die großen Bilder und kräftigen Schlagzeilen der modernen Typografie wird das Auge aber vom stärksten Magneten auf der Seite angezogen und rutscht von dort aus nach unten weiter.
Darum heißt es, **erst das Schwere und dann des Leichte.** Kräftige, attraktive Elemente sollen über den leichteren stehen, so daß das Auge für die Aufnahme weiterer Informationen den normalen Weg gehen kann.

Gliederung der Texte

Textspalten müssen so umbrochen werden, daß der kontinuierliche Lesefluß möglichst selten unterbrochen wird. Große Textsprünge von Spalte zu Spalte und Bilder oder Einschiebetexte, die den Leser zum Überhüpfen zwingen, sind nur im beschränkten Ausmaß erträglich. Ein stark aufgestückelter Text wirkt unordentlich und ist für den Leser eine Zumutung. **Texte müssen so umbrochen werden, daß sich in der Lesefolge kurze Wege ergeben.** Eine alte Regel sagt ja auch: „Alles, was sich gut ausschneiden läßt, ist auch gut umbrochen."

Spaltenübergänge

Bei mehrseitigen Beiträgen in Zeitschriften sollte am Ende der Schlußspalte kein Zeilenausgang stehen. Diese Ausgangszeile „zieht" der Leser nicht auf die nächste Seite, er meint am Ende des Artikels zu sein. Er wird am klarsten weitergeführt, wenn der Textübergang mitten im Satz, sogar mit einer Trennung, erfolgt. Diese Regel erübrigt weitere Fortsetzungshinweise wie z. B. „bitte umblättern" oder sogar mit Richtungspfeilen.
Ist die Fortsetzung aber nicht anschließend, sondern liegen weitere Beiträge oder Anzeigen dazwischen, wird diese Fortsetzung klar signalisiert. In diesem Fall muß eine Ausgangszeile am Seitenende stehen. Solche „Weitsprünge" sollten aber vermieden werden, denn der Leser droht auszusteigen und nicht weiterzulesen.

Zeitungsumbruch

Auch das äußere Erscheinungsbild einer Zeitung ist einem dauernden Wandel unterzogen. Jede Zeitepoche hat ihre eigenen Formen, jede Zeitung sucht sich ihren eigenen Ausdruck, ihr Gesicht, ihre Identität. Zeitungen zeigen auch mehr nationale oder sogar regionale Besonderheiten als andere Druckwerke wie z. B. Zeitschriften und Magazine. Zeitungen verändern ihre Aufmachung eher seltener, sie sind konservativer als andere Produkte. Deshalb muß ein neues Konzept gut durchdacht und erprobt werden, bevor es in die Praxis umgesetzt wird. Die Zeitung darf das Vertrauen, das ihr die Leserschaft entgegenbringt, nicht unnötig verletzen. Das Tummeln in experimentellen Gefilden hat deshalb in der Zeitungsgestaltung keinen Platz.

Das Seitenlayout bei Zeitungen

Nur große Zeitungen haben die Einrichtung eines „Desks", an dem Produzent und Grafiker die Zeitungsseiten gestalten. Meist ist das „Aufreißen" einer Seite Sache eines Redakteurs oder einer Redakteurin. Deshalb sollte jedes Redaktionsmitglied in der Lage sein, die Grundgestaltung einer Seite zu skizzieren. Man braucht dazu den bereits erstellten Text samt Illustrationen oder aber die Idee für die Seitenaufteilung, für die dann Texte auf Maß geliefert werden. Die zweite Variante ist sicher der modernere Weg der Gestaltung, denn heutzutage werden auch Zeitungsseiten geplant. Um eine Seitenskizze anzufertigen, braucht man einen Filzstift und einen vorgedruckten Satzspiegel.
Manche Zeitungen begnügen sich noch immer mit ungefähren Skizzen, nach denen der Montierer die Seiten, so gut es geht, zusammenbaut. In der modernen Zeitungstechnik kann mit dieser ungenauen Methode nicht mehr gearbeitet werden. **Heutige Satzsysteme wie z. B. der Ganzseitenumbruch brauchen präzise, zeilengenaue Layouts.**
Auch die Fotoausschnitte sind in der Gestaltungsphase zu bestimmen. Man zeichnet den gewählten Ausschnitt am besten auf einem darübergelegten Transparentpapier an.

Der Zeitungskopf

Der täglich wiederkehrende Zeitungskopf gibt dem Leser das Zeichen: Hier ist deine Zeitung. Zur Kopfgestaltung gehört aber nicht nur der Name der Zeitung, das Typogramm, sondern das ganze grafische Konzept, Kopfabschlußbalken, farbig oder schwarz/weiß, verbale Hinweise, Weißräume oder sogar Reklamen tragen zum Gesamtbild des Zeitungskopfes bei. Moderne Zeitungsköpfe werden möglichst einfach gestaltet, viele Informationen über Redaktion und Verlag wandern ins Impressum; nur noch das Wichtigste wie Datum, Preis und wichtige Telefonnummern sind im Kopf plaziert.

Spaltenanzahl bei Zeitungen

Das Grundgefüge des Umbruches ergibt sich aus der *Zahl der Spalten.* Sie richtet sich stark nach dem Inhalt und dem Format der Zeitung. Die Zahl der Spalten entscheidet über Ruhe und Lebendigkeit auf einer Seite. Boulevardblätter haben bis zu acht Spalten, „seriöse" Zeitungen teilen ihre Seiten in fünf bis sechs Spalten ein. Alle Einteilungen brauchen einen genügend großen Spaltenzwischenschlag. Dieser Abstand sollte nicht kleiner als zehn Punkt sein, auch wenn Spaltenlinien eingebaut werden.

Umbruchtips für Zeitungen

- Aufeinandergetürmte, einspaltige Meldungen über die ganze Höhe einer Seite wirken monoton. Ebenso wirken einspaltige Texte über die ganze Seitenhöhe, sogenannte hohe „Kamine", sehr langweilig und laden nicht zum Lesen ein. Längere Texte und größere Ansammlungen von Kleinmeldungen mehrspaltig umbrechen.
- Mehrspaltige Illustrationen und Kästchen sollten nicht mitten in einem Artikel stehen, die Spalten sollten nicht unnötig unterbrochen werden. Der Lesefluß wird durch solche Stolperschwellen dauernd unterbrochen.
- Bilder sollten, wenn möglich, nicht in der Seitenmitte stehen, sondern oberhalb oder unterhalb. Die Illustrationen deshalb nur in den Ecken zu plazieren wäre allerdings falsch. Leichte Überlappungen über den Bruch sind aber nicht zu vermeiden.
- Die Seiten möglichst von Tag zu Tag nach dem gleichen Aufbauprinzip gestalten, der Leser gewöhnt sich an die Einteilung und findet so seinen Lesestoff schneller. Dasselbe gilt auch für die Abfolge der Ressorts.

Umbrucharten bei Zeitungen

Der *Diagonal-* oder *freie Umbruch* stammt aus der Bleizeit, wo der Metteur von links oben nach rechts unten die Seiten zusammengestellt hat. Dabei stehen die Headlines immer in der Diagonalen untereinander, die Artikel sind ineinander verschränkt. Diese Umbruchart ist veraltet, nur noch Zeitungen, die meinen, ohne ein Ordnungsprinzip auskommen zu können, verwenden weiterhin diese Umbruchart.

Im Block- oder im Leiterumbruch sind alle Artikel rechteckig umbrochen, es gibt keine Verschränkungen mehr. Die Seiten werden nach einem Ordnungsprinzip aufgebaut. Beim *Blockumbruch* werden die Beiträge über die ganze Seite frei zusammengebaut, beim *Leiterumbruch* werden zuerst eine oder zwei äußere Spalten plaziert, in den restlichen Spalten werden die Artikel nach dem Leiterprinzip horizontal von oben nach unten eingebaut. Diese Umbruchart, bei der die Artikel meistens mit einer horizontalen Linie voneinander getrennt werden, ist für den Leser sehr übersichtlich.

Der Block- und der Leiterumbruch scheinen von der Redaktion mehr Arbeit abzufordern, denn der Seitenaufbau muß geplant werden, die Texte sind auf eine vorgegebene Länge zu schreiben. Ein Ausgleichen auf der Seite bei der Seitenmontage ist nur noch beschränkt oder gar nicht mehr möglich. Die Erfahrung zeigt aber, daß sich die Redakteure bereits nach kurzer Zeit an diesen Umbruch gewöhnen; der Mehraufwand hält sich in Grenzen.

Zeitschriften-Gestaltung

Die Gestaltungsvarianten bei Zeitschriften sind ungleich höher als bei Zeitungen. Die Vielzahl der verschiedenen Inhalte mit einem anderen Zielpublikum macht diese Vielfalt nötig. Publikums- und Familienzeitschriften, Nachrichtenmagazine, die große Palette der „Special Interests" sowie der Fach-, Kunden- und Personalzeitschriften, die wöchentlich, monatlich oder nur vierteljährlich erscheinen, brauchen eine zweckbestimmte Gestaltung. Es gibt deshalb keine festen, für alle Zeitschriften geltenden einheitlichen Richtlinien. Das heißt aber noch lange nicht, daß jeder gestalterische Einfall erlaubt ist; denn die Aufgabe, Kommunikation zu erleichtern, gilt für alle Produkte gleichermaßen. Die drei Grundwerte: Lesefreundlichkeit, Spannung und Ordnung braucht jedes Periodikum.

Titelseite der Zeitschriften

Die Frontseite einer jeden Zeitschrift entscheidet über die Lesererwartung – am Kiosk sogar über den Verkauf. Sie ist der „Schaukasten", sie muß mit Bild und Text Interesse und Emotionen wecken. Jedes Produkt hat sein eigenes Rezept für die Frontseite. Durch Erfahrung und Lesertests sollte eigentlich jede Redaktion wissen, welche Frontseitengestaltung beim Leser ankommt. Diese Seite ist die wichtigste der ganzen Zeitschrift – egal ob im Abonnement oder am Kiosk.
Fachzeitschriften sind bei der Auswahl des Titelbildes an ihren engeren Themenkreis gebunden. Erfahrungen haben gezeigt, daß themenfremde Fotos beim Leser weniger gut ankommen. Ebenso muß auch das Logo (Signet der Zeitschrift) in derselben Größe und Farbe immer an der gleichen Stelle plaziert werden. Schlagzeilen – für den Kioskverkauf lebenswichtig – geben dem Leser nicht nur Inhaltsangaben, sondern zeigen auch die „Fülle" der Themen der betreffenden Zeitschrift.

Satzspiegel/Spalten in Zeitschriften

Entsprechend dem Format ist auch die *Spaltengliederung.* Eine Zeitschrift im A4-Format hat bei textintensivem Inhalt meistens drei Spalten, bei bildstarken, eher kürzeren Texten vier Spalten. Fünf oder zwei Spalten bei einer Breite von 21 cm sind Ausnahmen. Der Satzspiegel, die Begrenzung des bedruckten Raumes auf einer Seite, richtet sich nach der Art der Bindung und nach optischen Gesichtspunkten. Großzügig mit Illustrationen gestaltete Produkte haben mehr Randweiß als einfachere Produkte.

Ein stark durchschossener Satz mit leichter, offener Schrift verlangt größere Papierränder, ein geschlossenes Schriftbild erträgt eher einen knappen Rand. Zwei gegenüberliegende Seiten, also eine Doppelseite, sollten optisch als Ganzes wirken. Trotzdem kann man bei der Konstruktion des Satzspiegels mit außergewöhnlichen Einteilungen arbeiten. Senkung am Seitenkopf oder ein übergroßer Abstand im Bund führen zu interessanten Lösungen. Dieser Weißraum eignet sich aber eher für ein Layout mit großem Bildanteil, er kann mit randangeschnittenen Bildern oder mit einer Bildunterschrift gelegentlich durchbrochen werden.

Ein weiteres Mittel für die Einteilung des Satzspiegels sind *Rasterfelder.* Die Seite wird nicht nur vertikal in Spalten, sondern auch vertikal in Rasterfelder unterteilt. Ein ideales Hilfsmittel vor allem bei bildintensiven Layouts. Das Gesamtbild der Zeitschrift wirkt noch einheitlicher, denn die Bildformate bewegen sich nur in den Rasterfeldern. Die Rastergröße beträgt ca. zehn Zeilen, mit einer Zeile Abstand zum nächsten Feld.

Bilder in Zeitschriften

Bei allen Illustrationen, die über zwei Seiten laufen, ist die Teilung des Sujets durch die Heftmitte zu beachten. **Ein schlecht gewählter Bunddurchlauf kann die Bildaussage vollständig verderben.** Der Bildschwerpunkt, die Hauptinformation im Bild, darf nicht durch diese, technisch notwendige Trennung geteilt werden. Um solche Fehler zu vermeiden, müssen die Fotos bei der Layoutherstellung auf die zu erscheinende Größe kopiert werden. Kleinere Bilder sollte man nicht in der Heftmitte plazieren.

Bilder können im Gegensatz zum Text bis zum Papierrand gehen. Im Prinzip sollten aber kleinere Bilder diese Möglichkeit nicht ausnützen, sie ist für großflächige Illustrationen reserviert. Vor allem kleinere und mittelgroße Bilder (ca. $^1/_2$-seitig) dürfen unten nicht bis zum Schnittrand gehen, sie fallen sonst buchstäblich aus der Seite. Deshalb gilt als Faustregel: Kleinere Bilder bleiben besser im Satzspiegel.

Es stellt sich manchmal die Frage, ob ein Passepartout (Ränderweiß) um großformatige Bilder nicht gepflegter aussehen würde als eine volle Ausnützung des Papierformates. Ob mit oder ohne Randweiß, das entscheidet der Inhalt der betreffenden Bilder. Aktuelle dynamische Bilder sind randangeschnitten wirkungsvoller, künstlerischen Aufnahmen gibt eine genügend große Weißumrandung noch mehr Würde.

Anzeigen in Zeitschriften

Treffen Anzeigen und redaktionelle Beiträge unmittelbar auf- oder nebeneinander, ist eine optische Abstimmung unerläßlich. **Beim Gestalten sollte der Layouter die Gestaltung der Anzeige kennen, so daß er eine kontrastierende Trennung aufbauen kann.** Sonst passiert es schnell, daß die Überschriften gleich groß und auf gleicher Höhe sind oder daß sich die Illustrationen ähnlich sind und sich gegenseitig „totschlagen". Geschickt plazierte Anzeigen können redaktionelle Seiten stützen. Deshalb mit den Anzeigen kontrastieren, nicht konkurrenzieren. Neben eine Bildanzeige gehört redaktioneller Text oder umgekehrt.

Farben in Printmedien

Die Gestaltung profitiert eindeutig von der Möglichkeit, Farben einsetzen zu können. Denn Farbe, richtig eingesetzt, provoziert erhöhte Aufmerksamkeit und fördert die Aktivität der Leser. **Farbe verleiht der Kommunikation eine zusätzliche wertvolle Eigenschaft: sie belebt die visuelle Botschaft, betont sie, macht sie besser wahrnehmbar und vollkommener.** Zum Teil macht das farbige Bild den Transport einer Information erst möglich.

Das farbige Bild kann besser „illustrieren" als ein schwarzweißes, das läßt sich durch die Reaktionen der Leser bestätigen. Farbe wird als willkommene Zusatzleistung erlebt. Hingegen gibt es berechtigte Widerstände angesichts von sensationellen Reportagen. Man ist nicht unbedingt darauf aus, das Blut am Mördermesser auch noch farbig zu sehen. Ob solche Bilder farbig erscheinen oder nicht, hängt nicht von der Entscheidung des Gestalters ab, eher von der Grundhaltung des betreffenden Printmediums. Dies ist sicher noch eines der wenigen haltbaren Argumente, Bilder auf einer Farbseite bewußt nicht farbig erscheinen zu lassen.

Trotzdem gibt es aber immer noch „Opposition" gegen den Einsatz von farbigen Bildern, Zeichnungen und Farbtönen. Hier ist wohl noch das Leitbild der reinen Lese- und nicht der bebilderten Zeitschriften und Zeitungen wirksam. Moderne Produkte haben heutzutage einen starken Illustrationsteil, und dieser wird noch ausgebaut. Auch bei Zeitungen ist diese Tendenz stark steigend. Und logischerweise läßt sich erst in einem bildstarken Produkt die Mehrfarbigkeit optimal einsetzen.

Auch das Argument, farbige Bilder wirkten unaktuell, hat im Zeitalter der Farbtelevison – jeder hat seine Aktualität farbig in der Wohnstube – ausgedient. Die Leser haben sich an aktuelle Farbberichterstattungen gewöhnt.

Auch das in jüngster Zeit vielzitierte Argument, Schwarzweiß erlebe in den Printmedien ein Comeback und werde die Farbe wieder teilweise verdrängen, ist eher eine Ausrede der noch farblosen Produkte. Selbstverständlich werden schwarzweiße Illustrationen auch in Zukunft – in Kombination mit Farbe – eingesetzt. Auch die Grafiker werden auf dieses Gestaltungsmittel nicht verzichten. Inmitten einer farbigen Umgebung kann das schwarzweiße Bild auffallen, also Wirkung durch Vereinzelung. Auch künstlerische Reportagen oder Einzelbilder, mit ästhetisch starken Aufnahmen, die eben nur einfarbig stark wirken, werden nicht aus den Printmedien verschwinden.

Optimaler Farbeinsatz

Die meisten Produkte verpassen ihre maximale Farbwirkung, weil das alte Konzept plötzlich mit Farbe vollgepflastert wird. Es funktioniert solange nicht, bis das Grundkonzept, der Seitenaufbau und die Struktur, auf die Farbe abgestimmt ist. Es ist also nicht damit getan, wenn schwarzweiße Bilder durch farbige ersetzt werden. Der Einsatz der Farbe muß gesteuert werden, ohne Planung funktioniert er kaum. Zugegeben, der Leser bekommt in jedem Fall etwas Zusätzliches. Der technische Aufwand, die Kosten, gehen mit dem spärlichen optischen Effekt nicht auf. Nicht nur die Technik allein „macht" farbige Produkte, dazu gehören in erster Linie Fotografen, Redakteure und Gestalter, die mit Farbe umgehen können. Leider fehlen hier in vielen Zeitschriften Fachleute, die den erforderlichen Überblick über die vielfältigen Probleme des Farbeinsatzes haben und sie auch lösen können. Es waren übrigens die Anzeigenabteilungen, die die Verleger zur Farbe drängten.

Das Zusammenwirken von Farben

Mit Farben kann man Stimmung erzeugen, sie prägen das Gesamtbild eines Printmediums maßgeblich mit. Dazu gehören nicht nur Illustrationen – Bilder, Diagramme und Zeichnungen –, sondern auch Farbtonflächen als Hintergründe und farbige Typografie, vor allem Balken und Linien. Der Farbeinsatz und das Zusammenwirken der Farben richten sich nach dem gewollten Effekt für ein bestimmtes Publikum. Die Kombination von Farben kann harmonisch, ausgewogen, seriös sein – oder aber marktschreierisch unter dem Motto: je bunter, desto besser.

Im Hinblick auf den Einsatz von Farbe geht es um den Grundsatz: boulevardmäßige Aufmachung oder „seriöse" Gestaltung. Verlag und Redaktion müssen die richtige Farbdosierung festlegen, bevor Buntfarben eingesetzt werden.

Farbige Bilder, Farbwirkung

Im Prinzip können alle Bilder farbig erscheinen,

- wenn der Informationswert erhöht wird,
- wenn das Bild durch die Farbe anmutiger wird und
- wenn nur die Farbe es erst ermöglicht, Informationen weiterzugeben. (Z. B. ein giftgrüner Fluß nach einer Chemiepanne.)

Farbbilder wirken am stärksten nach folgenden drei Kriterien. Wenn das Bild wirklich bunt ist; wenn Details gezeigt werden können; und wenn das Farbbild groß genug erscheint. Auf schlechterem Papier (Zeitungen) sind diese Regeln noch strikter einzuhalten.

Liegen ein schwarzweißes und ein farbiges Sujet gleichen Inhaltes vor, dann hat das Farbbild nicht auf jeden Fall den Vorrang, sondern das informativere, das bessere und aussagekräftigere Bild.

Farbton als Hintergrund

Mit einem Farbton unterlegte Textflächen ziehen das Auge des Lesers an und machen die Seiten bunter. Als Hintergründe kommen allerdings nur Pastelltöne in Frage, zu intensive Farben vermindern die Lesbarkeit. Die am meisten verwendeten Farben sind Hellblau und Hellorange (Apricot). Selbstverständlich sind auch andere Farben möglich, doch die Leser ziehen diese beiden Farben anderen vor (GARCIA).

Der Einsatz solcher Farbtöne muß sich in Grenzen halten. Zu viele (Farb-)Tonflächen auf derselben Seite heben ihre Wirkung gegenseitig wieder auf. Auch größere Textflächen nicht mit Farben unterlegen und auf einer Seite nicht verschiedene Farbtöne einsetzen.

Leiten mit Farben

Farben können informieren und emotionale Gefühle wecken. Sie können auch Beiträge wichtig machen und den Leser über die Seite führen. Farbe wirkt wichtiger und verdrängt den gleichgroßen Beitrag in Schwarzweiß. Farbige Bilder ziehen eindeutig den Blick des Lesers zuerst an. Deshalb gilt auch hier die Regel, solche Bilder oben auf der Seite zu plazieren.

Mit farbigen Tonflächen kann man die Augen der Leser einfangen und damit schlecht plazierte Texte wieder etwas hervorheben. **Der Einsatz von Farbtönen darf sich nicht nur nach ästhetischen Überlegungen richten, sondern auch nach der Wichtigkeit von Informationen.** Ein mit Farbe unterlegter Text drängt einen schwarzweißen ins Abseits.

Illustrationen

Visuell aufbereitete Information gewinnt zunehmend an Bedeutung. Die elektronischen Medien setzen hier neue Maßstäbe. Zeitungen wie Zeitschriften haben aber manchmal noch Mühe mit der illustrativen Information, ihr Wert wird immer noch unterschätzt. Dabei könnten die meisten Printmedien relativ schnell attraktivere Kommunikationsträger werden, wenn sie vermehrt auf dieses Mittel greifen würden. Illustrationen sind längst nicht mehr Beigaben zum Text oder sogar nur Füller.

Die Bedeutung, die die Illustration als journalistisches Mittel einnimmt, wird weiter zunehmen. Zeitungen wie Zeitschriften werden immer bessere Illustrationen angeboten, der Anteil an in visueller Aufbereitung angebotener Information steigt. Diese Fülle von Illustrationen – dazu gehören neben dem Bild auch Zeichnungen, Diagramme, Karten und Grafiken – zwingt die Redaktionen, ihre Mitarbeiter vermehrt mit den visuellen Mitteln vertraut zu machen und auszubilden. Denn ein gutes Bild, eine aussagekräftige Grafik oder ein kritischer Cartoon sind schneller beim Leser als ein noch so guter Text.

Pressefoto – Bildreportage – Fotoessay

Das *Pressefoto* ist ein Einzelbild, kurzlebig für den Tagesjournalismus. Ereignisse und Tagesprobleme sollen auf beeindruckende Art und Weise illustriert werden. Das charakteristische Merkmal eines Geschehens kann mit einem Foto rasch festgehalten und in seiner Dramatik authentisch wiedergegeben werden.
Das Pressefoto muß aktuell sein und sollte auch einen Nachrichtenwert haben. Zusätzliche Textinformationen sollten seine Aussagekraft unterstützen. Hinweise auf den Ort eines Geschehens, sowie auf die Namen und Funktionen abgebildeter Personen – z. B. als Bildunterschrift – sind sehr wichtig.
Je näher man am Ereignis ist, umso besser. Aber die Berichterstattung muß genau sein. Textunterlagen, präzise und vollständige Beschreibung der Abbildung. Z. B. wie heißen die Leute, warum tun sie das, wo, wann.
Die *Bildreportage* besteht nicht aus Einzelbildern, sondern ist eine dramaturgisch aufgebaute Bildreihe, die mit Text begleitet wird. Sie nimmt mehr Zeit und Raum zur Veröffentlichung in Anspruch und eignet sich für Zeitschriften und Magazine eher als für Tageszeitungen (Ausnahmen: Hintergrundgeschichten, Reportagen, Sonderbeilagen).
Eine Bildreportage muß sorgfältig geplant werden, ein roter Faden muß durch die Reportage gehen. Bei nichtaktuellen Reportagen ist ein vorangehendes Briefing von Fotograf, Journalist und Gestalter ratsam (z. B. welche Sujets, welches Aufmacherbild, wie viele Aufnahmen).
Beim *Fotoessay* führt eine Handlung von Bild zu Bild und erzählt so eine Geschichte oder sie erzeugt eine Stimmung. Die Idee für ein Fotoessay kommt meistens vom Fotografen, nicht vom Journalisten. Texte dazu sind vielfach kulturellen Inhalts.
Fotoessays sind oft unaktuell, man hat mehr Zeit für die Aufnahmen und man kann sie, wenn nötig, wiederholen. Wichtig sind die ideale Kameraposition, die optimale Tageszeit (oder Jahreszeit) und selbstverständlich die besten Motive. Auch Licht spielt eine wichtige Rolle. Eine solche Reportage ist meist vierfarbig, großflächig und nur in Illustrierten oder Magazinen anzutreffen. Der Fotoessay ist im weitesten Sinn eine aufwendige, nach ästhetischen Normen aufgebaute Bildreportage.

Bildauswahl

Noch nie wurden den Redaktionen so viele Bilder angeboten wie heute. Nicht nur eigene und freie Bildreporter bieten ihre Bilder an, sondern auch Nachrichten-, Werbe-, PR- und eigene Fotoagenturen sowie Pressebüros. Aus dieser Fülle von Bildern muß der Bildredakteur zusammen mit dem Gestalter die wirkungsvollsten aussuchen; Motive, die zueinander passen und die den begleitenden Text stützen und ergänzen. Am stärksten wird eine Aussage, wenn Text und Bild miteinander verbunden für ein gewisses Ziel eingesetzt werden. Hier einige Tips zur Bildauswahl:

● Besorgen Sie sich zu dem zu illustrierenden Thema möglichst viele Fotos; je größer die Auswahl, um so größer die Chance zu einem guten Bild. Lassen Sie sich von Großkopien nicht bluffen, auch bei kleinformatigen Vorlagen kann plötzlich ein „Hit" dabei sein.

● Die reiche Bildauswahl darf nicht dazu verleiten, zu viele Bilder zu veröffentlichen. Vermeiden Sie Doppelspurigkeiten. Bei guten Bildern mit der fast gleichen Aussage, mit ähnlichem Sujet, nehmen Sie nur das bessere, auch wenn es Ihnen schwerfällt.

● Farbdias, aber auch Farbprints nur mit einer Lupe prüfen, sonst kann man böse Überraschungen erleben. (Farbprints sind für die Weiterverarbeitung in der Lithografie weniger geeignet als Dias.) Das gute Schwarzweißbild entsteht im Labor. Sich nicht mit sogenannten Nullkopien, einer Kopie ohne jede weitere Bearbeitung, zufriedengeben.

Bildausschnitt

Bildausschnitt heißt, das Bild im Bild finden. Ausschnitte können die Qualität der Bilder nachhaltig beeinflussen. Es braucht viel Können und Einfühlungsvermögen, die Absicht des Fotografen zu erkennen und richtig zu interpretieren, um den richtigen Ausschnitt zu finden. Normalerweise macht der Fotograf den Ausschnitt bereits im Sucher, doch in den wenigsten Fällen kann diese Bildbegrenzung übernommen werden. Bildgröße, Papierqualität und Bildkombinationen müssen beim Layout berücksichtigt werden.
Die Aufnahmen können also nur selten so publiziert werden, wie sie der Fotograf angeliefert hat. (Ausnahmen gibt es bei Ausstellungsbildern, bei Bildstudien etc.) Der Gestalter muß die Bilder weiter verarbeiten. Er wird mit Bildschnitten näher an den Ereignisraum herangehen, das Wichtige hervorheben.
Ein gutgewählter Bildausschnitt erhöht die Wirkung eines Fotos, ebenso kann ein unüberlegter Schnitt die Aussage des Bildes beeinträchtigen oder sogar verfälschen.

Optimalcodierung der Bilder

Die Codierung eines Bildes, die Hervorhebung der Bildaussage kann gesteuert werden: In erster Linie durch den Fotografen, später – beschränkt durch Bildausschnitte – im Layout. Innerhalb der Skala möglicher Bildschnitte – die zugleich die Kameraeinstellung sein kann – gibt es unendlich viele Möglichkeiten. Nehmen wir die beiden Extrempunkte, die Totale (= Weitwinkel) und die Nahaufnahme

(= Tele). Beispiel: Die Aktion des Torwartes, sogar angeschnitten, ist ein Detail, das ganze Fußballfeld eine Totale. Zwischen diesen Spannungsfeldern muß der Bildausschnitt liegen, den man als optimal bezeichnen kann. Die Aspekte der Bildkomposition haben aber auch hier ihre Bedeutung.

Totale: Größere Zusammenhänge werden dargestellt. Einzelheiten werden aus der Distanz gezeigt. Die Totale ist meist langweilig und ohne Wirkung. Hingegen ist sie objektiver, weil sie die Zusammenhänge besser zeigt.

Nahaufnahme: Einzelne Fakten werden hervorgehoben, sie ermöglicht Detailanalysen. Durch die Isolation von einzelnen Fakten können Zusammenhänge verschwiegen oder sogar verändert werden.

Die Nahaufnahme ist subjektiver. Durch die Bildverdichtung wird die Wirkung intensiver. Das Fernsehen hat gegenüber den Printmedien enorme Vorteile. Es ist schneller, meist durchwegs farbig, bewegt und großformatig. Die einzige Schwäche: das Bild kann nicht festgehalten werden (außer mit einem Recorder). In den Printmedien versucht man immer mehr, Fotos zu bringen, die der Leser gerne längere Zeit betrachten möchte. Und das sind meistens Details, die durch ihre Wirkung den Leser weit mehr fesseln als Gesamtübersichten. (Der Tormann, mit dem Ball in den Händen und mit einer interessanten Mimik, fesselt den Betrachter mehr als das ganze Tor oder sogar das gesamte Spielfeld.)

Bildproportionierung

Unter Bildproportion versteht man das Verhältnis der Bildfläche, also Breite zu Höhe. Vereinfacht lassen sich zwei Arten der Proportionen unterscheiden: die harmonische Proportionierung und die Ausdrucksproportion.

Bei der *harmonischen Proportionierung* ist das Bild „objektiv richtig". Zugrunde liegt die Gesetzmäßigkeit des Goldenen Schnittes, der auch in der Natur häufig zu finden ist. Der Goldene Schnitt, das heißt das Verhältnis 3:5, 5:8, 8:13 usw., ist eine der mathematischen Schönheitsformeln, die sowohl Spannung als auch Ausgewogenheit aufweist.

Bei der *Ausdrucksproportion* richtet sich das Format nach der Wichtigkeit des Bildinhaltes, Unwichtiges wird nebensächlich gestaltet oder weggelassen. Die Ausdrucksproportion verläßt den „Goldenen Schnitt", die Formate werden extrem quer oder hoch. Diese Extremformate bringen Abwechslung und Effekt in der Gestaltung. Sie dürfen aber nicht bedenkenlos eingebaut werden; auch diese Formate müssen mit dem Seitenaufbau optisch übereinstimmen. Ferner müssen sich die Bilder und ihre Inhalte für diese extremen Bildschnitte eignen.

Bewegungslinien im Bild

Das Auge gleitet dorthin, wohin Zuglinien im Bilde weisen. Um eine geschlossene Seitenwirkung zu erzielen, muß diese Schau- oder Aktionsrichtung gegen die Heftmitte in Zeitschriften, gegen das Seiteninnere in Zeitungen gehen. Die Wirkung, die Blickrichtungen, Perspektiven, Bewegungen und Aktionen in Bildern auslösen, muß vom Gestalter berücksichtigt werden. Auseinanderstrebende Zuglinien stören die Harmonie, die gelegentlich auch wieder für besondere Effekte bewußt „falsch" eingesetzt werden können.

Text in Bildern

Es stellt sich immer wieder die Frage: Wie und wo kann man Typografie auch in Bilder stellen. Bei doppelseitigen Bildern muß mindestens eine Bildunterschrift im Bild plaziert werden, auf einer Auftaktdoppelseite sogar Titel und Vorspann. In vielen Fällen stört diese einkopierte Typografie den Bildaufbau gewaltig, und die Texte werden unleserlich.
Um überhaupt Text in Bilder einkopieren zu können, muß ein genügend großer, ruhiger Platz vorhanden sein. Genügend ruhig heißt ohne Struktur – also ein gleichmäßiger Ton; genügend groß heißt, daß wichtige Konturen des Bildinhaltes nicht tangiert werden dürfen. Im Zweifelsfalle ist es besser, das Bild etwas kleiner erscheinen zu lassen und alle Typografie daneben zu stellen.

Bildbeschaffung

Es gibt folgende Möglichkeiten der Bildbeschaffung:
Ein eigenes Archiv: Wichtige Bilder von eigenen Fotografen können nach Gebieten abgelegt werden. Die genaue Beschriftung und die Bildunterschriften dürfen nicht vergessen werden. Nachteil des eigenen Archives: Es veraltet schnell.
Eigene Aufnahmen: Für einen bestimmten Auftrag wird ein eigener oder freier Fotograf aufgeboten. Wichtig ist ein genaues Briefing, der Inhalt der Reportage muß dem Fotografen bekannt sein.
Der Vorteil: Die Bilder sind so, wie man sie sich gewünscht hat.
Der Nachteil: Eigene Aufnahmen können sehr aufwendig werden; oft wetterabhängig.
Gratisbilder: Viele Organisatoren und Firmen haben eigene Archive, aus denen sie Fotos zum Teil gratis abgeben. Meistens wird ein Fotovermerk verlangt. Eine budgetschonende Art, die man kritisch prüfen sollte.
Fotos aus Bildagenturen: Agenturen stellen Fotos für Druckzwecke oder sonstige Vervielfältigungen zur Verfügung. Sie archivieren Fotos und Dias von Fotografen, die ihnen ihr Material auf Kommissionsbasis zur Vermarktung überlassen.

Grafiken / Diagramme

Grafiken und Diagramme, die gleichzeitig illustrieren und informieren, werden mit Bestimmtheit in nächster Zeit das Gesicht der Zeitungen und Zeitschriften revolutionieren. Informative Grafik spielt schon seit einiger Zeit bei der Illustration von

Geschäftsberichten eine wichtige Rolle. Diese Art der Illustration kann Zahlen und Zusammenhänge schneller zum Leser transportieren als Text. So anschaulich aufgemachte Beiträge ziehen gelegentlich auch nur am Rande interessierte Leser in einen Beitrag hinein. Besonders in unserem optischen Zeitalter ermöglichen Diagramme aus Balken, Kurven, Säulen und Kreisen dem Leser einen schnelleren Überblick und eine klarere Orientierung als ein Text voller Zahlen.

Visualisierte Statistiken müssen aber klar und unmißverständlich sein. Die häufigsten Fehler sind: Diagramme werden oft überladen, auch untergeordnete Aspekte werden im Schaubild dargestellt. Das andere Extrem ist, daß Diagramme manchmal mit ihrer Banalität schlichtweg überflüssig werden. Diagramme dürfen nicht nur illustrieren, sie müssen auch ihrer Größe entsprechend informieren. Der wohl häufigste Mangel ist die Wahl des falschen Diagrammtyps. Es gibt folgende Möglichkeiten:

Kurvengrafiken: Eine Kurve entsteht durch Verbinden von Punkten. Der abzulesende Wert wird vom senkrechten Abstand angegeben. Mit der Kurve läßt sich das Auf und Ab in attraktiver Weise zeigen. Kurven betonen also, wie etwas verläuft, sich entwickelt, verändert. (Trends über eine Zeitspanne können mit Kurvengrafiken gut dargestellt werden.)

Säulengrafiken: Anstatt die Punkte mit Linien zu verbinden, kann die Höhe, der Abstand zur Null-Linie, auch mit senkrechten Balken dargestellt werden. Man erreicht auf diese Art eine kräftige Darstellung. (Sie ist geeignet für die Darstellung von Mengen über eine Zeitspanne.)

Bei Kurven- und Säulendiagrammen darf man unter keinen Umständen die Null-Linie kappen. Eine solche Manipulation verfälscht die Aussage und ist unglaubwürdig.

Kreise – Kuchengrafik: Auf diese Art läßt sich am besten illustrieren, wie eine Menge – z. B. Subventionen – verteilt wird. Kreis- oder Kuchengrafiken dürfen nicht überladen werden, pro Grafik höchstens fünf bis sieben Werte einbauen, sonst wird diese Darstellung unübersichtlich. Ein in Portionen aufgeteiltes Kreisdiagramm hat den Nachteil, daß die Größen nicht genau abgelesen werden können.

Selbstverständlich gibt es viele andere Möglichkeiten, Zahlen zu illustrieren. Auch sind Kombinationen zwischen verschiedenen Diagrammtypen oder sogar Bildillustrationen möglich. Doch auch die Vielfalt unterschiedlichster Diagramme in komplizierten Ausgestaltungen ist auf einfache Grundformen zurückzuführen. Die meisten Satzrechner, Desk-top-publishing-Programme und Personal-Computer sind heute mit einer Software ausgerüstet, mit deren Hilfe es möglich ist, solche Grafiken selbst herzustellen.

Karten

Karten sind etwas, was alle Leser schnell verstehen und gerne betrachten. Sie geben schnell Auskunft, wo ein Geschehen stattfindet oder stattfand. Auch die Karte muß genau und informativ sein; die Eintragungen sollen helfen, die Karte schnell zu verstehen. Sie darf weder mit Linien noch mit Typografie überladen sein, noch dürfen leere Flächen ungenutzt stehen bleiben. Karten sind schnell herstellbar, sofern ein eigenes Archiv oder eigene Kartenprogramme im Computer vorhanden sind. Kartenumrisse bleiben meist bestehen, Änderungen sind selten.

Zeichnungen

Zeichnungen sind in Zeitungen und Zeitschriften in den verschiedensten Formen anzutreffen. Sie werden als Ergänzung oder auch als Kontrast zu anderen Illustrationen eingesetzt. Manchmal kann auch nur eine Zeichnung visuelle Informationen weitergeben, vor allem dann, wenn kein Bild geschossen werden kann.

Der Illustrator muß Größe, Satzspiegel und wenn möglich schon die Seitengestaltung kennen, um die Zeichnung dem Produkt optimal anpassen zu können. Originalzeichnungen können nachträglich weder stark vergrößert noch verkleinert werden. Die Strichdicke der Zeichnung wird sonst mitverändert, zu fette oder zu feine Striche wirken dann unproportioniert. *Clemens Barmettler*

Optischer Journalismus

Die nachfolgenden Ausführungen befassen sich mit den Themen Bildlegende, Titel-Bild-Bezug, Titelseiten-/Titel-Thema-Bezug, Form und Inhalt sowie Infografik.

Für die nachfolgenden Abbildungen gilt folgender Bildnachweis:

1 Bild am Sonntag
2 Schweizerischer Beobachter
3 Salzburger Nachrichten
4 Kleine Zeitung
5 Neue Kronen Zeitung
6 Bild am Sonntag
7 Sonntags-Blick
8 Sonntag
9 Kurier
10 Mirjam
11 Stern
12 Mirjam
13 Stern
14 Impulse
15 Bunte Illustrierte
16 Impulse
17 Schoellerbank-Graphikdienst
18 Sunday Times / ifra-Zeitungstechnik (P. Sullivan)

Optischer Journalismus

Wie man Texte attraktiver macht

Der auf das Wort trainierte Journalist mag es bedauern, aber ohne optische Elemente, die den Text in seiner Wirkung unterstützen, kommt heute keine Zeitung und keine Zeitschrift mehr aus. Aber kann man von „optischem Journalismus“ reden?

Um Irrtümern vorzubeugen: Auf den nächsten Seiten dieses Kapitels geht es nicht um Gestaltung, sondern vor allem um das Zusammenspiel von Text und Bild. Wenn man „optischen Journalismus“ so definiert und dabei berücksichtigt, daß Titel, Leads, Zwischentitel, Textlängen und Bildlegenden ebenfalls dazugehören, dann ist optischer Journalismus schon lange Redaktionsalltag.

Gebräuchlichstes Mittel, um einen Text attraktiver zu machen, ist der Einsatz des Bildes. Gute Fotos ziehen die Blicke der Leser magisch an. Eine zum Thema passende Bildaussage, verbunden mit einer interessanten Bildlegende, ist deshalb so wichtig wie der Titel selbst. Aber da versagen viele Journalisten, weil sie die Bilder, die sie betexten, nicht richtig anschauen. Ein Beispiel dafür steht links auf dieser Seite. Es stammt von der Titelseite einer Boulevard-Zeitung. Diese Frau ruft nicht „Hilfe“, sondern freut sich. Unterschwelliges Fazit beim Leser: Etwas an diesem Thema stimmt nicht. Wer so leichtfertig Skepsis weckt, darf kaum damit rechnen, daß sich die Leser auf den Inhalt stürzen.

Ohne Worte...

Die Bahnen im Raum Wien „kommen an". Bild: SN/Othmar F. Behr

Zwei Bilder, zwei Bildlegenden: Beim Bild oben sagt man dem Leser, daß man nichts zu sagen hat. Doch was zeigt das Bild? Zwei Plakate, deren Texte einen Dialog ergeben. Wenn man diese Aussage zur Bildlegende komprimiert, ergibt sich: Plakativer Dialog! Das Bild links illustriert einen Artikel über den Erfolg des Verkehrsverbundes Ostregion (VOR). So wie die Bildlegende jetzt dasteht, ist sie für den Leser ein Verwirrspiel, das sich erst durch den Text löst. Verbunden mit einer Zusatzinformation hätte sie das Interesse der Leser auf Anhieb vertiefen können. Beispielsweise: Zwei von 673 Millionen Fahrgästen – die Bahnen im Raum Wien kommen an.

Angst an Frankreichs Stränden

So sorglos wie bei uns badete man an Frankreichs Stränden nicht. Vor allem im Gebiet von Nizza und Cannes verletzten sich Badende immer wieder an von Rauschgiftsüchtigen weggeworfenen Einwegspritzen (Foto: gepa)

Bildtexte sollten von den Bildern ausgehen: Also nicht „Angst an Frankreichs Stränden", sondern „Badelust statt Badefrust". Während man bei uns (wo?) noch sorglos baden kann, lauern an Südfrankreichs Stränden neue Gefahren . . . Beim Beispiel unten sind es nicht die Tiere, die Kinder nur aus Büchern kennen. Darüber hinaus wäre die Bildaussage auch hier der bessere Einstieg gewesen. Beispielsweise: Esel und Widder im Tiergarten (wo?). Da die meisten Kinder . . . Übrigens sollten längere Bildtexte auch die 7 W beantworten.

Viele Tiere kennen Stadtkinder und selbst Landkinder nur noch aus Büchern – oder aus dem Fernsehen, weil der früher ganz normale Kontakt zu den vierbeinigen Gefährten des Menschen verlorengegangen ist. Diesen Mangel wollen nun mehr und mehr Tiergärten möglichst rasch beheben: Sie zeigen die alten Haustiere, hier Esel und Widder.

Foto: Walter Sittig

Mit diesem offensichtlichen Archivbild illustrierte eine große deutsche Boulevard-Zeitung einen Bericht über Romy Schneider. Muß der Griff ins Archiv überhaupt deklariert werden? Wir meinen ja. Und es wäre auch einfach gewesen. Beispielsweise so: Romy, wie wir sie aus Filmen kennen. Eine Operation fesselt sie nun für zwei Monate ans Bett.

Nach der Operation: Romy muß noch zwei Monate im Bett bleiben

Regeln für Bildlegenden

- Kein Bild ohne Bildunterschrift. Aber nehmen Sie sich zwei Minuten Zeit, bevor Sie zu schreiben beginnen. Betrachten Sie das Bild genau.
- Auch wenn Bilder angeblich mehr als tausend Worte sagen, erwartet der Leser die Erläuterung dessen, was er auf dem Bild sieht. Ausgangspunkt für den Text ist in der Regel der Blickfang im Bild.
- Illustriert das Bild einen Text, überlegen Sie, ob sich die Bildaussage mit einem interessanten Aspekt des Themas verknüpfen läßt.
- Dominieren Personen das Bild, sollten sie identifiziert oder mindestens angesprochen werden.
- Halten Sie Bildlegenden knapp, aber sagen Sie alles Wesentliche.
- Deklarieren Sie Archivbilder direkt mit (Archivbild) oder indirekt durch Ihre Formulierung.
- Interpretieren Sie Bilder behutsam. Gefragt sind nicht Reflexionen, sondern präzise Informationen.

Wenn Bilder Titel machen

Titel haben zwei Aufgaben: Sie sollen den Leser informieren, und sie sollen ihn neugierig machen. Im Zweifelsfalle ist informieren besser als nur neugierig machen. Dazu sollen Titel aber auch Stimmung erzeugen. Und das trifft besonders zu, wenn es sich um Titel für Bildreportagen oder bilddominant aufgemachte Textreportagen handelt.

Die optimalste Wirkung erzielt man, wenn der Titel die Bildaussage aufnimmt und verdichtet, wenn also Bild und Titel als Einheit wirken. Ein attraktives Beispiel dafür ist der Reportageauftakt auf dieser Seite. Mit dem Titel „Klasse statt Masse" nimmt der Autor präzise die Kernaussage des Bildes auf und steuert genau auf den Uhrmacher mit seiner Luxusuhr zu, die trotz Überflutung des Marktes mit Billiguhren Erfolg hat.

Das Problem bei dieser Art von Titeln ist, daß sie oft nicht ganz genau den Kern des Textes treffen. In einem solchen Fall erhält der Lead eine zusätzliche Funktion: Er muß nicht nur das Interesse des Lesers an der Reportage steigern, indem er auf möglichst interessante Art sagt, was der Text bietet; er muß auch den Übergang vom Titel zum Text garantieren. Am besten gelingt das, indem man den Titel im Lead noch einmal indirekt aufnimmt und enger mit dem Text verknüpft.

Zwei Bildreportagen, zwei Titel – zwei verschiedene Wirkungen: Das Bild von dem Tuareg in der archaischen Landschaft Algeriens ist zwar hochinteressant, aber der Titel geht an der Bildaussage vorbei und zerstört damit aufkeimendes Leseinteresse.

Ganz anders die Aufmachung rechts: Der Titel trifft die Bilder, und der Lead führt den Leser direkt in das Thema.

Mit dem Titelbild Themen verkaufen

Die erste Seite ist der Schaukasten Ihrer Zeitschrift. Sie entscheidet über Leseerwartungen – und am Kiosk sogar über den Kauf. Bei der heutigen Überflutung von visuellen Reizen genügt da das einfache Foto oft nicht mehr. Die Umsetzung von Themen zu Titelbildern ist vor allem bei großen Zeitschriften und Magazinen zu einem hochspezialisierten Beruf geworden, der raffinierteste Techniken der Bildmontage, Bildkomposition und Illustration einsetzt. Dennoch gibt es ein paar einfache Grundregeln, die auch weiterhin Geltung haben:

- Das Titelbild muß Interesse und Emotionen wecken, aber nicht um jeden Preis. Abstoßende Bilder verkaufen sich in der Regel schlechter als sympathische, mit denen der Leser sich identifizieren kann.

- Interesse und Emotionen sollen auch die Texte auf der Titelseite wecken. Das gilt vor allem für Titel und Legende zum Titelbild. Sie müssen den Kern der Bildaussage treffen.

- Das Titelbild sollte den journalistischen Schwerpunkt des Blattes signalisieren, auf jeden Fall aber eine klare Beziehung zu einem gewichtigen Thema im Blattinnern haben.

- Jedes Blatt sollte versuchen, einen eigenen, dem Produkt angepaßten Titel- und Titelbild-Stil zu entwickeln.

Themenverkauf in der Praxis

Schmerzhafte Schönheit

Tierversuche und Kosmetik

Die Gegner und Befürworter der Tierversuche liefern sich seit längerer Zeit hitzige Debatten. Tierschutzvereine und Einzelpersonen streben ein teilweises oder totales Verbot der Quälereien im Labor an; die Befürworter wehren sich mit der Begründung, dass Menschenleben wertvoller seien als Tierleben und diese deshalb dem höheren Zweck geopfert werden dürfen/sollen/müssen. Es stellt sich allerdings die Frage, wieweit solche Tierversuche wirklich lebensrettend und unumgänglich sind. Zum Beispiel werden in der Branche Kosmetika und Putzmittel allein jährlich unzählige Tiere «verbraucht». Wir unterhielten uns darüber mit der Journalistin Irène Hagmann. Sie ist letzten Frühling von der «Stiftung Kreis der Tierfreunde» für ihren ausserordentlichen Einsatz für die Versuchstiere ausgezeichnet worden und war massgeblich beteiligt bei der Gründung des Fonds für versuchstierfreie Forschung (FFVFF)*.

*Stiftung Fonds für versuchstierfreie Forschung, Biberlinstr. 5, 8032 Zürich

«Mirjam»: Frau Hagmann, was für Versuche werden mit welchen Tieren für die Kosmetikprodukte vorgenommen?

I.H.: Der wichtigste Test ist der sogenannte «Draize-Test». Dazu werden eine Anzahl Kaninchen in Bändigungsgeräten unbeweglich gehalten, denen man einige Tropfen der zu prüfenden Substanz ins Auge träufelt. Die Reizwirkung der Substanz wird nach einer, nach 24, 48, 72 oder 168 Stunden beobachtet und in einer Skala von Werten mit 0–4 standardisiert.

Das hört sich undramatisch an, aber dieser Test birgt viel Qual für die unbetäubten und mit keinem Schmerzmittel behandelten Kaninchen, denn ihre hochempfindlichen Augen werden oft schwer beschädigt oder gar völlig zerstört. Nach Beendigung des Versuchs werden die Kaninchen getötet.

«Mirjam»: Ist denn dieser Test vorgeschrieben, ist er nötig?

I.H.: Dieser Versuch ist heute noch in allen internationalen Reglementierungen vorgeschrieben für die Prüfung von kosmetischen Substanzen, aber zur Hauptsache auch von Industriechemikalien, landwirtschaftlichen Hilfsstoffen (Schädlingsbekämpfungsmitteln z.B.) sowie Putz- und Waschmitteln. Er wird mit Recht seit Jahren von Tierschutzorganisationen heftig bekämpft. Ganz abgesehen von der Tatsache der Tierquälerei (die auch niemand mehr zu beschönigen wagt) fällt ins Gewicht, dass die Resulta

12

,,Mirjam'' und ,,Stern''

Themenverkauf in der Praxis

Kein Bild ohne Text, das gilt besonders für die Titelseite. Wie problematisch es sein kann, wenn man diese Grundregel nicht befolgt, demonstriert das Titelbild der Frauenzeitschrift ,,Mirjam''. Versetzen wir uns einmal in die Situation der Leserin, die aufgrund des Titelbildes dieses Heft gekauft hat. Was erwartet sie? Sicher eine Reportage über Katzen, aber ganz sicher keinen Bericht über Tierversuche. Fazit: eine enttäuschte Leserin!

Professionell dagegen der ,,Stern'', der mit seiner emotionellen Titelseite zur Irak-Krise durch Optik und Titel Erwartungen weckt, die er bei der Themenaufmachung im Blattinnern auch wieder aufnimmt.

13

Opas Marketing zieht immer noch

Kleine Dienste halten die Kundschaft

Der beste Dienst, den Händler und Handwerker ihrem Unternehmen erweisen können, ist der Dienst am Kunden. Service schafft Profil, sichert Vorsprung im Wettbewerb und fördert den Absatz. impulse zeigt Unternehmern Wege, wie sie Kundendienst in Geschäftserfolg ummünzen

Siegfried Braun hatte sich total verrechnet. Als der Kran die fünf Tonnen schwere Geschoßdecke auf die Dielenwände in Brauns „Isorast"-Bausatzhaus im schwäbischen Jungingen setzen wollte, paßte nichts zusammen. 5000 Mark kostete die Panne.

Doch Bauherr Braun hatte Glück. Sein Vertragspartner Ernst Herz, Geschäftsführer der Dämm- und Systembau GmbH in Eigeltingen, übernahm die Kosten. Der dem Unternehmen teure Dienst am Kunden war wohl überlegt. Denn Herz weiß aus Erfahrung: „Jede Baustelle ist für uns ein Referenzobjekt."

Mit anderen Worten: „Auch wenn der Bauherr schuld hat – etwas bleibt immer an uns hängen." Und, schlimmer noch: „Negativwerbung

Kundendienst: Sechs Regeln für ein erfolgreiches Konzept

1. Wünsche erkennen

Machen Sie sich ein Bild von Ihren Kunden. Mit Hilfe eines Fragebogens etwa, den Sie einem attraktiven Preisausschreiben beifügen. Mit den so gewonnenen Informationen legen Sie eine Kundenkartei an. Auf der Basis dieser Daten können Sie Geburtstags- und Weihnachtsgrüße verschikken, Werbebriefe an den Mann bringen, Kundenbesuche planen und gezielt Sonderofferten anbieten. Sie können aber auch eine vorgedruckte Checkliste („Was gefällt Ihnen nicht? Was vermissen Sie bei uns?") dem Kassenzettel beifügen. Lassen Sie anonym antworten, und stellen Sie einen Briefkasten für die Rückgabe auf. Konzipieren Sie selbst Servicevorschläge. Lassen Sie den Kunden darüber entscheiden.

2. Vorteile bieten

Gastronomen und Bäcker lassen sich in die Karten schauen: mit Koch- und Backrezepten; Möbelhändler verschenken Einrichtungstips; in der Boutique gibt's Pflegeanleitungen für Jacke wie Hose. Vielleicht sogar einen kostenlosen Änderungsservice. Das Hausratwarengeschäft macht sich stark am Markt mit Funktionsprüfungen von Küchengeräten. Die Kfz-Werkstatt lockt Laien ganz legal in die Bastlerecke (Gebühr: fünf Mark) mit Werkzeug, Hebebühne und Grube. Motto: Der Bastler von heute ist der Käufer von morgen. Und der Lebensmittelhändler ziert sich nicht bei der Pfandannahme. Auch kennt er seine Kunden, nimmt Bestellungen per Telefon auf und liefert auf Wunsch die Ware nach Hause.

3. Einkauf erleichtern

Wie wär's mit einem Ansteckknopf für schaulustige Kunden: „Ich will mich nur umsehen"? Oder mit einem Videogerät zur aktuellen Information: „Modeneuheit." Oder branchenbezogen: „Jogging für Anfänger." Numerierte Platzkarten machen dem leidigen Anstehen (zum Beispiel an der Wursttheke) ein Ende. Und der Fahrradständer signalisiert: „Hier denkt man umweltfreundlich." Kindersitze in SB-Wagen schaffen Müttern Zeit, Raum und Laune zum Einkauf. Passen Sie Ihr Kundenführungssystem Ihrer Zielgruppe an: Senioren und Mütter mit Kindern kommen kein zweites Mal, wenn Sie durch ein Labyrinth von Gängen irren müssen. Gewähren Sie Leihgab... Hause entscheidet sich's le...

14

Deutschlands beliebtester Einzelhändler heißt Hans Sanmann aus Hamburg – Preisträger im „König-Kunde"-Wettbewerb des Südwestfunks. Sanmanns Spezialität: Er füllt Kunden in den Ferien den Eisschrank. Schlüssel abgeben genügt

multipliziert sich um ein Vielfaches." So bucht Verkaufsspezialist Herz die 5000 Mark als Werbung für sein Neun-Mann-Unternehmen ab. Denn: „Wenn sich unser Service und unsere Zuverlässigkeit herumsprechen, so kommt uns das billiger als jede Werbekampagne."

Weitaus preiswerter fiel die Kundenwerbung des bayrischen Armaturenherstellers Schmiedl aus. Nach genau 21 Jahren brach in der Mischbatterie des Eigenheimbesitzers und Ex-Schmiedl-Kunden Ludwig Blumentrath der Umstellkegel.

Da Ersatz im Handel nicht mehr zu haben war, schrieb Blumentrath an den Hersteller. Und der schickte das Gewünschte postwendend. Mit dabei: eine detaillierte Montageanleitung und präzise Pro-

4. Gespräch vermitteln

Richten Sie eine Klönecke im Laden ein. Offerieren Sie Zielgruppentreffs: den Mütterzirkel aus Drogeriekundinnen; das Kundenorchester der Musikalienhandlung; den Schleuderkursus der Kfz-Werkstatt; das Rallye-Team des Zubehörhandels. Fachgeschäfte, die auf Übergrößen spezialisiert sind, bieten Kommunikation im „Club der Langen". Galeristen profilieren sich durch Vorlesungen über Kunstgeschichte; Buchhandlungen verkaufen Geschichten, die sie von Profisprechern vorlesen lassen (Finanzhilfe vom Verlag). Schließlich: Welcher Fachmann hätte im gewieften Laien bisweilen nicht schon seinen Meister gefunden? Also: Richten Sie eine Börse ein – „Tips von Kunden für Kunden".

5. Ratschläge geben

Sorgen Sie für eindeutige Preisauszeichnungen. Bunte Preisschilder betonen die Individualität des Ladenlokals. Bieten Sie Beratung zu Hause an. Nutzen Sie Umbau und Renovierung für einen Tag der offenen Tür mit Tanz und Tombola, Werbung und Würstchen. Achten Sie auf die Verständlichkeit von Gebrauchsanweisungen. Machen Sie die Probe. Nicht der Fachmann, sondern der Laie muß sie verstehen. Werben Sie mit Ihrem Service. Weisen Sie den Kunden auch noch an der Kasse auf Sonderangebote hin, wenn er ein teureres Produkt erstanden hat. Scheuen Sie sich nicht, auch auf das Sortiment des Konkurrenten hinzuweisen, wenn der Käufer bei Ihnen nicht findet, was er wünscht.

6. Kunden sichern

Haben Sie die Kunden von Ihrem Service überzeugt, dann müssen Sie das Niveau der Dienstleistungen halten. Das heißt: sich Stammkunden sichern. Über die VIP-Karte etwa: Denn Exklusivität zündet seit jeher. So lädt das Kosmetikinstitut Kundinnen zu einem Schminkkursus ein, der Elektrofachhändler gewährt einen Treuerabatt, und das Bekleidungsgeschäft lockt treue Kunden über die Kreditkarte mit Zahlungserleichterungen. Der Kundenköder läßt sich auch per Post auswerfen. So freuen sich ehemalige Autokäufer über Geburtstagsgrüße ebenso wie über die Erinnerung an den heraufziehenden TÜV-Termin, und Ex-Urlau... cher zeigen sich entzückt v... rienfoto aus dem Reisebüro.

14

Animation durch Textportionierung

Wenn die Form den Text dominiert

Wenn man aus den zahlreichen Studien, die sich mit der Informationsüberlastung befassen, ein Fazit ziehen kann, dann das: Immer mehr Leserinnen und Leser haben Probleme mit längeren Texten. Die Antwort der Kommunikations-Designer darauf ist die Portionierung von Texten in appetitlichen Happen. Das muß gar nicht einmal so weit gehen, wie bei den mustergültigen Beispielen auf dieser Doppelseite, die nur in enger Zusammenarbeit zwischen Layouter und Journalist entstehen konnten. Textportionierung fängt schon bei der einfachen Story an:

Regeln für das Portionieren von Texten

- *Der Titel:* Er sollte in der Regel nicht länger sein als 30 Buchstaben. Das ist eine Länge, die der Leser mit einem Blick erfassen kann.
- *Der Lead:* Er verliert seine Funktion als Rutschbahn in den Artikel, wenn er zu lang ist. Als ideale Länge gelten fünf bis zehn ein- oder zweispaltige Zeilen, je nach Llänge des Textes.
- *Die Absätze:* Sie sind Verschnaufpausen für den Leser. Gönnen Sie ihm eine solche Pause nach jeweils zehn bis 15 Zeilen.
- *Die Zwischentitel:* Sie werden oft nach grafischen Gesichtspunkten gesetzt. Aber alle 25 bis 30 Zeilen sollte einer stehen.
- *Die Kästchen:* Sie sind die größte Erfindung der Textportionierung. Darin kann man Zahlen verstauen, die den Lesefluß stören, oder wichtige Nebenaspekte unterbringen, die nicht in den Ablauf der Story passen.

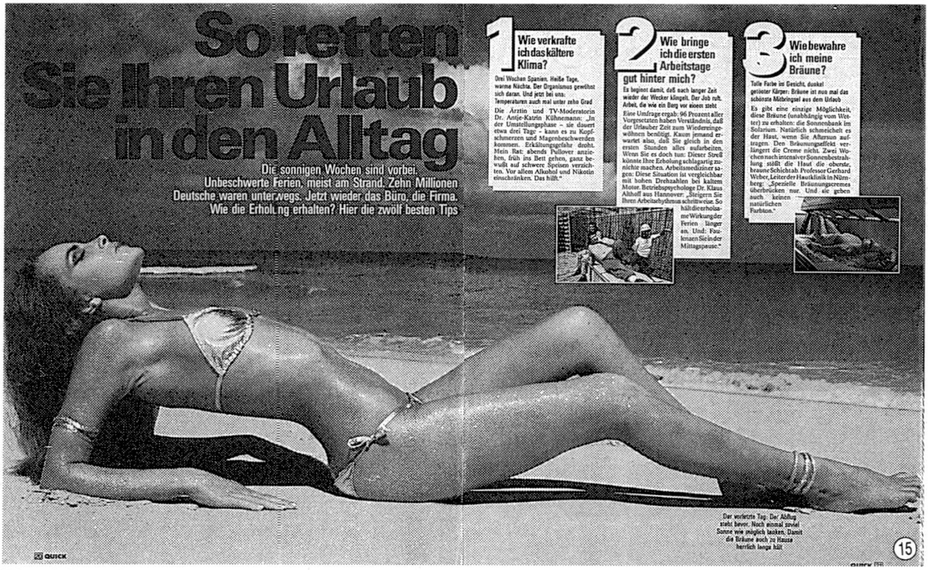

So retten Sie Ihren Urlaub in den Alltag

Die sonnigen Wochen sind vorbei. Unbeschwerte Ferien, meist am Strand. Zehn Millionen Deutsche waren unterwegs. Jetzt wieder das Büro, die Firma. Wie die Erholung erhalten? Hier die zwölf besten Tips

1 Wie verkrafte ich das kältere Klima?

Drei Wochen Spanien. Heiße Tage, warme Nächte. Der Organismus gewöhnt sich daran. Und jetzt bei uns: Temperaturen auch mal unter zehn Grad

Die Ärztin und TV-Moderatorin Dr. Antje-Katrin Kühnemann: „In der Umstellungsphase – sie dauert etwa drei Tage – kann es zu Kopfschmerzen und Magenbeschwerden kommen. Erkältungsgefahr droht. Mein Rat: abends Pullover anziehen, früh ins Bett gehen, ganz bewußt auf schwere Speisen verzichten. Vor allem Alkohol und Nikotin einschränken. Das hilft."

2 Wie bringe ich die ersten Arbeitstage gut hinter mich?

Es beginnt damit, daß nach langer Zeit wieder der Wecker klingelt. Der Job ruft. Arbeit, die wie ein Berg vor einem steht

Eine Umfrage ergab: 96 Prozent aller Vorgesetzten haben Verständnis, daß der Urlauber Zeit zum Wiedereingewöhnen benötigt. Kaum jemand erwartet also, daß Sie gleich in den ersten Stunden alles aufarbeiten. Wenn Sie es doch tun: Dieser Streß könnte Ihre Erholung schlagartig zunichte machen. Arbeitsmediziner sagen: Diese Situation ist vergleichbar mit hohen Drehzahlen bei kaltem Motor. Betriebspsychologe Dr. Klaus Althoff aus Hannover: „Steigern Sie Ihren Arbeitsrhythmus schrittweise. So hält die erholsame Wirkung der Ferien länger an. Und: Faulenzen Sie in der Mittagspause."

3 Wie bewahre ich meine Bräune?

Tolle Farbe im Gesicht, dunkel getönter Körper: Bräune ist nun mal das schönste Mitbringsel aus dem Urlaub

Es gibt eine einzige Möglichkeit, diese Bräune (unabhängig vom Wetter) zu erhalten: die Sonnenbank im Solarium. Natürlich schmeichelt es der Haut, wenn Sie Aftersun auftragen. Den Bräunungseffekt verlängert die Creme nicht. Zwei Wochen nach intensiver Sonnenbestrahlung stößt die Haut die oberste, braune Schicht ab. Professor Gerhard Weber, Leiter der Hautklinik in Nürnberg: „Spezielle Bräunungscremes überbrücken nur. Und sie geben auch keinen natürlichen Farbton."

Der vorletzte Tag: Der Abflug steht bevor. Noch einmal soviel Sonne wie möglich tanken. Damit die Bräune auch zu Hause herrlich lange hält

15

Zwei Service-Themen – meisterhaft aufbereitet: Eine solche Präsentation setzt ein Vorlayout voraus und höchste Zeilendisziplin beim Schreibenden.

Personalsuche auf einem undurchsichtigen Markt

So finden Sie die richtige Sekretärin

Sekretärinnen mit Organisationstalent, Fremdsprachenkenntnissen und einem lückenlosen Gedächtnis sind gesucht wie nie zuvor. Doch bei der Auswahl unter den Kandidatinnen zeigt sich oft, daß die vorgelegten Diplome selten halten, was sie versprechen. impulse gibt Ratschläge

Gute Sekretärinnen können sich vor attraktiven Angeboten kaum retten." Den aktuellen Boom für die guten Geister im Chefsekretariat machte der Deutsche Industrie- und Handelstag (DIHT) in Bonn aus. Eine Umfrage bei Unternehmern ergab, daß vor allem Sekretärinnen mit Sprachkenntnissen wie zu Schwarzmarktzeiten unter der Hand gehandelt würden.

So standen etwa Frankreich-Exporteure im letzten Herbst kopf, als die neue Regierung die Zollbestimmungen veränderte. „Über Nacht mußten wir jemanden finden, der uns die Papiere übersetzte", stöhnt heute noch Wolfram Schneider, Inhaber der Dictator Technik Ruef & Co (10 Millionen Mark Umsatz, 40 Prozent Exportanteil).

Teure Lösung

Da von heute auf morgen keine Fremdsprachensekretärin zu finden war, behalf sich der Fabrikant von Feuerschutzartikeln mit einer ebenso zeitraubenden wie kostspieligen Notlösung: Die Einfuhrdokumente schickte Schneider per Telex an seinen französischen Handelsvertreter, der sie übersetzte und wiederum per Telex nach Neusäß bei Augsburg zurücksendete.

Hubert Krembel, Geschäftsführer der Westa-Flex-Werke in Gütersloh (80 Millionen Mark Umsatz, 40 Prozent Exportanteil), meisterte das Problem auf andere Art. Der Exporteur warb kurzerhand bei einer Frankfurter Bank die Diplom-Übersetzerin ab. „Anderenfalls wäre der Export von Schalldämpfern nach Frankreich an den Formalitäten gescheitert", erklärt Exporteur Krembel seinen unverfrorenen Coup.

Bei der Personalsuche müssen Unternehmer in der Tat findig sein. „Von zehn Bewerberinnen sind vielleicht drei diskutabel, und mit etwas Glück ist auch die richtige darunter", schätzt Hans-Bernd Grauper von der Kienbaum-Personalberatung in Düsseldorf. Die niedrige Trefferquote erklärt der Experte so: „Sekretärin darf sich jede ungelernte Bürokraft nennen, egal, ob sie nun Zollpapiere in Französisch abfassen oder nur Kaffee kochen muß."

Der Markt für Sekretärinnen ist undurchsichtig. Rund 100 Ausbildungsstätten rangeln untereinander mit einem Dutzend verschiedener Sekretärinnendiplome. Vereine, Verbände, Volkshochschulen, Gewerkschaftsschulen, betriebliche Ausbildungsstätten, Industrie- und Handelskammern beteiligen sich an dem Verwirrspiel mit den Zertifikaten.

Über jeden Verdacht erhaben sind allein Bewerberinnen, die eine Prüfung vor der Industrie- und Handelskammer abgelegt haben. Den Abschluß als „geprüfter Sekretär/geprüfte Sekretärin" gibt es bundeseinheitlich seit dem 17. Januar 1975. Die IHK-Prüfer erteilen auch ein Zertifikat für Fremdsprachenkorrespondenten, Fremdsprachenkaufleute, Übersetzer und Dolmetscher. Doch das besonders begehrte Zertifikat Fremdsprachensekretärin fehlt bislang noch im IHK-Angebot.

Just in diese Marktlücke stoßen die vielen Privatschulen mit ih-

Sie nimmt Diktate auf
Stenographie und Maschinenschreiben nach Band und Diktat sind Selbstverständlichkeiten. Die Anwendung moderner Textverarbeitungsanlagen sollte auch vorausgesetzt werden. Generell darf die Bedienung der gesamten Palette neuzeitlicher Heinzelmännchen im Büro, wie Telekopierer und Teletex, die rechte Hand vor kein Problem stellen

...bearbeitet die Post
Die selbständige Bearbeitung der Routinepost reicht vom Sortieren der Eingangspost, Sichtung der Durchschriften der Ausgangspost bis zur Kontrolle des Zeitungsumlaufs. Ablage und Registratur gilt es – wenn nötig – aufzubauen und zu pflegen. Darüber hinaus gehört die Abwicklung des Telefondienstes für die Geschäftsführung zur Routinearbeit

...spricht Fremdsprachen
Fremdsprachen in Wort und Schrift heißt Beherrschung mindestens einer fremden Sprache sowie Kenntnisse einer zweiten Fremdsprache. Das bedeutet zum Beispiel: Gewandtheit in mündlichem und schriftlichem Ausdruck, grammatikalische Sicherheit, selbständiges Ausarbeiten fremdsprachiger Geschäftsbriefe, Angebote, Anfragen oder Bestellungen

...organisiert perfekt
Organisationstalent beweist sich an der fristgemäßen Abwicklung aller anfallenden Sekretariatsarbeiten. Dazu zählen vor allem Termingestaltung, Koordination der Besprechungen mit Mitarbeitern, Vorbereitung von Dienstreisen einschließlich der Vorbesprechung von Unterlagen. Durchsetzungsvermögen und Akkuratesse sind also unverzichtbar

...behält die Nerven
Für eine Chefsekretärin ist besonders wichtig, ob sie menschlich zu ihrem Vorgesetzten paßt. Erst dann identifiziert sie sich mit dem Unternehmen, zeigt Belastbarkeit und behält die Nerven. Ihr Terminkalender muß auf die individuellen Wünsche des Vorgesetzten abgestimmt sein. Die private Ungebundenheit verträgt sich eher mit einer flexiblen Arbeitszeit

...hat gute Umgangsformen
Der Empfang und die Betreuung von Besuchern der Firmenleitung erfordert ein gewandtes Auftreten. Das selbständige Abfertigen unerwünschter oder uninteressanter Besucher verlangt Geschick im Umgang mit Menschen. Sicheres Auftreten und Einfühlungsvermögen für betriebliche Zusammenhänge kommen bei Repräsentationsaufgaben zugute

...ist vertrauenswürdig
Die Abwicklung aller vertraulichen Arbeiten setzt Verschwiegenheit und ein hohes Maß an Loyalität voraus. Die Anfertigung entsprechender Schreiben, wie zum Beispiel Berichte über die Konkurrenz, Arbeitsverträge und schriftliches Einholen von Auskünften, zählt zu solchen täglich anfallenden Aufgaben, ebenso wie die Erledigung von Privataufträgen

...formuliert stilsicher
Zur stilsicheren und formgerechten Gestaltung von Geschäftsbriefen gehört die perfekte Beherrschung der deutschen Sprache. Kenntnisse über die einzelnen Anreden im Briefkopf sind erforderlich. Ein gutes Gedächtnis und die Konzentrationsfähigkeit erleichtern die geistige Aufnahme selbst in Streßsituationen und Abfassen schwieriger Textpassa-

16

Infografiken – eine neue Dimension

Wenn es sich nicht gerade um Millionengewinne im Lotto oder um Steuertarife handelt, sind Zahlen und Zahlenvergleiche langweilig. Das gilt oft auch für Beschreibungen von komplexen Abläufen in Wissenschaft und Technik. Das neue Zauberwort gegen diese Art von Langeweile heißt „Infografik", die Abkürzung von „informativen Grafiken".

Weltweiter Promotor dieser Art von Informationsvermittlung ist die 1982 gegründete amerikanische Zeitung „USA TODAY", die mit ihrem neuartigen, konsequent auf Schnelleser ausgerichteten Layout dem Kommunikations-Design von Zeitungen viele Impulse gab. Inzwischen sind Infografiken als eigenständige Informationsvermittler neben Wort und Bild auch bei uns etabliert. Doch worauf kommt es an, wenn man Informationen über Grafiken vermitteln will?

- Informationsgrafiken müssen einen Inhalt plastischer und schneller darstellen, als es Worte und Bilder alleine können. Das erfordert visuelles Denken beim Journalisten, der die Fakten liefert, denn oft muß er auch die Idee für die grafische Umsetzung kreieren.

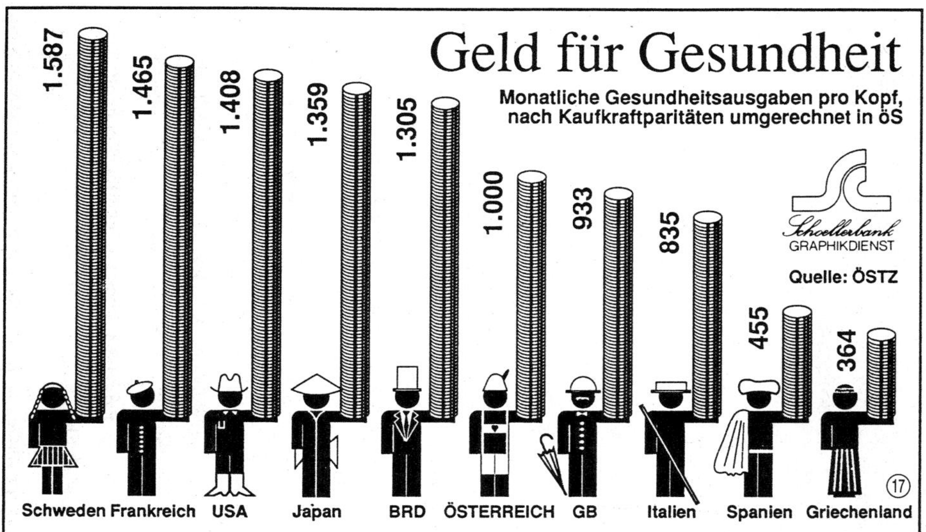

Zwei Beispiele – zwei Wirkungen: Bei der Infografik oben hätte es ein Balken-Diagramm genauso getan. Die Illustration mit den Figuren bringt keine neue Dimension. Ganz anders das Beispiel rechts von der Reparatur der Raumfähre Challenger. Das Foto präsentiert – die Grafik informiert.

● Infografiken müssen gut lesbar sein. Deshalb dürfen sie nicht zu viele Informationen enthalten, und die Schrift sollte, wenn immer möglich, waagrecht plaziert werden.

● Infografiken müssen in der Darstellung so interessant und attraktiv sein, daß sie die Seite beleben. Aber sie müssen sich dem Gesamtbild der Zeitung unterordnen.

Gerd Klinner

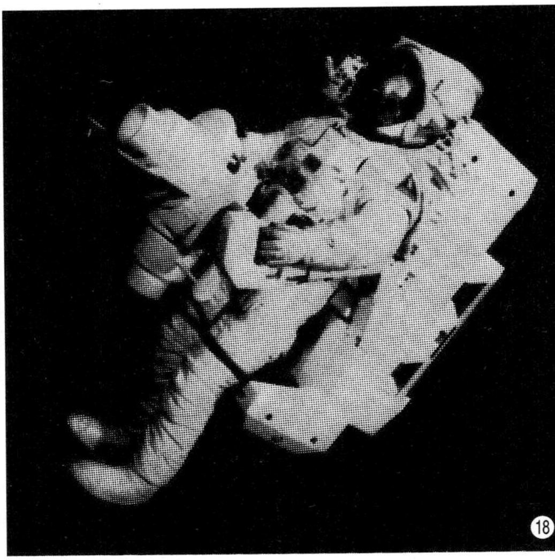

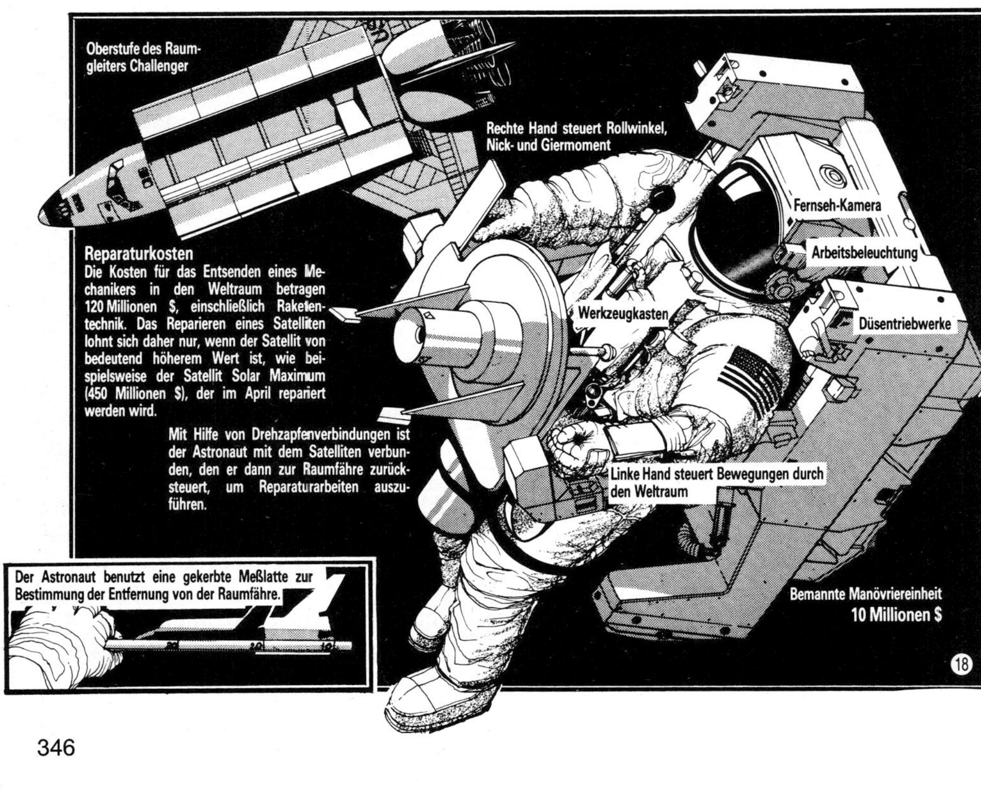

Gestaltung und Technik im Radio

Radio ist journalistisch ein „technischeres“ Medium als die Zeitung. Nur in den seltensten Fällen liefert ein Radio-Journalist ein Manuskript ab, das ohne seine Mitarbeit auf Sendung gebracht wird. Der Radio-Journalist arbeitet mit seiner Stimme und mit einer Vielzahl technischer Geräte. In keinem anderen Medium, das Fernsehen eingeschlossen, kann der Journalist so weitgehend die technische Komponente seiner Arbeit mitgestalten und mitbestimmen wie im Hörfunk.

Beispiel Live-Einblendung

Eine Pressekonferenz findet statt, es soll ein etwa vier Minuten langer Bericht mit O-Ton-Einblendung in eine Journalsendung gemacht werden; die Pressekonferenz ist so angesetzt, daß der Bericht live in die Sendung eingespielt werden muß. Der Journalist geht zusammen mit einem Tontechniker zu dieser Pressekonferenz. Er hört sich die Veranstaltung an, die vom Techniker auf Band mitgeschnitten wird. Der Journalist macht sich Notizen, der Techniker hebt auf Zeichen des Journalisten einige Stellen im Band an, um so die aufgenommenen Passagen auf dem Band zu markieren und leicht auffinden zu können. Nach Ende der Aufnahme (und im selben Raum oder in einem Nebenraum der Veranstaltung) werden die O-Ton-Passagen der Pressekonferenz für die Einblendung gesucht, zusammengeschnitten, mit Zwischenbändern (auch „Zwischenfilme“ genannt) versehen und sendebereit auf das Tonbandgerät aufgelegt; während der Journalist seine Zwischentexte konzipiert, nimmt der Techniker Kontakt mit dem Funkhaus und dem Sendestudio auf, dazu hat er ein mitgebrachtes Feldtelefon an die korrekten Buchsen eines sogenannten „Postanschlusses“ angesteckt (an Orten, von denen viele Einspielungen stattfinden, befinden sich entsprechende Einrichtungen der Post); er schließt das Mikrofon für den Reporter am Tonbandgerät an, das nicht nur als Aufnahmegerät oder zur Wiedergabe aufgenommener Texte dient, sondern auch als Verstärker für die Stimmübertragung des Reporters. Er macht eine Leitungsprobe und schließt Kopfhörer für sich und den Reporter an. Alles ist bereit. Im Regieraum des Sendestudios wird das laufende Programm mit Knopfdruck auf die Telefon- (Melde-, auch Rück-)Leitung geschaltet; Reporter und Techniker sind mit aufgesetztem Kopfhörer bereit; der Moderator kündigt im Studio den Beitrag über die Pressekonferenz an; Reporter und Techniker verständigen sich mit einem Blick; der Reporter beginnt zu sprechen – Handzeichen für den Techniker zum Start des Tonbandgeräts für die erste O-Ton-Einspielung; wieder Reporter – zweiter O-Ton – Reporter – Rückgabe an das Studio, erleichtertes Aufatmen. Viel, sehr viel Technik für einen Drei- bis Vier-Minuten-Bericht für das Mittagsjournal. Aber ohne Technik keine Sendung – ohne Menschen, die die technischen Geräte und Anlagen bedienen, kein Rundfunk. In dieser Schilderung sind viele Zwischenstufen, wie etwa die Rundfunk-Übertragungsstelle der Post, der Hauptkontrollraum des Funkhauses, die Modalitäten der Leitungsbestellung und ähnliches noch gar nicht gebührend berücksichtigt.

Teamarbeit mit Technikern

Journalisten im Hörfunk arbeiten oft mit Technikern enger zusammen als mit ihren Journalistenkollegen in der Redaktion. Journalisten und Techniker bilden speziell bei Einsätzen außerhalb des Funkhauses ein Team. Aber auch im Sendestudio arbeitet ein Team: Moderator und Ablaufregisseur von der redaktionellen Seite, Tonmeister und Cutterin von der technischen Seite. Im Zusammenspiel innerhalb des Studios und zwischen Studio und den Außenstellen entsteht die Live-Sendung, von deren kompliziertem technischen und redaktionellen Ablauf der Hörer in der Regel keine Ahnung hat.

Die Technik kennen

Jeder Radio-Journalist sollte über die technischen Möglichkeiten Bescheid wissen, die ihm für die Gestaltung seiner Beiträge offen stehen. Am besten lernt er beim Zuschauen und beim Zuhören, im Gespräch mit erfahrenen Berufskollegen, vor allem aber mit Tonmeistern, Übertragungstechnikern und Cutterinnen. Nur wer sich als Journalist sehr gut auskennt, kann beim nächsten Einsatz seinen Techniker darauf aufmerksam machen, daß ein Richtungsmikrofon besser angebracht wäre . . . Wissen um Details der Hörfunktechnik befähigt den Redakteur auch, eigene Fehler zu vermeiden, wenn er etwa allein mit Mikrofon und Aufnahmegerät unterwegs ist.

Ein Radio-Journalist vergibt sich nichts, wenn er von einem erfahrenen Techniker Ratschläge annimmt. Der Tontechniker hat nämlich dasselbe Arbeitsziel wie ein Journalist: ein einwandfreies Produkt für die Hörer zu liefern.

Technische Hilfsmittel

Die technische Entwicklung der Elektronik hat es möglich gemacht, daß in der Radiotechnik immer kleinere Geräte zum Einsatz gelangen und der Rundfunk-

Journalist nahezu immer ein tragbares Aufnahmegerät bei sich hat. Aufnahme ist aber nicht gleich Aufnahme. An Rundfunkaufnahmen müssen wesentlich höhere Qualitätsansprüche gestellt werden als an Amateuraufnahmen. Die technisch beste Lösung ist nach wie vor die Ausfahrt mit einem Tontechniker, der ein professionelles Gerät (wie etwa das „Nagra") bedient. Das ist aus Personalgründen aber nicht immer möglich, deshalb gibt es die tragbaren Reportergeräte. Dennoch hat die elektronische Revolution bisher eine alte Grundregel nicht erschüttern können: Große professionelle Geräte liefern immer noch bessere Qualität als Kassettengeräte.

Aufnahmegeräte (Band-, Kassettengeräte)

Ein **Bandgerät** (meist wird es sich um ein „Uher" handeln) ist vom Gewicht her schwerer und auch komplizierter zu bedienen als ein Kassettengerät – aber den Unterschied kann man dann im Studio und über den Sender gut hören. Einige **Tips** für die Bedienung des Bandgerätes:

- So vor sich auf den Tisch stellen, daß man Bandlauf und Aussteuerungsanzeige im Blickfeld hat, aber nicht so nahe an das Mikrofon, daß Geräusche des Laufwerks aufs Band geraten.
- Darauf achten, daß der Kontroll-Lautsprecher des Geräts zurückgedreht oder ausgeschaltet ist, damit nicht Rückkoppelung die Aufnahme stört oder zerstört.
- Mit dem Gerät vorher eine Aufnahme üben, bis jeder Handgriff sitzt. Vor allem auch auf die korrekte Aussteuerung der Aufnahme achten. Aussteuerungsautomatik ist nicht empfehlenswert, da durch sie leise Hintergrundtöne in den Gesprächspausen unnatürlich laut angehoben werden. Deshalb bei Geräten, die Handaussteuerung *und* automatische Aussteuerung möglich machen, die Handarbeit vorziehen.
- Bei Tonbandgeräten mit Halbspur darauf achten, daß nur ganz saubere (unbespielte oder völlig gelöschte) Tonbänder verwendet werden; wenn man die Aufnahme im Studio nämlich rasch abwickeln muß, erspart man sich den Zwischenschritt des Kopierens auf eine Studio-Tonbandmaschine.

Bei **Kassettengeräten** bestehen grundsätzlich geringere Möglichkeiten der aktiven Beeinflussung der Aufnahme. Die Aufnahme-Aussteuerung erfolgt bei den meisten Kassettengeräten vollautomatisch. Ihre Vorteile sind die einfache Handhabung, ihr geringes Gewicht und ihre geringe Größe. Ihre Nachteile: Die Tonqualität ist immer noch nicht optimal, die Aufnahme muß im Studio daher auf Band umkopiert werden. Man hat bei Kassettengeräten in der Regel nur einen beschränkten Überblick, wieviel Band in der Kassette schon abgelaufen und wieviel Aufnahmekapazität noch übrig ist. Auch hat man nicht die Möglichkeit, einfach durch

Anheben des Bandes eine Aufnahme rascher wiederzufinden. Daher: soferne eingebaut, auf das Zählwerk achten.

Das **Mikrofon** ist jener wichtige Teil der technischen Ausstattung, der akustische Signale in elektromagnetische umwandelt und damit die Aufzeichnung ermöglicht. In der Radioarbeit werden verschiedene Mikrofone verwendet, die eigene ,,Charakteristika" haben. Der Radio-Journalist sollte über sie Bescheid wissen:

Mikrofone mit Kugelcharakteristik nehmen alle Geräusche in einem Raum etwa gleichmäßig auf. Sie eignen sich für die meisten Aufnahmesituationen des Reporters zwar weniger, besonders gut aber für Diskussionen. Dabei darf allerdings kein Nebengeräuschpegel im Raum vorhanden sein.

Mikrofone mit Keulen- oder Nierencharakteristik dämpfen Raumgeräusche und Hintergrundlärm. Sie sind für Interviews gut geeignet, müssen aber direkt von vorne besprochen und daher immer auf den Sprechenden gerichtet bzw. geschwenkt werden. Dieser Mikrofonschwenk stört manchmal die Konzentration und produziert auf das Band unerwünschte Geräusche wie Knacksen oder Schaben.

Das **Telefon** ist vor allem im Ausland das häufigste Übertragungsmittel. Die Schnelligkeit des Mediums Radio wäre ohne das Telefon undenkbar. Die Qualität der Tonübertragung kann aber oft mit der Schnelligkeit nicht mithalten. Schlechte Tonqualität bei Telefonüberspielungen kann zwei Hauptgründe haben: unsaubere Leitungswege (hier hilft nur auflegen und neu wählen, wenn das möglich ist) und schlechte Qualität des Telefonmikrofons. Es gibt aber sogenannte Telefonkapseln, die in ihrer Wirkungsweise mit guten Rundfunkmikrofonen vergleichbar sind und die manchmal sogar Verstärkereinrichtungen enthalten. Mit solchen Telefonmikrofonen können schlechte Leitungswege oft ,,überspielt" werden. Leider sind diese Kapseln aber technisch nicht einheitlich genormt und daher auch nicht überall verwendbar. Ihr technischer Gebrauch ist jedoch (zum vorübergehenden Austausch) einfach: Man schraubt den Telefonhörer auf, nimmt die Originalkapsel heraus, setzt die neue Kapsel ein und schraubt wieder zu – fertig. Leider macht es die Design-Industrie in jüngster Zeit Radio-Reportern nicht leicht: Bei immer mehr Telefonapparaten sind die Hörer ganz verschweißt, ein Aufschrauben ist daher nicht mehr möglich.

Das Telefon eignet sich auch zur Überspielung von aufgezeichneten Beiträgen. Man benötigt dazu ein Verbindungskabel zwischen dem Ausgang des Gerätes (,,Line out" oder Kopfhörerbuchse). An der Telefoneingangsseite enden diese Überspielkabel in Bananensteckern (Fachausdruck ,,offen"), auf die man sogenannte Krokodilklemmen schieben kann. Meist erkennt man bei abgeschraubter Sprechmuschel die Kontakte oder Drähte, an denen man sein Kabel anklemmen muß. Die Polarität spielt keine Rolle. Sind mehr als zwei Anschlußmöglichkeiten vorhanden, muß man probieren. Dabei das Ohr an den Hörer legen. Hört man die Überspielung im eigenen Hörer, dann ist das Gerät korrekt angeschlossen. Die besten Erfolge erzielt man mit „Nagra" oder „Uher", weil sie genug „power" haben, um auch schlechte Leitungen zu überbrücken, ohne daß die Übertragung durch starkes Aufdrehen verzerrt wird. Ältere Kassettengeräte eignen sich für Telefonüberspielungen weniger gut, die neuere Generation (z. B. „Sony Walkman Professional") funktioniert hingegen recht ordentlich. Auf jeden Fall ist ein mit gutem Mikrofon aufgenommener und direkt über Telefon überspielter Beitrag technisch besser als die ins Telefon gesprochenen Beiträge. Man sollte daher, wenn es zeitlich möglich ist, die kleine Mühe der Voraufnahme und technischen Bastelei auf sich nehmen. Bevor man dies jedoch in fernen Landen, ganz auf sich gestellt, zum ersten Mal tut, übe man im Funkhaus.

Tips:

Für alle Aufnahmen, egal wo, wie und unter welchen Umständen sie gemacht werden, sollten einige Ratschläge berücksichtigt werden:

- Sorgfältig auf gute technische Kontakte achten; den Mikrofonstecker tief in die Buchse (bis zum Anschlag) einführen.
- Bei Kassettengeräten niemals das eingebaute Mikrofon verwenden (es überträgt die Laufgeräusche), sondern ein ansteckbares Außenmikrofon.
- Weder bei Kassetten- noch bei Bandgeräten das Mikrofon zu nahe am Gerät halten, um die Übertragung von Motor- oder Laufgeräuschen zu vermeiden.
- Vor jeder Aufnahme das Mikrofon auf seine Funktionstüchtigkeit überprüfen. Nach jeder Aufnahme kurz zurückspulen und prüfen, ob die Aufnahme gespeichert ist.
- Für eine Aufnahme immer Aufnahme- und Wiedergabetasten drücken (es kommt oft vor, daß man bei einer Aufnahme versehentlich nur die Wiedergabetaste drückt).
- Bänder nicht verkehrt auflegen – die beschichtete Seite innen!

Vor technischen Pannen ist niemand gefeit, oft lassen sie sich vermeiden. Man muß nur sorgfältig sein. Ein nicht aufgezeichnetes Interview kann man unter Umständen ja noch einmal wiederholen, aber ein „verlorengegangener" wichtiger Satz aus einer Pressekonferenz oder einem Vortrag ist unwiederbringlich und macht sich als nüchtern gesprochener Bericht bei weitem nicht so gut wie als O-Ton.

Studioarbeit

Oft sind die Aufnahmen, die ein Reporter ins Funkhaus bringt, nur Rohmaterial für einen Beitrag. Sehr selten nur wird man ein völlig sendefertiges Interview auf Band

haben, und vor allem für ,,gebaute Berichte" mit O-Ton-Einblendungen muß man gewöhnlich mit viel Schneidearbeit rechnen.
In jenen Abteilungen des Hörfunks, die aktuell arbeiten und daher fast pausenlos unter Zeitdruck stehen, kann nicht immer mit einer Cutterin oder einem Cutter gearbeitet werden. Nicht selten sind Journalisten aus Aktualitätsgründen gezwungen, ihre Beiträge bzw. Bänder selbst zu schneiden (was nicht die Regel, sondern die Ausnahme sein sollte).
Wenn man im Funkhaus selbst oder während einer Dienstreise im Ausland selber Schneidearbeiten aus Aktualitätsgründen durchführen muß, ist zu berücksichtigen:

- Man schneidet entweder hart auf das Ende eines Wortes oder auf den Anfang des nächsten Wortes. Innerhalb des Schnitts darf diese Technik aber nicht gewechselt werden, da sonst Wort auf Wort hart prallen würde und der natürliche Atem zwischen den Wörtern wegfällt.
- Kleinere Pausen und etwaige Unsicherheiten im Sprechen sollten nur dann geschnitten werden, wenn sie störend wirken. Es könnte sonst nämlich eine zu sterile Sprache entstehen, die jeder Natürlichkeit des Sprechflusses entbehrt und daher beim Hören Unbehagen verursacht.
- Schnitte, bei denen der Sprechende am Satzende mit der Stimme ,,oben" ist, sollten vermieden werden. Muß der Schnitt dennoch durchgeführt werden, läßt ein darangelassenes oder hinzugefügtes ,,und" den Übergang zum nächsten Satz weniger hart erscheinen.
- Beim Schneiden ist auch deutlicher Wechsel im Hintergrund zu vermeiden. Gefährlich sind Musikstücke, bei denen für den Hörer leicht zu erkennen ist, ob etwas weggeschnitten wurde, vor allem, wenn Musik im Hintergrund neben dem Wort eine akustische Rolle spielt.

Apropos Schere: Früher wurden die Bänder tatsächlich mit Handscheren geschnitten; sie waren entmagnetisiert, um Geräusche auf dem Magnetband zu vermeiden. Die heutigen Studiomaschinen sind mit fix eingebauten Scheren ausgestattet und funktionieren auf Knopfdruck. Manche Reporter haben auf Auslandsreisen neben ihrem Bandgerät auch Schere, Klebeband und Zwischenfilm bei sich, um rasch erforderliche Schneidearbeiten improvisieren zu können.

Zukunftsaussichten

Bei den elektronischen Medien findet gegenwärtig eine rasante technische Entwicklung statt. Im Bereich des Gerätesektors versucht man, mit kleinen Kassettengeräten den qualitativen Vorsprung der Bandgeräte aufzuholen. Im Bereich der Übertragungstechnik wurden die Möglichkeiten des Selbstwählverkehrs enorm erweitert und die Leitungsqualität verbessert. Bei Langstreckenverbindungen werden Kabelverbindungen durch den qualitativ besseren Satellitenfunk abgelöst. Vor allem in den USA und in Großbritannien werden Systeme erprobt, mit deren Hilfe die Qualität von Telefonübermittlungen verbessert werden kann. Der Anstoß dazu ist indirekt vom Fernsehen ausgegangen; für den Hörfunk-Journalisten ist es ja wirklich unerträglich, in den Fernseh-Nachrichten technisch perfekte Bild/Ton-Beiträge zu sehen, während er selbst mit mühsam im Studio auf Verständlichkeit gefilterten Telefonberichten das Auslangen finden muß.

Telekommunikations-Satelliten künftiger Generation werden es dem Reporter überdies ermöglichen, mit einem kleinen tragbaren Funktelefon Kontakt mit der Redaktion zu halten und auf diesem Weg auch Beiträge zu übermitteln. Die neuen Entwicklungen konzentrieren sich zunächst auf die Verbesserung der Aufnahme- und Übertragungsqualität – sie sind, wenn man so will, konsumentenorientiert. Es ist aber nicht auszuschließen, daß aus diesen Entwicklungen auch neue Gestaltungsformen für das Radio hervorgehen. *Roland Machatschke*

Gestaltung und Technik im Fernsehen

Einen Fernsehbeitrag gestalten heißt, eine Geschichte (Story) mit bewegten Bildern erzählen. Das klingt einfach, läßt sich aber gar nicht so leicht in die Praxis umsetzen. Bedeutet es doch, daß der Fernsehgestalter bereits *vor* Drehbeginn wissen muß, *welche* Story er überhaupt vermitteln möchte. Genaue Themenwahl und Recherche sollten also bereits *hinter* ihm liegen.

Freilich werden bei aktuellen Fernseh-Reportagen Dreharbeit und Drehplanung oftmals zusammenfallen. Aber je weniger mit der Kamera recherchiert wird, desto leichter wird später die Montage, das Zusammenfügen der Bildelemente sein.

Der Unterschied zwischen Zeitungs- und Fernseharbeit

Neuere Untersuchungen an der Purdue University in den Vereinigten Staaten ergaben, daß Fernsehbilder – oder Bilder überhaupt – vor allem die Tätigkeit der rechten Hirnhälfte anregen. Es ist jener Bereich, der besonders mit Gefühlswerten reagiert (Sympathie und Antipathie, Liebe und Abscheu, Mitgefühl oder Wut). Demgegenüber steht die linke menschliche Hirnhälfte bei der bildhaften Kommunikation zurück – und zwar im Verhältnis 2:1. Die linke Hälfte ist der Bereich des logisch-abstrakten Denkens, der Analyse und des gedachten Zusammenhangs, auch die des Wortes. Sie ist bei der Fernseh-Kommunikation eindeutig unterlegen.

Dies festzustellen, ist noch lange kein kulturpessimistisches Urteil über die Television, sondern lediglich eine Klärung ihrer Voraussetzungen: Will man einen bestimmten Inhalt transportieren, und zwar so, daß er beim Zuseher auch ankommt, dann muß dieser Vorgang bestimmten Regeln folgen. Diese lauten etwa folgendermaßen:

- Film und Fernsehen benützen die Bildersprache. Bilder sind konkret, Konkretes ist stärker als Abstraktes. Wer also Abstraktes ausdrücken will, muß es zunächst in das Konkrete „übersetzen", erst dann erreicht es das Publikum. *Beispiel:* Isolierte Zahlenangaben über das Nationalprodukt eines Landes sind dem Fernsehbetrachter nicht nur unverständlich, sondern schlechthin unzumutbar. Besser ist schon, sie durch internationale Vergleiche in Beziehung zu setzen. Am wirkungsvollsten ist freilich, wenn man auf einem Tisch anhäuft, was sich ein Durchschnittsverdiener eines Landes für sein Monatsgehalt leisten kann. Dann läßt sich etwas „be-greifen", im ursprünglichen Sinn des Wortes. **Das Konkrete gewinnt immer.**
- Den heilsamsten Schock erfahren Zeitungsleute, die zum Fernsehen wechseln, wenn sie merken, welche Passagen ihrer Berichte das Publikum in Erinnerung behält. Dies sind meist nicht die geschliffenen Kommentare, sondern jene Szenen, in denen alte Frauen aus ihrem Leben erzählen, hungrige Kinder weinen oder der Zeuge eines Unfalls sich stumm am Straßenrand niederkniet . . . **Das Gefühl besiegt das Wort.**
- Wer Erfolg haben möchte, versucht daher ein ständiges Wechselspiel. Er wird mit möglichst wirkungsvollem Primärmaterial an Bildern die Aufmerksamkeit des Zusehers zu fesseln suchen. Er wird diese Bilder ansprechen und in der nächsten halben Minute (dies ist ein ungefährer Richtwert, keine feste Regel) all das aussagen, was zwar nicht sichtbar ist, aber dennoch gesagt werden muß. Bis zum nächsten optischen Anreiz. **Das Bild „schleppt" das Wort.**

Die richtige Einschätzung der Textvermittlung heißt freilich nicht, daß Text etwa überflüssig wäre. Ganz im Gegenteil. Manchmal verfallen nämlich selbst erfahrene Fernsehpraktiker ins andere Extrem: Sie bombardieren das Publikum mit Aktionsszenen und Stimmungsbildern, gemischt mit Interviews. Dennoch bleibt die Information auf der Strecke: Denn längst sind diese Techniken ihrerseits zu Klischees, zu Fernsehphrasen geworden. Politiker haben gelernt, wie man kritischen Fragen ausweicht, und der Hang zum Konkreten führt oft zur Wiederholung bloßer Äußerlichkeiten – etwa, wenn Präsidenten auf Staatsbesuch kommen und gehen, Flugzeuge starten und landen oder Ehrenkompanien salutieren. Die Bilder scheinen beliebig austauschbar zu sein. Demgegenüber hat der Berichterstatter nicht nur die Pflicht zur ständigen Suche nach besserer Authentizität des Bildes, sondern auch zu einem klaren, zusammenfassenden Kommentar.

Dem Zuseher fehlt die Möglichkeit des Lesers, einen Absatz zweimal lesen zu können. Deshalb sollte die Argumentationsreihe des Fernsehkommentars geradlinig fortschreiten, Nebengedanken, Fremdworte und Schachtelsätze sind zu vermeiden. Bei bloß akustischer Wahrnehmung, noch dazu in Konkurrenz zu bildhafter Information, bleiben komplexe Zusammenhänge leicht auf der Strecke. Weil aber ein Bild „mehr sagt als tausend Worte", hat der Berichterstatter die große Chance, sich beim Texten ganz auf das Wesentliche und Einfache zu konzentrieren. Er sollte sie nützen.

Die Grammatik der Bilder

Ebenso wie Worte den Satzbau, die Grammatik brauchen, benötigen Bilder die *Ordnung ihrer Abfolge.* Deshalb genügt es nicht, wenn Fernseh-Reporter mit vielen schönen Einzeleinstellungen ins Studio zurückkommen, sie sollen auch Zusammenhänge ergeben. Der Vorgang ist ähnlich dem Wahrnehmungsprozeß des menschlichen Auges: Wer einen Raum betritt, erfaßt zunächst dessen Gesamtwirkung, seine Ausdehnung, seine Hell- und Dunkelwerte. Danach erkennt man, daß sich darin eine Gruppe von Menschen befindet, die Aufmerksamkeit richtet sich auf sie. Innerhalb dieser Gruppe befindet sich einer, den man schon kennt, man konzentriert sich also auf ihn. Als nächstes blickt man ihm ins Gesicht – wie verhält er sich, was besagt diese Begegnung?

Für die Schilderung dieses Ablaufs mag ein guter Schriftsteller mehrere Druckseiten füllen. In der filmischen Wiedergabe wird daraus eine kurze *Sequenz.* Die Kamera bringt eine Totale (Raumerfassung). Dann wird sie halbtotal, „springt" auf die Gruppe. Darin erfaßt sie „vierteltotal" die Person. Am Ende steht die Nahaufnahme des Gesichtes, das „close up". Der Dialog kann beginnen.

Mit Bildern erzählen – das bedeutet ständigen Wechsel der Einstellung, doch so, daß für den Betrachter die Orientierung erhalten bleibt. Denn manchmal läßt sich die Abfolge von Totale und Nahaufnahme auch umkehren: Wenn etwa ein Bericht über ein Seilbahnunglück mit der Nahaufnahme des tragischen Details beginnt („eine Roststelle an diesem Bolzen verursachte am vergangenen Freitag den Tod von . . ."), so wird damit sogar eine besonders dramatische Wirkung erzielt. Wichtig ist lediglich, daß der Zuseher sogleich erfährt, in welchem Zusammenhang sich dieser Unfall ereignete, daß nach diesem Detail die Kamera in die Totale zurückfährt oder mit einer zweiten Einstellung das ganze Ausmaß des Schadens gezeigt wird. Die Bilder müssen zueinander in Beziehung stehen.

Natürlich ist diese Arbeit vor allem eine Aufgabe des Kameramannes. Doch niemand entläßt den Fernseh-Journalisten aus seiner Verantwortung: Fernseharbeit ist Teamwork. Wenn der Kameramann zuwenig Anschlüsse, Übergänge und Zwischenschnitte gedreht hat, so hat eben die Verständigung zwischen beiden nicht geklappt. **Der Fernseh-Autor hat stets auch als Regisseur, als Gestalter zu denken, alles andere führt zum „verfilmten Leitartikel".**

Von der Sequenz zum Akt

Doch mit dem folgerichtigen Ablauf innerhalb der Sequenz ist es nicht getan, genauso wenig, wie die Beherrschung des Satzbaues allein bereits guten Stil und dramatische Spannung bedeutet. Wie es beim Buch oder Theaterstück Szenen, Episoden, Kapitel und Akte gibt, so besteht auch jede längere filmische Darstellung aus Gliederungen, die sich wiederum aus kleineren Einheiten zusammensetzen, sich aber stimmungsmäßig voneinander unterscheiden. **Rhythmuswechsel ist das Wichtigste bei jeder Inszenierung:** So hat es bereits Max Reinhardt gepredigt. Das gilt prinzipiell auch für jeden längeren Fernsehbericht.
Sehr oft deckt sich dieser Wechsel mit den thematischen Abgrenzungen. *Beispiel:* Ein Bericht über einen Boxkampf oder eine Kriegshandlung fordert einen schnellen, aggressiven Schnitt. Berichte über die viertausendjährige chinesische Geschichte und über die Beharrungskraft der dortigen Bauern werden wohl am besten durch ruhige, statische Bildfolgen unterstrichen. Nach Interviews, die hohe akustische Aufmerksamkeit verlangen, optisch jedoch weniger hergeben, montiert man Aufmärsche oder andere Action-Sequenzen, die wenig oder gar keinen Text benötigen – sozusagen zur „Belohnung" des Zuschauers.
Obwohl es für die Gestaltung niemals Dogmen geben kann, ist doch eine Faustregel nützlich: **Nur selten trägt eine bestimmte Stimmung länger als vier Minuten. Deshalb überlegt man am besten schon während der Dreharbeiten, ob das Material für einen spannungsvollen Bogen reicht.** Später, am Schneidetisch, kann man dann verstärken oder abschwächen, aber nicht erfinden, was gar nicht vorhanden ist.
Erfolgreiche Fernsehgestaltung ist ohne bewußte Eingriffe des Journalisten in technische Abläufe gar nicht denkbar. Die bloße Wiedergabe der Wirklichkeit, also ohne zeitliche Raffung, Wechsel des Standortes, der Stimmung, des Tempos, wäre letztlich uninteressant.

Verschiedene Stilmittel

Darüber hinaus gibt es noch einige wichtige Montagemethoden, grundsätzliche Möglichkeiten der Bilddramaturgie. Sie wurden bereits vor mehr als 50 Jahren vom großen russischen Filmkünstler W. I. Pudowkin beschrieben.

Der Kontrast: Um das elende Leben eines Armen zu schildern, stellt man am besten das Prassen eines Schlemmers gegenüber. Diese Methode ist so wirkungsvoll, daß es praktisch keine Sozialreportage gibt, die ohne sie auskommt. Allerdings bemerkte schon Pudowkin, daß sie auch zu den abgeschliffensten Stilmitteln zählt, deshalb täte man gut, sie nicht zu mißbrauchen.
Symbolismus: Hier benützt man Naturstimmungen, Großstadtbilder, Fabrikszenen usw., um Sinnübertragungen herzustellen. Treibende Eisschollen verkörpern die erstarkende Revolution, stampfende Räder einen neuen politischen Kurs usw. Auch diese Methode ist faktisch unumgänglich, da man immer wieder Bildbrücken für wesentliche Textpassagen braucht. Es bleibt dem Geschmack des jeweiligen Gestalters überlassen, welche Assoziationen er wählt. Jedoch Achtung vor einer Berufssünde des Fernseh-Journalismus, vor der Banalität!
Parallelität der Handlung: Sie gleicht dem Kontrastprinzip, wird aber konsequenter durchgezogen. Die Darstellung wird zum ausführlichen Porträt verschiedener realer Personen, deren Handlungen sich überkreuzen. Dies muß inszeniert werden.

Realität und Fiktion

An diesem Punkt wird freilich eine Grenzmarke erreicht: Jene zwischen Realität und Fiktion. Mit diesen einprägsamen Begriffen trennt man im angelsächsischen Sprachraum die Welt der Dokumentation und Magazinberichte von jener der „Features". Dokumentationen und Magazine befassen sich im Regelfall nur mit der Wirklichkeit, so wie sie ist. Im Feature dagegen findet eine Ausweitung in Richtung Spielfilm, also imaginärer Geschehnisse, statt.
Beispiel: Ein längerer Fernsehbeitrag befaßt sich mit dem Sterben der Wälder infolge des sauren Regens. Großaufnahmen geschädigter Pflanzen wechseln mit Interviews von Wissenschaftern. Doch dann erscheint eine Kunstfigur: Es ist ein rabiater Holzfäller, der partout den Ast absägen möchte, auf dem er sitzt. Er redet absurdes Zeug – etwa von Wäldern, die bereits in Festmetergrößen wachsen. Eine solche Realfigur gibt es nicht, es handelt sich um einen Schauspieler, der eine Schreckensvision des Filmautors satirisch verkörpert.
Ein solcher Kunstgriff verstärkt die Wirkung der subjektiven Botschaft beträchtlich. Eben deshalb ist er auch riskant. Ginge es um Parteipolitik, wäre es ein Fall für die Rundfunk-Kommission. Features eignen sich daher nur für ganz bestimmte Themenbereiche. **Die Trennung von Realität und Fiktion ist stets klar zum Ausdruck zu bringen.**
Geht man noch einen Schritt weiter, so gelangt man zum *Dokumentarspiel,* also zur theatralischen Bewältigung historischer Ereignisse. Es ist Fiktion in reiner Form, wie der klassische Kinofilm oder verfilmtes Theater.

Die Millionen-Familie

Jeder hat schon erlebt, wie enttäuschend mancher Cinemascope-Film, den man im Kino gesehen hat, später am Fernsehschirm wirkte. Der Grund liegt auf der Hand: Filme dieses Formats operieren mit Breitwandeffekten, Massenszenen und Panoramaaufnahmen. Am Heimgerät schrumpfen die Massen zu ,,knieenden Ameisen'', Panoramen werden zu Postkarten, Dialogpartner sind zur Hälfte vom Bildrand abgeschnitten.

Die gestalterische Konsequenz ist klar: Fernsehbilder sollen weitaus häufiger mit *Großaufnahmen* arbeiten, das Geschehen soll möglichst im Bildzentrum liegen. Dazu kommt, daß das Fernsehangebot den Konsumenten inmitten seiner Privatsphäre und nur zwei oder drei Meter von dessen Gesicht entfernt erreicht. Damit wird der Fernseh-Journalist, gleich ob als Storymacher, Moderator oder Nachrichtensprecher, zu einer Art Familienmitglied. Er hat zwar ein Publikum von Hunderttausenden oder Millionen, doch existiert dieses nicht als Masse, sondern als eine Addition von Kleingruppen und einzelnen. Richtige Fernsehpräsentation hat daher etwas mit Kammerspiel zu tun. *Mimik und Körpersprache* sind von größter Wichtigkeit. Vorsicht bei großen Worten: Sie wirken leicht lächerlich, wie eine Cäsarenrede am Wirtshaustisch.

Die Amerikaner bezeichnen deshalb das Fernsehen zu Recht als ,,personality medium''. Unerbittlich enthüllt die Naheinstellung Stärken und Schwächen der Argumentation – weniger, weil das Publikum so kritisch denkt, sondern, weil es instinktiv fühlt, ob einer wirklich meint, was er sagt. Einstudiertes wird schnell brüchig, Originalität dagegen wird belohnt.

Chancen und Risiken der Elektronik

Noch wichtiger als diese psychologischen sind die technischen Besonderheiten des Fernsehens. Mit Hilfe der Elektronik ist die sofortige Übertragung von Ereignissen möglich und damit der Reiz des scheinbaren Dabeiseins. (Sportveranstaltungen, Papstbesuche usw.) Die Bildregie solcher Übertragungen, das gleichzeitige Sehen mit fünf, sechs oder auch mehr Kamera-Augen ist eine hochspezialisierte Kunstform eigener Art, die sich nur durch intensive praktische Erfahrung lernen läßt.

Der Fernseh-Journalist selbst hat eher mit der *Bearbeitung elektronischer Aufzeichnungen* zu tun. Diese Technik revolutioniert die Fernsehwelt derzeit mit Riesensprüngen: Sie ermöglicht eine sofortige Kontrolle des Resultats noch am Aufnahmeort und macht die Filmentwicklung überflüssig. Einmal bespielte Bänder können wieder verwendet werden.

Allerdings gibt es auch Schattenseiten: Bei anspruchsvoller Gestaltung längerer Beiträge erfordern Schnitt und Montage eine noch bessere Vorbereitung als sonst. Da das Zusammenfügen nicht mechanisch, sondern konsekutiv-elektronisch erfolgt, sind größere Umstellungen und Änderungen während der Montage gleichbedeutend mit einem *Neuprogrammieren* von Anfang an.

Am besten notiert der Redakteur gleich bei Durchsicht des Materials sowohl die Art der Einstellungen als auch ihre fortlaufende zeitliche Numerierung. Dann schreibt er einen Rohtext und versucht, Bild- und Wortfluß einigermaßen zur Dekkung zu bringen, damit es nicht zu Überlängen oder Löchern kommt. Erst dann, nach erfolgter Endmontage, schreibt er den Feintext.

Bei einer solchen Arbeit zeigt sich, ob einer sein Fernseh-Handwerk gelernt hat. Es soll schon vorgekommen sein, daß Redakteure während der Montage-Arbeiten ihre Meinung geändert haben – bloß, weil sie kein passendes Bildmaterial zur Verfügung hatten . . .

Die Eignungsfrage

Noch ein praktischer Tip. Sehr viel Unzufriedenheit läßt sich vermeiden, wenn man gleich von Anfang an überlegt, welche Darstellungsform für welches Thema am besten geeignet ist. Zu Finanzproblemen der Sozialversicherung oder zu Einzelheiten einer Steuerreform kann man zwar Interviews und Graphiken produzieren, aber schwerlich einen guten Dokumentarfilm. Dagegen wird man Fragen der Theologie am besten gleich einer ,,Club 2''-Diskussion oder einem ,,Nachtstudio'' zuweisen, hier ist die Auseinandersetzung zwischen verschiedenen Protagonisten die beste Bewältigung.

Oberstes Gebot bleibt in allen Fällen die Verständlichkeit. Gewagte stilistische Experimente werden vom Publikum ebenso bestraft wie das phantasielose ,,Bebildern'' von Aufsätzen.

Stichworte zur Technik

Ein Mindeststand an technischem Grundwissen sollte für jeden Fernseh-Journalisten selbstverständlich sein. Andernfalls blamiert er sich vor seinen Mitarbeitern. Daher einige praktische Hinweise, ohne Anspruch auf Vollständigkeit:

Das Material

Im Fernsehbereich wird entweder Film im 16-mm-Format, oder, in zunehmendem Maße, die elektronische Aufzeichnung (MAZ) verwendet. Für Spielfilme oder ganz besondere Projekte werden 35-mm-Formate eingesetzt. Im Notfall läßt sich auch das Super-8-mm-Format der Amateure verwenden (etwa bei einmaligen Bilddokumenten von Attentaten, Unglücksfällen etc.), doch müssen diese Filme auf 16 mm Breite „aufgeblasen" werden, wenn man sie innerhalb eines 16-mm-Streifens einsetzt.
Beim **Film** gibt es den grundsätzlichen Unterschied zwischen Umkehr- und Negativmaterial: Beim Negativverfahren bekommen Cutter und Redakteur das Original nie zu sehen, sondern lediglich eine *Arbeitskopie.* Diese kann nach Belieben behandelt werden, ohne daß man Angst vor Laufschrammen, Verunreinigungen etc. haben muß. Ist der Schnittvorgang beendet, so werden die sogenannten *Fußnummern* herausgeschrieben, die an den Filmrändern einkopiert sind. Anhand dieser Nummern wird in der Kopieranstalt das Originalnegativ *nachgeschnitten,* davon wird dann die garantiert einwandfreie Sende-Positivkopie „gezogen". Eine solche Vorgangsweise kostet natürlich Zeit, sie wird bei aufwendigen Dokumentationen, bei Spielfilmen usw. angewendet.
Die Sende-Positivkopie kann in einem Kopierwerk Einstellung für Einstellung mittels Computer farbkorrigiert und auf ein MAZ-Band überspielt werden. Dadurch wird die Qualität, insbesondere bei Verwendung von Archivmaterial, erheblich verbessert.
Beim Umkehrmaterial wird das Original bearbeitet, wobei ein gewisser Qualitätsverlust eintritt. Deswegen werden manchmal auch hier zwecks Bearbeitung sogenannte *„Abklatschkopien"* hergestellt, der Cutter besorgt dann den Nachschnitt am Original.
Bei der **elektronischen Berichterstattung** (auch ENG, „electronic news gathering" genannt) ist der Bildträger ein Magnetband. Es gibt hier 2-Zoll-, 1-Zoll- und $^3/_4$-Zoll-Formate als Ausdruck der rasch voranschreitenden Miniaturisierung auf dem Gebiet der Elektronentechnik. Am gebräuchlichsten ist derzeit das $^3/_4$zollige U-Matic-System von „Sony". Nach dem neuesten Stand der Technik werden aber immer häufiger $^1/_2$-Zoll-Formate wie Betacam von „Sony" und M II von „Panasonic" eingesetzt.

Das Gerät

Auch hier sind wieder Filmkameras und Elektronikkameras zu trennen. Die gebräuchlichsten **Filmkameras** werden von „Arriflex", „Eclair" und „Beaulieu" geliefert. (Letztere ist eine besonders kleine, an Amateurgeräte erinnernde Kamera, die verwendet wird, wenn man besonders unauffällig arbeiten möchte.) Sie nehmen 25 Bilder (Kader) pro Sekunde auf. Moderne Filmkameras sind mit quarzgesteuerten Motoren ausgestattet, die gewährleisten, daß es zu einer präzisen Aufnahmefrequenz kommt. Die Verbindung zum Tonaufnahmegerät (Tonband) wird entweder über ein *Pilottonkabel* hergestellt, oder beide Geräte verfügen über *Quarzsteuerungen,* die einen nahezu idealen Gleichlauf ermöglichen. Dies ist vor allem dann wichtig, wenn Kameramann und Tonmeister in größerer Entfernung voneinander arbeiten, was bei Reportagen oft vorkommt.

Bei Interviews in geschlossenen Räumen ist es notwendig, *geblimpte* Kameras zu verwenden. So werden Geräte mit besonderer Schalldämpfung bezeichnet, die die Eigengeräusch-Erzeugung zurückhalten.

Elektronische Kameras sind derzeit noch etwas schwerer und voluminöser als Filmkameras, allerdings erfolgt auch hier die Weiterentwicklung der Elektronik geradezu explosiv. Dafür hat die Elektronik natürlich den Vorteil der sofortigen Wiedergabe: am Abend jedes Aufnahmetages läßt sich feststellen, was aus den Bildern geworden ist. Seit ungefähr drei Jahren sind die professionellen Camcorder im Einsatz, bei denen Kamera und Recorder eine Einheit bilden, jedoch nach Bedarf jederzeit getrennt werden können.

Die Tonaufnahme

Die notwendige Synchronverbindung zwischen Filmkamera und Tonbandgerät erwähnten wir bereits. Die professionellen Bandgeräte, wie Nagra, Uher oder Stellavox arbeiten dabei mit „Schmalband"-(„Schnürsenkel"-)Formaten. Diese müssen zur Bearbeitung erst auf sogenannte *Cordbänder* überspielt werden. Cordbänder sind Magnettonbänder, die parallel zu den Filmrollen am Schneidetisch eingespannt werden und synchron mitlaufen. Sie werden wie Filmmaterial geschnitten. Die *Tonspur* verläuft entweder in der Mitte oder am Rand des Cordbandes. Beim Umkehrmaterial kann die Magnetton-Randspur bereits am Filmstreifen aufgebracht sein, so daß es keine Synchronisationsprobleme gibt. Dagegen wird Negativ-Filmmaterial durchwegs mit den vorhin erwähnten Cordbändern vertont (Sepmag-System). Von *Lichtton* wird dann gesprochen, wenn der Ton in Form optischer Signale auf einem eigenen Zelluloidstreifen aufgebracht wird. Dies ist aber nur noch bei Spielfilmen der Fall.

Bei *elektronischer Aufzeichnung* sind Bild und Ton zusammen auf demselben Magnetband festgehalten. Auch hier erübrigt sich somit eine Bearbeitung des Originaltones. Es ist jedoch auch bei der elektronischen Aufzeichnung möglich, *mehrere* Tonbänder für OT, Geräusche, Kommentar und Musik zum Bild zu synchronisieren. Der Ton kann auf Cordbänder oder auf Time-Code verkoppelten Schmalbändern aufgespielt werden. Anschließend werden die Bänder analog zum Film abgemischt.

Die Bearbeitung beim Film

Am Film-Schneidetisch erfolgt die synchrone Zusammensetzung der Bild- und Tonelemente. Bei einigermaßen anspruchsvoller Gestaltung gibt es *mehrere* Tonbänder: Eines beinhaltet das Originalgeräusch – auch „Atmosphäre" genannt, also den Straßenlärm, den natürlichen Raumton usw. – samt dem Interviewton. Auf einem zweiten Band läuft, falls begleitende Musik verwendet wird, eine weitere akustische Ebene mit, das Musikband. Dies läßt sich steigern, so daß es neben Vier-Teller-Tischen (1 Bildfilm, 1 Magnetband) auch Sechs-Teller-Tische (1 Bildfilm, 2 Magnetbänder) und Acht-Teller-Tische (1 Bildfilm, 3 Magnetbänder) gibt. Normale Schneidetische haben einen Projektionsschirm. Es gibt aber auch Spezialgeräte mit doppelter Projektionsmöglichkeit; diese erlauben die gleichzeitige Bearbeitung von zwei Filmstreifen, was sich bei Überblendungen etc. als nützlich erweist.

Die wichtigsten Vorgänge beim Schnitt beginnen beim *Anlegen:* So bezeichnet man das synchrone Zuordnen von ungeschnittenem Filmmaterial und entsprechenden Tonbändern mit Hilfe eigener *Startmarkierungen.*

Daran schließt sich das *Trennen und Ausmustern:* So nennt man die Bewertung des angelegten Materials, dessen Grobeinteilung in „Blöcke" und die vorläufige Beseitigung der unbrauchbaren Teile.

Darauf folgt der *Rohschnitt:* die grobe Aneinanderreihung der Sequenzen und Blöcke als Auftakt der *Montage.*

Beim *Feinschnitt* entsteht dann die Endfassung des Beitrags bis zur Sendefähigkeit.

Verkauft man den Beitrag ins Ausland, so wird meist ein *IT-Band* verlangt: Das ist ein Kürzel für das „internationale Geräuschband", das alle Atmosphärentöne sowie die verwendete Musik enthält. Damit kann dann der ausländische Kommentator in seiner eigenen Sprache den Text aufnehmen, ohne *„voice over"* praktizieren zu müssen (so nennt man das Übersprechen eines fremdländischen Kommentators in der dortigen Landessprache).

Auch für die Wiederverwendung im Inland sind IT-Bänder günstig, erlauben sie doch die Wiederverwendung interessanter Bildpassagen auch nach Jahren, selbst wenn sich die Kommentarlage geändert hat.

Elektronische Bearbeitung

Bei der rein elektronischen Bearbeitung ist die Vorgangsweise anders: Hier werden die Bild/Ton-Magnetbänder nicht mechanisch zerschnitten, sondern elektronisch überspielt, also auf ein neues Magnetband umkopiert. Dies nennt man auch einen *Generationensprung* (wichtig für die bereits erwähnten Qualitätsverluste). Die 1/2-Zoll-Formate (M II, Beta) arbeiten mit neuen Aufzeichnungsverfahren, die Generationssprünge bis zur siebenten Kopie ohne Qualitätseinbuße ermöglichen. Das Originalband wird beim ORF *Mutterband* genannt, das neue Band auf der Aufzeichnungsmaschine nennt man *Sendeband.* Auch bei der elektronischen Bearbeitung ist es grundsätzlich möglich, Bild und Ton getrennt zu schneiden. Ebenso kann man in bereits kopierte Bildpassagen nachträglich andere Bilder einbauen. Beides wird immer wieder notwendig, um eine optimale Kombination von berichtenden Journalisten, Bildablauf und Kommentar zu erreichen. Doch handelt es sich dabei nur um ein symbolisches „Schneiden", es wird lediglich getrennt überspielt. Die MAZ-Bänder bleiben unberührt, im Gegensatz zum Film, der mechanisch zerschnitten wird. Auf *Vorschau-Monitoren* kann man die geplanten Schnittvorgänge simulieren, erst dann wird kopiert. Bei längeren Produktionen kommen Schnittcomputer zum Einsatz: Hier werden die einzelnen Einstiege nicht mehr individuell markiert, sondern genaue Zeitangaben in einen Rechner eingegeben. Den Rest besorgt der Computer.

Die Mischung

Beim Mischen erfolgt das Zusammenführen der einzelnen Sendungselemente – also von Bild, Geräusch-, Musik- und Kommentarton. Gemischt wird in eigenen Synchronstudios mit einem oder mehreren Sprechern. Auch eine *Geräuschorgel* steht zur Verfügung, um noch in letzter Minute fehlende Originalgeräusche zu beschaffen. Das wichtigste für die Mischung ist ein exakter *Mischplan,* also die genauestmögliche Erstellung der Angaben über Zeitablauf, Motiv, Originalton, Off-Ton (Sprecher ist nicht im Bild), Musikeinblendungen usw.
Spätestens jetzt wird deutlich, ob der Redakteur einen passenden Text schrieb – oder ob er Überlängen oder Löcher produziert hat. Dann herrscht aber schon das Desaster. Ruhiges Durchlesen des Manuskripts am Schneidetisch ist daher die wichtigste Voraussetzung für eine gelungene Mischung. Erfahrene Fernsehpraktiker wissen übrigens, daß man von einem guten Cutter zumindest ebensoviel lernt wie von seinem Chefredakteur. Diese Erfahrungsregel gilt auch heute.
Bei der Frage, ob man die eigenen Texte auch selber sprechen soll, ist rigorose Selbstprüfung angebracht. Neben journalistischer Eignung, Fachwissen und me-

dialer Kenntnis erfordert das Medium Fernsehen auch eine gepflegte Artikulation. Hat man diese nicht – so sollte man das Kommentieren besser lassen. Und selber weiter üben . . . *Alfred Payrleitner*

Literatur

Zeitungsgestaltung

ARNOLD, Edmund C.: Modern Newspaper Design. New York – London: Harper & Row, o. J.

BEIFUSS, Hartmann, u. a.: Bildjournalismus. Ein Handbuch für Ausbildung und Praxis. München: List, 1984.

GARCIA, Mario R.: Farbe in der Zeitungsgestaltung. Darmstadt: ifra, 1989.

HUMMEL, Roman: Die Computerisierung des Zeitungsmachens. Wien: Verlag des Österreichischen Gewerkschaftsbundes, 1990.

KROEBER-RIEL, Werner: Strategie und Technik der Werbung. Stuttgart: Kohlhammer, 1988.

LA ROCHE, Walther von: Einführung in den praktischen Journalismus. 12., überarb. Auflage. München: List Verlag, 1990.

MAST, Claudia: Der Redakteur am Bildschirm. Konstanz: Universitätsverlag, 1984.

PROJEKTTEAM LOKALJOURNALISTEN (Hrsg.): ABC des Journalismus. 6., überarb. Auflage. München: Verlag Ölschläger, 1990.

PÜRER, Heinz, Elektronische Zeitungsherstellung und ihre Folgen. Salzburg: Kuratorium für Journalistenausbildung, 1986 („Journalistik“, Heft 8).

REHE, Rolf: Typografie und Design für Zeitungen. Darmstadt: ifra, 1985.

ROLOFF, Eckart Klaus: Journalistische Textgattungen. München: Oldenbourg, 1982.

STIEBNER, Erhardt D., und LEONHARD, Walter: Bruckmann's Handbuch der Schrift. München: Bruckmann Verlag, o. J.

WEISCHENBERG, Siegfried: Journalismus in der Computergesellschaft. München: Saur, 1982.

WEISCHENBERG, Siegfried, und HERRIG, Peter: Handbuch des Bildschirm-Journalismus. Elektronische Redaktionssysteme. Grundlagen/Funktionsweisen/Konsequenzen. München: Verlag Ölschläger, 1985.

URBAN, Dieter: Text im Kommunikationsdesign. München: Bruckmann, 1980.

Wertvolle Beiträge zum Thema Zeitungsgestaltung findet man regelmäßig in der Zeitschrift „Zeitungstechnik“ (Darmstadt: ifra).

Gestaltung und Technik im Radio

ENGELKAMP, Hans: Elektronik für Millionen. Stuttgart: Franckh'sche Verlagshandlung, 1969.

LA ROCHE, Walther von, und BUCHHOLZ, Axel (Hrsg.): Radio-Journalismus. Ein Handbuch für Ausbildung und Praxis im Hörfunk, 3. Aufl. München: List Verlag, 1987.

RADIO- UND FERNSEHGESELLSCHAFT der deutschen und rätoromanischen Schweiz (Hrsg.): Technik für Nichttechniker. Zürich, 1977.

RINDFLEISCH, Heinrich: Magnetbandtechnik. Hrsg. von der AGFA-GEVAERT AG Druckschriften-Abteilung. Leverkusen, 1971.

SCHULE FÜR RUNDFUNKTECHNIK (Hrsg.): Handbuch der Tonstudiotechnik. München – New York: Verlag Dokumentation Saur KG, 1978.

Gestaltung und Technik im Fernsehen

APPELDORN, Werner van: Handbuch der Film- und Fernsehproduktion. Psychologie, Gestaltung, Technik. München: TR-Verlagsunion, 1984.

BREITEL, Heidi, und WAELCHI, Elisabeth: Praxis im Schneideraum. Berlin: Deutsche Film- und Fernsehakademie, 1975.

CHRISTIAN, Ernst: Magnettontechnik. Leitfaden der magnetischen Schallaufzeichnung. München: Franzis-Verlag, 1969.

DAVIS, Desmond: Die Bildgestaltung beim Fernsehen. Ratingen: A. Henn Verlag, 1960.

HOLLAND, Sigrid: MAZ-Schnitt. Möglichkeiten und Grenzen. In: Kandorfer, Pierre (Hrsg.): Fernsehpraxis. Köln: Medipress-Verlag, 1980. S. 185–217.

KANDORFER, Pierre: Lehrbuch der Filmgestaltung. Köln-Lävenich: Deutscher Ärzte-Verlag, 1978.
LAHANN, Gerhard: Elektronische Berichterstattung. Anwendung einer neuen Technologie im Fernsehen. In: ARD-Jahrbuch 1979. Hamburg: Verlag Hans Bredow-Institut, 1979, S 23–31.
RUGE, Peter: Praxis des Fernsehjournalismus. Ein Handbuch für Zuschauer, Kritiker und Publizisten. Freiburg – München: Verlag Karl Alber, 1975.
SCHULT, Gerhard, und BUCHHOLZ, Axel (Hrsg.): Fernseh-Journalismus. Ein Handbuch für Ausbildung und Praxis. München: List Verlag, 1984.
WEBERS, Johannes: Bild und Ton synchron. München: Franzis-Verlag, 1976.
WEMBER, Bernward: Wie informiert das Fernsehen? Ein Indizienbeweis. 3., erw. Auflage. München: List Verlag, 1983.

8. Redaktions- und Arbeitsorganisation

Zeitung

Redaktionsorganisation – Die Ressorts

Allgemeines: Wenngleich das Äußere so mancher Zeitung auch vielfältig erscheinen mag, so folgt ihr innerer Aufbau in der Regel doch gewissen Ordnungsgrundsätzen, die sich dem Wechsel der Zeiten freilich anpassen. Die redaktionelle Einheit ist das Ressort. Darunter versteht man einerseits das betreffende Sachgebiet (Politik, Wirtschaft, Sport usw.), andererseits auch die für das betreffende Sachgebiet zuständige Personengruppe einer Redaktion. Die klassischen Ressorts sind Politik, Kultur, Wirtschaft, Lokalgeschehen und Sport.

Politik im weitesten Sinn hat man fast immer in Zeitungen gefunden. Als Mittel politischer Willensbildung, in welchem Politik nicht nur dargestellt, sondern auch gemacht, jedenfalls beeinflußt werden sollte, entstand in deutschsprachigen Blättern das politische Ressort, als die Völker 1813/14 in und mit den Zeitungen zum großen europäischen Krieg gegen Napoleon aufgerufen wurden. Heute ist dieses Ressort in den meisten Zeitungen in ein innen- und ein außenpolitisches (das eigentlich weltpolitisches heißen müßte) geteilt.

Das Lokale (in manchen Zeitungen auch mit „Chronik“ überschrieben) ist das Herzstück nahezu jeder Tageszeitung. Selbst große überregionale Blätter mit dem Schwerpunkt Politik verfügen meist über einen umfangreichen Lokalteil und nicht selten sogar über eigene Lokal- und Regionalausgaben. Der regelmäßige Polizeibericht stand zu Beginn des 19. Jahrhunderts an der Wiege des Lokalressorts. Gerichtsberichte folgten. Nur zwei österreichische Tageszeitungen haben ein eigenes Gerichts- bzw. Rechtsressort. Der Lokalteil einer Zeitung ist heute oft eine Zeitung in der Zeitung: Man findet dort das regionale und lokale politische Geschehen ebenso wie lokale Wirtschaft, Brauchtum und Kultur etc. Landespolitik, leider in vielen Zeitungen unterbewertet, gehört mitunter ins politische, bisweilen ins Lokalressort, Kommunalpolitik (die vor allem in lokalen Wochenzeitungen intensiv gepflegt wird) immer zum Lokalteil. In manchen Blättern heißt diese Seite auch „Tagesgeschehen“ oder „Tagesschau“, schließt dann bisweilen aber auch die nichtpolitischen Meldungen des Auslandes (Katastrophen, Kuriositäten usw.) mit ein.

Die Wirtschaft gehört zu den ältesten Teilen einer Zeitung. Mit dem Entstehen neuer Kapitalveranlagungs-Möglichkeiten (etwa den Aktiengesellschaften nach

1850) wurden Börsenberichte sehr wichtig. Im deutschen Börsengesetz von 1896 ist übrigens zum ersten Mal auch von der öffentlichen Aufgabe einer Zeitung die Rede. In Zeitungen überregionaler oder gar übernationaler Bedeutung dominieren Informationen für Wirtschaftsfachleute und Wirtschaftstreibende den Wirtschaftsteil, in Massenzeitungen eher Meldungen und Kommentare, die nicht nur, aber recht oft mit Blickrichtung auf Konsumenten verfaßt werden.

Die Kultur ist die am meisten schillernde, durch verschwimmende Grenzen gekennzeichnete Sparte eines Blattes. Der ursprüngliche Ressorttitel lautete „Feuilleton", zu Deutsch „Blättchen", und war ein dem französischen „Journal des Debats" beigehefteter Zettel mit Theaterkritiken, Reiseschilderungen, kleinen Plaudereien. Später wurde diese Sparte ein fixer Bestandteil der Zeitung, aber im unteren Teil einer Seite, „unterm Strich", angesiedelt. Heute versteht man unter Feuilleton eher die literarische Demonstration von allgemein Gültigem anhand kleiner Beobachtungen am Rande des Alltages.

Das klassische Kulturressort umfaßt heute Rezensionen von Sprech- und Musiktheater sowie von Büchern, Konzerten, Ausstellungen, Filmen, Radio- und Fernsehsendungen (manche Zeitungen führen innerhalb des Kulturteils ein eigenes Rundfunkressort); in zunehmendem Ausmaß finden sich im Kulturteil auch Beiträge über Architektur, Städtebau, Raumordnung, oft auch über Religion, Wissenschaft und Technik, sofern nicht auch diese Sparten sich verselbständigt haben oder vor allem in (Wochenend-)Beilagen abgehandelt werden. Häufig ist dem Kulturressort auch das weite Spektrum des Unterhaltungsstoffes zugeteilt, also Roman, Kurzgeschichte, Essay, Lyrik, Rätsel und Feature.

Der Sport schließlich wurde den Zeitungen, ebenso wie der Unterhaltungsstoff, von den Lesern eher aufgedrängt, spielt aber seit mehr als 70 Jahren eine wichtige und heute, ähnlich dem Lokalressort, eine zentrale Rolle, die an Montagen oder während bedeutender sportlicher Ereignisse (wie Olympische Spiele, Weltmeisterschaften etc.) zu einer das ganze Blatt dominierenden werden kann. Schon allein diese Bedeutung spräche dafür, das Sportressort auch mit hervorragend qualifizierten Mitarbeitern zu besetzen.

Sonstige Ressorts: Teilungen und Abspaltungen von klassischen Ressorts wurden bereits erwähnt. Politisch ambitionierte Zeitungen weisen oft auch eine regelmäßige Seite mit Beiträgen zur Ausleuchtung politischer Zusammenhänge („Hintergrund") sowie Berichten von Auslandskorrespondenten und Grundsatzartikeln auf. Nicht vergessen sei das Ressort Leserbriefe, das ungleich größerer Sorgfalt bedürfte, als ihm häufig erwiesen wird. Schließlich ist es doch eine der wenigen Möglichkeiten einer dialoghaften Zwei-Wege-Kommunikation zwischen Zeitung und Lesern. Ein eigenes Ressort faßt oft auch Beilagen zusammen, deren häufigste solche zu den Sachgebieten Reisen/Tourismus und Auto/Motor sind. Ressorts mit eigenen Seitenüberschriften sind in größeren Zeitungen oft auch Frau, Mode,

Jugend, Gesundheit u. a. Nicht selten kommen in größeren Zeitungen und in Nachrichtenmagazinen mit ihrer noch stärkeren Aufgliederung auch die Sparten Umwelt, Lebensstil, Gesellschaft (häufig auf „Klatschkolumnen" beschränkt) und Medien vor (was endlich auch die Massenmedien selbst zu Gegenständen kritischer Analysen macht oder machen könnte). Nicht vergessen sei das in größeren Zeitungen meist eigenständige Illustrationsressort.

Immer mehr Zeitungsredaktionen richten heute auch ein eigenes **Layout-Ressort** ein. Dort sind die Produktionsredakteure und Seitengestalter tätig. Sie sind nicht nur für Gestaltungsaufgaben zuständig. Sie planen im Zusammenwirken mit dem (den) Chef(s) vom Dienst die Gesamtausgabe der Zeitung und sorgen auch für eine einigermaßen abgewogene Abstimmung und Plazierung der redaktionellen Texte und der Anzeigen. Auch erfüllen sie Verbindungs- und Verständigungsaufgaben zwischen den Ressorts und der Anzeigenabteilung, ohne freilich den Chef vom Dienst von seiner Verantwortung als Verbindungsmann zwischen Redaktion, Anzeigenabteilung und Technik zu entheben.

Reformüberlegungen: Je mehr es zu einer Aufsplitterung in immer mehr Ressorts kommt, umso häufiger werden auch Überlegungen über die Sinnhaftigkeit starrer Ressorteinteilung angestellt. Wieviele Leser beachten überhaupt, welcher Spartentitel über einer Seite steht? Interessiert den Leser nicht einfach die bestimmte Nachricht, der Kommentar – gleich welchen Ressorts? Sollten nicht zumindest auf den ersten Seiten der Zeitung einfach die wichtigsten und interessantesten Beiträge stehen, welches Ressort immer sie anliefert?

Manche Massenzeitungen haben diese Fragen mit Ja beantwortet und handeln danach. Nicht wenige Blätter haben bei eigenen Leserumfragen allerdings eine starke Vorliebe für eine fein säuberlich nach Ressorts geordnete Zeitung festgestellt und halten nach wie vor an festen Ressort- bzw. Seiteneinteilungen und -abfolgen fest. Außerdem lehrt die Erfahrung, daß die Mitarbeiter eines Ressorts lieber ihre eigene Seite so attraktiv wie möglich machen, als gute Beiträge an andere Ressorts abzugeben und „fremde" ins eigene hereinzunehmen.

Andererseits wieder wird manche Ressortabgrenzung immer problematischer. Kann man Innen- und Weltpolitik wirklich sauber trennen? Wo soll – aus österreichischer Sicht – das Thema Südtirol oder die Außenpolitik des eigenen Landes publiziert werden? Kann man Politik und Wirtschaft trennen, wenn Innenpolitik überwiegend nur noch aus Wirtschaftspolitik besteht? Ist Landespolitik Politik oder Lokalgeschehen? Ist Kulturpolitik Politik oder Kultur? Sind Reportagen aus der Welt der Arbeit Wirtschaft oder Lokales? In der Praxis werden alle diese Fragen immer wieder diskutiert und von Fall zu Fall undogmatisch, pragmatisch entschieden. Beides ist wichtig und richtig. Wie Redaktionen und Ressorts modellhaft organisiert sein können, wird im Verlauf der folgenden Ausführungen noch dargestellt (vgl. Seite 373).

Die redaktionelle Willensbildung

Daß eine Zeitung, in der eine Vielzahl von Individualisten in derart vielen Fachgebieten arbeiten, schließlich doch noch irgendwie ein geschlossenes Ganzes wird, grenzt oft an ein Wunder. Daß beim Zeitungmachen Koordination erforderlich ist, liegt auf der Hand. Äußere Voraussetzungen dafür schafft eine hierarchische Gliederung der Redaktion, in welcher der Chefredakteur bzw. dessen Stellvertreter den Ressortchefs, diese ihren Ressortkollegen Weisungen erteilen können. Es gibt freilich vereinzelt auch Zeitungen mit einer Mehrzahl von gleichberechtigten Chefredakteuren mit rotierendem Vorsitz, und es gibt auch Blattkonstruktionen, in denen ein Herausgeber oder Herausgebergremium ohne die Zwischenstufe Chefredaktion mit den Ressortleitern in Verbindung tritt. Der jedenfalls in Österreich noch immer für bewährt gehaltene Regelfall ist ein Chefredakteur, der dem Herausgeber gegenüber für die Einhaltung der grundsätzlichen Blattlinie verantwortlich ist, die jeweilige Nummer der Zeitung aber in Eigenverantwortung herstellt.
In seiner Abwesenheit nehmen der oder die Stellvertreter des Chefredakteurs dessen Funktionen wahr. Manchmal erhalten die Stellvertreter durch hausinterne Vereinbarungen bestimmte eigene Aufgabengebiete. Für die technische Abwicklung der Blattproduktion ist in größeren Zeitungen ein Chef vom Dienst oder ein Produktionsleiter (-redakteur) bestellt. Auch wenn innerhalb der Redaktionshierarchie Weisungsrecht besteht und angesichts des Zeitdrucks bei der Herstellung der Zeitung oft auch wahrgenommen werden muß, arbeiten doch alle leitenden Redakteure im Regelfall mit argumentativer Überzeugung. Einzelgespräche ebenso wie informelle Kaffeehausrunden führen oft leichter und besser zur innerredaktionellen Willensbildung als Weisungen oder gar Disziplinarmaßnahmen, die in der österreichischen Praxis kaum je vorkommen. Die Eingliederung neu hinzukommender Redaktionsmitglieder erfolgt im Regelfall durch kollegiale Gespräche, durch die rasche, nicht selten kumpelhafte Erkenntnis des Aufeinander-Angewiesenseins aller und durch das gemeinsame Erfahren von Prestige- und Erfolgserlebnissen einer Redaktion. (Deshalb ist auch eine Zeitung ohne Erfolgserlebnisse nur selten gut.)

Redaktionskonferenzen

Das erfolgreichste Instrument wirksamer Ressortkoordination bleibt dennoch die Redaktionskonferenz. Sie kann so viele unterschiedliche Formen annehmen, daß man letzten Endes selbst jene, die behaupten, keine Konferenz zu haben, eines Irrtums überführen kann. Schließlich handelt es sich auch dann um eine Redaktionskonferenz, wenn der Chefredakteur von Ressort-Tür zu Ressort-Tür geht, um den Nachrichteneingang zu besprechen, Kommentarthemen auszumachen und zuzuteilen und schließlich mit dem Chef vom Dienst den „Aufmacher", also die Hauptgeschichte auf der Titelseite, bespricht.

Der Regelfall ist freilich die gleichzeitige Anwesenheit und Gesprächsteilnahme aller Ressortleiter, bei einigen Zeitungen sogar aller Redaktionsmitglieder an einer Konferenz. Oft beginnt diese mit einer Kurzkritik der letzten Ausgabe, die entweder der Konferenzleiter oder ein von ihm im voraus bestimmter Kollege bzw. eine Kollegin vornimmt. Ohne Selbstkritik ist keine Verbesserung möglich. Kritik von Ressortfremden hat den Vorteil möglicher Lesernähe: Der Sportredakteur muß als Leser die Außenpolitik, die innenpolitische Redakteurin muß als Leserin den Kulturteil verstehen können. Nachteil dieser Methode von Blattkritik sind Beleidigungen, wenn Kritik nicht sachlich bleibt, sondern persönlich wird.

Nach der „Manöverkritik" ist natürlich die Erörterung der wichtigsten Tagesthemen Hauptpunkt einer Redaktionskonferenz. Die gleichzeitige Vertretung aller Ressorts bietet den Vorteil unmittelbarer Themenvergleiche, ist aber zeitraubend und mitunter friktionsfördernd. Wenn sich nur der Chefredakteur und/oder der Chef vom Dienst die Ressortangebote anhören, fällt die Entscheidung über Aufmacher und Kommentarthemen im kleinen Kreis. Ein guter Redaktionsleiter wird sich vor der Entscheidung die Aufmachergeschichte genau berichten, vielleicht sogar vorlesen lassen (die Ankündigung klingt oft verheißungsvoller als das Endprodukt!).

Wer welchen Kommentar schreibt, entscheidet im Regelfall der Ressortchef im Einvernehmen mit dem Chefredakteur. Inhaltliche Vorgaben sind unüblich, doch wird die ungefähre Tendenz einer Glosse oder eines Leitartikels meist im voraus zwanglos besprochen. Im Regelfall werden Kommentare vom Chefredakteur oder dem Chef vom Dienst, zumindest aber vom Ressortleiter gegengelesen. Ein kluger Chefredakteur gibt auch seine eigenen Kommentare einem Kollegen zum Gegenlesen: Niemand ist unfehlbar, weder in Grammatik und Stil noch in Urteil und Instinkt! Wenn gewisse Kommentare bei gewissen Redakteuren oder Kolumnisten institutionalisiert sind, so sind diese Journalisten oft dabei, wenn über die Nachrichtenlage gesprochen wird. Hier holen sie sich Inspirationen für ihre Kommentare.

In Tageszeitungen, in denen die „große Konferenz" aus Zeitgründen abgeschafft wurde, findet eine solche oft in größeren Zeitabständen statt, um mittel- und langfristige Planungen oder Diskussionen über die Beilagenressorts zu ermöglichen. In kleineren Zeitungen wird die Redaktionskonferenz zur Versammlung aller Redaktionsmitglieder. Je informeller ihr Charakter, umso fruchtbarer ist oft ihr Verlauf. Für langfristige Planungen werden immer häufiger auch Klausurtagungen in abgeschiedenen Gegenden üblich.

Hubert Feichtlbauer

Arbeitsorganisation

Ein ganz gewöhnlicher Morgen in einer Zeitungsredaktion:

Der Chef vom Dienst (CvD) hat den Seitenspiegel – also die Struktur der Zeitungsseiten – schon gestaltet. Dieser Spiegel zeigt den einzelnen Ressorts auf einer Graphik, welche und wieviele Seiten sie für die Zeitungsausgabe des nächsten Tages zur Verfügung haben. Und auch der Platz für die Anzeigen ist auf ihm schon vorgeplant. Dabei muß der CvD vielen unterschiedlichen Interessen im Verlag Rechnung tragen: Er, als ,,Verbindungsmann" zwischen Redaktion, Anzeigenabteilung und Technik, koordiniert diese völlig verschiedenen Aufgabenbereiche. Der CvD schließt Kompromisse zwischen der kommerziell orientierten Anzeigenabteilung und der publizistisch-politisch engagierten Redaktion. Oft eine Gratwanderung:

Weil es heute wenig Platz im Blatt gibt, muß der CvD auf die einzige Seite des Ressorts Außenpolitik ein Inserat setzen. Der Ressortleiter ist sauer, der CvD wieder einmal an allem schuld. Anruf vom Chefredakteur: Das Interview mit dem wichtigen Herrn X soll in die ,,Außenpolitik", das hat er dem Herausgeber versprochen. Also, noch ein Kampf mit dem Ressortleiter. Und der Spiegel ist auch hinfällig; die ganze Ausgabe muß neu geplant werden. Zu allem Überfluß bricht das elektronische Redaktionssystem zusammen. Die Layouter können keine Texte und Daten mehr eingeben . . .

Trotzdem liegt die Ausgabe rechtzeitig am anderen Morgen in den Briefkästen der Abonnenten. Der CvD hat wieder ganze Arbeit geleistet.

Eine Tageszeitung muß sehr effektiv organisiert und auf Pannen eingestellt sein. Diese Organisation setzt Strukturen voraus:

Die effektive Organisation einer Redaktion und deren gleichzeitige Abstimmung auf die individuellen Arbeitstechniken der Redakteure ist nicht nur eine Voraussetzung für zeitgerechten Andruck und den darauf aufbauenden Vertrieb einer Zeitung. Allzuviele Verlage haben mit ihren Redaktionen deshalb Probleme, weil sie die psychologische Komponente des journalistischen Arbeitens unterschätzen. Journalisten sind eben zuerst Vermittler von Nachrichten, Verfasser von Kommentaren, erst dann sind sie Produzenten einer medialen Ware. Aus diesem Befund entsteht die **Forderung nach einer räumlich, zeitlich und technisch möglichst flexiblen Organisation.**

- Raumstrukturen wie Legehennen-Batterien sind abzulehnen. Tintenburgen sind kein gutes Ambiente. Große, helle Räume mit viel Herumsteh-Platz, kombiniert mit Rückzug-Büros für das individuelle Arbeiten sollten Vorrang haben.
- Stechuhren oder kontrollierte Anwesenheitslisten verirren sich immer wieder in die Gehirne von Neo-Verlegern oder ,,Quereinsteigern" im Verlagsmanagement. Beides hat keinen Platz in einer Redaktion, die sich auf hohe Mündigkeit und Selbstdisziplin verlassen muß.
- Lichtsatzsysteme eignen sich nicht zur Überwachung von Redaktionen – um etwa die ,,Leistung" der Redakteure über die Anzahl der geklopften Zeichen zu messen. Computer, die immer nur mit Zustimmung der Redaktion zum jeweiligen Fabrikat angeschafft werden sollten, sind effiziente Produktionsmittel nur dann, wenn rundherum auch eine gute Organisationsstruktur aufgebaut wird.

Räume

Wenn eine Redaktion neue Büros bezieht, entsteht immer eine Diskussion: Großraum oder abgeteilte Zellen? Die Vor- und Nachteile sind bereits Legende. Daher einige Hinweise zur Erleichterung der Entscheidung. **Großräume** für ein Ressort (also fünf bis acht Leute in einem Raum) sind für die nachrichtliche Koordination vorteilhaft, wirken dynamisierend besonders dann, wenn auch der Ressortleiter die meiste Zeit anwesend ist. Solche Großbüros sollten aber sehr hoch sein (wegen allfälligen Rauches) und über kleine Zusatzräume verfügen: für individuelle Arbeiter und für Einzelgespräche. Nachteile: Zuviele Raucher, hoher Lärmpegel, wenn der Raum zu niedrig ist. Kompromiß: Ineinander übergehende Räume – je einer für Raucher und Nichtraucher, ein dritter vielleicht für den Ressortleiter, dazu eine Besprechungsecke.

Elektronik

Ohne elektronische Vernetzung kann keine Redaktion, auch die einer Wochen- oder Monatszeitung, arbeiten. **Tendenziell kommen für Tageszeitungen eher größere Kompaktsysteme für die Produktion in Frage, Wochenzeitungen finden mit Desk-top-publishing locker das Auslangen.**

Wichtig ist, daß diese Maschinerie nicht nur reibungslos funktioniert (Störfälle sind immer ein Anlaß für Zwistigkeiten), sondern daß die **Produktion auf der Ebene der Chefredaktion zentral gesteuert wird** – in der Reihenfolge:

1. (elektronisches) Layout
2. Satzproduktion
3. Schlußredaktion inklusive Korrektur
4. (elektronische) Montage der Seiten.

Zur Elektronik gehört aber viel mehr.

Die Nachrichtenagenturen sollten über die Bildschirme zugänglich sein. Verfügt eine Zeitung nur über die Austria Presse Agentur (APA), so holt man sich weitere Agenturen online über den von der APA angebotenen Mediatext. Für die Herstellung von Graphiken braucht man einen geeigneten PC, Fernschreiber sollten ebenfalls mit einem Bildschirm kombiniert sein. Gut wäre es, die Terminkoordination ebenfalls elektronisch ablaufen zu lassen, weshalb man sich für die Sekretariatsebene eine EDV überlegen sollte.

Redakteure, die gerne zu Hause texten, sollten über kompatible PCs verfügen (in der Regel MS-DOS und Euroscript), um die Disketten in der Redaktion problemlos überspielen zu können. FAX-Geräte in ausreichender Zahl und für jede Teilredaktion sollten eine Selbstverständlichkeit sein. Die internationale Bild-Kommunikation (vorwiegend Fotos) läuft ebenfalls bereits elektronisch und dadurch papiersparend ab.

Hierarchie

Die Probleme zwischen Spitze und Basis gibt es überall, wo Menschen zusammenarbeiten. Unabhängig davon, wie sie miteinander umgehen (Problem „natürliche" Autorität), sollte eine möglichst **unbürokratische, aber effiziente Kommunikation** möglich sein. Oberstes Gebot in Zeitungen: Mitglieder der Chefredaktion und Ressortleiter sollten sehr **viel Gesprächszeit** investieren, um die Eigenheiten der Mitarbeiter kennenzulernen, ihnen aber auch bereits auf dem Weg zum „Endprodukt" Hilfe geben. Dadurch wird die Zahl manchmal unangenehmer Entscheidungen fühlbar kleiner.
Gleichzeitig zeigen sich positive Auswirkungen auf Redaktionskonferenzen: sie können zügiger ablaufen, finden eher in einer lockeren Atmosphäre statt. Zur guten Führung einer Redaktion gehört auch, daß immer wieder Linienfragen besprochen werden.
Führungsqualität ist nicht nur auf höchster Ebene nötig, sondern auch in den Ressorts. Leitende Damen und Herren sollten für ihre Mitarbeiter nach außen immer geradestehen, ohne intern oder unter vier Augen auf sachbezogene, mitunter harte Kritik zu verzichten.

Modelle der Ressort-Organisation

An der klassischen Einteilung der Ressorts hat sich trotz der elektronischen Zeitungsproduktion wenig geändert. Es gibt aber mehrere Modelle, wie Redaktionen über die Ressorts organisiert sind – jeweils am Beispiel einer Tageszeitung.
Modell 1: Hinter der Chefredaktion und dem (oder den) Chef(s) vom Dienst stehen die traditionellen Ressorts – Innenpolitik, Außenpolitik, Kultur, Lokales, Wirtschaft, Sport, Beilagen und neuerdings das Layout mit der Produktion. Dem entspricht in unterschiedlicher Gewichtung auch die Blattstruktur.
Modell 2: Manche Zeitungen starten das Blatt mit reinen Nachrichtenseiten innen- und außenpolitischer Mixtur. Dem entspricht eine große Nachrichtenredaktion. Zumindest die politischen Ressorts sind dann in Zusammenarbeit mit der Nachrichtenredaktion zuständig für Reportagen, Features, Interviews und Kommentare. Der Rest ist wie Modell 1 organisiert.
Modell 3: Chefredaktion und Chef vom Dienst „produzieren" zusammen mit der Produktionsabteilung in einem großen „newsroom" die Zeitung. Ihnen arbeiten

Abteilungschefs aus den jeweiligen Teilredaktionen zu, sie verteilen auf Grund des vorliegenden oder vorhersehbaren Materials die Kommentarthemen.

Der Ablauf

In Redaktionen nach dem Modell 1 oder 2 beginnt der Tag nach dem **Studium der Konkurrenzblätter** und nach einer **nachrichtlichen Orientierungsphase** mit der **Redaktionskonferenz** (an der in kleinen Blättern alle Redakteure teilnehmen, in großen meist nur die Ressortleiter sowie wichtige andere Mitarbeiter oder solche, die etwas Herausragendes vorzutragen haben). Dann folgt die **Layoutphase** auf der Basis des Blattspiegels (Seitenstruktur mit eingezeichnetem Inseratenplatz). Die **Texteingabe-Phase** wird meist kurz unterbrochen durch eine **weitere Konferenz,** bei der die Chefredaktion den Aufmacher festlegt, eine letzte **Bildauswahl** (für die erste Seite) trifft, etwaige Änderungen bekanntgibt. Dann setzen Schlußredaktion und Montage mit Revision ein.
Im Modell 3 werden **Aufmacher-Entscheidung** und **Gewichtung** weiterer wichtiger Seiten sozusagen „fliegend" vorgenommen. Diese Variante bedingt jedoch ein wirklich gutes „Teamwork" in der Führungsspitze und ein Grundvertrauen zueinander auch in Linienfragen. Sonst ist Chaos angesagt – wovor eine Zeitung ohnehin immer steht. Denn für Außenstehende, die den Redaktionsalltag miterleben, ist das Erscheinen eines Blattes ohnehin ein Wunder.

Das Archiv

Langsam setzt sich in den Redaktionen auch das **elektronische Archiv** durch. Es kann – wie im Falle der von der Austria Presse Agentur angebotenen „APAdoc" – über den Bildschirm zugänglich sein, setzt aber eine ziemliche Vorarbeit (und Kosten) voraus (siehe dazu Seite 388 ff.). Bei allen Varianten einer elektronischen Textspeicherung ist eine präzise Kodierung und Einordnung der jeweiligen Produktion des Vortages nötig. Dazu kommt noch – via Anschluß an hausfremde Dokumentationen – die Einspeisung externer Texte, also die **Vernetzung** des eigenen Archivs **mit Datenbanken.** Das ist die modernste, die effektivste, aber auch die teuerste Variante eines Textarchivs.
Natürlich ist es möglich, noch mit Papierarchiven (Hängemappen) zu arbeiten (als Handarchive werden sie in Schreibtischen überleben); auch kann man über Mikrofiche oder Mikrofilm ein Archiv aufbauen. Doch selbst dies ist langsam unmodern, überlebt sich. Deshalb kann als Alternative zum traditionellen Belegarchiv die **Bildplatte** gelten. Auf ihr werden alle wichtigen Ausschnitte gespeichert; sie kön-

nen via Bildschirm aufgerufen und zurückkopiert werden. So wie man bei der elektronischen Handhabung der Nachrichtenagenturen daneben noch gerne einen Papierbeleg hätte, ist ein originalgetreues Archivdokument eine möglicherweise ziemlich erfolgreiche Variante.
Diese Methode findet nun auch bei der Bildspeicherung Eingang. Wahrscheinlich aber wird sich bei der **Bildarchivierung** die mit dem jeweiligen Lichtsatz-System gekoppelte elektronische Speicherung und Selektion durchsetzen, weil man das **digital erfaßte Bild** direkt in den Umbruch einspeisen und gleichzeitig bearbeiten kann. Daneben wird man sich wahrscheinlich ein Bildarchiv von künstlerisch wertvollen SW-Fotos und Dias halten. (Dem Thema „Archive – Dokumentationen – Datenbanken" ist ein eigenes Kapitel gewidmet. Siehe dazu Seite 386.)

Redaktionsboten

Worauf eine Redaktionsorganisation trotz EDV und Ganzseiten-Terminal auch in Hinkunft nicht verzichten kann, sind clevere und geschulte Redaktionsboten, die schlicht und einfach die ganz simple Kommunikation zwischen den Büros und hierarchischen Ebenen aufrechterhalten. Die sich nicht zu gut sind, auch mal Kaffee oder Zigaretten zu besorgen; die nicht selten aber auch soviel Gespür haben, daß sie irgendwo an einem heißen Tag in einem schwülen Café eine kleine Exklusivgeschichte oder einen „scoop" aufreißen. *Gerfried Sperl*

Redaktions- und Arbeitsorganisation im Österreichischen Rundfunk (ORF)

Der Österreichische Rundfunk ist nach den Prinzipien einer öffentlich rechtlichen Medienverfassung eingerichtet. Seine gesetzlichen Grundlagen hat er im „Bundesverfassungsgesetz vom 10. Juli 1974, BGBl. Nr. 396/74 über die Sicherung der Unabhängigkeit des Rundfunks" (Hörfunk und Fernsehen) sowie im Bundesgesetz vom 10. Juli 1974, BGBl. Nr. 397/74 über die Aufgaben und die Einrichtung des Österreichischen Rundfunks (in der Fassung der Wiederverlautbarung BGBl. Nr. 379/84 und der Bundesgesetze BGBl. Nr. 531/84 und 563/85). Gemäß dem Bundesverfassungsgesetz ist Rundfunk (Radio und Fernsehen) in Österreich eine öffentliche Aufgabe. Im ORF arbeitende Journalisten sind zu Objektivität, Unparteilichkeit und Ausgewogenheit verpflichtet und haben dafür zu sorgen, daß in ihrer Berichterstattung Meinungsvielfalt gewährleistet ist. In den Programmen des ORF sind alle gesellschaftlich relevanten Kräfte gebührend zu berücksichtigen.

Dienststellen

Der ORF verfügt über die folgenden Dienststellen (Stand: August 1990):

ORF-Zentrum Wien

Im ORF-Zentrum Wien (Würzburggasse 30, 1136 Wien, Tel. 0 22 2/87 8 78-0) befinden sich:

- Generalintendanz
- Generalsekretariat
- die Chefredaktion (GCR)
- die Abteilung Planung und Koordination (GPK)
- Fernsehinformationsintendanz (FI)
- Fernsehprogrammintendanz (FP)
- Zentrale Programmdienste
- Programmdienststellen Fernsehen
- Radio Österreich International (RÖI)
- Kaufmännische Direktion (KD)
- Technische Direktion (TD)

ORF-Funkhaus Wien

Im ORF-Funkhaus Wien (Argentinierstraße 30a, 1041 Wien, Tel. 0 22 2/50 1 01-0) findet man die folgenden Dienststellen:

- Hörfunk-Intendanz (HI)
- Programmdienststellen Hörfunk
- Landesstudio Wien
- Landesstudio Niederösterreich

Landesstudios

Der ORF unterhält in allen neun Bundesländern eigene Landesstudios, denen Landesintendanten vorstehen. In allen Landesstudios gibt es Abteilungen für Information, Ernste Musik, Unterhaltung, Hörspiel/Literatur, Kultur/Wissenschaft, Volkskultur, Familienfunk, Werbefunk, Kaufmännischen Betrieb und Technischen Betrieb. Die neun ORF-Landesstudios sind beheimatet in:

Burgenland	ORF-Landesstudio Burgenland Buchgraben 51, **7000 Eisenstadt,** Tel. (0 26 82) 46 61-0
Kärnten	ORF-Landesstudio Kärnten Sponheimerstraße 13, **9010 Klagenfurt,** Tel. (0 46 3) 53 30-0

Niederösterreich	ORF-Landesstudio Niederösterreich Argentinierstraße 30a, **1040 Wien,** Tel. (0 22 2) 50 2 10-0
Oberösterreich	ORF-Landesstudio Oberösterreich Franckstraße 2a, **4010 Linz,** Tel. (0 73 2) 53 4 81-0
Salzburg	ORF-Landesstudio Salzburg Nonntaler Hauptstraße 49d, **5010 Salzburg,** Tel. (0 66 2) 83 80-0
Steiermark	ORF-Landesstudio Steiermark Marburger Straße 20, **8042 Graz,** Tel. (0 31 6) 41 1 80
Tirol	ORF-Landesstudio Tirol Rennweg 14, **6010 Innsbruck,** Tel. (0 51 2) 53 43-0
Vorarlberg	ORF-Landesstudio Vorarlberg Höchsterstraße 38, **6850 Dornbirn,** Tel. (0 55 72) 301-0
Wien	ORF-Landesstudio Wien Argentinierstraße 30a, **1040 Wien,** Tel. (0 22 2) 50 2 01-0

Die Redaktionen

Journalistische Arbeit geschieht im Österreichischen Rundfunk (ORF) in zahlreichen Abteilungen, die aus gesetzlichen, historischen, praktischen und/oder personellen Gründen einander unterschiedlich zugeordnet sind.

Im **zentralen Bereich** gibt es folgende Redaktionen:

- Die gemeinsame *Chefredaktion* (GCR) in der Generalintendanz: Sie ist zuständig für die bimedial (also für Hörfunk und Fernsehen) arbeitenden Korrespondenten sowie für die einem Korrespondenten gleichgehaltene Redaktion für Ost- und Südosteuropa; diese Chefredaktion ist auch die vorgesetzte Dienststelle für die Bundesländerredaktion („Österreich-Bild" und Zulieferung der Bundesländer-Berichte für „Zeit im Bild").
- Die *Abteilung Öffentlichkeitsarbeit* in der Generalintendanz und
- Radio Österreich International.

Im Bereich der **Landesintendanzen** der neun ORF-Landesstudios gibt es jeweils eine Abteilung Information, die ebenfalls bimedial (also für Hörfunk und Fernsehen) arbeitet.

Im Bereich der Programmdienststellen sind zugeordnet:

- dem **Fernseh-Informationsintendanten:**

F 1	Aktueller Dienst
F 2	Service-Sendungen
F 3	Sport
F 9	Dokumentation
F 10	Wissenschaft und Bildung

● dem **Fernseh-Programmintendanten:**	F 4	Kultur
	F 5	Gesellschaft, Jugend, Familie
	F 6	Musik
	F 7	Fernsehspiel und Theater
	F 8	Unterhaltung
	F 11	Film und Serien
	F 12	Religion
● dem **Hörfunk-Intendanten:**	H 1	Information
	H 2	Wissenschaft und Bildung
	H 3	Sport
	H 4	Religion
	H 5	Unterhaltung
	H 6	Musik
	H 7	Gesellschaft, Jugend, Familie
	H 8	Kultur
	H 9	Literatur und Feature
	HPD	Zentrale Programmdienste Hörfunk
	HPA	Hörfunk Programm-koordination
	HPP	Hörfunk Programmproduktion
	IPA	Internationaler Programm-austausch

Trotz der genauen Zuordnung der Abteilungen gibt es in der Praxis immer wieder Überschneidungen und Querverbindungen der Aufgaben verschiedener Redaktionen, so daß ständig koordiniert werden muß. Es ist hier nicht möglich, sie alle aufzuzeigen. Als Beispiele seien jedoch genannt:

- Die Fernsehmagazine ,,Hohes Haus", ,,Schilling" und ,,Wochenschau" werden vom Aktuellen Dienst produziert; ,,Inlandsreport" und ,,Auslandsreport" hingegen von der Hauptabteilung Dokumentation.
- ,,Zeit im Bild" wird von der Hauptabteilung Aktueller Dienst produziert und abgewickelt; die zur Programmintendanz gehörenden Hauptabteilungen Kultur und Wissenschaft liefern aber ebenso Produktionen zu wie die Bundesländer-Studios.

Der Aktuelle Dienst des Fernsehens

Die zuvor aufgezählten Redaktionen unterscheiden sich je nach Programmaufträgen, Größe, Struktur und Organisation. Da es nicht möglich ist, hier alle Unterschiede zu vermerken, werden in der Folge nur der Aktuelle Dienst des Fernsehens und jene Abteilungen erwähnt, die zur Produktion seiner Sendungen beitragen. (Querverweise beziehen sich auf den Aktuellen Dienst des Hörfunks.)

Der Aktuelle Dienst des ORF-Fernsehens (F 1) gliedert sich wie folgt:

- Chefredaktion
- Sendungsverantwortliche (im Aktuellen Dienst des Hörfunks – H 1: Chefs vom Dienst, Journalredaktion) und Moderatoren.
- Ressorts: Inland;
  Parlament;
  Wirtschaft;
  Ausland (mit News Coordination [= Kontakt mit ausländischen Stationen/Eurovision, Intervision]);
  „Mini-ZiB";
  „Club 2" (mit „Pressestunde");
  „Volksanwalt";
  „Wochenschau";
  Teletext;
  Wetter.

(H 1: nur Innenpolitik, Wirtschaft, Außenpolitik; dazu: Zeitgeschehen.)

Weiters kommen hinzu:

- die Bundesländer-Redaktion;
- unterstützende Ressorts aus anderen Hauptabteilungen: Aktuelle Kultur und Wissenschaft;
- Aktuelle Graphik (Abteilung von TFSP-A/Graphik und Visuelle Präsentation);
- Produktionsleitung (Disposition von Aufnahme, Schnitt) und Produktionswirtschaftliche Leitung;
- Archive: FZ 2 / Fernseharchiv (inkl. Historisches Archiv) und Kopienbeschaffung;
  Bildarchiv (mit Bildredaktion).
  (Darüber hinaus existieren u. a. folgende Archive: Phonothek im ORF-Zentrum; Schallträger-Archiv im Funkhaus Wien; Dokumentations-Archiv im Aktuellen Dienst/Hörfunk; Ö3-Archiv; je ein Archiv in den Landesstudios.)

Die Funktionseinheiten bzw. Ressorts haben, wie zum Teil bereits aus ihren Bezeichnungen hervorgeht, unterschiedliche Aufgaben:

Die Aufgabe der *Koordination* liegt insgesamt bei der Chefredaktion; für „Zeit im Bild 1" und „Zeit im Bild 2" gibt es je einen Sendungsverantwortlichen. Für alle anderen Sendungen der Hauptabteilung ist jeweils das entsprechende Ressort verantwortlich (z. B. für „Hohes Haus" die Parlamentsredaktion).

Die Aufgabe der *Produktion* von Beiträgen und Meldungen liegt im wesentlichen bei den „Basisressorts" Inland, Wirtschaft und Ausland; soweit es sich um Magazine o. ä. handelt, sind „Spezialressorts", in der Regel die Fachredaktionen zuständig.
Die Funktion der *Abwicklung* übernimmt bei den allgemeinen Nachrichtensendungen der Sendungsverantwortliche, unterstützt durch Journalredakteure der „Basisressorts", bei den anderen Sendungen das produzierende „Spezialressort".
Personell ist die überwiegende Zahl der Redakteure bzw. Reporter den „Basisressorts" zugeteilt; aus ihnen werden die Stabstellen bei Notwendigkeit besetzt, also z. B.: Zuteilung von Inlandsredakteuren an die Parlamentsredaktion bei Plenarsitzungen des Nationalrates; Abstellung von Moderatoren usw.
So wie die Redaktionen des ORF unterschiedlich strukturiert sind, unterscheiden sich auch die Ressorts des Aktuellen Dienstes und die verwandten Abteilungen in ihrem Aufbau: Sie sind im allgemeinen nicht mehr weiter formell-fachlich untergliedert; in der Kultur aber gibt es Ressorts für Literatur, Bildende Kunst, Theater und Musik sowie Film. Inland und Ausland verfügen über amtierende Ressortchefs und/oder Journalredakteure in Dauerpräsenz; die Aufgaben anderer Ressorts fallen außerhalb der normalen Dienstzeiten, insbesondere an den Wochenenden, im erforderlichen Falle diesen beiden Großressorts zu.
Die Steuerung der konkreten Abläufe und Erfordernisse erfolgt in Konferenzen der Gesamtredaktion unter Leitung des Chefredakteurs: mit den Ressortchefs zur wöchentlichen Planung, mit Sendungsverantwortlichen, Ressortchefs und Journalredakteuren zur täglichen (jeweils um 10.00 und um 14.30 Uhr).

Ein Tag im Aktuellen Dienst des Fernsehens

Zur besseren Erläuterung der Produktions- und Abwicklungsvorgänge wird in der Folge ein Arbeitstag im Aktuellen Dienst des Fernsehens geschildert:

9.00 Uhr: „Teletext" sendet „Nachrichten".
9.30 Uhr: Ressortchefs und Journalredakteure besprechen das Angebot für die Frühsitzung. Die Ressorts disponieren Reportereinsätze und Kameraaktionen.
10.00 Uhr: Erste Konferenz: Kritik des Vortages. Angebote der Ressorts für „Zeit im Bild 1" und „Zeit im Bild 2". Vorentscheidungen über Produktionen, Überspielungen (Bundesländer, Korrespondenten) und Längen.
11.00 Uhr: „Teletext" plant „aktuell" (13.00 Uhr); Produktionen dafür in den Ressorts; „aktuell"-Moderator(in) beginnt mit der Arbeit.
12.00 Uhr: EVN-0 = Erste Ring-Nachrichtensendung der europäischen TV-Anstalten.
13.00 Uhr: „aktuell" live aus dem Newsroom.
14.00 Uhr: Ressort-Konferenzen. „Mini-ZiB" bereitet Sendung (16.55 Uhr) vor.

14.30 Uhr: Zweite Konferenz: Die Abläufe für beide „Zeit im Bild" werden fixiert (was nicht ausschließt, daß bis zu den Sendungen ständig Veränderungen vorgenommen werden). Formulierung von Headlines, Illustrationen, Hintersetzern (= das, was man hinter dem Moderator im Bild sieht).

15.15 Uhr: Ablauflisten für beide „Zeit im Bild", Arbeitsunterlagen für Aktuelle Graphik. Beginn der entscheidenden Schneidearbeit. Moderator(in) schreibt „Mini-ZiB"-Texte.

16.55 Uhr: „Mini-ZiB" live aus dem Newsroom.

17.00 Uhr: EVN-1 (= die wesentliche Ring-Nachrichtensendung der westeuropäischen Stationen).

17.05 Uhr: Beginn der Überspielungen der Korrespondenten und Landesstudios. Beginn der Arbeit der beiden Moderatoren der „Zeit im Bild 1".

ab ca. 18.00 Uhr: Abnahmen der bereits fertiggestellten Beiträge durch Sendungsverantwortliche und Ressortchefs.

18.45 Uhr: EVN-2 mit weiteren internationalen Filmberichten. Kontrolle der elektronischen Graphik durch den Sendungsverantwortlichen. Kontrolle der Längen der einzelnen Beiträge durch das Sekretariat des Sendungsverantwortlichen 1. Ajour-Halten der computerisierten Ablaufliste. Planung des Sendungsablaufes durch den Regisseur und seinen Assistenten. Moderatoren werden geschminkt. Die fertiggestellten Filmberichte (in der Realität nicht mehr Filme, sondern Videobänder) werden der Abwicklung überstellt.

19.30 Uhr: „Zeit im Bild 1".

20.00 Uhr: Letzte Redaktionskonferenz für die „Zeit im Bild 2". Beginn der Arbeit des Moderators 2. Bestellungen bei der Aktuellen Graphik. Überspielungen. Letzte Filmschnitte.

21.40 Uhr: Letzte Ablaufliste „Zeit im Bild 2". Vorgänge analog „ZiB 1".

22.00 Uhr: „Zeit im Bild 2".

—.— Uhr: „aktuell" bzw. „Nachrichten" des „Teletextes" zu den Sendeschlüssen beider Kanäle.

Fernseharbeit ist Teamarbeit: Beispiel

Mehr als in jedem anderen Medium müssen im Fernseh-Journalismus viele Menschen zusammenhelfen, um eine Story über den Bildschirm zu bringen. Hier die Geschichte einer solchen Story; nennen wir sie „Papier":

Am Montag berichtet ein Wirtschaftsredakteur in seinem Ressort, am folgenden Tag werde die Entscheidung über Verkauf oder Stillegung der Papierfabrik N. erfolgen. Er wird mit der Produktion der Story für die Dienstags-„ZiB 1“ beauftragt.

- Das Sekretariat der Wirtschaftsredaktion disponiert beim zuständigen Landesstudio einen Filmbericht über die aktuellen Vorgänge. Im Landesstudio werden darauf disponiert: ein Reporter, ein Aufnahmeteam, Fahrt, Schnitt und Überspielung. Der Landes-Reporter recherchiert telefonisch vorweg am Drehort.
- Die Wirtschaftsredaktion disponiert zentral für die Aufnahme eines zusätzlichen Interviews in Wien: ein Aufnahmeteam, Schnitt des Gesamtprodukts. (Wenn die Zeit knapp ist: Schnitt des Interviews in einer mobilen Einheit, Überspielung aus der Innenstadt ins ORF-Zentrum, Zusammenschnitt dort durch einen zweiten Redakteur.)
- Der Redakteur bestellt über das Sekretariat der Wirtschaftsredaktion eine Computergraphik und einen Aufzeichnungstermin dafür.
- Der Ressortchef meldet die Story bei der ersten Konferenz mit allgemeiner Inhaltsangabe und ungefährer Dauer.
- Der Story-Redakteur bestellt Archivmaterial und dreht sein Interview.
- Das Sekretariat der Wirtschaftsredaktion liefert der Aktuellen Graphik bzw. dem Sendungsverantwortlichen Video- und Fotomaterial für die Headline und den Hintersetzer („Blue-box“).
- In der zweiten Konferenz wird die Story bestätigt, die Headline formuliert; der Auftrag ergeht an die Aktuelle Graphik.
- Die Teile des Beitrages werden zentral zusammengeschnitten, technisch und redaktionell kontrolliert. Ein Manuskript mit Titel, Angabe des typischen Bildes, letzten Worten, Dauer in Sekunden, Namens-Unterblendern samt Uhrzeiten wird beim Sendungsverantwortlichen abgeliefert.
- Die Anwähl-Nummern des Schriftgenerators (für Unterblender) werden von der Aktuellen Graphik dem Sekretariat des Sendungsverantwortlichen gemeldet.
- Der Story-Redakteur informiert den Moderator, der diesen Teil der Sendung bestreiten wird, und bespricht mit ihm den Text der Ansage. Die Moderation wird Autocue-gerecht geschrieben. (Nach diesem Verfahren werden Texte vom Laufband vor die Studiokameras eingespiegelt und vom Moderator abgelesen.)
- Die Regie stellt Headline-Filme, Headline-Graphik, Hintersetzer, Moderations-Manuskript, Film-Manuskript und evtl. einzublendende zusätzliche Bildelemente zusammen.
- Die Kassette mit dem sendefertigen Bericht geht an die Abwicklung. Dem Regisseur wird die Leitung mitgeteilt, auf der dieser Beitrag in die Sendung eingespielt werden wird.

- Die Sendung findet statt. Unmittelbar beteiligt sind der Regisseur, der Regieassistent, der Sendungsverantwortliche, dessen Sekretärin (für den Schriftgenerator), die Moderator-Sekretärin (für die Auto-cue), die Moderatoren, evtl. ein Fachredakteur (für eine Studio-Analyse) oder ein Studio-Gast, Bild- und Tonmeister mit ihren Helfern, Mannschaft in der Abwicklung, Sendeleitung.
- Zuletzt wandert der Beitrag ins Archiv, wird ausgewertet und abgelegt. Rechnungen werden bezahlt, Tantiemen (z. B. für Musik) angewiesen. In der Redaktionskonferenz des nächsten Morgens gibt es Lob oder Kritik. Der Kundendienst des ORF registriert Stellungnahmen der Zuseher.

Der hier geschilderte Vorgang findet in den Fernsehredaktionen des ORF täglich etwa hundertmal statt. In den meisten Fällen beträgt die Ablaufzeit nicht einen ganzen Tag, sondern ist wesentlich kürzer. *Herbert Weissenberger*

Ein Tag in der Zentralen Radio-Redaktion des ORF

Der Tagesablauf einer Radioredaktion wird vor allem bestimmt durch die Tatsache, daß auch während der Nachtstunden gesendet wird, also rund um die Uhr. Außer den Nachrichtensendungen zur vollen Stunde (24mal am Tag) sind auch noch fünf Journale herzustellen (Morgenjournal, Mittagsjournal, Journal um fünf, Abendjournal mit Journal Panorama und Nachtjournal).

Um das alles bewältigen zu können, ist in einem komplizierten Dienstplan sicherzustellen, daß einerseits entsprechend dem Arbeitsanfall genug Personal vorhanden ist und andererseits durch übergreifenden Dienstbeginn Kontinuität in der Information gewährleistet ist.

Der Tagesablauf ist nach zwei Gesichtspunkten zu gliedern:
a) Nachrichten
b) Journalsendungen

a) Nachrichten

Der verantwortliche Redakteur für die Nachrichten (Chef vom Dienst) redigiert die Nachrichten und trägt die Endverantwortung. In der Nacht von 22.00 Uhr bis 6.00 Uhr früh muß er diese Arbeit allein bewältigen, untertags, wenn die Meldungen zu einer wahren Nachrichtenflut anwachsen, helfen ihm dabei ein bis zwei Redakteure. Daraus ergibt sich folgender Tagesablauf:

0.00 Uhr	Dienstbeginn Chef vom Dienst I Schreibt und redigiert die Nachrichtensendungen zwischen 0.00 Uhr und 6.00 Uhr

6.00 Uhr	Dienstbeginn Chef vom Dienst II Redigiert Nachrichtensendungen zwischen 7.00 und 12.00 Uhr.
7.30 Uhr	Redakteur I schreibt Nachrichten bis 16.00 Uhr (Zulieferung für Chef vom Dienst II und III)
10.00 Uhr	Redakteur II schreibt Nachrichten bis 18.30 Uhr (Zulieferung für Chef vom Dienst II und III)
12.00 Uhr	Dienstbeginn Chef vom Dienst III Redigiert Nachrichtensendungen zwischen 13.00 und 18.00 Uhr
13.30 Uhr	Redakteur III schreibt außenpolitische Nachrichten bis 22.00 Uhr (Zulieferung für Chef vom Dienst III und IV)
13.30 Uhr	Redakteur IV schreibt innenpolitische Nachrichten bis 22.00 Uhr (Zulieferung für Chef vom Dienst III und IV)
18.00 Uhr	Dienstbeginn Chef vom Dienst IV Redigiert Nachrichtensendungen von 18.00 bis 24.00 Uhr

b) Journalsendungen

Die Journalsendungen entstehen in einem komplizierten Zusammenwirken zwischen Moderator, Ablaufregisseur und den Ressorts Inland, Ausland, Wirtschaft sowie der Nachrichtenredaktion.

Die grobe Planung wird in zwei Redaktionskonferenzen am Vormittag und am Nachmittag durchgeführt. Die Feinabstimmung erfolgt unmittelbar davor oder noch während der Sendungen in Zusammenarbeit zwischen Moderator, Regisseur und Ressorts. Daraus ergibt sich folgender Dienstplan:

5.30 Uhr	Dienstbeginn Moderator und Ablaufregisseur Morgenjournal. Kurze Besprechung mit CvD II über Ereignisse der letzten Stunden. Ansonsten Beiträge vorhanden oder eingecheckt. Über die schon am Vortag geplanten Themen hinaus müssen diese beiden in Zusammenarbeit mit dem Chef vom Dienst über Ereignisse, die während der Nacht passiert sind, Beiträge organisieren.
7.00 Uhr	,,Morgenjournal"
9.00 Uhr	Redaktionskonferenz mit Manöverkritik über die vorhergegangenen Nachrichten bzw. Journale. Teilnehmer: Chefredakteur, Ressortleiter, Chef vom Dienst, Redakteure, vor

	allem Moderator und Ablaufregisseur des ,,Mittagsjournals'' sowie Produktionsassistentin (kümmert sich um alle technischen Details, wie Ü-Wagen, Studiotechnik, Außentechnik, Überspielzeiten von Korrespondentenbeiträgen usw.)
12.00 Uhr	,,Mittagsjournal''
14.00 Uhr	Redaktionskonferenz mit Manöverkritik über das ,,Mittagsjournal''. Teilnehmer wie oben. Planung und Themenerstellung für ,,Journal um fünf'', ,,Abendjournal'' und ,,Morgenjournal'' des nächsten Tages. Im Studio Aufnahme des ,,Journal-Panorama'' sowie der Beiträge für die drei genannten Journale. Moderator des ,,Nachtjournals'' arbeitet an den Beiträgen für seine Sendung
17.00 Uhr	,,Journal um fünf'' Anschließend Umschneiden von Beiträgen für ,,Abendjournal''
18.00 Uhr	,,Abendjournal'' (ab 18.20 Uhr ,,Panorama'')
ab 19.00 Uhr	Auswertung von ,,ZDF-heute'', ,,ZiB'' und ,,ARD-Tagesschau'' für ,,Nachtjournal''
22.00 Uhr	,,Nachtjournal'' Diese Sendung wird vom Moderator allein gestaltet. Unter Auswertung der vorhergegangenen Journale bzw. der Fernsehsendungen soll eine Summery der Tagesereignisse auf neuestem Stand gebracht werden.

Fallbeispiel:

Pressefoyer nach der Sitzung des Ministerrats

9.00 Uhr	Ressortleiter Innenpolitik referiert Termin und Vorrecherchen. Besprechung der möglichen Themen, die beim Pressefoyer zur Sprache kommen könnten.
ca. 10.00 Uhr	Abfahrt von Redakteur(en) und Techniker(n) ins Bundeskanzleramt. Weitere Recherchen an Ort und Stelle. Möglicherweise Präzisierung der zu erwartenden Themen und damit des Beitrags oder der Beiträge. Telefonkontakt mit dem Journal-Studio.
ca. 12.00 Uhr	Beginn des Pressefoyers. Fragen und Antworten werden aufgenommen. Möglicherweise parallel Interviews mit anderen Regierungsmitgliedern. Hektisches Schneiden und

Schreiben, während Pressekonferenz evtl. noch im Gange ist. Verständigung mit dem Studio über Direkttelefon und Übertragungsleitung im Steinsaal des Bundeskanzleramts. Präzisierung der Themen, Stichworte für Moderator, Angaben der wahrscheinlichen Einspielzeit für den Ablaufregisseur.

Wenn die O-Ton-Zuspielungen vom Techniker nach den Angaben des Redakteurs geschnitten, durch Gelbfilm getrennt und auf Spule bereit sind und wenn der Text zumindest in Stichworten notiert ist, wird der Beitrag live ins „Mittagsjournal" eingespielt (Redakteur hört über Kopfhörer mit). *Ulrich Brunner/Roland Machatschke*

Literatur:

Zeitung

BRENDEL, Detlef, und GROBE, Bernd E.: Journalistisches Grundwissen. Darstellung der Formen und Mittel journalistischer Arbeit und Einführung in die Anwendung empirischer Daten in den Massenmedien. München: Verlag Dokumentation, 1976.

LA ROCHE, Walther von: Einführung in den praktischen Journalismus. 11., überarb. Auflage. München: List Verlag, 1989.

MEYER, Werner: Journalismus von heute, einschließlich Presserecht mit Kommentar. Hrsg. von Jürgen Frohner. Percha am Starnberger See: Verlag R. S. Schulz, 1983.

PROJEKTTEAM LOKALJOURNALISTEN (Hrsg.): ABC des Journalismus. 4., überarb. Auflage. München: Verlag Ölschläger, 1984.

RÜHL, Manfred: Die Zeitungsredaktion als organisiertes soziales System. 2., überarb. und erweiterte Auflage. Freiburg: Universitätsverlag Freiburg, Schweiz, 1979.

Österreichischer Rundfunk (ORF)

ORF-Almanach 1986/87. Wien: Österreichischer Rundfunk, 1987.

Archive – Dokumentationen – Datenbanken

Neben Telefon, Bleistift und Tonbandgerät spielt das Instrument „Zeitungsarchiv" im journalistischen Produktionsablauf eine wenig beachtete, aber nicht unbedeutende Rolle. Das Liefern von Einstiegsinformation zu einem Thema oder einer Person, von Hintergrundinformation, Daten- und Aussagenverifikation gehört zu *den* wesentlichen Funktionen von Zeitungsarchiven, die sich zunehmend zu umfassenden und mehr oder weniger elektronischen Informationssystemen entwickeln.

Die wiederholt gerühmte Qualität des angelsächsischen Journalismus, der sich durch eine Vielzahl exakt recherchierter Fakten und umfangreiche Hintergrundinformationen zu allen relevanten Aspekten eines Vorgangs auszeichnet, läßt sich nicht zuletzt auf die Quantität und Qualität der Pressearchive in Großbritannien und den USA zurückführen. Die hohe Qualität der Berichterstattung in diesen Ländern beruht auch auf der Möglichkeit, jederzeit auf umfangreiche Informationsspeicher zugreifen zu können[1]). Ähnliches gilt für den Journalismus in der Bundesrepublik Deutschland bei der „Frankfurter Allgemeinen Zeitung“, beim „Spiegel“ oder den Objekten des „Gruner + Jahr Verlages“, die einen wesentlichen Qualitätsanspruch aus dem gediegenen Fundus ihrer Pressedokumentationen ziehen.

Damit werden Presseinformationen zu einem Instrument gezielter, selektiver Informationsbeschaffung. Dokumentationen erlauben es, mit erweitertem Hintergrundwissen zu operieren. „Aus einem via Öffentlichkeitsarbeit betreuten Journalismus kann so wieder ein funktionierendes System unabhängiger und weniger gegängelter Informationsleistungen werden.“[2]) Pressedokumentationen lassen sich als Werkzeug gegen Verlautbarungsjournalismus einsetzen, sie verbreitern die Informationsbasis des Journalisten wesentlich.

Die Informationen finden sich meist im sogenannten Presseausschnittarchiv, sei es im eigenen Haus oder bei politischen Institutionen (dort meist in besserer Qualität). Zögernd, aber zunehmend, wird auch der Computer für die Speicherung und das Wiederauffinden von Presseartikeln eingesetzt.

1. Was man von Pressearchiven erwarten kann

Die Aufgabe des Pressearchivs könnte man – einfach formuliert – so definieren: das Wissen und Geschehen unserer Zeit, soweit es sich in den Medien niederschlägt, zu ordnen und bei Bedarf zur Verfügung zu stellen. Hinter dieser einfachen Definition verbergen sich aber Anforderungen, die bei näherem Hinsehen doch etwas komplexer sind:

Kennzeichen des in klassischen Archiven gesammelten Pressematerials ist einmal die Zersplitterung der Informationseinheiten in kleine, für sich selbst meist bedeutungslose Einzelartikel, zum anderen aber eine große Redundanz (Beispiel: EG-Beitritt). Bei der Sammlung dieser Bestände ist nicht so sehr das Wiederauffinden eines *bestimmten* Artikels das Primäre, sondern die *Bereitstellung von Informationen.* Diese Informationen müssen einem merkwürdigen, für den journalistischen Nutzer typischen Anforderungsprofil genügen: **Eine Pressedokumentation**

muß einerseits auf sehr kleine Detailfakten Auskunft geben, auf die ein Informationssystem niemals ausgelegt werden könnte, weil überhaupt nicht vorhersehbar ist, was gefragt wird. Es gehört schließlich zum Wesen der journalistischen Leistung, immer wieder neue Bezüge zu den Dingen und Ereignissen herzustellen. **Andererseits steht den Fragen nach den „harten" Detailfakten die typische „weiche" Recherche gegenüber:** d. h., jemand weiß noch gar nicht, was er eigentlich will; er will sich erst einmal einlesen und sich anregen lassen, braucht Hintergrundinformation zu einem Thema, mit dem er sich nur sehr kurz beschäftigen kann[3]).

Die Pressedokumentation verfügt – anders als die Fachwissenschaften – über keine exakte Terminologie; die Inhalte können nicht einer exakten Speicherstelle, sondern müssen gröberen Themenkomplexen zugeordnet werden.

Das Archivgut besteht in Pressearchiven nicht oder nur selten aus Unikaten, Patentschriften oder wissenschaftlichen Expertisen, „sondern aus mehr oder weniger läppischen Zeitungs- und Zeitschriftenausschnitten"[4]).

Gesammelt wird oft nur auf den bloßen Verdacht hin, daß eine Information einmal gebraucht wird, obwohl nur ein Bruchteil des gespeicherten Materials tatsächlich wieder abgefragt wird.

Diese sehr widersprüchlichen Anforderungen von sehr detaillierter Fakten-, kompakter Hintergrund- und vager Einstiegsinformation machen die typische Anforderungsstruktur eines Pressearchivs aus.

2. Papierarchiv kontra Computer: Vor- und Nachteile moderner Informationstechnologie

Konventionelle Pressearchive bedienen sich bei der Ordnung der Sachverhalte meist eines einfachen, aber – im Falle von „Spiegel" oder „FAZ" – extrem perfektionierten Ordnungssystems, das im wesentlichen hierarchisch aufgebaut ist: vom Allgemeinen kommt man zum Besonderen. So findet man etwa im „Spiegel"-Archiv beim Land „Bundesrepublik Deutschland" in der Kategorie „Wirtschaft" alle Artikel, die sich mit dem Thema „Arbeit" beschäftigen; darunter finden sich die Dokumente zu Arbeitszeit und Arbeitszeitmodellen, fein säuberlich gegliedert nach den Problemkreisen

„Gleitende Arbeitszeit"
„Schichtarbeit"
„Sonntagsarbeit"
„Teilzeitarbeit" und
„Überstunden".

Das Material ist – ohne Zwischenschaltung sekundärer Zugriffsmedien (Karteikarten, Indices) unmittelbar zu thematischen Dossiers zusammengefaßt. Pressedokumentationen dieses Zuschnitts erfordern einen Aufwand an qualifizierten Mitarbeitern, wie er im österreichischen Pressewesen kaum praktizierbar ist.

Die *Vorteile* solcher monohierarchischen Systeme liegen auf der Hand:

- alles Zusammengehörige befindet sich am gleichen Platz;
- jedem Sachverhalt ist ein fester Platz zugeordnet;
- Ordnungsregeln gehen aus dem Zusammenhang hervor;
- bei der Suche kann man je nach Feinheit der gestellten Frage bei jeder hierarchischen Stufe haltmachen.

Aus diesen Vorteilen ergeben sich aber auch *Nachteile:*

- monohierarchische Ordnungssysteme sind relativ starr und unbeweglich;
- eine Anpassung an die Terminologie eines Sachverhaltes ist relativ kompliziert (Beispiel: Zinsensteuer, Quellensteuer, Sparbuchsteuer, Zinsertragssteuer, Kapitalertragssteuer, KeSt);
- keine Einteilung kann der Wirklichkeit voll entsprechen, d. h. man muß sie mehrfach aufnehmen, was den Suchvorgang erschwert und subjektive Momente einbringt;
- die Systematik muß von vornherein „fertig" sein;
- der Benutzer muß sich von vornherein mit Systematik und Regeln vertraut machen.

Durch den Einsatz von Computer-Retrieval-Software lassen sich diese konzeptionellen Vorteile mit einigen praktischen Vorteilen moderner „Informations-Retrievals" verbinden:

- die Informationen sind ständig und ortsunabhängig für viele Benutzer verfügbar (kein Artikelverlust);
- jedes Artikelwort ist suchfähig (mit Ausnahme der Trivialwörter);
- mehrdimensionaler „vernetzter" Zugriff auf Sachverhalte;
- Suche sowohl nach Freitext-Wörtern als auch nach Schlagwörtern eines „Thesaurus";
- Suche im direkten Dialog mit dem Datenbank-Computer;
- bei Bedarf Faksimilereproduktion vom Mikrofilm auf Papier;
- Aktualität durch tägliches updating der Datenbanken;
- Entfall des arbeits- und raumintensiven Ablegens von Papier;
- Möglichkeit zur Weiterverarbeitung der Fundstellen in der Textverarbeitung.

3. Begriffliches/Definitorisches

Unter dem Begriff „Presse*archiv*" versteht man gemeinhin eine Beschränkung des Sammlungsgebietes auf das eigene Objekt, während die „Dokumentation" Sachverhalte auch aus anderen Quellen „dokumentarisch" erfaßt: für die Auswahl der Artikel spielt dabei eine Rolle, in welchem Objekt ein gewisser Sachverhalt faktenmäßig am umfassendsten dargestellt wird. Beispielsweise beschränkte sich die Dokumentation der „Oberösterreichischen Nachrichten" bei der Berichterstattung zum Waldheim-Komplex im wesentlichen auf die eigene Zeitung sowie auf eine mehrteilige Serie in der „Weltwoche". Im Gegensatz zur Dokumentation steht der „Observerdienst", der alles Erreichbare zu einem bestimmten und vordefinierten (aber meist sehr schmalen) Spektrum abzudecken hat.

Archiv und Dokumentation unterscheiden sich also auf der inhaltlichen Ebene. Für computerisierte Wissenssammlungen hat sich der Begriff „Datenbank" durchgesetzt, auch wenn dieser Begriff in der EDV etwas anderes bedeuten kann als in unserem Zusammenhang; die Informationswissenschaft spricht deshalb eher von „Information Retrieval Systemen". Von der Typologie her unterscheiden wir verschiedene Formen von Datenbanken:

Volltextdatenbanken, wie sie im Pressebereich eingesetzt werden, zeichnen sich dadurch aus, daß mit ihrer Hilfe praktisch jedes „sinntragende" Textwort suchfähig ist.

Referenzdatenbanken, die nur den Hinweis auf eine (wissenschaftliche) Arbeit, einen Aufsatz oder eine Veröffentlichung enthalten, spielen im Journalismus in der Tagespraxis keine große Rolle, weil der Sachverhalt nicht (oder nur als „Abstract") in der Datenbank enthalten ist.

Faktendatenbanken werden zunehmend wichtiger: man versteht darunter beispielsweise Zeitreihen von Wirtschaftsdaten oder Personenarchive, -datenbanken (z. B. „Munzinger-Archiv").

4. Zugriff auf externe Informationsquellen

4.1 Medienfremde „Datenbanken"/Informationsquellen

Zunächst stehen dem Journalisten Informationsquellen zur Verfügung, die auch für andere Berufsgruppen relevant sind: Dazu zählen

– Handelsregister,

– Grundbuch,

– Auskunfteien,

– die Datenbanken der Rechtsdatenbank,

- die sozialwissenschaftliche Dokumentation der Arbeiterkammer Wien (SOWIDOK),
- die politische Dokumentation der SPÖ (AUSTRODOK),
- die Dokumentation des Instituts für angewandte Sozial- und Wirtschaftsforschung u. a. m.

Die meisten dieser Informationsquellen sind inzwischen auch mit Hilfe des Computers vom Schreibtisch aus nutzbar (z. B. Handelsregisterdatenbank des Compass-Verlages in Bildschirmtext).

4.2 Mediendatenbanken

Einige der herausragenden bundesrepublikanischen Pressearchive bieten über Bildschirmtext auch dokumentarische Dienstleistungen an, die sich durch den Grad der „Selbstbedienungsfunktion" unterscheiden. So kann man etwa im „Gruner + Jahr"-Angebot elektronisch suchen, die Artikel selbst erhält man aber – bei Bedarf – auf dem Postweg zugesandt. Die „Frankfurter Allgemeine" wiederum bietet im (auch von Österreich aus zugänglichen) Bildschirmtextsystem eine Art Mailbox, in der man eine Suchfrage absetzen kann; das Suchergebnis kommt nach zwei bis drei Tagen ebenfalls per Post. Bei der Recherche greift die „FAZ" auf die Bestände ihres umfassenden Papierarchivs zu. Die „Deutsche Presse-Agentur" bietet beim Anbieter „Südwest-Datenbanken" einen Zugriff auf das dpa-Material mit der Möglichkeit der Recherche im Artikel-Volltext, so daß man den Sachverhalt mit einigen Tastaturhandgriffen auch zu Papier bringen kann.

„Richtige" Online-Datenbanken mit Online-Zugriff, Volltext und 80-Zeichen-Darstellung über den Computer-Bildschirm bieten u. a. die Verlagsgruppe „Handelsblatt"/Düsseldorf unter dem Markennamen GENIOS (German Economic Network Information Online Services). Bei GENIOS erhält man Zugriff auf die gespeicherte Ausgabe des „Handelsblattes", der „Wirtschaftswoche" sowie hauseigenen Verlagsobjekten. GENIOS bietet auch eine eigene Software (die kostenlos mit dem Handbuch ausgeliefert wird), die die Prozeduren des Computer-Logins selbsttätig abarbeitet und eine Benutzung ohne Erlernung der Kommando-Syntax der Such-Software zuläßt. Darüber hinaus bietet GENIOS über sogenannte Gateways Zugriff auf andere internationale Datenbankbetreiber (I. P. Sharp/Toronto, Profile Information/UK); damit sind mit dem GENIOS-Paßwort auch Zugriffe auf Titel der Weltpresse wie „Washington Post", „Financial Times", „Business Week" oder „Keesing's Contemporary Archives" möglich. Neben der Deutschen Presse-Agentur (dpa) bietet auch die Schweizerische Depeschenagentur unter dem Markennamen ELSA eine deutsch- und französischsprachige Datenbank an, die beim schweizerischen Host „Datastar" aufgelegt ist.

Infosearch

In Österreich betreiben die „Oberösterreichischen Nachrichten" die Zeitungsdatenbank „Infosearch", bislang mit dem Ziel, das hauseigene Pressearchiv nach dem Beispiel amerikanischer Zeitungen zu elektronisieren. Durch die Hinzunahme der wichtigsten Teile der Tageszeitung „Die Presse" und des regionalen Handelskammer-Blattes (für Oberösterreich) erfuhr dieser Versuch eine inhaltliche Aufwertung, die nunmehr auch eine Vermarktung dieser österreichspezifischen Zeitungsdatenbanken an Drittkunden ermöglicht. „Infosearch" enthält die gesamte redaktionelle Berichterstattung der „Oberösterreichischen Nachrichten" im Volltext (Politik, Regionales, Kultur, Wirtschaft, Sport, Chronikales, Beilagen) plus zusätzlich eine Artikelauswahl aus der internationalen Presse nach dokumentarischen Kriterien. Diese Artikel aus Fremdobjekten sind auf Mikrofilm gespeichert und bei Bedarf auf Papier im Faksimile reproduzierbar.

Die Datenbankform der Tageszeitung „Die Presse", die ebenfalls am Rechner der „Oberösterreichischen Nachrichten" gespeichert ist, legt den inhaltlichen Schwerpunkt auf Politik, Wirtschaft, Wirtschaftsbeilagen und Kultur, ohne Chronikales und Sport.

Der Datenbankdienst der „Oberösterreichischen Nachrichten" kann derzeit inhaltlich noch nicht mit qualitativ hochwertig organisierten Diensten wie „SOWIDOK" mithalten, dazu ist er zu neu: Derzeit (Stand: Jänner 1990) sind etwas über 120.000 Zeitungsartikel aus vier Jahren Zeitgeschehen online recherchierbar gespeichert (seit Mai 1986). Dem stehen etwa bei SOWIDOK mehr als 2,5 Millionen Dokumente aus 100 Jahren Politik, Wirtschaft, Kultur und Zeitgeschichte gegenüber. Durch die Übernahme der Zeitungstexte aus den jeweiligen Satzcomputern der Verlagshäuser kann das System aber mit einem Minimum an Dokumentaren auskommen. Der tägliche „Input" beträgt zwischen 200 und 300 Zeitungsartikeln, ca. halb so viel wie der tägliche Zugang bei der FAZ. Dieser Zugang wird mit ca. einem Zehntel der Personalkapazität der FAZ erledigt.

Aus der Nutzerforschung weiß man, daß sich ca. 80 Prozent des gesuchten Materials auf einen Zeitraum von bis zu zwei Jahren erstrecken. Damit lassen sich in der Praxis vier von fünf Archivrecherchen bereits mit dem neuen System beantworten, wenn auch der historische Wert älteren Materials steigt.

Der Vorteil der „Oberösterreichischen Nachrichten"-Datenbank liegt in der direkten Verfügbarkeit des Volltextes am Schreibtisch des Benutzers; damit läßt sich ein Sachverhalt oder eine Aussage innerhalb von Minuten zu Papier bringen oder zur weiteren Verarbeitung beim Benutzer speichern. **Überhaupt liegt der wesentliche Vorteil von Datenbanken in der Minimierung der Suchzeit** und nicht zwingend in der Information selbst. Diese ist ja in jedem Falle veröffentlicht und theoretisch über die Nationalbibliothek jedermann ohne Kosten zugänglich. Der Rechnereinsatz minimiert lediglich den Suchaufwand gegenüber einen Gang zu einer Bibliothek. Einzig darin liegt auch die Begründung für die teuren, aber preiswerten Nutzungsgebühren von Datenbanken.

APAdoc

Ebenso wie die internationalen Nachrichtenagenturen AP, Reuter, dpa und TASS oder die nationale Nachrichtenagentur SDA (Schweiz) bietet auch die österreichische Nachrichtenagentur APA ihren Basisdienst als Datenbank an. Das unter dem Begriff ,,APAdoc" angebotene Service enthält APA-Meldungen seit Beginn des Jahres 1988; mit Stand Jänner 1990 sind 200.000 Meldungen aus Wirtschaft, Politik, Sport, Kultur und Chronik gespeichert. Diese Datenbank ist von den Terminals der Redaktionen aus online verfügbar.

5. Spezifika und Probleme der Suchsprachen

Datenbanken schreckten den potentiellen, aber ungeübten Benutzer bisher durch komplizierte Bedienungsanweisungen, genau einzuhaltende Befehlssyntax und das Erlernen von Kommandosprachen ab. Die Anbieter von Datenbankinformation (Hosts) konzentrierten sich eher auf das Verkaufen von Paßwörtern statt auf den Verkauf von Information. Erst in jüngster Zeit bemüht man sich, die praktisch bereits überall vorhandenen PCs – die ,,Volkswagen des Informationszeitalters" – als intelligente Endgeräte für die Datenbankrecherche einzusetzen. Der PC nimmt einem in der Tat eine Menge an Arbeit ab, wie etwa das wiederholte Eintippen von mehrstelligen Benutzerkennungen.

So groß der qualitative Sprung beim Einsatz von Computern in anderen Bereichen sein mag, bei der Suche in großen Informationsmengen geht die ,,Retrievalsoftware" immer noch relativ ,,dumm" vor: Sie sucht nämlich nicht nach sinnhaft Zusammengehörigem, sondern nach Einzelwörtern oder – noch dümmer – nach Zeichenfolgen; Beispiele für Fehlleistungen der Online-Recherche sind jedem geläufig, der schon einmal mit so einem System gearbeitet hat:

So wunderten wir uns einmal, nichts über den Filmregisseur Woody Allen zu finden. Die Erklärung war einfach: Allen ist – als Flexionsform des Zahlwortes ,,alle" – als sogenanntes Stoppwort in der Datenbank definiert. Stoppwörter sind Artikel, Bindewörter, Pronomina und andere, die nicht in die Indices aufgenommen werden und deshalb auch nicht suchbar sind. Das System unterscheidet nicht zwischen dem Stoppwort ,,allen" und dem Familiennamen des Filmregisseurs. Die Filmrezensionen findet man unter Verwendung von Wörtern eines Filmtitels zusammen mit ,,Woody".

Auch der ,,Grüne Bericht" ist mit heutiger Technologie relativ umständlich suchbar, zumal er in den Formulierungen ,,der grüne Bericht", ,,grünen Berichtes", ,,grünen Berichts" ,,grünen Bericht" etc. im Text vorkommt.

Es empfiehlt sich deshalb für den Dokumentar oder Designer von Datenbanken, die Möglichkeiten der Freitextsuche um die dokumentarische Bearbeitung zu ergänzen. Schlagwörter aus fix formulierten Listen erleichtern das Auffinden von sinnhaft Zusammengehörigem analog der Kategorisierung im Papierarchiv. Das (etwas makabere) Vorkommnis, daß jemand nach Führerscheinentzug sich am nächsten Baum erhängt, wird man wohl unter dem Begriff „Selbstmord" suchen. Da „Selbstmord" aber als Wort im Artikel nicht vorkommen muß, wäre dieser Sachverhalt ohne Nachbearbeitung mit Schlagwörtern auch nicht suchbar. Die Spezifika der Retrievalsprachen sind also beim Design einer Datenbank von besonderer Bedeutung.

Trotz all dieser Rechercheprobleme oder besser Recherchespezifika beurteilt der Journalist Sepp Moser Datenbanken als benutzerfreundlich: „Ein Thema läßt sich gleichsam von außen nach innen, zum Kern hin, recherchieren. Zunächst wird ein globales Suchkriterium eingegeben und dieses in der Folge so lange eingeengt, bis ich bei der gewünschten Information bin. In der herkömmlichen Mediendokumentation . . . sucht der Dokumentalist zunächst in der einen Themenmappe. Bringt dies nicht den erwünschten Erfolg, so greift er zur nächsten usw. Irgendwann beginnt er unruhig auf die Uhr zu blicken . . ."[5])

5.1 Suchlogik

Datenbankrecherche fußt auf der Verwendung der sogenannten Booleschen Logik, der Kombination von Wörtern bei der Abfrage sowie der „Kontextlogik". Im einfachsten Fall erhält man durch Eingabe eines Suchbegriffes bereits die gesuchte Antwort: In vielen Fällen muß man aber mehrere Suchbegriffe, entweder aus dem Freitext oder aus Schlagwortlisten und Ländercodes, kombinieren (vgl. die Abbildung über die „Suchlogik", Seite 395). Der Computer sieht in seinem „Regal" nach, ob die betreffenden Wörter vorkommen und wenn ja, wie häufig, und bezieht die Suchbegriffe auf die Häufigkeit des Auftretens innerhalb eines bestimmten Dokuments; etwa Suchbegriff A (z. B. Agrarpolitik) mit Suchbegriff B (z. B. EG); erhält man dann immer noch eine zu große Anzahl an Treffern, kann man weiter einschränken mit C (z. B. Landwirtschaftsminister X) oder erweitern (z. B. um allgemeine Wirtschaftspolitik in bezug auf die EG).

Ein weiteres Eingehen auf Spezifika der Suchsprachen würde hier zu weit führen; Anleitungen sind in den jeweiligen Benutzerhandbüchern der Datenbankbetreiber enthalten.

5.2 Der technische Zugang

Grundsätzlich ist die normale Telefonleitung ein geeigneter Träger zur Übertragung von Informationen aus Datenbanken: als Hardware benötigt man (im einfach-

DIE SUCHLOGIK

a und b
(Rohölpreise und OPEC)

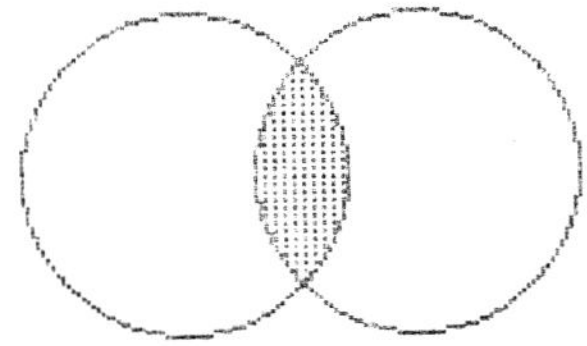

a oder b
(Sonnenenergie oder Solarenergie)

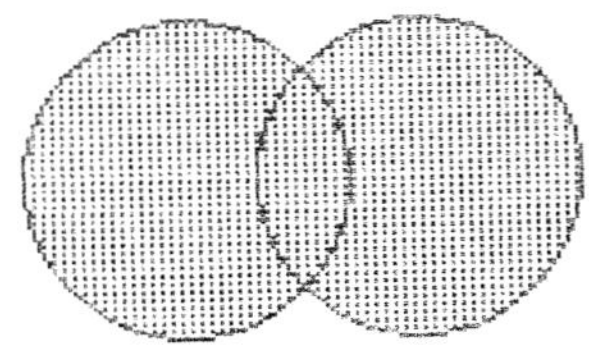

a und b und c
(EG und Österreich und Neutralität)

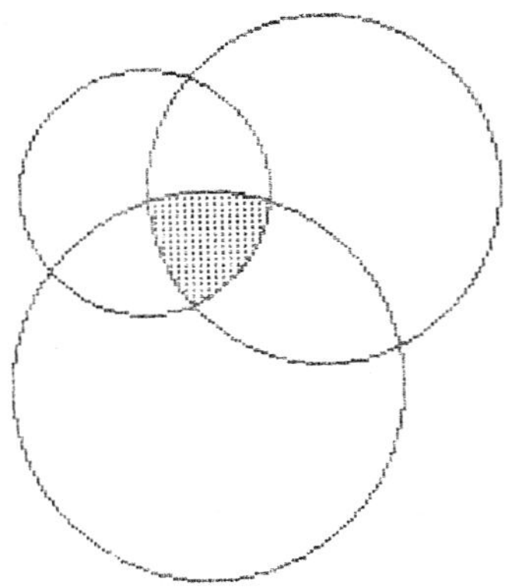

a und [b oder c]
(Österreich und [Sonnenenergie
oder Solarenergie])

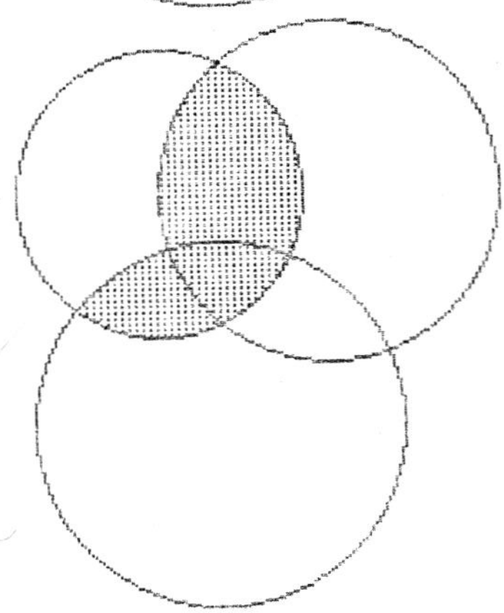

sten Fall) einen Home- oder Personalcomputer und einen Akustikkoppler zur Umwandlung der analogen Telefonsignale in digitale Computer-Signale. Als Software ist am Personalcomputer sog. „Kommunikationssoftware" erforderlich; die Programme können Teile von umfassenderen PC-Programmen sein (WINDOWS, WORKS, LOTUS-SYMPHONY, FRAMEWORK o. ä.) oder spezielle Programme (PROCOMM; AUSTROCOM, RMITERM etc.) sein; als dritte Kategorie bieten die „Hosts" Programme zur erleichterten Abfrage ihrer eigenen Datenbanken an. GENIOS „QuasiModo", Bertelsmann u. a. Weiters benötigt man Benutzerkennungen, um sich beim Informationsanbieter als Benutzer zu legitimieren. Rechenzentren sichern den Zugriff durch Benutzerkennungen und Paßwörter ab, die auch die Basis für die Verrechnung der Anschlußzeit bilden. Um zu entfernten Rechenzentren (Hosts) nicht über die teure Telefonleitung kommunizieren zu müssen, empfiehlt es sich, eine Benutzerkennung beim nächstliegenden Knoten für das DATEX-P-Netz der Post zu beantragen. Dieser Knoten ist in Österreich die „RADIO AUSTRIA", die diesen Service neben anderen Dienstleistungen („Telebox") gegen Entgelt anbietet.

Resümierend läßt sich sagen, daß die Möglichkeiten der Telekommunikation den Zugang zum Wissen für jedermann wesentlich erleichtern, und daß sich sowohl die politischen Institutionen als auch Wirtschaftsunternehmen des neuen Instrumentariums zu bedienen wissen. Es liegt an den Journalisten, diese Möglichkeiten ebenfalls nicht ungenutzt zu lassen.

Christian Enichlmayr

Literaturverzeichnis

[1]) Vgl. MERKER, Egon: Presse und Dokumentation. In: Der Archivar. Nr. 3/1958, S. 211–220.

[2]) HAAS, Hannes: Die vorenthaltene Wirklichkeit. Plädoyer für eine stärkere Einbindung der Wissenschaften in die Mediendokumentation. In: info 7. Informationen aus der Fachgruppe der Presse-, Rundfunk- und Filmarchivare. Nr. 2/88, S. 51.

[3]) Vgl. LUKAS, Ernst: Pressearchiv – konventionell oder elektronisch? Protokoll eines Rundgesprächs auf der Frühjahrstagung 1986 der Fachgruppe Presse-, Rundfunk- und Filmarchivare in Mainz. In: Info 7. Informationen aus der Fachgruppe der Presse-, Rundfunk- und Filmarchivare. Baden-Baden: Nomos 1986, H. 2/1986, S. 69f.

[4]) SCHAPER, Karl-Heinz: Vorteile und Grenzen eines elektronischen Archivs. In: Info 7. Informationen aus der Fachgruppe der Presse-, Rundfunk- und Filmarchivare. Baden-Baden: Nomos 1986, H. 2/1986, S. 9f.

[5]) MOSER, Sepp: Erfahrungen eines Journalisten mit online-Datenbanken. In: Die neuen Entwicklungen im EDV-Bereich und ihre Bedeutung für die Mediendokumentation. Protokoll der 49. Tagung der Fachgruppe Archivare in Presse-, Rundfunk- und Filmarchiven im Verein deutscher Archivare. München: K. G. Saur 1988 (Mediendokumentation 9.), S. 165ff.

9. Grundsätze für die publizistische Arbeit

(Ehrenkodex für die österreichische Presse)

Zeitungsherausgeber, Verleger, Rundfunk- und Fernsehanstalten sowie Journalisten tragen gemeinsam die Verantwortung für die in der Demokratie lebensnotwendige Freiheit der Massenmedien. Der Österreichische Presserat appelliert daher an alle, denen Aufgaben der Information und der Kommentierung der Zeitereignisse anvertraut sind, sich stets der Verpflichtung zur Wahrhaftigkeit, Sauberkeit und Korrektheit bewußt zu sein.
Die ständige Selbstkontrolle ist ein geeignetes Mittel, dieser Verpflichtung gerecht zu werden.
Der Österreichische Presserat hat daher für alle mit der Verbreitung von Nachrichten, ihrer Beschaffung sowie mit Stellungnahmen und Kommentaren befaßten Personen folgende

Grundsätze

festgelegt:

1. Journalismus heißt Verantwortung tragen, und zwar gegenüber der Öffentlichkeit, dem betreffenden Medium und dem eigenen Gewissen. Demnach sind Gewissenhaftigkeit und Korrektheit in Recherche und Bericht oberste Verpflichtung des Journalisten. Dies gilt auch für die Beschaffung von Nachrichten, Bildern und sonstigem Informationsmaterial.
2. Einflußnahme Außenstehender auf Inhalt und Form der Information ist unzulässig. Dazu zählen nicht nur Interventionen und Pressionen, sondern auch Geschenke sowie die Zuwendung persönlicher Vorteile, die über den Bereich der unmittelbaren beruflichen Tätigkeit hinausgehen. Ebenso dürfen persönliche Interessen die journalistische Arbeit nicht beeinflussen.
3. Bei Berichten über die Intimsphäre ist das öffentliche Interesse an der Information gegenüber dem Interesse des einzelnen und dessen Angehörigen an der Wahrung der Intimsphäre abzuwägen. Berichte über die Verfehlungen von Jugendlichen dürfen deren mögliche Wiedereingliederung in die Gesellschaft nicht erschweren oder gar verhindern. Familiennamen sind in solchen Fällen abzukürzen.
4. Die Freiheit in Berichterstattung und Kommentar ist integrierender Bestandteil der Pressefreiheit. Persönliche Diffamierungen, Verunglimpfungen und Ver-

spottungen aber sind ein Mißbrauch dieser Freiheit, sie verstoßen gegen das journalistische Ethos. Dies gilt auch für Pauschalverdächtigungen und Pauschalverunglimpfungen von Personen oder Personengruppen. Jede Diskriminierung aus rassischen, religiösen, nationalen oder sonstigen Beweggründen ist unzulässig. Die Veröffentlichung bewußt entstellender und/oder diffamierender bildlicher Darstellungen ist unzulässig.

5. Eines groben Mißbrauchs der Pressefreiheit machen sich Zeitungen bzw. Journalisten schuldig, die mit der Angst spekulieren, um daraus ein Geschäft zu machen.

Wien, 31. 1. 1983

Richtlinien zur „Geschenkannahme"

Zu Punkt 2 der „Grundsätze für die publizistische Arbeit (Ehrenkodex für die österreichische Presse)" formulierte der Österreichische Presserat am 6. Dezember 1985 auf Grund des § 10 seiner Geschäftsordnung folgende Richtlinien:
Wer im Zusammenhang mit seiner Tätigkeit als Journalist Geschenke annimmt oder persönliche Vorteile in Anspruch nimmt, die geeignet sein könnten, Einfluß auf Berichterstattung und/oder Kommentierung zu nehmen, verstößt gegen die Grundsätze für die publizistische Arbeit (Ehrenkodex für die österreichische Presse).

Zweifelsfrei ist dies der Fall, wenn
☆ mit der Einladung zu Pressekonferenzen angebotene Firmengutscheine, Geld oder Geldeswert angenommen werden;
☆ bei Pressekonferenzen, -fahrten, -vorführungen Geschenke angenommen werden oder Journalisten an Sachwertverlosungen teilnehmen;
☆ Journalisten an Informationsveranstaltungen teilnehmen, die ohne redaktionelle Notwendigkeit mit Reisen oder Aufenthalten auf Kosten der Veranstalter verbunden sind;
☆ Journalisten ihre beruflichen Kontakte mißbrauchen, um von Institutionen, Firmen usw. besondere Begünstigungen zu erlangen.

Geschäftsordnung des Österreichischen Presserates

§ 1

(1) Der Österreichische Presserat ist der Zusammenschluß gleichberechtigter, unabhängiger und an Weisungen nicht gebundener Repräsentanten der österreichischen Presse.
(2) Die Zuständigkeit des Österreichischen Presserates erstreckt sich auf alle periodischen Druckwerke im Sinne des Mediengesetzes (1981).

§ 2

Der Österreichische Presserat hat folgende Aufgaben:
a) über die Einhaltung der Berufspflichten der österreichischen Presse zu wachen;
b) Mißstände im österreichischen Pressewesen festzustellen und alles daranzusetzen, sie zu beseitigen;
c) allen Versuchen entgegenzutreten, die geeignet sind, das Ansehen der österreichischen Presse zu schädigen;
d) darüber zu wachen, daß die Pressefreiheit nicht verletzt wird;
e) darüber zu wachen, daß der ungehinderte Zugang zu den Nachrichtenquellen sowie die Freiheit der Verbreitung der Presseorgane gesichert sind und
f) Interessen der österreichischen Presse gegenüber Gesetzgebung, Verwaltung und Öffentlichkeit zu vertreten.

§ 3

(1) Der Österreichische Presserat besteht aus 20 Mitgliedern. Diese werden wie folgt ermittelt:

Der Verband Österreichischer Zeitungsherausgeber und Zeitungsverleger und die Gewerkschaft Kunst, Medien, freie Berufe, Sektion Journalisten, nominieren je acht Mitglieder des Presserates. Diese kooptieren mit Einstimmigkeit weitere vier Mitglieder aus dem Presse- und Verlagswesen, für die von der Journalistengewerkschaft und vom Verband Österreichischer Zeitungsherausgeber und Zeitungsverleger Vorschläge für je zwei Personen erstattet werden. Nominierungen und Vorschläge für die Kooptierungen erfolgen schriftlich.

(2) Die Geschäftsführung des Österreichischen Presserates wird durch den Generalsekretär des Verbandes Österreichischer Zeitungsherausgeber und Zeitungsverleger besorgt.

§ 4

Die Funktionsdauer der Mitglieder des Österreichischen Presserates beträgt zwei Jahre.

§ 5

(1) Die Tätigkeit der Mitglieder des Presserates ist ehrenamtlich. Die Bestellung kann wiederholt werden. Die Mitglieder haben die Annahme der Funktion zu erklären.

(2) Die Mitglieder des Österreichischen Presserates sind in ihrer Tätigkeit völlig frei, gleichberechtigt, unabhängig und nicht an Weisungen der sie entsendenden Verbände, anderer Institutionen oder Personen gebunden. Sie sind einzig und allein ihrem Gewissen und den bestehenden Gesetzen verpflichtet.

§ 6

(1) Der Österreichische Presserat wählt alljährlich aus seiner Mitte in geheimer Wahl einen Vorsitzenden und seinen Stellvertreter. Die Wahl des Vorsitzenden und dessen Stellvertreter findet in der ersten Sitzung im Kalenderjahr statt.

(2) Der Österreichische Presserat ist bei Anwesenheit von mindestens 10 Mitgliedern beschlußfähig, für die Wahl des Vorsitzenden und seines Stellvertreters sowie für die Beschlußfassung über eine Richtlinie oder einen Leitsatz zum „Ehrenkodex für die österreichische Presse" und über eine Änderung der Geschäftsordnung ist jedoch die Anwesenheit von mindestens fünfzehn Mitgliedern erforderlich. Die Beschlußfähigkeit des Presserates ist auch gegeben, wenn von der erforderlichen Anzahl anwesender Mitglieder höchstens fünf Mitglieder am Erscheinen verhindert, jedoch von anwesenden Mitgliedern vertreten sind, wobei jedes anwesende Mitglied jeweils nur ein verhindertes Mitglied vertreten kann. Diese Vertretung ist im Sitzungsprotokoll zu vermerken.

(3) Der Österreichische Presserat faßt seine Beschlüsse mit einfacher Mehrheit der abgegebenen Stimmen. Für die Wahl des Vorsitzenden und seines Stellvertreters sowie für die Beschlußfassung über eine Richtlinie oder einen Leitsatz zum „Ehrenkodex für die österreichische Presse" und über eine Änderung der Geschäftsordnung ist eine Mehrheit von zwei Dritteln der abgegebenen Stimmen erforderlich, Stimmenthaltungen zählen hiebei nicht. Der Vorsitzende und sein Stellvertreter sind stimmberechtigt. Bei Stimmengleichheit entscheidet die Stimme des Vorsitzenden.

(4) Auf Antrag von drei anwesenden Presseratsmitgliedern ist die Abstimmung geheim durchzuführen.

(5) War ein Mitglied des Presserates an der persönlichen Teilnahme von fünf aufeinanderfolgenden Sitzungen verhindert, so hat der Vorsitzende dies dem Verband mitzuteilen, der dieses Mitglied nominiert oder vorgeschlagen hat, und um die Nominierung beziehungsweise den Vorschlag eines Ersatzmitgliedes zu ersuchen. Handelt es sich um ein kooptiertes Mitglied, so gelten für die Bestellung des Ersatzmitgliedes die Bestimmungen des § 3.

(6) Die Sitzungen des Presserates sind nicht öffentlich.

(7) Personen (Zeitungen), gegen die sich ein Antrag oder eine Beschwerde richtet, können bei der Debatte über den festzustellenden Tatbestand anwesend sein. Ihre Anwesenheit bei der Beschlußfassung ist dagegen unzulässig.

(8) Über jede Sitzung des Presserates ist eine Niederschrift anzufertigen, die vertraulich zu behandeln ist.

(9) Verlautbarungen über Beschlüsse und Teile der Beratungen des Österreichischen Presserates erfolgen nur nach Zustimmung einer Mehrheit der Sitzungsmitglieder. Diese kann auch generell für bestimmte Zeiträume oder bestimmte Arten von Beschlüssen und Mitteilungen erteilt werden.

§ 7

Die Sitzungen des Österreichischen Presserates werden vom Vorsitzenden bzw. bei dessen Verhinderung vom Stellvertreter einberufen, wenn ein Fall von Außenstehenden an den Presserat herangetragen wird oder der Vorsitzende es für notwendig erachtet. Der Vorsitzende ist außerdem zur Einberufung einer Sitzung innerhalb von acht Tagen verpflichtet, wenn mindestens fünf Mitglieder die Einberufung verlangen. Den Vorsitz führt der Vorsitzende oder sein Stellvertreter, bei Verhinderung beider das jeweils an Jahren älteste Presseratsmitglied.

§ 8

(1) Wird durch eine Veröffentlichung in einem periodischen Druckwerk die verfassungsrechtlich geschützte Pressefreiheit mißbraucht, verstößt eine Veröffentlichung gegen die guten Sitten, stellt eine Veröffentlichung einen durch die öffentliche Aufgabenstellung der Presse nicht gedeckten Eingriff in die Persönlichkeitsrechte dar, wird die Wahrheitspflicht bei der Berichterstattung gröblich und offensichtlich verletzt oder werden die Grundsätze für die publizistische Arbeit oder die Richtlinien des Österreichischen Presserates nicht beachtet, so kann jedermann Mitteilung an den Österreichischen Presserat machen.
(2) Der Österreichische Presserat ist berechtigt, alle Fälle auch von sich aus aufzugreifen.
(3) Der Österreichische Presserat kann die Behandlung einer Mitteilung nach § 8 Abs. 1 aussetzen, wenn in derselben Sache ein strafgerichtliches Verfahren anhängig ist. Die Behandlung dieses Falles erfolgt erst nach rechtskräftiger Erledigung des strafgerichtlichen Verfahrens.
(4) Der Österreichische Presserat legt die Mitteilung zurück, wenn er keinen Grund für sein Einschreiten findet, insbesondere wenn die Mitteilung offenbar unrichtig, grundlos oder unsinnig ist.
(5) Wenn der mitgeteilte Fall vom Österreichischen Presserat bereits in Untersuchung genommen wurde, wird die Mitteilung im selben Verfahren behandelt.
(6) Die Prüfung der beim Österreichischen Presserat eingelangten Mitteilungen gemäß § 8 (1) erfolgt gemeinsam durch den Vorsitzenden und seinen Stellvertreter. Diese können versuchen, eine einvernehmliche Regelung herbeizuführen, oder sie beschließen, ob ein Presseratsverfahren eingeleitet wird oder nicht. Wird hierüber kein Einvernehmen erzielt, so ist die Entscheidung des Presserates einzuholen. Wird die Einleitung des Verfahrens beschlossen, so können der Vorsitzende und sein Stellvertreter einen Berichterstatter bestellen, dem es obliegt, innerhalb einer angemessenen Frist alle in der Sache erforderlichen Erhebungen vorzunehmen. Der Vorsitzende und sein Stellvertreter können diese Erhebungen auch selbst vornehmen. Sie beschließen auch, ob zur nächsten Sitzung des Presserates die Beteiligten und allenfalls Auskunftspersonen einzuladen sind. Wird kein Presseratsverfahren eingeleitet, so ist dem Presserat hierüber zu berichten, der diesen Bericht entweder genehmigt oder die Einleitung eines Presseratsverfahrens beschließt.
(7) Es sind der Mitteilende, die Person, gegen die sich das Verfahren richtet, sowie im Falle einer beanstandeten Veröffentlichung deren Verfasser, sofern er bekannt ist, und der Herausgeber oder der Medieninhaber (Verleger) des betreffenden periodischen Druckwerkes und dessen Chefredakteur zur Sitzung des Presserates einzuladen. Diese Einladung hat zumindest eine Woche vor der Sitzung mittels eingeschriebenen Briefes zu erfolgen.
Die Sitzung findet auch statt, wenn die eingeladenen Beteiligten nicht erscheinen.
(8) Der Österreichische Presserat ist berechtigt, die von den Beteiligten beantragten Auskunftspersonen, aber auch von sich aus Auskunftspersonen sowie sachverständige Personen zur Sitzung einzuladen und zu befragen.
(9) Die Beteiligten können sich bei der Sitzung vertreten lassen, die Vertreter haben sich durch schriftliche Vollmacht auszuweisen.

§ 9

(1) Der Österreichische Presserat entscheidet in freier Würdigung des ihm vorliegenden Sachverhaltes.
(2) Jedes Verfahren nach § 8 (1) kann beendet werden:
a) durch die Feststellung, daß der Österreichische Presserat keinen Grund zum Einschreiten findet;
b) durch einvernehmliche Regelung zwischen dem Mitteilenden und dem Druckwerk;
Berufspflichten der Presse betreffend:
c) durch die Feststellung, daß durch das Verhalten des Journalisten, gegen den sich das Verfahren richtet, Berufspflichten der Presse
c.1. – mißachtet wurden

c.2. – verletzt wurden
c.3. – grob verletzt wurden

d) durch die Feststellung, daß durch die Veröffentlichung, die Gegenstand des Verfahrens ist, Berufspflichten der Presse
d.1. – mißachtet wurden
d.2. – verletzt wurden
d.3. – grob verletzt wurden

das Ansehen der Presse betreffend:

e) durch die Feststellung, daß durch das Verhalten der Person, gegen die sich das Verfahren richtet, das Ansehen der Presse
e.1. – beeinträchtigt wurde
e.2. – geschädigt wurde
e.3. – schwer geschädigt wurde

f) durch die Feststellung, daß durch die Veröffentlichung, die Gegenstand des Verfahrens ist, das Ansehen der Presse
f.1. – beeinträchtigt wurde
f.2. – geschädigt wurde
f.3. – schwer geschädigt wurde

(3) Die Entscheidung des Österreichischen Presserates ist dem Mitteilenden und der Person, gegen die sich das Verfahren richtet, sowie dem Herausgeber, dem Medieninhaber (Verleger) des betreffenden periodischen Druckwerkes und dessen Chefredakteur in schriftlicher Ausfertigung zu übermitteln. Im Falle des § 8 Absatz 2 kann sie auch der von der beanstandeten Veröffentlichung betroffenen Person übermittelt werden.

(4) Die Entscheidung des Österreichischen Presserates ist dem Mitteilenden sowie der Person, gegen die sich das Verfahren richtet, in schriftlicher Ausfertigung zu übermitteln – bei einer Feststellung nach den Punkten (2) e) und (2) f) sowie nach (3) auch dem Herausgeber und dem Chefredakteur des betreffenden periodischen Druckwerkes.

Der Presserat kann beschließen, seine Entscheidung zu veröffentlichen, ein solcher Beschluß ist in der Entscheidung ausdrücklich anzuführen. In diesem Fall ist das betroffene Druckwerk aufzufordern, die Entscheidung des Presserates zu veröffentlichen. Unterläßt das von der Feststellung betroffene Druckwerk die Veröffentlichung der Feststellung des Presserates, so kann der Presserat die Unterlassung zum Gegenstand eines neuen Verfahrens machen.

(5) Eine vom Presserat beschlossene Veröffentlichung erfolgt durch deren Aussendung über die APA. Diese darf frühestens am Tage nach der Postaufgabe der Entscheidung an die Beteiligten erfolgen.

§ 10

Zur Erfüllung der in § 2 umschriebenen Aufgaben kann der Österreichische Presserat auch Richtlinien und Leitsätze erarbeiten, die bei entsprechendem Beschluß den Grundsätzen für die publizistische Arbeit (Ehrenkodex für die österreichische Presse) aus dem Jahre 1983 gleichgestellt sind. Diese Richtlinien sind vom Österreichischen Presserat in geeigneter Form zu veröffentlichen.

§ 11

In Erfüllung der Aufgaben gemäß § 2 bestimmt der Österreichische Presserat, sofern er nicht das Verfahren gemäß §§ 8 und 9 anzuwenden hat, selbständig über die Art und Weise der Durchführung des Verfahrens.

§ 12

(1) Der Österreichische Presserat beschließt jährlich über die Veröffentlichung eines Tätigkeitsberichtes. Darüber hinaus liegt die Herausgabe von Publikationen des Presserates in der Verantwortung des Vorsitzenden bzw. bei dessen Verhinderung in der seines Stellvertreters.

(2) Eine Änderung dieser Geschäftsordnung ist den die Mitglieder des Presserates nominierenden Verbänden (Verband Österreichischer Zeitungsherausgeber und Zeitungsverleger und Gewerkschaft Kunst, Medien, freie Berufe, Sektion Journalisten) mitzuteilen.

Wien, 1990

Literatur:

ETHIK UND JOURNALISMUS. Meinungen aus der Medienpraxis (Redaktion: Heinz Pürer). Salzburg: Kuratorium für Journalistenausbildung, 1981 (= „Journalistik", Heft 2).
GAMILLSCHEG, Felix: Der österreichische Presserat. 1979–1989. Wien: Verband Österreichischer Zeitungsherausgeber und Zeitungsverleger, 1990 (= Schriftenreihe Medien und Praxis 1).
HACKL, Dietrich: Der Presserat oder Das verlorene Gesicht. In: KHOL, Andreas, u. a. (Hrsg.): Österreichisches Jahrbuch für Politik '89. Wien: Verlag für Geschichte und Politik, 1990, S. 459–473.
HAYBÄCK, Gerwin: Journalistische Ethik. Auf der Suche nach der Wahrheit in den österreichischen Medien. In: KHOL, Andreas, u. a. (Hrsg.): Österreichisches Jahrbuch für Politik. Wien: Verlag für Geschichte und Politik, 1990, S. 439–458.
RAMMINGER, Helmut K. (Hrsg.): Berufssünde Hochmut. Enquete 25 Jahre Presserat als „Gewissen des Journalismus". Mit Beiträgen von Wolf Schneider, Franz Ivan, Eva Prager-Zitterbart, Sepp Rieder, Max Dasch und Alfred Worm. Salzburg: Kuratorium für Journalistenausbildung, 1987 („Journalistik", Heft 10).
THOMAS, M.: Österreichischer Presserat. In: „Medien und Recht", Heft 4/1989.
Mit Fragen der journalistischen Ethik setzt sich auch der Beitrag von Maximillian Gottschlich über „Journalismus zwischen Macht und Verantwortung" in diesem Buch auseinander (vgl. Kapitel III, S. 431 ff.).

Die nachfolgend genannten Publikationen befassen sich des weiteren kritisch mit der Funktion von Presseräten sowie mit Verantwortung im Journalismus:
BERKA, Walter: Das Recht der Massenmedien. Wien: Böhlau, 1989.
BOVENTER, Hermann (Hrsg.): Medien und Moral. Ungeschriebene Regeln des Journalismus. Konstanz: Universitätsverlag, 1988.
BOVENTER, Hermann: Pressefreiheit ist nicht grenzenlos. Einführung in die Medienethik. Bonn: Bouvier, 1989.
ERBRING, Lutz; RUSS-MOHL, Stefan u. a.: Medien ohne Moral! Variationen über Journalismus und Ethik. Berlin: Argon, 1988.
PÜRER, Heinz: Journalismuskrisen und Medienethik. In: Kreile, Reinhold (Hrsg.): Medientage München 1989. Dokumentation Band 1. Baden-Baden: Nomos, 1990, S. 256–271.
RÜHL, Manfred; SAXER, Ulrich: 25 Jahre Deutscher Presserat. Ein Anlaß für Überlegungen zu einer kommunikationswissenschaftlich fundierten Ethik. In: Publizistik 26, 1981, S. 471–507.
SKANDALE UND JOURNALISTISCHE ETHIK. In: Medium. Zeitschrift für Hörfunk, Film, Fernsehen, Presse. Heft 2/1989, S. 17–57.
WUNDEN, Wolfgang (Hrsg.): Medien zwischen Markt und Moral. Beiträge zur Medienethik. Stuttgart: Steinkopf, 1989 (GEP-Buch).

Teil 2:

Berufs- und Medienkunde

I. Arbeitsfelder im Journalismus und in anderen Informations- und Kommunikationsberufen

Eine Systematik von Arbeitsfeldern in journalistischen und verwandten Berufen bzw. Tätigkeiten kann nach verschiedenen Kriterien erstellt werden. Entstehungsgeschichte, Berufszugang, Professionalisierungsgrad usw. könnten als Unterscheidungsmerkmale herangezogen werden. Das ,,Lexikon der Publizistik" nennt etwa die folgenden:

1. Institution: Danach wäre zwischen Journalisten zu unterscheiden, die in ,,klassischen" Medienunternehmen, in Presse- und Medienreferaten, Public-Relations-Abteilungen usw. arbeiten.
2. Art des Mediums: Tages- oder Wochenzeitung, Zeitschrift, Magazin, Fachzeitschrift, Hörfunk, Fernsehen, Agentur.
3. Fachgebiet bzw. Darstellungsweise: Nach diesem Kriterium wäre etwa zwischen der politischen Berichterstattung (Innen-, Außen-, Gemeindepolitik etc.), Wirtschafts-, Sport-, Kultur-Journalismus usw. zu unterscheiden; nach den Darstellungsmitteln etwa zwischen Wort- und Bildjournalisten.
4. Anstellungsverhältnis: Arbeit in einem festen Anstellungsverhältnis oder als ,,Freier Mitarbeiter".
5. Arbeitsfunktion: Reporter, Redakteure, Korrespondenten usw.

Im folgenden soll nun versucht werden, einige überblicksartige Informationen über die Situation in verschiedenen Medienbereichen und verwandten Berufsfeldern zu vermitteln.

Spektrum der Berufe

Der kommunikationswissenschaftlichen Berufsfeldforschung und den Bemühungen der diversen Berufsorganisationen und Interessenvertretungen ist es zu verdanken, daß wir heute doch über einige Kenntnisse bezüglich der wichtigsten Arbeitsfelder verfügen; Berufsstatistiken gibt es nicht. Dennoch bestehen weiterhin große Lücken: Es fehlt an detaillierten Arbeitsplatzanalysen für die meisten

Tätigkeiten. Zum Teil existieren nur grobe Schätzungen über die Anzahl der Berufstätigen. Fragen wie die historische Entwicklung der einzelnen Berufe, Arbeitszufriedenheit, Arbeitskonflikte etc. sind häufig nur sehr unzureichend – wenn überhaupt – aufgearbeitet.

Offen muß auch die Frage nach einer exakten Ein- und Abgrenzung der verschiedenen Arbeitsfelder, Berufe und Tätigkeiten bleiben. Hilft hier etwa ein Kriterium wie jenes einer „gestalterischen" Tätigkeit? Und wie steht es dann mit den vielfältigen technischen, administrativen Aufgaben? Gehört das Redaktions-Sekretariats-Personal nun zur Gruppe der „publizistischen Berufe" oder nicht? Was sind die gemeinsamen Merkmale der Vielzahl von beruflichen Tätigkeiten, die hier zusammengefaßt werden?

Folgt man etwa einer Terminologie, wie sie zur Zeit bereits in der OECD für Berufsstatistiken verwendet wird, so wäre der Begriff der „Informationsberufe" sehr weit zu fassen: Neben den „Informationsproduzenten" im engeren Sinn die Gruppen der „Informationsverarbeiter", „Informationsverteiler" und der „Infrastrukturbeschäftigten des Informationssektors". Nach einer derartigen Zuordnung, die häufig als Beleg für die Entwicklung hin zur „Informationsgesellschaft" genommen wird, würden auch in Österreich weit mehr als 30 Prozent der Berufstätigen in diesem Sektor beschäftigt sein.

Wie immer man zu dieser Frage steht, kann doch festgestellt werden, daß sich die Anzahl journalistischer, publizistischer und verwandter Arbeitsfelder in den vergangenen Jahren erheblich vergrößert hat und daß es auch innerhalb der verschiedenen Berufe zu einer Ausweitung und Differenzierung beruflicher Tätigkeiten gekommen ist.

Journalistische Arbeitsfelder

Es gibt für Österreich keine exakte Berufsgruppenstatistik der Journalisten. Man kann hier beispielsweise von der Zahl der ausgegebenen Presseausweise – derzeit über 3000 – auf die hauptberuflich tätigen Journalisten schließen. Genauere Angaben gibt es über die in der Sektion Journalisten der Gewerkschaft Kunst, Medien, freie Berufe organisierten Journalisten, die in ihrer Zusammensetzung aufgrund eines Organisationsgrades von rund 70 Prozent für die Gesamtheit der Journalisten durchaus repräsentativ sein dürfte.

Eine Aufteilung der gewerkschaftlich organisierten Journalisten nach verschiedenen Arbeitsfeldern ergibt folgendes Bild:

Mitglieder der Sektion Journalisten/Gewerkschaft Kunst, Medien, freie Berufe – Verteilung über die Fachgruppen: Gesamtösterreich – Stand 28. April 1985

Mitglieder bei/als	Männer	Frauen	gesamt	%
Angestellte Tageszeitung	495	83	578	22,7
Angestellte Wochenzeitung/Zeitschrift	376	80	456	17,9
Nachrichtendienste	134	24	158	6,2
Betriebszeitung/Pressereferenten	138	31	169	6,6
Bildreporter/Fotografen	100	6	106	4,2
Angestellte ORF	290	52	342	13,4
Freie ORF	215	76	291	11,4
Redaktionsstenografen	0	35	35	1,4
Freie Journalisten Print	318	92	410	16,1
(Sportjournalisten)*	(221)	(8)	(229)	
(journal. tätige Pensionisten)*	(82)	(26)	(108)	
(Pensionisten)*	(50)	(33)	(83)	
Mitgl. der Sektion Journalisten	2.149	534	2.683	
Vollberufstätige Journalisten	2.066	479	2.545	100
Prozentanteil	81,2	18,8	100	

* Sportjournalisten wurden in der Summierung nicht berücksichtigt, da die Zugehörigkeit zu dieser Fachgruppe mit der Mitgliedschaft in einer der anderen Fachgruppen verbunden ist. Ebenso gibt es Überschneidungen der Fachgruppe „freie Pensionisten" (hier als journalistisch tätige Pensionisten bezeichnet) mit anderen Fachgruppen.

Quelle: Eigene Berechnungen auf Grund der Mitgliederstatistik der Sektion Journalisten/Gewerkschaft KMfB, Institut für Publizistik und Kommunikationswissenschaft der Universität Salzburg (Hrsg.): Massenmedien in Österreich. Wien: 1987, S. 229.

Altersstruktur der Mitglieder der Sektion Journalisten/Gewerkschaft Kunst, Medien, freie Berufe – Stand 24. Mai 1985
Prozentwerte, n = 2683

Alter	W/NÖ/B	Ktn.	OÖ.	Sbg.	Stmk.	Tirol	Vbg.	gesamt
24	3,3	4,8	3,1	3,4	2,4	1,0	1,2	3,4
25 bis 34	24,2	29,7	22,5	32,9	21,4	4,8	37,5	24,8
35 bis 44	7,4	28,3	30,4	28,9	39,3	7,6	30,4	32,0
45 bis 54	15,6	13,1	18,3	9,4	24,4	2,4	16,1	14,9
55 bis 64	15,6	14,5	15,2	12,8	16,7	4,2	10,7	15,4
65 bis	9,3	9,7	10,5	12,8	7,7	3,0	3,6	9,5
Index gesamt	3,4	3,3	3,5	3,3	3,4	3,6	3,4	3,4
Index Männer	3,5	3,4	3,6	3,5	3,4	3,6	3,2	3,5
Index Frauen	3,32	3,1	3,2	3,3	3,1	2,9	2,2	3,3

Quelle: eigene Berechnungen (nicht direkt vergleichbar mit der entsprechenden Tabelle im Medienbericht II).

Danach arbeiten die meisten Journalisten in Tageszeitungen, gefolgt von Wochenzeitungen und Zeitschriften, dem ORF sowie von freien Mitarbeitern bei Zeitungen und Zeitschriften. Der Anteil der in den Printmedien tätigen Journalisten beträgt über 60 Prozent aller Journalisten.
Journalismus ist nach wie vor ein von Männern dominierter Beruf. Der Anteil der Frauen liegt bei knapp 20 Prozent. Er ist am relativ höchsten bei den freien ORF-Mitarbeitern sowie bei den freien Journalisten in Zeitungen und Zeitschriften.
Die meisten österreichischen Journalisten arbeiten in den östlichen Bundesländern. Wien, Niederösterreich und das Burgenland stehen hier deutlich an vorderster Stelle – worin sich die Konzentration des Printmedienbereiches (vor allem in Wien) niederschlägt.
Rund ein Fünftel der Journalisten hat ein Universitätsstudium absolviert. Der Anteil an Akademikern liegt mit rund 30 Prozent unter den Inhabern leitender Positionen am höchsten. Vorherrschender „Bildungstyp" ist noch immer der Maturant.

Printmedien

Die Strukturen der Presselandschaft bestimmen auch weitgehend die journalistischen Arbeitsbedingungen. Dies gilt sowohl für regional unterschiedliche Arbeitsmöglichkeiten wie für inhaltliche, formale und materielle Fragen.
Die wichtigsten Positionen in den Redaktionshierarchien reichen von der Tätigkeit als gelegentlicher oder ständiger freier Mitarbeiter über den Redakteursaspiranten, den Reporter, Redakteur, Ressortleiter bis hin zum Chefredakteur.
Unterschiedlich sind auch die Einkommensverhältnisse. Für alle Redakteure, Redakteursaspiranten, Reporter, Zeichner, Fotografen, Layouter und Redaktionsstenographen, die in einem hauptberuflichen Dienstverhältnis zu einer Tages- oder Wochenzeitung stehen, gelten die Bestimmungen eines zwischen Gewerkschaft und Herausgebern ausgehandelten *Kollektivvertrages,* der auch Regelungen bezüglich der Honorare für freie Mitarbeiter enthält. In den letzten Jahren konnten kollektivvertraglich einige Verbesserungen durchgesetzt werden, die Fragen wie Abfertigung, Altersversorgung, Mehrarbeit, Freistellung für Ausbildungszwecke betreffen.
Auch die Mitbestimmungsrechte der Journalisten sind sehr unterschiedlich geregelt. In einigen Zeitungsunternehmen gibt es freie betriebliche Vereinbarungen („Statuten") zwischen Redaktion und Unternehmensleitung über Informations- und Mitwirkungsrechte, etwa bei personellen oder gravierenden unternehmenspolitischen Entscheidungen. Im neuen Mediengesetz sind derartige Statuten nur in der Form einer Kann-Bestimmung verankert.

Stärker als für die Arbeit in Wochenzeitungen und Zeitschriften gilt für den Tageszeitungs-Journalismus, daß die physischen und psychischen Anforderungen insbesondere in Richtung streßerzeugender Faktoren hoch sind. Journalisten in Tageszeitungen nennen unter den Belastungen, denen sie alltäglich ausgesetzt sind, an erster Stelle das „rasche Arbeitstempo". Aber auch die „unregelmäßige Arbeitszeit", „langes Sitzen", „unregelmäßige Mahlzeiten", „Nachtarbeit" und „viel Autofahren" werden als belastend empfunden. Für „psychischen Streß" sorgen an erster Stelle der „Termindruck", dann die „Verantwortung für das Geschriebene", die „Notwendigkeit, oft die eigene Meinung zurückstellen zu müssen", die „Suche nach optimalen Formulierungen" und der „Druck, sich rasch entscheiden zu müssen". Auch über die geringe Freizeit wird geklagt. Aufgrund der besonderen Arbeitsverhältnisse sind Herz-, Kreislauf- und Nervenerkrankungen unter Zeitungsjournalisten relativ häufig auftretende typische „Berufskrankheiten".

Streß-Erscheinungen sind aber vielfach auch eine berufsbedingte Folge von zuviel Rauchen und Trinken.

„Presse-Entscheider" (Chefredakteure, Ressortleiter) sind der Meinung, daß der „ideale" Journalist folgende Eigenschaften haben sollte: informationshungrig, kritisch, unbestechlich, gründlich, gewissenhaft, wahrheitsliebend, sachlich, objektiv, vielseitig informiert. Das Engagement für den journalistischen Beruf, Allgemeinwissen und sprachliche Begabung sind wichtige Aufnahmekriterien für Berufsbewerber. Erste Lernziele sind die Beherrschung journalistischer Ausdrucksformen, die Fähigkeit, unter Zeitdruck zu arbeiten, und die Bereitschaft, sich rasch auf neue Aufgaben einzustellen. Journalisten selbst nannten in einer Erhebung gute Ausbildung, Mitteilungsbedürfnis, Sprachgefühl, Verläßlichkeit, logisches Denken, Verständnis, Wendigkeit und rasche Einfühlungsgabe als die für die Berufsausübung wesentlichen Eigenschaften.

Die Vielfalt der Arbeitsverhältnisse je nach einzelnem Medienunternehmen läßt nur sehr schwer die Formulierung allgemein gültiger Aussagen darüber zu. (Zu Fragen des praktischen Journalismus, journalistischen Tätigkeiten und Darstellungsformen, zu Ausbildungserfordernissen sowie zur Struktur der österreichischen Printmedien vgl. die entsprechenden Kapitel in diesem Band.)

Zeitschriften, Magazine, Fachpresse

Journalisten dieser Berufsgruppe arbeiten bei Publikumszeitschriften, Nachrichtenmagazinen, Wochenzeitungen und Fachzeitschriften – oftmals recht unterschiedlicher Reichweite, Personalstärke, inhaltlicher Ausrichtung. (So weist das Handbuch ,,Österreichs Presse, Werbung, Graphik" allein in der Gruppe Fachpresse/Periodika über 2000 Titel auf, von denen allerdings nur eine geringe Anzahl über eine eigenständige, hauptberuflich betriebene Redaktion verfügt.)

Die Zahl der im Arbeitsfeld Fachpresse tätigen Journalisten wird auf 500 bis 1000 – darunter viele freie Journalisten – geschätzt. Die genaue Sachkenntnis eines oder mehrerer Bereiche ist hier wichtiger als in anderen Arbeitsfeldern.

Das Berufsfeld des Zeitschriften-Journalisten erscheint auch insoferne offen, als die Produkt-Differenzierung in diesem Sektor in den vergangenen Jahren erheblich zugenommen hat. Auch sind mit dem Entstehen neuer Medienprodukte wie Alternativ- oder Stadtteilzeitungen, Gratisblättern, Betriebszeitungen usw. die journalistischen ,,Grenzen" für eine Tätigkeit in diesem Arbeitsfeld noch weiter gesteckt worden.

Für die Wochenzeitungs-Journalisten gilt derselbe Kollektivvertrag wie für die Kollegen und Kolleginnen von den Tageszeitungen. Für Zeitschriftenredakteure gibt es derzeit keinen Kollektivvertrag.

Hörfunk und Fernsehen

Von den mehr als 3200 festangestellten und den freien ORF-Mitarbeitern ist nur ein verhältnismäßig kleiner Teil journalistisch im engeren Sinn tätig.

Neben dem ORF-Zentrum in Wien sind an den personell unterschiedlich stark besetzten Landesstudios sowie im Ausland festangestellte bzw. freie journalistische Mitarbeiter – rund 300 davon sind hauptberuflich für den ORF tätig – am Werk. Für angestellte ORF-Mitarbeiter stellt die ,,Freie Betriebsvereinbarung für die Dienstnehmer des Österreichischen Rundfunks" (FBV) die rechtliche Basis dar. Darin werden die Bezahlung – nach einem spezifischen Verwendungsgruppenschema –, zusätzliche Remunerationen usw. geregelt. Für freie Mitarbeiter gilt die FBV nicht, ihre Bezahlung erfolgt nach den ORF-Mindesthonorarsätzen. Seit 1982 hat sich ihre Situation insofern etwas verbessert, als nunmehr erstmals gewisse soziale Fragen geregelt werden konnten. Der ORF kann mit Mitarbeitern, die nicht mehr als 137 Stunden pro Monat für ihn arbeiten, sogenannte ,,Kettendienstverträge" abschließen.

Mitbestimmungsrechte der ORF-Journalisten (ORF-Redakteursstatut) sind durch das Rundfunkgesetz 1974 festgelegt worden.

Dienststellen und Personal des ORF – Stichtag 31. Dezember 1988

Verwendungszweig	Anzahl der Beschäftigten
Generalintendanz	131
Informationsintendanz Fernsehen	207
Programmintendanz Fernsehen	138
Informations- und Programmintendanz Fernsehen	97
Chefproducer Information und Programm Fernsehen	3
Hörfunkintendanz	235
Technische Direktion	1.139,5
Kaufmännische Direktion	287
Studios (inkl. Radio Österreich International)	872
Orchester	103
Insgesamt	3.212,5

Nachrichtenagenturen und -dienste

Die Agentur-Journalisten sind eine relativ kleine Berufsgruppe. Die großen internationalen Nachrichtenagenturen beschäftigen nur ganz wenige österreichische Journalisten, in der „Austria Presse Agentur" (APA) sind rund 60 Personen in den einzelnen Ressorts tätig. Gute Sprachkenntnisse sind für die Arbeit als Agentur-Journalist besonders wichtig. Die Bezahlung erfolgt im allgemeinen auf der Grundlage des Kollektivvertrages. Als arbeitsplatzspezifische Problematik wird die „Anonymität" der Arbeit hervorgehoben.

Neue Medien

Unter dieser Bezeichnung werden Kabelrundfunk, Satellitenrundfunk, Video, Teletext, Bildschirmtext, Bildplatte, neue Druck- und Zeitungstechniken zusammengefaßt. Die Durchsetzung dieser Neuen Medien und Informationstechnologien, die in Österreich recht unterschiedlich verläuft, hat zur Folge, daß a) bestehende Arbeitsfelder verändert werden, b) verschiedene Berufsgruppen wegrationalisiert oder marginalisiert werden, c) neue Berufe und Tätigkeiten entstehen.
Einige der Auswirkungen der Durchsetzung Neuer Medien sind bereits einschätzbar. So ist die Umstellung der Betriebe des graphischen Gewerbes, die in vielen anderen Ländern zu zum Teil massiven Personalentlassungen geführt hat, in Österreich durch den sogenannten „ITS-Kollektivvertrag" auf der Personalseite

„abgemildert" worden, doch haben sich hier erhebliche Änderungen der Anforderungsprofile ergeben.
Neue Arbeitsfelder haben sich durch die Einführung des TELETEXT-Dienstes im ORF sowie die Beteiligung am 3sat-Programm und die von den Landesstudios produzierten Lokal-TV-Sendungen ergeben. Inwiefern journalistische Arbeitsplätze etwa durch Produktionen für lokalen Hörfunk neu entstehen könnten, scheint gegenwärtig weitgehend von der Konkretisierung des „Radio Print"-Abkommens sowie künftigen medienrechtlichen Entwicklungen abhängig zu sein.

Medienreferate

Nach einem 1980 veröffentlichten Berufsbild soll die Bezeichnung „Medienreferent" gängige Titel wie „Pressereferent" oder „Referent für Öffentlichkeitsarbeit" ablösen.
In Medienreferaten, Pressestellen oder Informationsabteilungen sind in Österreich derzeit bei Behörden, öffentlichen Einrichtungen, Parteien, Verbänden oder Wirtschaftsunternehmen rund 400 Personen hauptberuflich beschäftigt. Die meisten von ihnen kommen aus dem Journalismus oder sind frühere Firmenmitarbeiter. Die größten Medienreferate sind der „Bundespressedienst", die „Landespressedienste", Pressestellen der Ministerien sowie der Magistrate der Landeshauptstädte. Ein Teil der Medienreferenten steht in einem Beamtenverhältnis, ein anderer Teil arbeitet auf vertraglicher Basis.
Zu den wichtigsten Aufgaben zählen das Sammeln, Weitergeben und Gestalten von Informationen – etwa durch die Herausgabe von Informationsdiensten – sowie die Herstellung und Pflege persönlicher Kontakte. Eigene Ausbildungswege existieren zur Zeit in Österreich nicht.

Öffentlichkeitsarbeit/Public Relations

Fachleute für Public Relations arbeiten im Auftrag privater Unternehmen, Einzelpersonen, Interessengruppen, Ländern, Gemeinden, kulturellen Einrichtungen usw.
In Österreich sind derzeit rund 200 Personen bzw. Institutionen Mitglieder des „Public Relations Verbandes Austria". Die Gesamtzahl der in diesem expandierenden Berufsbereich tätigen Personen dürfte zwischen 800 und 1000 betragen. Gefordert werden in der Regel journalistische Fertigkeiten, Kontaktfähigkeit, Sprachenkenntnisse. Abgrenzen möchten sich die Public Relations von den Werbeberufen.

Werbeberufe

In diesem Arbeitsfeld sind in rund 2000 Unternehmungen Hunderte Werbeberater, Vertreter, Werbegraphiker und -gestalter beschäftigt. Die Aufgaben reichen von der Beratung Werbetreibender bis zur Produktbetreuung. Journalistische Kenntnisse im engeren Sinn werden dabei in von Fall zu Fall unterschiedlicher Weise benötigt. Ausbildungsmöglichkeiten bestehen mit dem Universitätslehrgang für Werbung und Verkauf an der Wiener Wirtschaftsuniversität, der Fachschule für Wirtschaftswerbung oder dem Studium der Betriebswirtschaft.

Medien- und Kommunikationspädagogik

Entsprechende Aufgaben und Tätigkeiten gibt es in Einrichtungen der Erwachsenenbildung, im schulischen Bereich, in den Kirchen, Parteien und Gewerkschaften; eine Anstellung erfolgt in der Regel aber unter einem anderen Titel als dem des Medienpädagogen. Die künftige Entwicklung dieses Arbeitsfeldes – das durchaus Betätigungsmöglichkeiten für Journalisten eröffnen könnte – wird von entsprechenden bildungspolitischen Entscheidungen abhängen.

Wissenschaft, Markt-, Meinungs- und Medienforschung

In diesem Bereich sind in Österreich derzeit rund 200 Personen tätig. Eine eigene Abteilung für Medienforschung gibt es zur Zeit jedoch nur im ORF.
An den Universitäten sind Journalisten als Lektoren etwa an den Instituten für Publizistik und Kommunikationswissenschaft in Wien und Salzburg seit vielen Jahren im Ausbildungsbereich wirksam.

Bibliotheks-, Archiv- und Dokumentationswesen

Fachleute gehen davon aus, daß in diesem Bereich in Zukunft auch in Österreich neue Arbeitsplätze entstehen werden. Solche Arbeitsplätze sind in Verlagsunternehmen, im Buch- und Zeitschriftenhandel, bei Werbeagenturen, PR-Firmen und in Medienunternehmen zu erwarten.

Weitere Arbeitsfelder wären im Zusammenhang etwa mit Tätigkeiten im Verlagswesen, bei Film, Theater, mit kaufmännischen und technischen Aufgaben, neuen Aufgaben und Tätigkeitsbereichen wie Medienberatung in der Politik, Kommunikationsberatung und interne Kommunikation in Betrieben sowie ,,Informationsmanagement'' in vielen Branchen zu behandeln, die jedoch nur punktuell und teilweise journalistische Tätigkeiten im ,,klassischen'' Sinn betreffen.

Zusammenfassung

Die Entwicklung journalistischer Arbeitsfelder zeigt einen historisch nachvollziehbaren Prozeß ständiger Ausweitung und gleichzeitiger Differenzierung und Spezialisierung. Es handelt sich dabei in der Regel um Berufe, für die der Zugang insofern offen ist, als er nicht an bestimmte formale Kriterien – wie etwa einen Studienabschluß – gebunden ist. Dennoch läßt sich auch in Österreich ein Trend zur ,,Professionalisierung'' beobachten.
Die Ausweitung und gleichzeitige Differenzierung der journalistischen Arbeitsfelder hat einerseits die Möglichkeiten des Arbeitsplatzwechsels und beruflichen Aufstiegs verbessert, führt andererseits aber auch zu wachsenden Anforderungen an die Berufsträger. Für die Zukunft ist deshalb mit einem zunehmenden Angebot an einschlägigen Aus- und Fortbildungseinrichtungen zu rechnen.

Hans Heinz Fabris

Literatur:

FISCHER, Heinz-Dietrich (Hrsg.): Spektrum der Kommunikationsberufe. Zwölf Konkretisierungen zu publizistischen Tätigkeitsfeldern in der Bundesrepublik Deutschland. Köln: Deutscher Ärzte Verlag, 1979.
GOTTSCHLICH, Maximilian, und KARMASIN, Fritz: Beruf: Journalist. Eine Imageanalyse – Bevölkerung, Politiker, Journalisten urteilen. Wien: Institut für Publizistik und Kommunikationswissenschaft, 1979.
INSTITUT FÜR PUBLIZISTIK UND KOMMUNIKATIONSWISSENSCHAFT DER UNIVERSITÄT SALZBURG (Hrsg.): Massenmedien in Österreich. Wien: Verlag Internationale Publikationen, 1983, 1986.
KRÖTER, Hannelore: Berufe in der Werbung. Düsseldorf – Wien: Econ Verlag, 1977.
LANGENBUCHER, Wolfgang R., und MAHLE, Walter A.: Unterhaltung als Beruf? Herkunft, Vorbildung, Berufsweg und Selbstverständnis einer Berufsgruppe. Berlin: Volker Spiess Verlag, 1975.
LANGENBUCHER, Wolfgang R., ROEGELE, Otto B., und NAHR, Günther: Manager der Kommunikation. Teil A: Die Rolle des Chefredakteurs im Spannungsfeld von Verlag, Redaktion und Leser. Teil B: Der Zeitungsverleger im Strukturwandel der Presse. Berlin: Volker Spiess Verlag, 1977.
MANHART, Lothar: Hörfunk- und Fernsehberufe. Mit Ausbildungswegen. 2., überarb. und akt. Aufl. München: TR-Verlagsunion, 1988.
NOELLE-NEUMANN, Elisabeth; SCHULZ, Winfried; WILKE, Jürgen: Fischer-Lexikon Publizistik/Massenkommunikation. Frankfurt am Main: Fischer, 1989.
PÜRER, Heinz: Wie wird man Journalist in Österreich? Salzburg: Kuratorium für Journalistenausbildung, o. J.
ÖSTERREICHISCHES JAHRBUCH FÜR KOMMUNIKATIONSWISSENSCHAFT 1982. Thema: Informations- und Kommunikationsberufe in Österreich. Hrsg. von den Instituten für Publizistik und Kommunikationswissenschaft an den Universitäten Wien und Salzburg. Redaktion: Hans Heinz Fabris und Benno Signitzer. Salzburg: Verlag Wolfgang Neugebauer, 1982.

II. Ausbildungserfordernisse und Ausbildungswege im Journalismus

Keine Ausbildungsregelung, kleiner Arbeitsmarkt

Die Ausbildung von Journalisten unterliegt in Österreich keinen gesetzlichen oder anderen formalen Regelungen. Der Zugang zum Beruf ist prinzipiell frei und auch nicht an den Nachweis bestandener Prüfungen gebunden. Die Bedingungen für die Aufnahme in eine Redaktion sind jeweils vor dem Hintergrund des entsprechenden Tätigkeitsfeldes zu sehen: Für angehende Journalisten in kleinen, regionalen Wochenzeitungen gelten in der Regel andere Aufnahmekriterien als in Ressortredaktionen großer Tageszeitungen oder des ORF. Voraussetzung für eine journalistische Tätigkeit ist im allgemeinen jedoch der Nachweis der Matura. In manchen Zeitungs- und Rundfunkredaktionen (Radio und Fernsehen) ist für eine Tätigkeit im innen- oder außenpolitischen Journalismus sowie im Wirtschafts- oder Kulturressort der Nachweis eines begonnenen oder abgeschlossenen einschlägigen Hochschulstudiums erforderlich. Bei der Aufnahme von Journalisten in Redaktionen des ORF wird nicht selten Bewerbern mit pressejournalistischer Praxiserfahrung der Vorzug eingeräumt.

Der Arbeitsmarkt für eine journalistische Tätigkeit in Tages- und Wochenzeitungen sowie im ORF ist in Österreich sehr begrenzt. Es gibt nur 17 Tageszeitungen (die in 29 Ausgaben erscheinen), eine größere Anzahl regionaler und lokaler Wochenzeitungen, einige politische Magazine und Zeitgeistzeitschriften, Illustrierte sowie eine einzige, große Rundfunkanstalt – den ORF – mit einer Zentrale in Wien und neun Regionalstudios in den Bundesländern. Im Bereich der über 2300 Zeitschriften öffnet sich für eine fachjournalistische Tätigkeit ein weites Feld. In dieses Feld des Journalismus drängen Maturanten, Studenten und Absolventen der Publizistikwissenschaft und verschiedener anderer Studienrichtungen. Die Chancen, im tagesaktuellen Journalismus beruflich unterzukommen, sind derzeit eher gering: Die Zahl der Bewerber ist etwa 15mal so groß wie die Zahl der zur Verfügung stehenden Plätze. Daher beginnt der Weg in den Journalismus nicht selten mit einer vorerst nebenberuflichen Tätigkeit als „freier Mitarbeiter". Eine journalistische Karriere muß also nicht unbedingt in einer Tageszeitung oder im Rundfunk (Hörfunk, Fernsehen) beginnen. Bei lokalen und regionalen Wochenzeitungen, in Zeitschriften- und Fachzeitschriftenredaktionen kann sich ein angehender Journalist oder Publizist solide praktische Fertigkeiten und ein umfassendes Fachwissen für einen späteren Wechsel in ein tagesaktuelles Medium aneignen. Die Adressen von Wochenzeitungen, Zeitschriften und Fachzeitschriften und vieler anderer mit

Journalismus und Massenkommunikation befaßter Einrichtungen entnimmt man dem jährlich erscheinenden „Pressehandbuch", das der Verband Österreichischer Zeitungsherausgeber und Zeitungsverleger (Schreyvogelgasse 3, 1010 Wien) herausgibt. Über Rechte und Pflichten der in Presse und Rundfunk Tätigen informieren die einschlägigen Kollektivverträge, die über die Journalistengewerkschaft (Bankgasse 8, 1010 Wien) erhältlich sind.

Der bevorzugte Bildungstyp für den Beruf des Journalisten war und ist immer noch – so konnte 1981 in einer Umfrage unter Chefredakteuren, Ressortleitern und Verlagsleitern ermittelt werden – der Maturant. Wichtige Voraussetzungen für eine Tätigkeit im Journalismus waren bislang ein breites, gesamtgesellschaftliches (das heißt, historisches, kulturelles und gesellschaftspolitisches) Allgemeinwissen, die optimale Beherrschung der Sprache, des Stils, der Schreibe (im Zeitungsjournalismus) und der Spreche (in Radio und Fernsehen) sowie großes Interesse und ausgeprägte Sensibilität für Vorgänge in Politik, Wirtschaft, Gesellschaft und Kultur. Neben diesen eher intellektuellen Ansprüchen werden an den Journalisten jedoch auch hohe physische und psychische Anforderungen gestellt. (Vgl. dazu Kapitel I., Seite 405 ff.)

Wachsende berufliche Anforderungen

Im bisherigen, von der Auffassung des Begabungsberufes geprägten Bild dominierte die Ansicht vom Journalisten als dem „Allrounder", der sich in jedem Ressort zurechtfindet. Der Beruf des Journalisten unterliegt jedoch längst einem Wandel, und die beruflichen Anforderungen an den Journalisten werden immer größer: Die vielfältigen Vorgänge in Politik, Wirtschaft, Gesellschaft und Kultur gestalten sich zunehmend komplexer und schwerer durchschaubar, fordern vom Journalisten also hohe Sachkenntnis. Zahlreiche Bereiche des gesellschaftlichen Lebens unterliegen einer fortschreitenden Verwissenschaftlichung; ihre sachkompetente Durchdringung und journalistische Umsetzung setzt Expertentum voraus. Innerhalb der Massenmedien selbst, in Presse und Rundfunk, finden – vor allem technisch bedingte – umwälzende Innovationsprozesse statt, die nicht nur zu Veränderungen beruflicher Tätigkeitsmerkmale, sondern des gesamten Berufsbildes führen. Diese Entwicklung erfordert im Journalismus gegenwärtig schon, vor allem aber in der Zukunft, weniger den begabten Allround-Journalisten (der aus den Redaktionen kleinerer Tages- und Wochenzeitungen nach wie vor nicht wegzudenken sein wird) als vielmehr den akademisch geschulten, fachlich einschlägig ausgebildeten Ressortspezialisten. Er wird in Zukunft auch die besseren Chancen des beruflichen Aufstieges haben. Um die „von außen" an den Journalisten herangetragenen und „von innen" (aus dem Medienbereich selbst) sich ergebenden Anforderungen erfolgreich bewältigen zu können, wird eine zukünftige Ausbildung des Journalisten die folgenden Wissensbereiche umfassen müssen (die hier nur aufgezählt, jedoch nicht vollinhaltlich beschrieben werden können):

- **Praktischer Journalismus** (journalistische Tätigkeiten, Darstellungsformen und Gestaltungstechniken in Zeitung, Radio und Fernsehen; Sprache und Stilistik; Schreibe und Spreche; Quellenkunde; Nachrichtenanalyse und -bearbeitung; Informationsbeschaffung etc.; Spezialisierung auf ein Medium)
- **Allgemeines gesellschaftliches Grundwissen** (wie Grundkenntnisse der Geschichte, Grundlagen von Staat, Politik und Recht, Wirtschaft, Gesellschaft und Kultur etc.)
- **Ressort- und Sachwissen** (Spezialisierung auf ein Ressort, wie Innenpolitik, Außenpolitik, Lokales, Wirtschaft, Kultur, Sport etc.; Überblickswissen über andere Ressorts)
- **Berufs- und Medienwissen** (wie politische, rechtliche, wirtschaftliche und technische Grundlagen der Massenmedien, Grundlagen der Medienorganisation und des Mediensystems, journalistisches Arbeits- und Berufsrecht etc.)
- **Grundlagen der Medien- und Kommunikationsforschung** (Journalismus- und Berufsbildforschung, Medienwirkung und Publikumsforschung, Grundlagen der Methoden der Kommunikationsforschung, Soziologie und Psychologie der Medienkommunikation etc.)

Auf der Grundlage eines solchen (noch inhaltlich zu differenzierenden) Ausbildungskataloges müßte eine organisierte Journalistenausbildung – in welcher Form auch immer – auf die Vermittlung dreier journalistischer Kompetenzen abzielen, wie Siegfried Weischenberg in dem von ihm jüngst herausgegebenen Buch „Journalismus und Kompetenz" schreibt: die Sachkompetenz, die Vermittlungskompetenz und die Fachkompetenz.

Mit **Sachkompetenz** ist die Vermittlung von Ressort- bzw. Spezialwissen gemeint. Es soll der Bewältigung der Anforderungen in einem speziellen Aufgabengebiet (Politik, Wirtschaft, Kultur, Lokales, Sport etc.) dienen und bedarf der Ergänzung durch ein allgemeines politisch-gesellschaftliches Grundwissen.

Unter **Vermittlungskompetenz** versteht man die Aneignung praktisch-handwerklicher Fertigkeiten wie die Kenntnis der journalistischen Darstellungsformen, die Artikulationsfähigkeit (also die Beherrschung der Sprache und ihrer medienspezifischen Ausdrucksmöglichkeiten) sowie die Kenntnis der technischen Gestaltungsmöglichkeiten.

Zur **Fachkompetenz** gehören zum einen die Beherrschung instrumenteller Fähigkeiten, vorwiegend der Recherche, der Selektion, des Redigierens, der Redaktionsorganisation und der Technik; zum anderen die Kenntnis des Berufs- und Medienwissens, respektive der Medienstrukturen, des Medien- und Berufs-(Arbeits-)rechts (einschließlich journalistische Ethik) sowie der Wirkungen der Massenmedien.

Quelle: Weischenberg, Siegfried: Journalismus und Kompetenz. Qualifizierung und Rekrutierung für Medienberufe. Opladen: Westdeutscher Verlag 1990, S. 24.

Es gibt in Österreich bislang keine einschlägigen Studiengänge, die im Sinne des vorhin erwähnten Ausbildungskataloges für die Befähigung zu einer Tätigkeit im Journalismus gezielt vorbereiten. Es gibt auch keine Übereinstimmung darüber, in welcher Form ein derartiger Ausbildungskatalog bewältigt werden kann und wie ein entsprechender Ausbildungsgang organisiert sein soll. Journalistenausbildung vollzieht sich, wie noch dargelegt werden wird, vorwiegend im Rahmen der redaktionellen Ausbildung während der dreijährigen Aspirantur (Volontariat), begleitet von – freiwillig zu besuchenden – berufsbegleitenden Aus- und Fortbildungsveranstaltungen. Da diese Form der Journalistenausbildung den gegenwärtigen und vor allem den künftigen Anforderungen an den Beruf des Journalisten nur fragmentarisch gerecht zu werden vermag, entzündet sich an diesem unbefriedigenden Zustand in zunehmendem Maße Kritik und sind auch Vorschläge unterbreitet worden, die Ausbildung von Journalisten im Rahmen universitärer oder außeruniversitärer Studiengänge zu formalisieren. Die medien- und bildungspolitische Verwirklichung dieser Vorschläge erscheint vorerst jedoch nicht möglich: Die formalisierte Ausbildung von Journalisten wird vor allem seitens der Medieneigner wie auch seitens der Medienschaffenden selbst als mit Pressefreiheit und freiem Journalismus für unvereinbar erachtet. Daß die Ausbildung von Journalisten in der freien Welt jedoch so organisiert werden kann, daß Pressefreiheit und Meinungsvielfalt keine Einschränkung erfahren, zeigt die langjährige, vielfältige und vor allem praxisorientierte Tradition der Journalistenausbildung in den USA: Dort wurden bereits zur Jahrhundertwende vorwiegend an Universitäten „Schools of Journalism" errichtet, deren Zahl inzwischen über 220 beträgt. Zwar existieren auch in den USA keine gesetzlichen Ausbildungs- und Zugangsregelungen; es ist jedoch kaum möglich, im Journalismus tätig zu sein, ohne eine einschlägige Ausbildung an einer Journalistenschule absolviert zu haben. Ähnliches gilt beispielsweise für die skandinavischen Länder und für Spanien.

Journalismus – ein Beruf, aber keine Profession

Im Fehlen allgemein anerkannter bzw. verbindlicher Ausbildungs- und Zugangsbestimmungen, wie sie z. B. für Lehrer, Rechtsanwälte, Ärzte und viele andere Berufe schon lange gelten, ist auch der wesentlichste Grund dafür zu sehen, daß der journalistische Beruf nicht als Beruf im Sinne einer Profession bezeichnet werden kann. Von Professionen spricht man im allgemeinen dann, wenn für einen Beruf besondere Merkmale zutreffen. Es sind dies:

- Systematisch erworbene, durch Prüfung abgeschlossene Ausbildung als Voraussetzung für den Berufseintritt (Expertenschaft)
- Orientierung der beruflichen Tätigkeit am Allgemeinwohl unter Hintansetzung von Eigeninteressen (Verantwortung)
- Selbstkontrolle durch ein Berufsbild und eine gemeinsame Berufsethik sowie Organisierung in Verbänden zur Wahrung beruflicher Rechte und Pflichten (Autonomie)
- „Idealistische Belohnungen", die jedoch nicht der Befriedigung von Eigeninteressen dienen.

Unter Berücksichtigung dieser Kriterien kann man zwar von einer fortgeschrittenen Professionalisierungsphase im Journalismus sprechen, nicht zwingend jedoch von einer Profession: Zwar üben Journalisten ihren Beruf im öffentlichen Interesse aus und resultiert daraus Verantwortung gegenüber der Gesellschaft; auch sind Journalisten seit langem zur Wahrung ihrer Rechte und Pflichten in Berufsverbänden organisiert und haben sie sich gemeinsamen Berufsregeln (journalistische Ethik) verpflichtet; es gibt für Journalisten jedoch weithin keine verbindlichen (oder wenigstens allgemein anerkannten) Ausbildungsrichtlinien und Zugangsregelungen. Vielmehr ist die Auffassung vom Journalismus als einem „freien Beruf" weit verbreitet, obwohl die Mehrzahl der Journalisten ihre Tätigkeit seit langem hauptberuflich und eingebunden in Arbeitsverhältnisse in fester Anstellung oder in fester „freier Mitarbeit" ausübt.

Ausbildungswege bzw. -möglichkeiten

Es gibt in Österreich, wie erwähnt, keine verbindlichen Formen der Journalistenausbildung. Angehenden (oder bereits im Beruf stehenden) Journalisten stehen mehrere Wege offen, sich (wenigstens) ein Minimum an Ausbildung angedeihen zu lassen: das für alle Jungjournalisten verbindliche, dreijährige Volontariat; vielfältige Möglichkeiten der überbetrieblichen, berufsbegleitenden Aus- und Fortbildung (allen voran das breite Angebot des „Kuratoriums für Journalistenausbildung") sowie schließlich universitäre Formen, die – wie im Falle des Studiums der Publizistikwissenschaft – nicht der Ausbildung, sondern der Vorbildung für verschiedene Kommunikationsberufe dienen.

Redaktionelle Ausbildung – Presse

Die Ausbildung des Zeitungs-Journalisten erfolgt in der Regel in den Redaktionen selbst. Eine zwischen Journalistengewerkschaft und Zeitungsherausgeberverband kollektivvertraglich festgehaltene Vereinbarung sieht eine (einer Lehre vergleichbare) dreijährige Ausbildungszeit für Redaktionsaspiranten (Volontäre) vor; sie kann entsprechend der Vorbildung des/der in die Redaktionen Eintretenden verkürzt werden (z. B. für Absolventen von Hochschulen und Universitäten). Im Zuge seiner (ihrer) redaktionellen Ausbildung, in deren Verlauf der Journalist (die Journalistin) im Rotationsprinzip von Ressort zu Ressort wechselt, um möglichst viele Bereiche der Berichterstattung kennenzulernen, eignet sich der (die) angehende Journalist(in) im „learning by doing-Verfahren" vorwiegend journalistisch-handwerkliche Fähigkeiten und Fertigkeiten, das notwendigste Sach- beziehungsweise Ressortwissen sowie berufs- und medienkundliche Grundkenntnisse an. Die Praxis zeigt – und die verantwortlichen Journalisten haben dies in der bereits erwähnten Umfrage bestätigt –, daß der Ausbildung „vor Ort" in den Redaktionen unterschiedliche Bedeutung und vor allem Aufmerksamkeit zugemessen wird und eine sorgfältige Berufsausbildung nicht zwingend sichert. In der Regel werden Redaktionsaspiranten nach dem dreijährigen Volontariat als Redakteure fix angestellt. Ist eine solche Anstellung nicht möglich, so hat der Medieneigner den

Aspiranten (einer kollektivvertraglichen Vereinbarung zufolge) ein halbes Jahr vor Ende der Ausbildungszeit darüber zu informieren.

Lehrredaktionen

Einige österreichische Tages- und Wochenzeitungen führen neben dem Volontariat noch eigene „Lehrredaktionen". Die Dauer der praktisch-handwerklichen Ausbildung – oft in Intensivkursen – ist dabei unterschiedlich lang. Manche Zeitungen benutzen die Lehrredaktionen dazu, Talente zu entdecken und auf diese Weise für journalistischen Nachwuchs zu sorgen. Andere verfügen über detaillierte Ausbildungsprogramme. Als beispielgebend kann das Ausbildungsmodell der „Oberösterreichischen Rundschau", einer Wochenzeitung mit sieben Regionalausgaben, bezeichnet werden. In der Lehrredaktion der OÖ Rundschau, einer Art „Vorschule" für Journalisten, werden nicht nur die 600 freien Mitarbeiter dieser Zeitung geschult. Ausgewählte Redaktionsaspiranten – 15 bis 20 pro Jahr – erhalten parallel zum Kursangebot des KfJ eine zwölfmonatige, verlagseigene redaktionelle Intensivausbildung.

„baf" – Berufsaus- und -fortbildung im ORF

Wie in kaum einem anderen Beruf lag das Schwergewicht der Jounalistenausbildung aller Medien jahrzehntelang beim Prinzip: Training on the job.
Je dichter die Produktion abläuft, je mehr das Papier als Arbeitsunterlage von der Elektronik abgelöst wurde, desto weniger konnten die Chefredakteure, Ressortleiter und leitenden Redakteure ihrer Aufgabe nachkommen, sich dem Nachwuchs zu widmen; von der berufsbegleitenden und immer notwendig werdenden Weiterbildung ganz zu schweigen.
Im ORF wird dies im verstärktem Ausmaß an die 1982 eingerichtete „baf" delegiert. Seit 1985 ist die Aus- und Weiterbildung im Sinne des Gedankens einer gemeinsamen, bereichsübergreifenden Bildungseinrichtung in einer Hauptabteilung zusammengefaßt, die direkt dem Generalintendanten untersteht.
Sie bietet ein reichhaltiges Veranstaltungsangebot für alle Dienstnehmer bzw. Berufsgruppen innerhalb des ORF an, und zwar:

- Kurse für alle Dienstnehmer (Betriebsinformation)
- Seminare für Führungskräfte
- Kurse für Mitarbeiter im Programmbereich
- Kurse für Mitarbeiter im Informationsbereich
- Seminare für Sprecherziehung
- Kurse für Mitarbeiter im Bereich der Technik
- Kurse für Mitarbeiter im Bereich der Administration

Der ORF geht davon aus, daß jeder einzelne Dienstnehmer von sich aus an seiner eigenen Aus- und Fortbildung interessiert ist; Bildung wird nicht als Zwangsmaßnahme verordnet. Einer Vereinbarung mit dem Betriebsrat zufolge sind Dienstnehmer im ORF aber verpflichtet, „Veranstaltungen, die der beruflichen Fortbildung dienen, über Verlangen des Unternehmens zu besuchen" (§ 8 der Freien Betriebsvereinbarung). Die Dienstnehmer haben aber auch das Recht, sich nach Rücksprache mit dem zuständigen Dienststellenleiter im eigenen Interesse für Aus- und Fortbildungsveranstaltungen anzumelden. Über die besuchten Kurse und Seminare gibt es jedoch keine Beurteilungen.
Dementsprechend entsteht auch das Veranstaltungsprogramm vielschichtig. Dienstnehmer können direkt oder über ihre Vertretung Programmvorschläge unterbreiten. Ein paritätisch zusammengesetzter Bereich stimmt die Interessen des Unternehmens und der Dienstnehmervertretung auf dem Gebiet der Schulung mehrmals im Jahr ab. Das halbjährlich erscheinende Kursbuch der „baf" und andere Informationen über Aus- und Fortbildung im ORF erhält man über folgende Adresse:
Berufsausbildung und Berufsfortbildung (baf)
ORF-Zentrum Wien
Würzburggasse 30
A-1136 Wien (Tel. 0 22 2/87 8 78, Dw. 22 96)

Berufsbegleitende Aus- und Fortbildung

Aus der Erkenntnis, daß die redaktionelle Ausbildung alleine den vielfältigen Anforderungen an den Beruf des Journalisten nicht gerecht zu werden vermag, ist es in den vergangenen Jahren zur Gründung von Institutionen gekommen, die sich der berufsbegleitenden Aus- und Fortbildung verpflichtet fühlen. Sie bieten – je nach Größe mehr oder weniger regelmäßig – ein Angebot von Ausbildungskursen und Fortbildungsseminaren an, das Journalisten und anderen Medienschaffenden die Möglichkeiten geben soll, das berufspraktische Wissen zu überprüfen, das berufs- und medienkundliche Wissen zu ergänzen und zu aktualisieren und Interesse für kommunikationstheoretische bzw. medienwissenschaftliche Fragestellungen zu wecken. Es sind dies:

Das „Kuratorium für Journalistenausbildung" (KfJ)

Das Kuratorium für Journalistenausbildung ist eine Einrichtung der Mediensozialpartner zur berufs- und studienbegleitenden Aus- und Fortbildung von Journalisten. Trägerverbände des KfJ sind der Verband Österreichischer Zeitungsherausgeber und Zeitungsverleger, die Sektion Journalisten der Gewerkschaft Kunst, Medien, freie Berufe, der Österreichische Rundfunk und der Österreichische Zeitschriftenverband. Das Veranstaltungsangebot des KfJ – der größten österreichischen Institution für publizistische Bildungsarbeit – umfaßt

- vierwöchige „Grundkurse für journalistische Ausbildung“ (siehe Abbildung der Programmübersicht, Seite 424)
- die mehrtägigen (bis einwöchigen) „Aufbaukurse“ zu den Themen Medien-/Berufs-/Arbeitsrecht, Sprache und Zeitungsgestaltung
- die mehrtägigen „Ressortkurse“ (Innenpolitischer Journalismus, Lokaljournalismus, Wirtschaftsjournalismus etc.)
- „Fachseminare“ zu ressortübergreifenden aktuellen Themen (AIDS, Österreich und EG, Photojournalismus, Redaktionsmanagement etc.)
- die Vergabe von Stipendien für Ferialvolontariate von Publizistikstudenten in österreichischen Medienbetrieben
- die Austauschpflege mit osteuropäischen Journalisten (Vermittlung von Hospitanzen in österreichischen Redaktionen, Stipendien für die Teilnahme an KfJ-Veranstaltungen etc.)
- Auslandsexkursionen und die Pflege internationaler Kontakte.

Seit September 1988 bietet das KfJ einen Grundausbildungszyklus an. Er besteht aus dem vierwöchigen Grundkurs, den drei Aufbaukursen (zu den Themen Recht, Sprache, Zeitungsgestaltung) sowie einem frei wählbaren Ressortkurs. Der (für Berufsanfänger gedachte) Grundausbildungszyklus wird zu ermäßigten Gebühren angeboten. Die Teilnehmer erhalten nach abgeschlossenem Zyklus das Zertifikat, das die absolvierten Veranstaltungen enthält. Aufbaukurse, Ressortkurse und Fachseminare können auch von Personen besucht werden, die nicht an einem Grundkurs teilgenommen haben. Für die Kursgebühren kommen im Regelfalle die entsendenden Redaktionen auf.

Neben seinem umfangreichen Programmangebot führt das Kuratorium für Journalistenausbildung (KfJ) auch die eigene Schriftenreihe „Journalistik“, in der Tagungen und Seminare des KfJ dokumentiert sind. Des weiteren verlegt das KfJ das von Heinz Pürer herausgegebene und regelmäßig aktualisierte Standardwerk „Praktischer Journalismus in Zeitung, Radio und Fernsehen. Mit einer Medien- und Berufskunde für Journalisten in Österreich“. Es ist unter Mitarbeit zahlreicher Praktiker und Medienexperten 1984 entstanden und liegt nun in der dritten, völlig überarbeiteten und erweiterten Auflage vor.

Das Aus- und Fortbildungsangebot des KfJ soll künftig durch ein **„Journalistenkolleg“** erweitert werden. Es sieht vier Kollegstufen mit einer Dauer von je drei Wochen vor.

In einer ersten Kollegstufe sollen Grundlagen des Journalismus (primär praktisch-handwerklicher Art) vermittelt werden; in der zweiten Stufe Berufs- und Medienwissen; in der dritten allgemeines politisches und gesellschaftliches Basiswissen; in der vierten Stufe schließlich Sach- und Ressortwissen. In den Stufen zwei bis vier soll außerdem die Vertiefung bzw. Differenzierung praktisch-handwerklicher

Fähigkeiten und Fertigkeiten erfolgen. Zwischen den Kollegeinheiten kehren die Journalisten in die Redaktionen zurück.

Die einzelnen Kollegeinheiten sollen in Zusammenarbeit mit österreichischen Universitäten durchgeführt werden, um vor allem Angebote der allgemeinen Wissensvermittlung auf hohem Niveau zuverlässig abzusichern. Die Verantwortung für Planung, Organisation, Durchführung und Evaluierung des Journalistenkollegs verbleibt beim KfJ. Die vier Kollegeinheiten sollen innerhalb von 18 Monaten angeboten werden.

Programmübersicht der vierwöchigen „Grundkurse für journalistische Ausbildung“ des KfJ

	VORMITTAG	NACHMITTAG
1. Woche	Recherche (mit praktischen Übungen) Recherche (mit praktischen Übungen) Nachricht/Bericht (praktische Einführung) Nachricht/Bericht (praktische Übungen) Nachricht/Bericht (praktische Übungen)	Anreise der Teilnehmer, Abendessen Recherche (mit praktischen Übungen) Recherche (mit praktischen Übungen) Nachricht/Bericht (praktische Übungen) Nachricht/Bericht (praktische Übungen) Nachricht/Bericht (praktische Übungen)
2. Woche	Presse in Österreich Reportage (praktische Einführung) Reportage (praktische Übungen) Reportage (praktische Übungen) Agenturangebot von heute (APA)	Neue Medien Reportage (praktische Übungen) Reportage (praktische Übungen) Reportage (praktische Übungen) Einführung in Mediatext Ende des 1. Kursteiles
3. Woche	Beruf Journalist – Selbstbild/Fremdbild Interview (praktische Einführung) Interview (praktische Übungen) Interview (praktische Übungen) Nachrichten im Fernsehen (Vergleich mit ZiB-Beiträgen)	Anreise der Teilnehmer Nachrichten im Hörfunk (Vergleich mit Hörbeispielen) Interview (praktische Übungen) Interview (praktische Übungen) Interview (praktische Übungen) Exkursion
4. Woche	Elektronik in der Redaktion Analyse/Kommentar/Glosse (praktische Einführung) Analyse/Kommentar/Glosse (praktische Übungen) Analyse/Kommentar/Glosse (praktische Übungen) Kurskritik	Elektronische Zeitungsherstellung – Exkursion Analyse/Kommentar/Glosse (praktische Übungen) Analyse/Kommentar/Glosse (praktische Übungen) Analyse/Kommentar/Glosse (praktische Übungen) Ende des Grundkurses

Mit seinem Kurs- und Seminarangebot verfolgt das KfJ im wesentlichen die folgenden Ziele: jungen Journalisten – Berufsanfängern in den ersten drei Berufsjahren – eine berufsbegleitende Ausbildung zu ermöglichen; erfahrenen Medienmitarbeitern ein Angebot für die berufliche Fort- und Weiterbildung zu bieten; sowie Studierenden der Publizistik Wege einer praxisnahen Ausbildung zu eröffnen. Wie sehr Verlegern und Journalisten an der berufsbegleitenden Aus- und Fortbildung gelegen ist, geht aus kollektivvertraglichen Vereinbarungen hervor. U. a. ist festgehalten, daß Redakteure innerhalb bestimmter Grenzen für Ausbildungszwecke freizustellen sind. Des weiteren wird angehenden Journalisten empfohlen, den Grundkurs in Ergänzung und Vertiefung zur redaktionellen Ausbildung zu besuchen.

(Adresse der Geschäftsführung: A-5020 Salzburg, Sigmund-Haffner-Gasse 18/I, Tel. 0 66 2/84 66 810)

Die „Katholische Medienakademie" (KMA)

Die „Katholische Medienakademie" (KMA) ist eine von der Gemeinschaft Katholischer Zeitungs- und Zeitschriftenverleger eingerichtete und getragene Aus- und Fortbildungsinstitution für kirchliche oder der Kirche nahestehende Journalisten. Sie bietet Journalisten die Möglichkeit, den „Grundkurs" des Kuratoriums für Journalistenausbildung zu besuchen sowie sich in daran anschließenden Volontariaten bei (vorwiegend katholischen oder kirchennahen) Tages- und Wochenzeitungen eine journalistische Grundausbildung zu erwerben. Ziel der KMA ist es weiters, über Fachseminare für den weiten Bereich kirchlicher Journalistik und Religionspublizistik auch Fortbildungsmöglichkeiten und regen Informationsaustausch anzubieten.

(Ihren Sitz hat die KMA in A-1120 Wien, Schönbrunner Straße 253–255/9, Tel. 0 22 2/81 22 666)

Die „Österreichische Gesellschaft für Publizistik und Medienforschung" (GESPU)

Die „Österreichische Gesellschaft für Publizistik und Medienforschung" (GESPU) bezweckt „eine arbeitnehmerorientierte Aus-, Fort- und Weiterbildung von hauptberuflich tätigen Journalisten" sowie programmgestaltenden Medienmitarbeitern österreichischer Medienunternehmen. Neben dieser Aufgabe bezweckt der Verein auch die Abhaltung medienpädagogischer Kurs- und Seminarprogramme und – wie der Name schon sagt – die Durchführung von Projekten aus dem Bereich der Medien- und Kommunikationsforschung.

(Ihr Büro hat die GESPU in A-1010 Wien, Bankgasse 8, Tel. 0 22 2/533 14 02)

Parteipolitisch orientierte Institutionen

Es gibt in Österreich weiters Einrichtungen, die sich im Rahmen der politischen Akademien der Parteien um berufsbegleitende journalistische Aus- und Fortbildungsmaßnahmen bemühen. Ihr Bildungsangebot richtet sich an Journalisten und andere Mitarbeiter politischer Journalistik sowie an Parteifunktionäre und Mitglieder. Es sind dies:

- Das **„Friedrich-Austerlitz-Institut"**, das im Rahmen der politischen Akademie der SPÖ, dem „Dr.-Karl-Renner-Institut", agiert. (Adresse: Khleslplatz 12, 1125 Wien, Tel. 0 22 2/84 65 01-0)
- Das **„Friedrich-Funder-Institut"**, das im Rahmen der „Politischen Akademie" der ÖVP seine Aktivitäten durchführt. (Adresse: Tivoligasse 73, 1120 Wien, Tel. 0 22 2/83 42 11-39)
- Das **„Institut für Liberale Publizistik"**, das der politischen Akademie der FPÖ, dem „Freiheitlichen Bildungswerk", angeschlossen ist. (Adresse: Grillparzerstraße 7/7a, 1010 Wien, Tel. 0 22 2/42 35 85)

Hochschulgebundene Formen

Journalistenausbildung im *weiteren* Sinne des Wortes – konkret im Sinne der *Vorbildung* für eine Tätigkeit in Medien- und anderen Kommunikationsberufen – leisten universitäre Einrichtungen. Es sind dies:

Das Studium der Publizistik und Kommunikationswissenschaft in Wien und Salzburg

Das Publizistikstudium bildet – entgegen einem weitverbreiteten Irrtum – *nicht* zum praktischen Journalismus aus, sondern leistet in vielfältiger Weise wissenschaftliche Berufs-*Vorbildung* für verschiedene Kommunikationsberufe in Presse und Rundfunk, in Pressestellen und Öffentlichkeitsarbeit, in der Werbung, im Verlagswesen und ähnlichen Bereichen. Der neuen, seit 1983 gültigen Diplomprüfungsordnung zufolge dauert das Publizistikstudium mindestens acht Studiensemester, aufgeteilt auf zwei Studienabschnitte mit erster Diplomprüfung (nach vier Semestern), Magisterarbeit und zweiter Diplomprüfung (nach weiteren vier, also insgesamt acht Semestern). Absolventen schließen das Studium mit dem akademischen Grad „Magister der Philosophie" (Mag. phil.) ab. Erst nach Abschluß des Diplomstudiums kann mit einem Doktoratsstudium begonnen werden. Um eine umfassende Ausbildung zu garantieren, schreibt die Diplomprüfungsordnung den Studierenden die Absolvierung kommunikationstheoretischer, forschungstechnischer, berufs- und medienkundlicher sowie berufspraktischer Lehrveranstaltungen vor.

Den Massenmedien Presse, Rundfunk, Neue Medien, ihren wirtschaftlichen Grundlagen und Eigengesetzlichkeiten wird dabei im Rahmen des Lehrveranstaltungsangebotes ebenso große Bedeutung beigemessen wie Fragen der politischen Kommunikation, der individuellen (psychologischen) und gesellschaftlichen (soziologischen) Auswirkungen der Massenmedien sowie pädagogischen Aspekten der Kommunikation. Das Studium der Publizistik und Kommunikationswissenschaft kann in Österreich – auf der Basis derselben Studienordnung – in Wien und Salzburg studiert werden. Nähere Auskünfte über das Publizistikstudium – vor allem Studienordnung und Studienpläne – erteilen die Institute:

Wien: Institut für Publizistik und Kommunikationswissenschaft
Universitätsstraße 7, A-1010 Wien
Telefon (0 22 2) 40 1 03-24 81 oder 24 82

Salzburg: Institut für Publizistik und Kommunikationswissenschaft
Rudolfskai 42, A-5020 Salzburg
Telefon (0 66 2) 80 44-41 50

Hochschulkurse bzw. Hochschullehrgänge am Institut für Publizistik und Kommunikationswissenschaft der Universität Wien

Das Wiener Institut für Publizistik und Kommunikationswissenschaft führt neben seinem wissenschaftlichen Lehr- und Forschungsbetrieb auch Hochschulkurse beziehungsweise Hochschullehrgänge durch. Im Studienjahr 1985/86 fand – in Zusammenarbeit mit dem Kuratorium für Journalistenausbildung (KfJ) – erstmals ein zweisemestriger „Hochschulkurs für Wirtschaftsjournalismus" statt. Seit dem Wintersemester 1987/88 wird am Wiener Publizistikinstitut in Verbindung mit dem Public Relations Verband Austria (PRVA) ein viersemestriger „Hochschullehrgang für Öffentlichkeitsarbeit" angeboten. Sein intensives Programm umfaßt neben den vielfältigen Fragen und Formen der Öffentlichkeitsarbeit auch Praktiken journalistischer Vermittlung, Volks- und Betriebswirtschaftslehre, Marketing, Medien-, Rundfunk-, Urheber- und Wettbewerbsrecht, Arbeitsrecht, Markt- und Meinungsforschung, Rhetorik, Gesprächsführung, Präsentations- und Konferenztechnik sowie Kommunikationsmanagement. Absolventen dieses Lehrganges dürfen sich gemäß einer Verordnung des Wissenschaftsministeriums „Akademisch geprüfte PR-Berater" nennen.

Einen ähnlichen Hochschulkurs gibt es seit dem Wintersemester 1989/90 auch für „Medien-, Markt- und Meinungsforschung".

Auskünfte:

Institut für Publizistik und Kommunikationswissenschaft an der Universität Wien
Universitätsstraße 7, A-1010 Wien
Telefon (0 22 2) 40 1 03-24 81 oder 24 82

Fachkombination „Medienkommunikation" der Universität für Bildungswissenschaften Klagenfurt

Die Fachkombination „Medienkommunikation" ist ein seit dem Wintersemester 1983/84 bestehendes neues Studienangebot und stellt keine eigene Studienrichtung dar, sondern eine Ergänzungsmöglichkeit zum Studium anderer Fächer im Rahmen der Diplomstudiengänge. Gegenstand des Studiums sind die Medien der öffentlichen Kommunikation von Fernsehen, Hörfunk und Neue Medien, ihre produktionstechnischen Bedingungen, Gestaltungsformen sowie ihre Voraussetzungen und ihre politischen, psychologischen und sozialen Wirkungen. Praktische Produktionserfahrungen mit Hörfunk- und Fernseharbeit stellen einen wesentlichen Bestandteil des Studiums dar, sollen jedoch nicht Selbstzweck und auch keinesfalls falsch verstandene Berufsvorbereitung sein. Sie sollen vielmehr Anregung und exemplarische Anwendung für die wissenschaftliche Auseinandersetzung sein.
Auskünfte erteilt:

Studienzweig „Medienkommunikation" der Universität für Bildungswissenschaften Klagenfurt
Universitätsstraße 65–67, A-9010 Klagenfurt
Telefon (0 46 3) 53 17-394

Abteilung „Medienwissenschaft" am Institut für Theaterwissenschaft der Universität Wien

Am Institut für Theaterwissenschaft der Universität Wien gibt es seit 1971 eine medienwissenschaftliche Abteilung für Film, Fernsehen, Kleinelektronik und Hörfunk. Ziel der Abteilung ist es, Absolventen der Theaterwissenschaft eine fundierte Berufsvorbildung durch medientheoretische Vorlesungen wie auch medienpraktische Übungen (aus den angeführten Produktionsbereichen) zu vermitteln. Die Studenten der Theaterwissenschaft sind verpflichtet, Pflichtlehrveranstaltungen der Abteilung Medienforschung im zweiten Studienabschnitt zu absolvieren.
Nähere Auskünfte erteilt:

Abteilung „Medienwissenschaft" am Institut für Theaterwissenschaft der Universität Wien
Hofburg – Batthyanistiege, A-1010 Wien
Telefon (0 22 2) 533 50 86

Der „Medienkundliche Lehrgang an der Universität Graz"

Einen eigenen Weg der Journalistenausbildung geht der „Medienkundliche Lehrgang" an der Universität Graz. Dieser an der Rechts-, Sozial- und Wirtschaftswissenschaftlichen Fakultät eingerichtete, allgemein zugängliche (d. h. Studierenden aller Fakultäten und anderen Interessierten offenstehende) Lehrgang bietet in einem Zyklus von vier Semestern medienpraktische, medienkundliche und -theoretische Lehrveranstaltungen an und hat innerhalb eines Zyklus auch fachspezifische Vorlesungen zu politik- und wirtschaftswissenschaftlichen, rechts- und sozialwissenschaftlichen und anderen wissenschaftlichen Fragen. Der Lehrgang ist auf 130 Hörer pro Lehrgang begrenzt. Die Kursgebühr beträgt öS 800,–. Der Lehrgang kann mit einer zu einem frei wählbaren Thema angefertigten Abschlußarbeit abgeschlossen werden. Studienabschluß: ,,Akademisch geprüfter Absolvent des Medienkundlichen Lehrganges an der Universität Graz''.

Auskünfte erteilt:

Medienkundlicher Lehrgang an der Universität Graz
Universitätsplatz 3, A-8010 Graz
Telefon (0 31 6) 38 00-32 80

Sich eine qualifizierte Ausbildung angedeihen zu lassen (in welcher Form auch immer, erforderlichenfalls auch autodidakt) und sich unablässig fort- und weiterzubilden, sind absolut notwendige Erfordernisse für eine Tätigkeit im Journalismus. Je qualifizierter Journalisten ausgebildet sind, umso beruflich unabhängiger und mobiler, sozial angesehener und persönlich sicherer werden sie sein. Je besser Journalisten ausgebildet sind, umso qualifiziertere journalistische Produkte (und damit umso bessere Medien) werden sie machen. Und je umfassender Journalisten ausgebildet sind, umso besser werden sie ihre Leser, Hörer und Seher über die immer komplexer werdenden gesellschaftlichen, politischen, wirtschaftlichen und kulturellen Umweltbedingungen und Entscheidungsvorgänge informieren können.

Heinz Pürer

Literatur:

AUFERMANN, Jörg, und ELITZ, Ernst (Hrsg.): Ausbildungswege zum Journalismus. Bestandsaufnahmen, Kritik und Alternativen zur Journalistenausbildung. Opladen: Westdeutscher Verlag, 1975.

AUSBILDUNG FÜR KOMMUNIKATIONSBERUFE. In: ,,Medien-Journal''. 5: 1981, Heft 3.

BREUNIG, Christian: Studienführer Publizistik, Journalistik, Kommunikation. München: Ölschläger 1987.

FISCHER, Heinz-Dietrich, und ROEGELE, Otto B. (Hrsg.): Ausbildung für Kommunikationsberufe in Europa. Praktiken und Perspektiven. Düsseldorf: Droste Verlag, 1977.

HÖMBERG, Walter (Hrsg.): Journalistenausbildung. Modelle, Erfahrungen, Analysen. München: Verlag Ölschläger, 1978.

JOURNALISMUS ALS BERUF. Sonderausgabe der Zeitschrift ,,Publizistik''. Heft 3–4/1974 und Heft 1–2/1975.

JOURNALISTENAUSBILDUNG UND MEDIENAKADEMIE. In: ,,Information und Meinung'' (I+M). 9: 1978, Heft 1, S. 22–36.

PÜRER, Heinz: Aus- und Fortbildung für Journalisten in Österreich. Eine Bestandsaufnahme. In: ,,Journalistik''. Hefte des Kuratoriums für Journalistenausbildung. 1980. Heft 1.

PÜRER, Heinz: Wie wird man Journalist in Österreich? Salzburg: Kuratorium für Journalistenausbildung, 1983.

RAMMINGER, Helmut: Zehn Jahre KfJ. Tätigkeitsbericht des Kuratoriums für Journalistenausbildung. Salzburg: KfJ 1989. (Siehe darin den Beitrag von PÜRER, Heinz: Zehn Jahre Journalistenausbildung – Wann kommt die Medienakademie? – S. 33–51.)

SALZBURGER STUDENTENENQUETE. Studienmotivation, Berufsperspektive und Arbeitsbedingungen der Studierenden des Faches Publizistik und Kommunikationswissenschaft an der Universität Salzburg. (Projektleitung: Kurt Luger.) Salzburg, 1981 (= Arbeitsberichte des Instituts für Publizistik und Kommunikationswissenschaft an der Universität Salzburg 9).

UNIVERSITÄRE AUSBILDUNG FÜR KOMMUNIKATIONSBERUFE. In: „Medien-Journal". 7: 1983, Heft 4 (diese Sondernummer der Zeitschrift enthält vielfältige und zweckdienliche Informationen über medien- und kommunikationswissenschaftliche Studiengänge in Österreich).

VORSCHULE FÜR JOURNALISTEN. OÖ.: Ausbildung für Berufseinsteiger. In: Der österreichische Journalist, Heft 3/1989, S. 16–17.

WEISCHENBERG, Siegfried (Hrsg.): Journalismus und Kompetenz. Qualifizierung und Rekrutierung für Medienberufe. Opladen: Westdeutscher Verlag 1990.

WILKE, Jürgen (Hrsg.): Zwischenbilanz der Journalistenausbildung. München: Ölschläger 1987.

III. Journalismus zwischen Macht und Verantwortung

Gesellschaftliche Wirklichkeit und Medienrealität

Wir leben mitten in der Informationsgesellschaft, und es ist heute schon klar, daß die kommunikationstechnologischen Umwälzungen, daß der Strukturwandel gesellschaftlicher Kommunikation auch die professionellen Orientierungsmuster im Journalismus verändern. In welchen Dimensionen dies geschieht, kann man noch nicht mit Bestimmtheit abschätzen. Aber es wäre naiv, nur anzunehmen, die neuen Kommunikationstechnologien würden lediglich journalistische Arbeitsabläufe und die Organisation journalistischer Tätigkeiten verändern. Man muß gleichzeitig den Umstand bedenken, daß damit etwa auch grundlegende Machtverschiebungen innerhalb der Medienorganisationen nach sich gezogen werden und daß auch mit einem grundlegenden Wandel des journalistischen Selbstverständnisses sowie der an den Beruf gestellten Ansprüche und Erwartungen zu rechnen ist.

Auch wäre es mit Sicherheit zu kurz gegriffen, in der kommunikationstechnologischen Revolution, für die der Begriff „Neue Medien" bloß als Codewort steht, lediglich eine Modifizierung kommunikativer Vermittlungsformen zu sehen, ohne mitzudenken, daß damit auch Veränderungen in der Struktur unseres Bewußtseins und damit Veränderungen unserer Fähigkeit zur Wahrnehmung von Wirklichkeit einhergehen.

Denn wie die Geschichte der Kommunikationstechnik von Gutenberg bis heute zeigt, verändern neue Kommunikationstechniken nicht nur die instrumentellen Möglichkeiten, mit denen wahrgenommen und gedacht wird, sondern auch das, *was* wahrgenommen und *worüber* gedacht wird.

Darin liegt ja, grundsätzlich gesehen, das Machtpotential der Medien und mithin auch jenes von Journalismus: nämlich darüber zu entscheiden, welche Ausschnitte komplexer gesamtgesellschaftlicher Wirklichkeit zum öffentlichen Thema gemacht werden und welche nicht. „Zum Thema machen" heißt mehr als das bloße Abbilden sozialer Realität, „zum Thema machen" heißt Wirklichkeit nach professionellen Standards journalistischer Selektion und Interpretation zu definieren.

Die Art und Weise, wie Medien und Journalismus Wirklichkeit definieren, wird (bei zunehmendem Verlust primärer Erfahrungswirklichkeit) zur Grundlage für die Art und Weise, wie die Leser, Hörer und Seher Wirklichkeit wahrnehmen und interpretieren. Informationen sind eben nicht bloß Informationen, sondern mit ihnen werden zugleich auch die journalistischen Interpretationsmuster über Wichtigkeit und Wertigkeit der Nachricht mitgeliefert.

Der Hinweis auf die Gefahr der „Enteignung unseres Denkens" durch Massenkommunikation leitet aus diesem Umstand seine Berechtigung ab. Dabei ist von der möglichen Enteignung unseres Fühlens oder der Reduktion der moralischen Urteilskraft durch vorgefertigte journalistische bzw. mediale Urteilsschablonen noch gar nicht die Rede. Die Frage nach den funktionalen und dysfunktionalen, den erwünschten und unerwünschten Folgen beruflichen Handelns stellt sich also auch heute schon mit Dringlichkeit. Sie wird nur meist verdrängt.

Über Journalismus von seinen Folgen her nachzudenken stößt allerdings nur selten auf Gegenliebe. Dieses Nachdenken stellt zweifellos auch die höchsten Ansprüche an Theorie und Praxis bei gleichzeitig schwankender Chance, diese Ansprüche auch einzulösen. Dennoch aber ist dies der einzige Weg, sich dem Möglichen der Zukunft oder der Zukunft des Möglichen verantwortungsvoll zu stellen. Patentrezepte für Journalismus, wie sie in der Nachschlag- und Einführungsliteratur gehandelt werden, tragen dazu nur bedingt bei. Aus der Aufzählung typischer journalistischer Eigenschaften, typischer Tätigkeiten und typischer Berufsanforderungen allein lassen sich noch keine ausreichenden Legitimationsgründe für journalistisches Handeln ableiten. Denn es gilt auch hier: Nicht die Handlungsmerkmale und ihre Beschreibungen sind schon ausreichendes Beurteilungskriterium (auch) für den Wert und den möglichen Sinn der Handlung, sondern der angestrebte oder unterstellte Sinn der Handlung gibt erst den Rahmen zur Beurteilung der Handlung in all ihren Ausprägungen vor. Sieht ein Journalist dies nicht, läuft er Gefahr, nicht die (möglichen) erstrebenswerten Ideale zur Praxis, sondern die eingeübte Praxis zum Ideal zu machen. Dieses naturalistische Fehlurteil hat nicht nur reiche Tradition, sondern bestimmt – seit dem Niedergang des Gesinnungsjournalismus vielleicht heute mehr denn je – die Bilder journalistischen Selbstverständnisses.

Die Berufspraxis hat sich im Streß des beruflichen Alltags daran gewöhnt, den Wert journalistischen Handelns am Maß der Erfüllung vorgegebener Produktionsnormen und der Bewältigung von Sachzwängen technischer, ökonomischer, bürokratischer und nicht selten politischer Art bei der Herstellung journalistischer Themen zu bemessen. Es ist daher verständlich, aber nicht unbedingt wünschenswert, daß Volontäre das erlebte Spannungsverhältnis zwischen Berufsidealen und Berufswirklichkeit durch Prozesse der inneren Abwehr gegen Wertfragen im Journalismus lösen (1).

Defizite der Publizistikwissenschaft

Aber auch die Wissenschaft tut sich hier schwer: So ist die *traditionelle Zeitungswissenschaft* mit ihrem Versuch, aus der historisierenden Betrachtung journalistischer Persönlichkeiten und aus der Beschreibung journalistischer Tätigkeitsmerkmale Regeln für guten Journalismus zu entwickeln, an diesem naturalistischen Mißverständnis gescheitert. Nicht anders ergeht es – wenn auch unter anderen Voraussetzungen – der modernen, *empirisch-analytischen Kommunikationsforschung,* die zwar um gesicherte Erkenntnis journalistischer Handlungsprozesse ringt, aber dazu neigt, Fragen der ideellen Voraussetzungen des Berufs (persönliche Verantwortung, ethische Grundhaltung etc.) als nicht empiriefähig von sich zu weisen, und die damit dem Fehlurteil unterliegt, daß diejenige Wirklichkeit, die sie mit empirischen Methoden feststellen kann, auch so sein sollte. Auch die *marxistisch orientierte Kommunikationsforschung* war weder zu hinreichenden Realitätsanalysen fähig noch brachte sie die Voraussetzungen zur ethischen Reflexion beruflichen Handelns von Journalisten mit: das lag vorwiegend an ihren eigenen Denkprämissen, die in der verengten Sichtweise variationsarmer Kapitalismuskritik des Mediensystems steckenblieben und Wertfragen prinzipiell gerade dann mit dem Bann des Ideologieverdachts belegten, wenn sie sich nicht dem eigenen Machtkalkül biegsam unterordnen ließen (2).

Kurz: Vor dem Hintergrund explodierender kommunikationstechnologischer Entwicklungen, die unversehens aus journalistischen Leistungsdefiziten strukturelle Mängel gesellschaftlicher Kommunikation werden lassen können, sind Theorie und Praxis dazu angehalten, die professionellen Orientierungsmuster im Journalismus zu überprüfen. Diese Aufgabe stellt sich umso dringlicher, als sich die Indizien dafür mehren, daß der politische Journalismus einen Funktionswandel durchläuft; er zieht notwendigerweise auch Veränderungen im demokratischen Gesellschaftssystem nach sich. Auf einige dieser Veränderungen sei im folgenden hingewiesen.

Kommunikationsfreiheit als Zielwert

Es zählt zu den Selbstverständlichkeiten unserer Zeit, für das Funktionieren der freiheitlich-pluralistischen Demokratie neben dem Prinzip der Gewaltenteilung den freien Informationsfluß in der Gesellschaft als konstitutives Element anzunehmen. Demokratie als jener „Zustand der Selbstbestimmung des mündigen Volkes . . .“ kann sich ja nur in den Prozessen der freien Willensbildung verwirklichen, für die wiederum der freie Austausch von Informationen zwischen den Gesellschaftsmitgliedern einerseits, als auch zwischen Regierenden und Regierten Voraussetzung ist. Massenmedien und Journalismus kommt dabei die Aufgabe zu, diesen kommunikativen Austauschprozeß in der Gesellschaft über sich selbst zu organisieren und mit Hilfe ihrer spezifischen kommunikativen Leistungen zu strukturieren.

Daß Journalisten und Medien nicht zu Monopolisten im Umgang mit politisch relevanten Informationen werden, dafür sorgt in Demokratien die Vielfalt publizistischer Institutionen und die zumindest garantierte Vielfalt politischer Meinungen im Journalismus. Grundlage von Informationsfreiheit und -vielfalt ist das Grundrecht auf Freiheit der Meinungsäußerung, neben der Freiheit der Religionsausübung und der Freiheit der Wissenschaft eines der zentralen demokratischen Grundrechte. Diesem Grundrecht auf Informations- und Meinungsäußerungsfreiheit liegt jene, schon historische Idee der Pressefreiheit zugrunde, die da lautet: Da niemand ein Monopol auf die Wahrheit hat, so ist es am besten, wenn möglichst viele nach der Wahrheit suchen . . . Diese Auffassung wurde im 17. Jahrhundert in England formuliert und hat heute noch als Begründung dieses Grundrechts auf Informations- und Meinungsäußerungsfreiheit Geltung (3). Dieser Anspruch auf gemeinsame Wahrheitssuche schließt sich ja in totalitären Systemen mit ihrem Monopolanspruch auf Wahrheit automatisch aus. An seine Stelle tritt dann – wofür die nationalsozialistische Pressepolitik oder marxistisch-leninistische Medientheorie und -praxis anschauliche Beispiele gaben – das Prinzip einheitlich definierter Parteilichkeit, die nicht der Wahrheit, sondern der Durchsetzung monolithischer Macht dient (4).

Kommunikationsfreiheit ist also jener Wert, auf den hin die professionellen Leistungen des Journalismus in der Demokratie orientiert sind: Einmal, weil es ohne diese Kommunikationsfreiheit den freien Journalismus nicht gäbe; zum anderen aber, weil das Maß der Realisierung dieses Wertes von eben diesem Journalismus abhängt. Deswegen ist die Kommunikationsfreiheit nicht die Freiheit von ein paar hundert maßgeblichen Journalisten eines Landes, ihre eigenen Ziele und Kommunikationsbedürfnisse zu befriedigen. Allerdings fällt dem mit der Generationsablöse in den Redaktionen verstärkt wirksam werdenden, parteiischen Journalismus kulturlinker Prägung diese Einsicht mitunter schwer. Der oftmals hörbare Ruf nach mehr Kommunikationsfreiheit wird dabei nicht selten zum Leitmotiv dafür, die schon vorhandene Kommunikationsfreiheit in den Dienst der eigenen Ideologie, nein: der eigenen Machtpragmatik zu stellen.

Aber diese Umfunktionierung liberaler Grundwerte der Publizistik durch den parteiischen Journalismus ist nicht die einzige Gefahr für die Informations- und Kommunikationsfreiheit der Gesellschaft. Hinter ihr steht die überkommene Annahme, daß die garantierte Freiheit der Informationsproduzenten automatisch auch schon die freie Orientierung der Informationskonsumenten sichert. „Die Freiheit der Publizisten zur Meinungsäußerung ist nicht der Freiheitsanspruch des Lesers oder Hörers auf sachliche Unterrichtung." (5)

Dieser Fehlschluß leitet sich aus der historischen Frontenstellung zwischen Publizistik und politischem System ab, aus dem Umstand also, daß die Informations- und Meinungsäußerungsfreiheit dem politischen System mühsam abgerungen werden mußte und seitdem aus dieser Richtung die Gefährdung der Medienfreiheit ausgemacht wird; währenddessen die eigentliche Gefahr für die Medienfreiheit aus den Verfallserscheinungen im Inneren der Massenmedien kommt und dafür umso unbemerkter bleibt.

Die journalistische Freiheit läßt sich andererseits aber nicht ganz uneingeschränkt auf die Informationsfreiheit der Bürger übertragen. Dagegen steht zum einen die begrenzte Chance des Lesers, Hörers oder Sehers, am öffentlichen Austauschprozeß der Meinungsproduzenten teilzuhaben; zum anderen der Umstand, daß die angebotene Medienvielfalt nur von einem verschwindend geringen Bevölkerungsteil genützt wird – es also zu einer „Monopolisierung der Auditorien" kommt. „Nicht die Pluralität der ‚Quellen' der Information garantiert in Wirklichkeit die freie Meinungsbildung, sondern die Sachlichkeitsbindung jedes einzelnen, jedenfalls wichtigen Publikationsmittels." (6)

Aber diese Sachlichkeitsbindung als Rezept zur Sicherung gesellschaftlicher Informationsfreiheit ist – so wünschenswert sie auch wäre – illusionär. Denn dagegen steht ein Phänomen, das mittlerweile mehrfach empirisch belegt ist, das die Praxis aber – wenn überhaupt – kaum zur Kenntnis nimmt, weil es an den Fundamenten des journalistischen Selbstverständnisses rüttelt: die „Konsonanzeffekte" im Journalismus, also beobachtbare Effekte der publizistischen bzw. journalistischen Übereinstimmung bei der Auswahl und Bewertung von Themen.

Journalistische Konsonanz und Homogenisierung findet auf mehreren Ebenen statt: zwischen verschiedenen Medien – in Auswahl und Gewichtung der berichtenswerten Ereignisse; zwischen Journalisten und anderen Journalisten – im Urteil darüber, mit welchen Hypothesen über die Wirklichkeit an die Berichterstattung herangegangen werden soll, nämlich zwischen journalistischen Hypothesen und dem medialen Bild der Wirklichkeit.

Gerade der zuletzt genannte – meist unbeachtete – Konsonanzeffekt unterläuft am subtilsten die Informationsfreiheit. Denn empirische Indizien sprechen dafür, daß Journalisten Ereignisse danach beurteilen, ob sie in den journalistischen Erwartungshorizont passen oder nicht; ob sie also den eigenen Annahmen über das Ereignis und seine Bedeutung entsprechen. Die journalistischen Erwartungen und Hypothesen über die Wirklichkeit fungieren dabei als eine Art Matrix, in die das Ereignis eingeordnet wird.

In der Streitfrage „Differenzieren oder kollektivieren Wirkungen von Massenmedien?" wiegt dieser Umstand deutlich zugunsten der Kollektivierungsthese: denn nicht nur Informationen über die Wirklichkeit übertragen sich auf das Publikum, sondern mit ihnen eben auch die hinter ihnen stehenden Hypothesen über Wirklichkeit.

Dabei ist die Frage des Verhältnisses von Nachricht und Kommentar noch gar nicht berührt. Aber selbst hier läßt sich zeigen, daß nicht die Nachrichten Kommentare nach sich ziehen, sondern daß die Nachrichten so sein müssen, damit die Kommentare richtig sind (7).

Die Problematik der Konsonanz weist hier aber noch eine weitere Dimension aus. Es gibt Indizien für die Annahme, daß Ereignisse nicht nur auf Grund ihrer „Stimmigkeit" von Journalisten selektiert werden, sondern daß selbst dann, wenn das Ereignis entgegen den eigenen Erwartungen der Journalisten verläuft, die Konsonanz gegenüber der einmal eingenommenen Haltung weiterhin aufrechterhalten wird (8).

Allerdings gibt es auch Anzeichen dafür, daß die öffentliche Meinung – insbesondere bei Fragen von grundlegender Bedeutung – dem Meinungsdruck der Medien widersteht.

Beispiel dafür ist der Fall „Grenada", bei dem die positive Bewertung des amerikanischen Eingreifens durch die amerikanische Bevölkerung im Gegensatz zum medialen Gleichklang der Verurteilung stand (9).

Welche Ebene journalistischer Konsonanz auch immer angesprochen sein mag: Effekte publizistischer Gleichschaltung gefährden auf Dauer die Demokratie von innen, weil sie die Vielfalt möglicher Interpretationen von Wirklichkeit auf einige wenige Erklärungsmuster reduzieren.

Verantwortung des Journalismus für die politische Kultur

Das Spannungsverhältnis zwischen Mitteilung und Herrschaft – beide vertragen sich nur bedingt – ist so alt wie die Geschichte der politischen Kommunikation selbst.

Die Antagonisten von einst, Politik und Publizistik, haben auf dem langen gemeinsamen Weg zur parlamentarischen Demokratie unserer Tage zueinander gefunden, werden aber einander von Tag zu Tag fremder. Moderne Demokratien und Journalismus zeichnen sich gerade durch ihre wechselseitigen Beziehungen zueinander aus. Die Politik ist auf die Publizistik angewiesen, weil sie nur mit Hilfe der Medien ihren gesteigerten Kommunikationsbedarf decken kann – einen Kommunikationsbedarf, der in dem Maße wächst, als sich der Legitimationsdruck für das politische System erhöht. Und die Publizistik bedarf der Politik, um den medien-stimulierten Informationserwartungen und Kommunikationswünschen der Gesellschaft entsprechen zu können.

Dennoch trügt das Bild symbiotischer Harmonie. Denn diese funktionalen Beziehungen, ja Verflechtungen von Politik und Publizistik sind nämlich nicht nur solche, die das gemeinsame Überleben garantieren helfen sollen, im übrigen aber die je spezifische Eigenart des jeweils anderen unangetastet ließen. Im Gegenteil: Das alte Verhältnis von Über- und Unterordnung zwischen Politik und Publizistik, das Verhältnis der Konkurrenz im Zugang zur Macht hat sich – wenn auch unter anderen Ausgangsbedingungen – umgedreht. Heute sind es die Massenmedien und der politische Journalismus, die darüber entscheiden, welchen politischen Themen auch der Bonus der öffentlichen Aufmerksamkeit zuteil werden soll und welchen Themen die Chance auf Öffentlichkeit und damit auf öffentliche Akzeptanz versagt bleiben.

Die wechselseitige Abhängigkeit von Politik und Medien bzw. Journalismus hat die politische Kultur westlicher Demokratien nachhaltig beeinflußt. Vorstellung und Wirklichkeit der Macht der Medien in und für Politik verschwimmen dabei ineinander.

Massenmedien wirken insofern schon alleine durch ihre Existenz, weil die Annahmen über mögliche wünschbare bzw. nicht wünschbare Wirkungen auf die öffentliche Meinung konstitutiv in das politische Entscheidungshandeln miteingehen. Solcherart hat sich Politik in zunehmendem Maße dem Postulat und den Strategien ihrer Kommunizierbarkeit unterstellt. Die Regeln, woran sich dies bemißt, werden von den Medien aufgestellt. Politisches Handeln zieht dabei nicht mehr nur Berichterstattung nach sich, sondern die Medienberichterstattung ist es, die den Rahmen und bisweilen auch die Richtung politischen Handelns vorgibt.

Damit aber haben sich die Akzente verschoben: Medien und Journalisten reagieren nicht mehr bloß auf das Handeln des politischen Systems, sondern sie sind in wachsendem Maße zu politischen Mithandelnden geworden.

Aber dies ist nur eine Dimension des Funktionswandels von Massenmedien und modernem Journalismus. Denn mittlerweile haben die politischen Institutionen wie auch die Politiker gelernt, mit den Medien und den medialen Mechanismen der Steuerung politischer Kommunikation im nationalen wie auch internationalen Bereich umzugehen. Politik nimmt nun ihrerseits Kommunikationsaufgaben wahr, die ursprünglich dem Funktionsbereich von Medien und Journalismus zugeordnet waren.

So ist Politik heute in erster Linie Kommunikationspolitik geworden. Was dabei nicht übersehen werden darf, ist, daß Publizistik und Politik einander unter veränderten Bedingungen wechselseitiger Beeinflussung begegnen. Seitens des politischen Systems erfolgt diese Beeinflussung nicht (zumindest nicht im Normalfall) durch Zensur, Informationsverweigerung oder ihre Androhung, sondern durch Informationsüberflutung, für die ein dichtes Netz von Pressebüros, Pressediensten, Pressekonferenzen sowie informeller Kanäle ohne Unterlaß sorgt.

Politik hat damit spezialisierte Aufgaben der Steuerung öffentlicher Kommunikation durch Instrumentalisierung von Medien und Journalisten übernommen: Politische Kommunikation ist in den Status der „Professionalisation“ getreten; damit ist die hochentwickelte Fähigkeit des politischen Systems gemeint, die Mechanismen zur Herstellung von Öffentlichkeit für ihre Zwecke zu nützen, also unablässig Themen mit news-Wert zu produzieren (10).

Aber bei dieser Form subtilen Ringens um den Zugang zur Macht durch Kommunikation (wofür die parteipolitisch gesteuerte Personalpolitik in den Medien, insbesondere im öffentlich-rechtlichen Rundfunk nur äußeres und sichtbares Merkmal ist) bleibt es nicht. Die Entwicklung eskaliert weiter. Denn in dem Maße, in dem das politische System seinen durch die Massenkommunikation bedingten hohen Kommunikationsbedarf zu decken versucht, in dem Maße suchen nun Massenmedien und Journalismus „gegenzusteuern".

Sie können dies auf zweifache Weise tun: entweder durch Intensivierung der Strategie, Politik über ihre persönlichen und subjektiven Momente zum Thema zu machen; oder durch Intensivierung der Fähigkeit, Politik in vermehrtem Maße an ihrer ausgewiesenen wie auch nicht ausgewiesenen Ziel- und Sachorientierung zu bemessen. Gegenwärtig dominiert im Journalismus die zuerst erwähnte Strategie – und sie mißversteht sich mitunter als „kritischer Journalismus". Es wird auch versucht, Defizite in der Politik – wie wirtschaftliche Fehlplanungen, administrative Mängel und so weiter – durch den oft trickreichen journalistischen Versuch des Nachweises persönlicher Insuffizienz der handelnden Personen zu entlarven.

Nicht ohne Grund empfinden Politiker die Handlungsweise von Journalisten bei Begegnungen in Interviews als „Fallenstellen" (11). Die Folge ist, daß Emotionen, persönliche Bekenntnisse und Überzeugungen tunlichst dem Frageeifer der Journalisten entzogen werden, um das Risiko nicht kalkulierbarer Wirkungen möglichst gering zu halten. Denn es muß ja für den Politiker ungewiß bleiben, ob die Proben, die Journalisten aus solchen „Weichstellen" entnehmen, nicht unversehens im Bild der Öffentlichkeit zu histologischen Befunden umfunktioniert werden.

Damit ist eine Art Pattstellung in der politischen Kommunikation eingetreten: Weil die einen daran interessiert sind, mit allen Mitteln herauszufinden, was die anderen wirklich denken, fühlen und tun, schützen sich diese mit allen Mitteln genau davor – entweder weil sie tatsächlich etwas zu verbergen haben oder weil sie die Fehldeutung befürchten. So verödet die politische Kommunikation und mit ihr die politische Kultur.

Wenn die Unangreifbarkeit, in die Politik und Politiker gedrängt werden, zum politischen (Über-)Lebensprinzip gemacht wird, hat die politische Auseinandersetzung ihr Ende.

Was dann letztlich kultiviert wird, ist der politische Opportunismus zur Sicherung der eigenen Macht. Machtpragmatik wird zum kleinsten gemeinsamen Nenner, auf den politisches Handeln und politische Kommunikation gebracht werden.

Wenn sich das Verhältnis von Politik und Journalismus nicht mehr in der Auseinandersetzung über die ideellen Grundlagen von Politik, also die Diskussion jeweiliger politischer Programmatiken und Konzepte als auch deren sachlich richtigen

Umsetzung bestimmt, sondern bloß am politischen Pragmatismus, dann erstarrt politische Kommunikation nach und nach zur Sterilität.
Nach und nach schlagen dann aber auch die Visionen einer künstlichen Atmosphäre des Computerzeitalters, des gesteuerten Gleichklangs des Denkens, in der die Entpersönlichung und Entemotionalisierung endgültig zum Prinzip erhoben sein wird, in Realität um.
Dann bedarf es auch keines Journalismus, dessen professionelle Aufgabe darin besteht, die freie gesellschaftliche Kommunikation als Voraussetzung individueller wie gesellschaftlicher Entfaltung zu ermöglichen . . .

Anmerkungen:

(1) Entsprechende empirische Ergebnisse legte Gruber in einer Untersuchung des Einstellungswandels von Volontären vor. Vgl. Gruber, Thomas: Die Übernahme der journalistischen Berufsrolle. Nürnberg: Institut für Politik und Kommunikationswissenschaft, 1975.
(2) Zu den Problemen journalistischer Ethik und ihrer Behandlung in der Kommunikationswissenschaft habe ich selbst ausführlich Stellung bezogen. Vgl. Gottschlich, Maximilian: Journalismus und Orientierungsverlust. Grundprobleme öffentlich-kommunikativen Handelns. Wien – Köln – Graz: Böhlau Verlag, 1980.
(3) Vgl. dazu Kepplinger, Hans Mathias: Funktionswandel der Massenmedien. In: Rühl, Manfred, und Stuiber, Heinz-Werner (Hrsg.): Kommunikationspolitik in Forschung und Anwendung. Düsseldorf, 1983.
(4) Schelsky, Helmut: Systemüberwindung, Demokratisierung und Gewaltenteilung. München: Beck Verlag, 1973, S. 92.
(5) Ebenda, S. 91.
(6) Ebenda, S. 94.
(7) Vgl. dazu die Ergebnisse von Schönbach, Klaus: Trennung von Nachricht und Meinung. Empirische Untersuchung eines journalistischen Qualitätskriteriums. Freiburg – München: Verlag Karl Alber, 1977.
(8) Vgl. Halloran, James D. et al.: Demonstrations and Communication: A Case Study. Harmondsworth 1970; allgemein zu dieser Problematik: Galtung, Johan, und Ruge, Holmboe Mari: The Structure of Foreign News: The Presentation of the Congo, Cuba and Cyprus Crisis in Four Norwegian Newspapers. In: Journal of International Peace Research, 1/1965, S. 64–90, und Noelle-Neumann, Elisabeth: Kumulation, Konsonanz und Öffentlichkeitseffekt. In: Noelle-Neumann, Elisabeth: Öffentlichkeit als Bedrohung. Freiburg – München: Verlag Karl Alber, 1979.
(9) Weitere Indizien finden sich bei Kepplinger, a. a. O., S. 58ff., und Noelle-Neumann: Die Entfremdung. Brief an die Zeitschrift „Journalist". In: Noelle-Neumann, a. a. O.
(10) Vgl. Langenbucher, Wolfgang R. (Hrsg.): Journalismus & Journalismus. Plädoyers für Recherche und Zivilcourage. München: Verlag Ölschläger, 1980.
(11) Vgl. Gottschlich, Maximilian, und Karmasin, Fritz: Beruf: Journalist. Eine Imageanalyse – Bevölkerung, Politiker, Journalisten urteilen. Wien: Institut für Publizistik und Kommunikationswissenschaft, 1979, S. 128.

Maximilian Gottschlich

Literatur:

BOVENTER, Hermann (Hrsg.): Medien und Moral. Ungeschriebene Regeln des Journalismus. Konstanz: Universitätsverlag, 1988.
ERBRING, Lutz; RUSS-MOHL, Stefan, u. a. (Hrsg.): Medien ohne Moral. Variationen über Journalismus und Ethik. Berlin: Argon Verlag, 1988.

FABRIS, Hans Heinz: Journalismus und bürgernahe Medienarbeit. Formen und Bedingungen der Teilhabe an gesellschaftlicher Kommunikation. Salzburg: Verlag Wolfgang Neugebauer, 1979.
GALTUNG, Johan, und RUGE, Holmboe Mari: The Structure of Foreign News: The Presentation of the Congo, Cuba and Cyprus Crisis in Four Norwegian Newspapers. In: Journal of International Peace Research, 1/1965, S. 64–90.
GOTTSCHLICH, Maximilian: Journalismus und Orientierungsverlust. Grundprobleme öffentlich-kommunikativen Handelns. Wien – Köln – Graz: Böhlau Verlag, 1980.
GOTTSCHLICH, Maximilian, und KARMASIN, Fritz: Beruf: Journalist. Eine Imageanalyse – Bevölkerung, Politiker, Journalisten urteilen. Wien: Institut für Publizistik und Kommunikationswissenschaft, 1979.
GRUBER, Thomas: Die Übernahme der journalistischen Berufsrolle. Nürnberg: Institut für Politik und Kommunikationswissenschaft, 1975.
HALLORAN, James D. et al.: Demonstrations and Communication: A Case Study. Harmondsworth 1970.
HERMANNI, Alfred Joachim: Die Meinungsmacher. Gleichschaltung der Meinungen oder Information durch Medien? Neuhausen-Stuttgart: Verlag Hännsler, 1988.
KEPPLINGER, Hans Mathias: Funktionswandel der Massenmedien. In: Rühl, Manfred, und Stuiber, Heinz-Werner (Hrsg.): Kommunikationspolitik in Forschung und Anwendung. Düsseldorf 1983.
LANGENBUCHER, Wolfgang R. (Hrsg.): Journalismus & Journalismus. Plädoyers für Recherche und Zivilcourage. München: Verlag Ölschläger, 1980.
NOELLE-NEUMANN, Elisabeth: Öffentlichkeit als Bedrohung. Beiträge zur empirischen Kommunikationsforschung. Freiburg – München: Verlag Karl Alber, 1977.
PÜRER, Heinz: Journalismus-Krisen und Medienethik. In: Communicatio Socialis, Heft 2/1990.
RÜHL, Manfred; SAXER, Ulrich: 25 Jahre Deutscher Presserat. Ein Anlaß für Überlegungen zu einer kommunikationswissenschaftlich begründeten Ethik. In: Publizistik 26: 1981, S. 471–507.
SCHELSKY, Helmut: Systemüberwindung, Demokratisierung und Gewaltenteilung. München: Beck Verlag, 1973.
SCHÖNBACH, Klaus: Trennung von Nachricht und Meinung. Empirische Untersuchung eines journalistischen Qualitätskriteriums. Freiburg – München: Verlag Karl Alber, 1977.
WUNDEN, Wolfgang (Hrsg.): Medien zwischen Markt und Moral. Beiträge zur Medienethik. Stuttgart: Verlag Steinkopf, 1989 (GEP-Buch).

IV. Berufsauffassungen im Journalismus

Als Ganztagsberuf, der in festen Arbeitsbeziehungen ausgeübt wird, hat sich der Journalismus im deutschen Sprachraum mit dem Aufkommen der Massenpresse in der zweiten Hälfte des 19. Jahrhunderts etabliert. Man spricht seither vom „redaktionellen Journalismus“. Über die Art und Weise, wie Journalisten diesen Beruf ausüben, haben sich verschiedene Berufsauffassungen herausgebildet. Der Versuch, individuelles journalistisches Handeln typischen beruflichen Rollenmustern zuzuordnen, verlangt jedoch relativierende Vorbemerkungen. Wenn in der folgenden Typologie Berufsauffassungen beschrieben werden, die im redaktionellen Alltag vorkommen, so ist zunächst darauf hinzuweisen, daß Journalisten nur ganz selten ausschließlich einem einzigen Rollenmuster folgen. Vielmehr wechseln sie zwischen den verschiedenen Rollen, wie es ihre Aufgabenstellungen eben von Fall zu Fall erfordern.

Für die Ausprägung journalistischer Berufsauffassungen spielen individuelle wie (medien-)systemische Faktoren eine Rolle. Dazu gehören u. a. persönliche Lebensläufe der Journalisten, ihre Bildungs- und Ausbildungswege sowie ihre Berufserwartungen. Von Bedeutung ist auch die jeweilige berufliche „Sozialisation“ eines Journalisten, die Art und Weise also, wie er in den Beruf kam und wie seine redaktionelle Ausbildung verlief. Hinzu kommen allgemeine Sachzwänge des medienspezifischen Umfeldes, der konkreten redaktionellen Arbeitsbedingungen sowie die Funktion und Position eines Journalisten innerhalb des Medienbetriebes selbst. Nicht zu vergessen sind prinzipielle Haltungen eines Journalisten zu den politischen und sozialen Funktionen des Journalismus und der Massenmedien. Folgende mehr oder weniger typische journalistische Berufsauffassungen finden sich in der journalistischen Berufsforschung.

Objektive Vermittlung

Da ist zunächst das Berufsverständnis des objektiven Berichterstatters oder Vermittlers. Diese Berufsauffassung sieht primär neutrale Vermittlungsaufgaben bedeutenden Geschehens im Vordergrund. Folgt ein Journalist diesem Verständnis, so sieht er seine wichtigste Aufgabe darin, im größtmöglichen Bemühen um Objektivität über Ereignisse oder Personen zu berichten. Er verzichtet dabei auf jede Wertung oder Bewertung. Dieses „objectiv reporting“ setzt neutrale Beobachter, Chronisten und Vermittler voraus. „Facts are sacred, comment is free“ ist das Credo dieses Verständnisses von Journalismus, der gelegentlich auch Informationsjournalismus genannt wird. Seine Ursprünge sind kommunikationshistorisch mit der Errichtung der Nachrichtenagenturen ab der Mitte des 19. Jahrhunderts verbunden. Agenturjournalisten mußten ihre Arbeit unter eine Art Neutralitätsgebot stellen, um den Verkauf der Ware Nachricht für Zeitungen unterschiedlichster Tendenz möglich zu machen. Informationsjournalismus geht von der Prämisse aus, daß nur eine möglichst wenig gestaltete, ungewichtete, weitgehend unveränderte und vollständige Weitergabe der Fakten faire Voraussetzungen für den Leser, Hörer oder Seher schafft, um selbst urteilen und einen allenfalls zu einem Bericht beigestellten Kommentar verstehen zu können. Diese sachliche, unbeeinflußte und vom Journalisten persönlich möglichst unvoreingenommene Unterrichtung der Öffentlichkeit über relevante politische, wirtschaftliche und kulturelle Ereignisse ist zweifellos von großer Wichtigkeit. Sie ist in der Praxis freilich auch oft schwer zu verwirklichen. Nicht selten bestimmt nämlich einerseits schon die persönliche Einschätzung eines Ereignisses durch einen Journalisten die Gewichtung der Fakten und die nachfolgende Recherche. Andererseits läuft ein ausschließlich neutral vermittelnder Journalismus Gefahr, in einen Gefälligkeits-, Verlautbarungs- oder Hofberichterstattungsjournalismus abzudriften. Dies ist vor allem dann der Fall, wenn Journalisten angesichts der ständig zunehmenden Informationsüberflutung und von cleveren PR-Managern künstlich inszenierten Ereignissen unkritisch mundgerecht aufbereitete Pressemitteilungen übernehmen oder sorglos Agenturmeldungen wiedergeben. Ein um objektive Informationsübermittlung bemühter Journalismus hat ohne Zweifel seinen hohen Stellenwert. Er darf jedoch unter keinen Umständen auf kritische Wachsamkeit verzichten.

Meinungsjournalismus – Kritik, Kontrolle, Bewertung

Ein weiteres Berufsverständnis ist in jenem des Kritikers und Kontrolleurs zu sehen. Dabei kommt die Kritikfunktion in meinungsbildenden Beiträgen zum Ausdruck – in Glossen, Kommentaren und Leitartikeln, in denen berichtetes Geschehen prüfend und kritisch bewertet wird. Die Kontrollfunktion hingegen erfolgt in aufdeckend-enthüllenden Beiträgen, die ein investigatives Element erkennen lassen. Dieses Berufsverständnis ist nicht selten getragen von der Auffassung, daß die Massenmedien neben den drei demokratischen Gewalten, nämlich Legislative (Gesetzgebung, Parlament), Exekutive (Gesetzesvollziehung, Regierung) und Judikative (Rechtsprechung, Gesetzesaufsicht) eine vierte Gewalt (die „Publikative") darstellen. Gleichsam die Kontrolle des Staates, da infolge machtpolitischer Verfilzungen und Verflechtungen Gesetzgebung, Gesetzesvollzug und Rechtsprechung nicht mehr sauber voneinander getrennt sind und die staatlichen Kontrollmechanismen versagen. Dieser Verfall der politischen Kultur ist in vielen Demokratien beobachtbar, und die Massenmedien nehmen daher eine unübersehbare Wächterrolle ein; dennoch muß man darauf hinweisen, daß im deutschen Sprachraum weder die Massenmedien verfassungsmäßig zur Ausübung einer vierten Gewalt im Staat legitimiert, noch daß manche Journalisten wegen unzureichender Ausbildung und infolge mangelnder Kompetenz dazu befähigt sind. In keinem Falle dürfen sich Journalisten anmaßen, bei der Ausübung von berechtigter Kritik und notwendiger Kontrolle die Aufgabe von Staatsanwälten zu übernehmen, Richter zu spielen oder – überspitzt formuliert – gar in die Rolle des Henkers zu schlüpfen.

Im Zusammenhang mit dem Meinungsjournalismus ist auch auf das Rollenverständnis des sogenannten „Interpretativen Journalismus" zu verweisen. Er begnügt sich nicht damit, Fakten zu sammeln und zu referieren. Er integriert sie in größere Zusammenhänge, recherchiert ihren Hintergrund und macht die Analysen zu einem Teil der Berichte. Nicht die Weitergabe der Nachrichten erscheint in diesem Journalismusverständnis wichtig, sondern ihre Bewertung, das Messen an einer Weltsicht. Isolierte Informationen sollen in einen Zusammenhang gestellt werden, um Orientierungsangebote zu schaffen. Information erfolgt hier eher durch Kommentierung. Mitunter wird auch die Selektion von Informationen rigider vorgenommen: Beachtenswert erscheinen Nachrichten, die – positiv oder negativ – mit einer individuellen, subjektiven Wirklichkeitssicht korrespondieren. Solcher Journalismus verschaffe sich ein Deutungsmonopol und geriere sich als Hüter der Wahrheit, wird dagegen argumentiert. Auch begünstige er nicht selten die Reduktion des Journalismus auf sehr kleine Ausschnitte der Wirklichkeit. Nur durch ausreichende Voraus- oder Komplementärinformation durch andere Medien könne dieses Defizit ausgeglichen werden. Für seine Anhänger – primär Journalisten in politischen Magazinen, Zeitgeistzeitschriften, Illustrierten etc. – verwirklicht er hingegen die Forderung, über den Transport isolierter Fakten hinausgehend, Interpretationsweisen und Zusammenhangseinschätzungen von Wirklichkeit anzubieten. Für die Leser in einer freien Medienlandschaft bestehe ja permanent die Chance, konkurrierende Weltsichten aus anderen Medien entgegenzustellen.

Anwaltschaftlicher Journalismus

Noch einen Schritt weiter in die parteiliche (nicht parteipolitische) Subjektivität tut der anwaltschaftliche Journalismus. Als Advokat von Personen oder Gruppen, die selber keinen Zugang zu den Medien oder zu repräsentativen Interessenvertretungen haben, übernimmt der Journalist deren Mandat. Er leiht gewissermaßen jenen seine Stimme, die etwas zu sagen hätten, aber nichts zu reden haben. Es handelt sich beim anwaltschaftlichen Journalismus also um einen für Personen und deren legitime Sache engagiert stellungnehmenden Journalismus. Anwaltschaftlicher

Journalismus versucht eher „von unten nach oben" zu vermitteln, das heißt, sich für die Schwachen und gegen die Starken, für die Ohnmächtigen und gegen die Mächtigen, für das Recht und gegen das Unrecht einzusetzen. Anwaltschaftlicher Journalismus versteht sich, wie Hans Heinz Fabris schreibt, als „Kommunikationshelfer". Er verhilft dem sprachlosen Bürger, sich in der Öffentlichkeit Gehör zu verschaffen oder Bedürfnisse und Interessen gesellschaftlich unterprivilegierter Gruppen gegenüber der Öffentlichkeit zu vertreten. Er verzichtet durch parteiliche Stellungnahme bewußt auf Sachlichkeit bzw. Objektivität. Viel selbstloses Engagement und ausgeprägter Altruismus sind Voraussetzung für dieses Journalismus-Verständnis. Es kann sehr schnell Gefahr laufen, sich für unredliche Zwecke mißbrauchen zu lassen oder – aus blindem Fanatismus – sich in deren Dienst zu stellen. Sorgfältigste Recherche und hohe Wachsamkeit gegen unseriöse Vereinnahmung für fragwürdige, vorgetäuschte Interessen sind daher notwendig. Anwaltschaftlicher Journalismus ist also ein Solidaritäts- und Servicejournalismus. Man kann nicht übersehen, daß journalistische Leser-, Konsumenten- und Volksanwälte – ähnlich dem aus skandinavischen Ländern bekannten Ombudsman – vielen Bürgern via Massenmedien zu ihrem Recht oder zur Durchsetzung ihrer legitimen Interessen verholfen haben.

Investigativer Journalismus

Seit Bob Woodward und Carl Bernstein 1972 den Watergateskandal ins Rollen brachten, wird der Begriff „investigativer Journalismus" geradezu inflationär ge- und mißbraucht. Man versteht darunter einen Journalismus, der der Öffentlichkeit vorenthaltene oder verschwiegene, gesellschaftlich aber relevante Informationen bekannt machen will. Investigativer Journalismus möchte entweder offiziell gedeckte oder tatsächlich (noch) nicht bekannte Mißstände in Politik, Wirtschaft, Kultur und Gesellschaft ans Licht der Öffentlichkeit bringen. Insbesondere investigativer Journalismus bedarf der äußerst gründlichen Recherche und lückenloser Beweisführung; nicht ganz zu Unrecht wird er ja auch „Recherche-Journalismus" genannt. Sehr oft erfolgt die Recherche dabei (zunächst) in verdeckter Form, also ohne daß dem oder den Informanten das Ziel des recherchierenden Journalisten bekannt ist. Ähnlich wie für den anwaltschaftlichen Journalismus trifft auch für den investigativen Journalismus zu, daß er nicht selten Partei ergreift und in der Berichterstattung bewußt auf Objektivität verzichtet. Mit prononciertem Standpunkt strebt er eine authentische Darstellung seiner Wirklichkeitssicht an. Dadurch ist er selbst der Gefahr ausgesetzt, einseitig zu berichten und unvollständig zu informieren. Zweifellos wurden auch im deutschen Sprachraum zahlreiche politische, wirtschaftliche, gesellschaftliche und kulturelle Skandale durch investigativen Journalismus enthüllt. Es hat aber auch – man denke an den journalistischen Jahrhundertflop mit den „Hitler-Tagebüchern" – beachtliche enthüllende Fehlleistungen gegeben, die der Glaubwürdigkeit der Medien und dem Ansehen des Journalismus nicht gerade förderlich waren.

Bei näherer Betrachtung ist der investigative Journalismus absolut keine neue Erfindung. In den USA wurde die Wortschöpfung bereits zur Wende vom 19. zum 20. Jahrhundert kreiert. Man versteht darunter schlicht und einfach *nachforschenden* Journalismus – einen Journalismus also, der sich der Information der Öffentlichkeit verpflichtet fühlt und sich nicht damit begnügt, nur Verlautbarungen unter die Leute zu bringen. In einer Zeit künstlicher Informationsüberflutung einerseits und gleichzeitig systematisch betriebener Informationsverhinderung andererseits ist nachforschender Journalismus unabdingbar. Er ist – um mit Werner Holzer, dem Chefredakteur der „Frankfurter Rundschau", zu sprechen – nicht eine Sonderleistung im Journalismus, sondern gewissermaßen im Kant'schen Sinne ein kategorischer Imperativ. Investigativer Journalismus kann und darf allerdings, wie Manfred Steffens und Herbert Kremp richtig festhalten, nur der Aufdeckung von Mißständen dienen, die (in welcher Form auch immer) das Wohl der Allgemeinheit betreffen. Dies beschränkt sich keineswegs auf das Fehlverhalten von Politikern; es gilt auch für Industriekapitäne, Kammer- und Gewerkschaftsfunktionäre, für Richter und Staatsanwälte, für Bischöfe und Priester sowie für andere Personen von öffentlichem Interesse und zeitgeschichtlicher Bedeutung. Wir wissen übrigens, daß nachforschender Journalismus häufig auf Mauern des Schweigens stößt und manchmal auch Drohungen zur Folge hat. Ebenso ist uns bekannt, daß der Großteil aufsehenerregender Enthüllungen nicht alleine journalistischem Spürsinn, sondern primär diskreten oder undiskreten Hinweisen zu verdanken ist.

Die Verdienste dessen, was wir investigativen, nachforschenden, enthüllenden Journalismus nennen, sind unbestritten. Die Aufdeckung und Aufklärung zahlreicher Polit-, Wirtschafts-, Finanz- und Bauskandale ist das Werk unbeirrt nachforschender Journalisten und risikofreudiger Verleger. Wir wissen aber auch, wie Werner Holzer, Herbert Kremp und Erich Steffens schreiben, was investigativen Journalismus in Verruf bringen kann:

- wenn er die Arbeit von Polizei, Staatsanwalt und verkappten Detektiven übernimmt oder Selbstjustiz und Inquisition betreibt;
- wenn er durch Schlüssellöcher schnüffelt oder in kriminalistisch-geheimdienstliche Aktionen entartet;
- wenn er, wie so oft in den USA, der Langzeitausspähung von Personen oder Institutionen durch ganze Reportertruppen dient und nur künstliche Skandale produziert;
- wenn er zum Privathobby mißgünstiger und mißtrauischer journalistischer Außenseiter degeneriert;

Die Entstehung eine

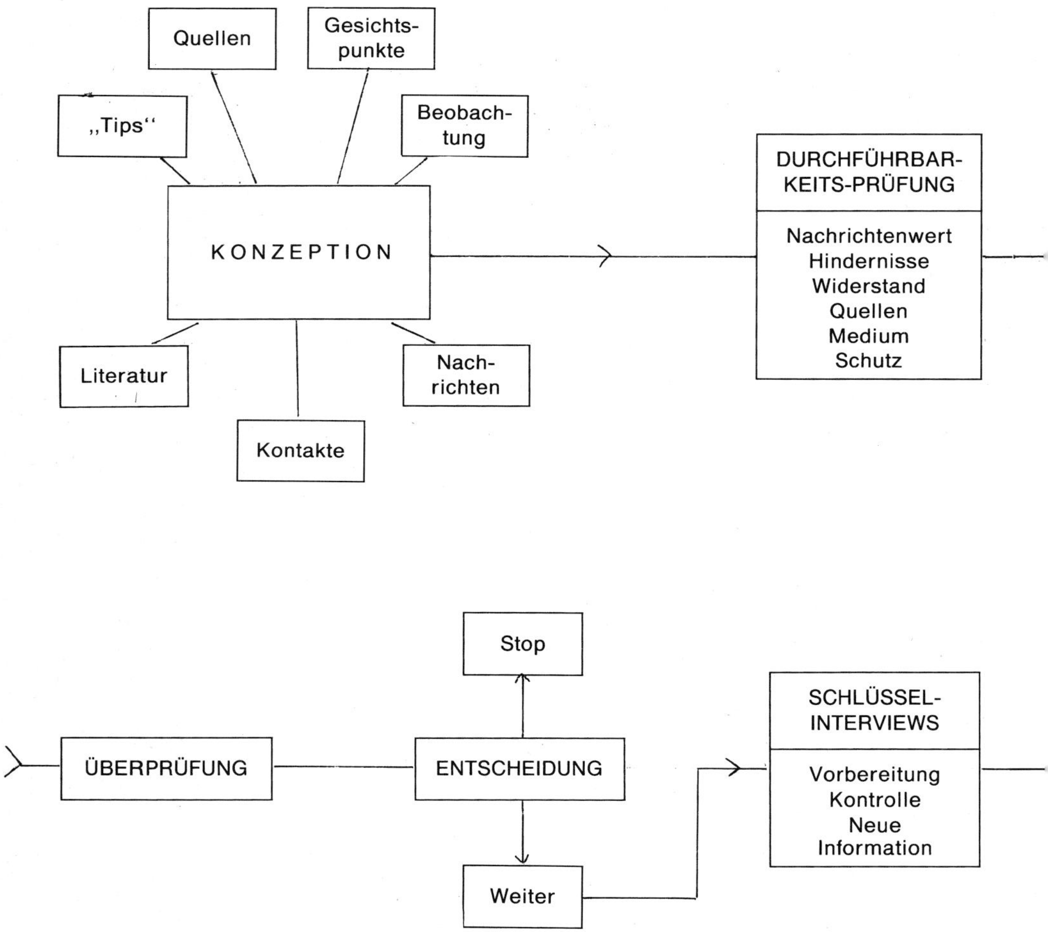

Quelle: WILLIAMS, Paul: Investigative Reporting and Editing. Princeton, N. J. 1978.

Aus dem Schaubild geht die Entstehung eines investigativen Berichts hervor. Im Prinzip gilt die Einhaltung der darin dargestellten Arbeitsschritte für den Journalismus allgemein, besonders aber für investigativ recherchierte Stories. Diese enthalten im Regelfalle brisante Informationen und können im Falle einer

ıvestigativen Berichtes

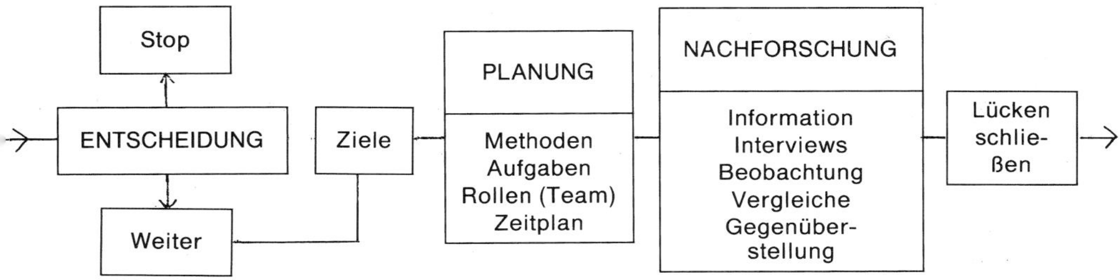

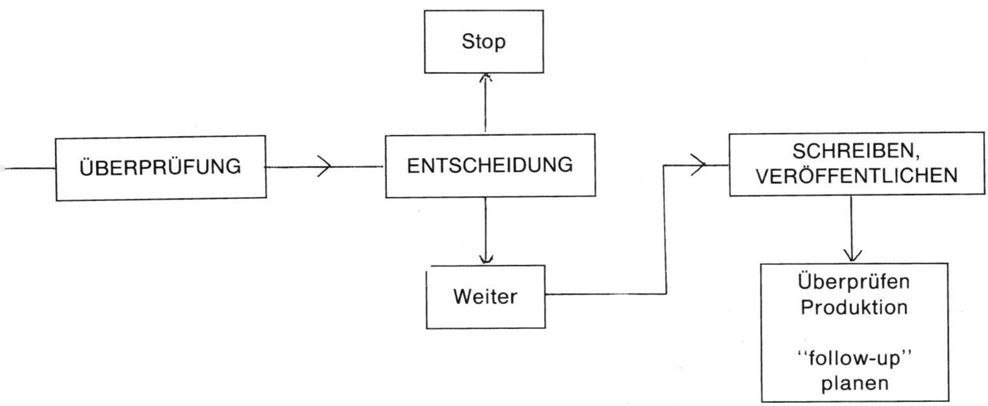

Veröffentlichung von folgenschwerer Bedeutung für einen Betroffenen sein. Lückenlose Recherchen, wiederholte Durchführbarkeitsprüfungen, sorgfältigste Abstützungen der eingeholten Informationen sowie eine gewissenhafte Entscheidung über Veröffentlichen oder Nichtveröffentlichen sind im investigativen Journalismus unverzichtbar. Er verlangt ein besonders hohes Niveau journalistischer Kultur.

- wenn er zur Persekution entartet, die sich von vornherein ausschließlich gegen Personen richtet;
- wenn er eine von Ehrgeiz getriebene Karriere-Ordnung begründet, die nichts anderes als „Abschußlisten" kennt.

Im Hinblick auf den Persönlichkeitsschutz ist, wie Erich Steffens ausführt, die Verantwortung des investigativen Journalismus besonders groß: **er muß nämlich die oft verschwimmenden Grenzen zwischen berechtigtem öffentlichem Interesse, privatem Anspruch und der Intimsphäre einer Person erkennen,** die Gegenstand der Nachforschungen und der Berichterstattung ist. Gesperrt für Medienrecherchen ist im Regelfall die *Intimsphäre.* Auch muß etwa einem prominenten Politiker grundsätzlich der *Privatbereich* als Basis für seine persönliche Selbstverwirklichung (ohne Zensur durch Medien) erhalten bleiben. Im Schwerpunkt wird die investigative Recherche auf die *Sozialsphäre* greifen: auf jenen Bereich also, in welchem der soziale Kontakt der Person, der Öffentlichkeitsbezug ihres Auftretens und Wirkens am intensivsten ist.

Naturgemäß liegt das Schwergewicht des investigativen Journalismus auf dem systematischen Sammeln von Informationen und lückenlosen Beweisen. Damit ist ein zweites gravierendes Problem des Enthüllungsjournalismus angesprochen, nämlich die Wahl korrekter Mittel für die Informationsbeschaffung. Diesbezüglich unterliegt der recherchierende Journalist im Prinzip nicht anders als jeder Bürger allen strafrechtlichen Schranken, die den Betroffenen vor einem Zudringen der Öffentlichkeit gegen seinen Willen schützen. Gemeint sind primär etwa Hausfriedensbruch oder die Abnötigung einer Information durch Gewalt oder Drohung. Ebenso, um nur zwei weitere Beispiele zu nennen, das heimliche Mitschneiden von Telefongesprächen oder auch die Verletzung des privaten Briefgeheimnisses. Gerade investigativer Journalismus ist dazu verpflichtet, Tag für Tag widerstreitende Rechtsgüter gegeneinander abzuwägen, rechtsstaatliche Prinzipien, wie Unschuldsvermutung und Persönlichkeitsschutz, zu wahren und sich auf hohe Standards einer politisch-journalistischen Kultur zu besinnen.

Präzisionsjournalismus

Ein eher umstrittenes Journalismusverständnis ist in jenem des Präzisionsjournalismus zu sehen. Dieser vor allem in den USA in jüngerer Zeit propagierte Journalismus versucht, die Wirklichkeitserforschung mit Hilfe wissenschaftlicher Methoden zu objektivieren. Das ist nicht unproblematisch. Denn über der gemeinsamen Schnittmenge zwischen Forschung und Recherche, somit zwischen Wissenschaft und Journalismus, dürfen keinesfalls die unterschiedlichen Ausgangspunkte und Bedingungen beider Systeme vergessen werden. Walter Lippmann, Forscher und

Journalist, hat schon 1922 darauf hingewiesen, daß man Journalismus niemals richtig beurteilen könne, zöge man nicht jene Sachzwänge ins Kalkül, die seine Arbeit nachhaltig bestimmten: nämlich Zeitnot durch Aktualitätsdruck sowie die Produktionsbedingungen in den Redaktionen.

Worin liegt nun die angedeutete Problematik? Während die Integration sozialwissenschaftlicher Verfahren in den Journalismus wohl zu einer deutlichen Erhöhung der Recherchekapazitäten führen könnte, scheint absolut wissenschaftlicher Journalismus unmachbar und zudem absurd. Journalisten ohne entsprechende Voraussetzungen würden notgedrungen als Sozialwissenschaftler dilettieren. Damit gibt sich das System Journalismus auf, indem es versucht, das zu tun, was professionelle Wissenschaftler in jedem Falle besser können. Es übernimmt also Aufgaben, die es nicht erfüllen kann, und gibt dafür seine systematischen Stärken auf. Am Ende einer solchen Entwicklung stünde aber nicht nur die Selbstaufgabe des Journalismus, sondern auch die Verwässerung von Sozialwissenschaft. Der – in der Mitte liegende – Königsweg müßte, wie Manfred Rühl meint, nicht gleich die Recherche unter die methodologischen Bedingungen empirischer Forschung stellen, aber er könnte wechselseitige Lernprozesse forcieren. Mögliche Verbesserungen im Journalismus wären: die höhere Vermittelbarkeit der Ergebnisse wissenschaftlicher Forschung, strukturierte und organisierte Recherche, verständliche und anwendbare Forschung und schließlich ein präziserer Journalismus, der deswegen noch nicht „Präzisionsjournalismus“ zu sein braucht.

New Journalism

Absolute Subjektivität und radikale Opposition zum restriktiven Methodenkanon des Informationsjournalismus mit seiner strikten Trennung von Nachricht und Kommentar, von Fiction und Nonfiction, führt der „New Journalism“ in seinem Programm. Seine Wurzeln liegen im literarischen Journalismus des 19. Jahrhunderts, zu dem er auch Parallelen und Gemeinsamkeiten erkennen läßt. Mit der Studentenbewegung und der Hippiekultur hat er sich in den sechziger Jahren in den USA durch Literaten-Journalisten wie Tom Wolfe oder Truman Capote reetabliert. In seinem methodischen „anything goes“-Konzept mischt er Fakten und Erfundenes. Der literarische Journalismus ist charakterisiert durch phantasiebetonte, politisch-literarische Themen, die der Alltagswirklichkeit beobachtend entnommen sind. Nicht das Ereignis, sondern der Verfasser steht im Zentrum dieser Arbeiten. Damit rekurriert der „New Journalism“ auf die Persönlichkeit des Schreibers, thematisiert dessen berufliche Vorgehensweise, bringt subjektive Empfindlichkeiten wie Empfindsamkeiten. Formal erfolgt ein ständiger Rückgriff auf literarische Mittel: dialogische Formen, innere Monologe etc. Mit Techniken der Fiction sollen Fakten besser vermittelt werden, weil das atmosphärische Umfeld nicht ausgespart bleibt. In Österreich hat der „New Journalism“ erst mit den Zeitgeist-Zeitschriften sein Forum gefunden.

Der Journalist als Pädagoge

Schließlich ist noch auf das berufliche Rollenverständnis vom Journalisten als Pädagogen, Bildner und Erzieher zu verweisen. Journalisten, die primär pädagogische Ziele verfolgen, orientieren sich nicht nur an vordergründigen Publikumswünschen; vielmehr versuchen sie, anspruchsvollere Medieninhalte durchzusetzen und auf das Publikum bildend und erziehend einzuwirken. In den Massenmedien werden geeignete Mittel gesehen, Bildungsaufgaben wahrzunehmen, kulturell wertvolle Inhalte zu vermitteln, zur Horizonterweiterung des Publikums beizutragen sowie – zumindest indirekt – auch Erziehungsfunktionen zu erfüllen. In diesem Zusammenhang ist auch die sogenannte „Pfadfinder-Rolle“ des Journalismus zu erwähnen, die Aufgabe also, nach neuen Themen zu suchen und neue Ideen zu artikulieren. So sehr ein solches pädagogisches Berufsverständnis angesichts der medialen Überflutung mit vordergründigen Sensationen und gelegentlich auch mit primitiver, niveauloser Unterhaltung wünschenswert erscheint, stellt sich dennoch die Frage, auf Basis welcher Werte- und Normensysteme Bildungs- und Erziehungsfunktionen durch Journalismus und Massenmedien wahrgenommen werden. Bekanntlich wurden und werden die Massenmedien in totalitären Systemen in massiver Weise gezielt und systematisch für ideologisch begründete Bildungs- und Erziehungsaufgaben eingesetzt.

Journalismus im ORF

Aufgrund seiner besonderen Stellung im Mediengefüge kommt dem Journalismus im öffentlich-rechtlichen Rundfunk große Bedeutung zu. Wichtigste Informationsaufgabe ist die umfassende Unterrichtung der Bevölkerung über alle wichtigen politischen, wirtschaftlichen, kulturellen und sportlichen Fragen. In der Bundesrepublik Deutschland wurde dem öffentlich-rechtlichen Rundfunk jüngst die Aufgabe der Grundversorgung mit Informationen über Politik, Wirtschaft, Kultur und Gesellschaft überantwortet. Grundversorgung meint aber nicht etwa nur Mindestversorgung. Vielmehr wird mit Grundversorgung ein besonders hoher Qualitätsstandard der Information, aber auch der Bildungs- und Unterhaltungssendungen gefordert. Der ORF geht über dieses Postulat der Grundversorgung noch hinaus. Das Rundfunkgesetz und die Programmrichtlinien des ORF verpflichten die journalistischen

Mitarbeiter persönlich zu Objektivität und Unabhängigkeit. Mit diesen beiden Geboten finden sich vor allem in den Programmrichtlinien auch konkrete journalistische Arbeitsanweisungen. Gerade dieses Prinzip der Objektivität wird oft vorschnell als unerreichbar, nicht operationalisierbar und kaum überprüfbar abgelehnt. Wie immer man zu diesem Gebot der Objektivität stehen mag, als praktischer Zielwert bei der täglichen Konstruktion von Wirklichkeit in den Medien ist er eine lohnenswerte Kategorie. Die Programmrichtlinien des ORF verlangen von den Redakteuren, die Vielfalt der im öffentlichen Leben vertretenen Meinungen zu berücksichtigen. Auch in den Kommentaren und Sachanalysen wird Objektivität durch Ausgewogenheit gefordert. ,,Audiatur et altera pars'', wie es Volontäre heute noch von manchen Chefredakteuren zu hören bekommen.

Die ,,Gestaltungsgrundsätze für Informationssendungen'' enthalten eine präzise Definition journalistischer Objektivität. Demnach ist darunter ,,Sachlichkeit unter Vermeidung von Einseitigkeit und von Verzerrung der Dimensionen'' zu verstehen. Sie schließt auch ,,den Auftrag zu unablässiger Bemühung [mit ein,] die günstigere Behandlung eines Standpunktes oder die Bevorzugung einer Version von Ereignissen im Bereich kontroverser Themen [. . .] zu vermeiden''.

Dies bedeutet für die journalistische Praxis: Berücksichtigung sämtlicher zuverlässiger Informationsressourcen, wahrheitsgemäße Quellenangabe und kritische Würdigung jeder Information nach Richtigkeit und Nachrichtenwert. Alle relevanten gesellschaftlichen und politischen Strömungen sollten einbezogen werden. Diese Gestaltungsregeln und Vorschriften zeigen, daß der Gesetzgeber der Bedeutung der in Österreich öffentlich-rechtlich organisierten elektronischen Medien mit Sende- und Gebührenmonopol eben in solchen journalistischen Anweisungen beispielsweise durchaus Rechnung getragen hat. In einer allenfalls neugeordneten Medienlandschaft, mit privaten Radio- und vielleicht auch Fernsehsendern, werden die Aufgaben von öffentlich-rechtlichem und privatem Rundfunk komplementär aufeinander abzustimmen sein.

Wandel im Journalismus

In Österreich unterliegen die journalistischen Berufsauffassungen einem Wandel. Zu Beginn der siebziger Jahre nahm der sogenannte ,,Informationsjournalismus'' noch eine dominierende Stellung ein. In einer 1970/71 in Salzburg erhobenen Umfrage unter Redakteuren dreier österreichischer Tageszeitungen rangierte im beruflichen Selbstverständnis der ,,objektive Berichterstatter und Informator'' an der Spitze, erst an zweiter Stelle wurde der ,,Kritiker an Mißständen'' genannt. Diese Einschätzung änderte sich in den folgenden Jahren. Eine von Maximilian Gottschlich und Fritz Karmasin 1977 bundesweit durchgeführte Befragung leitender Redakteure aus Tageszeitungen zu Selbstbild und Berufsimage österreichischer Journalisten ergab folgende Präferenz: 46 Prozent der Befragten sahen sich demnach als „Interpreten politischer Sachverhalte", 11 Prozent nahmen ein anwaltschaftliches Berufsverständnis der Kollegen an, und immerhin ganze 10 Prozent der Chefredakteure und Ressortleiter hielten sich und ihre Kollegen für Quasi-Politiker – meinten also, durch ihre Arbeit aktiv politisches Handeln mitzubestimmen. Die reine Vermittlerfunktion schien in Selbst- und Fremdbild nur noch bei 5 Prozent auf. In diesem Zusammenhang sei abschließend aber noch einmal darauf hingewiesen, daß journalistische Rollenbilder keine hermetischen Eigenschaftsbündel, sondern in hohem Maße miteinander verbunden sind. Sie zeigen sich in der Praxis bei aller Unterschiedlichkeit als Mischformen. Auch sind journalistische Kulturen nicht selten Kinder ihrer Zeit, die Möglichkeiten und Moden folgen. Sie befinden sich in permanentem Wandel. Dominierenden Phasen eines Berufsbildes folgen andere, die vielleicht nach vielen Jahren und unter veränderten infrastrukturellen Bedingungen wieder „neu" entdeckt werden. Mit entsprechend modifizierten Instrumentarien und Vorgehensweisen ausgestattet, findet man sie immer wieder in einem neuen Medienumfeld als Innovationen etikettiert vor. **Wie immer sich jedoch Journalisten (selbst-)verstehen: Sie sollten sich bewußt sein, daß sie das allen Menschen zustehende Grundrecht auf Informations- und Meinungsfreiheit stellvertretend für den einzelnen Bürger wahrnehmen und das Recht der Medienfreiheit gleichsam treuhänderisch verwalten. Diese Freiheit ist ein zu kostbares Gut, als daß es leichtfertig veruntreut werden darf.** In Max Webers Prinzipien für politisches Handeln sind auch gute Fundamente für einen ethisch begründeten und gesellschaftlich verantwortbaren Journalismus zu sehen: Leidenschaft, Augenmaß und Verantwortungsbewußtsein. Übertragen auf den Journalismus meint dies: ungeteiltes Engagement für die Sache, die Verhältnismäßigkeit der angewendeten Mittel sowie die selbstkritische Abschätzung der möglichen Folgen journalistischen Handelns. *Hannes Haas/Heinz Pürer*

Literatur

FABRIS, Hans Heinz: Das Selbstbild des Kommunikators bei Tageszeitungen. In: Publizistik 1971, H. 4, S. 357–368.

FABRIS, Hans Heinz: Journalismus und bürgernahe Medienarbeit. Salzburg: Neugebauer 1980.

GOTTSCHLICH, Maximilian: Journalismus und Orientierungsverlust. Grundprobleme öffentlich-kommunikativen Handelns. Wien – Köln – Graz: Verlag Herman Böhlaus Nachf. 1980.

GOTTSCHLICH, Maximilian / KARMASIN, Fritz: Beruf: Journalist. Eine Imageanalyse – Bevölkerung, Politiker, Journalisten urteilen. Wien: Böhlau 1979.

HAAS, Hannes: Die hohe Kunst der Reportage. Wechselbeziehungen zwischen Literatur, Journalismus und Sozialwissenschaften. In: Publizistik, 32. Jg. (1987), H. 3, S. 277–294.

HOLZER, Werner: Investigativer Journalismus. In: Archiv für Presserecht, 19: 1988, H. 2, S. 113–114.

KREMP, Herbert: Investigativer Journalismus. In: Archiv für Presserecht, 19: 1988, H. 2, S. 114–117.

LANGENBUCHER, Wolfgang R.: Kommunikation als Beruf. Ansätze und Konsequenzen kommunikationswissenschaftlicher Berufsforschung. In: Publizistik, 19. Jg. (1974), H. 3/4, 20. Jg. (1975), H. 1/2, S. 256–277.
LANGENBUCHER, Wolfgang R.: Journalismus und Journalismus. Plädoyer für Recherche und Zivilcourage. München: Ölschläger 1980.
LIPPMANN, Walter: Die öffentliche Meinung. München 1964 (zuerst veröffentlicht 1922).
MEYER, Philip: Precision Journalism. A Reporter's Introduction to Social Science Methods. Second Edition. Bloomington & London: Indiana University Press 1979.
ORF-Almanach 1986/87. Wien: ORF 1987.
RÜHL, Manfred: Journalismus und Wissenschaft – Anmerkungen zu ihrem Wirklichkeitsverständnis. In: Rundfunk und Fernsehen 1981, H. 2–3, S. 211–222.
STEFFEN, Erich: Schranken des Persönlichkeitsschutzes für den „investigativen Journalismus". In: Archiv für Presserecht, 19: 1988, H. 2, S. 117–120.
TUCHMANN, Gaye: Objectivity as a Strategic Ritual: An Examination of Newsmen's Notions of Objectivity. In: American Journal of Sociology 77, Jan. 1972, pp. 660–679.
WEISCHENBERG, Siegfried: Investigativer Journalismus und „kapitalistischer Realismus". Zu den Strukturbedingungen eines anderen Paradigmas der Berichterstattung. In: Rundfunk und Fernsehen 1983, S. 349–369.
WILLIAMS, Paul: Investigative Reporting and Editing. Princeton, N.Y., 1978.

V. Presse in Österreich

1. Die Tageszeitungen

Der Wiederaufbau nach 1945

Die Bedingungen für den Wiederaufbau eines eigenständigen österreichischen Pressewesens waren unmittelbar nach dem Ende des Zweiten Weltkrieges und zu Beginn der Wiederbegründung der Republik im Jahre 1945 nicht gerade einfach. Das Land war von den alliierten Besatzungsmächten besetzt, die das gesamte politische, wirtschaftliche und gesellschaftliche Leben kontrollierten und als erste auch eigene Zeitungen herausbrachten. Die Herausgabe österreichischer Tageszeitungen war an die Erlaubnis (Lizenz) der Besatzungsmächte gebunden und zunächst nur den politischen Parteien gestattet. Die Besetzer behielten sich dabei Kontroll- und Zensurrechte vor. Papier und Farbe für den Druck von Zeitungen waren Mangelware. Papierverbrauch und -zuteilung wurden von den Besatzungsmächten kontrolliert. Die Papierverteilung erfolgte von drei Papiermühlen aus: von der in Wien ansässigen Firma „Elbemühl" für Wien selbst; das an der Traun gelegene Unternehmen „Steyrermühl" belieferte auf der Basis der Verteilungsbestimmungen Oberösterreich sowie die westlichen Bundesländer Salzburg, Tirol und Vorarlberg; von der Mürztaler Papierfabrik „Leykam-Mürztaler" erfolgte die Papierversorgung der Steiermark und Kärntens. Kaum vorhandene Kommunikationsverbindungen (Telefon, Fernschreiber) beeinträchtigten das Informationswesen allgemein und die journalistische Arbeit im besonderen. Der Zeitungsvertrieb war wegen des Mangels an Treibstoff und Transportmitteln, aber auch wegen vieler zerstörter Verkehrswege (Straße wie Schiene) nur in eingeschränktem Maße möglich.

Ganz am Beginn der Wiedererrichtung des österreichischen Pressewesens stand neben den Zeitungen der Besatzungsmächte die Herausgabe des „Neuen Österreich" als Dreiparteienzeitung (ÖVP, SPÖ, KPÖ). Ihr folgten noch im Sommer und Herbst des Jahres 1945 Zeitungen der politischen Parteien, ihnen voran die „Arbeiter-Zeitung" (SPÖ), die „Volksstimme" (KPÖ), das „Wiener Volksblatt" (ÖVP) und andere Parteizeitungen in den Bundesländern. Im Westen Österreichs wurden – ebenfalls noch 1945, allerdings unter Aufsicht der amerikanischen und französischen Besatzer – parteiunabhängige Zeitungen (wie die „Oberösterreichischen Nachrichten", die „Salzburger Nachrichten", die „Tiroler Tageszeitung"' und die „Vorarlberger Nachrichten") herausgebracht. Schließlich folgten auch Zeitungen in den südlichen Bundesländern. Die Wiedererrichtung des österreichischen Pressewesens war so stark vom Wunsch nach eigenen österreichischen Tageszeitungen geprägt, daß es Ende 1946 einschließlich der Besatzungszeitungen bereits 36 Zeitungseinheiten gab, die damals zwar nur mit sehr geringem Umfang (oft nur zwei bis vier Seiten), aber bereits mit einer Druckauflage von 2,5 Millionen täglichen Exemplaren erschienen. Durch eine in den jeweiligen Besatzungszonen den Besetzern gegenüber eher zurückhaltende Berichterstattung erhielten unabhängige wie parteigebundene Blätter allmählich ihre verlegerische und redaktionelle Autonomie. Die Phase des Wiederaufbaus der österreichischen Tagespresse kann 1949 als weitgehend abgeschlossen betrachtet werden.

Die Phase der Konzentration und Konsolidierung: 1950–1986

Zu Beginn der 50er Jahre verfügte Österreich über ein Pressewesen, das aus Besatzungszeitungen, Parteiblättern und unabhängigen Tageszeitungen bestand. Die Besatzungszeitungen verloren jedoch bald an Bedeutung. Einige wurden in österreichische Hand übernommen, andere spätestens mit dem Abzug der Alliierten im Jahre 1955 eingestellt: damals – am 15. Mai 1955 – erlangte Österreich durch den Wiener Staatsvertrag seine Freiheit und Unabhängigkeit wieder. Vom Typus der von den westlichen Alliierten in Wien hervorgebrachten Boulevardzeitungen (wie „Wiener Kurier", „Weltpresse", „Bildtelegraf") sind Journalismus und Zeitungswesen der Bundeshauptstadt nicht unbeeinflußt geblieben; der heute noch existierende „Kurier" sowie der 1972 eingestellte „Express" geben bzw. gaben Zeugnis davon. Diese beiden Straßenverkaufs-Zeitungen erschienen bis in die 60er Jahre sogar mit je zwei Tages[zeit]ausgaben.

In den Jahren nach 1955 setzte auch in Österreich der Pressekonzentrationsprozeß ein. Die Zahl der publizistischen Einheiten – die Blätter mit Vollredaktionen – verringerte sich in der Folge kontinuierlich (Tabelle 1), gleichzeitig stieg die Auflage wirtschaftlich gesunder Zeitungen an – ein typisches Phänomen der Pressekonzentration, das aus Abbildung 1 (Seite 457) ersichtlich ist. Von der Pressekonzentration waren Parteizeitungen in vergleichsweise stärkerem Ausmaß betroffen als die unabhängigen Blätter. Ihre Blüte erreichten die Parteizeitungen 1953. Damals hielten Parteizeitungen und unabhängige Blätter im Hinblick auf die Druckauflage einander die Waage. In den folgenden Jahren jedoch wurden zunächst zahlreiche ehedem selbständige Parteizeitungen in Regionalausgaben umgewandelt, später gar ganz eingestellt. Vor allem in den westlichen Bundesländern Österreichs (Tirol,Vorarlberg) hatte dieser Zeitungstyp offensichtlich keine oder nur sehr geringe Überlebenschancen. Wie sehr die Parteiblätter an Bedeutung

Tabelle 1:

Bestandsentwicklung der österreichischen Tagespresse 1946 bis 1990

Zahl der publizistischen Einheiten
(=Tageszeitungen mit Vollredaktionen)

1946	... 36
1953	... 30
1961	... 27
1965	... 25
1972	... 20
1980	... 18
1987	... 16
1988	... 17
1990	... 17

Quelle: „Österreichs Presse, Werbung, Graphik", „Pressehandbuch", „Massenmedien in Österreich – Medienbericht II"; eigene Berechnungen.

Tabelle 2:

Auflagenentwicklung der österreichischen Tagespresse 1953 bis 1990

Unabhängige Tageszeitungen und Parteizeitungen im Vergleich

	unabhängige Zeitungen	Parteizeitungen
1953	50,53%	49,65%
1961	66,11%	33,89%
1966	72,76%	27,24%
1971	80,63%	19,37%
1976	81,45%	18,55%
1981	83,11%	16,89%
1988	88,40%	11,60%
1990	94,70%	5,30%

Quelle: „Österreichs Presse, Werbung, Graphik", „Pressehandbuch", „Massenmedien in Österreich – Medienbericht II"; eigene Berechnungen.

Abbildung 1:

Österreichs Tagespresse: Entwicklung der „publizistischen Einheiten"
(Tageszeitungen mit Vollredaktionen)
und der Druckauflage 1950 bis 1990

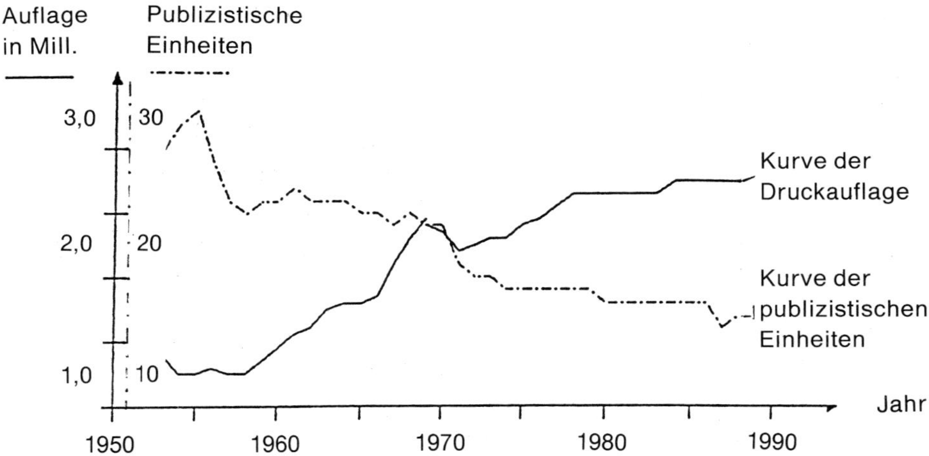

Aus der Abbildung geht eine gegenläufige Entwicklung hervor, die für das Phänomen der Pressekonzentration charakteristisch ist: Die Anzahl selbständiger Vollredaktionen (publizistische Einheiten) verringert sich, die Auflage der publizistisch wie ökonomisch erfolgreichen Blätter steigt an. Zwischen 1957 und 1990 hat sich die Druckauflage der Tagespresse mehr als verdoppelt, die Zahl der Tageszeitungen mit Vollredaktionen jedoch von 30 auf 17 verringert (1987 gab es gar nur 16 Tageszeitungen im Sinne publizistischer Einheiten).

verloren, ist aus Tabelle 2 ersichtlich. Ihr Auflagenanteil ging rapide zurück (vgl. Tabelle 2), später auch die Anzahl ihrer Titel. Gegenwärtig (Stand: Juni 1990) gibt es in Österreich nur noch vier Parteizeitungen (vgl. Tabelle 4, Seite 468).

Auch die unabhängige Tagespresse blieb jedoch von Konzentrationserscheinungen nicht verschont. Vor allem bildeten sich einige Auflagenriesen wie „Neue Kronen Zeitung“, „Kurier“ und „Kleine Zeitung“ heraus, neben denen sich andere Blätter bescheiden ausnehmen. Ein besonders starker Konzentrationsschub war zwischen 1967 und 1972 festzustellen. In diesen fünf Jahren stellten gleich fünf Tageszeitungen ihr Erscheinen ein, darunter auch der „Express“, eine Wiener Boulevardzeitung, die bis in die Mitte der 60er Jahre in Ostösterreich eine große Blüte erlebte und nach dem „Kurier“ damals die zweitgrößte österreichische Tageszeitung war. Das österreichische Zeitungssterben fand 1979 mit der Einstellung der national-liberalen Tageszeitung „Salzburger Volksblatt“ ein vorläufiges Ende. Diese Zeitung wurde 1984 als Wochenblatt wiederbegründet und erscheint seit 1985 im Regelfall zweimal wöchentlich.

Auf den zwischen 1955 und 1975 feststellbaren Konzentrationsschub folgte in Teilen des österreichischen Pressewesens eine Phase der Konsolidierung. Den beiden Wiener Tageszeitungen „Neue Kronen Zeitung“ und „Kurier“ gelang es ab Mitte der 70er Jahre, mit regionalen bzw. lokalen Ausgaben in die Bundesländer vorzudringen, ohne die bodenständige unabhängige Lokalpresse dort zu verdrängen.

Gleichzeitig konnten die unabhängigen Bundesländerzeitungen „Kleine Zeitung“ (Steiermark/Kärnten), „Oberösterreichische Nachrichten“, „Salzburger Nachrichten“, „Tiroler Tageszeitung“ sowie „Vorarlberger Nachrichten“ ihre Marktpositionen gut verfestigen. Gemeinsam mit „Neue Kronen Zeitung“ und „Kurier“ gehören sie zu jenen sieben österreichischen Tageszeitungen, von denen Kenner der österreichischen Medienszene meinen, daß sie finanzielle Gewinne abwerfen. Sorgenkinder blieben neben einigen unabhängigen Tageszeitungen primär die Parteiblätter, die vor allem infolge mangelnden Anzeigenaufkommens mit großen wirtschaftlichen Problemen kämpften. Daran änderte auch die 1975 nach mehrjährigen Verhandlungen mit dem Verband Österreichischer Zeitungsherausgeber und Zeitungsverleger (V.Ö.Z.) von Bundeskanzler Bruno Kreisky eingeführte Bundespresseförderung nur wenig, die zunächst wirtschaftlich gesunden wie kranken Blättern gleichermaßen zugute kam. Erst durch eine 1984 vollzogene Reform der Bundespresseförderung gelangten finanzschwache Blätter neben einer allgemeinen staatlichen Subvention auch in den Genuß einer „besonderen Förderung“ (vgl. auch Tabelle 6, Seite 478). Der Gesamtbestand der österreichischen Tagespresse betrug am Ende dieser Phase der Konzentration und Konsoldierung 18 publizistische Einheiten, die in 35 Ausgaben erschienen und eine gemeinsame Druckauflage von 2,66 Millionen Exemplaren hatten (vgl. Tabelle 3, Seite 459). Zehn

Tabelle 3:

Druckauflage der österreichischen Tagespresse 1984

Quelle: „Handbuch Österreichs Presse, Werbung, Graphik" – Wien: Verband Österreichischer Zeitungsherausgeber und Zeitungsverleger, 1984; eigene Berechnungen.

Zeitungseinheit (einschließlich Ausgaben)	Druckauflage	%-Anteil
Unabhängige Zeitungen		
1. Neue Kronen Zeitung (Wien) (einschließlich Bundesländerausgaben)	969.727	36,4
2. Kurier (Wien) (einschließlich Bundesländerausgaben)	522.338	19,6
3. Kleine Zeitung (Graz und Klagenfurt)	234.314	8,8
4. Oberösterreichische Nachrichten (Linz)	101.024	3,8
5. Tiroler Tageszeitung (Innsbruck)	92.740	3,5
6. Salzburger Nachrichten (Salzburg)	70.967	2,7
7. Die Presse (Wien)	63.420	2,4
8. Vorarlberger Nachrichten (Bregenz)	60.619	2,3
9. Wiener Zeitung (Wien)	50.000	1,9
10. Neue Vorarlberger Tageszeitung (Bregenz)	42.019	1,6
	2,207.168	83,0
Parteizeitungen		
Tageszeitungen der SPÖ		
11. Neue Zeit (Graz)	79.334	3,0
12. Arbeiter-Zeitung (Wien)	68.953	2,6
13. Kärntner Tageszeitung (Klagenfurt)	86.443	3,3
14. Tagblatt Linz (inkl. Salzburger Tagblatt)	38.507	1,4
Tageszeitungen der ÖVP		
15. Volkszeitung Kärnten (Klagenfurt) (inkl. Salzburger Volkszeitung und Neue Tiroler Zeitung)	54.693	2,0
16. Südost-Tagespost (Graz)	45.110	1,7
17. Neues Volksblatt (Linz)	27.268	1,0
Tageszeitung der KPÖ		
18. Volksstimme (Wien) (inkl. Wahrheit, Volkswille, Neue Zeit)	52.169	2,0
	452.477	17,0
Summe	2,659.645	100,0

publizistische Einheiten mit einem Auflagenanteil von 2,2 Millionen Exemplaren (oder 83 Prozent) entfielen 1984 auf die unabhängige Tagespresse; immerhin noch acht Vollredaktionen verzeichnete damals die Parteienpresse, deren gemeinsamer Auflagenanteil mit 452.000 Exemplaren jedoch nur noch 17 Prozent betrug.

Ein eigenes Kapitel in dieser Phase der österreichischen Presse-(Zeit-)Geschichte stellt die Erfolgsstory der „Neuen Kronen Zeitung" dar. Diese 1959 vom damaligen Gewerkschaftspräsidenten Franz Olah (wieder-)begründete und später in den Besitz von Hans Dichand und Kurt Falk gelangte kleinformatige Tageszeitung entwikkelte sich innerhalb kurzer Zeit zur auflagenstärksten Tageszeitung Österreichs. Gemessen an der Auflage, ist sie mit über einer Million Tagesexemplaren die größte Tageszeitung Österreichs und nimmt sie europaweit den siebenten Platz der auflagenstärksten Tageszeitungen ein. Gemessen an der Reichweite von knapp 2,7 Millionen Lesern bzw. über 42 Prozent, ist die „Neue Kronen Zeitung" relativ gesehen eine der größten Tageszeitungen der Welt (wenn nicht sogar die größte).

Der technische Wandel der Zeitungsherstellung machte übrigens auch vor den österreichischen Tageszeitungen nicht halt. Die Ablösung des alten Bleisatzverfahrens durch die Einführung elektronischer Systeme der Zeitungsherstellung ging in Österreich im Vergleich zu anderen westeuropäischen Ländern etwas verspätet vor sich, war jedoch auch hier Mitte der achtziger Jahre weitgehend abgeschlossen. Diese Verspätung hatte auch ihre Vorteile: Österreichs Drucker, Verleger und Journalisten konnten auf Erfahrungen mit integrierten Texterfassungssystemen zurückgreifen, die in anderen Ländern zuvor (zum Teil auf schmerzliche Weise) gemacht wurden. Arbeitskämpfe, wie sie in der Bundesrepublik, in England, in Frankreich und Italien stattfanden, blieben der österreichischen Presse erspart. Gewerkschaften und Verleger fanden in dem 1980 abgeschlossenen „Kollektivvertrag über die Einführung von integrierten Texterfassungssystemen bei Tages- und Wochenzeitungen" (kurz ITS-Vertrag) eine tragfähige Basis für die schrittweise Einführung neuer elektronischer Zeitungstechnik. Dieses Vertragswerk regelte die Besetzung von Arbeitsplätzen, sah Behaltefristen, Kündigungsschutz, Mobilitätshilfen und Abfertigungen vor und enthielt Bestimmungen für Umschulungsmaßnahmen sowie für die Arbeitsteilung zwischen Redaktionen und Technik. 1989 wurde dieser Vertrag durch Zusatzvereinbarungen ergänzt und auf unbestimmte Zeit verlängert. Abgesehen von technischen Innovationen in der Zeitungsproduktion, blieben andere Produkterneuerungen in dieser Phase der österreichischen Tagespresse jedoch aus. Dies führte dazu, daß die Tageszeitungen in Österreich strukturell wie inhaltlich völlig erstarrten und der Wettbewerb zwischen manchen Blättern mehr über (wettbewerbswidrige) Gewinnspiele und Preisausschreiben als über publizistische Innovationen ausgetragen wurde.

Die Phase der Umgestaltung: 1987–1990

Nach einer mehrjährigen, relativ ruhigen und auch stabilen Periode Anfang bis Mitte der achtziger Jahre ist der österreichische Tageszeitungsmarkt im Frühjahr 1987 beträchtlich in Bewegung geraten und seither nicht zur Ruhe gekommen. In den drei Jahren zwischen 1987 und 1990 gab es im österreichischen Tageszeitungsmarkt die folgenden Veränderungen:

Zwei selbständige Tageszeitungen („publizistische Einheiten") wurden ganz eingestellt: das ÖVP-Organ „Südost-Tagespost" (Graz) sowie die ehemalige ÖVP-Zeitung „Neue Volkszeitung" (Klagenfurt), die ihre im Herbst 1989 durchgeführte Umwandlung in eine unabhängige Tageszeitung nur wenige Monate (bis Jänner 1990) überlebte. Eine selbständige Tageszeitung, das SPÖ-Organ „Oberösterreichisches Tagblatt" (Linz), wurde in eine Nebenausgabe der 1987 ebenfalls noch sozialistischen „Neuen AZ" (Wien) umgewandelt. Des weiteren wurden vier Lokalausgaben eingestellt, nämlich das ÖVP-Organ „Neue Tiroler Zeitung" (Innsbruck) sowie die KPÖ-Blätter „Wahrheit" (Graz), „Volkswille" (Klagenfurt) und „Neue Zeit" (Linz), die alle zur kommunistischen „Volksstimme" (Wien) gehörten. Diese drei Blätter erscheinen jetzt nur noch als Mutationen (vgl. Abbildung 4, Seite 468).

Drei Parteizeitungen wurden in unabhängige Blätter umgewandelt: die sozialistische „Neue Zeit", die sich als „unabhängige sozialdemokratische Zeitung" versteht und übrigens im Besitz der Redakteure und anderer Mitarbeiter ist; das ehemalige SPÖ-Zentralorgan „Neue AZ" (Arbeiter-Zeitung, Wien), das sich nach seinem Verkauf an den Besitzer einer großen österreichischen Werbeagentur ebenfalls als unabhängig-sozialdemokratisch deklariert; sowie die bereits erwähnte, ehemalige ÖVP-Tageszeitung „Neue Volkszeitung" (Klagenfurt), die aber nicht mehr existiert. An ihre Stelle trat als Hauptausgabe die „Salzburger Volkszeitung" (SVZ), die bis zur Einstellung der „Volkszeitung" nur als deren Nebenausgabe für Salzburg erschien.

An vier österreichischen Tageszeitungen sind inzwischen bundesdeutsche Verlage beteiligt: Die WAZ-Gruppe (Westdeutsche Allgemeine Zeitung), Deutschlands zweitgrößter Tageszeitungskonzern, hält seit 1988 je 45 Prozent Anteile an Österreichs beiden auflagenstärksten Tageszeitungen „Neue Kronen Zeitung" und „Kurier". Der Springer-Verlag, Deutschlands größter Tageszeitungsriese, ist zu 50 Prozent an der im Oktober 1988 neugegründeten Tageszeitung „Der Standard" sowie mit 45 Prozent an der „Tiroler Tageszeitung" beteiligt. Außerdem haben weitere bundesrepublikanische Verlagshäuser an österreichischen Printmedienobjekten Anteile erworben (vgl. Abbildung 2, Seite 463). Der massive Einfluß bundesdeutschen Kapitals in österreichische Printmedien ließ manchen kritischen Beobachter der österreichischen Medienszene überspitzt vom „heimlichen Wiederanschluß" sprechen. (In der Tat war so geballter ökonomischer Einfluß aus der

Bundesrepublik – noch dazu ausgerechnet im „Bedenkjahr 1988" – im Bereich der österreichischen Tagespresse relativ neu. Einzigartig war er nicht: Zwischen 1972 und 1976 hielt nämlich der „Süddeutsche Verlag" vorübergehend einen Anteil von 16 Prozent am „Kurier". Die Größenordnung ist freilich nicht vergleichbar. Außerdem zog sich der bayerische Medienriese wieder aus Österreich zurück.)

Nach der Beteiligung der WAZ-Gruppe an „Neue Kronen Zeitung" und „Kurier" entstand in der Folge Österreichs größtes Druckmedienimperium, die „Mediaprint". Sie ist eine hundertprozentige Tochtergründung von „Neue Kronen Zeitung" und „Kurier" für Zwecke des gemeinsamen Drucks, des Vertriebs und der Anzeigenakquisition sowie für andere Medienagenden.

Hauptaufgabe der „Mediaprint"-Zeitungs- und Zeitschriften-Verlagsgesellschaft ist es, die von Krone-KG und Kurier-AG herausgegebenen Tageszeitungstitel „Neue Kronen Zeitung" und „Kurier" zu vermarkten. Zur Kurier-AG gehören (mit unterschiedlichen Anteilen) übrigens noch die folgenden Produkte: die politischen Wochenmagazine „profil" und „Wochenpresse", das Wirtschaftsmagazin „trend", die Jugendzeitschrift „Rennbahn-Express", das Zeitgeistmagazin „Basta" sowie der „Orac"-ZS-Verlag. Die „Mediaprint"-Verlagsgesellschaft erwarb um den symbolischen Preis von öS 1,– auch 74 Prozent der Anteile des ehemaligen (stark verschuldeten) sozialistischen „Vorwärts"-Verlags. Außerdem ist sie mit 35 Prozent auch an dem hochmodernen Druckereibetrieb „Tusch-Druck" beteiligt (siehe Abbildung 3). Die publizistische wie ökonomische Schlagkraft dieses Medienkonzerns mit seinen über 3500 Mitarbeitern und einem Umsatz von ca. öS 4,5 Milliarden ist nicht zu übersehen. Ein Betrieb dieser Größenordnung vermag theoretisch wie praktisch alle Register der Ausübung von Konkurrenzdruck (etwa bei Anzeigen-, Vertriebs- und Druckpreisgestaltung) gegenüber anderen Mitbewerbern im Pressewesen zu ziehen. Um nicht nur in Österreich, sondern auch in den südlichen und westlichen Bundesländern mit ihren Tageszeitungen rasch am Markt zu sein, weitet die „Mediaprint" ihre Druckkapazität schrittweise aus: So kooperiert sie mit dem in Graz ansässigen Druckhaus „Leykam". Dort werden die Ausgaben der „Neuen Kronen Zeitung" für die Steiermark und für Kärnten produziert. In Salzburg kooperiert im Druckbereich die „Mediaprint" in Zukunft mit den „Salzburger Nachrichten": Ab 1991 werden die Ausgaben der „Neuen Kronen Zeitung" für die westlichen Bundesländer im „Druckzentrum Salzburg BetriebsgesmbH" hergestellt, einem 100prozentigen Tochterunternehmen der „Salzburger Nachrichten".

Realisieren konnte der österreichische Zeitschriftengründer Oscar Bronner – er hatte zu Beginn der siebziger Jahre die Politik- bzw. Wirtschaftsmagazine „profil" und „trend" ins Leben gerufen – seine schon längere Zeit gehegten Tageszeitungspläne: Er gibt seit 19. Oktober 1988 die Tageszeitung „Der Standard" heraus. Bronner will mit seinem Blatt den Markt der österreichischen Tagespresse um

Abbildung 2:

Beteiligungen bundesdeutscher Verlage an österreichischen Zeitungen

(Stand: August 1990)

WAZ (Westdeutsche Allgemeine Zeitung)	„Neue Kronen Zeitung" (45%) „Kurier" (45%)*
Springer	„Der Standard" (50%) „Tiroler Tageszeitung" (45%)
Bertelsmann	„Tele"-Zeitschriftenverlagsgesellschaft (24,9%) (= gemeinsame Verlagsgesellschaft der unabhängigen Bundesländerzeitungen „Kleine Zeitung", „Oberösterreichische Nachrichten", „Salzburger Nachrichten", „Tiroler Tageszeitung", „Vorarlberger Nachrichten", „Neue Vorarlberger Tageszeitung" sowie der Wochenzeitungen „Niederösterreichische Nachrichten" zur Herausgabe des gemeinsamen Magazins „Tele")
Münchener Zeitungsverlag (Dirk Ippen)	„Blickpunkt" (50%) (= Wochenzeitung in Tirol mit 4 Ausgaben und einer Auflage von 50.000 Exemplaren)

Des weiteren gibt es zahlreiche Beteiligungen, Verflechtungen und Kooperationen bundesdeutscher Verlage an bzw. mit österreichischen Zeitschriften, Fachzeitschriften und Buchverlagen.

* Zur „Kurier"-Gruppe gehören – mit unterschiedlichen Anteilen – die politischen Magazine „profil" und „Wochenpresse", das Wirtschaftsmagazin „trend", die Zeitgeistzeitschrift „Basta", und die Jugendzeitschrift „Rennbahnexpress" sowie der „Orac"-Zeitschriftenverlag.

Abbildung 3:

Konstruktion der "Mediaprint"

Zusammengestellt nach Angaben des Verlags

Stand: August 1990

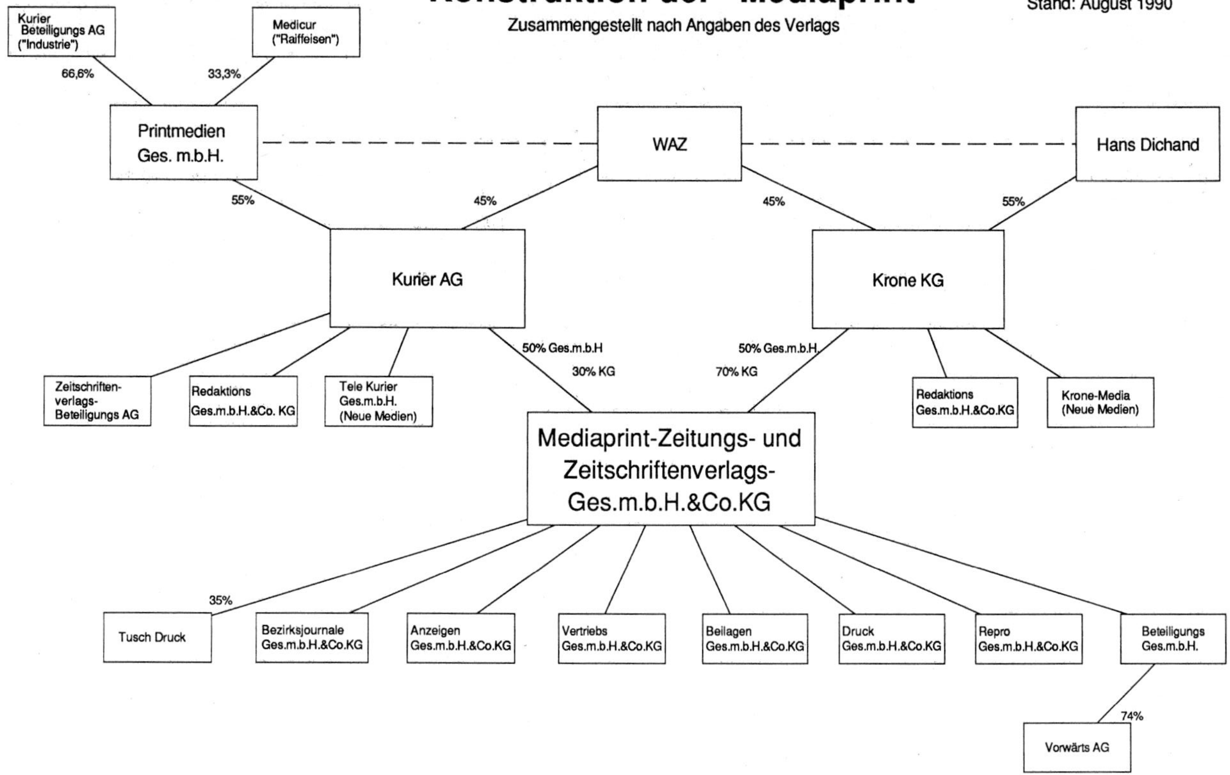

Die „Mediaprint" ist mit ca. 3500 festangestellten Mitarbeitern und einem Umsatz von ca. 4,5 Mrd. S Österreichs größter Druckmedienverlag.

eine Qualitätszeitung bereichern und verfolgt die Maxime, primär über politisches, wirtschaftliches und kulturelles Geschehen zu berichten. „Der Standard" erschien zunächst mit einer (Start-)Auflage von 90.000 Exemplaren, die sich inzwischen bei 74.000 Exemplaren eingependelt hat. Das Blatt ist, wie erwähnt, zu 50 Prozent im Besitz des westdeutschen Springer-Verlags. Offensichtlich waren in Österreich keine Geldgeber für diese Zeitungsgründung, der ersten nach 16 Jahren, zu finden. Branchenkenner sprechen knapp eineinhalb Jahre nach der Zeitungsneugründung von einem Investitionsvolumen von 600 bis 700 Mill. öS.

Die Vorgänge auf dem Wiener Tageszeitungsmarkt haben – nach einer ersten Schrecksekunde – zu einer beachtlichen medialen Aufbruchsstimmung im Tageszeitungsbereich geführt und beinahe alle Zeitungsverleger dazu veranlaßt, redaktionelle und verlegerische Maßnahmen zu ergreifen, um der neuen (Konkurrenz-)Situation entgegenzuwirken. Das Wiener Großformat „Die Presse" nahm unverzüglich eine Ausweitung der Ressorts Politik, Wirtschaft und Kultur sowie der Beilagen bzw. Supplements vor.

Die „Salzburger Nachrichten" entschlossen sich, neben der Salzburg-Ausgabe ihrer Zeitung auch eine Österreich-Ausgabe herauszubringen, die seit März 1989 mit beträchtlich erweitertem Umfang auch auf dem Markt ist. Die „Salzburger Nachrichten" wollen mit dieser Maßnahme die außerhalb Salzburgs bereits bestehende Leserschaft besser bedienen und noch mehr Leser in den Bundesländern hinzugewinnen. Mit der Österreich-Ausgabe der „Salzburger Nachrichten" sollte außerdem dem Vormarsch deutscher Verlagsgruppen ein österreichisches Modell entgegengestellt werden. Die Markteintrittsgebühr, also die Investitionskosten für die Österreich-Ausgabe, betrug den Angaben des Verlegers zufolge 70 Mill. öS; die jährlichen Folgekosten werden mit 45 Mill. öS beziffert.

Beinahe alle anderen Tageszeitungsverlage nahmen redaktionelle Umstrukturierungen vor und weiteten – zumindest partiell – ihre Berichterstattung aus; auch verliehen sie ihren Zeitungen ein face-lifting, das Prinzipien moderner Zeitungsgestaltung in Layout, Umbruch, Schriftbild, Spaltenbreite und vermehrtem Farbeinsatz Rechnung trägt. Einer besonders radikalen Blattreform, sowohl formal als auch inhaltlich, haben sich die „Vorarlberger Nachrichten", die „Oberösterreichischen Nachrichten", die „AZ", die „Neue Vorarlberger Tageszeitung", „Die Presse" sowie die (inzwischen eingestellte) „Neue Volkszeitung" unterzogen.

Um im Lokalen besser präsent zu sein, verfolgen die österreichischen Tageszeitungen unterschiedliche Strategien. Die beiden großen Wiener Tageszeitungen „Neue Kronen Zeitung" und „Kurier" sind, wie erwähnt, mit eigenen Lokalausgaben in einige Bundesländer vorgedrungen. Die steirischen und die Kärntner Tagblätter „Kleine Zeitung", „Neue Zeit" und „Kärntner Tageszeitung" erscheinen mit täglichen lokalen Mutationen für politische Bezirke bzw. wirtschaftlich oder kulturell zusammengehörende (Klein-)Räume. Die mittel- und westösterreichischen Tageszeitungen ,,Oberösterreichische Nachrichten'', ,,Salzburger Nachrichten'', ,,Tiroler Tageszeitung'' sowie ,,Vorarlberger Nachrichten'' hingegen fügen ihren Blättern wöchentlich erscheinende, ebenfalls für Bezirke, Gaue oder Regionen bestimmte Wochenbeilagen bzw. Wochenblätter mit ausführlicher Regional- bzw. Lokalberichterstattung bei (vgl. auch Abbildung 4, Seite 468).

Eine Gegenoffensive starteten Österreichs Bundesländer-Tageszeitungen ,,Kleine Zeitung'', ,,Oberösterreichische Nachrichten'', ,,Salzburger Nachrichten'', ,,Tiroler Tageszeitung'', ,,Vorarlberger Nachrichten'' und ,,Neue Vorarlberger Tageszeitung'' sowie das große niederösterreichische Wochenblatt ,,Niederösterreichische Nachrichten'': Sie gründeten im Oktober 1988 die ,,Tele-Zeitschriftenverlags-Gesellschaft'', die seit März 1989 das gemeinsame Farb-TV-Magazin ,,Tele'' herausbringt. ,,Tele'' hat eine Auflage von 1,45 Millionen Exemplaren und deckt als gemeinsame Beilage aller unabhängigen Bundesländerzeitungen weiteste Teile Österreichs ab. In der Bundeshauptstadt Wien wird ,,Tele'' kostenlos an die Haushalte verteilt. Die unabhängigen Bundesländerzeitungen wollen mit dieser Maßnahme die gemeinsame Wochenendbeilage von ,,Neuer Kronen Zeitung'' und ,,Kurier'', die ,,Fernseh- und Radio-Woche'' mit ihrer Auflage von 1,6 Millionen Exemplaren, ebenso konkurrenzieren wie die (Programm-)Illustrierte ,,Die ganze Woche'', die seit Februar 1985 mit einer Auflage von inzwischen 850.000 Exemplaren auf dem Markt ist. An der ,,Tele''-Zeitschriftenverlags-Gesellschaft ist der größte bundesdeutsche Buchverlag, der Bertelsmann-Verlag, indirekt mit 24,9 Prozent beteiligt.

Um einen weiteren Medienausverkauf zu verhindern, erwarb schließlich der Verleger der ,,Vorarlberger Nachrichten'' 74 Prozent der ,,Neuen Vorarlberger Tageszeitung'', der mit wirtschaftlichen Problemen kämpfenden zweiten Tageszeitung in Österreichs westlichstem Bundesland. Der neubestellte Herausgeber will der ,,Neuen'' ein klareres eigenständiges Profil verleihen und plant auch die Herausgabe einer Sonntagsausgabe. Zu erwähnen ist des weiteren, daß die Straßenverkaufszeitungen ,,Neue Kronen Zeitung'' und ,,Kurier'' neue Wege des Vertriebs gehen: sie stellen – zunächst in Ostösterreich – von vorwiegend freiem Verkauf an Trafiken und Kiosken systematisch auf Hauszustellung um und erhalten somit – zumindest vertriebstechnisch – den Charakter von Abo-Zeitungen. Auch andere Tageszeitungen intensivieren die Hauszustellung, die die ,,Zeitung am Frühstückstisch'' eher gewährleistet als die Zustellung durch den Postzeitungsdienst.

Mit allen diesen Veränderungen geht unter den Journalisten Österreichs eine Fluktuation einher, wie sie hierzulande schon lange nicht beobachtbar war und von der man sagen kann, daß sie durch deutlich erkennbare Leistungssteigerungen insgesamt für das österreichische Printmediensystem von großem Vorteil ist.

Medienpolitisch führte die Beteiligung ausländischen Kapitals an österreichischen Tageszeitungen (vgl. Abbildung 2, Seite 463) zu einem deutlich hörbaren, vermutlich jedoch zu spät erschallten Ruf nach Pressefusionskontrollmaßnahmen, nach einer restriktiveren Kontrollgesetzgebung sowie nach einer Änderung der Bundespresseförderung. Der parlamentarische Justizausschuß einigte sich zwar auf den Entwurf für ein neues Kartellrecht; ob dieses allerdings jemals Gesetzeskraft erhält, ist ungewiß. Marktwidrige Konzentrationen im Medienbereich sollen außerdem durch eine ins Auge gefaßte, gegenwärtig aber nicht absehbare Novellierung des Mediengesetzes unterbunden werden. Auf bereits bestehende Beteiligungen ausländischer Unternehmen an österreichischen Medienbetrieben dürfte jedoch auch rückwirkend ein neues Mediengesetz ohne Auswirkung bleiben. Im Zuge der politischen Diskussionen über die rasanten Veränderungen in Österreichs Pressewesen wurde verschiedentlich auch eine Änderung des Bundespresseförderungsgesetzes urgiert. U. a. sollten künftig Zeitungen von der staatlichen Förderung ausgeschlossen werden, an denen ausländische Verlage in hohem Maße finanzielle Anteile halten. Die beiden Koalitionsparteien SPÖ und ÖVP konnten sich bislang jedoch nicht auf eine diesbezüglich gemeinsame Linie einigen. Möglicherweise ist aber mit einer Gesetzesnovelle der Bundespresseförderung in der neuen Legislaturperiode (1990–1994) zu rechnen. Vorerst wurde lediglich die „besondere Förderung" für Tageszeitungen mit geringem Anzeigenumfang erhöht (vgl. weiter unten). Grundsätzlich läßt sich zur Debatte über Pressefusionskontrolle, respektive über neue kartellrechtliche Bestimmungen jedoch festhalten: Eine rückwirkende Kapitalentflechtung im Printmedienbereich erscheint realpolitisch eher unmöglich. Immerhin sind die bisherigen Beteiligungen ausländischer Verlage nicht gesetzwidrig erfolgt. Durch strengere künftige kartellrechtliche Bestimmungen würde man außerdem jene Zeitungsverlage benachteiligen, an denen derzeit zwar noch keine ausländischen Unternehmen beteiligt sind, die jedoch aus Konkurrenzgründen künftig möglicherweise eines starken finanziellen Rückhalts bedürfen, der aus eigener Kraft nicht aufgebracht werden kann.

Gesamtbestand der Tagespresse

Der Gesamtbestand der österreichischen Tagespresse läßt sich nach publizistischen Einheiten, redaktionellen Ausgaben sowie lokalen Mutationen erfassen. Als *publizistische Einheiten* bezeichnet man Zeitungen mit Vollredaktionen: (Stamm-) Blätter also, die ihre gesamte Berichterstattung – den Politik-, Wirtschafts-, Kultur-, Lokal-, Sport- und Chronik-Teil – selbst redaktionell erarbeiten und gestalten. Unter *redaktionellen Ausgaben* versteht man Blätter, die von Zeitungen mit Vollredaktionen herausgegeben werden und nur einen umfassenden Lokalteil selbst redaktionell gestalten. Den „Zeitungsmantel", vor allem den Politik-, Wirtschafts- und Kulturteil (mitunter auch noch andere Ressorts), übernehmen sie vom Stamm-

Abbildung 4:

Vorläufiges Gesamtbild der österreichischen Tagespresse

Aufgeschlüsselt nach publizistischen Einheiten, redaktionellen Ausgaben und regionalen bzw. lokalen Mutationen (Stand: Mai 1990).

Publizistische Einheit	Redaktionelle Ausgaben	Regionale/lokale Mutationen
Unabhängige Tageszeitungen		
Neue Kronen Zeitung	Stammausgabe (Österreich/Wien) Steirer Krone OÖ Kronen Zeitung Salzburg Krone Kärntner Krone	Vorabend-Ausgabe Wien* Niederösterreich* Burgenland Tirol Vorarlberg
Kurier	Stammausgabe (Österreich/Wien) Niederösterreich/Bgld. Tirol	Vorabend-Ausgabe Oberösterreich Salzburg Steiermark Vorarlberg Wien* Niederösterreich
Kleine Zeitung	Steiermark*	Graz/Graz-Umgebung Leibnitz Murtal Mürztal Hartberg Vorabend-Ausgabe Steiermark-Ausgabe
	Kärnten*	Vorabend-Ausgabe Kärnten Mittelkärnten (Klagenfurt) Villach Oberkärnten (Hermagor) Wolfsberg Vorabend-Ausgabe Osttirol Osttirol
AZ	Stammausgabe (Österreich) Oberösterreich Salzburg	Wien Niederösterreich/Bgld.
Oberösterreichische Nachrichten	Stammausgabe	keine (vier wöchentliche Lokalbeilagen: „Extra Nachrichten" für Linz, Wels, Steyr sowie Schärding/Braunau/Ried)
Tiroler Tageszeitung	Stammausgabe	keine (lokale Wochenzeitungen: „Innsbruck aktuell" bzw. „Tirol aktuell" für Innsbruck, Tiroler Oberland und Tiroler Unterland als wöchentliche Beilagen)
Die Presse	Stammausgabe	keine
Der Standard	Stammausgabe	keine

* Weitere Regionalisierungen/Lokalisierungen vorgesehen.

Publizistische Einheit	**Redaktionelle Ausgaben**	**Regionale/lokale Mutationen**
Neue Zeit (Graz)	Stammausgabe	Graz Graz-Umgebung Südost-Steiermark West-Steiermark Bezirk Liezen/Ausseer Land Mur-/Mürztal (bis Bruck/M.) Murtal (Judenburg, Knittelfeld, Murau) Bezirk Leoben
Salzburger Nachrichten	Österreich-Ausgabe Salzburg-Ausgabe	keine keine (lokale Wochenzeitungen: ,,Flachgauer Nachrichten", ,,Tennengauer Nachrichten", ,,Pongauer Nachrichten", ,,Pinzgauer Nachrichten" und ,,Lungauer Nachrichten" als wöchentliche Beilagen)
Vorarlberger Nachrichten	Stammausgabe	keine (5 wöchentliche Lokalbeilagen ,,VN-Heimat" für Bregenz, Bludenz, Dornbirn, Feldkirch, Bregenzer Wald)
Neue Vorarlberger Tageszeitung	Stammausgabe	keine
Wiener Zeitung	Stammausgabe	keine
Parteizeitungen		
Kärntner Tageszeitung (SPÖ)	Stammausgabe	täglich: Lavanttal fallweise: Oberkärnten, Mittelkärnten, Unterkärnten, Osttirol
Neues Volksblatt (ÖVP)	Stammausgabe	keine
Salzburger Volkszeitung	Stammausgabe	keine
Volksstimme	Stammausgabe	Wien Oberösterreich Steiermark Kärnten
Summe: 17	27	46 (täglich/fallweise)

Angesichts der Verschiedenartigkeit der redaktionellen Ausgaben und vor allem der regionalen/lokalen Mutationen ist es schwierig, ein zuverlässiges Gesamtbild der österreichischen Tagespresse zu zeichnen. Eine exakte pressestatistische Erfassung insbesondere der Mutationen der Tageszeitungen müßte auf der Basis einer sich über einen bestimmten Zeitraum erstreckenden sogenannten ,,Stichtagszählung" erfolgen.

Quelle: Angaben aus den Redaktionen und Verlagsleitungen der österreichischen Tageszeitungen. Das ,,Salzburger Volksblatt", eine im Regelfalle zweimal wöchentlich erscheinende Zeitung, ist in dieser Statistik nicht enthalten.

blatt. *Mutationen* hingegen sind Ausgaben mit inhaltlich nur geringfügig geänderten, für kleine Regionen oder Bezirke bestimmten Lokalseiten im Umfang von einer halben bis maximal zwei Seiten.

Im Sinne dieser Differenzierung umfaßt der gegenwärtige (Stand: August 1990) Gesamtbestand der österreichischen Tagespresse 17 publizistische Einheiten, die in 27 Ausgaben sowie zusätzlich mit 46 täglichen oder fallweise publizierten Mutationen erscheinen (vgl. Abbildung 4). Ihre Gesamtauflage beträgt knapp 2,75 Millionen Tagesexemplare, wobei es sich hier um die *gedruckte Auflage,* nicht um die verbreitete oder gar um die verkaufte Auflage handelt (vgl. Tabelle 4, Seite 471). Die Druckauflage wird vom Verband Österreichischer Zeitungsherausgeber und Zeitungsverleger (V.Ö.Z.) jährlich geprüft und kontrolliert. Offizielle Angaben über die verbreitete oder verkaufte Auflage gibt es in Österreich nicht, auch ist es nicht möglich, einigermaßen genaue Schätzungen darüber anzustellen. (Unter *verbreiteter Auflage* versteht man alle Exemplare, die verkauft werden oder auch als Freiexemplare für Schulen, Bibliotheken etc. sowie als Werbeexemplare auf den Markt kommen. Die *verkaufte* Auflage ist jene, die tatsächlich via Abonnement oder im freien Verkauf an das Publikum abgesetzt wird.) Die nicht verkauften Zeitungen kommen als Remissionen, Retouren oder Remittenden an die Verlagshäuser bzw. deren Vertriebsorganisationen zu Abrechnungszwecken sowie zur Altpapierverwertung zurück.

Der Anteil der dreizehn unabhängigen Tageszeitungen an der Gesamtauflage beträgt knapp 2,6 Millionen Exemplare oder 94,4 Prozent, jener der vier noch existierenden Parteiblätter knapp 155.000 Exemplare oder 5,6 Prozent. Im Hinblick auf die Druckauflage fällt als besonderes Strukturmerkmal auf, daß es in Österreich einige Zeitungsriesen gibt: Es sind dies mit über einer Million Auflage die ,,Neue Kronen Zeitung'', die somit einen Anteil von 39,1 Prozent an der Gesamtauflage hat. Ihr folgt mit knapp 443.000 Exemplaren (oder 16,1 Prozent) der ,,Kurier''. Diese beiden zur ,,Mediaprint'' gehörenden Tageszeitungen haben folglich mit 1,5 Millionen Exemplaren einen gemeinsamen Auflagenanteil von 55,2 Prozent und sind bundesweit verbreitet. Rechnet man die Auflage der drittgrößten österreichischen Tageszeitung, des steirischen und Kärntner Lokalmatadors ,,Kleine Zeitung'', hinzu, so verfügen diese drei Blätter über einen gemeinsamen Auflagenanteil von 65 Prozent. In diesem Faktum manifestiert sich die Pressekonzentration in Form der Auflagenkonzentration. Die Auflagenanteile der anderen Tageszeitungen muten angesichts dieser Zahlen eher bescheiden an und verhalten sich – trotz vorhandener unterschiedlicher Größenordnungen – relativ ausgewogen zueinander. Dennoch kann man nicht übersehen, daß die großen unabhängigen Bundesländerzeitungen wie ,,Oberösterreichische Nachrichten'', ,,Salzburger Nachrichten'', ,,Tiroler Tageszeitung'' und ,,Vorarlberger Nachrichten'' auch über sehr gute (lokale) Marktpositionen verfügen.

Tabelle 4:

Druckauflage der österreichischen Tagespresse 1989/90

Die hier genannten Zahlen der Druckauflagen (nicht die verkaufte oder verbreitete Auflage) der österreichischen Tagespresse wurden durch die rechnerische Gewichtung der Wochentags-, Wochenend- und Sonn- bzw. Feiertagsauflagen ermittelt (Prüfungszeitraum 2. Jahreshälfte 1989).

Unabhängige Tageszeitungen	**absolut**	**in %**
Neue Kronen Zeitung	1,074.743	39,1
Kurier	442.651	16,1
Kleine Zeitung	268.283	9,8
AZ (inkl. Tagblatt)[1]	138.119	5,0
Oberösterreichische Nachrichten	114.830	4,2
Tiroler Tageszeitung	99.931	3,6
Salzburger Nachrichten	94.566	3,4
Die Presse	78.418	2,9
Der Standard (seit 19. 10. 1988)	74.000	2,7
Neue Zeit (Graz)[2]	72.786	2,6
Vorarlberger Nachrichten	71.010	2,6
Neue Vorarlberger Tageszeitung	37.320	1,4
Wiener Zeitung	26.860	1,0
(13)	2,593.517	94,4
Parteizeitungen	**absolut**	**in %**
Kärntner Tageszeitung (SPÖ)	65.680	2,4
Volksstimme (KPÖ)	46.747	1,7
Neues Volksblatt (ÖVP)	29.988	1,1
Salzburger Volkszeitung (ÖVP)	12.095	0,4
(4)	154.510	5,6
Summe (17)	2,748.027	100,0

Quellen:
Pressehandbuch 1990. Medien und Werbung in Österreich. Wien: Verband Österreichischer Zeitungsherausgeber und Zeitungsverleger 1990, sowie eigene Berechnungen.

[1] bis September 1989 SPÖ; seither unabhängig-linksliberal.
[2] bis Juni 1987 SPÖ; seither unabhängig-sozialdemokratisch.

Die Ende Jänner bzw. Anfang Februar eingestellten Tageszeitungen „Volkszeitung" (Kärnten) und deren Lokalausgabe für Tirol, die „Neue Tiroler Zeitung" (Innsbruck), sind in dieser Tabelle nicht (mehr) enthalten.

Abbildung 5:

Entwicklung der Druckauflage der österreichischen Tagespresse 1946 bis 1990

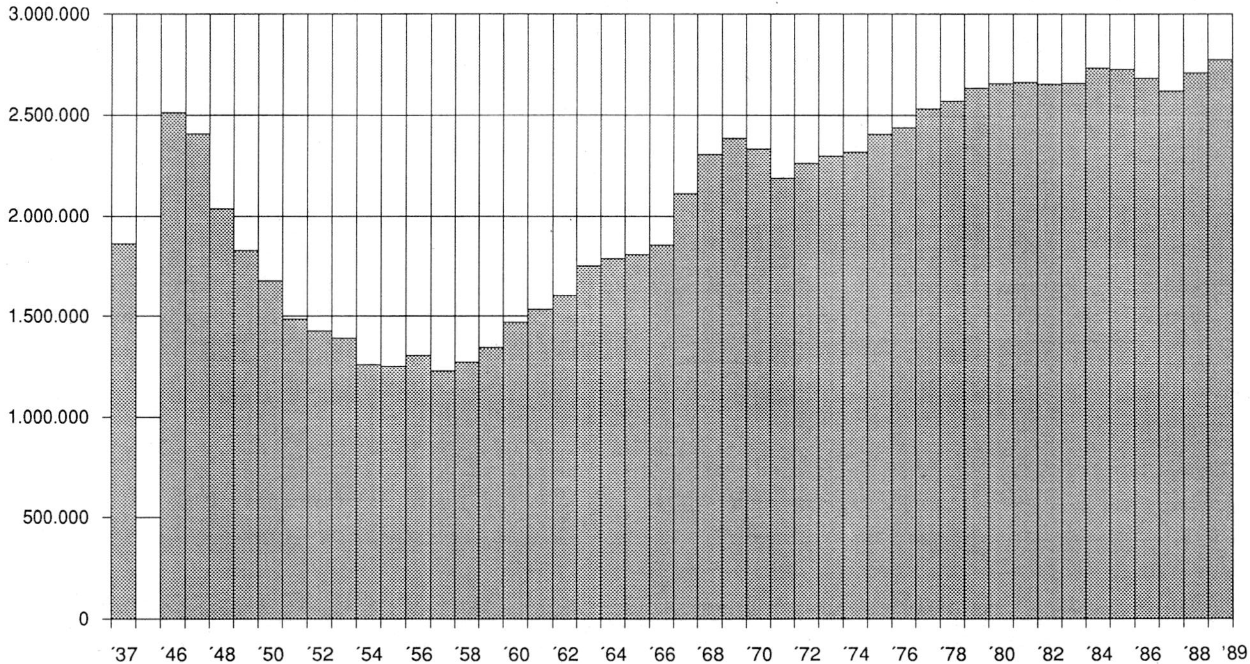

1946: 2,51 Mill. 1957: 1,22 Mill. 1989: 2,77 Mill.

Quelle: Pressehandbuch 1990. Medien und Werbung in Österreich. – Wien: Verband Österreichischer Zeitungsherausgeber und Zeitungsverleger 1990, S. 15.

Als überregional verbreitete Abonnementzeitungen verstehen sich die in Wien erscheinenden Blätter „Die Presse", der im Herbst 1988 neu gegründete „Der Standard" sowie die „Salzburger Nachrichten" mit ihrer seit März 1989 bestehenden Österreich-Ausgabe. Die Bundeshauptstadt Wien verfügt mit immerhin sechs Tageszeitungen (im Sinne publizistischer Einheiten) über eine relativ titelreiche Zeitungslandschaft. In der Steiermark, in Oberösterreich, in Salzburg und in Vorarlberg erscheinen je zwei selbständige Blätter; daneben sind Lokalausgaben von Wiener Tageszeitungen verbreitet. Kärnten und Tirol hingegen zählen zu den Einzeitungsländern: in diesen beiden Bundesländern existieren nur je eine bodenständige Tageszeitung. Ihr Angebot wird ebenfalls durch Lokalausgaben von Wiener Tageszeitungen ergänzt. In Kärnten nimmt die für dieses Bundesland herausgebrachte Ausgabe der „Kleinen Zeitung" eine führende Rolle ein. In Niederösterreich, Österreichs größtem Bundesland, sowie im Burgenland, dem jüngsten Bundesland der Republik, erscheinen keine eigenen bodenständigen Tageszeitungen. Diese beiden Bundesländer werden von Wien aus mit Tageszeitungen versorgt. (Für Niederösterreich ist ein Tageszeitungsstart für Herbst 1990 angekündigt.) Eine eigene Stellung in Österreichs Zeitungswesen nimmt die „Neue Zeit" (Graz) ein. Diese ehemalige SPÖ-Zeitung ist seit Juli 1987 „im Eigentum der Mitarbeiter" und versteht sich seither als unabhängiges sozialdemokratisches Blatt. Eine ebenfalls unabhängige linksliberale Tageszeitung ist, wie bereits erwähnt, seit ihrem Eigentümerwechsel im Herbst 1989 im ehemaligen SPÖ-Zentralorgan „Neue AZ" (Arbeiter-Zeitung) zu sehen, die jetzt „AZ" heißt. Als deklarierte Parteizeitungen haben sich in Österreichs Presselandschaft noch das SPÖ-Blatt „Kärntner Tageszeitung", die zwei ÖVP-Organe „Neues Volksblatt" und „Salzburger Volkszeitung" sowie die kommunistische „Volksstimme" gehalten.

Die Druckauflagenentwicklung der österreichischen Tagespresse ist, wie Abbildung 5 verdeutlicht, von zwei gegenläufigen Phasen geprägt. Zwischen 1946 und 1957 ist ein markantes Absinken der Druckauflage zu verzeichnen, das auf Zeitungseinstellungen zurückzuführen ist. Ab 1958 steigt die Auflage trotz weiterer Titelreduktionen stetig an (vgl. auch Abbildung 1, Seite 457, sowie Tabelle 1, Seite 456). Dieser Auflagenanstieg fällt deutlich mit der Einführung des Fernsehens in Österreich im Jahr 1957 zusammen und signalisiert somit Komplementärfunktionen zwischen Presse und Rundfunk (im Sinne von Radio und Fernsehen). Es gibt für diese Auflagenentwicklung aber noch weitere Gründe, nämlich: Die zahlenmäßig wachsenden Haushaltseinheiten; die bessere Lesefähigkeit durch das höhere Bildungsdurchschnittsniveau; sowie die steigenden Einkommen, die auch sozial schwächeren Schichten den (regelmäßigen) Kauf einer Tageszeitung ermöglichten. Zweifellos spielt in diesem Zusammenhang aber auch der 1959 erfolgte Markteintritt der „Neuen Kronen Zeitung" eine wichtige Rolle. Der vorübergehende Auflageneinbruch zwischen 1970 und 1973 ist auf den damals zu verzeichnenden Pressekonzentrationsschub (Einstellung von fünf Zeitungen zwischen 1967 und 1972) zurückzuführen, konnte jedoch, wie aus der Auflagenkurve hervorgeht, relativ rasch kompensiert werden. 1990 erreichte die Druckauflage der österreichischen Tagespresse ihren Höchststand von knapp 2,77 Millionen Exemplaren.

Wirtschaftliche Lage

Zur wirtschaftlichen Lage der österreichischen Tagespresse gibt es keine zuverlässigen und detaillierten aktuellen Informationen. Aus dem Verband Österreichischer Zeitungsherausgeber und Zeitungsverleger (V.Ö.Z.) liegen derzeit lediglich geschätzte betriebswirtschaftliche Eckdaten zur Erlös- und Kostenstruktur vor.

Erlöse: Anzeigen, Vertrieb

Diesen Schätzungen zufolge sollen die Tageszeitungen ihre Einnahmen im Durchschnitt zu 56 Prozent aus Anzeigenerlösen, zu 42 Prozent aus Vertriebserlösen sowie zu zwei Prozent aus sonstigen Quellen, darunter die Bundespresseförderung, erzielen. Insgesamt sind die Tageszeitungen also in beträchtlichem Maße auf **Werbe- und Anzeigenerlöse** angewiesen, wobei es sehr unterschiedliche Erlösrelationen geben soll. Erlösstrukturen von 70 (Anzeigen) zu 30 (Vertrieb) bei Abonnementzeitungen sollen durchaus keine Seltenheit sein. Für die österreichische Tagespresse ergibt sich hinsichtlich der Anzeigenerlöse aus Markenartikelwerbung, Lokalinsertion und Kleinanzeigen die folgende Besonderheit: Die drei großen auflagenstarken Tageszeitungen „Neue Kronen Zeitung", „Kurier" und „Kleine Zeitung" konzentrieren knapp zwei Drittel der Markenartikelwerbung auf sich, die Bundesländerzeitungen sind folglich in hohem Maße auf Anzeigenerlöse aus Lokalinsertion sowie aus Kleinanzeigen angewiesen. Je stärker die beiden großen Wiener Tageszeitungen mit ihren Lokalausgaben in die Bundesländer vordringen, umso größer ist dort der Wettbewerb um die Anzeigenerlöse. Da die Etats der werbungtreibenden lokalen Wirtschaft und des Handels trotz insgesamt gutem Werbewachstum jedoch nicht unendlich erweiterbar sind, kommt es zu Umverteilungsprozessen, die vor allem zu Lasten der bodenständigen Bundesländertageszeitungen gehen. Die beiden großen Wiener Tageszeitungen „Neue Kronen Zeitung" und „Kurier" sowie die fünf großen Bundesländerzeitungen „Kleine Zeitung", „Oberösterreichiche Nachrichten", „Salzburger Nachrichten", „Tiroler Tageszeitung" und „Vorarlberger Nachrichten" befinden sich zudem in einem unübersehbaren Vorteil: Bei Belegung dieser sieben Blätter mit einem (Markenartikel-)Inserat wird eine österreichweite Haushaltsabdeckung von über 80 Prozent erreicht. (Ob und wie sich die im Herbst 1988 erfolgte Gründung des „Standard" auf die Anzeigenbelegung des „Siebener Ringes" mit Markenartikelwerbung auswirkt, kann so kurze Zeit nach diesem Marktzutritt nicht beurteilt werden.)

Schenkt man Kennern der österreichischen Printmedienszene Glauben, so werfen derzeit nur sieben von 17 österreichischen Tageszeitungen Gewinne ab. Es sind dies jene unabhängigen Tageszeitungen, die in Wien oder in den Bundesländern über marktbeherrschende Positionen verfügen. Einige wenige andere bilanzieren ausgegleichen. Der Rest wird von seinen Herausgebern oder Verlegern – zum Teil unter erheblichen finanziellen Opfern – am Leben erhalten. Auch die bisherigen Maßnahmen der Presseförderung durch Bund und manche Bundesländer haben sich nicht als tragfähig erwiesen, die Medienvielfalt, respektive die der politischen Tagespublizistik, zu gewährleisten; das von Anfang an von Experten eher bezweifelte „Gießkannenprinzip" der Bundespresseförderung war bislang nicht in der Lage, schwächeren (Tages- und Wochen-)Zeitungen effizient über ökonomische Klippen zu helfen.

Im Zusammenhang mit der wirtschaftlichen Lage ist der **Anteil der Tageszeitungen am Gesamtwerbeaufkommen** von Interesse. Diesbezüglich verfügt der österreichische Medienmarkt über relativ gute und auch zuverlässige (Langzeit-)Daten in Form der Erhebungen von Nielsen sowie MMO (Media Market Observer). Diesen Erhebungen zufolge verfügen die Tageszeitungen zwar nach wie vor über den größten Anteil am zügig wachsenden Gesamtwerbeaufkommen, tendenziell ist er in den vergangenen Jahren jedoch rückläufig gewesen. Aus Tabelle 5 (Seite 476) sind die Anteile aller Werbeträger am Gesamtwerbeaufkommen Österreichs ersichtlich. Aus ihr geht auch hervor, daß der Anteil der Tageszeitungen stets Schwankungen unterlag; er betrug 1989 immerhin 31,6 Prozent. Die Tageszeitungen befinden sich hier in einem wachsenden Konkurrenzdruck mit anderen Werbeträgern, vor allem mit Hörfunk und Fernsehen, aber auch mit den Publikumszeitungen und Magazinen. Zwischen 1982 und 1984 beispielsweise konnten die Zeitungsverleger ihren Anteil am Gesamtwerbeaufkommen durch eine in allen Zeitungen geschaltete Anzeigenkampagne („Print gewinnt I") von 34,9 auf 37,4 Prozent steigern. In den folgenden Jahren jedoch fiel dieser Anteil der Tageszeitungen auf 30,5 Prozent (1988) zurück. Jener des Fernsehens hingegen stieg von 26,9 Prozent (1985) auf 29,5 Prozent (1987) an. Ursache dafür dürfte u. a. die (übrigens von den Zeitungsverlegern befürwortete) Ausweitung der Werbung im ORF auf Sonn- und Feiertage gewesen sein – ein Indiz dafür, wie rasch der Werbemarkt auf solche Veränderungen reagiert. Mit der 1987 gestarteten und inzwischen abgeschlossenen Anzeigenkampagne „Print gewinnt II" wollten die Zeitungsverleger das verlorene Werbeterrain wieder zurückgewinnen, was für die Printmedien insgesamt auch gelang.

Tabelle 5:

Medien-Marktanteile am Gesamtwerbeaufkommen in Österreich (1979 bis 1989; in Prozenten)

Medien	1979	1980	1981	1982	1983	1984	1985	1986	1987	1988	1989
Tageszeitungen	37,3	37,3	35,3	34,9	36,4	37,4	36,7	34,0	31,7	30,5	31,6
Wochenzeitungen	4,2	4,7	4,9	4,8	4,3	4,3	5,1	4,8	5,2	6,2	6,9
Publikumszeitungen	9,6	10,0	11,4	10,4	10,7	11,8	12,3	12,9	14,1	17,0	18,7
Plakate	7,3	7,1	7,1	7,0	6,5	7,4	6,9	6,5	6,5	6,2	6,2
Hörfunk	12,1	11,9	12,2	12,8	12,3	12,2	11,5	12,7	13,0	12,0	11,3
Fernsehen	29,5	29,0	29,1	30,1	29,8	26,9	27,5	29,0	29,5	27,0	25,3
Summe	100,0	100,0	100,0	100,0	100,0	100,0	100,0	100,0	100,0	100,0	100,0
Werbeaufkommen gesamt (in Mrd. Schilling)	4,0	4,2	4,7	4,8	5,3	5,9	6,6	7,5	8,1	9,2	11,3

Quelle: Media Market Observer (MMO), Wien 1990.

Die Angewiesenheit der Massenmedien respektive der Tagespresse auf Erlöse aus Werbung und Anzeigeneinnahmen ist nicht unproblematisch. Sie macht die Zeitungen (und andere Medien) nämlich stark konjunkturabhängig: In Zeiten guter wirtschaftlicher Konjunktur verfügt die werbungtreibende Wirtschaft auch über hohe Werbevolumina. Diese wiederum regeln das Anzeigenaufkommen, das auch den wirtschaftlichen Erfolg der Medien mitbestimmt. Länger dauernde Konjunktureinbrüche bedrohen folglich auch die wirtschaftliche Existenz der Massenmedien. Wir können in diesem Zusammenhang interessanterweise beobachten, daß Handel, Industrie und Wirtschaft immer dann besonders werben, wenn die Konjunktur blüht; hingegen fällt die Bereitschaft zur Werbung sofort ab, wenn konjunkturelle Einbrüche zu verzeichnen sind. Die Werbung wirbt also prozyklisch (mit gutem Wirtschaftswachstum) und nicht etwa – wie man vermuten sollte – antizyklisch (also bei schlechtem Wirtschaftswachstum).

Anzeigenaufkommen und Anzeigenpreise – vor allem für Markenartikelwerbung und lokale Geschäftsanzeigen – richten sich weitgehend nach der *Höhe der Auflage* sowie vor allem der *Reichweite* einer Zeitung. Basis für den Anzeigenkosten-Vergleich ist der sogenannte „Tausenderpreis“. Er gibt dem Inserenten die Anzeigenkosten für (je) 1000 erreichte bzw. erreichbare Leser an und ist bei Zeitungen mit hoher Auflage für den Inserenten im Regelfalle günstiger als bei Zeitungen mit kleiner Auflage. Auflagen- und reichweitenstarke Zeitungen sind hinsichtlich des Anzeigenaufkommens folglich im Vorteil und profitieren von der *Anzeigen-Auflagen-Spirale:* Je höher die Auflage und je größer die Reichweite, umso höher das

Anzeigenaufkommen und die Anzeigenerlöse; sie wiederum sind die Voraussetzung für niedrige Bezugspreise, für Investitionsmöglichkeiten und Produktverbesserungen, die wieder zu höheren Auflagen und Reichweiten führen (können). Die Anzeigen-Auflagen-Spirale kommt übrigens den Verlegern, den Anzeigenkunden und den Lesern gleichermaßen zugute: dem Verleger, weil er bei einer höheren Auflage vergleichsweise geringere Stückkosten in der Produktion hat; dem Anzeigenkunden, weil er in den Genuß des günstigeren Tausenderpreises gelangt; und dem Leser schließlich, weil er seine Zeitung zu einem niedrigen Bezugspreis erhält. Gleichwohl ist die erwähnte Problematik der Konjunkturabhängigkeit der Tageszeitungen (und auch der anderen Massenmedien) vor allem im Hinblick auf Anzeigenerlöse nicht zu übersehen.

Die **Vertriebserlöse** der Tageszeitungen setzen sich aus Abonnementgebühren und frei verkauften Exemplaren zusammen. Abonnementzeitungen erhalten, wie ihr Name schon sagt, ihre Vertriebserlöse weitestgehend aus den Abonnementgebühren, Straßenverkaufszeitungen hingegen fast ausschließlich aus dem freien Verkauf an Kiosken, Trafiken sowie in der Straßenkolportage. Kostenintensivster Vertriebsweg der Tageszeitungen ist infolge des dafür erforderlichen hohen Personalaufwandes die verlagseigene Hauszustellung. Im Postzeitungsdienst, der Tageszeitungen und andere Drucksachen zu ermäßigten Gebühren zu den Empfängern bringt, ist eine indirekte Form der Presseförderung zu sehen, die nicht nur den Verlegern, sondern auch den Lesern zugute kommt. Ein zuverlässig und pünktlich (auch am Wochenende) funktionierender Postzeitungsdienst ist für das Pressewesen von eminenter Bedeutung. Vor allem in ländlichen Räumen und dünn besiedelten Regionen sind viele Zeitungen auf den Postzeitungsdienst angewiesen, der für die flächendeckende Versorgung einen wichtigen Beitrag zur Chancengleichheit beim Zugang zu gesellschaftlich relevanten politischen, wirtschaftlichen, kulturellen und sozialen Informationen leistet. Der Vollständigkeit halber ist hier neben der verlagseigenen Hauszustellung, dem Postzeitungsdienst und dem freien Verkauf noch eine weitere Vertriebsform zu nennen, nämlich der Vertrieb über sogenannte Grossisten: das sind auf Vertriebsaufgaben spezialisierte Dienstleistungsbetriebe, die im Auftrag der Verlage die Zeitungen zu den Lesern bringen. 1989 kostete ein Zeitungsexemplar im Einzelverkauf durchschnittlich 7,28 öS; für ein Monatsabonnement waren durchschnittlich 153,38 öS zu bezahlen.

Zu den *sonstigen Erlösen* der Tageszeitungen sind in Österreich die Subventionen aus der **Bundespresseförderung** zu zählen. Sie wurde 1975 als Ersatz für die von den Tageszeitungen zu leistende Umsatzsteuer eingeführt und bestand zunächst aus einer *allgemeinen* Förderung, die allen Tageszeitungen gleichermaßen zugute kam. Im Herbst 1984 wurde das Bundespresseförderungsgesetz um einen Abschnitt 2 zur „*besonderen* Förderung zur Erhaltung der Medienvielfalt" erweitert, der Förderungsbetrag wurde aufgestockt. Seither erhalten solche Zeitungen zu-

Tabelle 6:

Förderungsbeispiele: Bundespresseförderung 1984 und 1989 für die Tageszeitungen
(vor und nach der im Herbst 1984 erfolgten Novelle des Bundespresseförderungsgesetzes)

Titel	Summe 1984	allgemein 1989	besonders 1989	Summe 1989
Neue AZ (bis Sept. 1989 SPÖ)	3,372.253,30	3,202.719,30	9,579.756,40	12,782.475,70
Neue Zeit (bis Juni 1987 SPÖ)	3,372.253,30	3,202.719,30	6,807.874,70	10,010.594,00
Die Presse	3,372.253,30	3,202.719,30	6,299.314,50	9,502.033,80
Neue Volkszeitung (bis Sept. 1989 ÖVP) Mit SVZ und NTZ	3,320.840,10	2,609.394,20	5,826.211,50	8,435.605,70
Kärntner Tageszeitung (SPÖ)	3,372.253,30	3,202.719,30	4,206.923,50	7,409.642,80
Neues Volksblatt (ÖVP)	2,948.234,40	3,060.403,30	3,068.620,00	6,129.023,30
Volksstimme (KPÖ)	3,162.200,00	3,202.719,30	2,306.537,60	5,509.256,90
Neue Vorarlberger Tageszeitung	3,147.729,40	3,119.054,90	1,904.761,90	5,023.816,80
Kleine Zeitung Steiermark/Kärnten	3,372.253,30	3,202.719,30	....	3,202.719,30
Neue Kronen Zeitung	3,372.253,30	3,202.719,30	....	3,202.719,30
Oberösterreichische Nachrichten	3,372.253,30	3,202.719,30	....	3,202.719,30
Salzburger Nachrichten	3,372.253,30	3,202.719,30	....	3,202.719,30
Tiroler Tageszeitung	3,372.253,30	3,202.719,30	....	3,202.719,30
Vorarlberger Nachrichten	3,372.253,30	3,202.719,30	....	3,202.719,30
Wiener Zeitung	2,148.252,40	2,852.775,20	....	2,852.775,20
Kurier	3,372.253,30	2,562.175,40	....	2,562.175,40
Süd-Ost-Tagespost (ÖVP)	3,372.253,30	am 31. 3. 1987 eingestellt		....
Oberösterreichisches Tagblatt mit Salzburger Tagblatt	3,099.066,50	nur noch Nebenausgabe der „Neuen AZ"		....
Der Standard	erst am 19. 10. 1988 gegründet	abgelehnt*	abgelehnt*	abgelehnt*
Summe Tageszeitungen	58,293.365,40	49,433.715,30	40,000.000,10	89,433.715,40
Verteilung der Bundespresseförderungsmittel **vor** der im Herbst 1984 erfolgten Novelle		Verteilung der Bundespresseförderungsmittel **nach** der Novelle (in allgemeine und besondere Förderung)		

* Die im Oktober 1988 neugegründete Tageszeitung „Der Standard" erhielt 1989 deshalb noch keine Förderungsmittel, da sie aufgrund des erst kurzen Bestehens zum Zeitpunkt der Vergabe der Mittel den Förderungsrichtlinien (noch) nicht entsprach.

Die Förderungssummen für die Wochenzeitungen sind in dieser Tabelle nicht enthalten.

Tabelle 7:

Presseförderung für Tageszeitungen 1990

	Allgemeine Förderung	Besondere Förderung	Einmalige Förderung 1990	Gesamt
AZ	2,837.809,00	8,099.337,50	36,896.981,93	47,834.128,43
Neue Zeit	2,837.809,00	6,533.626,20	29,764.297,12	39,135.732,32
Die Presse	2,837.809,00	5,878.141,10	26,778.198,34	35,494.148,44
KTZ	2,837.809,00	3,717.034,70	16,933.158,07	23,488.001,77
Der Standard	2,837.809,00	3,083.904,10	14,048.896,45	19,970.609,55
Neues Volksblatt	2,768.853,70	2,726.336,50	12,419.977,38	17,915.167,58
Volksstimme	2,837.809,00	2,060.335,30	9,385.971,92	14,284.116,22
Neue Vbg. Ztg.	2,837.809,00	1,714.285,70	7,809.523,74	12,361.618,44
SVZ	0,00	2,186.998,90	9,962.994,99	12,149.993,89
Kleine Zeitung	2,837.809,00			2,837.809,00
Kronen Zeitung	2,837.809,00			2,837.809,00
OÖ Nachrichten	2,837.809,00			2,837.809,00
SN	2,837.809,00			2,837.809,00
TT	2,837.809,00			2,837.809,00
VN	2,837.809,00			2,837.809,00
Wiener Zeitung	2,561.913,20			2,561.913,20
Kurier	2,270.247,20			2,270.247,20
	44,492.530,00			244,492.530,60

Quelle: Der Österreichische Journalist 3/1990

sätzliche Förderungsmittel, die von besonderer Bedeutung für die politische Meinungs- und Willensbildung sind, denen jedoch keine marktbeherrschende Stellung zukommt. Durch vorhergehende Novellen des Presseförderungsgesetzes 1976 und 1978 wurden auch Presseclubs und Institutionen der Journalistenausbildung in den Katalog der Förderungswerber aufgenommen. Über die Zuteilung von Förderungsmitteln aus der Bundespresseförderung entscheidet die Bundesregierung, die sich dabei auf die Presseförderungskommission stützt. Diese Kommission besteht aus sieben Mitgliedern, von denen je zwei vom Bundeskanzleramt, vom Verband Österreichischer Zeitungsherausgeber und Zeitungsverleger sowie von der Journalistengewerkschaft für die Dauer von jeweils zwei Jahren berufen werden. Das siebente Mitglied ist der Vorsitzende, auf den sich die Mitglieder der Kommission einigen müssen. Die Höhe der Förderungssummen der Bundespresseförderung – allgemeine wie besondere Förderung – unterlag zwischen 1976 und 1989 Schwankungen zwischen 65 Mill. öS (1988) und 120 Mill. öS (1985). Die Förderungshöchstbeträge aus der allgemeinen Presseförderung lagen zwischen 1,9 Mill. öS (1988) und 3,6 Mill. öS (1985) je Zeitung. Aus Tabelle 6 (Seite 478) gehen die Förderungssummen aus der Bundespresseförderung für die einzelnen Tageszeitungen vor und nach der Novelle 1984 hervor. Die Wochenzeitungen sind hier nicht berücksichtigt. 1990 wurde der Betrag für die „besondere Förderung" von dem ursprünglich vorgesehenen Betrag von 36 Mill. öS auf 200 Mill. öS erhöht. Er ist vor allem Zeitungen mit geringem Anzeigenaufkommen zugute gekommen (vgl. Tabelle 7, Seite 479). Die zwischen 1984 und 1990 ständig vorgenommenen Erhöhungen und Kürzungen der Bundespresseförderung scheinen auch in dieser medienpolitischen Frage ein eher konzeptloses Vorgehen der Bundesregierung zu signalisieren.

Neben der Bundespresseförderung gibt es noch *Presseförderungsmaßnahmen der Bundesländer.* Die Höhe dieser Förderungsmittel ist sehr unterschiedlich; auch werden dabei verschiedene Wege beschritten. In einigen Bundesländern gibt es direkte Subventionen, andere wieder haben größere Insertionsbudgets, wieder andere erlassen den Zeitungen die Anzeigenabgabe. Auch gibt es vereinzelt Investitionshilfen.

Kosten

Den Erlösen der Tageszeitungen stehen andererseits die Kosten gegenüber. In der Zeitungsherstellung fallen – wie in anderen Unternehmen – feste und variable Kosten an. Zu den *festen Kosten* gehört u. a. der finanzielle Aufwand für Personal, Sozialleistungen, Instandhaltung technischer Einrichtungen sowie Gebühren für den Bezug von Agenturen und Pressediensten. *Variable Kosten* fallen vor allem im Bereich der Zeitungsherstellung und im Vertrieb an. Satz-, Papier-, Druck- und Vertriebskosten hängen vom Umfang der Zeitung sowie von der Höhe der Auflage ab. Zeitungsumfang und Auflagenhöhe variieren an den verschiedenen Erscheinungstagen. Vor allem zum Wochenende hin, jeweils freitags und samstags, erscheinen die Zeitungen bekanntlich mit höherer Auflage und erweitertem Umfang. Zu den variablen Kosten zählen des weiteren die Post- und Telekommunikationsgebühren (Telefon-, Fernschreib-, Fax-, Postleitungskosten).

Zu den in den Tageszeitungsverlagen anfallenden Kosten sind ebenfalls keine aktuellen und detaillierten Daten vorhanden. Laut Schätzungen des Verbandes Österreichischer Zeitungsherausgeber und Zeitungsverleger (V.Ö.Z.) gestaltet sich die **Kostenstruktur** wie folgt:

Herstellung (Satz, Druck, Papier)	43,0%
Vertrieb	20,0%
Redaktion	22,0%
Verwaltung	15,0%
	100,00%

Als kostenintensivster Bereich erweist sich folglich die *technische Produktion* der Zeitung, die Satzherstellung, der Druck und die Papierkosten. Darin ist auch der Grund zu sehen, weswegen in den vergangenen Jahren in den Zeitungsverlagshäusern im Bereich der Technik Rationalisierungsmaßnahmen vorgenommen und elektronische Systeme der Zeitungsherstellung eingeführt wurden. Die kostenintensive Texterfassung durch Setzer konnte dadurch in die Redaktionen verlagert werden, wo nun die Journalisten ihre Beiträge nicht mehr auf Schreibmaschinen verfassen, sondern über Bildschirmerfassungsgeräte in hochleistungsfähige Satzrechner eingeben. In vielen Redaktionen wird auch der (Ganz-)Seitenumbruch via Elektronik und Bildschirm hergestellt. Die Geschichte des Zeitungswesens zeigt, daß die bedeutendsten Rationalisierungsmaßnahmen im Zeitungsgewerbe immer schon im Bereich von Satz und Druck vorgenommen wurden. Auf den manuellen Handsatz (1440) folgte mehr als vierhundert Jahre später (1886) der von Othmar Mergenthaler entwickelte manuelle Maschinensatz, dann – etwa 1930 – der lochbandgesteuerte Maschinensatz (Teletype-Setting oder TTS). Eine wichtige Weiterentwicklung war der elektrische Fotosatz (1950), der durch noch viel raschere und leistungsfähigere elektronische Lichtsatzanlagen (ca. 1970) ersetzt wurde. Die Tabelle 8 (Seite 482) gibt Aufschluß über die Steigerung der Setzleistung (Anzahl der gesetzten Zeichen pro Stunde) durch diese jeweils neuen Technologien.

Reichweite und Leserschaft der Tagespresse

Zur Reichweite und Leserschaft der Tagespresse werden seit vielen Jahren regelmäßig Erhebungen durchgeführt. Dabei gelangen mehrere Verfahren zum Einsatz: die „Media-Analyse", die „Optima", die „Roll-MA", die „ÖVA" (Österreichische Verbraucher-Analyse) und andere Methoden. Die Leitwährung unter den Erhebungsverfahren ist in der *„Media-Analyse" (MA)* zu sehen. Es handelt sich dabei, wie in Kapital VIII (Seite 524) ausführlich dargestellt, um eine Umfrage, die im Abstand von jeweils zwei Jahren unter 12.000 repräsentativ ausgewählten Personen in ganz Österreich durchgeführt wird. Die MA ermittelt neben der Reichweite der Tages- und Wochenzeitungen sowie der Zeitschriften auch jene der Hörfunk- und Fernsehprogramme.

Tabelle 8:

Wandel der Zeitungstechnik – Leistung der Satzsysteme

Die Geschichte der technischen Zeitungsherstellung lehrt, daß die durchschlagendsten und nachhaltigsten Rationalisierungsmaßnahmen des Zeitungsgewerbes immer schon im Bereich Satz und Druck erfolgten und darauf abzielten, Texte rascher und weniger personalintensiv zu setzen.

1440 – Handsatz (Gutenberg)	1000–1500 Zeichen/Stunde
1886 – manueller Maschinensatz (Mergenthaler)	5000–6000 Zeichen/Stunde
1939 – lochbandgesteuerter Maschinensatz, Perforatorsatz (TTS-Satz)	8000–9000 Zeichen/Stunde
1950 – Fotosatz	1 Mill.–5 Mill. Zeichen/Stunde
1970 – Lichtsatz (optische Texterfassung OCR)	13 Mill. Zeichen/Stunde
(1985	30 Mill. Zeichen/Stunde)

Die Umstellung auf neue Techniken der Zeitungsherstellung war und ist für das graphische Gewerbe sowie für das Verlagswesen zwar einerseits mit relativ hohen Investitionskosten verbunden; mittel- bis langfristig gewährt sie jedoch eine wesentlich weniger arbeitsteilige, weniger personalintensive und somit kostengünstigere, zugleich aber raschere und drucktechnisch perfektere Herstellung der Zeitung.

Quelle: PÜRER, Heinz: Elektronische Zeitungsherstellung und ihre Folgen. – Salzburg: Kuratorium für Journalistenausbildung 1986.

Laut der zwischen Juli 1989 und Juni 1990 durchgeführten „Media-Analyse 1990" beträgt die Reichweite der österreichischen Tageszeitungen bundesweit 72,8 Prozent. Es ist dies die höchste Reichweite, die die Tageszeitungen jemals erzielen konnten. Aus Tabelle 9 geht die Reichweite der einzelnen Tageszeitungen hervor. Dabei wird deutlich, daß die jeweils auflagenstärksten Tageszeitungen auch die größte Leserschaft erzielen. Auf die Bedeutung hoher Auflagen und Reichweiten für das Anzeigenaufkommen wurde bereits hingewiesen (vgl. Seite 476). Auch ist die publizistische Macht von Zeitungen mit Monopolstellung nicht zu übersehen. Aus Gründen der Meinungsvielfalt sollte verantwortlicher und verantworteter Journalismus in großen Zeitungen daher darauf verzichten, Themen zu favorisie-

Tabelle 9:

Reichweite der österreichischen Tageszeitungen 1989/90

(Gesamtreichweite aller Tageszeitungen: 4,58 Millionen Leser oder 72,8 Prozent österreichweit.)

	Reichweite in Prozenten	Projektion
Unabhängige Tageszeitungen		
Neue Kronen Zeitung	42,6	2,681.000
Kurier	14,9	941.000
Kleine Zeitung (Graz und Klagenfurt)	10,5	659.000
Oberösterreichische Nachrichten	4,9	307.000
Tiroler Tageszeitung	4,2	262.000
Der Standard	3,8	242.000
AZ (inkl. Tagblatt Linz und Salzburg)	3,7	235.000
Salzburger Nachrichten	3,4	217.000
Die Presse	3,3	210.000
Vorarlberger Nachrichten	2,8	178.000
Neue Zeit	2,0	123.000
Neue Vorarlberger Tageszeitung	1,5	96.000
Wiener Zeitung	keine Angaben	
Parteizeitungen		
Kärntner Tageszeitung (SPÖ)	1,6	103.000
Neues Volksblatt (ÖVP)	1,1	69.000
Salzburger Volkszeitung	0,4	25.000
Volksstimme	keine Angaben	

Quelle: Media Analyse 1990

Der Anteil der Parteizeitungen am Gesamtbestand der österreichischen Tagespresse an Auflage und Reichweite ist inzwischen sehr klein. Den Niedergang der Parteizeitungen haben die politischen Parteien als deren Herausgeber zum großen Teil selbst mitverschuldet: Sie haben lange Zeit frühe Mahnungen ihrer eigenen Chefredakteure mißachtet, die darauf hingewiesen haben, daß eine primär auf (Partei-)Politik und politisches Funktionärswesen konzentrierte Berichterstattung zum Überleben der Parteipresse auf Dauer nicht reicht.

Tabelle 10:

Zeitungsnutzung nach demographischen Merkmalen 1989/90

	Reichweite in Prozenten	Projektion
Gesamtreichweite der Tageszeitungen	72,8	4,586.000
Mediennutzung nach Geschlecht		
Männer	75,5	2,245.000
Frauen	70,3	2,341.000
Mediennutzung nach Altersgruppen		
14–19 Jahre	63,8	388.000
20–29 Jahre	72,8	937.000
30–39 Jahre	76,2	814.000
40–49 Jahre	78,5	811.000
50–59 Jahre	74,4	598.000
60–69 Jahre	72,7	572.000
70 Jahre oder älter	64,9	466.000
Mediennutzung nach Lebensphasen		
Phase 1	67,3	392.000
Phase 2	74,2	617.000
Phase 3	75,0	294.000
Phase 4	71,5	568.000
Phase 5	73,9	518.000
Phase 6	79,5	844.000
Phase 7	69,8	1,352.000
Mediennutzung nach sozialer Schicht		
Schicht A	83,1	572.000
Schicht B	78,1	1,008.000
Schicht C1	74,1	928.000
Schicht C2	72,3	896.000
Schicht D	67,2	827.000
Schicht E	59,1	354.000
Mediennutzung nach Schulbildung		
Volks-/Hauptschule	64,9	1,490.000
Berufs-/Fachschule	75,5	2,306.000
Matura	81,7	607.000
Hochschule/Universität	87,3	183.000

Tabelle 10 (Fortsetzung):

	Reichweite in Prozenten	Projektion
Mediennutzung nach persönlichem Nettoeinkommen		
keines	69,3	824.000
bis öS 9.999,–	66,5	1,402.000
öS 10.000,– bis 19.999,–	77,0	1,854.000
öS 20.000,– bis 29.999,–	82,8	378.000
öS 30.000,– oder mehr	90,9	128.000
Mediennutzung nach Haushaltseinkommen		
bis öS 9.999,–	60,5	443.000
öS 10.000,– bis 19.999,–	70,6	1,569.000
öS 20.000,– bis 29.999,–	74,3	1,395.000
öS 30.000,– bis 39.999,–	78,8	730.000
öS 40.000,– oder mehr	82,8	449.000
Mediennutzung nach Berufsgruppen		
Selbständige/freie Berufe	82,4	201.000
Leitende Angestellte/Beamte	88,4	154.000
Qualifizierte Angestellte/Beamte	82,7	619.000
Sonstige Angestellte/Beamte	78,2	480.000
Facharbeiter/Meister	74,8	500.000
Sonstige Arbeiter	71,6	447.000
Landwirte	51,6	124.000
in Ausbildung stehende	67,3	392.000
in Pension befindliche	70,4	849.000
nicht Berufstätige	68,3	820.000
Mediennutzung nach Bundesland		
Wien	77,0	988.000
Niederösterreich	67,1	806.000
Burgenland	74,2	164.000
Steiermark	74,9	725.000
Kärnten (mit Osttirol)	80,6	393.000
Oberösterreich	68,0	715.000
Salzburg	71,6	266.000
Tirol (Nord)	67,9	305.000
Vorarlberg	83,7	223.000
Mediennutzung nach Ortsgröße		
bis 2.000 Einwohner	66,6	969.000
bis 5.000 Einwohner	68,2	936.000
bis 50.000 Einwohner	74,8	1,067.000
über 50.000 Einwohner	82,0	625.000
Wien	77,0	988.000

Quelle: Media Analyse 1990; Erhebungszeitraum Juli 1989 bis Juni 1990

ren oder zu unterdrücken, Personen zu bevorzugen oder zu benachteiligen oder andere Formen der Medienmacht auszuspielen.

Die MA ermittelt die Mediennutzung der Printmedien auch nach den demographischen Merkmalen wie Alter, Beruf, formale Bildung, soziale Schichten, Ortsgröße, Haushaltseinkommen. Aus Tabelle 10 (Seite 484 f.) ist die Mediennutzung nach demographischen Merkmalen ersichtlich. Zu den intensiven Zeitungslesern gehören offensichtlich primär Personen im Alter zwischen 40 und 49 Jahren; selbständig, freiberuflich oder in leitenden Positionen Tätige; Akademiker und Maturanten; Angehörige der oberen Schichten sowie gut Verdienende. In Orten mit hohen Einwohnerzahlen (wo die Zeitungen offensichtlich auch rascher verfügbar sind) wird mehr Zeitung gelesen als in einwohnerschwachen Gebieten. Aufgegliedert nach Bundesländern, gehören die Vorarlberger, relativ betrachtet, zu jenen, die am meisten Zeitung lesen. Die Daten der MA sind nur den im Verein „Media-Analysen" zusammengeschlossenen Auftraggebern zugänglich und werden für jedes einzelne Mitgliedermedium detailliert ausgewertet. Sie kommen den Medien selbst sowie den Werbetreibenden und Anzeigenkunden zugute. So können sich die Journalisten ein Bild über die Größe und Struktur ihrer Leserschaft machen. Die Verleger haben in den MA-Daten eine wichtige Grundlage für die Festlegung der Anzeigenpreise. Die Werbeplaner schließlich können anhand der Daten Streupläne für die Anzeigenwerbung entwickeln. Nicht zuletzt ist für Medienforscher interessant, wie sich Mediennutzung und Leseverhalten im Langzeitschnitt entwikkeln und verändern.

Zukunftsaspekte der Tagespresse

In Österreichs Printmediensektor geht derzeit ein beachtlicher Strukturwandel vor sich. Man kann von einer Umgestaltung der Presselandschaft sprechen, die möglicherweise noch lange nicht abgeschlossen ist. Nicht auszuschließen ist, daß weitere Beteiligungen ausländischer Verlage an österreichischen Tages- und Wochenzeitungen erfolgen. Abzuwarten bleibt, wie sich die neugegründete Tageszeitung „Der Standard" sowohl auf dem Markt der Leser als auch auf dem der Anzeigen entwickelt und auf lange Sicht als überlebensfähig erweist; viele Anzeichen sprechen dafür. Auch ist damit zu rechnen, daß viele Zeitungen ihre Aktivitäten für Regionalisierungs- und Lokalisierungsmaßnahmen weiterentwickeln. So treibt beispielsweise die „Kleine Zeitung" (Graz und Klagenfurt) ihre flächendeckende Regionalisierung in der Steiermark sowie in Kärnten zügig voran. Mit Spannung kann man drei angekündigten Tageszeitungsgründungen entgegensehen: So hat Kurt Falk, ehemaliger Miteigentümer der „Neuen Kronen Zeitung", bekanntgegeben, mit dem Verkauf seiner „Krone"-Anteile 1991 eine Billigpreiszeitung in Form einer Tagesillustrierten herauszubringen. Auch Hans Dichand, ehemaliger Partner von Kurt Falk und seit 1988 Mehrheitseigentümer der „Neuen Kronen Zeitung", plant ein neues Billigpreisblatt, das wie jenes Kurt Falks nur öS 3,– kosten soll. Beide Objekte zielen auf einen jungen, modernen, städtisch-liberalen Markt. Eine dritte Tageszeitungsgründung ist seitens des Verlegers einer Gratiszeitung für Niederösterreich angekündigt: Das Objekt soll „Guten Tag, Niederösterreich" heißen und bereits im Herbst 1990 auf den Markt kommen.

Ob der österreichische Markt diese neuen Gründungen zu tragen vermag, bleibt ebenso abzuwarten wie die Folgen, die mit diesen Gründungen (sofern sie tatsächlich auch realisiert werden) für die anderen Zeitungen verbunden sein werden. Einerseits wird den bestehenden Zeitungen beträchtliche Konkurrenz erwachsen, und es ist nicht auszuschließen, daß mancher bereits bestehende Titel aus der Zeitungslandschaft verschwindet. Andererseits kann man nicht übersehen, daß der Marktzutritt für Tageszeitungen in (scheinbar) gesättigten Märkten sehr schwierig ist. Dieser Marktzutritt findet übrigens auf zwei Märkten statt: dem Markt der Leser und dem Markt der Anzeigenkunden. Für einen „Newcomer" fehlt im Regelfalle eine konkurrenzfähige Grundlage für Anzeigenaufträge, zumal über die Größe und Reichweite des vermuteten bzw. angepeilten Leserkreises keine Informationen vorliegen. Auch ist es oft schwer, die vorhandenen Leser-Blatt-Bindungen der bereits auf dem Markt befindlichen Zeitungen zu erschüttern. Zeitungsneugründungen kämpfen also mit den Nachteilen der Marktposition und mit dem Problem der Kostenstruktur. Für den Marktzutritt ist folglich ein hoher Kapitaleinsatz erforderlich. Für die von Kurt Falk sowie von Hans Dichand angekündigten Zeitungsneugründungen dürfte dieser Kapitalaufwand (wie kein Geringerer als Hans Dichand selbst vermutet) je 1 Mrd. öS betragen. Die Marktzutrittsphase wird im allgemeinen mit fünf Jahren veranschlagt. Spätestens dann müßte – im positiven Fall – der sogenannte „Break-even-point" erreicht sein: der Zeitpunkt also, zu dem die Erlöse die Kosten decken und eine neue Zeitung allmählich in die Gewinnzone gelangt.

Des weiteren ist ungewiß, wie sich die in unabhängige Zeitungen umgewandelten ehemaligen Parteiblätter entwickeln werden sowie welcher Zukunft die noch bestehenden Parteizeitungen entgegensehen. Seitens der kommunistischen „Volksstimme" liegt eine Absichtserklärung vor, den Charakter einer Parteizeitung ablegen zu wollen, die Zeitung jedoch im Besitz der KPÖ zu halten. Die Noch-ÖVP-Tageszeitung „Salzburger Volkszeitung" (SVZ) will in Zukunft als parteiungebundene bürgerliche Heimatzeitung erscheinen. Kaum zu beurteilen ist, wie sich eine mögliche Öffnung des Funkmediensektors für private Radioprogramme auf die Zeitungen auswirken wird. Ein im August 1989 vom Verband Österreichischer Zeitungsherausgeber und Zeitungsverleger (V.Ö.Z.) sowie vom ORF gemeinsam erarbeitetes Modell („Radioprint") für private Radioprogramme mit vorrangiger Beteiligung der Verleger unter dem Dach des ORF fand bislang zwar nicht die Zustimmung der Regierung; mit der Zulassung privater Radios – in welcher Form von Anbietern oder Anbietergemeinschaften auch immer – wird in der neuen Legislaturperiode (1990–1994) im allgemeinen jedoch gerechnet.

Generell von Bedeutung für die Zukunft der Zeitung (und auch der anderen Medien) sind einige Faktoren, die von den Medien selbst nicht oder nur in geringem Ausmaß steuerbar sind, nämlich die Bevölkerungsentwicklung, die Freizeitentwicklung, die Kaufkraftentwicklung und der Wertewandel. Aus der Bundesrepublik Deutschland liegen Erkenntnisse vor, über die auch in Österreich nachzudenken sich lohnt. So ist in allen westlichen Industrieländern die Bevölkerungsentwicklung rückläufig – ein Trend, der auch für Österreich vorausgesagt wird. Der Anteil der Kinder und Jugendlichen geht zurück, der Anteil der älteren Menschen steigt an – es tut sich ein Markt der „Alten" auf. Mit länger dauernder und somit später endender Ausbildung geht zudem eine Änderung der Familienplanung einher. Der Zeitpunkt, zu dem von jungen Lesern eine Zeitung angeschafft wird, verschiebt sich nach hinten. Hinzu kommt, daß die Leseunlust bei Jugendlichen und jungen Erwachsenen steigt.

Fraglich ist auch, wie sich die wachsende Freizeit künftig auf die Mediennutzung auswirken wird. Schon jetzt läßt sich beobachten, daß trotz vermehrt verfügbarer Freizeit und trotz der Umfangerweiterung des redaktionellen Angebots der Tageszeitungen die Zeitungslesedauer nicht nur stagniert, sondern sogar rückläufig ist. Als schwer zu beurteilen bleibt, ob infolge der allgemein steigenden Kaufkraft die Medienbudgets der Haushalte mehr den elektronischen Medien oder den gedruckten zugute kommen. Nicht zu übersehen ist ein gesellschaftlicher Wertewandel *gegen* den Fortschrittsoptimismus der Industriegesellschaft und *für* ein Nachdenken über Folgen und Risiken der Modernisierung. Die Konsumenten werden kritischer, die „Treue zur Marke" scheint abzunehmen. Für die Massenmedien, respektive die Zeitung, tut sich hier ein weites Feld publizistischen Wirkens auf.

Den Zeitungen erwächst für die Zukunft auch die Aufgabe, derzeit beobachtbare Defizite der Tagespresse wettzumachen. Themen wie „Jugend", „Frau" und „ältere Menschen" kommen in der Zeitungsberichterstattung eher selten vor. Im Wirtschafts- und Kulturteil dominiert eine Fachsprache, die von zahlreichen Lesern nicht verstanden wird. Politischer Teil und Lokalteil sind zu stark personalisiert. Der Dienstleistungscharakter der Tageszeitung ist noch zu wenig ausgeprägt, die Unterhaltung wird fast ganz den Funkmedien überlassen. Die Anzeigenteile sind zu unstrukturiert, viele Anzeigen (u. a. Markenartikel und Lokalinsertion) sind mit Informationen überfüllt. Kleinanzeigen sind nach wie vor sehr teuer.

Trotz dieser Defizite spricht vieles per se für die Zukunft der Zeitung. Die Zeitung ist (trotz Radio und Fernsehen) ein aktuelles und vor allem sehr universelles Medium. Sie hat die Möglichkeit, tagesaktuelle Ereignisse differenzierter, umfassender und hintergründiger aufzuarbeiten, als Hörfunk und Fernsehen dies können. In der

Lokalberichterstattung nimmt die Tageszeitung unter allen Medien nach wie vor die erste Position ein und kann sie komplementär besonders gut auf lokales Radio (und Fernsehen) reagieren. Die Zeitung ist ein rasch und disponibel verfügbares Medium, das überall und jederzeit relativ bequem zu nutzen ist. Sie gestattet dem Leser zurück-, vor- und überzublättern und ist im Gegensatz zu den flüchtigen Medien Hörfunk und Fernsehen ein sehr statisches. Aus einer in der Schweiz angefertigten Delphi-Studie unter Medienexperten und Medienkosumenten über „Medien 2000" geht hervor, daß die Zeitung auch in Zukunft das *erste* Medium für Information und Orientierung bleiben wird. Auch Österreichs Tageszeitungen haben die Chance, diese vorrangige Position zu verteidigen. *Heinz Pürer*

2. Wochenzeitungen

Der Markt der Wochenzeitungen, Magazine, Illustrierten, Gratisanzeiger und Zeitschriften unterliegt aufgrund ständig erfolgender, mitunter aber nur kurzfristig existierender Neugründungen und Titeleinstellungen stets leichten Schwankungen und ist pressestatistisch nicht exakt faßbar. Das „Pressehandbuch 1990" weist noch 133 Wochenzeitungen aus. Bei diesen im „Pressehandbuch" angegebenen Titeln ergeben sich allerdings immer noch Klassifikationsprobleme. Im wesentlichen lassen sich in Anlehnung an die Medienberichte II und III folgende Funktionsgruppen unterscheiden:

a) überregional verbreitete und aktuelles politisches und kulturelles Geschehen berichtende und kommentierende Wochenblätter (wie die „Furche" oder „präsent");

b) lokale und regionale Wochenblätter mit Tageszeitungsfunktion (ihnen ist der Großteil der als Wochenzeitung im „Pressehandbuch" aufscheinenden Titel zuzuordnen, wie die „Neue NÖN" (Niederösterreichische Nachrichten), „Oberösterreichische Rundschau" usw.;

c) kleinere Wochenzeitungen lokalen Zuschitts, die diese Tageszeitungsersatzfunktion nicht oder nur in sehr eingeschränktem Maße erfüllen (z. B. „Bote von der Ybbs", „Erlauftal-Bote");

d) die katholischen, von den Diözesen herausgegebenen, *wöchentlich erscheinenden Kirchenzeitungen* und Sonntagsblätter (wie „Kirche bunt", „Rupertusblatt");

e) wöchentlich erscheinende Organe (teils auch Fachorgane), die von Parteien (z. B. „Kärntner Nachrichten", „bf", „bvz" usw.), Interessenvertretungen und Verbänden (z. B. „Die Wirtschaft", „Agrar-Post", „Der Salzburger Bauer" usw.), Ämtern und Behörden herausgegeben werden;

Tabelle 11:

Bestandsentwicklung Wochenzeitungen

	1953		1961		1971		1989	
Bundesland	Anzahl	Prozentsatz	Anzahl	Prozentsatz	Anzahl	Prozentsatz	Anzahl	Prozentsatz
Burgenland	4	2,6	6	3,6	5	3,4	5	3,8
Kärnten	9	5,8	9	5,4	9	6,1	6	4,5
Niederösterreich	40	25,6	48	29,1	42	28,6	51	38,3
Oberösterreich	16	10,3	14	8,5	14	9,5	11	8,3
Salzburg	7	4,5	7	4,2	7	4,8	8	6,0
Steiermark	15	9,6	15	9,1	16	10,9	10	7,5
Tirol	15	9,6	12	7,3	13	8,8	29	14,3
Vorarlberg	8	5,1	11	6,7	11	7,5	6	4,5
Wien	42	26,9	43	26,1	30	20,4	17	12,8
Österreich	156	100,0	165	100,0	147	100,0	133	100,0

Quelle: Pressehandbuch 1990. Medien und Werbung in Österreich. – Wien: V.Ö.Z. 1990, S. 13.

Tabelle 12:

Reichweite ausgewählter Wochenzeitungen 1989/90

	Reichweite in Prozenten	Projektion
Neue NÖN	8,8	556.000
OÖ. Rundschau	7,4	467.000
Ring Niederösterreichischer Wochenzeitungen	2,7	172.000
Salzburger Woche	2,6	163.000
BF (Burgenland Woche)	1,6	99.000
Die Steirische	1,6	98.000
Blickpunkt Tirol	1,4	85.000
Murtaler Zeitung	1,2	75.000

Quelle: Media Analyse 1990

Tabelle 13:

Presseförderung für Wochenzeitungen 1990

Anzeiger für die Bezirke		Kitzbüheler		Rupertusblatt	454.872,00
Bludenz und Montafon	78.749,90	Bezirksnachrichten	78.749,90	Salzkammergut-Zeitung	454.872,00
Außerferner Nachrichten	78.749,90	Mühlviertler Rundschau	272.923,20	Salzburger Volksblatt	454.872,00
Badener Zeitung	78.749,90	Murtaler Zeitung	78.749,90	Salzburger Woche	Abgelehnt
BF	454.872,00	Nas Tednik	120.689,30	Samstag	398.225,50
Blickpunkt	454.872,00	Nedelja	122.256,30	Slovenski Vestnik	118.384,90
Braunauer Rundschau	136.461,60	NFZ – Neue Freie		Sonntagsblatt für	
BVZ – Burgenländische		Zeitung	452.687,50	Steiermark	103.298,10
Volkszeitung	454.872,00	Neue Illustrierte		Sonntagspost (Wörgl)	78.749,90
Crikveni Glasnik		Wochenschau	454.872,00	Sport und Toto	191.043,00
Gradisca	19.197,60	Die Neue –		Sportfunk	126.770,90
Der Ennstaler	78.749,90	NÖ Landeszeitungen	454.872,00	Die Steirische	345.621,30
Falter	454.872,00	Der neue Obersteirer	78.749,90	Steirische Wochenpost	454.872,00
Frauenblatt	305.067,00	NÖN – Niederöster-		Steyrer Zeitung	78.749,90
Die Furche	454.872,00	reichische Nachrichten	454.872,00	Tiroler Bauernzeitung	78.749,90
Gemeindeblatt	78.749,90	Obersteirische		Vorarlberger Kirchenblatt	215.273,90
Hrvatske Novine	171.395,50	Nachrichten	78.749,90	Vorarlberger Volksbote	120.370,00
Kärntner Kirchenzeitung	136.092,60	Obersteirische Zeitung		Vöcklabrucker Rundschau	68.230,80
Kärntner Nachrichten	300.823,00	Obersteirische VZ	78.749,90	Welser Rundschau	204.692,40
Kirche Bunt	98.356,50	Der Österreichische		Wiener Kirchenzeitung	454.872,00
Kirchenzeitung der		Bauernbündler	454.872,00	Wiener Sport am Montag	185.797,20
Diözese Eisenstadt	82.854,90	Präsent	454.872,00	Die Wirtschaft	437.870,40
Kirche – Wochenzeitung		Profil	454.872,00	Wochenpresse	454.872,00
für das Bistum Innsbruck	381.171,30	Rieder Volkszeitung	341.154,00	Wörgler und Kufsteiner	
Kirchenzeitung der		Ring NÖ		Rundschau	78.749,90
Diözese Linz	134.540,20	Wochenzeitungen	363.897,60	**Summe**	**14,790.469,10**

Quelle: Der Österreichische Journalist 3/1990

f) sonstige, aufgrund ihrer Verschiedenartigkeit *nicht zuordenbare Typen* (wie „Samstag", „Neue Wochenschau", „Roman-Zeitung", „Sportfunk" usw.).

Aus Tabelle 11 (Seite 490) ist die Bestandsentwicklung der Wochenzeitungen seit 1953 ersichtlich.

Als stärkste Gruppe erweisen sich die vor allem in Ostösterreich verbreiteten lokalen und regionalen Wochenzeitungen, die respektive in Niederösterreich und im Burgenland, wo es keine bodenständigen Tageszeitungen gibt, eine Tageszeitungsersatzfunktion erfüllen. Die wohl schwerwiegendste Veränderung im Bereich der Wochenzeitungen lokalen bzw. regionalen Typs vollzog sich 1987 in Niederösterreich. Dort übernahm das größte Wochenzeitungsverlagsunternehmen, das „Niederösterreichische Pressehaus" (St. Pölten), den zweitgrößten Zeitungsvertrieb, den ehemaligen „Faber-Verlag" (Krems). Im „Niederösterreichischen Pressehaus" erschienen bis Mai 1990 die 27 Lokalausgaben des Zeitungsrings „Niederösterreichische Nachrichten", im ehemaligen „Faber-Verlag" kamen unter dem Titel „Die Neue" 17 Lokalausgaben der Landeszeitung für alle Niederösterreicher heraus. Das „Niederösterreichische Pressehaus" wollte ursprünglich beide Zeitungsringe – die „Niederösterreichischen Nachrichten" sowie „Die Neue" – weiterführen, fusionierte sie jedoch im Frühjahr 1990 und nahm eine Umstrukturierung des Verlagsprogramms vor. Im Niederösterreichischen Pressehaus erscheinen nun: die 24 Ausgaben der „Neuen NÖN", die vier Stadtzeitungen für Krems, Mödling, St. Pölten und Wr. Neustadt sowie (ab Herbst 1990) „Der Niederösterreicher", die Landesausgabe der „Neuen NÖN". Diese Landesausgabe bietet einen Überblick über Geschehen und Probleme des Landes Niederösterreich und hat sich auch zum Ziel gesetzt, die Hauptstadtwerdung von St. Pölten publizistisch zu begleiten. Das Blatt will auch eine Stimme Niederösterreichs in Wien und in den anderen Bundesländern sein.

Auch in den anderen Bundesländern erscheinen regionale und lokale Wochenzeitungen, jedoch nicht so zahlreich wie in Niederösterreich (vgl. Tabelle 10). Ein großer, die oberösterreichische Medienlandschaft dominierender Wochenzeitungsring ist in den sieben Ausgaben der „Oberösterreichischen Rundschau" mit ihrer Auflage von 253.000 Exemplaren zu sehen. In Tirol fällt die große Zahl vieler kleiner Wochenzeitungen auf. Bemerkenswert ist, daß in Süd- und Westösterreich in zunehmendem Maße Tageszeitungsverlage auch Wochenzeitungen verlegen. In Wien gibt es wöchentlich erscheinende Bezirksblätter bzw. -journale, die mehrheitlich jedoch den Gratiszeitungen zuzurechnen sind (vgl. weiter unten). Aus Tabelle 12 geht die Reichweite einiger regionaler/lokaler Wochenzeitungen hervor.

Einen nicht zu übersehenden Faktor im Markt der Wochenzeitungen stellen die wöchentlich erscheinenden Kirchenzeitungen und kirchlichen Sonntagsblätter dar. Sie verfügen immerhin über eine gemeinsame Auflage von über 450.000 Exemplaren.

Die Druckauflage aller regionalen bzw. lokalen Wochenzeitungen steht nicht exakt fest. Sie dürfte, wie Wochenzeitungsexperten schätzen, bei ca. 1,5 Millionen Exemplaren liegen (wobei hier die wöchentlich erscheinenden Kirchenblätter miteingerechnet sind).

Auch die Wochenzeitungen und einige Wochenmagazine erhalten Subventionen aus der Bundespresseförderung. Die Förderungsbeträge sind jedoch, wie aus Tabelle 13 (Seite 491) ersichtlich ist, wesentlich kleiner als jene für die Tageszeitungen.

Heinz Pürer

3. Andere publizistische Formen

Zeitschriften und Magazine

Wenngleich die Begriffe in diesem Bereich oft verschwimmen (das Pressehandbuch verwendet für diese Gruppe die Benennung „Illustrierte und Magazine"), kann man die insgesamt 88 Titel grob einteilen in Publikumszeitschriften, Fachzeitschriften, politische Magazine und Wirtschaftsmagazine. Hier seien nur einige Beispiele genannt. *Publikumszeitschriften:* „Bunte Österreich": Druckauflage 1989: 96.400; „Burda Moden" 98.000; *Fachzeitschriften:* „Auto Touring" 852.400; „Auto-Revue" 104.000. *Nachrichtenmagazine:* „profil" 106.000; „Wochenpresse" 46.500. *Wirtschaftsmagazine:* „trend" 93.000; „Gewinn" 85.000. Zusätzlich: „Das Beste" 221.000 etc.

Spektakulärstes Ereignis der letzten Jahre auf dem österreichischen Markt der Illustrierten und Magazine war neben anderen Zeitungs- bzw. Zeitschriftengründungen zweifellos der zu Jahresbeginn 1985 erfolgte Marktzutritt der unabhängigen Wochenillustrierten „Die ganze Woche". Das am 14. Februar 1985 vom damaligen Noch-Hälfte-Eigentümer der „Neuen Kronen Zeitung", Kurt Falk, überraschend und marktstrategisch mit beispielloser Professionalität publizierte Blatt (Startauflage: 700.000 Exemplare wöchentlich), eine Mischung von Programmzeitschrift und Illustrierter im Yellow-Press-Charakter, hat inzwischen eine Auflage von 850.000 Stück und verfügt laut Media-Analyse 1990 über eine Reichweite von knapp 2,17 Millionen Lesern (=34,4 Prozent österreichweit). Gemessen an ihrer Verbreitung, ist „Die ganze Woche" nach dem ORF und der „Neuen Kronen Zeitung" somit das drittgrößte Massenmedium des Landes. Der Markteintritt der „Ganzen Woche" war mit ein Grund für die zur Jahreswende 1985/86 erfolgte Einstellung der Österreich-Ausgabe der Springer-Programmzeitschrift „Hör zu"; sie hatte immerhin eine Druckauflage von 147.000 Wochenexemplaren und verfügte über eine Reichweite von 600.000 Lesern.

Tabelle 14:

Reichweite ausgewählter Illustrierter, Magazine, Zeitschriften, Mitgliederzeitschriften und TV-Supplements 1989/90

	Reichweite in Prozenten	Projektion
Die ganze Woche	34,4	2,168.000
Bunte	8,5	537.000
Freizeitrevue	8,3	522.000
Neue Wochenschau	1,4	86.000
profil	7,8	491.000
Wochenpresse	3,7	236.000
Die Furche	0,7	44.000
trend	9,8	620.000
Gewinn	7,4	465.000
Cash Flow	3,3	207.000
Option	1,2	78.000
Wiener	9,5	597.000
Basta	9,0	566.000
Burda Moden	12,3	776.000
Brigitte	6,4	404.000
Freundin	6,4	402.000
Für Sie	5,9	373.000
Welt der Frau	5,6	352.000
Schöner Wohnen	7,6	477.000
Besser Wohnen	5,1	321.000
Zuhause	2,9	185.000
ORF-Nachlese	13,3	841.000
Auto Revue	11,6	729.000
Sport Magazin	5,7	359.000
DR Gesundheit	4,9	309.000
Auto Touring (ÖAMTC)	27,4	1,729.000
Freie Fahrt (ARBÖ)	11,4	718.000
Solidarität (ÖGB)	24,7	1,558.000
Fernseh- und Radio-Woche	49,5	3,119.000
tele	24,3	1,532.000
Dabei	20,3	1,276.000
Mein TV-Programm	11,0	691.000
Magazin	2,6	162.000
Schaufenster	2,4	154.000

Quelle: Media Analyse 1990

Tabelle 15:

Titelentwicklung der Fachpresse/Periodika 1970–1990 (in absoluten Zahlen)

Titelgruppen	1970	1975	1980	1989
1. Amts-, Gesetzes- und Verordnungsblätter	139	146	147	145
2. Handels- und Landwirtschaftskammern	48	45	41	35
3. Arbeiterkammern, Gewerkschaften	98	74	79	91
4. Politik, Sozialpolitik	160	144	155	153
5. Gewerbe (Handwerk), Fachhandel	97	87	87	72
6. Allgemeine Handels- und Wirtschaftsblätter	138	138	141	144
7. Sport (Turnen, Touristik)	102	92	96	106
8. Verkehr, Transport	40	44	47	51
9. Reise, Fremdenverkehr, Gastgewerbe	53	35	40	66
10. Land- und Forstwirtschaft, Holzhandel, Ernährungs- und Siedlungswesen, Jagd, Kleintierzucht, Tierschutz	92	81	88	90
11. Technik, Foto, Radio, Chemie, Bau	86	88	103	119
12. Rechtswissenschaft, Steuerwesen	34	38	45	41
13. Versicherungen, Krankenkassen, Rentner, Pensionisten, Kriegsopfer	55	36	40	30
14. Medizin, Pharmazie, Veterinärmedizin	67	62	56	96
15. Wissenschaft, Mathematik, Geschichte	96	58	68	82
16. Landes-, Volks- und Heimatkunde	73	68	53	52
17. Kultur, Kunst, Philologie, Gesellschaft	44	35	44	68
18. Musik, Theater, Film, Rundfunk	63	47	56	73
19. Presse, Buch, Literatur, Bibliographie	46	40	42	56
20. Erziehung, Unterricht, Volksbildung	160	109	117	117
21. Religion, karitative Einrichtungen	345	244	214	181
22. Jugend	60	49	57	65
23. Geistiges Leben, Lebensreform, Freikörper	42	17	17	16
24. Unterhaltung, Humor, Rätsel	28	27	21	20
25. Frauen, Familien, Haushalt, Mode	35	22	22	24
26. Kommunalwesen, Feuerwehr	17	16	16	20
27. Militär, Exekutive, Zoll, Kameradschaft	26	21	21	60
28. Hausbesitzer, Mieter, Wohnen, Bausparen	25	26	26	28
29. Werbung, Anzeigen	33	76	122	10
30. Sammler, Freizeit, Hobby	14	12	15	18
31. Kunden, Firmen	101	76	73	68
32. Betrieb, Werk	76	55	55	78
33. Vereine	54	38	36	36
Summe	2557	2146	2240	2311

Quelle: Institut für Publizistik und Kommunikationswissenschaft (Hrsg.): Massenmedien in Österreich – Medienbericht II. Wien: Internationale Publikationen Gesellschaft m.b.H. 1983, S. 142, sowie Pressehandbuch 1990. Medien und Werbung in Österreich. – Wien: V. Ö. Z. 1990.

Der Markt der Magazine (wie „profil", „trend", „Wochenpresse") erweist sich als expansiv, jener der General-Interest-Zeitschriften bzw. Illustrierten als rückläufig. Die sogenannten Zeitgeistmagazine behaupten sich auf dem Markt sehr gut, ebenso haben Mode-, Wohn-, Auto- und andere Special-Interest-Zeitschriften ihr Publikum. Aus Tabelle 14 sind die Reichweiten einiger Zeitschriften, Magazine, Illustrierter, Mitgliederzeitschriften und TV-Supplements zu entnehmen.

Fachpresse

Auch hier ist eine exakte Zuordnung nicht möglich. Man versteht darunter jene Vielzahl von jenen Klein- und Kleinstzeitschriften, von denen drei Viertel nicht in einem kommerziellen Verlag erscheinen, sondern von Behörden, Interessenverbänden, Privatpersonen oder Vereinen herausgegeben werden. Andererseits gibt es im Bereich der Fachpresse aber auch eine ganze Reihe von professionell hergestellten Publikationen mit hohen Auflagen. Tabelle 15 (Seite 495) vermittelt ein grobes Bild der Vielfalt der thematischen Bereiche, denen die einzelnen Titel zuzuordnen sind.
Zu den größten österreichi schen Zeitschriftenverlagen gehören der „Österreichische Wirtschaftsverlag", der „Österreichische Agrarverlag" und der „Bohmann-Verlag", die zusammen 76 Objekte auf den Markt bringen. Weitere titelintensive Zeitschriftenverlage sind der „Springer-Verlag" und der „Orac"-Verlag. Für einige dieser Zeitschriften der Fachpresse, und zwar für jene, die u. a. „der staatsbürgerlichen Bildung dienen", gibt es eine Bundesförderung im Rahmen der sogenannten *„Zeitschriftenförderung".* 1988 wurden 153 Titel mit einem Gesamtbetrag von 2,4 Mill. öS unterstützt. Sowohl im Hinblick auf die geförderten Titel als auch auf die gesamte Förderungssumme ist eine nicht unbeträchtliche Reduktion gegenüber früheren Jahren festzustellen. Zusätzlich treten Unterrichts- und Wissenschaftsministerium als Förderer spezifischer Publikationsobjekte (z. B. Literatur- bzw. wissenschaftliche Zeitschriften) in Erscheinung. Auch über gezielte Inserate durch den Staat, staatliche Betriebe, Parteien und Verbände wird eine indirekte Förderung betrieben.

Schülerzeitungen, Studentenpresse

Bei Schülerzeitungen handelt es sich – gemäß einem Erlaß des Unterrichtsministeriums – um „periodische Druckwerke, die von Schülern einer oder mehrerer Schulen für Schüler dieser Schulen gestaltet und herausgegeben werden und dem Gedankenaustausch und der Auseinandersetzung mit schulischen, wissenschaftlichen, gesellschaftlichen, politischen und allgemein-kulturellen Problemen die-

nen''. Aktuelle Daten zu diesem Sektor des Zeitschriftenwesens liegen leider nicht vor.1981 gab es etwa an jeder vierten höheren Schule Österreichs eine Schülerzeitung. Die größte Dichte an Schülerzeitungen gibt es in Wien (in 46 Prozent aller höheren Schulen), in Kärnten (33 Prozent) und in Vorarlberg (29 Prozent), die geringste in Tirol (14 Prozent) und Salzburg (11 Prozent). In absoluten Zahlen (wiederum für Mitte 1981) bedeutet dies 67 Schülerzeitungen in Wien (von insgesamt 183 in Österreich) und beispielsweise sechs im Burgenland.
Anfang der achtziger Jahre gab es in Österreich insgesamt 140 Studentenzeitschriften. Davon erschienen 31 im Bereich der Universität Wien, 24 an der Universität Salzburg, 16 an der Universität Graz und 12 in Innsbruck. Mehr als die Hälfte der Zeitschriften werden von der Österreichischen Hochschülerschaft herausgegeben, der Rest sind Publikationen politischer Hochschulgruppen. Die Auflagen variieren enorm: von 100 bis 1000 bei Institutszeitschriften; von 300 bis 20.000 bei Zeitschriften, die auf einer gesamten Universität verteilt werden.

Betriebspublizistik

Im wesentlichen lassen sich drei Gruppen unterscheiden: Zeitschriften, die von der Unternehmensleitung herausgegeben werden und entweder nach außen (z. B. Kundenzeitschrift) oder nach innen wirken (Adressat sind die Beschäftigten), bzw. jene, die von der Belegschaft herausgegeben werden (bzw. von verschiedenen Fraktionen) und der Interessenvertretung der Beschäftigten dienen. ,,Der besseren Unterscheidung wegen hat sich im allgemeinen Sprachgebrauch für die von einer Unternehmensleitung herausgegebenen Druckwerke der Ausdruck *,Werkzeitschrift'* eingebürgert, während für die ,von unten' kommenden Druckwerke der Ausdruck *,Betriebszeitschrift'* verwendet wird. Beide sind Teil der innerbetrieblichen Kommunikation.'' Genaue Erhebungen über die Zahl dieser Publikationen liegen nicht vor. Schätzungsweise dürfte es in Österreich 800 bis 1000 Betriebszeitschriften geben. Von den rund 200 Werkszeitungen sind 130 in der ,,Arbeitsgemeinschaft Österreichischer Betriebsredakteure'' als Firmen oder als Einzelmitglieder vertreten.

Gratispresse

Hier handelt es sich einerseits um Schriften, die z. B. von Gemeinden und politischen Gruppierungen herausgegeben werden. Zum anderen versteht man darunter kommerziell orientierte Werbeträger mit redaktionellem Lesestoff: die eigentlichen Anzeigenblätter bzw. *Gratisanzeiger.* Die Zahl der Gratisanzeiger kann nur geschätzt werden. Das Pressehandbuch führt 125 Titel an, eine Verdreifachung der

Zahl seit 1985. (Die Zahl der Ausgaben der Gratisblätter soll etwa doppelt so groß sein wie jene der Titel.) Eine Reihe dieser Gratisanzeiger bzw. Anzeigenblätter wie z. B. der „Bezirks- und Einkaufsführer", die „Bezirksjournale" (Wien), das „Innsbrucker Journal" oder das „Unabhängige Stadtjournal" (Wien) verfügen z. T. über eine große Zahl von Nebenausgaben. Dietmar Horst geht in seiner Berechnung für die Jahreswende 1987/88 von 90 Titeln aus, die in 70 Verlagen erscheinen. Drei Titel, nämlich die Wiener Blätter „Bezirksjournale", „Unabhängiges Stadtjournal" und „Ihr Einkauf", können auf eine Auflage zwischen 500.000 und über eine Million Exemplare verweisen. Rund 50 Prozent der Titel gehören zur Auflagenklasse von 10.000 bis 50.000 Exemplare, acht Titel zur Gruppe von 100.000 bis 200.000 Exemplare. Rund zwei Drittel der Titel erscheinen (nur) monatlich. *Politische* Gratispresse (Erscheinungsweise oft nur vierteljährlich oder seltener) dürfte es nach einer Schätzung in etwa 1000 österreichischen Gemeinden geben.

Alternativpresse

Im Zuge des Aufkommens von Bürgerinitiativen und Basisbewegungen sind Publikationen entstanden, die sich als „Gegenöffentlichkeit" zu den etablierten Medien verstehen. Etliche dieser Blätter erscheinen in monatlichem Rhythmus, viele jedoch in unregelmäßigen Abständen. Neben Initiativzeitschriften – etwa im Umfeld der Anti-AKW-Bewegung oder der „Grünen" – entstehen sogenannte „Stadtbücher", lokale Kulturzeitschriften, Stadt- und Stadtteilzeitungen usw. Auch Kleinstverlage, Minipressen, Literarische Werkstätten sind diesem Spektrum zuzuordnen. Die Zahl der Titel ist – nicht zuletzt wegen der hohen Fluktuation in diesem Bereich – nicht bekannt. Sie wird auf einige hundert geschätzt.

Im österreichischen Zeitschriftenwesen, respektive im Bereich der Magazine, der Illustrierten, der Fachzeitschriften und der Gratisanzeiger, ist es in den vergangenen Jahren zu zahlreichen Neugründungen gekommen, von denen viele jedoch nicht überlebt haben. Aufgrund der großen Fluktuation in diesem publizistischen Feld ist eine aktuelle Bestandsaufnahme kaum möglich.

Heinz Pürer/Benno Signitzer

4. Schlußbemerkungen

Das österreichische Pressewesen zeichnet sich insgesamt durch eine Vielfalt unterschiedlicher Periodika aus. Dies betrifft vor allem den Bereich der Zeitschriften, Fachzeitschriften, Magazine und Wochenzeitungen. Die Reduzierung der Betrachtung des Pressewesens nur auf den Sektor Tagespresse würde an dieser Vielfalt vorbeigehen. Gleichwohl kann man nicht übersehen, daß der Markt der Tageszeitungen sehr klein ist und unübersehbare strukturelle und wirtschaftliche Schwächen aufweist. Im internationalen Vergleich hat Österreich eine titelarme Tageszeitungslandschaft, die von einer beispiellosen Marktasymmetrie gekennzeichnet ist und der die regionale und lokale Tiefengliederung weitgehend fehlt.

Die strukturellen und ökonomischen Defizite eines großen Teiles der Tagespresse haben historische, politische und parteipolitische sowie wirtschaftliche Gründe. Sie sind freilich auch ein Beispiel für die Möglichkeiten und Grenzen medienpolitischen Handelns des Kleinstaates Österreich. Der kleine Tageszeitungsmarkt Österreichs wurde in den vergangenen Jahren aber offensichtlich entdeckt. Das beweisen die Beteiligungen ausländischer, vorwiegend bundesdeutscher Verlagshäuser an österreichischen Zeitungsunternehmen (und anderen Pressemedien). Sie statten Teile der Tagespresse mit jenem Kapital und vermutlich notwendigen finanziellen Rückhalt aus, der in Österreich selbst offensichtlich nicht aufzubringen war, der aber für das Überleben in künftigen Märkten von Bedeutung sein kann. Diese Angewiesenheit auf ausländisches Kapital birgt Chancen und Gefahren zugleich: als Chance das Bestehen im schärfer werdenden Wettbewerb, als Gefahr die ökonomische Abhängigkeit, die in schwierigen Situationen auf andere Bereiche innerhalb der Zeitungsverlage durchschlagen kann. Bisher war das nicht der Fall.

Alle für das Pressewesen in Österreich Verantwortlichen sollten daher Bemühungen unternehmen, die kulturelle Identität der Tagespresse zu wahren, ihre regionale und lokale Ausprägung auszubauen und weitere verlegerische und redaktionelle Strukturverbesserungen vorzunehmen. Die öffentliche Hand ist aufgerufen, durch ein differenziertes Förderungssystem direkter und indirekter Art das Überleben wirtschaftlich bedrohter Zeitungen sicherzustellen, einen gesunden Wettbewerb zu gewährleisten und Zeitungsneugründungen nach Möglichkeit zu erleichtern. Der Markt der Leser ist bei der gegenwärtig zu verzeichnenden Reichweite von knapp 73 Prozent noch nicht ausgeschöpft. Eben dieser Leser soll mehr als bisher die Möglichkeit haben, aus einem gleichermaßen breiten wie tiefen Medienangebot auswählen zu können.

Die Tageszeitungen sind mehr als andere Presseprodukte in besonderer Weise aufgefordert, die Vielfalt des politischen, wirtschaftlichen, kulturellen und sozialen Lebens widerzuspiegeln. Ihre vordersten Aufgaben sind es, ein vielfältiges Informationsangebot bereitzustellen, Meinungspluralismus zu gewährleisten, zur politischen Willensbildung beizutragen und Orientierung in der stets komplexer werdenden Umwelt zu bieten. Nur ein gut ausdifferenziertes Pressewesen kann diese wichtige öffentliche Aufgabe erfüllen.

Heinz Pürer

Literatur:

APA-Journal ,,Medien". Hrsg. von der Austria Presse Agentur (erscheint wöchentlich).
DASCH, Max: Die österreichischen Medien und eine Initiative aus Salzburg. – In: ,,Conturen" 10. Jg. 1989, S. 20–29. (Hrsg. vom Institut für Wirtschaft und Politik, Wien.)
HUMMEL, Roman: Die Computerisierung des Zeitungsmachens. – Wien: Verlag des ÖGB 1990.
IVAN, Franz; LANG, Helmut W.; PÜRER, Heinz (Hrsg.): 200 Jahre Tageszeitung in Österreich. 1783–1983. Festschrift und Ausstellungskatalog. – Wien: Österreichische Nationalbibliothek 1983.
LANKES, Gertraud: Österreichs Pressewesen im Umbruch. In: Pressehandbuch 1990. Medien und Werbung in Österreich. – Wien: Verband Österreichischer Zeitungsherausgeber und Zeitungsverleger 1990, S. 11–15.
LUGER, Kurt; STEINMAURER, Thomas: Die Medien-Megamorphose. Österreichs Medienlandschaft im Umbruch. In: ,,Rundfunk und Fernsehen", Heft 2/1990, S. 242 ff.
MASSENMEDIEN IN ÖSTERREICH. Medienbericht III. Hrsg. vom Institut für Publizistik und Kommunikationswissenschaft der Universität Salzburg. (Projektleitung: E. Geretschlaeger.) Wien: Internationale Publikationen-AG 1986.
MEDIA-ANALYSE 1990. – Wien: Verein Arbeitsgemeinschaft Media-Analysen 1990.
MEDIEN 2000. Eine Delphi-Studie. In: Wirtschaft und Recht 4/1986 (Zürich: Orell Füssli 1986).
MEDIENZUKUNFT MIT DER ZEITUNG. Bonn: Bundesverband Deutscher Zeitungsverleger (BDZV) 1987 (= Schriftenreihe des BDZV, Heft 20).
MMO – Media und Market Observer. Werbetrend 1989. – Wien: MMO 1990.
MUZIK, Peter: Die Medienmultis. – Wien: Verlag Orac 1989.
PELINKA, Peter; SCHEUCH, Manfred: 100 Jahre AZ. Die Geschichte der Arbeiter-Zeitung. – Wien: Europa Verlag 1989.
POPP, Gerhard: Zukunftsorientierte Alternativen in der österreichischen Medienpolitik. In: ÖSTERREICHISCHES JAHRBUCH FÜR POLITIK 1989. Hrsg. von Andreas Khol, Günther Ofner und Alfred Stirnemann. – Wien: Verlag für Geschichte und Politik 1989, S. 475–494.
PÜRER, Heinz: Österreichs Mediensystem im Wandel. Ein aktueller Lagebericht. In: Media-Perspektiven 11/1988, S. 673–682.
PÜRER, Heinz: Elektronische Zeitungsherstellung und ihre Folgen. – Salzburg: Kuratorium für Journalistenausbildung 1986.
PÜRER, Heinz; LANG, Helmut W.; DUCHKOWITSCH, Wolfgang (Hrsg.): Die österreichische Tagespresse. Vergangenheit, Gegenwart, Zukunft. Eine Dokumentation von Vorträgen des Symposions ,,200 Jahre Tageszeitung in Österreich". – Salzburg: Kuratorium für Journalistenausbildung 1983.
PRESSEHANDBUCH 1989. Medien und Werbung in Österreich. – Wien: Verband Österreichischer Zeitungsherausgeber und Zeitungsverleger 1990.
PRESSEHANDBUCH 1990. Medien und Werbung in Österreich. – Wien: Verband Österreichischer Zeitungsherausgeber und Zeitungsverleger 1990.
VERBAND ÖSTERREICHISCHER ZEITUNGSHERAUSGEBER UND ZEITUNGSVERLEGER: Tätigkeitsbericht 1989. – Wien: V.Ö.Z. 1990.
DER STANDARD (Hrsg.) Medien-Kompendium 1990. Sonderdruck. – Wien: Der Standard 1990.
HORST, Dietmar C.: Gratisanzeiger in Österreich. Bestandsaufnahme und Funktionsanalyse. Phil. Diss., Univ. Salzburg 1989.
SCHMOLKE, Michael: Medien und Massen. Wettstreit der Meinungen. Presse und Rundfunk in einer Welt des Wandels. In: SEBESTYEN, György (Hrsg.): Spectrum Austriae. – Wien: Compress Verlag 1990, S. 369–383.

VI. Rundfunk in Österreich

1. Zur Geschichte des Rundfunks (Radio und Fernsehen)

1924–1938

Die offizielle Geschichte des Rundfunks in Österreich beginnt 1924. In diesem Jahr erfolgte die Gründung der „Radio-Verkehrs-AG", kurz RAVAG, nachdem 1922 in England die BBC gegründet und 1923 auch in Deutschland der Rundfunk eingeführt worden waren. Die technische Geschichte des Rundfunks reicht freilich noch weiter zurück. Bereits 1904 gelang dem Wiener Otto Nußbaumer die erste drahtlose Musikübertragung, seit 1923 gab es in Wien private Rundfunksendungen von „Radio Hekaphon". Erster Sendetag der RAVAG war der 1. Oktober 1924. Die Zeit der Gründung der RAVAG war einerseits durch den Einsatz des Rundfunkpioniers (und späteren RAVAG-Direktors) Oskar Czeija und andererseits durch Auseinandersetzungen um möglichst viel Einfluß auf das neue Medium durch politische Parteien, die österreichische Regierung, einige Privatpersonen sowie in- und ausländische Kapitalinteressen (vertreten durch Banken und die Radioindustrie) gekennzeichnet. Der Rundfunk der zwanziger Jahre war ein privatrechtlich organisiertes Monopolunternehmen in Staatsnähe, dem privatwirtschaftliche Interessen gegenüberstanden.

Der Radioempfang war in Österreich zunächst nur im flachen Osten des Landes möglich, hat aber durch den zügigen Ausbau von Sendeanlagen und die Errichtung von Fernkabelleitungen eine rasche Ausdehnung über das übrige Bundesgebiet erfahren. Die Entwicklung der RAVAG ging relativ rasch vor sich: Ende 1924 gab es bereits 83.000 Teilnehmer, 1927 schon 203.000 Hörer und 1932 an die 280.000. Im Jahre 1929 erfolgten die ersten Direktübertragungen aus Reportagewägen, und im Zusammenhang damit gab es Versuche, die Kurzwelle für die drahtlose Zuspielung von Reportagen zum Sender zu nutzen. Die Weltwirtschaftskrise und die Eskalation der innenpolitischen Spannungen beendeten die Aufbruchjahre des Radios.

Ende der zwanziger Jahre wurde der Rundfunk immer mehr zu einem Instrument der Regierung. 1927, beim Brand des Justizpalastes, konnte mit Hilfe der RAVAG das revolutionäre Klima beruhigt werden. Das Radio war in dieser Zeit das einzige wirklich funktionierende Medium, da infolge der großen Streiks Zeitungen häufig nicht erschienen. Bei den bürgerkriegsähnlichen Auseinandersetzungen im Jahre 1934 zwischen der bürgerlichen Regierung und der sozialdemokratischen Opposition, die in der Folge in die Illegalität gezwungen wurde, spielte wiederum der Rundfunk als Instrument der Regierung eine wesentliche Rolle. Mit seiner Hilfe wurde der bewaffnete Widerstand niedergeschlagen. Im selben Jahr wurde Bundeskanzler Dollfuß bei einem Putschversuch illegaler Nationalsozialisten ermordet und das Funkhaus in Wien für einige Stunden von den Putschisten besetzt.

1938–1945: Der nationalsozialistische Reichsrundfunk

Bereits im Jahre 1933 hatte das damals schon nationalsozialistische Deutschland begonnen, das noch unabhängige Österreich mit massiver nationalsozialistischer Propaganda vom Reichssender München aus zu überstrahlen. Mitarbeiter der RAVAG unterhielten schon zu dieser Zeit Kontakte mit illegalen Nationalsozialisten in Österreich. Am Morgen des 12. März 1938, am Tag des Anschlusses Österreichs an das Deutsche Reich, meldete sich die RAVAG bereits als „Deutsch-Österreichischer Rundfunk". Sie wurde noch am selben Tag der „Reichsrundfunkgesellschaft" (RRG) angeschlossen. Der Gesamtbestand der RAVAG (Aktienpaket und Sendeanlagen) ging in den Besitz des Deutschen Reiches über, und zwar zum Teil an die RRG und zum Teil an die Reichspost; die Belegschaft wurde allmählich durch linientreue Nationalsozialisten ersetzt.

Wien wurde „Reichssender" und bekam die Nebensender Graz, Klagenfurt und Linz zugeordnet. Propagandasendungen, die durch Wiener Musik und Volkstum eine heile Welt zu vermitteln versuchten, dominierten das Programm. Die übrigen österreichischen Sender wurden 1939 den Reichssendern München bzw. Stuttgart angeschlossen. Der Reichsrundfunk bestand bis 1945. Seine letzte Sendung aus Wien fand am 6. April 1945 statt.

1945–1954: Die Sendergruppen der Besatzungsmächte

Der Wiederaufbau des Rundfunks gestaltete sich nach dem Zweiten Weltkrieg schwierig. Die Wiederaufnahme des Sendebetriebes erfolgte zwar bereits am 29. April 1945 mit einem Bericht über den Staatsakt – die Gründung der Zweiten Republik –, als ehemaliges deutsches Eigentum war jedoch die gesamte technische Ausstattung von den Besatzungsmächten konfisziert worden. Diese versuchten, ihre eigenen Vorstellungen über Rundfunk zu verwirklichen und errichteten in den vier Besatzungszonen eigene Sendergruppen: „Radio Wien" (sowjetisch: Wien, Niederösterreich, Burgenland, nördliches Oberösterreich); Sendergruppe „Rot-Weiß-Rot" (amerikanisch: südliches Oberösterreich, Salzburg); „Sendergruppe West" (französisch: Tirol, Vorarlberg); „Sendergruppe Alpenland" (britisch: Steiermark, Kärnten). Die sowjetische Besatzung übergab den Rundfunk in ihrer Zone zwar offiziell der „öffentlichen Verwaltung", behielt sich aber – vor allem im Bereich der Informationssendungen – ein Interventions- und Zensurrecht vor. Ansonsten produzierten die Sowjets selbst nur die „Russische Stunde". Die westlichen Besatzungsmächte produzierten mit Hilfe österreichischer Studio-

Teams in ihren Besatzungszonen selbständige Programme. Mit Wirkung vom 1. August 1952 gab als erste die französische Besatzung die Oberhoheit über ihre „Sendergruppe West" an die Landesregierungen von Tirol und Vorarlberg zurück. Die Übergabe der britischen „Sendergruppe Alpenland" mit ihren Stationen in Graz und Klagenfurt erfolgte im Frühjahr 1954. Wenig später wurde auch der amerikanische Sender „Rot-Weiß-Rot" mit seinen Studios in Salzburg und Linz an die Bundesregierung zurückgegeben; das Wiener Studio von „Radio Rot-Weiß-Rot" kam erst 1955 (nach Unterzeichnung des Wiener Staatsvertrages) in österreichische Hoheitsverwaltung. Zum beherrschenden Thema nach der Rückgabe des Rundfunks durch die Besatzungsmächte wurde bald die Frage nach der Organisationsstruktur. Während die Bundesregierung die Rückkehr zu einer zentralistischen Verwaltungsstruktur wollte, versuchten vor allem die Bundesländer, die Verwaltung des Rundfunks selber zu übernehmen. 1954 wurde der Verfassungsgerichtshof zur Klärung der Zuständigkeit im Rundfunkwesen angerufen. Er entschied, daß der Bund sowohl in technischer als auch in kultureller Hinsicht für Gesetzgebung und Vollziehung für Rundfunkfragen zuständig ist. Für die nachfolgende Organisationsreform gingen vom britischen Modell des öffentlich-rechtlichen Rundfunks nach dem Vorbild der BBC große Wirkungen auf den Rundfunk in Österreich aus.

1955–1966: Vom Rundfunk zum „Proporzrundfunk"

In die Phase der Neubegründung des Österreichischen Rundfunks fällt die Errichtung des Fernsehbetriebes in Österreich. Erste Versuche, Fernsehen in Österreich zu verwirklichen, fielen noch in die Besatzungszeit und wurden bereits 1950 in Laborexperimenten gestartet.

1952 entstand eine erste Fernsehanlage. 1954, im Rahmen einer Jubiläumsausstellung zum 30jährigen Sendebeginn des Radios, erfolgte erstmals eine Programmübertragung aus einem eigenen Fernsehstudio in Wien. Regelmäßige Fernsehversuchsprogramme gab es ab August 1955; sie mündeten 1957 in den Beginn des regelmäßigen Fernsehsendebetriebes an sechs Tagen in der Woche. Im gleichen Jahr beschloß der Ministerrat der damaligen ÖVP-SPÖ-Koalitionsregierung die Gründung der „Österreichischen Rundfunk-Gesellschaft m. b. H." als neues Rechtssubjekt des gesamten Rundfunkwesens in Österreich. Sie nahm mit Wirkung vom 1. Jänner 1958 ihre Arbeit auf. Die von den alliierten Besatzungsmächten errichteten Studios in den Bundesländern blieben zwar bestehen, doch hatten sie fortan ein nur sehr beschränktes Mitspracherecht. Dieser Rundfunk entwickelte sich in der Folge zum „Proporzrundfunk": Seine Organe und viele Arbeitsplätze wurden nach dem Proporz auf politischer Ebene (ÖVP, SPÖ) besetzt.

Gegen den Proporzrundfunk begannen allmählich die unabhängigen Tageszeitungen zu opponieren, die zudem durch die rasche Entwicklung und Verbreitung des

Fernsehens eine Beeinträchtigung ihrer Chancen als Werbeträger befürchteten. Sie initiierten schließlich 1964 ein Volksbegehren – das erste der Republik Österreich –, dem mehr als 830.000 Personen ihre Unterschrift gaben.

1966: Die erste Rundfunkreform: Der ORF

Ausgelöst durch das Rundfunk-Volksbegehren, kam es 1966 zu einer Reform des Österreichischen Rundfunks. Das von der damals alleinregierenden ÖVP im Jahre 1966 verabschiedete Rundfunkgesetz trat am 1. 1. 1967 in Kraft und erfüllte viele Forderungen des ersten Referendums der Zweiten Republik. Es führte – unter Beibehaltung der Rechtsform Gesellschaft m. b. H. – zu einer Neustrukturierung des Organisationsprinzips und räumte dem Generalintendanten hohe Entscheidungsbefugnisse ein. Besonderes Merkmal dieses Gesetzes war die Schaffung von zwei eigenständigen Fernseh- und drei Hörfunkprogrammen (Österreich 1, Österreich Regional, Ö 3). Die inhaltlichen Verbesserungen ermöglichten die sogenannte „Informationsexplosion", da der Umfang der Nachrichtensendungen und das Korrespondentennetz beträchtlich erweitert wurden. Gleichzeitig traten grundsätzliche Richtlinien zur Einhaltung der objektiven Nachrichtengebung in Kraft, die 1971 zu einem Informationsstatut ausgebaut wurden. 1973 wurde in dem seit 1967 kurz „ORF" genannten Österreichischen Rundfunk ein Redaktionsstatut eingeführt. Intendant des reformierten Rundfunks war von 1967 bis 1974 Gerd Bacher („Ära Bacher I"). In seiner ersten Amtszeit wurden die Informationssendungen wesentlich ausgebaut, neue Landesstudios in den Bundesländern Oberösterreich, Salzburg, Tirol und Vorarlberg sowie das ORF-Zentrum in Wien errichtet und das Sendernetz wesentlich erweitert.

1974: Die zweite Rundfunkreform

Die zweite Rundfunkreform, jene von 1974, zeichnete sich bereits 1972 ab. In diesem Jahr kündigte der Bundeskanzler der seit 1970 alleinregierenden SPÖ, Dr. Bruno Kreisky, am Villacher Parteitag eine Änderung des Rundfunkgesetzes an; er berief 1973 eine unabhängige Kommission ein, die einen Entwurf für einen reformierten Rundfunk erarbeiten sollte. 1974 verabschiedete das Parlament zwei von der SPÖ eingebrachte Gesetzesvorschläge, davon einen im Verfassungsrang mit Bestimmungen über die öffentliche Aufgabe und die Sicherung der Unabhängigkeit des ORF. Die neue Rechtslage brachte einen stärker von Gremien geleiteten Rundfunk, schränkte die Befugnisse des Generalintendanten ein und wandelte die Gesellschaft m. b. H. in eine Anstalt öffentlichen Rechts um.

Mit der Rundfunknovelle von 1974 wurde der ORF ein eigener Wirtschaftskörper mit Rechtspersönlichkeit. Das Rundfunkgesetz von 1974 schuf als Organe das damals aus 30 Mitgliedern bestehende Kuratorium, den (vom Kuratorium zu wählenden) Generalintendanten, die aus 35 Mitgliedern zusammengesetzte Hörer- und Sehervertretung sowie die Prüfungskommission. Die durch das ORF-Gesetz 1974 geschaffenen zwei Fernsehintendanten waren gemeinsam für alle Programmbereiche zuständig, der Hörfunkintendant naturgemäß für alle Radioprogramme. Die Erledigung technischer und wirtschaftlicher Geschäfte wurde einem technischen und einem kaufmännischen Direktor überantwortet. Die neun Intendanten der ORF-Landesstudios in den Bundesländern blieben dem Generalintendanten gegenüber – wie schon im Rundfunkgesetz von 1967 – weisungsgebunden. Generalintendant des ORF von 1974 bis 1978 war Otto Oberhammer. Ihm folgte erneut Gerd Bacher, der als Generalintendant die Geschäfte des ORF zwei weitere Funktionsperioden (bis 1986) führte.

1984: Die dritte Rundfunkreform

Am 23. Juni 1984 ist die Rundfunkgesetzesnovelle 1984 in Kraft getreten (BGBl. Nr. 246/1984). Kernpunkt der Novelle ist die Änderung der Organisationsstruktur des ORF: Statt zweier bisher je für einen Fernsehkanal verantwortlicher Intendanten mit gemeinsamen Zuständigkeiten für alle Programmbereiche gibt es nun je einen *Informations-* und einen *Programmintendanten.* Diese sogenannte Funktionslösung bedeutet jedoch nicht die Unterteilung der beiden Fernsehprogramme des ORF in einen Informations- und einen Unterhaltungskanal; vielmehr bleiben beide Fernsehkanäle wie bisher mit allen Programmkategorien erhalten. Im Zuge dieser Gesetzesnovelle ist auch das bisher aus 30 Mitgliedern bestehende ORF-Kuratorium auf nunmehr 35 Mitglieder erhöht worden. Außerdem wurde dem ORF die Verpflichtung zur Bedachtnahme auf die Grundsätze der Freiheit der Kunst (ein in der Verfassung verankerter Passus) auferlegt. Mit Ausnahme der Erhöhung der Mitgliederzahl im Kuratorium blieben die übrigen Organe des ORF unverändert.

Eine kleine Änderung des Rundfunkgesetzes gab es auch 1985, als Werbesendungen im ORF auch auf Sonn- und Feiertage ausgeweitet wurden. Von 1986 bis 1990 lenkte Thaddäus Podgorski als Generalintendant die Geschicke des ORF. Ihm folgte erneut Gerd Bacher.

2. Organisation und Struktur des ORF

Die rechtliche Grundlage des ORF basiert auf zwei Gesetzen. Das Bundes*verfassungsgesetz* über die *„Sicherung der Unabhängigkeit des Rundfunks“* (BGBl. Nr. 396/74) legt u. a. folgende Prinzipien fest: Objektivität und Unparteilichkeit der Berichterstattung, Berücksichtigung der Meinungsvielfalt, Ausgewogenheit der Programme, Unabhängigkeit der Personen und Organe sowie die Zuständigkeit des Bundes. Dieses Gesetz, das Rundfunk als „öffentliche Aufgabe" beschreibt, enthält auch eine Definition für den Rundfunk: „Rundfunk ist die für die Allgemeinheit bestimmte Verbreitung von Darbietungen aller Art in Wort, Ton und Bild unter Benützung elektrischer Schwingungen ohne Verbindungsleitungen bzw. längs oder mittels eines Leiters sowie der Betrieb von technischen Einrichtungen, die diesem Zweck dienen." Ein einfaches Gesetz, das *„Bundesgesetz über die Aufgaben und die Einrichtung des Österreichischen Rundfunks"* (BGBl. Nr. 397/74, mit Kundmachung des Bundeskanzlers vom 21. September 1984, BGBl. 379, als Rundfunkgesetz – RFG), regelt im einzelnen Programme und Struktur des ORF. Zur Besorgung der in diesem Gesetz angeführten Aufgaben ist einzig der ORF vorgesehen, der einen eigenen Wirtschaftskörper mit Rechtspersönlichkeit darstellt und auch für den Betrieb der technischen Einrichtungen zuständig ist. Das Rundfunkgesetz legt ferner den Programmauftrag fest und bestimmt, daß der ORF unter Mitwirkung aller Studios für mindestens drei Programme des Hörfunks und mindestens zwei Programme des Fernsehens zu sorgen hat. Eines der Hörfunkprogramme – das Programm „Ö 2" (früher „Österreich Regional") – ist von den Länderstudios zu gestalten.

Die Programmverantwortlichkeit im ORF liegt bei zwei Fernseh- und einem Hörfunkintendanten. Das oberste Organ des ORF ist das aus 35 Mitgliedern bestehende Kuratorium (zusammengesetzt aus Vertretern der Regierung, der politischen Parteien und wichtiger gesellschaftlicher Gruppen), dem u. a. die Bestellung und Abberufung des Generalintendanten, der Programm- und Landesintendanten sowie der Direktoren (je einer für den technischen und kaufmännischen Bereich) obliegt. Der Generalintendant wird vom Kuratorium auf jeweils vier Jahre zum Geschäftsführer bestellt. Zur Wahrung der Interessen des Publikums fungiert die Hörer- und Sehervertretung, die ebenfalls aus 35 Mitgliedern besteht und der Vertreter von großen Interessenverbänden (Kammern, Gewerkschaften, Kirchen usw.) sowie bedeutender gesellschaftlicher Bereiche (wie Wissenschaft, Kunst, Sport, Touristik, Konsumenten) angehören. Die Hörer- und Sehervertretung hat Vorschlags-, Empfehlungs- und Auskunftsrechte und kann auch Meinungsumfragen in Auftrag geben. Eine aus drei Mitgliedern bestehende Prüfungskommission prüft Buchführung und Geschäftsgebarung des ORF (unbeschadet der Kontrolle des ORF durch den Rechnungshof). Die beim Bundeskanzleramt eingerichtete mehrheitlich aus Richtern bestehende Kommission zur Wahrung des Rundfunkgesetzes entscheidet über behauptete Verletzungen der Rundfunkgesetze.

Was die Organisationsstruktur des ORF betrifft, so besteht sie aus einer Hörfunkintendanz und zwei Fernsehintendanzen (jeweils mit verschiedenen Programmabteilungen), der technischen und der kaufmännischen Direktion sowie der zentralen Generalintendanz (u. a. mit dem Generalsekretariat und Abteilungen für Personal, Recht und Auslandsbeziehungen, Koordination sowie Schulung, Berufsfortbildung und Öffentlichkeitsarbeit etc.). Gesondert davon, aber eingebettet in das ORF-Organisationsschema, sind die neun Landesstudios (in jedem Bundesland eines) zu nennen, die jeweils von einem dem Generalintendanten gegenüber weisungsgebundenen Landesintendanten geleitet werden. Neben den drei Hörfunkprogrammen „Österreich 1", „Ö 2" (früher „Ö-Regional") und „Ö 3" betreibt der ORF noch im Auftrag und auf Rechnung des Bundes „Radio Österreich International", einen Auslandsdienst auf Kurzwelle. Im Raum der Bundeshauptstadt Wien gibt es seit 1979 mit „Ö 3 International – Blue Danube Radio" ein fremdsprachiges Hörfunkprogramm für die internationale Gemeinde, die im Umkreis der UNO-City entstanden ist. Seit Jänner 1980 strahlt der ORF ein TELETEXT-Programm aus, das zuerst als Versuchsprogramm lief und Ende 1983 als fester Programmdienst eingerichtet wurde. Seit Dezember 1984 beteiligt sich der ORF am deutschsprachigen Sprachraum-Satellitenfernsehen „3sat", zu dem der ORF etwa ein Drittel des Programmangebots beisteuert. Für „3sat", das von ZDF, SRG und ORF gemeinsam erstellte „Ausleseprogramm", das über den Fernmeldesatelliten ECS-1 abgestrahlt wird, liefert der ORF vor allem Kultur- und Dokumentationssendungen sowie die „Zeit im Bild 2" zu.

3. Der ORF als Wirtschaftskörper

Mit einem Jahresumsatz, der sich von 1968 bis 1989 von rund 1,4 Milliarden Schilling auf rund rund 6,8 Milliarden Schilling erhöhte, und mit über 3250 angestellten Mitarbeitern ist der ORF das mit Abstand größte Medienunternehmen Österreichs. Er ist nicht auf Gewinn gerichtet, sondern arbeitet nach dem wirtschaftlichen Grundsatz der Kostendeckung. Die beiden größten Erlösquellen stellen die Teilnehmergebühren und Werbeeinnahmen dar. Der Anteil der Teilnehmergebühren betrug 1989 rund 3,5 Milliarden Schilling, der Anteil der Werbeeinnahmen 3,2 Milliarden.

Die Zahl der Hörfunkteilnehmer betrug zum Jahresende 1989 rund 2,69 Millionen, die Zahl der Fernsehteilnehmer 2,48 Millionen. Für ca. 330.000 bedürftige Hörer und Seher gibt es Gebührenbefreiungen.

Von den Gesamtkosten des Unternehmens entfällt der größte Teil auf den Personalaufwand. Er betrug 1989 3,6 Milliarden Schilling. Im Herbst 1988 wurde ein Maßnahmenpaket beschlossen, das Personaleinsparungen von rund 30 Millionen Schilling ermöglichen sollte. Neben den angestellten Mitarbeitern beschäftigt der ORF bis zu 15.000 freie Mitarbeiter, von denen rund 800 hauptberuflich als ständige freie Mitarbeiter tätig sind. Die Hälfte des ORF-Personals ist im technischen Bereich tätig, ein Viertel aller Bediensteten arbeitet in den Landesstudios. Die rechtliche Basis der Dienstverhältnisse für angestellte ORF-Mitarbeiter bildet die vielfach novellierte ,,Freie Betriebsvereinbarung" (FBV). Dieser Sozialkontrakt ist die Grundlage für das im Vergleich zu anderen Medienunternehmen hohe Ausmaß an sozialer Sicherheit, der neben der Bezahlung nach Leistungsgruppen etliche betriebliche Sonderleistungen (wie Kindergeld, Kantinenzuschuß, Pensionszuschuß u. v. m.) vorsieht. Nach einer gesetzlichen Neuregelung kommen die festen freien Mitarbeiter ebenfalls weitgehend in den Genuß dieser Sozialleistungen.

4. Programmstruktur und Programmleistung

Die Grundsätze, nach denen die Programme des ORF gestaltet werden müssen, sind in den 1976 vom Generalintendanten erlassenen Programmrichtlinien festgelegt (vgl. auch Kapitel ,,XI. Rundfunkrecht"): Diese erstrecken sich auf die Bereiche Programmgestaltung, Programmerstellung und Programmkoordinierung. Der Ehrenkodex der Internationalen Journalistischen Föderation (Deklaration über die Grundsätze journalistischer Arbeit April 1954) ist ebenso integrierter Bestandteil dieser Richtlinien.

Die Programmleistung des ORF betrug im Jahre 1989 10.355 Stunden Fernsehen und 52.393 Stunden Hörfunk. Anders ausgedrückt, sendet der ORF täglich etwa 140 Stunden Hörfunk- und 28 Stunden Fernsehprogramm. Die Steigerung beim Fernsehen – gegenüber 1986 um rund 30 Prozent – ist vor allem auf die Sendezeitausweitungen, verursacht durch die Programmkorrekturen und -reformen, zurückzuführen. Dazu gehören insbesondere die Einführung des Lokalfernsehens und eine Sendeleiste für Spätfilme. Aufgeteilt nach Produktionsarten, betrug im Jahr 1989 der Anteil an Eigenproduktionen (Hausproduktionen, Coproduktionen und Auftragsproduktionen) 42,5 Prozent, an Beschaffung (Einkauf und Übernahmen) 33,6 Prozent und an Wiederholungen 23,9 Prozent.

1989 machte im gesamten Fernsehprogramm der Anteil an Unterhaltung 35,4 Prozent aus, 1983 war er bei 27 Prozent gelegen. Der Anteil an Kultur/Bildung betrug 1989 17,5 Prozent, jener von Nachrichten/Politik/Diskussion 15,3 Prozent, von Sport 8,9 Prozent und von Chronikalem 9,1 Prozent. Das Kinder- und Jugendprogramm zusammen erreichte einen Anteil von 6,9 Prozent.

Vom gesamten Hörfunkprogramm entfielen 13,8 Prozent auf das Programm ,,Österreich 1", 20,4 Prozent auf ,,Ö 3" und 65,8 Prozent auf ,,Ö-Regional", das im Zuge der Programmreform im Frühjahr 1990 auf ,,Österreich 2" (,,Ö 2") umbenannt wurde.

Wie in anderen europäischen Ländern stand auch in Österreich die Regionalisierung des Fernsehens im Mittelpunkt mancher Reformvorschläge. 1980 genehmigte das ORF-Kuratorium das Projekt ,,Fernsehregionalisierung", das in Etappen realisiert wurde. Auswirkungen hatte dies insbesondere für die Landesstudios, die dadurch wesentlich stärker in die Fernsehproduktion eingebunden wurden. Dies betraf vor allem die aktuelle Berichterstattung aus Politik, Wirtschaft, Kultur und Sport im Rahmen der Informationssendungen.

In einer ersten Etappe wurde dabei die (national ausgestrahlte) Fernseh-Berichterstattung aus den Bundesländern erweitert (1984–1987). In einer zweiten Etappe folgte mit der Vorverlegung und Ausweitung der „Zeit im Bild" die Integration bedeutender Bundesländer-Beiträge der ORF-Landesstudios in die Hauptabendnachrichtensendung (28. September 1987). Als dritte und wesentlichste Etappe dieser Reform ist das Lokalfernsehen der Bundesländerstudios zu sehen: Nach vollzogener Sendertrennung strahlt seit 2. Mai 1988 jedes Landesstudio des ORF von Montag bis Freitag (jeweils um 19.00 Uhr in FS 2) sein eigenes knapp halbstündiges lokales Fernsehnachrichtenprogramm aus. Mit der Einführung des Lokalfernsehens – vorerst im Nachrichtenbereich – wurde einer international beobachtbaren Entwicklung und einer in Österreich seit langem bestehenden medienpolitischen Forderung endgültig Rechnung getragen.

Im Bereich des Hörfunks wurde bereits durch die 1981 durchgeführte Programmreform die Föderalisierung der Radioprogramme zum sogenannten „Lokalradio" ausgedehnt und im Mai 1990 zusätzlich erweitert. Auf dem Regionalprogramm „Ö 2" bleiben den Landesstudios ca. 14 Stunden Sendezeit, die sie mit eigenen Programmen füllen können. Daneben gibt es Ringsendungen, die von allen Bundesländerstudios übernommen werden können (nicht jedoch müssen). Mit der 1990 vollzogenen Radioreform wurde außerdem das Programm von „Ö 2" auf 24 Stunden pro Tag ausgeweitet, so daß auch dieser Sender nun – wie „Österreich 1" und „Ö 3" – rund um die Uhr gehört werden kann. Mit der möglichst autonomen Gestaltung des Radioprogramms „Ö 2" durch die Landesstudios sowie mit der in zunehmendem Maße erfolgenden Einbindung der Landesstudios in das Gesamtprogramm möchte der ORF der vom Ausland einstrahlenden Radiokonkurrenz ein wirksames Konzept entgegenstellen.

Alle Hörfunk- und Fernsehprogramme sind in genaue Programm-Schemata eingebettet; es gibt feste Sendezeiten und Sendeplätze für bestimmte Programme. Die einzelnen Programme kann man – stark verkürzt – so beschreiben:

Fernsehen:

FS 1: Aktuelle Information, Fernsehspiel, Oper, Bildung, anspruchsvolle Unterhaltung.

FS 2: Spezifisch österreichische Produktionen, Livesendungen, Spielfilme, Aktionsprogramme.

Hörfunk:

„Ö 1" (Österreich 1): Kultur und Bildung, Information.
„Ö 2" (Österreich Regional): volkstümliche Wort- und Musikunterhaltung, regionale Information.
„Ö 3": Unterhaltungsmusik, Information und Service.

5. Hörer- und Seherforschung

Der ORF verfügt über eine eigene Forschungsabteilung, die regelmäßig Hör- und Sehgewohnheiten untersuchen läßt, Einschaltquoten der einzelnen Sendungen ermittelt und seine Sendungen von den Hörern und Sehern auch beurteilen läßt. Das wichtigste Forschungsinstrument ist der „Kontinuierliche Infratest" (KIT), der von der Arbeitsgemeinschaft der Umfrageinstitute Fessel + GfK und IFES durchgeführt wird. Er basiert in Form eines sogenannten Tagebuches auf den täglichen Fernsehprotokollen von 900 Erwachsenen (ab 14 Jahren) und 152 Kindern (4 bis 13 Jahre) in 410 repräsentativ ausgewählten Fernsehhaushalten in ganz Österreich (vgl. dazu auch Kapitel „VIII. Publikumsforschung", Seite 526 ff.).
1989 lebten 97 von 100 Österreichern ab 14 Jahren in Haushalten mit mindestens einem Fernsehgerät, 91 Prozent verfügten über ein Farbgerät; in 30 Prozent der Haushalte gab es mehr als ein Fernsehgerät. Was den Hörfunk betrifft, so ist von einer Vollversorgung zu sprechen. Hörfunk und Fernsehen sind in Österreich die reichweitenstärksten Medien.
Der Fernsehkonsum der österreichischen Bevölkerung hat sich seit 1981 kaum verändert. Die seit 1981 durchgeführten Tagebuchaufzeichnungen zeigen stabile, nur geringfügige Schwankungen bei Reichweiten und Nutzungszeiten.
1989 haben pro Tag 71,4 Prozent des erwachsenen Fernsehpublikums in Österreich vom TV-Angebot des ORF Gebrauch gemacht. Das entspricht einer täglichen Zuseherschaft von 4,36 Millionen und ist damit die höchste Tagesreichweite im Jahresdurchschnitt seit 1985. Die Auslandskanäle nutzten 7,3 Prozent, also rund 450.000 Personen pro Tag.
1988 war die ORF-Tagesreichweite 70,3 Prozent gewesen, die aller Auslandssender zusammen 7,6 Prozent. Das bedeutet eine Steigerung der ORF-Gesamtreichweite um über einen Prozentpunkt, also einen Publikumszuwachs von rund 70.000 Sehern pro Tag.
Die Auslandsangebote hingegen wurden 1989 etwas weniger häufig in Anspruch genommen als in den Jahren davor.
Der Fernsehkonsum der Österreicher hat sich insgesamt weder vermehrt noch verringert. Wie schon in den Vorjahren verbrachte man täglich durchschnittlich 115

Minuten vor dem Bildschirm. Von dieser gesamten Fernsehzeit entfielen 1989 108 Minuten, also 93,6 Prozent, auf den ORF und sieben Minuten, also 6,4 Prozent, auf alle Auslandskanäle zusammen. Das ist der höchste ORF-Marktanteil seit 1985 – ein Umstand, der angesichts der ständig steigenden Verkabelung und der Programmvermehrung für Kabelkunden doch sehr beachtlich ist: Immerhin waren 1985 erst elf Prozent der österreichischen Haushalte verkabelt, Ende 1989 waren es aber schon 21 Prozent. In dieser Zeit wurden auch noch weitere Kanäle in die Kabelnetze eingespeist: RTLplus und Super Channel kamen 1986 hinzu, 1988 auch der Südwestfunk, so daß die Kabel-TV-Teilnehmer derzeit die Wahl von bis zu zwölf Fernsehkanälen haben.

Über die Nutzung der Hörfunk- und Fernsehprogramme in Österreich gibt Kapitel „VIII. Publikumsforschung" (Seite 530 ff.) detailliert Auskunft. Einige markante Befunde seien jedoch bereits hier vorgestellt. Zunächst zur *Fernsehnutzung:* Die meistgesehenen Sendungen des Jahres 1989 waren die Unterhaltungsprogramme, v. a. Shows, Kino- und Fernsehfilme. Die höchste Reichweite erzielte eine Folge von „Wetten, daß . . .?" im November 1989 mit 58 Prozent oder 3,5 Mill. Zusehern. Kaum weniger sahen die Shows mit Rudi Carrell oder „Nase vorn". Als Reichweitenhits erwiesen sich auch Serien wie „Zwei Münchner in Hamburg", „Derrick", „Der Alte", „Tatort" oder „Aktenzeichen XY". Auch Heimatfilme zählen zu sehr beliebten Fernsehausstrahlungen des ORF. Auf die Unterhaltungssendungen des ORF entfallen – bei 35,4 Prozent Anteil der Unterhaltung am Gesamt-TV-Programm – immerhin 54,6 Prozent der Nutzungszeit. Kultur und Bildung haben einen Anteil von 17,5 Prozent am Programm, werden jedoch nur zu 7,8 Prozent genutzt. Die Hauptabendnachrichtensendung „Zeit im Bild 1" sehen im Jahresdurchschnitt 38 Prozent, die „Zeit im Bild 2" sechs Prozent, den „Inlandsreport" zehn Prozent, den „Club 2" vier Prozent und den „Auslandsreport" neun Prozent. Die seit Mai 1988 ausgestrahlte, regionale Fernsehnachrichtensendung „Bundesland heute" erzielte im Österreichdurchschnitt 20 Prozent Reichweite, wobei die Reichweiten in Tirol und Salzburg am höchsten (rund 28 Prozent), in Niederösterreich und in der Steiermark mit jeweils 15 Prozent schon wesentlich niedriger lagen. Wien stellte hier mit nur elf Prozent das Schlußlicht dar.

In den Bundesländern Burgenland (81 Prozent), Niederösterreich, Kärnten und Steiermark liegt die Reichweite des gesamten ORF-Programms am höchsten, in Wien, Oberösterreich und Vorarlberg (60 Prozent) am niedrigsten. Die Reichweite des Fernsehens ist in der Bevölkerung über 60 Jahre mit 86,2 Prozent am höchsten, bei den 14- bis 29jährigen mit etwas über 60 Prozent am geringsten. In Single-Haushalten liegt die Reichweite interessanterweise niedriger als in Zwei- oder Mehr-Personen-Haushalten. Geringere Reichweiten erzielt das Fernsehen auch bei Personen aus höheren Bildungs- und Einkommensschichten – im Gegensatz zu weniger Gebildeten und auch einkommenschwächeren Gruppen, bei denen die Reichweite höher liegt.

Bei den *Kindern* pendelt die Reichweite des Fernsehens um 72 Prozent. Die ORF-Programme erzielten 1989 eine durchschnittliche Tagesreichweite von 69,4 Prozent, was einem Kinderpublikum von rund 700.000 Zusehern pro Tag entspricht. Im Durchschnitt verbrachten die Kinder 79 Minuten täglich vor dem Bildschirm, wovon sieben Minuten auf die Nutzung von Auslandsprogrammen entfielen.
Auch die *Nutzung der Hörfunkprogramme,* die mittels der „Optima"-Analyse (vom Fessel + GfK-Institut) ermittelt wird, zeigt seit 1984 wenig Unterschiede. Die Reichweite des gesamten ORF-Radioprogramms liegt bei 72 Prozent, alle Auslandssender zusammen erreichen 6,8 Prozent. Am häufigsten eingeschaltet war 1989 (wie schon in den Jahren zuvor) das Programm „Ö-Regional" (jetzt: „Ö 2"), das eine Reichweite von nahezu 41 Prozent erzielte. „Ö 3" folgte mit 38,4 Prozent, der Kulturkanal „Ö 1" mit nur 5,4 Prozent.
Die tägliche Hördauer beträgt im Schnitt 140 Minuten, davon entfallen 130 auf den ORF (65 „Ö-Regional", 59 „Ö 3", 5 „Ö 1") und elf auf die Auslandssender.
„Ö-Regional" ist eher der Sender der älteren Generation (Reichweite unter den 50- bis 59jährigen 54 Prozent, über 60jährigen 62 Prozent) und wird in den Bundesländern (Burgenland 50 Prozent) mehr genutzt als in Wien (27,5 Prozent). „Ö 1" erzielt in Wien die höchste Reichweite (10,7 Prozent, im Burgenland 2,4 Prozent) und wird ebenfalls von der älteren Bevölkerung bevorzugt. „Ö 3" ist vorwiegend der Kanal der Jugendlichen und der jungen Erwachsenen (14- bis 19jährige 57,6 Prozent, 20- bis 29jährige rund 61 Prozent Reichweite, über 60jährige zehn Prozent). In Kärnten, Osttirol sowie in Vorarlberg wird das ORF-Programm weniger gehört als in den übrigen Bundesländern. In den südlichen Bundesländern erzielen die privaten, von Italien aus operierenden Radiostationen wie „Radio Val Canale", „Radio Carinzia" und „Radio Uno" Reichweiten bis zu 13 Prozent.

6. Die rundfunkpolitische Diskussion

Die schon bald siebzigjährige Geschichte des Rundfunks in Österreich zeigt, daß ihren Lauf politische, wirtschaftliche und kulturelle Interessen wesentlich mitbeeinflußt haben. Die Etablierung des ORF als öffentlich-rechtliche Rundfunkanstalt erweist sich rückblickend als medienpolitische Entscheidung von hohem kulturpolitischem Stellenwert. Der ORF konnte in den vergangenen Jahrzehnten im Konzert anderer Rundfunkveranstalter Mitteleuropas großes Ansehen erwerben, und seine Programme finden international Anerkennung und Beachtung. Dennoch kann man nicht übersehen, daß Österreich zur Jahrsmitte 1990 das einzige Land Westeuropas ist, in welchem Rundfunk auf eine öffentlich-rechtliche Organisationsform beschränkt ist und der ORF nach wie vor über ein Sende-(und Gebüh-

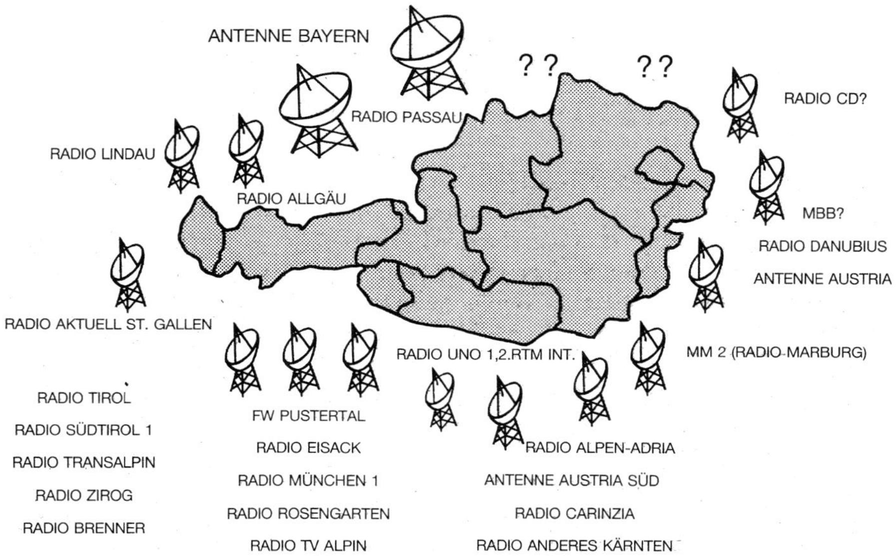

PRIVATRADIO AN ÖSTERREICHS GRENZEN

STAND 1989/90 *Grafik: Koordinationsbüro Radiopilotprojekte/SN-Rudolf Berlinger*

Quelle: Koordinationsbüro Radiopilotprojekte / Grafik ,,Salzburger Nachrichten" (,,Salzburger Nachrichten", 9. Februar 1990, Seite 3).

Aus dem Schaubild geht hervor, daß aus den Österreich umgebenden Nachbarländern private Radiostationen einstrahlen. Diese Sender kann man vor allem im grenznahen Bereich empfangen, ihre Nutzung durch österreichische Hörer ist allerdings gering. Bei einigen Stationen, die aus Italien, Jugoslawien, Ungarn und der CSFR einstrahlen, handelt es sich um Radiostationen, die von (vorwiegend) österreichischen Betreibergesellschaften errichtet wurden. Da in Österreich die Veranstaltung privaten Radios derzeit (Stand: August 1990) nicht gestattet ist, wird auf diese Weise das ORF-Sendemonopol umgangen.

ren-)Monopol verfügt. Daran hat vorerst die erneut entflammte Rundfunkdebatte auch nichts geändert. Ausgelöst wurde sie durch die kurze Medienpassage des Regierungsübereinkommens von SPÖ und ÖVP im Jänner 1987. Dort hieß es relativ lapidar und unverbindlich, daß „im Zuge einer weiteren Liberalisierung des Rundfunks Gespräche über die Einräumung von Sendezeit im lokalen Hörfunk und über die Nutzung von Frequenzen für private Programmveranstalter geführt werden" sollen. Der ORF selbst sowie der Verband Österreichischer Zeitungsherausgeber (V. Ö. Z.) nahmen dies zum Anlaß, ein gemeinsames Projekt zur Errichtung privat (de facto von den Verlegern) getragener und regional begrenzter Radiopilotprojekte unter dem Dach des ORF auszuarbeiten. Eine gemeinsame ORF-V. Ö. Z.-Projektgruppe prüfte die rundfunkrechtlichen Realisierungsmöglichkeiten, die zu berücksichtigenden ökonomischen Aspekte der Finanzierung (aus Werbung) sowie die organisatorischen Rahmenbedingungen dieser in Aussicht genommenen Radiopilotprojekte. „Radioprint", wie das Vorhaben hieß, wurde jedoch nicht realisiert. Die beiden Regierungsparteien SPÖ und ÖVP konnten sich auf den von der Projektgruppe ausgearbeiteten und der Regierung unterbreiteten Gesetzesvorschlag für eine Änderung des Rundfunkgesetzes nicht einigen. Die Regierung konnte sich in der auslaufenden Gesetzgebungsperiode 1986–1990 aber auch nicht mehr dazu entschließen, einen von SPÖ und ÖVP im Frühsommer 1990 verhandelten Entwurf betreffend ein „Bundesgesetz über die Veranstaltung lokalen und regionalen Hörfunks (Lokalradiogesetz)" in parlamentarische Behandlung aufzunehmen (vgl. dazu auch Kapitel „XI. Rundfunkrecht", Schlußbemerkung Seite 577). Der Vollständigkeit halber ist hier noch zu erwähnen, daß ein im Spätherbst 1989 von der Freiheitlichen Partei Österreichs (FPÖ) gestartetes Volksbegehren zur Aufhebung des ORF-Monopols mit nur 110.000 Unterschriften das Ziel verfehlte, in parlamentarische Behandlung aufgenommen zu werden.

Der international (übrigens auch in östlichen Ländern) beobachtbaren Öffnung des Rundfunks für private Programmveranstalter wird sich Östereich dennoch nicht weiter verschließen können. Im allgemeinen wird damit auch in der neuen Legislaturperiode (1990–1994) gerechnet. Behutsames Vorgehen ist dabei dennoch angebracht, wie zahlreiche Erfahrungen aus dem Ausland zeigen: Aufgrund seiner Finanzierung durch Werbeerlöse sind der wirtschaftlichen Tragfähigkeit privaten Radios nämlich enge Grenzen gesetzt, und ist es nur in größeren Ballungszentren auch erfolgreich zu verwirklichen. Privates, werbefinanziertes Fernsehen (im Sinne eines Vollprogramms) erscheint in Österreich nicht realisierbar. Allenfalls sind – und auch das ist fraglich – sogenannte lokale Fensterprogramme (im Rahmen des Programms anderer Veranstalter) möglich.

Kurt Luger/Heinz Pürer

Literatur:

DIEM, Peter: Methoden und Ergebnisse pragmatischer Fernsehforschung. In: Rundfunk und Fernsehen, Heft 2 (1984), S. 211–229.
ERGERT, Viktor: 50 Jahre Rundfunk in Österreich. 3 Bde. Salzburg: Residenz Verlag 1975 ff.
ANDICS, Helmut; ERGERT, Viktor; KRIECHBAUMER, Robert: 50 Jahre Rundfunk in Österreich. Bd. 4. Salzburg: Residenz Verlag 1985.
FABRIS, Hans Heinz; LUGER, Kurt; SIGNITZER, Benno: Das Rundfunksystem Österreichs. In: Hans-Bredow-Institut (Hg.): Internationales Handbuch für Rundfunk und Fernsehen. Baden-Baden 1988.
FELDINGER, Norbert P.: Nachkriegsrundfunk in Österreich. Zwischen Föderalismus und Zentralismus von 1945 bis 1957. München: Saur 1990.
Fessel + GfK-Institut/IFES: Kontinuierlicher Infrastest. Jahresbericht 1988. Wien: 1988.
Fessel + GfK-Institut: Optima-Analyse 1988. Jahresbericht. Wien: 1989.
HARTMANN, Rudolf; RIEDER, Sepp (Hg.): Mediengesetz. Wien: 1981.
Institut für Publizistik und Kommunikationswissenschaft der Universität Salzburg (Hg.): Massenmedien in Österreich, Medienbericht II und III. Wien: 1983 bzw. 1986.
LUGER, Kurt: Der Rundfunk im Zeitalter der neuen Medien. In: Österreichisches Jahrbuch für Kommunikationswissenschaft 1985. Wien 1985.
LUGER, Kurt; STEINMAURER, Thomas: Die Medien-Megamorphose. Österreichs Medienlandschaft im Umbruch. In: „Rundfunk und Fernsehen“ (Heft 2) 1990, S. 242–258.
ORF-Almanach 1986/87. Wien: ORF 1987.
PÜRER, Heinz: Österreichs Mediensystem im Wandel. Ein aktueller Lagebericht. In: Media Perspektiven 11/1988. S. 673–682.
SIGNITZER, Benno; LUGER, Kurt: Broadcasting in Austria. In: Rosen, Philip (Ed.): International Handbook of Broadcasting Systems. Westport, Greenwood-Press 1988.

VII. „Neue Medien" in Österreich

Die sogenannten „Neuen Medien" haben sich in Österreich erheblich langsamer durchgesetzt, als die meisten ihrer Befürworter und Kritiker angenommen haben. Grundsätzlich fallen unter den unscharfen Begriff der „Neuen Medien" drei verschiedene technische Einrichtungen, die für sich oder miteinander kombiniert eingesetzt werden können: Neue Verbreitungswege von Informationen im elektromagnetischen Bereich (z. B. Kabel-, Satellitenübertragung), zusätzliche Speichermedien (z. B. Videorecorder) und computerbasierte Mediensysteme (z. B. Bildschirmtext). Die computerunterstützte Zeitungsproduktion ergibt noch kein „Neues Medium", sie ermöglicht aber gleichwohl die klassischen Grenzen zwischen Print- und elektronischen Medien tendenziell aufzuheben und muß daher hier wenigstens am Rande miterwähnt werden.

Kabel- und Satellitenrundfunk

Ende 1989 verfügten rund 544.000 Haushalte in Österreich, das ist rund ein Fünftel (oder 20 Prozent), über einen Kabelanschluß (vgl. Tabelle „Entwicklung des Heimelektronikbesitzes"). Das entspricht zwar nahezu einer Verdoppelung in den letzten fünf Jahren, liegt aber weit hinter Prognosen zu Beginn der achtziger Jahre, die schon für 1984 eine fünfzigprozentige Verkabelung aller Haushalte erwarteten (1). Bis zu vierzehn Fernseh- und zehn Hörfunkprogramme können, regional unterschiedlich, gegenwärtig auf diese Weise neben den vom ORF ausgestrahlten Programmen von rund 1,2 Millionen Personen über 14 Jahren empfangen werden (2). Nahezu alle von ihnen verfügen wenigstens über ARD, ZDF, 3sat, SAT-1 und RTLplus.

Die sowohl absolut wie relativ höchste Verkabelungsdichte unter den Bundesländern hat Wien, die niedrigste Kärnten. In den westlichen Bundesländern – in Oberösterreich, Salzburg, Tirol und Vorarlberg – kann man vor allem in grenznahen Regionen die bundesdeutschen Radio- und Fernsehprogramme (in Vorarlberg auch schweizerische) mittels normaler Dachantennen terrestrisch empfangen. Aus der nachfolgenden Tabelle 1 ist die Verbreitung von Video und Kabel- bzw. Satellitenrundfunk österreichweit sowie aufgegliedert nach Bundesländern ersichtlich:

Tabelle 1:
Verbreitung von Video und Kabel- bzw. Satellitenempfang (2)

	Österr.	W	N	B	ST	K	O	S	T	V
Video										
in 1000 Personen	2051	555	404	71	299	121	283	109	151	64
in % d. Bundesld.	33	43	34	32	31	27	27	29	31	26
Kabel-/Sat.-Anschl.										
in 1000 Personen	1231	459	81	42	80	28	325	62	97	55
in % d. Bundesld.	20	36	7	19	8	6	31	17	20	22

Die Direktempfangsmöglichkeit von Satellitenprogrammen mittels Parabolantenne ist gegenwärtig (Jahresmitte 1990) erst so gering verbreitet (unter einem Prozent aller Haushalte), daß eine nach Bundesländern geschiedene Aufstellung weder sinnvoll noch aussagekräftig ist. Im Verlauf der zu erwartenden weiteren Verbilligung von Parabolantennen und deren Montage ist aber mit einem Anstieg von Satellitendirektempfang in den nächsten Jahren zu rechnen. Dies vor allem in jenen Gebieten, die aufgrund zu geringer Siedlungsdichte bzw. aus topographischen Gründen für eine Verkabelung ökonomisch uninteressant sind.

Die gestiegene Empfangsmöglichkeit ausländischer TV-Sender (1984: 32 Prozent aller Österreicher, 1989: 41 Prozent) hat allerdings weder zu einem häufigeren Fernsehkonsum (rund 75 Prozent tägliche Reichweite) noch zu einer durchschnittlich längeren Fernsehdauer geführt (rund 115 Minuten pro Tag) (3). Auch die „Marktposition“ des ORF wurde durch die ausländische Konkurrenz via Kabel und Satellit nicht erschüttert: Die Tagesreichweite aller ausländischen Fernsehsender – unabhängig davon, ob sie durch herkömmliche Antennen oder neue Verbreitungssysteme empfangen wurden – lag 1989 bei 7,6 Prozent. An der durchschnittlichen Sehdauer hatte der ORF einen Anteil von rund 94 Prozent, ein Wert, der somit sogar höher liegt als in den Vorjahren (3). Befürchtungen, Kabel- und Satellitenrundfunk würden sich negativ auf die Rezeptionsgewohnheiten (Stichwort Fernsehsucht) oder das Mediensystem auswirken, haben sich – jedenfalls bis jetzt – nicht bewahrheitet.

Videorecorder

Während die Verbreitung von Kabelanschlüssen sich in den letzten fünf Jahren verdoppelte, hat sich die Zahl der Haushalte mit Videorecorder im selben Zeitraum mehr als vervierfacht. Anfang 1990 gab es bereits in mehr als einer Million der österreichischen Haushalte (das sind 37 Prozent) ein derartiges Aufzeichnungsgerät. Der Videorecorder ist damit – das entspricht europäischem Durchschnitt (5) – das erfolgreichste der „Neuen Medien“. Zwar existiert in der Bundeshauptstadt, wo auch die meisten Kabelanschlüsse bestehen, der größte Anteil an Videorecordern, ein systematischer Zusammenhang zwischen Kabel- und Videorecorderbesitz besteht jedoch nicht (vgl. Tabelle „Verbreitung von Video und Kabel- bzw. Satellitenempfang“).

Durchschnittlich 5,2 Prozent der Bevölkerung oder 615.000 Menschen nutzen an einem durchschnittlichen Tag den Videorecorder (zum Vergleich: 76,3 Prozent insgesamt das Fernsehen), 4 Prozent (= 469.000) sehen sich dabei zeitversetzt selbst aufgenommene Fernsehsendungen an; nur 1,3 Prozent (157.000) spielen gekaufte oder ausgeliehene Filme ab (2). Wie die OPTIMA-Daten aus dem Jahr 1989 weiter zeigen, scheint auch die Videorecordernutzung nicht zur Fernsehsucht beizutragen: Während im Durchschnitt aller Fernsehrezipienten 38,7 Prozent zu den Vielsehern (über 3 Stunden TV-Konsum täglich) zu rechnen sind, gehören von den Videorecordernutzern nur 23,1 Prozent in diese Kategorie. 55,1 Prozent der Videorecordernutzer gehören andererseits zu den Wenigsehern (bis 1,5 Stunden TV-Konsum), während in der Fernseh-Normalpopulation nur 31,2 Prozent in diese Kategorie fallen. Der Videorecorder, so kann gefolgert werden, wird durchschnittlich eher zum selektiven zeitversetzten Sehen regulärer Fernsehprogramme verwendet.

TELETEXT, Bildschirmtext, Heimcomputer

Der Verlauf des vom ORF seit November 1983 ausgestrahlten TELETEXT hat sich seither in jeder Hinsicht unspektakulär entwickelt. Die hauptsächlich programmbegleitenden Informationen, Lebenshilfe-Hinweise und Untertitelungen (v. a. für Hörbehinderte) werden zeitgleich mit dem Fernsehsignal ausgestrahlt. Anfang 1990 verfügten 18 Prozent der Haushalte über ein teletexttaugliches Fernsehgerät. Der im Fernsehempfänger eingebaute TELETEXT-Decoder beginnt – vorerst noch in Geräten der gehobenen Preisklasse – ebenso zum Standard zu werden wie die Empfangsmöglichkeit von Stereoton; 19 Prozent der Haushalte besitzen bereits einen derart ausgestatteten Fernsehempfänger. Ab 1. September 1990 sind FS 1 und FS 2 vorerst nur im Raum Wien und Umgebung mit Stereoton zu empfangen.

War die Einführung von TELETEXT kurzfristig ein Streitobjekt zwischen den Zeitungsverlegern und dem ORF – erstere beanspruchten eine Mitgestaltungsmöglichkeit bei der Ausstrahlung aktueller Informationen, die nach anfänglicher Kooperation nicht zustande kam –, so erfolgte im Frühjahr 1990 eine unspektakuläre Einigung zwischen ORF und Zeitungsverlegern, künftig bei TELETEXT zusammenzuarbeiten.

Bildschirmtext (BTX), das 1981 mit vielen Erwartungen von der österreichischen Post begonnen und 1984 in einen Regelbetrieb überführt wurde, ist nach wie vor der Erfolg versagt. Die Zahl der Informationsanbieter entwickelt sich seit 1986 sogar rückläufig. Die von Post, Geräte- und Softwareherstellern geäußerten optimistischen Wachstumsprognosen (100.000 Teilnehmer für 1987) erwiesen sich als gigantische Fehleinschätzungen. Ende 1989 verzeichnete Bildschirmtext nach Auskunft des Pressereferates der Post nur 9717 Teilnehmer, von denen 561 auch selbst ein Informationsangebot erstellten.

Tabelle 2:
Bildschirmtext – Teilnehmerentwicklung

	1984	1985	1986	1987	1988	1989
Teilnehmer	2455	3944	6228	8323	9084	9171
davon Informationsanbieter	523	748	764	708	643	561

Die ursprüngliche Idee dieses interaktiven Dienstes bestand ja darin, das Fernsehgerät mit einem spezifischen Decoder und einer Schreibmaschinentastatur zu ergänzen und über die Telefonleitung mit einem (oder mehreren) Zentralcomputer(n) zu verbinden. Auf diese Weise können vom Teilnehmer entweder schriftlich bzw. graphisch gestaltete Informationen allen anderen (bzw. ausgewählten) Bildschirmtextnutzern zugänglich gemacht werden. Auch ein bloß passiver Nutzerstatus ist möglich.

Die geringe Publikumsakzeptanz, die der österreichische Bildschirmtextbetrieb mit Pendants in vielen anderen Ländern teilt (Ausnahme: Frankreich, wo wesentlich andere strukturelle Voraussetzungen bestanden), beruht vor allem auf der geringen Produktnutzenspezifität für die Mehrzahl der Bevölkerung: „Die verbreitete Unklarheit, wofür BTX im Alltag sinnvollerweise genutzt werden kann, brachte wenig ausgereifte Konzepte der Informationsanbieter (die zuerst höhere Anschlußzahlen abwarten wollten) und damit wenig Anschlußinteresse bei potentiellen Konsumenten.“ (4)

Die Ausstattung der Haushalte mit Heimcomputern bzw. Videospielen ist trotz Preisverfalls der Geräte und Informatikunterricht in den Schulen noch relativ niedrig. Sie ist in den letzten fünf Jahren nun von einem auf fünf Prozent (Heimcomputer) bzw. vier auf sieben Prozent (Videospiel) gestiegen. Die Verbreitungsrate beträgt allerdings selbst in den mit Unterhaltungselektronik in Europa am besten ausgestatteten schwedischen Haushalten (47 Prozent Videorecorder, 30 Prozent Teletext) nur 5 Prozent für Videospiele und 6 Prozent für Heimcomputer (5).

Tabelle 3:
Entwicklung des Heimelektronikbesitzes (7)
(in Prozent der 2,862.000 Privathaushalte)

	Jahresschnitt						Jän./Feb. 1990	
	1984	1985	1986	1987	1988	1989	%	i. T.
TV im Haushalt	95	95	94	97	97	97	97	2784
1 Fernsehgerät	72	72	68	72	70	67	64	1829
2 oder mehr Fernsehgeräte	23	23	26	25	27	30	33	956
Farbfernsehen im Haushalt	73	80	82	84	88	91	92	2642
1 Farbfernsehgerät	66	72	70	72	73	74	69	1969
2 oder mehr Farbfernsehgeräte	8	8	12	12	14	18	23	670
nur Schwarzweißgeräte	21	15	13	13	10	6	5	143
Farbfernsehen mit Fernbedienung	33	37	44	52	57	64	71	2029
Farbfernsehen mit Stereo	4	6	8	10	13	15	19	552
Farbfernsehen mit Teletext	3	4	6	8	11	14	18	515
Empfang über Kabel	10	11	13	15	17	19	20	578
Empfang über Gemeinschaftsantenne	–	21	17	16	15	14	15	426
Empfang über Dachantenne	–	–	50	48	48	47	45	1288
nur Zimmerantenne	–	–	16	18	16	16	15	429
Satellitenempfangsanlage	–	–	–	–	0,5	0,9	0,8	23
Videorecorder	7	10	13	18	25	30	37	1059
Videospiel	4	4	6	6	7	7	6	169
Heimcomputer/PC	1	2	3	4	6	5	6	163
Telefon im Haushalt	78	80	84	86	88	86	88	2524

Quellen:
1984: Optima Jänner–November 1984; n = 11.000
1985: Optima Jänner–November 1985; n = 11.000
1986: Optima Jänner–Dezember 1986; n = 12.000
1987: Optima Jänner–Dezember 1987; n = 12.000
1988: Optima Jänner–Dezember 1988; n = 12.000
1989: Optima Jänner–Dezember 1989; n = 12.000
1990: Optima Jänner–Februar 1990; n = 2.000

Computerunterstützte Zeitungsproduktion

Die computerunterstützte Zeitungsproduktion zählt zwar nicht zu den „Neuen Medien“ im engeren Sinne, durch die Tatsache der elektronischen Text- und Bildverarbeitung in „Integrierten Texterfassungssystemen“ (ITS) ist aber technisch eine Schnittstelle zu den elektronischen Medien geschaffen worden: Grundsätzlich lassen sich Texte zwischen Zeitungscomputern und Tele- bzw. Bildschirmtext ohne Zwischenstufe austauschen; Standbilder können ohne zusätzliche manuelle Bearbeitung von einem Videorecorder ins Zeitungssystem übernommen werden. Die redaktionell aufbereiteten Informationen können über den Erscheinungstermin der

jeweiligen Zeitungsnummern hinaus in Datenbanken für spezielle Nutzergruppen bereitgehalten werden.
In Österreich sind – obwohl zu Jahresende 1989 fast alle Tageszeitungen und zahlreiche Wochenzeitungen auf ITS umgestellt waren – derartige multimediale Dienste kaum im Experimentalstadium zu finden. (Eine Vorreiterrolle nehmen lediglich die „Oberösterreichischen Nachrichten“ ein, die seit Mai 1989 Versuche mit Faksimileausgaben über PCs beim Letztverbraucher durchführen.) In einer 1987/88 durchgeführten Umfrage unter Medienmanagern des österreichischen Tages- und Wochenzeitungsbereichs zeigte sich, daß nur rund ein Drittel von ihnen die „elektronische Zeitung“ als eine in Zukunft wichtige Innovation einstufen (6).

Roman Hummel

Anmerkungen:

(1) APA-Medien, 4. 11. 1980.
(2) OPTIMA, Jänner–Dezember 1989.
(3) ORF Medienreport Nr. 373/Jan. 1990, S. 3 f.: Infratest – Jahresbericht 1989.
(4) Roman Hummel: Bildschirmtext: Unbedeutend, doch zukunftsweisend. In: Österreichisches Jahrbuch für Kommunikationswissenschaft 4; Wien 1987. Die Bekanntheit von Bildschirmtext in der Allgemeinheit ist so gering, daß Umfragen, wie z. B. die OPTIMA, Fehlwerte ergeben (für 1989: 37.000 Haushalte mit Bildschirmtext!), da die Befragten diese Technik nicht einmal vom Hörensagen kennen und sie offensichtlich mit Teletext verwechseln.
(5) ORF Medienforschung: Euro-Factbook 1989, S. 31.
(6) Roman Hummel: Die Computerisierung des Zeitungmachens, Wien 1990, S. 64 ff.
(7) Diese Aufstellung wurde von Dr. Peter Diem, ORF-Medienforschung, zur Verfügung gestellt.

VIII. Publikumsforschung in Österreich

Einleitung

Publikumsforschung, wie sie in Österreich von den großen Markt- und Meinungsforschungsinstituten betrieben wird, versucht primär die Reichweiten der Massenmedien, ihre Nutzung durch Leser, Hörer und Zuseher zu ergründen. Sie untersucht je nach angewendeten Verfahren mit unterschiedlichen Schwerpunkten die Nutzung von Zeitungen und Zeitschriften sowie von Radio und Fernsehen. In der Praxis wird vor allem den Massenmedien als Werbeträgern große Aufmerksamkeit geschenkt: Anhand von Reichweitendaten können nämlich vor allem die Werbeplaner Streupläne für Anzeigen in Zeitungen und Zeitschriften sowie für Werbespots in Radio und Fernsehen entwickeln. Die Medienbetreiber finden in den Reichweitendaten eine wichtige Basis für Festlegung der Anzeigenpreise in den Printmedien und für die Werbegebühren in Hörfunk und Fernsehen. Daneben kommen Daten über Reichweite und Nutzung der Massenmedien aber auch – wie bereits in Kapitel V über „Presse in Österreich" kurz dargelegt – den Journalisten in Presse und Rundfunk sowie den Programmplanern in Hörfunk und Fernsehen zugute: Sie können aus ihnen Angaben über die Größe und Struktur (sowie z. T. auch über die Interessen) des Publikums entnehmen. Schließlich sind Mediennutzungsdaten auch für Medienforscher interessant: Sie geben im Langzeitschnitt oder als Zeitreihen wichtige Anhaltspunkte dafür ab, wie sich Mediennutzung allgemein sowie Lese-, Hör- und Sehgewohnheiten im besonderen gestalten und verändern. Es ist jedoch ausdrücklich darauf hinzuweisen, daß die Publikums- bzw. Reichweitenforschung, von der hier die Rede ist, nahezu ausschließlich quantitative Daten zur Mediennutzung zutage fördert, nicht jedoch Angaben zur qualitativen Mediennutzung machen kann oder gar Aussagen über die Wirkungen von Presse, Radio und Fernsehen zuläßt.

Bevor im folgenden die in Österreich angewendeten Verfahren vorgestellt und daran anschließend Untersuchungsergebnisse referiert werden, noch einige Vorbemerkungen:

– Es erweist sich gelegentlich als gut, daß Österreich auch im Bereich der Mediaforschung einem time-lag unterliegt. Dadurch ersparen sich die Forscher teures Lehrgeld, das forschungseuphorische Kollegen in anderen Ländern immer wieder zahlen müssen. So hat beispielsweise in der Bundesrepublik Deutschland die Forderung einer „qualitativeren" Erfassung der „Werbemittelkontaktchancen" dazu geführt, daß sich ganze Legionen von Interviews der bundesdeutschen „Media-

Analyse" als unbrauchbar erwiesen und die Interviews mit dem alten Fragebogen wiederholt werden mußten.

– Österreich ist immer noch ein Land der Monopole. Während sich in anderen Ländern bereits in z. T. großer Zahl auch private Radio- und Fernsehprogrammanbieter etablieren und sich dabei vielfach einige große Medienkonzerne und zahlreiche kleine Medienbetreiber gegenüberstehen, agieren in Österreich relativ wenige Medien- bzw. Kommunikationsunternehmen, die stark (mit-)bestimmen, wie Mediaforschung zu betreiben ist. So wird beispielsweise der sog. „Infratest", der die Fernsehgewohnheiten der Österreicher erfaßt, vom ORF alleine bezahlt und daher auch die Berichterstattung von dort festgelegt. Allerdings – und das ist ihm auch zugute zu halten – reagiert der ORF in jüngster Zeit im Bereich der Zuschauerforschung auf neue Entwicklungen respektive auf die internationale Programmvielfalt via Kabel und Satellit: Mit Jahresbeginn 1991 wird es ein neues elektronisches Erfassungssystem der Fernsehnutzung in Österreich geben, den „ORF-Teletest".

Die Forschungsinstrumente

Wenn in Österreich von Publikumsforschung die Rede ist, so denkt man in erster Linie an die großen Werbeträger- oder Media-Analysen. Im Rahmen dieser Studien wird immer mehr das Mediennutzungsverhalten des Publikums untersucht, von dessen Lese-, Hör- oder Sehgewohnheiten auf den einzelnen Titel bzw. die Programme rückgeschlossen wird. Die angewendeten Verfahren – mit Ausnahme des ORF-Infratests (bzw. künftig des Teletests) – stellen fest, welche Zeitungen und Zeitschriften gelesen bzw. welche Radio- und Fernsehprogramme gehört oder gesehen werden. Es wird nicht ermittelt, welche Teile einer Publikation oder welche Radio- und Fernsehsendungen zuletzt bzw. üblicherweise gelesen, gehört oder gesehen wurden. Wir haben es also mit Forschungsinstrumenten zu tun, die in sehr „weicher" Fragestellung Kontakt*chancen* (gar nicht einmal Kontakte selbst) von Werbebotschaften (Zeitungs-, Zeitschriftenanzeigen, Radio-/TV-Spots) oder redaktionellen Teilen (Beiträgen oder Programmen) messen. Dieses Maß wird dann als die Reichweite eines Mediums – bei Printmedien als LpN = Leser pro Nummer oder LpA = Leser pro Ausgabe – bezeichnet. Der Vorteil liegt darin, daß mit dieser weichen Fragestellung ein Kompromiß für den intermedialen Vergleich z. B. von Reichweiten unterschiedlicher Medien und Mediengruppen gefunden werden kann. (Eine Ausnahme stellt der ORF-Infratest dar, auf den später noch näher eingegangen wird.)

Die All-Media-Untersuchungen

Die im folgenden beschriebenen Untersuchungen, die „Media-Analyse" (MA), die „Optima", die „ÖVA" und die „Roll-MA", gelten als sogenannte All-Media-Studien, da sie (mit Ausnahme des Plakats) alle klassischen Werbeträgergruppen – also Printmedien, Hörfunk und Fernsehen sowie Kino – vergleichbar erfassen.
Zu den **Printmedien** zählen: Tageszeitungen, regionale und überregionale Wochenzeitungen, wöchentlich, 14täglich und monatlich erscheinende Zeitschriften und Illustrierte – und zwar vorwiegend österreichische Medien sowie einige „overflow-Titel" aus der Bundesrepublik Deutschland. Erhoben werden die *Reichweite* („im Erscheinungsintervall gelesen") und die *Nutzungsfrequenz,* also die Häufigkeit der Lektüre der einzelnen Titel.
Im **Hörfunk** werden die Radioprogramme des ORF, also „Ö1", „Ö2" (früher Ö-Regional) und „Ö3", nach Viertelstunden sowie außerdem eine Reihe vor allem deutschsprachiger Programme aus dem benachbarten Ausland ebenfalls nach Viertelstunden-Intervallen („gestern gehört") auf ihre Nutzung abgefragt.
Als **Fernsehprogramme** sind Gegenstand der Reichweitenermittlung die ORF-Programme „FS 1" und „FS 2" sowie die direkt bzw. über Kabel und Satellit empfangbaren wichtigsten ausländischen TV-Programme wie z. B. ARD, ZDF, die dritten deutschen Programme, SAT 1, RTLplus, SRG, 3sat, Eurosport u. a. m. nach Viertelstunden-Intervallen („gestern gesehen"). (Der weiter unten beschriebene Infratest ermittelt nur die Fernsehnutzung der Österreicher, nicht jedoch Radio- oder Printmediennutzung.)
Hinsichtlich des **Kinos** werden der Zeitpunkt des letzten Kinobesuchs und die Häufigkeit von Kinobesuchen erfaßt.

Die Media-Analyse (MA)

Die „Media-Analyse" (MA) wird immer noch als *die* Leitwährung für die Angabe von Reichweitenwerten der einzelnen Werbeträger betrachtet. Leider erscheint sie nur alle zwei Jahre, und ihre Daten sind in der dazwischenliegenden Zeit relativ „veraltet". Auf der Basis von 12.000 Interviews gelten ihre Ergebnisse als repräsentativ für die erwachsene Bevölkerung Österreichs ab 14 Jahren. Die Auswahl der Zielpersonen erfolgt zufallsgesteuert mittels eines mehrstufigen Adressen-Random-Verfahrens. Um eine möglichst hohe Ausschöpfungsquote zu erreichen (mindestens 80 Prozent des weit über 12.000 Personen liegenden Ausgangsadressenmaterials), sind in urbanen Gebieten und bei jüngeren Personen bis zu fünf Versuche vorgesehen, das Interview zu erhalten. Aus mathematisch-statisti-

scher Sicht gilt daher die ,,Media-Analyse" als die ,sicherste' Reichweitenuntersuchung Österreichs.
Die ,,Media-Analyse" entsteht unter der Verantwortung des Vereins ,,Arbeitsgemeinschaft Media-Analysen". Diesem Verein gehören als Mitglieder Zeitungs- und Zeitschriftenverleger, der ORF sowie Werbeagenturen an. Die Arbeitsgemeinschaft beauftragt prominente österreichische Markt- und Meinungsforschungsinstitute mit der Durchführung der ,,Media-Analyse". Derzeit sind dies die Institute GALLUP und IFES (beide Wien). Die wichtigsten Ergebnisse der aktuellen Media-Analyse 1990 (erschienen am 31. August 1990) werden weiter unten noch dargestellt. Einige Daten zur Printmediennutzung enthält auch das Kapitel V ,,Presse in Österreich" (vgl. Seite 481).
Folgende zielgruppenbeschreibenden Daten werden in der MA 1990 zusätzlich zu den demographischen Merkmalen wie Geschlecht, Alter, Bildung, soziale Schicht etc. erhoben: die Informationsinteressen (38 Items), Einstellungen zu Konsum- und Markentreue (14 Items), Einkaufsorte und Frequenz von Lebensmitteln und Getränken, Urlaubsaktivitäten (38 Items), Besitz- und Anschaffungspläne (persönliche bzw. im Haushalt), berufliche Entscheidungskompetenzen sowie Geschäftsreisen.

Die Optima

Eine Basis von ebenfalls 12.000 Interviews (repräsentativ ab 14 Jahren) hat die ,,Optima". Sie wird zwar in eigener Verantwortung vom Fessel + GfK-Institut (Wien) durchgeführt, gilt aber inoffiziell als *die* kontinuierliche Radio-Reichweitenuntersuchung des ORF und wird daher von diesem entsprechend angemessen finanziert. Weitere zahlende Teilnehmer rekrutieren sich aus der Verlagsbranche. Die Optima erfaßt 80 Prozent ihrer Interviews mittels einer Adreß-Random-Stichprobe. Für die restlichen 20 Prozent gelangt ein Quoten-Verfahren zur Anwendung, um schwierig zu erreichende Zielpersonen (jüngere, urbane, mobile) auch mitberücksichtigen zu können. Einen Teil der Feldarbeit führt IFES durch.
Die kontinuierliche Erfassung der Interviews (ca. 1000 pro Monat wie bei der ,,Media-Analyse") hat den Vorteil, daß keine Lücken zwischen den einzelnen Forschungszeiträumen entstehen. Die ,,Optima" erscheint zweimal jährlich jeweils auf der Basis der letzten 12.000 Interviews. (Ein Bericht jeweils Ende Juni, der Jahresbericht Ende Jänner.)
Die *speziellen Selektionskriterien* der ,,Optima" sind:
Besitz im Haushalt und Anschaffungspläne; persönlicher Besitz und Anschaffungspläne; Informationsinteressen; Beschäftigungsinteressen; Umweltbewußtsein; Sportausübung; Urlaubsreisen; Geschäfts- und Flugreisen; Kompetenz im Beruf.
Die Auswertung der Daten erfolgt ebenfalls nach soziographischen Merkmalen.

Die ÖVA (Österreichische Verbraucheranalyse)

Verantwortlich für die ,,ÖVA" zeichnet das Linzer IMAS-Institut. Obwohl – wie der Name sagt – bei diesem Verfahren die Erfassung von Verbraucherdaten im Vordergrund steht, werden im Rahmen der ÖVA auch alle relevanten Medien erhoben. Basis der ÖVA sind 10.000 Interviews, ausgewählt werden die Befragten nach einem Quoten-Verfahren: Dabei werden für die Interviews nicht zufallsgezogene Adressen vorgegeben, sondern wird nach zu erfüllenden Quotierungsmerkmalen der Zielpersonen vorgegangen. Die Ergebnisse gelten als repräsentativ für die Bevölkerung Österreichs ab 16 Jahren. Ebenso wie die ,,Media-Analyse" erscheint diese Untersuchung nur etwa alle zwei Jahre – die letzte Anfang 1990. Die ÖVA deckt aber über das Jahr gesehen nicht alle Monate gleich ab. Es gibt Interviewpausen im Sommer sowie im Dezember/Jänner.
Die Berichterstattung der ÖVA enthält eine Übersicht über das gesamte Konsumverhalten der Österreicher samt Trendentwicklung, das Medienverhalten mit Trendentwicklung sowie 10 Produktbereiche (Einkauf bzw. Verwendung) für Urlaub, Freizeit bis Büro, Computer etc.

Die ,,Roll-MA"

In der ebenfalls vom Linzer IMAS-Institut durchgeführten ,,Roll-MA" werden neben der Bewußtseinspräsenz von rund 600 Marken aus 58 Produktbereichen auch Mediennutzungsdaten ermittelt. Die ,,Roll-MA" dient jedoch in erster Linie der Produktkontrolle. Die letzte ,,Roll-MA" war 1989/90 in fünf Wellen mit insgesamt 7500 Interviews im Feld.

Der kontinuierliche ,,Infratest" (KIT) des ORF

Der kontinuierliche ,,Infratest" wird seit 1981 in Form eines Tagebuchs durchgeführt, das 950 Erwachsene und 130 Kinder in 410 repräsentativ ausgewählten Fernsehhaushalten ausfüllen. Dieses *Tagebuch* enthält das genaue ORF-Fernsehprogramm für 14 Tage. Die Versuchspersonen, die ein getreues Abbild der österreichischen Bevölkerung ab vier Jahre darstellen und von denen jährlich ein Drittel ausgetauscht wird, kreuzen die gesehene Sendung an und geben jeder Sendung eine Note. Die Ergebnisse werden monatlich veröffentlicht und stellen für das Management und für die Programmverantwortlichen des ORF, aber auch für die Werbewirtschaft wichtige Entscheidungsgrundlagen dar. Die Monatsberichte des kontinuierlichen ,,Infratests" erfassen alle Sendungen des österreichischen Fernsehens sowie alle Auslands-TV-Angebote nach Viertelstunden. Dabei werden die *Reichweiten* in *Prozent* und *Tausend,* die sechs einzelnen Noten und der *Notendurchschnitt* („Infratestindex" von 0,0 = sehr schlecht bis 5,0 = sehr gut) bei Erwachsenen und Kindern ausgewiesen. Darüber hinaus weist der „Infratest" die *Streuung* (d. h. die Einheitlichkeit des Urteils), die *Kategorie der Sendung,* das *Programminteresse* (Größe des Zielpublikums) und dessen *Ausschöpfung* (wieviel Prozent der Interessenten werden tatsächlich erreicht) aus. Der *Zustimmungsindex* ist die Summe der Prozentsätze der Noten „sehr gut", „gut" und „zufriedenstellend". Er liegt im Jahresdurchschnitt von 1989 bei einem Wert von 95. Die Monatsberichte geben weitere Auskunft über die durchschnittliche *Tagesreichweite* und erlauben die Berechnung der tatsächlichen Sehdauer und des Marktanteils der einzelnen TV-Programme. Seit 1989 wird auch die Videonutzung gemessen. Durchgeführt wird der „Infratest" von der Arbeitsgemeinschaft Fessel/IFES.

Die wichtigsten Resultate aus dem „Infratest"-Jahresbericht 1989 zur Fernsehnutzung in Österreich enthält das Kapitel „Rundfunk in Österreich" (Seite 510). Einige markante Befunde werden weiter unten noch vorgestellt. Mit Jahresende 1990 wird der „Infratest" als Tagebuchverfahren eingestellt und durch ein elektronisches Verfahren, den „Teletest", ersetzt.

Der „ORF-Teletest"

Mit Wirkung vom 1. Jänner 1991 wird also die Ermittlung des Zuschauerverhaltens von der schriftlichen Tagebuchmethode „ORF-Infratest" auf die elektronische Metermessung („ORF-Teletest") umgestellt. In 600 repräsentativ ausgewählten TV-Haushalten (ca. 1500 Personen) wird auf jedem Fernsehgerät ein Mikrocomputer in der Größe eines Lexikonbandes stehen, das in der Schweiz entwickelte Gerät „Telecontrol VI".

Dieses Teletest-Gerät zeichnet die gesamte Bildschirmnutzung im 30-Sekunden-Takt auf. Es registriert, welcher Fernsehkanal eingeschaltet ist, ob der Videorecorder in Betrieb steht (Aufzeichnung und Wiedergabe), ob TELETEXT gesehen wird oder ob der Bildschirm für ein Videospiel oder einen Heimcomputer benutzt wird. Über ein zweites Fernbedienungsgerät in der Hand des Zusehers wird ein Personencode eingegeben, d. h. es gibt je eine Taste für jedes Familienmitglied (Vater, Mutter, Kinder), Gäste etc., die von der jeweiligen Person gedrückt wird. Wird das Gerät eingeschaltet, ohne daß eine Personentaste betätigt wird, urgiert das Gerät durch optische und später auch akustische Signale. Auf diese Weise ist es möglich, genau festzustellen und zu speichern, wer wann welchen Kanal nutzt. Neben den Personentasten stehen zudem sechs Beurteilungstasten von „sehr gut" bis „sehr schlecht" zur Verfügung. Mit Hilfe dieser Tasten beurteilt jedes Familienmitglied die gesehenen Programme.

Jeden Morgen, noch vor vier Uhr früh, werden die so registrierten Nutzungsdaten von Computern des IFES-Instituts über ein Modem aus jedem der 600 Haushalte abgerufen: Innerhalb von 25 Sekunden wird der gesamte Datenbestand übernommen und einem Auswertungslauf zugeführt. Auf diese Weise werden jeden Vormittag die Nutzungszahlen über das Fernsehverhalten der Österreicher errechnet und via Standleitung an den ORF übermittelt. Die erhobenen Daten werden im Laufe des Tages noch komplettiert, z. B. im Falle von Telefonstörungen (Modem), auf ihre österreichweite Repräsentativität überprüft und im Großrechner des Fessel-Instituts gespeichert. Aus diesem Datenbestand werden dann schriftlich Wochenberichte über die Programmnutzung und Monatsberichte über die Nutzung der Werbeblöcke erstellt.

Der „ORF-Teletest" hat gegenüber dem „Infratest" folgende Vorteile: Zunächst wird eine viel höhere Meßgenauigkeit erzielt. Die Auswertung der Nutzungsdaten erfolgt genau nach dem Sendeprotokoll und berücksichtigt damit jede Sekunde, in der das Fernsehen auf Sendung ist. Es werden alle Kanäle in gleicher Form gemessen. Es wird festgestellt, was auf Video aufgezeichnet und abgespielt wird. Es wird möglich sein, alle Publikumsverläufe und Umschaltvorgänge während der Sendung darzustellen und, um ein Beispiel zu nennen, den weitesten Seherkreis etwa eines Fußballspiels zu unterscheiden von jenen Zusehern, die das gesamte Match angesehen haben. Zweitens wird wesentlich rascher ausgewertet. Reichweiten und Beurteilungen stehen schon am Folgetag zur Verfügung. Bereits am Tag nach einem neu eingeführten Programm wissen die Sendungsmacher, wie ihr Produkt in quantitativer und qualitativer Hinsicht angekommen ist. Und drittens wird sich die Publikumsstruktur einfacher darstellen lassen. Das wird insbesondere für die Werbewirtschaft wichtig sein, die ja bisher durch die Besonderheiten der Tagebuchmethode etwas zu kurz gekommen ist. In Hinkunft wird es in den Monatsberichten für die Werbetreibenden genaue Auskünfte über die Struktur der Zuseher bei allen Werbeblöcken geben, was eine effiziente Zielgruppenansprache ermöglichen wird.

Zeitungsnutzung 1989/90

Die zwischen Juli 1989 und Juni 1990 durchgeführte „Media Analyse 1990" (MA 1990) weist eine Reichweite der österreichischen Tageszeitungen von 72,8 Prozent (oder 4,586.000 Lesern) aus. Es ist dies die größte Reichweite, die die Tagespresse laut der seit 1965 durchgeführten Media Analyse jemals erzielte. Umstrittener Marktführer ist bei den Tageszeitungen die „Neue Kronen Zeitung"; sie erzielte österreichweit 42,6 Prozent Reichweite oder 2,681.000 Leser. Ihr folgen der „Kurier" mit 14,9 Prozent (oder 941.000 Lesern) sowie die (vor allem in der Steiermark und in Kärnten überdurchschnittlich gut verbreitete) ,,Kleine Zeitung" mit 10,5 Prozent Gesamtreichweite (oder 659.000 Lesern). ,,Neue Kronen Zeitung" und ,,Kurier" – die beiden Flaggschiffe der ,,Mediaprint" – erzielen zusammen eine exklusive Leserschaft von 50,4 Prozent, das sind 3,173.000 Leser oder etwas mehr als die Hälfte aller österreichischen Tageszeitungsleser. Der erst im Oktober 1988 gegründete ,,Der Standard" konnte eine Gesamtreichweite von 3,8 Prozent (oder 242.000 Lesern) erzielen und liegt damit vor den ,,Salzburger Nachrichten" mit 3,4 Prozent (oder 217.000 Lesern) sowie vor der ,,Presse" mit 3,3 Prozent (oder 210.000 Lesern). Neben der ,,Kleinen Zeitung" sind die ,,Oberösterreichischen Nachrichten", die ,,Tiroler Tageszeitung", die ,,Salzburger Nachrichten" und die ,,Vorarlberger Nachrichten" zu den reichweitenstarken unabhängigen Bundesländerzeitungen zu zählen.

Unter den Parteizeitungen ist die sozialistische ,,Kärntner Tageszeitung" mit einer Reichweite von 1,6 Prozent (oder 103.000 Lesern) die größte Zeitung, gefolgt von der ÖVP-Zeitung ,,Neues Volksblatt" mit 1,1 Prozent (oder 69.000 Lesern) sowie dem ÖVP-Organ ,,Salzburger Volkszeitung" mit 0,4 Prozent oder 25.000 Lesern.

Gegenüber der MA 1988 konnten die ,,Neue Kronen Zeitung", die ,,AZ", die ,,Neue Zeit", die ,,Salzburger Nachrichten", die ,,Vorarlberger Nachrichten" sowie die ,,Neue Vorarlberger Tageszeitung" Leserzuwächse verzeichnen. Insgesamt wird im Tageszeitungsbereich ein Trend zur Zweitzeitung erkennbar. (Auskunft über die Reichweite der Tageszeitungen gibt Tabelle 9 im Kapitel V ,,Presse in Österreich", Seite 483.) Die Media Analyse ermittelt die Mediennutzung auch nach soziographischen Merkmalen wie Geschlecht, Alter, Bildungsstand, soziale Schicht, persönliches Einkommen, Haushaltseinkommen und Größe des Wohnortes. Der in überdurchschnittlichem Maße Zeitung lesende Österreicher läßt sich den Daten der MA 1990 zufolge in Konturen wie folgt skizzieren: Er (sie) gehört der Altersgruppe der 40- bis 49jährigen an, ist Akademiker oder Maturant, selbständig, freiberuflich oder in leitenden Positionen tätig, verfügt über ein sehr gutes Einkommen, ist der oberen sozialen Schicht zugehörig und wohnt in Orten mit über 50.000 Einwohnern (vgl. Kapitel V ,,Presse in Österreich", Tabelle 10, Seite 484 f.).

Zu den reichweitenstärksten Wochenzeitungen zählen die ,,Neue NÖN" mit 8,8 Prozent (oder 556.000 Lesern), die ,,Oberösterreichische Rundschau" mit 7,4 Prozent (oder 467.000 Lesern) sowie der ,,Ring niederösterreichischer Wochenzeitungen" mit 2,7 Prozent (oder 172.000 Lesern). Auch die ,,Salzburger Woche" liegt mit 2,6 Prozent (oder 163.000 Lesern) recht gut (vgl. Kapitel V ,,Presse in Österreich", Tabelle 12, Seite 490).

Unter den österreichischen Illustrierten, Magazinen, Zeitschriften, Mitgliederzeitschriften und TV-Supplements verfügen ,,Die ganze Woche", ,,profil", ,,trend", ,,Wiener", ,,Basta", ,,ORF-Nachlese", ,,Auto-Revue", ,,Fernseh- und Radiowoche", ,,tele", ,,Auto Touring" und ,,Solidarität" über beachtliche Leserschaften

Tabelle 1:

Gesamtreichweite der Tageszeitungen sowie der Hörfunk- und Fernsehprogramme des ORF 1989/90

	Reichweite in Prozenten	Projektion
Tageszeitungen (gesamt)	72,8	4,586.000
ORF-Hörfunk (gesamt)	80,4	5,067.000
Ö 1	6,7	421.000
Ö 2	45,3	2,856.000
Ö 3	42,7	2,691.000
ORF-Fernsehen (gesamt)	74,2	4,681.000
FS 1	54,7	3,461.000
FS 2	44,0	2,808.000
Reichweite ausländischer Fernsehprogramme 1989/90		
Ausland gesamt	14,1	886.000
ARD	4,3	273.000
ZDF	3,5	223.000
SAT 1	4,0	250.000
RTLplus	4,7	297.000

Quelle: Media Analyse 1990

(vgl. Kapitel V „Presse in Österreich", Tabelle 14, Seite 494). Besonders gute Werte gegenüber früher konnten Special-Interest-Zeitschriften in Themenbereichen wie Gesundheit, Wohnen, Auto erzielen. Auch die heimischen Zeitgeist-Zeitschriften sowie Polit- und Wirtschaftsmagazine sind unter den Gewinnern.
Getrennt nach Zeitung, Radio und Fernsehen verfügen diese Mediengattungen über jene Gesamtreichweiten, wie sie aus Tabelle 1 (Seite 530) ersichtlich sind. Beim Radio sind dies um knapp 6 Prozent mehr, als die „Optima 1989" für den Hörfunk ausweist (vgl. Abschnitt „Radionutzung", Seite 531); beim Fernsehen liegt der Wert (nur) um 1,3 Prozent über dem Wert des ORF-Infratests für 1989 (vgl. Abschnitt „Fernsehnutzung", Seite 533).

Radionutzung 1989

Im Jahresdurchschnitt 1989 wurden drei Viertel (74,6 Prozent) aller Österreicher ab 14 Jahren (d. s. fast 4,7 Millionen Personen) pro Tag vom Radio erreicht. Alle

Tabelle 2:

Radionutzung in Österreich: Entwicklung der Tagesreichweiten – Hörfunk (Angaben in Prozenten)

	1984	1985	1986	86/87	1987	87/88	1988	88/89	1989
Hörfunk gesamt	75,2	71,7	74,0	74,4	75,4	75,1	74,3	74,0	74,6
ORF gesamt	74,1	70,4	72,9	73,2	73,9	73,6	72,5	71,7	72,0
Ö1	5,6	5,7	5,4	5,5	5,4	5,2	5,1	5,1	5,4
Ö-Regional	44,5	41,4	41,1	40,9	40,9	40,7	40,7	40,8	40,7
Ö3	37,6	34,6	38,5	38,9	39,6	39,4	38,3	38,1	38,4
Ö3 International	0,6	0,5	0,5	0,3	0,4	0,5	0,5	0,7	0,8
Ausland gesamt	3,4	3,6	3,5	3,5	3,8	4,2	4,7	5,7	6,8

Quelle: Optima 89, Jänner–Dezember 89 (Fessel + GfK Institut)

ORF-Programme gemeinsam erzielten dabei eine Tagesreichweite von 72,0 Prozent, d. h., daß rund 4,5 Millionen Österreicher im Laufe eines Tages vom ORF-Angebot Gebrauch machten. Obwohl alle (derzeit rund 25) in Österreich empfangbaren öffentlich-rechtlichen und privaten Radiostationen aus dem benachbarten Ausland ihre Tagesreichweite gegenüber 1988 um 2,1 Prozentpunkte auf nunmehr 6,8 Prozent steigern konnten, entspricht die ORF-Tagesreichweite mit 72,0 Prozent ungefähr dem Vorjahreswert von 72,5 Prozent.

Konkret erreichte Ö1 im Jahresdurchschnitt 1989 5,4 Prozent der erwachsenen Österreicher, Ö3 wurde im selben Zeitraum von 38,4 Prozent täglich genutzt, und Ö-Regional (seit 2. 5. 1990: Ö2) konnte mit seinen Ringprogrammen sowie den lokalen Angeboten der einzelnen Landesstudios täglich 40,7 Prozent der Erwachsenen erreichen (vgl. Tabelle 2, Seite 531).

Nach regionalen Gesichtspunkten haben Ö1 und Ö3 in Wien ihre größte Hörerschaft, bei Ö-Regional ist dies im Burgenland der Fall. Konkret wird jeder zehnte Wiener pro Tag von Ö1 erreicht, vom Ö3-Angebot machen pro Tag rund 53 Prozent der Wiener Gebrauch. In den anderen Bundesländern erreicht Ö3 Tagesreichweiten von je rund 30 bis 40 Prozent. Ö-Regional wird pro Tag von knapp der Hälfte der Burgenländer gehört, in den übrigen Bundesländern liegen die Tagesreichweiten zwischen 37 Prozent (Kärnten) und 46 Prozent (Tirol).

Alle Auslandssender gemeinsam haben in Vorarlberg mit 18,4 Prozent die höchste Tagesreichweite. In Kärnten – dem Bundesland, in welchem private Stationen schon seit langer Zeit empfangbar sind – wurde im Jahresdurchschnitt 1989 eine Auslandsreichweite von 13,0 Prozent gemessen. Dabei ist festzustellen, daß in diesem Bundesland langfristig ein Rückgang der Auslandsnutzung zu registrieren

Tabelle 3:

Radionutzung in Österreich: Entwicklung der allgemeinen Hördauer[1] in Minuten

	1984	1985	1986	86/87	1987	87/88	1988	88/89	1989
Summe Radio	146,3	137,5	144,9	146,8	152,1	152,9	149,1	143,8	140,5
Summe ORF	141,8	132,7	138,6	141,1	145,8	146,5	142,2	135,0	129,9
Ö1	6,4	5,6	5,3	5,6	5,8	5,6	5,0	4,9	5,1
Ö-Regional	73,3	68,9	70,2	69,0	69,6	70,8	71,1	68,6	65,2
Ö3	61,7	57,9	62,6	66,3	70,0	69,4	65,4	60,9	58,9
Ö3 International	0,5	0,4	0,5	0,3	0,4	0,7	0,7	0,7	0,8
Summe Ausland	4,5	4,8	5,4	5,7	6,4	6,4	6,9	8,8	10,6

[1] Allgemeine Hördauer = durchschnittliche Hördauer pro Tag, bezogen auf die Gesamtbevölkerung ab 14 Jahre.

Quelle: Optima 89, Jänner–Dezember 89 (Fessel + GfK Institut)

ist. Insgesamt kann jedoch keiner der aus dem benachbarten Ausland einstrahlenden Radiosender in den österreichischen Bundesländern eine Tagesreichweite jenseits der Zehn-Prozent-Marke erreichen. Die höchsten Tagesreichweiten in ihrem Empfangsgebiet erzielten laut „Optima" 1989 Radio Uno mit 9,0 Prozent in Kärnten sowie die öffentlich-rechtlichen Programme der Schweiz mit 8,8 Prozent in Vorarlberg.

Die Radionutzung im Tagesverlauf und ein – in erster Linie musikorientiertes – Programminteresse der Hörer lassen insgesamt darauf schließen, daß das Radio zunehmend als (Tages-)Begleitmedium genutzt wird. Die beiden – bundesweit meßbaren – Nutzungsspitzen des Tages sind der Morgen und die Mittagszeit. Daneben tragen u. a. auch lokale Radiohöhepunkte, wie z. B. die Wunschkonzerte, zu weiteren Reichweitenspitzen bei. Konkret werden zwischen 5.00 Uhr und 8.00 Uhr morgens 22 Prozent der Österreicher (d. s. 1,4 Millionen Personen) von den lokalen Morgensendungen der einzelnen ORF-Landesstudios erreicht. Vom „Ö3-Wekker" lassen sich zwischen 5.00 Uhr und 9.00 Uhr 26 Prozent der Erwachsenen (d. s. 1,6 Millionen Personen) zumindest eine Viertelstunde lang begleiten, wobei nach einer Sonderauswertung der „Optima" 1989 die durchschnittliche Verweildauer beim „Ö3-Wecker" aber rund 1 Stunde und 15 Minuten beträgt. Vom Ö1-„Morgenjournal" beziehen 100.000 Personen die erste ausführliche Information des Tages. Die Sendung „Autofahrer unterwegs" auf Ö-Regional erreichte im Jahresdurchschnitt 1989 pro Tag eine kumulierte Nettoreichweite von 20,3 Prozent, was bedeutet, daß rund 1,3 Millionen Personen dieses Mittagsmagazin hörten. Der Zeitzonenwert des „Mittagsjournals" auf Ö3 beträgt 9,6 Prozent (= 600.000 Hörer), via Ö1 verfolgen diese Sendung 133.000 Personen mit.

Die Radiohördauer betrug im Jahresdurchschnitt 1989 141 Minuten pro Tag, davon entfielen auf den ORF 130 Minuten (Ö1: 5 Minuten, Ö-Regional: 65 Minuten, Ö3: 59 Minuten, Ö3-International/Blue Danube Radio: 1 Minute). Die durchschnittliche Auslandsnutzungsdauer betrug 11 Minuten. Dies ergibt für den ORF bundesweit einen Marktanteil von 92 Prozent, die Auslandssender gemeinsam erreichen einen Marktanteil von 8 Prozent (vgl. Tabelle 3, Seite 532).

Fernsehnutzung 1989

Laut kontinuierlichem Infratest des ORF hatte das Fernsehen in Österreich 1989 eine durchschnittliche Tagesreichweite von 72,9 Prozent. Vom Fernsehangebot des ORF machten 71,4 Prozent Gebrauch, was einer täglichen Zuseherschaft von 4,30 Millionen entspricht. Es ist dies die höchste Tagesreichweite des österreichischen Fernsehens im Jahresdurchschnitt seit 1985. Die in Österreich via Kabel, Satellit oder terrestrisch empfangbaren Auslandskanäle wurden bundesweit von 7,3 Prozent (oder rund 450.000 Personen) pro Tag genutzt. Insgesamt konnte der ORF seine Gesamtreichweite gegenüber dem Vorjahr (1988) etwas steigern (ein Plus von 70.000 Sehern pro Tag), die Auslands-TV-Angebote hingegen wurden etwas weniger häufig in Anspruch genommen als in Jahren zuvor (vgl. Tabelle 4, Seite 534).

Der Fernsehkonsum der Österreicher hat sich insgesamt weder vermehrt noch verringert. Wie schon in den Vorjahren, verbrachte der Österreicher im Durchschnitt täglich 115 Minuten vor dem Bildschirm. Von dieser gesamten Fernsehzeit entfielen 108 Minuten, also 93,6 Prozent, auf den ORF und 7 Minuten, also 6,4 Prozent, auf alle Auslandskanäle zusammen. Das ist der höchste ORF-Marktanteil seit 1985 – ein Umstand, der angesichts der ständig steigenden Verkabelung und der Programmvermehrung für Kabelkunden doch sehr beachtlich ist. (1985 waren erst 11 Prozent der österreichischen Haushalte verkabelt, Ende 1989 waren es 21 Prozent. In dieser Zeit wurden auch noch weitere Kanäle ins Kabel eingespeist: RTL plus und Super Channel kamen 1986 dazu, im letzten Jahr der Südwestfunk, so daß die Kabelteilnehmer derzeit die Wahl zwischen bis zu zwölf Kanälen haben.)

Die Ausweitung des Programmangebots führt zu einem verstärkten Wettbewerb um das begrenzte Zeitbudget der Zuseher. Neben dem täglichen Bemühen um die Zufriedenheit des Publikums hat der ORF versucht, mit Programmschema-Anpassungen und einer weiteren Erhöhung seiner Programmleistung den Lebensgewohnheiten und Wünschen der Seher zu entsprechen.

Tabelle 4:
Fernsehnutzung der Erwachsenen – Jahresdurchschnitt 1981–1989

Tagesreichweite in Prozent	1981	1982	1983	1984	1985	1986	1987	1988	1989
FS 1	60,0	59,8	59,1	58,1	60,5	58,9	57,2	54,0	56,2
FS 2	40,5	41,1	41,6	43,9	45,5	43,6	46,2	46,4	46,7
Inland	71,8	72,5	71,7	71,3	72,5	71,2	71,3	70,3	71,4
Ausland	5,0	4,9	5,4	5,3	5,4	8,0	7,4	7,6	7,3
Gesamt	–	73,6	73,0	72,9	73,8	73,2	73,0	72,2	72,9
Ende 1989 empfangbar (Personen)									
ARD (34,4% = 2,150.000)	8,4	8,8	7,7	10,2	10,6	11,0	9,3	7,7	7,4
ZDF (32,9% = 2,012.000)	8,4	7,8	6,9	9,5	11,2	9,6	8,5	6,8	5,7
BR 3 (28,8% = 1,800.000)	3,2	3,1	2,8	3,6	3,8	3,4	3,3	3,4	2,8
SRG (19,7% = 1,204.000)	1,0	1,4	1,2	2,8	3,0	3,0	3,3	3,0	2,2
3sat (20,6% = 1,259.000)	–	–	–	–	7,0	2,9	2,4	2,5	1,8
Sky (14,5% = 887.000)	–	–	–	0,9	3,1	2,1	1,3	1,0	0,7
SAT 1 (20,1% = 1,229.000)	–	–	–	–	6,5	9,5	9,4	11,6	9,6
RTL Plus (20,4% = 1,247.000)	–	–	–	–	–	8,8	6,7	8,5	8,0
Tele Uno (4,6% = 281.000)	–	–	–	–	–	2,4	2,5	1,7	1,7
Super (16,3% = 997.000)	–	–	–	–	–	–	1,2	0,7	0,4
Hauptabendprogramm Reichweite in Prozent									
FS 1	32,3	32,7	33,1	33,6	36,9	35,7	33,1	33,3	35,3
FS 2	25,5	26,2	26,2	27,0	25,1	22,9	25,0	23,2	22,7
Inland	53,4	54,9	54,8	55,1	55,5	52,7	52,6	51,1	52,6
Nutzungszeit (Stunden:Minuten) Nutzungsanteil (von 100 Minuten)									
FS 1	1:07	1:10	1:10	1:08	1:11	1:05	1:01	0:59	1:03
Anteil		59,9	59,3	58,2	58,2	56,7	53,3	51,1	55,1
FS 2	0:40	0:43	0:44	0:44	0:46	0:41	0:46	0:48	0:44
Anteil		36,6	36,8	37,7	37,1	36,2	40,1	41,5	38,4
Inland	1:47	1:53	1:54	1:53	1:57	1:46	1:47	1:47	1:48
Anteil		96,5	96,1	95,9	95,8	93,0	93,4	93,0	93,6
Ausland	(nicht	0:04	0:05	0:05	0:05	0:08	0:08	0:08	0:07
Anteil	ausge-	3,5	3,9	4,1	4,2	7,0	6,6	7,0	6,4
Gesamt	wiesen)	1:58	1:59	1:57	2:02	1:54	1:55	1:55	1:55
Programmleistung ORF-TV									
in Stunden/Jahr	6.611	6.798	6.922	7.294	7.784	7.958	8.443	9.392	9.552
in Stunden/Tag	18	19	19	20	21	22	23	26	26
Bei Berücksichtigung des								9.970	10.355
Lokalfernsehens								27	28
ORF-Sendungen pro Jahr		12.449	12.748	13.462	15.606	16.865	18.067	19.031	21.819
ORF-Sendungen pro Tag		34	35	37	43	46	50	52	60

Quelle: Kontinuierlicher Infratest des ORF-Jahresberichtes 1989. – Wien: ORF 1990.

ORF-Programmleistung

Die Sendeleistung des ORF-Fernsehens betrug 1989 insgesamt 10.355 Stunden. Das entspricht einem TV-Programmangebot von 28,4 Stunden pro Tag. Der ORF erbringt damit von allen deutschsprachigen Fernsehanstalten die höchste Programmleistung. Von dem über 28 Stunden dauernden täglichen Fernsehprogramm (in FS 1 und FS 2) entfielen 33 Prozent auf die Programmsparte Unterhaltung (einschließlich Spielfilme und Serien), 22 Prozent auf Information, 16 Prozent auf Kultur und Bildung, 8 Prozent auf Sport, ebenfalls 8 Prozent auf den Programmbereich Chronales/Ratgeber/Tiersendungen sowie 6 Prozent auf Kindersendungen. Der Rest verteilt sich auf Religion, Jugend, Senioren, Werbung und Belangsendungen. Wie sich Programmangebot und Programmnutzung zueinander verhalten, ist – in der Zeitreihe 1981–1989 – aus Tabelle 5, Seite 536, ersichtlich.

Reichweitenstärkste Sendungen (1989)

Die meistgesehenen Fernsehsendungen waren auch 1989 die *Unterhaltungsshows, Serien* und *Fernsehkrimis.* So hatte „Wetten, daß . . .?" (vom 4. November 1989) mit 58 Prozent bzw. 3,566.000 Zuschauern die höchste Sehbeteiligung. Die beliebteste Serie war „Zwei Münchner in Hamburg" mit einer durchschnittlichen Sehbeteiligung von 54 Prozent je Folge. Großer Beliebtheit erfreuen sich auch Krimi-Serien wie „Der Alte" oder „Derrick" mit je 52 Prozent. Von den Spielfilmen erzielte der aus dem Jahre 1961 stammende österreichische Streifen „Mariandl" 46 Prozent (= 2,837.000 Zuseher).

Bei den *Politischen Magazinen, Dokumentationen, Diskussionen* etc. verzeichnete der zweite Teil des zeitgeschichtlichen Dokumentarspiels „Recht, nicht Rache" eine Sehbeteiligung von 18 Prozent oder 1,159.000 Personen. Auf großes Interesse stieß auch die Berichterstattung über die Landtagswahlen in Tirol, Salzburg und Kärnten (vom 12. März 1988) mit 17 Prozent oder 1,022.000 Zusehern. Rang 3 nimmt hier der Inlandsreport vom 13. April ein, der unter dem Thema „Sterben und sterben lassen" über die Tötungen im Krankenhaus Wien-Lainz berichtete und mit 16,5 Prozent eine Million Zuseher hatte.

Die tägliche Hauptabendnachrichtensendung *„Zeit im Bild 1"* erzielte eine durchschnittliche Reichweite von 38,8 Prozent (oder 2,372.000 Zusehern) pro Sendung. Ausgezeichnet bewährt hat sich die Verlegung der Fernseh-Lokalinformationen auf den 19.00-Uhr-Termin. Seit März 1989 wird *„Bundesland heute"* im Kontrast zur Vorabendserie auf FS 1 unmittelbar vor der „ZiB 1" ausgestrahlt. Die Sendung erreichte auf Anhieb 21 Prozent des Fernsehpublikums, also 1,27 Millionen Seher bundesweit, und wurde im Schnitt mit 4,3 beurteilt. Bis zum Ende des Jahres konnten sowohl Sehbeteiligung als auch die qualitative Akzeptanz weiter erhöht werden: Im Dezember wurde die Sendung von 24 Prozent, also 1,44 Millionen Österrei-

Tabelle 5:
Programmangebot und Programmnutzung des ORF – Fernsehens im Vergleich

	Angebot									Nutzung (Erwachsene)						
	1981 %	1982 %	1983 %	1984 %	1985 %	1986 %	1987 %	1988 %	1989 %	1983 %	1984 %	1985 %	1986 %	1987 %	1988 %	1989 %
Gesamter Unterhaltungsbereich[1]	28,2	27,4	26,9	27,6	29,2	31,0	33,4	34,0	35,4	47,3	46,7	48,7	50,1	51,7	51,3	54,6
Kultur, Ernstes, Bildung[2]	17,5	18,0	17,6	16,1	18,6	19,4	18,0	16,1	17,5	6,5	7,4	7,6	7,0	8,0	8,3	7,8
Nachrichten, Politik, Diskussionen	17,2	17,1	17,7	16,8	18,8	17,4	16,2	16,0	15,3	19,8	15,8	19,2	19,0	17,5	17,1	17,3
Sport, Übertragungen und Berichte	10,0	11,0	10,7	14,0	9,7	10,3	10,1	11,5	8,9	7,4	10,2	8,3	9,4	8,7	9,1	7,2
Chronikales, Ratgeber, Tiere etc.	10,2	10,9	10,9	11,2	8,3	8,2	8,7	9,0	9,1	9,3	11,3	7,8	7,2	7,0	6,4	6,4
Kinder	7,5	6,8	7,5	5,8	7,5	6,3	5,9	5,2	6,9	2,4	1,6	2,1	1,6	1,3	1,1	1,3
Werbefunk und PR	4,5	4,5	4,4	4,4	3,9	3,8	4,0	4,1	3,7	4,3	4,4	4,0	3,5	3,8	4,2	3,7
Jugend	1,5	1,3	1,3	0,8	0,5	0,5	0,6	0,8	0,9	0,6	0,5	0,4	0,3	0,3	0,5	0,4
Senioren	1,3	1,5	1,4	1,3	1,2	1,1	1,1	1,0	0,8	1,5	1,5	1,3	1,0	1,0	0,8	0,6
Religion	1,3	1,3	1,5	1,2	1,6	1,4	1,4	1,9	1,2	0,7	0,4	0,4	0,4	0,4	0,9	0,3
Verschiedenes	0,8	0,2	0,3	0,7	0,6	0,6	0,5	0,4	0,5	0,1	0,2	0,2	0,5	0,3	0,3	0,3
Bundesland Heute 8 ×	–	–	–	–	–	–	–	6,0*	8,1*							
	100,0	100,0	100,0	100,0	100,0	100,0	100,0	100,0	100,0	100,0	100,0	100,0	100,0	100,0	100,0	100,0
Programmleistung ORF-TV																
in Stunden/Jahr	6.611	6.798	6.922	7.294	7.784	7.958	8.443	9.392	9.552							
in Stunden/Tag	18	19	19	20	21	22	23	26	26							
Bei Berücksichtigung des Lokalfernsehens								9.970	10.355							
								27	28							
Nutzung des ORF-TV																
in Stunden/Jahr										692	683	710	644	651	650	652
Nutzungsrate des ORF-Angebotes										10,0	9,4	9,1	8,1	7,7	6,9	6,8

[1] Krimi, U-Film, Quiz + Show, U-Theater, U-Musik.
[2] E-Film, E-Theater, Kultur, E-Bildung, E-Musik.
Alle Angaben inklusive Wiederholungen, aber ohne Programmansagen, Füller.
* Rechnet man „Bundesland Heute" zu Nachrichten etc., ergeben sich für 1988 21,0%, für 1989 22%.
Quelle: Kontinuierlicher Infratest des ORF. Jahresbericht 1989. – Wien: ORF 1990.

chern, gesehen und mit 4,4 bewertet. Im Vergleich zur ,,ZiB 1, 1. Teil'', die im Jahr davor auf diesem Sendeplatz ausgestrahlt worden war, bedeutet das einen Publikumszuwachs von rund einer Viertelmillion.

Die Programmsparte *Kultur und Bildung* wurde hinsichtlich der Reichweiten dominiert von der Dienstag-Reihe ,,Universum''. Sie hatte Spitzenwerte bis zu 43 Prozent (= 2,628.000 Seher). Es folgten mit 38 Prozent (oder 2,348.000 Zusehern) die Dokumentarserie ,,Der Atlantik'' sowie mit 34 Prozent (= 2,085.000) die ,,Knoff-Hoff-Show''. Beim ,,Neujahrskonzert der Wiener Philharmoniker'' waren 27,5 Prozent (oder 1,678.000 Zuseher) dabei.

Im *Sport* erfreute sich der alpine Skilauf offensichtlich nach wie vor großer Beliebtheit. So sahen beispielsweise 34 Prozent (= 2,070.000) den Slalom der Herren der Alpinen Ski-Weltmeisterschft in Vail. Die WM-Abfahrt der Damen sahen 33 Prozent (2,036.000). Mit einer Sehbeteiligung von 30 Prozent (= 1,859.000) lag schließlich auch der ,,Sport am Montag'' vom 6. Februar mit Beiträgen über die WM-Abfahrt der Herren nicht schlecht in der Gunst des Publikums.

Die Fernsehnutzung unterliegt übrigens *jahreszeitlichen Schwankungen* und ist außerdem *witterungsabhängig.* So wird in den Wintermonaten mehr ferngesehen als im Sommer, wo die Menschen offensichtlich in höherem Maße anderen Freizeitaktivitäten nachgehen. Ein höherer TV-Konsum ist des weiteren eindeutig bei schlechtem Wetter nachweisbar.

Soziographisch betrachtet sitzen ältere Menschen (ab 60 Jahre) am längsten vor dem Fernsehgerät.

Die am besten beurteilten Sendungen

Die Note 4,9 erhielt im vergangenen Jahr eine ganze Reihe von Sendungen, darunter populärwissenschaftliche Dokumentationen wie ,,Der Atlantik'', ,,Paradiese der Tiere'', ,,Der Herr des Dschungels'' oder ,,Mit den Augen der Tiere''. Weiters sind darunter anspruchsvolle Musikprogramme wie die Opernübertragungen von ,,Aida'', ,,Cavalleria rusticana'', ,,Un ballo in maschera'', ,,La Gioconda'' und das ,,Neujahrskonzert der Wiener Philharmoniker''. Auch Religionsprogramme wie ,,Fragen des Christen'' befinden sich unter den bestbeurteilten Sendungen.

Insgesamt erzielten die Sendungen des Jahres 1989 einen Notenmittelwert von 4,1, wobei mehr als die Hälfte aller Sendungen höher als 4,1 bewertet wurden. Aus diesen Werten darf doch auf eine gewisse Zufriedenheit des Publikums mit den Fernsehprogrammen des ORF geschlossen werden.

Kinder und Fernsehnutzung

Die beliebteste *Kindersendung* war ,,Meister Eder und sein Pumuckl''. Diese Serie erreichte bis zu 69 Prozent des Kinderpublikums, also 602.000 Seher im Alter von 4

Tabelle 6:

Mediennutzung (Zeitung, Radio, Fernsehen) nach demographischen Merkmalen
(Angaben in Prozenten)

	es lesen Zeitung*	es hören Radio**	es sehen fern**
Mediennutzung nach Geschlecht			
Männer	75,5	75,4	72,7
Frauen	70,3	73,1	75,4
Mediennutzung nach Altersgruppen			
14–19 Jahre	63,8	68,7	71,3
20–29 Jahre	72,8	75,3	65,2
30–39 Jahre	76,2	76,8	69,2
40–49 Jahre	78,5	77,9	73,8
50–59 Jahre	74,4	73,6	79,2
60–69 Jahre	72,7	71,5	84,0
70 oder älter	64,9		
Mediennutzung nach sozialer Schicht			
Schicht A	83,1	76,6	68,2
Schicht B	78,1	76,3	72,1
Schicht C1	74,1	74,2	73,2
Schicht C2	72,3	74,4	78,4
Schicht D	67,2	72,6	77,2
Schicht E	59,1	67,3	75,5
Mediennutzung nach Schulbildung			
Pflichtschule	64,9	70,0	77,6
Berufs-/Fachschule	75,5	76,6	73,6
Matura	81,7	76,5	66,9
Hochschule/Universität	87,3		
Mediennutzung nach Beruf			
Selbständig/freie Berufe	82,4	75,6	60,9
Leitende Angestellte/Beamte	88,4	79,9	67,8
Qualifizierte Angestellte/Beamte	82,7	77,1	68,9
Sonstige Angestellte/Beamte	78,2	75,2	67,6
Facharbeiter/Meister	74,8	76,1	69,1
Sonstige Arbeiter	71,6	72,8	73,5
Landwirte	51,6	77,1	68,8
In Ausbildung stehende	67,3	68,9	71,9
Männliche Pensionisten	70,4	75,2	83,8
Weibliche Pensionisten		69,4	83,9
Nur-Hausfrauen	–	73,8	79,7
Nicht berufstätig	68,3	–	–
Mediennutzung nach Bundesland			
Wien	77,0	76,2	73,8
Niederösterreich	67,1	75,1	75,7
Burgenland	74,2	69,6	74,0
Steiermark	74,9	73,3	76,2
Kärnten (mit Osttirol)	80,6	67,8	72,8
Oberösterreich	68,0	75,8	74,4
Salzburg	71,6	77,0	73,0
Tirol	67,9	72,3	73,6
Vorarlberg	83,7	71,3	65,1

* Media Analyse 1990: 12.000 Interviews (nach Random-Verfahren), Erhebungszeitraum Juli 1989 bis Juni 1990.

** Optima 1989/90: 12.000 Interviews (nach gemischten Random/Quota-Verfahren im Verhältnis 80:20), Erhebungszeitraum Juni 1989 bis Mai 1990.

bis 13 Jahren. Beurteilt wurden die einzelnen Folgen von den Kindern mit 4,7 oder 4,8. An zweiter Stelle der Beliebtheit rangiert ,,Wickie und die starken Männer". Die meistgesehene Folge hatte 54 Prozent, also 471.000 kindliche Zuschauer, und erhielt Note 4,7. Auch bei der Serie ,,Niklaas, ein Junge aus Flandern" war jeweils rund die Hälfte der österreichischen Kinder dabei. 51 Prozent (449.000) und Note 4,7 waren die Werte für die Folge mit der höchsten Sehbeteiligung.

Bekanntlich nutzen die Kinder nicht nur die für sie speziell entwickelten Sendungen, sondern auch die Vorabendserien. Spitzenreiter war 1989 ,,Knight Rider" mit einer Durchschnittsreichweite von 51 Prozent bei den Kindern (445.000 Zuseher, Note 4,7), gefolgt von ,,Alf" um 18.00 Uhr mit 50 Prozent (438.000/4,2) und ,,Tom und Jerry" mit 42 Prozent (369.000/4,8).

Insgesamt sahen die Kinder 1989 *pro Tag 79 Minuten* lang fern. In den Jahren vor 1988 war durchwegs mehr ferngesehen worden. Die Vermehrung des Auslandsangebots führte also nicht zu erhöhtem Fernsehkonsum. Vielmehr ist die Nutzung der Auslandskanäle im Vergleich zu 1988 zurückgegangen, während die ORF-Angebote stärker genutzt werden.

Ein Blick in die Bundesrepublik

Im Zusammenhang mit der Fernsehnutzung sind Erfahrungswerte aus der Bundesrepublik Deutschland für den österreichischen Beobachter nicht uninteressant. Dort gibt es seit Jänner 1985 auch private, bundesdeutsche Fernsehanbieter (von denen drei – nämlich SAT 1, RTLplus und Tele 5 – inzwischen als Vollprogramme zu bezeichnen sind). Mehr als die Hälfte aller bundesdeutschen Haushalte kann entweder terrestrisch oder via Kabel bzw. Satellit diese (und andere ausländische Satellitenprogramme) empfangen. Die durchschnittliche Haushaltsreichweite des Fernsehens ist in der Bundesrepublik mit 88 Prozent seit 1985 zwar konstant unverändert. Die Fernsehnutzungszeit der Erwachsenen ist von 147 Minuten (1985) auf 153 Minuten (1989) angestiegen. Dieser – auf den ersten Blick geringfügige Anstieg – ist auf den höheren Fernsehkonsum in Haushalten mit Privatprogrammempfang zurückzuführen. Getrennt nach Haushalten mit und ohne Privatprogrammempfang ergibt sich nämlich das folgende, differenziertere Nutzungsbild: In Haushalten *ohne* Privatsenderempfang beträgt die tägliche Nutzungszeit der Erwachsenen 141 Minuten, in Haushalten *mit* terrestrischem Privatsenderempfang 163 Minuten, in *Kabelhaushalten* 165 Minuten. Wo mehr Programme verfügbar sind, wird offensichtlich doch auch etwas mehr ferngesehen. Die steigende Empfangbarkeit privater bundesdeutscher Fernsehprogrammanbieter geht ausschließlich zu Lasten der öffentlich-rechtlichen Programme von ARD und ZDF. In den bundesdeutschen Fernsehhaushalten mit Privatprogrammempfang ist auch eine Tendenz zu einer stärkeren Nutzung der Unterhaltungsprogramme vorhanden. Der für einige Zeit beobachtbare Nutzungsschwund der Informationssendungen in Haushalten mit Privatprogrammempfang ist jedoch wieder zum Stillstand gekommen. Hinsichtlich der Programmnutzung insgesamt sehen sich die öffentlich-rechtlichen Fernsehsender der Bundesrepublik einer scharfen Konkurrenz durch die privaten Programme gegenüber. Vor allem in den Kabelhaushalten kommen die Privatprogramme auf Markt- bzw. Nutzungsanteile, die an jene der öffentlich-rechtlichen heranreichen. Aus einer in Wiener Kabelhaushalten im Frühjahr 1990 durchgeführten Umfrage über die Fernsehprogrammnutzung gehen ähnliche Resultate hervor. Der ORF, der bisher sein Programmnutzungsterrain sehr gut verteidigen konnte, sieht sich hier einer neuen Herausforderung gegenüber.

Nutzungsspezifische Unterschiede

Aus der Bundesrepublik Deutschland liegen auch Befunde vor, die auf nutzungsspezifische Besonderheiten der einzelnen Mediengattungen – Print, Radio, Fernsehen – schließen lassen und die wahrscheinlich auch für Österreich Geltung haben. Die Münchner Medienforscherin Anne Köhler hat sie wie folgt zusammengefaßt. **Zeitungen** und **Zeitschriften** werden im Regelfalle *situationsspezifisch* genutzt, also beim Frühstück, auf der Fahrt zur Arbeit oder Schule, in Arbeits- oder Unterrichtspausen, auch während der Arbeit. Printmedien lassen sich an beinahe jedem Ort und zu jeder Zeit bequem nutzen, lesen bedingt jedoch volle Zuwendung und erfordert hohe Konzentration auf das Gelesene. Hinsichtlich der Glaubwürdigkeit liegen die gedruckten Medien nicht schlecht in der Gunst des Publikums, die Lesedauer geht jedoch trotz Erweiterung des redaktionellen Angebots der Printmedien zurück.

Das **Radio** wird vielfach *backgroundspezifisch* genutzt, als Nebenhermedium bei der Ausübung anderer Tätigkeiten wie Haus-, Heim-, Küchenarbeit, in Arbeitspausen, beim Autofahren, durchaus auch am Arbeitsplatz bei solchen Tätigkeiten, die nur wenig Konzentration erfordern. Radiohören bedingt (scheinbar) keine volle Konzentration, daher ist der Hörfunk auch ein sehr flüchtiges Medium, dem man nur sporadisch Aufmerksamkeit schenkt. Das Radio steigt offenbar in der Gunst des Publikums und erfreut sich in den letzten Jahren einer regelrechten Renaissance.

Das Medium **Fernsehen** hingegen wird nicht ausschließlich, aber vorwiegend (noch) *freizeitspezifisch* genutzt. Seine Nutzungsmöglichkeiten sind vor allem durch die Verhaltensgebundenheit bei der Zuwendung relativ stark eingeschränkt. Fernsehen bedingt weitgehende Zuwendung auf das Gesehene und verfügt beim Publikum auch über hohe Glaubwürdigkeit durch Bild und Ton. In jüngster Zeit sind auch im deutschen Sprachraum (ähnlich wie schon seit geraumer Zeit etwa in den USA) Tendenzen erkennbar, wonach sich auch das Fernsehen zu einem in zunehmendem Maße backgroundspezifisch genutzten Medium entwickelt.

Erhard Angermann/Peter Diem/Heinz Pürer

Literatur:

BURKART, Roland: Alternative Publikumsforschung: Der Versuch eines kommunikationstheoretisch begründeten Neuansatzes. In: Österreichisches Jahrbuch für Kommunikationswissenschaft 1979. Hrsg. von den Instituten für Publizistik und Kommunikationswissenschaft an den Universitäten Wien und Salzburg. Redaktion: Hans Heinz Fabris. Salzburg: Verlag Wolfgang Neugebauer, 1979, S. 87–103.

DARSCHIN, Wolfgang; FRANK, Bernward: Tendenzen im Zuschauerverhalten. Fernsehgewohnheiten und Fernsehreichweiten im Jahr 1989 (in der Bundesrepublik Deutschland). In: Media Perspektiven Heft 4/1990, S. 254–268.

Fischer-Lexikon ,,PUBLIZISTIK/MASSENKOMMUNIKATION. Hrsg. von Elisabeth Noelle-Neuman, Winfried Schulz und Jürgen Wilke. – Frankfurt: Fischer 1989 (Stichwort Media-Forschung).

KISSINGER, Robert: Blick hinter den Infratest. In: Österreichisches Jahrbuch für Kommunikationswissenschaft 1979. Hrsg. von den Instituten für Publizistik und Kommunikationswissenschaft an den Universitäten Wien und Salzburg. Redaktion: Hans Heinz Fabris. Salzburg: Verlag Wolfgang Neugebauer, 1979, S. 177–189.

KONTINUIERLICHER INFRATEST – JAHRESBERICHT 1989. – Wien: ORF 1990.

KÖHLER, Anne: Nutzung der Massenmedien im Wandel. In: KREILE, Reinhold (Hrsg.): Medientage München '88. Dokumentation. – Baden-Baden: Nomos 1989, S. 202–211.

MEDIA-ANALYSE 1989/90. – Wien: Arbeitsgemeinschaft Media-Analysen 1990.

OPTIMA. – Wien: Fessel und GfK 1990.

PODGORSKI, Thaddäus: Leistungsbilanz der Funktionsperiode 1986–1990. – Wien: ORF 1990 (Verv. Mskpt.).

PÜRER, Heinz (Hrsg.): Fernsehnutzung im deutschen Sprachraum: Österreich, Bundesrepublik Deutschland, Schweiz. Mit Beiträgen von Peter Diem, Michael Buß und Mathias Steinmann. – Salzburg: Kuratorium für Journalistenausbildung 1986 (Schriftenreihe ,,Journalistik'', Heft 9).

SCHENK, Michael: Publikums- und Wirkungsforschung. Theoretische Ansätze und empirische Befunde der Massenkommunikationsforschung. 2., überarb. Auflage. Tübingen: Verlag Mohr 1987.

20 Jahre Media-Analyse in Österreich. Referate und Diskussionsbeiträge. (Red.: Heinz Pürer). – Salzburg: Kuratorium für Journalistenausbildung 1985 (= Schriftenreihe ,,Journalistik'', Heft 6).

Standardwerke über Methoden der (quantitativen) Publikumsforschung:

HESS, Eva Maria: Leserschaftsforschung in Deutschland. Ziele, Methoden, Techniken. – Offenburg: Burda 1981.

TWYMAN, Tony: Methoden der Zuschauer- und Hörerforschung und ihre Validität. Ein Überblick. – Frankfurt am Main: AGMA 1983 (= AGMA-Schriftenreihe Band 8).

IX. Wirkungen der Massenmedien

,,Das Wort von der ‚Macht der Massenmedien' ist ein Phantom. Und gerade bei dieser wichtigen Frage läßt uns die Medienwirkungsforschung nach wie vor im Stich.'' (1) Der da so redet, ist nicht irgendwer, sondern Dietrich Ratzke, FAZ-Redakteur und Spezialist für Neue Medien (Netzwerk der Macht, 1975; Handbuch der Neuen Medien, 1982). Ratzke irrt. Es fehlt nicht an Erkenntnissen der Medienwirkungsforschung, aber es ist ungemein schwierig, etwas über Medienwirkung in so einfachen Sätzen zu sagen, wie Journalisten sie (mit Recht) schätzen. Einfache Sätze schreiben und schwierige verstehen können – das schließt einander nicht aus.

Mit Sicherheit läßt sich nur eines über Medienwirkungen sagen: Sie sind – fast immer – komplex. Das heißt: Der einfache Ursache-Wirkung-Zusammenhang (Hammer trifft Finger – statt Nagel – und löst Schmerz aus) kommt nur selten vor. Beispiel für Studienanfänger: Wenn die Zeitung am 1. Juni 1945 mitteilte, daß im Bereich des Landesernährungsamtes Hessen-Nassau auf Abschnitt F der ,,Lebensmittelkarte für Erwachsene über 18 Jahren (Normalverbraucher)'' 125 g Schmalz ,,aufgerufen'' worden seien, so löste damals diese Pressemitteilung einen Strom von Hausfrauen zu den einschlägigen Verkaufsstellen aus, sofort und ausnahmslos: Medieninformationen wirken immer und schnell, wo es um die Existenz geht. In Wohlstandsgesellschaften sind solche Beispiele schwerer zu finden (Verkehrsfunk: Stau- und Umleitungsmeldungen).

Die meisten Medienwirkungen (richtig: Massenkommunikationswirkungen, ausgelöst meistens durch Medieninhalte) kommen dadurch zustande, daß sie *ein* Faktor unter anderen sind – in einem Geflecht von Wirkungszusammenhängen. Beispiel: Der Bericht über ein Konzert mit moderner Musik und trotzdem überwältigendem Erfolg wird nur bei jenen Zeitgenossen den Besuch der Wiederholung des Konzertes bewirken, die den Bericht verstehen (Namen, Begriffe, Fachausdrücke) und interpretieren können – musikalische ,,Bildung'' wirkt hier ebenso stark wie der Bericht selbst; und als drittes könnte ein Sozialprestigefaktor hinzutreten: Man möchte mitreden können, vielleicht auch: gesehen werden bei jenem Anlaß.

Bevor wir weiter nach der Erklärbarkeit solcher Wirkungsgeflechte fragen, muß begrifflich geklärt werden:

1. Was ist eigentlich Massenkommunikationswirkung?

Die nach wie vor genaueste Antwort finden wir in Gerhard Maletzkes Buch ,,Psychologie der Massenkommunikation'' (2). Leider in Fachchinesisch. Unser Übersetzungsversuch ist notgedrungen eine Umschreibung in vier Sätzen:

1. Wir müssen zeitlich drei Phasen unterscheiden: die Phase vor dem Kommunikationsvorgang (Beispiel: Gespräch mit Freunden, gehen wir heute abend ins Kino oder schauen wir uns „Dallas"an?)
2. Die Phase der eigentlichen Kommunikation (Beispiel: Die Familie sitzt vorm Fernsehgerät).
3. Die Phase nach dem Kommunikationsvorgang (Beispiel: Gespräch am Arbeitsplatz über ein Fernsehstatement zur 35-Stunden-Woche und – möglicherweise – Änderung der eigenen Meinung zu diesem Thema).
4. In allen drei Phasen können „Wirkungen" eintreten, wobei sich am leichtesten jene beobachten lassen, die deutlich als „Folge" der Kommunikation erkennbar sind. (Vorsicht: Folgen sind nicht unbedingt Wirkungen, aber sie stiften zunächst einmal den Verdacht, es könnte sich um Wirkungen handeln. Zweite Grundlage des Verdachtes: Es muß nachher etwas anders sein als vorher. Wirkungen sind Veränderungen.)

Die mögliche Vielfalt der Wirkungen läßt sich in Gruppen ordnen: In der Kommunikationsphase selbst beobachten wir am ehesten Verhaltensweisen, die von Inhalt und Form des Medienangebotes bewirkt werden: Ich überfliege einen politischen Leitartikel oder ich lese mich fest. In der Phase nach der Kommunikation können größere Veränderungen eintreten; am auffälligsten sind spontane Meinungsänderungen. Petra Dorsch unterscheidet vier „Arten von Wirkung":
a) Meinungsänderung, b) Wahrnehmungsänderung, c) Gefühlsänderung, d) Handlungsänderung (3).
Beispiele zu a): Wechselwähler; zu b): Eine tote Tanne sehen wir heute mit anderen Augen als vor fünf Jahren; zu c): das „Lieblingsblatt" einer großen Stammleserschaft verliert deren Zuneigung, wenn es gefälschte Diktatoren-Tagebücher veröffentlicht; zu d): Autofahrer verlassen (hoffentlich) die Autobahn, wenn das Radio einen 10-Kilometer-Stau meldet.
Andere Einteilungen der Arten oder Felder der Wirkungen sind denkbar. So sollte man etwa Veränderungen im Bereich des Wissens, bewirkt durch Massenkommunikation, nicht gering schätzen. Jede Einteilung lehrt: Bei Medienwirkung darf nicht nur an politische Wirkung oder Werbewirkung gedacht werden (Meinungswandel, Einstellungswandel), und an die Wirkung der Medien darf man nicht nur im Zusammenhang mit politischen Entscheidungen oder nach verlorenen Wahlkämpfen Spekulationen knüpfen. Massenmedien wirken immer, aber nur selten in spektakulärer Form.

2. Wirkungsideologien

Gerade weil und solange die Wissenschaft keine hinreichend einfache Antwort geben kann, helfen sich die Zeitgenossen mit „unechten" Urteilen: zwei herrschen vor: 1. Massenmedien wirken sehr stark (Schlagworte: ,,Großmacht Presse'', ,,Macht der Medien'', ,,geheime Verführer'', ,,Manipulation''). 2. Massenmedien sind ohnmächtig. Beide Feststellungen sind falsch. Sie unterscheiden sich dadurch, daß die ,,Macht''-These in ihrer engen Fassung (direkter Zusammenhang zwischen Medienaktivität und Publikumsreaktion) vorwissenschaftlich ist und politisch besonders leicht mißbraucht werden kann (Nationalsozialismus: ,,Führungsmittel''; Sowjet-Kommunismus: Agitation, Propaganda, Organisation im Dienste der Partei; Neo-Marxismus: Manipulation), während die Ohnmachtsthese auf die Überinterpretation wissenschaftlicher Forschungsergebnisse zurückgeht. Erlaubt wäre der Satz: Massenmedien bewirken nur selten deutliche Meinungsveränderungen – jedenfalls nicht von heute auf morgen. Das heißt aber nicht: Massenmedien sind ohnmächtig, ein Satz, der sich ebenfalls politisch mißbrauchen läßt, etwa zur Tarnung bestehender Machtverhältnisse.

3. Wirkungstheorien

Eine Theorie über die Wirkung von Massenkommunikationsvorgängen im strengen, wissenschaftlichen Sinne des Wortes Theorie gibt es nicht. Es gibt jedoch eine Reihe von Forschungsansätzen und Forschungswegen, die so oft begangen worden sind, daß man ihre Grundlagen und Ergebnisse umgangssprachlich als ,,Theorie'' bezeichnen mag. So gesehen lassen sich heute drei im Hinblick auf die journalistische Praxis ernstzunehmende Wirkungstheorien erkennen; eine vierte, die den Medien gewissermaßen ,,indirekte'' Macht durch die Errichtung von Wirkungsrahmen zubilligt, verdient auch bei Journalisten stärkere Beachtung.

1. Die Reiz-Reaktions-Theorie (,,stimulus – response'', SR): die Ursache von Medienwirkungen wird beim Kommunikator/Medium bzw. deren Aussage gesucht.
2. Die Nutzen-Theorie (,,uses and gratifications approach'', Nutzen-Bedürfnisentsprechung): die Ursache wird in den Bedürfnissen des Publikums gesucht, und zwar mit Hilfe der Frage nach der Übereinstimmung zwischen Publikumsbedürfnissen und Medienangeboten.
3. Die Theorie von der Isolationsfurcht des Menschen und der Sonderstellung des Mediums Fernsehen (,,Schweigespirale'').
4. Der Agenda-Setting-Ansatz: ,,Die Massenmedien schreiben vor, welche politischen Themen zur Zeit wichtig sind'' (4), d. h., die Massenmedien stellen die ,,Tagesordnung'' auf, nach welcher das aktuelle Gespräch der Gesellschaft geführt wird.

3.1 Die Reiz-Reaktions-Theorie

Die Annahme, daß Medienwirkungen in gerader Linie von bestimmten Ursachen (Medienaussagen, -botschaften, -inhalten) herrühren, liegt nahe. Sie wird zudem historisch durch eine Schlüsselerfahrung aus der Geschichte Europas gestützt: Als – zum ersten Mal auf dem europäischen Kontinent – in den Jahren 1788/89 in Frankreich Zeitschriften, Broschüren und Flugblätter politische Themen ohne Vorzensur behandeln konnten, entstand daraus jene Revolution, die nicht nur die französische Monarchie hinwegfegte, sondern einen gänzlich neuen Typ von Staatsverfassung hervorbrachte, der im Lauf der Zeit für alle Welt Modellcharakter annahm. Diese umstürzende Veränderung der politischen Zustände sei, darin waren sich die Zeitgenossen einig, durch die „öffentliche Meinung" bewirkt worden, welche von der Presse geprägt und bewegt werde. In der Folgezeit haben in der Tat Zeitungen und Zeitschriften, später auch die anderen Medien Film, Radio und Fernsehen, bei der Auslösung wichtiger politischer Ereignisse und in deren Verlauf mehrfach eine große Rolle gespielt. Aber trotz Mitwirkung waren es nicht die Medien, die den Ersten oder Zweiten Weltkrieg ausgelöst oder Hitler an die Macht gebracht haben. Ihre „Wirkung" bestand vielmehr darin, daß sie – paradoxerweise durchaus in Erfüllung ihrer Informations- und Meinungsbildungsaufgabe – das Meinungsklima einer Zeit so gespiegelt und mitgeprägt haben, daß aus diesem Klima heraus der Ausbruch von Katastrophen möglich wurde.

Der Glaube an die Macht der Medien wurde in den 30er Jahren unseres Jahrhunderts noch gestärkt durch ihren erfolgreichen Einsatz als Werbeträger, nicht zuletzt aber auch durch die Geschichte von der „Invasion vom Mars": Dieses am 30. Oktober 1938 ausgestrahlte Orson-Welles-Hörspiel versetzte Tausende von amerikanischen Radiohörern in Panik und galt lange Zeit, zumal die „Wirkungen" auch wissenschaftlich untersucht wurden (5), als Parade-Beispiel offensichtlicher Massenmedien-Wirkung.

Auch die ersten Zweifel an der direkten und kurzfristigen Wirkung der Medien kamen aus Amerika. 1940 untersuchte der aus Österreich emigrierte Sozialforscher Paul Lazarsfeld zusammen mit Kollegen die verschiedenen Einflüsse, die im Verlauf des Präsidentschaftswahlkampfes zur Änderung von Wahlabsichten bei der Bevölkerung hätten führen können. Sie fragten auch nach Wandlungen durch Massenmedieneinfluß. „Zu unserer großen Überraschung fanden wir heraus, daß die Wirkung (der Massenmedien) ziemlich gering war. Wir erhielten den Eindruck, daß Menschen in ihren politischen Entscheidungen mehr durch Kontakte von Mensch zu Mensch beeinflußt werden – etwa durch Familienmitglieder, Bekannte und Nachbarn sowie durch Arbeitskollegen – als unmittelbar durch die Massenmedien." (6) Im gleichen Zusammenhang entdeckte man den „Meinungsführer" (opinion leader): Das ist nicht etwa der Leitartikler oder Rundfunk-Kommentator, sondern der als wohlinformiert geltende Mitmensch, mit dem man redet, ehe man sich eine Meinung über ein Thema bildet.

In den Jahren nach dem Zweiten Weltkrieg entdeckten andere (meist amerikanische) Forscher eine Reihe von Gegebenheiten und Faktoren, welche die Wirkungschance einer Medienkommunikation erhöhen oder vermindern können: Prestige des Mediums, Glaubwürdigkeit des Journalisten, Verständlichkeit der Sprache – um nur einige Beispiele zu nennen – vermehren die Wirkungswahrscheinlichkeit; die Zugehörigkeit z. B. eines Autors zur „falschen" politischen oder religiösen Gruppe erweckt Mißtrauen.

Fast noch wichtiger ist die Gesamtlage im Rezipienten, dem Menschen, der eine Medienbotschaft annehmen soll: Er hat einen bestimmten Wissensstand und im Verhältnis dazu Informationsbedürfnisse oder -überdruß; er verfügt über Urteile und Vorurteile und ist an manchen Themen gefühlsmäßig beteiligt, wird von anderen abgestoßen. Diese in jedem Menschen wirksamen Faktoren lassen nicht zu, daß er gänzlich unbefangen und offen allen Medienangeboten die gleiche Chance gibt; vielmehr durchdringen nur wenige das Filter seiner *„selektiven Wahrnehmung",* und von diesen wenigen kommen manche nur mit einem umgemodelten Sinn ans Ziel, so nämlich, daß sie vorhandenes Vorwissen, aber auch vorhandene Vorurteile nicht (oder nicht zu sehr) stören. Was einen Menschen in seinem Gesamt-Vorrat an Meinungen und Einstellungen *bestärkt* (re-inforcement), wirkt eher, als was ihn zur Meinungs- oder gar Einstellungsänderung nötigen würde. Inneren Widerstand auslösende Botschaften und was mit ihnen in Kommunikationsvorgängen geschieht – dies ist unter dem Stichwort „kognitive Dissonanz" untersucht und bekannt geworden. Jeder Mensch neigt dazu, sein, wie der Volksmund sagt, „seelisches Gleichgewicht" zu bewahren. Aus den Medien kommende Informationen können es stören. Also werden sie nicht zur Kenntnis genommen, nur in ihren angenehmen Teilen (also selektiv) wahrgenommen oder umgedeutet, manchmal sogar für den Hausgebrauch umgefälscht. Nur selten wird eine extrem unwillkommene Meldung so angenommen, daß sie eine Neuordnung der Vorräte des inneren Gleichgewichtes unabdingbar notwendig macht.

Obwohl die Filterwirkung der selektiven Wahrnehmung dem gesunden Menschenverstand eine gute Erklärung liefert, sind die Abläufe komplizierter, als bisher angenommen wurde. Wolfgang Donsbach hat 1988 nachgewiesen, daß es z. B. vom Inhalt eines Zeitungsbeitrags, von der Form (Text oder Bild), aber auch von den Lesegewohnheiten des einzelnen Rezipienten abhängt, ob der Schutz der Selektivität überhaupt aufgebaut, ob er schwach oder kräftig wirksam wird. (7)

Durch die erwähnten, teils beim Kommunikator, meist beim Rezipienten gelegenen Barrieren wird die Reiz-Reaktions-Theorie nicht widerlegt, sondern dahingehend verändert, daß der Zusammenhang zwischen Ursache A und Wirkung B in der Regel nicht als gerade und ungestörte Linie gedacht werden darf. Medienwirkung ist als gegeben anzunehmen, aber sie hat bessere Chancen, wenn sie bestätigt und bestärkt; größere Veränderungen bedürfen längerer Zeitspannen und vollziehen sich in eher kleinen Schritten.

Die ältere Medienwirkungsforschung wurde durch Fragestellungen aus drei Bereichen des politischen und wirtschaftlichen Lebens ganz besonders angeregt. Die Wirtschaft wollte wissen, wie *Werbung* wirkt; die Parteien, wie man *Wahlen* gewinnt, und die Staatsführungen im Zweiten Weltkrieg, wie die eigene *Propaganda* beim Gegner, die gegnerische bei den eigenen Leuten ankommt.

Eben diese Bereiche: Werbung, Wahlkampagnen und Propaganda, waren und sind stets besonders kritischer Beobachtung ausgesetzt. Sie wollen mit voller Absicht Menschen zur Annahme einer bestimmten Meinung bewegen, möglichst überzeugen, zur Not auch nur überreden: *„persuasive Kommunikation“*. Der Verdacht, daß dabei auch unlautere Mittel eingesetzt werden, ist nicht immer von der Hand zu weisen. Ende der 60er Jahre verdichtete er sich zum Vorwurf der *„Manipulation* durch die Massenmedien“. Die Manipulationsthese stammt ursprünglich aus der „Frankfurter Schule“ der kritischen Sozialwissenschaft; sie behauptet, daß die Menschen – auch als Medienpublikum – heute kaum noch die Möglichkeit hätten, sich aus eigener Kraft kritische Urteilsfähigkeit zu erwerben, und daß sie deshalb den mit manipulatorischen Mitteln arbeitenden Medien mehr oder weniger hilflos ausgeliefert seien. Insofern ist die Manipulationsthese eine Sonderform der Reiz-Reaktions-Theorie. Sie erinnert an deren Frühform, als man glaubte, ganz bestimmte gesellschaftliche Wirkungen unmittelbar auf den Einfluß der Massenmedien bzw. deren Kommunikatoren zurückführen zu können.

Der Manipulationsbegriff war bald nur noch ein Schlagwort, löste zahlreiche Diskussionen aus, brachte aber keine neuen Erklärungen zur Medienwirkungsfrage. Von „Manipulation“ sollte man heute nur noch sprechen, wo „versucht wird, Menschen zu beeinflussen, ohne daß sie es wissen . . . und wenn es auf diese Weise gelingt, sie zu Einstellungen und Handlungen zu bewegen, die sie aus eigenem Willen nicht angenommen, nicht ausgeführt hätten“ (8).

Wo von Medienwirkung die Rede ist, konzentriert sich das Interesse oft auf Erscheinungen der persuasiven Kommunikation (Propaganda, Werbung, Meinungsbeeinflussung durch publizistische Mittel). Deshalb sei daran erinnert, daß die Reiz-Reaktions-Theorie sich keineswegs nur mit persuasiver Kommunikation, sondern mit allen Erscheinungen befaßt, bei denen man annehmen kann, daß eine bestimmte Wirkung durch eine Medienaussage hervorgerufen wurde/wird.

3.2 Die Nutzen-Theorie

Die Nutzen-Theorie geht davon aus, daß Medienangebote überhaupt nur angenommen werden, wenn und weil man sie für etwas gebrauchen kann. Das „Etwas“

kann im ungünstigsten Fall Geräuschkulisse oder Einwickelpapier heißen. Gedichtbände mit unverständlicher Lyrik sind Ladenhüter; wird ihr Autor aber z. B. durch die Verleihung eines renommierten Literatur-Preises zum öffentlich besprochenen Thema, so lassen sich auch seine Gedichte verkaufen, nicht weil man sie jetzt besser versteht, sondern weil man sie als gesellschaftlich nützlichen (z. B. prestige-fördernden) Gesprächsstoff gebrauchen kann.

Die klassische Wirkungsfrage der Reiz-Reaktions-Theorie (Was machen die Medien mit den Menschen?) wird von der Nutzenforschung umgedreht: Was machen die Menschen mit den Medien? Das bedeutet nicht, daß es keine Medienwirkung gebe, sondern daß die Wirkung erst einsetzen kann, wenn der einzelne Leser/Hörer/Zuseher sich entschlossen hat, ein bestimmtes Medienangebot anzunehmen, weil er sich etwas davon verspricht, weil er meint, das Lesen dieser Meldung, das Anschauen jener Sendung werde für ihn eine bestimmte Funktion erfüllen *(„funktionale Wirkung")*.

„Im Sinne des Nutzenansatzes ist ‚wirksam', was den Absichten des/der Rezipienten [– also des Lesers/Hörers/Sehers, nicht aber des Journalisten! –] entspricht, zu seinen/ihren Zielen führt." (9)

Auf der Grundlage der Nutzen-Theorie kann man nur dann Wirkungsforschung betreiben, wenn man

1. die Voraussetzung gelten läßt, daß Menschen in der Lage sind, zu unterscheiden und zu entscheiden, ob sie ein bestimmtes Medienangebot für sich glauben verwenden zu können – zur Befriedigung eines Bedürfnisses, wie z. B. Entspannung am Feierabend, und wenn man
2. immer wieder neu die (nicht materiellen) Kommunikationsbedürfnisse der Menschen zu klären versucht. Nur dann weiß man nämlich, welche Bedürfnisse durch Medienangebote befriedigt werden können. Das heißt: Wo Medienwirkung möglicherweise einsetzen mag.

Man kann sich die Aktivität des einzelnen Rezipienten gegenüber dem Medienangebot als eine Reihe von teils bewußten, teils nur halb bewußten Entscheidungshandlungen vorstellen, die stets aufs neue die Frage beantworten: Kann ich dieses Angebot A oder jenes Angebot B in meinem Lebenszusammenhang nützlich verwenden und wie hoch ist die Gegenleistung an Zeit oder Geld (oder beidem), die ich dafür aufbringen muß? Manche der so getroffenen Entscheidungen haben langfristige Folgen (z. B. der Entschluß, eine Tageszeitung zu abonnieren), andere sind unmittelbar auf den Augenblick bezogen (z. B. die an einem regnerischen Nachmittag angestellte Güterabwägung: Lese ich den Leitartikel des Herrn Chefredakteurs N. oder informiere ich mich über das Kino-Programm?)

Jene Bedürfnisse, die sich aus der Sicht der „Endverbraucher" durch Medienangebote befriedigen lassen, weichen zum Teil erheblich vom klassischen Kanon journalistischer Tugendlehren ab. Wo der Journalist schlechthin informieren will, damit sich ,,das Publikum selbst ein Urteil bilden kann'', sucht der einzelne Leser/Hörer/Seher eher nach einer ganz bestimmten Information, die ihm ein ganz bestimmtes Problem lösen hilft – anderen Informationen aber verweigert er sich. Wo der Journalist, sofern ihm die Spielregeln seines Mediums das gestatten, die Meinungen seiner Leser auf ein bestimmtes Ziel hin beeinflussen will, werden ihm jene Rezipienten folgen, die dieses Ziel ebenfalls für anstrebenswert halten und gerade nach einer Stärkung ihrer Meinungsposition suchen. Andere verweigern die Kommunikation.

Die im Abschnitt über die Reiz-Reaktions-Theorie beschriebene ,,Selektivität'' wird also im Rahmen der Nutzen-Theorie als ständig wirksam (wenn auch keineswegs immer im Bewußtsein) angenommen; gesteuert wird die Selektion durch die Kriterien der mehr oder weniger nützlichen Verwendbarkeit im Lebenszusammenhang des Rezipienten.

Der oben erwähnte Gedanke des ,,Eintauschens'' einer ,,Gegenleistung an Zeit oder Geld'' für ein (hoffentlich nützliches) Medienangebot ist in jüngster Zeit dahingehend erweitert worden, daß der Leser ja nicht nur Zeit und/oder Geld zu opfern bereit ist, sondern sich auch auf das Tauschgeschäft (Transaktion) ,,Information gegen Einfluß-Einräumung'' einläßt. Werner Früh und Klaus Schönbach sprechen von einem ,,dynamisch-transaktionalen Ansatz'', der von Winfried Schulz so beschrieben wird: ,,Das transaktionale Modell beschreibt Medienwirkungen als Prozeß des gegenseitigen ‚Aushandelns' von Gratifikationen zwischen Kommunikator (Medium) und Rezipient. Einfach dargestellt: Der Kommunikator ‚bietet' Informationen und will dafür eine bestimmte Form von Einfluß auf den Rezipienten; der Rezipient ist seinerseits an bestimmten Informationen interessiert und bietet dafür seine Bereitschaft, den Einflußabsichten des Kommunikators nachzugeben. In dem Maße, in dem die Interessen beider Seiten in Einklang zu bringen sind, ist der Kommunikationsprozeß erfolgreich, findet die ‚Transaktion' statt.'' (10)

Für Journalisten mag diese Betrachtungsweise von Wirkungszusammenhängen zunächst irritierend sein. Ihre Brauchbarkeit in der praktischen Arbeit ist erprobenswert. Nicht die perfekte Präsentation verspricht Effekt, sondern das Aufgreifen von Themen, die Bedürfnissen im Publikum entsprechen. Da eine ziemlich genaue Erforschung der Bedürfnisse heute möglich ist, ist auch – darauf sei warnend hingewiesen – unter dem Blickwinkel der Nutzen-Theorie Manipulation nicht ausgeschlossen: Die dem Anschein nach starke Stellung des Rezipienten ist begrenzt durch sein Urteilsvermögen; hat er einer Medienbotschaft erst einmal den Zugang gestattet, weil er sich von ihr eine Leistung erwartet, so muß er in der Folge immer wieder überprüfen, ob die erwartete Leistung wirklich erbracht wird. Kritiker der Nutzen-Theorie bezweifeln die Fähigkeit des breiten Publikums, Nützlichkeitsentscheidungen zu treffen und erst recht: sie zu überprüfen.

3.3 Das Fernsehen als „anderes" Medium

Die Fähigkeit, sich einem Medium (den Medien) in prüfender Distanz gegenüberzustellen, hängt jedoch nicht nur vom Informationsgrad des Rezipienten ab, sondern, wie Elisabeth Noelle-Neumann nachgewiesen zu haben glaubt, auch von bestimmten Eigenschaften des Mediums. In einem Punkt unterscheiden sich – für jeden erkennbar – Druckmedien und Funkmedien wesentlich voneinander: Während Radio- und Fernsehinhalte, auch bei Speicherung (Tonband, Video-Kassette) immer nur im Zeitablauf wahrgenommen werden können, verfügt der Zeitungs- und Zeitschriftenleser über die Dimensionen Zeit *und* Fläche. Er kann vor- und zurückblättern, eine Seite unten oder oben, rechts oder links zu lesen beginnen. Der Radiohörer und erst recht der Fernsehzuschauer, selbst wenn er zwischen zehn oder zwanzig Programmen wählen kann, muß jede Programm-Portion, für die er sich entschieden hat, als ein Nacheinander aufnehmen, wenn er den Sinn erfassen will. Er schaut sich nicht selten ganze „Programmpakete" an (z. B. Magazinsendungen), nur weil sie nacheinander kommen, bleibt vor dem Fernsehschirm sitzen, obwohl das von ihm ausgewählte Programm bereits ausgelaufen ist, „sieht Sendungen, weil andere Familienmitglieder sie sehen wollen". Das Fernsehen bindet, wie sonst nur der Film, Auge und Ohr, gilt als besonders glaubwürdig, kurzum: es schwächt in vieler Hinsicht die Kraft der Auswahl-Mechanismen, die wir als „selektive Wahrnehmung" kennen. Die Bestärkungsthese (vgl. oben 3.1) sei in einer Zeit entstanden, als es noch gar kein Fernsehen gab, und „die gesamten Bedingungen" hätten sich „durch das Fernsehen verändert". Wenn die Erscheinung der „selektiven Wahrnehmung" (als Barriere der Medienwirkung) richtig beobachtet und beschrieben worden sei, müsse auch die Umkehrung gelten, d. h. bei einem Medium, das die Auswahl erschwere, gelte die Regel: „Je geringer die Selektionsmöglichkeit, desto weniger gilt die Verstärker-Regel, d. h. desto größer sind die Möglichkeiten der Massenmedien, Einstellungen zu verändern." (11)

Das Fernsehen sei nun (in seiner heutigen österreichischen/bundesdeutschen Gestalt) ein typisches Auswahlchancen-Verminderungsmedium, nicht nur wegen der angeführten technischen, physiologischen, psychologischen oder soziologischen Gegebenheiten, sondern zusätzlich und umso mehr wegen der „berufsspezifischen Tendenz" der Journalisten, „sich auf bestimmte Themen (unter allen denkbaren) und auf bestimmte Darstellungsweisen und Wertungen gleichsam zu einigen": Journalisten streben nach „Konsonanz" mit ihren Kollegen, besonders mit jenen, die sie (natürlich nur in ihres Herzens geheimster Kammer) für besonders wichtige Kollegen halten. Auch diese Tendenz macht das Fernsehen stärker und – mindestens im Sektor Politik und Wahlabsichtsbildung – besonders einflußreich. „Das Fernsehen, das sich bescheiden attestiert: wir können Meinungen kaum verändern, nur bestehende Einstellungen verstärken, erscheint mir [=E. Noelle-Neumann] wie ein getarnter Elefant." (12)

Ernsthaft nachdenkenswert wird Noelle-Neumanns These vom mächtigen Fernsehen aber erst durch die Verbindung, die sie zu ihrer eigenen (sozialpsychologischen) Theorie von der öffentlichen Meinung herstellt: die öffentliche Meinung bestehe demnach aus „Meinungen, die man in der Öffentlichkeit äußern kann, ohne sich zu isolieren". Die meisten Menschen hätten Furcht, Flagge zu zeigen; sie heulen lieber mit den Wölfen, beobachten deshalb auch ziemlich genau, was man zu gerade aktuellen Themen sagen könne und wozu man besser schweigt, wenn man eine in Mode gekommene Meinung nicht teilt. Sie erspüren mit „quasi statistischer Wahrnehmung" das „Meinungsklima": Informationen dazu bieten ihnen die Massenmedien, und da das Fernsehen für viele Menschen den Gesprächsstoff des nächsten Tages bereitstellt – übrigens nicht selten auch für die Weiterverarbeitung in den Printmedien –, hat es wiederum besonders starke Einflußchancen: Wer sehr oft einen anderen Standpunkt vertritt als „die im Fernsehen", wird bald als Sonderling gelten.

Noelle-Neumanns Wirkungstheorie (13) ist ein aus drei Strängen geflochtener Zopf: Die Isolationsfurcht der Menschen, soweit es um ihr Gespräch in der Öffentlichkeit geht, die Konsonanz-Tendenz der Journalisten (richtig: vieler Journalisten) und bestimmte Eigenschaften des Mediums Fernsehen wirken so zusammen, daß das Fernsehen mehr als andere Medien als ein „starkes Medium" zu betrachten ist.

Die Erkenntnisse der älteren Wirkungsforschung (Reiz-Reaktions-Theorie und ihre Einschränkungen) werden dadurch nicht aufgehoben – denn auch in der Kommunikation mit dem Fernsehen werden Barrieren wirksam, spielen Gespräche mit Meinungsführern eine Rolle u. a. m. Die Nutzen-Theorie wird nicht überflüssig, sondern erhält neue Anregungen: Wer sich Gesprächsstoff aus dem TV-Programm holt und dabei die eigene Meinungsposition auf Stromlinie bringt, erhofft davon für sich ganz konkreten Nutzen, nämlich Nicht-Isolation in der alltäglichen Gesprächsumwelt.

3.4 „Agenda-Setting"

Agenda-Setting heißt nichts anderes als das Aufstellen einer Tagesordnung. Das ist bildlich zu verstehen, denn die konkreten Tagesordnungen politischer oder gesellschaftlicher Entscheidungsgremien werden ja nicht wirklich von den Massenmedien aufgestellt. Gemeint ist jene „Tagesordnung", welche bestimmt, womit sich die „Öffentliche Meinung" befaßt – Themen also auch, über die man unter Umständen mitreden können muß, wenn man sich nicht isolieren will. Tagesordnungsanstöße kommen zwar häufig aus der professionellen Politik, aber den eigentlichen Tagesordnungsentwurf und den zugehörigen Redestoff liefern die Massenmedien, und sie wirken auch entscheidend mit in der Frage, wie lange ein bestimmtes „Thema" auf der Tagesordnung bleibt. Bei den Themen, die hier gemeint sind, handelt es sich in der Regel nicht um News im einfachen Sinne, sondern um Probleme, um Streitfragen, die einer Lösung bedürfen. Beispiele aus der österreichischen Medientagesordnung des Jahres 1984: Abfangjäger, Androsch, Hainburg – oder des Jahres 1989: Proksch – Lucona, Noricum, EG-Beitritt, Transitverkehr.

Die bisherigen Agenda-Setting-Untersuchungen stellen die Frage nach der unmittelbaren Wirkung der Massenmedien zurück. Aber sie münden in den Befund, daß Massenmedien indirekt Wirkungen erzielen, indem sie vorschreiben, „welche politischen Probleme zu einem bestimmten Zeitpunkt als besonders strittig, drängend und lösungsbedürftig anzusehen sind" (14). Verhältnismäßig einfache Mittel der redaktionellen Präsentation scheinen dabei eine entscheidende Rolle zu spielen: „die Häufigkeit, mit der ein Problem behandelt wird, der Umfang der Beiträge, ihre Plazierung und ihre medienspezifische Aufmachung (z. B. Überschriftengröße, Umbruchgestaltung, Bebilderung, Filmbeitrag im Fernsehen." (15)

Der Agenda-Setting-Ansatz widerspricht, jedenfalls wenn man ihn als Hypothese zur (indirekten) Medienwirkung versteht, u. E. in wesentlichen Zügen der „Nutzen-Theorie" (vgl. oben, Zif. 3.2): Mit so manchem medien-verordneten Dauerbrenner weiß das Publikum oft schon nach kurzer Zeit nichts mehr anzufangen; es sieht nicht, wie es aus dem permanenten Wieder-Aufwärmen des Themas A oder auch Z noch irgendwelche Bedürfnisbefriedigung gewinnen sollte – von Medienwirkung dürfte also in so gelagerten Fällen kaum noch die Rede sein. Das bedeutet, daß die Agenda-Setting-These in der praktischen Journalistik zwar sorgfältige Beachtung verdient, daß sie aber – als Wirkungshypothese – stets durch Argumentationen des Nutzen-Ansatzes kontrolliert werden sollte.

4. Langzeitforschungen, Langzeitwirkungen

Wissenschaftliche Wirkungsforschung auf heutigem Stand beginnt eben damit, daß man bisherige Erkenntnisse (manchmal auch nur Glaubenssätze) in neue Anregungen (unser Beispiel: Noelle-Neumann) hineinnimmt und stets aufs neue überprüft (16). Das führt uns zur Einleitung zurück, zum Trugschluß des Dietrich Ratzke. So komplex Medienwirkungen sind, so kompliziert und aufwendig ist es, ihnen auf die Spur zu kommen. Um die Wirkung eines neuen Medikamentes zu prüfen, sind oft, auch wenn nur bittere Pillen dabei herauskommen, Tausende von Versuchen in langdauernden Versuchsreihen notwendig, und das ist nicht nur der Pharma-Industrie und dem Gesetzgeber, sondern auch uns ganz selbstverständlich.

In der Medienforschung aber gibt es kaum Langzeitforschung. Der Aufwand an Forschungsmitteln und Personal ist lächerlich gering. Nach wie vor gibt es Gebiete, wo trotz relativ aufwendiger Forschung in amerikanischen Dimensionen ein klares Resultat nicht zu erzielen war, weshalb hier die Forschung zum Thema „Medien und Gewalt" bewußt ausgeklammert wurde (17). Ziemlich einhellig ist hingegen die Meinung der beteiligten Wissenschaften über die entscheidende Mitwirkung der Massenmedien bei der sich über Jahre erstreckenden Sozialisation von Kindern und Jugendlichen. (18) Die Tatsache, *daß* Massenmedien die Sozialisation beeinflussen, ist in zahlreichen Studien beschrieben; die Frage, *wie* sich das durch den langen Zeitraum des Heranwachsens eigentlich abspielt, könnte nur durch Langzeitstudien untersucht werden, von denen es bisher nur wenige gibt.

5. Perspektiven der Wirkungsforschung: Neue Konzepte zur Macht der Medien

Seit dem ersten Erscheinen dieses Buches ist die Erforschung der Medienwirkungen mit erheblichem Aufwand vorangetrieben worden, und zwar besonders in der Bundesrepublik Deutschland. Dort haben sich zwei Zentren herausgebildet: die „Wissenschaftlichen Gespräche" des Presse- und Informationsamtes der Bundesregierung (seit 1980) und das Schwerpunktprogramm „Publizistische Medienwirkungen" der Deutschen Forschungsgemeinschaft (1983–1988). Die Forschungsergebnisse bestätigen den anfangs genannten, bisher einzigen generalisierbaren Befund: Medienwirkungsabläufe und -zusammenhänge sind möglicherweise noch komplizierter, als wir bisher angenommen haben. Deshalb konzentrieren sich die wissenschaftlichen Anstrengungen auf die Entwicklung neuer und immer feinerer Beobachtungs- und Analyseinstrumente.

Ferner deuten neue Ansätze aus Politik- und Kommunikationswissenschaft darauf hin, daß das „Phantom" ‚Macht der Massenmedien' (Ratzke) der kritischen Enthüllung nähergerückt wird. Konzepte wie „symbolische Politik", „Rhetorical Presidency" oder „mediatisierte Politik" haben Fragestellungen aus den siebziger Jahren neu belebt. „Mediatisierte Politik", sagt Heinrich Oberreuter, „heißt . . . Unterwerfung und Instrumentalisierung: Politik und Medien machen sich gegenseitig zu Opfern." (19)

Politiker wähnen ihren Erfolg von regelmäßigen Auftritten im Fernsehen und vom Präsentsein in anderen Medien mit hohen Reichweiten abhängig. Auf diese Weise entsteht eine Symbiose zwischen Politikern und Medien: „Die Medien sind in wesentlichen Teilen ihrer politischen Berichterstattung . . . auf das möglichst tägliche Zeugnis der Herrschenden angewiesen – die Herrschenden aber auf das Zitiert- oder Abgebildetwerden in den Medien. Auf diese Weise partizipieren die Hochreichweiten-Medien an der Macht." (20)

Weil eine Kampagne der „Neuen Kronen-Zeitung" der Bundesregierung Sinowatz den Eindruck suggerierte, ganz Österreich sei gegen den Bau des Donaukraftwerks Hainburg, wurde das Vorhaben eingestellt: „Wenn schon die Medien keine direkte Wirkung bei den Menschen haben, so haben doch die Annahmen der Politiker über die Wirkungen der Medien ihre Wirkung." (21)

Anmerkungen:

(1) D. Ratzke: Die publizistische Funktion und die Aufgabenstellung der Medien in der demokratischen Kommunikationsgesellschaft. Referat: II. Symposion des Wiss. Beirats des Ruhrinstituts 10./11. 6. 1983, Essen; vervielf. Msk., S. 8.

(2) Hamburg 1972, S. 189f.

(3) Persuasive Kommunikation und Wirkungsforschung = Studieneinheit 12 der „Einführung in die Kommunikationswissenschaft", erarbeitet von einer Projektgruppe am Institut für Kommunikationswissenschaft der Universität München, München 1976, S. 381–416.

(4) W. Schulz: „Agenda-Setting" und andere Erklärungen. Zur Theorie der Medienwirkung, in „Rundfunk und Fernsehen", 32. Jg. 1984, S. 206–213, hier S. 206.

(5) H. Cantril: Die Invasion vom Mars, in: D. Prokop (Hrsg.): Massenkommunikationsforschung 2: Konsumtion, Frankfurt/M. 1973, S. 198–212. Wir wissen heute, daß Methodik, Stichprobe und auch einige Grundannahmen dieser Studie unzulänglich waren und daß die angeblich unmittelbar durch das Radio ausgelöste „Massenpanik" wahrscheinlich eher ein Medienereignis als ein wirkliches Ereignis war.

(6) P. Lazarsfeld, H. Menzel: Massenmedien und personaler Einfluß, in: W. Schramm (Hrsg.): Grundfragen der Kommunikationsforschung, München 1973, S. 117–139.

(7) W. Donsbach: Selektive Zuwendung zu Medieninhalten. Habilitationsschrift, Mainz 1988. Vgl. dazu Fischer-Lexikon Publizistik, Massenkommunikation, Frankfurt/M. 1989, S. 369–378.

(8) Fischer-Lexikon Publizistik, Frankfurt/M. 1971, S. 309.

(9) K. Renckstorf: Alternative Ansätze der Massenkommunikationsforschung: Wirkungs- vs. Nutzenansatz, in: „Rundfunk und Fernsehen", 21. Jg. 1973, S. 183–197, hier S. 197.

(10) W. Schulz im Vorwort zu Klaus Schönbachs Buch „Das unterschätzte Medium. Politische Wirkungen von Presse und Fernsehen im Vergleich", München 1983, S. 10.

(11) Die hier verwendeten Zitate stammen aus dem Beitrag E. Noelle-Neumanns zum 7. Salzburger Humanismusgespräch: Der Einfluß der Massenmedien auf die quasistatische Wahrnehmung des Meinungsklimas als Beispiel, warum die Wirkungsforschung neue Fragen stellen muß, in: O. Schatz (Hrsg.): Die elektronische Revolution, Graz 1975, S. 177–196. Als Zusammenfassung wären jedoch Aufsätze aus dem Noelle-Neumann-Sammelband „Öffentlichkeit als Bedrohung", Freiburg/Br., München 1979, heranzuziehen oder die abgerundete, aber weit ausholende Darstellung: E. Noelle-Neumann: Die Schweigespirale; Öffentliche Meinung – unsere soziale Haut, München, Zürich 1980; 2. Aufl. 1982 als Ullstein-Taschenbuch.

(12) Öffentlichkeit als Bedrohung, a. a. O., S. 125.

(13) Ihr selbst geht es eigentlich um eine Theorie der öffentlichen Meinung, die sie mit dem bildlichen Ausdruck „Schweigespirale" bekannt gemacht hat. Aber auf alle Einzelheiten der Schweigespiralen-Theorie kann hier nicht eingegangen werden. Noelle-Neumanns Veröffentlichungen im Zusammenhang mit der „Schweigespirale" sind nicht nur von den sich betroffen fühlenden Journalisten kritisiert worden. Einen empirisch untermauerten Entkräftungsversuch unternimmt K. Schönbach mit seiner in Anmerkung (10) erwähnten Habilitationsschrift.

(14) W. Schulz, a. a. O. (vgl. Anm. 4), S. 207.

(15) Ebenda.

(16) An Ideen fehlt es nicht; vgl. das Themenheft „Medienwirkungsforschung" der Fachzeitschrift „Publizistik": Heft 1/2 des 27. Jg., 1982.

(17) Für Interessenten: M. Kunczik: Gewalt im Fernsehen, Köln 1975.

(18) J. Hüther: Sozialisation durch Massenmedien, Köln 1975.
(19) H. Oberreuter: Mediatisierte Politik und politischer Wertewandel, in: F. E. Böckelmann (Hrsg.): Medienmacht und Politik, Berlin 1989, S. 31–41, hier S. 41.
(20) M. Schmolke: Von der repräsentativen zur präsentativen Demokratie. Die Teilhabe der Medien an der Macht, in: „Freie Argumente", 15. Jg. 1988, S. 25–31, hier S. 30.
(21) W. Langenbucher: Hainburg oder: Woran scheitern die Medien? in: H. Pürer (Hrsg.): Medienereignisse – Medienwirkungen? Salzburg 1985, S. 74–79, hier S. 75.

Michael Schmolke

Literatur:

BÖCKELMANN, Frank E. (Hrsg.): Medienmacht und Politik. Mediatisierte Politik und politischer Wertewandel. Berlin: Spiess 1989. Auf S. 221f. findet man einen Überblick über die Publikationen der „Wissenschaftlichen Gespräche" des Presse- und Informationsamtes der Bundesregierung.

BURKART, Roland: Alternative Publikumsforschung: Der Versuch eines kommunikationstheoretisch begründeten Neuansatzes. In: Österreichisches Jahrbuch für Kommunikationswissenschaft 1979. Hrsg. von den Instituten für Publizistik und Kommunikationswissenschaft an den Universitäten Wien und Salzburg. Redaktion: Hans Heinz Fabris. Salzburg: Verlag Wolfgang Neugebauer, 1979, S. 87–103.

BURKART, Roland: Kommunikationswissenschaft. Grundlagen und Problemfelder. Umrisse einer interdisziplinären Sozialwissenschaft. Wien – Köln: Böhlau Verlag, 1983.

Deutsche Forschungsgemeinschaft: Medienwirkungsforschung in der Bundesrepublik Deutschland. Weinheim: VCH Verlagsgesellschaft 1986 (Studienausgabe in einem Band: 1987).

KUNCZIK, Michael: Massenkommunikation. Eine Einführung. Wien – Köln: Böhlau Verlag, 1984.

MALETZKE, Gerhard: Psychologie der Massenkommunikation. Theorie und Systematik. 2. Auflage. Hamburg: Verlag Hans-Bredow-Institut, 1972.

NOELLE-NEUMANN, Elisabeth: Die Schweigespirale. Öffentliche Meinung – unsere soziale Haut. München – Zürich: Piper Verlag, 1980.

NOELLE-NEUMANN, Elisabeth: Wirkung der Massenmedien. In: Das Fischer Lexikon. Publizistik, Massenkommunikation. Hrsg. von Noelle-Neumann, Elisabeth, Schulz, Winfried, und Wilke, Jürgen. Frankfurt/M.: Fischer Taschenbuch Verlag, 1989, S. 360–400.

PÜRER, Heinz: Einführung in die Publizistikwissenschaft. Fragestellungen, Theorieansätze, Forschungstechniken. 2. Auflage. München: Verlag Ölschläger, 1981.

SCHENK, Michael: Medienwirkungsforschung. Tübingen: Verlag Mohr, 1987 (= völlige Neubearbeitung von: Publikums- und Wirkungsforschung. Theoretische Ansätze und empirische Befunde der Massenkommunikationsforschung. Tübingen: Verlag Mohr, 1978).

SCHMOLKE, Michael: Kommunikations(theorien). In: Katholisches Soziallexikon. 2. Auflage. Innsbruck – Graz: 1980.

SCHRAMM, Wilbur (Hrsg.): Grundfragen der Kommunikationsforschung. 5. Auflage. München: Juventa Verlag, 1973.

WINTERHOFF-SPURK, Peter: Fernsehen. Psychologische Befunde zur Medienwirkung. Bern: Huber, 1986.

X. Medienrecht

I. Vorbemerkungen zur Anwendung, Literaturempfehlung

Der auf die Praxis orientierte Zweck dieses Handbuches, aber auch der knappe, vorgegebene Raum machen eine extrem verkürzte Darstellung des Stoffes unter Weglassung nicht unerheblicher Teile des Gesetzesinhaltes notwendig, rechtfertigen aber auch ein derartiges Vorgehen: Der Autor sieht seine Aufgabe darin, dem interessierten Journalisten von der Warte der praktischen Rechtsanwendung her Schwerpunkte des Gesetzes darzustellen, die für die Berufsausübung besondere Bedeutung haben. Das beim Leser vorausgesetzte Interesse läßt wohl erwarten, daß sich dieser im Bedarfsfall nicht nur mit dem Gesetzeswortlaut, sondern fallweise auch mit der in der Zwischenzeit schon in beachtlicher Anzahl vorliegenden Literatur auseinandersetzt, deren Anführung daher konsequenterweise am Anfang der Abhandlung erfolgen soll:

Das Bundesgesetz vom 12. Juni 1981 über die Presse und andere publizistische Medien (Mediengesetz) ist im Bundesgesetzblatt Nr. 314/1981 verlautbart worden. An kommentierten Ausgaben bzw. Kommentaren seien ohne Anspruch auf Vollständigkeit und ohne jede Wertung insbesondere empfohlen:

Hartmann, Rudolf; Rieder, Sepp (Hrsg): Mediengesetz samt den einschlägigen Grundrechtsbestimmungen, dem Rundfunkgesetz, Journalistengesetz, den Richtlinien und der Geschäftsordnung des Österreichischen Presserates, den ORF-Programmrichtlinien u. a. Wien: Österreichische Staatsdruckerei 1981.

Hartmann, Rudolf; Rieder Sepp: Kommentar zum Mediengesetz. Wien: Manzsche Verlags- und Universitätsbuchhandlung 1985.

Kunst, Günther; Böhm, Christine; Twaroch, Paul (Hrsg.): Das neue Medienrecht. Text des Mediengesetzes mit praxisnahen Erläuterungen, einschlägigen Bestimmungen, dem Ehrenkodex für die österreichische Presse sowie der Bibliotheksstücke-Verordnung. Wien: Juridica-Verlag 1982.

Wittmann, Heinz: Einführung in das Medienrecht (Bundesgesetz vom 12. Juni 1981 über die Presse und andere publizistische Medien, BGBl. 314 – Mediengesetz). Wien: Orac Verlag 1981.

Besonders sei auf die Zeitschrift ,,Medien und Recht" (Verlag Medien und Recht, Wien) verwiesen, die neben der Darstellung des ganzen Spektrums des Medienwesens hervorragende Beiträge zur laufenden Rechtsentwicklung enthält und sich bemüht, ansonsten kaum veröffentlichte Entscheidungen wiederzugeben und zu erläutern.

Unabhängig von der eigenen Befassung mit der Literatur wird es aber – speziell bei gerichtlichen Auseinandersetzungen – immer wieder angebracht sein, den fachlich fundierten Rat eines auf dem Gebiete des Medienrechtes tätigen Rechtsberaters einzuholen.

II. Die wesentlichen Begriffe

Das Gesetz stellt sich in der Präambel die Aufgabe, zur Sicherung des Rechtes auf freie Meinungsäußerung und Information die volle **Freiheit der Medien** zu gewährleisten, so daß Beschränkungen der ausdrücklich genannten Medienfreiheit nur im Rahmen der einschlägigen Verfassungsbestimmungen zulässig sind. Es muß dabei jedoch berücksichtigt werden, daß dieser verfassungsgesetzlich gewährte Freiraum – durchaus verfassungskonform – auch durch zahlreiche „einfache" Gesetze beschränkt ist, so etwa durch das Mediengesetz selbst, das Strafgesetzbuch, aber auch durch verschiedene andere Gesetzesbestimmungen.

Der Gesetzgeber hat sich durchaus mit Erfolg bemüht, im § 1 (Anmerkung: Zitate ohne näheren Hinweis stammen aus dem Mediengesetz) die wichtigsten Begriffe zu definieren, so daß hier auf den Gesetzeswortlaut verwiesen werden kann und muß.

Die Anführung und Unterscheidung der einzelnen Begriffe **„Medium", „periodisches Medium", „Druckwerk"** und **„periodisches Medienwerk und Druckwerk"** sind nicht etwa bloßer Ausfluß einer überspitzten Systematik, sondern haben wesentliche Auswirkungen: „Medium" ist keineswegs nur eine Zeitung, ein Buch oder sonst ein Druckwerk, sondern „jedes Mittel zur Verbreitung von Mitteilungen oder Darbietungen mit gedanklichem Inhalt in Wort, Schrift, Ton oder Bild an einen größeren Personenkreis im Wege der Massenherstellung oder Massenverbreitung" (§ 1 Abs. 1 Zif. 1). Das Gesetz gilt daher für den Redakteur einer Tageszeitung ebenso wie für den Mitarbeiter eines Nachrichtendienstes oder für den Medienmitarbeiter des Rundfunks. Die Unterscheidung zwischen „Medium" schlechthin und „periodischem Medium" hat beispielsweise Auswirkungen in die Richtung, daß die Rechtsinstitute der Entgegnung und der nachträglichen Mitteilung über den Ausgang eines Strafverfahrens nur für „periodische Medien" gelten: Ein auch in noch so großer Anzahl affichiertes Plakat ist zweifellos ein „Medium", trotzdem kann sich ein Betroffener gegen Tatsachenbehauptungen in einem Plakat nicht mit einer Entgegnung wehren. Für den ausübenden Journalisten von besonderer Bedeutung ist – als letztes Beispiel der Begriffsbestimmungen – die Definition des „Medienmitarbeiters": Genießt doch etwa nur der hier definierte Medienmitarbeiter, nicht aber jeder andere an der Herstellung eines Mediums (nicht redaktionell) Mitwirkende die Benefizien des Überzeugungsschutzes (§ 2).

III. Grenzen der Berufsausübung des Medienmitarbeiters

Vorweg: Das Mediengesetz enthält keine umfassende Kodifikation der Rechte und Pflichten des Medienmitarbeiters, vielmehr sind diese Rechte und Pflichten aus dem Allgemeinen Bürgerlichen Gesetzbuch (etwa die Bestimmungen über den Werkvertrag), dem Angestelltengesetz, dem Journalistengesetz, aber auch aus anderen Rechtsquellen, wie etwa Kollektivverträgen, Betriebsvereinbarungen, Herausgeberrichtlinien und Redaktionsstatuten abzuleiten.

Innerhalb dieser auch von anderen Gesetzen gezogenen Grenzen enthält das Gesetz Bestimmungen zum Schutz der journalistischen Berufsausübung, insbesondere über den Überzeugungsschutz: § 2 räumt dem Medienmitarbeiter das Recht ein, seine Mitarbeit an der inhaltlichen Gestaltung von Beiträgen und Darbietungen zu *verweigern,* sofern die von ihm geforderte Mitarbeit verstößt:

a) gegen die *Grundsätze des journalistischen Berufes:* Dieser weitgefaßte Begriff erhält seine Umschreibung und – wenn auch nicht zwingend oder gar auf gesetzlicher Ebene erfolgte – Auslegung durch die „Grundsätze für publizistische Arbeit", besser bekannt als „Ehrenkodex der österreichischen Presse", die vom Österreichischen Presserat beschlossen worden sind;

b) gegen die *persönliche Überzeugung* des Medienmitarbeiters, jedoch nur soweit sie nicht der grundlegenden Richtung des periodischen Mediums, die gemäß § 25 Abs. 4 zu veröffentlichen ist, widerspricht. Je umfangreicher und genauer diese gefaßt sind, umso enger muß der Freiraum des Journalisten sein; umgekehrt erweitern allgemein und unspezifisch gefaßte „Blattlinien" diesen journalistischen Freiraum.

IV. Der Schutz der Einzelperson

Hauptanliegen des Gesetzes ist es, eine gerechte Abgrenzung und Abwägung der Rechte und Interessen der Medien und Medienmitarbeiter einerseits sowie der von der Berichterstattung Betroffenen andererseits herbeizuführen; kann doch die Berichterstattung in den Medien für den einzelnen unter Umständen fast unwägbare Nachteile bringen, die bisweilen sicherlich auch bis an die Existenzgefährdung heranreichen. Das Gesetz bietet daher zum Schutze des Betroffenen sozusagen ein ganzes „Arsenal" an:

1. Die Entgegnung (§ 9)

Sie dient dazu, unwahren oder unvollständigen Tatsachenmitteilungen in einem periodischen Medium mit der Darstellung des wahren und vollständigen Sachverhaltes entgegenzutreten.

Der reine Ehrenschutz des Betroffenen tritt hier insofern in den Hintergrund, als Werturteile und Warnungen – mögen sie auch noch so ehrenrührig sein – vom Entgegnungswesen ausgenommen sind. Was (noch) Tatsachenbehauptung bzw. (schon) Werturteil ist, kann im Einzelfall erhebliche Abgrenzungsschwierigkeiten bereiten. Ein Beispiel mag dies verdeutlichen: Die Meldung, ein namentlich genannter Sänger habe eine von ihm dargestellte Partie unschön gesungen, berechtigt den Sänger nicht zur Entgegnung, er habe in Wirklichkeit schön gesungen. Dies wäre ein geradezu klassisches Werturteil. Sehr wohl aber könnte der Sänger gegebenenfalls entgegnen, daß er an der kritisierten Aufführung in Wirklichkeit gar nicht mitgewirkt habe. Zulässig ist auch eine „ergänzende Entgegnung", die beim dargestellten Beispiel etwa lauten könnte, daß die entgegnete Textstelle unrichtig sei, weil der kritisierte Sänger in Wirklichkeit eine andere Partie gesungen habe. Die Grenze der Zulässigkeit derartiger Entgegnungsbegehren ist darin zu sehen, daß das Entgegnungsbegehren nicht unzulässig ausgedehnt werden darf und sich daher auf den für die Richtigstellung bzw. Ergänzung notwendigen Umfang beschränken muß.

Gegenüber der früheren Rechtslage stellt es ein echtes Novum dar, daß das Gesetz für die richterliche Entscheidung über die Veröffentlichung der Entgegnung ein – wenn auch verkürztes – Wahrheitsfindungsverfahren eingeführt hat, so daß die früher vielzitierte (und bisweilen auch jetzt noch zu lesende) Glosse zu Entgegnungen – „Ein veraltetes Gesetz zwingt uns zur Veröffentlichung dieser Entgegnung ungeachtet der Wahrheit unserer Berichterstattung" – weitestgehend obsolet geworden ist und nur noch für jene Fälle zutrifft, wo es dem Medieninhaber innerhalb der zur Entscheidung des Gerichtes zur Verfügung stehenden Frist nicht möglich war, den an sich zulässigen Gegenbeweis zu erbringen. Hier hat der Medieninhaber allerdings die Möglichkeit, im Rahmen des „fortgesetzten Verfahrens" den Wahrheits-(bzw. Unwahrheits-)Beweis zu führen. Gelingt dieser, so wird das ursprüngliche Urteil aufgehoben, das aufhebende Urteil kann veröffentlicht werden, und der Entgegnungswerber hat dem Medieninhaber die Einschaltungskosten der zu Unrecht veröffentlichten Entgegnung zu ersetzen. Zu beachten sind die vom Gesetz für die Veröffentlichung der Entgegnung bestimmten Fristen und Formvorschriften, wonach die Entgegnung unter anderem denselben Veröffentlichungswert der Bezugsstelle haben muß (§ 13).

2. Die nachträgliche Mitteilung über den Ausgang eines Strafverfahrens **(§ 10)**

Eine Person, die im Verdacht einer strafbaren Handlung steht, hat kaum die Möglichkeit, sich gegen eine Meldung hierüber zu wehren, da der Bericht, es bestehe ein Verdacht bzw. sei ein Strafverfahren anhängig, zum Zeitpunkt seines Erscheinens durchaus richtig sein kann, so daß hier weder die Entgegnung noch eine

Ehrenbeleidigungsklage so richtig „greifen". Wird jedoch in weiterer Folge keine Anklage erhoben, das Strafverfahren eingestellt oder ergeht ein Freispruch, so kann der Betroffene verlangen, daß eine nachträgliche Mitteilung über diese Rehabilitierung veröffentlicht wird. Für die Fristen, die Form der Veröffentlichung sowie die Durchsetzung des Anspruches gelten die für die Entgegnung bestehenden Vorschriften.

3. Entschädigung für erlittene Kränkung (§ 6) oder Verletzung des höchstpersönlichen Lebensbereiches (§ 7)

Nicht immer besteht für den Betroffenen – obwohl er Opfer einer üblen Nachrede, Verspottung oder Verleumdung geworden ist – Gelegenheit, dagegen mit einer Privatklage vorzugehen, etwa deshalb, weil die Frist zur Erhebung einer Privatanklage (sechs Wochen ab Kenntnis von Tat und Täter) abgelaufen ist. Unter Umständen muß dem Betroffenen auch gar nicht an einer strafgerichtlichen Verurteilung des Artikelverfassers oder an einem objektiven Strafverfahren gegen den Medieninhaber gelegen sein.

Und schließlich gibt es zahlreiche Fälle der Berichterstattung, die wohl keine Ehrenbeleidigung darstellen, trotzdem aber in unzulässiger Weise in die Privatsphäre des Betroffenen eingreifen.

Das Gesetz räumt dem Betroffenen in derartigen Fällen das Recht auf Zuerkennung einer Entschädigung für die erlittene Kränkung oder für die Verletzung des höchstpersönlichen Lebensbereiches ein, die bis zu S 50.000,–, im Falle besonders schwerwiegender Auswirkungen einer üblen Nachrede oder einer Verleumdung bis zu S 100.000,– betragen kann. Diese Entschädigung soll vornehmlich den immateriellen Schaden des Betroffenen abgelten, so daß daneben (auf dem Zivilrechtsweg) durchaus auch ein weiterer Vermögensschaden geltend gemacht werden kann.

Dabei ist zu beachten, daß die Verletzung des höchstpersönlichen Lebensbereiches gemäß § 7 in einer Bloßstellung des Betroffenen besteht, die die Grenze der Strafbarkeit nicht erreicht, da diesfalls die Entschädigung wegen erlittener Kränkung (§ 6) zustünde. Für beide Fälle der Entschädigung trifft das Gesetz Befreiungsregelungen für den Medieninhaber, und zwar unter anderem die Möglichkeit des Wahrheitsbeweises, der freilich im Falle der Bloßstellung (§ 7) nur dann zulässig und exkulpierend ist, wenn die wahre Veröffentlichung in unmittelbarem Zusammenhang mit dem öffentlichen Leben steht. Ein Beispiel hiefür wäre etwa der wahre Bericht über ein körperliches Gebrechen, das begründete Zweifel daran aufkommen lassen kann, ob ein Politiker zur Ausübung einer wichtigen politischen Funktion fähig ist.

4. Die strafrechtliche Verfolgung

Die bisher dargestellten Rechtsbehelfe der Entgegnung, nachträglichen Mitteilung und Entschädigung haben nur insoweit strafrechtlichen Charakter, als die Entscheidung hierüber den für Medieninhaltsdelikte zuständigen Strafgerichten zugewiesen ist und das Verfahren nach den Vorschriften der Strafprozeßordnung abgewickelt wird. Soweit die Gerichte hier Sanktionen – etwa zur Durchsetzung der Veröffentlichung einer Entgegnung – erlassen, bestehen diese in Geldbußen, die nicht das Wesen der gerichtlichen Strafe haben. Die Ansprüche auf Entgegnung, nachträgliche Mitteilung und Entschädigung richten sich jeweils gegen den Medieninhaber (Verleger) und nicht gegen den Medienmitarbeiter, wie dies nach dem Preßgesetz der Fall war. Der „verantwortliche Redakteur" wurde mit Inkrafttreten des Mediengesetzes ersatzlos abgeschafft.

Nach den Bestimmungen des Strafgesetzes hat der Betroffene, der sich durch ein Medieninhaltsdelikt verletzt fühlt (in Frage kommen folgende *Tatbilder des Strafgesetzbuches:* § 111: üble Nachrede; § 113: Vorwurf einer schon abgetanen gerichtlich strafbaren Handlung; § 115: Beleidigung; § 152: Kreditschädigung), das Recht, die Bestrafung des Artikelverfassers durch einen Strafantrag (Privatanklage) zu begehren, was sodann zur (echten) strafgerichtlichen Verfolgung führt.

Sieht man von Sonderfällen wie etwa der Beleidigung (§ 115 StGB) und Kreditschädigung (§ 152 StGB) ab, so hat der Privatankläger nur den Sachverhalt einer ehrenbeleidigenden Veröffentlichung zu beweisen, es ist sodann Sache des Beschuldigten bzw. des Medieninhabers, eine Verurteilung durch die Erbringung des Wahrheitsbeweises oder des Beweises der Wahrnehmung der journalistischen Sorgfalt (§ 29) zu verhindern. Gerade der Beweis der Wahrnehmung der journalistischen Sorgfalt ist eine sehr sinnvolle Neueinführung des Gesetzes, die den Verfasser (Medienmitarbeiter) dann straflos stellt, wenn der Wahrheitsbeweis nicht erbracht werden kann, jedoch an der Veröffentlichung ein überwiegendes Interesse der Öffentlichkeit bestanden hat und der Verfasser – der sich allerdings zu diesem Zwecke zu seiner Urheberschaft bekennen muß – bei Aufwendung der gebotenen journalistischen Sorgfalt hinreichende Gründe gehabt hat, die Behauptung für wahr zu halten. Zur Prüfung, ob die gebotene Sorgfalt angewendet wurde, wird vor allem zu untersuchen sein, ob die Regeln des „Ehrenkodex" eingehalten wurden, vor allem, ob alle zumutbaren Recherchen durchgeführt, deren Ergebnis objektiv richtig wiedergegeben und – soweit dies möglich ist – auch dem Betroffenen Gelegenheit zur Stellungnahme geboten wurde.

Die Rechtsprechung hat neben dem Wahrheitsbeweis bzw. dem Beweis der Wahrnehmung der journalistischen Sorgfalt im Rahmen der sogenannten „Zitaten-Judikatur" einen weiteren Entlastungsbeweis geschaffen: Eine strafbare Ehrenbeleidigung kann nämlich auch in der Wiedergabe beleidigender Äußerungen Dritter verwirklicht werden, wobei die Öffentlichkeit durchaus ein Interesse an der Kenntnis derartiger Aussagen – man denke etwa an Statements von Politikern – haben kann. Die Judikatur erachtet die richtige Zitierung ehrenrühriger Äußerungen eines Dritten dann als gerechtfertigt und nicht strafbar, wenn die Berichterstattung einen Gegenstand öffentlichen Interesses berührt, die zitierte Meinung von einem mit solchen Fragen befaßten und dafür kompetenten Informanten stammt und der Zitierende mit erkennbarer Distanz zum Zitat berichtet, nicht aber dann, wenn er sich mit dem Zitat derartig identifiziert, daß er dieses zu seiner eigenen Meinung macht oder sogar bloß seine eigene Meinung durch solche Zitate zu stützen trachtet. Liegen diese Voraussetzungen vor, so ist das Zitat als Ausfluß der Informationspflicht und des Informationsrechtes der Medien anzusehen, so daß dem Verbreitenden hieraus kein strafbarer Vorwurf gemacht werden kann. Nur zur Vollständigkeit: Dies hindert den Betroffenen aber nicht, auch gegen ein solches Zitat mit einer Entgegnung vorzugehen.

5. Mit dem Strafantrag können vom Ankläger (der in aller Regel ein Privatankläger ist; nur in seltenen Fällen – etwa bei Beleidigung eines Beamten – schreitet der öffentliche Ankläger ein) wichtige, weitere Anträge verbunden werden:

a) Beschlagnahme (§ 36)

die jedoch grundsätzlich nur als ultima ratio angewendet werden soll und eine Abwägung der Interessen des Medieninhabers auf Erscheinen des Mediums mit dem Interesse des Betroffenen auf Unterbleiben der Veröffentlichung voraussetzt. Beschlagnahmefälle sind seit Inkrafttreten des Mediengesetzes tatsächlich recht selten geworden, unter anderem deshalb, weil die Beschlagnahme weitestgehend ersetzt wird durch die

b) Mitteilung über das eingeleitete gerichtliche Verfahren (§ 37)

Eine sehr sinnvolle Einrichtung, wenn man bedenkt, daß die publizistische Rehabilitierung eines in seiner Ehre Verletzten vornehmlich durch die Urteilsveröffentlichung erfolgt, mit welcher die Öffentlichkeit darüber informiert wird, daß durch eine bestimmte Meldung ein strafbarer Tatbestand gegen die Ehre des Verletzten gesetzt wurde. Diese Urteilsveröffentlichung setzt die rechtskräftige Beendigung des Strafverfahrens voraus, was unter Umständen Jahre dauern kann. Das Mediengesetz schafft daher in § 37 dem Beleidigten die Möglichkeit, unverzüglich mit derselben Publizität zum Ausdruck zu bringen, daß er eine ihn betreffende ehrenrührige Veröffentlichung nicht widerspruchslos hingenommen, sondern sich dagegen durch Einleitung eines Strafverfahrens zur Wehr gesetzt hat.

Die Veröffentlichung der Mitteilung wird vom Gericht entweder anstelle einer beantragten Beschlagnahme oder aufgrund eines vom Ankläger von vornherein – unter Verzicht auf die Beschlagnahme – nur auf die Veröffentlichung der Mitteilung gerichteten Antrages angeordnet.
Beschlagnahme und Mitteilung nach § 37 sind vorläufige Maßnahmen: Kommt es nicht zur Verurteilung (präzise gesagt, zur „Einziehung" des Medienwerkes), so gebührt dem Medieninhaber Ersatz der Einschaltungskosten der Mitteilung gemäß § 37 bzw. der durch die Beschlagnahme entstandenen vermögensrechtlichen Nachteile durch den Bund, der seinerseits wieder – unter gewissen Voraussetzungen – am Privatankläger Regreß nehmen kann.

c) Einziehung

des Medienwerkes (§ 33) nach rechtskräftiger Entscheidung, die ein Fortwirken der bereits gesetzten Straftat und damit eine weitere Verbreitung der unzulässigen Textstelle verhindert.

d) Urteilsveröffentlichung (§ 34)

nach rechtskräftiger Entscheidung, mit welcher die Leserschaft davon verständigt wird, daß durch eine bestimmte Textstelle ein strafbarer Tatbestand verwirklicht wurde.
Zur Vollständigkeit sei darauf verwiesen, daß Entschädigungsanträge gemäß § 6 auch mit einer Privatanklage verbunden werden können, weiters darauf, daß Einziehung, Mitteilung gemäß § 37 und Urteilsveröffentlichung auch im sogenannten selbständigen Verfahren gegen den Medieninhaber durchgesetzt werden können, wenn die Verfolgung eines Artikelverfassers nicht möglich ist.

6. Der Schutz des Redaktionsgeheimnisses (§ 31)

Das Mediengesetz hat den grundsätzlich schon im Preßgesetz verankerten Schutz des Redaktionsgeheimnisses wesentlich erweitert. Medieninhaber, Herausgeber, Medienmitarbeiter und Arbeitnehmer eines Medienunternehmens oder Mediendienstes haben das Recht, in jedem Verfahren (gleichgültig, ob Straf-, Zivil- oder Verwaltungsverfahren) vor Gerichten oder Behörden als Zeuge die Beantwortung von Fragen zu verweigern, die die Person des Verfassers oder Informanten oder erteilte Informationen oder Unterlagen hierüber betreffen. Das Gesetz bestimmt ausdrücklich, daß der Schutz des Redaktionsgeheimnisses nicht umgangen werden darf, was etwa durch die Beschlagnahme von Informationsunterlagen erfolgen könnte. Zum Schutz des Redaktionsgeheimnisses enthält das Gesetz auch Einschränkungen der Zulässigkeit der Überwachung des Fernmeldeverkehrs von Anlagen eines Medienunternehmens.

V. Schlußbetrachtung

Auch wenn man berücksichtigt, daß die bisherigen Ausführungen nicht den vollen Inhalt des Gesetzes wiedergeben – zu erwähnen wären beispielsweise Bestimmungen über das Impressum, die Offenlegung und die Kennzeichnung entgeltlicher Einschaltungen, verfahrensrechtliche Normen sowie die Bestimmungen über Bibliotheksstücke –, so muß dem unbefangenen Leser doch die Diskrepanz aufgefallen sein, die zwischen dem recht geringen Umfang der umschriebenen Rechte der Medien bzw. Medienmitarbeiter und der Vielzahl der Schutzvorschriften für die betroffene Persönlichkeit besteht. Hier trügt, wie so oft, der Schein: Es ist einfach unmöglich, das vielgestaltige Erscheinungsbild der Medien als Träger und Übermittler von Informationen zu normieren, geschweige denn gar, den Inhalt dieser Informationen oder die verbale Form ihrer Aufbereitung zu reglementieren. Journalismus ist eben ein extrem freier und vielfältiger Beruf, ausgestattet mit einem weitreichenden Einfluß auf jeden Mitbürger, und zwar sowohl im guten als auch – fallweise – im bösen Sinne. Der Gesetzgeber muß sich daher darauf zurückziehen, die notwendigen Schranken zugunsten des betroffenen Individuums abzustecken. Der Kompromiß zwischen Medienfreiheit, Individualschutz und Staatsraison ist sicherlich nicht zum Nachteil der Medien und Medienmitarbeiter getroffen, so daß ungeachtet aller Gesetzesvorschriften über die Berufsausübung letzten Endes doch das Verantwortungsbewußtsein und die korrekte Berufsauffassung der Medieninhaber und Medienmitarbeiter für die Qualität der Medien entscheidend sind und die Gesetzesvorschriften nur das notwendige Korrektiv darstellen.

Stephan Ruggenthaler

Literatur

BERKA, Walter: Das Recht der Massenmedien. – Wien: Böhlau 1989.
FOREGGER, Egmont; LITZKA, Gerhard: Mediengesetz. 2. Aufl. – Wien: Verlag Manz 1990. (Das Buch enthält eine umfassende Einarbeitung von zehn Jahren Rechtsprechung zum Mediengesetz.)
OETZBRUGGER, Egon René. Der Medien-Ombudsmann. Schule der journalistischen Sorgfalt. – Wien: Verlag Manz 1989.
WEIS, Bruno: Handbuch der Entgegnung. – Wien: Verlag Medien und Recht 1990.
Zahlreiche Beiträge zur Rechtsprechung enthält des weiteren die Zeitschrift „Medien und Recht international". – Wien: Verlag Medien und Recht (seit 1983).

XI. Rundfunkrecht

1. Vorbemerkung

Von einem österreichischen Rundfunkrecht im materiell-organisatorischen Sinne kann man erst seit 1. 1. 1967 sprechen, als der Vorläufer des jetzigen Rundfunkgesetzes, das Rundfunkgesetz 1966 (1), in Kraft trat. Bis dahin beschränkte sich die Regelung der Materie „Rundfunk" auf öffentlich-rechtliche Regelungen des Fernmelderechtes.

Nach der heutigen Rechtslage besteht das Österreichische Rundfunkrecht aus zwei zentralen Gesetzen, dem Bundesverfassungsgesetz über die Sicherung der Unabhängigkeit des Rundfunks vom 10. Juli 1974 (2) und dem Rundfunkgesetz 1974, welches in der Zwischenzeit mehrfach novelliert und mit Kundmachung des Bundeskanzlers vom 21. September 1984 als *„Rundfunkgesetz"* wieder verlautbart wurde.

Nicht zuletzt brachte auch das am 1. Jänner 1982 in Kraft getretene neue Mediengesetz (3) in seinem Artikel III „Änderung des Rundfunkgesetzes" Abänderungen, Ergänzungen, aber auch die gänzliche Aufhebung von Bestimmungen des Rundfunkgesetzes betreffend das Entgegnungsrecht des Österreichischen Rundfunks. Dieses ist seither durch die einheitlichen Bestimmungen des Mediengesetzes für alle periodischen Medien in gleicher Weise geregelt.

Weitere, den Rundfunk betreffende Bestimmungen finden sich im Fernmeldegesetz 1949, der sogenannten Rundfunk-Verordnung, besser gesagt, dem Rundfunkempfangsanlagengesetz, in der Fassung BGBl. Nr. 338/1978 und dem Fernmelde-Gebührengesetz BGBl. 170/1970.

Diese Gesetze enthalten fernmelderechtliche Bestimmungen wie die Definition des Begriffs der Rundfunk- und Fernsehrundfunkempfangsanlagen, die Regelung des Erwerbs von Haupt- und Zusatzbewilligungen, eine „rundfunkrechtlich neutrale" Regelung der Gemeinschaftsantennenanlagen sowie Bestimmungen über die Höhe der Rundfunk- bzw. Fernsehrundfunkgebühren und die Befreiung hievon.

Nicht unerwähnt soll bleiben, daß auch das Strafgesetzbuch (4), insbesondere die §§ 111 und 117 – strafbare Handlungen gegen die Ehre (üble Nachrede) –, Sonderbestimmungen vorsieht, wenn die Tat . . . „im Rundfunk" begangen wird.

Zuletzt aber sei darauf hingewiesen, daß auch das Allgemeine Verwaltungsverfahrensgesetz – AVG 1950 (5) – für den mit Rundfunkfragen Beschäftigten von Bedeutung sein kann. Es findet auf das Verfahren vor der Kommission zur Wahrung des Rundfunkgesetzes Anwendung.

2. Das Bundesverfassungsgesetz Rundfunk

Auch schon vor dem Inkrafttreten des Bundesverfassungsgesetzes vom 10. 7. 1974 war das Rundfunkwesen gem. Art. 10, Abs. 1, Zif. 9 BVG Bundessache in Gesetzgebung und Vollziehung. Art. 1, Abs. 1 des BVG Rundfunk enthält eine umfassende Definition des Begriffes Rundfunk, die sich nicht nur auf Rundfunk im herkömmlichen Sinne bezieht, sondern auch die Verbreitung von Programmen über Kabel einschließt. Verfassungsgesetzlich klar wird Rundfunk (im weitesten Sinne) als Bundeskompetenz festgestellt und dem Bundesgesetzgeber vorgeschrieben, daß bei der Organisation des Rundfunks die Objektivität und Unparteilichkeit der Berichterstattung, die Berücksichtigung der Meinungsvielfalt, die Ausgewogenheit der Programme sowie die Unabhängigkeit aller, die Rundfunk besorgen, gewährleistet sein muß (Art. I, Abs. 2). Schließlich wird Rundfunk, auf Verfassungsebene, zur öffentlichen Aufgabe erklärt.

Aus den Bestimmungen des BVG Rundfunk ergibt sich im Hinblick auf das Rundfunkgesetz 1974 für den Österreichischen Rundfunk eine ausreichende Grundlage auch für den Betrieb von Kabel-Rundfunk. Der Betrieb von (aktivem) Kabel-Rundfunk durch andere als den Österreichischen Rundfunk bedarf einer vorhergehenden bundesgesetzlichen Regelung. Gleiches gilt für die Veranstaltung von Hörfunk und Fernsehen durch andere (private) Rechtsträger als den Österreichischen Rundfunk. Hiebei ist der Bundesgesetzgeber an die inhaltlichen Auflagen des BVG Rundfunk betreffend Grundsätze der Berichterstattung im Informationsbereich gebunden. Für die sonstige Regelung der Veranstaltung von Rundfunk besteht für den Gesetzgeber Gestaltungsfreiheit. Der Bundesverfassungsgesetzgeber hat keine Vorentscheidung getroffen, in welcher Struktur künftige Rundfunkveranstalter rechtlich organisiert sein sollen. Es sind sowohl privatwirtschaftliche als auch öffentlich-rechtliche Lösungen zulässig.

3. Das Rundfunkgesetz (6)

Rechtsnatur des Österreichischen Rundfunks

Seit dem 15. Oktober 1974 ist der Österreichische Rundfunk ein eigener Wirtschaftskörper, besitzt als Anstalt öffentlichen Rechts Rechtspersönlichkeit und gilt als Kaufmann im Sinne des Handelsrechtes. Auch die selbständige Anstalt des öffentlichen Rechtes Österreichischer Rundfunk ist verpflichtet, ihre Geschäfte mit der Sorgfalt eines ordentlichen Kaufmannes zu führen, was vom Gesetz mit „Sparsamkeit, Wirtschaftlichkeit und Zweckmäßigkeit" umschrieben wird.

Organe

Die Organe des Österreichischen Rundfunks sind:
1. Das Kuratorium
2. Der Generalintendant
3. Die Hörer- und Sehervertretung
4. Die Prüfungskommission

Die Kommission zur Wahrung des Rundfunkgesetzes und der auf Grund einer Verfassungsbestimmung zur Prüfung des Österreichischen Rundfunks ermächtigte Rechnungshof sind keine Organe des Rundfunks.

Die Mitglieder der Kollegialorgane sind bei der Ausübung ihrer Funktion im Österreichischen Rundfunk an keine Weisungen und Aufträge gebunden, sie haben sich ausschließlich an die Bestimmungen des Gesetzes bzw. an die von ihnen selbst beschlossenen Geschäftsordnungen zu halten.

Die Tätigkeit in den Kollegialorganen erfolgt ehrenamtlich.

Kuratorium

Das Kuratorium ist das höchste Leitungs- und Kontrollorgan des Österreichischen Rundfunks. Es besteht aus 35 Mitgliedern. Die Kompetenzen des Kuratoriums wurden vom Gesetzgeber erschöpfend aufgezählt.

Sechs Mitglieder bestellt die Bundesregierung auf Vorschlag und unter Berücksichtigung des Stärkeverhältnisses der im Nationalrat vertretenen politischen Parteien (7). Je ein Mitglied bestellen die neun Bundesländer. Neun Mitglieder bestellt die Bundesregierung. Sechs weitere Mitglieder bestellt die Hörer- und Sehervertretung unter Bedachtnahme auf die Bereiche Religion, Wissenschaft, Volksbildung, Kunst und Sport. Bezüglich eines Kuratoriumsmitgliedes besteht keine Bindung. Die Bestellung durch die Hörer- und Sehervertretung bedarf einer Zweidrittelmehrheit.

Fünf Mitglieder werden vom Zentralbetriebsrat des Österreichischen Rundfunks bestellt.

Die Funktionsperiode des Kuratoriums dauert drei Jahre. Eine vorzeitige Abberufung von Mitgliedern ist nur dann möglich, wenn sich in der Zusammensetzung des bestellenden Organs seit der Bestellung eine Änderung ergeben hat. Die Kompetenzen des Kuratoriums können in drei Gruppen zusammengefaßt werden:

a) Die Bestellung und Abberufung des Generalintendanten bzw. der Direktoren, der Intendanten und Landesintendanten. Dem Generalintendanten steht hiebei das Vorschlagsrecht zu. (Personalkompetenz)
b) Die Genehmigung langfristiger Pläne in den Bereichen Technik, Finanzen und Stellenpläne. Die Festsetzung des Programmentgeltes und der Werbetarife auf Grund des Vorschlages des Generalintendanten. Ferner eine Reihe von Kon-

trollrechten, die von der Beschlußfassung über Prüfungsmaßnahmen, die Prüfung und Genehmigung des Rechnungsabschlusses bis zur Bestellung der Mitglieder der Prüfungskommission reichen. (Finanzielle Kompetenz)

c) Die Beratung grundsätzlicher Probleme der Programmgestaltung, die Beschlußfassung über Programmempfehlungen, vor allem aber die Zustimmung zu den vom Generalintendanten zu erlassenden allgemeinen Richtlinien für die Programmgestaltung, Programmerstellung und Programmkoordination in Hörfunk und Fernsehen, die Genehmigung langfristiger Programmpläne (8) und die Zustimmung zu den vom Generalintendanten im Zusammenwirken mit den Intendanten zu erstellenden und bis jeweils 15. November vorzulegenden Jahressendeschemata für Hörfunk und Fernsehen. (Programmkompetenz)

Zur Sicherstellung seiner Rechte steht dem Kuratorium ein umfassendes Befragungsrecht der einzelnen Mitglieder „im Rahmen der Sitzungen" zu.

Der Generalintendant

Der Generalintendant wird vom Kuratorium für die Dauer von vier Jahren mit Zweidrittelmehrheit bestellt und kann auch nur mit Zweidrittelmehrheit abberufen werden. Für den Fall, daß bei der Bestellung keine Zweidrittelmehrheit zustande kommt, sieht das Gesetz die Möglichkeit einer subsidiären, definitiven Bestellung mit einfacher Mehrheit vor (9).

Der Generalintendant ist als Alleingeschäftsführer außer an die sich aus den Gesetzen oder aus den Beschlüssen des Kuratoriums ergebenden Pflichten an keinerlei Weisungen und Aufträge gebunden. Er vertritt den Österreichischen Rundfunk auch nach außen, gerichtlich und außergerichtlich. Seine Kompetenzen sind im Gesetz beispielhaft aufgezählt. Einschränkungen seiner Befugnisse durch das Kuratorium sieht das Gesetz in Programmfragen vor. So muß er die Zustimmung des Kuratoriums zur Erlassung allgemeiner Programmrichtlinien einholen (Richtlinienkompetenz). Ferner steht ihm in Programmfragen gegenüber dem Hörfunkintendanten und den beiden Fernsehintendanten ein Weisungsrecht nur zur Durchsetzung des Rundfunkgesetzes und der Beschlüsse des Kuratoriums zu. Auch solche Weisungen sind unverzüglich dem Kuratorium mitzuteilen.

Im übrigen stehen ihm ein volles innerbetriebliches Weisungsrecht, ein umfassendes Koordinierungsrecht und die seiner Funktion entsprechende Kontrollkompetenz zu (10).

Hörer- und Sehervertretung

Zur Wahrung der Interessen der Hörer und Seher wurde am Sitz des Österreichischen Rundfunks in Wien eine Hörer- und Sehervertretung eingerichtet. Sie besteht aus 35 (36) Mitgliedern, von denen 15 (16) durch Interessenvertretungen, Kirchen und die Rechtsträger der politischen Parteien bestellt werden (11).

Weitere 20 Mitglieder bestellt der Bundeskanzler, wobei die Bereiche Wissenschaft, Volksbildung, Kunst, Sport, Jugend, ältere Menschen, Eltern bzw. Familien, Touristik, Kraftfahrer sowie Konsumenten eine besondere Vertretung erhalten sollen. Eine Bindung des Bundeskanzlers an die von ihm vor der Bestellung von den entsprechenden Einrichtungen und Organisationen einzuholenden Vorschläge besteht nicht.

Auch die Hörer- und Sehervertretung hat eine Funktionsperiode von drei Jahren und faßt ihre Beschlüsse, mit Ausnahme der Bestellung von sechs Kuratoriumsmitgliedern, mit einfacher Mehrheit.

Die Aufgaben der Hörer- und Sehervertretung sind im Gesetz erschöpfend dargestellt. Ihre wichtigste Kompetenz ist die Erstattung von Empfehlungen hinsichtlich der Programmgestaltung und von Vorschlägen für den technischen Ausbau (12).

Der Generalintendant ist jedoch – im Gegensatz zu den Beschlüssen des Kuratoriums – an solche Empfehlungen nicht gebunden. Er hat lediglich innerhalb einer Frist von drei Monaten der Hörer- und Sehervertretung zu berichten, ob er der Empfehlung entsprochen hat oder warum ihr nicht gefolgt wurde.

Um der Hörer- und Sehervertretung die Erfüllung ihrer Aufgaben zu erleichtern, hat ihr der Gesetzgeber das Recht eingeräumt, den Generalintendanten, die Direktoren, die Programmintendanten und die Landesintendanten über alle von ihnen zu besorgenden Aufgaben des Österreichischen Rundfunks zu befragen und alle einschlägigen Auskünfte zu verlangen. Auch sind ihr die Ergebnisse aller Meinungsbefragungen des Österreichischen Rundfunks zur Kenntnis zu bringen. Sie selbst kann einmal im Jahr die Durchführung einer weiteren Teilnehmerbefragung zu einem bestimmten Themenbereich verlangen (13).

Prüfungskommission und Rechnungshof

Die Betriebsführung des Österreichischen Rundfunks wird alljährlich – unbeschadet der Kontrolle durch den Rechnungshof – durch eine aus drei Mitgliedern bestehende, unabhängige Prüfungskommission überprüft. Die Ergebnisse dieser umfassenden Prüfungen werden dem Kuratorium vorgelegt. Sie stellen eine wesentliche Unterlage für die dem Kuratorium obliegende Prüfung und Genehmigung des Rechnungsabschlusses sowie die Entlastung des Generalintendanten dar (14).

Kommission zur Wahrung des Rundfunkgesetzes

Die Kommission zur Wahrung des Rundfunkgesetzes übt die dem Bund zustehende Rechtsaufsicht aus. Sie entscheidet über behauptete Verletzungen des Rundfunkgesetzes, soweit dafür nicht eine andere Verwaltungsbehörde oder ein Gericht zuständig ist. Die 17 Mitglieder der Kommission, von denen neun dem Richterstand angehören müssen, ernennt der Bundespräsident auf Vorschlag der

Bundesregierung für die Dauer von vier Jahren. Der Kreis der Vorschlagsberechtigten und die Art der Erstattung der Besetzungsvorschläge ist im Gesetz genau geregelt (15).

Das Verfahren vor der Kommission kann durch drei Formen von Anbringen in Gang gesetzt werden: durch *Beschwerden* von Einzelpersonen, die behaupten, durch eine Rechtsverletzung unmittelbar geschädigt zu sein; durch jeden Inhaber einer Rundfunk-(Fernsehrundfunk-)Hauptbewilligung, der von mindestens 500 weiteren Inhabern einer derartigen Bewilligung unterstützt wird, und schließlich auf Grund eines *Antrages* des Bundes, eines der neun Bundesländer, der Hörer- und Sehervertretung bzw. des Kuratoriums (16).

In ihren Entscheidungen stellt die Kommission lediglich fest, ob und durch welchen Sachverhalt Bestimmungen des Rundfunkgesetzes verletzt worden sind. Unter gewissen Voraussetzungen kann die Kommission auch rechtswidrige Entscheidungen von Organen des Österreichischen Rundfunks aufheben, ja unter Umständen – falls ein rechtgemäßer Zustand nicht unverzüglich hergestellt wird – das betreffende Organ auflösen bzw. abberufen (17).

Die Kommission entscheidet in erster und letzter Instanz. Auf das Verfahren finden die Bestimmungen des Allgemeinen Verwaltungsverfahrensgesetzes 1950 Anwendung. Die Kommission kann auch die Veröffentlichung ihrer Entscheidungen im Rundfunk anordnen.

Programmauftrag

Die Herstellung und Sendung von Hörfunk- und Fernsehprogrammen ist dem Österreichischen Rundfunk nicht freigestellt, sondern wird ihm vom Gesetzgeber hinsichtlich der Mindestanzahl und des Mindestinhaltes genau vorgeschrieben. So hat der ORF – unter Mitwirkung aller Landesstudios – für mindestens drei Hörfunkprogramme und mindestens zwei Fernsehprogramme zu sorgen. Anzustreben ist hiebei auch eine gleichmäßige und ständige Versorgung aller berechtigten Bewohner des Bundesgebietes, was die Programm- bzw. Empfangsqualität betrifft (Versorgungsauftrag). Eines der Hörfunkprogramme wird vom Gesetzgeber als „Regionalprogramm" definiert, das von den Landesstudios gestaltet wird. In den Fernsehprogrammen sind die Interessen der Länder zu berücksichtigen. Die diesbezüglichen Beiträge werden von den Landesintendanten festgelegt (18).

Bei Erfüllung seiner öffentlichen Aufgaben hat der Österreichische Rundfunk auf die Grundsätze der Österreichischen Verfassungsordnung Bedacht zu nehmen, wobei der Gesetzgeber die Rücksichtnahme auf die bundesstaatliche Gliederung – nach dem Grundsatz der Gleichbehandlung der Länder – sowie auf die Grundsätze der Freiheit der Kunst, der Objektivität und Unparteilichkeit der Berichterstattung, der Berücksichtigung der Meinungsvielfalt und der Ausgewogenheit der Programme betont. Damit wurden im wesentlichen wortgleich die Verfassungsaufträge des BVG Rundfunk in das einfache Bundesgesetz übernommen. Eine materielle Modifikation des gesetzlichen Programmauftrages ergibt sich durch die Betonung des Grundsatzes der Freiheit der Kunst dahingehend, daß diese im Spannungsverhältnis zu anderen Elementen des gesetzlichen Programmauftrages einen ebenbürtigen Rang erhalten hat. Ihre Schranken findet die „Freiheit der Kunst" freilich in anderen Aufträgen des gleichen Gesetzes.

4. Programminhalte

Information

Kernstück der das Unternehmen Österreichischer Rundfunk treffenden Programmverpflichtung gemäß § 2 RFG ist der Informationsauftrag. Der Rundfunk ist verpflichtet, die Allgemeinheit *umfassend* über alle wichtigen politischen, wirtschaftlichen, kulturellen und sportlichen Fragen zu informieren. Diese Informationstätigkeit ist an das Gebot der Objektivität gebunden, wobei der Auftrag zur Objektivität bei der Wiedergabe von Meinungskommentaren durch die Verpflichtung ergänzt wurde, die Vielfalt der im öffentlichen Leben vertretenen Meinungen angemessen zu berücksichtigen.

Im einzelnen soll diesem *Informationsauftrag* entsprochen werden durch

- objektive Auswahl und Vermittlung von Nachrichten und Reportagen einschließlich der Berichterstattung über die Tätigkeit der gesetzgebenden Organe und der Übertragung ihrer Verhandlungen,
- eigene Kommentare und Sachanalysen unter Wahrung des Grundsatzes der Objektivität
- sowie Wiedergabe und Vermittlung von für die Allgemeinheit wesentlichen Kommentaren, Standpunkten und kritischen Stellungnahmen, unter angemessener Berücksichtigung der Vielfalt der im öffentlichen Leben vertretenen Meinungen.

Die Programmrichtlinien haben dazu klargestellt, daß jedes Programmelement in Nachrichtensendungen, Journalen und anderen Sendungen, die unmittelbar der aktuellen Berichterstattung dienen, den Erfordernissen der Objektivität entsprechen muß.

Hiezu gehören auch die „eigenen Kommentare und Sachanalysen", nicht jedoch Meinungskommentare. Bei diesen ist die Vielfalt der im öffentlichen Leben vertretenen Meinungen in einem Programm in seiner Gesamtheit angemessen zu berücksichtigen. Objektivität ist hiebei durch Ausgewogenheit in der Auswahl zu gewährleisten (19).

Zur *Parlamentsberichterstattung* ist der Österreichische Rundfunk nicht nur gesetzlich verpflichtet, sie ist in vollem Umfang auch an das Gebot der Objektivität gebunden. Daraus ergibt sich, daß anläßlich der Berichterstattung auch die Wiedergabe rundfunkeigener Kommentare und Sachanalysen, unter Wahrung des Grundsatzes der Objektivität – rundfunkrechtlich – zulässig ist, nicht jedoch die Wiedergabe von Meinungskommentaren. § 30 Mediengesetz stellt hiezu klar, daß wahrheitsgetreue Berichte über die Verhandlungen in den öffentlichen Sitzungen des Nationalrates, des Bundesrates, der Bundesversammlung, eines Landtages oder eines Ausschusses einer dieser allgemeinen Vertretungskörper von jeder (strafrechtlichen) Verantwortung frei bleiben (20).

Der Begriff *„Objektivität"* wird im Rundfunkgesetz nicht definiert. Die Programmrichtlinien des Österreichischen Rundfunks versuchen ihn abzugrenzen und stellen eine Reihe von journalistischen Arbeitsregeln auf, um dieses Ziel zu erreichen. Demnach bedeutet „Objektivität Sachlichkeit unter Vermeidung von Einseitigkeit und von Verzerrung der Dimensionen". Ferner „den Auftrag zu unablässiger Bemühung, die günstigere Behandlung eines Standpunktes oder die Bevorzugung einer Version von Ereignissen im Bereich kontroverser Themen . . . zu vermeiden" (21).

Die Rundfunkkommission hat sich in mehreren Entscheidungen gleichfalls bemüht, den Objektivitätsbegriff zu präzisieren (22).

Auch die *Berichterstattung über gerichtliche Strafverfahren* ist (nach Auffassung der Programmrichtlinien) an das Objektivitätsgebot gebunden. § 22 Mediengesetz brachte darüber hinaus ein generelles Verbot jeglicher Fernseh- und Hörfunkaufnahmen und -übertragungen sowie Filmaufnahmen von öffentlichen Gerichtsverhandlungen. Erlaubt sind lediglich Tonbandaufnahmen für Archivzwecke bzw. an Stelle stenographischer Aufzeichnungen, die von Prozeßbeteiligten und Journalisten vorgenommen werden. Ihre Verwendung kann nur untersagt werden, sofern sie zur Störung der Verhandlung führt.

Volks- und Jugendbildung

Der Rundfunk hat weiters zu sorgen für die Verbreitung von Volks- und Jugendbildung. Hiebei ist besonders die Förderung der Schul- und Erwachsenenbildung sowie des Verständnisses für alle Fragen des demokratischen Zusammenlebens zu beachten. Der Begriff „Förderung" heißt keineswegs, daß es sich um materielle Förderung handelt. Förderung ist allerdings mehr als das bloße Verbreiten. Man könnte es als Verbreitung plus zielgerichtete Aktivität bezeichnen.

Kunst und Wissenschaft

Auch Kunst und Wissenschaft sind zu vermitteln und zu fördern. Im Idealfall wäre diesem Programmauftrag entsprochen, wenn damit gleichzeitig „Volks- und Jugendbildung" verbreitet wird.

Unterhaltung

Kursorisch ist der Auftrag des Rundfunkgesetzes, „einwandfreie Unterhaltung" darzubieten. Der Begriff „einwandfrei" ist ein unbestimmter Gesetzesbegriff und wird nicht näher differenziert. Es unterliegt daher auch dem Wandel der Auffassung, was einwandfrei ist, was noch einwandfrei ist und was schon wieder einwandfrei ist. Die äußere Abgrenzung wird zweifellos dadurch gezogen werden können, daß ein solcher Programminhalt jedenfalls nicht gegen strafgesetzliche Bestimmungen verstoßen darf. Dies allein wäre allerdings zuwenig, es ist nach dem Wortlaut der Programmrichtlinien auch auf die Wertvorstellungen des Durchschnittshörers und -sehers Bedacht zu nehmen (23).

Sport

Schließlich hat durch die Programme des Rundfunks auch das Interesse der Bevölkerung an aktiver sportlicher Betätigung gefördert zu werden. Gemeint ist nicht nur Berichterstattung über Leistungssport und sportliche Massenereignisse, sondern auch Animation und Aktivierung zur eigenen sportlichen Betätigung.

Kirchen und Religionsgesellschaften

Bei der Planung des Gesamtprogramms ist auch die Bedeutung der gesetzlich anerkannten Kirchen und Religionsgesellschaften angemessen zu berücksichtigen. Darunter sind nicht nur die durch diese Institutionen gesetzten Ereignisse in ihrer gesellschaftspolitischen Relevanz, sondern auch die Glaubensinhalte dieser Kirchen und Religionsgesellschaften zu verstehen (24).

Belangsendungen, Aufrufe, kommerzielle Werbung

Bei der Herstellung von Programmen hat der Österreichische Rundfunk nicht nur inhaltliche, sondern auch gestalterische Auflagen zu erfüllen. Nach der Art des Zustandekommens bzw. der Verantwortung für die einzelne Sendung könnte man auch zwischen Programm im materiellen (engeren) Sinn und Programm im formellen (weiteren) Sinn unterscheiden.
Zum Programm im formellen Sinn zählen die Belangsendungen, Aufrufe der Bundes- und Landesbehörden und die kommerzielle Werbung. Sie werden vom Öster-

reichischen Rundfunk im Rahmen der gesetzlichen Bestimmungen gesendet, aber nicht gestaltet. Zu diesem Programm im formellen Sinn zählen ferner Gegendarstellungen bzw. Entgegnungen, nachträgliche Mitteilungen über den Ausgang eines Strafverfahrens nach dem Mediengesetz sowie die Veröffentlichung von Entscheidungen der Rundfunkkommission (25).

Belangsendungen

Der Österreichische Rundfunk hat einen Teil seiner Sendezeit, der maximal 1% je Programm nicht überschreiten darf, an die im Nationalrat vertretenen politischen Parteien und an Interessenverbände zu vergeben. Die Entscheidung, an welche Interessenverbände Sendezeit zu vergeben ist, trifft das Kuratorium (26). Innerhalb des gesetzlichen Rahmens werden die einzelnen Belangsendungen und die dafür in Frage kommenden Programme zwischen den Vertretern der politischen Parteien und der Interessenverbände einerseits und dem Generalintendanten andererseits vereinbart. Belangsendungen werden derzeit in den Programmen FS 1, fallweise auch in FS 2, sowie in den Hörfunkprogrammen Österreich 1 und Österreich-Regional ausgestrahlt. Der Österreichische Rundfunk hat die Veröffentlichung einer Belangsendung davon abhängig zu machen, daß ihm ein Bevollmächtigter genannt wird. Auch Belangsendungen sind entgegnungsfähig. Antragsgegner ist jedoch nicht der ORF, sondern die politische Partei oder der Interessenverband, der die Belangsendung gestaltet hat (27).

Aufrufe

Für Aufrufe in Krisen- und Katastrophenfällen und andere wichtige Meldungen an die Allgemeinheit hat der ORF Bundes- und Landesbehörden zu jeder Zeit die notwendige und zweckentsprechende Sendezeit kostenlos zur Verfügung zu stellen. Die Beschränkung dieser Verpflichtung ergibt sich aus dem Inhalt der Aufrufe. Im Gegensatz zu den Belangsendungen gibt es naturgemäß keine sonstige Sendezeitbegrenzung (28).

Kommerzielle Werbung

Zur Erzielung von Einnahmen – derzeit etwa 45% der Gesamteinnahmen – darf der Österreichische Rundfunk Sendezeiten gegen Bezahlung für kommerzielle Werbung vergeben. (Kein rechtliches Müssen.) Er muß jedoch inhaltliche und zeitliche Beschränkungen in Kauf nehmen. So sind Werbesendungen für Tabakwaren und Spirituosen und unter der Wahrnehmungsgrenze liegende Werbespots verboten. Weitere Beschränkungen im Interesse der Volksgesundheit können vom Kuratorium auf Vorschlag des Bundesministers für Gesundheit festgelegt werden.

Die Werbedauer darf in beiden Fernsehprogrammen täglich 20 Minuten und im Hörfunk täglich 120 Minuten nicht überschreiten. Ein Programm des Hörfunks hat überhaupt werbefrei zu bleiben (derzeit Österreich 1). Am Aschermittwoch, Gründonnerstag, Karfreitag, am 1. und 2. November sowie am 24. Dezember besteht absolutes Werbeverbot (29).

5. Innere Rundfunkfreiheit

Redakteursstatut

Die Gewährleistung der Unabhängigkeit und Eigenverantwortlichkeit aller programmgestaltenden Mitarbeiter sowie die Freiheit der journalistischen Berufsausübung bei Besorgung aller ihnen übertragenen Aufgaben wird im Gesetz zweifach verwirklicht.

So hat (§ 17, Abs. 1) der Österreichische Rundfunk die Unabhängigkeit und Eigenverantwortlichkeit aller programmgestaltenden Mitarbeiter sowie die Freiheit der journalistischen Berufsausübung aller journalistischen Mitarbeiter zu beachten. Im Falle eines Eingriffes in diese Rechte stünde dem Betroffenen der Rechtszug an die Kommission zur Wahrung des Rundfunkgesetzes offen.

Darüber hinaus genießen die journalistischen Mitarbeiter, gewissermaßen also der engere Kreis der programmgestaltenden Mitarbeiter, das Recht, in gewissen Fällen, ohne arbeitsrechtliche Nachteile zu erleiden, ihre Mitwirkung zu verweigern (Verweigerungsschutz). Journalistische Mitarbeiter dürfen in Ausübung ihrer Tätigkeit insbesondere nicht verhalten werden, etwas abzufassen oder zu verantworten, was der Freiheit der journalistischen Berufsausübung widerspricht. Aus einer gerechtfertigten Weigerung darf ihnen kein Nachteil erwachsen.

Der Sicherstellung dieser Rechte der journalistischen Mitarbeiter dient das am 1. Juli 1976 in Kraft getretene *Redakteursstatut,* das zwischen dem Österreichischen Rundfunk einerseits und dem Redakteursausschuß, dem Zentralbetriebsrat und dem Österreichischen Gewerkschaftsbund, Gewerkschaft Kunst, Medien und freie Berufe, Sektion Journalisten andererseits abgeschlossen wurde. Es hat damit das ursprüngliche Redakteursstatut vom 1. Juni 1973 ersetzt.

Gemäß dem Auftrag des Rundfunkgesetzes enthält das Redakteursstatut des ORF präzise Festlegungen über Inhalt und Grenzen der Eigenverantwortlichkeit bzw. der Freiheit der journalistischen Berufsausübung.

Es regelt die Zusammensetzung bzw. die Wahl der Organe der Redakteure und die Mitwirkungsrechte an personellen und sachlichen Entscheidungen.

In der Präambel wird der Begriff der Freiheit der journalistischen Berufsausübung definiert. Sie besteht darin, „ausschließlich auf Grund der nach bestem Wissen und Gewissen erhobenen Tatsachenlage zu handeln".

§ 3 des Redakteursstatutes stellt den Kern der inneren Rundfunkfreiheit für journalistische Mitarbeiter dar und präzisiert insbesondere auch den Umfang des Weigerungsrechtes. Hiebei wird klargestellt, daß die Redakteure in Erfüllung des gesetzlichen Programmauftrages verpflichtet sind, bei der selbständigen Gestaltung von Sendungen auch solche Beiträge aufzunehmen, die ihrer persönlichen Meinung widersprechen (30).

Durch das Mediengesetz wurden die die innere Rundfunkfreiheit regelnden Bestimmungen des Rundfunkgesetzes nicht berührt (31).

Die Stellung der programmgestaltenden und journalistischen Mitarbeiter des Österreichischen Rundfunks wird daher weiterhin durch das Rundfunkgesetz bestimmt. Der Schutz des Redaktionsgeheimnisses, wie ihn nunmehr § 31 Med.-Ges. vorsieht, bezieht sich aber selbstverständlich auch auf Programmgestalter und Journalisten des Österreichischen Rundfunks (32).

6. Freie Mitarbeiter

Mit 1. Februar 1982 wurde durch eine Novelle zum Rundfunkgesetz (33) die Rechtsstellung der freien Mitarbeiter im Österreichischen Rundfunk neu geregelt. Seither können befristete Arbeitsverhältnisse mit journalistischen und programmgestaltenden Mitarbeitern ohne zahlenmäßige Begrenzung und auch unmittelbar hintereinander abgeschlossen werden, ohne daß dadurch ein Arbeitsverhältnis auf unbestimmte Zeit entsteht. Voraussetzung ist, daß die vereinbarte oder tatsächlich geleistete Arbeitszeit während eines Zeitraumes von sechs Monaten im Monatsdurchschnitt nicht mehr als 137 Stunden beträgt. Die freien Mitarbeiter erhielten zusätzliche Rechte eingeräumt. Hiebei handelt es sich um eine Verständigungspflicht des Arbeitgebers gegenüber dem freien Mitarbeiter, wenn der ORF nicht mehr beabsichtigt, diesen weiter zu beschäftigen. Die Fristen für die Verständigung richten sich nach dem Zeitraum der Tätigkeit. Die Sanktion für die Verletzung dieser Verständigungsverpflichtung besteht in einem Entschädigungsanspruch des freien Mitarbeiters, dessen pauschalierte Höhe davon abhängt, wie lange die Verständigungsfrist gewesen wäre. Ferner gebührt bei Beendigung des Arbeitsverhältnisses eines freien Mitarbeiters, das – mit oder ohne Unterbrechung – mehr als fünf Jahre dauerte, eine Abfertigung, deren Höhe das Gesetz regelt (34).

Für nicht programmgestaltende bzw. nicht journalistische freie Mitarbeiter gilt nach wie vor die Beschäftigungsgrenze des sogenannten Teilzeitbeschäftigungsgesetzes (Angestelltengesetz) von 34 Stunden je Monat (35).

7. Schlußbemerkung

Im Regierungsübereinkommen vom 16. Jänner 1987 wurde die Festlegung getroffen, daß ,,im Zuge einer weiteren Liberalisierung des Rundfunks" Gespräche über die Einräumung von Sendezeit im lokalen Hörfunk und über die Nutzung von Frequenzen für private österreichische Programmveranstalter geführt werden. Auf Grund dieser Festlegung einigten sich der Verband Österreichischer Zeitungsherausgeber und Zeitungsverleger (V. Ö. Z.) und der ORF nach rund zweijährigen Verhandlungen am 28. August 1989 über einen gemeinsamen Textvorschlag für ein Hörfunk-Versuchsgesetz, der in der Folge an die Regierungsparteien weitergeleitet wurde. Der Entwurf sah neun zusätzliche Privatradioprogramme vor. Dieses ,,Radio Print" sollte unter anderem nach folgenden Regeln gestaltet werden:

- die Programmveranstalter müssen fachlich geeignete Österreicher sein;
- die Versuchsprogramme werden über Sender des ORF ausgestrahlt;
- pro Bundesland ein Radioprogramm;
- Lizenzen vergibt das Kuratorium des ORF;
- die Programme sind zur Objektivität und Unparteilichkeit der Berichterstattung sowie zur Berücksichtigung der Meinungsvielfalt verpflichtet und sollen das öffentliche, kulturelle und wirtschaftliche Leben im lokalen Verbreitungsgebiet wiedergeben;
- 60 Minuten Werbung pro Tag sind zulässig.

Dieses Modell wurde vom Gesetzgeber nicht weiter verfolgt, da es von der kleineren Regierungspartei (ÖVP) nicht akzeptiert wurde.

Derzeit liegt ein von den Regierungsparteien SPÖ und ÖVP verhandelter Entwurf betreffend ein ,,Bundesgesetz über die Veranstaltungen lokalen und regionalen Hörfunks" (,,Lokalradiogesetz") vor, der aber nicht mehr in parlamentarische Behandlung genommen wurde. Nach diesem Gesetzentwurf soll der Bundesminister für öffentliche Wirtschaft und Verkehr durch Verordnung einen sogenannten ,,Frequenznutzungsplan" erstellen und die drahtlosen terrestrischen Übertragungskapazitäten dem Österreichischen Rundfunk bzw. den Programmveranstaltern zuordnen. Die eher dürftigen Bestimmungen über die Programmgrundsätze halten sich im wesentlichen an das Objektivitätsgebot des BVG-Rundfunk und stellen lediglich ergänzend fest, daß Sendungen keinen ,,pornographischen" oder ,,gewaltverherrlichenden" Inhalt haben dürfen. Private Rundfunkveranstalter dürfen Sendungen anderer Betreiber bis zu 25 Prozent der täglichen Sendezeit übernehmen, hievon Nachrichtensendungen und unmoderierte Musikdarbietungen ohne Beschränkung. Dies bedeutet die Gefahr einer Verknüpfung der einzelnen Privatradiobetreiber zu einem Network und begünstigt kartellartige Entwicklungen. Werbung pro Programm bis höchstens 90 Minuten der jeweiligen täglichen Sendezeit (pro Sendestunde max. zwölf Minuten) ist zulässig, die Werbebeschränkungen und Werbeverbote sind ähnlich dem Rundfunkgesetz geregelt.

Die Programmveranstalter sind in Form einer „personal- und wirtschaftlich inländisch beherrschten Kapitalgesellschaft mit Sitz in Österreich" zu organisieren. Der bei jedem Programmveranstalter zu bestellende Programmverantwortliche muß zwar die üblichen Voraussetzungen für die Teilnahme am Geschäftsverkehr erfüllen, nicht jedoch eine entsprechende Vorbildung oder einschlägige Berufserfahrung nachweisen können, wie dies § 13 RFG vorsieht. Beteiligungen von Medienunternehmen sind bis höchstens 25 bzw. 35 Prozent möglich. Die Erlassung von Redaktionsstatuten ist binnen eines Jahres nach Zulassung zwingend vorgesehen.

Die als Kollegialbehörde mit 13 Mitgliedern beim Bundeskanzleramt errichtete Rundfunkbehörde entscheidet – nach Einholung einer Stellungnahme des jeweils betroffenen Landes – über die Zulassung von Programmveranstaltern. Die Mitglieder der Rundfunkbehörde werden vom Bundespräsidenten auf Vorschlag der Bundesregierung für die Dauer von fünf Jahren ernannt. Von den 13 Mitgliedern sind acht Mitglieder Vertreter der politischen Parteien, zwei werden auf Grund eines Vorschlages der Landeshauptleutekonferenz und je ein Mitglied auf Grund eines Vorschlages des Österreichischen Gemeindebundes bzw. des Österreichischen Städtebundes ernannt. Es handelt sich bei der Rundfunkbehörde, der nur ein einziger Richter angehört, sohin um eine politische Behörde, in der die gesellschaftlichen und kulturellen Kräfte des Landes nicht ausreichend berücksichtigt werden.

Das Gesetz sieht ferner Bestimmungen für die Ausschreibung der Sendelizenzen und Mindesterfordernisse für die Zulassungsanträge vor. Bei der Auswahl der Bewerber ist die Rundfunkkommission an „Auswahlgrundsätze" (§ 22) gebunden.

Die Rechtsaufsicht obliegt der „Kommission zur Wahrung des Lokalradiogesetzes", in welcher Form die gemäß § 25 Rundfunkgesetz errichtete Kommission zur Wahrung des Rundfunkgesetzes tätig wird. Hiebei ändert sich die Zusammensetzung geringfügig. Die Mehrheit der richterlichen Mitglieder bleibt jedoch erhalten.

Bei wiederholten schwerwiegenden oder anhaltenden Rechtsverletzungen durch den Programmveranstalter ist ein Widerruf der Zulassung vorgesehen (§ 25). Ob eine Rechtsverletzung vorliegt, entscheidet die Kommission zur Wahrung des Lokalradiogesetzes. Gegen die Entscheidung der Kommission gibt es – anders als im Verfahren vor der Rundfunkkommission – das Rechtsmittel der Beschwerde. Diesen Beschwerden kommt in der Regel aufschiebende Wirkung zu. In gewissen schwerwiegenden Fällen (Erschleichung der Zulassung) ist auch der Entzug der Zulassung ohne Verfahren möglich. Die Anwendung des Mediengesetzes soll auch auf die Veranstaltung von Privatradio zulässig sein.

Ob der Gesetzesentwurf in dieser Form in parlamentarische Behandlung genommen wird, bleibt fraglich. Jedenfalls ist dies erst in der nächsten Legislaturperiode

(1990–1994) zu erwarten. Bis dahin wird Rundfunk in Österreich weiterhin ausschließlich geregelt durch das Bundesverfassungsgesetz aus dem Jahre 1974 (BVG 1984), das Rundfunkgesetz 1974/1984 und gewisse Bestimmungen des Mediengesetzes, die für alle Medien gelten, wie zum Beispiel das Entgegnungsrecht.

Paul Twaroch

Anmerkungen:

(1) BG vom 8. 7. 1966, BGBl. Nr. 159/1966.
(2) BVG vom 10. 7. 1974, BGBl. Nr. 396/1974 über die Sicherung der Unabhängigkeit des Rundfunks; s. a. Twaroch/Buchner: Rundfunkrecht in Österreich, Juridica-Verlag, Wien 1985 (3. Auflage).
(3) BG vom 12. 6. 1981 über die Presse und andere publizistische Medien (Mediengesetz), BGBl. Nr. 314/1981.
(4) BG vom 23. 1. 1974, BGBl. Nr. 60/1974 über die mit gerichtlicher Strafe bedrohten Handlungen.
(5) Allgemeines Verwaltungsverfahrensgesetz 1950, BGBl. Nr. 172 in der Fassung BG vom 1. 4. 1982, BGBl. 199/1982.
(6) Bundesgesetz vom 10. 7. 1974, BGBl. Nr. 397/1974 über die Aufgaben und die Einrichtung des Österreichischen Rundfunks i. d. F. BGBl. 1975/80, 1976/171, 1977/162, 1981/351, 1982/48 und 1982/246, wiederverlautbart mit Kundmachung des Bundeskanzlers vom 21. September 1984, BGBl. 379, als Rundfunkgesetz – RFG. (Gesetzestext siehe Anlage 1 der Wiederverlautbarung.) Weitere Novellen BGBl. 1984/531, 1985/563.
(7) wobei jede im Hauptausschuß des Nationalrates vertretene Partei durch mindestens ein Mitglied im Kuratorium vertreten sein muß (§ 7, Abs. 1, Ziff. 1, RFG).
(8) Im übrigen siehe § 8 RFG. Die Programmrichtlinien des ORF wurden nach Zustimmung des Kuratoriums vom Generalintendanten mittels Dienstanweisung mit Wirkung vom 1. 7. 1976 in Kraft gesetzt und sind damit für die Angestellten und freien Mitarbeiter des Österreichischen Rundfunks verbindlich. Sie legen die Grundsätze der Programmgestaltung, -erstellung und -koordinierung, Rechte und Pflichten der programmgestaltenden Mitarbeiter des ORF sowie allgemeine Anwendungen für die Praxis fest.
(9) § 9, Abs. 2 RFG.
(10) Siehe auch § 10 RFG.
(11) Im einzelnen siehe § 15 RFG. Tatsächlich besteht die Hörer- und Sehervertretung seit 21. Dezember 1989 (Konstituierung), sohin in der laufenden Funktionsperiode, aus 36 Mitgliedern. Der Grund liegt darin, daß es zum Zeitpunkt der Beschlußfassung über die Bestimmung des § 15 RFG noch nicht – wie derzeit – vier Rechtsträger der staatsbürgerlichen Bildungsarbeit im Bereich der politischen Parteien gegeben hat. Diese Auslegung des RFG durch den Bundeskanzler gibt den Bestellungsrechten Vorrang vor der deklarativen Aussage über die Anzahl der Mitglieder. Sie wurde bisher rechtlich nicht angefochten.
(12) S. auch § 16, Abs. 1 RFG.
(13) § 16, Abs. 2 und 5 RFG.
(14) §§ 31 und 31a RFG.
(15) § 25 RFG.
(16) § 27 RFG.
(17) Sogenannte kassatorische Funktion; s. a. § 29 RFG.
(18) Die Regionalisierung des Fernsehens stellt daher keine Ausweitung des gesetzlichen Programmauftrages dar, sondern entspricht der – schrittweisen – Verwirklichung des Gesetzesauftrages, unter Bedachtnahme auf die technischen und finanziellen Möglichkeiten.
(19) Programmrichtlinien des Österreichischen Rundfunks Pkt. 1.3.1, 1.3.12.
(20) Kunst/Böhm/Twaroch, Das neue Medienrecht, Juridica-Verlag, Wien 1982, S. 123ff.
(21) Pkt. 1.3.2ff. der Programmrichtlinien.
(22) Siehe auch Twaroch/Buchner, Rundfunkrecht in Österreich, Abdruck der Entscheidungen auch in „Rundfunkrecht", Beilage zur Zeitschrift „Österreichische Blätter für gewerblichen Rechtsschutz und Urheberrecht", Manzsche Verlags- und Universitätsbuchhandlung, Wien.

(23) § 2, Abs. 1, Zi. 2, 3, 4 RFG; Pkt. 1.6 Programmrichtlinien.
(24) § 2, Abs. 3 RFG, Pkt. 1.2.2 Programmrichtlinien.
(25) §§ 9, 10 und 11ff. Mediengesetz; § 29, Abs. 4 RFG.
(26) § 8, Abs. 1, Zi. 11 RFG; Belangträger sind: die Bundeskammer der gewerblichen Wirtschaft, der Österreichische Arbeiterkammertag, die Präsidentenkonferenz der Landwirtschaftskammern Österreichs, der Österreichische Gewerkschaftsbund, die Vereinigung Österreichischer Industrieller, die Arbeitsgemeinschaft der österr. Gemeinwirtschaft und die Bundeskonferenz der Kammern der Freien Berufe.
(27) § 5, Abs. 1 RFG, § 21 Med.-Ges.
(28) § 5, Abs. 2 RFG.
(29) § 5, Abs. 4 RFG; die Geschäftsbedingungen des Österreichischen Rundfunks für Werbehörfunk und Werbefernsehen regeln die Rechtsbeziehungen zwischen dem ORF und der werbetreibenden Wirtschaft. Sie geben Auskunft über Werbezeiten und Werbetarif und enthalten weitere (freiwillige) Werbebeschränkungen, wie z. B. bei der Heilmittelwerbung, der Lebensmittelwerbung, der Alkoholwerbung, aber auch der Kinder in Werbebotschaften; s. a. ORF-Almanach 1983, S. 443ff.
(30) Redakteursstatut des ORF, s. ORF-Almanach 1986/87, S. 483ff; Twaroch, Rundfunkrecht, S. 199ff.
(31) Art. III Med.-Ges.
(32) S. § 31 Med.-Ges.
(33) Bundesgesetz vom 21. Jänner 1982, BGBl. Nr. 48/1982.
(34) § 17, Abs. 6 RFG.
(35) § 2, Abs. 1 Angestelltengesetz i. d. geltenden Fassung.

Literatur:

BERKA, Walter: Das Recht der Massenmedien. Ein Lehr- und Handbuch für Studium und Praxis mit Wiedergabe des Medien- und Rundfunkgesetzes. – Wien/Graz: Böhlau Verlag 1989.
HARTMANN, Rudolf, und RIEDER, Sepp (Hrsg.): Mediengesetz samt den einschlägigen Grundrechtsbestimmungen, dem Rundfunkgesetz, Journalistengesetz, den Richtlinien und der Geschäftsordnung des Österreichischen Presserates, den ORF-Programmrichtlinien u. a. – Österreichische Staatsdruckerei, Wien 1981.
HARTMANN, Rudolf, und RIEDER, Sepp: Kommentar zum Mediengesetz. – Wien: Manzsche Verlags- und Universitätsbuchhandlung 1985.
KUNST, Günther, BÖHM, Christine, und TWAROCH, Paul (Hrsg.): Das neue Medienrecht. Text des Mediengesetzes mit praxisnahen Erläuterungen, einschließlich Bestimmungen, dem Ehrenkodex für die österreichische Presse sowie der Bibliotheksstückeverordnung. Wien: Juridica-Verlag, 1982.
ORF-Almanach 1983. Wien: Österreichischer Rundfunk, 1983.
MEDIEN und RECHT, INTERNATIONAL: Fachzeitschrift für Fragen von Presse, Rundfunk, Kabel-TV, Film und Video, erscheint 6 × jährlich im gleichnamigen Verlag, 1041 Wien.
TWAROCH, Paul, und BUCHNER, Wolfgang: Rundfunkrecht in Österreich. Bundesverfassungsgesetz und Rundfunkgesetz samt Erläuterungen. ORF-Programmrichtlinien, Redakteursstatut, Geschäftsbedingungen für die Werbung, Entscheidungen der Kommission zur Wahrung des Rundfunkgesetzes, Rundfunkempfangsanlagengesetz. 3., erweiterte und ergänzte Auflage. Wien: Juridica-Verlag, 1985.
WEIS, Bruno: Handbuch der Entgegnung. – Wien: Verlag Medien und Recht 1989.

XII. Urheberrecht für Journalisten

I. Einleitung

Wie kaum eine andere Berufsgruppe kommen die Medienschaffenden und daher zwangsläufig auch die Journalisten tagtäglich mit dem Urheberrecht in Berührung. Einerseits schafft der Journalist urheberrechtlich Geschütztes und er wird so zum Träger von Urheberrechten, andererseits nutzt er aber auch tagtäglich Leistungen anderer, an denen Urheberrechte oder urheberähnliche Rechte bestehen.

Der Redakteur, der seinen Kommentar mit fremden Fotografien illustriert und der sich in seinem Beitrag kritisch mit Meinungen anderer, die er zitiert, auseinandersetzt, schafft – im Regelfall – „urheberrechtlich relevantes" geistiges Eigentum, er greift allerdings gleichzeitig in geistiges Eigentum Dritter ein, er nutzt es.

So scheint es den Verfassern dieses, ausschließlich an praktischen Bedürfnissen orientierten und daher vereinfachenden sowie theoretische Fragen weitestgehend vernachlässigenden Beitrages legitim, von der traditionellen Systematik abzuweichen und diesen Beitrag in zwei Teile – „Der Journalist als Urheber und Leistungsschutzberechtigter" sowie „Der Journalist als Nutzer von Urheber- und Leistungsschutzrechten" zu teilen.

II. Der Journalist als Urheber und Leistungsschutzberechtigter

1. Allgemeines

Nicht jedes Schaffen des Journalisten genießt den vollen urheberrechtlichen Schutz, nicht jedes journalistische Schaffen, das nicht den Schutz als „eigentümliche geistige Schöpfung" genießt, ist deshalb frei von jeglichem „urheberrechtlichen" Schutz.

Das österreichische Urheberrechtsgesetz aus dem Jahr 1936 (UrhG) kennt zwei große Gruppen von Schutzobjekten, die sogenannten „Werke" i. S. d. § 1 UrhG (Urheberrechtsschutz) sowie bestimmte Leistungen (sogenannter Leistungsschutz).

Das Urheberrecht (iwS) zerfällt also in das „Urheberrecht ieS" und in ein Leistungsschutzrecht, welches Ergebnisse menschlichen Schaffens, denen kein urheberrechtlicher Schutz zukommt, unter „quasi urheberrechtlichen Schutz" stellt.

Darunter fallen die im journalistischen Bereich besonders wichtigen Lichtbilder, aber auch Vorträge und Aufführungen, die Herstellung von Schallplatten und Rundfunksendungen.

Es leuchtet ein, daß nicht jeder Satz, der aus der Feder eines Journalisten hervortritt, der über eine Kamera oder ein Mikrophon der Öffentlichkeit zugänglich gemacht wird, geistiges Eigentum darstellen kann, an dessen Verletzung sich weitreichende Folgen knüpfen (dazu unten I/11).

Damit menschliches Schaffen überhaupt vom Schutzbereich des Urheberrechts (ieS) erfaßt wird, muß das Schaffen „Werkcharakter" haben und das geschaffene Werk einer der vier geschützten Werkkategorien – Literatur, Tonkunst, bildende Kunst und Filmkunst – zuzuordnen sein.

2. Werkbegriff

Wann aber liegt ein „Werk" vor? Diese Frage beantwortet § 1 Abs. 1 UrhG ebenso einfach wie auslegungsbedürftig: Werke sind „eigentümliche geistige Schöpfungen".

Mit diesen drei gesetzlichen Kriterien finden allerdings Literatur und Judikatur nicht das Auslangen. Danach sind für den Werkbegriff fünf Voraussetzungen maßgeblich:

a) Schöpfung

Die Entstehung des Werkes muß auf gestalterisches menschliches Schaffen zurückzuführen sein. Weder der in der Natur zufällig vorgefundene Gegenstand (sog. Objets Trouvés) noch von Maschinen und Apparaten geschaffene Gegenstände sind somit „Schöpfung".

b) Formgebung

Die Schöpfung muß eine Form angenommen haben, in der sie bereits der Wahrnehmung durch menschliche Sinne zugänglich geworden ist. Eine körperliche Festlegung ist ebensowenig wie eine dauerhafte Festlegung erforderlich. Auch Vor- und Zwischenstufen eines Werkes wie Fragmente, Entwürfe und Skizzen sind schutzfähig, weshalb eine Vollendung des Werks für den Rechtsschutz nicht erforderlich ist. Bloße Ideen sind allerdings nicht geschützt, sondern nur ihre konkrete Ausformung.

c) Geistiger Gehalt

Schutzgegenstand ist nicht das einzelne Werkstück (Urstück, Vervielfältigungsstück). Schutzgegenstand ist die hinter der körperlichen Festlegung stehende geistige Gestaltung. Durch das Werk muß eine menschliche Gedankenwelt oder ein Gefühlsinhalt mitgeteilt werden, wobei allerdings ein ästhetischer Gehalt nicht erforderlich ist (vgl. dazu etwa das Gedicht ,,Blumenstück" von Gerhard Rühm, dessen Werkcharakter von der Judikatur bejaht wurde).

Ergebnisse rein mechanischer Tätigkeiten fehlt es daher am erforderlichen geistigen Gehalt.

d) Individualität

Mit dem Merkmal der ,,Eigentümlichkeit" bringt das Gesetz zum Ausdruck, daß sich das Werk als Ergebnis des individuellen geistigen Schaffens des Schöpfers darstellen muß.

Die Judikatur versucht, dieses Begriffselement durch immer wiederkehrende, mehr oder minder formalhafte Umschreibungen zu erfassen.

Individualität liege bei einer aus dem innersten Wesen des geistig Schöpfenden fließenden Formung vor, die dem Werk das Gepräge der Einmaligkeit und der Zugehörigkeit zu ihrem Schöpfer gibt. Diese eigenschöpferische Prägung bringt es mit sich, daß ein urheberrechtlich geschütztes Werk nur dann vorliegt, wenn es sich von der Masse des Alltäglichen abhebt, wenn es den Rahmen des ,,Banalen" verläßt, wenn es sich nicht um Erzeugnisse handelt, die sich im üblichen Rahmen halten. Die rein handwerkliche oder routinemäßige Leistung, mag sie auch noch so solide und fachmännisch erbracht sein, trägt sohin nicht den Stempel der Individualität (z. B. Präsentation des Wetterberichts).

Es liegt auf der Hand, daß derart generalisierende Umschreibungen als Versuch, unbestimmte Gesetzesbegriffe auszufüllen und zu konkretisieren, in der Kritik ihrerseits wiederum auf ihre Ausfüllungsbedürftigkeit hinterfragt werden. So wurde denn auch in der Lehre der Versuch unternommen, das Erfordernis der Individualität vom Urheber, also vom Schöpfer selbst, abzuheben und es auf das geschaffene Werk zu verlagern. Individualität sei nach dieser (Minder-)Meinung nicht die sich im Werk niederschlagende Eigentümlichkeit des Urhebers, sondern die statistische Einmaligkeit des Werks. Individualität sei dann gegeben, wenn nach statistischen Wahrscheinlichkeitsgrundsätzen kein anderer das gleiche Werk schaffen würde. Der Oberste Gerichtshof (OGH) hat die Theorie der ,,statistischen Einmaligkeit" allerdings zu Recht abgelehnt und ausgesprochen, daß auch dann, wenn es nach statistischen Grundsätzen auszuschließen ist, daß ein 70 Worte umfassender

Text von zwei Autoren unabhängig voneinander gleich formuliert wird, daraus noch nicht die eigentümliche geistige Schöpfung des Textes zu folgern ist.

e) Werkhöhe

Auch der „banalste Sportbericht" kann Individualität haben. Es muß aber jede geistig-schöpferische Leistung ein bestimmtes Mindestmaß erreichen, um Urheberrechtsschutz zu genießen. Dieses, die Untergrenze des Urheberrechtsschutzes darstellende Niveau wird „Werkhöhe" oder „Gestaltungshöhe" genannt.
Die *Werkhöhe* ist ein quantitativer Aspekt der Individualität. Ob die erforderliche *Gestaltungshöhe* vorliegt, ist nach dem geistig-schöpferischen Gesamteindruck der konkreten Gestaltung in Gegenüberstellung zu vergleichbaren Gestaltungen zu verstehen. Die Praxis setzt allerdings das Erfordernis der Individualität für das Erreichen der für den Urheberrechtsschutz notwendigen Werkhöhe relativ nieder an, auch die sogenannte „kleine Münze" wird geschützt. Die „kleine Münze" ist dasjenige Gebilde, das eine einfache, aber gerade noch geschützte geistige Schöpfung darstellt. Da bei Schriftwerken ein äußerst geringer Grad eines individuellen Schaffens als ausreichend angesehen wird, sind beispielsweise Kataloge, Preislisten, Fernsprechbücher, Sammlungen von Kochrezepten oder Stichwörterverzeichnisse urheberrechtlich geschützt.

3. Werkgattungen

Nicht jede eigentümliche geistige Schöpfung genießt Urheberrechtsschutz, sie muß vielmehr einem der vier im Urheberrechtsgesetz *taxativ* aufgezählten Bereiche thematisch zuordenbar sein (Literatur, Tonkunst, bildende Kunst und Filmkunst).

a) Werke der Literatur (§ 2 UrhG)

Dazu zählen vor allem gemäß § 2 Z. 1 UrhG Sprachwerke aller Art. Dies sind nach der Rechtsprechung des OGH alle Werke, deren Ausdrucksmittel die Sprache ist, worunter sowohl Schriftwerke, aber auch Reden, Vorlesungen und Vorträge ohne Rücksicht darauf fallen, ob sie überhaupt festgehalten oder durch Schallaufnahmen wörtlich wiederholbar gemacht worden sind. Auch Tagebücher können Sprachwerke sein.
So können etwa auch Interviews (sowohl Zeitungs- als auch Fernseh- und Hörfunkinterviews) Sprachwerke sein, sofern aus der Art der Fragestellung, der Auswahl der Fragen und der Zusammenstellung die Eigentümlichkeit des Interviewers, und

aus den Antworten die Individualität des Interviewpartners hervorleuchten. Keinen Urheberrechtsschutz genießen daher Trivialinterviews, wie das berühmt gewordene Interview mit einer Schifahrerin: „Wie gings?" – „Bergab", wenngleich der Antwort – und nur dieser – eine gewisse Originalität nicht abzusprechen ist.

Ferner zählen dazu choreographische und pantomimische Werke (Bühnenwerke, deren Ausdrucksmittel Gebärden und andere Körperbewegungen sind) sowie bildliche Darstellungen (in der Fläche oder im Raum) wissenschaftlicher oder belehrender Art, sofern sie nicht zu den Werken der bildenden Künste zählen.

b) Werke der bildenden Künste (§ 3 UrhG)

Ebenso wie bei den Werken der Tonkunst wird die Werkkategorie der bildenden Künste nicht definiert, sondern offensichtlich als bekannt vorausgesetzt. Das Gesetz erwähnt nur, daß zu den Werken der bildenden Künste auch die Werke der Lichtbildkunst (Lichtbildwerke), der Baukunst und des Kunstgewerbes zählen.

Prototypen dieser Werkkategorie sind zweifellos Gemälde und Plastiken, aber auch graphische Werke fallen unter diese Kategorie, so daß etwa auch Werbekleber Urheberrechtsschutz genießen können, sofern sie eigentümliche geistige Schöpfungen sind. Aber auch das graphische Design kann darunterfallen.

Auch Fotografien können als Werke der bildenden Künste den vollen Urheberrechtsschutz genießen, sofern sie Lichtbild*werke* sind, ihnen also Werkcharakter zukommt. Dabei wird es vor allem auf die Auswahl und Zusammenstellung des Motivs sowie auf die Aufnahmetechnik ankommen.

Der Pressefotografie wird im Regelfall – auch wenn dies die Pressefotografen nicht gerne hören – kein Werkcharakter zukommen. Pressefotografien genießen den Leistungsschutz gemäß §§ 73 ff. UrhG (vgl. dazu III., Punkt 3b).

c) Werke der Tonkunst (§ 1 UrhG)

Darunter versteht man alle persönlichen geistigen Schöpfungen, die sich der Töne als Ausdrucksmittel bedienen. Nicht schutzfähig sind Methoden des musikalischen Schaffens wie Rhythmen, Akkorde und Klangfärbungen.

d) Werke der Filmkunst (§ 4 UrhG)

Darunter versteht das Urheberrechtsgesetz Laufbildwerke, wodurch die den Gegenstand des Werkes bildenden Vorgänge und Handlungen entweder bloß für das Gesicht oder gleichzeitig für Gesicht und Gehör zur Darstellung gebracht werden, und zwar ohne Rücksicht auf die Art des bei der Herstellung oder Aufführung des Werkes verwendeten Verfahrens, also etwa Spielfilme, Dokumentarfilme, aber auch Videos.

4. Schutz von Werkteilen

Gemäß § 1 Abs. 2 UrhG genießt ein Werk nicht nur als ganzes, sondern auch in seinen Teilen urheberrechtlichen Schutz. Voraussetzung dafür ist, daß der entlehnte Teil *auch* seinerseits eine eigentümliche geistige Schöpfung darstellt. Soweit Werkteile keine eigentümliche geistige Schöpfung darstellen, ist ihre Benutzung erlaubt. Die Entlehnung geschützter Werkteile kann ebenfalls als Zitat zulässig sein (vgl. dazu III., Punkt 5e). Werkcharakter wurde etwa einem Stichwortverzeichnis einer mit Anmerkungen versehenen Gesetzesausgabe zugebilligt.

5. Schutz von Bearbeitungen

Gemäß § 5 Abs. 1 UrhG sind Übersetzungen und andere Bearbeitungen, soweit sie eigentümliche geistige Schöpfungen des Bearbeiters sind, unbeschadet des am bearbeiteten Werk bestehenden Urheberrechts, wie Originalwerke geschützt.

Die Benutzung eines Werks bei der Schaffung eines anderen macht dieses allerdings nicht zur Bearbeitung, wenn es im Vergleich zu dem benutzten Werk ein selbständiges neues Werk darstellt (abhängige Neuschöpfung).

Unter Bearbeitung versteht man eine von einem anderen Werk abhängige Schöpfung, die allerdings wesentliche Züge des Originalwerks übernimmt und dem Originalwerk dient.

Der Bearbeiter benötigt für sein Werk die Zustimmung des Urhebers des Originalwerks, der allerdings seinerseits wiederum die Urheberschaft des Bearbeiters zu beachten hat (so bedarf etwa der Übersetzer zur Verwertung der Übersetzung der Zustimmung des Autors, allerdings bedarf gleichermaßen der Autor zur Verwertung der Übersetzung der Zustimmung des Übersetzers).

Bearbeitungen sind etwa die Benützung eines Buches bei der Herstellung eines Fernsehfilms, aber auch die Benützung des Exposés bei der Herstellung des Filmdrehbuchs. Auch die Herstellung von Leitsätzen (Zusammenfassungen gerichtlicher oder verwaltungsbehördlicher Entscheidungen) stellt eine geschützte Bearbeitung dar, wobei die Bearbeitung auch dann Urheberrechtsschutz genießt, wenn sie sich als Bearbeitung freier Werke darstellt (siehe dazu II., Punkt 7a).

Keine Bearbeitung, sondern eine selbständige Neuschöpfung ist dann anzunehmen, wenn die Übereinstimmung mit dem benützten Werk nur im Thema, in der Idee, im Stoff oder in der Problemstellung besteht. Um beurteilen zu können, ob eine selbständige Neuschöpfung vorliegt, sind beide Werke in ihrer Gesamtheit zu vergleichen.

6. Sammelwerke

Sammlungen, die infolge der Zusammenstellung einzelner Beiträge zu einem einheitlichen Ganzen eine eigentümliche geistige Schöpfung darstellen, werden als Sammelwerke urheberrechtlich geschützt (§ 6 UrhG); die an den aufgenommenen Beiträgen etwa bestehenden Urheberrechte bleiben unberührt.
Das Sammelwerk ist ein neues Werk, das in der Auswahl und Anordnung von Einzelbeiträgen besteht und neben diese tritt, deren Werkcharakter unberührt bleibt. Rein schematische oder routinemäßige Auswahl und/oder Anordnung reichen nicht aus. In aller Regel sind schutzfähige Sammelwerke etwa Festschriften, Wörterbücher, Liederbücher, Lesebücher, aber auch Zeitungen und Zeitschriften. Strittig ist, ob das Gesamtprogramm der Fernsehanstalten, also die Sendefolge eines Tages, mehrerer Tage usw. ein Sammelwerk darstellt. In der Kombination mehrerer verschiedener Sendungsgattungen (Information, Unterhaltung, Kultur usw.) wird allerdings in vielen Fällen eine schöpferische Leistung zum Ausdruck kommen.
„Sammelwerksurheber" wird im Regelfall der Herausgeber sein, wobei dieser Begriff allerdings nicht identisch mit dem Herausgeberbegriff des Mediengesetzes ist (vgl. § 1 Abs. 1 Z. 10 MedienG).

7. Beginn und Dauer des Urheberrechts

a) Freie Werke

Gemäß § 7 Abs. 1 UrhG genießen Gesetze, Verordnungen, amtliche Erlässe, Bekanntmachungen und Entscheidungen sowie ausschließlich oder vorwiegend zum amtlichen Gebrauch hergestellte Werke (§ 2 Z. 1 und 3 UrhG) keinen urheberrechtlichen Schutz.
Derartige Ergebnisse menschlichen Schaffens sind ungeachtet der Tatsache, daß sie *an sich* Werkcharakter haben, nicht urheberrechtlich geschützt.
Ein amtliches Werk liegt vor, wenn es zum amtlichen Gebrauch bestimmt ist und einer mit der Erfüllung öffentlicher hoheitlicher Aufgaben betrauten Stelle oder Person, die erkennbar für seinen Inhalt verantwortlich zeichnet, zurechenbar ist. Gutachten nichtamtlicher Sachverständiger im Verwaltungsverfahren sind keine amtlichen Werke.

b) Veröffentlichen und Erscheinen

Das Urheberrecht entsteht bereits mit dem Realakt der Schaffung des Werkes, so daß es für das Entstehen des Urheberrechtes weder auf die Veröffentlichung noch auf das Erscheinen ankommt.

Wohl aber ist die Frage, ob ein Werk veröffentlicht oder erschienen ist, für die Frage von Bedeutung, ob und in welchem Umfang daraus zitiert werden darf (vgl. dazu III., Punkt 5e).

Gemäß § 8 UrhG ist ein Werk veröffentlicht, sobald es mit Einwilligung des Berechtigten der Öffentlichkeit zugänglich gemacht ist, wobei unter Öffentlichkeit die Allgemeinheit im Sinn eines „breiten Publikums" zu verstehen ist. Erschienen ist ein Werk gemäß § 9 UrhG, sobald es mit Einwilligung des Berechtigten der Öffentlichkeit dadurch zugänglich gemacht worden ist, daß Werkstücke in genügender Anzahl feilgehalten oder in Verkehr gebracht worden sind. Es ist also jedes erschienene Werk veröffentlicht, nicht jedoch jedes veröffentlichte Werk erschienen.

Das Kleinzitat etwa setzt Veröffentlichung des Werkes voraus, für die Zulässigkeit des Großzitats (§ 46 Z. 2 UrhG) ist Erscheinen erforderlich.

c) Schutzdauer

Die Schutzfrist beträgt für Werke der Literatur, der bildenden Kunst und der Tonkunst 70 Jahre. Die Frist beginnt mit dem Tod des Urhebers zu laufen.

Für Filmwerke beträgt die Schutzfrist 50 Jahre. Sie beginnt mit der Aufnahme bzw. der Veröffentlichung zu laufen, sofern die Erstveröffentlichung innerhalb der Schutzfrist erfolgte.

Die Leistungsschutzrechte (vgl. dazu II., Punkt 10) der ausübenden Künstler (§§ 66 bis 72 UrhG) erlöschen 50 Jahre ab Darbietung, jene des Tonträgerherstellers (§ 76 UrhG) 50 Jahre nach Aufnahme bzw. Veröffentlichung, sofern diese innerhalb der Schutzfrist erfolgte. Die Schutzdauer für die Leistungsschutzrechte des Rundfunkunternehmers (§ 76a UrhG) beträgt 30 Jahre ab Sendung. Der Leistungsschutz für Licht- und Laufbilder besteht bis 30 Jahre nach der Aufnahme bzw. nach der Veröffentlichung, sofern diese innerhalb der Schutzfrist erfolgte.

8. Inhaberschaft des Urheberrechts

Gemäß § 10 Abs. 1 UrhG ist Urheber eines Werkes derjenige, der es geschaffen hat. Daraus folgt, daß das österreichische Recht kein Urheberrecht juristischer Personen kennt. Andererseits folgt daraus aber auch, daß es für die Entstehung des Urheberrechts nicht auf die Handlungsfähigkeit des Urhebers ankommt, so daß etwa auch (vollkommen handlungsunfähige) Kinder Urheber sein können.

Davon zu unterscheiden ist die Frage, wem das Urheberrecht der *Ausübung nach* zusteht (vgl. dazu III., Punkt 4). Der Arbeitnehmer, der im Rahmen seiner dienstvertraglichen Verpflichtungen und während der Dienstzeit ein urheberrechtlich geschütztes Werk schafft, ist und bleibt Urheber, ihm stehen ungeachtet seiner Angestellteneigenschaft die Urheberpersönlichkeitsrechte (§ 21 UrhG) zu. Die Werknut-

zungsrechte stehen hingegen nach herrschender Auffassung dem Arbeitgeber zu, der diese ohne gesonderte Vergütung erwirbt.
Gemäß § 38 UrhG stehen die Verwertungsrechte an gewerbsmäßig hergestellten Filmwerken (mit bestimmten Einschränkungen: § 39 Abs. 4 UrhG) dem Filmhersteller zu, wobei allerdings dadurch die Urheberrechte, die an den bei der Schaffung des Filmwerks benutzten Werken bestehen, nicht berührt werden.
Eine scheinbare Ausnahme stellt § 74 Abs. 1 UrhG dar, wonach bei gewerbsmäßig hergestellten Lichtbildern der Inhaber des Unternehmens als Hersteller gilt (Fiktion).
Haben mehrere Personen gemeinsam ein Werk geschaffen, bei dem die Ergebnisse ihres Schaffens eine untrennbare Einheit bilden, so steht das Urheberrecht allen Miturhebern gemeinschaftlich zu (§ 11 Abs. 1 UrhG).
Miturheber ist also derjenige, der einen urheberrechtlich relevanten Beitrag zu einem, eine untrennbare Einheit bildenden Schaffensakt geleistet hat. Dadurch unterscheidet sich der Miturheber vom Gehilfen, der keinen eigenpersönlichen geistigen Beitrag geleistet hat und damit auch kein Urheberrecht erwirbt (etwa der Inhaber eines Tonstudios, der den „Sound" zur Verfügung stellt).
Teilurheberschaft hingegen liegt vor, wenn zwar verschiedene Personen einen urheberrechtlich relevanten Beitrag für ein Werk geleistet haben, wobei allerdings die jeweiligen Beiträge abgesondert verwertet werden können (z. B. Zusammenarbeit zwischen Textdichter und Komponist bei der Schaffung einer Operette, die sich darauf beschränkt, einerseits den Text den Anforderungen der Musik und andererseits die Musik den Anforderungen des Textes anzupassen).
Im Fall der Miturheberschaft steht das Urheberrecht den Urhebern gemeinschaftlich zu. Jeder Miturheber ist allerdings für sich berechtigt, Verletzungen des Urheberrechtes gerichtlich zu verfolgen. Zu einer Änderung oder Verwertung des Werkes bedarf es des Einverständnisses aller Miturheber. Der Teilurheber hingegen kann sein Werk unabhängig verwerten.

9. Urheberpersönlichkeitsrechte

Neben den Verwertungsrechten (siehe dazu III., Punkt 1) sieht das Urheberrecht persönlichkeitsbezogene Rechte vor, die die geistigen und ideellen Interessen des Urhebers an seinem Werk schützen, mit dem ihn sozusagen ein geistiges Band verbindet. Die Urheberpersönlichkeitsrechte sind in ihrem Kern unverzichtbar, nur begrenzt übertragbar und vererblich.
So hat etwa der Urheber das Recht zu bestimmen, ob ein Werk überhaupt mit einer Urheberbezeichnung zu versehen ist, und wenn ja, wie dies zu geschehen hat (§ 20 UrhG).

Nach § 21 UrhG darf auch der zur Nutzung Berechtigte am Werk selbst, an dessen Titel oder an der Urheberbezeichnung keine Kürzungen, Zusätze oder andere Änderungen vornehmen. Zulässig sind allerdings Änderungen, die der Urheber dem (berechtigten) Nutzer nach den im redlichen Verkehr geltenden Gewohnheiten und Gebräuchen nicht untersagen kann.
So hat etwa der Oberste Gerichtshof die eigenmächtige, sinnverändernde Änderung des Titels eines satirischen Beitrages von Ephraim Kishon über Linz als Verletzung des Urheberpersönlichkeitsrechtes qualifiziert, obgleich der Autor dem seinen Beitrag abdruckenden Zeitschriftenverlag die Zustimmung zum Abdruck – allerdings mit unverändertem Titel – gegeben hatte.
Ein dem Urheberpersönlichkeitsrecht nachgebildetes, von diesem aber wesensmäßig verschiedenes Recht ist das Recht des Lichtbildherstellers auf Namensnennung bei Veröffentlichung eines mit seinem Namen bezeichneten Lichtbildes (§ 74 Abs. 3 UrhG; siehe dazu auch III., Punkt 3b). Dieses Recht hat wohl primär persönlichkeitsrechtlichen Charakter, aber auch einen wirtschaftlichen Hintergrund (Werbewirkung).

10. Leistungsschutzrechte

Wie bereits eingangs dargelegt (II., Punkt 1), schützt das Urheberrechtsgesetz auch Ergebnisse menschlichen Schaffens, denen kein Urheberrechtsschutz (ieS) zukommt. Diese Rechte, die auch verwandte Schutzrechte genannt werden, schützen Leistungen anderer Art (also ohne Werkcharakter), die der schöpferischen Leistung des Urhebers ähnlich sind oder im Zusammenhang mit den Werken der Urheber erbracht werden.
Leistungsschutz genießen zunächst Vorträge und Aufführungen (§§ 66–72 UrhG). Geschützt sind also die Leistungen der ausübenden Künstler, etwa der Schauspieler, Sänger, Musiker und Tänzer. Die Werke Mozarts sind z. B. zufolge Ablaufs der Schutzfrist schon lange „frei“, wer aber etwa die Aufführung der Jupiter-Symphonie durch die Wiener Philharmoniker aufnehmen, vervielfältigen und verbreiten möchte, benötigt dazu deren Zustimmung als Leistungsschutzberechtigte. Diese Rechte sind bei mehreren Personen (z. B. Orchester, Chöre) durch einen gemeinsamen Vertreter wahrzunehmen (§ 66 Abs. 2 UrhG).
Das in der journalistischen Praxis wohl wichtigste Leistungsschutzrecht ist der Lichtbild- und Laufbildschutz (§§ 73–75 UrhG; siehe dazu III., Punkt 3b). Auch Schallträger (§ 76 UrhG), dazu zählen Schallplatte, CD, Tonband usw., und Rundfunksendungen (Fernsehsendungen, § 76a UrhG) genießen Leistungsschutz, ebenso die Veranstalter künstlerischer Vorträge und Aufführungen (§ 66 Abs. 5 UrhG).

11. Rechtsschutz bei Urheberrechts- und Leistungsschutzrechtsverletzungen

Das Urheberrechtsgesetz kennt – wie kaum ein anderes österreichisches Gesetz – eine Fülle von Instrumentarien, die es dem in seinen Rechten verletzten Urheber, Leistungsschutzberechtigten oder Werknutzungsberechtigten ermöglichen, sich gegen Rechtsverletzungen wirksam zur Wehr zu setzen.

Das Urheberrechtsgesetz kennt sowohl zivilrechtliche als auch strafrechtliche Sanktionen.

a) Zivilrechtliche Ansprüche

An erster Stelle ist der Unterlassungsanspruch zu nennen, der dem in seinen Rechten Verletzten die Möglichkeit einräumt, dem Störer die künftige (oder im Falle einer vorbeugenden Unterlassungsklage bei hinreichender Besorgnis der Rechtsverletzung die erstmalige) Verletzung zu verbieten, ohne daß die ansonsten erforderliche Bescheinigung einer unmittelbar drohenden Gewalt oder eines unwiederbringlichen Schadens erforderlich wäre (§ 81 UrhG). § 82 UrhG gibt dem Verletzten einen Beseitigungsanspruch, der gerichtet ist auf die Vernichtung der rechtswidrig hergestellten oder verbreiteten sowie zur widerrechtlichen Verbreitung bestimmten Vervielfältigungsstücke. § 85 UrhG wiederum räumt einen Anspruch auf Veröffentlichung des über die Unterlassungs- oder Beseitigungsklage ergehenden Urteils ein. Nach § 87a UrhG hat der Anspruchsberechtigte einen Rechnungslegungsanspruch, sofern der Rechtsverletzer zur Leistung eines angemessenen Entgelts oder einer angemessenen Vergütung, zum Schadenersatz oder zur Herausgabe des Gewinnes verpflichtet ist.

Diese Ansprüche regeln wiederum die §§ 86 und 87 UrhG. Nach § 86 UrhG gebührt dem in seinen Rechten Verletzten – eine sehr ins Detail gehende Aufzählung findet sich in § 86 UrhG – das angemessene Entgelt. Darunter versteht man jenes Entgelt, das üblicherweise für eine gleichartige, im voraus eingeholte Zustimmung bezahlt wird. Dieser Anspruch auf das auf dem Markt erzielbare Entgelt ist verschuldensunabhängig.

Gemäß § 87 UrhG gebührt ein verschuldensabhängiger Schadenersatzanspruch. Nach § 87 Abs. 1 UrhG ist materieller Schadenersatz einschließlich des entgangenen Gewinnes bei jedem Verschuldensgrad zu ersetzen, während nach § 87 Abs. 2 UrhG der immaterielle Schaden – Nachteile, die in keinem Vermögensschaden bestehen – ersetzt werden muß. Voraussetzung hiefür ist eine ernste Kränkung, die über den mit jeder Rechtsverletzung normalerweise verbundenen Ärger hinausreicht.

Nach § 87 Abs. 3 UrhG hat der Verletzte, dessen Einwilligung einzuholen gewesen wäre, einen Schadenersatzanspruch in Höhe des Doppelten des angemessenen Entgelts gemäß § 86 UrhG, wenn kein höherer Schaden nachgewiesen wird.

Gemäß § 87 Abs. 4 UrhG hat der in seinen Rechten Verletzte schließlich einen verschuldensabhängigen Anspruch auf Herausgabe des erzielten Gewinnes.

b) Strafrechtliche Sanktionen

In den Fällen, in denen dem Verletzten ein Anspruch auf angemessenes Entgelt gemäß § 86 Abs. 1 UrhG zusteht, steht diesem auch das Recht zu, gegen den Verletzer Privatanklage zu erheben. Daneben besteht der Anspruch auf Vernichtung der zur widerrechtlichen Verbreitung bestimmten Eingriffsgegenstände sowie auf die Unbrauchbarmachung der ausschließlich zur widerrechtlichen Vervielfältigung bestimmten Eingriffsmittel. Darauf kann in einem selbständigen Verfallsverfahren auch dann erkannt werden, wenn eine bestimmte Person nicht verfolgbar ist (objektives Verfallsverfahren).

Daneben kommt gemäß § 93 Abs. 1 UrhG auch noch die Beschlagnahme von Eingriffsgegenständen und Eingriffsmitteln in Frage.

III. Der Journalist als Nutzer von Urheber- und Leistungsschutzrechten

Das Ausmaß und die Art der Benützung von Urheber- und Leistungsschutzrechten differiert nach dem jeweiligen Arbeitsbild des Journalisten. Wer kurze Meldungen verfaßt, wird naturgemäß weniger Rechte in Anspruch nehmen als derjenige, der eine umfangreiche Reportage gestaltet. Welche Rechte eines Urhebers oder Leistungsschutzberechtigten in Anspruch genommen werden, hängt auch davon ab, ob der Journalist in Printmedien oder im Bereich der elektronischen Medien tätig wird.

1. Die Verwertungsrechte der Urheber

Dem Urheber eines Werkes sind folgende Verwertungsrechte vorbehalten:

a) Vervielfältigungsrecht (§ 15 UrhG)
b) Verbreitungsrecht (§ 16 UrhG)
c) Senderecht (§ 17 UrhG)
d) Vortrags-, Aufführungs- und Vorführungsrecht (§ 18 UrhG)

Daneben ist auch für die Verwertung einer Bearbeitung oder Übersetzung die Zustimmung des Urhebers des zugrundeliegenden Werkes erforderlich (§ 14 Abs. 2 UrhG; siehe II., Punkt 5). Wenngleich dieses Bearbeitungs- oder Übersetzungsrecht nicht zum klassischen engeren Kreis der Verwertungsrechte zählt, ist es dennoch als dem Urheber vorbehaltene Verwertungsmöglichkeit hier zu erwähnen.

Andere Verwertungsarten von urheberrechtlich geschützten Werken sind einem Urheber nicht vorbehalten. Die Aufzählung ist damit *taxativ.* Alle anderen Verwertungshandlungen stehen daher jedermann ohne Zustimmung des Urhebers bzw. ohne Bezahlung einer eigenen Vergütung offen. So ist z. B. in Österreich der Verleih von Büchern und Videokassetten urheberrechtlich frei.

2. Der Inhalt der Verwertungsrechte

a) Vervielfältigungsrecht

Jede körperliche Festlegung eines Werkes stellt eine Vervielfältigung des Werkes dar (§ 15 UrhG). Dies gilt auch „grenzüberschreitend" bei einem Wechsel des Mediums: Nicht nur das Drucken eines Romans ist eine Vervielfältigung, sondern auch das Festhalten einer Aufführung eines Werkes auf Bild- oder Schallträgern. Eine Vervielfältigung eines Bauwerkes ist auch seine Errichtung nach einem Plan oder Entwurf.

b) Verbreitungsrecht

Unter Verbreitung ist insbesondere das Verkaufen, Verschenken, Verleihen oder Vermieten von Werkstücken zu verstehen (§ 16 UrhG). Dieses Recht ist jedoch begrenzt: Ein Werkstück, das einmal mit Einwilligung des Berechtigten in Verkehr gebracht (z. B. verkauft) wurde, darf ohne weitere Einwilligung des Berechtigten weiterverbreitet werden. So darf zum Beispiel der Käufer einer Thomas-Bernhard-Gesamtausgabe diese ohne weiteres wieder verkaufen. Ein anderes Beispiel ist der Verleih von Videokassetten, Büchern etc.

c) Senderecht

Darunter versteht man das Recht, ein Werk in Rundfunk und Fernsehen in jeder Sendetechnik senden zu lassen (§ 17 UrhG). Urheberrechtlich relevant ist nur der Sendevorgang, der Empfang ist ohne Bedeutung.

d) Vortrags-, Aufführungs- und Vorführungsrecht

Unter dieses Recht (§ 18 UrhG) fallen nicht nur Theater-, Opern-, Konzert- oder Filmaufführungen, sondern auch die öffentliche Wiedergabe von Rundfunk- und Fernsehsendungen (z. B. in Kaffeehäusern).

Voraussetzung in allen Fällen ist die Öffentlichkeit der Darbietung. Dafür ist ausreichend, daß eine größere, nicht durch persönliche Beziehungen verknüpfte Gruppe von Personen die Möglichkeit hat, der Darbietung beizuwohnen. Ob sie davon Gebrauch macht, ist nicht entscheidend. Auch die Musikaufführung in einer leeren Diskothek ist in diesem Sinne öffentlich.

Zieht man nun den typischen Arbeitsbereich von Journalisten in Betracht, werden vorwiegend folgende Rechte in Anspruch genommen: Im *Printmedienbereich* ist in erster Linie der Erwerb des Vervielfältigungs- und Verbreitungsrechts erforderlich. Im *Rundfunk- und Fernsehbereich* bedarf es des Erwerbes des Vervielfältigungsrechts (Festlegung auf Bild- und Schallträgern) und des Senderechts. Führen Rundfunkanstalten oder Zeitungen öffentliche Veranstaltungen durch, bei denen geschützte Werke dargeboten werden, ist der Erwerb des Vortrags-, Aufführungs- und Vorführungsrechts Voraussetzung.

3. Die Verwertungsrechte der Leistungsschutzberechtigten

Der Katalog der Verwertungsrechte der Urheber gilt grundsätzlich auch für die Leistungsschutzberechtigten. Ein eigenes Bearbeitungsrecht gibt es für die Leistungsschutzberechtigten mit Ausnahme der ausübenden Künstler und Veranstalter ebenfalls. Anders als beim Werkschutz ist die Festhaltung einer Leistung auf einem Bild- oder Schallträger jedoch kein Anwendungsfall des Vervielfältigungsrechts, sondern wird vom Urheberrechtsgesetz (z. B. § 66 Abs. 1 UrhG) als eigenes Verwertungsrecht angeführt. Mit diesen Abweichungen ist der Katalog der Verwertungsrechte des Leistungsschutzberechtigten ebenfalls *taxativ,* jedoch stehen nicht jedem Leistungsschutzberechtigten alle Verwertungsrechte zu:

a) Ausübende Künstler und Veranstalter

Den ausübenden Künstlern ist das Recht vorbehalten, den Vortrag oder die Aufführung auf Bild- oder Schallträgern festzuhalten bzw. diese zu vervielfältigen und zu verbreiten. Vorträge und Aufführungen, die auf Anordnung eines Veranstalters stattfinden, dürfen nur mit seiner Zustimmung auf Bild- oder Schallträgern festgehalten werden (§ 66 Abs. 1 und 5 UrhG).

Weiters bedarf es der Einwilligung der ausübenden Künstler und Veranstalter, wenn ein Vortrag oder eine Aufführung im Rundfunk gesendet oder öffentlich wiedergegeben wird (§§ 70 f. UrhG). Gegenüber einem Schallträgerhersteller haben ausübende Künstler einen Anspruch auf einen angemessenen Anteil an jener Vergütung, die dieser für die Sendung oder öffentliche Wiedergabe eines zu Handelszwecken hergestellten Schallträgers erhält (§ 76 Abs. 1 UrhG).

b) Hersteller von Lichtbildern

Den Herstellern von Lichtbildern ist das Vervielfältigungs-, Verbreitungs-, Vorführungs- und Senderecht vorbehalten (§ 74 UrhG).

Zu den Lichtbildern zählen nicht nur Fotografien, sondern auch Laufbilder (Filme, Videos etc.). Erreichen diese Werkhöhe, werden Fotografien auch als Werke der bildenden Künste (§ 3 Abs. 2 UrhG) bzw. Laufbilder als Werke der Filmkunst (§§ 4 und 73 UrhG) geschützt (siehe dazu II., Punkt 3b).

Wichtig ist, daß alle Lichtbilder, die mit dem Namen des Herstellers bezeichnet sind, auch auf allen Vervielfältigungsstücken mit dieser Herstellerbezeichnung versehen werden müssen (§ 74 Abs. 3 UrhG). Dies gilt jedoch nicht für den Bereich des Fernsehens, da keine körperlichen Vervielfältigungsstücke durch die Sendung hergestellt werden. Der in den Printmedien notwendige Hinweis „Foto: N. N.“ kann daher im Bereich des Fernsehens entfallen.

c) Hersteller von Schallträgern

Dem Hersteller von Schallträgern steht das Recht zu, diese zu vervielfältigen und zu verbreiten. Für eine Rundfunksendung oder öffentliche Wiedergabe eines zu Handelszwecken hergestellten Schallträgers ist an ihn eine angemessene Vergütung zu entrichten (§ 76 Abs. 1 und 3 UrhG).

d) Rundfunkunternehmer

Ein Rundfunkunternehmer hat das Recht, die von ihm ausgestrahlten Sendungen gleichzeitig über andere Sendeanlagen zu senden, auf Bild- oder Schallträgern (auch in Form eines Lichtbildes) festzuhalten, diese zu vervielfältigen und zu verbreiten (§ 76a UrhG).

Im *Printmedienbereich* werden hauptsächlich die Leistungsschutzrechte der Hersteller von Lichtbildern in Anspruch genommen, im *Bereich der elektronischen Medien* werden nahezu alle Kategorien von Leistungsschutzrechten gleichermaßen benötigt.

4. Die Übertragung von Urheber- und Leistungsschutzrechten

Die nächste Frage gilt den Modalitäten des Rechteerwerbs: In welcher Form bzw. von wem erfolgt der Rechteerwerb? Der Gesetzgeber hat dafür die Festlegung getroffen, daß nicht das Urheberrecht (die Verwertungsrechte) selbst, sondern nur Nutzungsrechte daran unter Lebenden übertragen werden können. Urheberrechte (Verwertungsrechte) sind aber vererblich (§ 23 UrhG). Eine Ausnahme von dieser Regelung stellen die Verwertungsrechte an Filmwerken dar, welche unbeschränkt übertragen werden können (§ 40 Abs. 1 UrhG). In der Praxis ist die Übertragbarkeit von bloßen Nutzungsrechten anstelle der Verwertungsrechte nur von geringer Bedeutung, weil die Nutzungsrechte umfangmäßig die Verwertungsrechte abdecken. Das Urheberpersönlichkeitsrecht kann ebenfalls nicht selbst, jedoch hinsichtlich seiner Ausübung übertragen werden, insbesondere wenn und soweit dies zur Ausübung von Nutzungsrechten erforderlich ist.
Leistungsschutzrechte sind unmittelbar übertragbar. Eine Ausnahme bilden lediglich die Rechte der ausübenden Künstler und Veranstalter (§ 66 Abs. 1 und 5 UrhG), an denen nur Nutzungsrechte eingeräumt werden können.
Der Erwerb von Nutzungsrechten kann grundsätzlich auf zwei Arten erfolgen: ausschließlich, das heißt in Form einer Exklusiveinräumung durch den Urheber, dann handelt es sich in der Terminologie des Gesetzes um ein *Werknutzungsrecht,* oder nicht-ausschließlich, das heißt, daß der Urheber sich vorbehält, die gleiche Befugnis mehreren Personen einzuräumen, dann liegt eine *Werknutzungsbewilligung* vor (§ 24 UrhG).
Die Einräumung von Nutzungsrechten erfolgt durch Verträge, die *keinen Formvorschriften* unterliegen. Im juristischen Sprachgebrauch werden Verträge, mit denen Verwertungs- und Nutzungsrechte eingeräumt werden, Lizenzverträge genannt. Sie können z. B. auch mündlich geschlossen werden, was jedoch häufig zu Auslegungsproblemen hinsichtlich ihres Umfanges und Inhaltes führt, so daß davon generell abzuraten ist. Den wichtigsten Auslegungsgrundsatz formuliert die *Zweckübertragungstheorie,* nach der davon auszugehen ist, daß durch einen Lizenzvertrag nicht mehr Rechte eingeräumt werden, als für die Erreichung des vorgesehenen Vertragszwecks erforderlich ist (§ 26 UrhG).
Voraussetzung für eine rechtswirksame Einräumung von Nutzungsrechten ist, daß der Einräumende über die Rechte, die er übertragen möchte, auch verfügen kann. Einen *gutgläubigen Rechteerwerb* von einem Nichtberechtigten gibt es bei Urheber- und Leistungsschutzrechten anders als beim Eigentumsrecht nicht. Selbst wenn zum Beispiel der Erwerber von Filmrechten nach den Umständen des Falles darauf vertrauen konnte, vom wirklichen Rechteinhaber zu erwerben, können keine Rechte übertragen werden, wenn der Lizenzgeber nicht tatsächlich über die erforderlichen Rechte verfügt.

Im Normalfall wird der Rechteerwerb vom Urheber oder Leistungsschutzberechtigten selbst oder von demjenigen erfolgen, den ein Urheber oder Leistungsschutzberechtigter mit der Wahrnehmung seiner Rechte betraut hat. Eine urheberrechtliche Besonderheit für die kollektive Rechtewahrnehmung sind *Verwertungsgesellschaften.* Verwertungsgesellschaften sind juristische Personen, die Nutzungsrechte, Einwilligungsrechte oder Vergütungsansprüche, die sich aus dem Urheberrechtsgesetz ergeben, für mehrere Urheber oder Leistungsschutzberechtigte zur gemeinsamen Auswertung wahrnehmen. Ihre gesetzliche Grundlage ist das Verwertungsgesellschaftengesetz (VerwGesG). Juristisch sind die Verwertungsgesellschaften meist als Vereine oder als Genossenschaften organisiert. Ihr Tätigkeitsbereich wird durch Bescheid des Bundesministeriums für Unterricht, Kunst und Sport festgelegt. Die Mitglieder (Bezugsberechtigte) der Verwertungsgesellschaften sind – entsprechend dem Tätigkeitsbereich der Verwertungsgesellschaften – entweder Urheber oder Leistungsschutzberechtigte. Die Wahrnehmung der Rechte erfolgt im eigenen oder fremden Namen.

Die wichtigsten, derzeit bestehenden österreichischen Verwertungsgesellschaften sind:

a) AKM und Austro-Mechana

Die *AKM* (Staatlich genehmigte Gesellschaft der Autoren, Komponisten und Musikverleger registrierte Genossenschaft mit beschränkter Haftung) nimmt die Rechte der Komponisten und Textautoren bzw. der Verleger an nicht-dramatischen Musikwerken wahr. Diese Rechte werden – im Gegensatz zu den Rechten an dramatischen Musikwerken („große Rechte“) – *kleine musikalische Rechte* genannt. Abgesehen vom Urheber selbst oder seinen Erben, können kleine musikalische Rechte nur von einer Verwertungsgesellschaft erworben werden (Verwertungsgesellschaftenzwang; § 1 VerwGesG). Grob gesagt bedeutet dies, daß z. B. ein Urheber einem anderen (außer einer Verwertungsgesellschaft) kleine musikalische Rechte zwar einräumen, der andere jedoch diese Rechte nicht weiterübertragen kann. Außerdem gilt sehr strikt das *Territorialitätsprinzip:* Kleine musikalische Rechte können nur von den nationalen Verwertungsgesellschaften, nicht aber von einer Verwertungsgesellschaft für mehrere Länder erworben werden. Die AKM nimmt von den oben angeführten Nutzungsrechten nur Aufführungs- und Senderechte wahr.

Demgegenüber hat die *Austro-Mechana* (Gesellschaft zur Wahrnehmung mechanisch-musikalischer Urheberrechte Gesellschaft mit beschränkter Haftung) die sogenannten mechanisch-musikalischen Rechte zur Wahrnehmung übertragen erhalten, das ist im wesentlichen das Recht der Vervielfältigung und Verbreitung von nicht-dramatischen Musikwerken mit oder ohne Text auf Bild- und Schallträgern.

b) LVG und Literar-Mechana

Die *LVG* (Staatlich genehmigte Literarische Verwertungsgesellschaft registrierte Genossenschaft mit beschränkter Haftung) ist das Pendant zur AKM hinsichtlich der Wahrnehmung von nicht-dramatischen Vortrags- und Senderechten an Sprachwerken. Jedoch verfügt die LVG nicht annähernd über das Repertoire der AKM und ist daher von wesentlich geringerer Bedeutung. Die *Literar-Mechana* (Wahrnehmungsgesellschaft für Urheberrechte, Gesellschaft mit beschränkter Haftung) ist in etwa das Gegenstück zur Austro-Mechana, jedoch ebenfalls mit verringertem Repertoireumfang.

c) LSG und OESTIG

Die *LSG* (Wahrnehmung von Leistungsschutzrechten Gesellschaft mit beschränkter Haftung) nimmt die Leistungsschutzrechte von Tonträger-Herstellern sowie von ausübenden Künstlern wahr. Für die Leistungsschutzrechte der ausübenden Künstler gibt es außerdem noch die *OESTIG* (Österreichische Interpretengesellschaft), die ihrerseits wiederum Gesellschafterin der LSG ist.

d) VBT, VBK und VAM

Die *VBT* (Verwertungsgesellschaft für Bild und Ton) verwaltet die Rechte an Musikvideos (Videoclips), die *VBK* (Verwertungsgesellschaft Bildender Künstler) die Verwertungsrechte an Werken der bildenden Kunst. Die *VAM* (Verwertungsgesellschaft für audiovisuelle Medien) nimmt die Rechte an Werken der Filmkunst und Laufbildern wahr, ihr Repertoire ist jedoch eher beschränkt.

e) VG Rundfunk

Für die Rechte der Rundfunkanstalten, die bei der Kabelweitersendung ihrer Programme in Österreich in Anspruch genommen werden, wurde die *VG Rundfunk* (Verwertungsgesellschaft Rundfunk) geschaffen. Fast alle der oben genannten Verwertungsgesellschaften haben mit ausländischen Verwertungsgesellschaften Gegenseitigkeitsverträge, was erst die Wahrnehmung eines umfangreichen Repertoires ermöglicht.

Die Rechte an dramatischen Musik- und Sprachwerken werden hingegen nicht von Verwertungsgesellschaften, sondern zumeist von Verlagen wahrgenommen. Die Dachorganisation sowohl der Verleger von Sprach- als auch von Musikwerken ist der *Verband der Bühnenverleger Österreichs.*

5. Freie Werknutzung

Von der grundsätzlichen Regel, daß für bestimmte Verwertungshandlungen die Zustimmung des Urhebers eingeholt werden muß, gibt es auch Ausnahmen, sogenannte *freie Werknutzungen.* Für den Journalisten sind vor allem die freie Werknutzung bei der Vervielfältigung zum eigenen Gebrauch, die Berichterstattung über Tagesereignisse und politische Reden, die freie Werknutzung im Bereich der Strafrechtspflege und öffentlichen Sicherheit sowie die urheberrechtliche Freistellung der Verwendung von Zeitungsartikeln, Zitaten und die Freiheit des Straßenbildes von besonderer Bedeutung:

a) Vervielfältigung zum eigenen Gebrauch

Jedermann darf von einem Werk einzelne Vervielfältigungsstücke zum eigenen Gebrauch herstellen (§ 42 UrhG). Strittig ist, was alles unter ,,eigenem Gebrauch" zu verstehen ist bzw. welche Anzahl von Vervielfältigungsstücken noch unter den Begriff ,,einzeln" zu fassen ist. Für den journalistischen Bereich ist jedenfalls davon auszugehen, daß Kopien, die ein Journalist privat für sich oder für den einen oder anderen Kollegen unentgeltlich herstellt, von der Ausnahmebestimmung des § 42 UrhG erfaßt ist.
Eine analoge Freistellung ist für die Rechte der Veranstalter und ausübenden Künstler (§ 69 Abs. 2 UrhG), der Hersteller von Lichtbildern (§ 74 Abs. 7 UrhG), der Hersteller von Schallträgern (§ 76 Abs. 4 UrhG) sowie der Rundfunkunternehmer (§ 76a Abs. 3 UrhG) vorgesehen.

b) Berichterstattung über Tagesereignisse und politische Reden

Zur Berichterstattung über Tagesereignisse können Werke, die bei Vorgängen, über die berichtet wird, öffentlich wahrnehmbar werden, in einem durch den Informationszweck gerechtfertigten Umfang vervielfältigt, verbreitet, durch Rundfunk gesendet und zu öffentlichen Vorträgen, Aufführungen und Vorführungen benützt werden (§ 42a UrhG). Erlaubt ist z. B. der Abdruck von Festreden oder die Sendung von kurzen Ausschnitten aus einer Opern- oder Theaterpremiere, sofern es sich immer um *aktuelle* Tagesereignisse handelt.
Reden, die im Bundesrat, Nationalrat oder ähnlichen Körperschaften, bei Gerichten oder anderen Behörden gehalten werden, sowie öffentliche politische Reden dürfen generell zu Berichterstattungszwecken, also ungeachtet, ob sie noch aktuell sind, frei verwendet werden. Die Verbreitung eines Schallträgers, auf dem eine solche Rede festgehalten wurde, bedarf jedoch der Zustimmung des Urhebers der Rede. Keine Freistellung gibt es auch für die Vervielfältigung und Verbreitung der genannten Reden in Sammlungen (§ 43 UrhG).

Da es sich bei §§ 42a und 43 UrhG um rein urheberrechtliche Vorschriften handelt, werden von ihnen nicht alle Hindernisse einer Berichterstattung ausgeräumt. So kann von einem Journalisten nicht unter Berufung auf diese Vorschriften verlangt werden, Zutritt zu den Ereignissen zu haben (Eigentumsrecht).
Inhaltlich gleiche Vorschriften für die Berichterstattung über Tagesereignisse gibt es bei den ausübenden Künstlern und Veranstaltern (§ 72 Abs. 3 UrhG), den Lichtbildherstellern (§ 74 Abs. 7 UrhG), bei den Schallträgerherstellern (§ 76 Abs. 6 UrhG) und den Rundfunkunternehmern (§ 76a Abs. 5 UrhG). Wenn der Verfasser einer der genannten Reden diese selbst vorträgt, kommt ihm kein Leistungsschutzrecht zu (§ 72 Abs. 6 UrhG).

c) Strafrechtspflege und öffentliche Sicherheit

Die Verwendung von Werken und Leistungen für Zwecke der Strafrechtspflege und der öffentlichen Sicherheit bedarf weder der Zustimmung eines Urhebers noch der eines Leistungsschutzberechtigten (§§ 41, 72 Abs. 2, 74 Abs. 7, 76 Abs. 6 und 76a Abs. 5 UrhG). Im Bereich der Medien ist dies vor allem für Fahndungen von Bedeutung.

d) Zeitungsartikel

Artikel über wirtschaftliche, politische oder religiöse *Tagesfragen* dürfen in anderen Zeitungen oder Zeitschriften vervielfältigt und verbreitet, öffentlich vorgetragen oder auch durch Rundfunk gesendet werden (§ 44 UrhG). Nach unserer Auffassung ist es nicht mehr zeitgemäß, die Aufzählung der Tagesfragen als taxativ anzusehen: Auch aktuelle Artikel zum Sport oder zur Kultur müssen von der Sonderregelung des § 44 UrhG erfaßt sein.
Für die freie Verwendung eines Artikels ist eine Quellenangabe erforderlich, die den Namen des Verfassers des Artikels und die Zeitung oder Zeitschrift, aus der er stammt, beinhaltet (§ 57 Abs. 3 UrhG).
Allerdings kann diese freie Werknutzung durch einen Vorbehalt der Rechte ausgeschlossen werden. Dieser Vermerk kann entweder bei dem betreffenden Artikel selbst oder generell am Kopf der Zeitung oder Zeitschrift angebracht werden und z. B. lauten: „Alle Rechte vorbehalten“ (§ 44 Abs. 1 UrhG).
Einfache Mitteilungen darstellende Presseberichte (vermischte Nachrichten, Tagesneuigkeiten) genießen keinen urheberrechtlichen Schutz (§ 44 Abs. 3 UrhG; siehe dazu unten Punkt 7).

e) Zitate

Keiner Zustimmung des Urhebers bedarf die Vervielfältigung und Verbreitung, der öffentliche Vortrag oder die Rundfunksendung von einzelnen Stellen eines veröffentlichten Sprachwerkes *(Kleinzitat)* oder wenn einzelne (gesamte) Sprachwerke oder wissenschaftliche Graphiken bzw. Zeichnungen (§ 2 Z. 3 UrhG) nach ihrem Erscheinen in einem durch den Zweck gerechtfertigten Umfang in ein wissenschaftliches Werk aufgenommen werden. Die genannten bildlichen Darstellungen dürfen nur zur Erläuterung des Inhaltes aufgenommen werden (§ 46 UrhG; *Großzitat*).

Abgesehen davon, daß im ersten Fall die Veröffentlichung, im zweiten Fall aber das Erscheinen Voraussetzung der Freistellung ist (siehe dazu II., Punkt 8b), besteht der Unterschied zwischen den beiden Regelungen darin, daß beim Kleinzitat nur einzelne Stellen, beim Großzitat jedoch auch gesamte Sprachwerke oder größere Stellen daraus sowie bildliche Darstellungen frei genutzt werden können. Das Großzitat ist allerdings nur in wissenschaftlichen Werken erlaubt. Eine sogenannte populärwissenschaftliche Tätigkeit wird dafür nicht ausreichen.

Bei einem Groß- oder Kleinzitat ist jeweils eine Quellenangabe erforderlich. Beim Abdruck von Zitaten sind der Urheber, der Titel des genutzten Werkes und die Fundstelle anzugeben. Im Rundfunk- oder Fernsehbereich richtet sich die Quellenangabe nach der dort üblichen Praxis (§ 57 Abs. 2 und 4 UrhG).

Bei Filmwerken sowie im Bereich der Leistungsschutzrechte gibt es keine freie Werknutzung für Zitate.

f) Freiheit des Straßenbildes

Werke der Baukunst oder andere Werke der bildenden Kunst dürfen für den Medienbereich frei genutzt, insbesondere gesendet, öffentlich vorgeführt, vervielfältigt oder verbreitet werden soferne sie sich auf öffentlichen Plätzen befinden (§ 54 Abs. 5 UrhG).

6. Persönlichkeitsschutz

Briefe, Tagebücher und ähnliche vertrauliche Aufzeichnungen dürfen weder öffentlich vorgelesen noch auf eine andere Art der Öffentlichkeit zugänglich gemacht werden, wenn dadurch berechtigte Interessen des Verfassers oder, falls dieser verstorben ist, seiner nahen Angehörigen verletzt werden (§ 77 UrhG). Bei Briefen werden auch die berechtigten Interessen der Adressaten oder ihrer nahen Angehörigen geschützt. Der Schutz besteht ungeachtet der Tatsache, ob die genannten Dokumente Werkhöhe erreichen oder nicht.

Ebenfalls dürfen Bildnisse (Fotos und Filme) von Personen dann nicht der Öffentlichkeit zugänglich gemacht werden, wenn dadurch ihre berechtigten Interessen verletzt werden. Ist der Abgebildete bereits verstorben, sind die Interessen der nahen Angehörigen ausschlaggebend (§ 78 UrhG).

7. Nachrichtenschutz

Normalerweise genießen Presseberichte, sofern es sich um einfache Mitteilungen handelt, keinen urheberrechtlichen Schutz (§ 44 Abs. 3 UrhG). Allerdings wird kurzfristig der Nachrichtensammler (die Presseagentur) geschützt: Einfache Mitteilungen, die von einer Presseagentur gegen Entgelt an Zeitungen oder Zeitschriften weitergegeben werden, dürfen ohne Zustimmung der Agentur erst dann veröffentlicht werden, wenn seit ihrer Verlautbarung in einer von der Agentur dazu ermächtigten Zeitung oder Zeitschrift mindestens zwölf Stunden verstrichen sind (§ 79 UrhG).

8. Titelschutz

Der Titel eines Werkes im Sinne des Urheberrechtsgesetzes ist durch § 80 UrhG geschützt. Bezeichnet der Titel kein Werk, sondern eine urheberrechtlich nicht schützbare Leistung, so greift das Gesetz gegen den unlauteren Wettbewerb (§ 9 UWG) ein. Beide Bestimmungen untersagen die Übernahme eines Titels im geschäftlichen Verkehr für andere Werke oder Leistungen, sofern dadurch Verwechslungen hervorgerufen werden können. Für den journalistischen Bereich wäre – abgesehen von der Übernahme eines Zeitschriften- oder Zeitungstitels – vor allem an die Benennung von Fernseh- und Radiosendungen nach Film- oder Buchtiteln zu denken.

Gottfried Korn/Reinhard Scolik

Literaturhinweise

a) Gesetzesausgaben

DITTRICH: Urheberrechtsgesetz (1982) – kleine Gesetzesausgabe.
DITTRICH: Österreichisches und internationales Urheberrecht[2] (1988) – große Gesetzesausgabe.

b) Lehrbücher und Kommentare

PETER: Das österreichische Urheberrecht (1954) – Standardkommentar, der trotz seines Alters noch sehr brauchbar ist.
DITTRICH – KUCSKO, Urheberrecht[3] (1989) – Skriptum nach der Vorlesung von DITTRICH.
KUCSKO, Guido: Urheberrecht. Einführung, Gesetzestext. 3. Auflage. – Wien: Verlag Manz 1990. Aufgrund der ähnlichen Rechtslage kann auch deutsche Literatur für das österreichische Recht verwendet werden. Zu nennen sind insbesondere:
SCHRICKER, Urheberrecht (1987).
FROMM/NORDEMANN, Urheberrecht[7] (1988).
ULMER, Urheber- und Verlagsrecht[3] (1980).

XIII. Arbeitsrecht für Journalisten

A. Allgemeiner Teil

1. Einleitung

Es gibt zwar Normen, die berufsspezifische Anliegen der Journalisten regeln, wie z. B. das Journalistengesetz 1920 (StGBl. 1920/88 idF BGBl. 1921/295, BGBl. 1925/1983, BGBl. 1926/388, DRGBl. 1938/I 253, StGBl. 1945/231, BGBl. 1955/158, BGBl. 1958/108, BGBl. 1976/390 und BGBl. 1983/81) oder auch die Kollektivverträge für die bei österreichischen Tages- bzw. Wochenzeitungen angestellten Redakteure, Redakteursaspiranten und Reporter.
Da diese Normen aber nur einen sehr kleinen Teil der arbeitsrechtlichen Beziehungen zwischen Medienmitarbeiter und Medieninhaber, eben bestimmte Berufsspezifika entweder zusätzlich zu den allgemeinen arbeitsrechtlichen Normen, wie z. B. dem Angestelltengesetz, oder diese abändernd regeln, gibt es kein eigenes Arbeitsrecht für Journalisten. **Die Rechtsbeziehungen zwischen Journalisten und Medieninhaber sind vielmehr eingebettet in das allgemeine Arbeitsrecht, vermehrt um die berufsspezifischen Sondervorschriften.** In diesem Beitrag können daher nur die Grundsätze des Arbeitsrechts unter besonderer Berücksichtigung der Situation der Journalisten dargelegt werden.
Die folgende Darstellung muß daher zwangsläufig kursorisch und unvollständig sein. Es wird jedoch versucht, gleichsam in eklektizistischer Weise jene Probleme herauszugreifen, die für die Praxis am wichtigsten sind.

2. Literaturhinweise

Für den interessierten Leser, der ein hier notgedrungen nur angerissenes Detailproblem nachlesen möchte, einige Literaturempfehlungen:

Floretta, Hans; Spielbüchler, Karl; Strasser, Rudolf: Individualarbeitsrecht. 2 Bände. – Wien: Manzsche Verlags- und Universitätsbuchhandlung, 1976.

Berger, Jürgen: Einführung in das österreichische Arbeits- und Sozialrecht. 2. Aufl. – Wien: Verlag des Österreichischen Gewerkschaftsbundes, 1982.

Schwarz, Walter; Löschnigg, Günther: Arbeitsrecht. – Wien: Verlag des Österreichischen Gewerkschaftsbundes, 1982.

Mayer-Maly/Marhold: Österreichisches Arbeitsrecht. – Wien: Springer-Verlag 1987.

Von den vielfältigen arbeits- und sozialrechtlichen Zeitschriften ist weiters der „ARD-Betriebsdienst" (Arbeits-, sozialversicherungs-, lohnabgabenrechtlicher Informationsdienst für Personal- und Lohnbüros, Arbeitgeber und Betriebsräte) hervorzuheben, der in regelmäßigen Zeitabständen erscheint und relativ rasch über die jeweils neuesten Entwicklungen auf dem Gebiet des Arbeits- und Sozialrechtes auf legislativem und exekutivem Gebiet informiert (Medieninhaber: ARD-Zeitschriftenverlag und Sozial- und Abgabenrechtlicher Informationsdienst, Wien: Scherff OHG).
An Zeitschriften mit spezifisch journalistischem „Touch" sind ferner die „Zeitschrift für Rundfunkrecht" (RfR), eine Beilage zu den Österr. Blättern für gewerblichen Rechtsschutz und Urheberrecht (ÖBl.), Wien: Verlag Manz, und die Zeitschrift „Medien und Recht" (MuR), erschienen im Verlag „Medien und Recht" (Dr. Heinz Wittmann) zu erwähnen.

3. Rechtliche Gestaltungsformen journalistischer Arbeit

Je nach Art und Intensität der (journalistischen) Leistung, die für den Medieninhaber erbracht wird, ist das jeweilige Vertragsverhältnis verschieden rechtlich zu qualifizieren. Die Grenzen zwischen den einzelnen Rechtstypen sind fließend und geben häufig Anlaß zu außergerichtlichen und manchmal auch gerichtlichen Auseinandersetzungen zwischen Medienmitarbeiter und Medieninhaber.

3.1 Form und Bezeichnung des Vertragsverhältnisses

3.1.1 Mit wenigen Ausnahmen, die für den Bereich der Journalistik nicht zutreffen, ist für das Vertragsverhältnis keine bestimmte Form vorgesehen. Es kann schriftlich oder mündlich, ausdrücklich oder auch schlüssig zustande kommen.
3.1.2 Der Frage, ob die Parteien, insbesondere der „Arbeitnehmer", also der Journalist, tatsächlich einen Arbeitsvertrag abschließen wollten, kommt keine wesentliche Bedeutung zu. Die rechtliche Qualifikation eines Vertrages hängt nicht vom Willen der vertragsschließenden Parteien und der von ihnen allenfalls gewählten Bezeichnung ab, sondern primär vom Inhalt ihrer (ausdrücklich oder schlüssig) getroffenen Vereinbarung (OGH 15. 6. 1988, 9 Ob A 108/88).

3.2 Werkvertrag

§ 1151 ABGB (Allgemeines Bürgerliches Gesetzbuch) besagt, daß ein Werkvertrag dann vorliegt, wenn jemand die Herstellung eines Werkes gegen Entgelt übernimmt. Charakteristika dieses Vertragsverhältnisses sind unter anderem, daß der

Werkleistungsverpflichtete, der eigene Arbeitsmittel verwendet, keiner persönlichen Arbeitspflicht unterliegt und nicht dem organisatorischen Apparat des Bestellers unter- bzw. eingeordnet ist, einen bestimmten Erfolg verspricht und dafür auch die Erfolgsgarantie übernimmt.

Dieses im Bereich der Journalistik eher selten vorliegende Vertragsverhältnis findet man etwa bei Meinungskolumnisten, die in regelmäßigen oder unregelmäßigen Abständen Manuskripte über von ihnen selbst gewählte Themen abliefern. Die Gerichte lehnen allerdings vielfach die Qualifizierung dieses Vertragsverhältnisses als Werkvertrag ab, da Gegenstand eines Werkvertrages ein „Werk", also eine jeweils in sich geschlossene Einheit, sei, während Kolumnisten-Verträge auf unbestimmte Zeit abgeschlossen seien und in der Regel eine Kündigung sowie eine vorzeitige Vertragsauflösung vorgesehen sei (so z. B. OLG Wien 6. 4. 1987, 31 Ra 1023/87). Diese Argumentation vermag nicht zu überzeugen, da auch im Rahmen eines auf Dauer konzipierten Kolumnisten-Vertrages der jeweils einzelne Artikel die in sich geschlossene Einheit darstellt. Fallweise findet man diese Form des Vertragsverhältnisses auch für Personen, die an der Gesamtherstellung kleinerer Zeitschriften arbeiten.

3.3 Freier Dienstvertrag

Unter diesem Vertragstypus versteht der Oberste Gerichtshof ein Arbeitsverhältnis, welches zur Arbeit ohne persönliche Abhängigkeit, weitgehend selbständig und frei von Beschränkungen des persönlichen Verhaltens verpflichtet. Als wesentlich wird die Möglichkeit angesehen, den Ablauf der Arbeit selbst zu regeln.

Der Unterschied zum Werkvertrag besteht darin, daß die Leistungen nur gattungsmäßig umschrieben sind und im Einzelfall konkretisiert werden müssen. Schulbeispiele für Beschäftigungsverhältnisse unter diesem Vertragstypus sind der als Syndikus arbeitende Rechtsanwalt und der nebenberufliche Betriebsarzt.

Dieser Vertragstyp, für den ein Teil der Lehre die Normen des ABGB über den Arbeitsvertrag – mit Ausnahme derer, die dem Sozialschutz dienen – unter sinngemäßer Heranziehung der Normen für den Werkvertrag, ein Teil lediglich die Allgemeinen Normen über den Vertrag angewendet wissen will, spielt im Bereich des Journalismus eine ungleich größere Rolle.

Ein derartiges freies Dienstverhältnis nahm z. B. der OGH im sogenannten Fall „Cornelia Lorenz" in seiner Entscheidung vom 5. 9. 1978, 4 Ob 73/78, an.

Entscheidend fiel bei diesem Fall ins Gewicht, daß die Medienmitarbeiterin in der Annahme und Ablehnung angebotener Arbeiten und hinsichtlich ihrer Arbeitszeit völlig frei war, was sich vor allem darin ausdrückte, daß sie weder im wöchentlichen Dienstplan noch in der jährlichen Urlaubsliste aufschien und jeweils am Vor-

abend vom zuständigen Ressortchef gefragt wurde, ob sie am nächsten Tag in die Redaktion kommen und bestimmte Arbeiten verrichten werde. Auch die Nichtteilnahme an Redaktionskonferenzen sah der OGH als wesentlich an. Ähnlich entschied der OGH mit seiner Entscheidung vom 27. 6. 1978, 4 Ob 20/78, den sogenannten Fall ,,Kinne" im elektronischen Medienbereich.
In einem jüngst entschiedenen Fall (,,Dr. Silvia Anner", OGH vom 15. 6. 1988, 9 Ob A 108/88) präzisierte der Oberste Gerichtshof jene Kriterien, die für die Annahme eines ,,freien Dienstvertrages" maßgebend sind. Entscheidend fiel bei diesem Fall ins Gewicht, daß die Klägerin an keine Arbeitszeit gebunden war, keine Anwesenheitspflicht hatte, an den Redaktionssitzungen nicht teilnahm, keine Fotos auszuwählen hatte und auch mit dem Umbruch und der Korrektur nicht beschäftigt war.
In dieser Entscheidung hatte der OGH auch klargestellt, daß die sogenannte ,,thematische Weisung", also die Weisung im Bezug auf den Inhalt der Tätigkeit, nicht gegen die Annahme des freien Arbeitsvertrages spricht, solang dadurch die persönliche Bestimmungsfreiheit nicht beeinträchtigt wird.

3.4 Dienstvertrag

Nach § 1151 ABGB liegt ein Arbeitsvertrag (die Begriffe Arbeitsvertrag und Dienstvertrag sind ident) vor, wenn sich jemand für eine gewisse Zeit zur Dienstleistung für einen anderen verpflichtet. Das wesentliche Kriterium für die Qualifizierung eines Beschäftigungsverhältnisses als Dienstverhältnis ist die persönliche und wirtschaftliche Unterordnung des Arbeitnehmers in den Organismus des Unternehmens des Arbeitgebers. Welche gesetzlichen Normen – die Geltung von Kollektivverträgen für die journalistische Tätigkeit ist einem gesonderten Punkt vorbehalten – auf diese Art der Arbeit zur Anwendung gelangen und welche Rechte daraus im einzelnen resultieren, hängt primär von der Beschäftigungsdauer ab.

3.4.1 ABGB/AngG

Es gibt Dienstverhältnisse, die lediglich den Vorschriften der §§ 1151ff. ABGB über den Dienstvertrag unterliegen und somit mit den geringsten sozialen Bonifikationen versehen sind.
Gemäß § 1 Abs. 1 AngG (darüber unten 3.4.2) gelten die Bestimmungen des AngG für das Dienstverhältnis von Personen, die im Geschäftsbetrieb eines Kaufmannes vorwiegend zu Leistungen kaufmännischer oder höherer, nicht kaufmännischer Dienste oder zu Kanzleiarbeiten angestellt sind, wenn die vereinbarte oder tatsächlich geleistete Arbeitszeit bezogen auf den Monat mindestens ein Fünftel des 4,3fachen der durch Gesetz oder Kollektivvertrag vorgesehenen wöchentlichen Normalarbeitszeit beträgt. Mit anderen Worten, das AngG findet auf Dienstverhält-

nisse Anwendung, deren Umfang bei der derzeit noch geltenden 40-Stunden-Woche mindestens 34,4 Stunden im Monat beträgt.

Gerade für den Bereich des Journalismus gilt allerdings in diesem Punkt eine wichtige Ausnahme. § 1 Abs. 1 des AngG erhielt seine derzeit gültige Fassung durch das Bundesgesetz vom 3. 7. 1975 über die Einbeziehung von teilzeitbeschäftigten Arbeitnehmern in das AngG und in das GutsangG, BGBl. 1975/418. Dieses Gesetz nahm jedoch die journalistischen und programmgestaltenden Dienstnehmer eines Medienunternehmens von der Geltung des § 1 Abs. 1 (und des § 2 Abs. 1) des AngG aus. Für diese Berufsgruppe gelten nach wie vor die Bestimmungen der §§ 1 Abs. 1 und 2 Abs. 1 AngG in ihrer vor dem Inkrafttreten der Novelle 75 geltenden Fassung. Danach findet das AngG auf die im übrigen gleichgebliebenen Dienstverhältnisse nur dann Anwendung, wenn die vereinbarte oder tatsächlich geleistete Arbeitszeit bezogen auf den Monat mindestens die Hälfte des 4,3fachen der durch Gesetz oder Kollektivvertrag vorgesehenen wöchentlichen Normalarbeitszeit beträgt. Mit anderen Worten, das AngG findet auf Dienstverhältnisse journalistischer und programmgestaltender Dienstnehmer von Medienunternehmen erst ab einer monatlichen Arbeitszeit von 86 Stunden Anwendung. In dieser Form gilt diese Aussage allerdings nur für den Printmedienbereich.

Für journalistische und programmgestaltende Mitarbeiter des Österreichischen Rundfunks brachte nämlich das Bundesgesetz vom 21. 1. 1982, mit dem das Rundfunkgesetz 1974 und das Arbeitsverfassungsgesetz geändert wurden, BGBl. 1982/48, als Folge des sogenannten „Koschka-Hetzer-Urteils" (OGH 19. 5. 1981, 4 Ob 104/80) eine wesentliche Neuerung dahingehend, daß mit diesem Gesetz neu geschaffene, dem AngG entlehnte Ansprüche diesen in einem Arbeitsverhältnis zum ORF stehenden Mitarbeitern dann zustehen, sofern die vereinbarte oder tatsächlich geleistete Arbeitszeit während eines Zeitraumes von 6 Monaten im Monatsdurchschnitt nicht mehr als vier Fünftel des 4,3fachen der durch Gesetz oder Kollektivvertrag vorgesehenen wöchentlichen Normalarbeitszeit beträgt. Vereinfacht ausgedrückt bedeutet dies, daß die Bestimmungen des AngG für journalistische und programmgestaltende Mitarbeiter des ORF *zur Gänze* erst ab einer monatlichen Arbeitszeit von 137 Stunden gelten. Soweit die Rundfunkgesetznovelle 1982 Bestimmungen enthält, die mit jenen des AngG in Widerspruch stehen, gehen die Bestimmungen der Rundfunkgesetznovelle jenen des AngG vor. Dies bedeutet u. a., daß mit diesem Personenkreis aufeinanderfolgende befristete Dienstverhältnisse (Kettendienstverträge) abgeschlossen werden können, ohne daß dadurch ein Arbeitsverhältnis auf unbestimmte Zeit entsteht. Aber auch die Kündigungs- und Abfertigungsregelungen des AngG (§§ 20 und 23 AngG) finden auf Rundfunkarbeitnehmer mit einer monatlichen Beschäftigungsdauer bis maximal 136 Stunden/

Monat nur insoweit Anwendung, als die Rundfunkgesetznovelle 1982 keine dem AngG entgegenstehende Regelung enthält.

3.4.2 Journalistengesetz

Auf Arbeitsverhältnisse von journalistischen und programmgestaltenden Medienmitarbeitern finden zusätzlich zu den Bestimmungen des AngG die Bestimmungen des Journalistengesetzes 1920 Anwendung, sofern sie mit festen Bezügen angestellt sind und diese Tätigkeit nicht bloß als Nebenbeschäftigung ausüben. Die einzige in der Praxis wirklich bedeutsame Regelung ist jene des § 3 JournalistenG, wonach der Arbeitgeber bei der Auflösung von Dienstverhältnissen mit Journalisten durch Arbeitgeber-Kündigung gegenüber dem AngestelltenG längere Kündigungsfristen einzuhalten hat (vgl. dazu Besonderer Teil, JournalistenG).

3.4.3 Vertragliche Vereinbarung der Anwendung bestimmter Gesetze

Dies alles gilt nur, wenn im Einzelarbeitsvertrag nicht die Anwendung bestimmter gesetzlicher Bestimmungen gesondert vereinbart wurde. So kann durchaus auch für bloß journalistische Nebenbeschäftigungen die Geltung des Journalistengesetzes *vertraglich* vereinbart werden, genauso wie für die die vorerwähnten Zeitlimits unterschreitenden Arbeitsverhältnisse die Geltung des AngG vereinbart werden kann.

4. Journalistenbegriff

Zu den in der Medienbranche wohl am heftigsten umstrittenen Fragen zählt, wer wohl als Journalist und wer bloß als programmgestaltender Mitarbeiter zu qualifizieren ist.

Gemäß § 17 Abs. 3 RFG 1974 sind journalistische Mitarbeiter im Sinn des RFG alle Personen, die an der journalistischen Gestaltung von Programmen in Hörfunk und Fernsehen mitwirken, insbesondere Redakteure, Reporter, Korrespondenten und Gestalter. Wenn auch der Gesetzgeber diese Definition durch die RFG-Novelle 1982 gewissermaßen modifiziert und einige Ungereimtheiten ausgeräumt hat, so ist und bleibt sie eine Zirkeldefinition.

Man kann daher nicht umhin, auf die Vorschriften des Journalistengesetzes zurückzugreifen, die als einzige – allerdings ebenfalls nur sehr dünne – Auskünfte über den Inhalt des Begriffes Journalismus geben. Gemäß § 1 des Journalistengesetzes gelten seine Vorschriften für alle mit der Verfassung des Textes oder mit der Zeichnung von Bildern betrauten Mitarbeiter einer Zeitungsunternehmung, die mit festen Bezügen angestellt sind und diese Tätigkeit nicht bloß als Nebenbeschäftigung ausüben (Redakteure, Schriftleiter), sowie für die Mitarbeiter einer Nachrichtenagentur, einer Rundfunkunternehmung oder einer Filmunternehmung, die mit der Gestaltung des Textes oder mit der Herstellung von Bildern (Laufbildern) über aktuelles Tagesgeschehen betraut und mit festen Bezügen angestellt sind und diese Tätigkeit nicht bloß als Nebenbeschäftigung ausüben.

Es würde in diesem Zusammenhang zu weit führen, diesen schwierigen Fragenkomplex im Detail zu erläutern. Wer sich näher für damit im Zusammenhang stehende Fragen interessiert, also etwa, ob ein Rundfunksprecher Journalist ist oder nicht, der sei auf die Ausführungen „Journalistischer und programmgestaltender Mitarbeiter des ORF" in der Zeitschrift RfR 1981, 1ff. verwiesen. Das Journalistengesetz findet auch auf den ORF Anwendung (Arbeitsgericht Wien, 9 Cr 3005/82).

5. Freie Betriebsvereinbarung des ORF

Gemäß § 1 Abs. 4 RFG 1974 (Rundfunkgesetz) ist der Österreichische Rundfunk als Arbeitgeber kollektivvertragsfähig. Dessen ungeachtet gibt es für Dienstnehmer des ORF keinen Kollektivvertrag.

Die wechselseitigen Rechte und Pflichten, vor allem die sozialen Absicherungen der Dienstnehmer des ORF, sind in der sogenannten Freien Betriebsvereinbarung (FBV) festgehalten. Die Freie Betriebsvereinbarung ist ein zwischen dem ORF und dem Zentralbetriebsrat des ORF mit Zustimmung der Journalistengewerkschaft abgeschlossenes Vertragswerk.

Über den rechtlichen Charakter dieses Vertragswerkes streiten die Geister seit seinem Entstehen. Vereinzelt wurde die Freie Betriebsvereinbarung als sogenannter Vertrag zugunsten Dritter qualifiziert, eine wohl unzutreffende Auffassung, da Verträge zugunsten Dritter, sollen sie rechtswirksam sein, für den begünstigten Dritten nur Rechte enthalten dürfen; die Freie Betriebsvereinbarung enthält auch Pflichten. So gesehen ist die Freie Betriebsvereinbarung ein „Vertragsblankett", welches lediglich kraft ausdrücklicher Einzelvereinbarung zum Bestandteil des Einzeldienstvertrages wird. Einen Schritt weiter ist allerdings der OGH in seinem berühmten „Koschka-Hetzer-Urteil" (19. 5. 1981, 4 Ob 104/80) gegangen. Der OGH vertrat die Auffassung, daß die Freie Betriebsvereinbarung, die im Unternehmen allgemein bekannt sei, nicht nur kraft ausdrücklicher Vereinbarung Bestandteil des Einzeldienstvertrages werden könne, sondern daß diese gleichsam durch ihre allgemeine Geltung im Unternehmen die Einzeldienstverträge *schlüssig* ergänze. Diese Auffassung des OGH ist in der Lehre auch auf heftige Kritik gestoßen (z. B. Schrammel, Zur Rechtsstellung freier Mitarbeiter des Österreichischen Rundfunks, JBl. 1982, 449ff.).

Gottfried Korn

B. Besonderer Teil

1. Einleitung:

Die folgende Darstellung beschränkt sich darauf, einen Überblick über die für Journalisten wichtigsten **individualarbeitsrechtlichen** Vorschriften zu geben; organisationsrechtliche Regelungen (Vertretung der Arbeitnehmerschaft im Betrieb, Mitbestimmungsrecht des Betriebsrates etc.) werden daher nicht behandelt. Thema sind lediglich die vom einzelnen Arbeitnehmer persönlich wahrzunehmenden Rechte bzw. die ihn treffenden Pflichten.

Die **Gliederung** der Darstellung erfolgt aus Gründen der Übersichtlichkeit nach den wichtigsten **Instituten,** nicht aber nach den diese regelnden Rechtsquellen. Diese werden eingangs überblicksweise dargestellt.

Schon wegen der gebotenen Kürze ist es unmöglich, **alle** relevanten Rechte und Pflichten der Arbeitnehmer darzustellen. Vielmehr werden nur die wichtigsten Institute, und diese nur kursorisch, also ohne Anspruch auf Vollständigkeit, dargestellt.

Quellen werden wegen der allgemeinen Natur der Abhandlung generell – bis auf wenige Judikaturzitate – nicht angegeben. Wer weitere Informationen sucht, sei auf die einschlägigen Lehrbücher (FLORETTA – STRASSER: Individuelles Arbeitsrecht. 3. Aufl. 1988; SCHWARZ – LÖSCHNIGG: Arbeitsrecht. 3. Aufl. 1985) und Kommentare zu den einzelnen Gesetzen (z. B. MARTINEK – SCHWARZ: Angestelltengesetz. 6. Aufl. 1984; KLEIN – MARTINEK: Urlaubsrecht. 1977; etc.) sowie auf die diversen Fachzeitschriften (Das österreichische Recht der Arbeit – DRdA; Österreichische Zeitschrift für Arbeits- und Sozialrecht – ZAS; ARD-Betriebsdienst; etc.) und die SAMMLUNG ARBEITSRECHTLICHER ENTSCHEIDUNGEN (Arb.) verwiesen. Dort finden sich auch zahlreiche weitere Nachweise zu Lehre und Rechtsprechung.

I.1. Einschlägige Gesetze:

Der folgende Überblick stellt den Geltungsbereich jener Rechtsquellen dar, die spezifisch individualarbeitsrechtliche Regelungen enthalten. In Klammern werden die gängigen Bezeichnungen bzw. Abkürzungen angeführt, die auch im nachfolgenden Text verwendet werden.

Das Rundfunkgesetz wird dabei nicht behandelt, da dieses Gegenstand der Beiträge „Rundfunkrecht" (vgl. Seite 565 ff.) und des „Allgemeinen Teiles des Arbeitsrechtes für Journalisten" (vgl. Seite 603 ff.) ist.

I.1.1. Gesetz vom 11. 2. 1920 über die Rechtsverhältnisse der Journalisten (Journalistengesetz, JournG.):

Das JournG. bildet das über die allgemeinen arbeitsrechtlichen Normen hinausgehende spezielle Fundament des journalistischen Arbeitsrechtes. Gemäß § 1 JournG. gilt es „für alle mit der Verfassung des Textes oder mit der Zeichnung von Bildern betrauten Mitarbeiter eines Zeitungsunternehmens, die mit festen Bezügen angestellt sind und diese Tätigkeit nicht bloß als Nebenbeschäftigung ausüben" (Abs. 1) sowie „sinngemäß für die Mitarbeiter einer Nachrichtenagentur, einer Rundfunkunternehmung (Ton- oder Bildfunk) oder einer Filmunternehmung, die mit der Gestaltung des Textes oder mit der Herstellung von Bildern (Laufbildern) über aktuelles Tagesgeschehen betraut und mit festen Bezügen angestellt sind und diese Tätigkeit nicht bloß als Nebenbeschäftigung ausüben" (Abs. 2). – Beide Absätze verlangen also für die Geltung des JournG. eine **hauptberufliche Tätigkeit** des journalistischen Mitarbeiters sowie das Vorliegen einer **Anstellung.**

Daraus folgt, daß sowohl gelegentliche Mitarbeiter einer Zeitung als auch sonstige Mitarbeiter einer solchen, die aber nicht zur ständigen Arbeit verpflichtet sind, mangels einer Anstellung nicht Mitarbeiter im Sinne des JournG. sind (OGH Arb 7621). Der OGH hat diesen Grundsatz in seiner jüngsten einschlägigen Entscheidung vom 15. 6. 1988 (9 Ob A 108/88) bestätigt und fallbezogen dahingehend präzisiert, daß kein Angestelltenverhältnis eines Journalisten vorliege, wenn dieser an keine Arbeitszeit gebunden ist, keine Anwesenheitspflicht für ihn besteht, er an den Redaktionssitzungen nicht teilnimmt, keine Fotos auszuwählen hat und auch mit dem Umbruch und der Korrektur nicht beschäftigt ist.

Als Zeitung im Sinne des JournG. sind periodische Schriften anzusehen, die sich vorwiegend mit dem **aktuellen Tagesgeschehen** befassen, so daß Mitarbeiter von reinen Fach- und Werbezeitschriften nicht unter dieses Gesetz fallen (OGH Arb 6839). An die Berichterstattung über das aktuelle Tagesgeschehen knüpft ex lege Abs. 2 des § 1 JournG. an, indem er dieses Element als zusätzliches Erfordernis für die Geltung des JournG. für die Mitarbeiter von Nachrichtenagenturen, Rundfunkunternehmungen oder Filmunternehmungen normiert.

I.1.2. Bundesgesetz vom 12. 7. 1981 über die Presse und andere publizistische Medien (Mediengesetz, MedienG.):

Das Mediengesetz enthält arbeitsrechtlich relevante Vorschriften insbesondere in Form der Normierung eines journalistischen *Überzeugungsschutzes* (vgl. unten Seite 620). Diese Vorschriften richten sich dabei an alle *Medienmitarbeiter,* wozu nach der Legaldefinition des § 1 Zi. 11 MedienG. auch freie Mitarbeiter zählen, solange sie die journalistische Tätigkeit „ständig und nicht bloß als wirtschaftlich unbedeutende Nebenbeschäftigung" ausüben.

I.1.3. Bundesgesetz vom 11. 5. 1921 über das Dienstverhältnis des Privatangestellten (Angestelltengesetz, AngG.):

Das Angestelltengesetz ist das wichtigste allgemeine individualarbeitsrechtliche Regelungsinstrument und gilt gemäß § 13 JournG. für alle journalistischen *Dienstnehmer,* soweit das JournG. nichts anderes bestimmt (bzw. keine entsprechende Regelung enthält). Erforderlich ist aber, daß der Arbeitnehmer grundsätzlich weisungsgebunden in örtlicher, sachlicher und zeitlicher Hinsicht ist und sich die vereinbarte Tätigkeit **in ihrer Gesamtheit** als die eines Dienstnehmers darstellt. Sind diese Voraussetzungen gegeben, ist das AngG. auf die Rechtsbeziehungen zwischen den Zeitungsunternehmungen und ihren Mitarbeitern überall dort anzuwenden, wo das **JournG. keine abweichende Regelung trifft** (OGH Arb 8535).

I.1.4. Das Allgemeine Bürgerliche Gesetzbuch (ABGB):

Die einschlägigen Normen des ABGB bilden den arbeitsrechtlichen Minimalstandard für all jene Dienstverhältnisse, die nach den geschilderten Vorschriften über deren Geltungsbereich nicht dem JournG. bzw. dem AngG. unterliegen, somit insbesondere für jene Redakteure, deren Erwerbstätigkeit durch ihre journalistische Tätigkeit **nicht hauptsächlich** in Anspruch genommen wird (OGH Arb 5515; Arb 7621).

I.1.5. Bundesgesetz vom 26. 6. 1974 über die Fortzahlung des Entgeltes bei Arbeitsverhinderung durch Krankheit (Unglücksfall), Arbeitsunfall oder Berufskrankheit (Entgeltfortzahlungsgesetz, EFZG.):

Dieses Gesetz regelt die Fortzahlung des Entgelts bei Krankheit und Arbeitsunfall, wobei unter seinen Schutzbereich **vor allem freie, nicht angestellte** Journalisten fallen. Es gilt daher für jene journalistischen Dienstnehmer, die nicht dem AngG. und dem JournG. unterliegen (deren Ansprüche werden in diesen Gesetzen bzw. im Kollektivvertrag geregelt), deren Arbeitsverhältnis aber auf einem „privatrechtlichen Vertrag" beruht.

I.1.6. Kollektivvertrag für die bei österreichischen Tageszeitungen angestellten Redakteure, Redakteursaspiranten und Reporter (KV-TZ):
Kollektivvertrag für die bei österreichischen Wochenzeitungen angestellten Redakteure, Redakteursaspiranten und Reporter (KV-WZ):

Diese beiden Kollektivverträge stellen das präziseste Regelungsinstrument journalistischen Arbeitsrechtes dar. Vertragspartner sind der Verband österreichischer Zeitungsherausgeber und Zeitungsverleger auf der einen Seite und die Gewerkschaft Kunst, Medien, freie Berufe, Sektion Journalisten, auf der anderen Seite.

Der **persönliche** Geltungsbereich des KV-TZ umfaßt Tageszeitungen, das sind Zeitungen, die mindestens viermal wöchentlich in Form von Morgen-, Mittags- oder Abendzeitung erscheinen. Der Geltungsbereich des KV-WZ umfaßt österreichische Wochenzeitungen, die mindestens 24mal im Jahr mit einer Druckauflage von mindestens 5000 Stück pro Nummer erscheinen und im Postversand, Kolportage, Trafik- und Zeitungsverschleiß vertrieben werden. Die Herausgeber der Zeitung müssen Mitglieder des vorgenannten Verbandes sein. Wenn neben einem Verlagsobjekt, das diesen Anforderungen genügt, im gleichen Verlag ein Objekt mit niedrigerer Auflage erscheint, unterliegen die dort tätigen Redakteure ebenfalls den Bestimmungen des KV-WZ. Darüber hinaus gilt der Kollektivvertrag „für in Österreich hergestellte und gegen Entgelt abgegebene Presseerzeugnisse, die nicht seltener als monatlich periodisch erscheinen und aufgrund ihres Inhaltes über den Kreis der reinen Fachpresse hinausreichen, vorwiegend der politischen, gesellschaftlichen, allgemein wirtschaftlichen und kulturellen Information und Meinungsbildung dienen" (§ 4 Abs. 2 KV-WZ).

Der **sachliche** Geltungsbereich beider Kollektivverträge bezieht sich auf Dienstverhältnisse von Redakteuren, Redakteursaspiranten, Reportern, Zeichnern, Fotografen und Layoutern, sofern sie bei Zeitungsunternehmen beschäftigt sind, die Mitglieder des eingangs erwähnten Verbandes sind.

Beide Kollektivverträge enthalten weiters detaillierte Bestimmungen, welche Personengruppen unter den jeweils unter den Kollektivvertrag fallenden Tätigkeitsbegriff zu subsumieren sind. Für **freie Mitarbeiter** enthalten die Journalisten-Kollektivverträge lediglich Honorarempfehlungen.

I.1.7. Betriebsvereinbarungen (BV):

Betriebsvereinbarungen sind schriftliche Vereinbarungen, die vom Betriebsinhaber einerseits und vom zuständigen Belegschaftsorgan (Betriebsrat, Betriebsausschuß oder Zentralbetriebsrat) andererseits in Angelegenheiten abgeschlossen werden, deren Regelung durch Gesetz oder Kollektivvertrag der Betriebsvereinbarung vorbehalten ist (§ 29 ArbVG.).

Für den einzelnen Arbeitnehmer ist lediglich der sogenannte **normative Teil** der BV von Bedeutung. Im Gegensatz zum **schuldrechtlichen Teil,** der ausschließlich Regelungen über die Rechte und Pflichten der die **BV abschließenden Vertragsparteien enthält, schaffen die normativen Bestimmungen objektives Recht** und wirken wie Gesetze unmittelbar auf die einzelnen Arbeitsverhältnisse ein. Sie können daher durch einzelarbeitsvertragliche Vereinbarungen weder aufgehoben noch beschränkt werden, dürfen aber, bei sonstiger Nichtigkeit, weder gegen zwingendes Gesetzesrecht noch gegen zwingendes Kollektivvertragsrecht verstoßen.

Vom ArbVG. wird zwischen **notwendigen, erzwingbaren** und **freiwilligen** Betriebsvereinbarungen unterschieden. Daneben hat sich als Terminus die sogenannte **freie Betriebsvereinbarung** durchgesetzt, von der dann gesprochen wird, wenn zwischen Belegschaftsorgan und Betriebsinhaber eine Vereinbarung getroffen wird, deren Inhalt weder durch Gesetz noch durch Kollektivvertrag gedeckt ist (zur freien Betriebsvereinbarung des ORF siehe oben, Seite 609).
Weitere Details über Abschluß, Wirksamkeit und Inhalt von Betriebsvereinbarungen gehören zum kollektiven Arbeitsrecht und werden hier daher nicht dargestellt. Für den einzelnen journalistischen Arbeitnehmer ist lediglich von Bedeutung, daß im Falle des Vorliegens einer gültig zustandegekommenen und ordnungsgemäß kundgemachten Betriebsvereinbarung diese auf sein Arbeitsverhältnis dieselbe rechtliche Wirkung entfaltet wie Gesetz oder Kollektivvertrag.

I.1.8. Redaktionsstatuten (RS):

RS sind den Betriebsvereinbarungen verwandte kollektive Regelungsinstrumente, die zwischen Medieninhaber (Verleger) und Redaktionsvertretung über die **Zusammenarbeit in publizistischen Angelegenheiten** abgeschlossen werden **können.** Die zum Abschluß des RS berechtigte Redaktionsvertretung ist von der Redaktionsversammlung nach dem Grundsatz der Verhältniswahl zu wählen. Der Redaktionsversammlung, die die Vereinbarung zu ihrer Wirksamkeit bestätigen muß, gehören alle **fest angestellten** redaktionellen Mitarbeiter an. Von den Kollektivvertragsparteien können allgemeine Grundsätze für Redaktionsstatuten in Kollektivverträgen festgelegt werden. Den einzelbetrieblichen Redaktionsstatuten kommt der Rechtscharakter einer **freiwilligen Betriebsvereinbarung** zu.
Für das **Redakteursstatut des ORF,** zu dessen Abschluß der ORF **verpflichtet** ist, sehen die §§ 17 bis 19 RundfunkG. besondere Regelungen vor.

II. Die wichtigsten Regelungsbereiche des journalistischen Individualarbeitsrechtes:

II.1. Begründung des Arbeitsverhältnisses:

Grundsätzlich setzt das Zustandekommen eines gültigen Arbeitsvertrages lediglich eine – für jeden Vertragsabschluß erforderliche – **übereinstimmende Willenserklärung** der beiden Vertragspartner voraus, wobei sich Arbeitgeber und Arbeitnehmer über alle von ihnen als erheblich betrachteten Punkte des Vertragsverhältnisses einig sein müssen. Für den Abschluß eines Arbeitsvertrages genügt es nach der Rechtsordnung aber schon, wenn erkennbar ist, daß ein Teil sich zur Leistung von Arbeit für den anderen verpflichtet. Daher bedarf der Abschluß eines

Arbeitsvertrages keiner besonderen Form; er kann auch mündlich oder konkludent geschlossen werden.

Eine erste Einschränkung dieser grundsätzlich auch für das Arbeitsvertragsrecht geltenden **privatrechtlichen Formfreiheit** normiert § 6 Abs. 3 AngG., wonach dem Angestellten **auf Verlangen** nach Abschluß des Dienstvertrages vom Dienstgeber eine **schriftliche Aufzeichnung** „über die wesentlichen Rechte und Pflichten aus dem Dienstvertrag" auszufolgen ist (sogenannter **Dienstzettel**).

Noch weiter geht aber der hier vor allem relevante § 2 JournG., der eine vom Verlangen des Arbeitnehmers unabhängige **Pflicht** zur schriftlichen Festlegung des Arbeitsvertrages vorschreibt: „Jedem Redakteur ist am Tage seines Dienstantrittes eine schriftliche Bescheinigung des zwischen ihm und der Zeitungsunternehmung abgeschlossenen Arbeitsvertrages auszuhändigen." Diese Bescheinigung hat Regelungen über praktisch alle den Arbeitnehmer am meisten tangierende Rechtsbereiche zu enthalten (§ 2 Abs. 2 JournG.): Bezeichnung des Arbeitsgebietes, Höhe des Gehaltes, Verhältnissatz der Vorrückung nach mindestens fünfjähriger Dienstdauer, Ausmaß des jährlichen Urlaubes, Dauer der Kündigungsfrist.

Eine weitere Präzisierung der Vorschriften über den Dienstvertrag sehen beide Kollektivverträge in ihrem § 10 vor. Danach ist jede Anstellung eines journalistischen Dienstnehmers mittels schriftlichen Dienstvertrages oder Anstellungsbriefes zu vollziehen. Neben dem schon durch § 2 JournG. vorgesehenen Mindestinhalt dieser Anstellungsverträge müssen nach dem Kollektivvertrag auch genaue Festlegungen betreffend die Bezüge bzw. betreffend die Anrechnung von Vordienstzeiten in den Dienstvertrag aufgenommen werden. Hiezu kommt, daß gemäß § 2 KV von diesem abweichende einzelvertragliche Sondervereinbarungen zulässig sind, soweit sie für den Dienstnehmer **günstiger** sind **(Günstigkeitsprinzip).** Diese Vereinbarungen sind **schriftlich** festzulegen und ebenfalls in den Dienstvertrag aufzunehmen.

Weiters ist jede **Änderung** des Dienstvertrages, auch die Veränderung der Bezüge des Dienstnehmers, **schriftlich** festzuhalten. Tritt eine Änderung in der Verwendung des Dienstnehmers ein, so muß diese einerseits einvernehmlich zwischen Dienstgeber und Dienstnehmer festgelegt werden, andererseits ist die ursprüngliche Abmachung „in einer der tatsächlichen Verwendung Rechnung tragenden Form" jeweils schriftlich zu ergänzen (§ 11 KV).

II.2. Normalarbeitszeit und Entgeltanspruch während aufrechten Arbeitsverhältnisses:

Nach den Vorschriften des ABGB und des AngG. bestimmt sich die Höhe des Entgeltes in erster Linie nach der entsprechenden Vereinbarung und erst in Ermangelung einer solchen nach „dem für die betreffende Art der Unternehmung bestehenden Ortsgebrauch" (§ 6 Abs. 1 AngG.); das ABGB spricht in diesem Zusammenhang von **angemessenem** Entgelt (§ 1152 ABGB). Das Entgelt ist dabei nach erbrachter Leistung des Dienstes zu entrichten, jedenfalls aber, wenn es nach längeren Zeiträumen bemessen wird, am Schluß eines jeden Kalendermonats. Eine wichtige Vorschrift enthält § 1155 ABGB, wonach dem Dienstnehmer das Entgelt auch für Dienstleistungen, die nicht zustandegekommen sind, gebührt, wenn er zur Leistung bereit war und durch Umstände, die auf Seite des Dienstgebers lagen, daran gehindert worden ist. In diesem Fall muß er sich jedoch anrechnen lassen, was er infolge Unterbleibens der Dienstleistung oder durch anderweitige Verwendung erworben oder zu erwerben absichtlich versäumt hat.

Durch das *Arbeitszeitgesetz* (AZG) wird die für die Arbeitnehmer geltende **Höchstarbeitszeit** festgesetzt. § 3 Abs. 1 AZG sieht vor, daß die wöchentliche **Normalarbeitszeit** acht Stunden täglich und 40 Stunden wöchentlich betragen soll. Soll die Arbeitsleistung des einzelnen Arbeitnehmers über diese wöchentliche Normalarbeitszeit hinaus in Anspruch genommen werden, kann dies nur in Form von **Überstunden** erfolgen, solange dem nicht berücksichtigungswürdige Interessen des Arbeitnehmers entgegenstehen (§ 6 AZG). Eine derartige Verlängerung der Arbeitszeit kann dann angeordnet oder vereinbart werden, wenn ein **erhöhter Arbeitsbedarf** besteht bzw. wenn **Vor- und Abschlußarbeiten** erforderlich sind. Überstunden sind gemäß § 10 AZG mit einem **Zuschlag von 50%** zum normalen Stundenlohn zu entgelten, es kann auch ein **Freizeitausgleich** vereinbart werden. Dieser darf nach den zwingenden Vorschriften des § 3 ArbVG nicht zu einer Schlechterstellung des Arbeitnehmers führen, woraus folgt, daß Freizeit grundsätzlich ebenfalls im eineinhalbfachen Ausmaß zu gewähren ist. Ein einseitig vom Dienstgeber angeordneter oder im Verhältnis von 1:1 vereinbarter Zeitausgleich ist daher unwirksam (VwGH 83/08/0245 vom 22. 10. 1987).

Diese allgemeinen Vorschriften über die Bezahlung von Überstunden sind für Angestellte journalistischer Dienstgeber insofern von geringer Bedeutung, als die Journ.-KV detaillierteste entsprechende Regelungen enthalten, welche die allgemeinen arbeitsrechtlichen Vorschriften verdrängen.

Gemäß § 12 KV beträgt die regelmäßige wöchentliche Arbeitszeit ab 1. 7. 1988 **38 Stunden,** wobei die Einteilung der Arbeitszeit nach den Bedürfnissen des Blattes zu erfolgen hat. Für die während der Normalarbeitszeit erbrachte Arbeitsleistung ist der journalistische Dienstnehmer nach dem seiner Verwendung entsprechenden kollektivvertraglich festgelegten Mindestgehalt (dem sogenannten **Tarifgehalt**) zu entlohnen. Die Höhe des jeweiligen geltenden kollektivvertraglichen Mindestgehaltes wird jährlich von den KV-Parteien entsprechend den in §§ 7–9 unterschiedenen Verwendungsgruppen festgelegt. Zu dem auf diese Weise festgelegten Tarifgehalt ist, um auf den **kollektivvertraglichen Mindestbezug** zu kommen, das sogenannte **Quinquennium** hinzuzuzählen, wonach dem Dienstnehmer nach jeweils fünfjähriger ununterbrochener Dienstzeit im gleichen Unternehmen eine Erhöhung von 10 Prozent vom letzten Ist-Gehalt zusteht (§ 20 KV). Unter **Ist-Gehalt** ist jenes Gehalt zu verstehen, das sich aus dem kollektivvertraglichen Mindestbezug oder einem frei vereinbarten höheren Gehalt zuzüglich regelmäßig gewährter monatlicher Zulagen (Pauschalbeträge) errechnet (§ 17 Zi. 3 KV). **Gesamtmonatsbezug** ist schließlich jener Durchschnittsverdienst, der sich aus den regelmäßig jeden Monat wiederkehrenden Bezügen sowie aus allen gewährten Beihilfen, Remunerationen, Zulagen etc. pro Monat ergibt; die jährliche Summe der Gesamtmonatsbezüge bildet das **Jahresentgelt** (§ 17 Zi. 4 und 5 KV).

Allen Dienstnehmern steht weiters eine spätestens am 1. 12. auszubezahlende **Weihnachtsremuneration** (§ 21 KV) sowie eine in jedem Kalenderjahr bei Urlaubsantritt, spätestens jedoch am 1. 7. auszubezahlende **Urlaubsbeihilfe** (§ 22 KV) zu. Beide Remunerationen betragen **150% des Ist-Gehaltes,** wobei diese Sonderzahlungen für während des Kalenderjahres ein- oder austretende Dienstnehmer aliquotiert werden.

Wird **Mehrarbeit** geleistet, so soll diese entweder durch ein **Überstundenpauschale,** durch ein **Überstundenentgelt** je nach Anfall oder durch **sonstige innerbetriebliche Regelungen** abgegolten werden. Als besondere Regelung sieht § 23 KV vor, daß „aus prinzipiellen Gründen, die im Wesen der journalistischen Arbeit liegen, sowie zur Vereinfachung der Berechnungsweise“ regelmäßige Mehrarbeit nicht stundenweise, sondern **nach Möglichkeit durch ein Pauschale** abgegolten werden soll. Weitere Sondervorschriften für die Arbeit an Ruhetagen bzw. an Sonn- und Feiertagen sowie für siebentägig erscheinende Zeitungen bzw. die Vergütung für den Nachtdienst enthalten die §§ 24 ff. KV. Weiters sind dem journalistischen Dienstnehmer Text- oder Bildbeiträge, die dieser außerhalb seines vertraglichen Arbeitsgebietes verfaßt, extra zu honorieren (§ 25 KV). Die Entlohnung für alle erwähnten Einzelvergütungen kann pauschal vereinbart werden (§ 26 KV); angestellte Bildreporter und Fotografen erhalten für Fotogeräte, die ihnen nicht vom Dienstgeber zur Verfügung gestellt werden, überdies 12mal jährlich eine **Gerätepauschale,** deren Höhe im Tarifvertrag festgesetzt ist und die keinen Bestandteil des Ist-Gehaltes bzw. des Gesamtmonatsbezuges darstellt (§ 27 KV).

§ 28 KV enthält schließlich **Empfehlungen** der für freie Mitarbeiter zu bezahlenden Honorare. Weiters wird angeregt, daß diese Honorarrichtlinien für freie Mitarbeiter durch den Abschluß von **freien Hausvereinbarungen** für den jeweiligen Betrieb verbindlich festgelegt werden sollen.

II.3. Urlaubsanspruch und Dienstfreistellung:

Die Vorschriften über das **Urlaubsrecht** wurden durch das Urlaubsgesetz (UrlG.) für alle Arbeitnehmer, deren Arbeitsverhältnis auf einem privatrechtlichen Vertrag beruht und die nicht unter die Ausnahmebestimmung des § 1 Abs. 2 UrlG. fallen, vereinheitlicht.

In Abschnitt II. desselben Gesetzes wird der Anspruch auf **Pflegefreistellung** normiert. Ist ein Arbeitnehmer nach Antritt seines Arbeitsverhältnisses wegen der notwendigen Pflege eines im gemeinsamen Haushalt lebenden erkrankten nahen Angehörigen nachweislich an der Erbringung seiner Arbeitsleistung verhindert, „so hat er Anspruch auf Fortzahlung des Entgeltes bis zum Höchstausmaß seiner regelmäßigen wöchentlichen Arbeitszeit innerhalb eines Arbeitsjahres". Das Recht auf Pflegefreistellung kann zuungunsten des Arbeitnehmers weder aufgehoben noch beschränkt werden (§ 17 UrlG.), doch bleiben günstigere Regelungen durch gesetzliche Vorschriften, Kollektivverträge etc. unberührt (§ 18 UrlG.).

Durch die Journ.-KV wird einerseits der Urlaubsanspruch präzisiert, andererseits werden weitere Ansprüche auf Dienstfreistellungen festgelegt. Gemäß § 34 KV gebührt dem Dienstnehmer der jährliche gesetzliche Mindesturlaub im Ausmaß von 30 Werktagen, wobei sich das Urlaubsausmaß nach einer ununterbrochenen Dauer des Dienstverhältnisses von 10 Jahren auf 39 Werktage, nach 20 Jahren auf 41 Werktage erhöht. Politisch Verfolgte nach dem Opferfürsorgegesetz haben einen weiteren Urlaubsanspruch von zusätzlich drei Werktagen. Während des Urlaubes behält der Dienstnehmer den Anspruch auf Fortbezug seines Ist-Gehaltes. Muß der bereits angetretene Urlaub aus Dienstrücksichten unterbrochen werden, so sind dem Dienstnehmer die dadurch entstandenen Mehrkosten zu vergüten.

Gemäß § 4 Abs. 1 UrlG. ist der **Zeitpunkt** des Urlaubsantrittes zwischen dem Arbeitgeber und dem Arbeitnehmer „unter Rücksichtnahme auf die Erfordernisse des Betriebes und die Erholungsmöglichkeiten des Arbeitnehmers" zu vereinbaren, wobei der Urlaub möglichst bis zum Ende des Urlaubsjahres, in dem der Anspruch entstanden ist, verbraucht werden soll. Über den Verbrauch des Erholungsurlaubes kann gemäß § 97 Abs. 1 Zi. 10 ArbVG eine Betriebsvereinbarung abgeschlossen werden, wobei diese den Urlaubsverbrauch für einzelne Arbeitnehmer nicht regeln, sondern lediglich allgemeine Richtlinien festlegen kann. Vor allem kann durch eine solche Betriebsvereinbarung daher kein **Betriebsurlaub** festgelegt werden, da eine solche Regelung gegen die zwingenden Bestimmungen des Gesetzes über den Verbrauch des Urlaubes verstoßen würde.

Der Kollektivvertrag sieht weiters die Möglichkeit eines sogenannten **Karenzurlaubes** bis zum Höchstausmaß eines Jahres für die gesamte Dienstzeit vor. Nach einer ununterbrochenen Dienstzeit von fünf Jahren wird ein Anspruch auf Karenzurlaub in der Höhe von drei Monaten erworben, wobei sich dieser Anspruch für jedes weitere im Unternehmen verbrachte Dienstjahr um einen Monat bis zum erwähnten Höchstausmaß erhöht.

Für die Zeiten des Karenzurlaubes erhält der Dienstnehmer keine Bezüge, doch muß ihm der Dienstgeber die für die freiwillige Weiterversicherung gemäß ASVG geleisteten Zahlungen ersetzen.

Die Kollektivverträge sehen weiters für die Aus- und Fortbildung der Journalisten **Freistellungen für Ausbildungszwecke** im Ausmaß von zwei Wochen innerhalb von drei Dienstjahren unter Fortzahlung des Entgeltes vor (§ 35). Darüber hinaus regelt § 36 die Gewährung von Freizeit zur Regelung von Familienangelegenheiten, auf welche der Dienstnehmer beim Eintritt von taxativ aufgezählten Familienangelegenheiten Anspruch hat. Bei eigener Eheschließung ist etwa Freizeit im Ausmaß von drei Arbeitstagen, bei Eheschließung von Geschwistern oder Kindern oder Wiederverehelichung von Elternteilen von einem Arbeitstag zu gewähren.

II.4. Entgeltfortzahlung bei Krankheit des Dienstnehmers:

Der Arbeitnehmer behält seinen Entgeltanspruch für eine gewisse Zeit auch dann, wenn er nach Antritt des Dienstverhältnisses durch Krankheit oder Unglücksfall an der Erbringung seiner Leistung verhindert ist und er dies nicht selbst **grob schuldhaft** herbeigeführt hat.

Für Angestellte werden die entsprechenden Ansprüche in § 8 AngG. geregelt. Angestellte journalistische Dienstnehmer fallen darüber hinaus unter die Bestimmung des § 38 KV. Letztere Bestimmung enthält in Zi. 3 eine Tabelle über die Dauer des Anspruches auf volles Entgelt im Falle einer Krankheit, welche den Dienstnehmer gegenüber den Vorschriften des AngG. besserstellt. Als Entgelt gilt hiebei das letzte Ist-Gehalt. Der maximale Anspruch auf volles Entgelt tritt nach 21 Dienstjahren ein und beträgt sechs Monate. Darüber hinaus unterliegen erkrankte Dienstnehmer einer besonderen **Kündigungsbeschränkung** (vgl. unten Seite 623). Um seinen Anspruch auf Entgeltfortzahlung zu wahren, ist der Angestellte allerdings **verpflichtet,** die Dienstverhinderung ohne Verzug dem Dienstgeber anzuzeigen und jeweils auf Verlangen des Dienstgebers diesem eine Bestätigung der zuständigen Krankenkasse oder eines Amts- oder Gemeindearztes über Ursachen und Dauer der Arbeitsunfähigkeit vorzulegen (§ 8 Abs. 8 AngG.).

Für **nicht angestellte** Journalisten gelten die Regelungen des Entgeltfortzahlungsgesetzes (EntgFZG.), wonach regelmäßig erst nach 14tägiger Dauer des Arbeitsverhältnisses ein Entgeltanspruch auf die Dauer von vier Wochen besteht. Im allgemeinen steigt der Anspruch nach fünf Jahren auf sechs Wochen, nach 15 Jahren auf acht Wochen und nach 25 Jahren auf zehn Wochen. Erkrankt der Dienstnehmer innerhalb eines Arbeitsjahres wiederholt, besteht ein Anspruch nur insoweit, als der Fortzahlungszeitraum noch nicht erschöpft ist (§ 2 Abs. 4 EntgFZG.). Die Höhe des dem Arbeitnehmer für die Dauer der geschützten Dienstverhinderung zustehenden Entgeltes wird nach dem Ausfallprinzip auf Basis des Entgeltes berechnet, das dem Arbeitnehmer gebührt hätte, wenn keine Arbeitsverhinderung eingetreten wäre (§ 3 Abs. 2 Entgeltfortzahlungsgesetz).

II.5. Weisungsgebundenheit und Leistungsverweigerungsrecht:

Grundsätzlich ist der Arbeitnehmer verpflichtet, den durch die Dienstleistung **gerechtfertigten Weisungen** des Arbeitgebers Folge zu leisten. Weisungen dienen dabei regelmäßig der Konkretisierung der bis dahin nur seiner Art nach festgelegten Pflicht zur Arbeitsleistung. Umfang und Grenzen des Weisungsrechtes bestimmen sich daher grundsätzlich nach dem Inhalt des Dienstvertrages.

Insbesondere darf durch eine Weisung bei journalistischen Dienstnehmern **keine andauernde wesentliche Änderung** der vertraglich vereinbarten Verwendung eintreten, da dies gemäß § 11 KV einer einvernehmlichen Regelung zwischen Dienstgeber und Dienstnehmer bedarf. Ein bedeutsames Leistungsverweigerungsrecht kommt dem journalistischen Dienstnehmer durch den in § 2 MedienG. normierten **Überzeugungsschutz** zu. Danach hat jeder Medienmitarbeiter das Recht, seine Mitarbeit an der inhaltlichen Gestaltung von Beiträgen oder Darbietungen dann zu verweigern, wenn diese „seiner Überzeugung in grundsätzlichen Fragen oder in Grundsätzen des journalistischen Berufes" widersprechen. Das Recht auf Leistungsverweigerung besteht allerdings dann nicht, wenn die ansonsten geschützte Überzeugung des Journalisten der gemäß § 25 veröffentlichten grundlegenden Richtung des Mediums widerspricht. Maßgebliche Kriterien sind daher einerseits die **Überzeugung des Redakteurs** (solange sie nicht der veröffentlichten grundlegenden Richtung des Mediums widerspricht) sowie andererseits die **journalistischen Berufsgrundsätze.** Aus einer durch eine der beiden Determinanten gerechtfertigten Leistungsverweigerung darf dem Medienmitarbeiter kein Nachteil erwachsen (§ 2 Abs. 2 MedienG.). Da der Begriff des Medienmitarbeiters – wie erwähnt – weiter als der eines Journalisten im Sinne des § 1 JournG. ist, werden von dem Recht auf Leistungsverweigerung auch die **ständigen freien Mitarbeiter** erfaßt.

II.6. Konkurrenzverbot:

Generell ist es jedem Arbeitnehmer untersagt, während des aufrechten Dienstverhältnisses zu seinem Arbeitgeber durch **selbständige** oder **unselbständige Tätigkeit** in ein Wettbewerbsverhältnis zu treten. In Entsprechung dieses Grundsatzes schreibt § 7 Abs. 1 AngG. vor, daß Angestellte „ohne Bewilligung des Dienstgebers weder ein selbständiges kaufmännisches Unternehmen betreiben noch in dem Geschäftszweige des Dienstgebers für eigene oder fremde Rechnung Handelsge-

schäfte machen" dürfen. Ein Angestellter, der dem Konkurrenzverbot zuwiderhandelt, kann damit einen **Entlassungsgrund** (vgl. unten Seite 624) setzen.
Durch § 15 KV wird dieser Grundsatz für das journalistische Dienstrecht präzisiert. Ohne ausdrückliche **schriftliche** Zustimmung des eigenen Unternehmens wird durch diese Bestimmung den Dienstnehmern jede **bezahlte oder unbezahlte** Betätigung **gleicher oder ähnlicher Art** für andere Unternehmen untersagt. Für **nichtperiodische** Publikationen gilt diese Zustimmungspflicht allerdings nicht. Mit dieser Vorschrift verwandt ist § 16 Zi. 2 KV, wonach für die Weitergabe von nichtveröffentlichten Nachrichten einer Zeitung ebenfalls die schriftliche Zustimmung des Unternehmers einzuholen ist. Dieses Erfordernis entfällt aber, wenn im Einzelfall nachgewiesen werden kann, daß dem eigenen Verlag aus der Weitergabe der Nachrichten kein Nachteil erwächst.
Vom Wettbewerbsverbot zu unterscheiden ist die sogenannte **Konkurrenzklausel,** womit nach Beendigung des Arbeitsverhältnisses die Erwerbstätigkeit des Dienstnehmers beschränkt wird. Gemäß § 36 AngG. sind solche Vereinbarungen dann wirksam, wenn sich die Beschränkung auf die Tätigkeit in dem Geschäftszweig des Dienstgebers bezieht, den Zeitraum eines Jahres nicht übersteigt und keine „unbillige Erschwerung des Fortkommens des Angestellten" enthält.

II.7. Beendigung des Dienstverhältnisses:

Bei der Beendigung des Dienstverhältnisses ist zunächst zwischen **befristeten** und **unbefristeten** Dienstverhältnissen zu unterscheiden. Dienstverhältnisse, die auf eine bestimmte Zeit eingegangen worden sind, enden prinzipiell durch Ablauf dieser vereinbarten Zeit. Es kann aber während der Befristung eine Kündigungsmöglichkeit **vereinbart** werden; ist dies nicht der Fall, kann das Arbeitsverhältnis nur durch **vorzeitige Auflösung aus wichtigem Grunde** beendet werden. Demgegenüber bestehen bei unbefristeten Vertragsverhältnissen prinzipiell zwei Möglichkeiten der Auflösung; einerseits die Kündigung, die regelmäßig an bestimmte Fristen, nicht aber an das Vorliegen besonderer Gründe gebunden ist; andererseits die **vorzeitige Auflösung des Vertragsverhältnisses aus wichtigem Grund.**

II.7.1. Kündigung

Die Kündigung ist ein den Parteien des Arbeitsvertrages eingeräumtes **Gestaltungsrecht,** das durch eine **einseitige, empfangsbedürftige Willenserklärung** ausgeübt wird und eine **Beendigung des Arbeitsverhältnisses für die Zukunft** bewirkt. Um Wirksamkeit zu entfalten, muß die Kündigung **zugehen,** wobei es nicht darauf ankommt, ob der Empfänger der Kündigung von dieser tatsächlich Kenntnis erlangt, sondern lediglich darauf, ob die Kündigung in seinen **Machtbereich** gelangt.

Sie gilt also in dem Zeitpunkt als zugegangen, zu dem **erwartet werden kann,** daß der Empfänger unter gewöhnlichen Verhältnissen von der Erklärung Kenntnis erlangen würde.

Die Kündigung ist – falls der KV nichts anderes bestimmt – **formfrei** und kann daher ausdrücklich (mündlich oder schriftlich) oder durch konkludentes Verhalten erklärt werden. Das Wort „Kündigung" muß nicht gebraucht werden, erforderlich ist lediglich, daß die Erklärung bei objektiver Würdigung durch den Erklärungsempfänger zweifelsfrei den Willen erkennen läßt, daß das Arbeitsverhältnis zu einem bestimmten Termin beendet sein soll (OGH, Arb 4264; Arb 9142). Die Angabe eines Kündigungstermines oder einer Kündigungsfrist ist ebenfalls nicht erforderlich. Mangels anderer Erklärung gilt sie zum nächsten gesetzlichen Termin.

Teilkündigungen, d. h. Kündigungen, die sich lediglich auf die Beseitigung einzelner Vertragsbestimmungen richten, sind in der Regel **unzulässig,** weil sie zu einseitigen Vertragsänderungen mißbraucht werden könnten. Sie sind lediglich dann wirksam, wenn die Möglichkeit der Teilkündigung betreffend eine zusätzliche Tätigkeit vereinbart wurde, die sich von der eigentlichen, im Dienstvertrag vereinbarten abgrenzt.

Zulässig hingegen sind die sogenannten **Änderungskündigungen,** wonach der Eintritt der Kündigung vom Willen des Gekündigten abhängt. Es wird unter der Bedingung gekündigt, daß sich der Vertragspartner nicht mit bestimmten, meist gleichzeitig vorgeschlagenen Änderungen des Vertrages innerhalb einer Frist einverstanden erklärt.

Kündigungstermine und **Kündigungsfristen** werden regelmäßig durch Gesetz, Kollektivvertrag oder Betriebsvereinbarung vorgeschrieben. Für journalistische Dienstnehmer ist in diesem Zusammenhang § 41 der Journ.-KV relevant, durch den die Kündigung präzisiert wird. Prinzipiell hat die Kündigungsfrist mindestens drei Monate zu betragen und erhöht sich nach fünfjähriger ununterbrochener Dauer des Dienstverhältnisses mit jedem Dienstjahr um einen Monat bis zum Höchstausmaß von einem Jahr; mangels einer für den Dienstnehmer günstigeren Vereinbarung kann dieser das Dienstverhältnis mit Ablauf eines jeden Kalendervierteljahres durch vorhergehende Kündigung lösen. Die Kündigungsfristen dürfen durch Einzelvereinbarung nicht unter die durch den KV bestimmte Dauer herabgesetzt werden.

Der **Dienstnehmer** kann mangels einer für ihn günstigeren Vereinbarung das Dienstverhältnis mit dem letzten Tage des Kalendermonats unter Einhaltung einer einmonatigen Kündigungsfrist lösen, wobei diese Frist durch Vereinbarung bis zu einem halben Jahr ausgedehnt werden kann. Dabei darf allerdings die Kündigungsfrist des Dienstnehmers nicht länger sein als die vom Dienstgeber einzuhaltende Frist. Wird das Dienstverhältnis auf eine Zeit von **mehr als fünf Jahren** befristet, so kann der Dienstnehmer ungeachtet dieser Befristung das Dienstverhältnis unter Einhaltung einer Kündigungsfrist von sechs Monaten nach Ablauf von fünf Jahren lösen. Während jenes Teiles der Kündigungsfrist, der drei Monate überschreitet, haben beide Vertragsteile das Recht, eine Dienstfreistellung zu verlangen. Macht der Dienstnehmer von diesem Recht Gebrauch, so verfallen die ihm für diese Zeit gebührenden monatlichen Bezüge. Im Falle der Auflösung des Zeitungsunternehmens beträgt die vom Dienstgeber einzuhaltende Kündigungsfrist zumindest sechs Monate.

Die Journ.-KV kennen auch ein besonderes **Formerfordernis:** Gemäß § 41 Zi. 5 KV müssen Kündigungen beiderseits **schriftlich** erfolgen, wobei der Kündigungsbrief **persönlich** oder **eingeschrieben** zugestellt werden kann. Die Nichteinhaltung dieser Formvorschrift macht die Kündigung rechtsunwirksam.

Frist- oder terminwidrige Kündigungen, d. h. also Kündigungen, die entweder mit zu kurzer Frist oder zu einem zu frühen Termin ausgesprochen werden, beenden die Dienstverhältnisse dessenungeachtet zum früheren (falschen) Zeitpunkt (OGH, Arb 8669; 9259). Die Frist- bzw. Terminwidrigkeit wirkt sich daher in diesem Fall ausschließlich auf die dem Arbeitnehmer aus der Beendigung des Arbeitsverhältnisses zustehenden Ansprüche aus (vgl. dazu unten Seite 624).

Anders verhält es sich bei vertraglich oder gesetzlich festgelegten **Kündigungsbeschränkungen.** Werden Kündigungen an die Einhaltung eines bestimmten Verfahrens gebunden (wie dies § 105 ArbVG für alle Arbeitsverhältnisse in Betrieben, für die ein Betriebsrat besteht, generell vorschreibt) oder werden Kündigungen entgegen eines vertraglichen oder gesetzlich bestehenden Kündigungsverbotes (z. B. MSchG, ArbPlSichG, vgl. dazu unten Seite 627 f.) ausgesprochen, so bleiben diese generell **rechtsunwirksam.** Eine solche Kündigung beendet daher das Dienstverhältnis nicht, so daß etwa der Arbeitnehmer das Recht hat, auf die gerichtliche Feststellung des Fortbestandes des Dienstverhältnisses zu klagen. Eine derartige Kündigungsbeschränkung sieht auch § 38 Zi. 4 der Journ.-KV vor, wonach eine nach dieser Bestimmung geschützte Dienstverhinderung durch Krankheit oder Unglücksfall eine Kündigungsbeschränkung für bestimmte Zeiträume vorsieht. Der Dienstnehmer darf erst gekündigt werden, wenn die Verhinderung diese festgelegten Zeiträume überschritten hat.

Als weitere Einschränkung sind Kündigungen unzulässig, die gegen ein vom Gesetzgeber verpöntes Motiv verstoßen. Diese Tatbestände sind in § 105 Abs. 3 Zi. 1 ArbVG angeführt (so z. B. die Tätigkeit in Gewerkschaften oder im Betriebsrat etc.). Eine Anfechtbarkeit ist nur möglich, wenn ein Betriebsrat besteht oder bestehen müßte, welchem dieses Recht primär zusteht. Es ist innerhalb einer Woche wahrzunehmen; lehnt der Betriebsrat ab, kann der Gekündigte innerhalb einer weiteren Wochenfrist die Anfechtung selbst vornehmen.

II.7.2. Vorzeitige Auflösung des Dienstverhältnisses aus wichtigem Grund:

Mit dieser Regelung soll es den Vertragsparteien ermöglicht werden, ein Arbeitsverhältnis, dessen Fortführung für einen der beiden Teile wegen des Eintrittes eines bestimmten Umstandes **unzumutbar** geworden ist, **vorzeitig** und **mit sofortiger Wirkung** aufzulösen. Diese an sich selbstverständliche Auflösungsmöglichkeit wurde durch die Vorschriften der §§ 25 ff. AngG. präzisiert.

Wichtige Gründe, die den **Angestellten** zum **vorzeitigen Austritt** berechtigen, sind etwa ein unmittelbar zu gewärtigender Schaden für dessen Gesundheit oder Sittlichkeit, ein ungebührliches Vorenthalten oder Schmälern des ihm zustehenden Entgeltes oder Tätlichkeiten bzw. erhebliche Ehrverletzungen des Dienstgebers (vgl. § 26 AngG.). Der **Dienstgeber** ist zur **vorzeitigen Entlassung** insbesondere dann berechtigt, wenn der Angestellte im Dienst untreu war, wenn er unfähig ist, die versprochenen oder die sonst angemessenen Dienste zu leisten, oder wenn er dem Konkurrenzverbot (vgl. oben Seite 621) entgegenhandelt. Für Journalisten hat der OGH etwa die Geschenkannahme zum Zwecke parteiischer Kritik beim Theaterreferenten einer Tageszeitung (SZ. VI 202) bzw. einem dem Dienstnehmer gegenüber erhobenen Vorwurf, ein Denunziant zu sein (Arb 5515) als vorzeitigen Lösungsgrund gewertet. Hingegen ist die gegenüber dem Chefredakteurstellvertreter vom Geschäftsführer gemachte Äußerung, dieser möge ein guter Verleger sein, habe aber vom Zeitungsmachen keine Ahnung, kein Austrittsgrund (Arb 6301), weil diese Äußerung über den Rahmen einer berechtigten Kritik nicht hinausgeht.

Einen besonderen, wenngleich aus dem Konkurrenzverbot logisch entwickelten Entlassungstatbestand sieht § 15 Zi. 2 der Journ.-KV vor, wonach jede an sich zustimmungspflichtige Mitarbeit bei einem anderen Unternehmen ohne das Vorliegen einer solchen Zustimmung den Dienstgeber zur Entlassung berechtigt. Dasselbe gilt, wenn der Dienstnehmer ohne schriftliche Zustimmung nicht veröffentlichte Nachrichten einer Zeitung weitergibt und nicht erwiesen werden kann, daß dem eigenen Verlag daraus kein Nachteil erwachsen ist. Demgegenüber kann der Dienstnehmer seinen vorzeitigen Austritt aus wichtigem Grunde dann erklären, wenn sein Arbeitgeber Originalbeiträge, die vom Dienstnehmer geleistet wurden, ohne dessen Zustimmung weitergibt.

Wie die Kündigung ist auch die vorzeitige Auflösung eine **einseitige empfangsbedürftige Willenserklärung,** wobei der entscheidende Unterschied zur Kündigung darin liegt, daß die Beendigung des Arbeitsverhältnisses in diesem Fall zu ihrer Rechtmäßigkeit das Vorliegen eines **wichtigen Grundes** erfordert. In der Praxis ergibt sich auf Grund der in aller Regel bestehenden Kündigungsfristen als weiteres wichtiges Unterscheidungsmerkmal, daß diese Art der Auflösung an keine Fristen gebunden ist. Als weiteres Charakteristikum kommt allerdings hinzu, daß der jeweilige Vertragspartner von seinem Entlassungs- bzw. Austrittsrecht unverzüglich Gebrauch machen muß, da er ansonsten Gefahr läuft, sein diesbezügliches Recht zu verwirken.

II.7.3. Ansprüche aus der Beendigung des Arbeitsverhältnisses:

Die **finanziellen Ansprüche** des Arbeitnehmers reichen prinzipiell bis zur Beendigung des Dienstverhältnisses. Daraus folgt, daß bei einer ordnungsgemäßen Kündigung die Ansprüche bis zum Ablauf der Kündigungsfrist reichen und zu befriedigen sind. Dasselbe gilt auch für die Entlassung, da bei einer gerechtfertigten Entlassung dem Arbeitnehmer Entgelt lediglich bis zum Zeitpunkt der eingetretenen vorzeitigen Auflösung des Dienstverhältnisses zusteht. Sonderzahlungen werden in diesen Fällen in aller Regel aliquot ausbezahlt.

Wir hingegen das Dienstverhältnis vom **Arbeitgeber vorzeitig ohne Vorliegen eines wichtigen Grundes** aufgelöst bzw. **fristwidrig gekündigt** oder **tritt der Arbeitnehmer gerechtfertigt vorzeitig** aus, so behält er unbeschadet weitergehender Schadenersatzansprüche den vertragsmäßigen Anspruch auf das Entgelt für den Zeitraum, der bis zur rechtmäßigen Beendigung des Dienstverhältnisses (Dienstgeberkündigung) hätte verstreichen müssen (§ 1162 b ABGB, § 29 AngG.). Der Arbeitnehmer muß sich allerdings einrechnen lassen, was er infolge des Unterbleibens der Dienstleistung erspart oder durch anderweitige Verwendung erworben oder zu erwerben absichtlich versäumt hat. Das AngG. sieht vor, daß diese Anrechnungsbestimmungen bis zu einem Zeitraum von drei Monaten entfallen. Für diese Periode gebührt dem Angestellten daher das ihm zustehende Entgelt in voller Höhe.

Löst der **Arbeitnehmer** sein Dienstverhältnis **vorzeitig ohne Vorliegen eines wichtigen Grundes** auf bzw. wird er **gerechtfertigt entlassen,** so können dem Dienstgeber Ansprüche auf Ersatz des dadurch verursachten Schadens zukommen.

Hinsichtlich des noch nicht verbrauchten Urlaubes bestehen zwei Möglichkeiten der Abfindung: **Urlaubsentschädigung** und **Urlaubsabfindung.** Letztere steht immer dann zu, wenn das Arbeitsverhältnis vor Verbrauch des Urlaubes endet und **kein Anspruch** auf Urlaubsentschädigung besteht. Sie beträgt für jede Woche seit Beginn des Urlaubsjahres, in dem der Urlaub nicht verbraucht worden ist, $^{1}/_{52}$ der noch offenen Urlaubsentschädigung. Lediglich im Falle des **unbegründeten Austrittes** erhält der Arbeitnehmer auch keine Urlaubsabfindung.

Im Unterschied zur Urlaubsabfindung gebührt die **Urlaubsentschädigung in voller Höhe** des noch ausstehenden Urlaubsentgeltes. Sie steht dem Arbeitnehmer im ersten Dienstjahr dann zu, wenn mehr als die Hälfte des Urlaubsjahres verstrichen ist und das Dienstverhältnis durch Dienstgeberkündigung, ungerechtfertigte Entlassung oder berechtigten vorzeitigen Austritt beendet wurde. Die vorgenannten

Auflösungsgründe bewirken ab dem zweiten Dienstjahr sofort mit dessen Beginn den vollen Anspruch auf Urlaubsentschädigung. Im Falle der Dienstnehmerkündigung oder einvernehmlichen Auflösung entsteht auch für die dem ersten Dienstjahr folgenden Jahre nur dann ein Anspruch auf Urlaubsentschädigung, wenn bereits sechs Monate dieses Dienstjahres im Zeitpunkt der Beendigung verstrichen sind. Ansonsten besteht ein Anspruch auf Urlaubsabfindung, außer im oben erwähnten Fall des ungerechtfertigten Austrittes.

Als weiterer außerordentlicher Entgeltanspruch aus Anlaß der Auflösung des Arbeitsverhältnisses entsteht fallweise ein Anspruch auf **Abfertigung.** Diese gebührt regelmäßig erst nach einer gewissen **Mindestdauer** des **Dienstverhältnisses** und beträgt ein **Vielfaches des Monatsentgeltes.** Sie dient der Versorgung des Arbeitnehmers nach Beendigung des Dienstverhältnisses, hat aber insofern auch den Charakter einer Treueprämie, als sie bei Kündigung durch den Arbeitnehmer, unbegründetem vorzeitigem Austritt und verschuldeter Entlassung grundsätzlich **verfällt.** Für die Journalistendienstverhältnisse wird der Anspruch auf Abfertigung vor allem durch § 42 des jeweiligen KV geregelt. Hier wird eine Staffelung vom zweifachen Monatsbezug nach drei Jahren bis zum 16fachen Monatsbezug nach 25 Dienstjahren vorgeschrieben. Die Abfertigung wird in der Höhe von drei Monatsgehältern sofort fällig, der Rest kann vom vierten Monat an in monatlichen, im voraus zahlbaren Teilbeträgen von mindestens einem Gesamtmonatsbezug abgestattet werden. Anstelle der Abfertigung können **Pensionsvereinbarungen** treten, wenn diese den Dienstnehmer nicht ungünstiger stellen.

Wird das Dienstverhältnis durch den **Tod des Angestellten** aufgelöst, beträgt die Abfertigung nur die **Hälfte** des gesetzlichen Anspruches und gebührt den gesetzlichen Erben, zu deren Erhaltung der Erblasser gesetzlich verpflichtet war (§ 23 Abs. 6 AngG.). Die Journ.-KV sehen unter bestimmten Voraussetzungen die Bezahlung der **gesamten** Abfertigung vor.

II.7.4. Veräußerung der Zeitungsunternehmung und Wechsel der politischen Richtung:

Gemäß § 8 JournG. kann der Erwerber einer veräußerten Zeitungsunternehmung innerhalb eines Monats nach der Veräußerung dem Redakteur gegenüber erklären, daß er in dessen Vertrag mit dem Veräußerer nicht eintritt, daß er also dessen **Arbeitsverhältnis lösen** will. Wird eine solche Erklärung abgegeben, steht dem Redakteur außer dem für die Kündigungsfrist entfallenden Entgelt sowie allen anderen durch die Beendigung des Dienstverhältnisses fällig werdenden Ansprüchen eine Entschädigung zu, die bei weniger als fünfjähriger Dauer des Vertragsverhältnisses ein **volles Jahresentgelt,** bei fünf- bis zehnjähriger Dauer das **1½fache** des Jahresentgeltes beträgt und sich mit je fünf weiteren Jahren der Vertragsdauer um ein weiteres **halbes Jahresentgelt** erhöht, wobei ein angefangenes Jahrfünft als voll gerechnet wird. Die gesetzliche Abfertigung gebührt jedoch nicht gesondert, sondern wird auf die Entschädigung angerechnet. Tritt der Erwerber aber in den Vertrag ein oder lehnt er innerhalb der Frist den Eintritt zumindest nicht ausdrücklich ab, so besteht ein **Kündigungsschutz von einem Jahr.**

Dieselben Ansprüche stehen einem Redakteur zu, wenn eine Zeitungsunternehmung die von ihr bisher eingehaltene politische Richtung wechselt, dem Redakteur die Fortsetzung seiner Tätigkeit ohne Änderung seiner Gesinnung **nicht zugemutet** werden kann und er **innerhalb eines Monates,** nachdem er von dem **Wechsel der politischen Richtung** Kenntnis erlangt haben mußte, den Vertrag deshalb löst. Er muß in diesem Fall **keine Kündigungsfrist** einhalten (§ 11 JournG.).

Diese Rechte des Arbeitnehmers sind **unabdingbar** und können durch Arbeitsvertrag daher weder aufgehoben noch beschränkt werden.

II.7.5. Besondere Vorschriften für weibliche Dienstnehmerinnen:

Durch die Vorschriften des *Mutterschutzgesetzes* (MSchG.) wird den betroffenen Frauen während der Schwangerschaft und nach der Entbindung ein weitgehender Schutz gegen die Auflösung des Dienstverhältnisses durch Kündigung gewährt.

Dieses Gesetz gilt für alle in einem privatrechtlichen Dienstverhältnis stehenden „Dienstnehmerinnen" (§ 1 Abs. 1 lit. a MSchG.), wobei seine Geltung von Art und Dauer des Dienstverhältnisses ebenso unabhängig ist. Unmaßgeblich ist ferner, ob die Schwangerschaft schon vor dem Beginn des Dienstverhältnisses bestanden hat bzw. nach welcher Dauer des Dienstverhältnisses die Schwangerschaft eingetreten ist. Nach einhelliger Rechtsprechung ist auch ein Irrtum über die Schwangerschaft einer Arbeitnehmerin bei Abschluß des Arbeitsvertrages unmaßgeblich, und zwar auch dann, wenn die Arbeitnehmerin das Vorliegen ihrer Schwangerschaft bewußt verschwiegen oder wahrheitswidrig verneint hat (OGH Arb 8824; Arb 8574).

Es besteht ein **Kündigungsverbot** für Dienstnehmerinnen während der Schwangerschaft und bis zum Ablauf von vier Monaten nach der Entbindung, wenn dem Dienstnehmer die Schwangerschaft bzw. die Entbindung bekannt war. Dieser Schutz besteht aber auch dann, wenn die Tatsache der Schwangerschaft bzw. Entbindung **binnen fünf Arbeitstagen** nach Ausspruch der Kündigung dem Arbeitgeber bekanntgegeben wird (§ 10 MSchG.). Bei Inanspruchnahme des einjährigen Karenzurlaubes erstreckt sich der Kündigungsschutz bis zum Ablauf von vier Wochen nach Beendigung des Karenzurlaubes (§ 5 MSchG.). Das Gericht kann unter bestimmten Voraussetzungen einer Kündigung zustimmen. Eine einvernehmliche Auflösung des Dienstverhältnisses bedarf der Schriftform, bei Minderjährigen überdies einer qualifizierten Belehrung.

Eine **besondere Abfertigungsregel** sieht § 23 a Abs. 3 AngG. vor. Danach gebührt nach einer ununterbrochenen Dauer des Dienstverhältnisses von fünf Jahren weiblichen Angestellten die Hälfte der ihnen normalerweise zustehenden Abfertigung, höchstens jedoch das Dreifache des monatlichen Entgeltes, wenn sie
1. nach der Geburt eines lebenden Kindes innerhalb von acht Wochen oder
2. nach der Annahme eines Kindes, welches das 1. Lebensjahr noch nicht vollendet hat, an Kindes Statt [. . .] oder nach Übernahme eines solchen Kindes in unentgeltliche Pflege [. . .] innerhalb von acht Wochen ihren vorzeitigen Austritt aus dem Arbeitsverhältnis erklären.
Wird ein Karenzurlaub beansprucht, ist der Austritt spätestens innerhalb von sechs Monaten nach der Niederkunft, Annahme an Kindes Statt oder der Übernahme in unentgeltliche Pflege zu erklären.

II.7.6. Besondere Vorschriften für männliche Dienstnehmer:

Einen besonderen Kündigungsschutz für **Präsenzdiener** normiert das *Arbeitsplatzsicherungsgesetz* (ArbPlSichG.). § 6 dieses Gesetzes bestimmt, daß ab Bekanntmachung des allgemeinen Einberufungsbefehles oder Zustellung eines besonderen Einberufungsbefehles bis zum Ablauf **eines Monats** nach Beendigung des Präsenzdienstes eine Kündigung nicht zulässig ist. Dauert der Präsenzdienst kürzer als zwei Monate, verkürzt sich die Frist jeweils auf die Hälfte des Präsenzdienstes. Innerhalb dieser Zeiträume ist eine Entlassung ebenfalls unwirksam.
Voraussetzung für die Inanspruchnahme des Kündigungs- und Entlassungsschutzes ist, daß bei Zustellung des besonderen Einberufungsbefehles der Dienstgeber innerhalb von **sechs Werktagen** hievon in Kenntnis gesetzt wird. Ist die Frist zwischen Einberufung und Antritt des Präsenzdienstes kürzer, genügt eine Mitteilung am Tage vor dem Antritt.
Sowohl eine Kündigung als auch eine Entlassung bedürfen zu ihrer Wirksamkeit der vorherigen **Zustimmung des Gerichtes.** Eine einvernehmliche Auflösung muß schriftlich vereinbart werden; weiters muß eine Bescheinigung des Gerichtes oder einer gesetzlichen Interessenvertretung beigeschlossen werden, wonach der Dienstnehmer über den Kündigungsschutz belehrt worden ist. Bei einem Verzicht auf den Entlassungsschutz genügt eine diesbezügliche schriftliche Erklärung des Arbeitnehmers.

Georg Grießer

XIV. Verbände und Institutionen des Medienwesens in Österreich

Im folgenden Abschnitt werden einige Institutionen und Verbände des österreichischen Medienwesens mit ihren Zielsetzungen und Aufgabenbereichen vorgestellt. Ihre Aufzählung muß sich notgedrungen vorwiegend auf Einrichtungen beschränken, die für österreichische Medienschaffende in Presse und Rundfunk allgemein von Bedeutung sind.

Verband Österreichischer Zeitungsherausgeber und Zeitungsverleger (V. Ö. Z.)

A-1010 Wien, Schreyvogelgasse 3, Tel. 0 22 2/533 13 39 oder 533 61 78

Der Verband Österreichischer Zeitungsherausgeber und Zeitungsverleger (V. Ö. Z.) wurde 1946 gegründet, als es galt, mit Hilfe einer gemeinsamen Interessenvertretung den Wiederaufbau eines freien und demokratischen Pressewesens in Österreich zu garantieren. Gegenwärtig gehören dem V. Ö. Z. 83 Mitglieder an. Es sind dies alle in Österreich erscheinenden Tageszeitungen (17 publizistische Einheiten) und über 60 Wochenzeitungen sowie monatlich erscheinende Publikationen.

Der V. Ö. Z. erfüllt folgende Aufgaben:

1. Die Zeitungsherausgeber und Zeitungsverleger in allen gemeinsamen Angelegenheiten gegenüber den Organen des Staates, der Länder und Gemeinden, gegenüber den Behörden, den Kammern, der Wirtschaft und der Öffentlichkeit zu repräsentieren;
2. Stellungnahmen, Gutachten und Vorschläge zu Gesetzen, Verordnungen und Verfügungen, welche die Presse und deren Nebenbetriebe betreffen, auszuarbeiten;
3. die Arbeitsbedingungen für die Angestellten und Arbeiter seiner Verbandsmitglieder durch den Abschluß von Kollektivverträgen zu regeln;
4. die öffentliche Aufgabe und die gesellschaftspolitische Bedeutung der Presse in Österreich zu vertreten;
5. gegebenenfalls eigene wirtschaftliche Unternehmungen im gemeinsamen Interesse der Mitglieder zu errichten und zu führen.

Zu den Schwerpunkten der Verbandstätigkeit zählen die jährlichen Verhandlungen zum Abschluß von Kollektivverträgen mit der Journalistengewerkschaft, der Gewerkschaft Druck und Papier sowie mit der Gewerkschaft der Privatangestellten

(Fachgruppe Zeitungsangestellte); weiters die regelmäßigen Verhandlungen mit der Österreichischen Papierindustrie über den Zeitungspapierpreis sowie Verhandlungen mit Post und Bundesbahnen über günstige Beförderungsbedingungen für Zeitungen und Zeitschriften.

Der V. Ö. Z. kontrolliert regelmäßig die Druckauflage österreichischer Printmedien und veröffentlicht sie als „geprüfte Auflage" jährlich in seinem seit 1953 erscheinenden „Pressehandbuch" (früher: „Österreichs Presse, Werbung, Graphik").

Als eine der Hauptaufgaben des V. Ö. Z. kann ferner die Begutachtungstätigkeit von Gesetzestexten, die den Medienbereich betreffen, angeführt werden. So nahm der Verband an den Beratungen des parlamentarischen Untersuchungsausschusses zum 1981 verabschiedeten Mediengesetz teil. Er wirkte an der Entstehung des 1975 verabschiedeten Bundesgesetzes zur Förderung der Presse mit und ist in der die Bundesregierung beratenden Kommission zur Vergabe der Mittel der Bundespresseförderung vertreten.

Der V. Ö. Z. ist Gründungsmitglied und Trägerverband des „Kuratoriums für Journalistenausbildung". Er arbeitet im „Kuratorium für Presseausweise" mit, gehört als außerordentliches Mitglied dem „Verein Arbeitsgemeinschaft Media-Analysen" an und zählt zu den Trägerorganisationen des „Österreichischen Presserates", dessen Geschäftsführung er wahrnimmt. Mit verschiedenen Kampagnen – als bekannteste sei „Print gewinnt" erwähnt – will der V. Ö. Z. die Position der Printmedien am österreichischen Werbemarkt festigen. Ziel einer weiteren V. Ö. Z.-Schwerpunktaktion ist die Förderung der Kulturtechnik Lesen sowie die verstärkte Verankerung der „Zeitung in der Schule".

Österreichischer Gewerkschaftsbund. Gewerkschaft Kunst, Medien, freie Berufe. *Sektion Journalisten*

A-1010 Wien, Bankgasse 8, Tel. 0 22 2/533 14 02

Nach dem Zweiten Weltkrieg gab es in Österreich zunächst zwei gewerkschaftlich organisierte Journalistenvertretungen. Erst 1946, nach Verhandlungen zwischen dem ÖGB und der mittlerweile gegründeten Sektion Journalisten, trat die Sektion geschlossen der damaligen „Gewerkschaft der Angestellten der freien Berufe" bei und kam es zu einer Vereinigung der beiden getrennten Organisationen.

Die allgemein als „Journalistengewerkschaft" bezeichnete Sektion Journalisten ist somit keine eigenständige Gewerkschaft, sondern eine Sektion innerhalb der heutigen Gewerkschaft Kunst, Medien, freie Berufe (kmfb). Ihre Aufgaben und Ziele – wie Abschluß von Kollektivverträgen, Vertretung der Mitglieder in arbeitsrechtlichen Belangen, Wahrung spezifischer beruflicher Interessen – decken sich größtenteils mit den allgemeinen Aufgaben und Zielen des Österreichischen Gewerkschaftsbundes (ÖGB), im besonderen mit jenen der Gewerkschaft Kunst, Medien, freie Berufe.

Die Sektion Journalisten nimmt ferner Aufgaben wahr, die über ursprüngliche gewerkschaftliche Zielsetzungen hinausgehen. So ist sie in der die Bundesregierung beratenden Kommission zur Vergabe der Presseförderungsmittel vertreten und gehört sie dem Österreichischen Presserat an, dessen Gründungsmitglied sie auch ist. Sie ist darüber hinaus im ,,Kuratorium für Presseausweise'' tätig und gehört als Gründungsmitglied und Trägerverband dem ,,Kuratorium für Journalistenausbildung'' an.

Die Journalistengewerkschaft – sie hat gegenwärtig (Stand 1989) knapp über 4000 Mitglieder, die sich auf ein Dutzend Fachgruppen innerhalb der Sektion Journalisten verteilen – ermöglicht ihren Mitgliedern Mitentscheidung durch Teilnahmerecht an allen Urabstimmungen, die Teilnahme an sogenannten ,,Urwahlen''. Sie vermittelt österreichische und internationale Presseausweise und versorgt ihre Mitglieder regelmäßig mit wichtigen Informationen über Kollektivvertrags-, Arbeits- und Steuerrecht.

Die Sektion Journalisten hat sich mit der Gewerkschaft Druck und Papier sowie mit der Gewerkschaft der Privatangestellten (Fachgruppe Zeitungsangestellte) zu einer ,,Gewerkschaftlichen Arbeitsgemeinschaft Publizistik und Medien'' (GAGPUM) zur Vertretung gemeinsamer Interessen ihrer Mitglieder gegenüber den Arbeitgebern in diesen Bereichen zusammengeschlossen. Im Zuge dieser Zusammenarbeit war sie wesentlich am Zustandekommen des 1981 abgeschlossenen und 1989 verlängerten ,,Kollektivvertrags über die Einführung von integrierten Texterfassungssystemen bei Tages- und Wochenzeitungen'' (kurz ITS-Vertrag) beteiligt.

Österreichischer Rundfunk (ORF)

ORF-Zentrum: Würzburggasse 30, A-1136 Wien, Tel. 0 22 2/87 8 78
Funkhaus: Argentinierstraße 30a, A-1041 Wien, Tel. 0 22 2/50 1 01

Der Österreichische Rundfunk (ORF), Österreichs einzige Rundfunkanstalt, ist ein öffentlich-rechtlich organisiertes, nicht auf Gewinn gerichtetes Medienunternehmen. Seine rechtlichen Grundlagen hat der ORF im ,,Bundesverfassungsgesetz vom 10. Juli 1974 über die Sicherung der Unabhängigkeit des Rundfunks'' (BGBl. Nr. 396/74) und im ,,Bundesgesetz vom 10. Juli 1974 über die Aufgaben und Einrichtung des Österreichischen Rundfunks'' (BGBl. Nr. 397/74). Der ORF ist gemäß Bundesverfassungsgesetz zu Objektivität und Unparteilichkeit der Berichterstattung, Berücksichtigung der Meinungsvielfalt und Ausgewogenheit der Programme verpflichtet. Seine Organe und Mitarbeiter wirken unabhängig. Rundfunk ist öffentliche Aufgabe. Der ORF ist ein eigener Wirtschaftskörper, besitzt Rechtspersönlichkeit, ist als Arbeitgeber kollektivvertragsfähig und fällt in die Zuständigkeit des Bundes.

Die Organe des ORF sind das aus 35 Mitgliedern bestehende Kuratorium, der Generalintendant, die 35 Mitglieder zählende Hörer- und Sehervertretung sowie die Prüfungskommission. Die Organisationsstruktur des ORF umfaßt sieben Bereiche. Sie besteht aus der Zentralen Generalintendanz, zwei Fernsehintendanzen, einer Hörfunkintendanz, der technischen und der kaufmännischen Direktion sowie neun Landesintendanzen in den Bundesländerstudios des ORF. Eine beim Bundeskanzleramt eingerichtete Kommission zur Wahrung des Rundfunkgesetzes (17 Mitglieder) befindet über Verletzungen des ORF-Gesetzes durch Organe oder Mitarbeiter.

Der ORF betreibt die Fernsehprogramme „FS 1" und „FS 2", wobei „FS 2" zu bestimmten Tageszeiten auf Bundesländerebene lokalisiert wird, sowie den ORF-TELETEXT als eigenen Programmdienst des Fernsehens; des weiteren drei national verbreitete Radioprogramme („Österreich 1", „Ö3" sowie „Ö2") und innerhalb des Programms „Ö2" (das früher „Ö-Regional" hieß) neun lokale Radioprogramme der Bundesländerstudios: „Radio Burgenland", „Radio Kärnten", „Radio Niederösterreich", „Radio Oberösterreich", „Radio Salzburg", „Radio Steiermark", „Radio Tirol", „Radio Vorarlberg" und „Radio Wien". Hinzu kommen weiters das Radioprogramm „Ö3 International – Blue Danube Radio" sowie (im Auftrag und auf Rechnung des Bundes) „Radio Österreich International", ein Auslandsdienst auf Kurzwelle. Gemeinsam mit ZDF und SRG strahlt der ORF seit 1. Dezember 1984 auch das Satellitenfernsehprogramm „3sat" aus.

Mit über 3250 Mitarbeitern im ORF-Zentrum, im Funkhaus Wien und in den neun Landesstudios ist der ORF das zweitgrößte Medienunternehmen Österreichs, gemessen am Umsatz – 8 Milliarden Schilling – das größte.

(Mit „Rundfunk in Österreich" befaßt sich ausführlich Kapitel VI, Seite 501 ff.)

Österreichischer Zeitschriften-Verband (ÖZV)

Verlegerverband der Fach-, Wochen- und Zeitschriftenpresse
A-1090 Wien, Hörlgasse 18, Tel. 0 22 2/31 70 01

Der Österreichische Zeitschriften-Verband (ÖZV) wurde 1945 als wirtschaftliche und politische Interessenvertretung sowie als Dienstleistungs- und Service-Instrument für seine Mitglieder gegründet.

Gegenwärtig (Stand 1989) gehören 168 Zeitschriftenverlage dem ÖZV an, der sich zunehmend darum bemüht, die Bedeutung der österreichischen Zeitschriften als Informations- und Werbeträger aufzuzeigen. Zu den PR-Maßnahmen gehören eine 1983 erschienene Publikation, die die Relevanz des Mediums Zeitschrift für alle Bereiche der Gesellschaft darstellen soll, weiters die Erarbeitung einer Leitstudie zur kommunikationspolitischen Position der Fachzeitschrift in Österreich und der ebenfalls erstmals 1983 gestiftete „Preis der Österreichischen Fachpresse“.

Zu den Dienstleistungen des Österreichischen Zeitschriften-Verbandes gehören ein sogenanntes Anzeigenbarometer, ein Kreditfrühwarnsystem, um die Mitgliedsverlage über die Bonität von Geschäftspartnern zu informieren, aber auch die Förderung von Seminaren zur Weiterbildung von Mitarbeitern aus den Mitgliedsverlagen im Rahmen von Veranstaltungen des „Kuratoriums für Journalistenausbildung“, zu dessen Mitbegründern der ÖZV auch zählt.

Presseclub Concordia – Vereinigung österreichischer Schriftsteller und Journalisten

A-1010 Wien, Bankgasse 8, Tel. 0 22 2/63 85 73

Der Presseclub Concordia wurde 1859 gegründet und war der erste österreichische Verein, in welchem sich Vertreter der österreichischen Presse und Literatur zusammenschlossen. Ihren Satzungen entsprechend sollte die Concordia ursprünglich der gesellschaftliche Mittelpunkt aller Journalisten, Schriftsteller und Dichter werden, eine Institution für die soziale Betreuung ihrer Mitglieder und eine Standesvereinigung zur Wahrung und Erkämpfung literarischer und journalistischer Freiheitsrechte.

Heute verfolgt der 1948 neu konstituierte Verein, der 1958 mit dem „Österreichischen Presse-Club“ zum „Presseclub Concordia“ fusionierte und gegenwärtig (Stand 1989) 330 Mitglieder hat, das vorrangige Ziel, die Interessen der ihm angehörenden Journalisten und Schriftsteller zu vertreten. Das Concordia-Haus in der Bankgasse 8 in Wien/Innere Stadt ist inzwischen zu einem vielbeachteten Zentrum der Begegnung von Presse und Rundfunk mit Repräsentanten aus Politik, Wirtschaft, Wissenschaft, Kultur und Gesellschaft geworden. Im Konferenzsaal des Presseclubs Concordia finden jährlich etwa 200 Pressekonferenzen statt.

Neben dieser Haupttätigkeit organisiert der Verein die einmal pro Jahr stattfindenden Concordia-Bankette, auf denen namhafte ausländische Publizisten in Vorträgen mit anschließender Diskussion aktuelle Themen der internationalen Politik erörtern. Außerdem veranstaltet der Presseclub Concordia jährlich den inzwischen zur Tradition gewordenen Concordia-Ball als kommunikativen Treffpunkt und gesellschaftliches Ereignis.

Public Relations Verband Austria (PRVA) – Vereinigung österreichischer Kommunikationsfachleute

A-1040 Wien, Weyringergasse 28a, Tel. 0 22 2/650 97 36

Der Public Relations Verband Austria (PRVA) – Vereinigung österreichischer Kommunikationsfachleute – entstand 1975 aus dem „Public Relations Club Austria" mit dem Ziel, das Berufsbild des PR-Fachmanns zu schaffen und bekanntzumachen, die Interessen des Berufsstandes zu vertreten, das Berufsimage in der Öffentlichkeit zu heben und auszuprägen, die fachliche Aus- und Weiterbildung zu fördern, Seminare, Tagungen und Vorträge zu einschlägigen Themen der PR zu veranstalten sowie die Auseinandersetzung mit Public Relations zu verstärken und Maßnahmen gegen unseriöse PR-Praktiken und die mißbräuchliche Verwendung des Public-Relations-Begriffs – Abgrenzung zur Werbung – zu unternehmen.
Die Mitglieder des PRVA (1989 168 ordentliche/Juniormitglieder, 54 außerordentliche und 16 fördernde Mitglieder, d. h. 236) bekennen sich zu einer offenen und sauberen PR-Politik in allen Belangen des Zusammenlebens und zu den Grundsätzen des „Code d'Ethique International", die 1965 in Athen (Athener Kodex) angenommen wurden.
Vom Public Relations Verband Austria werden seit 1981 regelmäßig PR-Tage veranstaltet, die Gelegenheit zu einer Definitions- bzw. Standortbestimmung der Beschäftigten in diesem Bereich geben.

APA – Austria Presse Agentur

A-1199 Wien, Gunoldstraße 14, Tel. 0 22 2/36 05-0

Die Austria Presse Agentur wurde 1946 als Genossenschaft mit beschränkter Haftung gegründet. Genossenschafter sind heute (mit Ausnahme der „Neuen Kronen Zeitung" und der „Tiroler Tageszeitung", die zum Jahresende 1983 ihren Austritt erklärt hat) alle österreichischen Tageszeitungen und der ORF, wobei sich die Zahl der Anteile nach der Auflage bzw. beim ORF nach der Hörer- und Seherzahl richtet.
Die APA ist die nationale österreichische Nachrichtenagentur, die die Tageszeitungen und den ORF (aber auch Unternehmen außerhalb des Medienbereichs) mit Nachrichtenmaterial versorgt, das sie selbst aufnimmt oder von den Agenturen, mit denen sie in Vertrag steht, übernimmt.
Dienstleistungen, die von der APA angeboten werden, sind:

- das APA-Basisnetz, das Zeitungs- und Rundfunkredaktionen rund um die Uhr mit aktuellen Informationen und Bildern versorgt;

- das APA Media-Text-System (MTX) bietet einen Direktanschluß an die aktuelle APA-Datenbank und ermöglicht so Kunden aus Medien, Wirtschaft und Politik einen Zugriff auf alle Informationen der APA und der angeschlossenen Welt-Nachrichtenagenturen;
- der MID-Medieninformationsdienst, bei ihm übernimmt die APA eine Verteilfunktion, in dem sie Presseaussendungen von Unternehmen an die Medien und ausgewählte APA-Kunden versendet;
- die APA Nachrichtenselektion liefert auf Kundenstichwort entsprechende Meldungen per Telex, Direktleitung oder via Bildschirm des Kunden;
- 26 APA-Journale als Spezialdienste, die mindestens einmal wöchentlich erscheinen und auf dem Postweg an die Abonnenten versandt werden, informieren aktuell und umfassend über Fakten und Entwicklungen eines bestimmten Spezialgebiets;
- das APA-Medienverbundnetz (MVN), das eine rasche und rationelle Unternehmenskommunikation mittels Bildschirm ermöglicht.

Bundeskanzleramt – Bundespressedienst

A-1014 Wien, Ballhausplatz 2, Tel. 0 22 2/53 1 15-24 32

Der seit 1945 bestehende Bundespressedienst hat das primäre Ziel, der Öffentlichkeit im In- und Ausland ein Bild der politischen, wirtschaftlichen, sozialen und kulturellen Realität Österreichs zu vermitteln.

Die Aufgaben, die sich aus der Zielsetzung und der Eingliederung im Rahmen des Bundeskanzleramts ergeben, umfassen die ständigen und gezielten Kontakte mit Vertretern in- und ausländischer Massenmedien (bzw. Nachrichtenagenturen), die Pressebetreuung von in Österreich stattfindenden internationalen Großereignissen, die Organisation von Podiumsdiskussionen und Pressegesprächen, die Vermittlung von Gesprächsmöglichkeiten mit Regierungsmitgliedern und die Information durch offizielle Kommuniqués und Pressemitteilungen. Vom Bundespressedienst wird eine kontinuierliche Rundfunk- und Pressedokumentation sowie ein Zeitungs- und Zeitschriftenarchiv geführt, erfolgt (wenn auch nicht ausschließlich) die Pressebetreuung des Bundeskanzlers und der Staatssekretäre, werden Kontakte zu bundeseigenen oder nahestehenden Medienunternehmen unterhalten, Übersetzungs- und Dolmetschaufgaben wahrgenommen und die österreichischen Botschaften durch tägliche Pressespiegel informiert. Die breit gestreute Informations- und Werbetätigkeit über und für Österreich im Ausland geschieht durch eine Reihe von meist in mehreren Sprachen erscheinenden Publikationen.

Diese sind u. a.

- das „Österreichische Jahrbuch",
- das Handbuch „Österreich – Tatsachen und Zahlen",
- die „Informationen aus Österreich",
- die Schriftenreihe „Österreich-Dokumentation",
- die Schriftenreihe „Kulturprospekte" sowie
- Regionalbulletins für arabische Länder und Staaten in Afrika und Lateinamerika und
- Publikationen verschiedener Art (z. B. Kalender, Bildbände etc.)

Kuratorium für Journalistenausbildung (KfJ)

Geschäftsführung: A-5020 Salzburg, Sigmund-Haffner-Gasse 18, Tel. 0 66 2/ 84 66 81-0

Das Kuratorium für Journalistenausbildung (KfJ) ist eine von im österreichischen Medienwesen tätigen Verbänden eingerichtete, seit November 1978 bestehende Institution für die berufs- und studienbegleitende Aus- und Fortbildung von Journalisten. Als ordentliche Mitglieder – und somit als Trägerverbände – gehören ihm an: der Verband Österreichischer Zeitungsherausgeber und Zeitungsverleger (V. Ö. Z.); die Sektion Journalisten in der Gewerkschaft Kunst, Medien, freie Berufe; der Österreichische Rundfunk (ORF); der Österreichische Zeitschriften-Verband (ÖZV).

Die Finanzierung des KfJ erfolgt aus Mitteln der Bundespresseförderung, aus Förderungsbeiträgen aller Bundesländer, aus Mitgliedsbeiträgen sowie aus Teilnehmergebühren.

Ziel des KfJ ist primär die berufsbegleitende Aus- und Fortbildung von Journalisten. Um dies zu erreichen, hat es eine breite Palette von Aus- und Fortbildungsveranstaltungen entwickelt: die vierwöchigen Grundkurse für journalistische Ausbildung, die mehrtägigen Aufbaukurse (Recht, Sprache, Zeitungsgestaltung), die Ressortkurse (Politik, Wirtschaft, Kultur, Lokales etc.) sowie ressortübergreifende Fachseminare zu aktuellen Themen (wie Aids, Redaktionsmanagement, Österreich und EG etc.). Der vom KfJ für Jungjournalisten angebotene Grundausbildungszyklus besteht aus dem Grundkurs, den drei Aufbaukursen sowie einem frei wählbaren Ressortkurs. Ein Zertifikat bestätigt die Teilnahme.

Das KfJ hat in seinem Programm noch weitere Aktivitäten. Nähere Informationen entnimmt man Kapitel II „Ausbildungserfordernisse und Ausbildungswege im Journalismus", Seite 422 ff.

Österreichisches Kuratorium für Presseausweise

A-1010 Wien, Bankgasse 8, Tel. 0 22 2/533 14 02

1970 haben die Journalistengewerkschaft, der Verband Österreichischer Zeitungsherausgeber und Zeitungsverleger und das Syndikat der Pressefotografen, Pressebildagenturen und Filmreporter Österreichs den Verein „Österreichisches Kuratorium für Presseausweise" gegründet.
Der Verein, dessen Tätigkeit nicht auf Gewinn gerichtet ist, bezweckt die Vergabe von Presselegitimationen und versucht, den Mißbrauch dieser Ausweise zu verhindern. Dieser Zweck soll – unter Beachtung allenfalls geltender gesetzlicher Vorschriften – im Einvernehmen mit dem Bundesministerium für Inneres durch die Ausstellung der einheitlich vidierten Presseausweise erreicht werden.
Derzeit (1989) sind 3103 Presseausweise im Umlauf; 1926 von Mitgliedern der Journalistengewerkschaft, 451 von Personen im Zuständigkeitsbereich des Verbandes Österreichischer Zeitungsherausgeber und Zeitungsverleger, 259 von Mitgliedern des Syndikats der Pressefotografen, Pressebildagenturen und Filmreporter Österreichs, 118 von Personen im Zuständigkeitsbereich des Österreichischen Zeitschriften-Verbandes und 349 von Personen, die diesen Organisationen nicht angehören und vom Kuratorium für Presseausweise selbst betreut werden.
Beantragen kann man den Presseausweis direkt beim Kuratorium für Presseausweise selbst oder über die Journalistengewerkschaft, den Verband Österreichischer Zeitungsherausgeber und Zeitungsverleger, den Österreichischen Zeitschriften-Verband sowie über das Syndikat der Pressefotografen. Die Ausstellung der Ausweise erfolgt dann nach einer strengen Prüfung in einer Sitzung des Kuratoriums und – falls die Antragsbedingungen erfüllt sind – in einer Unbedenklichkeitsprüfung durch das Bundesministerium für Inneres.

AKM

Staatlich genehmigte Gesellschaft der Autoren, Komponisten und Musikverleger reg. Gen. m. b. H.
A-1031 Wien, Baumannstraße 10, Tel. 0 22 2/713 15 55-0

Die erstmals 1897 gegründete (und 1945 neu gegründete) AKM ist eine der ältesten Urheberrechtsgesellschaften der Welt und die größte österreichische Organisation, die die Urheberrechte aller auf dem Gebiet der Musik und Literatur schöpferisch Tätigen verwaltet. Die Genossenschaft vertritt in Österreich, was die Einhebung der Aufführungsentgelte anbelangt, auch die anderen bestehenden Urheberrechtsgesellschaften und die ausländischen Schwestergesellschaften, für die sie das Weltrepertoire in Österreich verwaltet und die Wahrnehmung ausländischer Urheberrechte besorgt.

Haupteinnahmequellen der AKM sind öffentliche Aufführungen und Sendungen geschützter Werke im Rundfunk. Durch zwei Gesamtverträge mit dem Verband der Konzertlokalbesitzer und aller Veranstalter Österreichs sowie mit dem Fachverband der Lichtspieltheater, eine Reihe von Rahmenverträgen mit anderen Veranstaltergruppen (z. B. Sängerbünde, Rotes Kreuz etc.) und dem ORF (wodurch die AKM an den Einnahmen des Rundfunks prozentuell im Anteil der geschützten Musik an der Gesamtsendezeit beteiligt ist) wird die Höhe der Aufführungsentgelte geregelt.

Österreichischer Presserat

A-1010 Wien, Schreyvogelgasse 3, Tel. 0 22 2/533 61 78

Der Österreichische Presserat wurde 1961 als Organ der freiwilligen Selbstkontrolle der Presse durch den Verband Österreichischer Zeitungsherausgeber und die Journalistengewerkschaft gegründet. Die Tätigkeit der Mitglieder des Presserats (je acht Mitglieder entsenden die genannten Institutionen, je zwei der Österreichische Zeitschriften-Verband und der Presseclub Concordia) ist ehrenamtlich und laut Geschäftsordnung allein dem Wissen ihrer Mitglieder und den bestehenden Gesetzen verpflichtet.

Der Österreichische Presserat erfüllt folgende Aufgaben:

- über die Einhaltung der Berufspflichten der österreichischen Presse zu wachen;
- Mißstände im österreichischen Pressewesen festzustellen und alles daranzusetzen, sie zu beseitigen;
- allen Versuchen entgegenzutreten, die geeignet sind, das Ansehen der österreichischen Presse zu schädigen;
- darüber zu wachen, daß die Pressefreiheit nicht verletzt wird;
- darüber zu wachen, daß der ungehinderte Zugang zu den Nachrichtenquellen sowie die Freiheit der Verbreitung der Presseorgane gesichert sind, und
- Interessen der österreichischen Presse gegenüber Gesetzgebung, Verwaltung und Öffentlichkeit zu vertreten.

Wer immer einen Verstoß gegen die Pressefreiheit oder die guten Sitten vermutet, wer glaubt, daß durch Medienberichterstattung ein Eingriff in die Persönlichkeitsrechte vorliegt, die Wahrheitspflicht bei der Berichterstattung verletzt oder die Grundsätze für publizistische Arbeit (Ehrenkodex für die österreichische Presse) nicht eingehalten wurden, kann sich an den Presserat wenden, bzw. dieser kann solche Fälle von sich aus aufgreifen. Die Entscheidungen des Presserates, der jedoch über keine Sanktionsmöglichkeiten verfügt, werden dem Mitteilenden sowie der Person, gegen die sich das Verfahren richtet, übermittelt. Der Presserat kann jedoch auch beschließen, seinerseits einen Spruch zu veröffentlichen. Eine entsprechende Veröffentlichung erfolgt durch Aussendung über die Austria Presse Agentur.

In den letzten elf Jahren nahm der Österreichische Presserat ca. 300 Zuschriften und Beschwerden entgegen. Allein 1989 wurde er in 48 Fällen angerufen. In 20 Fällen wurde die Beschwerde zurückgelegt, 28 Verfahren wurden eröffnet, in 16 Fällen wurde eine Verletzung des Ehrenkodex festgestellt.

1988 nahm der Presserat aus aktuellem Anlaß in einer Erklärung an die Bundesregierung, die Landesregierungen, den Nationalrat, den Österreichischen Gewerkschaftsbund und an die Bundeskammer der gewerblichen Wirtschaft zur Beteiligung der WAZ an der ,,Neuen Kronen Zeitung'' und am ,,Kurier'' Stellung.

(Die vom Österreichischen Presserat erstellten ,,Grundsätze für die publizistische Arbeit'' – der Ehrenkodex für die österreichische Presse – sind in Kapitel 9 abgedruckt. Es enthält auch die Geschäftsordnung des Presserates, dessen Richtlinien zur Geschenkannahme sowie Literaturhinweise.)

Österreichischer Werberat – Selbstkontrollorgan der österreichischen Werbewirtschaft

A-1045 Wien, Wiedner Hauptstraße 63, Tel. 0 22 2/501 05-35 39

Der 1961 gegründete und ursprünglich bei der Industriellenvereinigung, jetzt in der Bundeswirtschaftskammer angesiedelte Österreichische Werberat ist als Selbstkontrollorgan der Werbebranche ein Zusammenschluß unabhängiger oder von einschlägigen mit Werbung befaßten Verbänden nominierter Personen zur Förderung des Ansehens der Werbung in Österreich. Dem Werberat gehören mindestens 12, maximal 18 Mitglieder an.

Seine Aufgabe besteht darin, die unbedingte Freiheit einer gesetzesgemäßen, nicht anstößigen, redlichen und wahren Werbung im Sinne der bestehenden Werbebriefe des Konsumentenpolitischen Beirats des Bundesministeriums für wirtschaftliche Angelegenheiten, der Verhaltensregeln für die Werbepraxis der Internationalen Handelskammer (IHK) und dem Ehrenkodex des Europäischen Direktwerbeverbandes zu schützen und ergänzend zu diesen Verhaltensregeln eigene Richtlinien und Empfehlungen auszuarbeiten.

Der Werberat weist eine Beschwerde ohne weiteres Verfahren zurück, wenn sie nicht in seine Zuständigkeit fällt oder offenbar unbegründet oder unsinnig ist. Andernfalls hat er sich zu bemühen, spätestens innerhalb von zwei Monaten eine

Abänderung der beanstandeten Werbemaßnahmen zu erreichen. Die Beschlüsse des Werberates werden von der Geschäftsführung sowohl den beteiligten Werbebetrieben, den Werbeträgern (Medien) und Auftraggebern als auch den Massenmedien und sonstigen interessierten Institutionen bekanntgegeben.

Verein Arbeitsgemeinschaft Media-Analysen

A-1015 Wien, Seilerstätte 13, Tel. 0 22 2/512 66 66

Nach einer ersten, allerdings nicht veröffentlichten Media-Analyse im Jahr 1962 wurde von Werbeagenturen und Verlegern 1964 der Verein Arbeitsgemeinschaft Media-Analysen gegründet.

Als Zweck des Vereins wird in den Statuten seit 1984 ,,die Verbreitung und Kontrolle von wissenschaftlichen Untersuchungen über Werbeträger, die in Österreich verbreitet werden, sowie von Einstellungs- und Verhaltensuntersuchungen über die österreichische Bevölkerung'' genannt. Zu den Aufgaben des Vereins, dessen Tätigkeit nicht auf Gewinn gerichtet ist, zählen ferner die Verfolgung von Wettbewerbsverstößen gemäß UWG im Zusammenhang mit Veröffentlichung von Daten aus Erhebungen des Vereins, sofern durch solche Wettbewerbsverstöße die Interessen von Unternehmen berührt werden, die im Medien- und/oder Werbebereich tätig sind.

Mitglieder des Vereins können Werbeträger und Werbeagenturen sein. Seine Organe sind die Mitgliederversammlung, der (aus 19 Mitgliedern bestehende) Vorstand, das Präsidium, die Ausschüsse (wie etwa der Programmausschuß, der die fachliche und statistische Vorbereitung von Untersuchungen unternimmt und die Kontrolle der Untersuchungsergebnisse durchführt), ein Rechnungsprüfer und das Schiedsgericht. Im Auftrag dieser heute zirka 100 Mitglieder wurden vom Verein bisher die Media-Analysen 1965, 1967, 1969, 1971/72, 1972/73, 1973/74, 1974/75, 1976, 1978, 1980, 1983, 1985, 1988 und 1990 durchgeführt. (Der Verein selbst betreibt keine Forschungsarbeit. Er gibt die – im Regelfalle alle zwei Jahre erhobenen – Media-Analysen bei großen österreichischen Umfrage-Instituten in Auftrag.) Die Ergebnisse sind den Mitgliedern des Vereins zugänglich und stellen primär Entscheidungshilfen für Werbemaßnahmen der Wirtschaft und der Werbung in Presse und Rundfunk dar. Die Media-Analyse ist eine Reichweitenerhebung und liefert so quantitative Informationen über die Zusammensetzung des Publikums, der Leser, Hörer und Seher (vgl. auch das Kapitel ,,VIII. Publikumsforschung'', Seiten 524 und 528 ff.).

Austro-Mechana

Gesellschaft zur Wahrnehmung mechanisch-musikalischer Urheberrechte m. b. H.
A-1031 Wien, Baumannstraße 8–10, Tel. 0 22 2/75 76 79 oder 79 78 92

Die Tätigkeit der 1946 neu gegründeten Austro-Mechana (die erste Gründung von 1936 wurde nie wirksam) bezieht sich auf die Wahrnehmung der Vervielfältigungs- und Verbreitungsrechte an Werken der Musik und dem damit verbundenen Text, wenn diese Werke auf Tonträgern genutzt werden, durch Rundfunkanstalten aufgezeichnet und gesendet oder auf Videokassetten in den Handel kommen. Die Austro-Mechana nimmt schließlich auch – seit 1980 – die Vergütungsansprüche für Leerkassetten wahr.

Die Arbeit der Gesellschaft, deren größte Einnahmequellen Schallplattenindustrie und Rundfunk sind, erfolgt treuhändig im Interesse von etwa 8000 inländischen Urhebern. Ebenso vertritt sie weltweit ca. 1 Million Urheber, die Verträge mit ausländischen Gesellschaften abgeschlossen haben. Die Tätigkeit der Austro-Mechana ist nicht auf Gewinn gerichtet; die Entgelte werden an die Bezugsberechtigten im Verhältnis ihrer vertraglich vereinbarten Anteile und nach Abzug der Unkosten weiterverrechnet.

Arbeitsgemeinschaft österreichischer Betriebsredakteure

A-1031 Wien, Schwarzenbergplatz 4, Tel. 0 22 2/72 56 51-258

Die Arbeitsgemeinschaft österreichischer Betriebsredakteure wurde 1955 als Forum für die Förderung der innerbetrieblichen Information und Kommunikation, insbesondere durch Ausbildung, Weiterbildung und Gedankenaustausch seiner Mitglieder, gegründet.

Sie ist Mitglied der Federation of European Industrial Editors Associations (FEIEA), der Dachorganisation, der zwölf Verbände europäischer Betriebsredakteure angehören, wie auch der International American Association of Business Communicators (IABC).

Zweimal jährlich veranstaltet die ARGE, die zur Zeit (1989) 130 Mitglieder zählt, Tagungen, bei denen die Teilnehmer durch Fachvorträge und Workshops aktuelle Fragen der innerbetrieblichen Information und Kommunikation vermittelt bekommen. Alljährlich werden zwei Preise für betriebspublizistische Leistungen – die „Silberne Feder", gestiftet von der Vereinigung Österreichischer Industrieller, und der „Daniel-Swarovski-Preis" – vergeben.

Syndikat der Pressefotografen, Pressebildagenturen und Filmreporter Österreichs

A-1131 Wien, Postfach 153, Tel. 0 22 2/804 87 94

Das Syndikat der Pressefotografen, Pressebildagenturen und Filmreporter Österreichs wurde 1947 als Verein für gegenseitige Hilfe der Kollegen gegründet. Seine Mitglieder sind selbständige Pressefotografen mit Gewerbeschein und angestellte Pressefotografen bei diversen Medien sowie Filmreporter, Kameraleute etc. Die Ziele der Vereinigung liegen heute, neben der Pflege der fachlichen und kollegialen Kontakte der Mitglieder, in der Vertretung der Berufssparte gegenüber den Behörden und der Öffentlichkeit, wozu auch die Hilfe bei der Ausstellung von Akkreditierungen bei Großveranstaltungen gehört. Der Verein ist Vollmitglied im Österreichischen Kuratorium für Presseausweise. Die Ausweise der Mitglieder werden vom Bundesministerium für Inneres vidiert.

Verwertungsgesellschaft Bildender Künstler (VBK)

A-1090 Wien, Maria-Theresien-Straße 11, Tel. 0 22 2/34 36 00-226

Der 1977 gegründete, nicht auf Gewinn gerichtete Verein Verwertungsgesellschaft Bildender Künstler hat den Zweck, bildenden Künstlern die Wahrung der ihnen zustehenden Urheberrechte zu ermöglichen. Die VBK vertritt ihre Mitglieder in diesem Zusammenhang auf Grundlage einschlägiger Gesetze und internationaler Verträge im In- und Ausland, betreibt den Ausbau und die Weiterentwicklung dieser Rechte und versteht sich so auch als überparteiliche, kultur- und sozialpolitische Interessenvertretung.
Die VBK nimmt – gegen Spesenersatz – die den Mitgliedern gegenwärtig oder künftig zustehenden urheberrechtlichen Befugnisse treuhändig wahr, das heißt sie besitzt das alleinige und ausschließliche Werknutzungsrecht und die Inkassobefugnis in Fällen, in denen das Gesetz Vergütungsansprüche gewährt.
Der Verein besteht aus ca. 700 Mitgliedern und vertritt durch Verträge mit ausländischen Gesellschaften gleichen Geschäftszwecks über 10.000 weitere Nutzungsberechtigte.
Im November 1988 haben die Verwertungsgesellschaft Bildender Künstler und der Verband Österreichischer Zeitungsherausgeber und Zeitungsverleger im Bestreben, einheitliche, praktikable und abgestimmte Vertragsbedingungen (Tarife) für die Veröffentlichung von Werken der bildenden Kunst in österreichischen Tages- und Wochenzeitungen zu gewährleisten, einen Rahmenvertrag abgeschlossen, der das Einholen einer individuellen Abdruckerlaubnis in jedem einzelnen Fall vermeidet.

Arbeitskreis für historische Kommunikationsforschung

A-1014 Wien, Postfach 208

Der 1986 gegründete Arbeitskreis für historische Kommunikationsforschung (AHK) ist eine auf Vereinsbasis konstituierte gemeinnützige, nicht auf Gewinn ausgerichtete wissenschaftliche Vereinigung.
Die Ziele des Arbeitskreises liegen u. a. in

- der Förderung interdisziplinärer Forschung im Bereich der Kommunikationsgeschichte im In- und Ausland;
- der Veranstaltung von wissenschaftlichen Fachseminaren, Symposien und Ausstellungen;
- der Herausgabe von kommunikationshistorischen Publikationen;
- der Schaffung von Grundlagen zur Intensivierung interdisziplinärer Zusammenarbeit mit benachbarten Wissenschaftsdisziplinen.

Der AHK gibt seit seiner Gründung die Vierteljahresschrift „Medien & Zeit" (mit einer derzeitigen Auflage von ca. 1200 Exemplaren) heraus und begründete Ende 1988 die „Schriftenreihe des Arbeitskreises für historische Kommunikationsforschung" mit dem ersten Band „Die veruntreute Wahrheit".

Österreichische Gesellschaft für Kommunikationsfragen (ÖGK)

A-1010 Wien, Bankgasse 8, Tel. 0 22 2/533 14 02
5020 Salzburg, Rudolfs-Kai 42, Tel. 0 66 2/80 44-41 51

Die 1976 gegründete Österreichische Gesellschaft für Kommunikationsfragen ist ein nicht auf Gewinn gerichteter Verein mit rund 150 Mitgliedern, die zu etwa gleichen Teilen aus den Bereichen der universitären und außeruniversitären Kommunikationsforschung, der Journalistik, Medienunternehmen sowie aus einschlägigen Studienrichtungen kommen.
Der Zweck des Vereins ist die Förderung und Unterstützung der Kommunikationsforschung in Österreich mit folgenden Zielsetzungen: Förderung der Diskussion und Zusammenarbeit zwischen wissenschaftlicher Forschung und Praxis; Anregung, Förderung und Durchführung von kommunikationswissenschaftlichen Forschungsprojekten; Entwicklung und Förderung neuer Kommunikationsformen sowie Information der Öffentlichkeit über Probleme und gesellschaftliche Relevanz der Kommunikationsforschung, insbesondere auf dem Gebiet der Medienforschung.
Die ÖGK hat seit ihrer Gründung eine Reihe von kommunikationswissenschaftlichen Studien durchgeführt und gibt seit 1977 die Vierteljahresschrift „Medien-Journal" als Themenheft heraus. In zweijährigen Abständen organisiert die ÖGK

kommunikationswissenschaftliche Veranstaltungen, jährlich den kommunikationswissenschaftlichen Tag. Der Verein ist unter anderem auch im ,,Projektteam Medienforschung" des Bundesministeriums für Wissenschaft und Forschung, im Beirat des ,,Büro Medienverbund" sowie im Beirat der Gewerkschaftlichen Arbeitsgemeinschaft Publizistik und Medien (GAGPUM) vertreten.

Österreichische Gesellschaft für Publizistik- und Kommunikationswissenschaft

A-5020 Salzburg, Rudolfs-Kai 42, Tel. 0 66 2/80 44-41 50
A-1010 Wien, Universitätsstraße 7, Tel. 0 22 2/43 00-0

Die 1985 gegründete Österreichische Gesellschaft für Publizistik- und Kommunikationswissenschaft steht in der (zumindest indirekten) Nachfolge der 1973 gegründeten und 1985 wieder aufgelösten Österreichischen Gesellschaft für Kommunikationswissenschaft, die sich als nicht arbeitsfähig erwies.

Die neugegründete Gesellschaft soll eine Dachorganisation für die österreichische Publizistik- und Kommunikationswissenschaft darstellen und versteht sich vor allem als Interessenvertretung der in Österreich tätigen Fachwissenschafter, soll darüber hinaus aber sämtlichen Personen offenstehen, die im interdisziplinären Forschungsfeld der Kommunikationswissenschaft fachlich qualifizierte Leistungen vollbringen.

Die Österreichische Gesellschaft für Publizistik- und Kommunikationswissenschaft ist eine gemeinnützige, nicht auf Gewinn ausgerichtete wissenschaftliche Vereinigung. Ihre Ziele sind u. a.

- die Förderung der kommunikationswissenschaftlichen Forschung,
- die Erarbeitung von Grundlagen für die kommunikationswissenschaftliche Vor-, Aus- und Weiterbildung und die Vertiefung der Lehre in Österreich,
- die Veranstaltung von wissenschaftlichen Fachseminaren und Symposien,
- die Begutachtungstätigkeit für kommunikationswissenschaftliche Forschungsobjekte,
- die Vertretung der Interessen der universitären und außeruniversitären österreichischen Kommunikationswissenschaft gegenüber staatlichen und nichtstaatlichen Institutionen im In- und Ausland,
- die Kooperation mit verwandten Einrichtungen im Ausland.

Der Versuch einer stärkeren Integration unterschiedlicher Forschungsbereiche sowie eine deutlichere Präsenz der österreichischen Kommunikationswissenschaft auf internationaler Ebene zählt zu den Hauptaufgaben der Vereinigung. Außerdem tritt die Gesellschaft als Herausgeber des ,,Österreichischen Jahrbuchs für Kommunikationswissenschaft" auf.

Erich Geretschlaeger

XV. Service-Teil für Journalisten

Im vorhergehenden Abschnitt wurden einige Institutionen und Verbände des österreichischen Medienwesens mit ihren Zielsetzungen und Aufgabenbereichen vorgestellt. In diesem Kapitel finden sich für Journalisten wichtige Informationsquellen und Kontaktstellen sowie die Adressen der Tageszeitungen, der APA-Büros, des ORF und seiner Landesstudios.

Auch sind in diesem Abschnitt noch einige Hinweise auf Fachpublikationen zusammengefaßt, deren Kenntnis und Lektüre in der täglichen Arbeit von Nutzen sein kann. Informationsquellen, Kontakte und Ansprechpartner sind für den Journalisten unerläßlich. Bei jeder Recherche stellt sich die Frage, wer zusätzliche Informationen geben oder Zusammenhänge aufhellen kann.

Als erste Adressen bieten sich die Universitäten und Hochschulen an. Nahezu alle verfügen über Büros für Öffentlichkeitsarbeit oder eine Pressestelle; dort kann man nach Fachleuten fragen. Auch die Universitätsdirektionen, Rektorate und Dekanate können bei der Suche nach einem Gesprächspartner behilflich sein. Die angespannte Personalsituation der Hochschulen läßt es allerdings geraten erscheinen, möglichst *direkt* an die gewünschten Fachleute heranzukommen. Zu diesem Zweck empfiehlt es sich, die Vorlesungsverzeichnisse der Universitäten zu Rate zu ziehen. Darin sind üblicherweise auch die Adressen und Telefonnummern der Institute und die Namen der Lehrenden angegeben. In diesen Verzeichnissen finden sich auch Hinweise auf die Benützung der Universitätsbibliotheken, deren Fachliteratur aus allen Wissensgebieten für Recherchen genutzt werden kann.

Universitäten und Hochschulen in Österreich

Universitätsdirektion der Universität Wien, 1010 Wien, Dr.-Karl-Lueger-Ring 1, Tel. 0 22 2/43 00-0

Universitätsklinik Wien, Allgem. Krankenhaus, 1097 Wien, Tel. 0 22 2/48 00-0

Universitätsdirektion der Technischen Universität Wien, 1040 Wien, Karlsplatz 13, Tel. 0 22 2/58 8 01-0, Telefax 0 22 2/505 48 00

Universitätsdirektion der Universität für Bodenkultur Wien, 1040 Wien, Gregor-Mendel-Straße 33, Tel. 0 22 2/34 25 00, Telefax 0 22 2/369 16 59

Universitätsdirektion der Veterinärmedizinischen Universität Wien, 1030 Wien, Linke Bahngasse 11, Tel. 0 22 2/71 1 55-0, Telefax 0 22 2/713 68 95

Universitätsdirektion der Wirtschaftsuniversität Wien, 1090 Wien, Augasse 2–6, Tel. 0 22 2/34 05 25, Telefax 0 22 2/34 75 41-885

Universitätsdirektion der Universität Graz, 8010 Graz, Universitätsplatz 3, Tel. 0 31 6/380-0, Telefax 0 31 6/38 15 42

Universitätsklinik Graz, 8036 Graz, Auenbruggerplatz, Tel. 0 31 6/385-0

Universitätsdirektion der Technischen Universität Graz, 8010 Graz, Rechbauerstraße 12, Tel. 0 31 6/70 61-0

Universitätsdirektion der Universität Innsbruck, 6020 Innsbruck, Innrain 52, Tel. 0 52 22/724-0, Telefax 0 52 22/507 33 63

Universitätsklinik Innsbruck, 6020 Innsbruck, Anichstraße 35, Tel. 0 52 22/723-0

Universitätsdirektion der Universität Salzburg, 5020 Salzburg, Residenzplatz 1, Tel. 0 66 2/80 44-0, Telefax 0 66 2/80 44-20 06

Universitätsdirektion der Universität Linz, 4040 Linz-Auhof, Altenbergerstraße 69, Tel. 0 73 2/24 68-0, Telefax 0 73 2/24 68-10

Universitätsdirektion der Montanuniversität Leoben, 8700 Leoben, Franz-Josef-Straße 18, Tel. 0 38 42/42 5 55, 44 5 11, 43 5 51

Universitätsdirektion der Universität für Bildungswissenschaften Klagenfurt, 9020 Klagenfurt, Universitätsstraße 65–67, Tel. 0 46 3/53 17-0, Telefax 0 46 3/53 17-100

Rektorat der Akademie der bildenden Künste in Wien, 1010 Wien, Schillerplatz 3, Tel. 0 22 2/58 8 16

Rektorat der Hochschule für angewandte Kunst in Wien, 1010 Wien, Oskar-Kokoschka-Platz 2 (Stubenring 3), Tel. 0 22 2/58 8 16

Rektorat der Hochschule für Musik und darstellende Kunst in Wien, 1037 Wien, Lothringerstraße 18, Tel. 0 22 2/58 8 06-0, Telefax 0 22 2/587 28 97

Rektorat der Hochschule für Musik und darstellende Kunst „Mozarteum" in Salzburg, 5020 Salzburg, Mirabellplatz 1, Tel. 0 66 2/75 5 34, 75 6 46, Telefax 0 66 2/75 5 34-355

Rektorat der Hochschule für Musik und darstellende Kunst Graz, 8010 Graz, Leonhardstraße 15, Postfach 208, Tel. 0 31 6/32 0 53, 32 0 54, Telefax 0 31 6/32 5 04

Rektorat der Hochschule für künstlerische und industrielle Gestaltung Linz, 4020 Linz, Hauptplatz 8, Tel. 0 73 2/27 34 85, Telefax 0 73 2/28 35 08

Eine weitere Quelle für Fachinformationen stellen die berufsständischen Organisationen, die Kammern, dar. Diese sind üblicherweise in Landeskammern untergliedert, so daß praktisch in jedem Bundesland eine Kontakt- und Auskunftsstelle vorhanden ist. Einige dieser Organisationen publizieren jährlich Jahresberichte und/oder statistische Handbücher, denen wertvolle Basisinformationen für jede weitere Recherche entnommen werden können. Nachfolgend die in Wien angesiedelten (Bundes-)Kammern, bei denen gegebenenfalls die Anschriften der Landeskammern erfragt werden können.

Arbeiterkammern (AK)
Österreichische Arbeiterkammertag, 1041 Wien, Prinz-Eugen-Straße 20–22, Tel. 0 22 2/50 1 65

Handelskammern
Bundeskammer der gewerblichen Wirtschaft, 1040 Wien, Wiedner Hauptstraße 63, Tel. 0 22 2/50 1 05-0 (65 05-0), Telefax 0 22 2/505 70 07 (65 25 01)

Österreichische Rechtsanwaltskammer
Kammeramt: 1010 Wien, Rotenturmstraße 13, Tel. 0 22 2/533 27 18-0 (63 27 18-0)

Österreichische Notariatskammer
1010 Wien, Landesgerichtsstraße 20, Tel. 0 22 2/42 45 09, 42 62 34

Österreichische Ärztekammer
1010 Wien, Weihburggasse 10–12, Tel. 51 5 01-0 (53 16 01-0)

Österreichische Apothekerkammer
1090 Wien, Spitalgasse 31, Tel. 0 22 2/42 56 76-0

Landwirtschaftskammern
Präsidentenkonferenz der Landwirtschaftskammern Österreichs, 1010 Wien, Löwelstraße 16, Tel. 0 22 2/53 4 41-0

Im Bereich der öffentlichen Verwaltung stehen als Fachinformanten schließlich die Ministerien und Ämter der Landesregierungen zur Verfügung. Alle Ministerien verfügen über Pressebüros, die Anfrager an die kompetente Stelle weiterleiten, wenn sie nicht selbst über die gewünschten Informationen verfügen.

Bundesministerien (Auskunftsstellen):

Bundeskanzleramt: 1010 Wien, Ballhausplatz 2, Tel. 0 22 2/53 1 15-24 43 DW
BM für Auswärtige Angelegenheiten: 1010 Wien, Ballhausplatz 2, Tel. 0 22 2/53 1 15-33 20 DW
BM für Umwelt, Jugend und Familie: 1030 Wien, Radetzkystraße 2, Tel. 0 22 2/71 1 58-0
BM für Finanzen: 1010 Wien, Himmelpfortgasse 4–8, Tel. 0 22 2/51 4 33-0
BM für wirtschaftliche Angelegenheiten: 1010 Wien, Stubenring 1, Tel. 0 22 2/71 1 00 (75 00)-55 55 DW
BM für Inneres: 1010 Wien, Herrengasse 7, Tel. 0 22 2/53 1 26-390 DW
BM für Justiz: 1070 Wien, Museumstraße 7, Tel. 0 22 2/96 22-0
BM für Landesverteidigung: 1070 Wien, Stiftkaserne/Moser Trakt, Mariahilfer Straße 24, Tel. 0 22 2/93 04 09

BM für Land- und Forstwirtschaft: 1010 Wien, Stubenring 1, Tel. 0 22 2/75 42 02
BM für öffentliche Wirtschaft und Verkehr: 1030 Wien, Radetzkystraße 2, Tel. 0 22 2/ 71 1 62 (75 76 31)-91 13 DW
BM für Arbeit und Soziales: 1010 Wien, Stubenring 1, Tel. 0 22 2/712 63 49 (72 63 49)
BM für Unterricht, Kunst und Sport: 1010 Wien, Minoritenplatz 5, Tel. 0 22 2/53 1 20-42 19 DW
BM für Wissenschaft und Forschung: 1010 Wien, Minoritenplatz 5, Tel. 0 22 2/ 53 1 20-42 19 DW

Weitere wichtige Bundesdienststellen

Zentralanstalt für Meteorologie und Geodynamik: 1190 Wien, Hohe Warte 38, Tel. 0 22 2/36 21 72, 36 44 53, 36 56 70
Geologische Bundesanstalt: 1030 Wien, Rasumofskygasse 23, Tel. 0 22 2/72 56 74, Serie 75 59 62
Institut für österreichische Geschichtsforschung: 1010 Wien, Dr.-Karl-Lueger-Ring 1, Tel. 0 22 2/43 00-22 90
Österreichisches archäologisches Institut: 1190 Wien, Franz-Klein-Gasse 1, Tel. 0 22 2/43 76 41

Bibliotheken

Österreichische Nationalbibliothek: 1015 Wien, Josefsplatz 1, Tel. 0 22 2/53 4 10-0
Universitätsbibliothek Wien: Hauptbibliothek 1010 Wien, Dr.-Karl-Lueger-Ring 1, Tel. 0 22 2/43 00-23 76
Universitätsbibliothek der Technischen Universität Wien: Hauptbibliothek, 1040 Wien, Resselgasse 4, Tel. 0 22 2/58 8 01-32 66, Telefax 0 22 2/505 48 00
Universitätsbibliothek der Universität für Bodenkultur Wien: 1190 Wien, Peter-Jordan-Straße 82, Tel. 0 22 2/34 25 00-486, Telefax 0 22 2/369 16 59
Universitätsbibliothek der Veterinärmedizinischen Universität Wien: 1030 Wien, Linke Bahngasse 11, Tel. 0 22 2/71 1 55-240 oder 241, Telefax 0 22 2/713 68 95
Universitätsbibliothek der Wirtschaftsuniversität Wien: 1090 Wien, Augasse 2–6, Tel. 0 22 2/34 75 44-910 oder 914, Telefax 0 22 2/34 75 41-885
Zentralbibliothek für Physik in Wien: 1090 Wien, Boltzmanngasse 5, Tel. 0 22 2/ 34 26 30-210
Österreichische Phonothek: 1060 Wien, Webgasse 2a, Tel. 0 22 2/597 36 69
Bibliothek und Kupferstichkabinett der Akademie der bildenden Künste in Wien: 1010 Wien, Schillerplatz 3, Tel. 0 22 2/58 8 16-156 und 166
Hochschulbibliothek der Hochschule für Musik und darstellende Kunst in Wien: 1037 Wien, Lothringerstraße 18, Tel. 0 22 2/58 8 06-32, Telefax 0 22 2/587 28 97

Hochschulbibliothek der Hochschule für angewandte Kunst in Wien: 1010 Wien, Oskar-Kokoschka-Platz 2, Tel. 0 22 2/71 1 11, Telefax 0 22 2/71 1 11-28 58

Universitätsbibliothek Graz: Hauptbibliothek 8010 Graz, Universitätsplatz 3, Tel. 0 31 6/380-0, Telefax 0 31 6/38 15 42

Universitätsbibliothek der Technischen Universität Graz: 8010 Graz, Technikerstraße 4, Tel. 0 31 6/70 61-0

Universitätsbibliothek Graz: Hauptbibliothek 8010 Graz, Universitätsplatz 3, Tel. 0 31 6/380-0, Telefax 0 31 6/38 15 42

Universitätsbibliothek der Technischen Universität Graz: 8010 Graz, Technikerstraße 4, Tel. 0 31 6/70 61-0

Hochschulbibliothek der Hochschule für Musik und darstellende Kunst in Graz: 8010 Graz, Brandhofgasse 17; Tel. 0 31 6/32 0 53 und 54, Telefax 0 31 6/32 5 04

Universitätsbibliothek Innsbruck: Hauptbibliothek 6020 Innsbruck, Innrain 50; Tel. 0 52 22/507-20 83, Telefax 0 52 22/507-33 63

Universitätsbibliothek Salzburg: 5010 Salzburg, Hofstallgasse 2–4, Postfach 546, Tel. 0 66 2/84 25 76 Serie, Telex 633903

Hochschulbibliothek der Hochschule für Musik und darstellende Kunst „Mozarteum" in Salzburg: 5020 Salzburg, Mirabellplatz 1, Tel. 0 66 2/71 1 47, Telefax 0 66 2/75 5 34-335

Bundesstaatliche Studienbibliothek Linz: 4020 Linz, Schillerplatz 2, Tel. 0 73 2/66 40 71 bis 73

Universitätsbibliothek Linz: 4040 Linz-Auhof, Altenbergerstraße 69, Tel. 0 73 2/24 68-0, Telefax 0 73 2/24 68-10

Hochschulbibliothek der Hochschule für künstlerische und industrielle Gestaltung in Linz: 4020 Linz, Hauptplatz 8, Tel. 0 73 2/27 34 85-47, Telefax 0 73 2/28 35 08

Universitätsbibliothek der Montanuniversität Leoben: 8700 Leoben, Franz-Josef-Straße 18, Tel. 0 38 42/42 5 55-275, Telex 033322

Universitätsbibliothek der Universität für Bildungswissenschaften Klagenfurt: 9020 Klagenfurt, Universitätsstraße 67, Tel. 0 46 3/53 17-0, Telefax 0 46 3/53 17-100

Wichtige Museen in Wien

Graphische Sammlung Albertina: 1010 Wien, Augustinerstraße 1, Tel. 0 22 2/53 4 83

Kunsthistorisches Museum: 1010 Wien, Burgring 5, Tel. 0 22 2/93 45 41, 93 06 20, Telefax 0 22 2/93 17 53

Österreichische Galerie: 1037 Wien, Postfach 12, Prinz-Eugen-Straße 27, Tel. 0 22 2/78 41 21, 78 41 14, 78 41 58

Naturhistorisches Museum: 1010 Wien, Burgring 7, Postfach 417, Tel. 0 22 2/93 45 41, 93 06 20

Museum für Völkerkunde: 1010 Wien, Neue Hofburg, Tel. 0 22 2/93 45 41, 93 06 20
Österreichisches Museum für angewandte Kunst: 1010 Wien, Stubenring 5, Tel. 0 22 2/71 1 36, Telex 113575
Technisches Museum für Industrie und Gewerbe: 1140 Wien, Mariahilfer Straße 212, Tel. 0 22 2/83 36 18, 89 31 08, 89 31 09, Telefax 0 22 2/89 31 05
Museum Moderner Kunst: 1090 Wien, Palais Liechtenstein, Fürstengasse 1, Tel. 0 22 2/34 12 59, 34 63 06
Pathologisch-anatomisches Bundesmuseum: 1090 Wien, Spitalgasse 2, Allgemeines Krankenhaus, Tel. 0 22 2/43 86 72
Österreichisches Theatermuseum: 1010 Wien, Hanuschgasse 3, Tel. 0 22 2/51 2 24-27
Österreichisches Museum für Volkskunde: 1080 Wien, Laudongasse 15/19, Tel. 0 22 2/43 89 05-0
Museum des 20. Jahrhunderts: 1030 Wien, Schweizergarten, Tel. 0 22 2/78 25 50, 76 26 75

Sonstige wichtige Dienststellen:

Bundesdenkmalamt: 1010 Wien, Hofburg – Schweizerhof, Säulenstiege, II. Stock, Tel. 0 22 2/53 4 15-0
Österreichische Akademie der Wissenschaften: 1010 Wien, Dr.-Ignaz-Seipel-Platz 2, Tel. 0 22 2/51 5 81-0
Bundesversuchs- und Forschungsanstalt Arsenal (BVFA-Arsenal): 1030 Wien, Faradaygasse 3, Tel. 0 22 2/78 25 31-0, Telex 136677, Telefax 0 22 2/78 25 31-250

Bei den Landesregierungen sind ebenfalls Pressebüros eingerichtet, die entweder selbst Auskunft erteilen oder Auskunftspersonen namhaft machen können. Einige Landespressebüros veröffentlichen auch Behördenführer, die für die Recherche sehr nützlich sein können.

Landesregierungen:

Burgenländische Landesregierung: 7000 Eisenstadt, Freiheitsplatz 1, Tel. 0 26 82/600-0
Kärntner Landesregierung: 9010 Klagenfurt, Arnulfplatz 1, Tel. 0 46 3/536-0
Niederösterreichische Landesregierung: 1014 Wien, Herrengasse 11, Tel. 0 22 2/53 1 10
Oberösterreichische Landesregierung: 4020 Linz, Klosterstraße 7, Tel. 0 73 2/27 20-0
Salzburger Landesregierung: 5010 Salzburg, Chiemseehof, Tel. 0 66 2/80 42, Telefax 0 66 2/63 30 28

Steiermärkische Landesregierung: 8011 Graz, Landhaus, Tel. 0 31 6/877-0
Tiroler Landesregierung: 6010 Innsbruck, Maria-Theresien-Straße 43, Tel. 0 52 22/508-0
Vorarlberger Landesregierung: 6901 Bregenz, Landhaus, Tel. 0 55 74/20 35
Wiener Landesregierung: 1082 Wien, Rathaus, Tel. 0 22 2/40 00-0

Des weiteren verfügen zahlreiche Städte über eigene Pressebüros, deren Aufzählung den Rahmen eines Handbuches aber sprengen würde. Wo es kein Pressebüro gibt, empfiehlt es sich, mit der **Magistratsdirektion** oder dem **Gemeindesekretariat** Kontakt aufzunehmen.
In den vergangenen Jahren entstanden weltweit Datenbank-Archive in den Verlagen und bei verschiedenen Institutionen, die (gegen Gebühr) auch von Außenstehenden benützt werden können. Auch in Österreich gibt es solche Datenbanken.

Archive und Datenbanken

APAdok: Datenbank-Archiv der Austria Presse Agentur, Zugriff über Mediatext. Auskünfte bei APA, 1199 Wien, Gunoldstraße 14, Tel. 0 22 2/36 05-0; Telex: 11 47 21
Info Search: Datenbank-Archiv der Oberösterreichischen Nachrichten, enthält auch Texte anderer Publikationen. Auskünfte bei OÖN, 4010 Linz, Promenade 23, Tel. 0 73 2/28 05 (Dr. Christian Enichlmayr)
SOWIDOK: Datenbank-Archiv des Österreichischen Arbeiterkammertages, 1041 Wien, Prinz-Eugen-Straße 20–22, Tel. 0 22 2/50 1 65/23 26 Dw. (Dr. Jobst). Der Zugriff auf die Datenbank ist im Kammergebäude sowie über die meisten Universitätsbibliotheken in Österreich möglich.
Mediendokumentation des Pressebüros der Salzburger Landesregierung: 5010 Salzburg, Chiemseehof. Die Datenbank ist im Aufbau begriffen, soll aber noch 1990 in Betrieb gehen.

In einigen Bundesländern gibt es Journalistenclubs, Presseclubs oder ähnliche Zusammenschlüsse. Sie haben Service- und Informationscharakter und bieten – meist in unregelmäßigen Abständen – gesellige Zusammenkünfte und/oder Informationsveranstaltungen sowie Serviceleistungen an.

Journalistenclubs

Presseclub Concordia, 1010 Wien, Bankgasse 8, Tel. 0 22 2/63 85 73
Österreichischer Journalistenclub, 1041 Wien, Postfach 121; Clubräume: 1071 Wien, Messepalast, Tel. 0 22 2/85 85 73
Wiener Journalistenclub, 1030 Wien, Hilton-Center, Tel. 0 22 2/75 60 30; Clubsekretariat: 1010 Wien, Wollzeile 11, Tel. 0 22 2/52 93 88

Oberösterreichischer Presseclub, 4020 Linz, Landstraße 31, Ursulinenhof, Tel. 0 72 3/27 56 34
Salzburger Presseclub, 5010 Salzburg, Postfach 5, Tel. 0 66 2/84 38 014
Vorarlberger Presseclub, 6900 Bregenz, Bregenzer Landhaus, Tel. 0 55 74/51 10-20 28

Anschriften der Tageszeitungen

Wien:

AZ, 1060 Wien, Windmühlgasse 26, Tel. 0 22 2/58 89 60
Kurier, 1070 Wien, Lindengasse 52, Tel. 0 22 2/52 1 00, Fax: 0 22 2/52 10-261
Neue Kronen Zeitung, 1190 Wien, Muthgasse 2, Tel. 0 22 2/36 0 10, Fax: 0 22 2/36 56 64
Die Presse, 1015 Wien, Parkring 12a, Tel. 0 22 2/51 4 14, Fax: 0 22 2/51 41 42 51
Der Standard, 1013 Wien, Herrengasse 1–3, Tel. 0 22 2/53 1 70, Fax: 0 22 2/53 17 01 06
Volksstimme, 1206 Wien, Hochstädtplatz 3, Tel. 0 22 2/33 56 01
Wiener Zeitung, 1037 Wien, Rennweg 12a, Tel. 0 22 2/78 76 31

Kärnten:

Kärntner Tageszeitung, 9020 Klagenfurt, Viktringer Ring 28, Tel. 0 46 3/58 66, Fax: 0 46 3/541-21
Kleine Zeitung, 9020 Klagenfurt, Funderstraße 1a, Tel. 0 46 3/58 00, Fax: 0 46 3/57 0 64
Kärntner Krone, 9020 Klagenfurt, Morogasse 16, Tel. 0 46 3/51 23 30

Oberösterreich:

Oberösterreichische Nachrichten, 4010 Linz, Promenade 23, Tel. 0 73 2/28 0 50, Fax: 0 73 2/28 05-448
Oberösterreichisches Tagblatt, 4020 Linz, Anastasius-Grün-Straße 6, Tel. 0 73 2/66 67 21
Neues Volksblatt, 4020 Linz, Landstraße 41, Tel. 0 73 2/28 19 91-0, Fax: 0 73 2/29 92 42

Salzburg:

Salzburger Nachrichten, 5020 Salzburg, Bergstraße 14, Tel. 0 66 2/77 5 91, Fax: 0 66 2/77 5 91-348

Salzburger Tagblatt, 5020 Salzburg, Auerspergstraße 42, Tel. 0 66 2/72 4 91, Fax: 76609
Salzburger Volkszeitung, 5020 Salzburg, Elisabeth-Kai 58/2, Tel. 0 66 2/79 4 91, Fax: 79491-13
Kurier, 5020 Salzburg, Bergstraße 22, Tel. 0 66 2/72 1 56, Fax: 72156
Salzburg Krone, 5020 Salzburg, Münchner Bundesstraße 160, Tel. 0 66 2/33 5 55, Fax: 30 388

Steiermark:

Kleine Zeitung, 8011 Graz, Schönaugasse 64, Tel. 0 31 6/80 63-0, Fax: 8063-476
Neue Zeit, 8054 Graz, Ankerstraße 4, Tel. 0 31 6/28 0 80, Fax: 2808-325
Kurier, 8020 Graz, Quergasse 1, Tel. 0 31 6/49 93, Fax: 91 49 80
Steirerkrone, 8020 Graz, Lendplatz 31, Tel. 0 31 6/91 55 22

Tirol:

Tiroler Tageszeitung, 6020 Innsbruck, Ing.-Etzel-Straße 30, Tel. 0 52 22/53 54-0, Fax: 57 59 24
Tirol-Kurier, 6020 Innsbruck, Wilhelm-Greil-Straße 18, Tel. 0 52 22/59 8 58, Fax: 57 10 21

Vorarlberg:

Neue Vorarlberger Tageszeitung, 6901 Bregenz, Kornmarktstraße 18, Tel. 0 55 74/24 6 01, Fax: 25 569
Vorarlberger Nachrichten, 6901 Bregenz, Kirchstraße 35, Tel. 0 55 74/512-0, Fax: 512-227
Vorarlberg-Kurier, 6900 Bregenz, Heldendankstraße, Tel. 0 55 74/33 5 60, Fax: 35 3 49
Vorarlberg Krone, 6900 Bregenz, Kirchstraße 12, Tel. 0 55 74/27 2 30

Anschriften der ORF-Studios

General- und Fernsehintendanz ORF-Zentrum, 1136 Wien, Würzburggasse 30, Tel. 0 22 2/87 8 78, Fax: 87 8 78-2200
Hörfunkintendanz ORF-Funkhaus, 1041 Wien, Argentinierstraße 30a, Tel. 0 22 2/50 1 01, Fax: 50 1 01-250
Burgenland: 7001 Eisenstadt, Buchgraben 51, Tel. 0 26 82/46 61-0, Fax: 4661-250
Kärnten: 9010 Klagenfurt, Sponheimerstraße 13, Tel. 0 46 3/53 30-0, Fax: 5330-250
Niederösterreich: 1040 Wien, Argentinierstraße 30a, Tel. 0 22 2/50 2 10-0, Fax: 50 1 01-874

Oberösterreich: 4010 Linz, Franckstraße 2a, Tel. 0 73 2/53 4 81-0, Fax: 53 4 81-250
Salzburg: 5020 Salzburg, Nonntaler Hauptstraße 49d, Tel. 0 66 2/83 80-0, Fax: 84 35 11-250 (8380-250)
Steiermark: 8042 Graz, Marburger Straße 20, Tel. 0 31 6/41 1 80, Fax: 41 1 80-250
Tirol: 6010 Innsbruck, Rennweg 14, Tel. 0 52 22/53 43-0, Fax: 53 43-250 oder 273
Vorarlberg: 6850 Dornbirn, Höchsterstraße 38, Tel. 0 55 72/301-0, Fax: 64 6 81-250 (301-250 oder 290)
Wien: 1040 Wien, Argentinierstraße 30a, Tel. 0 22 2/50 2 01-0, Fax: 50 1 01-250

Literaturhinweise

In den einzelnen Kapiteln dieses Buches finden sich zahlreiche Hinweise auf Fachliteratur und Lehrbücher zu verschiedenen journalistischen Themenbereichen. Hier sollen beispielhaft einige Publikationen genannt werden, die Journalisten bei ihrer täglichen Arbeit nützlich sein können.

Medienhandbuch – Presse, Werbung, Graphik in Österreich, Verband Österreichischer Zeitungsherausgeber und Zeitungsverleger, Wien I., Schreyvogelgasse 3. Dieses Handbuch enthält alle in Österreich publizierten periodischen Titel mit Adressen, Telefonnummern und den Namen der Verantwortlichen. Erscheint jährlich.

Österreichischer Journalistenindex, Hrsg. Dkfm. Peter Hoffer, 1190 Wien, Frimmelgasse 41. In diesem Nachschlagewerk finden sich alle österreichischen Journalisten mit ihren jeweiligen Ressorts und Funktionen. Erscheint halbjährlich.

Medien und Recht, Verlag Dr. Wittmann, 1040 Wien, Danhausergasse 6. Enthält unter anderem oberstgerichtliche Entscheidungen aus dem gesamten Medienbereich und fachliche Kommentare dazu. Anhand dieser Entscheidungen kann der Journalist auch die Weiterentwicklung der Rechtsprechung nachvollziehen. Erscheint sechsmal jährlich.

Media Perspektiven, hrsg. im Auftrag der Arbeitsgemeinschaft Rundfunkwerbung, D-6000 Frankfurt am Main 1, Am Steinernen Stock 1. Enthält medienrelevante Forschungsberichte, Daten zur Mediensituation, Beiträge zur Medienpolitik und Hinweise über die jeweils neuesten Veröffentlichungen auf dem Gebiet der Medien- und Kommunikationsforschung. Erscheint monatlich.

Wirtschafts- und sozialstatistisches Taschenbuch, Österreichischer Arbeiterkammertag, Wien. Enthält österreichische Sozial- und Wirtschaftsdaten sowie internationale Übersichten. Erscheint jährlich.

Wirtschaftspolitische Blätter, hrsg. von der Bundeskammer der gewerblichen Wirtschaft, Wien. Die Wirtschaftspolitischen Blätter befassen sich mit einem breiten Spektrum wirtschaftlicher und sozialer Themen, wobei in jedem Heft ein Thema schwerpunktartig beleuchtet wird. Erscheinen sechsmal jährlich.

WISO – Wirtschafts- und sozialpolitische Zeitschrift des ISW, AK Oberösterreich, Linz. Die Zeitschrift veröffentlicht Forschungsberichte, Statistiken, Daten und grundsätzliche Erörterungen wirtschafts- und sozialpolitischer Fragen. Erscheint unregelmäßig.

Zeitungstechnik, Monatszeitschrift der IFRA, Hrsg. IFRA (Internationale Vereinigung für Zeitungs- und Medientechnik), D-6100 Darmstadt, Washingtonplatz.

Der österreichische Journalist, Hrsg. J. Oberauer, 5023 Salzburg, Mayrwies 149. Die Zeitschrift befaßt sich mit Berufsfragen und der Medienszene. Erscheint sechsmal im Jahr.

Das Österreichische Grafische Gewerbe, Hrsg. Landesinnung Druck, 1010 Wien, Grünangergasse 4. Die Zeitschrift erscheint monatlich und befaßt sich mit den Problemen des Drucks und des grafischen Gewerbes.

Journalist, Das Deutsche Medienmagazin, Hrsg. vom DJV (Deutscher Journalisten Verband), D-5300 Bonn, Bennauerstraße 60. Erscheint monatlich und widmet sich allen Fragen des Berufsstandes, publiziert einen umfangreichen Serviceteil.

Österreichisches Jahrbuch für Politik, Hrsg. Khol/Ofner/Stirnemann, Verlag für Geschichte und Politik, Wien. Seit 1979 dokumentiert dieses Jahrbuch praktisch lückenlos die politische Entwicklung in Österreich. Neben Beiträgen zu wichtigen politischen Fragen enthält jeder Band eine umfangreiche (internationale) politische Jahreschronik, Tabellen und Schaubilder zur Wirtschafts- und Sozialstatistik und Daten aus der Meinungsforschung.

Journalisten Jahrbuch – Kalender, Themen, Service – Hrsg. Bernd-Jürgen Martini, München: Verlag Ölschläger. Das Jahrbuch enthält Fachbeiträge zu wichtigen Fragen des Journalismus, der Ausbildung und einen umfangreichen Serviceteil, der allerdings auf die Verhältnisse in der BRD zugeschnitten ist.

„JOURNALISTIK“ – Hefte des Kuratoriums für Journalistenausbildung (KfJ). Bisher erschienen:

Heft 1: Heinz Pürer: Aus- und Fortbildung für Journalisten in Österreich. Eine Bestandsaufnahme. (1980) vergriffen

Heft 2: Ethik und Journalismus. Meinungen aus der Medienpraxis. (1981) vergriffen

Heft 3: Satellitenfernsehen. Fachreferate und Diskussionsbeiträge. (1982) vergriffen

Heft 4: Ökologie und Medien. Fachreferate und Arbeitsgruppenberichte. (1982) vergriffen

Heft 5: Heinz Pürer/Helmut W. Lang/Wolfgang Duchkowitsch (Hrsg.): Die österreichische Tagespresse. Vergangenheit, Gegenwart, Zukunft. Sonderheft (1983) vergriffen

Heft 6: 20 Jahre Media-Analyse in Österreich. Fachreferate und Diskussionsbeiträge. (1985)

Heft 7: Heinz Pürer (Hrsg.): Medienereignisse – Medienwirkungen? Zur Wirkung der Massenmedien: „Hainburg", „Holocaust" und andere Medienereignisse. Eine Tagungsdokumentation. (1985)
Heft 8: Heinz Pürer: Elektronische Zeitungsherstellung und ihre Folgen. (1986)
Heft 9: Heinz Pürer (Hrsg.): Fernsehnutzung im deutschen Sprachraum: Österreich, BRD, Schweiz. (1986)
Heft 10: Helmut K. Ramminger (Hrsg.): Berufssünde Hochmut. Enquete 25 Jahre Presserat als „Gewissen des Journalismus". (1987)
Das „Kuratorium für Journalistenausbildung", Verleger der hier vorliegenden Publikation, steht seinerseits für Auskünfte gerne zur Verfügung (Tel.: 0 66 2/ 84 66 810).

Helmut K. Ramminger

XVI. Praxis-Literatur für Journalisten

Die nachfolgende Literaturliste enthält Publikationen, die in der Bundesrepublik Deutschland, in Österreich und in der Schweiz zu Fragen und Problemen der journalistischen Praxis in Zeitung, Radio und Fernsehen erschienen sind. Weitere Titel – auch solche, die über journalistisch-handwerkliche Probleme hinausgehen – sind den jeweiligen Literaturverzeichnissen im Anschluß an die einzelnen Kapitel der vorliegenden Publikation zu entnehmen.

(Die Liste enthält nur lieferbare Titel. Vergriffene Bände wurden nicht berücksichtigt.)

ABC des Journalismus. Hrsgg. vom Projektteam Lokaljournalisten. Total überarbeitete 6. Aufl. – München: Ölschläger, 1990.

APPELDORN, Werner van: Handbuch der Film- und Fernsehproduktion. Psychologie – Gestaltung – Technik. – München: TR-Verlagsunion, 1984.

BEIFUSS, Hartmut, u. a.: Bildjournalismus. Ein Handbuch für Ausbildung und Praxis. – München: List, 1984.

BRENDEL, Detlef; GROBE, Bernd E.: Journalistisches Grundwissen. Darstellung der Formen und Mittel journalistischer Arbeit und Einführung in die Anwendung empirischer Daten in den Massenmedien. – München: Verlag Dokumentation, 1976.

BRÜHLMEIER, Beat: Spannungsfeld Polizei – Justiz – Medien. Vademecum für die Berichterstattung. – Aarau: Sauerländer, 1989.

BURGER, Harald: Sprache der Massenmedien. – Berlin: de Gruyter, 1984.

BÜRGI, Jürg; GROLIMUND, Christoph: Die Compi-Fibel. Ein Ratgeber für publizistische Berufe. – Basel: Lenos, 1990. (= Handbuch über vielfältige Computeranwendungen für Journalisten und Publizisten.)

ERNY, Hansjörg; HOCHREUTENER, Norbert: Wir schalten um ins Bundeshaus. Wie Fernsehkorrespondenten arbeiten. – Aarau: Sauerländer, 1987.

FISCHER, Heinz-Dietrich (Hrsg.): Fernsehmoderatoren in der Bundesrepublik Deutschland. Top-Medienprofis zwischen Programmauftrag und Politik. – München: TR-Verlagsunion, 1983.

FEST, Rudolf; LUMMA, Wolfgang; OHLER, Josef: Radio-Nachrichten. – Stuttgart, 1983.

HÄUSERMANN, Jürgen; KÄPPELI, Heiner: Rhetorik für Radio und Fernsehen. – Aarau: Sauerländer, 1986.

HALLER, Michael: Recherchieren. Ein Handbuch für Journalisten. Überarbeitete 3. Aufl. – München: Ölschläger, 1989.

HALLER, Michael: Die Reportage. Ein Handbuch für Journalisten. – München: Ölschläger, 1987.

HALLER, Michael: Das Interview. Ein Handbuch für Journalisten. – München: Ölschläger, 1990.

HOFFACKER, Gabriele; LOKK, Peter: Wir machen Zeitung. Ein Handbuch für den Journalismus zum Selbermachen. – Göttingen: Steidl, 1989.

HOVEN, Herbert (Hrsg.): Guten Abend. Hier ist das deutsche Fernsehen. Zur Sprache der Bilder. – Neuwied: Luchterhand, 1986.

KNECHTLI, Peter: Handbuch Freie Journalisten. Ein Wegweiser für Freie Journalisten, Redaktoren und Verleger. 2., überarb. und erw. Aufl. – Basel: Lenos, 1990.

LA ROCHE, Walther von: Einführung in den praktischen Journalismus. Mit genauer Beschreibung aller Ausbildungswege. Deutschland, Österreich, Schweiz. 11. Aufl. – München: List, 1988.

LA ROCHE, Walther von; BUCHHOLZ, Axel (Hrsg.): Radio-Journalismus. Ein Handbuch für Ausbildung und Praxis im Hörfunk. 4. Aufl. – München: List, 1988.

MANHART, Lothar: Hörfunk- und Fernsehberufe. Mit Ausbildungswegen. 2., überarb. und akt. Aufl. – München: TR-Verlagsunion, 1988.

MEYER, Andreas; WITTE, Gunther (Hrsg.): Drehbuchschreiben für Fernsehen und Film. Ein Handbuch für Ausbildung und Praxis. – München: List, 1987.

MEYER, Werner: Zeitungspraktikum: Auszug aus der Loseblattsammlung „Journalismus von heute". – Percha am Starnberger See: Verlag R. S. Schulz, 1990.

NARR, Andreas: Verständlichkeit im Magazinjournalismus. Probleme einer rezipientengerechten Berichterstattung im Hörfunk. – Frankfurt a. M.: Lang, 1988.

PÜRER, Heinz (Hrsg.): Praktischer Journalismus in Zeitung, Radio und Fernsehen. Mit einer Berufs- und Medienkunde für Journalisten in Österreich. 3., überarbeitete und erweiterte Aufl. – Salzburg: Kuratorium für Journalistenausbildung, 1990. (Als Lizenzausgabe ohne den berufs- und medienkundlichen Teil auch erschienen im Verlag Ölschläger, München.)

REHE, Rolf: Typografie und Design für Zeitungen. – Darmstadt: ifra, 1985.

ROLOFF, Eckart Klaus: Journalistische Textgattungen. – München: Oldenburg, 1982.

ROLOFF, Eckart Klaus (Hrsg.): Journalisten-Werkstatt. Schreibprozesse – 10 Beispiele aus der Praxis. – Aarau: Sauerländer, 1990.

RUSS-MOHL, Stephan (Hrsg.): Wissenschafts-Journalismus. Ein Handbuch für Ausbildung und Praxis. – München: List, 1986.

SCHLAPP, Hermann: Einstieg in den Journalismus. – Aarau: Sauerländer, 1989.

SCHNEIDER, Wolf: Deutsch für Profis. Wege zum guten Stil. – Hamburg: Stern-Buch, 1986.

SCHNEIDER, Wolf: Deutsch für Kenner. – Hamburg: Stern-Buch, 1988.

SCHULT, Gerhard; BUCHHOLZ, Axel (Hrsg.): Fernseh-Journalismus. Ein Handbuch für Ausbildung und Praxis. 2. Aufl. – München: List, 1984.

SPRACHE UND SPRECHEN IN HÖRFUNK UND FERNSEHEN. 3 Teile. (Teil 1: Grundlagen des Sprechens; Teil 2: Ausspracheregelungen im ORF; Teil 3: Sprache und Sprechen in Hörfunk und Fernsehen.) – Wien: ORF, 1987.

TEIGELER, Peter: Verständlich sprechen, schreiben, informieren. – Bad Honnef: Haag + Herchen Verlag, 1982.

THOMAS, Carmen: Hallo Ü-Wagen – Rundfunk zum Mitmachen. Erlebnisse und Erfahrungen. – München: List, 1984.

TROESSER, Michael: Moderieren im Hörfunk. – Tübingen: Niemeyer, 1986.

URBAN, Dieter: Text im Kommunikationsdesign. – München: Bruckmann, 1980.

VALE, Eugene: Die Technik des Drehbuchschreibens für Film und Fernsehen. 2. Aufl. – München: TR-Verlagsunion, 1988.

WEICHLER, Kurt (Hrsg.): Ratgeber Freie Journalisten. Ein Handbuch. – Berlin: Vistas, 1987.

WEISCHENBERG, Siegfried: Nachrichtenschreiben. Journalistische Praxis zum Studium und Selbststudium. – Opladen: Westdeutscher Verlag, 1988.

WEISCHENBERG, Siegfried; HERRIG, Peter: Handbuch des Bildschirm-Journalismus. Elektronische Redaktionssysteme. Grundlagen/Funktionsweisen/Konsequenzen. – München: Ölschläger, 1985.

WEMBER, Bernward: Wie informiert das Fernsehen? Ein Indizienbeweis. 3. Aufl. – München: List, 1983.

Für Journalisten des weiteren empfehlenswert:
Fischer-Lexikon PUBLIZISTIK/MASSENKOMMUNIKATION. Hrsg. von Elisabeth Noelle-Neumann, Winfried Schulz und Jürgen Wilke. – Frankfurt: Fischer, 1989.

Heinz Pürer

Verzeichnis der Autoren

CLEMENS BARMETTLER (geb.1936)
Berater im Bereich Konzeption und Gestaltung von Printmedien (Zürich)

HANS BESENBÖCK (geb. 1947)
Leiter der Inlandsredaktion im ORF – Fernsehen (Wien)

ULRICH BRUNNER (geb. 1938)
Leiter der Hauptabteilung Information im ORF – Hörfunk (Wien)

DR. THOMAS CHORHERR (geb. 1932)
Chefredakteur „Die Presse" (Wien)

DR. FRITZ CSOKLICH (geb. 1929)
Chefredakteur „Kleine Zeitung" (Graz)

DR. PETER DIEM (geb. 1937)
Leiter der Abteilung Medienforschung in der Generalintendanz des ORF (Wien)

PROF. MAG. ERICH EICHINGER (geb. 1942)
Ressortleiter Inland im Aktuellen Dienst des ORF – Hörfunk (Wien)

DR. CHRISTIAN ENICHLMAYR (geb. 1953)
Leiter der Abteilung „Info-Zentrale" der „Oberösterreichischen Nachrichten" (Linz)

O. UNIV.-PROF. DR. HANS HEINZ FABRIS (geb. 1942)
Institut für Publizistik und Kommunikationswissenschaft der Universität Salzburg

DR. HUBERT FEICHTLBAUER (geb. 1932)
Leiter der Presseabteilung der Bundeskammer der Gewerblichen Wirtschaft (Wien)

AO. UNIV.-PROF. DR. MAXIMILIAN GOTTSCHLICH (geb. 1948)
Institut für Publizistik und Kommunikationswissenschaft der Universität Wien

ERNST GRISSEMANN (geb. 1934)
Hörfunk-Intendant des ORF (Wien)

DR. GEORG GRIESSER (geb. 1943)
Rechtsanwalt und Verteidiger in Strafsachen (Wien)

DR. HANNES HAAS (geb. 1957)
Universitätsassistent am Institut für Publizistik- und Kommunikationswissenschaft der Universität Wien

DR. VIKTOR HERMANN (geb. 1952)
Chef vom Dienst der „Salzburger Nachrichten" (Salzburg)

VERENA HRUSKA-DEUTELMOSER (geb. 1943)
Freie Journalistin (München)

DR. ROMAN HUMMEL (geb. 1951)
Sekretär der Gewerkschaftlichen Arbeitsgemeinschaft Publizistik und Medien GAGPUM (Wien)

GERD KLINNER (geb. 1940)
Stellvertretender Direktor Migros-Presse Zürich

DR. GOTTFRIED KORN (geb. 1947)
Rechtsanwalt und Verteidiger in Strafsachen (Wien)

KARL LÖBL (geb. 1930)
Leiter der Hauptabteilung Kultur im ORF – Fernsehen (Wien)

UNIV.-DOZ. DR. KURT LUGER (geb. 1952)
Ass.-Prof. am Institut für Publizistik und Kommunikationswissenschaft der Universität Salzburg

ROLAND MACHATSCHKE (geb. 1940)
Leiter der Außenpolitischen Redaktion im ORF – Hörfunk (Wien)

MAG. ANTON MAYER (geb. 1943)
Leiter des TELETEXT-Programmdienstes im ORF (Wien)

DR. HORST FRIEDRICH MAYER (geb. 1936)
Chefredakteur, Leiter der Hauptabteilung Aktueller Dienst im ORF – Fernsehen (Wien)

GERHARD MAURER (geb. 1942)
Leiter der Außenpolitischen Redaktion der „Oberösterreichischen Nachrichten" (Linz)

DR. RUDOLF NAGILLER (geb. 1943)
Intendant des ORF-Landesstudios Tirol (Innsbruck)

PROF. GERHARD NEUREITER (geb. 1930)
Chefredakteur-Stellvertreter der „Salzburger Nachrichten" (Salzburg)

PETER NIDETZKY (geb. 1940)
Leiter der Zentralen Programmdienste im ORF – Fernsehen (Wien)

DR. VOLKMAR PARSCHALK (geb. 1934)
Leiter der Kulturredaktion im ORF – Hörfunk (Wien)

WOLFGANG PAV (geb. 1943)
Leitender Redakteur, Reporter im Aktuellen Dienst des ORF – Fernsehen (Wien)

ALFRED PAYRLEITNER (geb. 1935)
Leiter der Hauptabteilung Wissenschaft und Bildung im ORF – Fernsehen (Wien)

THADDÄUS PODGORSKI (geb. 1935)
Generalintendant des ORF von 1986–1990 (Wien)

O. UNIV.-PROF. DR. HEINZ PÜRER (geb. 1947)
Institut für Kommunikationswissenschaft der Universität München

DR. HELMUT K. RAMMINGER (geb. 1935)
Geschäftsführer des „Kuratoriums für Journalistenausbildung" (Salzburg – Wien)

DR. STEPHAN RUGGENTHALER (geb. 1944)
Rechtsanwalt und Verteidiger in Strafsachen (Wien)

HANS-JOACHIM SCHLÜTER (geb. 1933)
Chefredakteur „Sonntag aktuell" (Stuttgart)

DKFM. GÜNTER SCHMIDT (geb. 1941)
Leiter der Wirtschaftsredaktion im ORF – Fernsehen (Wien)

O. UNIV.-PROF. DR. MICHAEL SCHMOLKE (geb. 1934)
Institut für Publizistik und Kommunikationswissenschaft der Universität Salzburg

INGOMAR SCHWELZ (geb. 1953)
Redakteur bei Associated Press – AP (Berlin)

DR. REINHARD SCOLIK (geb. 1958)
Mitarbeiter in der Programmintendanz des ORF – Fernsehen (Wien)

UNIV.-DOZ. DR. DR. BENNO SIGNITZER (geb. 1948)
Ass.-Prof. am Institut für Publizistik und Kommunikationswissenschaft der Universität Salzburg

DR. GERFRIED SPERL (geb. 1941)
Chefredakteur-Stellvertreter „Der Standard" (Wien)

ALFRED TREIBER (geb. 1944)
Leiter der Hauptabteilung Literatur und Feature im ORF – Hörfunk (Wien)

DR. PAUL TWAROCH (geb. 1932)
Intendant des ORF-Landesstudios Niederösterreich (Wien)

GERHARD VOGL (geb. 1941)
Leiter der Berufsaus- und -fortbildung im ORF (Wien)

DR. GEORG WAILAND (geb. 1946)
Leiter der Wirtschaftsredaktion der „Neuen Kronen Zeitung" (Wien)

RAINER WARNECKE (geb. 1942)
Leiter der Nachrichtenredaktion im ORF – Hörfunk (Wien)

HERBERT WEISSENBERGER (geb. 1938)
Leitender Redakteur in der Kulturredaktion im ORF – Fernsehen (Wien)

DR. GÜNTHER ZIESEL (geb. 1941)
Leiter des Aktuellen Dienstes im ORF-Landesstudio Steiermark (Graz)

Sachwörter-Verzeichnis

Notizen